COLEÇÃO RECONQUISTA DO BRASIL (2ª Série)

165. **QUANDO MUDAM AS CAPITAIS** - J. A. Meira Penna
166. **CORRESPONDÊNCIA ENTRE MARIA GRAHAM E A IMPERATRIZ DONA LEOPOLDINA** - Américo Jacobina Lacombe
167. **HEITOR VILLA-LOBOS** - Vasco Mariz
168. **DICIONÁRIO BRASILEIRO DE PLANTAS MEDICINAIS** - J. A. Meira Penna
169. **A AMAZÔNIA QUE EU VI** - Gastão Cruls
170. **HILÉIA AMAZÔNICA** - Gastão Cruls
171. **AS MINAS GERAIS** - Miran de Barros Latif
172. **O BARÃO DE LAVRADIO E A HIGIENE NO RIO DE JANEIRO IMPERIAL** - Lourival Ribeiro
173. **NARRATIVAS POPULARES** - Oswaldo Elias Xidieh
174. **O PSD MINEIRO** - Plínio de Abreu Ramos
175. **O ANEL E A PEDRA** - Pe. Hélio Abranches Viotti
176. **AS IDÉIAS FILOSÓFICAS E POLÍTICAS DE TANCREDO NEVES** - J. M. de Carvalho
177/78. **FORMAÇÃO DA LITERATURA BRASILEIRA** – 2vols. - Antônio Cândido
179. **HISTÓRIA DO CAFÉ NO BRASIL E NO MUNDO** - José Teixeira de Oliveira
180. **CAMINHOS DA MORAL MODERNA; A EXPERIÊNCIA LUSO-BRASILEIRA** - J. M. Carvalho
181. **DICIONÁRIO HISTÓRICO-GEOGRÁFICO DE MINAS GERAIS** - W. de Almeida Barbosa
182. **A REVOLUÇÃO DE 1817 E A HISTÓRIA DO BRASIL** - Um estudo de história diplomática - Gonçalo de Barros Carvalho e Mello Mourão
183. **HELENA ANTIPOFF** - Sua Vida/Sua Obra -Daniel I. Antipoff
184. **HISTÓRIA DA INCONFIDÊNCIA DE MINAS GERAIS** - Augusto de Lima Júnior
185/86. **A GRANDE FARMACOPÉIA BRASILEIRA**- 2 vols. - Pedro Luiz Napoleão Chernoviz
187. **O AMOR INFELIZ DE MARÍLIA E DIRCEU** - Augusto de Lima Júnior
188. **HISTÓRIA ANTIGA DE MINAS GERAIS** - Diogo de Vasconcelos
189. **HISTÓRIA MÉDIA DE MINAS GERAIS** - Diogo de Vasconcelos
190/191. **HISTÓRIA DE MINAS** - Waldemar de Almeida Barbosa
193. **ANTOLOGIA DO FOLCLORE BRASILEIRO** - Luis da Camara Cascudo
192. **INTRODUÇÃO À HISTORIA SOCIAL ECONÔMICA PRE-CAPITALISTA NO BRASIL** - Oliveira Vianna
194. **OS SERMÕES** - Padre Antônio Vieira
195. **ALIMENTAÇÃO INSTINTO E CULTURA** - A. Silva Melo
196. **CINCO LIVROS DO POVO** - Luis da Camara Cascudo
197. **JANGADA E REDE DE DORMIR** - Luis da Camara Cascudo
198. **A CONQUISTA DO DESERTO OCIDENTAL** - Craveiro Costa
199. **GEOGRAFIA DO BRASIL HOLANDÊS** - Luis da Camara Cascudo
200. **OS SERTÕES, Campanha de Canudos** - Euclides da Cunha
201/210. **HISTÓRIA DA COMPANHIA DE JESUS NO BRASIL** - Serafim Leite. S. I. - 10 Vols
211. **CARTAS DO BRASIL E MAIS ESCRITOS** - P. Manuel da Nobrega
212. **OBRAS DE CASIMIRO DE ABREU** - (Apuração e revisão do texto, escorço biográfico, notas e índices)
213. **UTOPIAS E REALIDADES DA REPÚBLICA** (Da Proclamação de Deodoro à Ditadura de Floriano) Hildon Rocha
214. **O RIO DE JANEIRO NO TEMPO DOS VICE-REIS** - Luiz Edmundo
215. **TIPOS E ASPECTOS DO BRASIL** - Diversos Autores
216. **O VALE DO AMAZONAS** - A.C. Tavares Bastos
217. **EXPEDIÇÃO ÀS REGIÕES CENTRAIS DA AMÉRICA DO SUL** - Francis Castelnau
218. **MULHERES E COSTUMES DO BRASIL** - Charles Expilley
219. **POESIAS COMPLETAS** - Padre José de Anchieta
220. **DESCOBRIMENTO E A COLONIZAÇÃO PORTUGUESA NO BRASIL** - Miguel Augusto Gonçalves de Souza
221. **TRATADO DESCRITIVO DO BRASIL EM 1587** - Gabriel Soares de Sousa
222. **HISTÓRIA DO BRASIL** - João Ribeiro
223. **A PROVÍNCIA** - A.C. Tavares Bastos
224. **À MARGEM DA HISTÓRIA DA REPÚBLICA** - Org. por Vicente Licinio Cardoso
225. **O MENINO DA MATA** - Crônica de Uma Comunidade Mineira - Vivaldi Moreira
226. **MÚSICA DE FEITIÇARIA NO BRASIL** (Folclore) - Mário de Andrade
227. **DANÇAS DRAMÁTICAS DO BRASIL** (Folclore) - Mário de Andrade
228. **OS COCOS** (Folclore) - Mário de Andrade
229. **AS MELODIAS DO BOI E OUTRAS PEÇAS** (Folclore) - Mário de Andrade
230. **ANTÔNIO FRANCISCO LISBOA - O ALEIJADINHO** - Rodrigo José Ferreira Bretas
231. **ALEIJADINHO (PASSOS E PROFETAS)** - Myriam Andrade Ribeiro de Oliveira
232. **ROTEIRO DE MINAS** - Bueno Rivera
233. **CICLO DO CARRO DE BOIS NO BRASIL** - Bernardino José de Souza
234. **DICIONÁRIO DA TERRA E DA GENTE DO BRASIL** - Bernardino José de Souza
235. **DA AVENTURA PIONEIRA AO DESTEMOR À TRAVESSIA** (Santa Luzia do Carangola) - Paulo Mercadante
236. **NOTAS DE UM BOTÂNICO NA AMAZÔNIA** - Richard Spruce

HISTÓRIA
DA
COMPANHIA DE JESUS
NO
BRASIL

TOMO VII

TOMO VIII

RECONQUISTA DO BRASIL (2ª Série)
Dirigida por Antonio Paim, Roque Spencer Maciel de Barros
e Ruy Afonso da Costa Nunes. Diretor até o volume 92,
Mário Guimarães Ferri (1918-1985)

VOL. 207 e 208

Capa
CLÁUDIO MARTINS

BELO HORIZONTE
Rua São Geraldo, 53 — Floresta — Cep. 30150-070
Tel.: 3212-4600 — Fax: 3224-5151
e-mail: vilaricaeditora@uol.com.br
www.villarica.com.br

SERAFIM LEITE S. I.

HISTÓRIA DA COMPANHIA DE JESUS NO BRASIL

TOMO VII

(Século XVII-XVIII — ASSUNTOS GERAIS)

TOMO VIII

(Escritores: de A a M. — SUPLEMENTO BIOBIBLIOGRÁFICO - I)

Edição Fac-Símile

*A Mancha desta edição foi ampliada
por processo mecânico*

EDITORA ITATIAIA
Belo Horizonte

2006

Direitos de Propriedade Literária adquiridos pela
EDITORA ITATIAIA
Belo Horizonte

Impresso no Brasil
Printed in Brazil

SERAFIM LEITE S. I.

HISTÓRIA DA COMPANHIA DE JESUS NO BRASIL

TOMO VII

(Século XVII-XVIII — ASSUNTOS GERAIS)

EDITORA ITATIAIA
Belo Horizonte

Ex archetypo lusitano Missori pix.

S. João de Brito
Padroeiro das Missões do Mundo Português

Filho do Governador do Rio de Janeiro, Salvador de Brito Pereira, morou no
Colégio da Baía em 1687, e celebrou missa na Igreja dos Jesuítas
(hoje Catedral), e talvez noutras da então Capital do Brasil.

Como os precedentes, a começar no Tômo III, também este VII se publica pelo Instituto Nacional do Livro, do Ministério da Educação, de que é nobre e digno titular o Dr. Clemente Mariani.

HISTÓRIA
DA
COMPANHIA DE JESUS
NO
BRASIL

ASSINATURAS AUTÓGRAFAS DE PROVINCIAIS

1. José de Almeida, Visitador.
2. João António Andreoni (Antonil).
3. Francisco de Avelar.
4. José Bernardino, Vice-Provincial.
5. Estanislau de Campos.
6. Miguel Cardoso.
7. Francisco Carneiro.
8. Domingos Coelho.
9. Manuel Correia.
10. Marcos Coelho.
11. Manuel Dias. (Neste último grupo, há dois Padres, Rafael Machado e Luiz dos Reis, que não foram Provinciais).

Diversas assinaturas são em latim ou abreviadas.
Na legenda desenvolvem-se ou reproduzem-se na sua forma portuguesa.
O que vale para todas estas páginas de autógrafos.

SERAFIM LEITE, S. I.

HISTÓRIA
DA
COMPANHIA DE JESUS
NO
BRASIL

TÔMO VII

SÉCULOS XVII - XVIII

Assuntos Gerais

1949

INSTITUTO NACIONAL DO LIVRO
RIO DE JANEIRO

LIVRARIA CIVILIZAÇÃO BRASILEIRA　　　　　　　　　　　LIVRARIA PORTUGÁLIA
Rua do Ouvidor — RIO　　　　　　　　　　　　　　　　*Rua do Carmo* — LISBOA

TODOS OS DIREITOS RESERVADOS AO AUTOR

Às três grandes e gloriosas Cidades do Brasil, unidas na sua fundação portuguesa, ao P. Manuel da Nóbrega e aos seus Padres Jesuítas:

Salvador da Baía (1549),
S Paulo de Piratininga (1553-1554),
S. Sebastião do Rio de Janeiro (1565-1567).

ASSINATURAS AUTÓGRAFAS DE PROVINCIAIS

1. Miguel da Costa, Visitador.
2. Gaspar de Faria.
3. Manuel Fernandes, Provincial da Restauração.
4. Henrique Gomes, Visitador.
5. Antão Gonçalves, Comissário, e depois Assistente em Roma.
6. Alexandre de Gusmão, Pedagogo e escritor asceta.
7. João Honorato.
8. Tomás Lynch (*Lyncæus* em latim).
9. Diogo Machado.
10. José da Costa (com o qual assinam 4 Padres Consultores: Cristóvão Colaço, Manuel da Costa, João Luiz e Jacinto de Carvalhais).

PREFÁCIO

> "Quando Adão saiu flamante das mãos de Deus, abriu os olhos e viu tanta coisa nova, e todas eram mais antigas que ele: nem eram elas as novas; ele era o novo: a novidade da nossa História há-de ser mais dos leitores, que dela". — ANTÓNIO VIEIRA, *História do Futuro* (Lisboa 1855) 123.

Com este Tômo VII se conclui a História da Companhia de Jesus no Brasil, da antiga Assistência de Portugal, no seu plano orgânico. Trata-se nele do governo interno da Província do Brasil, acompanha-se o desenvolvimento do ensino público do século XVI ao século XVIII, e examinam-se alguns aspectos peculiares da terra brasileira, de importância, não apenas antiga, mas também moderna, por estarem alguns ainda hoje à espera de solução adequada. É a parte positiva deste Tômo. A parte negativa é o que se refere à perseguição geral dos meados do século XVIII, que também se estuda nas suas causas e efeitos mais impressionantes. Mas a papelada que originou, aliás já quase toda conhecida e publicada, não é de molde a favorecer a concisão por se colocar no terreno da burocracia, tão volumosa como unilateral e fechada, que negava aos perseguidos o direito de dizerem da sua justiça. A "mentira oficial", e como tal hoje reconhecida pelos historiadores alheios à Companhia de Jesus, não favorece a concisão, nem também a perspicuidade, por aquilo de que as árvores não deixam ver a floresta. As imensas resmas dos equívocos e episódios do Maranhão e Pará, de propósito provocados, incluindo os da liberdade fictícia dos Índios, eram a cortina de papel por trás da qual se escondiam negócios de vária índole, em particular os interesses negreiros da Companhia de Comércio. Já se disse que no Norte o negreiro expulsou o Jesuíta, e sem dúvida foi a sua ocasião próxima. Mas ocasião não é o mesmo que causa. Nem episódio algum local seria apto a produzir qualquer perseguição generalizada.

Para se encontrarem os motivos profundos da perseguição é preciso sair do Brasil e também de Portugal. Lança-se por isso um olhar para essas causas europeias, apenas todavia quanto basta para a recta compreensão da história do Brasil, objecto preciso desta obra, que não versa a história geral da Companhia de Jesus, nem a crise do Cristianismo e da Igreja no século XVIII. Infere-se porém, de toda essa vasta literatura, que empenhados os governos europeus, com fins religiosos, económicos e políticos, em desprestigiar a Companhia de Jesus, usavam dos meios de difamação e coacção, que o momento lhes oferecia; campanha em que colaboraram, com alguns homens respeitáveis, imbuidos dos preconceitos do tempo, outros menos dignos, movidos por interesses materiais ou pela angústia do pavor ambiente. E em tais períodos de excitação, o facto histórico tem semelhanças com o facto clínico, descrito numa bela página de Aloísio de Castro, em que só o médico prudente se liberta de falsas premissas e interpretações para o não desfigurar ou transmutar nas dobras do processo psicológico em que os elementos positivos se imbricam noutros que o não são. Sabe-se que em tempo de perseguição e de guerra, quanto é do adversário, se é bom se cala, se é mau se avulta, e se cria um estado de aparente verdade a que o vulgo geralmente cede. Só passada a preocupação do interesse imediato da propaganda e "difamação metódica", se pode deslindar com perspicácia o que é verídico e justo.

Não escaparam os Padres da Companhia de Jesus à regra geral de todas as instituições, incluindo as políticas, em momentos de crise ou de transição. Também eles foram denegridos por meia dúzia de falsos amigos ou de apóstatas que se vingaram de o ser com injuriarem mais do que os outros.

Felizmente, para honra da humanidade e da religião, há sempre quem reaja contra o ambiente artificial das perseguições transitórias e acompanhe com corajosa simpatia os que são injustamente ultrajados. E se por isso tiveram que padecer, como entre outros o glorioso Arcebispo da Baía, Botelho de Matos, a história é justiceira e faz hoje desse Prelado, o orgulho da igreja primaz do Brasil.

*

Enfim, eis-nos ao termo da nossa empresa. Não se nos ocultam as deficiências que contém, nem cabiam nos limites dela alguns desenvolvimentos que outros farão, só exequíveis dentro, não de uma vida, mas de várias vidas, com a publicação dos catálogos, cartas, manuscritos e livros, que permitirão complementos de carácter social, literário, artístico, científico e profissional, e ainda outros aspectos, que o tempo irá mostrando com a sucessiva variedade de estudos e preocupações humanas.

Abriu-se o Tômo I, com a alusão a Colombo de que quem mais caminha mais vê. Todavia é certo que um caminho andado é sempre auxílio aos caminhos por andar. Conhecimentos adquiridos que ficam como base e arranque de conhecimentos novos. E que é senão isto a cultura histórica?

Propôs-se o Autor escrever a História da Companhia de Jesus no Brasil, *da* Assistência de Portugal. *A* Assistência de Portugal *acabou no século XVIII, e tinha sido um dos mais eficazes veículos do prestígio português no mundo. Alguns admiradores do governo destruidor dessa* Assistência *que lhe agradeçam a façanha, com as desgraças que causou não só sob o aspecto moral, educativo e religioso, que é o ponto de vista brasileiro, mas também político, sob o aspecto português, com esta ausência de Portugal, que então se operou em diversas partes do mundo. Porque os Jesuítas, é claro, voltaram a todas elas, desde a América ao Oriente. E também ao Brasil. Mas quando voltaram, já não eram da Assistência de Portugal, mas da Assistência de Espanha, da Assistência de Itália, e da Assistência da Alemanha. Continuou como antes a obra de Deus, mas com prestígio de outras nações.*

A Companhia de Jesus no Brasil faz parte hoje da Assistência da América Latina. Acha-se a trabalhar desde o Pará ao Rio Grande do Sul, desde o Rio de Janeiro a Mato Grosso. Embora colocada em quadro diverso, dentro da relatividade das coisas, ela é digna do passado, com as suas Missões, Residências, Colégios, Faculdades Superiores e a Universidade Católica do Rio de Janeiro; com os seus sábios e pregadores, com os seus mestres e missionários, com os seus directores espirituais, as suas obras de apostolado e de cultura, os seus santos e os seus escritores. Um destes dirá um dia o que é essa obra, dentro da Igreja e do Brasil moderno. Alusão ao presente, para notar que em 1760 o que se dava por extinto recebia apenas a sanção transitória do martírio, que é o selo de todas as grandes obras. Porque como obra de espírito, a Companhia de Jesus vive no próprio coração do Brasil, capaz de sentir e avaliar o que foram os dois séculos basilares da sua formação histórica.

Dizia Newman a Gladstone que para se apreciar com justiça uma instituição ou doutrina é preciso conhecê-la bem, dentro do seu próprio ponto de vista. *Tendo o Autor nascido em Portugal, e passado no Brasil a juventude, antes de ser homem da Igreja, talvez estas circunstâncias pessoais hajam sido úteis ao melhor conhecimento da Companhia de Jesus no Brasil no período em que pertencia à Assistência Portuguesa, e em que, portanto, o Brasil, Portugal e a Igreja, numa de suas instituições, são objecto directo e permanente deste livro. Nele surgem, durante dois longos séculos, muitas pessoas e muitas obras. Ao fixarem-se no seu ambiente histórico, ficaram intactos Portugal, o Brasil e a Igreja, porque diante de uma lei, rei ou ministro mau, de uma Câmara, colono ou governador poderoso, de um Padre, Jesuíta ou Bispo indigno, prevaleceu o instinto elementar de que nem a Igreja, nem Portugal, nem o Brasil, estavam em causa, colocados acima de quaisquer factos transitórios, pessoais ou locais.*

E porventura poderia ser de outra forma? Haveria algum escritor, estranho ao Brasil, a Portugal ou à Companhia, com a coragem de empreender uma obra destas? Ou não haveria perigo de infidelidade, se houvesse preconceito ou desamor contra alguns dos três elementos essenciais desta História? Também, no amor, é certo, há perigo de dourar as coisas. Mas é quando incide sobre um só objecto. Quando passa de dois, as perspectivas rectificam-se por si mesmas. Assim o crê o autor. E procurou que assim fosse. Seria em todo caso presunção supor que o alcançou sempre. Declaração que é o último esforço para se colocar no plano da verdade.

História da Companhia de Jesus no Brasil

Conspecto geral e método

A este Tômo VII seguem-se ainda três, mas dois, o VIII e o IX, são Suplementares, a Biobibliografia Geral dos Escritores Jesuítas do Brasil, e o Tômo X, do fim, é o Índice Geral de toda a obra. O quadro seguinte mostra (e convém recordá-lo nesta altura) o caminho andado e o modo como se andou.

I. Estabelecimentos (Estado do Brasil — No século XVI).
II. Assuntos (correspondentes ao Tômo I).
III. Estabelecimentos (do Ceará ao Amazonas: Estado do Maranhão nos séculos XVII-XVIII).
IV. Assuntos (correspondentes ao Tômo III).
V-VI. Estabelecimentos (todo o Estado do Brasil — nos séculos XVII-XVIII).
VII. Assuntos (correspondentes aos Tomos V-VI).
VIII. Suplemento Biobibliográfico — Escritores Jesuítas do Brasil, I (da letra A a M).
IX. Suplemento Biobibliográfico — Escritores Jesuítas do Brasil, II (da letra N a Z).
X. Índice geral de toda a obra (dos Tomos I a IX).

O método ficou enunciado sumàriamente no Prefácio do Tômo I, p. XVII, e obedece a esta tríplice ordenação:

Ordem cronológica (Séculos XVI-XVII-XVIII).
Ordem geográfica (Estabelecimentos à medida que se foram fundando, segundo a divisão geográfica do Brasil).
Ordem ideográfica (Assuntos gerais correspondentes a cada tômo precedente, cronológico-geográfico).

Dada a vastidão do Brasil, a variedade dos Estabelecimentos, e tratar-se de um longo período superior a 2 séculos, pareceu este o método mais adequado a uma história científica de fundo. O Índice geral, final, necessário num livro desta natureza, concentrará em cada título, onomástico, geográfico e ideográfico, em ordem alfabética, seguida e única, as referências, que toquem a cada qual através da História; e, além de ser útil instrumento de trabalho, constitui-se resumo dela. Há títulos que são monografias, algumas das quais surpreendentes sem dúvida para o leitor médio. Por exemplo, o título das Entradas dos Jesuítas ao interior do Brasil nomeará cerca de 200, que se acham nos Capítulos dos diversos tomos em que o pedia o texto. E assim, na mesma proporção e maneira, em cada um dos milhares de títulos do Índice geral, referentes a pessoas, lugares e coisas.

Introdução bibliográfica

A bibliografia deste Tômo VII é de base inédita quase toda nos três primeiros livros dele. E é natural, tratando-se do governo interno da Província, num período ainda pouco estudado; e o mesmo em parte sucede sobre o magistério da Companhia de Jesus no Brasil, voltando a ser inédito o que se refere a algumas actividades, condicionadas pelos aspectos peculiares do Brasil.

Sobre a perseguição do século XVIII, a documentação impressa é abundante, em cartas, decretos e panfletos por um lado; e, por outro, na defesa dos perseguidos contra a injusta agressão. Em todo o caso este movimento literário é quase todo europeu, nos países em que a liberdade o permitia. Ainda assim, tomaram parte nele diversos Jesuítas da Província do Brasil e da Vice-Província do Maranhão.

O facto de se haver tratado já do que toca a cada um dos Colégios, Residências e Aldeias, nos tomos respectivos, e o de se seguirem a este ainda dois tomos suplementares, bibliográficos, dispensa-nos de maior explanação sobre as fontes manuscritas deste capítulo da perseguição, puramente negativo na obra da Companhia de Jesus no Brasil. Nem seria exequível meter em breve espaço a volumosa documentação que nesses tomos se verá, científica e metòdicamente ordenada. Documentação, aliás, que se não limita ao período da perseguição, e que portanto pela sua qualidade e significação construtiva não só religiosa, mas cultural, durante mais de duzentos anos, inclui outros mil aspectos importantes, quer para a história da Companhia de Jesus, quer para a de Portugal e a do Brasil.

I — Arquivos

Archivum Societatis Iesu Romanum .... [A. S. I. R.]
    Brasilia .... [*Bras.*]
    Congregationes .... [*Congr.*]
    Epistolae Nostrorum .... [*Epp. NN.*]
    Goa .... [*Goa*]
    Historia Societatis .... [*Hist. Soc.*]
    Institutum .... [*Inst.*]
    Lusitania .... [*Lus.*]
Arquivo Histórico da Câmara Municipal da Baía .... [Arq. Mun. da Baía]
Arquivo Histórico Colonial, Lisboa .... [A. H. Col.]
Arquivo Nacional do Rio de Janeiro .... [Arq. Nac. do R. de J.]
Arquivo Nacional da Torre do Tombo, Lisboa .... [Torre do Tombo]
Arquivo Público da Baía .... [Arq. Públ. da Baía]
Arquivo da Província Portuguesa .... [Arq. Prov. Port.]
Biblioteca da Ajuda, Lisboa .... [Bibl. da Ajuda]
Biblioteca Geral da Universidade de Coimbra ...... [Bibl. da U. de Coimbra]
Biblioteca Nacional de Lisboa .... [Bibl. N. de Lisboa]
Biblioteca Nacional do Rio de Janeiro .... [Bibl. N. R. J.]
Biblioteca Nazionale Vittorio Emanuele, Roma ..... [Bibl. Vitt. Em.]
Biblioteca Pública e Arquivo Distrital de Évora .. [Bibl. de Évora]
Gesù — Fondo Gesuitico .... [Gesù]
    Assistentiae .... [*Assist.*]
    Collegia .... [*Colleg.*]
    Indipetae .... [*Indipetae*]
    Miscellanea .... [*Miscellanea*]
    Missiones .... [*Missiones*]
Vaticano (Arquivo) .... [Vaticano]

II — Bibliografia impressa

Como nos tomos precedentes, mencionam-se aqui apenas as revistas ou autores de citação repetida. Para os mais torna-se supérflua a notação de abreviatura.

ACCIOLI DE CERQUEIRA E SILVA, Inácio. — *Memorias Historicas e Politicas da Provincia da Bahia*, 6 Tomos, Baía, 1835-1852. Na edição de Brás do Amaral, Baía, 1919-1940. [Accioli-Amaral, *Memórias Históricas*, I, ...]

AMARAL, António Caetano do. — *Memorias para a historia do veneravel Arcebispo de Braga D. Fr. Caetano Brandão*. Braga, 1867. No 1.º tômo se transcrevem os relatórios de quando era Bispo do Pará. [*Memórias*, ...]

Anais da Biblioteca e Arquivo Público do Pará. 10 vols. 1902-1926. [*Anais do Pará*, I, ...]

Anais da Biblioteca Nacional do Rio de Janeiro. 67 vols. 1876-1948. Em curso de publicação. [*Anais da B. N. do Rio de Janeiro*, I, ...]

Anais do IV Centenário da Companhia de Jesus. Ministério da Educação e Saúde. Serviço de Documentação. Rio de Janeiro, 1946. [*Anais do IV Centenário da Companhia de Jesus,* ...]

ANTÓNIO, Domingos. — *Collecção dos Crimes, e Decretos pelos quaes vinte e hum Jesuitas foraõ mandados sahir do Estado do Gram Pará, e Maranhaõ antes do exterminio geral de toda a Companhia de Jesus daquelle Estado. Com declaraçaõ dos mesmos crimes, e resposta a elles.* Ms. n.º 570 da Biblioteca Geral da Universidade publicado por M. Lopes de Almeida com uma *Nota preliminar* de Serafim Leite S. I. Coimbra, 1947. [Domingos António, *Collecção,* ...]

Apêndice ao Catálago Português de 1903. Organizado pelo P. António Vaz Serra. Lisboa, 1903. [*Apêndice ao Cat. Port. de 1903*]

Archivo do Distrito Federal. 4 vols.. Rio, 1894-1897. [*Arq. do Distr. Federal,* I, ...]

ASTRAIN, António. — *Historia de la Compañia de Jesús en la Asistencia de España,* 7 vols., Madrid, 1905-1925. [Astrain, *Historia,* I, ...]

ALMEIDA, Fortunato de. — *História da Igreja em Portugal.* 4 Tomos. Coimbra, 1910-1921. [Fortunato de Almeida, *História da Igreja em Portugal,* I, ...]

— *História de Portugal.* 6 vols., Coimbra, 1922-1929. [Fortunato de Almeida, *História de Portugal,* I, ...]

BARBOSA MACHADO, Diogo. — *Biblioteca Lusitana.* 4 vols. 2.ª ed. Lisboa, 1930-1935. [B. Machado, *Bibl. Lus.,* I, ...]

BARROS, P. André de. — *Vida do Apostolico Padre Antonio Vieyra da Companhia de Jeus chamado por antonomasia o grande.* Lisboa, 1746. [Barros, *Vida do P. Vieira,* ...]

BETTENDORFF, João Filipe. — *Chronica da Missão dos Padres da Companhia de Jesus no Estado do Maranhão.* Na Rev. do Inst. Hist. e Geogr. Bras., LXXII, 1.ª Parte (1910). [Bettendorff, *Crónica,* ...]

BLIART, Pedro.—*Bibliothèque de la Compagnie de Jésus.* (Continuação de Sommervogel). Tômo XI (Histoire). Paris, 1932. [Sommervogel-Bliart, *Bibl.,* XI,...]

BORGES DA FONSECA, António José Vitoriano. — *Nobiliarchia Pernambucana.* Nos *Anais da B. N. do Rio de Janeiro,* I (vol. XLVII); II (vol. XLVIII). 1935. [Borges da Fonseca, *Nobiliarchia Pernambucana,* I, II, ...]

CAEIRO, José. — *De Exilio Provinciarum Transmarinarum Assistentiae Lusitanae Societatis Iesu.* Com a tradução portuguesa de Manuel Narciso Martins, *Introdução* de Luiz Gonzaga Cabral e *Nota Preliminar* de Afrânio Peixoto. Baía, 1936. [Caeiro, *De Exilio,* ...]

CALDAS, José António. — *Noticia Geral de toda esta Capitania da Bahia desde o seu descobrimento atê o presente anno de 1759.* Na "Rev. do Inst. Geogr. e Hist. da Bahia", vol. 57(1931)1-445. [Caldas, *Noticia Geral,* ...]

CARAYON, Augusto. — *Documents inédits concernant la Compagnie de Jésus,* 23 vols., Poitiers, 1863-1886. [Carayon, *Doc. Inédits,* I, ...]

CARDIM, Fernão. — *Tratados da Terra e Gente do Brasil.* Introdução e Notas de Baptista Caetano, Capistrano de Abreu e Rodolfo Garcia. Rio, 1925. [Cardim, *Tratados,* ...]

CASTRO, José de. — *Portugal em Roma,* 2 vols., Lisboa, 1939. [Castro, *Portugal em Roma,* I, ...]

Catálogo de Manuscritos. Publicações da Biblioteca Geral da Universidade de Coimbra. Códices de 1-2625. 10 vols. 1935-1946. Os vols. não têm *numeração*, I, II, III, ...: esta fez-se pelos Códices. [*Cat. de Mss. da U. de Coimbra*, cód., ...]

Collecção dos Breves Pontificios e Leys Regias que forão expedidos, e publicadas desde o anno de 1741. Lisboa. S. a. [*Collecção dos Breves e Leys Regias*, número ...]

CORDARA, Júlio César. — *Historia Societatis Iesu Pars sexta compectens res gestas sub Mutio Vitelleschio*, I, Roma, 1750; II, Roma, 1859. [Cordara, *Hist. Soc.*, VI, 1.º ... 2.º ...]

Documentos Históricos. Publ. da Bibl. Nac. do Rio de Janeiro. 1928 e ss. Em curso de publicação. [*Doc. Hist.*, I, ...]

FRANCO, António. — *Imagem da Virtude em o Noviciado da Companhia de Jesus do Real Collegio do Espirito Santo de Evora do Reyno de Portugal*. Lisboa, 1714. [Franco, *Imagem de Evora*, ...]

— *Imagem da Virtude em o Noviciado da Companhia de Jesus na Corte de Lisboa*. Coimbra, 1717. [Franco, *Imagem de Lisboa*, ...]

— *Imagem da Virtude em o Noviciado da Companhia de Jesus no Real Collegio de Coimbra*. I, Évora, 1719; II, Coimbra, 1719. [*Imagem de Coimbra*, I, ...]

— *Synopsis Annalium Societatis Iesu in Lusitania*. Augsburgo, 1726. [Franco, *Synopsis*, ...]

— *Ano Santo da Companhia de Jesus em Portugal*. Porto, 1931. [Franco, *Ano Santo*, ...]

Grande Enciclopédia Portuguesa e Brasileira. Lisboa. Em curso de publicação. [*Grande Enciclopédia Portuguesa e Brasileira*, I, ...]

GUILHERMY, Elesban de. — *Ménologe de la Compagnie de Jésus — Assistance de Portugal*. 2 vols., Poitiers, 1867-1868. [Guilhermy, *Ménologe de l'Assistance de Portugal*, ...]

INOCÊNCIO FRANCISCO DA SILVA. — *Diccionario Bibliographico Portuguez*. Continuado por Brito Aranha, Gomes de Brito e Álvaro Neves. 22 vols., Lisboa, 1858-1923. [Inocêncio, *Dic. Bibl.*, I, ...]

LAMEGO, Alberto. — *A Terra Goytacá*, 7 vols., Bruxelas-Niterói, 1923-1942. [Lamego, *A Terra Goitacá*, I, II, ...]

LEITE, Serafim. — *Páginas de História do Brasil*. S. Paulo, 1937. [S. L., *Páginas*, ...]

— *Novas Cartas Jesuíticas — De Nóbrega a Vieira*. S. Paulo, 1940. [S. L., *Novas Cartas*, ...]

LORETO COUTO, Domingos do. — *Desagravos do Brasil e Glórias de Pernambuco*. Em "Anais da Biblioteca Nacional do Rio de Janeiro", I (vol. XXIV); II (vol. XXV). [Loreto Couto, *Desagravos do Brasil*, I, II, ...]

LÚCIO DE AZEVEDO, João. — *Os Jesuitas no Grão Pará — Suas Missões e a Colonização*, 2.ª ed. Coimbra, 1930.[Lúcio de Azevedo, *Os Jesuitas no Grão Pará*, ...]

— *História de António Vieira*, 2.ª ed. 2 vols., Lisboa, 1931. [Lúcio de Azevedo, *História de A. V.*, I, ...]

— *O Marquês de Pombal e a sua Epocha*. Lisboa, 1909. [Lúcio de Azevedo, *O Marquês de Pombal e a sua Epocha*, ...]

MELO MORAIS, A. J. de. — *Corographia Historica, Chronographica, Genealogica, Nobiliaria e Politica do Imperio do Brasil*, 5 vols., Rio, 1859-1863. [Melo Morais, *Corografia*, I, ...]

Monumenta Historica Societatis Iesu a Patribus eiusdem Societatis edita. [Ver conspecto geral, supra, I, p. XXX.] Citados neste tômo:
[*Litterae Quadrimestres*, ...]
[*Monumenta Paedagogica*, ...]
[Polanco — *Chronicon*, ...]

MORAIS, José de. — *Historia da Companhia de Jesus da Provincia do Maranham e Pará*, publ. por Cândido Mendes de Almeida, em *Memorias para a historia do extincto Estado do Maranhão*. Rio de Janeiro, 1860. [José de Morais, *História*, ...]

MURR, Christoph Gottlieb von. — *Journal zur Kunstgeschichte und zur algemeinen Litteratur*. XVII vols., Nürnberg, 1775-1789. [Murr, *Journal*, I, ...]

OLIVEIRA, Oscar de. — *Os Dízimos eclesiásticos do Brasil nos tempos da Colónia e do Império*. Juiz de Fora, 1940. [Oscar de Oliveira, *Os Dízimos*, ...]

PASTOR, Ludovico von. — *Storia dei Papi*. Volume XVI. *Storia dei Papi nel periodo dell' Assolutismo, dall' elezione di Benedetto XIV sino alla morte di Pio VI (1740-1799)*. 3 Partes. Roma, 1933-1934. [Pastor, *Storia dei Papi*, ...]

PESTANA E SILVA, António José. — *Representação do Dr. António José Pestana e Silva Ouvidor e Intendente Geral dos Índios na Capitania do Rio Negro, sobre os meios mais convenientes de dirigir o governo temporal dos Índios do Pará*. Publ. em Melo Morais, *Corografia*, IV. [Pestana e Silva, *Representação*, ...]

PORTO SEGURO, Visconde de (Francisco Adolfo Varnhagen). — *História Geral do Brasil*, anotada por Capistrano de Abreu e Rodolfo Garcia. 5 vols. 3.ª edição integral (Tômo I, 4 ed.), S. Paulo, S. d. [Porto Seguro, *HG*, I, ...]

Processo de Anchieta. Brasilien. seu Bahiens. Beatificationis et Canonizationis Ven. Servi Dei Iosephi Anchieta Sacerdotis Professi e Societate Iesu. Roma, 1910. [*Processo de Anchieta*, ...]

Revista do Instituto Histórico e Geográfico Brasileiro. Rio de Janeiro, 1838-1949. 195 vols. Em curso de publicação. [*Rev. do Inst. Hist. e Geogr. Bras.*, I, ...]

RIVARA, Joaquim Heliodoro da Cunha.—*Catalogo dos Manuscriptos da Bibliotheca Publica Eborense*. Lisboa, 1850-1871. [Rivara, *Catálogo*, I, ...]

RIVIÈRE, Ernest-M. — *Corrections et additions à la Bibliothèque de la Compagnie de Jésus. Supplément au "de Backer-Sommervogel"*. Toulouse, 1911-1930. [Rivière, *Supplément*, n.º ...]

RODRIGUES, Francisco. — *História da Companhia de Jesus na Assistência de Portugal*. Em curso de publicação. Tomos I-III, Porto, 1931-1944. [Franc. Rodrigues, *História*, I, ...]

— *A Formação Intellectual do Jesuita*. Porto, 1917. [Franc. Rodrigues, *A Formação*, ...]

— *A Companhia de Jesus em Portugal e nas Missões*. 2.ª ed. Porto, 1935. [Franc. Rodrigues, *A Companhia*, ...]

SOMMERVOGEL, Carlos. —*Bibliothèque de la Compagnie de Jésus*. 9 vols., Bruxelas, 1890-1909. [Sommervogel, *Bibl.*, I, ...]

SOTTO-MAYOR, Dom Miguel. — *O Marquez de Pombal. Exame e Historia critica da sua administração*. Porto, 1905. [Sotto-Mayor, *O Marquez*, ...]

Studart, Barão de. — *Documentos para a historia do Brasil e especialmente a do Ceará*, 4 vols., Fortaleza, 1904-1021. [Studart, *Documentos*, I, ...]

Teixeira, António José. — *Documentos para a história dos Jesuitas em Portugal*. Coimbra, 1890. [Teixeira, *Documentos*, ...]

Varnhagen. — Ver Porto Seguro.

Vieira, António. — *Cartas do Padre António Vieira*, coordenadas e anotadas por J. Lúcio de Azevedo. 3 tomos. Coimbra, 1925-1928. [*Cartas de Vieira*, I, ...]

— *Sermoens*. Ed. *princeps*. Lisboa, 1679-1748. [Vieira, *Sermoens*, I, ...]

Vivier, Alexandre. — *Nomina Patrum ac Fratrum qui Societatem Iesu ingressi in ea supremum diem obierunt 7 Augusti 1814 — 7 Augusti 1894*. Paris, 1894. [Vivier, *Nomina*, ...]

LIVRO PRIMEIRO

O Governo da Província

ASSINATURAS AUTÓGRAFAS DE PROVINCIAIS

1. Jacinto de Magistris, Visitador.
2. Simão Marques, Autor de "Brasilia Pontificia".
3. António de Matos.
4. Mateus de Moura.
5. João de Paiva, Vice-Provincial.
6. João Pereira, Visitador, dos Açores.
7. João Pereira, do Recife.
8. Simão Pinheiro.
9. Belchior Pires.
10. José de Seixas, Visitador.
11. Baltasar de Sequeira.
12. Manuel de Sequeira, último Provincial.

CAPÍTULO I

Primeiros Provinciais e Visitadores do Século XVII (1603-1663)

1 — Fernão Cardim; 2 — Manuel de Lima; 3 — Henrique Gomes; 4 — Pero de Toledo; 5 — Simão Pinheiro; 6 — Domingos Coelho; 7 — António de Matos; 8 — Pedro de Moura; 9 — Manuel Fernandes; 10 — Francisco Carneiro; 11 — Belchior Pires; 12 — Francisco Gonçalves; 13 — Simão de Vasconcelos; 14 — Baltasar de Sequeira; 15 — José da Costa.

1. — Do governo da Província do Brasil, isto é, dos Provinciais, Vice-Provinciais e Visitadores dela no século XVI, Padres Manuel da Nóbrega (fundador), Luiz da Grã, Bem-Aventurado Inácio de Azevedo, António Pires, Inácio Tolosa, José de Anchieta, Cristóvão de Gouveia, Marçal Beliarte e Pero Rodrigues, — de todos e de cada um — já se deu notícia [1].

Na sequência da história nos séculos XVII e XVIII, os Provinciais e Visitadores do Brasil, foram, por ordem cronológica, os que se nomeiam neste e nos capítulos seguintes. Para alguns, a notícia quase se limita aos dados essenciais com a aridez que este género de estudos e a concisão biográfica impõem. Mas o encadeamento histórico marca a todos, necessàriamente, o seu lugar, de maior ou menor relevo, no governo da Província. E entre eles há homens eminentes, quer pelo conjunto dos seus dotes, quer por algum aspecto particular de virtude acima do comum, qualidades de bom governo e harmonia, ou ainda pela importância das suas letras, nas cátedras e púlpitos ou nos livros que escreveram.

Inácio Tolosa (1603-1604). *Vice-Provincial.* Pero Rodrigues, que fez a transição do século XVI para o XVII e já governava

---

1. Cf. supra, *História*, II, 243-246, 459-498.

há 9 anos, tendo pedido com insistência para ser aliviado do cargo de Provincial, o P. Geral nomeou Fernão Cardim, então na Europa. Enquanto não chegava ao Brasil, governou o P. Inácio Tolosa que já tinha sido Provincial (1572-1577) [1].

Fernão Cardim (1604-1609). Provincial. Nasceu por 1549 em Viana de Alvito, Aletenjo, da ilustre família deste apelido [2]. Teve dois irmãos na Companhia e três sobrinhos. Um destes era o P. João Cardim, sobre o qual escreve António Franco: "Toda a casa donde nasceu era de santos: os pais santos, santos os tios, santos os filhos. Seu pai foi o Dr. Jorge Cardim Fróis, de família muito antiga e nobre de Viana. Este teve três irmãos na Companhia: O P. Fernão Cardim, que faleceu no Brasil onde foi Provincial, o P. Lourenço Cardim, que indo para o Brasil [foi morto pelos hereges], e o P. Diogo Fróis, que morreu em Lisboa servindo aos empestados". Os sobrinhos de Fernão Cardim (filhos do Dr. Jorge) além do P. João, foram o P. Diogo Cardim e o P. António Francisco Cardim, este também famoso escritor das coisas do Oriente [3].

Fernão Cardim entrou na Companhia em Évora, com 16 anos, a 9 de Fevereiro de 1566 [4]. Estudou Humanidades, Artes Liberais e Teologia, e ocupou os cargos de Ministro do Colégio de Évora, e adjunto do Mestre de Noviços em Évora e Coimbra [5]. Em 1583 embarcou para o Brasil, como companheiro do Visitador Cristóvão de Gouveia, cargo que ocupou 6 anos, durante os quais, a 1 de Janeiro de 1588, fez na Baía a profissão solene [6].

Um ano depois de chegar, informava-se dele: "O P. Fernão Cardim acha-se bem disposto, toma a língua da terra e parece bom

---

1. Cf. supra, *História*, II, 477-479.
2. "Dise ser natural de Viana d'Alvito, filho de Gaspar Clemente e de sua mulher Ines Cardim, defuntos, de idade de quarenta e tres annos pouco mais ou menos". Declaração de Fernão Cardim, no dia 14 de Agosto de 1591. Cf. *Primeira Visitação do Santo Officio as partes do Brasil — Denunciações da Bahia*, 327. Segundo esta declaração teria nascido em 1548, "pouco mais ou menos"; o Catálogo de 1607 trá-lo com 57 anos, o que vem a dar 1550. Datas limites, entre as quais se compagina bem a de 1549.
3. Franco, *Imagem de Coimbra*, II, 407; Id., *Ano Santo*, 88.
4. Um Catálogo (*Lus.43*, f. 333v) diz 8 de Fevereiro de 1567.
5. *Bras.5*, 67.
6. *Lus.2*, 51.

obreiro para o Brasil" [1]. A história ratificou e ampliou este primeiro juízo. O tomar bem a língua tupi explica os termos que esmaltam as suas narrativas, e o facto de ser Secretário do Visitador, sem preocupações de governo ou de missionário, deixava-lhe tempo disponível para se enfronhar nos assuntos do Brasil, com curiosidade semelhante à dos primeiros Padres e com a obrigação para o fazer *ex officio*, dispondo dos manuscritos do incipiente Arquivo da Província. E ele os estudava e assimilava, impondo a tudo o vinco do seu talento, observação e estilo, de que é padrão a *Narrativa Epistolar*. E como nela existe a sua assinatura expressa, a *Narrativa* constitui-se elemento aferidor e revelador da autoria de outros escritos coetâneos, que ou andam pelos Arquivos sem assinatura ou trazem a de Cristóvão de Gouveia, de quem era secretário. A *Narrativa* é duplamente notável, pelo estilo e pela categoria do conteúdo, "documento de alto valor para quantos estudam o Brasil do século XVI", diz o Barão do Rio Branco [2]. Pelo que toca ao próprio Cardim, vê-se que nas visitas às Capitanias, ele pregava nas ermidas dos Engenhos e nas Igrejas das Vilas e Cidades, e toda a terra ia ouvir o "Companheiro do Visitador e Padre reinol" [3]. Pregou o sermão oficial de S. Paulo, a 25 de Janeiro de 1585, e ao despedir-se de Piratininga, "eram tantas as lágrimas das mulheres e homens que me confundiram".

Quando o Visitador Cristóvão de Gouveia voltou a Portugal, Fernão Cardim ficou no Brasil, "bom obreiro", e ocupou todos os altos postos do governo, Reitor da Baía (duas vezes), Reitor do Colégio do Rio de Janeiro (duas vezes), e Provincial. Indo a Roma por Procurador, ao voltar ao Brasil cativaram-no os corsários ingleses, no dia 25 de Setembro de 1601, a 4 ou 5 léguas da barra do Tejo. Vinha com o novo Visitador do Brasil P. João de Madureira, irmão do antigo Visitador Cristóvão de Gouveia. Eram duas as naus inglesas. A maior arvorava as Quinas de Portugal, de D. António Prior do Crato. A embarcação flamenga, em que iam os Padres, pelejou com valor, mas teve de render-se a inimigo dobrado. O Capitão inglês Sir John Gilbert tratou com honra os Padres cativos e pôs à sua mesa o Visitador e o P. Cardim, lem-

---

1. Informação do P. António Gomes (1584), *Lus.68*, 414.
2. Barão do Rio Branco, *Efemérides Brasileiras*, dia 27 de Janeiro de 1625.
3. Fernão Cardim, *Narrativa Epistolar* em *Tratados* (ed. de 1925)352.

brado do bem fazer dos Padres da Companhia com os ingleses, quer em Lisboa quer em Calais. Largou em terra a maior parte deles, levando seis para a Inglaterra. Mas apoderou-se de tudo o que traziam, restituindo sòmente as cartas que iam de Roma para o Brasil. Entre os objectos, que tiraram a Fernão Cardim, vestuário, instrumentos músicos, uma cruz e outros vasos de prata, muitos livros, e ainda o que mais sentia, "os seus próprios manuscritos em português e latim, sermões, vidas de Cristo e comentários teológicos: tudo agora nas mãos de Sir John Gilbert", escreve ele próprio a Sir Robert Cecil, Conde de Salisbury, com quem se pôs em correspondência para a sua libertação [1].

Antes de chegar à Inglaterra faleceu no mar o P. Madureira. Cardim foi conduzido a Plymouth e depois a Londres, onde ficou na prisão de Gatehouse, à espera de resgate em troca dalgum prisioneiro inglês. O corsário, que cativara os Padres, diz Franco, que veio a cair nas mãos dos espanhois em 1605, e dizia que "depois que levara os Padres à Inglaterra nunca mais tivera sucesso feliz"; e morreu bom católico, visitado e convertido pelos Padres da Companhia [2]. No mês de Janeiro de 1603, Fernão Cardim, resgatado, em troca do literato Luiz Bryskett, amigo de Spenser, passou a Flandres, onde tomou contacto com os Padres daquela Província e com alguns flamengos que tinham negócios no Brasil [3]. E enfim,

---

1. Carta de Fernão Cardim a Sir Robert Cecil, de Londres, Prisão de Gatehouse, 4 de Fevereiro de 1602. Cf. W. H. Grattam Flood, *Portuguese Jesuits in England in penal times*, em *The Month*, t. 143 (Londres 1924)157-159. Sobre estas cartas, ver infra, *História*, VIII, 135-136. — *Suplemento Biobibliográfico*. — Não é temerário ver nos papéis tomados pelos piratas ingleses, a Cardim, muitos dos mss. de Teologia e Filosofia do século XVI, que enriquecem as bibliotecas inglesas, e de que fala Frederich Stegmüller, *Spanische und portugiesisch Theologie in englischen Bibliotheken*, em *Spanisch Forschungen der Corresgesellschaft*, n.º 5 (Münster 1935)372-389.

2. Franco, *Imagem de Coimbra*, I, 724-729.

3. Memorial enviado de Flandres, da parte da família de Gaspar de Schetz, barão de Weremale, Senhor de Grobbendonck, sobre um Engenho de Açúcar daquela família, nos fundos da Ilha de S. Amaro, ao norte do rio da Vila de Santos. — Neste memorial se pede a ajuda do Provincial do Brasil para a boa solução dos negócios de que trata: e "hemos communicado sobre ello con el Rever.do padre Ferdinando Cardim quando estube acá", documento datado de Bruxelas, Maio de 1603. Cf. Alcibíades Furtado, *Os Schetz na Capitania de S. Vicente*, na *Rev. do Inst. Hist. de S. Paulo*, XVIII (1913)11-12.

embarcou em Lisboa, em 1604, e chegou à Baía a 30 de Abril, assumindo logo o cargo de Provincial, cuja patente é de 13 de Janeiro de 1603 [1]. Um ou dois anos depois, esteve em risco de cair outra vez em mãos de piratas. Tinha visitado S. Paulo e voltava de Santos ao Rio de Janeiro. Espiavam a fragata da Companhia duas naus corsárias para a tomar desprevenida. Salvou-a a diligência e heroismo do Governador do Rio, Martim de Sá, que lhe mandou aviso e seis canoas esquipadas, que pelejaram e venceram duas lanchas inimigas bem artilhadas, que a pretendiam assaltar; e como se não bastassem os perigos de piratas, padeceu ainda o dos naufrágios, alguns dos quais ele próprio conta.

Sendo Provincial promoveu as missões nos extremos do Brasil ao Norte, com a ida dos Padres Francisco Pinto e Luiz Figueira à Serra de Ibiapaba, a caminho do Maranhão; ao Sul, com a missão dos Padres João Lobato e Jerónimo Rodrigues, aos Carijós nas fronteiras do actual Estado do Rio Grande do Sul. Também se lhe deve a criação do primeiro Engenho de Açúcar da Companhia em terras do Colégio da Baía. E como homem de bom conselho foi confessor do Governador D. Francisco de Sousa.

Fernão Cardim, Reitor da Baía ao dar-se a invasão holandesa de 1624, retirou-se para a Aldeia do Espírito Santo (Abrantes), onde se estabeleceu o núcleo de resistência, e dali para a Aldeia de S. João (Mata), em que se reorganizou provisòriamente o Noviciado do Colégio, de cujo cargo de Reitor passara a Vice-Provincial, ofício em que faleceu, a 27 de Janeiro de 1625, nos subúrbios da Baía, alguns meses antes do inimigo abandonar a cidade [2].

António Vieira, seu discípulo, escreveu sentidas palavras em que se reflectem as grandes qualidades morais e religiosas do mestre; mas a glória literária de Cardim, póstuma, data do século XIX, com a publicação da *Narrativa Epistolar*, singular no agrado e elegância entre os escritos do Brasil do século XVI [3].

---

1. *Hist. Soc.* 62, 60.
2. *Cartas de Vieira*, I, 4-6; Bibl. Vitt. Em., f. ges. 3492/1363, n.º 6.
3. "Cardim, a product of the University of the Evora, was a humanist of vast culture. Beside his remarkables qualities of observation, his style, personal and informal, simple and unostentatious, almost conversational, gives an added note of genuiness to his extremely vivid and realistic descriptions and comments on men and things". J. Manuel Espinosa, *Fernão Cardim: Jesuit Humanist of Colonial Brazil* em *Mid-America*, "An Historical Review", vol. 24, New Series XIII, n.º 4 (Chicago, Oct. 1942)252-271.

2. — *Manuel de Lima* (1607-1610). *Visitador*. Patente de 25 de Junho de 1607. Antes do P. Manuel de Lima fora nomeado Visitador o P. João de Madureira em 1601. Ainda chegou a sair de Lisboa para o Brasil, mas sendo cativo dos piratas, faleceu em poder deles antes de tomar posse [1]. Também se lavraram duas patentes com o nome do P. *Pedro de Novais:* 1.ª Patente de Visitador do Brasil, de 3 de Fevereiro de 1601 (mesma data que a do P. João de Madureira); 2.ª Patente de Visitador do Brasil, de 25 de Junho de 1607 (mesma data que a do P. Manuel de Lima) [2]. Vê-se, por este facto, que se mandavam Patentes para mais de um Padre, devendo seguir para o Brasil o que em concreto se averiguasse mais conveniente.

Pedro de Novais não chegou a ir de nenhuma das vezes. Em Portugal foi grande letrado, Professor e Cancelário da Universidade de Évora e Provincial [3].

Manuel de Lima abriu a Visita a 3 de Dezembro de 1607, confirmou e mandou que se guardasse *in totum* a do P. Cristóvão de Gouveia, excepto algumas coisas que ele modificou no *Memorial* da sua própria Visita, que se assinalou sobretudo no levantamento geral dos estudos de praxe universitária, e na preocupação de mais exacta observância religiosa [4].

Concluída a Visita voltou a Lisboa em 1610; e, entre outros cargos que ocupou em Portugal, foi Reitor da Universidade de Évora e do Colégio das Artes de Coimbra. Manuel de Lima tinha nascido em Lisboa e faleceu na mesma cidade a 22 de Fevereiro de 1620.

Como Secretário do P. Manuel de Lima, era o P. Jácome Monteiro, o qual no fim da Visita informa para Roma sobre a disposição dos Padres da Província do Brasil, e diz que sofrem mal que lhes vão Visitadores da Província de Portugal; e quando estes ordenam alguma coisa nova, respondem: fiquem cá para a cumprir. Fazem corpo entre si e até os Superiores desfazem o que podem no Visitador. E comenta: A estes Visitado-

---

1. Cf. supra, *História*, I, 571-572.
2. *Hist. Soc.*62, f. 60.
3. Cf. Franco, *Ano Santo*, 27.
4. *Terceira Visita do P. Manuel de Lima Visitador Geral desta Província do Brasil.* Aprovada pelo P. Geral. (Bibl. Vitt. Em., f. ges. 1255, n.º 14).

res falta-lhes a experiência da terra, e na verdade seria melhor que se elegessem entre os Padres da Província do Brasil, a não ser que o Visitador ficasse depois também para cumprir e fazer cumprir o que ordenava[1]. Concorda com a opinião do P. Jácome Monteiro, o 2.º Postulado da Congregação Provincial do Brasil (Junho de 1617), que levou a Roma o Procurador Henrique Gomes, para que os Visitadores fossem pessoas da Província. Responde o Geral que as razões alegadas não convencem a que se mude o estilo da Companhia na nomeação de Provinciais e Visitadores com a mira posta no bom uso das Constituições e glória divina[2].

3. — *Henrique Gomes* (1609-1615). *Provincial.* Patente de 18 de Agosto de 1608[3]. Henrique Gomes nasceu em 1555 em Pinheiro de Ázere, Comarca de Santa Comba Dão[4]. Entrou na Companhia em Évora com 16 anos, em 1571. Embarcou para o Brasil com o P. Provincial Beliarte, que em 1591 o propôs para Reitor de Pernambuco, onde a 1 de Janeiro de 1593 fez a profissão solene[5]. Começou a governar a Província do Brasil em 1609, passando o cargo ao seu sucessor em 1615. Dois anos depois foi a Roma como Procurador do Brasil. E ocupava o cargo de Visitador Geral do Brasil quando faleceu na Baía em 18 de Agosto de 1622. Manteve a elevação dos Estudos e promoveu as Missões tanto aos Carijós dos Patos como ao Rio Grande do Norte, as Confrarias de Oficiais Mecânicos e os Aldeamentos dos Índios. As suas cartas denotam estilo e trato ameno. E, de facto, o Necrológio, escrito pelo P. Simão de Vasconcelos, realça a notável caridade do P. Henrique Gomes, para com os de fora e para com os de casa[6].

---

1. Carta do P. Jácome Monteiro ao P. Assistente, de Portugal, 28 de Setembro de 1610, *Bras.8*, 101.
2. *Congr.55*, f. 255-257.
3. *Hist. Soc.62*, f. 60.
4. O Catálogo de 1574 diz do Bispado de Coimbra (*Lus.43*, 471); o de 1577 do Bispado de Viseu, e parece dizer *Pereiro* de Ázere. Nos mais, *Pinheiro*. Este Catálogo de 1577, Agosto, tem: "Henrique Gomes he de 22 annos e meo [...] ha 6 annos e meo que está na Companhia" (*Lus.42*, 2), o que fixa o nascimento nos primeiros meses de 1555.
5. *Lus. 2*, 86.
6. *Bras.8*, 326-327v.

4. — *Pero de Toledo* (1615-1618). *Provincial*. Patente de 22 de Abril de 1614 ¹. Nasceu por 1550 em Granada, Espanha. Entrou na Companhia em 1571 e embarcou de Lisboa em 1576. Fez a profissão solene em Olinda em 1584, dia de S. Jerónimo (30 de Setembro) ². Era Mestre em Artes, bom letrado e Pregador. Principiou os cargos de governo como Vice-Reitor e Reitor do Colégio do Rio de Janeiro, Vice-Reitor de Pernambuco. Neste de Pernambuco (1590), padecia de dores de cabeça, e gostava mais do quarto que do ofício, isto é, não procurava a convivência dos de casa nem visitava as granjas. Repercutia-se então no Brasil a situação, que se seguiu à união das duas Coroas de Portugal e Castela, e ele só se dava bem com dois ou três castelhanos ³. Passou então a governar a Casa de Ilhéus (1592), donde escreveu ao Geral que o mandasse para a Província do Peru. Respondeu-lhe o P. Geral em 1596 que se sentisse o clima do Brasil mau para a saude, e esperasse que o do Peru havia de ser mais favorável, que fôsse; senão, não via motivo para a mudança ⁴. Acomodou-se o P. Toledo; e quer como Professor de Teologia Moral, quer ainda como Reitor de Pernambuco e da Baía, Padre Espiritual dos de Casa e na Igreja, e Provincial, de que tomou posse em 1615 (até 1618), prestou bons serviços à Província que pensara largar num momento de crise.

Embora com a colaboração do seu predecessor P Henrique Gomes, mas já dentro do seu Provincialato deu-se a conquista do Maranhão em 1615, em que tomaram parte os Padres Manuel Gomes e Diogo Nunes, com Índios guerreiros das Aldeias dos Jesuítas ⁵; e fundou-se a Aldeia de S. Pedro de Cabo Frio. Pero de Toledo faleceu na Baía a 6 de Março de 1619 ⁶. Louvam-se em particular as suas mortificações e humildade. E o povo tinha-o na opinião de santo ⁷.

---

1. *Hist. Soc.62*, 60.
2. Cardim, *Narrativa Epistolar*, em *Tratados*, 333.
3. *Lus.71*, 4v.
4. *Epp.NN.38*, 98.
5. Cf. supra, *História*, III, 99.
6. *Hist. Soc.43*, 66.
7. *Triennium Litterarum 1617-1619* de Baltasar de Sequeira, *Bras.8*, 226v.

5. — *Simão Pinheiro* (1618-1621). *Provincial.* Patente de 30 de Abril de 1618 [1]. Nasceu pelo ano de 1568 em Aveiro [2]. Era filho de António Pinheiro e Jerónima de Mariz, e entrou na Companhia em Coimbra a 21 de Janeiro de 1584 [3]. Já tinha o Curso de Artes quando embarcou para o Brasil em 1591. No Brasil concluiu os estudos e foi nomeado Superior de Porto Seguro. Em 1601 voltou à Baía para o Terceiro Ano, antes do qual fez o exame *ad gradum*. "Teve suas Conclusões perante mim, diz o Provincial Pero Rodrigues, e foi examinado por três Padres, cujos testemunhos são os seguintes. Do P. Inácio de Tolosa: parece-me que o P. Simão Pinheiro nas Conclusões, que defendeu, mostrou suficiência de letras assim de Teologia como de Filosofia; do P. Domingos Coelho, Lente de Teologia: ainda que o P. Simão Pinheiro mostrou estar algum tanto remoto, parece-me contudo que tem boa suficiência de letras e que dando-lhe tempo em que se refresque pode ler qualquer das Faculdades em que se examinou; do P. António de Matos, Lente de Moral: nas Faculdades, de que se examinou, o P. Simão mostrou bom saber" [4]. Fez a profissão solene na Baía (recebendo-a o Provincial Fernão Cardim) a 30 de Maio de 1604 [5]. Já estava então nomeado Reitor de Pernambuco e exerceu igual cargo na Baía, donde subiu a Provincial no fim de 1618. Ainda voltou a ser Reitor da Baía (Patente de 12 de Julho de 1627), durante dois ou três anos; e residia neste Colégio com fraca saúde, em 1631, última menção sua [6]. No Catálogo

---

1. *Hist. Soc.* 62, 60.
2. "Vila de Milho (sic) junto a Aveiro", lê-se em Franco, *Ano Santo*, 492.
3. Franco, *l. c.*, diz 1582, talvez lapso de leitura. Em 1582 tinha só 14 anos e em todos os Catálogos do Brasil a data é 1584.
4. Carta do P. Pero Rodrigues, de 24 de Abril de 1601, *Bras.8*, 30.
5. *Lus.3*, 123.
6. "P. Simon Pinheiro ex Aveiro Dioecesis Conimbricensis annorum 66 infirma valetudine admissus Coninmbricæ anno 1584. Studuit grammaticam annos quatuor, totidem Philosophiæ, Theologiæ tres; docuit Grammaticam annos duos, fuit socius Magistri Novitiorum per annum, Superior Residentiæ Portus Securi annos duos, Rector Collegii Pernambucencis bis annos septem, Visitator Pagorum Indorum aliquot annos. Rector hujus Collegii bis annos quinque. Provincialis per triennium. Magister in Artibus, professus quatuor votorum ab anno 1604. Concionator", *Bras.5*, 127. — Deve ter tido sempre precária saude, porque já dizia dele Fernão Cardim em 1604 que era "muito enfermo e entisicado", *Bras.5*, 55v.

seguinte, de 1641, já não consta o seu nome. A notícia necrológica do falecimento, dentro desse decénio (1631-1641), deve-se ter perdido com as intensas piratarias do tempo. Promoveu a redução dos Goitacases e as missões dos Índios, sobretudo nos dois extremos do Brasil, norte e sul, e ainda ao Sertão da Baía (Arabó).

6. — *Domingos Coelho* (1621-1628). *Provincial*. Patente de 13 de Março de 1621 [1]. Nasceu por 1564 na Cidade de Évora, onde entrou na Companhia em 1578, e aí estudou até 1587 em que embarcou para o Brasil com o P. Marçal Beliarte para ser Professor. Findos os estudos, e ordenado de Sacerdote em 1592, logo iniciou a carreira de Mestre de Teologia [2], e Filosofia, Faculdades em que "como é costume nesta Província, explicou na Filosofia Aristóteles, e na Teologia o Doutor Angélico" [3]. O seu insigne talento criou-lhe émulos e chegaram a Roma em 1611 os écos das emulações, quando Domingos Coelho era secretário ou companheiro do Provincial Henrique Gomes, que assim responde ao Geral: "A verdade é que o meu companheiro é afável e benigno, porém não é mole. Mas temo que são invejas de verem que é buscado e estimado de todos. Grandes e pequenos, Governadores, Bispos, Prelados e pessoas graves, acodem a lhe pedir conselho em suas dúvidas e com todos tem entrada e tudo faz religiosamente e com crédito da Companhia e sujeição aos Superiores. E pode ser que alguns lhe invejam o talento e cuidam que lhes faz sombra" [4]. Com informação tão autorizada veio-lhe na volta do correio (Patente de 23 de Abril de 1612) o ofício de Reitor do Colégio da Baía e ocupou quase toda a vida em cargos de governo: Reitor do Colégio da Baía (2 vezes), Reitor do Rio de Janeiro, e Provincial (2 vezes). Sendo Provincial a primeira vez, voltava de fazer a visita do Rio de Janeiro, quando ao entrar na Baía em 1624 o cativaram os Holandeses e o levaram para a Holanda, de cujo cárcere em Amesterdão escreveu, a 24 de Outubro de 1624, a narrativa circuns-

---

1. *Hist. Soc.*62, 60.
2. *Bras.15*, 409v; *Lus.72*, 94v.
3. *Bras.8*, 516v.
4. Carta do P. Henrique Gomes ao P. Geral, da Baía, 1 de Agosto de 1611, *Bras.8*, 129.

tanciada, que se viu no Tômo V¹. Depois da dura e longa prisão (2 anos), esteve em Roma, e embarcou de novo de Lisboa para o Brasil em 1628, onde passou o governo da Província ao P. António de Matos. Voltaria a ser Reitor da Baía (Patente de 10 de Setembro de 1629) ²; e de novo Provincial em 1631, a seguir à invasão holandesa de Pernambuco (1630), colocando os Padres do Colégio de Olinda, quanto esteve em sua mão, à disposição do General Matias de Albuquerque até à retirada de Alagoas. No cerco da Baía em 1638, ele e os Padres do Colégio, com obras e palavras, nas trincheiras e nos púlpitos, animaram a resistência até o inimigo levantar o cerco.

Durante o primeiro período do seu governo mandou reabrir a Casa de Porto Seguro e enviou para o Maranhão o P. Luiz Figueira, com que se fundou aquela missão do Norte, enquanto outros Padres continuavam as missões aos Carijós do Sul, onde o P. António de Araujo fundou a Igreja de Laguna; e ao mesmo tempo se entrava pelo Rio Doce ao Sertão de Minas.

Além das qualidades de Professor, Pregador e Administrador, o nome do P. Domingos Coelho fica ligado às invasões holandesas, quer como vítima, das primeiras e mais ilustres, logo em 1624, quer como defensor do Brasil durante o tempo do seu segundo Provincialato, concluído um ano antes de falecer na Baía a 9 de Agosto de 1639 ³.

---

1. S. L., *História*, V, 34-48. Neste mesmo lugar, a gravura dos cativos de Holanda, em que o P. Domingos Coelho aparece com o Governador Geral do Brasil no primeiro plano, de corpo inteiro, documento iconográfico de valor para a indumentária jesuítica dos começos do século XVII: batina, faixa estreita e barrete alto.

2. *Hist. Soc.* 62, 60.

3. *Bras.5*, 147v; *Hist. Soc.46*, 13; *Bras.8*, 516v-517. O último Catálogo, em que consta o seu nome (1631) diz: "P. Dominicus Coelho ex Ebora Civitate annorum 67 bona valetudine, admissus Eboræ anno 1578. Studuit linguæ latinæ annos 5, Artibus Liberalibus quatuor quas triennio in hoc Collegio [da Baía] docuit, in ea facultate Magister est creatus, Theologiam professus est domi annos tres, publice ultra quatuor, Casus conscientiæ ultra duos. Professus quatuor votorum ab anno 1602. Fuit Rector Fluminis Ianuarii annos tres, totidem socius Provincialis, quatuor Rector Bahyæ, Provincialis per septem fere annos, si eos numeres quibus captivus apud Hollandos fuit, nunc Rector huius Collegii uno ab hinc anno et dimidio. Concionator", *Bras.5*, 127.

Henrique Gomes (1622). *Visitador.* Patente de 4 de Outubro de 1621 [1]. Chegou a abrir a Visita, mas faleceu pouco depois, a 18 de Agosto de 1622 [2].

Fernão Cardim (1624-1625). *Vice-Provincial.* Quando o P. Domingos Coelho foi cativo dos Holandeses, já tinha 7 anos de Provincial e havia chegado patente para o seu sucessor, o P. António de Matos. Sendo este igualmente cativo, assumiu o governo da Província, segundo as Constituições, o P. Fernão Cardim, como Reitor, que então era, do Colégio Máximo da Baía [3]. Apesar da idade avançada e de exercer o governo nas Aldeias dos arredores da cidade, ocupada pelo inimigo, Fernão Cardim deu mostras de animosa coragem na reacção contra o invasor [4], até falecer poucos dias antes da recuperação da cidade (1625).

Manuel Fernandes (1625-1628). *Vice-Provincial.* Junto com a patente do novo Provincial António de Matos, viera também outra em 1624 para ser Reitor da Baía, o P. Manuel Fernandes. Ao falecer Fernão Cardim, assumiu com o mesmo direito, com que ele o tinha assumido, de Reitor do Colégio Máximo, o governo da Província. Voltou das Aldeias de S. João e Espírito Santo para a Quinta do Tanque, onde, com 11 Padres e Irmãos, atendeu aos que da nossa parte sitiavam o inimigo, repartindo-se os Padres pelas estâncias, na administração dos Sacramentos, com perigo manifesto da vida, "por serem as balas muitas e os reparos poucos", segundo se exprime Vieira [5].

Quando os Holandeses sitiados, vencidos, abandonaram a cidade, não foi pequeno o trabalho do P. Manuel Fernandes para restaurar o culto na Igreja profanada e o ensino no Colégio danificado. Durante o seu governo concluiu-se a redução dos Goitacases. Em 1638 voltou o P. Manuel Fernandes a governar a Província, então já como Provincial.

---

1. *Hist. Soc.*62, 60.
2. *Hist. Soc.*42, 33v; *Hist. Soc.*43, 68. Teve tempo de fazer a Visita do Colégio da Baía e dela se transcreve um § na Ordenação geral das Visitas precedentes, feita no tempo do Provincial Francisco de Matos (1701), Gesù, *Colleg.* 20.
3. Cf. supra, *História*, V, 33-34.
4. Cf. supra, *História*, V, 51.
5. *Cartas de Vieira*, I, 47.

7. — *António de Matos* (1628-1632). *Provincial*. Patente de 1 de Maio de 1627[1]. António de Matos nasceu no ano de 1561 em Santarém. Era aluno do Colégio de S. Antão (Lisboa), quando entrou na Companhia em Lisboa (S. Roque) no dia 13 de Dezembro de 1577, com 16 anos de idade. E dava mostras de invulgares qualidades morais e intelectuais[2]. De S. Roque passou para o Noviciado de Coimbra. Antes de embarcar em 1598 tinha ensinado Filosofia em Braga durante três anos. No Brasil iniciou a carreira como Professor de Teologia Moral, recebeu o grau de Mestre em Artes, e, para complemento de formação, aprendeu a língua tupi na Aldeia de S. António[3]. Fez a profissão solene na Baía, a 15 de Setembro de 1602, recebendo-a o P. Pero Rodrigues[4]. Ensinou Teologia Moral e foi enviado em 1604 pelo Provincial Fernão Cardim como Visitador da Missão de Angola[5]. Em 1606 já se encontrava de novo na Baía como Pregador, Consultor e Prefeito Espiritual; e o Catálogo de 1610 diz que fora um ano e meses Reitor de Pernambuco, e ano e meio Mestre de Noviços na Baía[6]. Em 1614 e 1616 morava no Rio de Janeiro, com os mesmos ofícios que os de 1606 na Baía e mais o de Prefeito da Confraria, entrando em 1616 a reger o Colégio do Rio[7]. Governou-o 4 anos; e em 1621 tinha os mesmos ofícios de Consultor e de direcção espiritual entre os quais o "cuidado dos Irmãos da Recollecta"[8].

Ia a caminho da Baía com o P. Domingos Coelho para lhe suceder no cargo de Provincial, quando no dia 28 de Maio de 1624, ao entrar a barra, cativo e espoliado dos seus manuscritos, foi levado para a Holanda, onde ficou dois anos no cárcere de Dordrach, donde, já no dia de Natal de 1624, escreve a contar o triste cati-

---

1. A 1.ª patente, sem efeito por ser cativo dos Holandeses antes de tomar posse, era de 29 de Abril de 1623, *Hist. Soc.*62, 60.
2. Catálogo de 1 de Janeiro de 1578: "António de Matos, do Arcebispado de Lisboa. 16 anos. Há 19 dias que foi recebido da 2.ª classe de S. Antão por estudante. Fica no Refeitorio, "es sano, muestra tener buen juizio y raro ingenio y taliento para letras y buena manera para predicar" (*Lus.43*, 520).
3. Cf. supra, *História*, 1, 581.
4. *Lus.3*, 38.
5. *Bras.8*, 102v.
6. *Bras.5*, 79v
7. Patente de Reitor, de 7 de Dezembro de 1615, *Hist. Soc.*62, 60.
8. *Bras.5*, 125.

veiro [1]. Libertado em 1626, com nova patente de Provincial, voltou ao Brasil em 1628, governando até 1632. Depois desta data o primeiro Catálogo é o de 1641, em que o P. António de Matos reside no Colégio do Rio de Janeiro, como admonitor do Reitor, e aí se conserva o resto da vida até falecer, com 84 anos de idade e 68 de Companhia, a 25 de Outubro de 1645 [2]. O seu nome inscreveu-se no Menológio como o de "alter Anchieta" [3]; e o Provincial Francisco Gonçalves escreve que foi o 2.º *Taumaturgo do Brasil*, parecido com Anchieta, até no corpo; e, narrando alguns prodígios de sua vida ou por intercessão sua, encarece: o "P. António de Matos, Português, era glória do nosso Brasil, ornamento da Companhia e exemplar de toda a perfeição religiosa". "Huomo veramente perfetto e santo" [4].

Domingos Coelho (1632-1638). Provincial. 2.ª vez. Período de resistência contra a invasão holandesa. Entretanto, no Norte, Luiz Figueira chegou ao Rio Xingu, e no Sul Inácio de Sequeira foi aos Carijós, e tentou ro sertão do Espírito Santo a descoberta da Serra das Esmeraldas (Minas).

8. — *Pedro de Moura* (1639-1640). Visitador. Patente de 2 de Dezembro de 1638 [5]. Nasceu por 1585 em Alpalhão e faleceu na cidade de Évora a 27 de Dezembro de 1654. Em Portugal foi Professor, Reitor e Cancelário da Universidade de Évora, Visitador do Algarve, e Vice-Provincial da nova Província do Alentejo. A Visita do Brasil coincidiu com as perturbações e motins provo-

---

1. *Carta do P. António de Matos ao P. Assistente Nuno Mascarenhas*, do Cárcere de Dordrach, 25 de Dezembro de 1624, cf. supra, *História*, V, 35, 48; Cordara, *Hist. Soc.*, VI-2.º, 249.

2. *Bras.5*, 182.

3. *Lus.58*, 20; *Bras.14*, 56v-57.

4. Francisco Gonçalves, *Relatione data al Molto R. P. N. Vincenzo Caraffa*, [1649-1650], *Bras.8*, 573-574v; cf. Franco, *Ano Santo*, 625.

5. *Hist. Soc.62*, 60. As perturbações holandesas e a defecção do P. Manuel de Morais tornava útil a presença de um Visitador; e o Vice-Reitor de Pernambuco o pediu ao P. Geral nesse ano e que fosse pessoa capaz, "que reforme esta Província" (*Bras.8*, 486). Por Patente de 29 de Outubro de 1635 (*Hist. Soc.62*, 60) foi nomeado o P. Simão Álvares, pessoa realmente capaz, Professor da Universidade de Évora e de Coimbra e Provincial de Portugal. Talvez lhe tivessem impedido a Visita do Brasil, aonde não chegou a vir, as graves doenças de que padecia, Franco, *Ano Santo*, 612-614.

cados pela publicação da Bula de Urbano VIII sobre a Liberdade dos Índios. Pedro de Moura achava-se então (1640) no Colégio do Rio e em virtude do seu cargo tomou parte activa nos debates [1]. O Memorial da sua Visita, que ainda existia em 1666, não o achou já em 1669 o P. Simão de Vasconcelos, e diz que era digno de se conservar [2].

9. — *Manuel Fernandes* (1638-1645). *Provincial.* Tomou posse do cargo no segundo semestre de 1638. Durante o cerco da Baía, ainda era Provincial Domingos Coelho; em Janeiro de 1639 já era o P. Manuel Fernandes, "pessoa mui conhecida, de muitas letras e grande virtude", informa o Bispo D Pedro da Silva [3]. Manuel Fernandes nasceu em Viana de Alvito (Alentejo) à roda de 1577 (diz-se em 1607 que tem 30 anos), e entrou na Companhia de Jesus em Évora, a 12 de Julho de 1593. Embarcou para o Brasil em 1601 com o P. Fernão Cardim e com ele foi cativo para a Inglaterra [4]. Disputando com um predicante herege, este em conclusão de argumentos saiu-se com palavras desentoadas contra Manuel Fernandes, que manteve toda a calma, invertendo-se os papéis do que habitualmente sucede com ingleses, os quais, é verdade, restabeleceram o equilíbrio, lançando o seu predicante por uma escada abaixo, e louvando a modéstia do Padre, jovem apenas de 24 anos, mas já com a cultura universitária, que Évora lhe tinha dado, e dotado de excelentes dotes oratórios. No Brasil aprendeu algum tupi e ensinou Teologia Especulativa dois anos e meio. Recebeu o grau de Mestre em Artes, e fez a profissão solene a 8 de Dezembro de 1611, recebendo-a o Provincial Henrique Gomes [5]. Em 1613 era Mestre de Noviços e Professor de Teologia Moral nas aulas públicas do Colégio da Baía [6]; no ano seguinte,

---

1. Cf, supra, *História*, VI, 32-41.
2. *Bras.3(2)*, 103.
3. Cf. supra, *História*, V, 61.
4. O seu nome deve de ser acrescentado aos seis que consta (supra,, *História*, I, 572) terem sido levados a Inglaterra. Por duas razões: porque os 11 Padres e Irmãos da expedição de 1602 (*ib.*) diz Pero Rodrigues que "forão *todos* que lançarão em *terra* os Ingreses" (*Bras.8*, 16), e entre estes 11 não se lê o nome do P. Manuel Fernandes; e porque Franco, *Ano Santo*, 461, refere o caso do predicante, que a seguir se relata, como sucedido na Inglaterra.
5. *Lus.3*, 249.
6. *Bras.5*, 80.

companheiro do Provincial [1], e em fins de 1618 ou princípios de 1619, Reitor do Colégio da Baía [2]. Terminado o triénio ficou no mesmo Colégio com os ofícios de "pregador, confessor dos Irmãos, prefeito do espírito, revedor das cartas, e admonitor do Reitor; e avisa os pregadores" [3]. Voltou a ser Mestre de Noviços e o era do P. António Vieira, ao dar-se a tomada da Baía, em 1624, passando, por morte de Fernão Cardim, a Reitor do Colégio e Vice-Provincial até 1628. Depois foi Visitador do Colégio do Rio de Janeiro e outra vez secretário da Província. Disperso o Colégio de Pernambuco com as perturbações que a história regista, pela invasão holandesa de 1630, Manuel Fernandes seguiu para lá com o ofício de Visitador. Ergueu a capelinha do *Bom Jesus* no Arraial, que ficou a ser assim conhecido, e mantendo-se em estreita e activa colaboração com o General Matias de Albuquerque, presidindo à retirada dos Índios em 1635 para Alagoas com serenidade e energia [4]. Manuel Fernandes tinha sido nomeado Reitor de Pernambuco [5], bastando-lhe porém o ofício de Visitador, nas condições trágicas da guerra. Na Baía, depois da retirada, cuidava em acomodar bem e garantir as subsistências dos Índios de Pernambuco, com os quais ainda tomou parte nas expedições de resistência ao invasor, nas fronteiras de Pernambuco, e no cerco da Baía de 1638, onde os Padres tiveram farta ocasião de trabalhos até se retirar o inimigo.

O P. Manuel Fernandes ia ter no Provincialato, que então inaugurou, nova demonstração da sua prudência e tacto na Restauração de 1640, operada no Brasil em 1641, indo da Baía ao Rio de Janeiro preparar o ânimo do Governador Salvador Correia de Sá e Benevides, com poderes para criar outro Governador, de que felizmente não foi preciso utilizar-se, fazendo-se a aclamação de El-Rei D. João IV dentro dos muros do próprio Colégio do Rio [6]. Em 1645 no dia de S. Luiz Gonzaga (21 de Junho) passou o cargo

---

1. *Bras.5*, 111.
2. Patente de 30 de Abril de 1618, *Hist. Soc.62*, 60.
3. *Bras.5*, 123.
4. Cf. supra, *História*, V, 352-362.
5. Patente de 16 de Abril de 1633, *Hist. Soc.62*, 60.
6. Cf. S. L., *A Companhia de Jesus no Brasil e a Restauração de Portugal*, em "Anais da Academia Portuguesa da História", VII (1942)137-139; supra, *História*, VI, 42-43.

ao sucessor [1]. Ainda pensaram em dar-lhe novos governos, mas ele, a 1 de Agosto de 1646, declarou ao Geral que já tinha 69 anos, e, enumerando os cargos que desempenhou, pede o alivie de tudo o que é governo [2]. Faleceu na Baía, a 14 de Agosto de 1654 [3].

Manuel Fernandes como Religioso, era homem de oração, penitência e de grande amor a Nossa Senhora; e como Superior, poucos o igualaram. Homem de acção, sabia levantar os ânimos deprimidos, de doentes e sãos, guardava absoluta reserva sobre os negócios de que tratava; e nunca deixava transpirar indício algum de que conhecia as faltas dos súbditos, e uma vez emendadas era como se não existissem. Qualidades que o impunham à confiança de todos, tanto de casa como de fora [4]. Sem o buscar, mas pelo jogo das circunstâncias (invasão holandesa e Restauração de Portugal), teve papel político preponderante no Brasil do seu tempo, com prestígio da Religião e da unidade pátria.

10. — *Francisco Carneiro* (1645-1648). *Provincial.* Tomou posse a 21 de Junho de 1645. Nasceu em Resende (Lamego) pelo ano de 1580. Era de família ilustre e veio para o Brasil tendo apenas 11 anos. Estudava no Colégio da Baía quando entrou na Companhia-a 17 de Novembro de 1596. Completou os estudos, tomou o grau de Mestre em Artes, aprendeu a língua tupi, e era pregador. Começou por ensinar Humanidades e ser sócio do Mestre de Noviços, e a seguir Ministro do Colégio da Baía. Em 1614 residia

---

1. *Bras.3(1),* 250.
2. *Bras.3(1),* 250-250v.
3. *Bras.5,* 218; *Hist. Soc.48,* 35v. Algum documento, *Sexennium Litterarum* de António Pinto (*Bras.9,* 13v-15), traz 1653; mas ainda consta do Catálogo feito em Abril de 1654, que é o último em que o seu nome aparece, e reza assim: "Pater Emmanuelis Fernandes annorum 77 ex Vianna de Alvito dioecesis Eborensis firma valetudine modo tamen quasi coecus, admissus Eboræ anno 1593. Studuit linguæ latinæ annos quinque; Philosophiæ in qua est Magister 3; Theologiæ 4. Fuit Eboræ socius Magistri Novitiorum & Magister eorumdem in Collegio Bahiensi 12; Docuit Theologiam domi annos 2, casus conscientiæ publice 4; Fuit socius Provincialis annos 5; Rector Collegii Bahiensis bis annos 6; Vice Provincialis fere 4; Visitator Collegii Fluminis; Provincialis annos fere 7; Visitator in Pernambuco quinquennium; Professus 4 votorum ab anno 1611; Concionator", *Bras.5,* 183.
4. Franco, *Ano Santo,* 461.

na Aldeia de S. João [1]. Fez a profissão solene na Baía, recebendo-a o P. Pero de Toledo [2], a 1 de Janeiro de 1617, ano em que era Professor de Filosofia, e o foi depois também de Teologia. Sendo Reitor do Rio de Janeiro (Patente de 29 de Abril de 1623) [3], foi em 1627 aos Carijós a buscar os Missionários, que lá residiam em condições de precária segurança [4]. Concluído o Reitorado do Rio (4 anos), voltou à Baía a ser secretário da Província, cargo que já tinha ocupado antes. Tornou a governar o Colégio do Rio (Patente de 16 de Abril de 1633) [5], onde teve que jugular grave tormenta. Era Administrador Eclesiástico do Rio de Janeiro um antigo egresso da Companhia, da Província de Portugal, Dr. Lourenço de Mendonça, Comissário da Inquisição na Cidade de Potosi, e que na América Espanhola procurara colocar os Portugueses no mesmo pé de igualdade com os Castelhanos, Navarros e outros [6]. Acto eminentemente patriótico se não levasse implícito o sentimento da fusão das Coroas de Portugal e Castela, o que explica a sua reprovável atitude a seguir a 1640. Sendo agora Prelado do Rio de Janeiro, o Dr. Lourenço de Mendonça teve as suas emulações com o Reitor do Colégio, de quem tirou devassa de vida e costumes, com papéis nem todos verdadeiros. Produziu-se a defesa como era justo; e de acordo com o privilégio apostólico de Gregório XIII (1573), que se transcreve no processo, o Reitor nomeou conservador ao P. Fr. João da Purificação, e depois ao P. Fr. João da Cruz, ambos Carmelitas. O processo seguiu os trâmites legais, e o Prelado foi declarado incurso na pena de excomunhão. Estando já a bordo da nau "Nossa Senhora da Estrela", de que era mestre Manuel André Vareiro, foi-lhe notificado o resultado do processo. E ele declarou, que tirando alguns poucos, todos os mais papéis eram falsos, e assinou o termo. Feito isto, o P. Francisco dos Reis, comissionado para esse efeito, absolveu-o: — "O P. Francisco

---

1. *Bras.5*, 111.
2. *Lus.4*, 62.
3. *Hist. Soc.62*, 60.
4. *Bras.8*, 460.
5. *Hist. Soc.62*, 60.
6. *Suplicación a Su Majestad del-Rei N. S. ó defensa de los Portugueses en que muestra, que sin contravenir a las Ordenes reales deven y pueden los Portugueses estar en las Indias como los Castellanos, Navarros, y otros*. Madrid, 1630. Não tem nome de Impressor. (B. Machado, *Bibl. Lus.*, III, 30, 2.ª).

dos Reis absolvi *ad reincidentiam* ao Senhor Prelado e Administrador o doutor Lourenço de Mendonça na forma do termo, pelo haver assinado; e por ser verdade me assinei, hoje, vinte e dous de Janeiro de seiscentos e trinta e sete. *Francisco dos Reis*" [1].

Do Dr. Lourenço de Mendonça escreve Barbosa Machado: "Aclamado Rei de Portugal o Sereníssimo D. João IV, se passou para Castela com injúria da fidelidade devida ao seu Príncipe natural, por cujo abominável crime foi declarado traidor por sentença dada na Relação Eclesiástica de Lisboa em 12 de Abril de 1642" [2].

Já tinha acabado o reitorado do Colégio do Rio, quando se publicou o Breve de Urbano VIII sobre a liberdade dos Índios, com os atropelos de 1640 contra o mesmo Colégio. Dado o conhecimento directo da terra e pessoas, e por ser versado em moral e direito, Francisco Carneiro foi incumbido de ir a Lisboa informar sobre aqueles distúrbios [3], voltando em 1642 para assumir três anos depois em 1645 o cargo de Provincial. Durante o governo da Província estimulou e favoreceu, no Norte, o levante de Pernambuco contra os invasores holandeses [4]; e no Sul, tratou de restabelecer as boas normas na administração dos Índios, encampando as Aldeias aos Oficiais da Câmara, enquanto colocava El-Rei dentro deste curto dilema: ou prestigiar eficazmente as Missões ou desobrigar delas os Padres [5]. Passou o ofício ao sucessor em 1648, e faleceu na Baía, a 15 de Maio de 1652, com 56 anos de Companhia, 61 de Brasil e 72 de idade [6].

Francisco Carneiro, homem culto e de grande urbanidade no trato com a gente de fora, sabia dissolver as maiores dissenções com o bom humor de que era dotado. Não admitia murmurações. No serviço de Deus recomendava alegria exterior e interior, e, com

---

1. *Bras.11*, 77-91v. Todo o processo autêntico, muito deteriorado pelo tempo.
2. *Bibl. Lus.*, III, 30, 2.ª
3. Cf. supra, *História*, VI, 41.
4. Cf. supra, *História*, V, 399.
5. Cf. supra, *História*, VI, 99.
6. *Bras.9*, 13v. O nome do P. Francisco Carneiro não consta do Catálogo de 1646, por ser então Provincial. O anterior, de 1641, diz: "P. Franciscus Carneiro ex Resende dioecesis Lamecensis an. 62, firma valetudine admissus Bahyæ anno 596, studuit latinitati annos 3, totidem Phylosophiæ in quo est Magister,

o próprio exemplo, a quem o buscava triste, animava e restituía à boa disposição de espírito.

11. — *Belchior Pires* (1648-1652). *Provincial.* Nasceu em 1582 em Aljustrel e entrou na Companhia em Évora em 1597. Embarcou para o Brasil a 1.ª vez em 1601, com Fernão Cardim; e, sendo tomado dos piratas ingleses e largado em terra, voltou a embarcar em 1602. Acabou no Brasil os estudos, aprendeu a língua tupi, e fez a profissão solene em Olinda a 8 de Setembro de 1621, recebendo-a Simão Pinheiro [1]. Ensinou gramática três anos e foi ministro e Visitador do Colégio de Pernambuco, onde se encontrava ao dar-se a invasão holandesa. Não obstante os 48 anos de idade, que já tinha, deu provas de valentia e decisão na companha e retirada de Alagoas. Depois, serenada a guerra, ficou na Baía, Consultor da Província, Admonitor do Reitor, Pregador e Confessor [2]. Mostrou-se então defensor acérrimo dos bens da Companhia e das Aldeias dos Índios; e, contra os que se queriam desfazer dos bens e das Aldeias, alegava que os Colégios dos Jesuítas não eram Mosteiros de Capuchos, e que sem as Cristandades dos Índios, a Companhia não tinha nada que fazer no Brasil [3]. Ao mesmo tempo era amigo do Governador António Teles da Silva, e recomenda em 1646 ao P. Geral as suas benemerências [4]. Com este mesmo espírito governou a Província de 1648 a 1652, continuando a favorecer a guerra de Pernambuco contra os invasores e a defender as terras da Companhia e o seu melhor aproveitamento para o bem comum.

Theologiæ 3, totidem fere docuit Grammaticam, fuit socius magistri novitiorum annos 6, minister Collegii Bahyæ ultra 3, docuit Phylosophiam triennium et per triennium Theologiam, fuit magister novitiorum annos 3, Socius provincialis bis annos quatuor plus minusve, Rector Collegii Fluminis bis per annos 10, Visitator ejusdem Collegii plus quam per annum, Visitavit etiam aliquoties Residentias. Professus quatuor votorum ab anno 617, tenet linguam Brasilicam. Concionator" (*Bras.5*, 149). E ainda: "Ingenio, judicio, prudentia, rerumque experientia optima; profecit in lingua, Philosophia et Teologia optime; in lingua Brasilica bene; habet talentum ad has facultates docendas, ad concionandum, gubernandum et ad confessiones audiendas; cholericus-sanguineus", *ib.*, 157v.

1. *Lus.4*, 174.
2. *Bras.5*, 146.
3. *Bras.3(1)*, 231-232.
4. *Bras.3(1)*, 243.

Diferiam os seus modos de ver dos de Simão de Vasconcelos e alguns Padres da Companhia com parentes ou amigos seculares pretendentes a terras da Companhia, por compra ou arrendamento. Estava em causa também o Engenho de Sergipe do Conde, avolumando-se com o tempo a dissidência, que veio a degenerar na deposição do Visitador Jacinto de Magistris, cuja autoridade o P. Belchior Pires defendeu. Como se verá, Jacinto de Magistris não se mostrou à altura do ofício de Visitador Geral; e os adversários de Belchior Pires, ancião de 81 anos de idade, não souberam conter ressentimentos de índole vária, e leram-lhe um capelo público no refeitório, ouvido por ele com humildade, e recebido com espanto pelos poucos que ficaram alheios à grave crise de autoridade e de bom senso do ano 63. Nos cinco anos, que ainda viveu, costumava ir visitar o Santíssimo Sacramento e depois os túmulos dos da Companhia que já tinham dado contas a Deus; e, lançando lentamente os olhos por eles, meditava nas virtudes que em vida foram o ornamento de cada qual. E assim, "meritis completus", faleceu na Baía, a 24 de Junho de 1668, com 86 anos de idade, 71 de Companhia e 66 de Brasil [1].

12. — *Francisco Gonçalves* (1652-1655). *Provincial.* Tomou posse em Março (8 ?) de 1652 [2]. Nasceu em 1597 na Ilha de S. Miguel, Açores. Entrou na Companhia na Baía, em 1613, e fez a profissão solene na mesma cidade, recebendo-a o P. João de Oliva, no dia 3 de Maio de 1636 [3]. Aprendeu a língua brasílica, serviu de sócio do Mestre de Noviços, ensinou Teologia Moral durante 3 anos, e dirigia o Noviciado já como Mestre, quando os Holandeses cercaram a Baía em 1638, em que ele, com os seus Noviços, se colocou ao serviço dos soldados nas trincheiras e dos feridos de guerra [4]. Em 1640 era Superior da Capitania do Espírito Santo, quando os

---

1. *Annuæ Litteræ Provinciæ Brasiliæ ab anno 1665 usque 1670*, por Manuel Barreto, *Bras.9*, 208v; Bibl. Vitt. Em., f. ges. 3492/1363, n.º 6.
2. Este é o dia da entrada, no Noviciado da Baía, dos candidatos trazidos de Lisboa pelo P. Francisco Gonçalves, cf. supra, *História*, VI, 594.
3. *Lus.5*, 181.
4. Cf. Provisão e Certificado do Bispo do Brasil, D. Pedro da Silva, Baía, 25 de Janeiro de 1639, em S. L., *A Companhia de Jesus no Brasil e a Restauração de Portugal*, "Anais da Academia Portuguesa da História", VII (Lisboa 1942)156; cf. supra, *História*, V, 61.

Holandeses a assaltaram, num momento em que andavam desavindos os chefes locais, que ele procurou unir e incitar à peleja e resistência vitoriosa [1]. Depois deixou o cargo de Superior da Capitania e passou a Reritiba, donde fez em 1643 uma entrada missionária aos Índios "Goromimis" [2], sendo a seguir Visitador das Aldeias da Capitania do Espírito Santo, e, durante dois anos, do Colégio do Rio de Janeiro. Em 1646 era secretário da Província [3], e em 1649 estava em Roma, deputado eleito do Brasil na IX Congregação Geral, que elegeu a 21 de Dezembro de 1649 o P. Geral Francisco Piccolomini [4]. Na Cidade Eterna defendeu os interesses gerais do Brasil e o mesmo fez em Lisboa, sobretudo no que se referia ao provimento da Missão do Maranhão e à diferença entre os Colégios de S. Antão e o da Baía concernentes ao Engenho de Sergipe do Conde [5].

Oferecera-se em Roma para missionário do Maranhão e nessa esperança vivia, quando recebeu patente de Provincial do Brasil, cargo de que tomou posse logo que chegou à Baía, no primeiro trimestre de 1652. A 22 de Junho do mesmo ano assina com Salvador Correia de Sá e Benevides a escritura da fundação do Colégio de Santos [6]; e aos 14 de Maio de 1653, na Câmara de S. Vicente, subscreve a escritura da paz paulista, com a reabertura do Colégio de Piratininga, fechado em 1640 [7].

Durante o seu governo foram expulsos os Holandeses do Brasil (em 1654) e deu-se princípio à Casa de N.ª S.ª do Ó, ro Recife, que haveria de ser mais tarde o Colégio de Jesus.

Deixou em 1655 o cargo de Provincial, partindo no ano seguinte para a Missão do Maranhão, não como simples missionário, como pedira, senão como Visitador por parte do Brasil, e já lá estava havia mais de um ano, quando lhe chegou a patente por parte do Geral (datada de 7 de Agosto de 1655) [8]. Durante o novo go-

---

1. Cf. supra, *História*, VI, 139.
2. *Ib.*, VI, 146.
3. *Bras.5*, 167.
4. A Congregação abriu a 13 de Dezembro de 1649 e encerrou-se a 23 de Fevereiro de 1650, *Annuæ Litteræ Anni 1650* (Dilingæ 1658) nos Preliminares.
5. *Cartas de Vieira*, I, 289-290; cf. supra, *História*, V. 249.
6. *Bras.11(2)*, 463; supra, *História*, VI, 426.
7. Cf. supra, *História*, VI, 286-292.
8. Cf. *Bras.3(1)*, 312-313.

verno procurou estabelecer nele o regime das Aldeias segundo as ordens e poderes que levava do Governador Geral e do Provincial do Brasil, a que a Missão do Maranhão estava então adstrita, com as mesmas demonstrações de jurisdição usadas nas Aldeias do Brasil [1], e nisto não tinham o mesmo critério ele e o P. António Vieira. Como os colonos o que queriam era mão livre sobre os Índios, sem peias proteccionistas dos Padres nem de ninguém, cremos que os critérios pràticamente se equivaliam, e que o P. Francisco Gonçalves transplantando para o Maranhão os métodos do Brasil, se tivesse mau êxito, ficaria no mesmo plano de igualdade com Vieira, expulso pelos colonos insaciáveis em matéria de Índios. Os tenteios generosos dos Padres, em defender e prestigiar os naturais da terra, revelaram-se precários não por insuficiência dos modos de governo, senão (fossem quais fossem os métodos) pela mentalidade social escravocrata ambiente, mais aguda no Norte, dadas as condições especiais da sua economia agrária e extractiva, menos favorecida então (e ainda hoje) que a de Pernambuco, Baía, Rio de Janeiro e S. Paulo.

Francisco Gonçalves conservou o cargo de Visitador até 16 de Junho de 1658 [2]. Logo que ficou simples missionário, ofereceu-se para a longínqua e difícil missão do Amazonas e Rio Negro, com uma grande expedição de resgates. A 15 de Agosto de 1658 partiu de S. Luiz, e por lá andou perto de 15 meses. No Rio Negro internou-se pelos lagos até onde não tinham ido outros Portugueses antes dele; colocou várias Aldeias nas terras firmes das margens do Rio; evitou uma guerra sangrenta de Índios entre si; curou os doentes por suas próprias mãos; e enfim caiu ele próprio gravemente enfermo.

Voltou ao Pará a 9 de Novembro de 1659, feito um "retrato da morte".

Em Abril, para morrer entre os Índios, retirou-se à Aldeia de Cametá, e aí faleceu a 24 de Junho de 1660, com 63 anos de idade [3].

Francisco Gonçalves era homem de virtude sólida, e de espírito conciliador, claro, decidido e apostólico. E a sua interven-

---

1. Cf. *Cartas de Vieira*, III, 730-731; Bettendorff, *Crónica*, 311.
2. *Historia Proprovinciæ Maran.*, de Matias Rodrigues, 647-648.
3. Bettendorff, *Crónica*, 134; S. L., *História*, III, 373.

ção eficaz, em tão importantes, gloriosos e variados sucessos, conjuga elementos para se escrever, com a sua vida, um grande livro.

13. — *Simão de Vasconcelos* (1655-1658). *Provincial.* Tomou posse no dia 21 de Setembro de 1655 e deu-a ao seu sucessor no mesmo dia de 1658 [1]. Nasceu por 1596 na cidade do Porto. Veio adolescente para o Brasil e entrou na Companhia de Jesus em 1615 [2]. Estudou com distinção, tirou o grau de Mestre em Artes, e fez a profissão solene na Baía a 3 de Maio de 1636, recebendo-a João de Oliva [3]. Ensinou Humanidades dois anos, e Teologia Especulativa e Moral 5 anos. Foi Adjunto e Mestre de Noviços 6 anos e meio, e Prefeito dos Estudos um ano [4]; tudo isto antes de 1641, em que era Secretário da Província, e foi a Portugal como Procurador Geral na embaixada de fidelidade do Brasil à Restauração (com o P. António Vieira), saindo da Baía para Lisboa a 27 de Fevereiro. Voltou ao Brasil em 1642 e devia retomar o cargo de Secretário da Província na Visita do Sul com o Provincial Manuel Fernandes, se o Governador António Teles da Silva, com quem veio de Lisboa e começara a confessar-se com ele na viagem, não desejasse continuar a tê-lo como confessor e não pedisse que o não tirassem da Baía [5]. Assim se fez; no ano de 1643 era Vice-Reitor

---

1. Gesù, 721.
2. O seu nome consta já do Catálogo de *Janeiro* de 1616, e o Catálogo de 1631 diz que entrou em 1615 (*Bras.5*, 127v); de 1641 em diante começa a aparecer o ano da entrada, 1616; em 1667, outra vez 1615. Também no ano de 1631 se diz que tinha 39 anos de idade, o que o faria nascer em 1592; todos os mais Catálogos lhe dão idade que coloca o nascimento em 1596, isto é, teria 19 anos de idade ao entrar na Companhia. B. Machado, *Bibl. Lus.*, III, 710, coloca o nascimento em 1597, data que repetem todos os bibliógrafos: Inocêncio, Sommervogel e José Pereira de Sampaio (Bruno), *Portuenses Ilustres*, I (Porto 1907)121-125, e nós mesmos no Prefácio à 2.ª edição da *Vida de Anchieta* (Rio 1943) p. IX. O exame directo dos Catálogos não nos dá ano certo, e é preferível, segundo eles, estabelecer a referência central em 1596. — Simão de Vasconcelos tinha um irmão, o Capitão Inácio Rebelo de Vasconcelos, e uma sobrinha, filha deste, D. Paula de Vasconcelos, casada com o Capitão-Mor Manuel Simões Colaço, que em Angola ocupou os primeiros cargos. Borges da Fonseca, *Nobiliarchia Pernambucana*, I, 216.
3. *Lus.5*, 177.
4. *Bras.5*, 146, 148.
5. *Bras.3(1)*, 225.

do Colégio, onde ficou dois anos, período este em que tomou contacto "com algumas poesias latinas e poucas portuguesas" de Anchieta, que tencionava "consertar e pôr em forma" em ordem à publicação e dariam todas um volume pequeno como o *Ratio Studiorum* [1]. Também começou a manifestar por este tempo as suas idéias sobre as terras da Companhia e a catequese dos Índios: as terras que se vendessem; os Índios que se descessem, mas só isso, e se entregassem logo ao Governador e ao Bispo [2].

Em Janeiro de 1646 tomou posse do cargo de Reitor do Rio de Janeiro [3]. Fez boa administração e pôs os recursos deste Colégio à disposição dos de Pernambuco e Baía, para pagamento de dívidas que tinham e as guerras holandesas não só impediram de pagar, mas aumentaram. A rogos do Governador do Rio de Janeiro interveio e apaziguou uma dissensão interna dos Carmelitas e foi de parecer que a questão do *Interdito* Paulista só em Roma se poderia eficazmente decidir [4]. Iniciou por esta época a *Vida do P. João de Almeida*, e em 1654 interveio com a sua acatada autoridade na pacificação dos Garcias (Pires) e Camargos de S. Paulo [5]. Logo depois voltou à Baía como Vice-Reitor e ao fim de um ano subiu a Provincial, tratando da construção da nova Igreja (hoje Catedral), cuja primeira pedra lançou em 1657 [6]. Promoveu também as missões do sertão baiano (Jacobina) e Rio das Contas. Eleito procurador a Roma (já o tinha sido em Outubro de 1660), partiu para Lisboa e Cidade Eterna, levando os originais da *Crónica* para se imprimir, e com os votos de alguns Padres para que voltasse com o cargo de Visitador do Brasil. Sendo nomeado o P. Jacinto de Magistris, manifestou-se desinteligência entre ambos, com as consequências que se verão. Tornou ao Brasil em 1663 na mesma nau do Vice-Rei Conde de Óbidos, e deu-se aos seus trabalhos históricos, agora a *Vida de Anchieta*, original que já estava em Lisboa

---

1. *Bras.3(1)*, 237.
2. *Bras.3(1)*, 231-232.
3. A Patente era de 1 de Outubro de 1643. O empenho do Governador em o ter na Baía explica a demora, mas de Roma confirmaram a patente e ordem de ir assumir o governo do Rio, *Bras.3(1)*, 248.
4. *Bras.3(1)*, 248, 249, 252-253, 263, 273.
5. Cf. supra, *História*, V, 298-300.
6. Cf. supra, *História*, V, 107-121.

em 1669 e logo se mandou para ser revisto em Roma [1]. Faleceu no Colégio de Rio de Janeiro, no cargo de Reitor a 29 de Setembro de 1671 [2].

Simão de Vasconcelos gozou de grande prestígio dentro e fora da Companhia, pelo seu talento, ostentação, liberalidade e caridade. Alguns anos mais velho do que o P. Vieira, é já no ciclo vieirense que se enquadra, não pelo estilo, que o género histórico não comportava, mas no qual é superior a Vieira, que aliás nunca foi cronista pròpriamente dito. Sejam quais forem as deficiências, próprias do tempo e do meio em que viveu, os livros de Simão de Vasconcelos são estimados; e, lidos com critério, fonte de conhecimentos úteis não só para a História da Companhia de Jesus, mas também do Brasil. E com o seu pequeno *Tratado do Paraíso na América* (Brasil), que se *imprimiu* e não se *publicou*, mas a que alude e resume nas *Notícias Antecedentes e Curiosas*, com que abre a *Crónica*, publicada em 1663, deve ser considerado o criador do "ufanismo brasileiro" [3].

14. — *Baltasar de Sequeira* (1658-1662). *Provincial*. Tomou posse a 21 de Setembro de 1658 e deu-a ao sucessor a 11 de Abril

---

1. Cartas de P. João Pimenta, de Lisboa, 13 e 16 de Maio de 1669, *Bras.* 3(2), 71, 76.
2. Ânua de 1679, *Bras.* 9, 246-246v; S. L., *História*, I, 533. O Catálogo de Outubro de 1663 diz: "P. Simon de Vasconcelos ex Portu annorum 67 firma valetudine admissus Bahyæ anno 1615. Studuit Latinitati annos 4, Philosophiæ 5 cum dimidio, Theologiæ ultra 3; docuit Grammaticam 4, Theologiam speculativam et moralem 5 estque in Philosophia Magister, fuit socius magistri novitiorum et eorundem magister sex annos cum dimidio, socius Provincialis biennium, totidem Vice Rector Bahiæ prima vice et secunda vice per annum, biennium Rector Collegii Fluminis Januarii; fuit Provincialis per triennium et in Congregatione Procurator generalis electus. Professus quatuor votorum, Concionator" (*Bras.* 5(2), 5). A classificação das suas qualidades de engenho, talento e experiência e estudos está na categoria de *optima* (*Bras.* 5(2), 19). Aqueles 5 anos e meio de Filosofia supomos que é lapso, por 3 e meio como se lê nos Catálogos precedentes.
3. Cf. *Comunicação do Padre Serafim Leite sobre "O Tratado do Paraíso na América" e o ufanismo brasileiro*, na Academia Brasileira de Letras, "Jornal do Commercio" (Rio de Janeiro), 23 de Maio de 1948. — Da obra literária, impressa e inédita, de Simão de Vasconcelos, se tratará com desenvolvimento, infra, *História*, Tômo IX, 173-183.

de 1662 ¹. Nasceu na Baía por 1588 ². Entrou na Companhia a 25 de Maio de 1603 ³. Foi Mestre de Humanidades 5 anos (em 1614 era-o em Pernambuco); e findos os estudos, fez a profissão solene, durante a ocupação da Baía pelos holandeses, na Aldeia do Espírito Santo, a 20 de Outubro de 1624, recebendo-a Fernão Cardim ⁴. Prestou então serviços contra os invasores, e de novo no cerco da Baía em 1638 ⁵. Pouco depois assumiu o cargo de Reitor do Colégio (Patente de 13 de Dezembro de 1638) ⁶, e o governou três anos, voltando mais tarde ao mesmo ofício durante um ano, em 1654 ⁷. De 1658 a 1662 ocupou o de Provincial, e faleceu no ano seguinte, na Baía, a 9 de Março de 1663 ⁸. O Necrológio, escrito à raiz da sua morte, põe em relevo o desprendimento pessoal do P. Baltasar de Sequeira, e as suas qualidades de latinista e pregador "insigne" ⁹.

Período de reconstrução dentro da Província do Brasil, abalada pelas invasões holandesas, acompanhada de esterilidade missionária. É de 1658 o Requerimento do Capitão-mor Domingos Barbosa Calheiros para o Sertão baiano da Jacobina, com a sua funesta jornada ¹⁰. A expansão, iniciativa e ocupação missionária deslocara-se para o novo e vasto campo do Norte, desde o Ceará à Amazónia, num intenso e glorioso movimento, com a figura central de Vieira.

---

1. Gesù, 721.
2. O Catálogo de 1607 trá-lo com 19 anos, *Bras.5*, 70.
3. *Ib*.
4. *Lus.4*, 232.
5. Cf. supra, *História*, V, 61.
6. *Hist. Soc.62*, 60.
7. *Bras.5*, 183.
8. *Bras.5(2)*, 25.
9. "Ad hoc ministerium omnibus erat partibus insignitus: Voce valida, actione vivaci, eloquia naturali, ac idiomate plane proprio; in attentionibus conciliandis benevolus, in vitiis reprehendendis prudens; vitia abominari, scelera insectari, ac flagitia extirpari optatissimus illi erat scopus in quem mentis aciem indendebat ac voluntatis propensiones stimulabat. Quapropter si ad munus suum mirifice exequendum operam contulit indefessus in vanum non laboravit, siquidem multum fructum attulit sana doctrina", *Annuæ Litteræ 1661-1663*, de Francisco de Matos, *Bras.9*, 163.
10. Cf. supra, *História*, V, 278.

15. — *José da Costa* (1662-1664). *Provincial*. Tomou posse a 11 de Abril de 1662 ¹. Nasceu cerca de 1590 em Trepane (Sicília), entrando na Companhia em Palermo em 1611. Em 1620 embarcou de Lisboa para o Brasil, e logo em 1621 foi com o P. Pero de Castilho ao Sertão baiano, ocupando depois o ofício de Ministro do Colégio da Baía um ano. Residia no Colégio do Rio de Janeiro em 1631 e já tinha ensinado Teologia um ano e Letras Humanas quatro ². Fez a profissão solene no Espírito Santo (Capitania), a 3 de Maio de 1636, recebendo-a o P. Francisco Álvares ³. Desta Casa do Espírito Santo foi Superior três anos; e, por Patente de 13 de Dezembro de 1638 ⁴, assumiu em 1639 o cargo de Reitor do Colégio do Rio de Janeiro, onde o colheu em 1640 o motim da publicação do Breve de Urbano VIII sobre a liberdade dos Índios. Governou o Colégio quatro anos, ficando nele perto de um, como instrutor dos Irmãos Juniores ⁵, período em que assina, a 14 de Outubro de 1646, a informação do P. Simão de Vasconcelos sobre a deposição do Prior dos Carmelitas do Rio ⁶. Depois foi secretário da Província durante um ano e Visitador do Colégio do Rio de Janeiro, e residia na Baía em 1654, onde no ano seguinte ficou algum tempo Vice-Reitor ⁷. Estava ainda na Baía entregue a ministérios de pregador, confessor e Consultor da Província ⁸, quando lhe constou em 1657 que o propuseram para Provincial, pedindo ao Geral, com palavras eficazes, que o não fizesse: além da falta de dotes, que alega, já tem 67 anos e custam-lhe as viagens marítimas para visitar as Casas ⁹. Não lhe valeram as escusas e assumiu em 1662 o ofício de Provincial. Andava em visita às Casas do Sul, quando chegou o Visitador Jacinto de Magistris, voltando logo à Baía, onde procedeu à deposição do mesmo Visitador. Por este acto o privou o Geral do cargo de Provincial em 1665. Levantou-se-lhe

---

1. *Gesù*, 721.
2. *Bras.5*, 137v. Não se discriminam os lugares onde foi professor.
3. *Lus.5*, 184.
4. *Hist.Soc.62*, 60.
5. *Bras.5*, 170v.
6. *Bras.3(1)*, 253.
7. *Bras.3(1)*, 297.
8. *Bras.5*, 221.
9. *Bras.3(1)*, 310.

a pena em 1667; e em 1670 já era consultor da Província, e de novo Provincial, de 1672 a 1675. Faleceu na Baía a 12 de Março de 1681 [1].

Jacinto de Magistris (1663). *Visitador*. Nomeado em 1662. No ano seguinte de 1663 embarcou de Lisboa para a Baía e, neste mesmo ano, foi deposto do cargo. Voltou ao Reino, donde seguiu depois para a Índia, onde estivera antes. Faleceu em Goa a 11 de Novembro de 1668. Tinha nascido na Diocese de Cremona, Itália, em 1605.

João de Paiva (1665-1666). *Vice-Provincial*. Foi-o por direito de Vice-Reitor do Colégio Máximo da Baía e por comissão especial do P. Geral. Nasceu cerca de 1598 em Lisboa e entrou na Companhia em Coimbra a 29 de Agosto de 1612 [2]. Em 1623 partiu para a Missão de Angola, Congo e Rio Cuanza, até 1641, em que foi expulso pelos Holandeses da África para o Brasil. Daqui passou a Portugal, favoreceu o levante anti-invasor de Pernambuco, governou o Colégio do Porto, e voltou ao Brasil, onde se ocupou em ministérios com o próximo [3]. O Catálogo de 1679 diz que fez a profissão solene de 3 votos em 1639 [4]. Em 1665, por ordem do P. Geral assumiu o governo do Colégio da Baía até 1666 e com isso o governo interino da Província (menos de um ano). Faleceu a 29 de Maio de 1681, com opinião de santo, e já o vimos na lista dos Reitores do Colégio da Baía [5]; e no Capítulo seguinte se verão as circunstâncias que originaram a sua inclusão também nesta dos Superiores maiores do Brasil.

Antão Gonçalves (1666-1668). *Visitador e Comissário*. Chegou à Baía em Janeiro de 1666. Nomeado pelo P. Geral em 1665 para resolver os graves problemas internos do Brasil, antecedentes e consequentes à deposição do Visitador Jacinto de Magistris, os quais resolveu com satisfação, habilidade e prudência. Antão Gonçalves nasceu cerca de 1600 em Extremoz e faleceu em Roma a 1 de Agosto de 1680. Em Portugal, foi Professor da Universidade de

---

1. *Hist. Soc.* 49, 128v.
2. "João de Payva, de Lisboa, de 15 anos e meio, boas forças, 18 meses de Companhia, estudava Humanidades quando entrou", *Lus.* 44, 315; Franco, *Ano Santo*, 763.
3. Catálogo de 1659: Nà Baía: "In Spiritualibus formatus, est admonitor Rectoris, Confessarius domesticorum, et egenorum curat negotia", *Bras.* 5, 221.
4. *Bras.* 5(2), 39v.
5. Cf. supra, *História*, V, 82-83.

Évora e Provincial; e em Roma, Assistente. Quando visitou o Brasil, examinou as "Visitas" anteriores dos Padres Cristóvão de Gouveia, Manuel de Lima e Pedro de Moura, e achou algumas coisas riscadas sem se dizer porquê, nem com que autoridade, ainda que fossem Provinciais. Provàvelmente tinham licença do Geral, mas não constando isso, seguiam-se inconvenientes e dúvidas. A sua *Visita* devia-se ler em público duas vezes por ano [1].

Gaspar Álvares (1666-1669). *Provincial.* O P. Gaspar Álvares, de Braga, chegou ao Brasil em Janeiro de 1666, tomando logo posse do cargo. Verificando que não existia livro das Visitas das Casas e Colégios, instituiu-o; e, finda a sua comissão de governo, voltou a Portugal em 1669 [2]. No Reino foi Professor de Filosofia e Teologia Moral, Reitor do Colégio de Coimbra, e administrador durante largos anos da Residência de Pedroso (Carvalhos), donde passou a Mestre de Noviços. Faleceu em Braga a 7 de Maio de 1684 [3].

Durante a sua estada no Brasil promoveu as missões dos Quiriris no sertão da Baía; mas como coincidiu com a do Comissário Antão Gonçalves, tirando alguns pormenores de expediente administrativo, o governo da Província estava, de facto, nas mãos do Comissário, nomeado pelo Geral expressamente para solucionar a grave crise do ano 63, com a deposição do Visitador Jacinto de Magistris. Caso sem precedentes, no regime interno da Companhia, complexo e lamentável.

---

1. *Bras.9*, 188; *Visita em geral que fez o P. Antão Gonçalves para toda esta Província do Brasil como Visitador e Comissário Geral dela*, 1668, *Bras.9*, 193-198.
2. *Bras.3(2)*, 88.
3. Franco, *Synopsis*, 378; *Lus.46*, 3, cf. Francisco Rodrigues, *História*, III-2, 182.

CAPÍTULO II

Crise de autoridade (1663-1668)

1 — A Província do Brasil pede Visitador, e o Geral nomeia o P. Jacinto de Magistris; 2 — A "Jacintada" ou a sua deposição na Baía; 3 — O Engenho de Sergipe do Conde e o espírito regionalista dos naturais do Brasil; 4 — Intervenção da Câmara da Baía e resposta do P. João de Paiva; 5 — O Comissário P. Antão Gonçalves e a conspiração frustrada sobre as terras dos Padres; 6 — Apaziguamento da Província e restabelecimento da autoridade.

1. — Há muito que a Província do Brasil pedia Visitador e o fez também a Congregação Abreviada da Baía em 1660, a qual enviou a Roma como Procurador a Simão de Vasconcelos [1]. A fim de secundar os desejos do Brasil, João Paulo Oliva, Vigário Geral da Companhia com direito de sucessão, nomeou a Jacinto de Magistris, antigo Missionário e Procurador da Província do Malabar, sobre a qual publicara uma Relação em Roma no ano de 1661. Sua Santidade permitiu que ele passasse ao Brasil, não porém à Índia, sem conhecimento seu [2].

Como em todas as visitas da Província, Jacinto de Magistris ia incumbido de tratar diversos pontos, de que havia em Roma notícias imperfeitas ou controversas. Lista longa de assuntos gerais e pessoais. Os de maior melindre versavam sobre a herança de Mem de Sá, com o moroso litígio, que ameaçava eternizar-se entre dois Colégios da Companhia, de Províncias diferentes, um em Lisboa (S. Antão) e outro na Baía; e a necessidade de irem para o Brasil novos missionários, dois, quatro ou mais, sobretudo Portugueses, por causa da língua; e o número de admissões no Noviciado.

---

1. Gesù, 627.
2. Carta ao P. Geral, de 21 de Abril de 1662, Gesù, *Missiones*, 721.

O Visitador devia também averiguar se fora conforme às Constituições da Companhia a Congregação Abreviada de 1660, que enviara a Roma o P. Simão de Vasconcelos, a quem do Brasil tinham sugerido alguns ao Geral viesse ele como Visitador. Indicação esta de que o P. Simão de Vasconcelos se não fez estimar em Roma, e que entre ele e o Visitador não seria forte a harmonia. De facto, desagradou-lhe a nomeação, bem como aos seus companheiros a Roma, o P. António de Sá e o Ir. Manuel Luiz, Procurador da Igreja da Baía em Lisboa. Ao passar em Génova, António de Sá tratou de organizar a viagem de regresso a Lisboa e ao Brasil sem dependência do Visitador, recorrendo directamente ao Geral; e em Lisboa entre o Visitador e o Procurador Simão de Vasconcelos houve troca de correspondência um tanto ressentida sobre os assuntos do Brasil em curso e a determinação exacta das respectivas funções [1].

Na capital do Reino, segundo as instruções de Roma, deu o Visitador os passos que lhe pareceram convenientes: determinou que nos dois Noviciados de Portugal se criassem alguns jovens para o Brasil (ao menos 6), os quais o Procurador do Brasil proporia depois ao Provincial e se tivessem os dotes requisitos pelo Instituto, se receberiam na Companhia; e como os Padres João Pimenta, novo Procurador e João Pereira, que acabavam de chegar do Brasil informaram o Visitador de que eram precisos quatro homens de primeira classe para os governos, Magistris achou três que poderiam servir, mas sem o caminho desimpedido, quer da parte deles, quer dos Provinciais de Portugal. Um era o P. Manuel Fernandes, da Província do Alentejo, que poderia ser Provincial, diz ele; outro, o P. Diogo Rodrigues, que poderia ser Reitor da Baía; e o terceiro, também de nome Manuel Fernandes, da Província de Portugal, que poderia ser Reitor do Colégio do Rio de Janeiro [2]. Homens na verdade de virtude e talento, que não chegaram a ir; e um deles, Manuel Fernandes, da Província de Portugal, excelente missionário no Reino e nos Açores, veio a ocupar o alto ofício de confessor de El-Rei D. Pedro II e é o célebre autor da *Alma Instruída* [3].

Tratando o P. Jacinto de Magistris do seu embarque com o Conde de Óbidos, Vice-Rei do Brasil, declarou-lhe este que no Brasil

---

1. Cartas, de Lisboa, 11 e 12 de Novembro de 1662, *Bras.3(2)*, 12-13v.
2. *Bras.3*, 20-20v.
3. Franco, *Ano Santo*, 311-312; sobre Diogo Rodrigues, cf. *ib.*, 734.

os estrangeiros não podiam ser superiores, de acordo com a lei então vigente [1]; lei que aliás se não cumpria, porque o P. José da Costa, estrangeiro, era Provincial do Brasil. Jacinto de Magistris procurou ser recebido pela Rainha D. Luísa, e o alcançou com satisfação sua, pois se lhe abria com isso o caminho do embarque e da missão de que o incumbira o Geral [2]. E enfim, por intermédio de D. Sebastião César de Meneses, Inquisidor-mor eleito, o Conde de Óbidos, que até então se recusara a recebê-lo, acolheu-o e tratou-o com amabilidade, na presença da Condessa sua mulher, pedindo o Visitador ao Geral que lhes escrevesse o seu agradecimento; e regozija-se: "Reversus sum ad Collegium, gaudens eo quod illusus fuerit Daemon, et eius sequaces, cum solum contra me invaluerint latrando non autem mordendo" [3].

Depois de recebido pela Rainha, De Magistris entrou mais em cheio nos assuntos da administração. A 18 de Janeiro de 1663 ordenou que a Província do Brasil pagasse as suas dívidas às de Portugal e do Japão [4]. E para dar solução ao caso do Engenho de Sergipe do Conde reuniram-se os delegados do Brasil e de Portugal, lavrando-se a concordata a 3 de Fevereiro de 1663 [5]. A seguir visitou a Procuratura do Brasil em Lisboa, e onze dias depois, a 14, redigiu com severidade o resultado: "Ordens que o P. Jacinto de Magistris, Visitador do Brasil, deixou nesta Procuratura" [6].

Com tudo isto ia-se manifestando maior a desinteligência entre ele e os Padres do Brasil em Lisboa: e ele atribui-lhes os obstáculos ao embarque, e considera-os de tão fraco espírito, que "vix de no-

1. *Bras.3(2)*, 14v.
2. *Bras.3(2)*, 22.
3. Carta de Lisboa, 28 de Janeiro de 1663, *Bras.3(2)*, 24.
4. *Bras.3(2)*, 23-23v.
5. Cf. supra, *História*, V, 250-251.
6. Gesù, *Missiones*, 721. Entre as ordens do Visitador lê-se esta: não se despache na Alfândega mercadoria de secular, que vier do Brasil, nem se despache para o Brasil coisas que não sejam para os Nossos. Ordem com que o Visitador cumpria a que recebera do próprio Geral. "Proíba totalmente aos Reitores e Provinciais do Brasil que o açúcar, madeira, tabaco e outras mercadorias semelhantes, que para comprar o que é necessário ao Colégio se costumam remeter do Brasil a Portugal, se envie a mais ninguém senão ao Procurador Geral da Província, que reside em Lisboa; e a este se impunha com seriedade e sinceridade que não trate nem se ocupe de negócios dos de fora, ainda que sejam ilustres, nem se encarregue de vender em Lisboa as suas mercadorias" (Gesù, *Assist.*, 927).

mine norunt obedientiam". "Hinc P. V.ª intelligat cum qua gente posthac sit mihi agendum". Dá algumas penitências a esses Padres: João Pimenta, Procurador (porque se recusara a comprar algumas *Chronicas* da Etiópia e duas de Portugal, escritas pelo P. Baltasar Teles), João Leitão e Ir. Manuel Luiz; critica de imprudente o P. António Vieira, retido em Coimbra por ordem régia. (Ao lado dessa crítica, escreveram em Roma: "Legum transgressoribus connivere prudentia non est. Si Baptista Herodi connivisset decapitatus non esset. Ergo?...") [1].

A 3 de Abril escreve ainda ao Geral sobre os Padres da Província do Brasil, que se demoram em voltar à sua Província e procuram obter da Europa o melhor que ela tem, "exceptis missionariis" [2]; no dia seguinte nova carta, relativa ao "Paraíso na América", já impresso, na *Crónica* do P. Simão de Vasconcelos, sugerindo, que por ser no fim dos Preliminares, se podia ainda tirar [3]. Na suposição de se pretender impedir ao Visitador a jornada do Brasil, o P. Vigário Geral remeteu a 10 de Março de 1663, ao Visitador duas cartas de cortesia, uma para D. Sebastião César de Meneses, outra para António de Sousa de Macedo; e uma terceira para El-Rei, com a condição desta só ser entregue, caso persistisse o impedimento [4]. Ignoramos se foi preciso este recurso da carta a El-Rei. O certo é que, a 19 de Abril de 1663, o Visitador embarcou para o Brasil numa nau com outros da Companhia [5]; e o P. Simão de Vasconcelos, noutra nau, também com outros da Companhia e o Vice-Rei Conde de Óbidos, que o tomou por confessor [6].

A nau do Visitador entrou na Baía a 13 de Junho. Não tinha passado um mês, e a 10 de Julho manifesta ao P. Geral o que pensa e observa: desagradam-lhe a educação que se dá aos noviços e os modos de proceder do Provincial José da Costa e de Simão de Vasconcelos; recorda o que está estipulado sobre a admissão à Com-

---

1. Carta do Visitador ao Geral, Lisboa, 29 de Março de 1663, *Bras.3(2)*, 29-30.
2. *Bras.3(2)*, 24.
3. Gesù, 703.
4. Carta do P. António do Rego ao P. Jacinto de Magistris, de Roma, 10 de Maio de 1663, Gesù, *Missiones*, 721.
5. *Bras.3(2)*, 39.
6. Supra, *História*, VI, 596.

panhia dos nascidos no Brasil; aduz o exemplo de S. Francisco Xavier, contrário à admissão dos naturais da terra, na Índia Oriental; e sobre o Brasil, as ordens restritivas dos Padres Gerais, Everardo Mercuriano (1577), Aquaviva (1606, 1618, 1619), Vitelleschi e outros [1]. A licença do P. Geral então em vigor era que cada Provincial do Brasil recebesse 12 durante o triénio do seu governo (4 por ano); e verificou que o P. Simão de Vasconcelos recebeu 26, o P. Baltasar de Sequeira 18 (cada qual no seu triénio), e o P. José da Costa de 24 de Abril de 1662 a 5 de Janeiro de 1664, já havia admitido 13 [2]. Tais procedimentos e intenções foram ràpidamente conhecidas na Cidade, com os exageros que a novidade ingrata costuma sempre engendrar: que ele não admitiria na Companhia mais nenhum filho do Brasil e os que existiam os tiraria dos cargos honoríficos e dispersaria para longe do Colégio.

A 14 de Agosto o Visitador chamou os Padres nascidos no Brasil e responsabilizou-os pela divulgação na Cidade das coisas tocantes ao governo interno da Companhia, metendo neles pessoas de fora e pedindo-lhes conselho; e leu-lhes a regra 38 das Comuns, que o proíbe; no dia seguinte chamou os Irmãos Coadjutores, também filhos do Brasil, e procedeu de igual forma.

2. — Quando o Visitador aportou à Baía, o Provincial José da Costa andava pelo Sul. Informado, voltou a 20 de Setembro, e resolveu que o Visitador fosse deposto do seu cargo. Uma cláusula recente, da IX Congregação Geral de 1649, decreto 40, dizia que nas Índias e outras regiões remotas, o Provincial ou o Visitador poderia ser deposto, quando se tornasse inteiramente inútil para o ofício, por doença, ou outro caso, que segundo as Constituições se interpreta, impedimento físico, de prisão ou cativeiro. Tratando-se de Visitador, o Provincial convocaria os consultores e professos mais antigos, presentes ou mais próximos, até ao número de seis (com ele, sete); e requeriam-se cinco votos para a validez da deposição.

Entre os professos, presentes na Baía, e que por antiguidade tinham direito de assistir à consulta, estavam os Padres Belchior

---

1. *Bras.3(2)*, 34-36.
2. Gesù, 721. O Visitador de Magistris diz quantos cada ano, datas de entrada e nomes respectivos.

Pires e Sebastião Vaz, com quem o Visitador, por indicação do P. Geral, se deveria aconselhar no Brasil. O P. Sebastião Vaz tinha sido algum tempo procurador do Colégio de S. Antão, e o P. Belchior Pires, contra alguns Padres em particular Simão de Vasconcelos, que descuravam ou até se dispunham a aliená-las, manifestara-se decidido partidário de se beneficiarem as terras do Colégio e de se não alienar nenhuma parcela delas, porque os Colégios da Companhia, dizia, não eram "mosteiros de Capuchos", e precisavam de renda estável para subsistir, na função para que foram instituídos. E em carta de 1662 ao P. Geral, Belchior Pires voltara a insistir na necessidade de conservar intactos os Engenhos em particular o da Pitanga: "Advirto que esta propriedade não se pode dividir nem repartir sem o Colégio a perder toda, nem convém meter nela seculares pela perda e enfadamento que nos dão. Mas há-se de conservar inteira como património do Colégio adquirido e principiado pelo santo P. Luiz da Grã e santificado com seus pés" [1].

Os particulares, que o P. Belchior Pires era de parecer se não metessem nas terras do Colégio, e tinham interesses nelas ou para as beneficiar, comprar ou ocupar, possuíam parentes na Companhia; e é esta atitude do P. Belchior Pires a chave da campanha movida contra ele, colorindo-se com outros motivos, que se verão. A presença destes dois Padres, Sebastião Vaz e Belchior Pires, na Consulta do Provincial tornaria duvidosa a deposição. Deram-se pois como suspeitos à Província do Brasil, organizando-se contra eles um processo, sem base jurídica nas Constituições e leis da Companhia, condenado depois em Roma, processo no qual a parte acusadora deu também a sentença. Assim ilegalmente excluídos estes, dois e também o P. Luiz Nogueira, Reitor do Colégio Máximo da Baía, presente, e professo mais antigo do que alguns dos convocados, o Provincial chamou os outros seis Professores mais antigos, a saber, o seu secretário Jacinto de Carvalhais, Simão de Vasconcelos, Manuel da Costa, João Luiz, Agostinho Luiz e Barnabé Soares, que já se haviam manifestado todos contra o Visitador. E assim se votou a deposição.

---

1. Carta do P. Belchior Pires ao P. Geral, de 26 de Fevereiro de 1662, *Bras.3(2)*, 4.

Era a tarde do dia 22 de Setembro de 1663. Ainda no mesmo dia o Provincial tornou público, dentro e fora do Colégio, que o Visitador cessara no seu ofício "por justas causas"[1].

O Visitador enviou ao P. Geral um escrito seu, em que o acompanharam os dois professos ilegalmente excluidos e mais um Padre de grande respeito e autoridade na Província do Brasil: "Mostra-se a nulidade da deposição do P. Visitador Jacinto de Magistris". E assinaram: Jacinto de Magistris, Belchior Pires, Sebastião Vaz, João de Paiva[2].

Para justificar a deposição, o Provincial P. José da Costa organizou vários processos, quer contra o Visitador e os Padres Belchior Pires, Sebastião Vaz e Manuel Carneiro (este ainda não professo), quer a favor do P. Simão de Vasconcelos, e nomeou notário deles o P. Domingos Barbosa. Enviaram-se os processos para Roma; e em parte lhes responde, numa espécie de contra-processo, o Visitador. Examinados os papéis, o P. Geral, feitas as devidas consultas, segundo o espírito e as Constituições da Companhia, declara em carta de 4 de Outubro de 1664, que a deposição do Visitador foi sediciosa, precipitada, temerária, injusta, inválida, escandalosa e incoerente, e dá razão jurídica de cada um destes qualificativos; e para que não fique impune tão grave delito, nem o mau exemplo arraste a outros, enumera os casos reservados em que incorreram os sete Padres (para os quais aliás concede aos respectivos confessores faculdade de os absolver), e os priva de voz activa e passiva para os cargos de Superiores, Consultores, e Congregações Provinciais, "donec lachrymarum copia et exemplari sua poenitentia mihi ac Societati satisfecerint"; e ao P. Domingos Barbosa, Mestre de Noviços, que "in hoc infami judicio" fez de notário, o declara, por esta e outras causas, indigno de educar noviços da Companhia e não poderá ser Superior sem licença sua; e ao mesmo tempo mantém em vigor todas as ordens do Visitador, dadas antes ou depois da deposição, até à chegada ao Brasil de Comissário seu ou novo Provincial. Para executor destas determinações nomeia Vice-Reitor do Colégio da Baía o P. João de Paiva, "que nesta sedição se mostrara fiel à Companhia e ao seu legítimo Superior"[3].

---

1. *Bras.9*, 176; Gesù, *Missiones*, 721.
2. Gesù, *Missiones*, 721.
3. *Bras.9*, 180-185v.

Fora dos Processos existe um parecer de Luiz Nogueira, jurisconsulto de renome, onde prova objectiva e jurìdicamente que, segundo as Constituições da Companhia, a deposição foi "nula, escandalosa e imprudente", mas que feita a intimação ao P. Jacinto de Magistris este a aceitou "assensu et factis"; e como na intimação ia o intento de o privar da jurisdição, parece-lhe que o P. Jacinto de Magistris aceitando-a se privou da mesma jurisdição, a não ser que o Geral, cujo poder é superior ao do Provincial declare jurìdicamente nula a deposição tal como se executou [1].

Ao voltar do Brasil a Lisboa, o P. Jacinto de Magistris foi recebido com veneração na Côrte, e El-Rei escreveu os seus louvores ao Geral, oferecendo-lhe o seu patrocínio ou para ele voltar ao Brasil ou para ir para a Índia, como o P. Geral determinasse. Entretanto, De Magistris ainda deu algumas ordens, na qualidade de Visitador do Maranhão, onde tinha havido grandes esperanças nele, frustradas, diz Bettendorff, "ob Brasiliensium inauditum in Societate facinus" [2]. Por ordem do P. Geral conservou sempre o ofício de Visitador; mas em 26 de Maio de 1665, com a declaração de que conservasse apenas o título externo, até se decidir se havia de voltar ao Brasil como Comissário do Geral ou regressar à Índia [3].

Afinal, achou-se melhor que voltasse à Índia, onde faleceu em 1668. Para o Brasil o P. Geral enviou nesse mesmo ano de 1665, como Provincial o P. Gaspar Álvares; e como Visitador e Comissário, isto é, com autoridade suprema, a fazer as vezes do Geral, um Professor da Universidade de Évora, homem culto e de inteireza de carácter, Antão Gonçalves, que depois ocupou o ofício de Provincial de Portugal e de Assistente em Roma [4].

---

1. *Ad R.^{dum} P. Joannem Paulum Oliva nostræ Societatis Vicarium Generalem perpetuum, judicium de depositione muneris Visitatoris facta de P. Iacinto de Magistris Provinciæ Brasiliensis Visitatore.* Vllysipone in Collegio D. Antonii, 10 Iunii 1664. — *Ludovicus Nogueira* (Bras. 9, 176-179v).
2. Carta de Bettendorff ao P. Geral, de 11 de Agosto de 1665, Bras. 26, 15v.
3. Bras. 26, 11.
4. Franco dá notícia da partida do Visitador Jacinto de Magistris e do Comissário Antão Gonçalves nos anos respectivos (1663, 1665), acompanhando a primeira deste comentário: "Ut Visitator a nostris non sit acceptus, et exutus potestate fuerit remissus in Lusitaniam dicemus infra occasione Comissarii profecti ad Brasiliam, castigaturi in re tanti momenti criminosos". — "Post ejectum e Brasilia Hiacynthum de Magistris Visitatorem, cum res essent turbatæ, et se-

3. — Tais foram os actos salientes desta deposição, que é ainda na sua raiz mais funda, uma das consequências da herança de Mem de Sá, que esfriou a caridade mútua entre os dois Colégios herdeiros, com cláusulas que se podiam interpretar de maneira diversa.

Na concordata de 3 de Fevereiro de 1663, o Colégio de S. Antão devia compensar o da Baía; o Visitador Jacinto de Magistris, com poderes bastantes, propôs que a compensação combinada se descontasse no que a Província do Brasil devia à do Japão, o que não foi aceito. O Brasil pagaria a sua dívida ao Japão quando pudesse, mas o Colégio de S. Antão devia pagar logo a sua.

Na administração do Engenho de Sergipe, as despesas dividiam-se a meias pelos Colégios de Lisboa e da Baía. O Administrador do Engenho, filho da Baía, construiu uma casa para 8 da Companhia, mantinha farta criação de suinos e galináceos, de que abastecia o Colégio da Baía, e do mesmo Colégio recebia e sustentava numerosos hóspedes e estudantes em férias. O Visitador era de parecer que não se podia carregar o Colégio de S. Antão com metade destes gastos, alheios à administração do Engenho, e de que beneficiava apenas o Colégio local.

Lourenço de Brito Correia tratava de comprar uma fazenda contígua ao Engenho e de facto comprou, concluindo-se a operação já depois de feitas as partilhas. Não havendo marcos jurídicos a separar as terras, Lourenço de Brito ocupou parte das que na Concordata de 1663 se atribuiram ao Colégio de Lisboa. O Visitador, não obstante a deposição, fez que os Procuradores daquele Colégio respondessem à violência desta forma: tendo as terras do Engenho, ocupadas por Lourenço de Brito, entrado na Concordata de 1663, em virtude da qual o Colégio de S. Antão deveria repor ao da Baía determinada soma, se se consentisse na ocupação, ver-se-ia o Colégio de S. Antão desobrigado de pagar por inteiro as tornas, fundadas numa partilha que na Baía se modificara em detrimento seu. Sucedia que Lourenço de Brito Correia, que tomara parte na guerra contra os holandeses e fôra um dos Governadores do Brasil na Junta de 1641, era pessoa de grande influência

---

veritate opus foret ad cohibendum deinceps pessimi exempli audaciam [...] profectus est [...] P. Doctor Antamus Gonsalvius cum potestate Commissarii sustinentis vices Præpositi Generalis". E nada mais, porque, adverte ele, não lhe compete narrar o que toca ao Brasil. (*Synopsis*, 334, 338).

na Baía. Os seus parentes e apaniguados, de dentro e de fora da Companhia, manifestaram-se contra o Visitador, e como se vê, não por puro idealismo e desinteresse [1].

A todos estes pontos de dissidência era preciso remediar; mas como então nada do que se passava dentro do Colégio, ainda o que por sua natureza de vida puramente interna da Corporação requeria discrição e segredo, se deixava de contar fora, diz o Visitador Jacinto de Magistris em 1665 que em breve o seu nome circulou na Cidade, "como inimigo jurado de todo o Brasil" [2]; e explica-se como nos processos, organizados depois do facto consumado, depusessem pessoas alheias à Companhia, civis, militares e eclesiásticas; e, dentro da Companhia, Padres graves, Estudantes e Irmãos Coadjutores; confusão em que até pessoas aliás respeitaveis, se deixaram envolver pela desarrazoada atmosfera do "dize tu, direi eu", ou do perigoso e irresponsável "ouvi dizer", que se lê tantas vezes nos seus depoimentos.

"Nunc haec talia vidi nec audivi in Societate, nec in hac Provincia, anteactis annis admodum pacata, nuncque supramodum pertubata. Falsitates et falsa testimonia sunt quotidiana, et odia ad invicem, murmurant iudicantque temerarie, quod arbitror esse lethale crimen, absque temeritate, quod pingit imaginatio sequitur affirmatio", declara o antigo Provincial Belchior Pires, ancião de 81 anos, a quem os adversários leram nesta idade e ocasião um capelo público no refeitório sob a acusação de ser fautor da divisão entre Portugueses de Portugal e Portugueses do Brasil. Os Portugueses do Brasil, não queriam ser "Brasileiros"; e a estes, num qualquer despique familiar, chamara o P. Belchior Pires *Brasileiros:* "praedictos Patres despicatus *Brazileiros* vocat" [3]. É a mais antiga denominação de "Brasileiros", de que temos notícia (1663). Conhecia-se até agora a que usara, dez anos depois, Gregório de Matos [4]. Por onde se

---

1. E ainda em 1666 a Câmara escrevia a El-Rei para que o Comissário Antão Gonçalves ouvisse os Religiosos nossos naturais (os que estavam privados de voz activa e passiva) e fosse obrigado a vender o Engenho e Fazendas — que era o que alguns moradores mais poderosos pretendiam com a sua intromissão na vida interna da Companhia. Dos Oficiais da Câmara da Baía a El-Rei, 13 de Agosto de 1666, Arq. H. Col., *Baía*, Apensos, nesta data.
2. *Lus.77*, 82v.
3. Gesù, *Missiones*, 721.
4. *Satírica*, IV, 1.º, p. 140. Cf. Pedro Calmon, *História do Brasil*, II, 464.

vê, pelo teor dos documentos e como tantas outras coisas, que a palavra *Brasileiro*, então menos grata aos filhos do Brasil, hoje gloriosa e triunfante, nasceu também nos Colégios da Companhia.

Mas teria fundamento a acusação de pouco afeiçoado aos filhos do Brasil, ou não seria um derivativo, por ele defender os bens do Colégio, contra a sua alienação? E nisto está sobretudo contra o P. Simão de Vasconcelos, que também era Português do Reino. No parecer de Luiz Nogueira lê-se que o P. Belchior Pires (e o mesmo de Sebastião Vaz) "solum adversantur religiose non viventibus, et illis favent qui religiose vivunt, sive sint nati in Brasilia sive in Lusitania, ut saepe saepius vidi et audivi". E acrescenta que na verdade, por causa das ocasiões de parentes é outras causas, os da terra têm mais dificuldade na observância religiosa, e disto se queixam os Beneditinos, Carmelitas e Franciscanos [1].

Do exame dos processos do Provincial e do Visitador conclui-se que houve erros graves em toda esta questão: primeiro, o ter-se nomeado Visitador, para resolver assuntos difíceis, que requeriam experiência e dotes excepcionais de governo, harmonia e persuasão, quem não fora Superior nem tivera portanto oportunidade de mostrar que os possuía; segundo erro, a deposição, mal maior pelas irregularidades e escândalos que a acompanharam, e intromissão nela de pessoas estranhas à Companhia, e com informações não concordes entre si, nem isentas de paixão de um lado e de outro [2].

Jacinto de Magistris foi o único estrangeiro, a quem se conficu o alto cargo de Visitador do Brasil, com a pouca felicidade, que se vê, e constitui o mais grave episódio da vida interna da Companhia, no período que estudamos, desde a chegada em 1549 até a sua saída em 1760; e não ajudou a uma solução mais consentânea com a pacatez e bonomia tradicional luso-brasileira, a coincidência de ser Provincial o P. José da Costa, nascido também, como o Visitador, em terra estranha.

---

1. *Bras.9*, 176v.
2. Deve-se aproximar deste caso, pelas datas, a vigorosa *Carta sobre as Informações* do P. Geral João Paulo Oliva, de Roma, 8 de Setembro de 1666, e ainda a de 9 de Fevereiro de 1669, *Sobre o segredo da conta de consciência.* Cf. *Cartas Selectas dos Padres Gerais aos Padres e Irmãos da Companhia de Jesus* (Tuy 1922)134-143,463-465.

"A Jacintada" — foi o nome com que ficou conhecida entre os Jesuítas do Brasil a inaudita deposição, e se lê, em 1691, numa carta do P. António Vieira [1].

Não temos conhecimento bastante da vida interna de todas as Províncias, em todas as partes do Mundo, para ajuizar se esta deposição de 1663 foi sucesso único na história geral da Companhia de Jesus. Os contemporâneos dele dão a entender que sim. Mas a singularidade, que reveste, atenua-se, colocada no ambiente da época.

A restauração de Portugal em 1640, estimulando o sentimento de independência, deu origem a um espírito de autonomia também dentro das Corporações religiosas, e logo em 1642 se tratou da separação do Alentejo em Província distinta, vindo a ficar em Portugal duas Províncias durante algum tempo (1653-1665). Além dos Alentejanos e Lisbonenses, formaram-se outros grupos regionais de Religiosos, os de Entre Douro e Minho, os Beirenses e os Campenses (do *Campo* de Coimbra). Os Alentejanos queriam ser senhores dos cargos da sua Universidade de Évora, com exclusão dos Padres Portugueses doutras regiões e por sua vez "afirmavam os Campenses que os da Beira não tratavam mais que de prover nos ofícios de lustre aos seus, deixando os outros de fora. E os da Beira, referindo-se às ocupações literárias, respondiam que na Província havia perto de cinquenta cadeiras, e os Beirenses só regiam onze, ficando aos adversários todas as demais; e o mesmo sucedeu todos esses anos, nas Presidências e Mestrados de Artes; e dos governos tendo a Província dez lugares, os Campenses ocupavam sete e os da Beira sòmente três. Com este fundamento ou sem ele, se disputavam os bons Padres de um lado e do outro, a primazia nas glórias de suas terras" [2].

Tal espírito particularista conservou-se por largos anos, e ainda em 1677, Vieira, ao indicar ao P. Geral dois Padres para Reitores da Universidade de Évora e do Noviciado, não diz que um é da província da Beira e outro de Lisboa, porque estas divisões de terras e nome de pátria são o maior impedimento da observância

---

1. *Bras.3(2)*, 296-299v.
2. Franc. Rodrigues, *História*, III-2, f. 64, que traz tudo desenvolvidamente neste Livro Primeiro, que intitula *Da discordia à união*.

e escândalo da caridade¹. Pátria no sentido de lugar de nascimento, dentro da mesma nação, como distinção nativista ou bairrista, que passou ràpidamente o Atlântico, e se manifestou igualmente no Brasil, como região portuguesa, não ainda espírito nacional, no sentido moderno da palavra, então prematuro, mas de que seria o germe remoto. A Carta, que veremos, da Câmara da Baía de 1665, reclamando para os Portugueses do Brasil, de preferência aos Portugueses do Reino, os postos do governo e de ensino, é a tradução, dentro da Província do Brasil, daquelas emulações entre *Beirenses* e *Campenses* dentro da Província de Portugal. E pode-se definir um subtil sentimento de revoltado, pondo como contraste às virtudes e dotes alheios, não os seus próprios dotes e virtudes, senão a vantagem puramente acidental do nascimento na região onde uns e outros trabalham numa obra comum. Não virtude *pessoal*, que é na realidade a verdadeira virtude, fundada na consciência e na responsabilidade, mas um derivativo do orgulho, que se esforça por fazer dum acidente geográfico uma virtude individual, que nada tem que ver com a verdadeira e nobre virtude do amor da Pátria. Este espírito ou movimento, com o carácter de *provinciano*, assinalado em Portugal, foi também geral no Brasil, nas diversas Províncias das Ordens Religiosas. Além da Companhia de Jesus, nas do Carmo, S. Francisco e S. Bento, e com a particularidade de nas do Carmo e S. Bento intervirem também Jesuítas.

Os Carmelitas do Rio de Janeiro depuseram e prenderam o seu Prior. El-Rei e o Colector Apostólico ordenaram que fosse reposto no seu lugar, e o encargo da reposição cometeu-se ao Reitor do Colégio do Rio de Janeiro, P. Simão de Vasconcelos. Recusando o Reitor do Colégio a incumbência, por ser contra o Instituto da Companhia, o Governador tratou de restituir o Prior com as armas na mão; os Carmelitas dispuseram-se a resistir igualmente pela força. Para evitar violências o P. Reitor do Colégio aceitou o encargo².

---

1. Carta do P. António Vieira ao P. Geral, de Carcavelos, 12 de Junho de 1677, *Goa* 9(1), 310v.
2. Carta do P. Simão de Vasconcelos ao P. Geral, Rio de Janeiro, 14 de Outubro de 1646 (*Bras.3(1)*, 252-253). Assinam com ele mais 11 Padres, como a justificar a sua intervenção.

Entre os Franciscanos houve desobediência ostensiva em 1670 dalguns ao seu Comissário Geral e o caso chegou à Côrte [1].

Na Ordem de S. Bento as alterações foram mais graves, com a existência simultânea de dois Provinciais, o P. Pedro do Espírito Santo, Abade de S. Bento da Baía, e o P. Fr. João da Ressurreição, que se distinguira na Restauração de Pernambuco. Chegaram à Baía o P. Fr. Leão e Fr. Inácio da Purificação como executores de um Breve Apostólico de Roma, para que fosse Provincial o P. Fr. João da Ressurreição, que já havia tomado posse das Obediências de Pernambuco e da Paraíba. Recebidos hostilmente pelos seus, os dois Monges Beneditinos, Fr. Leão e Fr. Inácio, recolheram-se ao Colégio. O P. Fr. Pedro do Espírito Santo, "chamado Provincial de Sam Bento", intimou o Reitor do Colégio (que já era de novo o P. Jacinto de Carvalhais) e o P. Provincial (que já também era de novo o P. José da Costa), a entregarem-lhe os dois monges no prazo de três dias, sob pena de excomunhão por ampararem fugitivos. O Provincial e o Reitor declararam que não podiam ser excomungados, dados os privilégios da Companhia, e porque os dois Beneditinos não eram fugitivos nem apóstatas, mas executores de um Breve Apostólico, impedidos de executar, por o Mosteiro de S. Bento estar sob a guarda da soldadesca. Entretanto, o Reitor e o Provincial da Companhia nomearam conservador o P. Francisco de Matos, e *ad cautellam* apelaram para a Santa Sé, ficando com isso suspensa a excomunhão enquanto se não compunha a controvérsia [2].

---

1. Cf. Carta de Bernardo Vieira Ravasco, da Baía, 3 de Fevereiro de 1670, sobre a desobediência de alguns Religiosos da Província de S. António do Brasil ao Comissário Geral da dita Província, Bibl. da Univ. de Coimbra, Cód. 448, p. 265. Com o tempo avolumaram-se as dissidências entre os Franciscanos nascidos no Brasil e em Portugal, e procurou remediar o mal a chamada *Lei da Alternativa*, revezando-se Portugueses e Brasileiros no Cargo de Superiores. Tais dissidências apressaram a "decadência da Corporação". Frei Basilio Röwer, *O Convento de Santo Antonio do Rio de Janeiro* (Rio 1937)109.

2. "Certidam de Appelaçam dos R.[dos] P.[es] Hyacinto de Carvalhais e Joseph da Costa Reitor & Provincial do Collegio da Provincia da Companhia de JESVS do Brasil, Apellantes Ad Sanctam Sedem. Contra o R.[do] P.[e] Fr. Pedro do Spirito Sancto. Dom Abbade Provincial de S. Bento desta Provincia do Brasil, Apelado". Baía, 19 de Junho de 1673, *Bras.11*, 397-401; cf. *Doc. Hist.*, VI, 275-278; Pedro Calmon, *Hist. do Brasil*, II, 470-471.

Estas e outras perturbações e emulações que se generalizaram no Mundo Português, a seguir à Restauração de 1640, mostram o ambiente em que foi possível a deposição do Visitador Jacinto de Magistris. Mas além desta circunstância geral, tiveram parte importante a herança de Mem de Sá, e os caracteres pessoais dos que nela tomaram parte. A intervenção do P. Simão de Vasconcelos na reposição do Prior dos Carmelitas em 1646, dava-lhe um precedente à margem do Instituto, procurando em onze assinaturas a própria justificação; e a presença ou reincidência dos Padres Jacinto de Carvalhais e José da Costa nas divisões internas dos Beneditinos em 1673 sugere que os seus feitios se prestavam a semelhantes discórdias.

Mas esta questão dos Beneditinos sucedeu dez anos depois da deposição do Visitador. Então já estava tudo apaziguado; e vai-se ver como.

4. — Recebida na Baía a carta do Geral, de 4 de Outubro de 1664, em que reprovava a deposição, o P. João de Paiva, antigo missionário de Angola e emissário dos Pernambucanos a Lisboa para a preparação do levante restaurador [1], assumiu o cargo de Vice-Reitor da Baía, que por ser o Colégio Máximo do Brasil, lhe dava o direito de governar interinamente toda a Província, na falta de Provincial. João de Paiva desempenhou-se com afabilidade e prudência do encargo de transmitir ao Provincial José da Costa e aos seis consultores a pena de privação de voz activa e passiva até nova ordem do Geral. E demonstrou, neste período de desassossego interno e externo, tacto e firmeza de espírito, com as entidades públicas, que entraram na controvérsia. Entre elas a Câmara, que lhe enviou uma carta agreste, em que a propósito do P. Jacinto de Magistris, se refere a "Religiosos estrangeiros", defendendo os naturais do Brasil.

Não se supunha que eram naturais do Brasil todos os sete que depuseram o Visitador estrangeiro: parte eram nascidos no Brasil, parte em Portugal, e um, o Provincial, tão estrangeiro como o Visitador. Daí a algum tempo a Câmara dirá que a questão essencial era o Engenho de Sergipe do Conde. Colocava-se por en-

---

1. Cf. supra, *História*, V, 395.

quanto no aspecto simpático, regional, dos naturais do Brasil; e também só a este responde o P. João de Paiva, Vice-Reitor com poderes de Provincial:

"Sr. R.^{do} P. João de Paiva. — O clamor, com que a nobreza e povo desta Cidade nos representa sentidamente queixoso o maior agravo e a ofensa mais estupenda cometida contra a maior inocência, é o principal motivo de solicitarmos a certeza do intento, que por efeito se nos tem segurado, cujos indícios se verificam pelas circunstâncias: acção tão indigna de Religiosos, que até dos mais incapazes juízos é vituperada e tem tão ofendidos os moradores a imaginação de se dizer que o R. P. Geral tem inabilitados os Religiosos naturais deste Estado, por incapazes nas ciências e pouco inclinados à virtude, quando pelo contrário tem a experiência mostrado nos púlpitos e cadeiras os melhores sujeitos, e nas vidas o melhor exemplo; tão indigno parece de crédito este clamor, que houve entre nós impulsos de não narrarmos a Vossa Paternidade esta queixa, tanto por não vermos nos Religiosos alguma demonstração, como por não lhe considerarmos fundamento. Se bem que a modéstia dos nossos naturais é mais sujeita ao sofrimento que à vingança, porém este é o caso, que a não termos nós suspendido com a negação, a maior parte dos moradores executaram com a exasperação o castigo deste nunca imaginado agravo, lembrando a V. Paternidade o respeito e a veneração que todos temos à Religião da Companhia de JESUS, sendo de nós a mais estimada e a quem rendemos maiores obséquios com grande dispêndio de nossas fazendas.

Seja V. Paternidade servido representar ao R. P. Geral o perigo a que se expõe o R. P. Jacinto de Magistris e os mais Religiosos estrangeiros em virem a este Estado com pretexto de reforma, só a fim de satisfazerem seu ódio, sem atenderem à restituição das honras e das virtudes que com ele infamam, impedindo aos naturais o recurso para não serem ouvidos. É certo que se V. P. não manda um dos Religiosos mais doutos dos nossos naturais, por companheiro do R. P. Francisco Morato, com os mesmos poderes de Procurador para que juntamente seja ouvido do R. P. Geral, que não havemos de consentir quem nos vem defraudar o crédito e manchar a honra, joia que por nenhum preço se vende e prenda que por nenhum interesse se deixa. Da cristandade e virtude que veneramos no sujeito de V. P. esperamos o remédio e a concessão do que pedimos, que sendo tão justa teremos muito que agradecer; cuja pessoa guarde Deus muitos anos. Baía, e Câmara, de Julho 14 de 1665 anos"[1].

Resposta do P. João de Paiva:

"Respondendo à carta, que o muito nobre e ilustre Senado desta Cidade da Baía me remeteu em os 14 do corrente, digo que a não me persuadir fora esta carta efeito da maior paixão, formara a tão nobre Senado a maior queixa da maior ignomínia, que jamais padeceu na Cristandade a Companhia, pois de mais do rigor de suas palavras ser tão alheio do decoro, que se deve a uma Religião tão autorizada, e de todo o Brasil tão benemérita, como é a Companhia, Religião, que não reparando em trabalhos excessivos, tem dado vidas, e não foram poucas, por tornar as dos seus moradores melhoradas, mostra ajuizar-se, e ainda censurar-se seu governo mais tirano que ajustado, pois castiga inocentes mais inculpáveis, como se ao secular pertencesse a direcção e juízo do governo religioso, sendo isto contra todo o direito, assim divino, como humano; e o que mais é, que houvesse quem com temerária ousadia dissesse que se havia de castigar a Companhia, palavras, que ainda quando a paixão as chegasse a administrar, a razão as devia de calar. Aqui quisera eu perguntar quem havia de tomar este castigo, porque ainda que a carta insinua que o povo, não me posso persuadir a isto, porque o tenho por católico; e quando a paixão chegasse a tanto, que atropelasse o temor devido a Deus e a reverência aos sagrados Cânones e excomunhões da Bula da Ceia, ainda pôs Deus nesta Cidade um Viso-Rei cristão, a quem não cabendo pequena parte desta injúria, por ser a Companhia muito sua, acudin-

---

[1]. Conclui: "E eu Domingos Dias escrivão da Camara a fiz escrever e subscrevi. Lourenço de Abreu de Brito e Sousa, António de Sousa de Andrade, Rui Lobo Freire, José Moreira de Azevedo, Paulo de Cerqueira Ferraz. — Seguem-se os reconhecimentos autógrafos de Jorge Seco de Macedo, Francisco Barradas de M.ª e Manuel de Almeida Peixoto. A do Chanceler Jorge Seco é: "Vi e li a carta da Camara desta cidade de que este he o traslado, e a conferi com o original conforme em tudo sem acrecentar nem diminuir letra; e he assinada pellos dous juizes, e dous vereadores (falta o terceiro vereador Vasco Marinho) e procurador do Conselho, que he o ultimo, e sobrescrita por Domingos Dias que serve de escrivão da camara por auzencia do proprietario; assim o affirmo in verbo Sacerdotis. B.ª, 23 de Julho de 1665. O Chanceler Jorge Secco de Macedo". Gesù, *Colleg.*, 1369.

do pela Igreja, saberia dar o castigo merecido a tão ímpio atrevimento; porém, depondo o sentimento que me fica, respondo às queixas da carta.

E respondo não só às que aponta a carta, senão também a outras, que se têm feito da Companhia, sobre se não tratarem os filhos deste Estado, com o acrescentamento com que se tratam os filhos do Reino: digo que o Diabo foi o que meteu esta linguagem de filhos deste Estado, e filhos do Reino, nesta Província, afim de esfriar nos Religiosos dela a caridade. Meus senhores, destes termos de falar renegaram os filhos da Companhia tanto que entraram nela, porque só são filhos da sua mãe a Companhia e esta é sua mãe e pátria [1]. Mas já que sou obrigado a responder por estes termos, respondo à primeira queixa, que fizeram os Senhores desta república.

E é ela, que o Padre Jacinto de Magistris vinha para não receber naturais deste Estado e extinguir os que achasse na Companhia. A falsidade desta queixa consta da carta que Nosso R.do P.e Geral escreveu a esta Província há poucos dias, e temos em nossa mão, que a esse ilustre Senado se podia relatar com mais verdade que a com que relataram os motivos da queixa, em a qual afirma o R.do P.e Geral que tal cousa lhe não passara pela imaginação, provando com exemplos presentes, em que dera licença para receberem mais sujeitos deste Estado, do que podia este Colégio: e para mais evidência da falsidade de quem urdiu esta queixa, veja-se o Noviciado, que tendo doze sujeitos, *vix* se achará um que não seja deste Estado.

Passemos desta queixa a outra, e é de se não fazer caso dos filhos deste Estado para as cadeiras nem prelazias nestes tempos presentes, porque dos passados a mesma queixa quer ser fundada em lhe faltarem agora com o que lhe davam antigamente, porque diz que antigamente floresceram em letras, virtude e púlpitos; e tem razão, nem alguém o poderá negar, porque o mereceram os sujeitos deste Estado, por suas partes. Respondo ao presente: em que se tem defraudado os filhos deste Estado?

---

1. Entenda-se pátria, segundo o espírito desta carta e do que diz Vieira, supra, pp. 44-45; porque da Pátria, como nação e dever cívico natural, não renega nenhum filho da Companhia, antes pelo contrário o afervora, e são exemplos os mesmos Padres João de Paiva, em Angola e Pernambuco, e Vieira nas suas memoráveis campanhas contra os inimigos da Pátria (Holanda e Castela).

Comecemos pelas Prelazias. O P. Barnabé Soares, em menos de um ano, tendo acima de si muitos religiosos, não de mais virtude e partes, mas nestas partes, iguais, e de muitos mais anos, foi a todos preferido, visitou toda a Província, assim da parte do norte como do sul, exemplo que não se verá outro nesta Província, porque se lhe entregou a ele só o que se dava a muitos. Não quero dizer que o não merecesse, porém digo também que o mereciam os mais: é este sujeito filho deste Estado?

Quem governa o Colégio de São Paulo, não é o P. Francisco Ribeiro, filho deste Estado? Quem o Colégio de Santos, não é o P. Manuel Nunes, filho desta Baía? Quem o Colégio do Rio, não acabou o P. Francisco Madeira, natural de Pernambuco, e lhe sucedeu o P. Francisco de Avelar, filho deste Estado? Quem o Colégio do Espírito Santo, não é o P. Matias Gonçalves, filho deste Estado? Quem o Colégio de Pernambuco, não é o P. Francisco Pais, filho de Porto Seguro, o que o deixou, e o que agora o governa não é o P. João Pereira, filho desta Baía? Quem governa o Arrecife, não é o P. Diogo Machado, filho desta Baía? Abram-se os olhos e veja-se o fundamento da queixa dos governos.

Passemos às cadeiras. Quem lê o Curso no Rio, não é o P. Eusébio de Matos, filho desta Baía? Quem lê a Primeira, não é o P. António Machado, filho desta Baía? Quem lê o Curso de Artes nesta Baía, não é o P. João de Passos, filho do Rio, que sucedeu ao P. Gaspar de Araújo, e este ao P. António de Oliveira, ambos naturais da Baía? Quem leu até agora a cadeira de Teologia, não foi o P. António de Oliveira, que sucedeu ao P. Domingos Barbosa, ambos filhos desta Baía, e agora, por ele a querer deixar e o pedir muitas vezes, lhe sucedeu o P Francisco Morato, o qual agora, mandando-se para o Reino, chamamos ao P. António de Sá, para lhe suceder, não é filho do Rio? Onde estão aqui as razões de queixas, para palavras tão inopinadas de um tão nobre Senado, de quem a Companhia esperava grandes aumentos no crédito, e o experimenta tão ofendido?

Ajunta-se a estas queixas que os filhos deste Estado estão inabilitados por pouco adiantados nas letras, e muito faltos na virtude: certo que cuidava eu se devia fazer mais caso da fama, que se ofendia de gente tão abalizada, que sair a público com uma queixa tão mal fundada: se estão todos os sujeitos deste Estado inabilitados, como só são eles os que governam? Alguns a quem o

R. P. Geral quis castigar, são tão conhecidos por suas partes, virtudes e letras, que se fizera a si mesmo injúria quem quisesse pôr nota em gente tão conhecida: são castigos religiosos, que hoje são e amanhã acabam; coisa fôra não muito concernente a tão nobre e entendido Senado, querer não só censurar os castigos da república religiosa, mas ainda evitá-los.

Aponta mais a carta que é necessário ir um dos Padres mais doutos deste Estado em companhia do P. Francisco Morato, para que *simul* com ele represente ao R. P. Geral a inocência desta Província; como se o P. Francisco Morato se mandasse a Roma contra ela: de sorte que na ocasião em que o Padre se mostra mais amigo da Província, pois quer ir tomar a seu cargo o aumento da procuratura que em Lisboa tem esta Província, por estar um pequeno oprimida com dívidas e negócios de importância, o reputam seu inimigo ? Afirmo aos Senhores desse tão nobre Senado, como religioso que professa falar verdade, que nem pela imaginação me passou mandar o dito Padre a Roma; nem nos fora dificultoso mandar esse sujeito a Roma quando a necessidade o pedira; mas para quê, se o P. Domingos Barbosa, Procurador Geral eleito pera Roma, já hoje lá estará, pois o R. P. Geral o mandou ir, sem que mandasse ir o P. Jacinto de Magistris ? Bem pudera dizer esta verdade quem sem o respeito que se deve a esse tão nobre Senado, o inficionou com tantas falsidades.

Acabo, respondendo a dizer-se que não se há-de consentir o P. Jacinto de Magistris se o P. Geral o mandar a este Estado; e é que se ele o mandar, o hei-de receber com a caridade que a regra ordena e a obediência me manda; se bem, para que diga tudo, digo que o que sei é que nem o P. Jacinto de Magistris quer já vir, nem o R. P. Geral mandar, porque não lhes falta prudência para acudir à disciplina religiosa sem desagrado da república; e quem não disser isto, não sabe deste negócio tanto como eu.

Este é, Senhores, o trato com que a Companhia tratou os filhos deste Estado nos tempos passados e presentes. Aonde avultem aqui as queixas, eu o não alcanço; se são dos futuros, nem Deus os aceita, sendo-lhe mais que muito manifestos, quanto mais os homens, a quem são mais que escondidos. A verdade é que a Companhia há-de fazer em tudo o gosto a esta república, quando não encontre seu Instituto, porque conhece muito bem que lhe faz sempre muita graça e espera não faltar de sua parte para lhe ser continuada, e dos senhores do muito nobre e ilustre Senado a restituição do crédito, a quem, se a aspereza da carta o não tirou, pelo menos ofendeu" [1].

5. — Se todo o motivo das desinteligências fosse o que se invocava, a resposta do P. João de Paiva, religiosa e firme, e com dados positivos, teria restabelecido a paz. Como a questão era outra, em Janeiro de 1666 chegaram à Baía o Comissário do Geral, P. Antão Gonçalves com o seu secretário P. Manuel Juzarte, e o Provincial Gaspar Álvares, com o seu secretário P. António da Fonseca [2]. Dado que o Vice-Rei, Conde de Óbidos, se havia manifestado contra o Visitador de Magistris, importava que lhe constasse com evidência o pensamento do governo central:

"*Conde Amigo, sobrinho:* Eu El-Rei vos envio muito saudar, como aquele a quem amo. Antão Gonçalves, da Companhia de Jesus, passa a esse Estado por Comissário Geral de sua Religião; encomendo-vos muito que para os negócios que leva a seu cargo lhe deis e façais dar toda a assistência que convier ao serviço de Deus e meu, a que eu espero se encaminhe todo o seu cuidado e e zêlo. Escrita em Lisboa a 10 de Novembro de 1665. *Rei. Conde de Castelo Melhor*" [3].

O Comissário soube manter a disciplina, autoridade e independência interna do governo da Companhia. Recusando-se o P. João de Paiva a qualquer cargo, o Comissário nomeou novos Reitores da Baía e do Rio de Janeiro e não permitiu que assistisse no Colégio da Baía um Padre, que se revelou o mais inquieto entre os que depuseram o Visitador. Do Espírito Santo, para onde foi, o P. Barnabé Soares escreveu ao Geral, a 24 de Junho de 1666, uma carta violenta e ofensiva, que o mesmo Geral decompôs em 9 parágrafos, respondendo pessoalmente a cada um. Num deles dizia Barnabé Soares que o P. Geral queria reduzir a nada e dar como incapazes os nascidos no Brasil e que contra esta infâmia se queriam levantar os seus parentes e apaniguados, e que já teriam rebentado tumultos populares se ele, pelo amor que tem à Companhia, os não tivesse reprimido, e ainda, apesar de ausente, reprime. Responde o Padre

---

1. *Bras.* 9, 11-12v.
2. Supra, *História*, VI, 597.
3. *Doc. Hist.*, LXVI (1944)336.

Geral que ama os nascidos no Brasil, como filhos seus caríssimos mas como Superior não podia deixar de castigar os autores do crime inaudito da deposição do seu legítimo Superior; se houve infâmia recai sobre os autores da escandalosa deposição, diz ele; mas, qualquer que fosse, tudo se lava com a dor e detestação do facto; e quanto aos tumultos populares, espera o Padre continui a repremí-los, para se não constituir, diante de Deus, reu das calamidades que está em sua mão evitar [1].

Tanto Barnabé Soares como os mais só falavam até aqui em pontos de honra e prevalências em governos e cátedras de ensino: ocultava-se o móbil mais profundo de tudo. Mas quando a 10 de Novembro de 1665 Sua Majestade escreveu ao Vice-Rei, para assistir ao Comissário, enviou outra carta igual à Câmara da Baía; e a 13 de Agosto de 1666 responde a Câmara a El-Rei, na qual depois de julgar sem amenidade os actos do governo interno da Companhia, diz que "se arrojaram os moradores a nos presentarem um papel, em que assinou toda a nobreza e povo, que receamos algum excesso, porque nele nos insinuavam representássemos a V. Majestade que convinha a seu real serviço mandar retirar o P. Comissário e seus consultores; e que a origem deste descrédito era o interesse de um Engenho e Fazendas em que os Padres de S. Antão tinham uma limitada parte; que para o conseguirem havia o P. Comissário deposto dos cargos e mando os religiosos naturais, para que não pudessem alegar por sua parte o direito que tinham. Por uma carta fizemos presente ao P. Comissário todas as razões, que se nos representaram e o motivo total de todas as discórdias, para que se vendesse o Engenho e Fazendas e se desse a cada um o que pela justiça estava julgado por tantas sentenças; e que por este meio se evitavam todos os sentimentos sem que alguma das partes ficasse prejudicada". Concluía, pedindo a El-Rei que escrevesse ao Geral para que fossem ouvidos os Religiosos nossos naturais; e ao Conde Vice-Rei para que fizesse presente ao P. Comissário Antão Gonçalves que vendesse o Engenho e Fazendas [2].

---

1. Gesù, *Missiones*, 721.
2. Assinam: o juiz José Moreira de Azevedo; os três vereadores Pedro Marinho Sotomaior, João Pereira do Lago e Jerónimo de Azeredo Miranda; o procurador José Barbosa Leal; o juiz do Povo António de Pinho; e o mister José Francisco (Arq. H. Col., *Baía*, Apensos, 13 de Agosto de 1666. Com a rubrica: *Visto*).

Nestes "tumultos", a que se refere Barnabé Soares, e neste "se arrojarem os moradores a nos presentar um papel em que se assinou toda a nobreza e o povo", parece está a chave da perturbação pública dia das exéquias da Rainha D. Luísa, celebradas na Baía a 29 de Maio de 1666 e que o Vice-Rei chamou "Revolução" [1].

Já falamos da herança de Mem de Sá e de sua filha a Condessa de Linhares, não nas suas relações com o regime interno da Companhia, mas, por se tratar do Engenho de Sergipe do Conde, no lugar, que lhe competia, entre os *Estabelecimentos e assuntos locais* [2]. Aí se viu a questão judiciária para conjugar os dizeres do Testamento de Mem de Sá com o da sua filha, e como terminou com composições amigáveis entre os diversos herdeiros. Também se aludiu a uma proposta de 1659, para a venda do Engenho e terras, que importa recordar aqui, do Provincial do Brasil Baltasar de Sequeira, natural da Baía; e com ele assinam mais oito Padres, quatro dos quais (os primeiros) se encontram também entre os sete que depuseram o Visitador: José da Costa, Simão de Vasconcelos, Jacinto de Carvalhais, Manuel da Costa, João Pereira, Francisco Ribeiro, Paulo da Costa e Sebastião Vaz [3].

A venda do Engenho e Fazendas era pois do agrado dalguns Padres da Província do Brasil ou para alcançarem meios para as obras da Igreja do Colégio (Catedral) ou por emulação com o Colégio de S. Antão, ou ainda para serem agradáveis a alguns homens influentes, um dos quais, Lourenço de Brito Correia, já vimos que depois de feitas as partilhas, ocupou terras de S. Antão. Não sendo aprovada a venda pelo Geral, quantos eram partidários dela se agitaram de diversos modos, incluindo o de se valerem do Governador Geral Francisco Barreto para levantar a questão dos dízimos. Em carta a El-Rei, de 2 de Junho de 1661, diz ele que até aí o Engenho pagava dízimos e passando aos Colégios não os pagaria. Carta escrita em língua própria de soldado, cheia de zelo pela fazenda real, tal é a impressão que deixa, lida isoladamente.

---

1. *Doc. Hist.*, VII, 248. A esta perturbação ou "conspiração obscura", sem definir bem a origem dela, se refere Pedro Calmon, *História do Brasil*, II, 278-279.
2. Cf. supra, *História*, V, 243-251.
3. *Bras.3(1)*, 317.

Verificando-se que está com ela, no Conselho Ultramarino, uma representação ou queixa de Lourenço de Brito Correia contra os Padres da Companhia, a conjunção das duas queixas coloca a do Governador no plano de interesses pessoais como favor a correligionário, com mira a criar obstáculos aos Colégios até um possível cansaço e desistência [1]. Diga-se em abono de Francisco Barreto que o glorioso General logo no ano seguinte continuou a manifestar o antigo apreço pelos Jesuítas, confiando-lhes, pela Provisão de 17 de Abril de 1662, a evangelização da Costa do Ceará [2]. Mas lançada assim na herança de Mem de Sá, esta questão dos dízimos iria perdurar numa nova herança de pleitos. E chegada a Lisboa na crise aguda em que o P. António Vieira era desterrado da Côrte e logo colocado à mercê da Inquisição, não faltou quem patrocinasse a facção do pagamento dos dízimos em particular António de Sousa de Macedo que fala dos "grandes bens" da Companhia [3], alentando com isso os seculares pretendentes à compra do Engenho. Como se sabe, o Rei de Portugal para mais eficácia e facilidade da evangelização do Brasil, tinha concedido aos Padres da Companhia alguns subsídios indirectos e supunha-se sempre que os bens haviam de ser grandes em proporção com os encargos cada vez maiores exigidos pelo aumento do próprio Brasil e do número dos seus religiosos e obras respectivas.

A seu tempo se tratará dos Dízimos. Basta aqui a notícia de que também este assunto se lançou no prato da balança. E com ele, e as demais conexões estabelecidas, averigua-se que em 1662, no ano anterior à chegada à Baía do Visitador Jacinto de Magistris e do Vice-Rei Conde de Óbidos, se concentravam contra o Engenho, para apoiar ou forçar a sua venda, os pretendentes leigos da Baía, o Governador Geral, a política de Lisboa, e alguns Padres dos mais autorizados do Brasil, incluindo o Provincial.

Não desistindo porém um dos herdeiros reconhecidos por lei, nem aprovando a venda o P. Geral, e estando já assentes e vencidos

---

1. Carta de Francisco Barreto, em *Doc. Hist.*, IV, 409-411. A mesma carta, com a queixa de Lourenço de Brito Correia, A. H. Col., *Baía*, Apensos, 2 de Janeiro de 1661, em 2 capilhas com a mesma data, e matéria, parte igual parte diferente.
2. Cf. supra, *História*, III, 30.
3. A. H. Col., *Rio de Janeiro*, 927-928.

os preliminares, fez-se a concordata de 1663. E foi ela que realmente provocou a deposição do Visitador Jacinto de Magistris, como um dos seus signatários, e a consequente ida ao Brasil do Comissário Antão Gonçalves, para restabelecer a disciplina religiosa ofendida e fazer que se cumprisse o acôrdo, realizado por intervenção directa do Geral, com o fim de concluir, com equidade, uma questão entre dois Colégios seus subordinados, enredada nos fios de tão diversos pareceres, interesses e influências perturbadoras.

A assistência do Vice-Rei ao Comissário, para manter íntegra a autoridade interna sem violência de externos, ia padecendo colapso na Baía, com o abalar-se em Lisboa o valimento do Conde de Castelo Melhor, que sustentava o Comissário; e verifica-se, no desenrolar dos sucessos, que desde a chegada do Visitador, em 1663, aquilo que se invocava sempre até agora — pontos de honra, prevalência e mando dos Padres naturais — deslizara para segundo plano, ocupando o primeiro o que na verdade era a raiz de tudo.

Tendo o P. Geral enviado à Baía a carta de Barnabé Soares, para os Padres mais graves darem parecer, o P. João de Paiva, consultado, expôs o seu ao Geral em carta de 17 de Outubro de 1667; e depois das demonstrações de espanto, é de opinião que o seu autor deveria despedir-se da Companhia e não ficar no Brasil; e na hipótese de não se despedir, ainda assim não deveria ficar, para se não repetirem as perturbações. E continua, referindo-se ao mesmo Barnabé Soares:

"Últimamente um parente deste Padre, Mestre de Campo nesta Baía, há poucos meses, esteve deliberado e preparado com toda a milícia, pola ter em sua mão, a vir a este Colégio e com força e mão armada nos botar a todos fora, consentindo toda esta cidade e o Conde de Óbidos Viso-Rei, que também pretendia botar-nos fora, e dar este Colégio aos Carmelitas descalços, que de fresco têm vindo a esta terra fundar nela convento. E havendo isto de se executar numa manhã, na noite precedente se estorvou, indo um homem de autoridade persuadir ao Conde o não consentisse, por razões várias que lhe deu, de honra e outras conveniências suas e desta Cidade. Com o que o Conde parou; e chamando logo o Mestre de Campo, tão interessado e empenhado, lhe ordenou que nada executasse do que tinham determinado contra a Companhia. E foram cartas de aviso desta Baía a Pernambuco e ao Rio, que tendo notícia da nossa expulsão da Baía fizessem o mesmo aos daqueles

Colégios: e estava tudo a ponto para se executar, se a expulsão aqui se fizesse e a notícia fôra. Este Mestre de Campo tinha já escolhido para si umas terras deste Colégio, que ele muito desejava por esperar delas grandes proveitos; e as outras terras deste mesmo Colégio tinham os moradores desta Baía repartidas entre si, como também os do Rio de Janeiro tinham repartido entre si as terras e fazendas daquele Colégio, para os de cá e os de lá se apoderarem delas tanto que nos lançassem deste Brasil. E tão interessado como isto estava este Mestre de Campo nesta nossa expulsão".

João de Paiva abona as informações com o testemunho do P. João Pereira e do próprio que interveio junto do Vice-Rei, e declara que o Mestre de Campo continua tão interessado como antes, e portanto a necessidade de afastar da Baía o P. Barnabé Soares, porque é de temer "não levante em casa semelhantes motins aos passados, em que teve tanta parte como ele confessou. E se bem se advertiu, de tudo isto ameaçou ele a V. Paternidade quando lhe escreveu: caveat ne majoris infamiæ et dedecoris Societatis causa sit".

"Todas estas coisas e outras tais, muito para chorar, sucederam perenemente nesta Baía, e neste Brasil desde a fatal deposição do P. Visitador Jacinto de Magistris até agora e causadas por ele; e tais foram os efeitos qual foi a causa. E cuidando estes nossos naturais do Brasil, que alevantavam contra os de Europa e a Companhia estes povos, e que se asseguravam a si, alevantaram-nos contra si mesmos; e asseguraram-se tão pouco, que nesta nossa expulsão todos haviam de ir de coalho com os mais, sem um só haver de ficar no Brasil. E eles hoje são os que mais sentem o ódio, que nos tem esta gente e o muito que se afastam de nós, e estar hoje este Colégio como um ermo. E assim lhes caiu sobre as costas os males que procuravam para os outros. Justo juízo de Deus"[1].

6. — Com estas informações ia o P. Geral conhecendo o que se passava, e também pelo P. Domingos Barbosa, Procurador a Roma em 1665 (voltou à Baía em 1667); e ainda lhe chegavam outras notícias, entre as quais a de que os que depuseram o Visitador

---

[1]. Carta do P. João de Paiva ao P. Geral, Baía, 17 de Outubro de 1667, Bras.3(2), 52-53. Autógrafa.

reconheceram com sinceridade a grave irregularidade cometida e a sentiam. Com tais disposições, o Comissário levantou as penas de privação de voz activa e passiva, nos meados de 1667, aos Padres Simão de Vasconcelos, José da Costa e Jacinto de Carvalhais e a mais dois que tinham recorrido directamente ao Geral; não as levantou a outros dois (que perfaziam o número de sete) por estarem ausentes. E todos voltaram como antes, quando se ofereceu ocasião, a servir em cargos de governo. (Simão de Vasconcelos e Jacinto de Carvalhais ainda foram Reitores, e José da Costa segunda vez Provincial).

Ao P. Barnabé Soares não foi notificada então a suspensão da pena por estar ausente na Aldeia dos Reis Magos (Espírito Santo). Sem poder afirmar que foi mandado para fora do Brasil algum tempo, verificamos todavia que o seu nome não consta dos Catálogos de 1670 e 1671. O seguinte é de 1679 e nele aparece já como Reitor do Colégio do Rio de Janeiro [1]. Foi a seguir proposto para Provincial em 1682 [2], e para Visitador do Maranhão, nomeado pelo P. Provincial, António de Oliveira, cargo em que se achou presente ao Motim do Estanco. Já de volta, a 25 de Julho de 1685, Barnabé Soares escreveu de Pernambuco ao Geral uma carta sobre os agravos que recebeu do mesmo Provincial, um dos quais era que o nomeara primeiramente Visitador do Maranhão e depois da Paraíba com o fim de o exilar; e pede ao Geral se lhe restitua pùblicamente a fama na Baía, tanto com os de casa, como com os de fora e os seus parentes [3], que é a mesma linguagem de antes, sem se tratar agora de visitador estrangeiro, mas de Português do Brasil, o Provincial António de Oliveira, natural da Baía, como o próprio Barnabé Soares.

Donde se conclui que parte dos debates era de origem pessoal em conformidade com o carácter dalguns Padres; e parece-nos em

---

1. E deve ser incluido na lista dos Reitores, supra, *História*, VI, 10.
2. Informação do P. Domingos Barbosa, natural da Baía; "P. Barnabas Soarius est bonus religiosus: Superioribus facile obediens, regularum observationem urget, sed aliquoties per modos indiscretos. Cum egit rectorem Fluminis perlustravi Provinciam et notavi ob varias querimonias ad me delatas, subditos tractasse solito acrius, aliquantumque despotice cum strepitu et turbulentia, quam ob rem subditi timebant suas ei aperire conscientias, Superiorum tamen correctiones humiliter excipit", *Bras.3(2)*, 160.
3. *Bras.3(2)*, 212-213.

conclusão deste capítulo que preponderava na Província do Brasil a idéia, não expressa mas implícita, de eliminar dentro dos limites dela uma Residência de outra Província. A gente de fora foi arrastada para a questão pela circunstância de inicialmente estarem incluidos, na herança de Mem de Sá, os Pobres e a Misericórdia da Baía, com quem se fizeram composições amigáveis; e também por verem alguns homens influentes locais, que a pretexto das desinteligências dos Jesuítas entre si, poderiam meter mão fácil nos bens que cobiçavam. Findas as demandas e perturbações, ficaram frente a frente os dois Colégios com direitos reconhecidos a ambos. A supressão duma Residência Rural, dentro doutra Província talvez tivesse sido, de facto, com as devidas compensações, a solução mais consentânea com o sistema de divisão provincial da Companhia. A história regista que não foi assim e que se dividiram, nos seus pareceres, os homens responsáveis de então, e nem todos, dentro e fora da Companhia, se souberam sobrepor às paixões em que são férteis as questões económicas.

Tal é o quadro na aparência complexo da deposição do Visitador, e que na realidade é ainda um episódio específico da herança de Mem de Sá e de sua filha a Condessa de Linhares. Veio pôr-lhe o almejado epílogo um acto, parte de religião, parte de justiça, que rematou o longuíssimo pleito: a declaração em 1667 dos Padres da Província do Brasil em como nestas controvérsias entre entidades da mesma corporação, estavam prontos a obedecer às ordens do P. Geral, superior de uns e outros; e os Procuradores legítimos do Colégio da Baía e da Igreja do Colégio de S. Antão tomaram posse jurídica das terras e do Engenho, conforme a Concordata de 1663, não ficando em ser nenhum ponto duvidoso de direito. Permaneceram ainda alguns de natureza prática, mas um e outro Colégio colocavam a regulamentação de tudo nas mãos do Superior Geral, como ordena a disciplina religiosa em assuntos internos do Instituto [1]. O Comissário e Visitador Antão Gonçalves terminou a visita das Casas e Colégios, a que deixou sábias instruções, promoveu as missões do Sertão de Jacobina, pedindo Padres belgas para as ajudar; e em 1668 deu-se por encerrada a sua comissão na Província do Brasil, confiando-se-lhe o governo da de Portugal, donde passou a Assistente em Roma.

---

1. *Bras.3(2)*, 49.

CAPÍTULO III

Provinciais até ao P. Vieira (1669-1688)

1 — Francisco de Avelar e José da Costa; 2 — José de Seixas; 3 — António de Oliveira; 4 — Alexandre de Gusmão; 5 — Diogo Machado.

1. — *Francisco de Avelar* (1669-1672). *Provincial.* Tomou posse antes do dia 27 de Janeiro de 1669. Dissipada a crise, que se viu, o P. Francisco de Avelar representa já o sentido da normalidade interna da Companhia no Brasil, dotado de qualidades pessoais e tino natural e sobrenatural para a fortificar. Nasceu em 1607 na Ilha de Santa Maria (Açores), sendo seus pais, António de Avelar e Filipa de Resende, que o trouxeram menino para o Brasil, onde aprendeu com perfeição a língua tupi. Entrou na Companhia a 27 de Outubro de 1622 [1], um ano antes do P. António Vieira, com o qual recebeu ordens de Subdiácono na Baía a 26 de Novembro de 1634 [2] e com o qual teve afectuosa correspondência em 1658, até que, sendo Provincial, o enviou a Roma em 1669 para que Vieira se defendesse da Inquisição. Francisco de Avelar, que tirou o grau de Mestre em Artes, foi adjunto do Mestre de Noviços dois anos, Professor de Teologia, um ano, e pregador. Fez a profissão solene na Baía a 26 de Maio de 1644, recebendo-a o P. Manuel Fernandes [3]. Quando findava o noviciado deu-se a primeira invasão do Brasil pelos Holandeses (1624), contra quem se iria ilustrar com repetidos serviços em diversas campanhas. Logo no ano de 1638, no Cerco da Baía até se retirar o inimigo [4]; depois, a 20 de Novembro de

1. *Bras.*5(2), 79.
2. Registo das Ordenações da Baía, *Rev. do Inst. Hist. e Geogr. Bras.*, XIX (1856)30.
3. *Lus.*6, 78 (dupl., 87).
4. Cf. supra, *História*, V, 61.

1639, seguiu na armada do Conde da Torre, e, desembarcando nos Baixos de S. Roque, tomou parte, passando trabalhos com "valor modesto", na famosa "Retirada dos 1.400" de Luiz Barbalho [1]; e, tendo ido uma vez ao Recife, durante as tréguas, voltou finalmente a Pernambuco para não mais sair, sem sairem primeiro dele os invasores do Brasil. Quer dizer, tomou parte na Campanha Restauradora, durante oito anos, de 1646 a 1654 [2]. Até que libertado Pernambuco, tratou Francisco de Avelar de fundar o Colégio do Recife e de restaurar o de Olinda [3]. E ainda depois de terminar o triénio de Reitor de Olinda (1658), e de estar um tempo na Baía, voltou a Pernambuco e foi a Angola com André Vidal de Negreiros para angariar subsídios destinados à restauração da Igreja de Olinda devastada [4]. Mais de vinte anos, de intensa e proveitosa actividade a favor de Pernambuco.

Depois foi nomeado Reitor do Colégio do Rio de Janeiro, onde chegou a 7 de Novembro de 1662, tomando posse do cargo nesse mesmo dia. Concluido o novo triénio, passou a Reitor do Colégio da Baía, a cuja frente esteve outros três anos. E enfim começou a governar a Província por Dezembro de 1668 ou começos de 1669 (já era Provincial em 27 de Janeiro, data em que escreveu ao P. Natanael Southwell) [5]. Foi o primeiro Provincial depois de feitas as pazes entre Portugal e Espanha. Colaborou nos passos preliminares para reatar o comércio com o Rio da Prata. E para esse fim o P. José do Couto, do Porto, com mais dois da Companhia, foram-se lá ordenar, com cartas a participar aquelas pazes, respondendo o Reitor do Colégio de Buenos Aires com uma carta ao Governador Geral do Brasil, Alexandre de Sousa Freire [6].

Como Provincial, Francisco de Avelar favoreceu também a catequese dos Índios e, já depois do seu governo, passou dois meses na Aldeia dos Tapuias Paiaiases. Era chamado o "Pai das Mis-

---

1. Cf. supra, *História*, V, 382.
2. Cf. supra, *História*, V, 403.
3. Cf. supra, *História*, V, 461.
4. Cf. supra, *História*, V, 418, 428.
5. *Bras.3(2)*, 79.
6. Cf. A. H. Col., *Baía, Apensos*, 3 de Julho de 1669. Entre esta documentação está a Carta do Reitor do Colégio de Buenos Aires Vicente Alsina ao Governador Geral do Brasil. Cópia, sem data. O P. José do Couto foi ao Rio da Prata no Patacho *S. Lourenço*, que depois se perdeu.

sões"[1]. O resto da vida ocupou-o em Ministérios, enquanto teve forças e aptidão para eles. Nos últimos anos, já octogenário, não podendo mais, com o intento de promover a devoção a Nossa Senhora e às Almas do Purgatório, gastava o tempo em fazer terços e rosários de quintins, até o dia da morte, no Colégio da Baía a 13 de Julho de 1693 [2].

Pelas efemérides da sua vida, Francisco de Avelar aparece, na paz, Superior estimado, de piedade e talento; e, na guerra, homem de bom conselho, sofredor e constante até ao heroismo [3].

José da Costa (1672-1675). *Provincial.* 2.ª vez. Já tinha 82 anos de idade e governou ainda 3, vindo a falecer com 91.

2. — *José de Seixas* (1675-1681). *Provincial e Visitador.* Provincial até 1678 e daí até 1681, também como Visitador, acumulando os dois cargos para cumprir e fazer cumprir as determinações da sua Visita [4]. Nasceu cerca de 1612 em Lisboa. Filho de Belchior Gomes e Isabel de Seixas. Entrou na Companhia em Lisboa, a 9 de Abril de 1627. Ao ser nomeado Provincial do Brasil já tinha sido Professor de Latim (6 anos), de Filosofia (4 anos) e de Teologia (18 anos), e já havia ocupado os cargos de Reitor do Colégio de Braga e da Universidade de Évora, na qual tomara o grau

---

1. *Bras.*3(2), 128.
2. O P. Belchior de Pontes foi recebido em S. Paulo pelo Provincial. "Era ele neste tempo o P. Francisco de Avelar, sujeito de tão conhecida virtude, que gastou alguns anos da sua vida em fabricar de quintins (frutas que se acham nos campos da Baía) grande quantidade de coroas e rosários para que, repartindo-as com os pobres, lhes introduzisse no coração a devoção à Virgem Senhora, impondo-lhes a obrigação de aplicarem a primeira coroa ou rosário, que rezassem, em benefício das Almas do Purgatório; querendo aliviar com este pequeno subsídio tantas penas e introduzir no coração destes novos devotos um temor santo a tanto fogo", Manuel da Fonseca, *Vida do Veneravel Padre Belchior de Pontes*, 2.ª ed. (S. Paulo s. a.)24. — Os "quintins", e com o mesmo nome (quintins, com t) existem hoje na Baía, como no tempo do P. Francisco de Avelar, e são contas miudas de vermelho vivo com uma pintinha preta.
3. Qualidades de talento, habilitações e temperamento: "Ingenio optimo. Judicio, prudentia rerumque experientia bona. Profecit bene in lingua latina, Philosophia et Theologia. Habet talentum ad docendum, concionandum et gubernandum. Cholericus", *Bras.*5(2), 51, n.º 7.
4. *Visitatio Provinciæ Brasiliæ a Maio anni 1676 ad Jul. anni 677*, Bayæ, 24 Augusti 1677, Gesù, *Colleg.* 20.

de Doutor ¹. Conta-se em louvor seu, que quando um Padre de Castela sentiu dificuldades em ser Visitador das Províncias da América, da Assistência de Espanha, o P. Geral lembrou-lhe o exemplo do P. José de Seixas, que sendo "o maior homem da sua Província" lhe não veio com escusas para não ir Provincial do Brasil, que "governou por 6 anos" ².

Seixas atendeu à formação dos irmãos da Companhia e deu ordens para reter os Noviços e Irmãos Juniores sob as vistas do Mestre de Noviços, sem irem para as Aldeias aprender a língua. Vieira discordou mais tarde desta medida, alegando que o P. Seixas desconhecia os antigos usos da Província ³; mas como o secretário do P. Seixas era o P. Alexandre de Gusmão, a este se atribuem essa e outras resoluções sobre o Noviciado ⁴. José de Seixas também defendeu as Missões dos Tapuias Paiaiases e Maracás, contra os que as contrariavam, quer dentro da Companhia, quer do governo local, quer dos Tapuias contrários ⁵; e por outro lado expediu missionários para o Maranhão, entre os quais o Visitador, P. Pedro de Pedrosa; e deputou dois Padres para irem com D. Manuel Lobo fundar a Colónia do Sacramento no Rio da Prata ⁶. Além disto, como Professor e homem de vasta cultura, procurou elevar o nível dos estudos no Brasil, desterrando mal entendidas complacências. Em suma, governou com firmeza e deixou nome de "bom Superior", pessoalmente afável e caridoso. E também repentista, qualidade em que o apresenta como modelo o P. Manuel Bernardes ⁷.

---

1. *Lus.46*, 21v.
2. *Bras.3(2)*, 249.
3. Carta de Vieira, de 8 de Dezembro de 1688, Gesù, *Missiones*, 721.
4. Memorial do Procurador a Roma, P. António Rangel, Gesù, *Assistentiæ*, 627.
5. Cf. *Doc. Hist.* (6 de Julho de 1676), IX (1929)23-24; (8 de Agosto de 1676) VIII (1929)257-258.
6. *Bras.26*, 56-57; cf. supra, *História*, IV, 217; VI, 536.
7. Depois de citar um dito de S. Tomás de Aquino traz este *do Padre Doutor José de Seixas da Companhia de Jesus*: "Em um Colégio da Companhia, lendo um Irmão à mesa (como é louvável costume nas Comunidades) chegou a um texto da Sagrada Escritura em que se fala do Rio Eufrates; e, não estando presente na quantidade da sílaba que devia dar a este nome, se breve se longa, parou um pouco: e logo como quem se determinava a tomar um salto grande, pronunciou erradamente, fazendo a sílaba breve. Estava na mesa o dito Padre Doutor, bem

José de Seixas, voltando ao Reino em 1681 como Provincial de Portugal (4 anos), foi a Roma assistir à Congregação Geral de 1682. Tornou a ser Reitor do Colégio das Artes de Coimbra e nesta Cidade faleceu a 9 de Fevereiro de 1691 [1].

3. — *António de Oliveira* (1681-1684). *Provincial.* Nasceu cerca de 1627 na Baía. Entrou na Companhia com 14 anos de idade a 20 de Outubro de 1641 [2]. De grande talento acabou os estudos com a classificação de óptimo, e tomou o grau de Mestre em Artes. Fez a profissão solene na Baía, a 29 de Agosto de 1660, recebendo-a Francisco Ribeiro [3]. Ensinou Humanidades, Filosofia, Teologia, e Moral, dois anos em cada uma destas faculdades. E foi Missionário dos Paiaiases no sertão [4]. Em 1679 era Reitor do Colégio de Olinda, nomeado pelo P. Visitador José de Seixas, que o achava com talento e piedade, ainda que alguns o desejavam mais sincero [5]. Esteve em Roma como Procurador e em 1681 voltou ao Brasil, nomeado Provincial e trazendo consigo alguns Padres italianos. Com ele veio também o P. António Vieira, que dois anos depois o louva com o maior encarecimento, a ele e ao seu governo [6]. Passados porém outros dois anos (em 1685), eram mais já os que o não louvavam, em particular os Padres João António Andreoni, que o defende nuns pontos e o critica noutros [7]; Manuel Carneiro, com quem o P. António de Oliveira manteve sempre alguma emulação desde a Visita do P. Jacinto de Magistris [8]; Lourenço Craveiro que diz ser todo edificação, devoção e caridade, mas sem

---

conhecido por seus grandes talentos, o qual de repente disse para os vizinhos este dístico:
        Venit ad Euphratem, subitoque exterribus hæsit;
        Ut cito transiret, corrupuit fluvium.
        Chegando ao Eufrates, tímido parou:
        E por passar depressa o abreviou¨. (Manuel Bernardes, *Nova Floresta* (Porto 1911)47.

1. Cf. infra, *História*, IX, 117-118.
2. *Bras.5*, 182v; *Bras.5(2)*, 79.
3. *Lus.7*, 275; outra via, *Lus.8*, 2-2v.
4. *Bras.26*, 34.
5. Gesù, *Missiones*, 721.
6. Carta de António Vieira, Baía, 21 de Junho de 1683, *Bras.3(2)*, 168.
7. *Bras.3(2)*, 192-193.
8. *Bras.3(2)*, 214.

dotes de governo, e que se lhe podia aplicar aquilo de Sérgio Galba: "optimus ad imperandum esset nisi imperasset" [1]; e Barnabé Soares, que se diz vítima da sua vingança e por ele difamado [2].

Das medidas tomadas pelo Provincial António de Oliveira, a mais discutida até ser revogada, foi a de fechar as escolas da Baía aos Moços Pardos, por motivos invocados, de disciplina e moral [3]. A contrabalançar estas resoluções e informações, há as do seu secretário, P. Mateus de Moura, que em 1684, enumera as obras úteis do P. António de Oliveira: levantou os estudos; pôs em melhor forma a separação das classes; organizou as Congregações Marianas de estudantes pelo modelo romano; instituiu a de N.ª S.ª da Boa Morte em todos os grandes Colégios; ordenou a visita ao hospital; e estimulou as missões dos Índios e as missões rurais [4]. Além disto fundou a Casa, depois Colégio da Paraíba do Norte [5].

Sendo ainda Provincial pedira em 1683 para estar seis meses no Noviciado a fim de se dar mais a Deus; a 1 de Dezembro de 1685, um ano depois de deixar o governo da Província, recorda-o ao Geral, de quem não obtivera resposta, e renova a petição, não já por 6, mas por 2 meses, pedindo também a Missão do Ceará [6]. Faleceu da peste da "bicha" (febre amarela) no Colégio da Baía, a 7 de Junho de 1686. "In quo Provincia amisit subjectum non vulgare", diz o P. Reitor Diogo Machado [7].

4. — *Alexandre de Gusmão* (1684-1688). *Provincial.* Já tinha a patente de Provincial muitos meses antes, mas só tomou posse no princípio de Dezembro de 1684, por o Provincial precedente andar ocupado na visita do Sul.

Nasceu a 14 de Agosto de 1629 em Lisboa. Chegou ao Brasil em 1644 (14 de Maio) e matriculou-se no Colégio do Rio de Janeiro, e nesta cidade, a 27 de Outubro de 1646, entrou na Companhia. Estudou Filosofia e Teologia no Colégio da Baía (em 1657 estava

---

1. *Bras.3(2),* 197.
2. *Bras.3(2),* 212-213.
3. Cf. supra, *História,* V, 75-80; e infra, Livro, II, Cap. IV, § 4.
4. *Bras.3(2),* 177.
5. Cf. supra, *História,* V, 492.
6. *Bras.3(2),* 220.
7. Cf. supra, *História,* V, 90; *Hist. Soc.49,* 14; *Cartas de Vieira,* III, 532.

no 2.º ano desta última faculdade); e concluídos os estudos ficou Ministro do mesmo Colégio (1659-1660). Em 1662 era Mestre de Humanidades no Rio de Janeiro, e no ano seguinte Vice-Reitor do Colégio de Santos. Demorou-se pouco em Santos, voltando ao Rio, onde ficou Mestre de Noviços sete anos, durante os quais a 2 de Fevereiro de 1664, fez a profissão solene, recebendo-a Francisco de Avelar [1]. Já residia na Baía em 1670 ocupado nos ministérios da pregação, da confissão, e da pena. Três anos depois pede ao Geral licença para se imprimir a *Escola de Belém;* e são de 1679 as censuras ou pareceres à sua novela ascética *História do Predestinado Peregrino e seu Irmão Precito.* Neste ano era sócio do Provincial José de Seixas, passando desse ofício a Reitor do Colégio da Baía, e deste a Provincial Iniciou o governo com a visita ao Sul; e em Março de 1685 estava em S. Paulo, onde determinou que se não fechasse o Colégio, de que tratava então o Reitor, por ordem do Provincial precedente, António de Oliveira, que considerava a sua permanência incompatível com a defesa da liberdade dos Índios. Alexandre de Gusmão, mudando de rumo, prometeu interessar-se pelas administrações particulares, com grande regozijo dos moradores de S. Paulo [2].

Finda a visita de S. Paulo e Santos, voltava para o Rio de Janeiro, na fragata da Companhia, carregada, e com cerca de 40 pessoas a abordo, quando foi bombardeada e tomada por um corsário, com prejuízo da Província no valor de 12 a 13 mil cruzados. O Provincial e mais pessoas ficaram abandonados na praia. deserta, seis dias, a umas vinte léguas do Rio de Janeiro, aonde as vítimas dos piratas, andando parte do caminho por mar, parte por terra, chegaram na primeira quinzena de Maio de 1685 [3]. Os piratas, de que foi vítima nesta viagem, não os identifica o P. Gusmão; contudo Bettendorff, narrando mais tarde o cativeiro dos Padres do Maranhão pelos piratas de 1684, engloba-os com os que nestes anos de 1683 a 1685 infestaram as costas do Brasil. "Eram esses piratas do número daqueles que tinham roubado a bela fragata do Padre Provincial do Brasil em que iam embarcados os Nossos. Três deles eram ingleses, três holandeses, entre os quais

---

1. *Lus.8,* VI, 125.
2. Cf. supra, *História,* VI. 317.
3. *Bras.3*(2), 194, 202.

havia um católico romano, e outros três eram alemães. Estes contaram aos Padres Jódoco Peres e Aloísio Conrado Pfeil que lhes sabiam a língua, que um Padre da Companhia homem já de idade (será o P. Domingos Fernandes ?) tinha sido preso dos piratas franceses, chegados aos portos do Brasil, o qual levado a bordo do seu navio, tinha sido obrigado a comer a sua própria orelha salgada e assada ao fogo, e depois morto com quantidade de feridas, porém apareceu em o dia seguinte à proa, à vista de todos, revestido de roupa branca; e não há dúvida disso, porque o mesmo me contaram os Padres da Baía a mim, que lá cheguei pelo mesmo ano de 1684 em que acontecera este presente caso" [1]. A interrogação de Bettendorff sobre o P. Domingos Fernandes, suprime-a o P. Alexandre de Gusmão: "Haereticus pirata Brasilicae oram infestans barbare confossum Societatis nostrae sacerdotem P. Dominicum Ferdinandum interemit aure primum dissecta eique assatam igne tradens ad comedendum. Duo deinde nobis navigia abstulit alterum Bayensis Collegii, alterum Fluminis Ianuarii, utriusque detrimento" [2].

---

1. Bettendorff, *Crónica*, 384; Cf. supra, *História*, IV, 82.
2. Carta de 27 de Julho de 1684, *Bras.3(2)*, 181. Quanto à nacionalidade dos piratas que mataram o P. Fernandes, difícil de averiguar onde se misturavam holandeses, franceses, ingleses e alemães, lê-se no seu Necrológio, feito mais tarde: "occisus est a Belgis Calvinianis piratis" (*Lus. 58*,18). — Dá-se, neste Necrológio, a data de 1 de Setembro, mas é preferível a de 20 de Setembro de 1683, do *Catal. Defunctorum*, o qual determina também o lugar da morte, "junto à Ilha de S. Ana", Macaé. (*Hist. Soc. 49*,56v). E referindo-se a ela, escreve Vieira: "O ano passado nos martirizou um Padre nesta costa um corsário inglês" (S. L., *Novas Cartas*, 324-325). — Domingos Fernandes nasceu por 1632 em Vila Nova de Portimão, Algarve. Era aluno dos Jesuítas, quando entrou na Companhia, na Baía, a 10 de Junho de 1646 (*Bras.5*, 182v). Ainda estudou dois anos, mas verificando-se que não era para estudos, aplicou-se à conversão dos Índios, começando por aprender a língua tupi na Aldeia de S. Barnabé (Rio) e Reritiba (Espírito Santo), segundo os Catálogos de 1654 e 1657 (*Bras.5*, 189, 208v). Em 1659 estava na Baía como Subministro e a preparar-se para o Sacerdócio (a que deve ter subido nesse ano ou começo de 1660, pois neste Catálogo já aparece como tal, *Bras.5*, 221, 225v). Em 1662 residia na Aldeia dos Reis Magos (Almeida), e a 2 de Fevereiro de 1665 fez a profissão solene de 3 votos, no Colégio do Espírito Santo, recebendo-a Barnabé Soares (*Lus.8*, 140-140v; há outra fórmula de Coadj. Espiritual no mesmo lugar e no mesmo dia, *Lus.23*, 30). Domingos Fernandes ocupou-se em ministérios em S. Paulo (1667) e nas Fazendas do Colégio do Rio de Janeiro, onde aparece em 1679 (*Bras.5(2)*, 32, 48). Já não consta do Catálogo de 1683, que é o próprio

Livre dos piratas, ainda que com tão graves prejuízos materiais dos Colégios, e talvez já do futuro Seminário de Belém da Cachoeira, em que pensava (é deste mesmo ano de 1685 a publicação em Lisboa da *Arte de Crear bem os filhos*, dedicada ao Menino de Belém), Alexandre de Gusmão, ao voltar à Baía, lança os fundamentos da sua grande obra, o Seminário [1]. Fundando-o para filhos da terra, apresentava-se o problema do destino dos alunos, que seguiam o que queriam. Mas era natural que muitos aspirassem à mesma carreira dos mestres. Alguns casos de vocações menos felizes tinham imposto ao P. Geral a resolução de não se admitir na Província senão um número limitado, que foi variando e melhorando. Ficava a porta aberta sem limitação de número aos nascidos no Reino, medida de que o próprio Gusmão beneficiara para entrar no Brasil. Deixando o governo da Província a 15 de Maio de 1688, logo a 10 de Agosto do mesmo ano escreveu ao P. Geral que se suprimisse a cláusula da limitação [2]. O problema vinha de longe e ainda se prolongou, com debates e pareceres, e às vezes com sentimentos alheios à questão em si mesma, nem sempre expressos com a serenidade devida; mas era assunto na verdade digno de ponderação, pois cada uma das posições oferecia vantagens e desvantagens.

Desde o dia 13 de Junho de 1690 era o P. Alexandre de Gusmão Reitor de Belém da Cachoeira, quando por morte do Provincial Manuel Correia, que lhe sucedera, assumiu outra vez em 1693, o governo da Província ao começo como Vice-Provincial e a seguir como Provincial. Também agora Alexandre de Gusmão iniciou o novo governo pelo caso dos Índios paulistas, assinando na Vila de S. Paulo, a 27 de Janeiro de 1694, o ajuste final (ficando muitas dúvidas em aberto) das Administrações particulares [3]. Nisto diferiu, e teve oposição do P. António Vieira, debate, que deslizou do terreno dos critérios e opiniões respeitáveis para outro em que

---

ano em que o mataram os piratas. E como o lugar da morte ou martírio foi junto a Macaé, infere-se que os ministérios do Padre Domingos Fernandes eram no distrito da Aldeia de S. Pedro do Cabo Frio e dos Campos dos Goitacases, actual Estado do Rio de Janeiro.

1. Cf. supra, *História*, V, 167-198.
2. *Bras.3(2)*, 265-265v.
3. Cf. supra, *História*, VI, 328.

Vieira foi tratado sem magnanimidade por ele e outros Padres. A 8 de Março de 1696 Domingos Dias, Reitor do Colégio do Recife, escreve ao Geral que o P. Alexandre de Gusmão já não era apto para o cargo de Provincial, por não poder visitar as Casas todas da Província; e que já estava em tempo de gozar o prémio da sua velhice [1]. Entretanto, o Provincial manifestou ao Geral o desejo de ficar em Belém da Cachoeira; e com efeito, findo o governo, assumiu em Julho de 1698 o cargo de Reitor para dar a última demão às obras do Seminário que lhe dava cuidado. Pediu ao Geral que o Provincial, que sucedesse a Francisco de Matos, não mudasse nada no que estava ordenado, e seria bom que novos e inúteis admonitores não cansassem já o mesmo Geral com as coisas relativas ao Seminário de Belém [2]. Gusmão achava-se com direito a esta prerrogativa pelo que em 1690 tinha já dito ao Geral sobre as contas e gastos da sua construção: quem proveu foi o bolso do pobre Jesus e da sua pobrezinha Mãe, por que os "Superiores nec verbo quidem bono me tanto in opere adjuvarunt". As dívidas não passavam então de 200 cruzados e breve se pagariam [3].

A seguir a Gusmão houve dois ou três Reitores, achando-se ele de novo à frente do Seminário como Vice-Reitor em 1615. Já o não era no ano seguinte. Ficou porém a residir em Belém da Cachoeira até falecer a 15 de Março de 1724, com 95 anos de idade e 78 de Companhia [4]. As exéquias de corpo presente, no Seminário, foram completadas com outras, mais solenes, na matriz de Cachoeira, de que era pároco o Presbítero António Pereira, pregando o P. Julião Ferreira da Companhia; e escreveu também um Panegírico o P. Fr. Manuel de S. José "dos Elíades" (Carmelitas)[5].

A actividade do P. Alexandre de Gusmão não se desenvolveu no sentido da catequese dos Índios, nem, apesar de ter chegado ao Brasil na adolescência aprendeu a língua brasílica. Orientou-se para o da educação dos filhos de brancos e mamelucos, e sob este aspecto, com os seus livros e a fundação do Seminário de Belém, é o maior pedagogo do Brasil nos tempos coloniais e um dos maiores da Companhia em todo o Mundo.

---

1. *Bras.4*, 12.
2. *Bras.4*, 88.
3. Carta de 2 de Julho de 1690, *Bras.3(2)*, 285.
4. *Bras.4*, 284.
5. *Bras.4*, 364-371.

Os livros, que escreveu, são de acentuado sabor pedagógico, quer no terreno pròpriamente educativo, escolar, quer sobretudo no da formação da piedade cristã. Contemporâneo de Vieira, mas de mentalidade oposta, até nos efeitos estéticos se manifesta a diferença. A linguagem é igualmente pura, as transições porém são tão rápidas e uniformes, que redundam em monotonia e fatigam a atenção; e envolve às vezes a sua piedade com manifestações de credulidade menos esclarecida, que se não afectam a doutrina, em si mesma, também a não autorizam. Cabe-lhe em todo o caso a honra de ser autor da primeira novela escrita no Brasil, e dos seus livros pode-se tirar alentada antologia de autêntica beleza literária.

Por estes títulos de escritor, pedagogo, Provincial e asceta, é uma das grandes personalidades do Brasil no último quartel do século XVII e no primeiro do século XVIII. Este derradeiro período da sua vida decorreu já no seu Seminário de Belém da Cachoeira, onde se diluiram pouco e pouco os ecos de agravos e disputas antigas. E ao falecer rodeou-o a veneração geral com a auréola de santo, a que os seus inúmeros discípulos procuraram imprimir a chancela da Igreja [1].

5. — *Diogo Machado* (1688-1692). *Provincial*. Tomou posse do cargo de Provincial no mesmo dia em que o P. António Vieira assumira o de Visitador, 15 de Maio de 1688.

Nasceu na Baía em 1632. Filho do Capitão António Machado Velho e sua mulher Inês de Góis de Mendonça [2]. Entrou na Companhia, com 14 anos de idade, no dia 8 de Junho de 1646 [3], e fez a profissão solene a 2 de Fevereiro de 1665 [4]. Ocupou os cargos de Reitor do Colégio do Espírito Santo (1677), Superior da Casa da Paraíba (1683), Reitor do Colégio da Baía (1685), o qual pôs à disposição da cidade durante o terrível contágio do "mal da bicha" [5]. De Reitor da Baía passou a exercer o ofício de Provin-

---

1. Cf. supra, *História*, V, 197. — Dos livros e inéditos de Alexandre de Gusmão, se tratará infra, *História*, VIII, 289-298.
2. *Processo de Anchieta*, 16 (Processo da Baía, 1712).
3. *Bras.5*, 182v.
4. *Bras.6*, 37.
5. Cf. supra, *História*, V, 89-90.

cial até à chegada em 1692 do seu sucessor Manuel Correia, que o nomeou Visitador de Pernambuco [1]. Faleceu octogenário na Baía a 10 de Janeiro de 1713 [2].

A sua folha de serviços e de cargos mostra que era dotado de prudência e dotes de governo. Falta-nos dele o habitual necrológio, que ou se não escreveu ou se extraviou Era novo quando se deu a deposição do Visitador Jacinto de Magistris, que o inclui ainda assim entre os seus desafectos; mas em 1677 o P. Visitador José de Seixas, ao nomeá-lo Reitor do Colégio do Espírito Santo escreve: "unus ac fortasse unicus ex indigenis qui patrio affectu Brasiliensium minime ducatur. Acceptus externis et imprimis, Francisco Gilio d'Araujo nostro benefactori illius Praefecturae" [3]. Contudo não o achava "de grande edificação entre nós", o P. Domingos Barbosa [4]; e em 1687 informaram o Geral que ele andava muito pelo Engenho dum irmão seu com outros religiosos. Defende-o Vieira: quando Diogo Machado era Reitor do Colégio, passou pela Baía o P. Francisco Sarmento, Procurador da Província de Goa, e o Reitor levou-o com um Ir. Filósofo, para lhes ajudar à missa, a um Engenho, por nunca ter visto nenhum; e mostrou-lhe como funcionava, estando ausentes dele na cidade os seus parentes; e outra vez, indo visitar os canaviais do Colégio, esteve no mesmo Engenho, de passagem [5]. Informações estas que redundam em seu louvor. Parece-nos o maior de todos, outro, a saber, que tendo compartilhado com Vieira o governo da Província, ele como Provincial, Vieira como Visitador, não se encontra o seu nome entre os que se manifestaram contra o Visitador com linguagem que chegava não raro à violência. Talvez, por que também compartilhava com Vieira o amor das missões. A 13 de Junho de 1690, visitando o Colégio do Rio de Janeiro, escreveu ao Geral que lhe desse sucessor no ofício e o deixasse ir acabar a vida nalguma Aldeia do Sertão [6]. Ainda foi Provincial perto de dois anos, mas como Vieira era Visitador Geral, à volta deste giram os acontecimentos.

---

1. *Bras.3(2)*, 333.
2. *Hist. Soc.51*, 76.
3. Gesù, *Missiones*, 721.
4. *Bras.3(2)*, 160.
5. *Bras.3(2)*, 260.
6. *Bras.3(2)*, 281.

CAPÍTULO IV

António Vieira, Visitador Geral (1688-1691)

1 — Ideias de Vieira sobre as Missões do Maranhão e Pará; 2 — Sobre as Missões do Brasil e a necessidade de Missionários portugueses; 3 — O governo de Vieira e os seus detractores; 4 — Ordens da Visita de Vieira, o predomínio dos Estrangeiros, administrações particulares dos Índios, privação de voz activa e passiva, e justiça póstuma; 5 — A "Clavis Prophetarum", a última carta e a morte de Vieira.

1. — O P. Vieira foi nomeado Visitador Geral do Brasil e do Maranhão, por patente de 17 de Janeiro de 1688, com faculdade de exercer o ofício sem sair da Baía, por o não consentirem já os seus 80 anos de idade. A nomeação era uma como homenagem do púlpito da Companhia de Jesus ao púlpito português, porque a lavrou o P. Tirso González, missionário que subira a Geral em 1687, e foi este um dos primeiros actos do seu governo. O novo Visitador do Brasil tomou posse do cargo a 15 de Maio de 1688, no Colégio da Baía, deixando a Quinta do Tanque, onde habitualmente morava ocupado na preparação para a imprensa dos seus sermões Surpreendeu-o a nomeação; e logo no ano seguinte, ao ir a Roma o P. António Rangel, Procurador do Brasil, o primeiro dos seus postulados era da parte do Visitador que se lhe abreviasse o tempo do govêrno; e que apenas o Provincial visitasse as casas da Província e lhe desse conta: ele Vieira, com parecer dos consultores, desse também por terminada a sua comissão sem esperar confirmação do Geral, por achar que semelhante ofício era incompatível com a idade que tinha [1].

---

1. Gesù, Assist. 627.

Vieira iniciou o governo, com um acto a favor das missões do Maranhão e Pará, que nunca mais lhe sairam do coração, desde que nelas esteve e por elas padeceu afrontas e o desterro, embora, depois da reviravolta palaciana de 1663, um decreto real lhe fechasse as portas delas, com a agravante de ter pensado o partido triunfante em o desterrar para as Índias Orientais, para onde efectivamente teria ido, se já exilado no Porto, não estivesse doente ao partir das naus [1]. E em vez de ir para a Índia, tomou-o à sua conta a Inquisição [2]; e depois que saiu livre (1668), indo a Roma (1669), e voltando da Cidade Eterna com o Breve de isenção da Inquisição Portuguesa (1675), sentindo que a defesa dos cristãos novos não o tornava aceito à atmosfera de simpatia com que todas as camadas sociais envolvia ainda em Portugal a Inquisição, o seu pensamento voltou-se com mais insistência para as antigas missões [3]. E assim em 1679, escusando-se de voltar para Roma, como confessor da Rainha de Suécia, de novo propõe a volta ao Brasil, e deixa nas mãos do P. Geral decidir o destino, se para o Maranhão, se para a Baía [4]. Respondeu-lhe o P. Geral que em preparar e publicar os seus livros teria o seu Maranhão [5], resposta que não o impediu de se oferecer mais uma vez a si e ao seu companheiro, P. José Soares, para irem ambos por simples missionários, facto que Bettendorff aduz como exemplo para confundir os que por esse tempo desertavam as Missões [6].

Ao ser agora nomeado Visitador do Brasil e do Maranhão, mal tomou posse em 1688, Vieira reuniu a comunidade do Colégio da Baía, na Capela Doméstica, na véspera do Espírito Santo, e fez-lhe a famosa *Exortação I*, em que apontava a imensa "universidade" das almas a ganhar para Deus e para o Estado

---

1. *Bras.*3(2), 31-31v. Da actividade de Vieira nas Missões do Maranhão e Pará ficou notícias nos Tomos respectivos, III e IV, e no IV os dados essenciais da sua vida até à ida para elas, um dos quais a profissão solene (IV, 12) e que verificamos, pelo próprio autógrafo ter sido efectivamente em S. Roque (Lisboa) a 21 de Janeiro de 1646, *Lus.*6, 124-125.
2. Cf. supra, *História*, IV, 61-62.
3. Carta de Vieira ao Superior do Maranhão, de Lisboa, 10 de Abril de 1677, na "*Brotéria*", XLV (1947)469.
4. *Cartas de Vieira*, III, 348-349.
5. Carta do P. Geral ao P. Vieira, 6 de Maio de 1679, *Epp. NN.11*, 70v-71.
6. Carta de Bettendorff, de Lisboa, 15 de Setembro de 1687, *Bras.*26, 159v.

nas selvas de gentilidade, sertões e Rios do Amazonas, para a qual convidava a mocidade escolar, e para onde tratou de enviar missionários quer do Brasil, quer de Portugal.

Constando que a nova lei ou *Regimento das Missões*, de 21 de Dezembro de 1686, e sobretudo o Alvará de 28 de Abril de 1688 deixava a porta aberta a abusos com perigo para o bom nome da Companhia, Vieira dá as suas normas e instruções, que são o seu glorioso testamento missionário, não cumprido à risca, menos por vontade dos homens do que pelo ambiente amazónico, terrìvelmente avassalador para quem quer que nele viva de contínuo. Já demos o resultado destas advertências de Vieira [1]. Mas é matéria em que nenhum resumo supre as próprias palavras, que ele, como Visitador Geral, mandou da Baía ao Superior do Maranhão, a 10 de Agosto de 1688 :

"Primeiramente, se diz que se vão buscar escravos ao sertão e que se comprem à custa de El-Rei, e trazidos se vendam aos moradores por pre[ço ma]ior do que custaram, com o que o cabedal da fazenda real se conserve sempre, e que sejamos nós os que façamos estas compras e vendas.

Eu não duvido que esta proposta será muito plausível para os moradores, por ser o que sempre mais desejaram; mas tanto que no sertão se souber, dar-se-ão guerra uns aos outros, sem mais justiça que a de terem escravos que vender, e para isto também, se for necessário, os terão presos à corda; e além dos que nós pùblicamente comprarmos, ocultamente se farão muitos outros, e se cativarão os forros, e haverá queixas de nós pelo preço moderado, por os darmos antes a estes que àqueles; e finalmente se dirá, como já se diz, que imos ser pombeiros dos Índios. O que antigamente se fazia era que nas tropas do sertão fossem sòmente os nossos e que eles julgassem se os cativeiros eram justos ou não; e os que julgássemos por justamente cativos, os pudessem os Portugueses das mesma tropas comprar, sem nós nos metermos em outra coisa. E porque nisto mesmo se experimentaram gravíssimos inconvenientes, enganos, e injustiças, se resolveu ùltimamente por decreto real que nenhum fosse cativo.

---

1. Cf. supra, *História*, IV, 89-90.

A segunda coisa é que em cada Colégio tenhamos uma Aldeia de 150 casais, e em cada Residência ou Aldeia 20. Daqui se segue que se isto se executar v. g. no Maranhão, todos os Índios serão nossos, e os moradores para seu serviço não terão nem um só; porque 150 casais para o Colégio e 20 para duas Residências fazem 290 casais, e não há tantos nas duas Aldeias do Maranhão. No Pará pode haver mais largueza; mas nenhuma que baste a tapar as bocas de eclesiásticos e seculares, e os justos clamores que contra nós se levantarão.

A moderação, com que parece que nos devemos haver neste privilégio, é que nas Residências e Aldeias de nenhum modo usemos dele, para que os moradores tenham quem os sirva os 6 meses da alternativa, em que os Índios se repartem, bastando para serviço das Igrejas e Párocos os que na mesma alternativa ficam isentos de servir nas suas Aldeias e casas. E quanto à Aldeia que pertencer ao Colégio: que no Maranhão seja a do Pinaré, e no Pará a de Mortigura, ou outra, sem insistir em que exactamente tenham o sobredito número de 150 [a não ser que] a multidão dos Índios crescesse tanto, que não fosse notável esta disparidade, o que jamais poderá ser.

A terceira coisa, que se diz, é que sejamos nós os repartidores dos Índios, em cujos inconvenientes não é necessário que eu me detenha, pois os que estão na missão ainda com os olhos fechados os podem ver.

O que parece se deve fazer é que os Padres que estão nas Aldeias, com sinceridade e verdade, de que não possamos ser arguidos, dêem as listas dos Índios de cada uma delas, e comunicando Vossa Reverência com o Governador a quem se deve entregar as ditas listas para que faça repartição, se entreguem à dita pessoa ou pessoas; as quais darão por escrito a cada um dos moradores o número de Índios que os hão-de servir, com distinção das Aldeias a que pertencerem; e por estes escritos, que lá chamam *verbais*, se lhe dará o dito número de Índios, deixando depositado o pagamento dos dois meses, sem se dar índio algum a outra pessoa. Em suma, que para evitar as queixas em matéria tão perigosa, de nenhum modo devemos tomar sobre nós a repartição dos Índios, nem dar índio algum por nenhum respeito fora da dita repartição. E se algum morador por qualquer via, como costumam, ou declarada ou ocultamente, fora da dita repartição, levar para sua casa algum índio, que logo seja avisado o Governador para que os impida semelhantes desordens que só ele o pode fazer eficazmente.

A quarta coisa é que em todos os navios tenhamos praça e lugar certo e seguro para navegar a Portugal os nossos efeitos. Palavra que seria mais própria falando de contratadores, que de Padres da Companhia, a [qual su]põe manifestamente intento de continuarmos nessa missão o que contra toda a decência se introduziu nela os tempos pròximamente passados, de mandarmos também canoas ao cravo como os seculares. Neste ponto não posso deixar de proibir aos Superiores, ou de toda a Missão, ou de alguma parte dela, que de nenhum modo o façam. O nosso comércio é só das almas, nem temos outro meio de nos conservar com Deus, e com o mundo, senão um exactíssimo e total desinteresse" [1].

Além das Missões do Maranhão e Pará, que deste modo continuava a animar, defender e prestigiar com o seu alto espírito, Vieira protegeu também as dos Quiriris, e assim como tinha aplicado às do Maranhão os seus honorários de pregador régio, assim agora ajudava estas dos Sertões da Baía com os lucros dos "três dedos" com que escrevia os livros que ia publicando.

2. — Outra característica do seu governo foi a preocupação de robustecer dentro da Província do Brasil o prestígio da nação colonizadora, diante dalguns sintomas que observou, de menos estima, desde a questão do Engenho do Sergipe do Conde, em que era Provincial do Brasil o P. José da Costa, siciliano, questão sempre com brasas sob as cinzas, que de vez em quando erguiam labareda,

---

1. Carta de Vieira ao P. Superior do Maranhão, da Baía, 10 de Agosto de 1688, publ. por C. R. Boxer (de Londres) na *Brotéria*, XLV (1947)474-475. A ida ao cravo e ao cacau do Sertão tinha-se começado no governo do P. Pier Luigi Consalvi, a quem o mesmo P. Vieira havia já escrito nove anos antes, reprovando-a, não só para não expor o Irmão que ia, a falsos testemunhos, que se lhe podiam levantar, como para tirar pretextos aos que "dizem que nos servimos dos Índios para nossos interesses", caso particular, que bastará a "fazer crível tudo o mais que contra nós se diz e escreve neste género". E era preferível que as igrejas tivessem menos paramentos que remediá-lo por tal via. Além disso havia a questão dos dízimos: e nestes "do cravo e cacau seria melhor como tenho dito livrar-nos de semelhante pleito com não ir buscar ao Sertão as ditas drogas" (Carta do P. António Vieira ao P. Superior do Maranhão, de Lisboa, 1 de Fevereiro de 1679, *Ib.*, p. 472).

assoprada em geral por algum Padre que não era filho nem de Portugal nem do Brasil, mas a quem se agregavam também sempre alguns deles. A posição de Vieira era como a do fiel da balança com justa medida e peso. Assim, era de parecer que os Provinciais do Brasil não deviam vir de Portugal, a não ser que ficassem na terra depois de concluído o ofício. Senão, além das despesas, apenas chegavam, o seu pensamento era preparar a volta; e não faltava no Brasil quem o pudesse ser [1]. Mas Padres e Irmãos deviam vir, para manter o equilíbrio que reputava ainda necessário à vida interna da Companhia na América Portuguesa. Ao P. Alexandre de Gusmão, que fundara o Seminário de Belém da Cachoeira, parecia-lhe que já não eram precisos; e desta diferença de critérios seguiu-se outra consequência na questão dos Índios paulistas, em que o P. António Vieira e o P. Alexandre de Gusmão se manifestaram com tendências divergentes, e deu origem à designação de Vieiristas e Alexandristas, em que nos surgem António Vieira, campeão dos naturais do Brasil (Índios), Alexardre de Gusmão, campeão dos filhos da terra (mamelucos). Desde a adolescência aprendera o P. Vieira a língua brasílica, tupi, e aprendeu outras depois na Amazónia, e sempre estimulava a sua aprendizagem como instrumento útil de contacto e de conversão, assim como favorecia a aprendizagem da língua de Angola para auxílio e catequese dos Negros; Gusmão não aprendeu a língua do Brasil, nem nunca foi Missionário. Ambos filhos de Lisboa, representavam as duas tendências humanas da formação do Brasil: Vieira, o elemento mais humilde e popular; Gusmão, o elemento médio que tendia a substituir e a tornar já dispensável o afluxo de Portugueses do Reino. Ambas nobre e històricamente certas. A diferença consistia em que, com ser sumamente meritória a fundação do Seminário, Vieira conhecia melhor a vastidão do Brasil e o poço sem fundo da Amazónia; e a experiência mostra, volvidos já mais de dois séculos e meio depois de Vieira, que o Brasil em matéria de Clero e Missionários ainda hoje não se basta a si mesmo, e imensas zonas de território brasileiro imploram em vão quem as catequize para Cristo. Com este conhecimento do Brasil do seu tempo, insistia Vieira em que os Jesuítas se mantivessem na linha tradi-

---

1. *Bras.3(2)*, 168v.

cional, que era o contacto com as florestas no alargamento cristão do território, e que se defendessem do brilho das cátedras dos Colégios e da vida citadina, que podia constituir subtil impedimento retendo nelas os Padres, com a suposição menos fiel de que, a julgar pela civilização das cidades, já todo o Brasil era assim. Este novo espírito, que se insinuava, não era de molde a favorecer as missões. Mostrando a urgente necessidade de Missionários para os Quiriris, Acarás e Cearenses, Jacobo Cocleo pedia ao Geral que enviasse Padres da Europa. Porque entre os do Brasil já era difícil achar quem ensinasse com gosto os Índios mansos, quanto mais os selvagens; e virem Padres da Europa seria agradável ao P. Visitador António Vieira, ainda que não via noutros igual desejo e cuidado das Missões [1]. Tal era o sentir a respeito das missões, quando se manifestou este empenho de Vieira que não foi inútil, porque alguns dos Padres influentes, que então se mostravam menos dispostos, favoreceram logo, e depois, as missões dos Tapuias (Quiriris e Janduins), até ao Ceará e Ibiapaba.

Entre os que de Lisboa se correspondiam com Vieira, Padres, antigos Governadores do Brasil e Ministros, escreveu-lhe o célebre Secretário de Estado Roque Monteiro Paim, grande protector das Missões do Brasil. Vieira, um mês depois de deixar o cargo de Visitador, respondeu-lhe, agradecendo:

"Dou a V. Mercê as graças, e não sem grande confusão minha e nossa, do conceito que V. Mercê tem do espírito da Companhia. Assim repartira Deus, como o de Moisés, a quem V. Mercê nos compara, o zêlo e o desejo que eu tenho de que todos nos empregássemos, e com todas as forças, nesta obra tão própria do nosso Instituto. Mas nem a todos por seus ocultos juízos concede Deus as mesmas inspirações, nem todos, posto que vestidos do mesmo hábito, somos para tudo" [2].

3. — Nesta última frase, de sentido geral, incluimos também Vieira, para exactidão da sua fisionomia. Tendo sido notável em actividades fora do comum, não o foi tanto como homem de governo. Fez muito, quer na Baía, quer no Maranhão, defendeu sempre grandes causas, e soube com a sua pena mágica dar-lhes

---

1. Carta do P. Jacobo Cocleo ao P. Geral, de 30 de Junho de 1689 (*Bras.* 3(2), 269).
2. *Cartas de Vieira*, III, 618.

o relevo que as imortalizam. Mas a absorpção das energias do seu espírito na defesa e explanação das ideias que preconizava, a austeridade, veemência, audácia e intrepidez, que são a maravilha dos seus sermões, não o situava bem na categoria de homens de governo, cuja qualidade mais comumente estimada na vida religiosa é o modo paternal de governar, firme e suave nos seus diversos actos, mudar as pessoas de cargos e casas sem se ofenderem, dominar os impulsos das primeiras impressões ou informações, contemporizar com tacto e paciência até à emenda dos defeitos, e muitas vezes governar como quem não governa; ver e fazer que não vê, realizar enfim os dois aspectos que ele próprio requeria no bom Superior: "ter idade, letras e experiência para saber mandar, e folgarem os outros de lhe obedecer".[1]

O temperamento de Vieira, agudo e vibrátil, vendo e notando tudo, tornava difícil a segunda parte nos que haviam de obedecer, e sentiam que ele nem sempre sabia eliminar o que outro grande Jesuíta Francisco Gonçalves, seu contemporâneo no Maranhão, chamava "asperezas". Para um homem de governo, o espírito silencioso e conciliador de Francisco Gonçalves era sem duvida, mais útil, isto é, mais imediatamente profícuo ao bom andamento duma comunidade. Mas sem o temperamento de Vieira, unido à sua qualidade inata de escritor e de reduzir a escrita as suas lutas, as ideias ou incumbências do momento em que as lançava no papel, ter-nos-iam faltado hoje, com utilidade evidente, os mil aspectos da vida missionária, política, diplomática, social e religiosa, e até interna da Companhia.

Claro está que um homem assim constituido, como era Vieira, havia de provocar reacções nos que diferiam das suas opiniões e critério. Reacções expressadas em geral com menos elegância do que ele as expressava, mas em compensação mais violentas nos factos e contradições da sua vida. Contradições, dizemos, no sentido de oposição aos seus actos ou ideias. Não haveria contradição também entre as suas próprias ideias ou actos? Uma ou outra se pode advertir nos seus numerosos escritos. Porque só os ineptos se não contradizem, não por falta de capacidade para a contradição, mas por incapazes de transmitir ao papel as suas ideias

---

1. S. L., *Novas Cartas*, 255.

durante um longo período (entre o primeiro e o último escrito de Vieira, a diferença de datas é de 71 anos: 1626-1697); e se por ventura os ineptos também escrevem, sepultam-se na mediocridade do seu estilo, que ninguém lê, as contradições que a ninguém interessam.

Mas também se imputam a Vieira contradições sem fundamento, como a de supor que ele não podia defender a liberdade dos Índios e aceitar ao mesmo tempo a escravatura. Vieira aceitou a escravatura como a aceitavam todos os homens e nações do seu tempo, e está na Epístola de S. Paulo. Apesar de estar no Novo Testamento, ninguém hoje a aceita, e ainda bem! Mas julgar pelo que é hoje corrente na ética e direito natural e condenar tudo o que aceitaram os nossos antepassados desde o Infante D. Henrique e Camões, até ao século XIX é fácil, mas não é justo. Já não é pouco procurar colocar fora da condição de escravos uma categoria de homens, e apertar, quanto estava em seu poder, as malhas que impedissem o seu ingresso na escravatura. Não estava em seu poder, nem de ninguém no século XVII, impedir a escravatura negra, existente em África, e o tráfico entre as duas costas portuguesas do Atlântico Sul. A contradição seria se ele *aceitasse* e *não aceitasse* a escravatura como tal. Ele aceitou-a. O merecimento de Vieira estava em minorar os males dela, quer de Índios quer de Negros, e diante do Índio livre e fraco, e que conheceu livre na floresta, procurar que as leis portuguesas pendessem para o lado da liberdade; e só pela violência dos factos acedia ao partido contrário, e à legislação menos favorável como um mal menor inelutável no seu tempo. E tanto a favor do Negro como do Índio, são de Vieira algumas das mais belas palavras que jamais pronunciaram lábios humanos na nossa e em qualquer língua.

Em 1762, um século mais tarde, no período detractor da perseguição geral, atribuiu-se uma frase a Vieira, dando-a como escrita por ele ao Bispo do Japão: "quem for senhor dos Índios o será do Estado", e envenenou-se com o sentido de que Vieira queria, com a defesa dos Índios, ser senhor do Estado.

O Bispo do Japão, P. André Fernandes, faleceu em 1660, e foi confessor de El-Rei e da Rainha, Presidente da Junta das Missões e amigo de Vieira. Dado que a frase existisse, todos os escritos de Vieira só autorizariam este sentido único: se El-Rei deixar que os colonos escravizadores sejam senhores dos Índios, os escravizadores serão senhores do Estado, e não El-Rei. Em todo o caso, pesquisamos nas cartas de Vieira ao Bispo do Japão a frase, para lhe conhecer o contexto, e não se nos deparou nem texto nem contexto, e quem usa a frase nunca dá dela citação alguma científica. Repete-se simplesmente a detracção do século XVIII, sem mais prova que a afirmação do detractor reconhecido como tal. Lúcio de Azevedo, ao comentar o *Voto* do P. António Vieira a favor dos Índios (1694), escreve este comentário, que sendo de um especialista em estudos vieirenses e pombalinos dispensa outros sobre Vieira, nesta matéria: "Foi a última vez que interveio no assunto da liberdade dos Índios, tanto do seu coração como o das franquias da gente hebraica, pelos quais ambos batalhou com afinco e suportou dos contemporâneos inimizades e perseguições e um inimigo póstumo, mais encarniçado que nenhum dos outros, nascido dois anos depois da sua morte, Pombal, havia de os resolver no mesmo sentido de suas ideias, mas *caluniando-lhe* o intento e *deformando-lhe* as acções" [1].

Sairia fora dos âmbitos que nos impusemos, de História da Companhia de Jesus no Brasil da Assistência de Portugal, tratar de assuntos da Assistência de Espanha como as Missões do Paraguai. Todavia como um ou outro publicista moderno ainda mistura com os bugalhos do século XVIII, os alhos das suas ideologias e não se peja de falar de Vieira em conexão com as Missões do Paraguai, anote-se aqui de passagem o que diz um riograndense ilustre ao tratar da unidade do Brasil e da destruição das Aldeias castelhanas pelos sertanistas escravizadores: "Teria sido tal destruição necessária à incorporação do Rio Grande ao Brasil ? Nada mais duvidoso. A actividade dos Jesuítas civilizando os Índios e criando um tipo de comunismo branco, que lhes assegurava a existência com um mínimo de esforços, desconhecido aos proletários de hoje, foi completamente destruída pela bronca política de Pombal. O refinado intrujão, o falsificador impenitente que até hoje faz pesar sobre as Missões Jesuíticas a odiosidade das suas invenções, o infatigável empreiteiro da campanha de mentiras que semeou por toda a Europa as suas torpes invenções e os seus ódios, criou por meio de seus escritos e de seus panfletos a lenda de um império jesuítico fundado no Sul para combater Portugal e Castela. A sua

---

1. Lúcio de Azevedo, *Hist. de A. V.*, II (2.ª ed.) 286-287.

política vingou. As suas mentiras venceram. E inda hoje passa por um benefício o ter o Rio Grande do Sul ficado limpo de povoações indígenas. O que já era a publicidade naqueles tempos!" [1].

Hoje em dia só crê nisso quem quer, e ao que parece por motivos alheios ao campo da história; como cai fora dela a suposição de que uns tantos aldeamentos da Província do Brasil, a favor de uma raça perseguida e mais fraca, criados com o tríplice aspecto, que tinham as Aldeias brasileiras da Companhia, de facilitar aos Índios o ensino da catequese, a aprendizagem social do trabalho, e a conservação deles como elemento útil de defesa das mesmas vilas e cidades, em cujos arredores se estabeleciam, esses poucos aldeamentos, digo, teriam sido um perigo universal, absorvendo tudo. No tempo em que se coloca a suposição, já havia Vice-Reis no Brasil, grande tráfego marítimo, Colégios e Igrejas, Engenhos de Açúcar, Estudos desenvolvidos, e defesa conjugada de Brancos, Negros e Índios aldeados contra os invasores estrangeiros. Mas passa-se dialècticamente uma esponja sobre a realidade e conclui-se que se as Aldeias não fossem destruidas (para se cativarem os Índios, que é o que se cala), os Vice-Reis desandariam em morubixabas (ó manes de António Teles da Silva, Conde de Óbidos, D. João de Lancastro e tanto outro!), as naus se transformariam em ubás, as Igrejas catedrais como a do Colégio dos Jesuítas da Baía baixariam a palhoças, as vilas se cobririam de palha, as cidades se desmoronariam, os brancos virariam índios, os negros dos Engenhos mudariam de cor, os Cursos de Filosofia e Humanidades seriam lenda, e o Brasil todo não passaria de um vasto aldeamento do Paraguai, dentro do qual Vieira faria os seus sermões, pelo bom sucesso das armas de Portugal contra as de Holanda, não na sua maravilhosa língua portuguesa, mas em tupi...

Perdoe-se-nos o parêntese inútil (inútil para os homens cultos, e inútil também para os outros, e é óbvia a razão), e feche-se com um documento positivo, a carta, que Vieira, ao concluir o governo de Visitador do Brasil, escreveu a D. Pedro II, em resposta a outra em que o mesmo Rei o louvava. Vieira agradecia os benefícios régios a favor da Propagação da Fé e das Missões, de que dá conta a S. Majestade:

---

1. Osvaldo Aranha, *A revolução de 35 e a unidade nacional*, na Rev. *Província de São Pedro*, V (1946)11.

"Dando conta das Missões, além da *Relação* particular das que se fizeram discorrendo por várias partes, principalmente do Sul, mais necessitadas de doutrina, não menos nos Portugueses que nos Índios, só desejo se tenha entendido que não são de menos necessidade e fruto as das Cidades e Aldeias, permanentes e fixas; porque nas do Sertão, falto de párocos e curas, todos os Portugueses, assim na vida, como na morte, recorrem aos que nelas assistem, ou vindo eles às nossas Igrejas quando podem, ou, quando não, indo os mesmos missionários com muitas léguas e dias de caminho a assistí-los; e, sendo muito maior sem comparação o número dos Negros que o dos Índios, assim como os Índios são catequizados e doutrinados nas suas próprias línguas, assim os Negros o são na sua, de que neste Colégio da Baía temos quatro operários muito práticos, como também outros no Rio de Janeiro e Pernambuco. E porque sem a ciência das línguas tudo o mais que em outras missões se ensina não passa dos Portugueses, tantas são as escolas das mesmas línguas, que temos instituido nesta Província, quanta a variedade delas, das quais não podem passar a outros estudos os nossos religiosos moços sem primeiro serem examinados e aprovados. E entenderam tanto isto pela experiência os missionários de S. Filipe Neri, que a maior parte deles trataram de se passar à Companhia, apadrinhados com carta do Bispo de Pernambuco, com as informações necessárias a serem admitidos, de que nesta primeira via remeto os originais e na segunda as cópias".

Pertence a esta mesma carta uma frase célebre a propósito ainda de Missões e Aldeias, sobre que davam pareceres, de um lado os que "nunca viram nem trataram Índios" e só de ouvido ou de passagem os conheciam; e do outro, 10 missionários que assistiam com eles, e eram como que os seus pilotos; "Eu, como quem se tem embarcado trinta e seis vezes a França, Inglaterra, Holanda, Itália, Maranhão, Brasil (todas em serviço de V. Majestade), julguei que em dúvida antes devia seguir o parecer dos pilotos, que o dos passageiros, não falando na minha experiência de cinco anos nas Aldeias do Brasil e nove nas do Maranhão, Grão Pará e Rio das Amazonas, de diversíssimas línguas e nações" [1].

---

1. Carta da Baía, 1 de Junho de 1691, *Cartas de Vieira*, III, 604-606.

4. — Tais eram as disposições de Vieira quando em princípios de Junho de 1691 deixou o cargo de Visitador, e retomou, já na Quinta do Tanque, os trabalhos literários e a sua preparação para a imprensa [1]. A Visita foi aprovada em Roma, excepto 5 pontos que o P. Geral propusera ao P. Vieira para mudar ou adaptar melhor: *"Reliquiae a nobis approbantur atque adeo optamus ut ipso usu ac praxi introducantur, et studiose observentur in ista Província"*. Verificando Vieira que o novo Provincial não observava e ordenava coisas em contrário dela, a 21 de Julho de 1692, escreve ao Geral, repete aquelas palavras da aprovação, e que só restava, como era costume, que se escrevesse no *Livro das Visitas*, e se lesse pùblicamente, e sobretudo se cumprisse, para que ninguém presumisse que estava em seu poder desprezar, fazer, ensinar e mandar coisas contra as ordens aprovadas pela suprema autoridade da Companhia [2].

Do P. Vieira conhece-se, e a publicámos, a *Visita da Missão do Maranhão* (1658) [3]; esta *Visita da Província do Brasil* não a vimos, mas ainda existia em 1701, e dela se transcrevem nove pontos nas *Ordens das Visitas*, então reformadas e coordenadas pelo P. Andreoni por ordem do Provincial Francisco de Matos [4].

---

1. *Cartas de Vieira*, III, 627.
2. Carta de Vieira ao P. Geral, da Baía, 21 de Julho de 1692, *Bras.3(2)*, 318-318v.
3. Cf. supra, *História*, IV, 106-123.
4. *Ordens [ou 9 pontos] da Visita do P. António Vieira:*
    [1] — Nesta Província como nas outras haverá um Procurador de toda ela, e este terá conta do Arquivo.
    [2] — Os Exercitantes se ajuntarão na Capela duas vezes cada dia, uma vez meia hora antes das Ladainhas, e outra vez meia hora antes do Exame da manhã, para ouvirem as meditações.
    [3] — Se proibe aos Reitores e Procuradores servirem-se dos Índios das Aldeias nas Fazendas, posto que a nossa paga seja a melhor e mais certa, para que desta sorte se evitem as calúnias do mundo.
    [4] — Haja nos Colégios um Irmão Comprador.
    [5] — Depois da Lição da Escritura, se deveria ler conforme a Regra e costume nos Colégios, onde há estudos, algum livro latino.
    [6] — Quando os Irmãos pregam no Refeitório, acabado o Sermão, parem um pouco, até que lhe faça sinal o Superior, esperando emenda ou do mesmo Superior ou de outra pessoa, a quem ele tiver encomendado este cuidado.

Além dos assuntos internos da Companhia, Vieira vivia atento aos sucessos do Brasil e do mundo, a que o levava o seu temperamento e um pouco também a correspondência que com ele mantinham os maiores fidalgos da Corte; e o não fazia por passatempo. Entre outros efeitos dela foi, de uma carta sua ao antigo Governador do Brasil Roque da Costa Barreto, corroborando outra do Governador actual Câmara Coutinho, que nasceu a lei de 8 de Março de 1694, criando a Casa da Moeda do Brasil [1]. Assuntos de utilidade pública em que ele sabia conjugar o amor do Brasil e da Pátria. O Conselheiro de Guerra e Almirante da Armada Real, Francisco de Brito Freite, autor de *Nova Lusitânia História da Guerra Brasílica*, fora Governador de Pernambuco, quando Vieira aí devia passar do Maranhão, em 1661, a preparar alojamento para a Família Real, caso fosse invadido Portugal por uma aliança Hispano-Franco-Holandesa, que se temia. Aludindo a este facto e à falta dos heróis, que iam morrendo, escreveu-lhe Vieira: "Para anacoreta de um deserto me tenho alargado muito fora da minha profissão; mas quem há-de tapar a boca ao amor da Pátria e mais falando com V.ª S.ª ?" [2]

O amor da Pátria e o amor da Liberdade haviam de ser as suas últimas batalhas, esta com o *Voto* contra as administrações dos Índios; aquela com a resistência ao predomínio dos estrangei-

---

[7] — Nos Actos Literários se não tome vénia a pessoa algũma de fora, de qualquer qualidade que seja, excepto ao Bispo ou Arcebispo, e Vice-Rei ou Governador de todo o Estado ou de parte dele nos lugares do seu governo.

[8] — Se for necessário obriguem-se com juramento os Examinadores de fora a não levar maior propina da que lhes está taxada.

[9] — Os Superiores e Consultores, antes de serem recebidos os noviços estudantes, os ouçam em alguma oração ou declamação particular, para que vejam que talento têm em público; e não depois quando não tem rémedio.

Por proposta de Andreoni todas estas nove ordens de Vieira foram pràticamente anuladas pelo Vigário Geral Tamburini em 1704, remetendo para o costume da Província expresso na proposta do P. Andreoni. Só ficou de pé a 5.ª, *leitura latina*, onde houvesse estudantes da Companhia, Gesù, *Colleg.* 20; cf. o Capítulo seguinte, § 7.

1. Carta de Vieira de 1 de Julho de 1692, *Cartas de Vieira*, III, 633; S. Sombra, *Pequeno Esboço da História Monetária do Brasil Colónia* (Rio 1940) 41-42.

2. *Cartas de Vieira*, III, 610.

ros dentro da Província do Brasil. Desmentindo a desconfiança e insensibilidade dos anos avançados, preferiu a luta à lisonja e à aura amável do deixar correr. Em 1692 fizera um "Regimento dos Índios" com o Governador Câmara Coutinho, que tinha ordem de El-Rei para se aconselhar com Vieira [1]. O "Regimento", cujos precisos termos desconhecemos, devia ter conexão com as Administrações paulistas, resolvidas pouco depois em sentido oposto ao de Vieira, com a aquiescência de outros Padres da Companhia, cuja preponderância era então maior no governo interno da Província. Mas El-Rei também aqui ordenara que fosse ouvido Vieira e ele fez-se ouvir com a argumentação e energia de sempre. *Voto* vencido o seu, e ainda mal para a liberdade e a própria Companhia de Jesus no Brasil, que com o triunfo e concessão à doutrina contrária, pareceu sair mais estimada em S. Paulo e outras partes, mas não saiu com mais autoridade, nem houve daí em diante voz alguma que se erguesse à mesma altura de Vieira na defesa da Liberdade dos Índios.

As *Administrações* no Sul, aceitas pelo P. Alexandre de Gusmão, mas sob o influxo de Roland, Benci e Andreoni, foram o reflexo, adaptado ao meio paulista, do *Regimento das Missões* no Norte, com Bettendorff e Jódoco Perret, como se viu nos seus lugares próprios [2]. Desta influência, que não se apresentava na linha tradicional portuguesa da Companhia de Jesus no Brasil, proveio em grande parte a questão dos estrangeiros, em que Vieira só foi aparentemente vencido, porque se lhe fez justiça póstuma com se verificar que eles, contrariando os filhos da nação colonizadora, não o faziam, por puro desinteresse, para que se colocassem em seu lugar os filhos da nação colonizada, o que estaria dentro duma natural evolução colonizadora, prevista e justa, mas para se colocarem a si mesmos nos cargos principais do Colégio da Baía, que era a situação de facto em 1698, quando o P. Geral, informado, ordenou ao Provincial que os dispersasse por diversas Casas, desenraizando-se dessa forma um espírito pouco consentâneo com a perfeição religiosa e o interesse geral do Estado.

Quatro anos antes, em 1694, ainda prevaleciam as forças opostas a Vieira, criando à sua roda um ambiente hostil, que permitiu

1. *Doc. Hist.*, XXXIV, 63.
2. Cf. supra, *História*, IV, 93-94; VI, 343-344.

o acto menos generoso dos seus adversários, que se verá no capítulo seguinte, em interpretar contra ele a sua opinião sobre a dignidade de quem havia de ir a Roma como Procurador do Brasil, opinião que tinha interpretação legítima e a teria também agora em ambiente normal. Nesta oposição interna, serviu de pretexto para se privar de voz activa e passiva o glorioso ancião de 86 anos de idade. Situação de descrédito dentro da Companhia, em que faleceu três anos depois o maior homem dela no século XVII. Vieira apelou para o P. Geral e manteve-se sereno, como grande religioso que sempre foi. Parece todavia que lhe faltava, como lhe mandou dizer o mesmo Geral, esta coroa de espinhos, à imitação do Rei Divino, objecto da *Clavis Prophetarum* em que trabalhava, e com o qual aliás se pareceu também na glorificação póstuma, ao declarar-se nula a sentença dada contra ele em 1694 [1].

5. — Nestes três últimos anos de vida ocupou-se Vieira na revisão e ordenação da mesma *Clavis Prophetarum*, na revisão e preparação para a imprensa dos seus *Sermões*, que iam saindo do prelo, uns após outros, e para o qual deixou pronto o XII, tarefa literária a que o animava o Geral da Companhia e a Rainha de Portugal. Em 1696 ditou, por já o não poder pregar, o sermão gratulatório do nascimento da Infanta Francisca Josefa, respondeu a alguns amigos da Corte, que insistiam em escrever-lhe; e, seis dias antes de falecer, ditou ainda esta última carta em resposta a outra que acabava de receber do seu Padre Geral.

"*Admodum Reverende in Christo Pater.* P. C. — Reddita sunt mihi literae Paternitatis Vestrae Januario subscriptae, de quibus, deque singulari, qua me prosequitur benevolentia innumeras habeo grates, expetoque ut tantam quam de mea salute solicitudinem ostendit, Deus cumulatis gratiae suae donis affluenter remuneret. Cur literarum officio erga Paternitatem Vestram anno praeterito defuerim, in causa fuit ea quam tunc temporis passus sum, vis aegritudinis ut octidui spatio mihi pene omnem videndi et audiendi facultatem ademerit. In quo tamen statu, quanvis semimortuus, ut Paternitatis vestrae iussis, ac Reginae nostrae genio indulgerem, duodecimum, quod promiseram, sermonum volumen

---

1. Cf. o Capítulo seguinte.

dictando absolvi, ac nunc in Lusitaniam praelo dandum transmitto. Si temporis angustiae sinant, et vires suppetant de loco in quo res nostrae in hac Provincia se habeant, certiorem faciam Paternitatem Vestram quanvis eo calamitatis pervenerint, ut ne multis quidem verbis satis exprimi possint.

Non pauci sociorum pro sua qua praediti sunt charitate ac pro eximia qua in me afficiantur propensione, non desinunt suppetias ferre meae fere ad occasum vergenti senectuti [1].

Lucubrationibus quas *de Regno Christi in terris consummato* multis abhinc annis sedulo meditor, strenuam una mecum navat operam P. Antonius Maria Bonucci, quem unum cum bona venia P. Provincialis selegi tanquam laboris improbi patientissimum ac indolis valde docilis, in quo eæ ingenii, iudicii, ac styli partes concurrunt cum eruditionis delectu, ut pro felicitatis summa ducam quod ipsum ad hoc opus absolvendum advocarim. Hujus viri industria ac studio suffultus, spero, sub divini praesertim Numinis auspicio, me in annum proxime futurum huic tantum temporis pressae dissertationi ultimam manum atque coronydem impositurum. Deus interim Paternitatem Vestram felicissime sospitet ad animi mei peculiare solamen, ac totius Societatis incrementum. Bahiae, 12 Julii 1697. Paniternitatis Vestrae admodum Reverendae servus in X.º et filius, *Antonius Vieyra*" [2].

Não há nesta carta uma só palavra de desânimo, nem nas esperanças dela se vislumbra que ditando-a Vieira numa sexta-feira, já não chegaria à da semana seguinte. Faleceu seis dias depois, quinta-feira, à 1 hora da manhã, 18 de Julho de 1697, que foi na Baía um dia de luto e glorificação, com os funerais régios que se lhe fizeram [3].

---

1. Além do P. José Soares, seu fidelíssimo companheiro, amanuense e benemérito das letras, que o acompanhou desde o Maranhão, onde foi missionário com Vieira, e do P. Bonucci, aqui citado, e que depois do falecimento de Vieira fez o inventário das primeiras centúrias das suas cartas, ficaram-nos os nomes de mais dois amanuenses de Vieira, nos últimos tempos, P. António de Abreu, e Ir. (depois P.) Manuel Pereira.

2. *Bras.4*, 31.

3. Levaram-no a sepultar D. João de Lencastro Governador Geral do Brasil, D. Rodrigo de Lencastro seu filho, D. Fr. António da Penha de França, Bispo eleito de S. Tomé, o irmão deste João Calmon Vigário Geral do Arcebispado, o Provincial de S. Bento e o Reitor do Colégio (Barros, *Vida*, 496; Vieira,

De poucas personalidades históricas se pode organizar a cronologia e seguir os passos como de Vieira, e durante largos períodos os vão marcando dia a dia as suas cartas e até os seus sermões. António Vieira era de não pequena estatura, cor morena, rosto comprido, nariz aquilino, barba e cabelo abundante que nunca perdeu, nevando-se-lhe todo na velhice. Vestia como as variedades da sua carreira o pediam, de gentil-homem nas cortes protestantes; de batina de algodão tingido de preto nas missões da Amazónia, e de roupeta simples e pobre, sem singularidades nem indecência nas Cortes Católicas e nos Colégios. A espiritualidade inaciana, com o acento vigoroso dos Exercícios Espirituais, revestida do "Reino de Cristo" e das "Duas Bandeiras", era a que enformava o coração viril de Vieira, capaz de afectos (e o mostram alguns escritos seus) sem pender contudo para piedosas ternuras, que se não adaptavam nem ao seu temperamento, nem ao seu apostolado. Tirando algumas cartas a Rainhas de Portugal, entre tantos centenares que nos legou, dirigida a senhoras só se conhece uma, delicada, mas descoroçoante, eximindo-se de patrocinar os negócios que ela requeria, como a indicar que na hierarquia do apostolado também há graus e que este não era o seu.

A força motora da vida vieirense provinha da Paixão de Jesus Cristo, que era a meditação a que se entregava com mais frequência. E das grandezas mais altas da terra, que encontrou no seu caminho, capaz da mais prodigiosa dispersão mental, sabia evadir-se a tempo e refugiar-se no Horto, com o Divino Mestre, assumindo como própria, e repetindo-a mais vezes do que nenhuma outra,

---

Sermoens, XIV, 302). A 2 de Novembro chegou a infausta notícia a Lisboa, e D. Francisco Xavier de Meneses, Conde da Ericeira, promoveu duas comemorações, uma de carácter literário (com composições de diversos autores), e outra fúnebre na Igreja de S. Roque, a 17 de Dezembro de 1697, fazendo o elogio de Vieira D. Manuel Caetano de Sousa, com o brilho que descreve A. de Barros, *Vida*, 497-504. — A sepultura de Vieira abriu-se no dia 20 de Janeiro de 1720, para nela se sepultar o P. Francisco de Matos. Os restos mortais de Vieira foram reconhecidos e recolhidos com veneração (Barros, *Vida*, 659-660). Um dos crimes dos perseguidores de 1760 é a ignorância que hoje se tem dos restos mortais de tão grande homem. Em 1725 o Provincial Manuel Dias incluiu o seu nome entre os Jesuítas dignos de se fazer colação das suas virtudes (*Bras.4*, 303); e em 1735 o P. Geral enviou para o Maranhão o elogio do P. Vieira para se traduzir em português e incluir no Menólogio (*Bras.25*, 67v).

a jaculatória da provação suprema: *Non mea voluntas, sed tua!*[1]. O amor a Nossa Senhora era outra manifestação da alma religiosa de Vieira, que difundia por onde passava a devoção do Rosário, como exercício prático, e não apenas nos seus Sermões, nos quais se podem inventariar ainda outras devoções piedosas pelos próprios termos com que fala delas. Encorporada porém mais profundamente à sua espiritualidade é a Paixão de Cristo, onde hauria ânimo e fortaleza com que sabia retribuir o bem a quem lhe queria mal nas duras controvérsias da vida. Pertence ainda à fisionomia íntima de Vieira o conhecimento que ele tinha do valor do tempo. Nas Casas e Colégios, onde vivia, ou por onde passava, quem o não achasse no cubículo a escrever sabia que o iria achar na Capela diante do Santíssimo ou na Livraria a estudar.

Aos olhos do mundo, nesta longa vida de quase 90 anos, tão intensamente vivida, e tão complexa, sobressaem, como fundo geral dela: o amor da pátria, de cuja independência foi tribuno e embaixador nos perigos da restauração, e depois dela na confirmação de seu prestígio de nação colonizadora e evangelizadora, a cuja causa colocou a sua poderosa mentalidade, onde cabia simultâneamente o real e o irreal, fazendo este servir àquele no momento preciso, sem se desconcertar quando o irreal se desvanecia, buscando sempre novos motivos com que sustentar a realidade pátria permanente; o amor da Igreja na defesa constante da sua doutrina e moral; o amor da Companhia de Jesus, a que se conservou fiel até contra injunções domésticas de êmulos ou timoratos, e que procurou manter íntegra no Brasil, na renovação dos seus quadros internos, e na rejeição externa quer de compromissos morais quer de processos económicos, que a não autorizavam nem perante Deus, nem perante os homens; o desenvolvimento das missões, de que deu exemplo prático nas do Maranhão e Pará; o amor ao Brasil a quem votou metade da vida, declarando que ao Brasil devia reverter o que dele saía; o destemor, próprio do seu temperamento, em aceitar leal e abertamente a luta em qualquer terreno que se lhe oferecesse, e travou, pugnaz, as duas maiores que no seu tempo era possível e perigoso enfrentar, contra os escravagistas e contra os estilos da Inquisição, e lhe valeram desacatos, ostracismos e prisões; a defesa

---

1. *Sermoens*, XIV, 300.

dos humildes e oprimidos em particular a liberdade dos Índios, as franquias dos cristãos novos, e o bom trato dos escravos negros; o desinteresse pessoal; a probidade nos negócios públicos; e a tendência ao profetismo, utilizada a princípio como instrumento patriótico, à roda precária dos reis da terra, para o fixar finalmente em função de Jesus Cristo, Rei Divino. E, enformando e enobrecendo todas estas diversíssimas actividades, o génio literário, que lhes dá interesse perene com a melhor e maior cultura do seu tempo e com a beleza sempre viva da sua linguagem [1].

---

1. Sobre a grande obra literária de Vieira se dirá com a amplidão que convém, infra, *História*, IX, 192-363. — Assim como anda associado à vida material de Camões o seu escravo Jau, também se associa à vida literária de Vieira, o seu fiel amigo e companheiro P. José Soares, recebido por ele na Companhia em Lisboa, em 1652, para a Missão do Maranhão. Eram dois irmãos, José de Mena e António de Mena, um e outro da Congregação ou Irmandade de S. Inácio de Lisboa e ambos de notável virtude. O nome de Soares, que adoptaram por indicação do P. Vieira, devia ser outro dos seus apelidos de família (*Cartas de Vieira*, I, 277). O P. António Soares faleceu no Maranhão em 1674 (*Bras.26*, 38).

— José Soares, o companheiro de Vieira, nasceu em Lisboa a 11 de Novembro de 1625. Entrou na Companhia a 15 de Novembro de 1652, já Padre. Trabalhou na Missão dos Guajajaras no Maranhão, e pouco depois o tomou Vieira como secretário, e o foi até à morte, compartilhando com ele da glória e da perseguição. Fez os votos de Coadjutor Espiritual no Colégio de Coimbra, a 15 de Agosto de 1665, durante o processo da Inquisição de Coimbra contra Vieira, ao qual seguiu depois para Lisboa, Roma, outra vez Lisboa, e finalmente Baía, numa ajuda e colaboração afectuosa de 40 anos. Homem de extraordinária virtude, fidelidade e dedicação. Depois do falecimento de Vieira, repetia que nada mais tinha que fazer na terra. E 15 dias antes de ele próprio falecer, revelou que lhe aparecera o P. António Vieira, lhe pusera a mão no ombro, o olhara e o convidara a ir para o céu. Isto o disse o P. José Soares a várias pessoas, e o conta o breve, mas sentido *Elogio*, que Andreoni, Reitor, logo escreveu dele no momento da morte, ocorrida no Colégio da Baía a 16 de Maio de 1699. Presidiram aos funerais do santo, humilde e dedicado colaborador de Vieira, o Conde D. Pedro António de Noronha (que fora Vice-Rei da Índia, então de passagem na Baía), o Governador Geral do Brasil, D. João de Lencastro e outros grandes da terra (*Bras.9*, 443-444; Vieira, *Sermoens*, XIV, 304-305).

CAPÍTULO V

Os cargos de governo e os Missionários estrangeiros

1 — Necessidade e utilidade de Missionários Estrangeiros; 2 — O pensamento do P. António Vieira; 3 — Cautelas e limitações; 4 — Decretos Régios para que não fossem Superiores; 5 — Reacção contra o P. Vieira; 6 — Ordem do P. Geral para a dispersão dalguns Padres Estrangeiros do Colégio da Baía; 7 — O ano trágico de 1711 e a "Cultura e opulência do Brasil por suas Drogas e Minas".

1. — Quando se abriram as portas da Amazónia e se verificou o novo mundo de terras e de gente que ela continha para a evangelização de Cristo, iniciou-se dentro da Província do Brasil e da nova Missão do Maranhão e Pará um movimento de apelo às vocações da Europa, quer à Mãe Pátria, quer a outros países, sem responsabilidades colonizadoras, mas cujos filhos poderiam colaborar na obra imensa.

O processo normal era pedirem-se primeiro a Portugal, que os dava tanto quanto podia: e o seu esforço missionário, em proporção com outros povos, é sem igual, desde a Europa, através da África e da Ásia até à China e ao Japão. Mas com ser extraordinário, não podia deixar de ter limites. Recorria-se então a Roma. O P. Geral, por meio dos Assistentes ou Provinciais da Europa, apelava para as almas generosas que estivessem dispostas a deixar a Pátria pelas Missões estrangeiras, que então se chamavam *Índias* (Índias de Portugal, Índias de Castela). Os pedidos das Missões de Índias, foram mais de 14.000. Dentre os que se ofereciam ou aspiravam a elas aceitavam-se de preferência aqueles que possuíam melhores dotes físicos e morais, e tudo dentro da disciplina regular, ouvindo-se o Provincial de cada pretendente, para a aceitação dos candidatos não desorganizar outros serviços em que porventura se ocupassem.

Do que se fez no século XVI já ficou notícia [1]. No século seguinte são muitos e repetidos os pedidos, e é expressivo o do P. Visitador Francisco Gonçalves, que a 5 de Dezembro de 1657, escreve do Pará ao Geral, advertindo que não podendo vir Padres do Brasil nem de Portugal, "não fica senão recorrer a V. Paternidade, que Itália é grande e o Norte vasto, aonde não faltam desejos de vir e que estão dizendo: *Ecce ego, mitte me.* V. P. nos acuda" [2]. Em duas cartas de Vieira, já impressas, existe a demonstração deste processo missionário. A 8 de Dezembro de 1655, escrevia ele a El-Rei D. João IV, do Pará, que os Missionários de toda a missão eram por todos 20: "A messe é muita e os operários poucos: e esta é a primeira coisa de que sobre todas necessitamos. Ao Padre Geral e aos Provinciais de Portugal e do Brasil tenho dado conta desta falta; e, posto que espero de seu zelo e caridade que não faltarão com este socorro a uma empresa tão própria do nosso Instituto, para que eles o façam com maior prontidão e efeito, importaria muito que V. Majestade o mandasse recomendar com todo o aperto aos mesmos Provinciais de Portugal e Brasil, e juntamente ao Padre Geral e Assistente de Roma, não só para que o ordenem assim aos mesmos Provinciais, mas para que de Itália e das outras nações da Europa nos venham missionários, como costumam ir para as missões da Índia, Japão e China" [3].

Três anos depois, a 10 de Setembro de 1658 escreve o mesmo P. Vieira os resultados e reitera o pedido: "Por horas estamos esperando, e com grandes alvoroços, os doze Padres e Irmãos Coadjutores de Flandres, que V. Paternidade nos fez caridade prometer que mandaria expedir por todo o ano passado. Além dos Padres estrangeiros, cujo espírito e talento nos pode ajudar muito, são também necessários alguns sujeitos das Províncias de Portugal, por rezão da língua, e porque o seu natural é mais acomodado a estes climas, e havendo tantos para a Índia, China e Japão, rezão

---

1. Cf. supra, *História*, II, 437-444.
2. *Bras.3(1)*, 313.
3. *Cartas de Vieira*, I, 452; cf., sobre a veemência do seu pedido de Missionários, outra carta de 1657, *ib.*, I, 472.

é que esta missão, que não é menos nossa, e está tanto à porta, seja menos assistida" [1].

Os factos não correspondiam algumas vezes às promessas e os 12 esperados de Flandres ficaram em metade e ainda estes que vieram não eram todos de lá [2]. Naturalmente, elemento importante para estas vindas era o pagamento das despesas de viagem desde o ponto de origem. É ainda Vieira que comunica ao Geral, urgindo mais uma vez o pedido de Missionários: "ao P. Procurador, que reside em Lisboa, faço aviso para que tenha prontos os viáticos em todas as partes de Europa, donde V. Paternidade os mandar vir" [3].

Nas idas para as missões, para uma ou para outra, ou desta ou daquela nação, intervieram também factores circunstanciais, como a estada dalgum Padre do Brasil em terra estranha, como Fernão Cardim na Flandres e o P. António Vieira em Roma, e ainda a influência das Rainhas de Portugal, a quem os Padres do Brasil pediam intercedessem com os seus nacionais para preferirem as Missões da América Portuguesa. Estão neste caso as duas rainhas alemãs, mulher uma de D. Pedro II, outra de D. João V, entrando em linha de conta algum conhecimento pessoal. Que é o caso com a primeira, a Princesa de "Neubúrgio", a respeito do P. Bettendorff, que conta na sua *Crónica* o casamento dela, a que assistiu, e o trato quase familiar com ela em alemão, notando a dificuldade da Rainha em pronunciar os ãos e ões portugueses, familiaridade esta justificada pela comunidade da língua e por ser ela "devotíssima" da Companhia de Jesus [4]. Para a segunda, D. Maria Ana de Áustria, há cartas de diversos Padres da Amazónia, e José de Morais diz que ela "mandava vir da Alemanha os muitos e dos melhores sujeitos da nossa Companhia, que não serviram pouco a esta laboriosa missão nas obrigações do nosso apostólico Instituto" [5].

---

1. S. L., *Novas Cartas Jesuíticas*, 269-270.
2. Cf. supra, *História*, IV, 338-339, Catálogo das Expedições missionárias para o Maranhão e Pará.
3. Carta do Maranhão, 11 de Fevereiro de 1660, em S. L., *Novas Cartas Jesuíticas*, 281.
4. *Crónica*, 424.
5. José de Morais, *História*, 2.

2. — Sendo estrangeiros estes Padres é de notar que o termo "estrangeiro" também existe dentro da Companhia, e que o seu fundador previu nas Constituições os melindres naturais da convivência de uns com outros, ordenando uma regra que "todos tenham especial amor aos estrangeiros e ninguém meta prática de guerras ou contendas entre nações com prejuizo da caridade" (Regra 28 das *Comuns*). Regra de caridade fraterna, que deixa intactos os deveres cívicos de cada qual, e em caso de guerra entre nações, é não só justo, mas obrigação de consciência que se ame e defenda a própria Pátria. Razão de Estado, que em todos os países de Missões se teve e tem em conta; e o exprime Vieira em 1661 quando via a necessidade urgente de haver Noviciado no Maranhão onde se criassem com filhos de Portugal os filhos da terra, para se conservar a Missão. E dá os motivos:

"Sujeitos feitos, e com estudos acabados, não no-los podem dar as Províncias de Portugal, como a experiência tem mostrado: estrangeiros das outras Províncias de Europa também não podem ser quantos havemos mister: 1.º, porque são poucos os que têm esta vocação; 2.º, porque não há cabedal para os excessivos gastos, que fariam se viessem em tanto número; 3.º, porque sempre o número dos Portugueses é necessário que seja muito maior, como de facto é nas missões das outras conquistas, nem os Príncipes permitiriam outra coisa" [1].

Este pensamento de Vieira sobre Padres Estrangeiros, expresso quando era Superior do Maranhão, foi o seu, sempre, inalterável, até à morte. E se em 1661 se apresentava no aspecto de doutrina geral política, ia receber forma concreta da parte de Portugal, quando concluída a paz com Castela (1668) se abria na América Portuguesa o período de hostilidades com as nações fronteiriças, a Espanha ao Sul e Oeste, a França ao Norte.

3. — Precauções contra estrangeiros suspeitos (sem se tratar de Religiosos) houve-as sempre no Brasil, como aliás em todas as Colónias e em todos os países. Mas agora na preparação dos espíritos para a nova fase de actividades, de marcar lindes ao Brasil no Rio da Prata e no Amazonas, as cautelas enunciam-se no Regi-

---

1. Carta de Vieira ao P. Geral Gosvino Nickel, do Rio das Almazonas, 21 de Março de 1661, em S. L., *Novas Cartas*, 290.

mento de Roque da Costa Barreto (1677), sobre os estrangeiros, que entrassem contra as estipulações existentes entre a Coroa de Portugal e a Holanda, a França e a Inglaterra. Os que entrassem sem licença seriam castigados; dar-se-ia, porém, toda a ajuda aos navios arribados e despacho em regra. O mesmo se faria com os Espanhóis, que entrassem no Brasil sem licença, mas dar-se-ia a maior protecção aos navios vindos com prata e oiro das Índias Ocidentais, Rio da Prata e Buenos Aires, e se devia promover a vinda destes navios [1].

Coincide com este Regimento a carta de 9 de Abril de 1677 do P. José Soares, secretário do P. António Vieira, que escrevia de Lisboa ao P. Pedro de Pedrosa: "Em Itália se tem oferecido muitos e bons Missionários; alguns dos quais virão como houver boa ocasião. Mas repare-se que tantos estrangeiros, sem ao menos a metade Portugueses, é coisa muito reparável". Esta carta, por morte do P. Pedrosa em 1691, veio às mãos do Secretário da Província João António Andreoni, então em luta aberta com o P. Vieira, e contra o qual transcreve aquele excerpto em 1693 noutra carta ao Geral, rogando-lhe protestasse em Lisboa contra os decretos régios, que acabavam de ser publicados, e nos quais se proibia que os estrangeiros fossem Superiores no Brasil [2]. De 1677 a 1693 vão 16 anos, e a carta do Secretário de Vieira, alheio então às questões internas da Província do Brasil, significam apenas um estímulo a que Portugal desse também missionários, e a concordância com o sentimento nacional, atento ao que se ia passar no Rio da Prata e no Rio Amazonas.

De facto, o Regimento de D. Manuel Lobo, para a fundação da Colónia do Sacramento, ordenava que não fossem nem se consentissem lá estrangeiros. Ordem que atingia os próprios Religiosos, que acompanhassem a expedição; e os dois que foram da Companhia (1680) eram ambos portugueses, um algarvio, outro paulista [3]. Por sua vez no Norte em 1684, El-Rei advertiu o Superior

---

1. Regimento de S. Alteza a Roque da Costa Barreto, dado em 23 de Janeiro de 1677, na *Rev. do Inst. Hist. e Geogr. Bras.*, V, (2.ª ed., 1863)312-314, n.º 48-50.
2. Carta de Andreoni ao P. Geral, da Baía, 12 de Junho de 1693, *Bras.3*, 324. — Da carta de José Soares apenas se conhece aquele excerpto conservado na de Andreoni.
3. Cf. supra, *História*, VI, 536, 542.

da Companhia que devia haver mais Religiosos Sacerdotes, Portugueses, não estrangeiros [1]. E ao mesmo tempo mandava perguntar que estrangeiros havia no Estado do Brasil, e respondeu-se-lhe que 21, assim repartidos: 7 franceses, 4 hamburgueses, 3 ingleses, 2 holandeses, 2 flamengos, 1 grego, 2 italianos, cujos nomes constam da relação enviada então a El-Rei [2]. Tratava-se de moradores, não de Padres da Companhia: a lista dos Jesuítas estrangeiros da Companhia, não deste ano, mas de 10 anos mais tarde em 1694, constava de 25 [3].

Existia um sentimento generalizado contra os Estrangeiros, quando o P. Vieira assumiu o cargo de Visitador do Brasil; o qual

---

1. Carta Régia ao Governador Francisco de Sá de Meneses, de 2 de Setembro de 1684, Bibl. de Évora, cód. CXV/2-18, 89, publ. em *Anais da B. N. do Rio de Janeiro*, 66 (1948)64; cf. Carta Régia de 24 de Novembro de 1686, *ib.*, 99v.

2. A. H. Col., *Baía*, Apensos, 1 de Agosto de 1684. Trata-se só do Estado do Brasil, não do Estado do Maranhão. Na *Crónica* de Bettendorff há aqui e além menção de nomes estrangeiros, como em 1684, o inglês Henrique Bren, em cujo navio se retiraram alguns Padres do Maranhão no *Motim do Estanco* (p. 370); e em 1697, adoecendo o P. António Vaz "com os braços caídos por beber de noite um púcaro de água fria", foi curado pelo médico Francisco Poflitz (p. 647). Tirando o que se refere às invasões francesas e holandesas, ignoramos a existência de qualquer estudo sistemático sobre a presença estável de colonos estrangeiros na América Portuguesa no período que nos ocupa. Nos Arquivos Portugueses vimos documentos sobre diversas tentativas de irem Irlandeses em larga escala no período agudo da perseguição religiosa do Parlamento Inglês naquela famosa Ilha (1643-1650). O facto de o pretenderem em grande número e serem muitos deles capitães e soldados obstou à ida, pelo perigo político que representava para a segurança do Brasil.

3. *Na Baía:* O P. Jacobo Cocleo Francês, o P. João António Andreoni Italiano, o P. Luiz Mamiani Italiano, o P. Estêvão Gandolfi Siciliano, o P. Mateus Falleto Italiano, o P. António Maria Bonucci Italiano, o P. Valentim Estancel Boémio, o P. João Guincel Boémio, o P. Filipe Bourel Italiano, o P. Jorge Benci Italiano, o Ir. João Bautista [Berthê] Francês, o Ir. André Costa Francês, o Ir. António Costa seu Irmão Francês, o Ir. José de Oliva Italiano, o Ir. Pedro Natalino Italiano. *No Maranhão:* o P. Pedro Francisco [Cassali] Italiano, o P. Gaspar Luiz [aliás Pier Luigi Consalvi] Italiano, o P. João Maria [Gorzoni] Italiano, o P. Jódoco Peres Tudesco [Suíço], o P. João Filipe [Bettendorff] Alemão [Luxemburguês], o P. João Carlos Orlandino Italiano, o P. Aloísio Conrado [Pfeil] Italiano [Suíço], o P. João Justo Luca Italiano, o P. João Ângelo Bonomi Italiano. "São 25", Gesù, *Missiones*, 721. O informador anónimo da Baía mostra-se menos seguro sobre a nacionalidade dos Padres do Maranhão, como se vê pelos cancelos que abrimos. E na colocação dos dois grupos, onde se lê *Baía* deve entender-se *Brasil*.

dentro desse mesmo espírito insiste pela vinda de Padres de Portugal [1]; e para o Maranhão, sendo Superior o P. Jódoco Peres com patente do Geral, ele como Visitador nomeou-lhe admonitor o P. António Pereira (natural do Maranhão), cargo de que não chegou a tomar posse por ter sido morto pelos Índios fronteiros da Guiana Francesa. A reacção no Maranhão era mais viva, e em 1690, o P. António Gonçalves apontava duas causas para o descontentamento daqueles povos: alguma ânsia nas coisas temporais e a "notável ogerisa que têm tomado contra todos os estrangeiros e não os podem ver" [2]. Além do Superior da Missão, P. Jódoco Peres, era Reitor do Maranhão o P. João Filipe Bettendorff [3], responsáveis pela execução das leis régias a favor dos Índios, verificando-se que excepto para eles, eram letra morta para todos, e a energia dos Padres ia provocando novo levantamento. Nessa emergência o P. Jódoco Peres e o P. Pfeil achavam que o melhor era dissolver-se a missão e irem os Jesuítas para outro campo de actividade, onde pudessem em paz exercitar os ministérios próprios da Igreja [4]. Mas como isto seria talvez ter mais em vista a paz pessoal, que o bem da Religião e o do Estado, e nem a Igreja nem o Estado o consentiram. El-Rei determinou que tanto no Maranhão como no Brasil os Superiores fossem Portugueses; e, informado, o P. Geral nomeou Superior do Maranhão o P. Bento de Oliveira, e Provincial do Brasil o P. Manuel Correia. A este assunto alude Bettendorff [5], e como lhe escreveu Roque Monteiro Paim e El-Rei D. Pedro II em 1694, que o estimava, a dizer-lhe "que já estava inteirado da lealdade dos estrangeiros". Com a ida para o Maranhão dos P. Bento de Oliveira e depois José Ferreira terminou a pendência com aprazimento de todos.

Entretanto, no último quartel do século XVII, quer na Missão do Maranhão e Pará, quer na Província do Brasil, se encontraram dois grupos notáveis de Missionários vindos da Itália e da Europa

---

1. *Bras.*3(2), 254.
2. Carta de 16 de Maio de 1690, *Bras.*26, 169. Devido a estas informações se recusavam pedidos para a Missão do Maranhão, como a que fez Alexandre Devereux, irlandês, que em carta de 1 de Janeiro de 1689, pedia a Missão da Índia ou do Maranhão, Gesù, *Indipetæ*, 757 (n.º 27).
3. *Bras.*26, 169.
4. Carta de 27 de Fevereiro de 1691, *Bras.*9, 361-361v.
5. *Crónica*, 555.

Central alguns dos quais se tinham formado em Universidades da mesma Itália e Alemanha, professores, matemáticos e juristas de valor. O contraste e entrechocar de mentalidades, criando emulações, teve a sua utilidade, e a teria sempre, se em dado momento, como veremos, se não criasse um como partido que iria perturbar a indispensável colaboração, dentro do sistema português de defesa, que as condições da formação do Brasil ainda exigiam.

Nem por isso foi menos valiosa a contribuição dos Padres Estrangeiros, sob muitos aspectos, incluindo o catequético, este em todo o caso, menor. Assim, no grupo do Norte, o P. Aloísio Conrado Pfeil estranhou o salto da civilizada Suíça para a Amazónia com as suas Aldeias do século XVII (que ele considera mais "antros", que residências humanas), e manifestou-se a princípio contra o meio ambiente e contra os Portugueses (filhos do Reino ou do Brasil). Sentimento que se deve entender dos que achou na ocasião, e que a sua mentalidade, presa ainda ao espírito donde provinha, diferente do latino, lhe representava inferior, e com razão em casos particulares; não se pode tomar como efeito de sistema rígido a respeito dos Portugueses, porque volvidos alguns anos é ele próprio que do P. José Ferreira, Prefeito dos Estudos de Coimbra, vindo de Portugal como Superior da Missão, faz o mais alto elogio que se pode fazer de um Superior.

Por outro lado, andava acesa a questão de limites com França e com Castela; e como nos sertões dos Cambebas e cabeceiras dos Rios Amazonas andavam Castelhanos, El-Rei a 6 de Fevereiro de 1696 mandou ao Governador António de Albuquerque Coelho de Carvalho que os Índios fossem praticados por Missionários Portugueses [1]. Nesta época o P. Geral era espanhol, Tirso González. Não consta que tomasse alguma resolução contra a Coroa de Portugal, e em Roma corriam as coisas da Companhia referentes a Portugal pelo P. Assistente português. Mas os Missionários particulares, pelo instinto subtil em todos os homens, mesmo quando são Religiosos, de se insinuarem nas boas graças do Superior hierárquico, poderiam nos debates inclinar-se mais à parte que soubessem seria agradável ao Superior Geral não enquanto Superior, mas enquanto cidadão. Tal instinto, que todo o homem sensato tem que reconhecer possí-

---

1. *Anais do Pará*, I, 107. Este decreto é já posterior à representação a El-Rei do Jesuíta português anónimo da Baía, 1694.

vel, foi subjugado pelo sentimento do dever em todos os Jesuítas estrangeiros a serviço de Deus e de El-Rei de Portugal. Em caso de dissidência entre Portugal e outra nação podiam ao menos calar-se. Nem isto. Com a sua ciência matemática e cartográfica o P. Aloísio Conrado Pfeil arvorou-se ro mais acérrimo defensor dos direitos de Portugal na questão dos limites com a França e Espanha. Sabendo muito bem onde caía a *Linha Alexandrina*, alegou que esse não era o único título, e que Portugal havia adquirido outros com a ida do imortal Pedro Teixeira a Quito. "Imortal" é palavra sua E os seus estudos foram os que o Barão do Rio Branco achou decisivos, entre todos, para demonstrar os direitos de Portugal (e portanto do Brasil) na solução moderna dos limites com a Guiana Francesa.

Se estes Padres se revelavam menos aptos para a catequese pròpriamente dita num clima tropical, possuiam outros dotes, que concorriam para o bem comum, sob um aspecto ou outro.

No grupo do Brasil sucedeu que, tirando alguns poucos estrangeiros, que acceitaram de coração alegre a vida anónima das Aldeias, os mais tendiam à vida dos Colégios, com a ideia implícita de que o Brasil do século XVII já não era país de Missões. Sorriam-lhes mais os cargos de governo e de ensino ou as missões rurais, pelas vilas ao redor dos Colégios: critério prematuro no século XVII, com o Brasil ainda cheio de Índios, e que levava como consequência, dada a existência efectiva das Aldeias, que o peso da catequese recaísse quase todo sobre os Portugueses (filhos do Brasil e de Portugal). E assim insensìvelmente começaram a coexistir duas categorias de Jesuítas do Brasil, os dos Colégios e os das Aldeias; e nas disputas sobre a liberdade dos Índios notava-se que a não favoreciam tanto como os outros Padres, os que nunca tinham visto Índios, nem aprendido a sua língua.

No Maranhão, de formação Colonial mais tardia, esta divisão entre Padres de Colégios e Padres de Aldeias foi menos acentuada, como também era diferente a legislação do Estado do Brasil e do Estado do Maranhão. Mas para toda a América Portuguesa existia em Lisboa um sentimento de unidade, que o sincronismo da defesa e dos debates por si mesmo documenta.

4. — A 23 de Fevereiro de 1692, o Provincial do Brasil Manuel Correia escreve ao Geral que recebera ordem de El-Rei que, se le-

vasse patentes para Padres Estrangeiros, de forma alguma lhes desse publicidade sob pena de o Governador do Brasil as impedir. A opinião do Provincial, dada a necessidade de Missionários, era que em vez de os Portugueses irem para o Oriente que fossem para o Maranhão; e os Italianos e Alemães, que manifestassem vocação para as Missões portuguesas, em vez de irem para as da América, onde não se davam tão bem com os Portugueses, se encaminhassem para as do Oriente, porque o Rei de Portugal, como já antes o de Espanha, começava a desconfiar de Padres Estrangeiros [1].

Do grupo italiano da Província do Brasil era mentor o P. João António Andreoni. Natural dum país dividido então em pequenas nações e facções partidárias, renovou no Brasil o espírito do tempo do Provincial José da Costa e da deposição do Visitador Jacinto de Magistris. A sua carta da Baía, de 25 de Maio de 1685 ao Secretário da Companhia, a mais antiga sua, que se conserva, já está repleta destas questiúnculas menos dignas da vida interna da Companhia, sobretudo em país de Missões: se o Padre tal é natural daqui, o Padre qual natural dali, e ainda outro natural dacolá, e até do P. Alexandre de Gusmão, tão seu amigo, nota que é filho de Lisboa [2]. E com apreciações e críticas, nem sempre amenas, para quem não era do seu gosto, e já então contra Vieira, que aliás procurou honrá-lo, enviando-o como Visitador de Pernambuco em 1689 para compor uma desinteligência com o Bispo e outro caso da Paraíba, de que era Superior o P. Alexandre Perier. Vieira recomendou Andreoni ao Bispo de Olinda, como um "homem tão grande, que já era reputado por tal em Roma quando nela o conheci em seus primeiros anos, e lá estaria hoje ocupado nos primeiros lugares da Religião, se o seu zelo da salva-

---

1. *Bras.*3(2), 302-303v. — Sobre proibições anteriores do Rei de Espanha de irem para as Índias de Castela, ou de aí permanecerem, missionários estrangeiros, cf. Pierre Delattre — Edmond Lamalle, *Jésuites Wallons, Flamands, Français Missionnaires au Paraguay* em "Archivum Historicum Societatis Iesu", Anno XVI, fasc. I-II (1947)127. Destas proibições foram objecto, em 1652, quatro Jesuítas Portugueses das Missões do Paraguai, o P. Paulo de Benavides, e três Irmãos Coadjutores (*Ib.*). Estava-se ainda nas lutas da Restauração de Portugal e do Brasil, a cuja história política pertence o episódio.

2. *Bras.*3(2), 192-193; e obedecem ao mesmo prurido, as Notícias, de que se transcreve um trecho, sobre a nacionalidade dos entrados no Brasil, supra, *História*, II, 437.

ção das almas o não trouxera ao Brasil, deixando e pisando tudo o que é menos"¹. Andreoni, assim magnìficamente apresentado, em vez de cumprir as instruções de Vieira, perturbou Pernambuco, e procedeu, "de sua própria autoridade e contra o ordenado por mim", comunica Vieira ao P. Geral, agradecendo a circular recebida dele sobre a rebelião de Paulo Fontaine. Depois de detestar aquela rebelião nacionalista francesa acrescenta: "E para que me anime à paciência e constância com o exemplo de V. Paternidade, assim com V. P. teve em Roma um Fontane, quase do mesmo modo me sucedeu no Brasil um Andreoni, que, como aquele levou com a sua rebelião a todos os franceses, assim este, tendo à sua devoção ou adoração todos os italianos, não cessa quanto pode de rebelar-se contra o que V. P. quis que o representasse nesta Província"².

Ao mesmo tempo que assim se manifestava contra o Visitador, Andreoni contava com o apoio discreto do Provincial Diogo Machado, e muito menos discreto do P. Alexandre de Gusmão, de sorte que ao chegarem as ordens régias, trazidas pelo Provincial Manuel Correia, se entenderam com o Governador Geral do Brasil, que em carta a El-Rei de 20 de Julho de 1693, procura diferir a execução dessas ordens só para os que viessem depois; e que os que de presente servissem, não se tirassem dos seus ofícios, para eles, que tinham deixado a pátria com o fervor e zelo do bem das almas, não receberem sentimento; e o conferira com o Provincial que morrera [Manuel Correia] e com o que era agora [Alexandre

---

1. Carta de Vieira ao Bispo de Pernambuco, da Baía, 12 de Abril de 1689, *Cartas de Vieira*, III, 554-555.

2. Carta em espanhol de Vieira ao P. Geral, da Baía, 6 de Agosto de 1690, *Bras.3(2)*, 293. — Paulo Fontaine (na grafia de Vieira, *Fontane*) foi eleito Assistente de França, a 13 de Julho de 1687, 7 dias depois da eleição do P. Geral Tirso González, no mesmo dia em que foram eleitos os Assistentes de Portugal (António do Rego) e os de Alemanha e Espanha (Astrain, *Historia*, VI, 228). Luiz XIV de França, vitorioso na Flandres, queria que a Província de Flandres ficasse à Assistencia de França. Não aceitando a Companhia, Luiz XIV chamou o Assistente P. Fontaine e tendo-o em França, com o apoio de grande número de Jesuítas Franceses, pediu um Vigário Geral para a França em 1688, proibindo toda a correspondência com o Geral da Companhia. Esta, a rebelião de Fontaine. Depois, a, pedido dos 5 Provinciais de França, Luiz XIV desistiu do seu intento. (Carrez, *Synopsis*, 245).

de Gusmão][1]. Estas ordens régias explica Andreoni ao P. Geral que eram três: 1.ª, que os estrangeiros não fossem superiores das Casas, Colégios ou Missões; 2.ª, que não se permitisse aos Padres estrangeiros ir para o Brasil; 3.ª, que não fossem Mestres de Noviços nem sócios ou Secretários do Provincial.

5. — Em virtude da boa disposição do Governador Geral, o terceiro decreto ficou suspenso em favor de Andreoni (era sócio do Provincial), em cuja qualidade recolheu os papéis do P. Manuel Correia, falecido do "mal da bicha" em 1693. E achando na correspondência com o Geral a opinião do P. António Vieira a coincidir com a de El-Rei, manifestou-se contra Vieira com palavras menos justas. Sentindo-se directa e pessoalmente atingido, Andreoni propõe-se sair do Brasil, mudando para outra Província ou Missão[2], e nesta conjuntura demonstrou os seus sentimentos em tudo o que estava ao seu alcance, incluindo as coisas do ofício. Ao organizar o Catálogo da Província do Brasil de 1694, como secretário dela, diz do P. António Vieira o menos que se poderia dizer sem contradição com os Catálogos anteriores, metendo todos os 86 anos da grande vida de Vieira em 10 linhas; chega depois a si próprio, e encontrou matéria para o dobro, isto é, para 20 linhas; e um pouco de igual forma para os seus amigos e aderentes, e vice-versa[3]. Deste espírito se faz eco Vieira na carta ao Duque de Cadaval, de 24 de Julho de 1694. Fala sobre as administrações concedidas aos Paulistas e do seu *Voto* em que se não conformou com ela, por lesar tanto a liberdade dos Índios. E continua: "De outro cativeiro doméstico com que os Portugueses nesta Província estamos dominados de estrangeiros, sem nos valerem decretos reais, também espero que o poder e auxílio de V.ª Ex.ª nos ajude eficazmente a remir"[4]. O Provincial Francisco de Matos falará depois, como veremos, abertamente em facção ou partido.

---

1. Carta de António Luiz da Câmara Coutinho para S. Majestade respondendo a uma de El-Rei sobre os Religiosos da Companhia estrangeiros não poderem ser prelados, Reitores dos Colégios e Mestres de Noviços, da Baía, 20 de Julho de 1693, *Doc. Hist.*, XXXIV (1936)182-183; *Archivo do Distrito Federal*, IV, 445-446.
2. *Bras.3(2)*, 331-332v.
3. *Bras.5(2)*, 91, 94.
4. *Cartas de Vieira*, III, 658.

Conjugando os sucessos da Baía com os de S. Paulo [1], do mesmo tempo e com as mesmas personalidades, verifica-se que o partido português, representado por Vieira, era a favor da liberdade, e o oposto não. Lúcio de Azevedo na edição da Imprensa da Universidade de Coimbra, vislumbrou, em nota, a natureza do "cativeiro doméstico", sem dispor todavia dos elementos que o esclarecessem de todo. Com efeito, Vieira na carta ao Duque de Cadaval alude veladamente à violência de que fora objecto dois meses antes. Resolveu o Provincial Alexandre de Gusmão, com alguns Padres mais, que se celebrasse Congregação Provincial para eleger Procurador que fosse a Roma tratar destes assuntos internos e da questão dos Índios. Deviam tomar parte nela os Padres António Vieira e Inácio Faia. Na Companhia, nas eleições, os votos são livres e secretos, nem é lícito solicitá-los para si ou para outrem, e quem os solicita pratica o que se chama *crimen de ambitu*, com a pena anexa de privação de voz activa e passiva, isto é, de não poder eleger nem ser eleito; não é proibido conferirem entre si os Padres sobre quem seja o mais apto para comissões desta natureza. Vieira, que tinha visto em Roma tantos homens de valor, que lá iam Procuradores das suas Províncias, indicou um nome que lhe parecia mais digno. Diferenças de critérios humanos, comuns, que sempre existiram e as houve até entre S. Pedro e S. Paulo e entre S. Agostinho e S. Jerónimo. O mais grave aqui é que os desafectos do P. Vieira aproveitaram a oportunidade para o declarar, com o P. Faia, incurso no *crimen de ambitu*. O P. Provincial Alexandre de Gusmão, o P. Reitor Barnabé Soares, e o P. Ministro Manuel Martins, foram aos cubículos dos dois Padres e os declararam privados de voz activa e passiva [2].

Foi eleito o P. Domingos Ramos, um dos que se manifestaram com mais violência contra Vieira. Violências que não foram recebidas passivamente pelos amigos de Vieira, que esse manifestou-se equânime e sereno. Menos equânime, nos parece se mostrou um deles, numa espécie de minuta ou representação a El-Rei em que dava a entender que o predomínio dos estrangeiros poderia ter inconvenientes para o bem do Estado. Não assinava, mas dizia que

---

1. Cf. supra, *História*, VI, 330.
2. Barros, *Vida*, 481; *Bras.5(2)*, 146. André de Barros só nomeia os cargos; o Catálogo diz quem os ocupava.

era um Padre do Colégio da Baía, com 70 anos de idade, e que em seu lugar assinariam "oito vassalos fiéis de V. Majestade, que têm governado este Estado, aos quais V. Majestade mandará ler este papel, que são os Canonistas e Teólogos desta matéria, com os quais se deve e não com outros consultar, que eles tudo sabem, tudo viram e tudo alcançaram, como Portugueses verdadeiramente zelosos do serviço de Deus e de V. Majestade: O Marquês das Minas, o Conde de Alvor, António Luiz Coutinho, Roque da Costa Barreto, Marquês de Montebelo, Luiz César de Meneses, Gomes Freire, Artur de Sá" [1].

Em Lisboa empenhou-se o P. Domingos Ramos por anular os decretos régios em desfavor dos estrangeiros, mas em vão, porque no Brasil persistiam as causas que os originaram. E logo surgiu um facto novo, donde nasceu também novo decreto. Convidado pelo P. Vieira para colaborar na *Clavis Prophetarum*, o P. Valentim Estancel, não só o recusara, mas num acto, que o não abona, apressou-se a escrever uma obra em que refutava aquela e a queria imprimir agora. Informado do que se passava El-Rei baixou o decreto de que não se publicasse livro nenhum nos seus domínios sem ser aprovado em Lisboa pelos deputados do Paço, como para os mais livros escritos em Portugal. Andreoni insurge-se contra o novo decreto [2], sem razão talvez da sua parte, porque o livro de Estancel foi reprovado, não pelos censores do Paço, de Lisboa, mas em Roma pelo revisores da Companhia, como inferior ao que a Companhia exigia para a publicação dos seus livros (que devem superar a mediocridade) [3].

O decreto régio mostra que El-Rei defendia o P. Vieira na Corte alvoroçada, donde um amigo lhe escreveu, falando em "desgostos, negócios, consultas, visitas e contendas". Pela bondade de Deus, responde Vieira, não há "desgostos, nem negócios, nem consultas, e muito menos contendas", no seu deserto da Quinta do Tanque, onde vivia; e continua: É verdade, para que confesse esta

---

1. Gesù, *Missiones*, 721. Representação de um Jesuíta anónimo. Trata-se de uma cópia, e havia no Colégio da Baía em 1694 alguns Padres com idade à roda da que diz ter o autor deste papel. Daqui a dificuldade duma atribuição evidente.
2. *Bras.3(2)*, 345.
3. Cf. S. L., *O Padre António Vieira e as Ciências Sacras no Brasil — A famosa "Clavis Prophetarum" e os seus Satélites*, em *Verbum*, I (1944) 262.

a V. Mercê, que dessa Corte me avisaram que um grande senhor dela em várias partes se jactara de ter feito com o seu patrocínio que os Alexandristas prevalecessem contra os Vieiristas, não havendo tal contenda entre estes apelidos; mas inventou-se a batalha para me levarem em estátua manietado e vencido no imaginado triunfo. Duas coisas há certas nesta matéria: uma é que de cá se levou carta de favor, acompanhada por ventura do que de cá se leva; porque pela experiência que tenho desde o ano de 1624, de todas as guerras do Brasil, costumo dizer que se tudo arrombam canhões de quarenta libras quanto mais de quarenta arrobas" [1].

A vida de Vieira é cheia destas lutas em torno das ideias fundamentais de Religião, Pátria e Liberdade, das quais nunca saiu definitivamente vencido. Mas nem todas as suas vitórias se contam imediatas, sem padecer antes alguma derrota pessoal. E se eram do seu temperamento estas lutas, era também apanágio do seu espírito não descoroçoar nem recuar até falar a autoridade suprema, quer fosse o P. Geral, se se tratava de assunto puramente interno da Companhia, quer o Papa, se o assunto já saía da alçada dela como tinha sido o da Inquisição: "L'esprit le plus libre et plus soumis qui fût jamais" [2].

A 15 de Julho deste mesmo ano de 1694, Vieira escreveu ao P. Geral a expor a situação, colocando nas mãos dele a solução do caso. Não se conhece a carta, mas a resposta do Geral, Tirso González, em que demonstra o seu desgosto, conforta o P. Vieira e promete duas coisas: examinar o acto praticado contra a reputação de um homem tão cheio de merecimentos e tão benemérito da Companhia; e pôr de novo em forma e no antigo esplendor a Província do Brasil [3].

---

1. *Cartas de Vieira*, III, 680, Carta de 27 de Junho de 1696. Quarenta arrobas era o peso habitual de uma caixa de açúcar, — alusão a peitas com presentes oferecidos a pessoas influentes da Corte.

2. Carel, *Vieira sa vie et ses oeuvres* (Paris s. a.) XII, no Prefácio, suprimido na tradução feita no Brasil.

3. "Quæ in postrema Congregatione Provinciali contra R. Vestram acta sunt cum ex ipsius litteris 15 Julii 1694 ad me datis tum ex litteris aliorum copiose accepi. Jure an injuria decretum fuerit cum cura examinabo, nec ullatenus patiar ut tantorum meritorum viro et optime de Societate merito quidquam æstimationis ac juris per injuriam detrahatur. Interea vehementer laudo æquanimitatem et moderationem qua in re tam ardua se gessit, oblationem sui rerumque suarum faciens integram Deo qui moris est servos suos cum maxime electos adversitatibus

Assim o fez. Entregou a causa aos Revisores Romanos para que a examinassem de raiz, e o resultado foi restituir-se a fama e dar-se por nula e sem vigor a sentença de 1694 [1].

Com as distâncias e a demora da revisão, a sentença do P. Geral chegou à Baía, quando Vieira já não era deste mundo. Os três últimos anos da vida, passada assim no descrédito interno, são talvez os mais belos de toda ela. Externamente era o mesmo, a sua actividade de escritor não se remitiu um instante até o dia em que morreu em 1697, operando-se logo uma reacção a seu favor no que então se escreveu para Roma, e ainda quando a sentença elibatória do P. Geral se leu em carta circular nos Colégios do Brasil e em Portugal [2].

---

provehere in majus spineisque coronis in terris redimere ut aureis in coelis possit donare victores.

Sed quæ de præsenti conditione ac statu Provinciæ edocet R. V.ª plus nimis angunt animum meum: det meliora divina Bonitas. Ipse quantum in me erit, dabo operam ut ei vetus splendor et forma reddatur. Nunc R. V. bene valere voveo, et sanctis ipsius Sacrificiis enixe commendo. — Examinaré con todo cuidado este negocio para resolver lo que pide la justicia e la equidad e bien comun de esta Provincia" (Carta do P. Geral Tirso González ao P. António Vieira, de 1 de Fevereiro de 1695, *Bras.1*, 43).

1. A sentença do Padre Geral conclui assim:

"Causam ad Patres Revisores remisimus, qui per otium examinatis et attente perpensis scripturis undique allatis, judicium tulerunt quod deinde Nos, auditis Patribus Assistentibus, approbamus, confirmamus et subscribimus, declarando sententiam latam contra prædictos Patres Antonium Vieyra et Ignatium Faya, nullius in posterum valoris et momenti esse, et prædictis Patribus suam famam in integrum restituendam". Barros, *Vida*, 482-483, transcreve o trecho, que também aqui se reproduz. Cf. Lúcio de Azevedo, *H. de A. V.*, 293-294; Francisco Rodrigues, *Revista de História*, XI, 105-108. — Na íntegra: "Judicium R.ᵐⁱ P. Thyrsi Gonzalez Generalis Societatis Jesu circa valorem sententiæ de ambitu latæ contra Patres Antonium Vieyra et Ignatium Faya in Congregatione Provinciæ Brasiliæ mense Mayo 1694". 8 pp. Na Bibl. de *Études* (Paris) no vol. in-f.º, *Noticias Historicas*, Tômo I.

2. Escreveu a favor do P. Vieira o P. António de Abreu, Baía, 2 de Agosto de 1697, *Bras.4*, 35-35v. E a própria Província, como tal, tratou do caso em 1705 enviando a Roma este Postulado: "Cum contingere possit, sicut jam contigit, aliquos jus suffragari habentes in Congregatione Provinciali injuste privari voce activa et passiva per sententiam latam a judicibus de ambitu cujus injustitia et nullitas constet...": pede-se que a Congregação em tais casos declare se é ou não legítimo procurador o que foi eleito numa Congregação assim viciada. — Como isto já era 11 anos depois e já se havia remediado, a resposta foi: *Satis provisum* (*Congr.86*, 216).

6. — Restava cumprir a segunda parte da promessa feita ao P. Vieira. A 27 de Dezembro de 1698 o Geral escreve ao novo Provincial que os Padres estrangeiros são chamados para missões e que alguns se queix m de que, deixada a Europa para a conversão dos Índios, os ocupam nas cidades. Sente o que se diz do partido dos italianos, que ganha forças e que o seu chefe é o P. João António Andreoni. Se não houver exagero na informação, o Provincial repreenda o P. Andreoni e disperse os italianos [1]. Responde o Provincial Francisco de Matos, "que da facção dos italianos, desde o decreto real que proibia aos estrangeiros serem provinciais nesta Província, não se pode duvidar; e que há indícios suficientes para se considerar o P. Andreoni como o principal dentre eles e o que mais promove essa facção". Por intervenção do P. Andreoni veio do Rio para a Baía o P. Estêvão Gandolfi a fim de ser Mestre de Noviços; e ao seu ascendente e influência se devem os cargos que no Colégio da Baía, para onde foram chamados, tinham os Padres Bonucci, Mamiani, Benci, de Professores, Consultor da Província, Prefeito da Igreja, examinador *ad gradum*, Mestre de Teologia Moral, Procurador da Missão e dos litígios. Como o Reitor era italiano e o Mestre de Noviços italiano, o Colégio estava pràticamente em mãos de italianos. Para cumprir a ordem de dispersão dada pelo P. Geral, observa o Provincial que dentro da Companhia, quando se trata de obediência, não se pergunta se este é desta nação ou daquela; mas o facto é que achou nos Padres, que se mandavam dispersar, menos disposição da vontade em obedecer, alegando uns umas razões, outros, outras; além de que havia alguma informação pouco favorável para um ou outro destes Padres [2].

---

1. "Patres exteri pro missionibus sunt a Deo vocati imo et aliqui sæpius conqueruntur quod relicta Europa pro Barbarorum conversione isthic in civitatibus occupantur". — "Doleo quod dicitur factionum Italorum convalescere et vires aquireret, eiusque caput et fautorem esse P. Ioannem Antonium Andreonium. Si verum hoc esse R. V.ª deprehenderit et non potius exageratum, ut ego suspicor, ex aliqua æmulatione, eum primum severe moneat et postea omnes Italos aliquo honesto titulo per occupationes, missiones et domicilia dispergat".—Palavras do P. Geral reproduzidas na carta do P. Francisco de Matos citada na nota seguinte.

2. Carta do Provincial Francisco de Matos ao P. Geral, do Rio de Janeiro, 14 de Março de 1700, *Bras.4*, 70-73. — É útil aproximar desta carta e desta situação a carta do Provincial Pero Rodrigues, um século antes. Cf. supra, *História*, II, 439-441.

Com a dispersão ordenada pelo P. Geral, atenuou-se a preponderância, que causava perturbações internas na Província. Alguns Padres alcançaram licença para voltar à sua Pátria, António Maria Bonucci, Luiz Vincêncio Mamiani, Alexandre Perier, onde ainda prestaram serviços ao Brasil; Jorge Benci foi para Lisboa e aí morreu.

7. — Os restantes ficaram. Entre eles Andreoni, que continuou no seu cargo de Reitor, avisando-o o P. Geral de que lhe faltava urbana mansidão e igualdade para com todos, e se mostrava mais inclinado aos Italianos. A 15 de Junho de 1700, Andreoni justifica-se de que não tem acepção de pessoas e critica o Provincial Francisco de Matos [1]. Era ainda o seu espírito de advogado, que aqui se manifesta e iria manifestar-se até o fim. Na verdade, Andreoni constituira-se dentro da Província do Brasil uma espécie de consultor jurídico, como quem tinha cursado três anos direito civil na Universidade de Perúsia. E sob este ponto de vista material, os seus serviços foram grandes. Entre outros actos, a ele se deve a fórmula que regulou o "morgadio" ou "capelania" das Fazendas do Piauí, deixadas por Domingos Afonso Sertão para a fundação do Noviciado da Jiquitaia. Confiavam nele os Provinciais e a agilidade do seu talento resolvia as coisas e se impunha com satisfação. Mas este espírito jurídico italiano não se podia transplantar para dentro dos quadros da Companhia na América Portuguesa, sem se revestir doutro tradicional no Brasil, que era o espírito missionário a respeito dos Índios. Espírito realista e completo, não apenas material, mas também moral E era o que angustiava o P. António Vieira quando em 1692 requeria ao Geral, que a sua Visita se pusesse em execução, porque conhecia o ambiente e temia que o não fosse. De facto, quatro anos depois da morte de Vieira, Andreoni encarregou-se de reformar e coordenar as ordenações das Visitas anteriores, entre as quais uma de Vieira, onde se lia que: "Se proibe aos Reitores e Procuradores servirem-se dos Índios das Aldeias nas Fazendas; posto que a nossa paga seja a melhor e mais certa: para que desta sorte se evitem as calúnias do mundo".

---

1. *Bras.4*, 78v-79.

Proposta de Andreoni ao P. Geral (1701): "Perraro id fit: sed si locantur aliis, quare non illis non utemur pretio statim laboris soluto?". Resposta do P. Geral (1704):
"Possunt Nostri uti operâ Indorum soluto pretio"[1].

O P. Vigário Geral (com poderes de Geral) Miguel Ângelo Tamburini, que começava o seu governo sem conhecimento ainda profundo das coisas do Brasil, colocou-se no terreno da proposta de Andreoni, o qual assim como Francisco de Matos, que governava então a Província, mal sabiam o que eram Índios, nem Aldeias, onde nunca estiveram, nem os problemas morais, cujo melhor tratado é a prática. Este pequenino caso só se aduz como sintoma de uma nova mentalidade que se formava, em que se tinha mais em conta o regime *comum*, do que o *missionário*, com os corolários que o regime tradicional envolvia em si mesmo. Quer dizer: sob o ponto de vista *jurídico*, teórico, proposta e resposta estão *certas*; sob o ponto de vista *missionário*, estão *erradas*. A proibição de Vieira não era de fundo jurídico, mas edificante, nascida da experiência que tinha do mundo, sempre inclinado a dizer que os Padres defendiam os Índios para os terem mais fàcilmente ao seu serviço. A proibição de Vieira suprimia o pretexto da calúnia; a interpretação jurídica de Andreoni e a sua aprovação superior, que na aparência representava um benefício, trazia detrimento incomparàvelmente maior, desautorizando a Companhia sob o aspecto do desinteresse total, que importava manter íntegro para a independência do seu próprio encargo na repartição dos Índios e aumento do seu prestígio.

Em 1706 Andreoni assumiu o Cargo de Provincial do Brasil, até 1709, passando a Reitor do Colégio da Baía; e em 1711 publicou o livro *Cultura e Opulência do Brasil por suas Drogas e Minas*, livro hoje estimado e com razão. Todavia, no momento da publicação foi suprimido por ordem régia. Porque? Andreoni sucedera no Provincialato ao P. João Pereira, o qual ao voltar a Lisboa foi cativo dos Franceses em 1706. Portugal estava em guerra com a Espanha e com a França (Guerra da Sucessão de Espanha) Os Espanhóis ocuparam no Rio da Prata a Colónia do Sacramento (15 de Março de 1705)[2], e ao Norte houve dificuldades de fron-

---

1. Gesù, *Colleg.* 20.
2. Cf. supra, *História*, VI, 544.

teiras com Franceses e Espanhóis[1]. Em 1710 (Setembro) os Franceses de Duclerc tentaram tomar e saquear o Rio de Janeiro enquanto em Pernambuco estalava a guerra civil (Guerra dos Mascates) e no sertão Paulista, mineiro, fumegava ainda outra luta fratricida, a Guerra dos Emboabas. Neste momento, de perturbações sangrentas internas e perigos externos, se situa a publicação e supressão da *Cultura e Opulência do Brasil por suas Drogas e Minas*, com as seguintes datas:

Revisão do livro em Lisboa (Dezembro de 1710 — Janeiro de 1711); impressão nos primeiros meses de 1711; Ordem régia de 9 de Junho de 1711, mandando sair das Minas todos os estrangeiros e frades; Ordem régia de 1711 para a supressão do livro de Andreoni; tomada e saque do Rio de Janeiro (Setembro de 1711) pelos franceses de Duguay-Trouin.

A supressão do livro, que pelo seu conteúdo estadeava aos olhos e cobiça de inimigos externos, as riquezas do Brasil, compreende-se colocada neste ambiente histórico; e constitui uma defesa do Brasil, tendente a conservá-lo íntegro, territorial e economicamente, poupando aos seus moradores, quanto possível, o saque aliciante de nações poderosas.

Andreoni, que era então Reitor do Colégio da Baía, publicou o livro com o pseudónimo, quase anagrama, de André João Antonil. Não há nele as licenças da Companhia de Jesus, o que se explica por o autor, embora com o pseudónimo no frontispício do livro, se desvendar no Proémio, um pouco contraditòriamente, chamando-se a si mesmo o "Anónimo Toscano". Mas sem licença, ao menos particular, não se podia imprimir; e é de crer que a tivesse. Todavia nem em carta sua nem em carta alheia, nem no Necrológio, se nos deparou referência alguma a este livro; e por este tempo alguns Padres publicaram livros clandestinamente (clandestinamente sob o ponto de vista da legislação da Companhia). Dera-se além disto o facto de o P. Estancel tentar a publicação na Bélgica de um livro seu (que o P. Geral mandou apreender); e ter o P. Benci publicado outro livro, também seu, ainda que em português, mas em Roma, para fugir aos decretos da legislação portuguesa, factos estes que levaram o Geral a ordenar que os livros dos Jesuítas

---

1. Cf. supra, *História*, III, 415.

do Brasil ficassem sujeitos à revisão do Provincial de Portugal para evitar complicações com El-Rei, em caso dos livros conterem por inadvertência indicações que por qualquer título redundassem em desprestígio ou perigo para os interesses superiores do Estado do Brasil. Medida de legítima defesa, vista não com os olhos de hoje, mas com os de então; e mesmo com os de hoje parece grato quanto concorresse para manter incólume a unidade brasileira e a tranquilidade dos seus filhos.

A publicação da *Cultura e Opulência do Brasil por suas Drogas e Minas* teve pois esta má coincidência do ano trágico de 1711: perturbações sangrentas no sertão das Minas não de todo extintas; na costa de Pernambuco, os excessos que houve e desvios maiores que poderiam suceder (um dos bandos pôs-se à fala com Duguay-Trouin); o saque do Rio de Janeiro; e as fronteiras externas do Brasil em perigo, no Sul a Colónia do Sacramento ocupada, e no Norte os conflitos da Amazónia. Estado de coisas previsto por Vieira, poucos dias antes de morrer, aludindo à sucessão de Espanha, quando declarava a sua inabalável confiança na felicidade e fins do "nosso Reino e Nação, mas os meios antes deles, de igual dificuldade e perigo" [1]. Não estava de certo nas previsões de Andreoni, cuja clarividência se pode contestar, sem poder contestar o seu pouco afecto pela nação colonizadora e evangelizadora do Brasil. Questão de espírito, não de lealdade, que desta, não é lícito duvidar. Escrevendo ao P. Geral a 22 de Outubro deste mesmo ano de 1711, sobre a sua situação no Brasil, e como na Corte de Lisboa se admiravam de que tivesse sido Provincial e Reitor contra os decretos reais, declara que o Primeiro Ministro, Roque Monteiro Paim, lhe mandara dizer pelo Confessor de El-Rei D. Pedro II, P. Sebastião de Magalhães, que ele, Andreoni, "não era considerado estrangeiro, mas português", e quando foi nomeado Provincial, a Rainha D. Catarina, Regente do Reino, houve por bem homologar a nomeação; e que fora algum tempo confessor do Governador Geral D. João de Lencastro e do Vice-Rei Marquês das Minas; e com ele se aconselhava Pedro de Vasconcelos; e o Arcebispo D. Sebastião Monteiro da Vide, ainda que bem versado num e noutro Direito, o tomara por censor e revisor secreto das Constituições

---

1. *Cartas de Vieira*, III, 689.

Sinodais, e nas controvérsias com os Ministros régios o mesmo Arcebispo o consultava e seguia o seu parecer. Agora, com a nova ordem régia [de 9 de Junho de 1711] não podia ir às Minas, como se tinha pensado; e não desejava ter nenhum cargo nem o de Consultor; e se o decreto abrangia também os Religiosos italianos, ele estava disposto a sair do Brasil para onde o P. Geral o mandasse [1].

Andreoni, que deixou o cargo de Reitor, não escreveu cartas em 1712 nem em 1713 ou não se conservam; de 1714 há duas, mas sobre Missões deste período, de cuja actividade ele foi o relator como exímio latinista que era. E faleceu pouco depois. Da *Cultura e Opulência do Brasil por suas Drogas e Minas*, livro hoje sobremaneira útil, como elemento de estudo, escaparam felizmente alguns exemplares, que reeditados depois tornam glorioso e perdurável o nome de Andreoni no seu pseudónimo de Antonil.

Convém ainda notar que o decreto régio de 1711, a que ele se referia, não alcançava os Religiosos italianos nem nenhuns Religiosos, com vida hierárquica estabelecida no Brasil, para que saissem dele. Era determinado apenas por alguns aspectos políticos e económicos da colonização do Brasil, sem atingir a evangelização como tal, à qual ficava patente o campo largo das missões, continuadas a proteger, como antes por El-Rei. E nas quais, em toda a América Portuguesa, permaneceram e trabalharam com abnegado zelo, entre outros, João Mateus Falleto, Filipe Bourel, João Maria Gorzoni, Francisco Xavier Malowetz e Frederico Ingram. Cita-se este último, quase como soldado desconhecido, porque só esteve quatro anos na Amazónia, sucumbindo às doenças do Rio Madeira em 1709. E dele escreveram os Jesuítas portugueses, seus companheiros do desbravamento espiritual da selva, esta frase ao mesmo tempo lapidar e singela em que se sintetiza a honra da vida religiosa e missionária da Igreja de Jesus Cristo: "sendo tão rico e tão nobre, se quis humilhar e fazer pobre" [2].

---

1. Carta de Andreoni ao P. Geral Tamburini, da Baía, 22 de Outubro de 1711, *Bras.4*, 176-177.
2. Cf. supra, *História*, IV, 347.

CAPÍTULO VI

Provinciais e Visitadores do século XVIII

(1697-1761)

1 — Francisco de Matos; 2 — João Pereira; 3 — João António Andreoni; 4 — Mateus de Moura; 5 — Estanislau de Campos; 6 — José de Almeida e Estêvão Gandolfi; 7 — Miguel Cardoso; 8 — José Bernardino; 9 — Manuel Dias; 10 — Gaspar de Faria; 11 — Marcos Coelho; 12 — Miguel da Costa; 13 — João Pereira e Manuel de Sequeira; 14 — Simão Marques; 15 — Tomás Lynch; 16 — José Geraldes; 17 — João Honorato; 18 — Manuel de Sequeira, pela 2.ª vez, e último.

1. — O título deste capítulo exclui dele os dois Provinciais Manuel Correia e Alexandre de Gusmão, que ainda pertencem ao século XVII. Como o primeiro faleceu pouco depois de chegar, e do segundo já se descreveu a actividade nos capítulos antecedentes, com que se identifica, a matéria nova começa, na verdade, com Francisco de Matos, que inaugura o século XVIII. Precede-a todavia a menção aqui daqueles dois para se manter íntegra a série cronológica de todos os Provinciais do Brasil.

Manuel Correia (1692-1693). *Provincial.* Tomou posse do cargo a 13 de Maio de 1692. Nasceu cerca de 1633 em Extremoz no Alentejo. Entrou na Companhia com 17 anos de idade. Mestre em Artes, Professor de Humanidades e Teologia Moral e Prepósito de Vila-Viçosa. Ocupava o Ofício de Reitor do Colégio do Porto quando em 1691 lhe chegou patente de Provincial do Brasil [1]. Deu-se ao cuidado de examinar, no Colégio de Coimbra, se ainda vigorava ou não a obrigação de dar missionários para o Brasil,

---

1. Franco, *Synopsis*, no texto.

que ele desejava levar, porque El-Rei não permitia a ida de estrangeiros [1]; e de-facto conduziu consigo boa expedição de missionários, quando largou do Tejo em 1692. Na Baía atendeu à situação do Seminário de Belém da Cachoeira, e do seu Regulamento, que acertou com o P. Alexandre de Gusmão. Ainda fez a visita dos dois Colégios de Pernambuco, mas voltando à Baía, faleceu do "mal da bicha", a 7 de Julho de 1693 [2]. A morte prematura não permitiu que se revelasse, de todo, como Provincial do Brasil. As suas cartas e as anotações ao "Regulamento" do Seminário de Belém, que transcrevemos no Tômo V, denotam espírito previdente e prático [3].

Alexandre de Gusmão (1693-1694). *Vice-Provincial.* Por morte do Provincial Manuel Correia assumiu o governo da Província. Não sendo Reitor do Colégio Máximo, deve-o ter assumido por indicação pessoal, quer do mesmo Provincial antes de falecer, quer do P. Geral, prevista e antecedente.

Alexandre de Gusmão (1694-1697). *Provincial.* 2.ª vez. A sua actividade, neste novo período de governo, além das missões ao Rio de S. Francisco e ao Piauí, exerceu-se sobretudo, como se viu, à roda da questão servil, da efervescência estrangeira, que então se manifestava, e do seu Seminário de Belém.

Francisco de Matos (1697-1702). *Provincial.* Tomou posse a 2 de Dezembro de 1697 [4]. Nasceu na cidade de Lisboa em 1636, filho de João Pereira e sua mulher Maria de Matos [5]. Admitido na Companhia na cidade natal seguiu logo para a Baía, em cujo Noviciado entrou a 8 de Março de 1652, com 16 anos [6]; e sete depois estava no Rio de Janeiro já terminado o Curso de Filosofia [7]. Fez a profissão solene na Baía, a 2 de Fevereiro de 1670 [8]. Andava

---

1. *Bras.3(2)*, 300-303.
2. *Bras.3(2)*, 333; Carta do Governador Câmara Coutinho a El-Rei, da Baía, 14 de Julho de 1693, *Doc. Hist.*, XXIV (1936)176.
3. Cf. supra, *História*, V, 181-183.
4. Bibl. Vitt. Em., f. ges. 3492/1363, n.º 6.
5. *Processo de Anchieta*, 16-17 (Proc. da Baía, 1712); B. Machado, *Bibl. Lus.*, II, 179.
6. *Bras.6*, 37.
7. *Bras.5*, 223.
8. *Lus. 9*, 3.

então acesa a questão dos Dízimos e, afim de tratar dela e doutros assuntos de importância para a Província do Brasil, embarcou para Lisboa em 1674 [1]; e, sem ele o ter pensado nem os que o enviaram, permaneceu na corte como Procurador do Brasil durante 18 anos.

Em Lisboa, secundou em 1679 os desejos do P. António Vieira para que houvesse estudos no Maranhão [2], de cujos interesses cuidava em conjunto com os do Brasil, em particular os debatidos entre o Colégio da Baía e o de S. Antão, restos ainda da questão antiga. Em 1692 traduziu e publicou a *Vida do Príncipe Filipe Guilherme*, pai da Rainha de Portugal D. Sofia Isabel Maria que muito o venerava e o quis fazer Bispo, dignidade a que se subtraiu sem constrangimento nem ofensa, antes com edificação das pessoas reais.

Em 1693 voltou ao Brasil para desempenhar o ofício de Reitor do Colégio do Rio de Janeiro, donde subiu ao de Provincial em fins de 1697 e nele esteve até o dia 24 de Maio de 1702 em que ficou Reitor da Baía. Três anos depois, a 17 de Setembro de 1705, principiou a ser Mestre de Noviços [3], e em 1708 foi outra vez Reitor do Rio de Janeiro [4].

Francisco de Mattos passou os últimos anos no Colégio da Baía, onde escreveu a *Vida Chronologica de S. Ignacio*, que se imprimiu por conta do Arcebispo D. Sebastião Monteiro da Vide, de quem era sumamente estimado, como aliás o foi sempre de todas as pessoas gradas com quem teve de tratar, entre as quais El-Rei D. Pedro II, que ao ver a compostura e modéstia, com que entrava no Paço, lhe chamava o "seu noviço".

Além desta serena amabilidade, era homem de grande caridade e teve ocasião de a mostrar sobretudo em duas doenças contagiosas, uma na viagem de Lisboa para o Rio de Janeiro em 1693, em que viajou com o Governador António Pais de Sande, e outra logo à chegada a esta cidade, numa grande epidemia de varíola, em que os escravos dos moradores cairam doentes: não só acudia com remédios, mas fez o que era mais necessário e útil, que foi mandar os carros do

---

1. *Bras.3(2)*, 128.
2. *Bras.26*, 58-60.
3. Bibl. Vitt. Em., f. ges. 3492/1363, n.º 6.
4. *Bras.4*, 135.

Colégio buscar água, que ficava longe, e dá-la pelas ruas ao povo, que lhe chamava o "Pai dos Pobres" [1].

Louvado por El-Rei, o P. Francisco de Matos escreveu a sua Majestade, que os actos de caridade do Colégio eram dívida da profissão de filhos da Companhia; e aproveita o favor régio para que se fundasse um Recolhimento de Moças no Rio de Janeiro, como era desejo do povo e da Câmara Municipal [2].

Durante o governo da Província, logo a seguir à morte do P. António Vieira, procedeu por indicação do P. Geral à remodelação do quadro interno do Colégio da Baía, diminuindo o número de Padres estrangeiros nele residentes; e em 1701, além das determinações da sua própria Visita [3], mandou coordenar pelo P. Andreoni as cláusulas das Visitas precedentes [4]. Durante o seu governo deu-se a Guerra dos Bárbaros no Rio Grande do Norte onde os Jesuítas fundaram a Aldeia do Apodi [5].

Francisco de Matos foi pregador e escritor de merecimento. O seu primeiro sermão impresso data de 1675, portanto em cheio na época de Vieira, mas os seus livros pertencem já aos começos do século XVIII, e não são inferiores no estilo e linguagem aos escritores do período que se segue à geração de Vieira. A ele se deve a primeira *Vida* em português, do fundador da Companhia, e vários livros de ascética e mística, e o seu nome consta entre os autores utilizados por Morais no seu "Dicionário". Pessoalmente, era homem austero e penitente sem deixar de ser afável para com todos. E também de piedade, que o Necrológio salienta, sendo uma das expressões mais contínuas, nos seus últimos dias, esta de S. Agostinho: "Domine, da quod jubes, et jube quod vis" [6].

---

1. *Bras.*9, 398-398v; *Carta do Governador do Rio de Janeiro António Pais de Sande a El-Rei louvando a grande caridade, com os doentes, do P. Francisco de Matos durante a travessia do mar, e no Rio*, do Rio de Janeiro, 26 de Setembro de 1693. (A. H. Col., *Rio de Janeiro*, Apensos, 26.IX.1693; Alberto Lamego, *Os grandes caluniados da História — Os Beneméritos Jesuítas do Brasil*, no "Jornal do Commercio" (Rio), 3 de Junho de 1945; Cf. supra, *História*, VI, 10).

2. A. H. Col., *Rio de Janeiro*, Apensos, 11.VI.1694.

3. Visita do P. Francisco de Matos (19 pontos), Colégio da Baía, 2 de Maio de 1701, Bibl. Vitt. Em., f. ges. 1255, n.º 13.

4. Gesù, *Colleg.*, 20.

5. Cf. supra, *História*, V, 539.

6. *Elogium P. Francisci de Mattos* pelo P. José Bernardino (*Bras.* 10,216v).

Faleceu na Baía, com 84 anos de idade e 68 de Companhia e de Brasil, a 19 de Janeiro de 1720, sepultando-se, ao dia seguinte, no mesmo túmulo onde jazera Vieira [1].

2. — *João Pereira* (1702-1706). *Provincial e Visitador*. Tomou posse do cargo de Provincial a 24 de Maio de 1702 [2]. Nasceu em 1646 em Ponta Delgada, Ilha de S. Miguel, Açores, filho de António Pereira de Elvas e Apolónia da Silveira. Entrou na Companhia a 23 de Novembro de 1662 [3]. Tinha já ocupado os cargos de Reitor dos Colégios de Angra, Elvas, Barga, Santarém e Coimbra, e Viso Vice-Provincial de Portugal, ao ser nomeado Provincial do Brasil para onde embarcou em 1702. Findo o Governo, em que também foi Visitador Geral, voltava para Lisboa nos meados de 1706, quando o cativaram piratas franceses [4]. Já se encontrava na Corte em Novembro de 1706, e nela concorreu para se alcançar a licença régia da fundação do Noviciado da Jiquitaia [5]. Também a Carta Régia de 7 de Abril de 1704 ordenou que se guardassem no Colégio da Baía as vias de sucessão dos Governadores e Vice-Reis do Brasil [6].

João Pereira deixou fama de bom Administrador, suave, paternal e sincero, segundo o testemunho de Mateus de Moura: "Gubernatio Provincialis suavis est et minime politica" (1704) [7]; "vere Pater" (1706) [8]. Era Prepósito da Casa de S. Roque, Lisboa, quando faleceu a 23 de Abril de 1715 [9]. E neste mesmo ano se imprimiu, no Real Colégio das Artes de Coimbra, o seu livro *Exhortaçoens domesticas feytas nos Collegios e Cazas da Companhia de Jesus, de Portugal & Brasil*.

---

1. Barros, *Vida de Vieira*, 657.
2. Bibl. Vitt. Em., f. ges. 3492/1363, n.º 6.
3. Franco, *Imagem de Coimbra*, II, 620.
4. O P. Benci, em carta de 22 de Agosto de 1706 ao P. Geral, escrita de Lisboa, diz que a nau, em que viera com o ex-governador D. Rodrigo da Costa, chegara incólume, "cum a Gallis capta et direpta fuerit navis in qua P. Joannes Pereira ex-Provincialis sociique navigabant", *Bras.4*, 124.
5. *Bras.4*, 127.
6. A. H. Col., *Baía*, Apensos, 10 de Março de 1923 (Cópia dentro dum Processo).
7. *Bras.4*, 98.
8. *Bras.4*, 113.
9. Franco, *Imagem de Coimbra*, II, 620; Id., *Synopsis an.*, 452.

3. — *João António Andreoni* (1706-1709). *Provincial*. Patente de 17 de Setembro de 1705 [1]. Tomou posse por Maio ou Junho de 1706, data em que o predecessor embarcou para Lisboa. Nasceu a 8 de Fevereiro de 1649 em Lucca de Toscana [2]. Filho de João Maria Andreoni e sua mulher Clara Maria [3]. Estudou direito na Universidade de Perúsia (3 anos), e entrou na Companhia em Roma a 20 de Maio de 1667, e aí, no Seminário Romano, foi Professor de Humanidades e repetidor de Retórica e Filosofia. Na Cidade Eterna conheceu o P. António Vieira, e já desde 1677 pensava em ir para o Brasil, para onde efectivamente embarcou, de Lisboa, com o mesmo P. Vieira, em 1681. A 15 de Agosto de 1683 fez a profissão solene na Baía, recebendo-a o P. Alexandre de Gusmão [4], depois de ensinar algum tempo Retórica e ter sido director da Congregação dos Estudantes. Em 1685 esteve prestes a embarcar para a Missão de Cabo Verde a pedido do Bispo, D. Bernardo Juzarte [5]. No Brasil, além do ofício de Provincial, durante o qual visitou as Missões dos Tapuias do Rio Grande do Norte e Ceará, ocupou os de Mestre de Noviços, Sócio ou Secretário da Província por muitos anos, Reitor do Colégio da Baía, por duas vezes, uma antes outra depois de ser Provincial. Como homem característico da Itália do seu tempo, dividida e subdividida em nações e partidos, Andreoni pouco depois de chegar ao Brasil, pôs-se a notar donde eram filhos os que na Província desempenhavam cargos de governo ou ensino, se da Baía, se de Pernambuco, se do Reino [6]; e com isto alimentava um sentimento parcial a favor dos estrangeiros, em particular os seus compatriotas. Encontrando Vieira na sua frente, contra ele se manifestou sistemàticamente por informações a Roma e por actos no Brasil [7]. Era dotado de talento e virtude, excepto talvez, a da humildade, pelo sentimento de reacção contra os decretos régios que fechavam a porta no Brasil, a Superiorados de Estran-

---

1. Bibl. Vitt. Em., f. ges. 3492/1363, n.º 6.
2. Rivière, *Supplement* (Tolosa 1911)65. — Da sua cidade natal, Lucca, tomou Andreoni a letra inicial com que termina o pseudónimo de Antonil.
3. *Processo de Anchieta*, 22 (Proc. da Baía, 1712).
4. *Lus.10*, 181.
5. *Bras.3*(2), 181; *Bras.26*, 107v.
6. *Bras.3*(2), 193.
7. Cf. supra, Capítulo V.

geiros. Mas fez-se estimar em Roma, donde viera, e no Brasil pelas concessões aos moradores sobre a liberdade dos Índios e pelos seus conhecimentos jurídicos, que pôs à disposição do Arcebispo da Baía, e utilizou como advogado dos interesses materiais da Companhia e da terra, de que é um como Memorial o seu livro *Cultura e Opulência do Brasil por suas Drogas e Minas*. Deu-se também à pregação e era excelente escritor latino em prosa e verso. Mas o que seus necrológios põem mais em relevo, além da sua piedade religiosa e das suas devoções particulares, foi a habilidade de que era dotado para as demandas, que resolvia sem esforço e com êxito. Faleceu de dor de cálculos" no Colégio da Baía, com 67 anos de idade, 49 de Companhia e 34 de Brasil, a 13 de Março de 1716. Fizeram-lhe exéquias solenes, na Igreja do Colégio, os Padres Carmelitas [1].

4. — *Mateus de Moura* (1709-1713). *Provincial*. Tomou posse a 11 de Junho de 1709 [2]. Nasceu por 1639 em Abrantes (*Tubuci*), filho de João Pires e Inês de Moura [3]; e entrou na Companhia em Évora a 23 de Fevereiro de 1653, com 14 anos de idade [4]. Foi Mestre de Letras Humanas em Portugal e seguiu para o Brasil em 1664, onde durante oito anos ensinou Filosofia no Rio de Janeiro e Teologia na Baía. Fez a profissão solene a 2 de Fevereiro de 1672, e alguns anos mais tarde, tendo o P. Jacobo Roland, sócio do Provincial António de Oliveira, ido para as Ilhas de Cabo Verde, o Provincial elegeu ao P. Mateus de Moura para o substituir [5]. Já era Vice-Reitor do Rio, em 1688; e a 3 de Janeiro de 1689 tomou posse do cargo de Reitor do mesmo Colégio [6], em cujo carácter estabeleceu, na Aldeia de S. Lourenço, com o salário e farda, que El-Rei mandara, os cinco índios cabecilhas da Guerra do Rio Grande do Norte [7]. Depois passou a Baía e foi visitador de Pernambuco (1695).

---

1. *Bras.4*, 192; *Bras.10*, 115; *Lus.58*, 20. Sobre os escritos impressos e inéditos de Andreoni, se dirá infra, *História*, VIII, 45-54.
2. Bibl. Vitt. Em., f. ges. 3492/1363, n.º 6.
3. B. Machado, *Bibl. Lus.*, III, 442.
4. *Bras.5(2)*, 79.
5. *Bras.3(2)*, 178.
6. Bibl. Vitt. Em., f. ges. 3492/1363, n.º 6.
7. A. H. Col., *Rio de Janeiro*, Apensos, 29 de Maio de 1691.

O Governo da Província assinalou-se por graves perturbações internas (Guerra dos Emboabas e Guerra Civil de Pernambuco, e as invasões francesas do Rio de Janeiro), nas quais defendeu quanto estava em seu poder os interesses da Religião e do Estado; e deu notável desenvolvimento às missões rurais e suburbanas [1]. No dia 3 de Junho de 1716 começou a ser Reitor do Colégio da Baía [2], prestando a sua acção e cuidados em melhorar o estado económico do mesmo Colégio, então deficitário. Era pregador e imprimiu um volume de *Exortações Panegíricas e Morais;* promoveu o culto de N.ª Senhora e da Paixão de Jesus; e era homem de jejum e penitência. Depois de morto acharam-no cingido com um cilício. Faleceu na Baía, com 89 anos de idade, 75 de Companhia e 64 de Brasil, a 19 de Agosto de 1728 [3].

5. — *Estanislau de Campos* (1713-1716). *Provincial.* Tomou posse a 3 de Junho de 1713 [4]. Nasceu em S. Paulo pelo ano de 1649, filho de Filipe de Campos, português, e sua mulher Margarida Bicuda de Mendonça [5]. Entrou na Companhia com 17 anos, a 1 de Abril de 1667 [6]. Fez a profissão solene em Olinda, recebendo-a Pedro Dias, a 2 de Fevereiro de 1687 [7]; e governou como Reitor o Colégio do Espírito Santo (posse a 15 de Dezembro de 1693) [8], e o de Olinda (posse a 5 de Setembro de 1698) [9], qualidade que o habilitou a pacificar uma nação de tapuias, durante o período violento da Guerra dos Bárbaros [10]. A 27 de Outubro de 1705 to-

---

1. *Bras.4*, 182.
2. Bibl. Vitt. Em., f. ges. 3492/1363, n.º 6.
3. *Bras.10(2)*, 307; *Hist. Soc. 52*, 194; supra, *História*, I, 534.
4. *Bras.4*, 179-181v.
5. *Processo de Anchieta*, 14 (Proc. da Baía, 1712). — Estanislau de Campos teve numerosos irmãos, um dos quais Filipe de Campos, Sacerdote secular; e um sobrinho Estanislau Cardoso de Campos, Padre de Companhia, *Invent. e Test.*, XXI, 247; Pedro Taques, *Nobiliarquia Paulistana*, II (S. Paulo 1941)130, 142, 143; e cf. *ib.*, a versão ou lenda, dada pelo linhagista, como ocasião da entrada de Estanislau de Campos na Companhia, o ter-lhe falecido prematuramente a noiva, Inês Pedroso de Barros, filha do famoso sertanista António Pedroso de Barros.
6. *Bras.5(2)*, 79v.
7. *Lus.11*, 82.
8. Bibl. Vitt. Em., f. ges. 3492/1363, n.º 6.
9. Ib.
10. *Bras.4*, 447-448.

mou posse do cargo de Reitor da Baía [1]. Ainda o colheu, no governo da Província, o rescaldo das Guerras dos Emboabas e dos Mascates, assim como durante ele tratou de restabelecer no Rio de Janeiro a normalidade alterada pelas invasões francesas [2]. Em 1724 o P. Manuel Dias nomeou-o Visitador dos Colégios de Santos e S. Paulo, falecendo nesta sua cidade natal, venerado de todos, com 85 anos de idade, a 12 de Junho de 1734 [3].

6. — *José de Almeida* (1716-1719). *Visitador e Vice-Provincial*. Tomou posse do Cargo de Visitador a 30 de Abril de 1716, e do de Vice-Provincial, a 3 de Junho do mesmo ano [4]. Nasceu em Lisboa e entrou na Companhia na Província de Portugal, onde ocupava o cargo de Reitor do Colégio do Porto, quando foi nomeado Visitador do Brasil; e conta-se que tendo significado o P. Geral que era obediência difícil, lhe respondera o P. Almeida que não se havia de sentir molestado um religioso em empreender viagem por Deus, quando o Marquês de Angeja, depois de ter servido na Índia, não recusou tomar outra vez o governo e o caminho do Brasil por obedecer a seu Rei e dar com isso maior merecimento e lustre a sua casa [5]. Fechou a visita com satisfação da Província do Brasil [6]; e, voltando a Portugal em 1719, na Corte continuaram a consultá-lo sobre assuntos do Brasil, como o da criação de nova Província no Rio de Janeiro, de que então se tratava, e sobre a qual deu parecer contrário em 1726 [7]. Já era a este tempo Provincial de Portugal, governo, que assumira a 13 de Junho de 1725, e o foi até 1728 [8]. Durante o seu governo da Província do Brasil estiveram os Padres em Vila Rica de Minas Gerais [9].

---

1. Bibl. Vitt. Em., f. ges. 3492/1363, n.º 6.
2. *Bras.4*, 179-181v.
3. *Hist. Soc.52*, 249. Escreveu-lhe a Vida o P. Jerónimo Moniz, publicada sem nome do autor, *Vita Patris Stanislai de Campos e Societate Jesu in Brasiliensi Provincia Sacerdos*, em latim, e com tradução incorrecta de Tristão de Alencar Araripe, na *Rev. do Inst. Hist. e Geogr. Bras.*, LII, 1.ª P. (1889)5-106.
4. Bibl. Vitt. Em., f. ges. 3492/1363, n.º 6.
5. Franco, *Synopsis*, 454-455.
6. *Bras.4*, 197.
7. Bibl. Vitt. Em., f. ges. 1255, n.º 31.
8. Franc. Rodrigues, *A Companhia de Jesus*, 18.
9. Cf. supra, *História*, VI, 192.

Estêvão Gandolfi (1719). *Vice-Provincial*. Nasceu pelo ano de 1643 em Palermo, Sicília. Filho de António Gandolfi e sua mulher Ninfa di Maio [1]. Entrou na Companhia com 17 anos a 18 de Outubro de 1660. Concluídos os estudos pediu a Missão do Maranhão, e chegou a Lisboa, vindo de Génova, a 4 de Fevereiro de 1678 [2], e um ano depois ao Maranhão, a 31 de Março de 1679 (Sexta-feira de Endoenças), ficando logo Mestre de Noviços [3]. Fez a profissão solene em S. Luiz de Maranhão, recebendo-a o P. Pier Luigi Consalvi, a 2 de Fevereiro de 1680 [4]. Manifestou-se contra a validez da patente de Visitador nomeado pela Província do Brasil [5] e era Vice-Reitor do Colégio do Maranhão quando sobreveio o *Motim do Estanco*, que, apoderando-se do Colégio, expulsou os Padres [6]. Gandolfi passou ao Brasil e aí permaneceu sem voltar à Missão. Em 1689 era Reitor do Recife e em 1698 Mestre de Noviços na Baía; e tomou posse, a 11 de Janeiro de 1702, do cargo de Reitor do Colégio do Rio de Janeiro [7]. Findo este governo, serviu de Visitador local (era-o do Colégio de S. Paulo em 1710); e residia no Rio de Janeiro com 76 anos de idade, já muito doente do estômago, quando foi nomeado Vice-Provincial em 1719. Sentindo-se incapaz de governar, nomeou o P. Manuel Dias para Visitador da Baía, com poderes necessários para despachar os negócios correntes [8]. Faleceu, no Rio de Janeiro, a 21 de Junho de 1720 (XI Kal. Julii). O Necrológio diz que foi Comissário Geral do Santo Ofício no Brasil, durante 14 anos, e põe em evidência a sua humildade neste e nos numerosos cargos de que foi incumbido [9].

7. — *Miguel Cardoso* (1719-1721). *Provincial*. Tomou posse a 2 de Setembro de 1719 [10]. Nasceu em Luanda, Angola, por 1659,

---

1. *Processo de Anchieta*, 50 (Processo do Rio, 1716).
2. *Bras.26*, 50.
3. *Bras.26*, 62; Bettendorff, *Crónica*, 323.
4. *Lus.10*, f. 30, autógrafo; alguns Catálogos do Brasil trazem a profissão um ano antes (1679), mas o autógrafo prevalece.
5. *Bras.26*, 77.
6. Cf. supra, *História*, IV, 82.
7. Bibl. Vitt. Em., f. ges. 3492/1363, n.º 6.
8. *Bras. 4*, 201.
9. *Bras.10(1)*, 251.
10. Bibl. Vitt. Em., f. ges. 3492/1363, n.º 6.

e entrou na Companhia na Baía com 16 anos de idade a 31 (ou 30) de Julho de 1674 [1]. Fez os estudos nesta cidade, e aí mesmo, primeiro a profissão solene de 3 votos, a 15 de Agosto de 1693 [2], e depois, a 3 de Dezembro de 1705, a de 4 votos [3]. Por saber admiràvelmente a língua de Angola, tinha a seu cuidado os escravos negros e visitava os Engenhos e os navios ao chegarem de África; ao mesmo tempo era procurador das Missões [4]. No dia 1.º de Novembro de 1702 tomou posse do cargo de Reitor do Colégio do Recife [5]. Em 1705 foi eleito Procurador a Roma e ficou depois em Lisboa com o cargo de Procurador do Brasil durante 10 anos. A 13 de Junho de 1716 começou a governar como Reitor o Colégio do Rio de Janeiro [6], donde subiu a Provincial em 1719, em cujo cargo faleceu em Santos, a 11 de Março de 1721 [7]. Tinha notáveis dotes de governo, afabilidade e trato urbano, que o tornava sumamente estimado de Prelados e homens da governança; e era, com os de casa, igualmente afável e caridoso [8].

8. — *José Bernardino* (1721-1722). *Vice-Provincial*. Tomou posse a 21 de Abril, por nomeação do Provincial precedente antes de falecer [9]. Nasceu em Lisboa (Bairro de S. José) por volta de 1663. Filho de Domingos Soares Castelmoço e sua mulher Mariana Pereira. Passou com seu pai à Baía, matriculando-se no Colégio desta cidade [10], no qual entrou na Companhia, com 19 anos, a 31 (ou 30) de Dezembro de 1682 [11]. Durante o seu magistério de Letras Humanas no Seminário de Belém da Cachoeira, José Bernardino deu exemplo e procurou incutir nos outros, a boa união das letras com a virtude; e na Quaresma pregava uma vez por semana ao povo com grande fruto dos ouvintes [12]. Por fraqueza de

---

1. *Bras.5(2)*, 80; o Cat. de 1679 dá-o com 20 anos, *Bras.5(2)*, 41.
2. *Lus.11*, 264.
3. *Lus.12*, 299.
4. *Bras.5(2)*, 97.
5. Bibl. Vitt., f. ges. 3492/1363, n.º 6.
6. Ib.
7. *Bras.4*, 221.
8. *Bras.10(2)*, 252.
9. *Bras.4*, 221; Bibl. Vitt. Em., f. 3492/1363, n.º 6.
10. B. Machado, *Bibl. Lus.*, II, 763.
11. *Bras.5(2)*, 81v; *Bras.6*, 38.
12. *Bras.10(2)*, 388.

vista, doença que o acompanhou toda a vida e o deixou quase totalmente cego no último período dela, estudou Teologia apenas um biénio, ordenando-se de Sacerdote em 1693 [1]. Fez primeiro a profissão solene de 3 votos, a 15 de Agosto de 1699, na Baía, recebida por Andreoni [2], e mais tarde, a de 4 votos, a 31 de Julho de 1715, na mesma cidade, recebendo-a Estanislau de Campos [3]. Andou como ardente missionário pelos Sertões da Baía, em Sergipe e Rio de S. Francisco, no ano de 1701 com o P. Domingos de Araújo [4]; e, pouco depois, pelo Recôncavo da Baía com o P. Francisco de Lima, missão esta em que gastaram 5 meses, percorreram 150 léguas, e pregaram em 48 igrejas [5].

No dia 13 de Outubro de 1705 tomou posse do cargo de Reitor do Colégio do Recife [6], com tanta aceitação e estima dos Pernambucanos e Congregados de N.ª S.ª, que procuraram retê-lo, quando souberam que fora nomeado Reitor de Belém da Cachoeira [7], que entrou a governar no dia 7 de Dezembro de 1709 [8].

Voltou a Pernambuco em 1715, Reitor do Colégio de Olinda [9], e no ano seguinte à Baía como Mestre de Noviços [10], de cujo Colégio começou a ser Reitor a 22 de Julho de 1719 [11].

Governou a Província de 1721 a 1722, até à chegada do novo Provincial, que lhe deu o ofício de Visitador local de algumas Casas e Colégios [12]. Em 1726 era outra vez Mestre de Noviços na Baía [13], pedindo António de Aragão de Meneses ao P. Geral que o nomeasse Reitor de Belém da Cachoeira [14], assumindo efectivamente

---

1. *Bras.5(2)*, 152.
2. *Lus.12*, 62.
3. *Lus.13*, 373.
4. *Bras.9*, 452; *Bras.10*, 15-17v.
5. *Bras.10*, 23-23v.
6. Bibl. Vitt. Em., f. ges., 3492/1363, n.º 6.
7. *Bras.4*, 161-162; cf. supra, *História*, V, 472-474.
8. Bibl. Vitt. Em., f. ges. 3492/1363, n.º 6.
9. Ib.
10. Ib.
11. Ib.
12. *Bras.4*, 261. Em 1725 era Visitador do Engenho de Sergipe do Conde. (Torre do Tombo, *Jesuítas*, Maço 17).
13. Bibl. Vitt. Em., f. ges. 3492/1363, n.º 6.
14. *Bras.4*, 330-331v.

este cargo a 24 de Dezembro de 1728 [1]; e enfim a 21 de Novembro de 1733 tomou posse do ofício de Vice-Reitor do Noviciado da Jiquitaia [2]. Faleceu no Colégio da Baía, a 2 de Julho de 1738 [3].

Esta simples e sugestiva sucessão de cargos, explica a sua vida e o talento de governar, de que era excepcionalmente dotado, unindo a estas qualidades naturais de harmonia, vivos sentimentos de piedade, observância religiosa, penitência e oração [4]. Como Director de Congregações, deixou dois opúsculos impressos; assim como também imprimiu um manual pedagógico de boa educação, que escreveu para os alunos do Seminário de Belém [5].

9. — *Manuel Dias* (1722-1725). *Provincial.* Tomou posse a 18 de Dezembro de 1722 [6]. Nasceu em Formoselha (Coimbra) pelo ano de 1665, filho de Manuel Francisco e sua mulher Maria Luisa (Maria Dias ?) [7]. Entrou no Noviciado da Baía a 5 de Abril de 1681, com 16 anos [8]. Era lente de Filosofia no Colégio do Rio em 1699, onde a 2 de Fevereiro, desse ano, fez a profissão solene, recebendo-a o P. Baltasar Duarte [9]. Além desta Faculdade ensinou Teologia na Baía, e foi secretário de dois Provinciais. Em 1717, na Paraíba, elogia o Governador João da Maia da Gama, e em 1719 é Visitador da Baía, passando a Reitor do Colégio do Rio no dia 4 de Fevereiro de 1720 [10], e, dois anos depois, a Provincial. Informaram o Geral de que ele se detinha no Colégio do Rio e não visitava as Casas nem as Aldeias da comarca. Respondeu que realizou as visitas e o prova; mas era costume dos Provinciais do Brasil mandar Visitadores a algumas Casas e Colégios, quando havia motivos justos [11].

---

1. Bibl. Vitt. Em., f. ges. 3492/1363, n.º 6.
2. *Ib.*
3. Cf. supra, *História*, I, 535; *Bras.6*, 248; *Bras.10(2)*, 388; *Hist. Soc.52*, 164.
4. *Bras.10(2)*, 388.
5. Dos seus livros e cartas inéditas se dará notícia, infra, *História*, VIII, 96-97.
6. Bibl. Vitt. Em., f. ges. 3492/1363, n.º 6.
7. B. Machado, *Bibl. Lus.*, III, 244.
8. *Bras.6*, 269. Esta data compagina-se com a expedição em que Vieira voltou ao Brasil, saindo de Lisboa em 27 de Janeiro de 1681. Cf. supra, *História*, VI, 598-599.
9. *Lus.12*, 68; *Bras.4*, 50.
10. Bibl. Vitt. Em., f. ges. 3492/1363, n.º 6.
11. *Bras.4*, 290.

Durante o seu governo, tratou-se da divisão da Província em duas. A 22 de Julho de 1725 remeteu ao P. Geral a lista dos professos, que aprovaram ou desaprovaram a criação da nova Província do Rio de Janeiro, aderindo aos que a aprovaram [1]. Escreveu um *Promptuarium Iuris*, em que demonstrara notáveis conhecimentos de jurisprudência e a que chamava o "seu morgado" [2]. Por muito tempo serviu de Prefeito espiritual do Colégio da Baía; e, por sua grande suavidade no trato, era estimado no Confessionário. Andava à roda dos 88 anos, quando faleceu na Baía, a 2 de Fevereiro de 1752. Veneranda velhice, em que os Padres lhe chamavam "Pai da Província", e os mais novos, "Avô da Província [3].

10. — *Gaspar de Faria* (1725-1730). *Provincial.* Tomou posse a 18 de Dezembro de 1725. Nasceu no ano de 1672 em Nossa Senhora do Monte (Baía), filho de Sebastião de Andrade Dutra e sua mulher D. Maria [4]. Entrou na Companhia, com 16 anos, a 31 de Dezembro de 1688 [5]. Fez a profissão solene no Rio, a 2 de Fevereiro de 1708, recebendo-a o P. Filipe Coelho [6]. Ensinou Humanidades, Filosofia e Teologia. Em 1719 era Mestre de Noviços do Colégio da Baía [7], e o fez com satisfação. Passando a Provincial, prosseguiu nos trâmites preparatórios para a futura Província do Rio de Janeiro; e, por estar o Colégio da Baía sobrecarregado de dívidas, transferiu 12 estudantes Teólogos para o Colégio do Rio, com a mira posta em o transformar em Colégio Máximo [8] da futura Província [9]. A 10 de Junho de 1730 tomou posse do cargo de Reitor do Colégio da Baía [10], e a 23 de Novembro de 1731 do de Reitor do Noviciado da Jiquitaia [11]. Faleceu na Baía, a 26 de Maio

---

1. Bibl. Vitt. Em., f. ges., 1255, n.º 8.
2. B. Machado, *Bibl. Lus.*, III, 244.
3. *Bras.10*(2), 439. Sobre a sua bibliografia, cf. infra, *História*, VIII, 194-197.
4. *Processo de Anchieta*, 48 (Proc. do Rio, 1716).
5. *Bras.6*, 37v.
6. *Lus.13*, 76.
7. Bibl. Vitt. Em., f. ges. 3492/1363, n.º 6.
8. *Bras.4*, 313.
9. *Bras.4*, 339-340.
10. Bibl. Vitt. Em., f. ges. 3492/1363, n.º 6.
11. Ib.

de 1739 ¹. Amigo da vida comum, que defendia, e de que dava exemplo, não aceitava, nem na doença, comida diferente da de todos. Dotado de carácter jovial e alegre, sem deixar de ser penitente; e Professor claro, e bom administrador, estimado de todos, dentro e fora da Companhia ².

11. — *Marcos Coelho* (1730-1733). *Provincial*. Tomou posse a 10 de Junho de 1730 ³. Nasceu por 1676 em Pitanga, Baía, e entrou na Companhia na mesma cidade, com 17 anos, a 2 de Julho de 1693 ⁴. Fez a profissão solene em Olinda, recebendo-a Paulo Carneiro, a 8 de Dezembro de 1711 ⁵. Além de Professor exímio que foi de Letras Humanas, Filosofia e Teologia, e de Prefeito Geral dos Estudos, que promoveu e procurou elevar, ocupou os cargos de Reitor do Colégio do Recife (posse a 10 de Outubro de 1722), Reitor do Colégio da Baía (posse a 21 de Agosto de 1728). Provincial (1730-1733), Vice-Reitor do Colégio da Baía (posse a 10 de Junho de 1733), Reitor do Colégio da Baía (posse a 10 de Junho de 1733), Reitor do Colégio do Rio (posse a 19 de Fevereiro de 1735) ⁶. Com uma vida assim tão cheia de governos, não vimos carta alguma dele no Arquivo Geral da Companhia. Diz o Necrológio que construiu a famosa Farmácia do Colégio do Recife, colocou na Igreja do Colégio da Baía a imagem de S. Ana, e deixou fama de bom administrador. Austero para consigo e suave com os mais. Faleceu no Rio de Janeiro a 24 de Setembro de 1736 ⁷. A morte do Reitor do Colégio foi sentida por toda a cidade, tocando os sinos

---

1. Cf. supra, *História*, 1, 535, n.º 22; *Bras.6*, 255v.
2. *Bras.10(2)*, 391v-392.
3. Bibl. Vitt. Em., f. ges. 3492/1363, n.º 6. — Para Provincial do Brasil chegou a estar nomeado em 1729 o P. António de Guisenrode, natural da Baía, e Missionário da Índia, que voltara a Roma e depois ao Brasil, mas coincidiu com a desinteligência entre a Corte de D. João V e a Corte Pontifícia, durante a qual El-Rei não quis admitir governos de Roma (*Bras.26*, 270). O Provincial de Portugal, P. Henrique de Carvalho, foi então nomeado pelo P. Geral *Comissário* para toda a *Assistência*, e, portanto com jurisdição sobre a Província do Brasil e Vice-Província do Maranhão: Carta circular sobre esta nomeação do Comissário, em *Bras.25*, 47-49.
4. *Bras.6*, 39.
5. *Lus.13*, 184.
6. Bibl. Vitt. Em., f. ges. 3492/1363, n.º 6.
7. *Hist. Soc.52*, 202.

de todas as igrejas dela; e acompanharam os funerais o Governador da Cidade e os Capitulares da Sé, oferecendo-se para conduzir o féretro quatro Provinciais das diversas Ordens Religiosas [1].

12. — *Miguel da Costa (1733-1737). Visitador e Vice-Provincial.* Foi o XII e último Visitador Geral do Brasil, de cujo cargo, conjuntamente com o de Vice-Provincial, tomou posse a 10 de Junho de 1733 [2]. Nasceu a 2 de Fevereiro de 1676 em Lorvão, Diocese de Coimbra, entrando na Companhia nesta cidade, a 13 de Junho de 1693 [3]. Em 1705 seguiu para a Baía acompanhando alguns Irmãos; e, com outros estudantes, destinados ao Maranhão, voltou a Portugal em 1706, onde esses irmãos ficaram a estudar [4], seguindo ele para o Maranhão à roda de 1709. (Ainda não consta do Catálogo de 1708; já do de 1710). Fez a profissão solene na cidade de S. Luiz, a 21 de Novembro de 1713, recebendo-a o Visitador Luiz de Morim [5]. Havendo causas urgentes para deixar a Missão, o mesmo Visitador as comunica a Roma, donde lhe responderam (1714) que o P. Miguel da Costa era de talento e deixara boa opinião em Portugal, onde fora Ministro do Colégio de Coimbra: que o Visitador o trate bem que talvez mude de ideia e permaneça no Maranhão [6]. Não permaneceu. Passou ao Brasil, e em 1718 entrou a governar a Casa da Cidade da Paraíba [7]; e em 1725, era Visitador local de Colégios por ordem do Provincial [8]. Voltou à Paraíba em 1726, e assumiu o cargo de Reitor de Olinda a 13 de Junho de 1727 [9], e da Baía a 22 de Novembro de 1731 [10]. Dois anos depois subiu a Vice-Provincial e Visitador Geral. Além destes dotes de governo, pregava com aceitação e sabia a língua

---

1. *Bras.10(2)*, 378v-379.
2. Bibl. Vitt. Em., f. ges. 3492/1363, n.º 6.
3. *Bras.27, 28*; mais tarde, nos Catálogos do Brasil, aparece um ano adiantado: 1692.
4. Cf. supra, *História*, IV, 347-348.
5. *Lus.13*, 276.
6. *Bras.25*, 5v.
7. Bibl. Vitt. Em., f. ges. 3492/1363, n.º 6.
8. *Bras.4*, 307-308v.
9. Bibl. Vitt. Em., f. ges. 3492/1363, n.º 6.
10. Ib.

brasílica. Faleceu no Funchal, Ilha da Madeira, com 72 anos de idade e 55 de Companhia, a 16 de Maio de 1748 [1].

13. — *João Pereira* (1737-1740). *Provincial.* Tomou posse a 24 de Março de 1737 [2]. Nasceu no Recife por 1680, filho de Nicolau Pereira e Leonor de Abreu [3]. A 3 de Julho de 1736 pediam-se informações para Melgaço (Minho), donde era originária a família de sua mãe, sobre "João Gomes de Abreu, chamado hoje na Religião João Pereira", filho de pais portugueses, natural do Recife [4]. Entrou na Companhia, com 14 anos, a 20 de Outubro de 1694 [5]. Fez a profissão solene no Rio de Janeiro, a 29 de Setembro de 1714, recebendo-a Francisco de Sousa [6]; e dois anos depois era Presidente de Filosofia na Baía [7]. A 12 de Março de 1723 começou a governar como Vice-Reitor, e a 14 de Setembro, como Reitor, o Colégio do Espírito Santo [8]; a 5 de Agosto de 1732, o Seminário de Belém da Cachoeira; e ainda a 18 de Dezembro de 1735 o Noviciado da Jiquitaia [9], donde passou a Provincial em 1737. Findo o triénio, a 8 de Dezembro de 1740, ficou Reitor do Colégio da Baía [10]. Deu parecer contra a criação da nova Província do Rio de Janeiro, porque sem o Sul, dizia ele, o Noviciado da Baía não poderia subsistir [11]. Sobressaiu como bom administrador sob o aspecto das coisas materiais, ajustando-se sempre às normas da vida religiosa. Cegou na velhice, dando notável mostra de edificação e piedade. Faleceu no Colégio da Baía a 11 de Janeiro de 1755 [12].

Manuel de Sequeira (1740-1746). *Provincial.* Tomou posse a 8 de Dezembro de 1740 [13]. Veio a ser outra vez Provincial em 1758.

---

1. *Hist. Soc.53*, 211.
2. Bibl. Vitt. Em., f. ges. 3492/1363, n.º 6.
3. Loreto Couto, *Desagravos do Brasil*, I, 286.
4. Torre do Tombo, *Jesuítas*, maço 80.
5. Cf. supra, *História*, V, 585, n.º 193.
6. *Lus.13*, 296, 314.
7. Bibl. Vitt. Em., f. ges. 3492/1363, n.º 6.
8. Ib.
9. Ib.
10. Ib.
11. *Congr.89*, 307-308.
12. *Bras.10(2)*, 495.
13. Bibl. Vitt. Em., f. ges. 3492/1363, n.º 6.

14. — *Simão Marques* (1746-1750). *Provincial.* Tomou posse a 30 de Junho de 1746 [1]. Nasceu em Coimbra a 3 de Junho de 1684, filho de Manuel Marques e sua mulher Luisa Francisca [2]. Entrou na Companhia em Lisboa, a 13 de Novembro de 1701 [3]. Fez a profissão solene no Rio de Janeiro, recebendo-a o Reitor Miguel Cardoso, a 15 de Agosto de 1718 [4]. Foi professor de Letras Humanas, Filosofia [5] e de Teologia no Rio de Janeiro, como consta do título da sua obra "Brasilia Pontificia", onde também se lê que foi Decano dos Estudos Gerais do mesmo Colégio e Examinador Sinodal. Assumiu o governo do Colégio do Rio, como Vice-Reitor a 5 de Fevereiro de 1737, e como Reitor, a 2 de Julho de 1739 [6]; e com o mesmo cargo de Reitor entrou no Colégio da Baía a 2 de Julho de 1744 [7], e a ele voltou a 21 de Fevereiro de 1750 [8], depois de findo o governo da Província, que assumiu em 1746. Durante o primeiro governo do Colégio da Baía tratou-se na cidade da fundação do Seminário, segundo as instruções do P. Gabriel Malagrida, contra as quais, por não correr por conta dos Superiores do Brasil, se manifestou em 1744 o P. Simão Marques [9]; depois, sendo já Provincial, e em novas e mais sólidas condições, requereu no ano de 1749 a El-Rei a fundação do Seminário para Filosofia e Teologia, que de facto se efectuou [10]. Por indicação régia, concedeu Missionários para o Rio Grande do Sul, Goiás e Mato Grosso [11]. Em 1757 vivia no Colégio da Baía como Admonitor e ocupado em ministérios com o próximo. Ao sobrevir a perseguição geral foi exilado para Lisboa [12], e daí para Roma, falecendo na Cidade Eterna, a 5 de Janeiro de 1767 [13]. Simão Marques era respeitado e consul-

---

1. Bibl. Vitt. Em., f. ges. 3492/1363, n.º 6.
2. B. Machado, *Bibl. Lus.*, III, 704.
3. *Bras.6*, 40, Cat. de 1707.
4. *Lus.14*, 91.
5. Nomeado pelo P. José Bernardino em 1721, *Bras.4*, 217v.
6. Bibl. Vitt. Em., f. ges. 3492/1363, n.º 6.
7. *Bras.6*, 371.
8. Bibl. Vitt. Em., f. ges. 3492/1363, n.º 6.
9. B. Nac. do Rio de Janeiro, II-33, 18, 5, n.º 2, p. 47v-49.
10. A. H. Col., *Baía*, Apensos, 5 de Setembro de 1749, data do despacho do Conselho Ultramarino, pedindo o parecer da Câmara da Baía. Cf. infra, *Apêndice C*.
11. Cf. supra, *História*, VI, 206, 218, 528.
12. Caeiro, *De Exilio*, 124.
13. Cf. supra, *História*, I, 536, n.º 33.

tado pelos de casa e os de fora, por sua virtude, talento e saber, de que se constitui monumento condigno o seu livro de jurisprudência canónica, "Brasilia Pontificia", com duas edições em Lisboa, e uma tradução no Chile ¹.

15. — *Tomás Lynch* (1750-1753). *Provincial*. Tomou posse a 1 de Fevereiro de 1750 ². Nasceu a 7 de Janeiro de 1685, na cidade de Galway, Irlanda, filho de Estêvão Lynch e sua mulher Catarina Lynch, família católica sem hereges nela, diz ele próprio. Aos 18 anos, acabadas as Humanidades, não podendo estudar na Pátria, o mandaram os pais a Lisboa para o Seminário Irlandês de S. Patrício, a fim de se ordenar de Sacerdote e volver à Irlanda a sustentar a Fé Romana "e servir de consolação aos Católicos ali tão oprimidos". Como em 1703 não havia curso no Seminário Irlandês, passou à Universidade de Évora, onde estudou um ano; voltou para o Seminário de S. Patrício, indo às aulas do Colégio de S. Antão, onde fez o curso inteiro de Filosofia. No 2.º ano de Teologia ordenou-se pelo Bispo de Tagasta, sem pensar que havia de ficar em Portugal e menos ainda ir para o Brasil, quando o Procurador do Brasil em Lisboa, Miguel Cardoso, lhe propôs a ida, por falta de missionários. Parecendo-lhe que faria algum serviço a Deus, entrou no noviciado de Lisboa (Cotovia) a 21 de Novembro de 1709, e embarcou nesse mesmo ano para a Baía ³. Três anos depois era Ministro do Colégio, e informa o Provincial Manuel Dias que era "aeque prudens et sanctus" ⁴. Zeloso e activo já em 1713 havia convertido oito luteranos, dos muitos que passavam pelo Brasil nos navios ingleses. Fez a profissão solene na Baía a 15 de Agosto de 1722, recebendo-a o Vice-Provincial José Bernardino ⁵; e por este tempo escreveu um livro em inglês, que já tinha licença para imprimir em 1725, e de que já então se tratava em Lisboa. Ignoramos se se terá dado ao prelo (talvez anónimo ou com pseudónimo), como também não nos deixou o título inglês, senão este na língua latina das suas cartas: *Anglia*

---

1. Cf. infra, *História*, VIII, 354-355.
2. Bibl. Vitt. Em., f. ges. 3492/1363, n.º 6.
3. Do seu Requerimento de 1759, infra, nota 171, *Bras.6*, 408.
4. *Bras.4*, 307.
5. *Lus.14*, 222.

et reliquia Regna reformata, Romae nunc reconciliata [1]. Tomás Lynch pregava com facilidade em português. Em 1 de Novembro de 1728 assumiu o cargo de Reitor do Noviciado da Jiquitaia [2]; e em Agosto de 1739 tomou parte e foi Secretário da Congregação Provincial, presidida pelo P. João Pereira [3], na qual se discutiu a divisão da Província; e como, entre 21 votantes, só 5 se manifestaram contra, ele declarou-se pelo maioria [4]. A 12 de Março de 1741 entrou a governar como Reitor o Colégio de Olinda [5]; e a 2 de Novembro de 1746, o do Rio de Janeiro [6], donde subiu a Provincial. Findo o triénio, ficou Reitor do Colégio da Baía, a 14 de Setembro de 1753 [7]. Promoveu as Missões, era bom Administrador, e homem de confiança do Governo de D. João V e ainda em 1754 avisou a Corte que cumprira todas as ordens relativas à sucessão do Governo interino do Brasil, por ausência do Vice-Rei, Conde de Atouguia [8]. E assim continuava entre a estima geral, sendo na Baía, em 1757, Consultor da Província, visitador do Hospital e dado a ministérios com o próximo [9], quando surgiu a perseguição geral. Para a executar tinha-se estabelecido na Baía um Conselho Ultramarino, e para ele enviara o Ministro Sebastião José de Carvalho e Melo dois dos seus homens, José Mascarenhas Pacheco Pereira Coelho de Melo, que em chegando à Baía, vendo como as coisas se passavam, se não prestou a condenar inocentes; e Manuel Estêvão de Almeida Vasconcelos Barberino, aos quais se agregou na Baía o Arcebispo. O primeiro acto da perseguição consistia no desterro dos Padres Estrangeiros sob a falsa acusação de revolta, em que dentro da Província do Brasil ninguém ouvira falar. Aconselhado por José Mascarenhas, representou o P. Tomás Lynch em 1759 a este Tribunal, que pelos seus achaques não podia embarcar, e juntou atestado médico. São deste requerimento as informações pessoais sobre a sua família e estudos em Lisboa. Os

---

1. *Bras.4*, 245v, 272, 292.
2. Bibl. Vitt. Em., f. ges. 3492/1363, n.º 6.
3. *Congr.89*, 297.
4. *Congr.89*, 309.
5. *Bras.6*, 375.
6. Bibl. Vitt. Em., f. ges. 3492/1363, n.º 6.
7. Ib.
8. A. H. Col., *Baía*, 1559.
9. *Bras.6*, Cat. de 1757.

pareceres foram: do Conselheiro Arcebispo: que se proponha a El-Rei; do Conselheiro José Mascarenhas: que não se aplica ao P. Tomás Lynch o motivo da lei (revolta dos estrangeiros) e que na pior das hipóteses, se não devia embarcar, sem antes fazer ciente a Sua Majestade; do Conselheiro Barberino: que se embarque, porque não crê na doença [1].

Prevaleceu o parecer dos dois primeiros conselheiros (que por sua vez vieram a padecer por amor da justiça) e adiou-se o exílio do P. Tomás Lynch para o ano seguinte, com todos os mais, a 21 de Abril de 1760 [2]. Seguiu da Baía para a Europa na nau "Nossa Senhora do Monte do Carmo", e estava em Lisboa no dia 13 de Junho de 1760. Não vimos a data precisa da morte, que era de prever não tardaria muito, atendendo à sua idade e achaques. Tem-se que sucumbiu em Roma, em 1761, no ano seguinte ao exílio do Brasil [3].

16. — *José Geraldes* (1753-1754). *Provincial.* Tomou posse a 14 de Setembro de 1753 [4]. Nasceu na diocese de Lamego, no dia 19 de Março de 1697 [5]. Estudou direito Civil e Canónico na Universidade de Coimbra e exerceu no Brasil a advocacia com crédito das suas letras jurídicas. Admitido na Companhia, já sacerdote, com 34 anos de idade, a 23 de Fevereiro de 1732 [6], fez a profissão solene na Baía, recebendo-a o P. João Pereira, a 15 de Agosto de 1742 [7]. Foi alguns anos procurador da Província em Lisboa (era-o

---

1. Requerimento do P. Tomás Lynch ao Conselho Ultramarino da Baía, A. H. Col., *Baía*, Apensos, 30 de Janeiro de 1759, repetida em 30 de Julho de 1759. Também assinam esta última consulta o Conde dos Arcos D. Marcos de Noronha e António de Azevedo Coutinho.
2. Caeiro, *De Exilio*, 56, 124; A. H. Col., *Baía*, 4958-4960.
3. "Landed in Italy in 1760, and died in the following year at Rome", John Mac Erlean S. I., *Irish Jesuits in Foreign Missions from 1574 to 1773* em *The Irish Jesuit Directory 1930* (Dublin)128-129. Sobre a sua bibliografia, cf. infra, *História*, VIII, 327-330.
4. Bibl. Vitt. Em., f. ges. 3492/1363, n.º 6.
5. Os Catálogos do Brasil dão só a Diocese de *Lamego*. Francisco Rodrigues acrescenta o lugar: "Almendre da Diocese de Lamego", *A Companhia*, 52. Se é o mesmo que Almendra, é hoje da Diocese e Distrito da Guarda, perto de Barca de Alva.
6. *Bras.6*, 173.
7. *Lus.16*, 75.

em 1748)¹. Voltando ao Brasil, tomou posse do Cargo de Reitor do Noviciado da Jiquitaia, a 14 de Agosto de 1753 ², donde subiu a Provincial; e, a 26 de Dezembro de 1753, por ordem de El-Rei, deu parecer sobre o requerimento do Bispo de Mariana, que desejava Mestres da Companhia de Jesus para o seu Seminário. O parecer do Provincial José Geraldes, que propunha um regime semelhante aos dos Seminários de Belém da Cachoeira e da Paraíba ³, equivalia a uma recusa, e foi mal recebido dentro da própria Companhia. Geraldes era confessor e consultor em 1757 do Colégio do Rio, donde na perseguição geral foi exilado para Lisboa. Faleceu nos cárceres de Azeitão, alguns meses depois, a 17 de Setembro de 1760 ⁴.

17. — *João Honorato* (1754-1758). *Provincial.* Tomou posse a 31 de Dezembro de 1754 ⁵. Nasceu na cidade da Baía a 12 de Agosto de 1690, filho do Mestre de Campo João Honorato e sua mulher Francisca Soares de Araújo ⁶. Entrou na Companhia, com 14 anos, a 14 de Agosto de 1704 ⁷. Fez a profissão na Baía a 2 de Fevereiro de 1724, recebendo-a Manuel Dias ⁸. Ensinou Humanidades nos Colégios do Rio de Janeiro e Baía e no Seminário de Belém; e Filosofia, Teologia Especulativa e Moral, no Colégio da Baía, onde foi Prefeito Geral dos Estudos e Examinador Sinodal; e como pregador, deixou dois sermões impressos ⁹. Também foi procurador da causa canónica do P. Alexandre de Gusmão, coligindo documentos para se lhe escrever a vida ¹⁰. Em 1746 desempenhava o cargo de Vice-Reitor do Colégio de Olinda, e a 18 de Dezembro de 1749 assumiu o de Reitor do Noviciado da Jiquitaia. Eleito Procurador a Roma na Congregação Provincial de 1751, saiu para

---

1. *Bras.6*, 386v.
2. Bibl. Vitt. Em., f. ges. 3492/1363, n.º 6.
3. Torre do Tombo, *Jesuítas*, Maço 88.
4. Caeiro, *De Exilio*, 294, 302; Carayon, *Doc. Inédits*, IX, 243; Franc. Rodrigues, *A Companhia*, 52-53.
5. *Bras.6*, Cat. de 1757.
6. *Processo de Anchieta*, 31-32 (Proc. da Baía, 1712).
7. *Bras.6*, 408.
8. *Lus.14*, 261.
9. B. Machado, *Bibl. Lus.*, II, 619-620. Cf. infra, a sua bibliografia, *História*, VIII, 301-303.
10. *Bras.4*, 394-395v.

Lisboa em 1752; e, com alguns favores e graças pontifícias sobre assuntos do Brasil, voltou nomeado Provincial em 1754 [1]. Em 1758 era Reitor do Seminário de N.ª S.ª da Conceição da Baía, que inaugurara, e a que se ligara um irmão que tinha e veio a ser depois um dos pretextos para o seu desterro antecipado. Era o Capitão de Infantaria paga Jerónimo Velho de Araújo, que a seu pedido fora Procurador do Seminário com o fim de adquirir as terras necessárias para ele; e de facto comprou o Sítio da Saúde por 1.400$000 réis, dinheiro recebido do P. Gabriel Malagrida, por escritura lavrada a 9 de Abril de 1743 [2]. Jerónimo Velho de Araújo pretendia o mesmo posto do pai, e meteu nisso o irmão P. João Honorato, o qual quando foi procurador a Roma, por meio do P. Moreira, confessor de El-Rei, alcançou em Lisboa o que o irmão pretendia. Com a cortesia do tempo, o irmão do P. Honorato houve por bem agradecer a graça da nomeação de Coronel ao Confessor de El-Rei; colocando às ordens do mesmo Padre os seus préstimos e os da sua família, o seu regimento e soldados. Fórmula de cortesia e gentileza, que em Lisboa o Secretário de Estado aproveitou para fazer correr que se tramava um tumulto na Baía; e bastou para o Coronel Jerónimo Velho de Araújo ser reformado [3]. Por este pretexto e o das graças pontifícias, trazidas de Roma, também invocado, João Honorato saiu exilado da Baía para Lisboa a 17 de Agosto de 1759 [4]. Deu entrada nos cárceres de S. Julião da Barra a 7 de Novembro de 1759, e ali permaneceu quase oito anos até 9 de Julho de 1767 [5], em que o tiraram de lá, exilando-o para a Itália. Aportou a Génova em Agosto [6], seguindo para Roma, onde em menos de meio ano faleceu no Palácio de Sora, a 8 de Janeiro de 1768 [7].

---

1. Bibl. Vitt. Em., f. ges. 3492/1363, n.º 6.
2. B. Nac. do Rio de Janeiro, II-33, 18, 5, n.º 2, p. 51-53. Cf. supra, *História*, V, 152. Ver *Apêndice C*.
3. Romão-Furtado, *Compendio Istorico* (Nizza 1791)227-229; Carta Régia de 25 de Março de 1760, A. H. Col., *Baía*, 4811.
4. Bibl. Vitt. Em., f. ges. 3492/1363, n.º 6; Cf. Auto de intimação feita ao Capitão do navio "S. Frutuoso e N.ª S.ª da Conceição" para transportar a Lisboa e apresentar à ordem do Rei os Padres João Honorato e Luiz Álvares, A. H. Col., *Baía*, 4051, 4052, 4512, 4514, 4363-4372.
5. Carayon, *Doc. Inédits*, IX, 245.
6. *Bras.28*, 48v.
7. Cf. supra, *História*, I, 536, n.º 34; Bibl. Vitt. Em., f. ges. 3492/1363, n.º 6, *Appendix; Apêndice ao Catálogo Português*, de 1903.

18. — *Manuel de Sequeira*. 2.ª vez (1758-1761). *Provincial*. E foi o último da antiga Assistência de Portugal no Brasil.

Tomou posse a 15 de Dezembro de 1758 [1]. Nasceu cerca de 1682 na Baía. Entrou na Companhia, com 17 anos, a 2 de Janeiro de 1699 [2]. Fez a profissão solene na sua cidade natal, a 15 de Agosto de 1716, recebendo-a Mateus de Moura [3]. Ensinou Humanidades, Filosofia e Teologia. Foi Reitor do Colégio do Recife (posse a 31 de Outubro de 1731), do Seminário de Belém da Cachoeira (posse a 2 de Dezembro de 1735), e Vice-Reitor do Noviciado da Jiquitaia em 1739, donde passou em 1740 a Provincial; depois, Reitor do Colégio da Baía, assumindo o cargo a 30 de Junho de 1746 [4]. Manuel de Sequeira manifestou-se em 1739 contrário à criação da nova Província do Rio de Janeiro, ou pelo menos era de opinião que se diferisse para tempo mais oportuno [5]; e durante o seu primeiro governo da Província fez o *Regimento dos Índios*, de que El-Rei D. João V o havia encarregado [6]. Em 1757 residia no Colégio da Baía, como Consultor da Província, Director do Exercício da Boa Morte, e dado a ministérios, quando o veio surpreender a segunda nomeação de Provincial no ano seguinte, já dentro da perseguição geral, cujos resultados não estava em sua mão evitar, assistindo à chegada de decretos sobre decretos contra a liberdade pessoal dos seus súbditos e a liberdade colectiva da corporação em plena actividade, nos seus ministérios, Colégios e Missões. Como os motivos da perseguição tinham raízes fora da Província do Brasil, era inútil a defesa, por não haver lugar para a justiça quando o próprio poder é simultâneamente perseguidor e juiz. Exilado da Baía para Lisboa em 21 de Abril de 1760 [7], e de Lisboa para Roma, faleceu na Cidade Eterna a 8 de Janeiro de 1761 [8].

---

1. Bibl. Vitt. Em., f. ges. 3492/1363, n.º 6.
2. Cf. supra, *História*, V, 585, n.º 215.
3. *Lus.13*, 403.
4. Bibl. Vitt. Em., f. ges. 3492/1363, n.º 6.
5. *Congr.89*, 301-302v.
6. A. H. Col., *Baía*, Apensos, 14 de Agosto de 1745. Cf. infra, *História*, IX, 122.
7. Caciro, *De Exilio*, 124.
8. *Apêndice ao Cat. Português* de 1903; Francisco Rodrigues, *A Companhia*, 53.

LIVRO SEGUNDO

O Magistério de Dois Séculos

IMAGEM DA CAPELA DE S. BÁRBARA

(Da antiga Fazenda de Sta Cruz, Rio de Janeiro)

Espécime, já mutilado, da imaginária Jesuítica, de que foram centros florescentes os Colégios do Rio, Baía, Maranhão e Pará (1650-1750).

Oferta do Dr. Mário Breves Peixoto, por intermédio do Dr. Hall, da Coordenação Americana.

CAPÍTULO I

Instrução e Educação

1 — Instrução e educação pública; 2 — Gratuita; 3 — Popular; 4 — A Escola de ler, escrever e contar ou de Gramática Portuguesa.

1. — A instrução ministrada pela Companhia de Jesus durante os seus dois séculos de magistério no Brasil, vê-se, pelo próprio fundamento e evolução dela, que foi gratuita e pública, e nos três graus, popular, média e superior.

O Real Colégio das Artes de Coimbra, da Companhia, *público*, foi o padrão, para Portugal e terras novamente descobertas na América, África e Ásia, que importava também cultivar e evangelizar com Colégios igualmente públicos. Mas com esta diferença. O subsídio, que El-Rei, ou na linguagem moderna o Estado, dava aos Mestres de Coimbra, era a título de *ensino;* o que dava aos Mestres dos Colégios ultramarinos, de fundação real, era a título de *missões*.

E com isto se estabelecia obrigação diferente. Em Coimbra, subsídio escolar com ónus jurídico de ensinar a todos que o pretendessem dentro do estatuto da instituição; no Brasil, subsídio missionário, que não levava consigo o ónus jurídico de ensino a todos indiscriminadamente, senão apenas o de formar Sacerdotes para a catequese da nova terra que se cultivava, habilitando-a a prover-se, quanto possível, dos seus próprios meios de Evangelização. Num e noutro caso, ensino *público*.

Um conflito escolar no século XVII, sobre a admissão de alunos a estudos maiores na Baía, esclareceu a matéria: se o Colégio admitisse uns e excluísse outros, colocava-se na situação de particular, isto é, deixaria de ser público e de dar graus académicos; se quisesse dar graus públicos teria que admitir a todos, isto é, teria de continuar a ser público, alternativa que prevaleceu para bem da Religião e do Brasil [1].

Segundo os Alvarás da fundação, o subsídio régio, era para os Padres da Companhia se sustentarem e formarem a quem no futuro os substituísse na catequese dos naturais da terra, que a princípio se julgou serem tão aptos como os das Índias Orientais e do Japão, donde chegavam a Portugal informações maravilhosas. A desilusão não se fez esperar no que toca à elevação dos Índios ao Sacerdócio, não por incapacidade radical dos mesmos Índios, pois eram homens e os homens são todos iguais, mas por falta de meio ambiente, ainda inculto, e é o que o P. António Vieira adverte, propondo que o *Catecismo na Língua Brasílica*, do P. António de Araújo para os Índios, se reduzisse a menos questões, simples e essenciais: "E senão veja-se a *Cartilha* portuguesa que compreende toda a explicação da Doutrina Cristã em menos vinte partes de escritura que o *Catecismo* do Brasil, e mais sendo feita para gente de *diferente saber e entendimento*" [2].

O desnível de cultura entre os habitantes das *cidades* do Oriente e os filhos das *florestas* do Brasil tornava impossível a imediata elevação destes a estudos superiores e a chefes e guias de cristãos; não era o mesmo já nos filhos dos brancos, ainda quando nasciam de índias e negras. Para os filhos dos brancos ou de tronco branco nos seus cruzamentos e gerações sucessivas, nas vilas e cidades que surgiam do nada no Brasil, se criaram pois e permaneceram patentes e públicos os Colégios durante dois séculos. Instrução não só para futuros missionários (e nunca foram tantos que não fosse preciso vir outros de fora para a vastidão da terra que se alargava — e ainda hoje é assim), mas também para quantos buscavam o ensino nas aulas *públicas* do Colégio, quer para simplesmente se instruírem, quer para irem formar-se em Medicina e Direito na Universidade de Coimbra.

2. — Além de pública e geral, a instrução, dada pelos Jesuítas do Brasil, nos seus Colégios, era *gratuita*. Dizemos Colégios, não

---

1. Cf. supra, *História*, V, 75-80; e infra, Cap. IV, 203-204.
2. Carta inédita de Vieira, de 1656, publ. na *Brotéria*, vol. XLV (Nov. de 1947)465.

Seminários. Nos Seminários os alunos não recebiam apenas instrução e educação, recebiam também moradia e sustento; quer dizer eram internatos escolares, com a competente e indispensável remuneração de custo de vida. A instrução e educação continuava a ser gratuita; nem as despesas da sustentação dos Mestres provinham dessas pensões, mas de outras, em geral as que os fundadores dos Seminários benemèritamente estabeleciam, como é no mais famoso de todos os Seminários, o de Belém da Cachoeira. A distinção, entre Seminários e Colégios, consiste em que nos Seminários admitiam-se de preferência os que se destinavam à carreira eclesiástica; e a admissão nos Colégios estava patente a todos. Nos Seminários, instrução particular; nos Colégios, pública e gratuita.

3. — A frequência dos Colégios era constituída por filhos de Funcionários Públicos, de Senhores de Engenho, de Criadores de Gado, de Oficiais Mecânicos e, no século XVIII, também de Mineiros, o que representava no Brasil a nobreza e a burguezia européia, embora estas duas denominações sejam um tanto fictícias transportadas ao Brasil dos primeiros séculos.

A nomenclatura de Clero, Nobreza e Povo, os três estados dos regimes europeus, teve no Brasil uma transposição em que os três braços eram representados apenas por um, os Brancos e filhos de Brancos, que preponderavam nas vilas e cidades com os cargos governativos de nomeação régia ou de eleição municipal; e ao passo que os três braços europeus se distinguiam por diferenciação social dentro da mesma raça, no Brasil a diferenciação colocava-se pràticamente no plano de raças, mantendo os Brancos o predomínio da política e da cultura, através de cujo sangue, o Índio e o Negro, conjugando-se com o Branco, aspiravam a entrar na classe branca com a denominação de Mamelucos e Moços Pardos.

Com a tendência portuguesa e católica para a atenuação de preconceitos de raça, conviviam lado a lado todos os homens livres, quer fossem brancos quer mestiços; e abaixo deles, os homens escravos. Por muito tempo, coexistiram no Brasil apenas estas duas categorias bem nítidas, embora sempre existisse Clero, e já no século XVII, as Confrarias dos Nobres e dos Plebeus (ou Oficiais Mecânicos), e nas Câmaras Municipais desde o século XVI o Juiz e misteres do Povo. Mas assim como no Brasil nunca existiram estas

Corporações com espírito enraizado na terra (por inexistente antes da era portuguesa), nem existiu feudalismo no sentido europeu (a fundação das primeiras Donatarias foi uma tentativa disso, mas sem consequências), assim também o povo pròpriamente dito, como hoje existe no Brasil, proveio da lenta elaboração dos séculos e da evolução da liberdade, a não ser que, sem grande precisão de conceitos, se considere povo a conglutinação daqueles diversos elementos [1].

Tudo isto é matéria vasta de estudo e discussão para os especialistas da Sociologia e da Política. Toca-se nela aqui, apenas para se compreender como a distribuição da educação e instrução estava subordinada ao facto social brasileiro, isto é, à coexistência no Brasil do elemento livre e do elemento servil. Os Índios, já encorporados à civilização, se não eram cativos e portanto escravos no mesmo pé de igualdade que os Negros, viviam num regime à parte, o dos Aldeamentos, com legislação especial de liberdade tutelada, para os manter fora do alcance da escravização total dos Brancos (e seus derivados mestiços).

Os Escravos Negros não eram livres para buscarem a instrução média e superior, e claro está que os senhores não os compravam para os mandar aos estudos e fazer deles bacharéis ou Sacerdotes. A instrução ou educação, que lhes permitiam, essa, e mais do que essa, lhes ensinava a Igreja. E a Igreja foi a única educadora do Brasil até ao fim do século XVIII, representada por todas as organizações religiosas do Clero Secular e do Clero Regular, que possuíam casas no Brasil.

Aqui porém só nos compete falar da Companhia de Jesus. E o que ela fez pela catequese e elevação moral dos Escravos, além do proverbial bom trato que lhes dava, afere-se por este tríplice facto: foi um Jesuíta o P. Pero Dias, Apóstolo dos Negros do Brasil, que escreveu a *Arte da Língua de Angola* com o propósito deliberado de melhor os amparar e servir; fundou-se nos Colégios o apostolado do mar à chegada dos Navios de África; e multiplicaram-se, a favor dos Negros dos Engenhos e Fazendas, as

---

1. "O povo, no sentido moderno que damos a esta palavra — o povo do sufrágio universal, a massa que hoje vemos afluir aos comícios eleitorais — nada disto tinha significação naquela época". Oliveira Viana, *Instituições políticas brasileiras*, I (Rio de Janeiro 1949), 152.

missões discurrentes, saídas dos Colégios de cada região, em toda a extensão do Brasil.

Com os Índios, o ensino popular revestia o significado de catequese, em que intervieram todas as Ordens Religiosas, umas mais outras menos. E no que se refere aos Jesuítas, consta desta *História*, em particular, nos Tomos I e IV, nos Livros respectivamente consagrados à Catequese e Aldeamentos. Mas a Catequese dos Índios, nesta matéria de instrução, não se entende só a do ensino religioso do catecismo, a não ser com os adultos incapazes de mais; com os meninos inclui-se também o de ler, escrever, ou elementos, e se nota quando as funções missionárias se repartem por vários, como no Camamu em 1658, onde residiam seis Religiosos da Companhia, e um deles, o Irmão Estudante Manuel de Melo, aprendia a língua brasílica e ao mesmo tempo ensinava os elementos aos filhos dos Índios (*Indorum pueros elementa docet*) [1]; e em 1667 o Ir. Bernardo Jorge, na Aldeia de Reritiba, ensinava as primeira letras aos meninos índios [2], desdobramento de ofícios que se verificava um pouco por toda a parte, quando o Mestre-Escola era diferente do Padre Missionário.

Com os brancos ou filhos dos brancos a instrução popular ministrava-se nos Colégios e estava à disposição dos que a procuravam. Nem os Padres tinham obrigação deste ensino (ministravam-no por benemerência pública), nem os pais eram obrigados a mandar os filhos à Escola. O ensino primário, obrigatório e geral, é obra dos nossos dias. Aliás, quando se fala de analfabetismo antigo, importa não esquecer o moderno, e deve-se atender a diversos factores, entre as quais um, nem sempre posto em relevo. As longas noites de inverno, e a vida agreste pouco agradável nas praças e ruas, criam, nos climas frios, condições favoráveis para reter e ocupar em casa as crianças com o abecedário aprendido no regaço das mães e sob o olhar estimulante dos pais. Que foi o que nós mesmos pessoalmente observamos, num já remoto e frio Dezembro passado num país católico da Europa, onde não existem analfabetos. Sem ser a causa única, esta do clima é importante para a explicação dos índices de analfabetismo nos diversos países tropicais e sub-tropi-

---

1. *Bras.5*, 222v.
2. *Bras.5(2)*, 34v.

cais. Problema ainda actual, sem solução positiva, dois séculos depois do período que nos ocupa.

4. — A nomenclatura de instrução primária é moderna. Nas Aldeias, Vilas e Cidades, as escolas intitulavam-se de "ler, escrever e contar"; e nos Colégios, o mestre ora se chamava "Alphabetarius" (1615), ora "Ludi-magister" (Mestre-Escola), e umas vezes se dizia "Escola de Rudimentos", outras "Escola Elementar". Estava aberta durante 5 horas diárias, repartidas em duas partes iguais, metade de manhã, metade de tarde.

As primeiras noções do alfabeto deu-as na Baía, à roda de 15 de Abril de 1549, o Ir. Jesuíta Vicente Rodrigues, o que constitui o primeiro Mestre-Escola do Brasil [1]; seguindo-se logo outras escolas por diversas Capitanias desde Pernambuco a S. Vicente, de que foi primeiro Mestre-Escola em 1550 o P. Leonardo Nunes na sede da Capitania, e o Ir. José de Anchieta em S. Paulo em 1554. No Rio de Janeiro um pouco mais tarde, depois da Conquista e fundação da cidade; e o seu primeiro Mestre-Escola, Ir. Custódio Pires, entrou no exercício de suas funções em 1573 [2]. Até que em 1576 o P. Geral deu faculdade de se erigirem por toda a parte estas escolas de ler, escrever e contar, com a precaução todavia de não se assumir cláusula alguma de obrigatoriedade perpétua [3], para deixar aos Padres da Companhia a indispensável liberdade de movimentos no caso de surgir obstáculo sério à permanência na povoação.

E assim já havia "Escolas de ler, escrever e algarismos para os moços de fora", em todas as Casas e Aldeias, quando em 1581, 32 anos depois da primeira Escola dos Jesuítas, começaram a fixar-se no Brasil as demais Corporações Religiosas, que com o tempo e o Clero Secular, iriam colaborar na gloriosa empresa da educação das classes humildes. Sabe-se também que tanto de um como de outro Clero houve ou passaram pelo Brasil alguns membros antes da chegada dos Jesuítas em 1549 e exercitaram ministérios eclesiásticos e catequéticos, aqui e além; não consta porém que abrissem escolas. Mais tarde abriram-nas. E com uma consequência no Norte, onde os Padres da Companhia sempre foram

---

1. Cf. supra, *História*, II, 269.
2. Cf. supra, *História*, I, 400.
3. *Bras.2*, Ordinationes, 23v.

poucos. Sendo entre todas as matérias de ensino, este elementar o mais acessível e ao alcance das pessoas que soubessem ler, e dos Vigários, Religiosos ou Clérigos das terras onde já os houvesse, tendiam os Padres da Companhia, nos dois Colégios do Pará e Maranhão, a dar-lhes menos assiduidade e a deixar este ensino para se ocuparem com o mais alto e difícil, quando os admoestou o P. Geral, em 1730, de que a instrução elementar tinha de se considerar ainda mais importante que o Latim ou Humanidades [1].

Assim prestigiada, a Escola Elementar chamava-se no século XVIII, a *Escola* por antonomásia. José António Caldas, ao enumerar as 7 classes dos "Gerais da Companhia" do Colégio da Baía, começando do menos para o mais, descreve-a: "Escola onde principiam os Meninos a aprender a Gramática Portuguesa" [2]. E era, naturalmente, a mais numerosa de todas.

---

1. Cf. supra, *História*, IV, 262-263.
2. *Notícia Geral*, 16, 2.ª numeração, repetida.

Lição de Aritmética
(Razões e Proporções)

Página (de mestre ou aluno) encontrada avulsa entre os escritos dos Jesuítas do Brasil.

CAPÍTULO II

Ensino Secundário

1 — O Curso público de Humanidades; 2 — As Classes de Latim, distribuição e duração; 3 — Os tratadistas; 4 — O Grego e o Hebraico; 5 — Matemática e Física; 6 — História e Geografia; 7 — A Língua Pátria.

1. — A importância pedagógica das Humanidades, para a formação do homem, e como elemento de cultura geral, é estudo feito, e o mostra o facto de se cultivarem com afinco nos grandes estabelecimentos de ensino das nações modernas. Pelo que toca ao Brasil, é assunto muito conhecido na generalidade, mas pouco em si mesmo, isto é, nos pormenores históricos do seu processo e evolução.

O estudo das Humanidades no Brasil começou pelos rudimentos de Latim em 1550 no Colégio dos Meninos de Jesus, do P. Leonardo Nunes, na Vila de S. Vicente, e quase simultâneamente na Baía, Espírito Santo e Pernambuco. A estes núcleos elementares se seguiram, na Baía em 1553 e em S. Paulo em 1554, Classes e depois Colégios pròpriamente ditos, a que logo se juntou o do Rio de Janeiro, quando se erigiu a Cidade no Morro do Castelo (1567); e assim sucessivamente, até aos dois extremos do Brasil, com o Colégio do Pará ao Norte, e o da Colónia do Sacramento ao Sul, no Rio da Prata.

Durante longos anos, o ensino *público* de Humanidades só se ministrou nos Pátios da Companhia de Jesus. Com o tempo e formação de Clero brasileiro, ou com a saída das Ordens de algum Religioso, que ficasse na terra, houve aulas *particulares* de Latim, sem que isso diminuísse a frequência das aulas públicas do Colégio; e ao mesmo tempo todas as Ordens Religiosas ensinavam Latim aos seus próprios membros, e davam aulas desta disciplina a algum aluno de fora em carácter particular, desde os fins do século XVI; e deve-se ainda admitir no Brasil o facto universal de que todo o Sacerdote secular sempre foi mestre de algum menino de famílias locais das suas relações.

No século XVIII, quando já eram mais as escolas particulares de Latim, se os alunos delas desejavam frequentar o curso de Filosofia, público, prestavam no Colégio exame de competência antes de serem admitidos, conforme aos Estatutos do Colégio das Artes, de Coimbra, que era a Lei do Brasil. A primeira vez que candidatos, não alunos do Colégio da Baía, fizeram este exame de aptidão para o Curso de Artes, foi em 1717, e apresentaram-se dois [1]. Esboçava-se também já por este tempo um movimento de aulas públicas de Latim, subvencionadas, nas cidades e vilas, onde não havia Colégio da Companhia de Jesus [2]. E verificando-se em 1724, que as aulas do Colégio da Baía eram insuficientes para conter a população escolar que o demandava, construiram-se ou adaptaram-se novas salas. Os estudantes externos do curso, neste ano, eram 130 e logo vieram muitos dos outros que não cabiam antes [3]. Também em vez de se concentrarem na Baía todos os Irmãos humanistas do Brasil, equiparou-se o Rio à Baía, e desdobrou-se em dois o curso de Humanidades, ficando parte no Rio de Janeiro [4] em ordem já à criação de nova Província da Companhia, com sede nesta cidade.

2. — Sobre o objecto do ensino de Humanidades já se deu notícia sumária ao falar da sua inauguração no Brasil [5]. Sob o

---

1. *Bras.4*, 197. O Curso *público* de Filosofia era nos Gerais da Companhia. Em 1758, ao deixar o Brasil, havia já outros cursos. E os moços, depois de instruídos nas escolas "particulares" de Gramática, iam "estudar Filosofia nos *Gerais da Companhia*, ou Carmo, S. Bento, e S. Francisco, onde há Mestres" (Caldas, *Notícia Geral*, 16,—2.ª paginação).

2. A 5 de Setembro de 1726 a Câmara de Goiana (Pernambuco) requeria a El-Rei que os Carmelitas da sua vila abrissem estudos *públicos* de latim, mediante o subsídio régio de 50$000 réis, a exemplo dos Franciscanos na Vila de Iguaraçu e "mais partes em que não há Companhia" (A. H. Col., *Pernambuco*, Avulsos, Capilha 18.II.1727, data do despacho régio pedindo informações do Ouvidor). Abriu-se ao estudo público, e consta doutro documento, no mesmo Arquivo, sem data (1732 ?).

3. *Bras.4*, 262, 315.

4. *Bras.4*, 313-316v.

5. Cf. supra, *História*, I, 75.

aspecto geral é assunto de extensa bibliografia, tratado por numerosos autores, entre eles o genuíno intérprete e explanador do *Ratio Studiorum*, ainda hoje clássico, P. José de Jouvancy, que expõe assim o plano de estudos de Humanidades na Companhia:

Retórica: Demóstenes, opúsculos selectos de Luciano (com os Contempladores, Timon, o Sonho, Toxaris); as Vidas e Tratados de Plutarco, Herodiano, Homero, Sófocles, Eurípides; — Discursos selectos de Cícero, Panegírico de Plínio ou Pacato, Tito Lívio, Cornélio Tácito, Velleius Paterculus, Valério Máximo, Suetónio, Virgílio, Horácio, Séneca o Trágico, Claudiano, Juvenal, Pérsio, Marcial.

Humanidades: Selecções dos Diálogos dos Mortos, o Tribunal das Vogais, etc., de Luciano; os Caracteres de Teofrasto, os Hinos de Homero e a Batracomiomaquia; — Cícero: De natura deorum, Quæstiones, Tusculanæ, Paradoxos, alguns discursos curtos e fáceis, por exemplo, Pro Marcello, Pro Archia poeta, In Catilinam, Post reditum; Historiadores: César, Salústio, Floro; Poetas: Virgílio, Horácio, Odes e Arte Poética; Cartas selectas de Ovídio.

1.ª Classe de Gramática: Isócrates, Discurso a Nicocles e a Demonico, Homilias selectas de S. João Crisóstomo e S. Basílio; Cícero: De Amicitia, De Senectude, Diálogos, De officiis; Virgílio, Eneida, Livros 5.º, 7.º e 9.º; Ovídio, Metamorfoses (selecção), os Tristes, as Pônticas; Quinto Cúrcio, Justino, César.

2.ª Classe de Gramática: Fábulas de Esopo, Epicteto, o Quadro de Cebes, S. João Crisóstomo; — Cartas de Cícero a seu irmão Quinto; o Sonho de Scipião; Vírgilio, Livros I e IV das Geórgicas; Ovídio, algumas Metamorfoses ou algumas cartas; Aurélio Víctor, Eutrópio.

3.ª Classe de Gramática: Cícero, algumas cartas as mais longas e difíceis; as Bucólicas de Virgílio; Pensamentos selectos de Ovídio; Pensamentos selectos de outros poetas; algumas Fábulas de Fedro.

Última Classe (junto algumas vezes à precedente): As cartas mais fáceis de Cícero, Fábulas de Fedro, Dísticos de Catão, etc.[1]

O *Ratio Studiorum*, de que este plano é consequência, começou a vigorar no Brasil nos começos do século XVII. (Fôra promulgado como lei geral da Companhia em 1599).

---

1. José de Jouvancy, *Magistris Scholarum inferiorum Societatis Jesu de Ratione discendi et docendi*, Florência, 1703, Parte II, C. II, § 7; cf. André Schinberg, *L'Education Morale dans les Collèges de la Compagnie de Jésus en France* (Paris, 1913)133.

O Brasil procurou adaptar-se à lei Geral, mas a princípio estava mais próximo do programa do Colégio de Évora de 1563:

Retórica: O 6.º livro da "Eneida" de Virgílio; o 3.º livro das "Odes" de Horácio; Cícero, "De Lege Agraria", e "De Oratore"; — em grego, os "Diálogos" de Luciano.

Humanidades: "De Bello Gallico" de César, o 10.º livro da "Eneida", e a Gramática grega.

1.ª *Classe de Gramática:* o 5.º livro da "Eneida", a "Retórica" do P. Cipriano Soares, e o Discurso "Post Reditum", de Cícero.

2.ª *Classe de Gramática:* Cícero, "De Officiis"; Ovídio, "De Ponto" (Pônticas).

3.ª *Classe de Gramática:* Ovídio, "De Tristibus", "Cartas" de Cícero.

4.ª *Classe de Gramática:* Cartas Familiares de Cícero e a 2.ª Parte de Gramática latina.

5.ª *Classe de Gramática:* Rudimentos da Gramática Latina, com uma selecção das Cartas de Cícero [1].

Estes estudos de Évora, de antes do *Ratio Studiorum*, tiveram depois maior extensão, mas correspondem sensìvelmente aos usados sempre no Brasil. Sensìvelmente, porque há diversidade no número de Classes e entre os autores lidos no Brasil aparecem Quinto Cúrcio e Séneca, não mencionados neste programa de Évora [2].

A distribuição das classes no Brasil aparece com clareza no quinquénio de 1737-1741, em que há Catálogos anuais seguidos como se vê do quadro seguinte, a que antepomos o de 1694, para confronto da evolução ou distinção na nomenclatura das classes:

Em 1694:

P. António Barbosa, Mestre dos Irmãos Humanistas.
P. António Viegas, Mestre da Classe dos Humanistas externos.
Prudêncio do Amaral, Mestre da 2.ª Classe de Gramática.
Pedro Pinto, Mestre da 3.ª Classe de Gramática.
Domingos Pereira, Mestre da Escola ínfima dos Meninos [3].

---

1. Cf. Allan P. Farrel, *The Jesuit Code of Liberal Education* (Milwaukee 1938) 111-112; M. H. S. I., Polanco, *Chronicon*, III, 424; IV, 511; *Litt. Quadr.*, II, 618; III, 129, 465, 769; IV, 715; *Mon. Pædagogica*, 698; supra, *História*, I, 75.
2. Cf. supra, *História*, IV, 272.
3. *Bras.*5(2), 147.

Em 1737;

P. Manuel Martins, Mestre dos "Irmãos do Recolhimento" ("Juniores separati").
P. Cornélio Pacheco, Mestre da 1.ª Classe.
António Álvares, Mestre da 2.ª Classe.
Gonçalo Alexandrino, Mestre da 3.ª Classe.
Alexandre de Carvalho, Mestre da 4.ª Classe.
P. Pedro da Silva, Mestre dos Meninos dos Primeiros Elementos [1].

Em 1738:

P. Francisco de Almeida, Mestre dos Irmãos do Recolhimento.
P. Vitoriano da Cunha, Mestre da 1.ª Classe de Gramática.
António Pereira, Mestre da 2.ª Classe.
Alexandre de Carvalho, Mestre da 3.ª Classe.
Manuel de Melo, Mestre da 4.ª Classe.
P. Pedro da Silva, Mestre dos Meninos dos Primeiros Elementos [2].

Em 1739:

P. Francisco de Almeida, Mestre dos Irmãos do Recolhimento.
P. António da Costa, Mestre da 1.ª Classe de Gramática.
António Pereira, Mestre da 2.ª Classe.
João de Lima, Mestre da 3.ª Classe.
João do Vale, Mestre da 4.ª Classe.
P. Pedro da Silva, Mestre dos Meninos dos Primeiros Elementos [3].

Em 1740:

P. João da Costa, Mestre de Retórica dos Irmãos do Recolhimento.
P. José Nogueira, Mestre da 1.ª Classe.

---

1. *Bras.6*, 198v.
2. *Bras.6*, 245.
3. *Bras.6*, 250.

João Barbosa, Mestre da 2.ª Classe.
Filipe de Almeida, Mestre da 3.ª Classe.
Domingos da Silva, Mestre da 4.ª Classe.
Félix Pereira, Mestre dos Meninos dos Primeiros Elementos [1].

Em 1741:

P. Inácio Teixeira, Mestre dos Irmãos do Recolhimento ("Juniores separati").

P. Domingos de Sousa, Mestre da 1.ª Classe de Gramática [*Retórica e Erudição*].

Filipe de Almeida, Mestre da 2.ª Classe [*Construção*].

Domingos da Silva, Mestre da 3.ª Classe [*Sintaxe e Sílaba*].

Francisco Antunes, Mestre da 4.ª Classe [*Rudimentos até pretéritos*].

Torquato Martins, Mestre dos Meninos [*Gramática Portuguesa*] [2].

Cada classe era acompanhada de exercícios escritos e leitura de Autores; e no último quadro, de 1741, dá-se entre cancelos o objecto preciso e principal de cada classe.

O exame comparativo dos quadros mostra que os estudantes de Casa (Irmãos Juniores ou Irmãos do Recoletado, que assim se chamavam na Baía) tinham sempre aulas à parte como o exigia a vida religiosa com seus horários peculiares; e que nos cinco anos sucessivos, de 1737 a 1741, alguns Mestres acompanharam os alunos externos em dois cursos seguidos; Alexandre de Carvalho, Filipe de Almeida e Domingos da Silva, enquanto outros Mestres foram substituídos (simultaneidade dos dois sistemas); e que neste tipo de Classes, os alunos se agrupavam não em classes de desdobramento numérico, Classe A, Classe B, do mesmo Curso, mas em classes diferenciadas pelo grau dos estudos, representando cada Classe um grau.

A *Escola* ou *Classe dos Meninos* levava o tempo indispensável, desde as primeiras letras à Gramática Portuguesa, para se habilitarem ao ingresso na Classe de Ínfima (4.ª Classe), e é de supor que não poucos alunos, quando as cidades se desenvolveram, já tivessem aprendido no lar paterno ao menos a soletrar.

---

1. *Bras.6*, 309v.
2. *Bras.6*, 321v.

Tirando pois esta Classe de Português ou dos Meninos, que pertence à categoria de instrução primária, agrupavam-se os alunos externos do Curso Secundário em quatro Classes, onde, com a denominação de *Gramática*, recebiam a instrução humanística geral e nenhum aluno passava de uma Classe a outra sem ser aprovado na anterior, o que perfaz, para o estudante normal nos Cursos do Brasil, um período de quatro anos; e com os Rudimentos, cinco ou seis [1].

No último ano escolar do Colégio da Baía, as Classes de Gramática englobavam-se em três, segundo a nomenclatura de José António Caldas, o que não significa um ano para cada uma, como se infere na enumeração geral delas. Diz ele:

"Nos Gerais da Companhia há 7 Classes, a saber:

Escola, onde principiam os meninos a aprender a Gramática Portuguesa;

a Terceira, onde principiam os primeiros rudimentos da Língua Latina até Pretéritos;

a Segunda, onde estudam Sintaxe e Sílaba;

a Primeira, onde ensinam a Construção da Língua Latina e Retórica dela;

a Filosofia;

a Teologia;

a Matemática" [2].

Como se vê, conta-se por *uma* Classe dos Gerais a Filosofia, que era Curso de 3 anos, e a Teologia de 4. Donde se segue que *Classe* não é equivalência de *ano*.

No Curso de Latim, fosse qual fosse a nomenclatura das Classes, sempre no plano mental da Companhia havia esta gradação, partindo do menos para o mais — Gramática, Humanidades, Retórica — até quando aparecia nominalmente apenas o nome de Gramática, ou de Latinidade, ou simplesmente Latim, como era uso

---

1. Estudante *normal*, isto é, de mediana inteligência, aplicação e gosto. Porque também no Brasil se conhecia o que hoje no vocabulário escolar se chama *vadiação*. Não são raras as advertências, ora dum Colégio ora doutro, como esta de que os alunos externos "majori quam par est libertate educati, plus otio quam litterarum studio addicti sunt"... (Carta do P. Manuel Saraiva, do Pará, 12 de Novembro de 1704, *Bras.26*, 198-199).

2. Caldas, *Notícia Geral*, 16 (2.ª paginação).

no século XVI. No Colégio das Artes de Coimbra, segundo a *"Ordem e modo de aproveitar os estudantes que ouvem Latim"*, o Curso dividia-se em 10 Classes, mas englobavam-se a 1.ª e a 2.ª, a 3.ª e a 4.ª, a 5.ª e a 6.ª, de maneira que vinham a ser pràticamente sete, e com a faculdade de o Reitor dispensar no meio do ano que se passassem duas Classes, e no fim, três; mas ninguém passaria duma Classe a outra sem ter feito exame da Classe inferior que havia de frequentar pelo menos durante um mês [1]. Com que se manifesta a possibilidade de se estudarem as 10 Classes em 4 ou 5 anos, como de facto havia quem o fizesse; e, tendo passado o ano de Lógica requerido, frequentasse ainda as Faculdades de Direito. O que jamais se concedia a nenhum estudante era o grau da Faculdade, sem o atestado do exame final de Latim; mas a simultaneidade de frequência explica o facto de muitos estudantes conseguirem a láurea de Doutor em Leis antes dos 20 anos, que era a idade regulamentar [2].

3. — No Brasil, a 1.ª Classe de Gramática constituía na realidade a mais alta das Humanidades, e com autores, que, nas Classes multiplicadas, pertencem à Retórica, entre outros Séneca. Di-lo Vieira, referindo-se precisamente a estes estudos: "Da idade de 18 anos me fizeram mestre de Prima, aonde ditei, comentadas, as tragédias de Séneca, de que até então não havia comento" [3].

Além dos Comentários de Séneca, Vieira escreveu o das "Metamorfoses" de Ovídio; e outros mestres ditaram e escreveram sobre

---

1. *Ordem e modo de aproveitar os estudantes que ouvem Latim*, Bibl. da Univ. de Coimbra, R. 3/5, est. XIX, publ. por Mário Brandão, *O Colégio das Artes*, II (Coimbra 1933)CCXXXVI-CCXLV; e cf. T. Braga, *História da Universidade de Coimbra*, II (Lisboa 1895)382.
2. É conhecido o caso do que também é Doutor da Igreja, S. Afonso Maria de Ligório, que se doutorou em Direito aos 16 anos (com dispensa dos quatro anos que ainda lhe faltavam) e com grande aplauso dos Mestres.
3. Cf. supra, *História*, IV, 7. Vieira completou 18 anos no dia 6 de Fevereiro de 1626. A 30 de Setembro de 1626, ainda estava na Baía donde data a *Ânua da Província do Brasil* (*Cartas de Vieira*, I, 74). André de Barros escreve que tinha 18 anos quando passou a Olinda onde ditou aquele comento às *Tragédias* de Séneca (Barros, *Vida*, 13). Como os Cursos eram de Fevereiro a Dezembro, o P. Vieira só poderia seguir para Olinda em Outubro de 1726, para concluir o Curso e ditar aqueles comentários nos restantes meses até metade de Dezembro, antes das férias grandes.

diversos autores, expostos nas Classes, comentários, que como os de Vieira, se perderam para a posteridade.

A par dos expositores privativos existiam nos Colégios do Brasil as grandes edições dos autores clássicos dos mais eruditos mestres, não só de Portugal, senão também dos demais países: Pedro de Almeida, *In Suetonium;* o *Viridiarium Sacræ et profanæ eruditionis,* de Francisco de Mendonça; os Virgílios e Horácios de diversos tratadistas, entre os quais, já em 1759, os que os estudantes chamavam simplesmente "Petiscos", de José Petisco, afamado comentador de Cícero, Virgílio e Anacreonte, e autor de uma *Gramática da Língua Grega,* livros estes publicados todos de 1752 em diante. E com os tratadistas, também os grandes dicionários, o *Calepino,* o *Thesaurus Linguæ Latinæ,* o *Gradus ad Parnasum,* com Selectas ou Antologias; e o Inventário do Colégio do Rio de Janeiro em 1775 consigna: "*gramáticas* de diversos autores, tomos avulsos 110".

Quando o Cabido da Baía, dando cumprimento ao Alvará Régio de 28 de Julho de 1759, que proscrevia o ensino da Companhia, escreveu a Pastoral de 5 de Fevereiro de 1760, cita nela seis autores que nominalmente se mandavam suprimir e se liam nas escolas: a *Arte* do P. Manuel Álvares, os seus três explicadores, António Franco, João Nunes e José Soares, "o extenso e inútil Madureira", e a Prosódia de Bento Pereira. Os bons dos Cónegos, querendo ser amáveis com o decreto perseguidor, afinaram com a dele a própria linguagem, classificando estes estudos de "pernicioso e terrível método" [1]. Num breve apontamento pessoal, o P. Luiz Gonzaga Cabral interpretou assim o documento: "Pastoral apoplética do Cabido da Baía na toada de Sebastião José sobre malefícios Jesuíticos em Gramática Latina". O caso não merece maior atenção, porque é da mentalidade enfática e insincera do tempo, que os adversários da Companhia refinaram. Devem-se apenas lastimar os pobres alunos dos Jesuítas, aos milhares, que não tiveram outros mestres e ficaram sem saber nada de belas-letras, Corneille, Molière, Calderón, Lope de Vega, Manuel Bernardes, Francisco Manuel de Melo, Tasso, Vieira, Cervantes, Descartes...

O que tem de útil o decreto é nomear os tratadistas e, portanto, os livros de texto dos cursos, que importa conhecer mais

---

1. A. H. Col., *Baía,* 4900.

de perto, como parte integrante da história da instrução no Brasil. O primeiro, Manuel Álvares. A sua *Arte* de Gramática, ou simplesmente o "Emmanuel das Escolas", recomendada no *Ratio Studiorum*, foi durante dois séculos, com inúmeras edições integrais ou parciais, o livro de texto ou de consulta em todos os Colégios de todos os Continentes. E não só como instrumento de difusão latina: a edição japonesa de 1593, impressa na Tipografia dos Jesuítas em Amacusa, traz as conjugações nas três línguas portuguesa, latina e japonesa [1].

Francisco Rodrigues, ao estudar a elaboração e remodelação da *Arte*, nota "que no mesmo ano de 1572 apareciam na Capital do Reino os *Lusíadas* de Camões e a *Gramática* de Manuel Álvares, duas obras que tiveram difusão igualmente vasta, e, cada uma no seu género, influência notável na literatura portuguesa" [2]. Difusão esta que não desapareceu com o ciclone do século XVIII, de pouca duração como tudo o que é violento, porque a grande *Arte* de Manuel Álvares ainda agora continua a ensinar, com novas edições.

António Franco, o célebre autor da *Imagem da Virtude*, "insigne humanista" e Professor de Prima de Retórica na Universidade de Évora, deixou o *Promptuario da Syntaxe dividido em duas partes. Na primeira se contem a Syntaxe pela mesma ordem da Arte; nos Escholios se poem a significação do nome, o Verbo, com o caso competente. Na segunda Parte, se tratão algumas noticias congruentes à mesma Syntaxe* (Évora, 1699). Com muitas edições [3].

José Soares é autor de *Explicationes in præcipuam partem totius Artis P. Emmanuelis Alvares S. I. quæ Syntaxim complectitur* (Lisboa, 1689). Com diferentes edições [4].

João Nunes Freire, não filho, mas aluno da Companhia de Jesus, Capelão-mor da Misericórdia do Porto, poeta, novelista e gramático, é autor (além do apreciado romance pastoril *Campos Elísios*) de *Annotaçoens aos generos e preteritos da arte nova* (Porto, 1635); *Annotaçoens "ad Rudimenta Grammaticæ" nas regras mais geraes*

---

1. Cf. Satow, *The Jesuit Mission Presse in Japan*, 26, cit. por Franc. Rodrigues, *História*, II-2, 56.
2. Id., *ib*.
3. Barbosa Machado, *Bibl. Lus.*, I, 275; Inocêncio, *Dic. Bibl.*, I, 145; Sommervogel, *Bibl.*, III, 933.
4. Barbosa Machado, *Bibl. Lus.*, II, 826; Sommervogel, *Bibl.*, VII, 1329.

della com huma instrucção brevissima para se começar a compor e construir, vulgo Syntaxinha, accrescentada pelos cazos com recopilação para milhor noticia dos Principiantes com duas regras geraes da Orthographia (Porto, 1643); *Margens da Syntaxe com a construcção em Portuguez posta na Interlinea do Texto das Regras della pela Arte do P. Manoel Alvares da Companhia de Iesus* (Porto, 1644). Livros de texto com várias edições, e, diz Inocêncio, "parece que os estudantes tiravam delles bastante utilidade, segundo confessavam os críticos do partido opposto, que estão como taes fora de toda a suspeita" [1].

O P. João de Morais de Madureira Feijó foi mais que aluno, porque foi jesuíta durante 13 anos. "Professor no Colégio de Braga, doutorou-se em Teologia na Universidade de Coimbra. Considerado grande gramático, escreveu duas obras que dedicou ao duque de Lafões, D. Pedro Henrique de Bragança, que foi seu discípulo" [2]: *Arte Explicada: 1.ª Parte. Principios. Contem todos os nominativos, linguagens, rudimentos, generos, preteritos e declinações dos latinos e gregos*, etc. (Lisboa, 1735); *Parte II, Syntaxe* (Lisboa, 1730; Coimbra, 1739); e *Orthographia da arte de pronunciar com acerto a lingua portuguesa* (Lisboa, 1734). Multiplicaram-se depois as edições até ao século XIX [3]. A última parte desta *Ortografia* é um *Vocabulário*. Para amostra da sua maneira, que desprezavam os anti-jesuítas, mas que assinaria de bom grado, o Mestre filólogo Gonçalves Viana: veja-se o que diz sobre a etimologia e grafia da palavra tabelião: "Tabelião querem uns que se derive de *Tabula*, que significa tábua; e em tábuas é que os antigos escreviam com um ponteiro de ferro. Outros, com o P. Bento Pereira, querem que se derive de *Tabella* que é o diminutivo de *Tabula*; e por isso escrevem *Tabelião* e no latim *Tabellio*: este é o mais próprio. No plural *Tabeliães*" [4].

Bento Pereira, além de outras obras de Política e Direito, onde se mostra aprimorado e fecundo, é justamente célebre pela sua *Prosódia* e pela *Arte de Gramatica da Lingua Portugueza* (1672),

---

1. Inocêncio, *Dic. Bibl.*, III, 429; X, 322; Barbosa Machado, *Bibl. Lus.*, II, 656.
2. *Grande Enciclopedia Portuguesa e Brasileira* (Lisboa)XV, 865.
3. Inocêncio, *Dic. Bibl.*, III, 422; X, 319.
4. *Orthographia* (Lisboa) 504.

com a qual se constitui o nosso 4.º gramático, depois de Fernão de Oliveira (1536), João de Barros (1539), e Amaro de Reboredo (1619)[1]. A sua *Ars Grammatica pro Lingua Lusitana Addiscenda*, impressa em Lião de França, 1672[2], destinava-se sobretudo para os estrangeiros aprenderem a língua portuguesa. Portanto, escreveu-a benemèritamente na língua internacional de então. Mas também a usavam os nacionais, e é uma verdadeira *Gramática Portuguesa*, "pelas observações e regras para a falar, escrever e pronunciar". E dos verbos portugueses dá a correspondência latina e italiana[3]. E desde 1666 que tinha publicado as *Regras Gerais* [...] *de melhor ortografia* (Lisboa).

A sua *Prosodia in vocabularium trilingue Latinum, Lusitanum et Castellanum digesta* (Évora, 1634) teve dez edições. A partir de 1679 deixou de ser trilingue para ser simplesmente um *Dicionário Latino-Português*. No Prólogo da 1.ª edição, diz Bento Pereira que o Vocabulário de Jerónimo Cardoso tinha 22.167 vocábulos e o seu, 40.000. A este *Vocabulário* reuniram-se depois mais duas obras suas: *Thesouro da Lingua Portugueza* (Lisboa, 1646), e *Florilegio dos modos de fallar, e adagios da lingua portugueza, dividido em duas partes: na primeira das quais se põem pela ordem do Alphabeto as phrases portuguezas; e na segunda se põem os principais adagios portuguezes, com seu latim proverbial correspondente. Para se ajuntar á Prosodia e Thesouro Portuguez, como seu appendix ou complemento* (Lisboa, 1655). Reunindo tudo num só volume de 1359 páginas, é a *Prosodia in vocabularium bilingue, Latinum et Lusitanum digesta* (Évora, 1750)[4]. Era a 10.ª edição do famoso livro, e foi esta a que a perseguição de 1760 mandou desterrar do ensino do Brasil, sem efeito, por não se achar com que a substituir. Na verdade, a ordem, vinda da Corte, era que quem tivesse livros de autores jesuítas os entregasse ao funcionário público encarregado da comissão; mas este, atendendo aos poucos dicionários que havia na terra, recusou aceitar os que se lhe entregaram, reservando a entrega para quando os houvesse[5].

---

1. Cf. Camilo Castelo Branco, *Curso de Literatura Portugueza* (Lisboa 1876) 130.
2. Barbosa Machado, *Bibl. Lus.*, I, 500.
3. Franc. Rodrigues, *A Formação*, 208.
4. Inocêncio, *Dic. Bibl.*, 352; Franc. Rodrigues, *História*, III-1, 78, 94.
5. A. H. Col., *Baía*, 4824.

A par destes autores e comentadores, também os Padres do Brasil fizeram adaptações, sínteses ou explanações da Gramática. O P. Rodrigo Homem, do Colégio do Maranhão, pedia a 8 de Julho de 1721, para mais fácil inteligência de algumas regras de Gramática, se revisse e imprimisse um livro seu [1]. E entre as obras do P. Inácio Leão, professor na Paraíba, vem mencionada uma, sobre figuras e quantidades de sílabas da qual se diz discretamente que se "imprimira com nome alheio" [2].

Trata-se do "Cartapacio de syllabas e figuras conforme a ordem dos mais cartapacios da Gramatica ordenado para melhor comodo dos estudantes desta Faculdade nos Pateos da Companhia de Jesus" (Lisboa, 1738). O "nome alheio", com que corre, é o do P. Matias Rodrigues Portela [3].

4. — Segundo o *Ratio Studiorum*, o Curso de Letras abrangia o estudo dos grandes autores não só latinos, mas também *gregos*. No período inicial do Brasil, em que eram poucos os estudantes, e a seara a desbravar e cultivar imensa, a necessidade de formação rápida, e por outro lado, o facto local, ou seja a utilidade urgente de se estudar a língua dos Índios, fez que o estudo do *tupi* substituisse o do *grego*.

Depois da chegada do *Ratio* e da reorganização, por ele, dos estudos gerais, o grego começou a ser estudado, senão com a amplidão ao menos com as noções essenciais dessa língua, como se prova pelo conhecimento que dela tinham Vieira e outros. É precisamente do tempo de Vieira a VIII Congregação Geral (1645-1648), que insiste sobre o estudo das letras gregas [4].

---

1. *Bras.26*, 222.
2. Cf. supra, *História*, I, 536.
3. Cf. Loreto Couto, *Desagravos*, nos *Anais da B. N. do Rio de Janeiro*, XXV, 10; Barbosa Machado, *Bibl. Lus.*, III, 454. — Loreto Couto diz que Matias Rodrigues Portela, natural da Paraíba, estudou latim, no Colégio dos Padres Jesuítas da sua cidade natal. O Catálogo de 1737, um ano antes da impressão do livro traz na Paraíba o P. Inácio Leão, natural do Rio de Janeiro, seu verdadeiro autor (*Bras.6*, 201v).
4. Recomendação da Congregação ao *P. Geral* sobre o estudo das letras *gregas:* "In quibus tantum est adjumentum ad omnes quas profitemur disciplinas capessendas atque tradendas, tantum luminis ad Sacrorum Voluminum explanationem tantum præsidii ad hæreses expugnandas, tantum nostræ Societatis

No Brasil, o P. António Maria Bonucci, escreveu o livro "*Manuductio ad Rhetoricen* e severiori veterum Oratorum disciplina, et præsertim e sacris *utriusque linguæ* Patribus qui mascula eloquentia floruerunt, breviter deprompta". Publicou-se em Roma, 1703, e é dedicado a José de Sá e Mendoça [1]. Como se vê, é um *Manual de Padres de uma e outra língua*, isto é, gregos e latinos.

Também existiam nas bibliotecas dos Colégios do Brasil Bíblias em grego, diversos autores helénicos, e livros, como o do P. José Ritter, confessor de D. Maria Ana, rainha de Portugal, *Oracula Delphica seu Effata Græcorum Poetarum formandis adolescentis studiosi moribus* (Viena, 1728).

Já nos cárceres de S. Julião da Barra, para ocupar os ócios forçados a que o reduziu a perseguição contra os Padres da Companhia de Jesus, e para maior familiaridade e conformidade com o seu mestre Jesus Cristo, de quem por profissão era companheiro, compôs o P. João de Brewer, missionário do Ceará e professor de Matemática na Baía, um *Lexicon Græco-Latinum* das palavras do Novo Testamento usadas na *Imitação de Cristo*.

Além das línguas latina e grega ensinava-se também a *hebraica*. O Comentário *literal* e moral de *Josué* e dos *Cantares*, do P. António Vieira, não se podia fazer sem o conhecimento dessa língua. E o Desembargador Tomás Robi de Barros Barreto, em carta da Baía, 28 de Junho de 1759, para dar cumprimento a ordens recebidas, anúncia que proibiu os métodos com que os Padres da Companhia ensinavam, "até agora", a "Gramática *Latina, Grega, Hebraica*, e Retórica" [2].

5. — Nestes estudos clássicos consistia pròpriamente o Curso das Humanidades. Demos porém a este Capítulo a denominação de Ensino Secundário, para nele incluir outras matérias subsidiárias, que também se ensinavam e que hoje fazem parte dele. Não é

---

decoris et ornamenti, simulque gloriæ Christi et Ecclesiæ Catholicæ, non in minimis suæ providentiæ partibus collocet". — Recomendação da Congregação aos *Superiores:* "Et Superioribus tum localibus tum Provincialibus mandet, ut quidquid hac de re in *Ratione Studiorum* præsertim pro Nostrorum Scholarium institutione, præscriptum est, eo curiosius exigant, quam alicubi incuriosius præstari consuevit" (Decreto XVI). Cf. G. M. Pachtler, *Ratio Studiorum et Institutiones Scholasticæ Societatis Jesu*, I (Berlim 1887) 90.

1. Cf. Sommervogel, *Bibl.*, I, 1765.
2. A. H. Col., *Baía*, 4824.

fácil nem temos a intenção de equiparar o Curso de Humanidades com o Curso Secundário moderno, sabendo-se que até ao século XVII as Ciências não se imiscuiam directamente com as Letras, subministrando-se alguns princípios necessários como de aritmética no pequeno curso de Elementos, ficando o ensino sistemático das Ciências englobado no de Artes ou Filosofia, ou em cursos especiais como o de Matemática; e o mesmo se diga do que toca à História e Geografia. Mas pareceu-nos o lugar mais adequado para tratar destas disciplinas escolares nos antigos Colégios da Companhia.

O ensino da Matemática no Brasil principiou naturalmente por onde devia começar, isto é, pela *Lição de Algarismos*, ou primeiras operações, ensino gradativamente elevado, mencionando-se em 1605 nos três Colégios da Baía, Rio de Janeiro e Pernambuco, a aula de *Aritmética* [1], título genérico, para designar com maior ou menor desenvolvimento o que hoje consta de diversos tratados elementares desta disciplina; e foi gradação positiva e permanente até ao mais alto dela no ano de 1757 em que aparece já a *Matemática*, no Colégio da Baía, com a dignidade autónoma de *Faculdade*.

Se houvesse gente e meio propício, desde o século XVI que o Engenheiro P. Gaspar de Semperes teria ensinado no Brasil Matemáticas superiores. O Brasil nos dois primeiros séculos tinha porém preocupações mais urgentes, que era a da sua própria formação, alargamento e estabilização com a produção da riqueza demográfica e matérial, condições prévias e indispensáveis, para a cultura mais generalizada do espírito. Deu-se também nos Colégios do Brasil e fenómeno da oferta e da procura. Durante muito tempo, procura de ensino, menor que a oferta. Facto que decorre do meio ambiente e das condições mesmas com que a terra se ia formando para a cultura ocidental, partindo do nada, que é o falso pressuposto de alguns, como se o *Brasil* já existisse como nação, quando os Portugueses chegaram. Erro de perspectiva, porque quando o nada é o ponto de partida, tudo o que se adquire é de sinal positivo, e supõe uma escala que se não suprime com saltos e só gradualmente se supera. E assim se explica, na história da instrução do Brasil, que ao lado de um esforço heróico de carácter

---

1. *Bras.8*, 59.

moral, educativo e literário, fosse progressiva e morosa a eclosão de clima propício a altos estudos técnicos; e que, apesar de no Brasil haver quem pudesse ensinar Matemática, só tarde se abrisse Escola de Fortificações, e só nos meados do século XVIII viesse o Colégio da Baía a ter Faculdade de Matemática. Se o meio fosse propício não teriam faltado Mestres desde o século XVI. E dentre os Matemáticos da Companhia, que estiveram no Brasil, alguns são de nomeada:

Inácio Stafford (ou *Lee*), Mestre de Matemática do Colégio de S. Antão, entre outras obras deixou a "Geometria de Euclides — Elementos Matemáticos", os "Teoremas Matemáticos", impressos em Lisboa em 1636. Vivia na Baía em 1641 [1]. Viera dois anos antes com o Vice-Rei Marquês de Montalvão e com ele voltou a Lisboa. Os "Elementos Matemáticos" eram livro de texto; e estando o Autor, na Baía aí se tornou conhecido.

Manuel do Amaral, da Torre de Viseu, foi três anos Professor de Matemática na Universidade de Coimbra (1686-1689); e de Coimbra, a 26 de Dezembro de 1688, escreveu a pedir a missão do Maranhão [2], para onde veio em 1690 e onde viveu 8 anos, com zêlo e estraordinário fervor. Amaral foi discípulo do P. João König (João dos Reis) que o escolheu para o substituir na cadeira da Universidade de Coimbra [3].

Jacobo Cocleo, convidado em 1660 para ficar Professor de Matemática em Portugal, revelou-se no Brasil cartógrafo de valor [4].

---

1. *Bras.5*, 146v.
2. Gesù, *Indipetæ*, 757.
3. Francisco Rodrigues, *História*, III-1, 216.
4. Cf. supra, *História*, IV, 286, nota 1. Sobre a sua obra se dirá, infra, *História*, VIII,160-162. — Quanto ao convite para ficar professor de Matemática no Reino escreve o P. Jacques Cocle, de Lisboa, ao Provincial (da Galo-Belga), a 27 de Maio de 1660: "Le R. P. Provincial de Portugal m'a un jour appelé pour me demander si je n'aimais pas mieux rester encore quelques années dans le Portugal pour y achever mes études de Mathématiques (il avait appris que j'en possedais les éléments) et pour les enseigner ensuite publiquement. Mais me voyant plus porté pour les Missions d'Amérique il m'encouragea lui-même dans mon dessein et me renvoya confus des marques de bienveillance qu'il me prodigua", Carta ao P. Hubert Willheim, Arq. Prov. Port., Pasta 66 [11]. Cf. supra, *História*, VI, 595.

Filipe Bourel, de Colónia, também Professor de Matemática em Coimbra, Missionário do Rio de S. Francisco, veio a falecer no Apodi, que fundou (Rio Grande do Norte) [1].

Aloísio Conrado Pfeil, cartógrafo e insigne matemático, nome várias vezes citado nos tômos III e IV desta *História*, e que, por não achar compatível com as suas funções de Missionário, declinara o convite para ser professor de Estratégia no Pará [2].

Valentim Estancel (no Brasil também Valentim *de Castro*), Professor de Matemática, nas Universidades de Praga e Olmutz, e em Elvas, e na Aula da Esfera do Colégio de S. Antão de Lisboa, viveu no Brasil 42 anos, falecendo na Baía, a 19 de Dezembro de 1705. Deixou vasta bibliografia [3].

Diogo Soares e Domingos Capassi, um português, outro italiano, são os nomes de matemáticos jesuítas, mais célebres do Brasil, em famosos trabalhos de Cartografia e levantamentos de Latitudes e Longitudes, constituindo no Rio de Janeiro em 1730 o primeiro observatório astronómico dos Portugueses na América [4].

A curiosidade da ciência aplicada, que o ensino das Matemáticas produziria no meio colonial brasileiro, de formação incipiente, mas progressiva, ajuíza-se pelas referências daquele tempo como esta, da aptidão do Capitão José de Góis de Morais, filho do Capitão-mor Pedro Taques de Almeida, que sabia tirar "a rais quadra (sic) de cabeça e por pena" [5]; a perícia dos Irmãos pilotos da Companhia, os seus construtores navais, a obra dos seus arquitectos; e ainda outras obras, cais e guindastes no Rio e na Baía, canais e pontes na Fazenda de Santa Cruz e noutras paragens dos Estados do Rio e Espírito Santo; e em S. Paulo a Ponte do Guaré, feita pelos mesmos Jesuítas, que constitui a maior ma-

---

1. Cf. supra, *História*, V, 304, 348.
2. Cf. supra, *História*, III, 256; IV, 284-285. Sobre a obra de Pfeil, cf. infra, *História*, IX, 48-53.
3. Cf. infra, *História*, VIII, 208-212.
4. Cf. supra, *História*, IV, 286-287; VI, 212; S. L., *Diogo Soares S. I., Matemático, Astrómomo e Geógrafo de Sua Majestade no Estado do Brasil (1684-1748)*, Edições Brotéria (Lisboa 1947)4, 12. Cf. infra, *História*, IX, 130-137.
5. Certificado de José Monteiro de Matos, Mestre de Campo e Governador da Praça de Santos, anexo ao requerimento de José de Góis de Morais, A. H. Col., *S. Paulo* (maços em organização).

nifestação de engenharia civil, neste género, em terras paulistanas, até ao tempo da Independência [1].

Nem parecem alheias a esta preocupação científica certas manifestações literárias, como a do P. Prudêncio do Amaral, que canta a mecânica do Engenho do Açúcar, e a do P. José Rodrigues de Melo, que canta a Ponte do Guandu e as comportas hidráulicas da Fazenda de Santa Cruz. Por sua vez no Norte, João Daniel, já em forma menos literária, tenta a aplicação teórica dos ventos à navegação fluvial do Amazonas.

Nas Bibliotecas dos Colégios achavam-se os grandes autores da Matemática e da Física, então intimamente unidas. A *Matemática* de Clávio, a *Matemática* de Kircher, e os livros de Newton, Descartes, e diversos compêndios.

Durante muito tempo o estudo da Matemática andou unido ao da Física e nesta se impuseram aos mestres as teorias físicas de Aristóteles. Por elas se pautavam algumas interpretações escriturísticas, o que criava evidente embaraço às pesquisas ou aceitação das experiências do mundo físico, até se formar a mentalidade positiva de que as Letras Sacras, no que se refere ao mundo físico, nunca estão em contradição com os factos; e o certo é que os factos, isto é, as experiências físicas destruiram as teorias do mundo de Aristóteles e Ptolomeu. E por isso a XVII Congregação Geral de 1751 tratou da reforma dos estudos no sentido das novas ideias [2]. Novas no campo apenas das Ciências Naturais e da Física Experimental, porque o dos primeiros princípios já pertence à Filosofia. Uma vez assentes, e fora de controvérsia, as novas ideias físicas entravam nas escolas, como se vê do P. Inácio Monteiro, no Prefácio do I Tômo do seu *Compêndio dos Elementos de Matemática necessários para o estudo das Ciências naturais e Belas Letras*, impresso no Colégio das Artes, de Coimbra em 1754, onde diz que "sem Euclides não há Aristóteles". O Compêndio de Inácio Monteiro abrange, dentro da Matemática, elementos de Aritmética, Geometria, Secções cónicas, e Trigonometria; dentro da Física, noções de Estática, Mecânica, Hidrostática, Aerometria, Hidráulica, Óptica e Electricidade.

---

1. Cf. Afonso de E. Taunay, *Engenharia Colonial Paulistana*, no "Jornal do Commercio" (Rio), 13 de Fevereiro de 1944.
2. Decretum 13, *Institutum S. J.*, II, 436ss; cf. Pastor, *Storia dei Papi*, XVI-1 (Roma 1933)282.

É visível no Brasil o empenho de andar em dia com os estudos da Matemática dos grandes centros europeus. Os *Elementos de Matemática* de Rogério Boscovich, publicados em 1752, já se achavam no Colégio do Rio em 1759, e constam do Inventário da sua Biblioteca: Aritmética, Geometria plana e dos sólidos, Trigonometria plana e esférica, elementos das secções cónicas por método novo, a transformação dos lugares geométricos, as leis da Continuidade, e acerca de alguns mistérios do infinito [1].

No estudo das Matemáticas, o merecimento dos Jesuítas não foi tanto o de produzir cultores delas dentro da própria Companhia, ainda que é jesuíta o "Euclides do século XVI", P. Cristóvão Clávio, aluno do Colégio das Artes de Coimbra, e é imponente a lista dos autores matemáticos Jesuítas, inventariada por Sommervogel; consistiu, sobretudo, no impulso que deu a esses estudos, incluindo-os nos seus programas de ensino, em posição mais importante do que antes tinham nas Universidades do século XVI. Com os seus métodos de disputa (tese e anti-tese) provocavam a discussão dessas matérias, discussão muitas vezes de sentido reaccionário, contra os próprios textos didácticos correntes, despertando vocações científicas, entre os seus discípulos, a quem competia mais que aos próprios Jesuítas renovar os estudos das Matemáticas. E não faltaram discípulos nem vocações. Descartes fundou a Geometria Analítica, e na sua lei de conservação do movimento entreviu o grande princípio de conservação da energia, base da Física moderna [2]. O grande físico e maior matemático foi também o renovador da Filosofia do século XVII, e, se nem tudo o que renovou é aceitável, este aluno dos Jesuítas, e com Jesuítas na sua família, é um dos maiores pensadores do mundo [3].

---

1. Cf. Sommervogel, *Bibl.*, I, 1836. Boscovich, sócio das Academias Reais de Londres e Paris, era estimado entre nós, e dele, também exímio humanista, ficou um "Epigramma pro recuperata valetudine Joannis V Lusitaniæ Regis", *ib.*, 1835.
2. Cf. Leonel Franca, *Noções de História da Filosofia*, 9.ª ed. (Rio 1943)220.
3. Descartes ao publicar o *Discours de La Méthode*, escreveu a 15 de Junho de 1637, ao P. Estêvão Noel, antigo Professor seu, de Filosofia, no Colégio de la Flèche, e diz entre outras coisas: "qu'ayant fait imprimer ces jours passés le volume, que vous recevrez en cette lettre, je suis bien aise de vous l'offrir, comme un fruit que vous appartient, et *duquel vous avez jeté les premières semences* en mon esprit, comme je dois aussi à ceux de votre Ordre tout le peu de connaissance que j'ai des bonnes lettres". Cf. André Schinberg, *L'Education Morale* (Paris 1913)440.

Descartes era um espírito recto, como o são em geral todos os homens grandes, mostrou-se reconhecido e justo para com os seus Mestres. Não eram de igual craveira nem na rectidão nem no merecimento, e menos ainda no sentido de justiça, os homens da segunda metade do século XVIII, que se aproveitaram do exílio dos Jesuítas para os difamarem. E com o exílio, impossibilitada por longos anos a sua assistência nas cadeiras de ensino e nas pesquisas históricas sobre este e outros pontos, que se vão já esclarecendo, formou-se a corrente, hoje sem fundamento, de que a renovação dos estudos científicos em Portugal e portanto no Estado do Brasil, data da reforma da Universidade de Coimbra em 1772, 12 anos depois do exílio dos Padres. A renovação é anterior. Dos homens que fizeram a reforma, todos excepto um ou dois, foram discípulos dos Jesuítas. E o estudo objectivo dos mestres Jesuítas desse período mostra que ensinavam com os últimos dados das Ciências. Inácio Monteiro (impresso 18 anos antes da pseudo-reforma) cita os grandes nomes das Matemáticas e da Física não apenas *racional*, mas *experimental*, até ao seu tempo. E expõe-os concisamente, aceitando ou enjeitando as suas conclusões, como sobre a teoria da luz, em que, com notável independência crítica, estuda as ideias de Aristóteles, Descartes e Newton; e no mesmo ano de 1754 o P. Sebastião de Abreu, defendendo teses na Universidade de Évora da Companhia de Jesus, entre os nomes que cita inclui já o coêvo norte-americano Benjamim Franclim, sobre a electricidade [1].

Um dos últimos Jesuítas matemáticos, que viveram em terras da América Portuguesa, foi o insigne astrónomo húngaro Inácio Szentmartonyi, convidado por El-Rei D. João V para o trabalho das demarcações. Tirou as coordenadas da cidade do Pará [2]. Arrastado depois na onda da perseguição geral, pagaram-lhe os serviços com os cárceres perpétuos de S. Julião da Barra. Como os Jesuítas à imitação de Jesus seu Mestre, jamais se abatem diante da adversidade, ali mesmo reorganizaram como puderam a vida comum. E Szentmartonyi constituiu-se professor de Matemática para os Jesuítas mais novos, que foi, neste alto ambiente de tragédia,

---

1. Cf. Domingos Maurício, *Os Jesuítas e o Ensino das Matemáticas em Portugal* na *Brotéria*, XX (1935)205.
2. José de Morais, *História*, 189.

a comovente e derradeira escola de Matemáticas dos antigos Jesuítas do Brasil [1].

6. — Quanto à *História e Geografia*, o próprio Curso de Humanidades incluía as noções indispensáveis à exacta compreensão dos textos, alguns dos quais essencialmente históricos, como, entre outros, César, Salústio, Quinto Cúrcio, Tito Lívio e Suetónio; e a cadeira de *Retórica* incluía a de *Erudição*.

No século XVI, ao fundar-se a Companhia, em nenhum Colégio ou Universidade do Mundo se ensinava a *História* em curso autónomo. Ensinava-se como subsídio útil à boa interpretação dos clássicos: História grega e romana, portanto, nas Humanidades; e no Curso Teológico, também a história da Igreja. No século XVII introduziu-se o curso de história pátria e logo a história geral. Com histórias particulares e amplas, havia compêndios de diversa procedência europeia, portuguesa ou outra. O *Epítome* de Tursellini, "*Historia do Mundo desde o princípio dele até 1598*", foi o primeiro livro das Escolas da Companhia, como texto suplementar ou de consulta (e substituiu o do lusitano Orósio, que era do século V) [2].

Ao Brasil pertence um compêndio escolar, o *Epítome Cronológico, Genealógico e Histórico*, do P. António Maria Bonucci, que escreveu variados livros, com tendência para o didactismo e vulgarização. O seu *Epítome*, em português, divide-se em quatro livros [3]. É um misto de história sacra e de história profana, que faz, como aliás todos os cristãos e o sistematizou Bossuet, de Jesus Cristo o centro da *História*, com que se abre o que então se chamava o sexta idade do Mundo. O nome de *Epítome* é adequado, e nem é nem vale mais do que isso, que é pouco. Escreveu-o nos sertões da Baía, di-lo na Dedicatória ao "Senhor Nicolao Lopes Fiuza", datada da Baía, 23 de Junho de 1701; e na cláusula final acrescenta que tomara esse trabalho "assim para fugir do ócio nos breves

---

1. Romão-Furtado, *Compendio Istorico* (Nizza 1791)370.

2. Sobre Paulo Orósio, bracarense, discípulo e amigo de S. Agostinho, a sua famosa obra, *Historiarum adversus paganos Libri VII*, e suas diversas edições e traduções (uma em inglês pelo Rei Alberto o Grande), cf. *Bibliografia Geral Portuguesa*, século XV, edição da Academia das Ciências de Lisboa, com introdução de Queirós Veloso (Lisboa 1944)80-165.

3. Publicado em Lisboa, na of. de António Pedroso Galrão, 1706, 4.º, 555 pp.; Cf. infra, *História*, VIII, 111.

tempos que me concedem os ministérios de mais importância, como para excitar aos que lerem estas poucas folhas do meu *Epítome* maior afecto e reverência para com a Igreja nossa Mãe".

A este espírito fundamental, une outro, de bom sabor na boca de um Jesuíta estrangeiro, que sendo Missionário do Brasil se considera português. Ao iniciar o Capítulo consagrado aos Reis de Portugal, tem estas palavras: "Henrique, claríssimo Tronco da Monarquia Lusitana e Autor admirável dos *nossos* Reis"... E assim, com todos os *nossos* Reis de Portugal, que exalta como chefes da nação a cujo serviço apostólico se dedicara. Breves retratos ou medalhões, que não destoariam pelo seu civismo, na pena de um nacional, como esta interpretação concisa, mas elegante do período filipino:

"Depois da morte do Rei Cardeal entraram a governar Portugal naquele meio tempo os três Filipes de Castela, o Segundo, o Terceiro e o Quarto. Até que Jesu Cristo, lembrado do seu Império, que com seu Sangue e Chagas prometera estabelecer em Portugal, espertou o ânimo sempre invencível dos Portugueses, para que aclamassem por seu legítimo e verdadeiro Rei a Dom João Duque de Bragança. E foi com tão próspero sucesso, que como escreve um grande historiador francês, não custou esta nomeação muito sangue a seus vassalos, como se hereditàriamente se dera o Reino e não se conquistasse com violência, e o mesmo fora Dom João Quarto, que D. João III" [1].

O ensino da *História*, sacra e profana, ia-se impondo nas Escolas do Brasil e notam-se aqui e além os que mais se distinguiram nele, como se diz do P. Luiz de Barros, grande mestre de Humanidades e de "História", falecido na Baía, sua cidade natal, em 1745 [2]. Aliás a História foi sempre sumamente cultivada pelos Jesuítas, como atestam os seus livros, muitos deles de alta valia em todas as nações. E no Brasil, também. Não nos detemos com a cultura histórica de Vieira, revelada nos seus livros. Mas por um, cuja categoria literária é precisamente a de historiador, se verifica o grau ambiente dos conhecimentos históricos no Brasil Nas "Notícias antecedentes, curiosas e necessárias das cousas do

---

1. *Epítome*, 521.
2. *Bras.10(2)*, 419. Luiz de Barros entrou na Companhia com 16 anos, a 16 de Abril de 1690, e fez a profissão solene em 1709 (*Bras.6*, 135).

Brasil", livro publicado em 1663, o autor, Simão de Vasconcelos, sem meter em conta os escritores de Filosofia e Teologia, que cita, possui a cultura geral, científica e histórica do seu tempo, em particular no que se refere à América e ao Brasil. Entre outros nomeia como fontes suas: José de Acosta, Cristóvão de Acuña, Alonso de Ovalle, Oviedo, António de Herrera, Argensola, Gómara, Bartolomeu de las Casas, Garcilazo de la Vega, António de la Calancha, Pedro Bertio, Marcgrave, Abraão Ortélio, Godefroy; Maffeo, Nieremberg, Orlandino, Possivino, Sacchino; Pedro de Mariz, Fr. António Brandão, João de Lucena, Nicolau de Oliveira, Jerónimo Osório, João de Barros, nomes todos grandes no mundo português ou que escreveram sobre assuntos americanos (e até então impressos), além de outros que vinham ao ponto do seu estudo especial, como Arias Montano, Tasso, Garcia da Orta, Duarte Nunes de Leão e Pedro Nunes

As obras de História constituíam um dos grandes sectores das bibliotecas dos Colégios, nos seus diversos ramos de história religiosa, civil, militar, biográfica, literária, com colecções nacionais e estrangeiras, de autores que conservam ainda hoje o seu prestígio, dicionários históricos, e também, quando começaram a publicar-se, jornais e revistas da história das ciências e das artes [1].

A *Geografia*, também presente com os seus livros, Corografias, Atlas e Mapas de Portugal e do Mundo, em todos os grandes Colégios, como consta dos respectivos inventários, completava esta secção de ensino [2]. Por outro lado, a contribuição dos Jesuítas do Brasil, com as suas relações, livros e mapas, para os conhecimentos geográficos, é do mais alto valor; e são bem conhecidos na Geografia das comunicações, além das do extremo norte (Pedro de Pedrosa e outros) os cinco Roteiros de Antonil (1711) de S. Paulo a

---

1. Cf. Inventário do Colégio do Rio de Janeiro feito em 1775 onde constam estas e outras espécies, Inst. Hist. do Rio, L. 58, ms. 1125; cf. supra, *História*, VI, 27.

2. Cf. supra, *História*, III, 281; VI, 27. No Inventário da Biblioteca do pequeno Colégio da Vigia (supra, *História*, IV, 399-409), podem-se ver algumas obras de Geografia "Atlas parvus", "Lexicon Geographicum", "Descrição Geográfica da Terra", "Mapa de Portugal"... Mas é incomparàvelmente maior o número das que se lêem nos Inventários dos grandes Colégios, como se verifica no do Rio de Janeiro, ainda inédito.

Minas, do Rio a Minas, outro do Rio a Minas (caminho novo), da Baía a Minas, e o das boiadas do Rio de S. Francisco [1].

7. — A *língua pátria* não tinha, como hoje, além da Escola Primária, onde se ensinava a Gramática Portuguesa, classes especiais. Era estudo indirecto, não porém menos eficaz. Indirecto, porque estava em função dos clássicos. Mas o estudo da Arte de Gramática, de Manuel Álvares, importava automàticamente o estudo da Gramática Portuguesa, correlativa, com os seus explicadores; e todas as traduções escolares dos autores latinos e gregos eram composições práticas de português, e assim aprenderam os maiores mestres dela, António Vieira na Baía e Manuel Bernardes em Lisboa. No entanto, também em todos os Colégios havia Prosódias da língua portuguesa e os grandes escritores vernáculos em prosa e verso. E já vimos que a primeira instrução nos Colégios começava pela Língua Portuguesa, e que a famosa *Prosódia* de Bento Pereira, apesar da ordem de supressão, não achou então outra que a substituisse.

Trata-se neste capítulo, claro está, apenas da parte técnica do ensino de Humanidades no Brasil, não dos resultados, nos seus discípulos. Com afirmações não isentos de apriorismo, há quem atribua ao ensino das Humanidades, o pendor do brasileiro para a oratória e arredondamento da frase, e portanto como consequência do ensino da Companhia. Não sendo este ensino peculiar ao Brasil, mas a todo o mundo culto, a ser essa a causa, o mesmo pendor se acharia em todas as nações modernas. Quer nos parecer que é outra a razão. Antes de qualquer aula de humanidades ou retórica, já os Jesuítas acharam no sertão brasileiro que os Índios eram como os Romanos, e os mais estimados da tribo os "senhores da fala" [2].

O estudo do resultado das Humanidades nos alunos dos Colégios do Brasil seria interessante, quer fossem da Companhia como Vieira, e os mais da geração baiana, Jesuítas e não Jesuítas, historiadores, poetas, oradores, genealogistas; quer os que viriam um século depois, na chamada Escola Mineira, cujos maiores nomes foram alunos da Companhia de Jesus (entre outros, Cláudio Manuel da Costa e

---

1. Antonil, *Cultura e opulência do Brasil*, 238-247; 262-267.
2. Supra, *História*, II, 30.

Inácio José de Alvarenga Peixoto, no Rio; e Tomás António Gonzaga, na Baía). Mas tal estudo não caberia aqui. Porque na realidade, é o grande e principal capítulo literário do Brasil nos três primeiros séculos da sua formação histórica [1].

---

1. "Le Brésil doit aux écoles fondées par les Jésuites presque tous les grands noms de son histoire littéraire du XVIº au XVIIIº siècles", Barão do Rio Branco, *Obras*, VIII — *Estudos Históricos* (Rio 1948)78.

ANTIGO OBSERVATÓRIO ASTRONÓMICO DO RIO DE JANEIRO
(Período *post-jesuiticum*)

Sobre as formosas colunas da Igreja inacabada do Colégio do Morro do Castelo, onde é hoje a Explanada do Castelo, no Centro da Cidade.

Neste mesmo Colégio, durante o primeiro semestre de 1730, tinham iniciado as suas observações astronómicas os sábios Jesuítas Diogo Soares e Domingos Capassi.

CAPÍTULO III

Ciências Sacras

1 — Teologia Especulativa ou Dogmática; 2 — A questão "de Auxiliis"; 3 — A questão do Probabilismo; 4 — Teologia Moral; 5 — Direito Canónico e questões canónico-morais do Brasil; 6 — Patrística e Exegese da Sagrada Escritura.

1. — Dos estudos internos da Companhia, a Teologia Especulativa ou Dogmática é o mais alto curso. Não eram admitidos a ele todos os estudantes. Havia uma como selecção natural ou eliminatória, a começar na Lógica (Menor e Maior), expressa para o Brasil em Carta de 2 de Setembro de 1600, do P. Geral Aquaviva ao Provincial Pero Rodrigues:

Ano de Lógica: Todos o devem estudar; o seu exame só se fará uma vez, isto é, não se repete; e só serão admitidos a novo exame os rudes, mas para se convencerem da sua inaptidão para estudos maiores.

Filosofia: Devem fazer este curso todos estudantes de talento mediano ("medíocre").

Teologia: Os *medianos* estudam-na só até ao 2.º ano (Curso Breve); os de talento *insigne*, também o 3.º e 4.º ano (Curso Longo).

O Padre Geral explica: talento *regular* ("medíocre") entende-se dos que pareçam dotados medianamente ou para pregar e governar ou para confessores e sócios do Mestre de Noviços.

Talento *insigne* entende-se o dos que o pareçam ter neste elevado grau ou para pregar ou para governar [1]. Pertenciam a esta categoria os que recebiam o grau de Mestre em Artes e os professos solenes; dos que estudavam só até o 2.º ano de Teologia, por se

---

1. *Bras.2*, 133v-134.

insistir mais na Teologia Moral ou Casos de Consciência, saíam os Coadjutores Espirituais. Numa lista de 1638 os Padres Coadjutores Espirituais chamam-se "Casuistas", os Professos, "Teólogos".

Como a Teologia Moral se estuda nos dois primeiros anos do curso teológico, todos os Sacerdotes da Companhia a estudavam por igual e nesta matéria não havia diferença; a diferença estava na teologia dogmática, exigida para o exame *ad gradum*.

O Curso de Teologia Especulativa ou Dogmática algum tempo foi duplo: um público para os estudantes de fora, outro particular para os estudantes de casa, quer para atender àquela divisão de Curso longo e Curso breve, quer para mais intensidade dos estudos, porque era a escola dos futuros mestres e a habilitação requerida para o exame final e mais alto da Companhia, que era o *ad gradum*.

Como todos os exames, nem sempre este era coroado de felicidade; e pediu-se alguma vez a Roma para se repetir; mas para não abrir a porta a pedidos gerais desta natureza só se concedia nalgum caso particular [1].

Pela penúria de Padres, deixava-se às vezes de fazer o 4.º ano de Teologia, mas as ordens de Roma são sempre apertadas e insistem em que o quadriénio de Teologia deve-se ter na íntegra, resolvendo-se a dificuldade de qualquer maneira, menos à custa dos estudos [2]. Por muitos anos o Curso de Teologia Especulativa só existiu no Colégio Máximo da Baía, e mais tarde também no Colégio Máximo do Maranhão, e ainda no Colégio do Rio de Janeiro em ordem à nova Província que se projectava e da qual ele seria o Colégio Máximo. Houve algum curso esporádico no Colégio de Olinda e do Pará, mas naqueles três com regularidade e organização canónica. E em todos três era frequentado por alunos externos. Parece que nos primeiros tempos não havia *Livro de Matrícula*, para estes alunos de fora. Começando os Prelados da Baía, Rio de Janeiro e Pernambuco a exigir que o seu Clero passasse pelas aulas do Colégio ao menos pelas de Moral, a fim de constar com segurança das habilitações respectivas, ordenou o P. Francisco de Matos em 1701:

"Haverá daqui em diante um livro no qual o P. Prefeito dos Estudos assente os Teólogos seculares, que vêm aos nossos Gerais,

---

1. Gesù, *Assist.*, 627.
2. *Congr.55*, 256, 257v; *Bras.3(2)*, 11.

para que dele se tirem as certidões do tempo, que continuaram assim no Moral como no Especulativo. Este livro terá o mesmo Padre Prefeito [1].

O ensino ministrava-se com seriedade e sem subserviência. Quando em 1614 o P. Aquaviva como consequência da questão "de Auxiliis" ordenou que se seguisse S. Tomás, o Provincial Henrique Gomes enviou uma lista de pontos em que lhe parecia difícil o cumprimento dessa ordem; e termina com esta observação que importa reter pela sua importância não só teológica, mas também histórica, da *Imaculada Conceição*: "Não falo já na doutrina que o Santo Doutor traz na 1 2^{ae} q. 81, ar. 3, aonde resolve que todos (excepto solum Christo Domino) incorrem no pecado original, e pelo conseguinte que também a Virgem Senhora Nossa incorreu. Nem falo noutras opiniões porque só estas trago por exemplo" [2].

S. Tomas ficou sendo o Mestre de Teologia, mas ao lado dele, Francisco Suárez, Molina e outros Mestres, com as divergências que as Escolas permitem, compatíveis com a Teologia Católica. E em todas as livrarias dos Colégios, se encontravam os grandes expositores antigos e os mais até aos meados do século XVIII, ao sobrevir a perseguição. Se porventura escapou dela, ignora-se o paradeiro actual do *Tratado de Teologia*, composto pelo P. António Vieira, que pela data (à roda de 1635) se constitui o primeiro tratado teológico escrito no Brasil [3].

2. — Duas grandes controvérsias doutrinais agitaram as Escolas europeias, uma de carácter especulativo, outra prático, a questão "de Auxiliis" e a questão do Probabilismo. Não podiam ter no Brasil a mesma acuidade que na Europa. Nem por isso, como aliás sucedeu com todas as questões importantes, deixaram elas de ter algum reflexo nos meios cultos do tempo.

A *Questão "de Auxiliis"* pertence à Teologia: que auxílios ou graças sobrenaturais necessita o homem para salvar-se? Pertence também à Filosofia, pelo conceito de liberdade em relação com a graça. O ponto mais difícil está em conciliar a predeterminação divina sobre o destino do homem com o facto da liberdade humana.

---

1. Bibl. Vitt. Em., f. ges. 1255, n.º 13 (10.º).
2. Gesù, 660.
3. Cf. supra, *História*, IV, 8.

Debateu-se a questão sobretudo entre Professores Dominicanos e Jesuítas. O ponto de partida foi a denúncia feita pelos Dominicanos à Inquisição Espanhola contra o Professor e Poeta Fr. Luiz de León, agostinho, e o P. Prudêncio de Montemayor, jesuíta. Colocada a questão no Santo Ofício era inevitável a defesa e portanto a polémica entre as Escolas de uma e outra tendência. Da parte dos Dominicanos sobressai Fr. Domingos Bañez; da parte dos Jesuítas, na sequência da questão, o Professor da Universidade de Évora P. Luiz de Molina, com o famoso livro *Concórdia*, em que procurou resolver o gravíssimo problema com a teoria da *Ciência Média*, criação do P. Pedro da Fonseca, outro Professor de Évora e Coimbra. Nos livros de Teologia Dogmática e da História da Teologia trata-se da melindrosa e dificílima questão, que não é aqui o lugar de explanar nos seus episódios em que tanto se intrometeram a violência e a paixão. Dir-se-ia já uma questão literária moderna. Com a diferença apenas de que esta das Letras Sacras, para quem é cristão, reveste importância incomparàvelmente maior. Depois de longos debates a questão encerrou-se com uma declaração do Sumo Pontífice pela qual cada Escola poderia defender a sua opinião sem notar de errónea a opinião contrária.

Na controvérsia invocava-se a S. Tomás, mas cada partido o interpretava a seu modo. E foi ao ser imposto o seu magistério, por decreto do P. Geral Aquaviva (13 de Dezembro de 1613), que se manifestou a reacção dos Professores do Brasil sobre alguns pontos de S. Tomás, controversos ou mesmo inadmissíveis, já refutados no *Cursus Conimbricensis*, livro de texto no Colégio da Baía [1].

3. — A *Questão do "Probabilismo"* surgiu um século mais tarde e coloca-se no terreno prático da consciência: se basta que ela se determine por um motivo "provável" (Probabilismo) ou se é obrigada a seguir o motivo "mais provável" (Probabiliorismo). Causou este movimento teológico grave tribulação na Companhia por ser chefe dos Probabilioristas o P. Tirso González, que como Geral o procurou impor a toda a Corporação. Sendo matéria livre, recusou-se quase toda a Companhia a aceitar a doutrina do P. Geral, que por isso correu o risco de ser deposto. Pelo facto de Tirso González ser espanhol, consagra Astrain a esta questão, em que

---

1. Cf., infra, Capítulo V, 220.

intervieram Papas e Reis, grande parte do Tomo VI da sua *História*[1]. Neste debate está presente o Brasil, muito mais do que no anterior. E o primeiro que tomou parte nele foi um Padre da Baía, grande professor, inclinado todavia por pendor natural a extremismos partidários de que deu provas noutras questões. Eleito a Roma, o P. Domingos Ramos foi um dos membros da XIV Congregação Geral, que teve início a 19 de Novembro de 1696. Mostrou-se probabiliorista, e o P. Tirso González encarregou-o de escrever um Tratado em defesa dessa posição. Domingos Ramos voltou ao Brasil; e a 28 de Agosto de 1701 escreve que tinha quase pronto o livro, no qual, diz ele, seguia a doutrina do Geral. Redigira-o em forma silogística[2]. A 12 de Outubro de 1702 comunicava ao mesmo P. Geral o estado da sua obra, que faltava ainda limar. Constava de três parte: 1. *De vera probabilitate practica in communi*; 2. *De vera prababilitate practica in particulari*; 3. *De vera probabilitate speculativa tam in communi quam in particulari*[3].

Quando a carta chegou a Roma, já se tratava de nomear Vigário Geral, por se achar adiantado em anos o P. Tirso González; e de facto o novo Vigário Geral Miguel Ângelo Tamburini começou a governar a Companhia a 22 de Novembro de 1703[4]. Com isto, deixou o Probabiliorismo de ter o seu sustentáculo dentro da Companhia, e não se falou mais no livro do P. Domingos Ramos.

O erro do P. Geral Tirso González não foi o de defender o *Probabiliorismo*, posição doutrinária legítima, foi o de combater o *Probabilismo*, não apenas como opinião *falsa*, senão também *culpável*, censura inadmissível. E ainda hoje são livres ambas as posições, seguindo cada qual a que mais preferir, como critério moral dos actos humanos.

Foram contemporâneos do P. Ramos na Baía os Padres António Maria Bonucci, Luiz Vincêncio Mamiani e Jorge Benci, e todos três se imiscuiram na controvérsia. Bonucci, a 10 de Julho de 1699, escreveu ao P. Tirso González, e declarou-se partidário seu na questão do Probabilismo[5]. Mamiani e Benci publicaram em

---

1. Astrain, *Historia*, VI, 119-372.
2. *Bras.4*, 91.
3. Carta do P. Domingos Ramos ao P. Geral Tirso González, da Baía, 12 de Outubro de 1702, *Bras.4*, 94.
4. Astrain, *Historia*, VI, 366.
5. *Bras.4*, 60.

Roma dois tratados, ambos já depois da morte do P. Tirso González, Mamiani com a data de 1706, Benci com a de 1713. Mas a dedicatória de Benci, a António da Silva Pimentel, foi escrita na Baía a 11 de Dezembro de 1705 [1].

4. — Tão necessária como a catequese para os Índios e humildes, se revelou no Brasil a Teologia Moral e o Direito Canónico, para a solução dos casos de consciência, uns de carácter geral outros específicos da nova terra e da sua economia. E já vimos que a estes casos se associaram não só os Teólogos do Colégio da Baía, como também se assinala a presença do Brasil nas Universidades de Coimbra e Évora com soluções dadas por alguns dos seus mais notáveis Mestres, Martim de Azpilcueta Navarro, Fernão Peres, Gaspar Gonçalves e Luiz de Molina [2]. Por outro lado, vieram ser professores no Brasil, alguns Mestres de Évora e Coimbra, como Inácio Tolosa e Francisco Soares Portuense, e ainda um ou outro no decorrer do tempo.

No começo do século XVII havia no Brasil 3 Professores de Teologia Moral, ou Lentes de Casos de Consciência, cada qual nos três maiores Colégios, da Baía, Rio de Janeiro e Pernambuco [3]. E em todas as demais Casas, das Vilas e Aldeias, se não descurava a Teologia Moral. E a Visita do P. Manuel de Lima ordenava que houvesse pelo menos conferência semanal de *Casos de Consciência*, meia hora de cada vez [4]. Em 1634 urge-se ainda que, além dos Colégios maiores, também os de S. Paulo e as Casas de Santos, Espírito Santo e Ilhéus, adquirissem os Autores de Moral, indispensáveis para a recta solução dos casos, que porventura aparecessem e sobre os quais fossem consultados os Jesuítas [5].

Os Colégios da Companhia foram os principais centros de consulta moral do Brasil. Na Relação *ad limine*, enviada pelo Bispo da Baía, D. Pedro da Silva, em 1642, justifica-se ele de não ter instituído os cargos de cónego Teológico e Penitenciário, por não

---

1. Cf. infra, *História*, VIII, 95-96.
2. Cf. supra, *História*, I, 77-78, onde citamos os manuscritos de Évora; também se encontram em A. S. I. R., *Inst.182*, 310-313v.
3. *Bras.8*, 59.
4. Bibl. Vitt. Em., f. ges. 1255, 14.
5. *Bras.8*, 429v.

ter senão seis cónegos e não serem precisos esses cargos, por haver perto da Sé "o Colégio da Companhia de Jesus, dotado com munificência régia e Academia pública, onde florescem muitos e excelentes teólogos e confessores. E comumente não faltam nesta Sé cónegos teólogos; e dos referidos seis, dois são Professores da Sagrada Teologia [1].

Infere-se que, além do Colégio, já se ensinava Teologia na Baía ao menos em particular (não se fala das Casas Religiosas de outras Ordens, onde ela forçosamente se ensinava aos membros de cada qual). Mas era ensino precário e intermitente. Porque o Arcebispo D. Sebastião Monteiro da Vide determinou que nenhum Clérigo se ordenasse, sem ter frequentado durante um biénio as aulas de Teologia Moral do Colégio. E em 1714 já muitos as frequentavam [2].

Por ser matéria imediatamente necessária aos ministérios sacerdotais não havia Casa da Companhia, por pequena que fosse a Aldeia, que não dispusesse ao menos de alguns livros de moral. Nos Colégios havia, além disso, para texto ou consulta, todos os grandes autores da especialidade, portugueses e estrangeiros, publicados até meados do século XVIII, e constam dos Catálogos das suas livrarias.

---

1. Vaticano, *Vescovi*, Relação de D. Pedro da Silva (Baía), an. 1642.
2. *Bras.10*, 17. Como se vê, o Seminário Maior da Baía, apesar das tentativas do Tempo de D. Pedro Leitão e D. Marcos Teixeira tinha ficado sem efeito, até se fundar o Seminário de N.ª S.ª da Conceição. (Cf. supra, Tômo V, 151-155). Acrescentamos que a primeira tentativa do P. Malagrida com esmolas particulares no Sítio da Saúde (1743) não foi aprovada pelos Padres do Brasil como consta de uma informação do Reitor do Colégio Simão Marques (B. N. do Rio de Janeiro, II-33, 5, n.º 2, p. 47v-49v). E ainda que começou a funcionar provisòriamente por volta de 1747, pretendia-se licença e também dotação régia para o seu estabelecimento definitivo. A licença pediu-a em 1749 o mesmo Simão Marques, já então Provincial, e o seu requerimento, com exposição de motivos, foi consultado no Conselho Ultramarino, a 5 de Setembro de 1749 (A. H. Col., *Baía*, Apensos, 5 de Setembro de 1749); a dotação régia alcançou-a Malagrida em 1752. Para mais ordenação dos estudos, o P. João Honorato indo Procurador a Roma alcançou um Breve de isenção, referendado em Lisboa em 1754 pelo Secretário de Estado Pedro da Mota. Este Breve Pontifício da isenção dos Seminários da Companhia de Jesus no Brasil tem a data de 7 de Setembro de 1753: *Benedictus Papa XIV. Ad perpetuam rei memoriam. Collegia et Seminaria. Datum Romæ apud Sanctam Mariam Majorem... die 7 Sept. 1753.* (Sommervogel-Bliart, *Bibl.*, XI, 1343). — Ver infra, *Apêndice C*.

E alguns Padres do Brasil já tentavam também os seus livros de Moral, colectâneas de Casos de Consciência, como, entre outros, Manuel da Fonseca, Manuel Xavier Ribeiro e Jerónimo Moniz; e Inácio Dias corrigiu, anotou e adicionou o compêndio de José Agostini. As *Conclusiones Theologicae* que existiam nos Colégios Maiores, sobretudo da Baía, Rio de Janeiro e Maranhão, foram destruídas pela perseguição de 1759 e pelo obscurantismo que sobreveio e não soube resguardar suficientemente esses papéis como documentos úteis para a história da cultura teológica do Brasil nos séculos passados, como o que, por qualquer feliz motivo, sobreviveu e se conserva em Évora, do Cronista Domingos de Araújo, Prof. do Colégio do Maranhão: *Conclusiones Theologicas pro Iust. et Iure in 2.^{m} 2.^{ae} D. Thomae. Praeside R. P. ac Sap. M. Dominico de Arauio Societ. Iesu. Propugnat. P. Salvator de Oliveira ei. Soc.* [1]

5. — Ligado à Teologia, anda o Direito Canónico, que rege a Sociedade Religiosa, sector importante, ora a determinar as relações entre a Igreja e o Estado; ora, dentro da própria Igreja, a codificar as leis comuns a todos os fiéis do universo, ou a parte deles, como o antigo Padroado Português, ou a América, ou apenas o Brasil.

O primeiro grande acto jurídico para a América, de consequências políticas e internacionais, e também éticas e religiosas, foi ainda no século XV, a Bula de Alexandre VI, acto de arbitragem entre as duas nações colonizadoras do Novo Mundo, com a célebre *Linha Alexandrina* entre Portugal e Castela; e sob o aspecto religioso, catequético e humano, a Bula de Paulo III, de 1537 em que declara os naturais da América seres racionais, como todos os outros homens, e portanto dotados de liberdade e hábeis para receber a fé [2].

Sobre a matéria da liberdade dos Índios, no que toca ao Brasil, à parte algumas referências menores, a primeira grande lei consubstancia-se no *Regimento de Tomé de Sousa*, dado por D. João III em 1548; e o monumento mais antigo, escrito no Brasil, chegado até nós, é o *Caso de Consciência*, com o parecer do P. Manuel da

---

1. Bibl. de Évora, Cód. XVIII/1-1, f. 155-156v.
2. Cf. supra, *História*, I, 195.

Nóbrega, sobre os cativeiros dos Índios, provocado já por actos anteriores jurídicos, de origem Pontifícia ou de origem Régia, ou ainda da *Mesa da Consciência* de Lisboa, órgão consultivo competente em matéria de liberdade.

Nóbrega não coloca o problema no campo de haver "povos", nascidos para a escravidão, mas no de "indivíduos", que por "extrema" necessidade podiam perder a liberdade. Segundo os tratadistas, a "liberdade" era um bem do indivíduo; a "vida" para o indivíduo um bem maior; e só em "extrema" necessidade se podia perder a "liberdade" para assegurar a "vida". Cada caso deveria ser examinado em concreto. O Parecer de Nóbrega *Se um pai pode vender a seu filho e se um se pode vender a si-mesmo*, é de 1567, data em que os Códigos de todas as nações civilizadas aceitavam o facto legal da escravidão. A base da argumentação de Nóbrega, colocada no terreno "individual", como o mostra o título, poderia alargar-se a um grupo de "indivíduos", os Caetés, que mataram o Bispo Sardinha e cometeram outros crimes, aos quais a *pena* de morte se comutou na *pena* de escravidão. Não se trata de escravidão "natural", mas de escravidão como "pena", da qual se saía pela aceitação da fé ou da civilização cristã nos Aldeamentos. Nóbrega baseia-se na liberdade natural do homem, e trata *em todas as hipóteses*, de homens *livres*. E o seu *Parecer* tende precisamente a provar ou que as leis *positivas*, de justiça vindicativa, não tiveram recta aplicação na grande maioria dos casos, por motivos de prepotência, dolo e tirania, ou já cessaram as razões da sua aplicação, desde que os Índios, a quem se dera o *castigo* pelas suas guerras, crimes ou assaltos, submetendo-se à paz e aos aldeamentos, suprimiram a causa justa da *pena* ou da aplicação da lei.

Quer dizer: Nóbrega admite, com todos, que "por culpa e delito se pode perder a liberdade"[1], princípio geralmente admitido, sem o qual não poderiam existir cadeias nem penitenciárias; mas para Nóbrega não havia "escravidão natural", nem "povos nascidos para a escravidão" *jure perpetuo*. Tudo eram casos *individuais*, e cada caso se deveria examinar em concreto, com ciência e consciência, para não lesar a justiça; e o seu *Parecer* dá longa lista desses casos, comuns no Brasil, em que era realmente lesada.

---

1. S. L., *Páginas*, 119

Pelos seus termos e alcance, o *Parecer* de Nóbrega, constitui-se o mais antigo monumento jurídico-moral do Brasil. Toda a sua argumentação, quanto as ideias do tempo a permitiam, reagindo contra essas mesmas ideias, marca um sentimento geral, implícito, e em alguns casos particulares, explícito, a favor da liberdade [1].

Depois deste primeiro acto jurídico, na sequência das Cartas e Relações dos Jesuítas, durante dois séculos, há vasta matéria conexa com a Liberdade dos Índios, posta geralmente no terreno da moral prática, sempre com o pressuposto de que os Índios são *livres por natureza*, "pessoas livres", como tantas vezes se viu nesta *História*, sobretudo nos Tomos II, IV e VI. Alguns Sermões de Vieira, e em particular o seu famoso *Voto* de 1694, são verdadeiros tratados jurídico-morais, em que ele expõe e defende a liberdade, e logo desde o seu primeiro sermão pregado em 1633, no Engenho de S. João na Baía, que já se classificou de primeiro brado abolicionista do Brasil. (No sentido em que então era possível tal reivindicação da liberdade).

Digno de Nóbrega, é o extraordinário livro de Jorge Benci, *Economia Christaã dos Senhores no Governo dos Escravos*, escrito no Brasil e publicado em Roma em 1705, mina de conhecimentos sociais, sem igual em toda a nossa literatura no que toca ao Brasil. Admite a escravatura, como facto legal do seu tempo, mas descreve as misérias dela com tal viveza que preparava os ânimos para a supressão desse terrível flagelo humano, que o direito das Gentes introduzira no mundo (e de que ainda se não libertou de todo, mesmo neste século XX): "O estado mais infeliz, a que pode chegar uma criatura racional é o do cativeiro; porque com o cativeiro lhe vêm como em compêndio as desgraças, as misérias, os vilipêndios e as pensões mais repugnantes e inimigas da natureza" (p. 265). Com a breve e veemente explanação de cada um destes pontos, conclui este livro, honra do Catolicismo e da Companhia de Jesus no Brasil.

Outro ponto, que toca ao Direito Canónico, é a grande questão dos *Dízimos*, aguda nos séculos XVII e XVIII, de que há também vasta documentação. Assunto de carácter fiscal, eclesiástico e civil,

---

1. Cf. S. L., *Novas Cartas Jesuíticas*, 113ss. Alexander Marchant, *From Barter to Slavery* (Johns Hopkins Presse 1943) trata em *Apêndice* deste escrito de Nóbrega, com a nota de que a súmula, que dele faz, se baseia no texto impresso em *Novas Cartas Jesuíticas* (Brasiliana).

de que se fará Capítulo à parte. Ainda outro, já puramente fiscal e civil, era o dos *Quintos do Ouro*, se obrigaria em consciência, ou se seria lei penal, sem obrigação anterior à sentença judicial. Os Padres da Companhia foram consultados sobre a matéria. O parecer de Antonil inseriu-o ele na *Cultura e Opulência do Brasil*, Cap IX, da Terceira parte, e nele prova não se tratar de lei penal, e portanto obrigar em consciência. Parecer muito divulgado, que dá o jeito, forma e desenvolvimento destes breves tratados de jurisprudência. O P. Antonil (João António Andreoni) era formado em Direito Civil pela Universidade de Perúsia [1]. Pelos autores que cita, fàcilmente verificáveis, e por isso aduzimos este exemplo e não outros, se inferem também os tratadistas correntes no Brasil, de texto e de consulta, no começo do século XVIII, os grandes nomes internacionais das ciências jurídicas, entre os quais, por tocar mais directamente ao Direito Português, Pedro Barbosa, por antonomásia o *Jurisconsulto insigne*, Manuel Álvares Pegas, Jorge Cabedo, e os Padres da Companhia, Fernão Rebelo, e Baptista Fragoso, cuja obra *Regiminis Reipublicae Christianae ex Sacra Theologia et ex utroque jure ad utrumque forum coalescentis*, em que trata do Governo *civil*, do Governo *eclesiástico* e do Governo *doméstico* (um tomo para cada um destes governos) se tornou clássica, e continua a estudar nas grandes Universidades. E cita ainda entre outros Lugo, Luiz de Molina, Gabriel Vasques, e Francisco Suárez, "um dos fundadores, senão o próprio fundador do Direito das Gentes" [2].

Há enfim um terceiro ponto de Direito, o das relações entre os Missionários e os Prelados, não tanto com os Prelados Regulares ou Provinciais, senão com os Bispos, ou seja entre as isenções concedidas pelos Sumos Pontífices aos Missionários, e o ajustamento desses Privilégios às intervenções dos Bispos, legítimas ou ilegítimas, conforme ao Direito Eclesiástico então vigente nessa matéria, que manifesta uma linha evolutiva, tendente à supressão das entidades missionárias, como tais, com *Direito Especial*, e à constituição das Aldeias em Paróquias, isto é, à transição das *missões* para *freguesias* de *Direito Comum* em que finalmente se transformavam, à

---

1. *Bras.5(2)*, 94.
2. Haroldo Valadão, *Comemoração Jesuítica*, no Palácio Tiradentes, *Estudos Brasileiros*, vol. V (Julho-Dezembro de 1940)118.

proporção que se estabeleciam novos Bispados Tal reajustamento, em matéria então debatida, deu origem a grande documentação. O sentido dela demonstra umas vezes intromissão e invasão mútua de direitos alheios; outras, e é o mais frequente, compreensão mútua, e respeitosa salvaguarda das atribuições e posições respectivas, tendo em vista o Padroado Régio, a cujo âmbito pertencia tanto a apresentação dos Bispos, como a dos Missionários, em campos não absolutamente idênticos, regulado tudo, em todo o caso, por Bulas e documentos Pontifícios, para o bem comum [1].

As Bulas, que regulavam esses direitos especiais, andavam geralmente dispersas, o que dificultava a consulta, quando se tratava de conhecer exactamente o seu conteúdo em casos emergentes a que era preciso recorrer. Em 1691 publicou o P. Luiz Nogueira (algum tempo Reitor do Colégio da Baía e secretário do Visitador Geral do Brasil Jacinto de Magistris) a *Expositio Bullae Cruciatae Lusitaniae Concessae*, que teve sucessivas edições. E por Ordem Régia de 10 de Novembro de 1695 foi o P. Baltasar Duarte, Procurador do Brasil em Lisboa, encarregado de fazer o *Bulário do Padroado*.

Comunica o mesmo Baltasar Duarte ao P. Geral:

"Sua Majestade, que Deus guarde, foi servido, por um decreto seu, passado em dez deste presente mês de Novembro, encarregar-me o cuidado do *Padroado Real e seus privilégios, ordenando-me faça um "Bulário Geral" de todas as graças concedidas pela Sé Apostólica aos Senhores Reis deste Reino*, e assina o mesmo decreto, para minha sustentação, cem cruzados cada ano. Esta resolução de Sua Majestade constou pelo Padre Confessor ao P Provincial desta Província, o qual terá dado parte dela a V. Paternidade. Parece-me que não desconvirá à Religião, nem será contra o gosto de V. Paternidade que em coisa tão pouca sirva a S. Majestade. V Paternidade mandará o que for servido. Peço a bênção de V. Paternidade. Lisboa, 15 de Novembro de 1695. De V. Paternidade, humilde filho e súbdito, *Baltasar Duarte*" [2].

Poucos anos depois imprimiu-se o livro *Bullarum Collectio, quibus, Serenissimis Lusitaniae Algarbiorumque Regibus... jus Pa-*

---

1. Sobre esta matéria, no terreno concreto das discussões, que não existiram na Província do Brasil, mas foram agudas na Vice-Província do Maranhão, ver infra, Livro III, Cap. V, *A Visita dos Bispos às Aldeias ou Missões dos Índios*.
2. *Bras.3, 353*.

tronatus a Summis Pontificibus liberaliter conceditur, Lisboa, 1707. Paiva Manso cita-a e utiliza-a como a primeira fonte portuguesa orgânica do *Bulário do Padroado* (Levi Maria Jordão, Visconde de Paiva Manso, *Bullarium Patronatus* (Lisboa 1868) no Préfacio). Paiva Manso não nomeia o autor da *Collectio*, cujo título é quase a transposição literal do que se lê no decreto régio, que nomeou o P. Baltasar Duarte, para fazer, e o próprio Padre inclui na carta, inédita e desconhecida, com que liga o seu nome à *Bullarum Collectio* [1].

Dos outros Jesuítas do Brasil, que deixaram livros, e com nome expresso, em assunto de moral e de Direito Canónico, o mais célebre é o P. Simão Marques. O seu *Brasilia Pontificia* é em latim, mas o texto contém muitas páginas em português, e às vezes o assunto transcende a matéria jurídica pròpriamente dita para dar noções úteis ao conhecimento da vida no Brasil dos primeiros séculos.

Quando Simão Marques foi Professor de Humanidades em S. Paulo, conheceu e tratou o P. João Leite da Silva, paulista de grande nome, irmão de Fernão Dias Pais, o "Governador das Esmeraldas", e refere como ele alcançou licença em Lisboa para em S. Paulo se usar manteiga de porco todo o ano:

"Na Villa de S. Paulo (hoje Cidade) e outras que distam muitas léguas de porto do mar, e são as últimas terras do Brasil, se usa comer manteiga de porco todo o ano, assim para frigir ovos, como também algum peixe de água doce, e adubar alguns legumes, que por falta deste é o comum sustento nos dias dele, tudo pela grandíssima falta de azeite, que há naquelas partes: porque a terra o não dá, e algum pouco que de Portugal lá pode chegar, o não alcançam todos, nem ainda para medicamentos, e geralmente as mulheres o não podem comer, no prato, nem por adubo, por particular antojo, que a falta do seu uso lhes tem causado. Há ali tradição antiga de que havia dispensação para esta manteiga, ou pingo, pelas razões referidas, desde os princípios daquelas povoações, sem haver contra isto proibição alguma. E só agora, de poucos tempos a esta parte, alguns confessores fizeram nisso reparo [2].

---

1. Cf. infra, *História*, VIII, 201-202, com a bibliografia de Baltasar Duarte.
2. As opiniões são de 1683, quando o P. João Leite estava em Lisboa. Transcreve-as em português Simão Marques, *Brasilia Pontificia*, 1.ª ed., 423-430.

Também deixou nome em jurisprudência o P. Manuel Dias, Professor de Filosofia no Rio, e de Teologia na Baía, e que além de outros cargos desempenhou o de Provincial. Entre as "Ciências severas, se aplicou à jurisprudência, em que saiu eminente, não sòmente adicionando aos célebres jurisconsultos Manuel Barbosa, Manuel Álvares Pegas, e Manuel da Fonseca Temudo, mas compondo": Compôs o *Promptuarium Juris* em 2 tomos, cuja obra tanto estimava, que dizia ser o seu morgado".

Em diversos tempos e cidades, foram os Padres da Companhia consultores dos Prelados e tomaram parte na organização das *Constituições* do Arcebispo da Baía. Intervieram no Sínodo Diocesano de 1707, como examinadores sinodais, os Padres Francisco de Matos, Domingos Ramos, Matias de Andrade, Francisco Camelo, Gaspar Borges e Martinho Calmon. Ao referir a morte de Domingos Ramos, a *Ânua* respectiva faz expressa referência a estas *Constituições Sinodais* e de como ele era procurado pelos Prelados e Arcebispos: 'Queis, et moralibus et canonicis decisionibus, in difficultatibus quae occurrerent enodandis, in Exercitiis Clericis tradendis, eisdemque examinandis, in *Constitutionibus Synodalibus condendis*, aliisque id genus ad pastorale munus pertinentibus, velut coadjutor egregiam navavit operam" [1].

6. — Do Curso de Ciências Sacras faz parte o estudo das duas fontes da Revelação, a Bíblia e a Tradição, esta expressa pelos Concílios, Padres e Doutores da Igreja (Patrística).

A Patrística nos Autores Jesuítas do Brasil manifesta-se sobretudo nos seus sermões e livros. Perdeu-se na invasão holandesa da Baía, os *Comentários a S. Agostinho*, escritos pelo P. Pero Rodrigues.

O estudo da Bíblia, e do seu conhecimento se infere igualmente do uso que dela faziam os que tinham por obrigação ou ofício, expor ao povo a Palavra de Deus. O "Índice dos Lugares da Sagrada Escritura", do tomo I dos *Sermoens* do P. António Vieira, ocupa 30 páginas, na edição *princeps*, feita pelo Autor. Ordena-se segundo os diversos livros do Velho e Novo Testamento, e a cada citação corresponde um comentário. O mesmo P. Vieira redigiu

---

1. *Bras.10(2)*, 304v.

um "Comentário literal e moral sobre *Josué* e outro sobre os *Cantares*, em cinco sentidos", diz ele [1]; e, além de Vieira, escreveram sobre a Sagrada Escritura os Padres Ventidio Bayardi, António Maria Bonucci, Valentim Estancel, João Mateus Faletto e Inácio Rodrigues, este, cronològicamente, o último, com as suas *Lectiones de Sacra Scriptura*, que tinha prontas para o prelo em 1759. Mas é ainda de Vieira o livro escriturístico, mais famoso entre os do Brasil, a *Clavis Prophetarum verum eorum sensum aperiens ad rectam Regni Christi in terris consummati intelligentiam assequendam*. É um verdadeiro tratado *de Cristologia* e também *de Ecclesia*. Notável sobretudo a doutrina de *Cristo Rei*, da qual modernamente se serviu Ramière [2].

---

1. Supra, *História*, IV, 8.
2. Cf. S. L., O P. *António Vieira e as Ciências Sacras no Brasil — A famosa "Clavis Prophetarum" e seus satélites* na Rev. *Verbum*, I (Rio 1944) 257-279. — Ver infra, *História*, IX, 339-342. E ver no mesmo Tomo IX, e no VIII, nos títulos respectivos, os demais nomes citados da Província do Brasil.

SEDES SAPIENTIAE

("Sapientia aedificavit sibi domum")

Pintura central do tecto da Livraria do Colégio dos Jesuítas da Baía.
A iluminação eléctrica, tal como está, prejudica a visão sumptuosa.

CAPÍTULO IV

O Curso das Artes e tentativas para se criar a Universidade do Brasil

1 — Estatuto Universitário do Colégio das Artes da Baía; 2 — Petições do Brasil e parecer da Universidade de Coimbra; 3 — O grau de Teologia; 4 — Exclusão e readmissão dos Moços Pardos e solução final, não Universidade, mas graus públicos; 5 — Consolação e apelo de Vieira para os graus que se dão na "imensa Universidade de almas" da Amazónia e sertões e bosques das gentilidades.

1. — Um dos períodos mais brilhantes da história colonial do Brasil é a segunda metade do século XVII, depois da sua reunificação, expulsos os invasores holandeses. É desse período a tentativa para se criar a Universidade do Brasil, e a questão dos graus académicos em particular os do Curso das Artes ou Faculdade de Filosofia.

O presente Capítulo, construído em grande parte por documentos inéditos recolhidos de diversos Arquivos, dá o sentido deste movimento; e com o Capítulo seguinte é sumária demonstração da cultura colonial e do que foram os estudos de Filosofia no Brasil durante os dois séculos de magistério da Companhia de Jesus.

O primeiro Curso de Filosofia que se leu no Brasil foi no século XVI, em 1572 [1]. No fim dele, o Colégio da Baía deu o grau de Mestre em Artes aos estudantes de fora; aos de casa também, aos que o mereciam ou se destinavam a Mestres. Mas para estes não era preciso, porque, segundo determinações pontifícias, podiam ensinar sem a cerimónia da recepção pessoal do respectivo grau. Não tardou porém a verificar-se que o prestígio dos Professores e o próprio lustre da solenidade, exigiam que, sem quebra da modéstia

---

1. Cf. supra, *História*, I, 75-76, 96-100.

religiosa, êles se apresentassem com as insígnias do grau que se conferia, buscando-se um mínimo de representação, que era a borla azul, côr da Faculdade. Do uso do Capelo estavam isentos, pelo Privilégio Real, que obtiveram em Coimbra, e consta do Alvará de 2 de Janeiro de 1560, "em que S. Alteza há por bem que os Padres da Companhia não sejam obrigados nem constrangidos a levar capelos nos autos e exercícios que na Universidade costumam, e levem sòmente borla no barrete, como levam os Religiosos" [1].

Confirmando-se no Brasil a utilidade dos graus, também para os Professores da Companhia, o Geral em carta de 4 de Outubro de 1597, ao Provincial Pero Rodrigues, concedeu que se graduassem de Mestre em Artes não só o Padre, que então lia o Curso de Filosofia, mas todos os mais que pelo tempo adiante o lessem [2]. E ampliou-se o uso das insígnias, porque desde 1639, tanto os Mestres de Teologia Especulativa e Moral, como os Examinadores, usavam a borla branca desta Faculdade à moda das Universidades portuguesas [3]. Com o andar dos anos e o prurido natural da ostentação, os Estudantes, já com o grau de Mestre em Artes, introduziram o costume de levar a borla no barrete em visitas de cerimónia. Contra semelhantes exterioridades, ordenou o P. José de Seixas (1677-1681) que se mantivesse também nisto o costume tradicional das Universidades portuguesas, de Coimbra e Évora, que era usar-se apenas para dignidade e esplendor dos *Actos Públicos* [4].

Manuel de Lima, Professor da Universidade de Évora, que esteve no Brasil como Visitador em 1610, determinou que o Curso de Artes se não iniciasse sem haver pelo menos 15 candidatos de fora, com outros de Casa bastantes para "ocupar um Mestre três anos". E deixou estas ordens, todas de praxe universitária, a começar na das propinas, gratificação que o doutorando das Universidades européias dava aos Lentes pela sua intervenção e presença na solenidade do doutoramento:

"Não se dê grau de Mestre em Artes senão àqueles que derem propinas, salvo algum, por pobre houvesse delas condonação dos

---

2. Teixeira, *Documentos*, 225-226.
3. *Bras.2*, 129v.
4. *Ordinationes Prov. Brasiliæ*, Bibl. de Évora, Cód. CXVI/2-25.
5. *Bras.11*, 74.

mesmos mestres. O grau de Mestre em Artes, havendo de se dar (o que se não fará sem justa causa) antecipado aos mais, dê-se com solenidade na Sala, e com todas as cerimónias que se costumam usar quando se dão a todos juntos [1]. Os nossos Examinadores sejam rectos nos votos e não dêem *cum summa laude* senão a quem julgarem o merece por seu saber: o que se guardará assim com os nossos Irmãos como com os mais Estudantes. Guardem o Estatuto Geral das Universidades" [2].

O Curso das Artes no Colégio da Baía apresenta-se como uma Faculdade de Filosofia, de direito pontifício e de feição e praxe universitária, e com a mesma praxe e solenidade dava o grau de Mestre em Artes aos externos: anel, livro, cavalo, pagem do barrete, e capelo azul de seda [3].

Direito e praxe, que com uma ou outra variante, se estendeu depois a todos os demais Colégios da Companhia no Brasil, onde existiu Curso de Filosofia: Rio de Janeiro [4]; S. Paulo [5]; Olinda [6]; Recife [7]; Maranhão [8] e Pará [9].

---

1. Insistia-se nesta ordem, em 1701, na Visita do P. Francisco de Matos: "Por nenhum modo se consinta dar o grau em particular sem necessidade urgente, e esta nunca é bem que seja o da pobreza dos graduados por evitar este pretexto, que muitos poderão afectar; e é grande desordem não tomarem todos o grau no dia assinalado". (Gesù, *Collegia*, 20, 5v-6).
2. Visita do P. Manuel de Lima, Visitador Geral desta Província do Brasil. (Bibl. Vitt. Em., f. ges. 1255, 15). — Depois da "Visita" do Brasil, Manuel de Lima ainda foi Reitor do Colégio das Artes de Coimbra. Sobre a sua obra filosófica, ver infra, *História*, VIII, 316-317.
3. S. L., supra, *História*, I, 97.
4. *Ib.*, VI, (1945) 4.
5. *Ib.*, VI, 401.
6. *Ib.*, V (1945) 432.
7. *Ib.*, V, 484.
8. *Ib.*, IV (1943) 265.
9. *Ib.*, IV, 274. Segundo Loreto Couto também se ensinava Filosofia no Seminário da Paraíba, que era da Companhia. (*Desagravos do Brasil*, em *Anais da Bibl. Nac. do Rio de Janeiro*, XXIV, 168). Não vimos documento que o confirme; nem consta do Catálogo de 1757; mas era uma das obrigações da fundação de 1751, prejudicada logo pela perseguição sobrevinda em 1759 (cf. supra, *História*, V, 496, 502-503). Não tratamos aqui de Seminários ou Proto-Seminários, sobre os quais, ainda que neles se estudava Filosofia, nos faltam informações se guardariam ou não as praxes universitárias dos grandes Colégios. Mas é de crer

Na segunda metade do século XVII, tratou-se de fazer que a Faculdade fosse de direito real ou civil, e também a de Teologia, no mesmo pé de igualdade com a Universidade de Évora. O que teria duas consequências imediatas: uma de lustre para os que se formavam nestas Faculdades poderem dizer que o eram por uma Universidade; outra para os que desejavam ir a Coimbra formar-se em Cânones, Direito Civil e Medicina, gozarem nela dos privilégios da Universidade Eborense. O Brasil julgava-se com direito à regalia, porque já então dispunha de juventude mais abundante e a guerra contra a Holanda desenvolvera a consciência da sua própria importância dentro da Comunidade Portuguesa, manifestada no seio das Ordens Religiosas com a formação de Províncias autónomas ou pelo menos com a preocupação dos filhos da terra prevalecerem nos cargos mais vistosos dela, ou nos postos mais eminentes de ensino.

Este espírito regional, onde nasceu a palavra "brasileiro", então pronunciada por um Padre da Companhia, e que provocou a deposição do Visitador Jacinto de Magistris (1663), originada pela questão do Engenho do Sergipe do Conde, é assunto complexo de que se trata em capítulo à parte; alude-se aqui a ele como índice do ambiente geral em que se procurou definir a posição dos Estudos do Brasil em face da Universidade de Coimbra. Para as Faculdades de Teologia e de Medicina requeria-se o Curso inteiro das Artes,

---

que sim, com maior ou menor aparato, pelo que se praticava no Seminário do Pará, anexo ao Colégio e onde em 1756 alguns seminaristas do Curso de Filosofia tomaram o grau de Mestre em cerimónia pública e esplêndida, que se cuidava celebrar a primeira vez no Pará, perdida a memória dos graus públicos conferidos na mesma cidade 60 anos antes: "Seminarium Paraense litteris et virtute in diem proficit. Octo, qui in illo Philosophicis Scientiis navarunt operam, eos fecere progressus ut pro Suprema Philosophiæ laurea a publicis Examinatoribus approbari meruerint; quorum sex eadem jam condecorati; reliquos vero duos idem dignitatis gradus expectat. Publica hæc cærimoniis suis splendida ad Magisterium promotio, utpote nova et Paræ primum celebrata, ad spectantium solatium, ad Seminarii et Societatis commendationem plurimum conferre visa est. Nonnulli absoluti Philosophi cum tribus Neo-Magistris Ordinem Religiosum ingressi, Societatem unus, pariter laureatus. Et gratulari sibi auditi sunt Ordinum Prælati eos se recepisse candidatos quos Societatis indefessa opera parique zelo virtute imbutos et Scientia instructos cum primis noverant". — Carta do P. Francisco Wolff ao P. Visitador e Vice-Provincial do Pará, 7 de Novembro de 1756, *Bras. 10(2)*, 493.

e para as duas de Direito (Civil e Canónico) um ano de Lógica [1]. O ano de Lógica a princípio devia ser feito no Colégio das Artes de Coimbra, até que pelo Alvará de 30 de Março de 1552 se dispensou a frequência, bastando o exame final feito nele, com a certidão passada pelo Principal do mesmo Colégio, de que estavam aptos [2].

O Colégio das Artes de Coimbra, encorporado à Universidade, era pois o único oficial, situação de privilégio, anterior à sua entrega à Companhia de Jesus, por Ordem Régia de 10 de Setembro de 1555 [3]. Atenuou-se o exclusivismo nos novos Estatutos do Colégio das Artes, dados por El-Rei, a 20 de Fevereiro de 1565: ficariam ainda sujeitos à lei do Ano de Lógica, os estudantes vindos de fora, "porém os Mestres ou Licenciados em Artes feitos em alguma Universidade do Reino ou de fora dele, não passarão pelo dito exame e, sem ele, lhes será dada certidão constando do seu grau" [4]. Cláusula que oficializava e equiparava ao de Coimbra, para efeitos de matrícula, o Curso de Artes da Universidade de Évora, erecta por autoridade pontifícia e régia.

2. — Não é página de estudos portugueses, a que escrevemos, mas do Brasil. Porque precisamente eram estas regalias da Universidade de Évora que se pretendiam alcançar no movimento iniciado pela primeira petição da Câmara da Baía, datada de 20 de Dezembro de 1662 [5]; petição logo reiterada no ano seguinte:

"*Senhor*: Nos Requerimentos que esta Cidade tem feito a V. Majestade por seu procurador, é uma mercê de que os filhos *deste Estado*, que aprendem Letras, gozem os privilégios, graus e honras que V. Majestade tem concedido à cidade e filhos de Évora, para que assim se apliquem ao Estudo, grangeando o merecimento de

---

1. Alvará de 6 de Abril de 1548, cf. Mário Brandão, *O Colégio das Artes*, I (Coimbra 1924) 302; Teixeira, *Documentos*, 25.
2. Mário Brandão, *op. cit.*, I, 303; Teixeira, *Documentos*, 95-96.
3. Teixeira, *Documentos*, 180-181; Francisco Rodrigues, *História*, I-2, 379.
4. Teixeira, *Documentos*, 420.
5. "Escrita na Baia, e Camera della aos 20 de Dezembro de 662, e Eu Rui de Carvalho Pinheiro escrivão da Cam.ra a fiz escrever e sobescrevi; o Iuis Feliciano Daraujo Soares; o Iuis João Mendes d'Vasconcellos; o Vereador Philipe Cardoso de Amaral; o Vereador João d'Aguiar Villas Boas; o procurador Frann.co Pitta Ortro.ra" (Lisboa, A. H. Col., *Baía*, Apensos, 20-XII-1662).

o gozarem, pois nas letras, púlpitos, e mais autos escolásticos, nenhuns os excedem; e com esta mercê se aplicarão de maneira que sirvam a V. Majestade nelas, como o têm feito os que as não cultivam, nas armas. Da honra e mercê que V. Majestade tem feito a esta cidade, esperamos a multiplicação delas. Guarde Deus a V. Majestade para aumento da Cristandade. Escrita em Câmera da Baía, aos 30 de Agosto de 663" [1].

Como a Cidade de Évora tinha Universidade, o pedido era na realidade para a criação da Universidade do Brasil (*"deste Estado"*). E pouco depois subiu à Corte novo requerimento, pedindo não já os privilégios de Évora, mas directamente os da Universidade de Coimbra.

Resposta:

"Fez o Procurador do Estado do Brasil petição ao Príncipe D. Pedro para que lhe concedesse na Baía uma Universidade e que os Graduados nela, nas Faculdades de Filosofia e Teologia, gozassem dos mesmos Privilégios e honras de que gozam os graduados na de Coimbra; a qual petição se mandou informar à Universidade, declarando-se se havia notícia de que em algum tempo se tratasse deste requerimento. E sendo proposta no Claustro de 6 de Julho de 1669, se assentou, se respondesse que não se tratara de tal requerimento e que não era conveniente que se deferisse a ele, pelo prejuízo que resultava a esta Universidade, e que sòmente se lhe poderia conceder que se pudessem dar graus nas ditas Faculdades para com eles se poderem encorporar na de Coimbra, assim como se encorporam os que os tomam na Universidade de Évora; mas que sem a dita encorporação não gozariam dos ditos Privilégios" [2].

O parecer da Universidade de Coimbra é, pelo teor da consulta, que se poderão dar graus não só de Filosofia, o que ja se praticava, mas também de Teologia, o que até então se não usava; mas uns e outros sem valor autónomo ou independente de encorporação, isto é, propõe que se indefira o pedido de se criar a Uni-

---

1. "E eu Rui de Carvalho Escriuão da Camera a fiz Escreuer E sob-Escreui. O Juis Paulo Antunes Freire; o Vereador Balthazar dos Reis [Barrinha?]; o Vereador Pedro de Gois de Araujo; o Vereador D.ᵒˢ Garcia de Aragão; o Procurador D.ᵒˢ P.ᵃ de Carualhais". (A. H. Col., *Baía*, Apensos, 30-VIII-1663).

2. *Memorias da Universidade de Coimbra*. Ordenadas por Francisco Carneiro de Figueiroa (Coimbra 1937) 227-228.

versidade do Brasil. Assim o fez S. Alteza. E como naquelas perturbações, iniciadas em 1663, só serenadas em 1667, se haviam imiscuido alguns Desembargadores da Relação da Baía, saiu outro decreto que não fosse Desembargador dela nenhum filho do Brasil.

A Câmara da Baía representou contra semelhante resolução, e volta a insistir no pedido da Universidade:

"*Senhor*: Por notícias, que tivemos, nos consta que V. Alteza foi servido mandar passar um decreto que nenhum filho do Brasil ocupe da data dele em diante o posto de Desembargador deste Estado, quando os que de presente o são não devem nada a nenhum dos mais.

Parece, Senhor, que é uma ofensa que V. A. faz aos filhos deste Estado, e principalmente aos da Baía, a quem V. A., por seus serviços concedeu os Privilégios de Infanções e outras muitas mercês, de que estão de posse; pois, Senhor, se êles são capazes de posto e dos da guerra, em que V. A. os tem providos, e todos servido a V. A. com as vidas e fazendas: que rezão haverá que os prive de servirem a V. A. na pátria, quando os dessa corte o exercem na sua?

Seja V. A. servido mandar reparar um dano tão afrontoso para os filhos do Brasil, e conceder-lhes o exercício, pois sem ele não haverá filho dele que continui os estudos, porque se por eles não hão-de ser premiados e terem esperanças de servirem a V. A. na pátria, como o fazem os das outras, cessará o Estudo, quando por tantas vezes temos pedido a V. A. nos conceda aos filhos deste Estado os privilégios, que têm e gozam os da cidade de Évora, e que possam os Religiosos da Companhia de Jesus, que os ensinam, dar-lhes o mesmo grau que na dita cidade se dá aos dela, pois os Senhores Reis de Portugal os criaram pera aumentos de seus vassalos. Da grandeza de V. A. esperamos nos conceda uma e outra mercê, pois todas se dirigem ao serviço de V. A., que Deus nos guarde pera aumento de seus vassalos. Escrita em Câmera da Baía em 14 de Agosto de 1671 anos" [1].

---

1. "E eu Rui de Carualho Pin.ro Escriuão da Cam.ra a fiz Escreuer e sobscreui. O Iuis Manuel da Rocha; o Vereador Thomé P.a Falcão; o Vereador Fran.co Sutil de Serqr.a; o P.ro João de Ma.tos Aranha". Publ., sem as resoluções do Cons. Ultram., por Accioli, *Memórias Históricas*; na 2.ª ed., por Brás do Amaral, vol. II (Baía 1925) 134-135, onde o 2.º vereador vem escrito Francisco Sutil de *Siqueira*.

O Conselho Ultramarino, para responder à representação, pediu vista do Decreto Régio e verificou que a Mesa do Desembargo do Paço tinha apreciado um requerimento do Procurador do Estado do Brasil José Moreira de Azevedo, em que pedia se extinguisse a Relação do Brasil. O pedido desagradou na Corte: e "foi S. Alteza servido ordenar se pusesse silêncio sem se admitir tão prejudicial requerimento e tão encontrado ao que com a maior consideração fez El-Rei que Deus tem, advertindo à Mesa que Luiz Teixeira de Carvalho buscasse sempre para aquela Relação ministros de boa nota e que não fosse provido nenhum natural do Brasil; e que vindo queixas de algum ministro, justificadas elas, mandaria proceder como fosse justiça. Esta resolução tomou S. A. em 12 de Agosto de 670 em Consulta do Desembargo do Paço".

Verificada a informação, o Conselho Ultramarino representou, em 8 de Novembro de 1672, a S. A. que mandasse considerar a matéria e deferir o que fosse do seu serviço. E observa um dos Conselheiros, que a resolução só se entendia da Relação da Baía e que os moradores do Brasil não ficavam impossibilitados de ser Desembargadores nas outras Relações, incluindo as do Porto e Lisboa [1].

Momentâneamente conexa com a da Relação e seus Desembargadores, a questão dos estudos logo se desprendeu dela, mostrando-se activa a Câmara, não tanto o seu Procurador em Lisboa a quem ela, a 10 de Abril de 1674, manifestava o seu sentimento e urgia o pedido, encarregando-o de entregar nova carta, daquela mesma data, a S. Alteza. E dizia mais uma vez que era em utilidade "do serviço de V. Alteza haver neste Estado uma Universidade a exemplo de Évora"; e senão isto, ao menos confirmasse o grau de Licenciado e Mestre em Artes que nesta Cidade dão os muito Reverendos Padres da Companhia de Jesus por concessão de S. Santidade", porque tendo S. A. indeferido o pedido, muitos se desanimaram, uns por não terem possibilidades de ir a Coimbra; e outros, que a tinham, receavam expor-se aos riscos e perigos do mar; e por isso o Juiz do Povo e misteres dele representaram à Câmara que de novo se recorresse a S. Alteza [2].

---

1. A. H. Col., *Baía*, Apensos, 14 de Agosto 1671.
2. Carta escrita a Sua Alteza sobre ter aqui Universidade, Baía, 10 de Abril de 1674, Arq. Histórico da Câmara Municipal da Baía, 118, Arm. 62, f. 180v; na f. 179v, a Carta ao Procurador em Corte, enviada na mesma ocasião, mas com a data equivocada na cópia: 1654 em vez de 1674.

Por sua vez o Procurador da Câmara da Baía em Lisboa tornou-se mais activo; a dificuldade é que era insuperável, pelas idéias do regalismo que se infiltravam nos pareceres dalguns legistas e logo verificou o P. Francisco de Matos, que tão nobre nome havia de deixar nas letras, e foi a Lisboa expressamente tratar dêsse e doutros assuntos do Brasil: o grau de Mestre em Artes dado no Colégio da Baía não era tido na devida consideração, e um jurisconsulto chegou a dizer que nem o "Papa nos podia dar esse poder no Brasil para estudantes de fora" [1].

3. — Tal era a mentalidade, que então reinava, e não favorecia a concessão universitária; à qual também os da Baía, por mais de uma vez, pretenderam se juntasse a faculdade de dar o grau de doutor em Teologia. Pretensão que já fora em tempos levada ao P. Geral, o qual prevendo dificuldades práticas entendeu que se não devia introduzir.

Em 1686 voltou a Câmara a dirigir-se ao Provincial, que então era:

"*Reverendíssimo P. Provincial Alexandre de Gusmão:* São tantas as utilidades que a toda esta república da Baía contìnuamente lhe resultam do incansável zelo e santos ministérios da sagrada Companhia de Jesus principalmente nas Escolas Gerais que Vossas Paternidades com tanta glória de Deus têm a seu cargo, colhendo cada dia os frutos de seu trabalho nos sujeitos que capacitam para o bem comum, que não só é este motivo para o imortal agradecimento da mesma república, mas tambem se anima com isto pedir instantemente a V.^{as} P.^{es} queiram promover os mesmos sujeitos a novos e maiores aumentos, assim para crédito e lustre das mesmas Escolas Públicas, como para maior serviço do santo zelo de V.^{as} P.^{es}".

Refere-se a Câmara a seguir ao "empenho que tem havido na promoção destas Escolas ao título de Universidade, sempre com impedimentos e obstáculos que frustram este grande intento. Na mão de V.^{as} P.^{es} está o sugerir o que até agora não pôde conseguir

---

1. "Item patimur propter gradum Magistrorum Artium, quem nobiscum Studentibus ex Pontificis prævilegio damus in Brasilia; non enim habentur honore debito: et fuit jurisconsultus, qui neque Pontificem hanc facultatem decorandi prædicto gradu exteros in Brasilia nobis potuisse concedere, ausus fuit". (Carta do P. Francisco de Matos ao P. Geral Oliva, de Lisboa, 23 de Setembro de 1674, *Bras.3*, 129).

a diligência por via do beneplácito real; ou ao menos facilitar para que este se consiga. É certo que V.ªˢ P.ᵉˢ têm privilégio concedido pelas Bulas Apostólicas dos Santíssimos Senhores Júlio III, Pio IV e Gregório XIII, para dar o grau aos seus Alunos não só na Faculdade Filosófica, mas expressamente o *Doutorado* na Teológica".

"Desgraça foi desta Cidade que podendo até agora ter logrado esta ventura", a impedisse ou a falta de notícia "dos Privilégios de Vossas Paternidades ou o descuido e omissão digna de se ponderar em matéria de tão grande importância. Pede este Senado a Vossas Paternidades" se dignem alcançar do muito Reverendo P. Carlos de Noyelle, Meritíssimo Geral de V.ªˢ Paternidades que ponha os olhos nos grandes emolumentos que da dita concessão e praxe se hão-de seguir para o bem comum, multiplicando os benefícios, para que se multipliquem em todo este Estado e primàriamente nesta cidade as obrigações que sempre reconhecida saberá confessar. O que tudo espera este Senado alcançar tomando por Protector deste negócio a V.ª Paternidade Reverendíssima a quem Deus guarde por longos e felicíssimos anos. Escrita em Câmera da Baía, aos 8 de Junho de 1686" [1].

Respondeu o Provincial:

"*Senhores:* P. C. [Pax Christi]. Muito estimo que V.ªˢ Mercês estejam em conhecimento de quanto os da Companhia nesta nossa Província desejam servir a toda esta República; e eu particularmente desejo muito o aumento dos Estudos como cousa de tanta utilidade para o bem comum, e a esse fim mandei dar princípio ao Pátio novo, que se continua com todo o empenho, e espero que seja obra de grande lustre a esta Cidade.

No particular do Grau de Teologia em que V.ªˢ Mercês me falam, há muito já que esta Província em Congregação o pediu a Nosso R.ᵈᵒ P. Geral e lha não quis conceder; porém como hoje, correm outras razões, proporei a petição desse Senado, e me parecia que ele também escrevesse para mais facilitar o despacho, que eu prometo fazer de minha parte toda a diligência, louvando

---

1. "Joam de Couros Carnr.º Escriuam da Camr.ª a fiz escreuer e sobescreuy. Joam Peixoto Viegas, Nicullao Alz Figr.ª B.ᵃʳ Gomes dos Reis". — Arquivo Histórico Municipal da Baía. *Carta que este Senado escreueu ao P.ᵉ Alexandre de Gusmão Prouincial do Collegio da Comp.ª de IESV sobre lograrem os Estudos o Titolo de Vniversidade.* Registo de Cartas do Senado ao Ecclesiástico, Armário 62, cód. 127, f. 3.

muito o zelo com que V. Mercês pretendem cousa da tanta glória, que se o for também de Deus ele lhe dará o fim que se deseja. Deus guarde a V.ªs Mercês por muitos anos. Colégio, 21 de Junho de 1686. Servo de V.ªs Mercês, *Alexandre de Gusmão*"[1].

4. — Enquanto se manifestavam estes desejos relativos aos graus e privilégios da Universidade, surgiu a questão dos moços pardos, que se coloca também no plano universitário; e, se concorreu para se negar o título de Universidade, ajudou a esclarecer a posição exacta dos estudos perante a lei civil, e trouxe, pelo dilema final, como que o reconhecimento oficial dos graus académicos.

Tendo ido a Roma, como Procurador do Brasil, o P. António de Oliveira, ao voltar, tratou em Lisboa dos privilégios da Universidade para a Baía. Respondeu-lhe o Ministro que os moradores brancos do Brasil não queriam que os seus filhos estudassem com os moços pardos, que por esse tempo estavam impedidos também de entrar na vida sacerdotal e religiosa de todas as Ordens, por motivos que se invocavam contre eles de serem atreitos a rixas e vadiagem. Por esta razão o P. António de Oliveira, ao ser nomeado Provincial, excluiu-os geralmente da frequência dos estudos superiores do Colégio da Baía, cidade de que era filho. Os moços pardos recorreram a El-Rei e ao P. Geral da Companhia. O Geral estranha tal exclusão, em Carta de 7 de Fevereiro de 1688. Já o vimos ao tratar do Colégio da Baía e a resposta do P. António Vieira então Visitador Geral, na qual dizia que aguardava apenas a ordem de El-Rei, a quem não queria antecipar-se, e para ele seguia a informação do Governador Matias da Cunha [2]. Este esperado decreto régio veio um ano depois da Carta do P. Geral e no mesmo sentido dela. E consta da Consulta do Conselho Ultramarino, que fecha com a cláusula dos graus académicos, públicos.

"*Senhor:* Os Moços pardos da Cidade da Baía fizeram petição a V. Majestade por este Conselho, em que dizem que eles estão de posse há muitos anos, de estudar nas escolas públicas do Colégio dos Religiosos da Companhia; e porque os ditos Religiosos os ex-

---

1. *Ib.* Um dos postulados ao P. Geral, feitos pela Congregação Provincial de 1592, era que o Provincial pudesse dar o grau de *doutor* (*Bras.15*, 407v); cf. supra, *História*, I, 99; II, 495.

2. Cf. supra, *História*, V, 78.

cluiram e não querem admitir a estudar nas suas Escolas, sendo que são admitidos nas Academias de V. Majestade, não só de Évora, senão também de Coimbra, sem que para isso lhes sirva de impedimento a cor de pardos: pedem a V. Majestade, pelo amor de Deus, lhes faça mercê ampará-los e valer-lhes, mandando que os ditos Religiosos da Companhia, sem embargo de seu nascimento e da sua cor, os admitam também a eles suplicantes nas suas Escolas do Brasil, assim como eles mesmos os admitem nas Escolas do Reino.

Sobre este requerimento, se pediu informação ao Governador Geral do Brasil, Matias da Cunha, o qual deu por Carta de 6 de Agosto do ano passado, que as Escolas dos Religiosos da Companhia, ainda que eram particulares, são públicas, porque ensinam pùblicamente nelas as Ciências; mas eles não eram obrigados a ensiná-las, porque quando o Serenissimo Senhor Rei D. Sebastião mandou fundar os Colégios do Brasil, por Provisão sua, passada em Fevereiro de 558, se serviu aplicar três mil cruzados, de sua real fazenda, para sustento de sessenta Religiosos, que no da Baía se haviam de ocupar na conversão da gentilidade e irem ensinar a doutrina cristã nas Aldeias e povoações daquela Capitania. Mas como o zelo da Companhia se não limitou só a reduzir os bárbaros à Fé Católica por aquela obrigação, compreendeu também livremente, na sua doutrina e ensino, aos filhos dos moradores que começaram [a] habitar aquele Estado, abrindo por caridade as primeiras Escolas das Humanidades, e depois as das Ciências, em que não floresceram pouco os filhos do Brasil, cujos génios e habilidades se perderiam se não tivessem a educação e exercício destas Escolas, as quais podia afirmar a V. Majestade eram o seminário de que saíam os melhores sujeitos, que povoam e autorizam os Conventos das mais Religiões que havia no Estado, com grande glória da Companhia e consolação de seus povos.

Que os graus de Mestres em Artes, que pùblicamente dão e os privilégios de que gozam os graduados não são mais que uma imitação dos das Universidades, mas suficientes a se contentarem de os haver merecido, e parecer que os tenham legítimos aqueles que por sua pobreza os não podem ir buscar a Coimbra; donde os que a ela vinham mostravam bem quanto se lhes devia o grau das Faculdades que tinham aprendido no Brasil. E sendo isto presente aos Senhores Reis, predecessores de V. Majestade, foram permitindo a estas Escolas particulares, quase o nome de públicas, e os graus, que nelas se davam, a dissimulação dos que imitavam, enquanto se não serviam de honrar aquela Cidade com a erecção da Universidade, que seus moradores desejam para crédito dela e de seus filhos: agora entendia que a pretendiam justìssimamente aqueles Religiosos, e parecia que só para a grandeza de V. Majestade está reservada esta mercê, de que uns e outros vassalos são tão beneméritos.

Que a exclusão dos Moços pardos se justificou mais pelo número dos que entravam que pelo mau exemplo que davam aos Brancos: era informado que muitos procuravam melhorar a fortuna da sua cor na estudiosa aplicação com que aspiravam excedê-los, e seria estímulo mui honesto para o procedimento dos brancos a emulação dos pardos. E já o Visitador Geral desta Província os tivera restituido às Escolas se não parecera que se antecipava a obedecer a V. Majestade antes de V. Majestade (a quem o seu requerimento estava afecto) o resolver e lho mandar, porque ficava pronto a seguir humildemente (como todos os Religiosos da Companhia costumam sempre) o que V. Majestade se servisse determinar nesta matéria.

De tudo se deu vista ao Procurador da Coroa, o qual respondeu que este negócio parecia que estava composto, pois o Governador dizia em a sua informação que os Padres estavam da sua parte com determinação de admitir aos mulatos e que sòmente os retardava esperarem a resolução de V. Majestade, que já dissera que se as Escolas eram públicas não deviam eles ser excluídos; sendo porém particulares, não podiam os Padres ser obrigados a ensinar senão aos que quiserem admitir: se deviam porém abster de dar graus pùblicamente, porque para isso não tinham autoridade. Ao Conselho parece, vista a informação do Governador da Baía e resposta do Procurador da Coroa, se deve V. Majestade servir de ordenar aos Religiosos da Companhia de Jesus admitam aos seus Estudos os moços pardos.

Lisboa, 30 de Janeiro de 1689. Rui Teles de Menezes, António Pais de Sande, Bento Teixeira de Saldanha, Valentim Gregório de Resende, João de Sepúlveda e Matos. À margem. Como parece. Salvaterra, 9 de Fevereiro de 689. *Rei*" [1].

---

1. A. H. Col., *Baía*, Apensos, 30 de Janeiro de 1689.

Dos moços pardos já tratamos com o desenvolvimento devido [1]. Prescindindo pois aqui da ocasião que a provocou, a doutrina ou disciplina escolar desta Consulta é clara: há escolas públicas e escolas particulares; as escolas particulares têm o direito de reservar a admissão, mas não podem dar graus públicos; as escolas públicas dão graus públicos, mas não podem reservar o direito de admissão. A obrigação imposta ao Colégio, por El-Rei, de admitir indistintamente os alunos de todas as classes que o buscam, leva implícito o reconhecimento oficial, dos seus graus académicos dados em cerimónias públicas.

Assim se concluiu o debate. E com ele também a exigência do Ano de Lógica, dos Estatutos da Universidade de Coimbra. Porque não vimos nenhum diploma legal, para o Estado do Brasil, depois de 1689. Os quais, até essa data, são:

— Provisão de 16 de Julho de 1675, concedendo aos Estudantes de Filosofia e Retórica do Colégio da Baía, que se lhes leve em conta, na Universidade de Coimbra, um ano de Artes, a exemplo do privilégio de que gozam os estudantes dos Colégios de Jesus, de Braga, e S. Antão, de Lisboa, da Companhia de Jesus [2].

— Assento sobre a resolução da Mesa da Consciência acerca de, no ano de Filosofia, se levar geralmente em conta o Curso da Baía. 7 de Janeiro de 1677 [3].

---

1. Cf. supra, *História*, I, 91-92; V, 75-80. Convém ainda lembrar que a questão não se confinou apenas ao Brasil e que precisamente na Universidade de Coimbra, e em 1704, teve também El-Rei de defender o moço pardo, Inácio Pires de Almeida, natural da Baía, licenciado privado na Faculdade de Cânones. Tendo-lhe já dado o Cancelário da Universidade o grau de Licenciado e permissão para tomar o de Doutor, recusou-se o Vice-Reitor da Universidade a admiti-lo, alegando "*inhabelidade patente muito notoria pela sua cor*" para a graduação que requeria. Inácio recorreu a El-Rei, que, por Provisão de 22 de Fevereiro de 1704, ordenou ao Reitor lhe desse o grau de Doutor: "A cor de suplicante não era impedimento para o privar da honra desta graduação, porque se o fôra, expressamente o disposeram os Estatutos da Universidade; e se acha por mim legitimado para todas e quaisquer honras, dignidades, sucessões e morgados, e por rescrito pontificio dispensado para o estado sacerdotal, tendo feita tanta despesa a seu pai para conseguir a dita graduação, sendo-lhe devida pela sciencia". Mesa da Consciência e Ordens, *Registo de Provisões*, de 1696 a 1719, f. 77v. Cf. T. Braga, *História da Universidade de Coimbra*, III (Lisboa 1898) 241-242.
2. Accioli, *Memórias Históricas*, 2.ª ed., II (Baía 1925) 206.
3. Lisboa, Bibl. da Ajuda, 51-V-48, f. 997, 1000.

— Petição do Procurador Geral da Câmara da Baía e Estado do Brasil para que no Colégio, que a Companhia de Jesus ali possui, os Estudantes fossem dispensados de um ano de Lógica à semelhança do que acontece no Continente nos Colégios de S. Antão e de Braga. Ano 1679 [1].

— Assento sobre a resolução da Mesa da Consciência acerca do ano de Filosofia se levar em conta o Curso Pernambucano, e outro sobre o Rio de Janeiro, 5 de Dezembro de 1681 e 2 de Abril de 1688 [2].

Este do Rio de Janeiro é resposta à seguinte petição a El-Rei com sumária exposição de motivos:

"*Senhor:* À vista do exemplo que temos da mercê que V. Majestade foi servido conceder aos Estudantes da Baía e Pernambuco para se lhes levar em conta um ano na Universidade pelos três da Filosofia, que se estuda nos Colégios das ditas praças, sendo formados Mestres em Artes: pedimos a V. Majestade (atendendo à maior distância que vai desta praça à Universidade e aos menos cabedais destes moradores) queira ser servido por sua grandeza conceder a mesma mercê aos Estudantes naturais desta Cidade, que dela vão Filósofos graduados, para que tendo menos um ano de assistência na Universidade, mais brevemente se empreguem no serviço de V. Majestade, de que tudo resulta grande utilidade para este povo".

A petição do Rio de Janeiro foi parar ao Conselho Ultramarino, que a 16 de Novembro de 1686 a enviou para a Mesa da Consciência deferir como fosse servida [3].

As datas destas petições ou despachos são todas, como se vê, anteriores à resolução de 9 de Fevereiro de 1689, de reconhecimento público dos graus no Brasil.

5. — Era para lustre e esplendor do Brasil e dos seus filhos, que aspiravam aos graus académicos, o título de Universidade que se pretendia. Tratava-se de alunos externos. Na Companhia de Jesus, os que a constituem renunciam no começo da sua carreira a

---

1. Bibl. da Univ. de Coimbra, cód. 547, f. 107. Neste mesmo códice, outras petições de estudantes de Braga, Lisboa e Évora.
2. Bibl. da Ajuda, 51-V-48, f. 997, 1000.
3. A. H. Col., *Rio de Janeiro*, Apensos, 20 de Junho de 1686.

aspirar a graus, contentando-se com os que lhes couberem. Acto de prudência, que suprime de ante-mão emulações, susceptíveis de esfriar a caridade entre irmãos; e porque também só no decorrer dos estudos se revelam bem as qualidades morais e intelectuais do estudante. Desigualdades humanas inevitáveis, que convinha antecipada e religiosamente prevenir numa igualdade de renúncia. Ainda assim, com a esperança da Universidade, talvez a alguns Irmãos lhes sorrisse a perspectiva de futuras borlas e se empenhassem nos estudos com entusiasmo, que abalava a saúde, e com o perigo, além disso, de relegarem a segundo plano o que sempre fora a honra da Companhia de Jesus, a saber, as missões entre os índios gentios, de que o Brasil ainda então estava cheio. Coincidiu o debate universitário com a nomeação do P. Vieira, Visitador Geral do Brasil, o qual apurou os estudos das Ciências na sua eficácia interna, e teria também gostado do título de Universidade; mas não se concedendo, logo tirou partido da fortuita circunstância para invocar um Doutorado mais alto, em que todos se podiam graduar, acima das borlas azuis ou brancas. Na Capela interior do Colégio da Baía, em 1688, Vieira reuniu a Comunidade e fez-lhe aquela escultural *Exortação*, que só se compreende bem agora, colocada no ambiente do presente capítulo, do qual a *Exortação* é o mais perfeito comentário. Comentário toda ela. Mas em particular o passo, em que depois de falar das missões, e de convidar para elas aos Irmãos estudantes, que sabiam a língua brasílica (tupi), continua:

"Só me resta falar com os que não estudam a língua da terra, por se aplicarem às ciências, que parecem maiores. A maior gula da natureza racional é o desejo de saber. Esta foi a que matou Eva, e a tantos mata e entisica na Companhia, lançando pela boca aquele sangue, que fora mais bem empregado nas postilas ou memoriais de que estão cheios os Arquivos de Roma. E que memoriais são estes ? São os contínuos requerimentos e cartas, não escritas com tinta senão com o próprio sangue, em que de todas as Províncias da Europa se pedem de joelhos ao supremo governo da Companhia as missões ultramarinas mais arriscadas e perigosas [1].

---

1. Estas cartas dos Jesuítas, que pediam as Missões das Índias Orientais e Ocidentais, é a hoje famosa colecção das *Indípetas*, constituída por 14.067 cartas autógrafas, Gesù, códices 732-759.

De melhor cor são estas borlas que as azuis de Mestres em Artes, e as brancas de Doutores em Teologia, e os graus, a que por esses tão duros degraus, dentro e fora da Religião, se costuma subir. Desejoso contudo Nosso Reverendo Padre de favorecer muito as letras e muito mais as missões (podendo dizer com S. Paulo, em um e outro favor, *Ministerium meum honorificabo*) [1], para ganhar instantes e evitar dilações em que se perdem muitas almas, tem novamente concedido aos que não acabaram seus estudos, que os possam ir acabar no Maranhão, ainda com dispensação quotidiana de lições, e anual de tempo. Assim que os nossos Teólogos, do primeiro, do segundo e do terceiro ano, sem dispêndio do Curso das Ciências, nem da diferença de grau, podem logo partir para aquela gloriosa conquista. A viagem é de poucos dias, sem calmas de Guiné nem tormentas do Cabo da Boa Esperança, a cujos trabalhos e perigos não deixam por isso de se expor todos os anos (e hoje vão navegando pelos mares fronteiros a estes nossos) tantos filhos da Companhia, estudantes e alunos daqueles dois famosos seminários de Apóstolos e Mártires, os dois Colégios Reais de Coimbra e Évora.

E espero eu dos que sairem dêste nosso também Real, Teólogos, Filósofos e Humanistas, que quando chegarem ao Grã Pará e Rio das Almazonas, e se virem naquela imensa *Universidade* de Almas: espero, digo, do seu espírito e ainda do seu juízo, que esquecidos das Ciências, que cá deixam, se apliquem todos à conversão. Quando o Filho de Deus fez a sua missão a este mundo, a que ciência entre todas e sobre toda aplicou a sua Sabedoria infinita? *Ad dandum scientiam salutis plebi ejus* [2]. À ciência sòmente da salvação, e essa ensinada não aos grandes do mundo senão à plebe: aos mais baixos, aos mais desprezados, aos mais pobres, aos mais miseráveis, quais são aquelas desamparadas gentes. E à vista deste exemplo verdadeiramente formidável, quem haverá que queira ser graduado em outra ciência? Sendo o lugar das línguas a boca, não pode carecer de grande mistério, que as línguas de amanhã [3] aparecessem sobre as cabeças dos Apóstolos. E porque razão sobre as cabeças? *Ut eos authoraret in orbis Doctores*, diz Amónio Alexan-

---

1. Rom. 11, 13.
2. Luc.1, 77.
3. Dia do Espírito Santo.

drino. Pôs o Espírito Santo as línguas nas cabeças dos Apóstolos, para com aquelas, como borlas, os graduar Doutores do mundo. É o grau não menos que de S. Paulo, *Doctor gentium*. E este grau e esta borla não se dá na Baía, nem em Coimbra, nem em Salamanca, senão nas Aldeias de palha, nos desertos dos Sertões, nos bosques das Gentilidades" [1].

Assim levanta Vieira os espíritos desconsolados, pela recusa da Universidade e pela tentação dos graus, a que chama "honrinhas", contrapondo-lhes, tratando-se de filhos da Companhia, o prestígio das Missões dos Índios. E com tanto êxito, que a seguir à sua formosíssima *Exortação*, logo se lhe ofereceram 7 dos da Casa para as difíceis missões do Pará e Amazonas [2].

Mas se as Missões dos Índios e os duros trabalhos com os humildes e desprezados eram a honra sólida da Companhia, também, tirando o engodo dos graus pelos quais os Religiosos se não deviam deslumbrar, o ensino era considerado em si mesmo, na sua eficiência, ponto em que se empenhava a honra da Companhia, como próprio do seu Instituto é procurava manter íntegro e elevado, manifesta conclusão destes debates.

---

1. Vieira, "Exhortaçam I em vespora do Espirito Santo na Capela Interior do Collegio", *Sermoens*, VI, 526-528.
2. Cf. supra, *História*, IV, 344.

CAPÍTULO V

O ensino de Filosofia no Brasil

1 — "Conclusiones Philosophicæ" impressas e manuscritas; 2 — Exames, Actos Públicos e Cartas de Bacharel, Licenciado e Mestre em Artes; 3 — Graduados eclesiásticos, civis e militares; 4 — S. Tomás, o "Curso Conimbricense" e outros livros de texto europeus e brasileiros; 5 — O ensino da Companhia de Jesus e a cultura colonial.

1. — Na sua exortação fala Vieira da imensa universidade de almas, que era o Grão Pará e Rio das Amazonas; e havia nas palavras do Visitador Geral uma intenção, que marca o início do Curso de Artes no antigo Estado do Maranhão e Pará, com os estudantes que do Brasil para lá foram em 1688, junto a alguns filhos da própria terra. Iniciando-se o Curso no Estado nortenho, quando no do Brasil se encerravam os debates pela criação da Universidade, não havia já oportunidade para se tratar do assunto. Os Cursos de Artes do Pará e Maranhão ficaram sujeitos à legislação, que regia aquele Estado, então diferente da do Brasil, mas quanto aos estudos a mesma, a saber: no regime interno o *Ratio Studiorum*, e no regime externo a legislação geral dos Estatutos da Universidade de Coimbra.

Nesta conformidade procuraram os maranhenses e paraenses para o seu Curso de Filosofia todo o esplendor das Universidades [1], até que o aumento da população e o prestígio oficial dos graus com valor em direito impôs a solução que se nos depara nas *Conclusões Filosóficas*, do período brilhante de 1730, em que foi Professor Bento da Fonseca. Constam as teses de quatro páginas, três impressas, a última em branco; e nesta as licenças manuscritas e autógrafas do Colégio das Artes da Universidade de Coimbra: "Cohaerent

---

1. Cf. supra, *História*, IV, 265, 274-275.

suo originali. Conimbricae. In Collegio Societatis Jesv, die 17 Martii 1730. *Matheus Gião*. Podem-se defender. Coimbra em mesa, 20 de Março de 1730. *Paes. Abreu*" [1].

As teses do Maranhão imprimiram-se na Tipografia do Colégio das Artes de Coimbra, excepto duas em Lisboa, uma na Tipografia da Música, e outra por Matias Rodrigues. Junto delas encontram-se três *Conclusiones Philosophicae* do Professor Rodrigo Homem, defendidas no Maranhão, e impressas, duas em Lisboa (1721-1722), e uma na Universidade de Évora (1723) [2]. Existe ainda neste Códice eborense um exemplar impresso de *Conclusiones Philosophicae*, do Prof. Manuel da Silva, defendidas no Maranhão em 1731; e deste e dos Mestres citados, Rodrigo Homem e Bento da Fonseca, ainda diversas Teses manuscritas.

Como as do Colégio do Maranhão, também se imprimiriam as *Conclusiones Philosophicae* de outros Colégios, em particular da Baía, sem que víssemos até hoje nenhum exemplar. Mas a destruição dos papéis deste famoso Colégio é lástima corrente dos escritores e viajantes que passaram pela Baía depois de 1760 e ainda verificou Luiz dos Santos Vilhena, com o testemunho positivo de que muitos foram furtados e outros vendidos "por quem os furtara, por preços vilíssimos, a Boticários e Tendeiros para embrulhar adubos e unguentos" [3]. Do Colégio do Rio de Janeiro salvou-se o exemplar das *Conclusiones Philosophicae* do P. M. Francisco de Faria, impressas no Rio em 1747, exemplar precioso, que constitui um dos primeiros monumentos da Imprensa do Brasil.

2. — No Curso do Colégio das Artes de Coimbra, os exames de Bacharéis e Licenciados faziam-se no Colégio e os graus davam-se nas Escolas Maiores, por determinação Régia, segundo a qual os examinadores para Bacharéis deviam ser três: dois Padres da Companhia, nomeados pelo Reitor do Colégio das Artes, e um do corpo da Universidade, eleito segundo os Estatutos dela; para o exame

---

1. Bibl. de Évora, Cód. CXVIII/1-1.
2. A primeira notícia destas *Teses* suscitou uma dúvida, por algumas referências que se podiam interpretar no sentido de terem sido impressas no Maranhão. Já supra, *História*, IV, 269, nos inclinávamos a que o tivessem sido em Portugal; a dúvida fica resolvida agora definitivamente.
3. Cf. supra, *História*, V, 94.

de Licenciado seriam cinco: três da Companhia e dois do corpo da Universidade, eleitos da mesma forma [1].

No Brasil, não havendo Universidade, os examinadores de fora da Companhia, elegiam-se entre os Mestres em Artes, da Cidade, mais competentes e respeitáveis, subida honra que estes Examinadores externos usavam pessoalmente como título científico, e se vê em António de Oliveira, do "hábito de S. Pedro", que no seu Sermão de S. Ana (1743), se intitula "Mestre em Artes, e Teólogo dos Estudos Gerais da Companhia de Jesus da Cidade da Baía, e neles Examinador que foi de Filosofia" [2].

Os Examinadores deviam possuir ciência e autoridade (não bastava um só destes elementos) e haviam-se de nomear com prudência, mediante informações idóneas, e o recorda em 1668 o Visitador do Brasil Antão Gonçalves, Prof. da Universidade de Évora: "Os Examinadores dos Bacharéis e os dos Licenciados se não nomearão sem consulta, chamando a ela o Prefeito dos Estudos; e para isso se não escolha quem não souber ou quem não o merecer" [3].

Ofício atreito aos embates da complacência ou até da corrupção. O novo Visitador José de Seixas, Professor da Universidade de Évora e Reitor do Colégio das Artes de Coimbra, achou os Estudos decadentes em 1677, desde as Letras Humanas à Teologia. Parecia-lhe que os Examinadores deviam de ser homens de maior integridade, "para não darem elogios magníficos a quem uma censura austera antes havia de reprimir. Via com desgosto como os estudantes externos, à força de gratificações, se coroavam de louros com desonra das Escolas. Devia-se exigir dos Examinadores de fora como dos da casa, juramento sobre o mérito dos que se apresentavam a receber o grau" [4]. Com este mesmo espírito de rigor e elevação dos estudos, o P. António Vieira, quando iniciou o governo como Visitador em 1688, fez constar aos estudantes de Filosofia, que os exames se realizariam com as formalidades que exigiam as Constituições, nem permitiria que as violassem os Examinadores, nomeados um tanto à pressa pelo Provincial Alexandre de Gusmão;

---

1. Ordem Régia de 1 de Fevereiro de 1558, confirmada a 20 de Janeiro de 1591 e 29 de Abril de 1634, Teixeira, *Documentos*, 402-403.

2. *Catálogo da Livraria Azevedo-Samodães*, II (Porto 1922) 862.

3. Visita de Antão Gonçalves, 1668, *Bras.9*, 219v.

4. Visita do Brasil pelo P. José de Seixas, de Março a Junho de 1677, Gesù, *Missiones*, 721.

e só os não removeu para não se notar a discordância, mas recomendar-lhes-ia justiça e vigilância [1]. O Curso concluiu-se de facto, com satisfação e proveito [2]. E ainda para vincar melhor a altura e dignidade dos estudos, Vieira deixou por escrito a ordenação de que "se for necessário, obriguem-se com juramento os Examinadores de fora a não levar maior propina da que lhes está taxada" [3]. Juramento que se tirou treze anos depois (1701), porque ou não se podia exigir ou se iludia [4]. Mas continuaram a proibir-se as propinas excessivas aos Examinadores Externos, reacção permanente dos Colégios das Artes no Brasil para conservar a integridade e elevação do ensino público contra mal entendidos sentimentalismos ou empenhos. Porque os alunos, se nem sempre estudavam bem, em chegando a hora de colar grau não queriam ficar mal. A "vadiagem", que às vezes se manifesta já nas Humanidades, apurava-se no Curso de Filosofia, e o denuncia André João Antonil quando aconselha o Senhor de Engenho, que traz os filhos a estudar na Cidade, a que os coloque em casa de parente ou amigo sério e grave: "Nem consinta que a mãe lhe remeta dinheiro ou mande secretamente ordens para isso ao seu correspondente ou ao caixeiro, nem creia que o que pedem para livros não possa ser também para jogos. E por isso avise ao procurador e ao mercador, de quem se vale, que lhes não dê de coisa alguma sem sua ordem. Porque para pedirem serão muito especulativos e saberão excogitar razões e pretextos verossímeis, principalmente se forem dos que já andam no Curso e têm vontade de levar três anos de boa vida à custa do pai ou do tio, que não sabem o que passa na cidade, estando nos seus canaviais; e quando se jactam nas conversações de ter um Aristóteles nos Pátios, pode ser que tenham na praça um Asínio ou um Aprício" [5].

Como em todas as Escolas de longa duração, alternavam-se nos Colégios os altos e baixos; e com complacências ou desfalecimentos assinalam-se aqui e além períodos brilhantes. Na verdade dentro da norma geral do *Ratio Studiorum* e dos Estatutos Univer-

---

1. *Bras.3(2)*, 262.
2. *Bras.9*, 375v.
3. Gesù, *Colleg.*, 20.
4. *Ib.*
5. Antonil, *Cultura e Opulência do Brasil* (1923)99.

sitários, sempre se exercitava a vigilância dos Reitores, Prefeitos dos Estudos e Consultores, para que a qualquer negligência, que por ventura se notasse, se seguisse um redobramento de esforços; e para que o aproveitamento escolar fosse efectivo, não só em saber o que se estudava, mas tambem no índice externo dele, que eram os Actos Públicos. Assistindo a um deles o Arcebispo da Baía, D. Sebastião Monteiro da Vide, ao ver a maneira admirável e segura como respondia um estudante, exclamou:

— "Suba à cátedra, suba à cátedra!

E, voltando-se para o Reitor, concluiu:

— Os alunos da Companhia não parecem discípulos, parecem mestres" [1].

Aos Actos Públicos, além do Prelado da Diocese, assistia habitualmente o Vice-Rei ou Governador Geral, e nas Capitanias o Governador local, aos quais se tomava vénia como nas grandes Universidades da Europa; vénia que nos começos do século XVIII se alargou a mais alguma personalidade importante, presente à cerimónia. Nas conclusões de Teologia, de expectação ainda maior que as de Filosofia, o Lente que defendia era quem mandava "oferecer aos hóspedes o lugar para argumentarem, e os outros dois Mestres se assentavam depois dos Superiores, e depois deles o Prefeito dos Estudos, se não for um dos Lentes" [2].

A par do Prefeito dos Estudos, havia o Decano dos Estudos, e êste a partir de 1711 começou a gozar dos mesmos privilégios que o da Universidade de Évora, delimitando-se entre ambos as respectivas atribuições [3].

Recorde-se a fórmula e pompa universitária dos Actos Públicos, com que se deram os primeiros graus académicos conferidos nos Cursos do Estado do Brasil em 1575, e do Estado do Maranhão e Pará em 1688 [4]. A solenidade ganhou com o decorrer do tempo não na expressão do facto em si mesmo, mas no concurso externo, em função do desenvolvimento citadino e da posição social, maior ou menor, de quem recebia o grau.

---

1. Ânua de 1727, de Marcos Távora. Necrológio do Ir. José Gomes falecido ainda novo no Rio de Janeiro, a 12 de Setembro de 1725. (*Bras.10(2)*, 293v).
2. Visita do P. Francisco de Matos, 1701. (Vitt. Em., f. ges. 1255, n.º 13, § § 11-14).
3. *Bras.4*, 169.
4. Cf. supra, *História*, I, 96-97; IV, 268-269.

Nas Cartas de Curso, de Bacharéis, Licenciados e Mestres, que estes mandavam tirar para efeitos de matrícula em Coimbra ou de habilitação para requerimentos públicos, alude-se a esse aparato e consta a diferença no número dos Examinadores, se se tratava do grau de Bacharel ou de Licenciado: para este cinco, para Bacharel três. Tudo o mais igual. Entre estas duas Cartas de Curso, uma de Mestre, outra de Bacharel, medeiam 66 anos, a primeira da Baía, a segunda do Rio de Janeiro. Assinam-nas, a uma e a outra, e num e noutro Colégio, os respectivos Reitores:

Carta de Mestre em Artes pelo Colégio da Baía, 1664:

In Dei nomine, Amen.

Nos Hyacinthus de Carvalhais Societatis IESV Collegij ejusdem nominis, et studiorum generalium in civitate Bahyensi Rector palam testamur, certioresque reddimus omnes et singulos praesentes literas inspecturos, quod dilectus nobis Ferdinandus de Goes Barros Lusitanus ex civitate Bahiensi gradum Bachalaureatus, Licenciaturae et Magisterij in praeclara artium scientia adeptus est cursibus suis de more peractis, et approbatus rigoroso examine quinque magistrorum in eadem praeclara facultate, coeterisque ritibus seruatis juxta noua hujus facultatis instituta, decoratusque fuit in templo nominis IESV per Patrem Prouincialem Iosephum de a Costa horum studiorum generalium praefectum; fuerunt autem testes plures sapientissimi Doctores, Magistri, aliique plurimi actum decorantes. In cujus rei testimonium praesentes literas manu nostrae Societatis munitas dedimus.

Ego Antonius de Azeuedo de Mello sacerdos horum studiorum generalium scriba subscripsi die vigesima secunda julij anni Domini Millesimi sexcentesimi sexagesimi quarti.

[Selo branco]

(a) *Hyacinthus de Carvalhais* [1].

---

1. Com os reconhecimentos do Dr. Afonso Soares de Afonseca, na Baía, 29 de Julho de 1664; e do Dr. Francisco Mont.º Monterroio, em Lisboa, 11 de Abril de 1665. (A. H. Col., *Baía*, Apensos, Capilha de 1666).

Carta de Bacharel em Artes pelo Colégio do Rio de Janeiro, 1730:

In Dei nomine, Amen

Nos Antonius Cardoso Societatis IESV Collegii ejusdem Nominis, et Studiorum Generalium in civitate Fluminensi Rector, palam testamur, certioresque reddimus omnes, et singulos praesentes Litteras inspecturos, quod dilectus nobis Antonius Nunes Lusitanus ex eadem civitate gradum Bacchalaureatus in praeclara Artium scientia adeptus est, cursibus suis de more peractis sub disciplina sapientissimi Patris Magistri Simonis Marques ejusdem Societatis, qui legere incepit quarta die Aprilis anni millesimi septingentesimi vigesimi quarti, et approbatus rigoroso examine trium Magistrorum in eadem praeclara facultate, caeterisque ritibus servatis juxta nova hujus facultatis instituta, constitutus fuit in templo Nominis IESV per eundem Patrem Magistrum Simonem Marques anno millesimo septingentesimo vigesimo sexto. Fuerunt autem testes plurimi sapientissimi Doctores et Magistri, aliique plurimi actum decorantes. In cujus rei testimonium presentes litteras manu nostra subscriptas, et sigillo nostrae Societatis munitas dedimus in hac eadem civitate Fluminensi, die prima Iulii anno Domini millesimo septingentesimo, et trigesimo.

Et ego Emmanuel Mendes de Almeida Diaconatus ordine insignitus, et in praeclara Artium facultate Magister, horum studiorum Generalium scriba feci.

[Selo branco]

(a) *Antonius Cardoso* [1].

---

1. A. H. Col., *Rio de Janeiro*, doc. n.º 7275, Capilha dos n.ºˢ 7274/77. São semelhantes à Carta de 1664, as dos dois pernambucanos, ambos "portugueses naturais do Recife" Pedro de Sequeira Varejão e Caetano da Silva Pereira, Licenciados e Mestres em Artes, o primeiro pelo Colégio de Olinda e o segundo pelo do Recife. Cf. Carta de Licenciado e Mestre em Artes de Pedro de Sequeira Varejão, do Curso de Filosofia do P. M. António Ribeiro, passada em Olinda, pelo Reitor João Guedes, a 10 de Julho de 1717 (A. H. Col., *Pernambuco*, Avulsos, Capilha de 13 de Setembro de 1723); Carta de Licenciado e Mestre em Artes de Caetano da Silva Pereira, passada no Recife, pelo Reitor Marcos Coelho, a 26 de Setembro de 1723 (*Ib.*, Capilha de 11 de Janeiro de 1726). Ambos os Licenciados foram advogados nos Auditórios de Pernambuco.

Com a estima, que alcançaram os graus e a vigilância dos Visitadores, Provinciais e Reitores, os Cursos sucediam-se com regularidade; a duração das Aulas de Filosofia acomodavam-se ao clima, com alguma ligeira variedade entre os Colégios do Norte e do Sul. Mas a norma eram 4 horas diárias, duas de manhã, das 8 às 10, e duas de tarde, das 15 às 17 horas. E mais meia hora de manhã e outra meia de tarde em que o Professor ou o seu substituto, esclarecia fora das classes, no Pátio, as dúvidas que lhes propunham os Estudantes.

3. — Na frequência dos Cursos de Filosofia observou-se a evolução natural que o meio ambiente condicionava. Ao criar-se o primeiro Curso em 1572, a coincidir com a renovação européia da *Philosophia Perennis*, o Brasil apenas começava a nascer para a cultura do pensamento, sem tradição nem lazeres, nem velhas Universidades em que se pudesse refletir. Sobretudo sem discípulos, que os não podia haver onde não existia população, e a pouca que chegava de Portugal, ou já nascia na terra, tinha que atender aos cuidados mais prementes do desbravamento, organização e colonização de um mundo, que era novo em tudo, e na cultura literária e científica mais do que no resto.

O ensino da Faculdade de Filosofia ficou pois, no século XVI, em plano restrito e de escol, como elemento necessário e pressuposto para o futuro professorado da Companhia, que já no Brasil se formava, e dalgum ou outro clérigo ou religioso que acorria às suas aulas, quando ou enquanto as não tinham privativas todas as grandes Ordens Religiosas, à proporção que se iam estabelecendo.

O século XVII abriu com 28 alunos, 4 da Companhia e 24 de fora, entre os quais 4 Religiosos do Carmo. Mestre, o P. Manuel Tenreiro, que "mostrou nas mesas muito bom saber"[1].

Era no Colégio da Baía, que manteve o predomínio escolar no Brasil, durante quase dois séculos, até meados do XVIII, em que o do Rio de Janeiro lhe ia pedindo meças. Quando por 1722 a Câmara da Baía, deixando o costume, até então seguido, de fazer as execuções de justiça fora das portas do Carmo ou no Portão da Pie-

---

1. Carta de Pero Rodrigues, da Baía, 15 de Setembro de 1601. (*Bras.8*, 14v, 28v). Os nomes dos 4 cursistas da Companhia constam supra, *História*, I, 579.

dade, ergueu pelourinho com leilões e arrematações, no Terreiro de Jesus, e começou a fazer nele as execuções de justiça, esquartejamentos e outros actos horrorosos e comuns à justiça daqueles tempos em todas as nações, saiu o Colégio em 1726 em defesa das Escolas. Além da perturbação do culto Divino, na Igreja e no Terreiro de Jesus, lugar dos maiores festejos da Cidade, o Padre Reitor António do Vale dá esta razão contra a execução ali de semelhantes actos: "Acresce que o Colégio é o único Geral dos Estudos de todas as Artes e Ciências que costuma ensinar a Companhia, e a ele como tal concorre toda a mocidade de uma tão numerosa Cidade, além da muita que das mais povoações de todo o Estado do Brasil a ele vem estudar, — e a única serventia de todos os Estudantes é por este Terreiro, por nele ficar a porta do Pátio das Classes".

Insiste o protesto: "E, feito o dito Terreiro, pela erecção do dito pelourinho, praça ordinária dos pregões, dos bandos e execuções de justiça: que inquietações não causará nos estudantes, que perturbação nas Aulas, e que moléstia não terão os mestres com as gritarias, alaridos, tumultos, e alvoroços com que o povo indómito se costuma demasiar em semelhantes ocasiões? Como poderão obrigar os Discípulos a que se recolham a tempo, às suas classes e nelas contê-los com o sossego necessário"?

A representação do Colégio da Baía foi eficaz, porque mediante consulta do Conselho Ultramarino, despachou El-Rei, em 17 de Maio de 1729, que o Pelourinho da Baía se mudasse para o Largo de S. Bento, "defronte do Corpo da Guarda", e ali se fizessem "as execuções de justiça e os leilões e arrematações" [1].

"O único Geral dos Estudos de todas as Artes e Ciências, que costuma ensinar a Companhia...", é expressão do Reitor onde se vislumbra um reflexo de ufanismo baiano; e decerto com fundamento, porque nenhum Colégio chegou a igualar o seu; e quando o do Rio de Janeiro em 1757 o igualava nos estudos de 1726, já com esse avanço de 31 anos, tinha o da Baía, ainda então capital do Brasil, a mais do que aquele, a Faculdade de Matemática.

---

[1] A. H. Col., *Baía*, Apensos, 23 de Janeiro de 1728. Segundo Rodolfo Garcia, um dos irmãos Lemes (João) foi degolado na Baía em 1723 (cf. Notas à *História Geral*, IV, 127), data que fica dentro do período em que se situa o protesto do Reitor da Baía.

A designação de *Escolas Gerais* ou *Estudos Gerais* é a antiga fórmula da Universidade Portuguesa, tanto em Lisboa antes da transferência, como em Coimbra, depois dela; e não era usada nos Colégios de Portugal. No Brasil vê-se o nome de *Estudos Gerais* aplicado primeiro ao Colégio da Baía e logo depois aos do Rio e de Olinda (todos três de fundação real), uma como compensação brasileira ao título de Universidade pedido e recusado.

A frequência foi gradualmente crescendo, e nos meados do século XVIII os alunos dos Cursos de Artes deviam orçar por 300. Só o da Baía chegou a ter mais de 100 [1], logo diminuidos pela nuvem da perseguição que se avizinhava; e no do Rio de Janeiro, com o afluxo das Minas Gerais, já então era de frequência avultada; e, além destes dois Colégios principais, nos outros, desde S. Paulo ao Pará.

Com o progressivo povoamento, desafogo da riqueza e legítima ambição dos pais, que desejavam formar e ilustrar os filhos, e com aquele movimento Pró-Universidade do Brasil na segunda metade do século XVII, enchiam-se os Pátios, e a pouco e pouco, a par dos que se destinavam à carreira eclesiástica, se matriculavam outros alunos com destino às carreiras militares ou da magistratura.

Perderam-se ou destruiram-se na perseguição de 1759 os *Livros de Matrícula* e os *Livros das Aprovações*, conhecidos também por *Livros dos Graduados*, dos Colégios do Brasil [2]. Contudo não é raro nos documentos da época a nota biográfica de Mestre em Artes por algum deles:

O Capitão João Álvares Soares da Franca, nascido na Baía, a 8 de Setembro de 1676, Mestre em Artes pelo Colégio da sua terra natal [3].

António Pinheiro de Lemos, cirurgião aprovado, em exercício no Hospital da Misericórdia da Baía, ao pedir a El-Rei a promoção para o "partido de Cirurgião no Presídio", alega o título de "gra-

---

1. Cf. supra, *História*, V, 70.
2. Ao requerer a sua carta de Advogado nos auditórios eclesiásticos e civis de Pernambuco, Pedro de Sequeira Varejão declara-se "Licenciado em Artes na Faculdade de Philosophia como se mostra da certidão dos *Livros de Matricula* do Colegio dos Padres da Companhia da Cidade de Olinda, Capitania de Pernambuco, donde he natural". (A. H. Col., *Pernambuco*, Avulsos, 6.V.724).— O requerente alcançou o que pretendia, *Ib.*, 29.I.1726.
3. Rodolfo Garcia, nota à *História Geral*, IV, 90.

duado e Mestre em Artes ou Filosofia" pelo Colégio dos Padres da Companhia [1].

O genealogista Pedro Taques de Almeida Pais Leme, formado em Filosofia pelo Colégio de S. Paulo.

O poeta Cláudio Manuel da Costa, que iniciando os estudos de latim em Vila Rica, passou para o Colégio do Rio de Janeiro, onde fez o Curso de Humanidades, latim, grego, matemáticas elementares e nele recebeu o grau de Mestre em Artes [2].

O Tenente-Coronel e Governador do Ceará, António José Vitoriano Borges da Fonseca, natural do Recife, na sua prestimosa *Nobiliarchia Pernambucana* (1748) enuncia, no próprio título dela, este seu, de "Mestre em Artes pelos Estudos Gerais do Collegio da Companhia de Jesus da cidade de Olinda".

Amostra da numerosa lista de brasileiros ilustres que receberam o grau de Mestre em Artes pelos Colégios do Brasil, e da estima em que era tido, não faltando quem, à imitação dos modernos "licenciados", se chamasse também "doutor", por ser formado por algum desses Colégios, como o Dr. Guilherme Pompeu de Almeida (S. Paulo), o Dr. Pedro de Sequeira Varejão (Pernambuco), o Dr. José Monteiro de Noronha (Pará), e outros, com a confirmação pro forma dalgum Pontífice.

4. — A base do ensino da Filosofia nas escolas do século XVI era Aristóteles, através de S. Tomás, e em particular do movimento de interpretação e exegese, oriundo das Universidades de Coimbra e Évora. Pedro da Fonseca criou a "Ciência Média", que Luiz de Molina celebrizou no livro *Concordia;* e outros Mestres ilustraram as duas Universidades, um dos quais o P. Francisco Suárez, Granatense, o "Doctor Eximius"; e ainda outros mestres do Colégio das Artes de Coimbra organizaram o famoso *"Cursus Conimbricensis"*, sem par na cultura portuguesa, como esforço e obra de conjunto. "Sob o ponto de vista das fontes, jamais houve entre nós actividade comparável à dos decénios em que os Jesuítas do

---

1. Carta Régia de 23 de Outubro de 1691 a António Luiz Gonçalves da Câmara Coutinho, em Accioli-Brás do Amaral, *Memórias Históricas*, II, 291.

2. *Rev. do Arq. Mineiro*, I, 376; supra, *História*, VI, 28; Lamego, *A Academia Brasílica dos Renascidos* (Bruxelas 1923)102. Os Professores de Filosofia no Rio, neste período (1744-1749), e portanto seus Mestres, eram Francisco de Faria e Manuel Xavier.

Colégio das Artes de Coimbra levaram a cabo monumental Comentário à obra de Aristóteles, iniciado em 1577 com o de Pedro da Fonseca, à *Metafísica*. É empreendimento único, sem similar, sequer longínquo, com a obra de qualquer outro filósofo [1].

O *Cursus Conimbricensis* era livro de fundo no Colégio da Baía, quando a questão "De Auxiliis" agitou as escolas européias, com as rumorosas polémicas concluidas por uma resolução do Sumo Pontífice, que adiava o debate *sine die*, podendo entretanto cada escola defender a própria opinião, abstendo-se de censurar a opinião oposta. Com esta resolução manteve a Companhia a doutrina, que decorria da "Ciência Média", a qual esclareceu e sancionou o P. Geral Aquaviva com o decreto de 13 de Dezembro de 1613 [2].

Ora o P. Geral enviou o decreto para a Baía, acompanhando-o duma carta; e o Provincial, Henrique Gomes, responde à carta, com observações que denotam, e já o vimos, quanto os estudos no Brasil se faziam com consciência e exame crítico:

"Pois, no Curso das Artes, escreve da Baía o Provincial, ainda mor dificuldade temos no *Curso de Coimbra* impresso (que também se lê em Portugal). Lê-se aos nossos Estudantes, pùblicamente, e seguem-no assim mestres como discípulos quanto é possível, *alioquin* para que era lê-lo? E, contudo, ensina algumas opiniões contra S. Tomás. Veja V. Paternidade agora como será factível ler-se o *Curso*, do modo que se lê, com razões e argumentos mui eficazes em alguma coisa contra o santo doutor, e rejeitá-los, seguindo os fundamentos contrários, que ali mesmo se põem por de pouca sustância e mui fracos? *Exempli gratia:* Quem há-de persuadir agora a qualquer Mestre de Filosofia que defenda a S. Tomás no *quotlib. 3, a. 1*, onde tem para si, clara e expressamente, que a matéria não pode existir *divinitus* sem a forma? Ninguém. Porque não tem por si boa razão nem fundamento. E por isso o *Curso*

---

1. Joaquim de Carvalho, *Evolução da historiografia filosófica portuguesa em Portugal até os fins do século XIX*, em "Biblos", vol. XXII, Tômo I (1946)82. — Além de Pedro da Fonseca, assinalou-se como autor principal, do pròpriamente chamado *Cursus Conimbricensis*, o P. Manuel de Góis, irmão do teólogo Gaspar de Góis, que pediu a missão do Brasil, para onde embarcou em 1570 com o B. Inácio de Azevedo e veio a ser martirizado com o P. Pedro Dias em 1571. (Franco, *Ano Santo*, 78; supra, *História*, II, 256).

2. Na íntegra em Astrain, *Historia de la Compañia de Jesús en la Asistencia de España*, IV, 383-384.

Conimbricense lhe refuta esta opinião, *lib. 1 physic.*, *C. 9, q. 6, ar. 3*; do mesmo modo lhe refuta outras (em que me não quero deter) *lib. 2 physic.*, *C. 7, q. 13, et ibid.*, *lib. 3, C. 3, q. 2*. Deixo outros livros onde se acharam algumas" [1].

Justo critério, que fazia de S. Tomás farol, que ilumina, não meta além da qual se não pode passar, nem sequer discutir. Dentro deste espírito, continou o santo Doutor a ser o Mestre das Escolas, mas, com ele, outros Mestres, e ainda os expositores que se renovaram, adquirindo-se logo os novos *Tratados de Filosofia*, à proporção que na Europa se imprimiam. Um deles, a *Summa Universae Philosophiae*, de Baltasar Teles, publicada em Lisboa com o ano de 1642 no frontispício. Espalhou-se logo pelo mundo, Itália, Espanha, Alemanha e França, onde teve duas edições; e mais que em nenhuma parte, no Brasil, à qual o autor dedica a 4.ª edição em 4 tomos, saída em Lisboa em 1652: *Reverendis admodum in Christo Patribus & Fratribus Societatis Jesv Brasilicae Provinciae, Auctoris Epistola Gratulatoria P. S. D. Vlyssipone, Idib. Febr. anno 1652*.

Nesta *Epístola* sai o Brasil engrandecido, e muito louvada a sua mocidade escolar, tão apta para as lides da guerra, como para as vitórias das Letras e das Ciências. E não sem graça, ainda que ao gosto da época, tem aquela frase, *itaque depositus tantisper Aristoteles dum Telles aderat legendus*, que D. Francisco Manuel de Melo, seu discípulo, retoma, decompondo o nome do Estagirita em duas palavras, *Aristo-Telles*, para dizer que os mais famosos mestres aprendiam dos seus mestres, Teles aprendia dos mestres e de si próprio:

"Por esta causa, não compreendidos nos termos da Europa, os termos da sua doutrina, passou a ser Mestre comum do nosso novo mundo Brasiliano, em o novo Mundo da América [...]. É universalmente reverenciado dos melhores mestres e discípulos daquele mundo, como eu sou testemunha de vista; sendo universalmente nele lida, estudada, defendida, e prezada em sumo grau a sua *Summa Philosophiae*, com preferência aos mais livros de Filosofia" [2].

---

1. Deste Colégio da Bahya, 20 de Outubro de 1614. (Gesù, 660).
2. D. Francisco Manuel de Melo, Primeira Parte das *Cartas Familiares* (Roma 1674)309. — Domingos Maurício em *Os Jesuítas e a Filosofia Portuguesa nos séculos XVI a XVIII — Os Manualistas Baltasar do Amaral e Baltasar Teles*, na *Brotéria*, XXII (1936), dá sucinta análise da *Suma* de Baltasar Teles.

Antes da *Summa* de Baltasar Teles conheceu o Brasil outros livros. E causou admiração em Lisboa, ao ir a ela o P. António Vieira em 1641, por falar em argumentos de Rodrigo de Arriaga, "e ser muito moderno e parecer impossível ter chegado já ao Brasil obra sua"[1]. O *Cursus Philosophicus*, de Arriaga, Professor da Universidade de Praga, teve a 1.ª edição em Antuérpia (1632), e a 2.ª em Paris (1637). Teve outras, mas foi uma destas duas primeiras, chegada à Baía em 1639, que Vieira repassou em viagem que fez de canoa, não só por preocupação geral científica, como pela circunstância particular de ter composto também um *Curso de Filosofia*, o primeiro que consta se escrevesse no Brasil. Redigiu-o durante o seu Curso de Artes (1629-1632), no qual, diz ele, "compus uma *Filosofia* própria"[2].

De Vieira filósofo, não sob o aspecto escolar, mas para o estudo das idéias filosóficas que corriam no Brasil, são rico manancial os seus *Sermões*, já pressentido por um ou outro escritor; não porém ainda estudado a fundo com o apetrechamento indispensável da cultura moderna, conjugada com a do século XVII.

Ignora-se o paradeiro actual deste primeiro Tratado de Filosofia, escrito no Brasil, assim como o dos três manuais, que redigiram os Padres também da Prov. do Brasil, Domingos Ramos, António de Andrade e Luiz Carvalho[3].

---

1. A. de Barros, *Vida do Apostolico Padre Antonio Vieyra da Companhia de Jesus chamado por antonomasia o Grande* (Lisboa 1746) 620.

2. Cf. supra, *História*, IV, 6, 8. Por esta notícia, Lúcio de Azevedo (*História de António Vieira*, II, 388) incluiu entre as obras de Vieira a seguinte: "P. M. Antonii Vieira controversia pro ente logico — Pars secunda — completens Universalia, Perhiermenias, Intellectiones et Notitias, quas imperfectas reliquit Magister disertissimus" (Torre do Tombo, *Jesuítas*, maço 95). Este equívoco de Lúcio de Azevedo tem originado outros. Houve dois Professores de Filosofia, da Província de *Portugal*, com o mesmo nome de António Vieira, diferentes ambos do P. António Vieira, o Grande, da Província do *Brasil*. Um deles foi professor de renome no Colégio de S. Antão em Lisboa no triénio de 1739 a 1742. (Cf. Domingos Maurício Gomes dos Santos, *Para a história do Cartesianismo entre os Jesuítas portugueses do século XVIII*, na *Revista Portuguesa de Filosofia*, I (1945)28ss).

3. Sommervogel inclui entre as obras de Valentim Estancel, chegado ao Brasil em 1663, um *Cursus Philosophicus*, impresso em Praga, sem mais indicações por onde se possa inferir quando e onde o escreveu.

O *Cursus Philosophicus* de Domingos Ramos era obra que se tratava de imprimir em Lyon no ano de 1687. Faltava só a revisão final de Roma, que não chegou a dar-se [1].

O *Cursus Philosophicus* de António de Andrade, e as *Quaestiones selectiores de Philosophia problematice expositae*, de Luiz Carvalho, falecidos ambos em 1732, ficaram prontos para a Imprensa, e também não se publicaram talvez porque chegavam ao Brasil textos provenientes dos grandes centros de ensino europeu, com os quais não pudessem ainda competir. Mas o facto de se escreverem, denota que o Brasil não se alheava das elocubrações do pensamento.

Todos os manuscritos desta natureza se submergiram no sequestro geral de 1759. No Inventário da Livraria do Colégio do Rio de Janeiro, feito em 1775, ainda existiam, entre os manuscritos, 78 tomos de "*Postilas de Filosofia*" [2]. Seriam elementos úteis de averiguação para a entrada no Brasil das correntes ideológicas, como as que hoje se estudam nos autores portugueses do século XVIII, e pelos quais se vê que muitas idéias que alguns atribuem à reforma ulterior à perseguição da Companhia (1759), já se encontravam nos autores dela, como entre outros Inácio Monteiro.

No Brasil também se verificou este duplo espírito: o do progresso dentro da Companhia e o da detracção fora dela e contra ela. Em 1757 era Professor catedrático de Filosofia o P. Jerónimo Moniz, e substituto o P. Roberto da Costa no Colégio da Baía; e no novo Seminário da mesma Cidade, o P. Manuel Maciel, que ensinava pelos "melhores descobrimentos da Física Moderna". Maciel ficou na Baía em 1760; e tendo-se manifestado os estudantes de Filosofia contra o possível encerramento dos estudos pelo exílio dos Padres, requereram se lhes desse o P. Maciel. Concedeu-lho, o Vice-Rei, ainda em homenagem póstuma ao ensino da Companhia, que aliás se tentou diminuir, talvez como estratagema para tornar aceitável por um governo, perseguidor dos Jesuítas, o magistério dum Padre que acabava de ser professor nas escolas dos Jesuítas, com dizer que ele ensinava aquele método contra o parecer dos mesmos [3].

---

1. *Bras.1*, 19.
2. Sobre o Inventário e Biblioteca deste Colégio, cf. supra, *História*, VI, 28.
3. A. H. Col., *Baía*, 4823.

Homenagem póstuma, porque nem Manuel Maciel tinha tido outras escolas senão as da Companhia, nem nelas podia ensinar matéria alguma contra a vontade dos Superiores, que nomeavam os Mestres e de quem dependia a sua permanência ou exclusão das cadeiras de Ensino. Na verdade, as Ciências ensinavam-se nos Colégios da Europa e do Brasil com os métodos que se renovavam à proporção que progrediam os descobrimentos científicos e se acalmavam os debates, que sempre surgem (ontem como hoje), e deles se apurava, acima das controvérsias apaixonadas, o que era certo. Isto no domínio das Ciências positivas ou experimentais, não tanto no das especulativas, onde nalgumas delas existe uma constante de idéias elementares, dentro do conceito não materialista do mundo. A Lógica, por exemplo, criada por Aristóteles, é a que ainda hoje se ensina nas Universidades cristãs de todos os países [1].

5. — E aqui terminaríamos, se em certos assuntos bastasse a simples exposição positiva e geral dos factos: neste parece que é útil chamar também a atenção para erros que circulam e viciam o julgamento de homens naturalmente rectos. Seja-nos lícito abrir parágrafo em tom diferente, isto é no mesmo tom (aliás muito mais moderado) com que um ou outro escritor ainda se refere nos dias de hoje, à cultura do Brasil antigo.

A história da cultura escolar colonial ainda não está feita em bases científicas, o que vem a significar que ainda não se estudou nas suas fontes, dentro do ambiente e dos livros que foram veículos dela.

Far-se-á um dia nos seminários universitários de pesquisas, quando se instituirem convenientemente apetrechados. E aqui é o nosso reparo. Porque lêem-se, uma ou outra vez, afirmações na aparência definitivas, como se já estivesse concluído todo o processo histórico; e não só definitivas, mas com palavras ásperas, e com frequência implicadas em assuntos heterogéneos, num confusionismo irredutível a qualquer método científico.

---

1. Desde 1751 que em Roma a 17.ª Congregação Geral, Decreto 13, *Institutum S. I.*, II, 436ss, tinha dado as suas normas para o ensino das Ciências Naturais e da Física Experimental; e desde 1754 andava impresso no Colégio das Artes de Coimbra, o *Compêndio* do P. Inácio Monteiro S. I., com os últimos dados da Física Moderna. — Ver supra, Capítulo II.

E assim, por fecho ou ilustração desta matéria de cultura colonial, recordam-se algumas dessas afirmações, relacionadas com o ensino público das ciências, próprias do período, que enche a história da Companhia de Jesus no Brasil da Assistência de Portugal. É supérfluo lembrar que se não podem exigir aos séculos passados os métodos e conhecimentos modernos. Do contrário teríamos também de desdenhar a ciência do século XIX, que não chegou a ver a desintegração do átomo. Aliás, na história das teorias físicas, por exemplo, o estudo do pensamento científico, relativo aos fenómenos eléctricos e magnéticos, hoje de capital importância, mostra o lugar de relevo que nele ocuparam os Jesuítas; e cita-se com louvor a Escola de Coimbra (influência de William Gilbert) [1].

Diz-se às vezes que Portugal, para manter o Brasil ignorante, o isolava das correntes de cultura européia, e diz-se ao mesmo tempo que Portugal em si mesmo estava fora dessas correntes (o que já é uma afirmação contraditória); diz-se que fechava as portas do Brasil aos sábios (Humboldt), e aos estrangeiros, tanto individualmente como aos seus navios; e, para prova de que Portugal estava à margem da ciência européia afirma-se que 150 anos depois do descobrimento da circulação do sangue, ainda esta descoberta se desconhecia em Portugal (em toda a Península Ibérica) e no Brasil, cuja ciência, dizem, dependia de Portugal [2].

A estes temas depreciativos foi moda algum tempo acrescentar-se ainda o pirilampo da cultura holandesa.

---

1. Jean Daujat, *Origines et formation de la théorie des phénomenes électriques et magnétiques*. Thèse pour le doctorat ès lettres présentée à l'Université de Paris (Paris 1945)157-159. Cf. J. Stein, S. I., A. H. S. I., Anno XV 1946 (Roma 1947) 207-210, 236.

2. Cf. Rui Barbosa, *O Centenário do Marquês de Pombal*. Discurso pronunciado a 8 de Maio de 1882, cit. por Fernando de Azevedo, *A Cultura Brasileira* (S. Paulo-Rio 1944)208. — Para não ficar aqui uma idéia incompleta de Rui Barbosa é de saber que o orador brasileiro, 21 anos depois, em 1903, noutro famoso discurso, pronunciado no Colégio Anchieta, exalta o Catolicismo e a Companhia de Jesus, e condena o "despotismo" do mesmo que constitui o título do discurso de 1882. Rui Barbosa, *Discurso pronunciado na Collação de Gráo de Bacharel no Collegio Anchieta* (Nova Friburgo 1903), 38, 44-45. Reproduzido em *Rui Barbosa, Joaquim Nabuco e os Jesuítas*, Tríplice Centenário, com uma *Nota Preliminar* [de S. L.]. Publicações da Pontifícia Universidade Católica do Rio de Janeiro (Rio 1949) 47, 50-51.

Por partes:

Humboldt cai fora do período dos nossos estudos, pois em 1800 a Companhia de Jesus não existia no Brasil. Diga-se, em todo o caso, que a relutância em admitir no Pará o sábio prussiano provinha de razões políticas. Ele dirigia-se para ali, da América Espanhola, com licença de Espanha, com quem Portugal estava em tensas relações (e logo veio em 1801 a guerra e invasão de Portugal por tropas espanholas); por outro lado, os limites do Brasil não tinham ainda a estabilidade de hoje. O ele ser suspeito às autoridades responsáveis da integridade e interêsses da terra brasileira não é assunto científico, mas político, semelhante a muitos outros, até nos nossos dias e nos países mais cultos do mundo. Porque outro sábio, não menos ilustre, La Condamine, tinha sido recebido no mesmo Pará em 1743, no Reinado de D. João V, com todas as honras; e os Jesuítas acolheram-no fidalgamente e lhe facilitaram as observações científicas, ficando com êle em contacto epistolar [1]. Outros sábios estrangeiros entraram no Brasil, nos séculos XVII e XVIII, e da Companhia de Jesus não poucos, entre os quais Pfeil, Estancel e Capassi. Este último com Diogo Soares, subvencionados ambos pelo erário público. E sem meter em conta os espanhóis de dentro e de fora da Companhia, viveram no Brasil muitos franceses, alemães, ingleses, irlandeses, italianos, contanto que tivessem os passaportes em regra, uso tanto de ontem como de hoje, e com diferença de tempo de guerra a tempo de paz; e pelos arquivos se encontram relações de numerosos navios ingleses que aportavam ao Brasil, no caminho da Índia, e não poucos franceses, e cada qual com a liberdade que se deixa ver das suas narrativas [2].

Quanto aos holandeses, se êles, em vez de cultivarem fogos fátuos, tivessem procedido como os Portugueses, com todos os seus defeitos, mas, enfim, educando, criando, desbravando e defendendo a terra e unindo-se à sua gente, talvez no território hoje brasileiro, houvesse uma ou outra forma de cultura diferente, mas não haveria o *Brasil*. Não nos parece científico tomar este ou aquele episódio, e isolá-lo do conjunto histórico, em que o Brasil se formou, ganhou raízes e ampliou, até ser a grande nação que é.

---

1. Cf. supra, *História*, III, 232, 304-305; e infra, VIII, 231.
2. Cf. supra, *História*, V, 127-128.

Tudo isto, porém, só indirectamente cai dentro da História da Companhia de Jesus no Brasil, quanto à cultura científica e ao seu ensino. Entra em cheio nela, o ponto afirmado com datas, da circulação do sangue, descoberta por Harvey e ignorada dos Mestres dos Colégios das Artes, do mundo português, e portanto do Brasil, durante 150 anos, até meados do século XVIII.

Guilherme Harvey publicou o seu *De Motu Cordis* em 1628, e o seu *De Circulatione sanguinis* em 1649. Sucede que neste mesmo ano o Professor do Colégio das Artes de Coimbra e da Universidade de Évora, P. Francisco Soares Lusitano (*Lusitano* para se distinguir do *Granatense*) enviava para a imprensa o seu famoso *Cursus Philosophicus*. A licença régia é datada de Lisboa, 22 de Fevereiro de 1649; a conferência da impressão com o original, de 16 de Abril de 1650; e a data da impressão, no frontispício, de 1651 ("Conimbricae, in celeberrimo Artium Collegio"). Pois, no III Tomo, ao tratar da embriologia e do feto humano, o Mestre cita os médicos naturalistas Fernel e a sua *Fisiologia*, André Lourenço e a sua *História Anatómica*, Gaspar Bauhin e o seu *Teatro Anatómico*, e ainda outros muitos, entre os quais Francisco Perla, Sennert, Santa Cruz, Zacuto Lusitano, Pedro Garcia, Peramato. E, preferindo a lição experimental dos médicos à de Aristóteles, o Jesuíta português, com espírito impressionante de crítica e de ciência, diz "que aos médicos se deve maior crédito, em assuntos anatómicos, do que ao Estagirita" [1].

Quanto à *circulação do sangue*, cita nada menos que o próprio Harvey, que fez a prova experimental, e ainda vivia: "Mover-se o sangue e estar em perpétua circulação, quer com razões eficazes, tiradas da Anatomia, quer por provas que descobriu e repetiu, o acaba de mostrar Guilherme Harveus, inglês, no livro que lhe consagrou *De motu cordis et circulatione sanguinis*" [2]. E confirma-o com Fortunato Plemp, médico holandês, que a experimentou *in vivo*, por sugestões de Wald professor de Leyde. Não se contentando com isto, Francisco Soares Lusitano completa a fisiologia da circulação do sangue com os resultados obtidos por Meyssoner, médico de Lyon (1602-1672), sobre a velocidade dela, e até com o teste-

---

1. Francisco Soares Lusitano, *Cursus Philosophicus*, III (Coimbra 1651) 14, 2.ª col.
2. Franc. Soares Lusitano, *ib.*, III (1651) 15, 1.ª col.

munho de um Professor de Coimbra, Francisco Rodrigues Cassão, que já expusera e verificara (antes de 1651) o facto da circulação do sangue com erudição e conhecimento de causa como médico insigne que era [1].

Além de Francisco Soares Lusitano, temos à mão teses impressas de antigos Jesuítas do Mundo Português, onde se defende a circulação do sangue. Mas para que citá-las em face do testemunho de Francisco Soares Lusitano, contemporâneo de Harvey?

A circulação do sangue, logo assim divulgada em Portugal, anda estampada em livros de Jesuítas desde 1651, seis anos antes de falecer Harvey; e este conhecimento logo também passou os mares, porque Francisco Soares Lusitano era livro de texto no Brasil. Só num Colégio, o do Rio de Janeiro, o Inventário achou 84 tomos em 1775 que deviam ser enviados ao Juízo da Inconfidência e Real Mesa Censória para serem destruídos pelo mesmo ministro que criou esse Tribunal por excelência anti-crítico. Em louvor do qual, todavia, ainda um ou outro escritor, quer por motivos religiosos (anti-religiosos, claro), quer por desamor à Colonização Portuguesa do Brasil, repete alegações com fundamento histórico tão bem averiguado como este da circulação do sangue, que "se afirma" ignorarem, e "se prova" com evidência que sabiam e ensinavam os responsáveis da cultura científica do Brasil até meados do século XVIII.

É possível que apareça agora algum escritor e ainda retome e interprete com idêntico espírito de desafeição o que no Capítulo precedente se narrou da Universidade, tanto desejada no século XVII, pelos filhos do Brasil e pelos Padres da Companhia. Conviria talvez, antes de entrar nessa nova displicência,

---

1. Cf. Francisco Soares Lusitano, *ib.*, (1651) 15, 1.ª e 2.ª cols.; Domingos Maurício, *A primeira alusão a Descartes em Portugal*, na Brotéria, XXV (1937) 181-182; Paulo Durão, *A Inquisição, os Jesuítas e a circulação do sangue*, na Brotéria, XIV (1932) 289-296, onde, a propósito de idêntica falsidade e mentalidade dum capítulo da *História da Literatura Portuguesa Ilustrada*, fasc. XXXII, 2.ª col., cita as palavras do discípulo dos Jesuítas, Curvo Semedo, que na sua *Polyanthea* (2.ª ed. de 1697, p. 791) defende no século XVII a circulação do sangue como "coisa certa e palpável", da qual teriam zombado Galeno e os oráculos antigos. E lembra a propósito, que o espanhol Miguel Servet, o médico a quem ordinàriamente, antes de Harvey, se atribui a descoberta da circulação do sangue, foi queimado vivo como herege pela Revolta Protestante (Calvino). Sobre a presença da *Polyanthea* com *Observaçoens* e *Atalaia*, de Curvo, nos Colégios do Brasil, cf. supra, *História*, IV, 401; VI, 27.

que reflectisse noutro facto histórico, a saber, que não obstante a criação de diversos estabelecimentos de ensino superior, a Universidade só veio a ser realidade no Brasil nos nossos dias, um século depois da Independência. Perdeu Portugal a oportunidade do século XVII, que se invocaria hoje como glória sua, como são de Espanha as Universidades fundadas por ela na América que lhe coube colonizar. Mas tudo tem o seu verso e reverso; nem se podem considerar os factos históricos apenas sob um aspecto, isolando-o do plano e espírito geral da Colonização Portuguesa, de centralização e unidade, com os seus inconvenientes sem dúvida, compensados também sem dúvida, por inegável e útil consequência para a unidade nacional brasileira, em contraposição com o esfarelamento nacional que se produziu na colonização da América Espanhola. E, pràticamente, sem o título extrínseco de Universidade, os estudos continuaram como antes e se desenvolveram e ampliaram até meados do século XVIII. Com a educação popular, mais vasta do que se imagina, com o ensino humanista em todos os centros urbanos dalguma importância desde o Pará à Colónia do Sacramento no Rio da Prata, entremeavam-se os Colégios das Artes, e, no da Baía, todas três mencionadas, as Faculdades de Teologia, Filosofia e Matemática. Se estes Colégios se não destruissem no vendaval de 1759 seriam hoje, com a inelutável evolução dos tempos e das ciências, e com a riqueza insigne das suas Bibliotecas, outras tantas Universidades de renome, como as muitas que a Companhia de Jesus actualmente dirige na Europa, Ásia e América.

Relógio de Sol

Da Fazenda de S. Francisco Xavier (Saco de S. Francisco Xavier, Niterói).
Fazenda rural, lenhadora.

A projecção do gnomon marcava 11 horas e meia quando se tirou a fotografia, ficando tambem nela a sombra recortada do beiral das telhas.

Os Relógios de Sol eram frequentes nas Fazendas. Nos Colégios havia os relógios mecânicos nas Torres das Igrejas para as horas dos sinos, e os "relógios dos matemáticos", para acertar os mais relógios, como se lê
no Inventário do Colégio de S. Paulo.
(Arq. Nac. do Rio de Janeiro, Secção Histórica. 481).

LIVRO TERCEIRO

Aspectos Peculiares do Brasil

CONCLUSIONES METAPHYSICAS
de Ente Reali,
PRÆSIDE
R.P.M. FRA CISCO DE FARIA, Societatis JESU
IN REGIO FLUMINENSI COLLEGIO ARTIUM LECTORE
DEFFENDENDAS OFFERT
FRANCISCUS FRAGA
de 15 huius mensis Vespertinis Scholarum horis,
EXPREDICTA SOCIETATE
APPROBANTE R.P.M. JOANNE BOREGS,
STUDIORUM GENERALIUM DECANO
QUÆSTIO PRINCEPS
Unum
Existentia adæquate sit de conceptu metaphysico Entis Actualis?

CONCLUSIONES METAPHYSICAE

(Do P. Francisco de Faria, natural de Goiana, Pernambuco)

Defendidas no Real Colégio das Artes do Rio de Janeiro, pelo Ir. Estudante Francisco Fraga.

Primeiro documento filosófico impresso no Brasil, na Tipografia de António Isidoro da Fonseca, Rio de Janeiro, 1747.

(Ver descrição pormenorizada, no Tômo VIII. Escritores, I, art. *Faria* (Francisco de).

Conhecem-se outras Teses de Filosofia de Jesuítas do Brasil (do Colégio do Maranhão) impressas em Lisboa, Évora e Coimbra.

CAPÍTULO I

Naturalidade dos Jesuítas no Brasil

1 — Deficiência de vocações no Brasil e o estudo das suas causas; 2 — Quadro estatístico; 3 — Os Portugueses do Brasil e de fora dele; 4 — Dificuldades particulares do Maranhão e o Colégio de Coimbra; 5 — A percentagem estrangeira.

1. — O problema das vocações no Brasil, que já vimos para o século XVI, foi sempre rodeado das cautelas, que a perfeição religiosa por um lado requeria, e por outro as condições materiais e morais do meio ambiente aconselhavam [1]. Ainda hoje é complexo e difícil, e se ilustra por esta simples proporção, verificada no último Catálogo da Companhia de Jesus de 1948. Enquanto nos Estados Unidos, com 35.000.000 de católicos, os Jesuítas são 6.509, no Brasil, para uma população católica de 45.000.000, são apenas 994. Os especialistas investigam as causas de semelhante desnível. Num documento da segunda metade do século XVII, em que se buscava ir ao fundo da questão, por confronto com os europeus, enumeram-se oito causas que dificultavam no Brasil a vida religiosa.

I. — *Influência do clima*. Invocava-se esta causa, não isenta ainda então dalguma interferência astrológica sobre a geração humana. Os homens concebidos sob o céu da Europa eram brancos, os homens concebidos no Brasil, mesmo quando brancos, nasciam num clima que produzira o índio selvagem, e não o melhor da América.

Há, sob esta forma errónea, um fundamento objectivo, que é o do próprio clima tropical (o da ourela marítima, que então apenas se tinha em conta), que depaupera o organismo, e que a experiência

---

1. Cf. supra, *História*, II, 429-436.

e a prosperidade moderna vão corrigindo ou com a refrigeração das habitações nos meses de verão (o inverso da calefacção da Europa nos meses frios), ou com o veraneio nas cidades serranas, que mantém o equilíbrio do organismo e desperta a capacidade de trabalho e de iniciativa. Note-se todavia que o mesmo argumento do clima, que aqui se apresenta como inconveniente, o deu Vieira alguns anos antes em 1677, como vantagem, ao advogar a entrada de noviços no Maranhão "os quais sobre serem *naturais do clima* e escusarem as despesas de serem trazidos de terras tão remotas, ajudarão também a nos aparentar com os moradores e conciliar sua benevolência, pois são os que sempre nos fizeram a maior guerra" [1].

II. *Primeira nutrição*. Em vez de leite da mãe ou mulher branca, os meninos do Brasil naquele tempo criavam-se em geral ao peito da mulher negra, ou da mulata, cujo leite, dizia-se, era pior que o da negra.

Talvez haja neste modo de falar do século XVII uma transposição, para o valor nutritivo, do que tocava ao da educação, ou seja o contacto do primeiro despertar das consciências infantis com a falta de cultura das amas de leite. Talvez também fosse real a deficiência nutritiva dos meninos, não pela côr e sim pela deficiência de alimentação da dedicada "Mãe Preta". A observação dos Padres da Companhia parece ultrapassar o tempo em que se produziu.

III. *Educação familiar froixa*. Em lugar da austeridade e correcção paterna com que na Europa se criam os meninos, raro era o pai no Brasil que não deixava viver os filhos ao sabor da natureza.

Com isto, acostumavam-se a fazer o que queriam, e quando chegava a hora de fazer o de que não gostavam, mas que deviam fazer, achava-se enfraquecido o sentimento da responsabilidade e não se cumpria o próprio dever ou cumpria-se com relutância.

IV. *Mestiçagem*. Fenómeno da colonização americana mais antiga, isto é, a de toda a América Hispano-Portuguesa, quer por mistura com sangue negro, quer com sangue índio, e era grande então o número dos mestiços. Notava-se que os mestiços davam

---

1. Carta do P. Vieira ao Superior do Maranhão, de Lisboa, 10 de Abril de 1677, na *Brotéria*, XLV (1947)467; cf. supra, *História*, IV, 232.

sinais de inteligência aguda, mas uniam a ela um temperamento irriquieto pouco apto para a abnegação estável da vida religiosa.

V. *Origem social*. Muitos candidatos provinham da classe, que então se dizia de artes mecânicas; ou do que em Pernambuco, no Recife, se chamou a classe dos mascates em oposição à nobreza de Olinda. Morar na mesma terra o pai mecânico ou de condição humilde e o filho elevado pelos estudos, tinha-se por inconveniente ou por preconceito social ou porque o pai não deixava o filho em paz na vida religiosa, procurando elevar-se econòmicamente à custa da Ordem Religiosa do filho.

VI. *Sentimentalismo mórbido que tolhia a liberdade de movimentos*. A presença da mãe e mais ainda das irmãs, na mesma cidade, criava laços afectivos que impediam a liberdade e firmeza pessoal do Religioso quando se requeria a sua presença e actividade longe, noutro Colégio ou Aldeia. Às vezes a dificuldade chegava à tentação de sair da vida religiosa.

VII. *Depravação de costumes*. Na segunda metade do século XVII, a sífilis fazia graves estragos no Brasil, e começaram os adolescentes das escolas, com pretexto de a evitar, a dar-se a vícios ocultos, que de todo era necessário impedir não entrassem com eles dentro das Casas Religiosas.

VIII. *Deficiência física e preconceito social do trabalho*. Notava-se que os nascidos na terra eram menos fortes e robustos para aguentar, não momentâneamente, que disso eram capazes, mas com constância, trabalhos aturados. Excepto um ou outro, todos os Irmãos Coadjutores eram Portugueses do Reino. E os próprios filhos da terra o confessavam, acrescentando, como a gloriar-se, de que eram de condição mais nobre, nem tinham nascido para servir [1].

Nestas causas se apresenta a face por assim dizer material oposta às vocações; a parte formal era a da piedade e chamamento de Deus para a vida de perfeição religiosa, mas esta pressupunha e estava geralmente em conexão com a educação cristã, ambiente normal para desabrocharem.

Quase todos os oito pontos mencionados estão ainda hoje sujeitos a discussão entre antropólogos, educadores e sociólogos, discussão apaixonante nas três formas literárias sucessivas, de

---

1. *Bras.3(2)*, 294-294v.

indianismo, caboclismo, mulatismo, digamos morenismo, este em plena actualidade. Nem aqui se institui tal discussão, alheia ao objecto directo desta *História*. Basta apenas recordar a reacção do grande Joaquim Nabuco, contra a repugnância geral do trabalho, na sua campanha abolicionista duzentos anos mais tarde, para se ver que este documento da segunda metade do século XVII, com a expressão tão clara do VIII ponto, é útil instrumento de estudo e constitui por si só um pequenino tratado ou índice sociológico de raízes longínquas; e sob o ponto de vista da Companhia demonstra o esforço e preocupação dela em manter os quadros da sua vida associativa colonial em nível, físico, moral e religioso, elevado, procurando corrigir o que era susceptivel de correcção, como a educação e ambiente familiar.

Entretanto, o P. Geral havia limitado as admissões de filhos da terra, no Noviciado da Baía, a 4 por ano (os do Reino, sem limitação), ordem que ocasionou debates e foi permanente pomo de discórdia interna, desde a deposição do Visitador Jacinto de Magistris, de que também se constituiu uma das causas [1]. Os candidatos eram sempre em maior número que o de admissões concedido, e nem sempre os Padres se podiam libertar dos desejos dos filhos e das instâncias dos pais.

A mestiçagem, por alguns desfalecimentos que se experimentaram (o P. Manuel de Morais e outros), transformara-se em impedimento para a entrada na Companhia. Contudo iludia-se com frequência ou pedia-se dispensa dela, como se diz do P. Domingos Ramos; assim como também se iludia muitas vezes a chamada inquirição *de genere*, que já era mais dispositivo legal de direito canónico, imposto aos Bispos antes de conferirem as Ordens Sacras, a saber, que não fossem de sangue hebráico os que haviam de ser Sacerdotes da Igreja Católica.

Deu brado por toda a costa do Brasil um caso desta natureza, elucidativo, pelas circunstâncias dele.

João Maciel, morador em S. António do Recife, tinha os seus 16 anos de idade e era aluno do Colégio recém-fundado, quando lhe sucedeu o que ele mesmo, com as mãos postas nos Evangelhos, contou um ano depois ao Provisor do Bispado. Disse

---

1. Cf. supra, p. 36-37. E será ainda lembrada pelo Provincial do Brasil Manuel Correia, em Carta ao Geral, de Lisboa, 23 de Fevereiro de 1692, *Bras.3(2)*, 302.

que pelo dia 16 de Julho de 1658, lhe apareceu um espírito, que se declarava ser de certas pessoas mortas que pediam missas, e lhe deu dois selos. Meteu-os numa caixinha, dentro da qual, no dia seguinte achou dinheiro. Dirigiu-se ao Convento dos Capuchos barbados, para onde o espírito o remetera; e ele a chegar e um Capucho desconhecido a sair, que lhe perguntou o que queria. O mocinho contou a história e entregou-lhe o dinheiro. Durante a noite tornou-lhe a aparecer o Capucho, antes de se poderem ter celebrado as missas, e afirmou que já estavam rezadas, e as tais almas, livres do Purgatório e no Céu. João Maciel teve medo e abriu-se com o seu Mestre, o P. António de Sá, da Companhia de Jesus, que lhe disse serem coisas do demónio, e lhe lançou ao pescoço uma verónica de S. Inácio. Estando na sala de estudo, apareceu-lhe outra vez o demónio em forma de etíope, e lhe mandou tirasse a verónica para entrar ele. O rapaz saiu do estudo em braços de quatro companheiros que o levaram para a igreja do Colégio. Ao entrar na igreja o demónio pretendeu impedi-lo, mas enfim entrou; e na igreja deram-lhe a imagem de S. Inácio e ele fez voto de deixar o nome paterno para tomar o de Inácio, se o demónio lhe não entrasse no corpo. Seguiram-se outras visões em que não vale a pena deter-nos. Até que lhe apareceram dois Padres, um calvo, e um velho. O calvo, S. Inácio; o velho, o P. João de Almeida, e lhe falaram. Havia no Colégio, deste último Padre, uma relíquia mirrada e um barrete. A relíquia apareceu com sangue, e o Padre Calvo disse-lhe que era o fundador da Companhia de Jesus, chamou-lhe filho, e que pedisse aos seus companheiros e filhos o aceitassem na Companhia. Como nestes sucessos interveio também o P. João de Almeida, João Maciel, que já era João Inácio, começou a chamar-se João Inácio de Almeida.

Tal é em substância o que João Maciel contou em 1659, e o mandou escrever o Provincial Baltasar de Sequeira, porque ao tratar-se da entrada do pretendente à Companhia, avisaram-no de Pernambuco que ele tinha sangue hebreu por parte da mãe [1]. O Provincial enviou a narrativa para Roma ao P. Geral (e por isso se conserva), apresentando o caso como uma das maravilhas do P. João de Almeida, a ser acrescentada pelo P. Simão de Vasconcelos às já impressas, perguntando como se havia de proceder no caso de

---

1. *Bras.9*, 257-258.

vir de Portugal confirmada a notícia da mãe ser cristã nova. Porque o facto é autenticado, diz ele, e público, e fez grande abalo em toda a costa; e por um lado está a ordem de S. Inácio de o admitir na Companhia, e por outro existe a lei que proibe a entrada de cristãos novos, por se não poderem depois ordenar de sacerdotes. O hebraismo do pretendente era confuso e parece que se tratava, diz ainda o Provincial, de um parente que se casou duas vezes, uma com cristã velha, outra com cristã nova. E embora ele tivesse alguma parte de cristão novo, em todo o caso, insiste, deveria vir dispensa, ainda que se houvesse de recorrer ao Sumo Pontífice [1].

Entre os entrados na Companhia em 1662 no dia 30 de Abril, está o nome de João Inácio de Almeida [2], e era Provincial o P. José da Costa e Mestre de Noviços, o P. Domingos Barbosa. No Catálogo seguinte, de 1667, já não consta o nome do noviço de 1662, nem tão pouco entre os falecidos na Companhia neste período.

Tal como se apresenta, o caso classifica-se por si mesmo, e com ele a nímia credulidade com que se tomava por ordem positiva de S. Inácio, o que não passava de mistificação ou alucinação de um doente, e se abria o Noviciado com a facilidade que se vê, e vinha encarregado de examinar em 1663 o Visitador Jacinto de Magistris [3]. Porque precisamente pedira a Congregação Provincial, reunida na Baía em 1660, que o limite de 12, dado para cada triénio, se suprimisse, respondendo o Geral que não via motivos ao presente para mudar as ordens de seus predecessores [4]. Até que, a requerimento dos Padres do Brasil, pacificada a Província, o P. Geral Oliva, em Outubro de 1679, permitiu que fossem admitidos tantos quantos os que se despedissem (para preencher os claros) durante 5 anos; e acabado o quinquénio em 1684, Alexandre de Gusmão tornou a pedir novo praso, se não fosse possível tirar a limitação [5].

À sombra da licença de 1679 logo se facilitaram as admissões, atendendo ao que parece mais ao número do que à qualidade. Porque ao voltar da Europa em 1681, o P. António Vieira, que tinha

---

1. *Bras.3(1)*, 314-314v.
2. *Bras.5(2)*, 25v.
3. Cf. supra, p. 33.
4. Gesù, 721.
5. *Bras.3(2)*, 181v.

visto os Noviciados escorreitos de Portugal, França, Bélgica e Itália, achou que no da Baía, se tinham admitido "coxos, desdentados, e dois candidatos de tal maneira gagos que ou nunca ou dificilmente chegariam a falar com correcção" [1]; e destes mesmos, ou outros do mesmo período, enviados do Brasil para o Maranhão, faz Aloísio Conrado Pfeil, em 1691, um quadro nada luminoso no que se refere à instrução, carácter, virtude e corpo [2]. Negligências que mostram como eram prudentes e justas as medidas restritivas dos Padres Gerais, e as razões de cautela, já mencionadas, que constituem hoje dados históricos do delicado e grave problema.

Felizmente, com o tempo e o afluxo constante de boa imigração europeia foi-se alargando o campo de recrutamento, dentro duma camada de população mais próxima, em saúde física e moral, do que exigiam as Constituições da Companhia para a integridade dos seus quadros; e a 6 de Abril de 1697 o P. Geral dá nova norma para a entrada na Companhia referente aos mamelucos ou mestiços: podiam entrar todos, fora do 4.º grau, se fossem de bons costumes e de "nobreza certa e antiga"; para os de baixa condição, de educação em geral deficiente, requeria-se licença sua particular [3], licença que se concedia quando razões sólidas a aconselhavam. Com os mestiços antigos, e com os filhos dos Portugueses, que de novo se transplantavam para o Brasil com as suas mulheres (famílias inteiras) do Continente e das Ilhas, se procurou pouco a pouco elevar o nível das vocações, e houve-as cada vez mais e melhores, ao pé das quais aqueles casos aduzidos como amostra do descuido

---

1. Gesù, *Colleg.* 20.
2. "Mittuntur nobis in supplementum pauci ex Brasiliæ Provincia adolescentes vix grammaticâ aspersi infimâ, nullius sæpe spiritus serii atque Apostolici Societatis et vocationis æstimatores, flaccidissimi, tentati, pravis affectibus inquinati, et corporum quoque imbecillitate ut plurimum notati, neque spei magnæ: imo qui (si meliores evadant denique periculum an virtutes exerant) postea hic dimittendi sunt e Societate postquam spurcissimis eam maculis consperserunt cum ingenti nostro moerore ac verecundia nominis veluti non exundarent in nos satis horridas tempestates, nisi domesticis quoque procellis exagitaremur. Ingens ergo defectus comittitur a Patribus Brasiliæ in admittendis ad Societatem et mittendis ad hanc Missionem, dum cupiunt multiplicare gentem, et non magnificare lætitiam in utroque" (Carta do P. Aloísio Conrado Pfeil ao P. Geral, do Pará, 27 de Fevereiro de 1691, *Bras.9*, 363).
3. *Ordinationes*, Bibl. de Évora, Cód. CXVI/2-2, f. 41.

de uns Superiores e preocupação salutar de outros, são mera expressão de sombra no seguinte quadro estatístico, que para o tempo, e nas condições do Brasil de então, se esclarece por si mesmo, partindo do nada de 1549, em que chegaram os Jesuítas ao Brasil, até 1760 em que saíram dele.

CATÁLOGOS	PORTUGUESES		ESTRANGEIROS		TOTAL
	NASCIDOS FORA DO BRASIL	NASCIDOS NO BRASIL			

A) *Província do Brasil*

1549	5	83,40%	—	—	1	16,60%	6
1574	88	80,00%	16	14,50%	6	5,50%	110
1610	125	75,20%	28	17,00%	12	7,80%	165
1654	106	62,40%	59	34,70%	5	2,90%	170
1698	174	57,20%	113	37,20%	17	5,60%	304
1732	184	53,30%	164	45,30%	5	1,40%	362
1757	244	51,40%	210	44,40%	20	4,20%	474

B) *Vice-Província do Maranhão e Pará*

1607-1649		Tentativas e idas precárias sem continuidade					
1652	15	100,00%	—	—	—	—	15
1697	46	75,40%	7	11,40%	8	13,10%	61
1722	61	80,20%	7	9,20%	8	10,60%	76
1740	114	89,00%	6	4,70%	8	6,30%	128
1760	134	86,50%	8	5,20%	13	8,30%	155

C) *Nas duas Províncias reunidas*

1757-1760	378	60,10%	218	34,70%	33	5,20%	629

D) *Nas duas Províncias*

1760	Com os Noviços sem naturalidade explícita	670

2. — Ainda que se recebeu um ou outro candidato à Companhia nalgum Colégio isolado, as entradas reportam-se sobretudo ao Noviciado da Baía que sempre existiu desde o século XVI, e depois, também, no século XVIII, aos do Rio de Janeiro e do Maranhão. O Catálogo do Maranhão não inclui os Noviços, mas em 1753 contavam-se 11 [1]; os do Rio de Janeiro em 1757 eram 14 [2];

---

1. *Bras.27*, 188.
2. *Bras.6*, 397v.

dos da Baía consta o número exacto no próprio ano de 1760 e eram 21. Como em todos os Noviciados as admissões tendiam a aumentar, podia-se manter o mesmo número de 46. Baixamo-lo para 41, arredondando assim em 670 o número total de Jesuítas na Província do Brasil e Vice-Província do Maranhão e Pará em 1760.

3. — Na primeira parte do quadro (A), para efeito de estatística, entre o último Catálogo da Província do Brasil de 1757 e o primeiro da chegada em 1549, inserem-se mais cinco, donde emerge, bem claro, o movimento numérico e as fontes de recrutamento, *Portugueses* e *Estrangeiros*. Nesse período, a quantos nasciam no Brasil, que não fossem Índios ou Negros puros, se dava o nome de *Portugueses*, e é assim que aparecem nos Catálogos e outros documentos da época, determinando-se a naturalidade ou pela cidade em que nasciam ou com a designação de *Portugueses do Brasil* ou *Luso-Americanos*, esta segunda denominação mais usada no Estado do Maranhão e Pará. Os membros da Companhia de Jesus no Brasil chamavam-se "Brasilienses" (latim), de qualquer nação que fossem. A palavra "Brasileiro", assim em português, depara-se-nos pela primeira vez em 1663, pronunciada pelo P. Belchior Pires pouco antes, e referida aos Padres nascidos no Brasil, que se mostraram ofendidos [1]. De facto, um dos capítulos dados pelo Provincial José da Costa (Siciliano) em 1664, contra o Visitador Jacinto de Magistris (Italiano), era de que fomentava a divisão entre os "nossos Portugueses" (os nascidos em Portugal e no Brasil) [2]; e Bettendorff em 1687, falando do P. Manuel de Borba, "maranhense", na hipótese de se lhe recusar a profissão solene, sendo de bom talento, diz que havia perigo de vocação, porque os "Portugueses como ele é" não o costumavam levar a bem [3]; por sua vez o P. Vieira chama a outro ilustre filho do Maranhão, o P. António Pereira, "português e de maior idade" [4].

Num dado momento há uma classificação singular, como de quem quer evitar o apelativo de "Portugueses" aplicado aos da Casa da Torre na Baía, que perturbavam as Aldeias do Rio S. Fran-

---

1. Cf. supra, 42.
2. *Processus*.
3. *Bras.26*, 150v.
4. *Cartas de Vieira*, III, 619.

cisco. O P. Alexandre de Gusmão (em carta escrita pelo seu secretário Andreoni, mas assinada por ele) trata os homens da Casa da Torre, em 1696, de "Europeus" em contraposição com os "Índios"[1]. O epíteto de Europeus aos nascidos no Brasil não teve êxito e prestava-se a equívocos. O facto é que, alternando-se mais tarde com o de Brasileiros, sòmente algum tempo depois da Independência, já no século XIX, desapareceu a nomenclatura de *Portugueses* ou *Portugueses do Brasil*. Como se sabe, nas guerras do Rio da Prata em 1827 entre Argentinos e Brasileiros, os Argentinos ainda chamavam sempre aos Brasileiros, e já iam cinco anos depois da Independência: "los Portugueses inimigos nuestros", que era a persistência da divisão da América do Sul entre Portugueses e Espanhóis, isto é, entre o Brasil de um lado e todos os mais do outro[2].

Depois ficou só a nomenclatura de Brasileiros, como era justo. Mas se ainda em 1827 se usava a de Portugueses, alternando-se já com a de Brasileiros, nos séculos que nos ocupam, de 1549 a 1760, a de Portugueses era ainda a comum e a que nos situa històricamente dentro do espírito do tempo.

Classificamos os outros Portugueses na categoria de "nascidos fora do Brasil", e não simplesmente "Portugueses do Reino", por um escrúpulo de exactidão, para quem quiser distinguir entre Portugal continental e Portugal insular (Madeira e Açores); e porque também um ou outro Jesuíta português do Brasil nasceu na África, em terra onde ainda hoje quem lá nasce se chama português (Angola). Na realidade, a grande massa de Portugueses missionários do Brasil, não nascidos nele, era de Portugal (Continente).

4. — Não obstante as dificuldades, que a história regista, os Jesuítas da nação evangelizadora cultivaram e associaram a si os da terra evangelizada. Com uma distinção necessária entre o Estado do Brasil e o do Maranhão. No Estado do Maranhão a colonização efectiva só se operou no século XVII; e a evangelização dos Jesuítas, tentada em 1607, iniciada em 1615, retomada em 1622, só em 1652 se estabeleceu definitivamente, — um século mais tarde do que no Estado do Brasil. O movimento das vocações locais

---

1. *Bras.4*, 23-26.
2. Cf. Pedro Calmon, *Espírito Social do Brasil*, II (S. Paulo 1940) 31.

no Estado do Norte ressente-se dessa colonização tardia, e das dificuldades particulares da Amazónia, que ainda é no Brasil moderno problema sem solução.

As subsistências dos Padres e das suas obras construtivas e a manutenção delas (Colégios e Igrejas) provinham do que era possível na terra, indústria agrícola, pastoril ou extractiva, o que, somado à circunstância de ficarem as Aldeias distantes umas das outras, dispersava os missionários; e quem quer que se pusesse à frente das Aldeias e das Fazendas logo se via entregue a si mesmo, isolado e exposto a mil perigos morais, sem o apoio fraterno que tem e sente quem vive nos Colégios em comunidade.

E como o ambiente familiar não tinha ainda a raiz secular das tradições cristãs, nem os filhos família se criavam com a abnegação indispensável à vida religiosa digna de tal nome, a experiência mostrava que eram ainda precárias as vocações, e só por excepção, que de facto se deu, um ou outro se elevava e mantinha à altura das suas responsabilidades religiosas. Ao invés do Estado do Brasil, de formação mais antiga e com condições de vida familiar e cristã mais firme, a percentagem das vocações no Estado do Maranhão e Pará ficou sempre baixa, apenas com um ligeiro aumento nos últimos vinte anos (1740-1760), que se deve em parte à força que Portugal começava a fazer para que a Vice-Província do Maranhão e Pará tratasse quanto antes de viver com os seus próprios meios. O assunto vinha já de 1692. Neste ano, o P. Provincial do Brasil, Manuel Correia, com o P. Baltasar Duarte, Procurador do Brasil em Lisboa, examinaram os documentos antigos, e concluiram das Letras Apostólicas de Gregório XIII, de 16 de Janeiro de 1574, *Dum autem mentis nostræ*, que os Colégios de Coimbra e Évora estavam obrigados a sustentar gratis os Irmãos Estudantes do Brasil e do Maranhão enquanto neles estudassem [1]. O fundamento da obrigação era que tinham recebido bens para darem missionários "*ad partes Indiæ, Brasiliæ, Guineæ, aut aliorum locorum*", e acrescenta o P. Francisco de Matos que já tinham cursado estudos em Portugal sem pagar nada estudantes do Brasil. Acha o Provincial Manuel Correia que a obrigação se aplica ao Colégio de Coimbra, não ao de Évora, por duvidar se tenham unido ao de

---

1. *Bras.3(1)*, 300.

Évora os bens que a deveriam fundamentar [1]. Entretanto, interpretara-se que a obrigação só subsistia enquanto as Províncias ultramarinas não possuissem bens próprios, interpretação que o P. Francisco Coelho, Reitor do Colégio de Coimbra, levou ao conhecimento do Geral [2]. Sem se deter com estas dúvidas Baltasar Duarte achou mais acertado — e para a viagem alcançou de El-Rei subsídios generosos — que fossem estudar no Brasil e no Maranhão os candidatos portugueses à Companhia nestas missões, e são os que constituem as notáveis e numerosas expedições da última década do século XVII [3].

A ida para o Brasil não era tão urgente como para o Maranhão e Pará, onde já por falta de missionários se tinham largado Aldeias. Em 1701 propôs o Geral que fossem admitidos, no Noviciado em Lisboa, tantos candidatos quantos a Missão do Maranhão pudesse sustentar [4]; e prometeu-se a alguns que iriam por 10 anos, concluídos os quais estava na sua mão voltar; e ao mesmo tempo o Colégio de Coimbra começou a sustentar à sua conta três estudantes portugueses que quisessem ir, ajudas todas estas de carácter útil e positivo. Passados os anos, melhorando a situação económica da Vice-Província do Maranhão propôs o Geral que ela própria sustentasse os estudantes que haviam de ir para ela; e como, além destes três, outros religiosos, que vinham do estrangeiro para o Maranhão ou iam do Maranhão estudar a Portugal, se demoravam na Metrópole com gastos elevados, determinou o Geral que o Procurador do Maranhão em Lisboa tratasse de prover a essas despesas com a antecipação devida. Não sorriu a ordem ao Procurador, a quem o Geral repreende e avisa, a 18 de Abril de 1736, que era ordem comum para todas as Províncias Ultramarinas, por ser impossível aos Colégios portugueses fazer tantos gastos adiantados na espectativa de reembolso tardio, e que só lhes era feito mediante repetidas instâncias e canseiras. Situação que retraía as idas de

---

1. Carta do P. Manuel Correia ao P. Geral, de Lisboa, 14 de Janeiro de 1692, *Bras.26*, 171v-172.

2. "Ostenditur Collegium Conimbricense non teneri propriis expensis ad educandos Missionarios Provinciarum Indiæ et Brasiliæ", 21 de Fevereiro de 1695, *Lus.75*, 260-260v.

3. Cf. supra, *História*, IV, 345; VI, 599-601.

4. Carta do P. Geral Miguel Ângelo Tamburini, de 8 de Janeiro de 1701, em Lúcio de Azevedo, *Os Jesuítas no Grão Pará*, 391.

missionários, por se sentirem os Superiores de Portugal perplexos em fomentar vocações para uma Vice-Província que apresentava tão pouca segurança económica. A este inconveniente juntou-se outro, a saber, que algum Superior do Maranhão criticou a escolha dos Missionários e os teve em menos conta, seguindo-se dessa crítica, divulgada, retrairem-se também os particulares em se oferecer. E assim, em 1736, estava senão extinta, ao menos em perigo disso, a fonte das vocações portuguesas para o Maranhão e Pará, como o expõe o P. Jacinto de Carvalho, urgindo o rémedio, obtendo do Geral a resposta que ia ver o que se poderia fazer em Portugal ou noutras Províncias [1]. Sintomas todos estes de que se aproximava o tempo em que a Vice-Província haveria de pensar mais a fundo em promover também dentro de si mesma as vocações, o que explica o ligeiro aumento delas em 1760 na estatística geral.

No Estado do Brasil os factos apresentavam-se mais definidos. A evangelização e formação nacional acentuava-se e nas percentagens verifica-se uma progressão contínua e inversa: decrescente (Portugal), crescente (Brasil). No momento da perseguição, Portugal ainda mantinha a maioria absoluta, mas outro meio século, e esta já seria do Brasil. O que não quer dizer decadência da evangelização portuguesa da Companhia de Jesus, mas eficácia e triunfo dela na formação do Brasil, tornando-o apto, também neste sector, apesar de todas as dificuldades emergentes, a assumir por si mesmo as responsabilidades autónomas da sua vida. Não significa decadência, porque os Jesuítas Portugueses no Brasil eram ainda no elevado número de 378, enquanto outros também do Reino evangelizavam, dentro da Assistência Portuguesa da Companhia de Jesus, as dilatadas terras da África, da Índia e do Extremo Oriente.

Por sua vez, a percentagem ascendente de Jesuítas do Brasil é notável, com 44,40% do total em 1757, e com nomes respeitáveis de professores, superiores e provinciais; e há-os de todos os Estados modernos do Brasil marítimo, desde o Rio Grande do Norte a Santa Catarina, e também de Minas Gerais, de que se tornara centro conglutinante o Colégio do Rio de Janeiro, particularmente favorecido—o Colégio e a Cidade—com o desenvolvimento mineiro.

---

1. *Bras.25*, 75v-76.

Não encontramos ainda Jesuítas do Ceará, porque o Seminário de Aquiraz foi desfeito à nascença; e sem instrução não há porta aberta para carreira alguma. Com poucas excepções todas as carreiras, civis, militares e eclesiásticas, nos séculos XVI e XVII, procedem dos núcleos de influência dos Colégios da Baía, Belém da Cachoeira, Pernambuco, Rio de Janeiro e S. Paulo. Além deste ambiente de relativa cultura, a tradição geral cristã, com raízes já de um e de dois séculos, procurava debelar as molezas dum clima de calor contínuo e os mais inconvenientes expressos no século XVII, e reagir contra estas deficiências com a austeridade da sua doutrina e costumes. E se nem sempre os costumes acompanhavam a doutrina (na frase de Vieira: "católicos do Credo e hereges dos mandamentos"), isto é, se os bons costumes não eram praticados por igual em todas as famílias, surgiam no entanto, aqui e além, ilhas de moralidade elevada e visível; e delas já saíam não apenas bons cristãos, mas bons condutores de cristãos, que em geral eram os membros das Congregações Marianas de Estudantes, que dentro dos Colégios, não na sua organização, mas nas suas consequências, vinham a ser as Escolas Apostólicas do passado. Raro será o filho do Brasil, elevado ao sacerdócio até 1760, que não tivesse sido Congregado Mariano nalgum Colégio da Companhia.

5. — Sobre a presença de Jesuítas estrangeiros no Brasil, a estatística mostra que o seu contigente nunca foi abastado. No primeiro período (século XVI) era sobretudo de espanhóis, que logo, ao dar-se a união das duas coroas de Portugal e Castela num só soberano, cessou, como a marcar bem a distinção delas, os espanhóis a encaminharem-se para as Missões da Coroa de Castela, nas Antilhas, Rio da Prata, costa do Pacífico e Filipinas; os portugueses para as da Coroa de Portugal nas diversas partes do mundo.

Além dos espanhóis ainda no século XVI chegou ao Brasil algum inglês ou irlandês, que a perseguição religiosa na Inglaterra impedia de voltar à pátria. Também chegou no século XVI algum italiano como primícias de outros (incluindo sicilianos) que vieram a constituir depois a mais valiosa contribuição de Jesuítas estrangeiros no Brasil durante o século XVII. Com eles alguns Padres da Europa Central e das Províncias belgas (Flandro-Belga e Galo-Belga) entre os quais se conta algum francês.

No século XVIII sobressaem dois pequenos grupos: o britânico: algum filho da Irlanda católica, e vários da Inglaterra e Escócia, protestantes, que passando pelo Brasil se converteram ao Catolicismo; e o grupo imperial, oriundo dos paises da Europa Central, pedidos pela Rainha de Portugal D. Maria Ana de Áustria, a rogos dos Provinciais do Brasil e dos Vice-Provinciais do Maranhão, e que deixavam a Pátria e o trato da gente culta pelas incomodidades da selva brasileira na conversão e civilização de índios rudes desde os Tobajaras da Serra de Ibiapaba aos dos rios da Amazónia, para os quais se oferecia de preferência a sua generosidade.

Além destes que se encorporavam à terra, com os missionários portugueses do Oriente, passavam muitos estrangeiros pelos portos brasileiros, sobretudo o da Baía, quer à ida quer à volta, e às vezes com a permanência de meses. E não deixavam de prestar serviços, sobretudo em missões urbanas, as quais por serem de forasteiros, sem residência na cidade, eram mais frutuosas, como se diz em 1719 do Procurador da Índia P. Broglia António Brandolini, de passagem na Baía, para Lisboa e Roma.

As percentagens dos Jesuítas estrangeiros são: na Província do Brasil, média geral, 6,30%, média final 4,20%; na Vice-Província do Maranhão e Pará, média geral 9,60%, final 8,30%.

Contribuição como se vê insignificante, ainda que não o foi sempre a dos seus membros entre os quais se distinguiram na Amazónia, João Maria Gorzoni (missionário), João Filipe Bettendorff (cronista) e Aloísio Conrado Pfeil (matemático); e no Brasil, do grupo espanhol, chegado antes de 1580, foram Provinciais, Inácio Tolosa, José de Anchieta e Pero de Toledo; do grupo italiano, José da Costa e João António Andreoni; do grupo francês distinguiram-se Jacobo Cocleo (cartógrafo) e Carlos Belville (arquitecto) e do grupo final britânico, foi Provincial Tomás Lynch. As percentagens dos Provinciais estrangeiros é de 13,00%, a dos portugueses, 87%. E destes Provinciais portugueses, 17% são já filhos do Brasil, ou, falando a linguagem moderna, brasileiros natos.

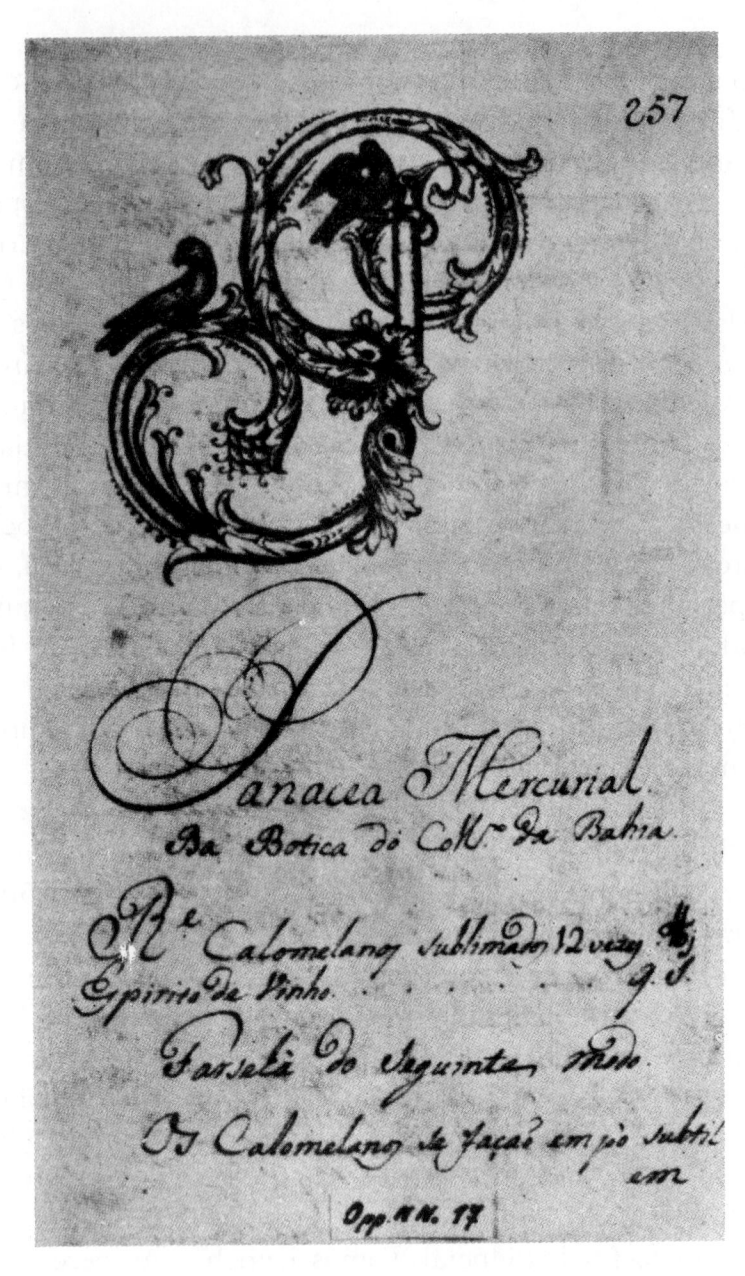

"Collecção de Varias Receitas"

Abertura da letra P, artìsticamente desenhada.

Além da Botica do Colégio da Baía, cuja "Panacea Mercurial" se descreve na gravura, ficaram famosas as Boticas dos Colégios de S. Paulo, Rio de Janeiro, Pernambuco e Pará.

(Ver o frontispício desta obra manuscrita no Tômo IX)

CAPÍTULO II

A Fragata do Provincial e a divisão da Província

1 — A extensão da costa do Brasil e o navio da Companhia; 2 — Os Irmãos construtores navais; 3 — Os Irmãos pilotos, companheiros do Provincial; 4 — O regime e serviços do navio provincial; 5 — A extensão do Brasil e a divisão da Província em duas, a da Baía e a do Rio de Janeiro.

1. — Nos dois primeiros séculos não houve no Brasil cidade ou vila que não fosse à beira de água, porto do Atlântico, ou porto fluvial. São Paulo (e o Planalto) não chega a ser excepção. Tão perto está do mar, que Santos é por assim dizer o seu cais. Num país, desta forma constituído e configurado, escalonavam-se os Colégios da Companhia, de porto em porto, e era forçoso que a visita canónica do Provincial se praticasse navegando. Só raro, para fugir aos piratas, se fez alguma vez por terra, da Baía a Pernambuco, mas da Baía ao Rio de Janeiro não era possível nos três primeiros séculos e ainda hoje por terra é incómoda.

As primeiras visitas fizeram-se em navios da Armada da Costa, e assim era no tempo de Nóbrega e de Luiz da Grã. Mas em breve se verificou no Brasil que o movimento daqueles e outros navios nem sempre coincidia com a necessidade de visitar e prover os Colégios desde Pernambuco a S. Vicente e que convinha à Província dispor de transportes privativos sem dependência estranha nem delongas alheias, prejudiciais ao bom governo da comunidade. A Província do Brasil devia pois contar com navio seu para as visitas das Casas e Colégios e já o possuía no tempo de Anchieta.

2. — O facto de ter navio próprio criou a indústria naval dentro da Companhia, porque se algumas vezes comprou navios feitos,

outras, e foi o mais frequente desde a segunda metade do século XVII, ela os construía por seus próprios meios.

A construção de embarcações pequenas iniciara-se logo depois da chegada dos Jesuítas, localizando-se de preferência nas Fazendas que dispunham de melhores madeiras, um pouco por toda a parte em toda a costa do Brasil, e também depois nas Aldeias da Amazónia; e a experiência dos anos mostrou que algumas Fazendas ofereciam mais vantagens ou para o fácil transporte das madeiras ou pela qualidade delas, como a de Tejupeba (Sergipe de El-Rei), e a de Camamu. Nestas oficinas menores fabricavam-se canoas pequenas e médias, e um ou outro bergantim. A construção porém destas embarcações não se considerava fora da competência de Carpinteiros hábeis e por isso ficava sem menção especial. Só quando se tratava da construção de navios pròpriamente ditos (maiores ou menores) se exprime esta qualidade (*Fabricator Navium*).

Os estaleiros maiores localizavam-se no Rio de Janeiro e sobretudo na Baía. Dirigiam-nos diversos Irmãos, dois dos quais entraram na Companhia no Brasil, já peritos na arte de construção naval, Luiz Manuel e Honorato Martins, ainda que este último, por entrar em idade madura, já apenas trabalhou na Companhia em embarcações de menos porte.

Luiz Manuel, de Matozinhos (Porto) dirigia os estaleiros do Rio de Janeiro, quando foi ferido com dois tiros de espingarda, de que recebeu no corpo 27 grãos de chumbo. Escapando com vida, entrou na Companhia de Jesus no dia 26 de Maio de 1660 [1], onde veio a ser um dos insignes Jesuítas do seu tempo, como Arquitecto e construtor de navios. Tinha 33 anos de idade, e ainda viveu 42 numa extraordinária actividade construtiva sobretudo na Baía.

Como construtor naval (*Fabricator Navium*) [2], Luiz Manuel "construiu quatro navios grandes, e não poucas canoas e outras embarcações menores, necessárias para os da Companhia carregarem duns lugares para outros os produtos das Fazendas; e quando era preciso restaurar as Casas do Colégio recorria-se à sua oficina".

Já enumeramos o Ir. Luiz Manuel entre os construtores "egrégios" da Igreja do Colégio da Baía (Catedral) [3]; o seu Necrológio

---

1. *Bras.5*, 249.
2. *Bras.5(2)*, 85.
3. Cf. supra, *História*, V, 122, 124.

determina o que lhe pertencia que é a armação do famoso tecto, arte em que não havia Arquitecto nem Engenheiro que lhe fosse superior [1]. Faleceu a 7 de Janeiro de 1702 na Baía, e como religioso foi também de grande oração e edificação, diz esta mesma narrativa, que Boero aproveitou para o seu *Menológio* [2]. Luiz Manuel foi o maior construtor naval da Companhia no Brasil [3].

Contemporâneo seu era o *Ir. José Torres*, de Milão, recebido em Lisboa, para o Brasil, a 4 de Novembro de 1662, e já no ano seguinte se assinala na Baía como carpinteiro. Discípulo do Ir. Luiz Manuel, residia em Tejupeba em 1692 como fabricante de canoas [4] e dois anos depois traz a designação de *Navigiorum Fabricator*, tratando-se de navios pequenos [5]. Faleceu na mesma residência de Tejupeba (Sergipe) a 20 de Dezembro de 1704 [6].

Estava na Baía em 1745 o *Ir. Manuel Gonçalves*, com o ofício de construtor de navios, *Structor Navium* [7]. Da sua actividade naval não há pormenores, porque o Necrológio só põe em relevo o que se refere à obra notável de carpintaria, de Casas e Residências [8]. Era de Braga, entrou na Companhia com 28 anos a 23 de Fevereiro de 1726, fez os últimos votos a 15 de Agosto de 1737, e faleceu na Baía a 20 de Junho de 1746, com nome de bom religioso [9].

---

1. "Quator majora navigia, cymbasque et minores naviculas non paucas fabricans, sociis fructibusque prædiorum, huc, illucque asportandas necessarias; et quidquid reficiendis Collegii domibus ex eius officina petebatur. Magnum quoque Templi tectum [Bayæ] ejusque laqueare, et enormes trabes tanta facilitate extulit, demisitque, ut nulli Architecto aut Machinatori in hac Arte concesserit". Elogium Fratris Ludovici Emmanuelis a Patre Joanne Pereira [letra do P. Andreoni], *Lus.58(2)*, 534-535v.

2. Cf. Sommervogel, *Bibl.*, VI, 512.

3. Entre os navios que construiu havia um pequeno, que o Provincial António de Oliveira vendeu por 4.000 cruzados. Desagradou a venda e o Ir. *que o construiu* (Luiz Manuel) disse que isso não pagava nem os pregos de ferro. E fez-se logo outro para o substituir (Carta de Lourenço Craveiro, da Baía, 10 de Maio de 1685, *Bras.3(2)*, 197).

4. "Cymbarum Fabricator", *Bras.5(2)*, 85v.

5. "Novit bene artem fabri lignarii; et est in navigiis minoribus fabricandis peritus", *Bras.5(2)*, 131v.

6. *Hist. Soc.51*, 168.

7. *Bras.6*, 372.

8. *Bras.10(2)*, 424.

9. *Bras.6*, 274, 424.

Outro construtor naval foi o *Ir. Honorato Martins*, que entrou na Companhia na Baía a 16 de Janeiro de 1742, já com 46 anos de idade, donde se infere que nasceu por volta de 1696. Para exercício de religião e de caridade, residia no Colégio da Baía em 1746 com o ofício de Enfermeiro dos Escravos [1]. O Catálogo de 1648 dá-o como *Faber Navium*, e em 1757, menos apto pela idade (63 anos), ainda se ocupava em construções navais de menor categoria [2]. A sua vida importa porém à história das construções navais no Brasil e conta-a ele próprio, quando dois anos depois, se encontrou inesperadamente a braços com a perseguição geral contra a Companhia de Jesus. Nasceu em Toulon. A pedido do Marquês de Cascais, Embaixador de Portugal em França, o pai, Francisco Martin, veio para Portugal com a mulher Catarina Martin e os filhos, entre os quais ele Honorato, com 7 a 8 anos. Estabeleceram-se primeiro no Algarve, onde o pai, construtor de barcos, fizera um galeote de 40 remos e dois barcos longos para afugentar os mouros da costa. Depois vieram todos para a Baía. Honorato aprendeu a arte do pai e trabalharam ambos em sete naus reais, uma das quais, "grandiosa, chamada *O Padre Eterno*", que se fizera pelo risco e direcção de Honorato Martins, diz ele próprio, pois "então sabia muito bem as regras da Navifactoria; assim como também o famoso guindaste, que ainda hoje se via levantado na Ribeira com suma utilidade para a fábrica das naus, se fizera todo por ideia sua, o que tudo poderia constar dos livros e assentos da Ribeira, e, se for necessário, de testemunhas que tudo viram e sabiam". E como a perseguição atingia com a proscrição geral os Religiosos estrangeiros, alegou que seus pais morreram servidores e vassalos da Coroa Portuguesa e que ele de francês não tinha mais que o nascimento, e fôra toda a vida "vassalo e servidor dos Senhores Reis de Portugal" [3]. A representação do Ir. Honorato Martins teria sido útil, se a perseguição não fosse deliberada e geral. Deportado

---

1. *Bras.6*, 379.
2. "In fabricandis naviculis", *Bras.6*, 433v.
3. Representação do Ir. Honorato Martins ao Conselho Ultramarino sobre a sua posição pessoal em face do decreto, que mandava ir para o Reino os Religiosos Estrangeiros da Companhia de Jesus. Examinada no Conselho da Baía, 30 de Julho de 1759 (A. H. Col., *Baía*, Apensos, nesta data. Contém notícia da sua vida e ofícios e os pareceres dos conselheiros).

em 1760, entrou nos cárceres de Azeitão, onde faleceu a 22 de Novembro de 1765 [1].

3. — A par dos Irmãos construtores navais, a Companhia dispunha dum corpo de pilotos, numeroso, não só para o navio da Província, como para os dos Colégios, que possuíam os seus próprios, como se vê em 1701 dos da Baía e do Rio de Janeiro, cada qual com três navios menores para os transportes necessários entre eles e as respectivas fazendas [2]. Era uma pequena frota de sete navios classificados, sem contar as inúmeras embarcações miudas, que a Companhia de Jesus era obrigada a sustentar nos diversos Colégios e Casas, que então se distanciavam pela imensa costa e recôncavos do Brasil desde o Rio da Prata (Colónia do Sacramento) até o Rio Amazonas e por ele acima, nos rios da margem direita, até ao Madeira.

O mais competente, dentre os pilotos e conhecedores do mar, o tomava o P. Provincial, e quase sempre como Irmão Companheiro (*socius*), porque a Fragata da Companhia era uma Cúria Provincial flutuante, nas visitas obrigatórias, que segundo o Instituto deveria ser anual, por todas as Casas da Província.

A presença do Provincial a bordo representava a entidade possuidora do navio, o armador; e a do irmão sócio, o piloto, arrais ou comandante (*nauclerus*). Todo o mais pessoal de bordo era de fora da Companhia e entre ele tem a sua pequena história, um famoso João Fernandes, natural da Ilha da Madeira, mestre de Navio no tempo dos Irmãos Pilotos Francisco Dias e Manuel Martins, e acompanhava este último quando a Fragata foi tomada pelos Holandeses em 1624 na barra da Baía. João Fernandes, como benemérito da Religião, tinha carta de irmandade (o que então se chamava "Irmão de fora"), havia já 22 anos, e pediu no momento da captura para entrar na Companhia. Cuidando o Provincial que todos acabariam ali e que João Fernandes fazia o pedido para a hora da morte, concedeu-lha; mas João Fernandes interpretou a licença para logo, e não sendo levado para a Holanda como foram

---

1. Carayon, *Doc. Inédits*, IX, 248.
2. Cf. supra, *História*, V, 590, 592 A Provisão Régia, de 16 de Setembro de 1718, confirmando a isenção de despacho, classifica de *sumacas* os navios dos Colégios, e de *fragata*, o da Província. *Doc. Hist.*, LXXIV (1946), 243.

os Jesuítas cativos, deu-se pressa em entrar na Companhia em Pernambuco. O facto foi-nos conservado, porque se relata como profecia de Anchieta, que viajou com ele quando João Fernandes era simples mestre do navio [1]. Depois de entrar, ainda viveu 18 anos e faleceu com 80, no Rio de Janeiro, a 22 de Julho de 1642 [2].

Além do Ir. sócio, piloto, no segundo quartel do século XVIII ia a bordo outro Irmão encarregado das subsistências, o Ir. Dispenseiro, ofício de menor competência. Pelo contrário, por ser o cargo de maior responsabilidade na vida do mar, os Irmãos Pilotos, comandantes da Fragata da Companhia, eram todos homens de valor, e geralmente só deixavam o cargo quando sobrevinha a velhice ou a morte. Foram apenas oito no longo período de quase dois séculos:

Francisco Dias. De Merceana (Alenquer). É o famoso Arquitecto das Igrejas da Companhia no século XVI entre as quais a do Colégio de Olinda, ainda hoje existente, e considerada o mais antigo monumento arquitectónico da Companhia no Brasil [3]. Francisco Dias começou a governar o navio da Província por 1581 e foi piloto durante 38 anos seguidos até 1618, em que pela idade, já octogenário, ficou no Colégio do Rio, a dirigir a oficina de carpintaria e entalhe [4], onde faleceu a 1 de Janeiro de 1633, com 94 anos de idade [5]. "Piloto sem nunca padecer naufrágio", ficou sendo o patrono dos Padres da Companhia, que andavam sobre as águas do mar, e a quem recorriam em ocasião de tormenta [6].

Manuel Martins. De Viana do Castelo (Minho). Entrou na Companhia no Rio de Janeiro, em 1614, com 30 anos de idade. Em 1617 já andava a bordo para suceder no cargo de Ir. Companheiro do Provincial e piloto, e já o era em 1619. Comandava a Fragata da Companhia em 1624, quando ao entrar a Barra da Baía, ignorando-se a bordo que a cidade estava ocupada pelos Holandeses, cairam em poder deles [7]. Depois de padecer o desterro e cárceres de Holanda, Manuel Martins voltou ao Brasil em 1628 e continou como piloto da nova Fragata alguns anos. Não há Catálogo entre

---

1. *Bras.8*, 534-535.
2. *Ib.;* Bibl. Vit. Em., f. ges. 3492/1363, n.º 6.
3. Cf. supra, *História*, V, 422.
4. *Bras.5*, 122.
5. Bibl. Vitt. Em., f. ges. 3492/1363, n.º 6; *Hist. Soc.43*, 68v.
6. Cf. supra, *História*, VI, 495.
7. Cf. supra, *História*, V, 35.

1631 (em que ainda era piloto) e 1641 em que já estava num cargo de menos lida, como companheiro do Procurador. Faleceu no Rio de Janeiro em Março de 1645 [1]." Piloto e grande perito náutico" [2].

Manuel Luiz. De Vila Nova do Portimão, Algarve. Entrou na Companhia na Baía, em 1631, com 23 anos de idade. Já era piloto do navio em 1641 e o continou a ser até se iniciar a construção da Igreja do Colégio da Baía, quando o P. Simão de Vasconcelos o enviou a Lisboa como Procurador particular das obras da Igreja nova (hoje Catedral), onde estava em 1657 [3] e donde o levou consigo a Roma em 1660. A missão do Ir. Manuel Luiz era buscar em Portugal mármores e marmoreiros hábeis que enviou à Baía; assim como enviou dois púlpitos de pedra feitos em Génova, à imitação dos da Casa Professa da mesma cidade italiana [4]. Voltando ao Brasil em 1663, foi Mestre-Escola 16 anos. Em 1679 residia na cidade do Rio [5], onde faleceu a 8 de Janeiro de 1681 [6].

Manuel Pires. De Maçarelos (Porto). Filho de Manuel Pires e Catarina Fernandes [7]. Entrou na Companhia, na Baía, com 34 anos, a 7 de Setembro de 1659 [8]. Já era "grande piloto" em 1663, e o foi sempre até à velhice, tanto no navio da Província (uns 30 anos) como noutros menores dos Colégios. Faleceu no Rio de Janeiro a 19 de Maio de 1716 [9].

Foi o maior piloto da Companhia de Jesus no Brasil: "Optime versatur in arte maritima" [10]. E ao mesmo tempo, grande geógrafo; conhecia os menores pontos das Cartas de Marear e das terras, mares e portos. Não havia segredos marítimos para ele e parece que adivinhava os tempos. Sábio e prudente. Quando levava os Padres a bordo ia com tantos cuidados como se levasse consigo "a fortuna de César", diz Plácido Nunes. E, além disto, santo [11].

---

1. *Bras.5*, 182.
2. *Bras.5*, 129.
3. *Bras.5*, 204.
4. Gesù, *Missiones*, 721.
5. *Bras.5(2)*, 47v.
6. Bibl. Vitt. Em., f. ges. 3492/1363, n.º 6.
7. *Processo de Anchieta*, 24 (Proc. da Baía, 1712).
8. *Bras.5*, 249.
9. *Hist. Soc.51*, 90.
10. Cat. de 1694, *Bras.5(2)*, 110v, 131.
11. *Bras.10*, 131.

Nove anos depois, em 1725, declarou-se digno de se fazer colação sobre as suas virtudes e de se lhe escrever a vida [1].

João Baptista Berthê. Francês (da Bretanha). Entrou na Companhia na Baía, a 17 de Junho de 1682, tendo 23 anos, com o nome de João Jácome (Jean Jacques). Marinheiro de profissão. Na Companhia davam-lhe o nome de Ir. João Baptista, mas alguns Catálogos e o Necrológio nomeiam-no João Baptista Berthê. Já era sócio do Provincial e Piloto da Fragata da Companhia em 1692 [2]. Também mereceu a classificação de "óptimo". Na velhice, retirado dos trabalhos do mar, ficou no Engenho Novo, Rio de Janeiro, onde faleceu a 8 de Junho de 1741 [3].

Bento Nogueira. Do Porto. Entrou na Companhia com 34 anos a 7 de Setembro de 1703 [4]. Já era Piloto da Fragata da Companhia em 1719 [5]. Faleceu em plena actividade na viagem de Pernambuco. Diz o seu Necrológio que era piloto e casado quando pediu para entrar na Companhia, sem se lembrar que o casamento era impedimento canónico. Enviuvando, entrou, e foi 28 anos grande comandante, morrendo sùbitamente a bordo do seu navio no dia 1.º de Setembro de 1731 [6].

Pedro de Aguiar. De Coimbra. Entrou na Companhia com 34 anos a 15 de Julho de 1723 [7]. Já comandava a Fragata da Província em 1732 [8] e ainda em 1746 [9]. Dois anos depois (1748) residia no Colégio de Olinda, à frente dos serviços do Refeitório [10]. Faleceu na Aldeia das Guaraíras (Rio Grande do Norte), a 14 de Setembro de 1753 [11]. "Bom Piloto", diz-se em 1744 [12].

Francisco Xavier (Francis Davis?). Escocês. Recém-convertido e baptizado na Ilha do Príncipe. Entrou na Companhia no Brasil com 34 anos de idade em 23 de Novembro de 1745, com o

---

1. *Bras.4*, 303v.
2. *Bras.5(2)*, 83.
3. *Bras.10(2)*, 413.
4. *Bras.6*, 41.
5. *Bras.6*, 101.
6. *Bras.10(2)*, 340; cf. *Bras.6*, 162v.
7. *Bras.6*, 170v, 186.
8. *Bras.6*, 159.
9. *Bras.6*, 378.
10. *Bras.6*, 386.
11. Bibl. Vitt. Em., f. ges. 3492/1363, n.º 6.
12. *Bras.6*, 367.

nome de Francisco David¹. Foi o último piloto da Fragata da Companhia, exilado para Lisboa em 1760, na perseguição geral. Os Religiosos estrangeiros ficaram nos cárceres de Lisboa, salvo alguns, que pelo nome se supuseram portugueses, e seguiram para a Itália. Um deles, o Ir. Piloto Francisco Xavier, que faleceu em Roma no Palácio de Sora, a 18 de Abril de 1761².

4. — Além dos quatro Jesuítas, que por ofício andavam a bordo da Fragata nas Visitas das Casas: o Provincial, o Padre seu secretário, o Ir. Sócio (Comandante) e o Ir. Dispenseiro, havia a marinharia, que assegurava os serviços de bordo. Era pessoal contratado, dentro do qual, no segundo quartel do século XVIII, se incluía um secular, com a patente de Capitão de mar e guerra com bastão, passada pelo Vice-Rei, e sete pequenas peças de artilharia para salvar nos portos, que o Provedor da Fazenda Real mandou colocar nela para se cumprirem as ordenanças; segundo as quais certos navios que entrassem nos portos, deviam salvar com 5 tiros, sendo correspondidos com três. Por serem de fundação real os Colégios da Companhia de Jesus, na Baía, Olinda e Rio de Janeiro, a Fragata da visita provincial do Brasil era considerada também real. E, por este mesmo privilégio real, usava flâmula e bandeira, com a insígnia da Companhia de Jesus (I. H. S.) em fundo branco.

Ainda com este mesmo espírito de ajudar e prestigiar a obra de evangelização do Brasil e de facilitar a tarefa dos Padres da Companhia, El-Rei de Portugal, por Alvará de 14 de Fevereiro de 1575, deu um adjutório para os gastos da visita, que devia ser pago pelo Governador e Provedor-mor da Fazenda, e que segundo o custo da vida se alterou com o tempo. Em 1689 era de 100$000 réis por triénio³ ; e estava em 50$000 réis por ano, quando se perdeu o Alvará na invasão holandesa da Baía de 1624, o que veio dificultar o pagamento em 1633, pela má vontade do Provedor-mor que então era, má vontade que manifesta nas dúvidas que opôs à ordem do Governador do Brasil Diogo Luiz de Oliveira, que se mostrou firme, mandando com a Resolução de 6 de Maio de 1633, que se pagasse o adjutório real como antes⁴. Até que a 24 de

---

1. *Bras.*6, 383, 434.
2. *Gesù*, 690.
3. Supra, *História*, I, 170.
4. Cf. *Doc. Hist.*, XVI (1930)103-111.

Julho de 1633 passou El-Rei outro Alvará com salva, registado na Baía, a 10 de Fevereiro de 1634 [1], o qual, como é da praxe, transcreve o primitivo de 1575 [2].

O subsídio régio para a Visita da Província do Brasil, fixado assim em 50$000 réis anuais, vigorou até ao exílio dos Padres, pondo-se-lhe verba a 24 de Dezembro de 1760 [3].

De vez em quando a Província do Brasil padecia graves prejuízos, com as guerras e piratarias, caindo os navios em poder dos corsários, como sucedeu no tempo do P. Marçal Beliarte (corsários ingleses) [4], no tempo do P. Domingos Coelho (corsários holandeses) [5], no tempo do P. Alexandre de Gusmão (corsários franceses e outros) em 1685. Voltava ele de Santos para o norte, quando a Fragata foi salteada com armas de fogo e tomada, deixando em terra as 40 pessoas dela, entre as quais o Provincial, que a duras penas conseguiu chegar ao Rio. O prejuízo da Província foi de 12 a 13 mil cruzados, e trazia também coisas pertencentes a pessoas de fora da Companhia [6]. A este tempo já os piratas haviam roubado o navio do Colégio do Rio de Janeiro e o navio do Colégio da Baía, ao todo três navios capturados e perdidos em três anos [7].

Com os prejuízos materiais coexistia outro, que era o de se dificultar a visita das Casas e Colégios, que o Provincial estava obrigado pelas Constituições da Companhia e era a razão jurídica de ter navio próprio. A 21 de Setembro de 1711 o Provincial Mateus de Moura, depois de visitar o Sul, escreveu ao Geral que os Franceses (de Duguay Trouin) e Piratas impediam a visita. Por meio do Assistente de França mandou pedir um salvo conduto para a Fragata da Companhia, que não é mercante. Se o Rei de França o negar, a visita far-se-á por terra como no tempo dos Holandeses para evitar insultos [8].

---

1. Cf. *ib.*, 158-161.
2. A cota do Registo original, o qual ainda hoje existe, pode-se ver supra, *História*, I, 169.
3. *Doc. Hist.*, XVI, 162.
4. Cf. supra, *História*, I, 171.
5. Cf. supra, *História*, V, 35.
6. *Bras.3(2)*, 202.
7. "Continuam a infestar os mares os Corsários, um dos quais fez dar à costa o nosso patacho da Província, e são já três os que ela perdeu nestes três anos", *Cartas de Vieira* (1686), III, 533; cf. *Bras.3(2)*, 181, 194, 202; *Bras.26*, 135.
8. *Bras.4*, 618.

Embora não fosse mercante, a Fragata não podia ir vazia e carregava-se, se não havia com quê dum Colégio para os outros, com areia. Do Norte para o Sul era frequente carregar-se com sal. A grandeza e movimento dos diversos Colégios quase bastava para carregar o navio da Província com os objectos que necessàriamente haviam de permutar ou redistribuir entre si, dos abastecimentos vindos de Portugal. Contudo sempre o navio levou géneros e objectos de pessoas estranhas à Companhia, amigos a quem este serviço se não podia recusar, cocos, boiões de doce e miudezas semelhantes. Não levava mercadorias de negociantes dum porto para negociantes de outro porto, o que seria carregamento comercial. Mas, quando o navio começou a ter capitão secular, o salário dele e dos marinheiros era feito em praças de carregamento livre, e esses seculares podiam embarcar o que quisessem e por conta de quem quisessem, dentro desses limites, revertendo para eles o frete que vinha a ser o salário dos seus empregos. As mercadorias, assim embarcadas, ficavam sujeitas ao regime alfandegário comum. Não estavam sujeitas a este regime as coisas da Companhia, que era ainda um dos subsídios indirectos dados pelos Reis de Portugal, à obra de evangelização do Brasil, concedido não só à Companhia, mas também às outras Ordens Religiosas [1]. Sobre este ponto houve alguma dúvida no tempo do governo do Marquês de Angeja, mas a requerimento do P. António de Andrade, El-Rei passou a Provisão de 16 de Setembro de 1718, conservando a antiga posse de a Companhia não despachar as suas embarcações [2].

O navio da Companhia prestava serviços de carácter público e particular. Transportava passageiros, quando o pediam e lhes fazia conta, e os ricos sem dúvida mediante alguma remuneração ou fixa ou graciosa, se se tratava de pessoas amigas e beneméritas da Companhia; porque vemos que, no tempo do Ir. Piloto Manuel Pires, a Fragata transportava gratuitamente passageiros pobres. E assim como nos Colégios se guardavam as vias de sucessão dos Vice-Reis e Governadores, assim também o navio levava o correio oficial, e se prestava a outras incumbências que requeriam segu-

---

1. Cf. "Refutação das Calumnias contra os Jesuítas contidas no poema *Uruguay* de José Basílio da Gama", *Rev. do Inst. Hist. e Geogr. Bras.*, LXVIII, P. 1 (1907)202. Trata-se da "Reposta Apologética" do P. Lourenço Kaulen.

2. *Doc. Hist.*, LXIV, 50-53. Provisão registada na Baía a 14 de Julho de 1727, *ib.*, LXXIV (1946)245.

rança, como se lê no assento do Conselho da Baía de 16 de Agosto de 1702, ao tratar-se de remeter para Pernambuco 33.000 cruzados, que o "patacho dos Padres da Companhia é a melhor embarcação que navega nesta costa" [1]. E, entre os serviços que prestava, enumera El-Rei o de "levarem, de umas Capitanias para outras, a Casa da Moeda, Governadores e Ministros da Justiça, sem algum emolumento nem interesse mais que o de me servirem" [2].

O "Patacho", "Fragatinha" e "Fragata" da Província do Brasil (assim é qualificada em diversos tempos), teve nomes próprios desde o século XVI ao século XVIII. A última, "Fragata de S. José e S. Francisco Xavier", foi capturada desta vez por outro género de piratas em 1759 no porto do Rio de Janeiro, e nela partiram exilados do Recife para Lisboa os Padres da Companhia de Pernambuco [3], fechando-se, como se vê, com a glória da perseguição, este aspecto naval da Companhia de Jesus, não desprovido de interesse histórico.

5. — A extensão da imensa costa do Brasil, que condicionara as actividades navais da Companhia, com a existência da Fragata para as visitas do Provincial às diversas Casas e Colégios, fez pensar também na divisão da Província em duas, para mais facilidade da visita.

Na Companhia de Jesus as Províncias, de que se compõe, formam-se ou por evolução ou por divisão. As Províncias do Brasil, antigo e moderno, constituiram-se até agora por evolução, isto é, subindo de Missão a Vice-Província e Província. A divisão produz-se quando o crescimento interno duma Província, com a multiplicação de casas e indivíduos, atendendo-se a outras causas de carácter territorial, étnico ou económico, justificam ou impõem a criação de nova Província. Há várias actualmente na Europa e na América do Norte, constituidas em obediência a este critério.

---

1. *Doc. Hist.*, LXV, 46; e cf., *ib.* 62, 188 (assento já este de 1709).
2. *Doc. Hist.*, LXXIV, 243. É comum acharem-se pelos Arquivos referências de viagens de altos funcionários do Estado como esta do Governador Câmara Coutinho, que partiu de Pernambuco no dia de S. Francisco (4 de Outubro) de 1690 "no navio dos Padres da Companhia com tão bom sucesso que chegou à Baía a 7 de Outubro". Carta de Câmara Coutinho ao Conde de Val de Reis, Presidente do Conselho Ultramarino, da Baía, 18 de Junho de 1691, (Bibl. da Ajuda, 51-IX-30, f. 2; cf. Ferreira, *Inventário*, 482).
3. Caeiro, *De Exilio*, 194-196.

No Brasil a primeira vez que parece se pensou na possibilidade da criação de nova Província com séde no Rio de Janeiro, foi no tempo do P. Vieira, quando em 1687 os piratas infestavam os mares e impediam as comunicações, que então eram forçosamente por mar; e por isso havia a Fragata da Companhia. Da Baía, séde da Província, a Pernambuco alguma vez a visita se fez por terra; o Rio de Janeiro ficava isolado por ser extremamente difícil qualquer comunicação por via terrestre. Apresentava-se então a criação da nova Província mais como hipótese futura, e os argumentos de Andreoni em contrário pouco mais iam além do plano retórico: "não se podia separar o que Deus, unira", "não se podia dividir a túnica inconsútil" [1]; motivos, que se tivessem fundamento prático teriam impossibilitado a multiplicação moderna de tantas Províncias, nascidas duma Província-Mãe, que se dividiu e às vezes subdividiu.

A ideia da divisão da Província do Brasil em duas ia entretanto ganhando consistência com o aumento dela, até que em 1724 se entrou no terreno positivo. Deram o seu parecer os Padres Professos do Brasil: aprovaram a divisão 63, e reprovaram-na 13. Dos que a aprovaram, 12 puseram a condição de que ficasse a cada Padre a liberdade de escolher, entre as duas Províncias, a que mais lhe aprouvesse como própria; os restantes 51 aprovaram a criação da nova Província sem condição alguma [2].

As principais razões a favor da divisão, eram duas: a distância enorme das casas, que impossibilitava a visita do Provincial, mesmo no triénio do seu governo; e a falta de tempo, que obrigava a que se fizesse a visita a correr com grave detrimento das consciências [3].

Contra a divisão, as razões eram também de duas espécies, a primeira das quais económica: dividindo-se a Província teria de haver dois Procuradores em Lisboa e dois Noviciados, e o Norte era a Baía, e sem o Sul não havia réditos para a sustentação dos Noviciados e Escolasticados; outra razão era sobre a idoneidade de pessoas: se havia dificuldade para superiores maiores numa só Província, quanto mais em duas [4].

---

1. *Bras*.3(2), 244-245, 282, 282v.
2. Bibl. Vitt. Em., f. ges. 1255, n.ᵒˢ 7 e 8, com os nomes de todos e cada um.
3. *Ib*., n.º 40.
4. *Ib*., n.º 30.

A Província da Baía ou do Norte ficaria com três Colégios, Baía, Olinda e Recife; a casa da Provação que se construía (Jiquitaia); o Seminário de Belém da Cachoeira; 3 Casas: Porto Seguro, Ilhéus e Paraíba; 9 Residências; e 13 Aldeias ou Missões de Índios.

A Província do Rio de Janeiro ou do Sul, seria constituída por 4 Colégios, Rio, Espírito Santo, S. Paulo e Santos; 9 Residências; e 10 Missões de Índios; e diz-se que de diversos lugares se pediam novas fundações, Seminários e Colégios [1].

Um ano depois, a 15 de Agosto de 1726, o Provincial, Gaspar de Faria, enviou para Roma o quadro geral das casas do Brasil, as que ficariam à Província do Norte e as que haviam de constituir a Província do Sul [2]. E quase ao mesmo tempo o antigo Visitador Geral do Brasil, então Provincial de Portugal, P. José de Almeida, consultado pelo P. Geral, dava o seu parecer (de 19 de Agosto de 1726), contrário a que se fizesse nesse momento a divisão [3]. Não se fez, nem ainda com a Congregação Abreviada de 1727, que voltou a insistir sobre ela [4]. Doze anos depois tornou a Congregação Provincial Abreviada de 1739 a mandar outro postulado a Roma sobre a criação da nova Província, respondendo o Geral, segundo a mente do Provincial João Pereira, cujo nome se lê entre os oponentes de 1725, que por agora ainda não convinha: quando estivessem pagas as dívidas e houvesse réditos bastantes, se poderia então propor de novo [5].

Enfim, propôs-se em 1751, e desta vez o P. Geral respondeu que se mandasse o modo de a fazer [6]. O Procurador a Roma, P. João Honorato, quando voltou em 1754 trouxe aprovada a divisão da Província em duas, a do Norte (Baía) e a do Sul (Rio de Janeiro). E procedia-se à organização de ambas, quando sobreveio a perseguição. O Vice-Rei do Brasil, seguindo as instruções do Ministro responsável por essa perseguição, declarou que não reconhecia o Provincial da nova Província do Rio de Janeiro [7].

---

1. *Ib.*, n.º 40.
2. *Bras.4*, 339-340; é a própria lista das Casas.
3. Bibl. Vitt. Em., f. ges. 1255, n.º 31.
4. *Congr.89*, 110; Bibl. Vitt. Em., f. ges. 1255, n.º 39.
5. *Congr.89*, 313.
6. *Congr.91*, 233-234.
7. Ofício de 10 de Setembro de 1758 ao Provincial João Honorato, A. H. Col.,

Responderam-lhes os Padres da Companhia que o assunto estava suspenso [1]. Era a violência dos factos que se impunha. Mas a ida dos Estudantes Teólogos da Baía para o Rio de Janeiro em 1725 já obedecia ao pensamento da criação da nova Província, de que o Colégio do Rio ficaria sendo Colégio Máximo [2]. Organizarase depois o Noviciado, de que era Mestre de Noviços, em 1757, o P. Bernardo Fialho [3]; e o P. António Baptista chegou a ser nomeado procurador da nova Província do Rio de Janeiro [4].

Em suma: ao sobrevir a perseguição, existiam pràticamente, nos dois Estados da América Portuguesa, três Províncias da Companhia, a do Maranhão e Pará, cujas premissas, de passagem de Vice-Província a Província, as tinha já aprovado o Geral [5]; e estas duas da Baía e do Rio de Janeiro, número de Províncias exactamente igual ao que hoje tem o Brasil, Vice-Província do Norte, Província do Centro e Província do Sul, prósperas e livres, neste ano da graça de 1949, quarto centenário da chegada da Companhia de Jesus à América.

Baía, 3652. O perseguidor e seus mandatários tinham posto em voga a palavra "clandestina" referida à nova Província, para com este falso suposto dar mais uma aparência à perseguição. A formação da nova Província nada tinha de clandestina, como coisa pública de que se tratava há mais de meio século.

1. A. H. Col., Baía, 3651.
2. Cf. supra, História, VI, 6.
3. Catálogo de 1757.
4. Carayon, Doc. Inédits, IX, 236.
5. Cf. supra, História, IV, 222.

INTERIOR DA IGREJA DOS JESUÍTAS DA BAÍA (HOJE CATEDRAL)

O alto tecto desta Igreja foi armado, por volta de 1665, pelo Ir. Luiz Manuel, escultor, arquitecto e construtor naval. — Ver o tecto e outras gravuras desta Igreja histórica, supra, Tômo V.

CAPÍTULO III

Missões navais e missões externas

1 — O Apostolado do Mar; 2 — Conversões de marinheiros estrangeiros; 3 — Ingleses convertidos entrados na Companhia; 4 — Visita e Reconquista de Angola; 5 — A Catequese dos Escravos e os "Línguas de Angola", à chegada dos navios de África; 6 — Jesuítas do Brasil missionários na Índia Oriental; 7 — Na Guiana Francesa.

1. — Logo desde os seus primeiros passos no Brasil, assinalam-se os Padres da Companhia no Apostolado do Mar. Estão presentes nas expedições militares organizadas contra os Franceses na Guanabara, e contra os mesmos na Paraíba e no Maranhão; assim como contra os Holandeses na Armada do Conde da Torre. Onde quer que fossem Índios das suas Aldeias aí estavam também os Padres, constituindo-se uma espécie de Capelães de Marinha, como também nas expedições terrestres foram Capelães Militares em diversas campanhas desde a Baía para o Norte, e desde o Rio de Janeiro na própria conquista no século XVI, até ao Rio da Prata no século XVII e ao Rio Pardo no século XVIII. Na realidade era ainda uma das funções inerentes à catequese dos Índios, variada e multiforme.

A par deste existia outro profícuo apostolado não já com Índios senão com Brancos e Negros, nos portos de mar, no seu duplo aspecto de navios em trânsito e de chegada; em trânsito, quer portugueses da carreira da Índia, quer estrangeiros; de chegada, os vindos de Lisboa (Frota do Brasil) e os navios negreiros que da África despejavam no mercado no Brasil a sua triste carga humana.

Com os navios portugueses quer da Frota do Brasil, quer da carreira da Índia, os ministérios consistiam em irem os Padres a bordo cuidar dos doentes e administrar-lhes os sacramentos, porque os sãos desciam em terra e por si mesmos buscavam as Igrejas. Nesta assistência se singularizaram os Jesuítas a princípio, mas depois de 1580 é natural que nela colaborassem as outras Ordens Religiosas, com o zelo próprio de cada qual, e também o Clero Secular, que tivesse cura de almas nos portos de escala.

Com os navios estrangeiros o movimento de assistência e zelo dos Jesuítas foi notável. E com a circunstância dalguns dos hereges convertidos entrarem depois na Companhia de Jesus.

2. — Talvez não se tratasse ainda de convertido, o capitão do navio mercante inglês, do qual se não conserva o nome, infelizmente, mas que entrou na Companhia e faleceu a meio do noviciado, "como um santo", em 1583 [1]; todavia declara-se já em 1644, que se tinham convertido ao Catolicismo no Rio de Janeiro nove estrangeiros "de diversas nações do Norte" [2]; e há referências a outros calvinistas no período de 1665 a 1670 [3]. Em geral as conversões eram obra apostólica de Padres também estrangeiros, um dos quais Jacobo Cocleo, de Moronvillers, França, além das línguas portuguesa e latina e das línguas tupi e quiriri, falava francês, espanhol, holandês e inglês; e entre os homens do mar, com quem tratou nos portos do Brasil, havia naturais de Hamburgo, Dinamarca e Holanda [4], notando-se em particular o ano de 1697, em que o P. Cocleo reconciliou "não poucos" luteranos com a Igreja Católica [5]. Actividade louvada por El-Rei em Carta de 29 de Dezembro de 1698 a D. João de Lencastro, onde diz, que: "da minha parte agradeçais muito especialmente ao P. Jacobo Cocleo a grande e maior parte que teve neste sucesso, conseguindo tirar doze almas da cegueira em que viviam, e pondo-as no caminho da sua salvação" [6].

3. — O movimento de conversões mais significativo no Brasil foi o de Ingleses (incluindo Escoceses). Em 1713 deu-se a de um jovem de Dundee (Escócia), que na Companhia, onde entrou a 15 de Julho de 1714, se chamou P. Roberto de Campos, e veio a

---

1. *Bras.8*, 8. Diz-se a qualidade da pessoa, sem indicação do nome, que por não haver Catálogos de 1582 nem de 1583 permanece inidentificado.
2. *Bras.8*, 536v.
3. *Bras.9*, 204-217.
4. *Bras.9*, 412.
5. *Bras.9*, 436-436v.
6. Arq. Público da Baía, *Ordens Régias*, Livro 6 (3 1/5) n.º 93.

ser Reitor do Colégio do Rio de Janeiro. Converteu-o o P. Tomás Lynch, de Galway, Irlanda, que estudara em Portugal e fora atraído para o Brasil, não apenas para isto, mas também para atender aos muitos ingleses que passavam pelos seus portos; e sucedeu que dois anos antes, em 1711, tinha falecido no Rio de Janeiro, com 83 anos de idade, o Ir. Coadjutor Roberto de Campos, também da Irlanda, homem de grande humildade e virtude, excelente Mestre-Escola [1], que se educara no Porto e entrara na Companhia, com 25 anos, a 17 de Maio de 1662 [2]. Talvez o recém-convertido adoptasse o nome do velho católico irlandês. Sugestão, apenas. O nome do baptismo não era costume mudar-se, e ambos se chamariam Roberto. O que se fazia às vezes era a tradução portuguesa do apelido Field ou uma translação sónica do sobrenome, como Perret (suíço), que deu Peres, e aqui talvez Campbell, pois achamos que outro inglês, Coulen Campbell, andava em Minas Gerais em 1727 e pretendia também entrar na Companhia [3]. Roberto de Campos, o convertido de 1713, era homem de capacidade, que se tornou por sua vez instrumento de novas conversões, até falecer no Rio de Janeiro a 20 de Dezembro de 1753.

Na terceira década do século XVIII naufragou um navio inglês nas costas do Brasil e diz-se no mesmo ano da referência a Coulen Campbell (1727), que dos seus tripulantes já se tinham convertido 5 calvinistas, além de outros 35 nos tempos precedentes [4]; e ainda outros cinco filhos de Inglaterra se converteram no Colégio do Rio de Janeiro à roda de 1734 [5].

Como os documentos só relatam as conversões por ser expressão apostólica digna de registo, os convertidos permanecem na generalidade anónimos, de que os tira o facto de pretenderem ou entrarem na Companhia, com a inclusão, portanto, nos seus Catálogos.

William Price, natural de Londres e baptizado em Pernambuco, entrou na Companhia em 1734, e nela se chamou Guilherme Lynch, ou porque fosse o apelido materno ou em homenagem a Tomás Lynch, se por ventura tratou com ele da sua conversão. O Ir. Gui-

---

1. *Bras.10*, 87.
2. *Bras.6*, 40v.
3. Cf. supra, *História*, VI, 198.
4. *Bras.10(2)*, 295.
5. *Bras.10(2)*, 381.

lherme, hábil para administrações agrícolas, faleceu nos cárceres de S. Julião da Barra a 25 de Abril de 1774 [1].

Entre os últimos britânicos convertidos está um jovem inglês, Francisco Atkins, nascido em Bombaim a 26 de Outubro de 1733, e educado na Academia de Greenwich (Londres). Voltava à sua Pátria nativa, como funcionário da Companhia Oriental da Índia, onde o pai era governador, quando ao passar na Baía, se converteu à Igreja Católica e abjurou na Capela interior do Colégio em 1749, fazendo-lhe grande honra o Vice-Rei Conde das Galveias. Atkins entrou na Companhia a 1 de Fevereiro de 1752 [2]. Resistiu às solicitações da família para deixar a Fé, e às blandícias dos perseguidores de 1760 para deixar a Companhia, preferindo os cárceres até 1777 [3]. Faleceu em Lisboa, já depois de recuperada a liberdade, em 1778 [4].

Estas solenidades de baptismo (*sub conditione*?) dos hereges convertidos vinham de longe; e já na de um, celebrado no Rio por 1726, o Padrinho fora o Embaixador de Portugal ao Imperador da China, Alexandre Metelo, de passagem no Rio de Janeiro para o Oriente, com extraordinário aparato e a presença das grandes personalidades da cidade [5]; e na mesma cidade do Rio de Janeiro em 1744 foi Padrinho dum capitão de navio recém-convertido, o Governador [que era então Gomes Freire de Andrade] [6].

Além do movimento de conversões e visitas a bordo, o Colégio da Baía ganhara fama, na carreira da Índia, como de lugar onde se falava a língua inglesa, motivo pelo qual os ingleses católicos, que tocavam no porto, diz-se em 1748 que buscavam o Colégio para exercício da Religião [7].

No último período da Companhia, constam nos Catálogos do Brasil mais alguns Religiosos, com nome português, mas de naturalidade britânica: o P. João Vieira (John Milet), de Dundee (Escócia), convertido no Rio de Janeiro, que entrou com 26 anos a 23 de Junho de 1742, foi missionário e faleceu afogado no mar de

---

1. *Bras.6*, 238v, 365v; Carayon, *Doc. Inédits*, IX, 246.
2. A. H. Col., *Baía*, Apensos, 30 de Janeiro e 30 de Julho de 1759; *Bras.6*, 412.
3. Caeiro, *De Exilio*, 56.
4. *Arcis Sancti Juliani Ichnographia*.
5. *Bras.10(2)*, 295.
6. *Bras.10(2)*, 415v.
7. *Bras.10(2)*, 426.

Caravelas, no dia 20 de Setembro de 1754 [1]; o Ir. Francisco David (Davis?), também de Escócia, baptizado na Ilha do Príncipe, que entrou na Companhia no Brasil em 1745 e com o nome de Francisco Xavier foi piloto da Fragata da Companhia, vindo a falecer em Roma em 1761 [2]; o Ir. João da Silveira, da Irlanda, que entrou em 21 de Junho de 1748 [3]; o Ir. José Maria, de Londres, que entrou com 22 anos a 6 de Julho de 1748 [4]; o Ir. Tomás Honorato, inglês, nascido a 31 de Dezembro de 1728, e entrado com 19 anos a 12 de Junho de 1749 [5]; o Ir. Tomás Luiz, de Edimburgo, onde nasceu a 5 de Junho de 1725, baptizado na Paraíba do Norte, e que entrou na Companhia a 22 de Julho de 1750 [6], e nela ocupou o ofício de Enfermeiro, seguindo para a Itália em 1760 [7]; o Ir. João Ferreira (Fidgett), pedreiro, nascido em Colchester, a 10 de Agosto de 1724, o qual admitido na Companhia, com 29 anos, a 9 de Outubro de 1752 [8], atingido pela perseguição e exilado do Brasil, foi encarcerado a 14 de Novembro de 1759 no forte de S. Julião da Barra, calamidade imprevista em que a sua razão sossobrou [9].

Já antes havia estado no Brasil um Religioso, que faleceu estudante a 11 de Maio de 1727 no Rio de Janeiro, nascido em Lovaina (Bélgica) a 21 de Abril de 1697. Entrara a 14 de Agosto de 1723 e chamava-se Alexandre de Lima Júnior, mas de família inglesa, "gente Anglus" [10].

Grupo relativamente numeroso de Jesuítas activos, zelosos e úteis, em particular os escoceses. Mas entre todos sobressaiu o P. Tomás Lynch, irlandês, que foi Provincial do Brasil e veio a falecer em Roma em 1761, exilado, fechando assim com este acto de confessor da Fé, a série não muito longa, mas ilustre de Jesuítas da sua Pátria no Brasil, iniciada pelo insigne P. Tomás Filds, que

---

1. *Bras.6*, 138v; *Bras.10(2)*, 453-455, 495; Bibl. Vitt. Em., f. ges. 3492/1363, n.º 6; cf. supra, *História*, VI, 179.
2. *Bras.6*, 383, 434; Gesù, 690.
3. *Bras.6*, 394v.
4. *Bras.6*, 394v.
5. *Bras.6*, 411v, Catálogo de 1757.
6. *Bras.6*, 414.
7. Caeiro, *De Exilio*, 302.
8. *Bras. 6*, 414.
9. Carayon, *Doc. Inédits*, IX, 241.
10. *Bras.6*, 138v; *Bras.10(2)*, 294-294v.

no século XVI, depois de ter trabalhado na Província do Brasil, numa como antecipação do apostolado externo, seguiu para o Rio da Prata e o Paraguai, missão que o conta no número dos seus fundadores ¹.

4. — A coincidir com a fundação da missão do Paraguai ao Sul datam as primeiras relações dos Jesuítas do Brasil com a África em frente, do outro lado do mar.

Pero Rodrigues, Visitador de Angola, em viagem de Lisboa para lá, arribou ao Brasil em 1592. Depois, feita a Visita de Angola, voltou não a Portugal, mas para o Brasil, onde foi Provincial e donde não mais saiu. Estabelecido o contacto entre os dois Estados portugueses fronteiros do Atlântico Sul, logo em 1604 a Província de Portugal pediu à do Brasil houvesse por bem enviar um Visitador a Angola. O Provincial Fernão Cardim não se esquivou à comissão, alegando que vindo de Portugal os missionários para o Brasil, era justo que houvesse boa correspondência entre as duas Províncias, e mandou o P. António de Matos, por Visitador de Angola, levando consigo o P. Mateus Tavares ². Cumprida a missão, voltaram ambos ao Brasil, começando porém a germinar a ideia de que nada melhor para assistir aos escravos africanos do que virem do Colégio de Luanda, para entrar no Brasil, os estudantes que desejassem ser religiosos da Companhia. O pedido formal fê-lo o Provincial Simão Pinheiro, em 1620, oferecendo-se dois, Luiz de Siqueira e Francisco Banha, primícias das vocações de Angola no Brasil, seguidas pouco depois por Jerónimo Corte Real.

O P. Luiz de Siqueira, natural da cidade de Luanda, filho de António Fernandes de Siqueira e sua mulher Catarina Pereira ³, foi Reitor dos Colégios da Capitania do Espírito Santo (1657) e de

---

1. Cf. supra, *História*, I, 356. Também esteve na Baía dois anos o P. Inácio Stafford ou Lee, matemático. Veio com o Vice-Rei Marquês de Montalvão em 1639 e com ele voltou a Portugal. E a estada de tantos homens de língua inglesa deixou vestígios nas Bibliotecas dos Colégios como no de S. Paulo, Inventário de 1771: n.º 423, *História Eclesiástica do Reino de Inglaterra*; n.º 579, *Small Book Roinan Coleny* (a grafia destas duas últimas palavras talvez incorrecta); n.º 613, *Gramática Anglo-Lusitânica* (Arq. Nac. do Rio de Janeiro, secção histórica, Col. 481).

2. *Bras.5*, 58v; cf. *Bras.8*, 102v.

3. Registo de Ordenações da Baía, *Rev. do Inst. Hist. e Geogr. Brasileiro*, XIX (1856)31. Entrou com 15 anos, a 15 de Outubro de 1620, *Bras.5(2)*, 79.

Pernambuco (1669); e, com uma vida cheia de merecimentos, ainda vivia em 1685 ¹.

O P. Francisco Banha, também de Luanda e entrado igualmente em 1620, teve vida de menor relevo. Residia em Porto Seguro em 1646, com 44 anos de idade derradeira menção que dele vimos ².

O terceiro destes primeiros angolanos, entrados na Companhia, viveu pouco. Mas será sempre lembrado no elogio que dele escreveu o P. António Vieira: Faleceu em Pernambuco por 1625, diz ele, "o Ir. Jerónimo de Corte Real, estudante, natural de Angola, a quem na primavera dos seus anos, que não eram mais que dezanove, e dois e meio de Companhia, cortou o fio a morte, com universal sentimento do Colégio e de todos por se murcharem tão em breve as flores, de que ao diante se esperava copioso fruto, porque era excelente na língua latina e na de Angola, tão necessária como proveitosa nestas partes. Mas deu-lhe Deus, que tal é a sua liberalidade, antes do trabalho, a paga" ³.

A estes primeiros filhos de Angola, Jesuítas do Brasil, de vida tão desigual, bela e curta num, obscura noutro, larga e virtuosa no que iniciou o movimento, seguiu-se o hiato das depredações dos holandeses, que se apoderaram de Luanda em 1641, sem nunca chegarem a apoderar-se de toda a Angola, como aliás também nunca puderam ocupar no Brasil senão o Nordeste. Contudo, ainda que tratadas em Lisboa, no Conselho Ultramarino, foi do Brasil, última escala e ponto central de organização, que partiram as três expedições de recuperação de Angola: a primeira, saída da Baía a 8 de Fevereiro de 1645, que terminou num desastre; a segunda, do Rio de Janeiro, a 8 de Maio do mesmo ano, já com alguns resultados úteis; e a terceira, também do Rio de Janeiro, a 12 (ou 15) de Maio de 1648, coroada enfim de êxito. A primeira fez-se prematuramente, contra o parecer dos Jesuítas práticos das coisas de Angola, por nela haverem estado muitos anos ⁴. Nas outras duas estiveram presentes.

---

1. Cf. S. L., *Jesuítas do Brasil Naturais de Angola*, em *Brotéria*, XXXI (1940) 258. — Para o P. Luiz de Siqueira, Reitor do Colégio do Espírito Santo, há duas Cartas do Conde de Atouguia, uma de 22 de Fevereiro de 1656, outra de 21 de Março de 1657, *Doc. Hist.*, III, 319, 383.

2. *Bras.5*, 170.

3. *Cartas de Vieira*, I, 65.

4. Cf. *Revista de História*, XII, 18; Franc. Rodrigues, *História*, III-1, 378.

Na segunda foi o Ir. António Pires, um dos maiores conhecedores de Angola, e devia ir também um antigo missionário dele, P. Filipe Franco, então no Brasil. Caindo doente, embarcou em seu lugar o P. Mateus Dias, que já tinha prestado bons serviços na Guerra de Pernambuco e no Cerco da Baía [1]. E ambos tornaram a prestar aqui os que o Governador Francisco de Soto Maior reitera em Carta a El-Rei, de 4 de Dezembro de 1645: "O P. Mateus Dias da Companhia de Jesus, que passou do Rio de Janeiro comigo a este Reino com o Irmão António Pires, na conformidade do que já fiz aviso a V. Majestade, tem mostrado, em todo o discurso desta jornada, tanto zelo do serviço de V. Majestade, que o posso e devo encarecer pelo maior, que na ocasião experimento com suas pessoas e com muitos escravos do Colégio, a condução da artilharia e munições" [2].

Destes sucessos deixou António Pires uma relação estimada [3]; e do P. Mateus Dias, da Província do Brasil, encarregado de escrever a Vida de Anchieta, diz Simão de Vasconcelos, que era homem de talento e recolhera os papéis de quem anteriormente se incumbira desse trabalho: mas "a variedade dos tempos e guerras da Província e as do Reino de Angola o levaram àquelas partes em companhia do Governador Francisco de Soto Maior, onde acabando entre os rigores das armas holandesas, que senhoreavam a terra, ficaram juntamente com ele sepultados os documentos e princípios do que ia obrando" [4]. Mateus Dias, de Viana do Castelo, faleceu em Maçangano em Fevereiro de 1648 [5].

---

1. Cf. supra, *História*, V, 61, 160-161.
2. A. H. Col., *Angola*, 1645; Franc. Rodrigues, *História*, III-1, 379.
3. Publicada por Artur Viegas (Antunes Vieira), no artigo, *Duas tentativas da reconquista de Angola, em 1645*, na *Revista de História*, XII (1923)18-23.
4. Vasconcelos, *Vida de Anchieta* (Lisboa 1672), no "Prologo ao leitor".
5. Bibl. Vitt. Em., f. ges. 3492/1363, n.º 6. O Catálogo do Brasil de 1646, em que o dá com engenho "óptimo", traz estes dados: "P. Mateus Dias, de Viana de Caminha, Diocese de Braga, 51 anos de idade, boa saúde, admitido na Baía em 1609, estudou latinidade mais de 3 anos, Filosofia 3 em que é Mestre, Teologia 2, ensinou Humanidades por 6 anos, foi Ministro do Colégio do Rio de Janeiro ano e meio, sócio do Mestre de Noviços quase um ano, Superior da Aldeia de S. Francisco Xavier [Rio] 3 anos, Procurador do Colégio do Rio de Janeiro 2 anos e meio; professo de 4 votos desde 1643, ensinou em casa Teologia Moral mais de 2 anos. Agora é Visitador dos Nossos no Reino de Angola. Sabe a língua Brasílica. Pregador", *Bras.5*, 174, 182.

Se esta segunda expedição a Angola não conseguiu todo o efeito, que se pretendia, sustentou no entanto o moral dos Portugueses e impediu que os holandeses se apoderassem da Angola inteira, facilitando assim o êxito final da reconquista em 1648. Porque não se efectivando por nenhuma das expedições de 1645, continuou a espectativa, e em 1646 o Ir. Gonçalo João, com 35 anos de Angola, que tinha passado pelo Brasil em 1643, e residia em Lisboa, ofereceu ao Conselho Ultramarino um Memorial "sobre as cousas de Angola e suas minas", em que se lêem estas palavras, reflexo da opinião pública: "Sobre tudo é necessário que V. Majestade mande com brevidade socorro àquela praça por ser de grande importância, *porque sem Angola não há Brasil*"[1].

O facto é que o Conselho Ultramarino aprovou o Memorial a 5 de Julho de 1646, e não se tinha passado um mês, a 2 de Agosto, já ordenava El-Rei que o socorro se preparasse e fosse. No ano seguinte nomeou D. João IV o antigo Governador do Rio de Janeiro Salvador Correia de Sá e Benevides, Governador e Capitão Geral de Angola, que em breve partiu de Lisboa para o Brasil, levando na Armada o Irmão prático Gonçalo João e os Padres António do Couto e Filipe Franco, o mesmo que não pudera ir na expedição anterior; e que, quando os Holandeses desembarcaram em Itaparica em 1647, correra a Lisboa a dar aviso a El-Rei[2]. No Brasil, Salvador Correia juntou à sua armada de 7 navios, mais 5, lançou as bases da fundação do Colégio de Santos, escreveu ao P. Geral a 10 de Maio de 1648, e 2 (ou 5) dias depois fez-se à vela na volta de Angola[3]. A reconquista operou-se rápida: a 15 de Agosto de 1648 entrava o glorioso General restaurador em Luanda, indo dar graças a Deus no Colégio da Companhia da Capital de Angola[4].

Filipe Franco, que ia como Superior de Angola pela Província de Portugal, a que pertencia, desenvolveu actividade correlativa à do P. Mateus Dias, da Província do Brasil, que acabou Visitador de Angola: depois de restaurado o Colégio de Luanda, que governou 5 anos, Filipe Franco voltou ao Brasil e aqui se ocupou na admi-

---

1. A. H. Col., *Angola*, 3, 4. Cit. por Franc. Rodrigues, *História*, III-1, 380.
2. Cf. supra, *História*, IV, 25; V, 65, 395; VI, 425.
3. Cf. supra, *História*, VI, 425-426.
4. Franc. Rodrigues, *História*, III-1, 381.

nistração dos Engenhos de Igreja de S. Antão de Lisboa, Sergipe do Conde e S. Ana (Ilhéus), durante os últimos 20 anos da sua vida, até falecer em 1673 [1]

5. — Restaurada Angola, recomeçou o movimento recíproco entre ela e a América e ainda mais intenso do que antes. A Baía tornara-se uma como segunda Capital do Atlântico português (a primeira, Lisboa); e ou por arribada ou de propósito passavam pela Baía, Capitães, Missionários e Prelados, quer à ida, quer à vinda de África, incluindo Padres da Companhia [2].

Arribando à Baía em 1683, o Bispo de S. Tomé, D. Bernardo Juzarte, alcançou do Provincial, P. António de Oliveira, dois Padres para aquelas Ilhas e Reino de Mina; mas desejava outros e os pediu ao Geral, alegando haver na Ilha quem oferecesse dois Engenhos de Açúcar para fundar um Colégio [3]. Eram os Padres, ambos holandeses, Jacobo Rolando, de Amesterdão, e João Baptista Beagel, de Roterdão [4]; todavia a fundação, ao menos da parte do Brasil, não teve seguimento, porque Rolando faleceu em breve em S. Tomé [5]; e vemos que Beagel, se chegou a ir, voltou e faleceu na Baía em 1699 [6].

Com Angola as relações eram mais robustas e pouco depois da restauração de 1648 recomeçaram as entradas, no Brasil, de filhos dela. Todos foram dedicados catequistas de escravos negros; e são estes, pela data de entrada na Companhia:

António de Passos (1652) que consagrou toda a vida à ocupação modesta e heróica da catequese dos Negros, até falecer em Pernambuco em 1684; João de Araújo (1674), infatigável; Miguel Cardoso (1674), que percorria os Engenhos, acolhia e favorecia os escravos indo a bordo à chegada dos navios de África, e veio a ser Provincial do Brasil, falecendo em Santos em 1721; Francisco de Lima (1683), que percorria os Engenhos e impelia os senhores a conceder plena liberdade aos escravos para praticarem a religião nos

---

1. Em 1673, Franco, *Ano Santo*, 784; ou em 1674, *Hist. Soc.49*, 208.
2. Cf. *Bras.6*, 115v.
3. Carta do Bispo, de 26 de Novembro de 1683, *Bras.26*, 107v. (assinat. autógr.).
4. *Bras.5(2)*, 62v.
5. Cf. supra, *História*, V, 285-286.
6. *Bras.9*, 440v.

dias destinados ao culto divino, o qual faleceu no Recife em 1707; Manuel de Lima (1683), Apóstolo dos Ardas, que faleceu na Baía em 1718; António Cardoso (1684), que amparava os negros e foi um dos grandes Reitores do Colégio do Rio de Janeiro, onde morreu em 1749; e João da Cunha (1712), que além de catequista dos escravos, foi estatuário de renome, falecendo no Rio de Janeiro em 1741 [1].

A ideia de cultivar vocações em Angola para o Brasil proveio do conhecimento da língua, meio de preparar, para a recepção do baptismo e mais actos da vida cristã, os escravos que em sucessivas levas desembarcavam nos portos do Brasil sem saber nada da língua portuguesa, que só a pouco e pouco iam falando como podiam. Não se ativeram porém no Brasil únicamente aos Padres Angolanos; e outros durante mais de século e meio aprenderam a língua de Angola, ou de propósito ou na meninice com as próprias amas negras; e assim, ao lado de Angolanos, havia outros Padres e Irmãos que cooperavam na obra humilde, e são conhecidos nos documentos com a menção de *"língua de Angola"*. A qual aparece já no século XVI em Domingos Nunes, Ir. estudante, que entrara na Companhia a 13 de Outubro de 1585 [2]; e o mesmo em vários outros, como o P. Pedro de Mota, da Baía, língua da terra e de Angola (1614) [3]; Mateus de Aguiar, confessor na língua da terra e de Angola (1621) [4]; P. Francisco Álvares, do Porto, que em 1625 pregava e confessava a Portugueses, Negros da Guiné e Índios, com boa satisfação [5];

---

1. Cf. S. L., *Jesuítas do Brasil naturais de Angola*, na "Brotéria", XXXI (Lisboa 1940) 255-258. Sobre este último, João da Cunha, tem havido confusões, de que nós próprios só gradualmente nos fomos libertando, a respeito da tradução duns versos de Anchieta, confusão causada por haver três do mesmo nome. O tradutor não foi o P. João da Cunha (de Portugal), a quem Sommervogel atribui a tradução; nem este de Angola, mas um D. João da Cunha, egresso dos Agostinhos Descalços, que deixou fama de mistificador, e de quem se trata supra, *História*, III, 193, impostura que também se revela na tradução que fez de Anchieta e o nota Baptista Caetano de Almeida Nogueira, *Rev. do Inst. Hist. e Geogr. Bras.*, 84, pp. 561ss. O nosso P. João da Cunha, de Luanda, faleceu no Rio de Janeiro a 5 de Novembro (outra fonte diz *Dezembro*) de 1741, depois de ter sido catequista dos Angolanos, mestre de meninos e "commendatissimus pro industria statuarius", *Bras.10*(2), 412v; cf. *Bras.6*, 326v.

2. *Bras.5*, 28.
3. *Bras.5*, 111v.
4. *Bras.5*, 124.
5. *Bras.8*, 339.

Tomás de Sousa, de Pernambuco, falecido a 3 de Fevereiro de 1692, no Rio, "Apóstolo e Pai dos Negros" [1]; António Cardoso, o mais velho, de Braga, Padre que esteve muito tempo em Pernambuco, e de quem se dizia, em 1694, que sabia a língua de Angola [2].

Estes e outros aprenderam a língua de modo empírico, até que em 1697, o P. Pedro Dias, natural de Gouveia, e da Província do Brasil, publicou em Lisboa a primeira *Arte da Lingua de Angola*, com o fim expresso de catequizar e socorrer os Escravos, que ele tratava por suas próprias mãos, e a quem dava remédios por si mesmo manipulados, por ser versado em medicina; e quando faleceu na Baía em 1700, os Negros acorreram em multidão à Igreja do Colégio; e pediu a honra de o conduzir à sepultura o Governador Geral do Brasil, D. João de Lencastro, inscrevendo-se o seu nome no *Menológio* como o "S. Pedro Claver do Brasil" [3].

D. João de Lencastro, que assim honrava o Apóstolo dos Escravos Negros, ficou ligado na História do Brasil às mais nobres causas, e interpretava os sentimentos dos Padres da Companhia, com quem se confessava, avisando El-Rei dos abusos que importava reprimir. Tratando dos que se cometiam contra os Escravos, o P. Jorge Benci, depois de aduzir os esforços dalguns imperantes antigos que também o coibiam, prossegue:

"Nesta parte, porém, não temos os Portugueses que invejar a Roma os Adrianos e Antoninos Pios, por ter dado Deus à Coroa de Portugal um Rei, que esmerando-se em todas as virtudes, é singularíssimo na piedade. E como esta costuma fazer o maior emprego onde mais realça a miséria e necessidade, por isso vemos que sua Majestade o Senhor Rei Dom Pedro (que Deus nos guarde) entre os cuidados, que pede tão dilatada Monarquia, parece não tem outro mais que o com que procura suavizar o jugo da servidão e cativeiro dos escravos, que vivem nesta e nas mais conquistas de Portugal. E no particular de que tratamos é incrível o zelo que mostra, para que não haja excesso no castigo que dão os senhores

---

1. Guilhermy, *Ménologe de Portugal*, 3 de Fev.; em *Lus.58*, 20v, lê-se 3 de Janeiro.
2. *Bras.5(2)*, 98.
3. Cf. S. L., *Padre Pedro Dias Autor da "Arte da Lingua de Angola", Apóstolo dos Negros do Brasil (Nota biobibliográfica)* em *Portugal em África*, 2.ª série, ano IV, n.º 19 (Coimbra 1947)9-11 com o fac-símile do frontispício da "Arte".

aos servos. O que bem prova o parágrafo de uma carta sua, que me veio à mão, escrita no ano de 1698 ao Governador e Capitão Geral Dom João de Lancastro, fidalgo que no heroíco de suas acções mostra bem o real sangue, que por um e outro lado lhe anima as veias; e no tempo, em que isto escrevo, governa este Estado do Brasil, mais com amor de pai, que com autoridade de Capitão e General. As palavras de Sua Majestade, trasladadas de verbo ad verbum são estas:

Governador e Capitão Geral do Estado do Brasil, Amigo: Eu El-Rei vos envio muito saudar. Sou informado que nessa Capitania costumam os senhores, que têm escravos, para os castigar mais rigorosamente, prendê-los por algumas partes do corpo com argolas de ferro, para que assim fiquem mais seguros para sofrerem a crueldade do castigo, que lhes quiserem dar. E porque este procedimento é inumano e ofende a natureza e as leis, vos ordeno que com prudência e cautela procureis averiguar o que há nesta matéria exactamente, e que achando que assim é, o façais evitar pelos meios que vos parecerem mais prudentes e eficazes" [1].

Condena a seguir o P. Jorge Benci, no seu livro, os excessos cometidos contra os Escravos Negros, que deviam de ser tratados, em todas as hipóteses, com a dignidade de pessoa humana. Aliás já em páginas precedentes desta *História* se ouviram outros clamores de Vieira, e se falou dos métodos e defesa permanente dos escravos feita pelos Jesuítas do Brasil. Na sua carta a El-Rei, da Baía, 1 de Junho de 1691, o mesmo Vieira, depois de tratar dos Índios, acrescenta: "e sendo muito maior sem comparação o número dos Negros que o dos Índios, assim como os Índios são catequizados nas suas próprias línguas, assim os Negros o são na sua, de que neste Colégio da Baía temos quatro operários muito práticos, como também no Rio de Janeiro e Pernambuco" [2].

Vieira não desce a pormenores sobre a actividade particular dos Padres línguas de Angola, nos três principais portos marítimos do Brasil de então. Fá-lo outra carta a El-Rei, do Governador do Rio de Janeiro, João Furtado de Mendonça, datada de 2 de Agosto de 1678. Dá conta o Governador do estado das Missões, Cris-

---

1. Jorge Benci, *Economia Christaã dos Senhores no governo dos Escravos* (Roma 1705)171-173.
2. *Cartas de Vieira*, III, 604; cf. supra, 84.

tandades e Casas Religiosas do Rio (Jesuítas, Franciscanos, Beneditinos e Capuchos franceses), do que toca a cada qual; e do Colégio da Companhia, depois de referir o que fazia em matéria de ensino, e na catequese dos Índios, continua:

"Tem mais, Padres deputados para a língua de Angola, porque como se averigua que a maior parte daquele gentio vem por baptizar, são os que maior serviço fazem a Deus, porque têm cuidado de irem aos navios que vêm de Angola, tanto que aparecem, a animar os que vêm vivos e ajudar a bem morrer os que vêm doentes, que são muitos. Depois, em terra, assistem com grande cuidado pelas casas de quem os compra, catequizando-os até os porem em estado de os baptizarem: fazendo aos domingos e dias santos doutrinas pelas ruas; e vão por todo [o] recôncavo desta cidade, pelas Fazendas dos moradores ao mesmo exercício, afastando-os dos abusos que ainda trouxeram das suas terras" [1].

De idêntico exercício com os escravos negros da Baía dá testemunho o Governador Geral do Brasil, D. Rodrigo da Costa, escrevendo a El-Rei em 1703: "Nas missões dos Engenhos do Recôncavo continuam nesse santo exercício os Padres da Companhia, que sempre são os primeiros para ele" [2].

Desta acção benfazeja dos Padres da Companhia, que, pelo exposto e outras inúmeras referências das Cartas Ânuas, se vê que não foi nem transitória, nem apenas local, mas generalizada por todos os grandes portos, Vilhena de Morais, ao divulgar a Carta do Governador do Rio de Janeiro de 1678, infere "a explicação do relativo nível, de elevação moral e religiosa, observado, ao contrário de outros povos, entre os negros escravos do Brasil".

6. — Movimento inverso ao de Angola, foi o que se operou a respeito da Índia, que se tornou campo de Apostolado dos filhos da Província do Brasil, quer em desejos, que ficaram só no merecimento de os ter, quer já em actividade missionária efectiva.

---

1. Arq. Nac. do Rio, *Cartas Régias*. Publicada na íntegra por E. Vilhena de Morais com o título de *Tricentenário da Reconquista de Angola* e subtítulo *Assistência dada pelos Jesuítas no Rio de Janeiro aos Escravos vindos de Angola*, no "Jornal do Commercio" (Rio), 27 de Agosto de 1948.

2. Carta de D. Rodrigo da Costa a El-Rei, Baía, 22 de Outubro de 1703, Arq. Público da Baía, Livro V, das *Ordens Régias*.

A ideia surgiu com a passagem de S. João de Brito pela Baía em 1687, quando voltava da Índia a Portugal como Procurador da Província do Malabar [1]. O exemplo do mártir, que já tinha padecido incomportáveis trabalhos, impressionou os jovens estudantes; e diz um deles, Agostinho Correia, que aos seus desejos da missão da Índia ele ajuntou "non scintillas, sed incendia" [2]; outro Irmão estudante, que também pediu então a Malabar, chamava-se Francisco Soares [3]. Nenhum conseguiu o que pretendia, indo Francisco Soares para o Maranhão, e vindo Agostinho Correia, missionário dos Quiriris, a falecer no Ceará [4]; mas a semente lançada pelo mártir na Baía em 1687 ia ser fecunda pelo tempo adiante, sobretudo no século XVIII, quando já se tratava da sua beatificação. Entretanto, renovavam-se os pedidos da Missão na passagem dos Procuradores do Malabar, o P. João da Costa, pela Baía em 1696, e o P. Francisco Laines, dez anos depois em 1706 pelo Rio de Janeiro.

Dos Irmãos estudantes que a pediram em 1696, João da Silva, José de Viveiros e António de Guisenrode, todos três da Baía, só alcançou ir o último, que foi Reitor do Colégio de Goa [5]; assim como não obtiveram os três que a pediram em 1706, o Ir. Manuel da Luz (de Proença), o P. João Tavares (do Rio de Janeiro), depois fundador da cidade de Tutoia [6], e o P. António da Cruz (de Torres Novas), Apóstolo de Paranaguá [7].

Entre as idas avulsas há ainda dois Padres da Província do Brasil, João da Rocha (de Sergipe de El-Rei), Procurador em Lisboa, e Laureano de Brito (do Recife), o primeiro dos quais fa-

---

1. Cf. supra, *História*, V, 102; S. L., *S. João de Brito na Baía e o movimento missionário do Brasil para a Índia*, na Revista *Verbum*, IV (Rio, Setembro de 1947)36.
2. *Ib.*, 38.
3. *Ib.*, 38.
4. Cf. supra, *História*, V, 304.
5. Cf. supra, *História*, V, 86.
6. Cf. supra, *História*, III, 166-167.
7. Cf. supra, *História*, VI, 456. Cf. Carta do P. António da Cruz ao P. Geral do Rio de Janeiro, 30 de Janeiro de 1706, *Bras.4*, 115. Das Cartas dos outros Irmãos estudantes, publicaram-se em *S. João de Brito na Baía*, as de Agostinho Correia (em latim) e a de José de Viveiros (em português) pp. 38-41; e de todos e de cada um se dirá, infra, Tomos VIII-IX, nos títulos respectivos.

leceu durante a viagem, no mar de Moçambique; e o segundo foi na Índia grande missionário [1].

Da Missão do Maranhão e Pará, onde foi zeloso e caridoso Missionário, sendo expulso, dela pelos motins de 1661, para Lisboa, também passou à Índia em 1666 o P. Francisco da Veiga, que no Oriente iria deixar alto renome, como missionário da Ilha do Ainão, onde fundou várias cristandades (1673-1678), e como Superior de Macau e Provincial do Japão. No seu novo campo de apostolado não esqueceu o antigo, e do Oriente manteve com o Maranhão boa correspondência e caridade. Francisco da Veiga (*Fan-Fang-Tsi Eul-Ko*), português do Reino, faleceu em Macau em 1703 [2].

Não já em idas isoladas, partiram do Brasil para a Índia duas expedições missionárias, a primeira constituída por Irmãos Estudantes, a segunda por Irmãos Noviços.

Na primeira, organizada entre 1725 e 1732, foram da Baía para a Índia 10 Irmãos *Estudantes*:

Alexandre Correia (da Baía), André Pereira (de Barcelos), António Ferraz (do Rio de Janeiro), Eusébio de Matos (da Cachoeira, Baía), Francisco Ferreira (do Porto), Francisco Ramos (de Angra, Açores), Luiz da Rocha (da Vila dos Arcos), Luiz Vieira (da Baía), Manuel Monteiro (do Espírito Santo), e Tomás da Fonseca (de Lisboa) [3]. Alguns deles prestaram relevantes serviços, e Eusébio de Matos ocupou o cargo de Superior da Casa Professa de Goa.

A segunda expedição, constituída por *Noviços*, partiu da Baía para a Índia por 1747-1748. A "Bienal", que relata as manifes-

---

1. *Ib.*, 41. Não incluimos aqui um ilustre filho da Baía, Francisco de Sousa, que na Índia escreveu o *Oriente Conquistado*, porque não pertenceu nunca à Província do Brasil, tendo entrado na Companhia em Portugal.

2. Louis Pfister, *Notices Biographiques et Bibliographiques sur les Jésuites de l'ancienne mission de Chine (1552-1773)*, I (Chang-Hai 1932) 380-381. — Diz Bettendorff que estivera com o P. Francisco da Veiga em Mortigura (Pará), e dele aprendeu os princípios da língua geral; e que mais tarde, já em Macau, ele lhe escrevera, "mandando peças de belas sedas, pedras de cobra e duas bocetas de calim, das quais pus uma em a sacristia do Maranhão e outra em a do Pará, e ambas elas estão servindo por serem mui limpas e lindas" (Bettendorff, *Crónica*, 227; outras referências a Francisco da Veiga, *ib.*, 89, 156, 177-179). Demonstração de afecto pela sua antiga Missão, e também dum intercâmbio que existia efectivo entre os componentes do antigo império português, de que há outras manifestações no Brasil em particular na Igreja de Belém da Cachoeira (Baía).

3. S. L., *S. João de Brito na Baía*, 43-44.

tações da cidade por ocasião do embarque, não dá os nomes. Com os Noviços foram dois Padres, um dos quais podia ser Diogo de Albuquerque (da Goiana, Pernambuco), que em 1745 era estudante do primeiro ano de Teologia e consta que foi missionário da Índia. Se entre os Noviços ia algum filho do Reino, chegado ao Brasil menino, não é possível distingui-lo entre tantos de que constam os Catálogos do Oriente. Os filhos do Brasil, que ainda constam deles em 1760 são os seguintes Padres; o primeiro dos quais, se foi na mesma ocasião, já não era noviço em 1747:

António Francisco da Rocha, de Mariana (Minas Gerais), onde nasceu a 15 de Fevereiro de 1721, entrou na Companhia a 16 de Julho de 1741 [1], e ainda vivia em Pésaro em 1780; Vicente Xavier Caturro ("Brasiliensis"); Inácio Francisco (do Rio de Janeiro); José Duarte (da Baía); José Xavier (do Recife); Luiz G. da Silva (de Goiana, Pernambuco); e Manuel Xavier de Burgos (da Baía), que veio a falecer em Pésaro em 1797, e é um dos redactores da *Historia Persecutionis Societatis Iesu in Lusitania*, no que se refere a Goa.

O embarque dos Noviços para a Índia constituiu espectáculo comovente na Baía em que se misturaram no povo as lágrimas da saudade com os aplausos à firmeza e modéstia dos juvenis missionários, que assim deixavam a Pátria para tornar maior o mundo cristão [2].

7. — A última e grande missão dos Jesuítas do Brasil foi a da Itália, onde a perseguição de 1760 levou a maior parte deles e onde alguns tanto se distinguiram na ciência e na virtude. Embora se enquadre nos caminhos da Providência não foi missão livre, mas forçosa pelas calamidades do tempo, nem se exercia entre pagãos. Contudo, dali mesmo, três antigos Jesuítas do Brasil fizeram uma,

---

1. *Bras.6*, 346.
2. *Bras.10(2)*, 432; cf. S. L., *S. João de Brito na Baía*, 44-46, onde se dão as datas de nascimento de quase todos os noviços e estudantes destas duas expedições missionárias do Brasil para a Índia. Aquela indicação de "Brasiliensis", aposta a Vicente Xavier Caturro, não significa necessàriamente que fosse natural do Brasil, mas em todo o caso que pertenceu à Província do Brasil. E talvez se trate do que vem no Catálogo de 1732, ainda como estudante: Vicente Xavier nascido em Braga a 22 de Janeiro de 1706, admitido na Companhia a 15 de Julho de 1726 (*Bras.6*, 168v), o qual teria saído do Brasil pouco depois de 1732, dado que o seu nome já não consta do Catálogo de 1736.

que se pode chamar missão póstuma ainda entre os Índios da América, onde a liberdade o permitiu. Tendo o Governo Francês, em 1777, pedido missionários à Propaganda, esta propôs aos antigos Missionários o convite e o aceitaram três Padres da Província do Brasil, José António de Matos, Vicente Xavier Ferreira e João Xavier Padilha. Viviam todos três em Pésaro em 1774, e em cada qual se lê, na lista geral dos Jesuítas da Assistência de Portugal, residentes então na Itália, esta nota ulterior àquela data: "partito per l'America Francese" [1].

José António de Matos nasceu em Vila Rica (Minas Gerais) a 19 de Novembro de 1729, e entrou na Companhia a 6 de Julho de 1745 [2]. Faleceu em Caiena nos começos de Fevereiro de 1778, notícia dada pelo seu companheiro P. Ferreira.

Vicente Xavier Ferreira nasceu em Elvas a 10 de Maio de 1738, e foi admitido na Companhia a 29 de Dezembro de 1753 [3]. Residia no Colégio do Espírito Santo em 1759 ao sobrevir a perseguição. Exilado para Roma, concluiu os estudos e ordenou-se de Sacerdote. Faleceu na Guiana Francesa um mês depois do P. Matos, e dá agora a notícia o único sobrevivente dos três [4].

João Xavier Padilha nasceu em S. Paulo a 25 de Fevereiro de 1723 e alistou-se na Companhia, com 19 anos, a 23 de Junho de 1742 [5]. Em 1757 residia no Colégio da sua terra natal como

---

1. Gesù, 690.
2. Bras.6, 411v.
3. Bras.6, 412.
4. Nos Catálogos do Brasil, o nome deste Padre, quando ainda era estudante, vinha só Vicente Ferreira. Por haver outro de igual nome, acrescentou o de Xavier. E tanto por ser *Xavier*, como por ser *Ferreira*, tem-se prestado a confusões, uma das quais, com o P. João Ferreira, Reitor do Pará, confusão feita por Sommervogel, *Bibl.*, III, 683, por nós utilizado, supra, *História*, III, 232, 266. Sommervogel conhecia o P. João Ferreira como correspondente de La Condamine; e vendo que falecera em Guiana, um *P. Ferreira* cuidou tratar-se do mesmo.

Igual confusão praticou com o P. Padilha, que supôs ser outro Padilla (este não com lh mas com ll) da Assistência de Espanha. Averiguamos as identidades, na lista dos Padres Residentes em Itália em 1744, com nomes e sobrenomes completos, onde os três "idos para a América Francesa", tem as mesmas datas no Catálogo do Brasil de 1757, que assim identificam José António com José António de Matos; Vicente Ferreira com Vicente Xavier Ferreira; e João Xavier com João Xavier Padilha.

5. Bras.6, 346.

professor de Humanidades, Director da Congregação dos Estudantes e Prefeito da Saúde. Deu duas missões nas Dioceses do Rio de Janeiro e S. Paulo, de que ele próprio foi relator [1]. Atingido pela perseguição de 1760, passando à Itália e dali à Guiana, vivia em Conani a 8 de Abril de 1778, onde ainda assina a última carta conhecida desta dolorosa missão com que os três exilados de 1760 coroaram o seu Calvário. Para o P. João Xavier Padilha não houve sobrevivente que narrasse a morte, se por ventura ocorreu na Guiana, fronteira ao Brasil, onde todos três tinham o pensamento, para logo entrar, se se realizassem as esperanças que fizeram nascer as primeiras manifestações de justiça com que iniciou o seu governo em 1777, a Rainha D. Maria I. Entretanto, se não este último ao menos os outros dois, deram a vida pela conversão dos Índios da América, digno remate missionário de Jesuítas do Brasil.

---

1. *Bras.10(2)*, 459-460; 461-462.

CADEIRA DE SOLA LAVRADA, DA ALDEIA DE S. LOURENÇO DOS ÍNDIOS (NITERÓI). (SÉCULO XVII)

No recosto, a grelha simbólica do santo mártir.

Entre os ofícios dos Irmãos da Companhia no Brasil, havia, em matéria de artefactos de sola, os de "coriarius" (curtidor de peles) "sutor" (sapateiro) e "ephippiarius" (fabricante de xairéis e telizes).

CAPÍTULO IV

Dízimos a Deus e a El-Rei

1 — Os Dízimos e a Ordem de Cristo; 2 — A isenção dos Dízimos dos Padres da Companhia; 3 — A sua aplicação na Província do Brasil; 4 — Na Vice-Província do Maranhão e Pará; 5 — As "Instruções Secretas" de 1751, e a destruição da ordem jurídica, pródromo da perseguição geral.

1. — O Dízimo ou dízima, como o seu nome indica, era um imposto representado pela décima parte dos lucros lìcitamente adquiridos: e era eclesiástico (dízimo a Deus) e civil (dízimo a El-Rei). Em Portugal distinguiram-se; no Brasil não, pelo facto do Chefe Civil exercer, sob este ponto, uma função eclesiástica Pro-Vicária. Além destes dízimos, houve mais tarde, no Brasil das Minas de oiro, outro, não de 10%, mas de metade e são os famosos *quintos* do oiro (imposto puramente civil). Dos dízimos eclesiásticos fazia-se em certos casos redízima; e com uma redízima se asseguraram as dotações régias dos Colégios da Baía, Rio de Janeiro e Pernambuco. A identificação do Chefe Eclesiástico com o Chefe Civil, para este efeito de dízimos no Brasil, proveio de El-Rei de Portugal ser também Governador e Grão-Mestre da Ordem de Cristo, e pertencer à Ordem a espiritualidade, e ao Rei a temporalidade das novas terras conquistadas e a conquistar, ou em termos equivalentes, das novas terras descobertas ou a descobrir.

Entre as terras *a descobrir* estava ainda o Brasil, à data destes convénios entre Portugal e a Santa Sé ou seja das primeiras Bulas, *Inter Caetera*, de Calixto III, de 13 de Março de 1455, e *Aeterni Regis*, de Xisto IV, de 21 de Junho de 1481; já estava *descoberto*

---

1. Cf. Oscar de Oliveira, *Os Dízimos eclesiásticos do Brasil nos tempos da Colónia e do Império* (Juiz de Fora 1940)37-42.

o Brasil, na da criação do Bispado do Salvador da Baía, *Super Specula*, de 25 de Fevereiro de 1551 [1]. A concessão pontifícia, conferindo a El-Rei dízimos de natureza eclesiástica, levava o ónus de El-Rei prover e sustentar a evangelização das terras novamente descobertas. E assim, na magna obra, cooperavam a Igreja e o Estado, isto é, o Papa e El-Rei; e constituía um dos modos de a facilitar o ficarem os obreiros dela isentos dalguns encargos comuns a todos. Entre outros encargos, o dos dízimos. Todas as Ordens Religiosas tiveram as suas isenções, como ainda as têm hoje muitas instituições de utilidade pública. Nesta *História*, é claro, cabe apenas o que se refere à Companhia.

No próprio ano em que a Companhia de Jesus chegava ao Brasil, Paulo III pela Bula, *Licet debitum*, de 18 de Outubro de 1549, isentou-a de todos os dízimos, incluindo os papais; confirmou a isenção a Bula *Exponi Nobis* de Pio IV, de 19 de Agosto de 1561, e tendo o IV Concílio de Latrão, sobre um capítulo *Nuper* de Inocêncio III, declarado que as terras, que pagassem dízimos antes da sua encorporação a qualquer Casa Religiosa, continuariam a pagá-los, Gregório XIII, na Bula *Pastoralis Officii*, de 3 de Janeiro de 1578, derrogou expressamente este Capítulo Esta última derrogação não abrangia todas as Ordens Religiosas, e estas então ficavam obrigadas à doutrina do Capítulo *Nuper*, como se declarou em Roma em 1728 [1]. Talvez alguma Ordem Missionária do Estado do Pará e Maranhão não tivesse a isenção da cláusula *Nuper*, o que explica a diferença de atitudes entre algumas e a Companhia depois de 1751. Para garantia das ordenações da Santa Sé existia a *Bula da Ceia*, assim chamada por se ler em Portugal na Quinta-feira Santa (*In Coena Domini*), e cominava penas eclesiásticas (a excomunhão) contra os que atentassem contra elas. Desde 1568 a Bula da Ceia tinha vigor universal, e como tal foi recebida em Portugal e seus Domínios [2]. Segue-se desta série de documentos que a Companhia de Jesus no Brasil podia *canònicamente* possuir bens e estava isenta de pagar dízimos, faculdade que desde 1578, se ampliou às terras que antes de serem da Companhia os tivessem pago

---

1. Cf. Oscar de Oliveira, *op. cit.*, 70.
2. Oscar de Oliveira, *op. cit.*, 73; Fortunato de Almeida, *Hist. da Igreja em Portugal*, III-2, § 87.

2. — Para efeitos *civis*, o Alvará Régio de 4 de Maio de 1573 isentou de direitos de entrada e saída todas as coisas que os Padres da Companhia recebessem ou enviassem: e isto valia tanto dos direitos alfandegários então existentes, "como dos que ao diante se pagarem"[1]. E sobre *dízimos*: Provisão de El-Rei, de 17 de Março de 1576 para que os Padres da Companhia sejam escusos e desobrigados de pagar dízimos nas suas alfândegas; Provisão do Governador do Rio de Janeiro António Salema, de 14 (ou 17) de Junho de 1577, para não pagarem dízimos os Padres da Companhia nem os que lavrarem as suas terras[2].

3. — Sob o amparo pois da lei canónica e civil, os Padres da Companhia da *Província* do Brasil não pagaram dízimos das suas terras pròpriamente ditas. Pagaram-nos no século XVIII da *Capela Grande* ou *Morgado* do Piauí, deixado por Domingos Afonso Sertão, porque essas terras não foram encorporadas, ficando num regime especial de administração, com diversos encargos pios.

Alguma dúvida deve ter havido no Rio de Janeiro por 1649, sobre Dízimos, porque a 20 de Março desse ano o Vice-Reitor do Colégio requereu o traslado de todos os documentos com que estavam isentos de os pagar[3]. Mas a questão dos Dízimos nasceu com a intrincada herança de Mem de Sá e da Condessa de Linhares sua filha. Quando o moroso pleito do Engenho de Sergipe se compôs entre a Igreja de S. Antão e o Colégio da Baía, produziram-se notáveis desinteligências dentro da Companhia no Brasil, e, fora dela, os esforços dos seculares para se apoderarem do Engenho, entre os quais se situa a denúncia a El-Rei em 1661, metendo nela a controvérsia dos dízimos[4]. E assim aberta, não se fecharia a questão tão cedo. Logo em 1664, quando se lançou o novo

---

1. Pública-forma de 10 de Março de 1624, Torre do Tombo, *Jesuítas*, maço 80.
2. "Compendio dos Alvarás & Provisões que se concederão a nossa Provincia". Pública-forma de 14 de Julho de 1657, Torre do Tombo, *Jesuítas*, maço 88. São 13 documentos. Tirando esta Provisão do Governador, todos os mais são Provisões e Alvarás Régios, entre os quais o da fundação do Colégio do Rio de Janeiro, cuja cota no próprio livro oficial de *Registos* já ficou indicada, supra, *História*, I, 410; e cf. *ib.*, 406.
3. Despacho favorável de "Piçarro", de 20 de Março de 1649, Torre do Tombo, *Jesuítas*, maço 88.
4. Cf. supra, 55-56.

tributo de um vintém por arroba de açúcar e dois vintens por arroba de tabaco, subsídio para o dote da Rainha da Grã Bretanha D. Catarina, e para Paz de Holanda, o Vice-Rei Conde de Óbidos publicou um bando, que "nenhuma pessoa de qualquer qualidade, estado, grau, dignidade, posto ou preeminência" ousasse embarcar aqueles géneros sem os manifestar, sob graves penas. Requereu-lhe o Reitor do Colégio, Jacinto de Carvalhais, fosse servido declarar que o bando se não entendia com os Religiosos, por ir contra os Sagrados Cânones e a Bula da Ceia. O Vice-Rei despachou a 9 de Junho de 1664: "os açúcares e tabacos que constar, por certidão do R. P. Reitor, se embarcam por conta e risco do Colégio desta cidade, são livres e isentos da contribuição imposta" [1].

Cinco anos depois, impondo a Câmara da Baía novo tributo sobre os açúcares, que se embarcassem, e exigindo o pagamento o Contratador e os donos dos Trapiches, passou-se nova Portaria, a 25 de Setembro de 1669, de isenção, para se embarcarem as caixas de açúcar sem serem registadas, enquanto se não decidiam as dúvidas [2]. As dúvidas porém ganhavam corpo, e os oficiais de El-Rei diziam que as terras que pagavam dízimos, ao passarem para a Companhia deviam continuar a pagá-los e exigiam-nos ostensivamente. Não se poderia evitar o processo e a nomeação de um Conservador, diz o P. António Forte, Reitor da Baía, acrescentando que nenhuma dignidade da Sé queria aceitar o encargo de Conservador com medo da perseguição, que lhe fariam os oficiais de El-Rei; e com o mesmo temor recusaram os Prelados das Religiões: pergunta ao Geral se não conviria nomear Conservador do inevitável processo um simples Padre secular, para não ficar o Colégio sem defesa alguma [3].

O assunto agravava-se dia a dia e em 1674 os oficiais de El-Rei negaram aos Colégios os 3.000 cruzados anuais da dotação régia, como represália ao não pagamento dos dízimos. Exigência e recusa que se tornou impopular, manifestando-se contra os oficiais de El-Rei e Contratadores, que exorbitaram das suas funções, os Desembargadores da Relação, o Cabido da Sé, os Senadores da Câmara e a

---

1. *Doc. Hist.*, VII, 159-160.
2. *Doc. Hist.*, VII (1929)423-424.
3. Carta ao P. Geral, de 20 de Dezembro de 1669, *Bras.3(2)*, 107-107v.

gente mais nobre da Cidade, colocada toda a favor dos Padres Estes enviaram a Lisboa o P. Francisco de Matos [1].

Francisco de Matos verificou que a dificuldade tinha as raízes mais nos Contratadores da Baía e outras pessoas interessadas nas terras do que em Lisboa. E em nome do Reitor do Colégio da Baía e do Colégio de S. Antão de Lisboa requereu a El-Rei, que possuindo terras no Distrito da Baía e limite de Sergipe do Conde, por não estarem ainda tombadas nem demarcadas, "muitas delas estão usurpadas e alheadas por várias pessoas com quem demarcam e confrontam, e em breve tempo padecerão grande detrimento; e requerendo várias vezes, por meio da justiça, medir as ditas terras, nunca chegou a efeito com os multiplicados embargos e demandas dilatadas, com que os confinantes e usurpadores delas têm vindo; e eles Religiosos querem obviar este grande prejuízo e evitar dúvidas e demandas"; e por isso pedem a S. Alteza nomeie um Ministro de letras e inteireza, que seja Juiz do tombo dessas terras segundo os títulos, e conheça todas as dúvidas, dando apelação e agravo para onde pertencer. O Conselho, ouvido o Procurador da Coroa, foi de parecer que se passasse Provisão aos Religiosos e que o Mestre de Campo General do Brasil Roque da Costa Barreto nomeasse juiz competente para as demarcações e tombos das terras [2].

Já a este tempo o processo dos Dízimos tinha passado da Baía para Lisboa, com sorte vária. E sobre ele existe uma exposição *de facto* e *de jure*, à qual não nos é possível fixar exactamente o ano, pertencente, sem dúvida a este período, mas talvez quando os Procuradores Régios sairam em 1691 com sentença "de nulidade a todas as sentenças que temos a nosso favor pelos dízimos dos nossos Engenhos" [3]. Intitula-se *Fundamentos que tem o Colégio para não*

---

[1]. Carta do P. Jacinto de Carvalhais ao P. Geral, da Baía, 26 de Abril de 1674, *Bras.3(2)*, 128; Carta do P. Francisco de Matos ao P. Geral, de Lisboa, 29 de Setembro de 1674; cf. Carta de José da Costa, ao P. Geral, de 20 de Maio de 1673, *Bras.3(2)*, 125.

[2]. "Lisboa, 10 de Outubro de 1678. Conde de Val de Reis, P., Salvador Correa de Saa j Benevides, Francisco Malheiro, Feliciano Dourado, Carlos Cardoso Godinho", A. H. Col., *Baía*, Apensos, 10.X.678. E a Carta Régia a Roque da Costa Barreto, de 30 de Janeiro de 1679, ordenava que o Contratador da Baía não fosse executado pelos dízimos dos Padres da Companhia que corriam em juízo, *Doc. Hist.*, LXXXII (1948)289.

[3]. Carta do P. Provincial eleito do Brasil, Manuel Correia, de Lisboa, *Bras.* 26,172.

pagar os dízimos que os contratadores sem fundamento pretendem
Uma das alegações dos Contratadores era que o P. Simão de Sotomaior, Procurador do Engenho de Sergipe do Conde, pagou uma vez os dízimos e que com isso adquirira posse o dizimeiro. Responde-se que a cedência de um particular, numa concessão colectiva, não destrói o direito da colectividade; e que o P. Sotomaior, que não era o senhor do Engenho, "fez protesto e foi constrangido pelo Provedor-mor da Fazenda Real", como se prova com documento anexo. Dado o protesto e estando firmes os direitos da Companhia, segue-se que "não adquiriu posse o dizimeiro".

O documento tem 40 § §: o n.º 15 diz: e "sei de certo que os Senhores Reis de Portugal e o Sereníssimo Príncipe *tantum abest* que os queiram obrigar [aos Padres da Companhia], a pagar os dízimos que pretendem os contratadores, que lhes deram parte dos dízimos, que os Pontífices lhes concederam, dotando no Brasil todos os três Colégios, assinando-lhes seus dotes nos seus dízimos, como o dirão os dizimeiros, que agora querem tirar o privilégio de nossos dízimos". E no último parágrafo (§ 40), depois de declarar nula a sentença dada contra o Colégio, insiste em que é sem fundamento a posse invocada pelos dizimeiros, por ser nula qualquer posse alegada de bens de Mosteiro, sem a autoridade do Prelado; e *a fortiore* esta isenção dos dízimos que é de toda a Religião [1].

Não tardou a solução sobre este caso concreto. Outro que poderia levantar dúvidas semelhantes foi a herança de Domingos Afonso Sertão. Mas esta, estabelecida num plano de *Capela* ou *Morgado*, sem encorporação aos bens de Companhia, com administração autónoma, que competia ao Reitor do Colégio da Baía, pagou sempre os dízimos régios [2]. Fórmula que harmonizava a legislação canónica com a legislação civil, isto é, com a Carta Régia de 27 de Junho de 1711, segundo a qual as sesmarias dos seculares, herdadas pelos Religiosos, "fora dos dotes das suas criações" pagariam dízimos como se continuassem a ser dos seculares [3]. A lei porém

---

1. Gesù, Colleg. n.º 1588. Cf. *Bras.11*, 142-143; 144-147v. Do documento *Fundamentos que tem o Collegio para não pagar os dizimos que os Contratadores sem fundam.to pretendem*, publicou largos excerptos Oscar de Oliveira, *op. cit.*, 139-146.
2. Cf. supra, *História*, V, 144, 551, 556.
3. *Documentos Interessantes*, XVI, 59.

não tinha carácter retroactivo, embora aos contratadores e cobradores da Baía sempre lhes ficasse alguma quisília contra a Igreja do Colégio de S. Antão, e a mostrassem quando algum novo imposto lhes ministrava a oportunidade. Lançando-se um, por causa da guerra, exigiram-no não já do açúcar que saía, mas dos objectos que chegavam do Reino para os Engenhos, sendo preciso que o Procurador do Colégio deixasse fiança em 1714 para os levantar. Como ao Vice-Rei do Brasil parecia que era uma sem-razão dos cobradores régios [1], os Padres recorreram a El-Rei, o qual, ouvidos os Procuradores da Fazenda e da Coroa, mandou levantar a fiança e passou a Provisão, de âmbito geral, de 15 de Novembro de 1715, para se darem aos Padres da Companhia, "livres de direitos da dízima, as coisas que remeteram para provimento dos seus Engenhos, Colégios e Casas, jurando e fazendo-se as diligências na forma do foral da Alfândega da Cidade de Lisboa: pelo que mando ao meu Vice-Rei e Capitão General de Mar e Terra do Estado do Brasil, Provedor da Alfândega, e mais ministros e pessoas, a quem tocar, cumpram e guardem esta Provisão e a façam inteiramente cumprir e guardar como nela se contém, sem dúvida alguma. A qual valerá como Carta e não passará pela Chancelaria sem embargo da Ordenação do Livro II, títulos 39 e 40 em contrário". "O Secretário André Lopes de Lavre o fez escrever. *Rei*" [2].

Infere-se pelos documentos, o espírito de legalidade com que a Companhia tinha os assuntos económicos, volumosos e necessários, exigidos pela natureza, que era a sua, de instituição de ensino e catequese, com tantos Colégios, Residências e Missões.

4. — O mesmo se procurou na *Vice-Província* do Maranhão e Pará; e já vimos a Ordem Régia de 12 de Março de 1729, mandando fazer o Tombamento Geral das terras do Colégio do Pará, distinguindo as que eram dote e as que o não eram: as do dote ficariam

---

1. *Bras.10*, 97.
2. Desta Provisão se fez 2.ª via. Registou-se a fls. 48 do Livro V das Provisões que serve na Secretaria do Conselho Ultramarino, Lisboa, 20 de Janeiro de 1716. E tirou-se pública-forma a 23 de Outubro de 1727. A Provisão tem anexos dois requerimentos do Reitor do Colégio de S. Antão, com os despacho respectivos: 4 do Conselho Ultramarino e 2 do Provedor da Fazenda, A. H. Col. *Baía*, Apensos, Capilha de 14 de Novembro de 1727.

isentas de dízimos, as outras, não [1]. Mas com isto não se concluiram as intermináveis discussões que é uma das características da terra amazónica, extremamente rica em potência, pobre de facto em resultados económicos estáveis.

Sob o aspecto dos dízimos, além das terras e dos seus produtos, havia outros géneros próprios da selva, cuja riqueza principal ainda hoje é extractiva (borracha). Nos séculos XVII e XVIII a extracção era sobretudo de cravo e cacau. Os Jesuítas ainda conheceram a borracha e dela fizeram algum miudo artefacto, mas naquele tempo não tinha a importância das aplicações modernas. Não era o mesmo do cravo, cacau e outros géneros comestíveis. Os moradores das cidades e vilas iam-nos recolher e baixar, em canoas, que para isso esquipavam, das matas onde a experiência mostrava que os géneros incultos e nativos eram mais abundantes ou de melhor qualidade. Além dos seculares, com o tempo foram canoas de eclesiásticos e de Religiosos. E também da Companhia de Jesus, como toda a gente que o podia fazer. Os géneros recolhidos desciam-se ao Pará e daí se embarcavam para Portugal. As matas para este feito não eram de ninguém, isto é, eram de todos. E os produtos, quem os recolhesse considerava-os frutos da indústria de cada qual, e não comércio proibido pelo Direito Canónico aos Eclesiásticos e Religiosos, havendo motivo justo para ele. Sobre o valor do motivo para ir às drogas do Sertão houve debate interno e longo entre os Padres da Companhia. Os Padres começaram a mandar as suas canoas ao cravo e cacau do Sertão, por 1678, no tempo em que era Superior o P. Pier Luigi Consalvi. Estando em Lisboa, o P. António Vieira, achou gravíssimos inconvenientes em tal prática "por que se não diga que nos servimos dos Índios para nossos interesses, que é o que maior guerra nos pode fazer; e, provando-se com a verdade do facto nestes exemplos, eles, ainda que sejam muitos poucos, bastarão para fazer crível tudo o mais que contra nós se diz e escreve neste género. Menos inconveniente é que as nossas Igrejas estejam menos bem aparamentadas e que os mesmos altares testemunhem nossa pobreza, que remediá-la por esta via".

Vieira sempre afeiçoado à Missão, onde vivera nove anos, promovia em Lisboa os diversos assuntos dela. "No que toca aos

---

1. Cf. supra, *História*, IV, 202.

dízimos do cravo e cacau seria melhor como tenho dito livrar-nos de semelhante pleito, com não ir buscar ao Sertão as ditas drogas. Sobre o que nós prantamos e o da nossa lavoura será mais decente a demanda, posto que entendo não sairemos providos, segundo os oficiais da fazenda a procuram defender para a Coroa com pouco ou nenhum respeito às imunidades eclesiásticas. Finalmente no pleito da terra que o Governador deu a outrem sendo nossa, e no depósito de herança, mande V.ª R.ª um e outro bem instruido; e com os papéis jurìdicamente provados, se farão cá as diligências. E espero que se tivermos justiça, como entendo que temos, se nos não negará" [1].

Alguns anos depois em 1688, já Visitador do Brasil e do Maranhão, e com a autoridade do seu cargo, Vieira examina os efeitos do *Regimento das Missões*, acabado de promulgar, vê perigo nalgumas cláusulas dele para o bom nome da Companhia; e sobre o cacau proibe aos Superiores e Missionários a ida por ele ao Sertão, dando, como norma, "um exactíssimo e total desinteresse" [2].

A proibição de Vieira, fundada no conhecimento da terra e da edificação que se lhe devia dar, não deixaria de ser obedecida. Mas ou na mudança de Superiores locais ou por terem surgido novas razões, recomeçaram as idas ao cravo e cacau. Em 1701 o P. Geral Tamburini ordena ao Superior da Missão que as proiba aos Missionários, "para os seculares se não escandalizarem"; não as proibe se forem por meio do Procurador do Colégio, e se fizerem, "sem escândalo nem murmurações" [3]. Em 1711 o mesmo Geral urge de novo a observância regular, e avisa que lhe chegam notícias de que os Missionários, sobretudo os do Pará, levam ao seu Colégio grandes quantidades de cravo e cacau, "que parecem mercadores e não sem escândalo dos seculares". E manda que se cumpra o que se ordenou nas cartas precedentes [4]. No ano seguinte, 1712, a repreensão é mais forte, e se se não puser remédio, o porá ele [5]. Tão repetidas admoestações do Superior Geral da Companhia levou o P. Superior do Maranhão Inácio Ferreira a

---

1. Carta do P. Vieira ao Superior do Maranhão, de Lisboa, 1 de Fevereiro de 1679, na "Brotéria", XLV (1947)472.
2. Cf. supra, Cap. IV, *António Vieira Visitador Geral*, 77.
3. Lúcio de Azevedo, *Os Jesuítas*, 392.
4. *Ib.*, 395.
5. *Ib.*, 397.

expor o caso como se apresentava em concreto no Maranhão e Pará em 1713:

"Costumam os Missionários, desta Missão há muitos anos mandar os Índios, que o Sereníssimo Rei lhes estipulou para seu serviço, ao Sertão, em certos tempos do ano, a recolher cacau e cravo, para comprar as coisas necessárias à igreja e à sua fábrica, e para vestir os pobres, e dar remédios e outros confortos aos doentes; facas, machados, foices e objectos semelhantes de que precisa a pobreza dos Índios e tanto mais quanto mais longe são as missões.

Pergunta-se: sendo o cacau e o cravo árvores do mato, em terras desertas ou habitadas por quem não dá valor algum ao cacau e ao cravo, é ou não é lícito aos Missionários, que não dispõem de outros meios para comprar nem aquelas coisas nem os presentes, que dão aos gentios, quando é preciso tratar com eles de paz para os fazer cristãos ?

Pergunta-se ainda: é lícito aos Reitores do Colégio fazer o mesmo com os seus índios, para comprar as coisas necessárias ao Colégio e que de outro modo até agora não conseguiram ?

Estes são os contratos, que reprovam os mesmos que os introduziram, quando as missões eram muito poucas, nem tanto o gentio como o que hoje se desce dos seus matos" [1].

É claro que a proibição de Vieira, assim como as recomendações constantes dos Padres Gerais não se colocam no sentido do *Direito Canónico*, que se não infringia, colocam-se no sentido missionário de *edificação*, para evitar escândalos e murmurações. E denotam a existência de duas correntes de opinião entre os Padres: uma do bom senso missionário, para o qual a edificação valia mais do que todo o zelo das coisas materiais incluindo as do culto divino; outra, a dos que entendiam que os bens materiais eram indispensáveis para as obras de misericórdia espiritual e temporal, e que consideravam incúria desperdiçar os recursos que as condições da terra lhes ofereciam; e que o escândalo era farisaico, porque se manifestara perfeitamente igual no tempo de Vieira, quando se não costumavam ainda essas idas ao sertão; e era inevitável, porque se estendia não só às idas ao sertão, mas a todas as mais actividades missionárias nas fazendas, que não podiam deixar de crescer e evo-

---

1. *Ib.*, 398-399.

uir conforme o crescimento da terra e a evolução da legislação, fixada a partir de 1688, no *Regimento das Missões*, com as Aldeias, que El-Rei atribuiu ao serviço do Colégio, e com os escravos negros que se foram adquirindo. E talvez o que alguns detractores mais notam contra os Missionários foi o que mais heroismo requereu deles. O principal arquitecto do *Regimento das Missões*, o P. Bettendorff, expunha o seu pensamento alguns anos antes sobre as condições inferiores de uma terra, que obrigava os Missionários a sujeitarem-se a estas administrações, impróprias do seu carácter apostólico, e de que estavam livres noutras regiões missionárias, mas aqui ou se haviam de acomodar às condições materiais dela ou abandonar a luta pela civilização cristã, deixando que o mato continuasse a ser mato. As Aldeias de dotação eram um martírio, diz ele, mas a Missão, para subsistir, de duas, uma: ou tem Aldeias ou fundação régia suficiente [1]. É ainda desta carta a imagem da situação económica da terra: "o Estado é paupérrimo, sem possuir nada de seu; os que têm hoje 100 escravos, dentro de poucos dias não chegam a ter 6. Os índios, de frágil condição, estão sujeitos a incrível mortalidade, qualquer desinteria os mata, e por qualquer leve desgosto se dão a comer terra ou sal e morrem".

Com a organização do trabalho, cuidados pela saúde e bom trato dos Índios, a actividade dos Padres era mais estável e visível, e sobre ela lançaram os olhos os contratadores dos dízimos com a mira nas suas comissões e próprios interesses, e recomeçavam as intermináveis tricas, como adverte o mesmo Bettendorff em 1681: os oficiais régios exigem dízimos e tributos das terras contra as isenções tanto apostólicas como reais; ceder às suas injunções seria tornar a dar ao Príncipe o que o Príncipe dera para o estudo e criação de futuros missionários dos Índios. Que fazer ? Pagar ou abandonar as terras, e negar o novo encargo de mestres e noviciado ? Porque a verdade é que se se pagam os dízimos não teremos com que viver ("non habebimus unde vivamus") [2].

Tanto estas exigências dos dízimos como a questão de as canoas, que desciam do sertão, se deverem ou não registar na Fortaleza de Gurupá, foi objecto de legislação precária. Da parte da

---

1. Carta de 20 de Julho de 1673, *Bras.9*, 306-309v.
2. Carta do P. Bettendorff ao Geral, de 10 de Abril de 1681, *Bras.3(2)*, 146, 149v.

Companhia, a atitude era esta, expressa pelo P. Geral nos debates de 1712, quando o contratador exigia os dízimos sem ter em conta a legislação favorável aos Padres. Não se paguem. E que o Procurador em Lisboa trate a valer do assunto. Se se perder o litígio paguem-se, mas recomece-se quando a oportunidade o permitir [1].

Nestes pleitos, os Padres ficavam um pouco à mercê dos funcionários locais, e da boa ou má vontade dos Governadores, em cujas informações ora vinham cartas Régias a favor ora contra os Missionários, declarando que os Religiosos deviam pagar dízimos, no mesmo pé de igualdade que quaisquer outros vassalos, o que seria a supressão pura e simples das ajudas legais aos missionários [2]. A contradição com as concessões precedentes era clara, e invocam os Contratadores essas ordens e os seus contratos. Representava-se a El-Rei, e El-Rei não só já não impunha a cobrança dos Dízimos, mas protegia a isenção dos Padres: "Carta Régia de 29 de Janeiro de 1712 ao Provedor-mor da Fazenda do Estado do Maranhão, resolvendo que as cláusulas do contrato de arrematação dos dízimos não favorecem o contratador para haver os dízimos dos Padres da Companhia" [3].

Uma das razões alegadas pelos contratadores era que não pagando os Padres os dízimos receberia menos a fazenda pública. Responde El-Rei que, com os Jesuítas na Amazónia, a fazenda pública recebia mais: "Carta ao Governador do Maranhão Cristóvão da Costa Freire, Senhor de Pancas, de 23 de Janeiro de 1712, para que faça continuar, como se propõe, os descimentos dos Índios, que se fazem com os Missionários da Companhia, do Rio das Amazonas, para as Aldeias da Repartição, pois a estes Índios se deve o terem crescido os dízimos depois da entrada dele Governador de 5 a 60 mil cruzados" [4].

---

1. *Ordinationes*, Bibl. de Évora, Cód. CXVI/2-2, 172. Esta ordenação é tirada da carta de 22 de Outubro de 1712, do P. Geral Tamburini ao P. Inácio Ferreira, a mesma que Lúcio de Azevedo publicou em *Jesuítas no Grão Pará*, 396; e está hoje no Instituto Histórico do Rio de Janeiro.
2. Bibl. de Évora, Cód. CXV/2-18, 132, 135.
3. Bibl. de Évora, Cód. CXV/2-18, f. 485v.
4. Bibl. de Évora, Cód. CXV/2-18, 483; cf. Rivara, I, 114, onde se lêem aqueles números (e extraordinário salto) de 5 (cinco mil) a 60 mil cruzados. O aumento já seria grande se fosse de 50 a 60 mil.

Da evolução destes debates perpètuamente renovados, saiu a Ordem Régia de 12 de Março de 1729, do Tombamento Geral das terras dos Padres da Companhia.

Pelo *Regimento das Missões*, de 1688, tinha procurado El-Rei ajudar a obra de evangelização amazónica, não porém com dotação certa e estável como fez no Brasil com os dotes dos Colégios, mas pondo à disposição deles, certos elementos da própria terra, isto é, reservar e garantir na regulamentação geral do trabalho indígena, uma quota parte para o serviço dos Colégios e das Missões. Não foi a melhor solução legislativa dado o meio ambiente. Mas com ela tiveram que se acomodar os Padres; e dentro dela fazer prosperar a missão. Não todavia sem novos inconvenientes, que essa mesma lei engendraria. Uma das consequências do *Regimento das Missões*, ia ser o movimento fazendeiro e intensivo dos Padres. O trabalho metódico, não só sob o aspecto da catequese e ensino, mas também colonizador e valorizador, quer com Negros e Índios de quem os Missionários se faziam amar pelo bom trato que lhes davam, quer individual dos próprios Jesuítas, tomou vulto, e produziu, por contraste, invejas de outros, cuja riqueza assentava mais nos braços alheios do que na sua diligência pessoal, falta quase sempre de constância e boa organização, falta sobretudo de bom trato aos trabalhadores. E com ser a Amazónia infinita, os olhos dos colonos em vez de escolherem nela à vontade um talhão próprio, onde prosperassem e criassem riqueza local, detinham-se de preferência no que já ia a meio caminho da prosperidade em benefício da região.

Nesta actividade missionária, própria de todas as terras novas e incultas, no transe inicial da colonização, a isenção de dízimos ou de impostos (ainda hoje em casos semelhantes, na fímbria das florestas, os governos costumam isentar deles os que se aventuram a tão útil desbravamento), essa isenção era uma quota parte que ficava a mais na terra, enquanto o pagamento dos dízimos seguia o rumo da barra, destino sem dúvida legítimo e até certo ponto necessário.

O que se verificou na Amazónia foi que não era tanto de Lisboa que mais se forçava o pagamento. Havia sempre na terra quem criasse dificuldades a ficar nela esse subsídio indirecto às Missões, isto é, à maior obra de evangelização e colonização, que jamais se fez na Bacia Amazónica em tempos Coloniais com carácter moralizador e elevado. Renasciam as questiúnculas e imbrincavam-se umas nas outras, notando com desgosto o P. Geral em 1739 que se agitava nova questão de dízimos. E repetia as normas dos Gerais precedentes. Como o pleito andava nos Tribunais, que se aguardasse o resultado, que esperava fosse favorável pela boa disposição de El-Rei e do seu amor às Missões e à Companhia de Jesus; se fosse para que se pagassem, devia-se obedecer à sentença e recorrer dela; mas se o recurso impusesse o pagamento dos dízimos, então o Geral veria, como sugerira o Superior do Maranhão, se era o caso de se oferecer a El-Rei a vela de fundador, para que fosse patrono da Vice-Província [1].

5. — A aceitação de El-Rei faria que os Colégios se constituíssem de fundação real, como eram, no Estado do Brasil, os da Baía, Rio de Janeiro e Olinda, desde o século XVI; e era uma como demonstração prática de dois momentos de civilização semelhantes, com um desnível de século e meio no atraso do Norte, começado a colonizar mais tarde. Atraso não só económico, mas em tudo o mais, incluindo o literário. A boa sombra do Colégio da Baía bafejara o nascimento da Escola Baiana no século XVII; e os grandes nomes da Escola Mineira ainda foram discípulos dos Jesuítas no século XVIII. Em vez de se recuperar o tempo da colonização tardia, a "recuperação" consistiu numa "privação". O Norte, privado de Colégios, só no século XIX iria ter a sua Escola Maranhense. Porque, para infelicidade sua, não só não chegaram a efectuar-se as fundações reais dos seus Colégios, mas nem sequer continuaram, com dízimos ou sem dízimos, os existentes, voltando em breve tudo, com a sua destruição, à instabilidade improdutiva. Exceptuando a colheita imediata do sequestro e do que ainda era movimento adquirido pelo esforço anterior, o que se "produziu" de novo, foram algumas promessas falazes que ficaram no papel, redigidas em mau estilo. A razão estava na diferença dos tempos. Enquanto a mentalidade portuguesa do século XVI era construtiva, e com as prerrogativas da Igreja se harmonizavam os grandes governos, criadores das condições políticas, morais e religiosas, que tornaram possível a existência do Brasil, a mentalidade destrutiva europeia

---

[1] Carta do P. Geral Retz ao Vice-Provincial José de Sousa, de 21 (ou 22) de Fevereiro de 1739, *Bras.25*, 91.

de 1750, de que a portuguesa se fez tributária, a essas mesmas prerrogativas chamava abusos, como igualmente qualificava de abusos as Ordens Régias e Resoluções do poder soberano anterior, desde que este tivesse colaborado com a Religião para o bem público. De facto é o que se lê no decreto com que se inaugurou em segredo a perseguição oficial no Estado do Grão Pará e Maranhão. O primeiro acto perseguidor é o § 13 das "Instruções Secretas", dadas ao novo Governador, irmão do também novo Secretário de Estado. Falando esse parágrafo em geral dos Regulares e pessoas eclesiásticas, tem que "os seus estabelecimentos, de todas ou da maior parte das fazendas que possuem, é contra a forma da disposição da lei do Reino e poderia dispor das mesmas terras", e manda que o Governador os visite, suprimindo "qualquer privilégio, *ordem* ou *resolução* em contrário, que todas hei por derrogadas como se fizesse expressa menção de qualquer delas" [1].

A insinuação, de que todos ou a maior parte dos estabelecimentos da Companhia era contra a disposição de lei do Reino não representa a verdade. A lei do Reino era que as Ordens Religiosas não poderiam possuir ou herdar bens, *sem licença régia*. Da existência *dessa licença* consta nos lugares respectivos desta *História* ao tratar dos Meios de Subsistência e das diversas fundações das Casas e Colégios, com Alvarás, Ordens Régias e Provisões. A instrução *secreta*, com o seu falso pressuposto jurídico, emanada da Corte, para uso só do Governador do Pará (e quando muito também do Governador do Maranhão, como se diz no fim delas) inicia o regime de ciladas (abolição "secreta" de *Ordens e Resoluções Régias*), marcando pelo arbítrio e a violência a supressão das liberdades cívicas da Nação Portuguesa e da sua Colonização. Para se avaliar a consequência imediata de tais derrogações secretas, diz o Governador do Pará, a 12 de Fevereiro de 1754, que os Padres do Carmo e das Mercês pagavam ao Donatário a redízima dos seus currais de gado no Marajó; e inquire porque não pagavam ao erário público a dízima de que pagavam redízima ao outro [2]. Assim argumenta e ao que parece sem boa fé. Porque a questão dos Dízimos ao erário público ainda não estava dicidida no Contencioso do Juí-

---

1. Lúcio de Azevedo, *Os Jesuítas no Grão Pará*, 420, 427.
2. *Anais do Pará*, III, 187.

zo Geral das Ordens, e portanto não podia ainda obrigar em direito. Mas para o governante desse admirável tempo era como se já fosse decidida contra os recorrentes e já a Justiça pública estivesse subordinada ao poder executivo, de que ele tinha a garantia nas instruções secretas dadas por seu irmão, ministro. Tal subordinação não tardou efectivamente a produzir-se: e assim a 3 de Abril de 1755 lavrava-se um decreto, proibindo-se que o Juízo dos Feitos da Coroa tomasse conhecimento de qualquer recurso em matéria de dízimos, emanado das Ordens Religiosas [1].

Com a instrução secreta de 1751 abriu o Governador do Pará uma excepção, comunicando-a ao Bacharel Ouvidor, que então era, o qual logo a reproduziu no seu relatório do mesmo ano de 1751. Ao enumerar as Aldeias dos diversos Institutos Missionários, conclui: "Nenhuma desta gente, que se compreende em Aldeias, doutrinas e fazendas dos Padres, paga dízimo, por serem todos participantes dos privilégios ou *abusos* que eles inculcam para também os não pagarem" [2].

Transcreve-se a afirmação do Ouvidor de 1751, sublinhando a palavra *abusos*, por ser, referindo-se às imunidades da Igreja Católica, a linguagem dos inimigos do Cristianismo na Europa desse tempo (deistas, racionalistas e iluminados); e revela como se lavraram os fios ocultos da perseguição local, situada no seu plano histórico. Assim como a perseguição à Companhia de Jesus em Portugal e seus Domínios seria inverossímil sem o ambiente político e anti-religioso da Europa de além Pirineus, onde tem suas raízes e colaboradores, assim quanto se ia passar na Amazónia, e logo depois no Brasil, está já, como em seu fundamento, na instrução secreta de 1751. O mais são pretextos, que o tempo ia oferecendo; se não fossem uns, seriam outros, com significado meramente episódico no desenvolvimento da ideologia destruidora que então preponderou para mal da evangelização e colonização da terra e povos do Brasil. Para mal, como os factos o não tardaram a demonstrar em particular no ensino público; no abandono em que cairam os Índios, sob o aspecto moral, económico, hospitalar e higiénico; no desprezo para com os escravos da África; e na deficiência e decadência do Clero.

---

1. Oscar de Oliveira, *op. cit.*, 67.
2. Lúcio de Azevedo, *Os Jesuitas no Grão Pará*, 416.

CAPÍTULO V

A visita dos Bispos às Aldeias ou Missões dos Índios

1 — Não se praticou nas Dioceses do Estado e Província do Brasil em dois séculos de harmonia; 2 — Debates e concórdia na Diocese do Maranhão; 3 — Controvérsia na Diocese do Pará; 4 — Destruição violenta das Missões amazónicas; 5 — Funestas consequências para a vida local.

1. — Durante todo o século XVI não houve na Província do Brasil nenhuma dificuldade na visita das Aldeias dos Índios. Os Padres fundaram-nas, por ordem dos Reis e Governadores Gerais, segundo o seu próprio Instituto. Alguma circunstância, não prevista nele, como o governo temporal ou de tutoria civil, quando a experiência mostrou que não era possível nenhum agrupamento estável e próspero de Índios, sem que o Missionário fosse revestido dessa prerrogativa, havia o recurso a Roma. E de lá vinham as faculdades indispensáveis, quer da Santa Sé, quer das Congregações ou Padres Gerais, para que os ministérios se realizassem acomodados ao meio ambiente para glória de Deus e utilidade local. As Aldeias, assim fundadas e legalizadas no Brasil, eram visitadas pelos seus Prelados Regulares e prosperaram com bons frutos para a catequese e a civilização.

Este regime missionário já levava 60 anos de existência quando chegaram ao Brasil rumores de que uma ordem régia tratava de coagir os Missionários à observância do Concílio Tridentino, *Quoad officia et animarum curam*, sessão 25, Cap. II, *de Regularibus*, supondo que os Padres da Companhia exerciam nas Aldeias o ofício de *cura de almas*, por ofício, no sentido pleno do Concílio. Reunidos em Consulta Provincial, na Baía, os Padres foram de parecer, pelas circunstâncias locais, que a imposição se revestia de suma gravidade e era preferível largar as Aldeias. É evidente a importância histórica das 10 razões, que deram, não só porque alcançaram no Brasil que se não tratasse mais de visitas do Bispo, mas em forma concisa foram pràticamente as mesmas razões que mais tarde se invocariam no Maranhão e Pará, no processo das Visitas, difuso e fatigante, como um estirão amazónico. O Postulado da Baía tem a data de 3 de Julho de 1613, e reza assim:

1. Nunca o decreto tridentino se executou no Brasil, havendo muitas ocasiões disso. Parece, portanto, ab-rogado "per non usum".

2. Pondo-se em prática o decreto, dadas as condições da Companhia nesta Província, a natureza e facilidade dos Índios, e até o costume dos Portugueses, não faltarão imerecidas infâmias e o andar os Missionários na boca do mundo com os inquisidores e os visitadores dos Prelados; e, não sendo muitos os Padres, apenas se acharia quem fosse de tão exímia perfeição que pudesse escapar a tantas calúnias.

3. Com medo e horror a tais males não seria possível persuadir aos Nossos a que residissem nas Aldeias dos Índios.

4. Afirmou o próprio Bispo da Baía que se estivesse em lugar do Província! e dos Padres, nunca se submeteria ao gravame de tal sujeição.

5. As mais das vezes os Padres das Aldeias seriam visitados não pelos Bispos ou Prelados maiores, mas por Clérigos de menor conta e ilustração, como acontece com frequência, os quais não só mostrariam diferente sentir do nosso modo de tratar as almas e as nossas pessoas, como também ordenariam coisas diferentes ou por ignorância ou má vontade.

6. E como poderá o Provincial governar bem a Província, se toda a vez que for preciso mandar algum Padre para as Aldeias tiver de consultar o Bispo ou Prelado e esperar o seu consentimento?

7. Todos os presentes à Consulta Provincial foram de parecer que não se poderia tolerar tão onerosa residência em nenhuma Aldeia de Índios.

8. A Ordem Régia impõe maior sujeição aos Ordinários do que o Concílio Tridentino, porque ordena que os Regulares tratem da cura dos Índios, como se foram Clérigos seculares, por nomeação ou patente do Ordinário, o que é contra o nosso Instituto.

9. Não consentiram os Nossos em Coimbra que o Reitor da Universidade fosse consultado pelo Reitor do Nosso Colégio sobre

os nossos Mestres quais haviam de ensinar ou deixar de ensinar: portanto, também nós não devemos consentir que os Provinciais sejam obrigados a consultar os Bispos e Prelados sobre os Missionários das nossas Aldeias dos Índios, — os que se hão-de tirar ou mandar para ela — por serem maiores os inconvenientes, ainda espirituais, que daí nasceriam.

10. Se todos estes anos passados, os Nossos padeceram tantos trabalhos, tantas infâmias e tantos danos espirituais nas Aldeias dos Índios, que persuadidos como cuidavam do espírito de Deus, diziam muitos que esta ocupação era intolerável e que convinha, para conservar e restituir o espírito da Companhia, deixar totalmente as Aldeias dos Índios e refugiar-se nos Colégios, como cidadelas, para daí em missões volantes cuidar com mais proveito dos Índios e dos Portugueses: que será no futuro, se a Ordem Régia se praticar e assim crescerem os trabalhos e os danos, na fama e no espírito? Sem dúvida decairá o nosso espírito para não se poder levantar mais. E de que nos valerá conquistar o mundo universo à custa das nossas almas? [1]

---

1. *Postulado da Consulta Provincial* de 3 de Julho de 1613, na Baía: "Proposita fuit eodem tempore in hac consultatione quæstio maximi quidem momenti utrum sc. nostri in hac provincia relinquere omnino debeant residentias quas habemus in pagis Indorum, si cogamur a Rege subiici Episcopis, et prælatis *quoad officia et animarum curam* iuxta decretum Concilii Trident. sess. 25, cap. II *de regularibus*? Omnes congregati nullo omnino excepto clamarunt non posse ferri tam grave onus, deberetque proponi P. Vestræ rationes maximas propter quas oportet ut Indorum pagos potius deseramus quam tanto onere gravemur. Rationes autem pro tunc occurrentes sunt quæ sequuntur.

1.ª Nunquam decretum Concilii Tridentini acceptatum esse in hac provincia, neque ab Episcopis, et prælatis executioni unquam mandatum fuit data sæpissime occasione illud exequendi, proindeque videtur iam per non usum ommino abrogatum.

2.ª Si hoc decretum praxi mandetur, et ei subjiciamur, procul dubio maxime sequetur infamia Societati in hac Provincia, quia juxta Indorum naturam, et facilitatem, imo et Lusitanorum consuetudinem multa de nostris inveniant prælati in inquisitionibus et visitationibus, ex quibus hanc imeritam infamiam patiamur, in oreque omnium cum maximo dedecore versemur: atque in tanta subjectorum inopia nemo fere invenietur tam eximiæ perfectionis, qui possit tot calumnias effugere.

3.ª præ tantorum malorum timore, imo potissimum horrore, non poterunt subditi nostri induci, ut in pagis Indorum resideant.

4.ª Ipsemet Episcopus Bahyensis affirmavit sibi, si loco Patris Provincialis,

Coincidia a Consulta da Baía, de 1613, com um movimento em Portugal entre os Prelados e Cabidos de uma parte, e os Padres da Companhia de outra, sobre dízimos; e é do mesmo ano o Breve de Paulo V, alcançado pelos Cabidos, com cartas de favor de El-Rei para o Papa e o Embaixador de Espanha em Roma. Todavia dois anos depois, em 1615, El-Rei, que antes favorecia os Cabidos, já escrevia a Roma a favor da Companhia [1].

Aparentemente desconexos, os assuntos desta natureza tinham um tratamento comum, dependente muito da disposição da Corte; e do Brasil, depois das perturbações da Baía, já em 1614 informava o

---

et cæterorum P. P. esset, nullo umquam modo inducendum fuisse in animum, ut tale subjectionis onus acceptaret.

5.ª Sæpissime nostros in pagis residentes non visitabunt Episcopi aut prælati majores sed alii clerici minoris notæ et idiotæ, ut fieri sæpe solet, qui non solum a nostrorum officio et animarum cura ad ipsasmet personas declinabunt, sed etiam multa alia nobis ignoranter imponent, imo et scienter si malevoli fuerint.

6.ª Quomodo poterit Provincialis hanc Provinciam recte administrare, si quoties aliquem ex nostris missurum est in Indorum pagis habitaturum debet episcopum vel prælatum consulere, eiusque consensum expectare?

7.ª Quotquot sunt in hac consultatione congregati existimarunt omnes se non posse tolerare hanc tam onerosam habitationem cum Indis in quocumque eorum pago.

8.ª Lex Regis subjicit nos ordinariis plus quam Concil. Tridentinum nam præscribit, ut regulares etiam præficiantur Indorum curæ modo clericorum sæcularium per diplomata vel litteras patentes Ordinarii, quid est contra nostrum Institutum.

9.ª Non tulerunt apud Conimbricam nostri, ut rector Academiæ Regiæ consuleretur a rectore nostri Collegii circa magistros nostros gymnasiis præficiendos, vel auferendos; potius [ergo?] nos debemus non consentire, ut posthac provincialis huius Provinciæ teneatur consulere Episcopos et prelatos circa nostros Indorum pagis præficiendos, vel auferendos propter majora incommoda etiam spiritualia, quæ exinde nobis oriuntur.

10.ª Si per totum tempus præteritum nostri tot labores, tot infamias, et tot detrimenta spiritualia apud Indorum pagos passi sunt ita ut multi spiritu ut putabant Dei ducti dicerent hoc onus esse intollerabile, oportereque ad spiritum Societatis conservandum imo reducendum deseri omnino a nobis Indorum pagos, et ad Collegia nostros veluti ad arces confugere, ut cum majori fructu Indorum, et Lusitanorum etiam, exinde discurrerent per missiones; quid erit posthac si lex Regia practicetur cum laborum causæ, famæ, spiritusque detrimenta sic augeantur? Procul dubio ita obruent spiritum nostrum ut emergere nullo unquam modo possit. Tunc vero qui proderit nobis, si universum mundum lucretur animarum vero nostrarum detrimentum patiatur?" (*Congr.55*, f. 251-254).

1. Cf. Francisco Rodrigues, *História*, III-1, 252.

Governador Geral Gaspar de Sousa não convir ao serviço de El-Rei nem ao bem do Estado do Brasil que os Padres largassem as Aldeias [1]. E não se falou mais de visitas do Bispo às Aldeias da Companhia de Jesus no Brasil, ou se houve algum assomo disso, logo se resolveu amigàvelmente sem consequências nem desgostos. No Estado do Brasil dava tudo provas de maior solidez, tanto por parte das Dioceses, como da Companhia, e havia mais ampla compreensão entre os Bispos e Missionários, exercendo uns e outros em paz as respectivas actividades para o bem comum.

2. — Não foi assim no Estado do Maranhão e Pará, onde tudo se revelou precário, com questões sempre vivas, de natureza endémica, uma espécie de malária moral, que o atrasou quase tanto como a outra; e com infinita papelada, que em meio diferente teria achado melhor emprego de tempo e de atenção. E constitui, entre tantos trabalhos daquelas Missões, mais um, e não menos grave para os Missionários: com serem postos ali por autoridade Religiosa e Civil, haviam ainda de andar com o Código das leis canónicas sempre na mão para defenderem a própria actividade apostólica.

A primeira vez que se fala nesta questão é em 1660. É o P. António Vieira, e com a particularidade de propor a solução, hoje comum em todas as principais Missões do Mundo, e que se então se praticasse teria suprimido um século de debates molestos. Diz Vieira, com o seu espírito, sempre clarividente e aberto:

"Por ocasião de uma grande perseguição que levantou contra nós, o Vigário do Pará [Clérigo Pedro Vidal], pretendendo que os nossos Padres, que têm cuidado das Aldeias, fossem seus súbditos, em quanto à cura das almas, e pondo-lhe preceitos sobre esta matéria com penas de excomunhão, etc., e por outros inconvenientes e controvérsias, que ao diante se podem temer, pareceu a todos os Padres que visto termos hoje Pontífice tão propício se representasse a V. Paternidade quanto importaria para a quietação desta Missão que o Superior de toda ela, por Breve de S. Santidade, fosse também Ordinário de todos os Índios das nossas freguesias e doutrinas. E para isto se persuadir e facilitar temos as razões seguintes:

1.ª porque em todo este Bispado, *que é o do Brasil*, sempre os Padres tiveram toda a jurisdição espiritual sobre os Índios, *ex*

---

1. Cf. supra, *História*, V, 24.

consuetudine de mais de cem anos, sem haver nunca Bispo, nem Administrador, nem outro algum Ordinário, que visitasse as Aldeias ou doutrinas dos Padres, nem que exercesse neles acto algum outro de jurisdição ou o intentasse.

2.ª porque muitos dos Índios que bautizamos e doutrinamos estão em terras de gentios *extra dioecesim et extra territorium*.

3.ª porque são diferentes línguas, e não conhecidas, com que os Ordinários portugueses se não sabem nem podem entender.

4.ª porque uma das principais razões, com que se persuadem estes Índios a querer aceitar a sujeição da Igreja, é com se lhes prometer que não hão-de ser governados no espiritual (nem ainda temporal) senão pelos Padres da Companhia.

5.ª porque do contrário se seguirão grandes inconvenientes a esta nova Igreja, que deve ser favorecida e alentada com particular protecção da Sé Apostólica" [1].

Não só não teve seguimento a proposta, mas piorou a situação com a reviravolta da Corte em 1663 contra Vieira e as suas ideias, sobretudo com a estada no poder dalguns ministros menos afeiçoados, dispostos a ordenar que as Aldeias da Companhia no Maranhão ficassem sujeitas à visita dos Ordinários. Replicou-se que ou ficariam como se consignou no Regimento de D. João IV ou que os Padres do Maranhão, que estavam em Lisboa, se embarcariam para a sua Província do Brasil, desistindo-se da Missão do Maranhão e Pará. Convenceu-se a Corte de que tal resolução não convinha ao serviço de Deus nem de El-Rei, e esperava-se que os Missionários não tardariam a seguir para o seu destino no Norte do Brasil com melhores decretos [2].

Nisto se ficou até à chegada ao Maranhão do primeiro Bispo, D. Gregório dos Anjos. O qual em breve se persuadiu de que era Superior dos Missionários e que poderia pôr e dispor deles. Os Padres não o queriam desgostar, mas sentiam-se perplexos por ser contra o Instituto da Companhia e pediam em 1679 que se lhes dissesse como haviam de proceder [3]. Vieira estava então em Lisboa

---

1. Carta de Vieira ao P. Geral, do Maranhão, 11 de Fevereiro de 1660, em S. L., *Novas Cartas Jesuíticas*, 279-280.

2. Carta de P. João Pimenta ao P. Geral, de Lisboa, Agosto de 1663, *Bras.*3(2), 39v.

3. Carta do P. António Pereira, do Pará, 12 de Setembro de 1679, *Bras.*26, 70-71.

a preparar a Lei de 1 de Abril de 1680. O Bispo tinha escrito a Sua Alteza sobre esta matéria, e na suposição de que quisesse inovar alguma coisa no que se refere às Aldeias, o Príncipe deu ordem que elas fossem restituidas aos Padres da Companhia (na hipótese de se verificar certa aquela suposição). Parece, diz Vieira, que o Bispo "supunha lhe pertence o provimento das Aldeias e Igrejas dos Índios, sendo que são do Padroado Real, e desde o princípio de todo o Estado do Brasil as cometeram os Reis aos Superiores da Companhia, como fez também D. João IV [1], e agora o faz S. Alteza a essas do Maranhão [2]. V.^{as} R.^{as} não devem resitir a que o Bispo visite as ditas Igrejas e os Índios fregueses delas, mas não as pessoas dos Párocos, quando S. Senhoria nos não queira fazer a cortesia, que sempre nos fizeram todos os Bispos do Brasil, não havendo algum que até hoje visitasse, nem intentasse visitar Aldeia alguma nossa, havendo por bem descarregadas suas consciências pelas visitas que nelas fazem os nossos Superiores. E por qualquer dúvida, que nesta matéria se ofereça (a qual seria melhor não haver e evitar-se quanto for possível), mando para essa livraria os dois tomos de Solórzano [3], em que larga e eruditamente se tratam e se resolvem todos esses pontos" [4].

A Lei de 1 de Abril de 1680, que confiava aos Padres da Companhia a Administração das Aldeias, não agradou ao Bispo; e tendo dado faculdades aos do Colégio do Pará por escrito dois meses antes, publicou uma pastoral em que as suprimia, tirando-lhes as de confessar, pregar e mais ministérios [5]. Admiraram-se os Padres da incoerência e trataram de a remediar pelo dano que

---

1. Cf. supra, *História*, III, 208.
2. Cf. supra, *História*, IV, 65.
3. Cf. supra, *História*, VI, 335.
4. Carta ao Superior do Maranhão, 2 de Abril de 1680 em *Cartas de Vieira*, III, 436-437.
5. "Pastoralem publicavit, qua nos a confessionibus audiendis et habendis concionibus, tractandisque aliis ministeriis omnibus suspendit. Et licet duobus dumtaxat mensibus ante prædictam publicationem nobis licentiam scripto concessisset: attamen ei statim paruimus et statim illi licentiam non diu ante pro omnibus hujus Collegii Patribus petitam et obtentam retuli et in proprias manus (omnium ni fallor primus) tradidi, dixique esse nos promptos ad præstanda omnia quæqumque Dominationi suæ viderentur: dummodo Statutis ac Privilegiis nostris non obstarent". Carta de Bettendorff ao P. Geral, do Pará, 12 de Abril de 1681, *Bras.26*, 82; cf. Carta do mesmo, de 10 de Abril, *Bras.* 3(2), 146, 147v, sobre o mesmo tema e a perda das almas "ob illas contentiones Episcoporum".

causava à vida cristã. Dizia o Bispo que os Padres da Companhia estavam contra o Concílio Tridentino, no que tocava à cura das Almas e que ele era Bispo e eles Párocos e portanto submetidos a ele em tudo, incluindo as visitas. Responderam os Padres que, pelo seu Instituto e Bulas Pontifícias, não podiam ser Párocos de direito comum, e o não eram; e que estavam dispostos a obedecer em tudo ao Senhor Bispo, excepto no que não podiam aceitar sem licença de Roma. Fez-se um convénio de quatro pontos, que poucos dias depois achou o Bispo que lhe não convinham. E dilatou a solução com diversas manifestações, durante nove meses, até à saída do navio para o Reino, a 12 de Abril de 1681, data em que, receando as informações do Governador a sua Alteza, em Provisão, lavrada por Francisco Barreiro e assinada pelo Bispo, se concederam as faculdades, por praso de dois anos até os Padres apresentarem as suas Bulas [1].

A 21 de Outubro de 1681, o Superior da Missão P. Pedro Luiz Gonçalves, tendo já recebido instruções, dirigiu-se directamente ao Bispo: querendo Sua Senhoria que os Padres sirvam de Párocos dos Índios, há-de também ser servido que o façam "com as mesmas faculdades que tinham dado os demais Bispos da Índia e do Brasil, para exercitarem o ofício de Párocos dos Índios com a mesma isenção com que Sua Alteza os nomeia e eles costumam aceitar tais ofícios" [2]. Como S. Alteza tinha dado ordens expressas para os Padres da Companhia serem Missionários das Aldeias, o Bispo concedeu as faculdades, ainda com algum queixume, como em 1683, desta vez não já no que tocava às Aldeias, mas acerca dos Índios neófitos, quando estes desciam e passavam pela cidade e os Padres lhes administravam os Sacramentos, que ele entendia dever ser só na Matriz [3].

Consultado sobre esta controvérsia, adverte o Provincial do Brasil António de Oliveira, a 25 de Junho de 1684, que a Junta das Missões não tem autoridade sobre os Padres da Companhia, em matéria de Curato de Almas, porque só são Párocos das Aldeias,

---

1. Carta de Bettendorff ao P. Geral, 12 de Abril de 1681, *Bras. 26*, 87.
2. Arq. Prov. Port., Pasta 176 (33).
3. Carta do Bispo D. Fr. Gregório dos Anjos ao P. Superior do Maranhão, de Casa, 26 de Abril de 1683, publ. por Lamego, *A Terra Goitacá*, III, 367-368. Trata-se de um baptismo feito pelo célebre Missionário da Amazónia, P. João Maria Gorzoni.

por especial dispensa do Geral, como Religiosos isentos da jurisdição do Ordinário; e porque as Aldeias dos Índios, de que somos Párocos, são sòmente de direito Real e não Eclesiástico. Assim ficara definido, se não está em erro, na Mesa da Consciência, em Lisboa, no caso do Arcebispo de Goa, que dizia ser sua a jurisdição sobre as Missões de Salcete. Igual isenção gozam, diz ele, as Aldeias dos Jesuítas no Brasil, que nunca foram visitadas pelos Bispos, e se estes quisessem impor a sua jurisdição, os Padres, por ordem do Geral, logo renunciariam a ser Párocos delas [1].

Já então se tinha dado, alguns, meses antes, o Motim do Estanco na Cidade do Maranhão, no qual o Bispo se mostrara tíbio e pouco afecto ao Governador Francisco de Sá de Meneses, posto em causa nesse Motim [2]; e a 2 de Setembro de 1684 uma Carta Régia ordenava ao Bispo que consentisse e favorecesse a jurisdição dos Missionários da Companhia de Jesus nas Aldeias que governavam [3].

D. Gregório dos Anjos deu então as faculdades "como se costuma", e acabou-se a diferença, ficando com eles em boas relações de amizade. O primeiro Bispo do Maranhão faleceu a 12 de Março de 1689, "festa de S. Gregório Papa", na cidade de S. Luiz. Assistiu-lhe à morte o P. José Ferreira e pregou a oração fúnebre o P. Bettendorff [4].

A controvérsia inicial entre o primeiro Bispo do Maranhão e os Padres da Companhia, concluída a bem, parece que estabeleceu doutrina nesta Diocese. Entre os Bispos seguintes D. Timóteo do Sacramento, D. José Delgarte, D. Manuel da Cruz, D. Francisco de Santiago e D. António de S. José, reinou perfeita harmonia e colaboração na obra comum da evangelização. E o último,

---

1. Arq. Prov. Port., Pasta 177 (4).
2. Cf. supra, *História*, IV, 77-78.
3. Bibl. de Évora, Cód. CXV/2-18, 91.
4. Bettendorff, *Crónica*, 459-461; cf. *ib.*, 326-328, 338, 348. Na Bibl. de Évora, cód. CXV/2-16, f. 27: "Treslado authentico dos Papeis que se escreveram entre o Bispo do Maranhão D. Gregorio dos Anjos e os P. P. Missionarios da Companhia de Jesu sobre a controversia de administração das Igrejas. Em 1680 e 1681". Cf. Rivara, I, 42. A cota geral dos documentos é: *Visitas dos Senhores Bispos*. Numa informação a El-Rei de Dom Rodrigo de Cristo, o Bispo é maltratado, como aliás maltrata quase todos os do Maranhão, de quem informa, Arq. Prov. Port., Pasta 177 (3, f. 2); e não é menos dura e injusta para com o Bispo a apreciação de Lúcio de Azevedo, *Os Jesuitas no Grão Pará*, 136, 139-140.

pela sua intrepidez na defesa da justiça, caiu em 1767 na desgraça do despotismo reinante, sendo desterrado para o Reino e confinado em Leiria até ao restabelecimento das liberdades cívicas. Como reparação, foi nomeado em 1778 Arcebispo da Baía, múnus que não chegou a exercer por falecer no ano seguinte [1].

Período pacífico de 75 anos no Maranhão, e de 40 em todas as Missões da Vice-Província, com incalculáveis benefícios para o desenvolvimento e estabilidade da catequese cristã.

3. — A questão só renasceu deslocada já para o Norte. Ao tratar-se da criação da nova Diocese do Pará, o P. José Vidigal, a 21 de Junho de 1723, fez ao P. Geral a seguinte pergunta:

"Sendo as igrejas da Ordem de Cristo isentas da visita dos Bispos e sendo as igrejas das Aldeias, confiadas aos Nossos, igrejas da Ordem de Cristo (como se define no Livro dessa Ordem), parece seguir-se que elas devem considerar-se isentas de tal visita. Mas obsta uma ordem de Roma, remetida para aqui, segundo a qual o Bispo pode visitar, *por si mesmo*, as ovelhas e o Pastor. Que se há-de fazer no futuro?" [2].

A pergunta era motivada por duas ordens precedentes: uma de 11 de Dezembro de 1697 em que se distinguia entre a *pessoa* do Bispo, e a *pessoa* de delegado seu, aceitando-se aquela, recusando-se esta [3]; a outra tratava da natureza do poder dos Párocos das Aldeias, a que se respondeu de Roma que "ele provinha do Direito do Padroado dos Seteníssimos Reis de Portugal" [4]. A distinção entre a pessoa do Bispo e a de delegado seu, recusando-se a do visitador delegado, até ao ponto de ser preferível deixar as Aldeias e recolherem-se os Padres aos Colégios, era fruto da expe-

---

1. Fortunato de Almeida, *História da Igreja em Portugal*, IV-4, 431-432.
2. Bras.26, 288v.
3. "Si Episcopus accesserit ad Pagum aliquem demandatum curæ Nostrorum potest oves et Pastores visitare. At si visitatorem miserit nullo modo Nostri eius delegato se submittant, etiam si opus sit ut Nostri relictis Indis ad Collegia redeant". Do Geral Tirso Gonzáles ao P. Sup. do Maranhão José Ferreira, *Ordinationes*, Bibl. de Évora, cód., CXVI/2-2, p. 131.
4. "Ad dubium potestatis qua Nostri per Missiones agunt Parochos, R. V.ne respondemus eam provenire ex iure Patronatus Serenissimorum Regum Lusitanorum", Carta de Miguel Ângelo Tamburini ao Superior do Maranhão, 8 de Janeiro de 1701. Publ. em Lúcio de Azevedo, *Os Jesuítas no Grão Pará*, 393.

riência no Brasil; e uma súplica (ou projecto de súplica) a El-Rei conta casos, de Visitadores do Bispo aos Párocos e aos fregueses das suas Paróquias, numerosos e nada edificantes [1].

O primeiro Bispo do Pará, D. Fr. Bartolomeu do Pilar, era estimado dos Padres da Companhia com quem tratara em Pernambuco. Mas ao chegar ao Pará tomou o pulso à terra e a terra também o tomou a ele. O novo Bispo pediu à Corte estas quatro coisas: 1.ª que os Missionários, que assistissem nas Aldeias, não pudessem confessar sem licença do Bispo; 2.ª que ele pudesse visitar canònicamente as Aldeias sem os Missionários o impedirem; 3.ª que faltando Missionários numa Aldeia e o Prelado da Religião o não pusesse, ele o pudesse pôr; 4.ª que devia ter lugar, e qual, na Junta das Missões.

El-Rei, consultados os Doutores de Coimbra, na Provisão de 31 de Março de 1725, concedeu o que o Bispo pedia e que na Junta ocupasse o primeiro lugar [2]. O último ponto era questão de precedência entre o Bispo e o Governador Geral; o primeiro, sobre confissões, não tinha dificuldade e já se praticara; os outros dois alteravam o *statu quo* missionário, e tinham graves inconvenientes, pois admitido o princípio em geral, o Bispo, a quem era difícil visitar todas as Aldeias, o poderia fazer por meio de Visitadores.

Na Junta das Missões, reunida no Colégio a 28 de Setembro de 1727, presidida pelo Governador João da Maia da Gama, apresentou o Bispo a Provisão; e os Missionários Franciscanos e Jesuítas, isto é, os Prelados das quatro Províncias de S. António, Conceição, e Piedade, e da Companhia de Jesus, requereram ao Governador rogasse ao Bispo houvesse por bem abster-se das visitas das Aldeias em quanto se recorria a S. Majestade, o que o Bispo prometeu.

Jacinto de Carvalho, Visitador Geral das Missões da Companhia de Jesus no Estado do Maranhão, que assistira à Junta,

---

1. Cf. Lamego, *A Terra Goitacá*, III, 425-426. — Haveria certamente excepções e Visitadores virtuosos e dignos. Mas os episódios gráficos narrados neste documento da primeira metade do século XVIII, tem raízes antigas, e já se viram nos visitadores do primeiro Bispo do Brasil, cf. supra, *História*, II, 519-521; e infra, IX, *Apêndice A*.

2. "Provisão Regia de 21 de Março de 1725 ao Bispo do Pará respondendo-lhe aos quatro pontos por elle propostos sobre a ingerencia que elle ha de ter nos Missionarios e nas Missões, e logar na Junta dellas", Bibl. de Évora, cód. CXV/2-12, 139; cód., CXV/2-16, 94.

representou a El-Rei o estado da questão, numa excelente exposição do direito missionário vigente, segundo a legislação geral da Igreja e a da Companhia, no caso concreto da Amazónia. A base da argumentação era que os Missionários da Companhia aceitaram ser Curas de Almas das Aldeias por ordem de S. Majestade, não "por ofício", mas "por caridade", sem obrigação de justiça; e os Pontífices só concedem a jurisdição aos Bispos sobre os regulares, quando estes são "Curas de Almas por ofício e com obrigação de justiça". Se o facto de administrarem os Sacramentos conferisse aos Bispos o direito de os visitar, também ele podia visitar os Religiosos que administram os Sacramentos nas Igrejas dos Colégios, o que não fazem. Além disto, os Missionários das Aldeias não recebem côngrua para este fim determinado, nem direitos paroquiais:

"Que não recebemos coisa alguma nem dos Índios, nem de outra qualquer pessoa que seja em recompensa de missas, confissões, doutrinas, enterros e mais ofícios, em que estamos ocupados entre os Índios, é também manifesto; e ainda que não estivéssemos persuadidos que devemos dar grátis o que grátis recebemos, conforme a regra do nosso Instituto, a mesma pobreza e miséria dos Índios nos faria persuadir, pois são tão pobres que não têm mais riquezas que a sua rede em que dormem e desta carecem ainda muitas nações, não tendo outra cama mais que a própria terra, o seu arco e as suas flechas, uma pequena e limitada roça de que fazem a sua farinha, e onde alguns menos preguiçosos plantam algumas frutas; os que têm um machado e uma foice e um vestido de algodão são os mais ricos; já se têm alguma criação de galinhas, patos, etc., são os mais abastados. Desta sua pobreza nasce a sua suma miséria. Não há-de dizer ninguém que Índio desse alguma coisa, seja qual for, e muito menos a Missionário, que não seja para receber outra; nem que façam coisa alguma, ainda que muito pequena, que não seja por pagamento: para fazerem as casas dos Missionários, a igreja, para lhe pescarem o que hão-de comer, para o remarem de uma parte para outra, e para tudo o mais, que lhes é necessário, tudo há-de ser por pagamento; e se um dia trazem ao Missionário um prato de farinha, se o Missionário lhe não põe no prato coisa equivalente, não tornam mais a fazer semelhante oferta. Donde se vê que ainda que os Missionários quisessem gozar de alguns direitos paroquiais, *scilicet*, dízimos, primícias, ofertas, e funerais, etc., não lhes seria possível pela pobreza, repugnância e contradição que achariam nos mesmos Índios. À vista disto ninguém dirá serem os Missionários Párocos ou Curas de Almas com obrigação alguma de justiça, mas que são verdadeiramente missionários apostólicos, que só trabalham pelo bem das almas e para maior honra e glória de Cristo Nosso Senhor, de quem ùnicamente esperam a paga e prémio dos seus trabalhos" [1].

Além dos Padres da Companhia, autorizados com pareceres dos Doutores de Coimbra, recorreram também a El-Rei os Padres de S. Francisco [2], movimento este que levou El-Rei a escrever ao Bispo do Pará a Carta Substatória de 30 de Março de 1730. Nela diz que o Bispo interpretara a Carta Régia de 31 de Março de 1725 como direito a visitar as Missões da Companhia de Jesus, "no que respeita à administração dos Sacramentos, ajuntando impedir-lhes o confessarem nas Missões sem vossa aprovação, sendo que Eu na dita carta sòmente falo dos Missionários, que são Párocos e têm Paróquias, e não destes Missionários, que nem são Párocos na forma de direito, nem têm Paróquias, e sòmente administram os Sacramentos nas Igrejas das suas Residências com Privilégios Pontifícios e não por ofício de Párocos". Pelo que, diz El-Rei, mando suspender a execução da Carta de 31 de Março de 1725 "até decisão minha" [3].

---

1. "Cópia da Representação que se fez a S. Majestade sobre a isenção do Ordinário, no tocante às visitas dos Missionários em 1727", pelo P. Jacinto de Carvalho (Bibl. de Évora, cód., CXV/2-16, f. 44; ib., f. 52, outra idêntica). Publ., sem indicação de fonte, em Melo Morais, *Corografia*, III, 376-400. Cf. "Parecer do P. Jacinto de Carvalho sobre as visitas dos Bispos do Maranhão e Pará às Parochias dos Missionarios, e sobre a jurisdição dos ditos Missionarios na administração dos sacramentos". Do Collegio do Maranhão, 10 de Maio de 1728. Seguem-se os Pareceres dos Doutores de Coimbra, que se conformam com o antecedente, e todos a favor dos Missionários. Dados em Coimbra em Dezembro de 1729 e Janeiro de 1730. Traslado autêntico. Bibl. de Évora, cód., CXV/2-16, f. 64-89; cf. Rivara, I, 46.

2. Petição em nome dos Missionários da Companhia de Jesus, e das *Províncias de Santo António, Conceição, e Piedade*, do Estado do Grão Pará, para se suspender a visita do Bispo. Em 1729. Bibl. de Évora, cód., CXV/2-16, f. 60. Tirando os Jesuítas, todas as outras três províncias são de Franciscanos.

3. Cópia na Bibl. de Évora, cód., CXV/2-16, f. 96; "Provisão ao Bispo do Grão Pará para que até a decisão d'El-Rey suspenda a execução da Ordem de 31 de Março de 1725 sobre visitas delle Bispo nas Missões, e administração dos Sacramentos pelos Missionários", Bibl. de Évora, Cód. CXV/2-18, 698.

Segundo a doutrina desta Carta Régia, as Igrejas não eram Paróquias, mas parte integrante das Residências dos Padres da Companhia, as quais não eram Paróquias em forma de direito, doutrina que invocariam alguns no momento da perseguição e exílio dos Padres. Mas como se vê, havia flutuações na interpretação jurídica do facto missionário, dependente muito não do direito em si mesmo, mas da interpretação e humores dos homens que governavam. Já depois da Ordem Régia para suspender as visitas, escreve o P. Jacinto de Carvalho que o Governador Maia da Gama estava pelos Missionários, mas que o Bispo tinha o apoio real [1]; e em 1731 recomendava o Geral aos Padres que tivessem moderação e reverência para com o Bispo e o novo Governador (Alexandre de Sousa Freire), persuadindo-se de que em caso de dúvida Roma e Lisboa se mostrariam mais favoráveis ao Bispo e ao Governador do que aos da Companhia [2]. Efectivamente, a 6 de Abril de 1732, a Mesa da Consciência deu uma Ordem interina sobre as visitas, oposta à doutrina da Ordem precedente [3]. O Vice-Provincial José Vidigal apresentou as suas razões ao Bispo e ao Governador, e comunicou-as ao P. Jacinto de Carvalho, Procurador em Lisboa, e ao P. Geral, pedindo instruções. O Geral aprovou as razões do P. Vidigal; e que, feitas as devidas consultas, tratasse do assunto com prudência e a costumada modéstia da Companhia. E recomenda-lhe, como assunto sério e grave, que não só defenda os nossos direitos, mas também a salvação das almas e a obediência a El-Rei [4].

---

1. *Bras.26*, 271-272.
2. *Bras.25*, 54.
3. Bibl. de Évora, cód. CXV/2-16, 116; *ib.*, 43.
4. "Id autem gravissime commendamus non tam jurium nostrorum defensionem quam animarum salutem, majoremque Dei gloriam intendat; et simul, quam maximam possit, ad Serenissimum Lusitaniæ Regem observantiam profiteatur". Carta do P. Geral ao P. José Vidigal, 4 de Fevereiro de 1733, *Bras.25*, 58; Resposta do P. Provincial José Vidigal a El-Rey sobre a Visita do Bispo do Pará, Bibl. de Évora, cód. CXV/2-16, f. 104 (Resposta escrita pelo P. João Tavares); "Carta do P. José Vidigal ao P. Jacinto de Carvalho, relatando-lhe o que passou com o Bispo, e com o Governador do Estado acerca da controvérsia das Visitas", do Pará, 2 de Outubro de 1732. Bibl. de Évora, cód. CXV/2-16, f. 97-98 (1.ª e 2.ª vias); *ib.*, f. 101, os documentos que acompanham a 2.ª via; *ib.*, f. 43, Protesto que nesta ocasião fez o P. Joseph Vidigal sobre a visita dos Bispos, vertido em latim; está em português, f. 133; "Carta do P. Joseph Vidigal, Provincial,

A 9 de Abril de 1733 faleceu D. Fr. Bartolomeu do Pilar, acalmando-se por então a controvérsia, assim como já se tinha concluído outra de precedências sobre o repique de sinos em sábado de aleluia, de que era costume antigo ser a Igreja do Colégio a dar o primeiro sinal, quando ela já era grande Igreja e a Matriz coberta de palha, como ainda era ao ser transformada em Sé [1]. Esta questiúncula dos repiques aparece-nos hoje ridícula (e o ridículo pelos pormenores dela racai sobre ambas as partes) [2]. Não o era naquele tempo e naquela terra, à falta de ocupações mais altas, de carácter intelectual, social ou ministerial, que em cidade grande a teriam relegado para o plano das insignificâncias; além desta explicação local, legítima (pois não existia nas outras cidades episcopais do Brasil), era assoprada por áulicos e terceiros. Porque D. Fr. Bartolomeu do Pilar pessoalmente era homem sábio e virtuoso e tinha dado mostras de afecto à Companhia com o seu sermão impresso do B. (hoje S.) João Francisco de Régis, pregado na Igreja do Colégio do Recife a 24 de Maio de 1717; e outro, que pregou no Pará na Canonização de S. Estanislau em 1727 [3].

Só em 1739 chegou ao Pará o novo Bispo D. Guilherme de S. José. Reatando-se a questão em 1743, presumem os Padres que foi despique do donatário de Caeté contra os Missionários por defenderem os Índios das prepotências e desordens do loco-tenente

---

ao P. Jacinto de Carvalho, Procurador Geral em Lisboa", do Pará, Collegio de S.to Alexandre, 6 de Outubro de 1732, Bibl. de Évora, cód., CXV/2-16, f. 103. — Diz nesta carta que o Bispo tem escrúpulo de não visitar as Aldeias, mas não o tem de coisas em que o devia, por obrigação não sujeita a controvérsia.

1. Fr. André Prat, O. Carm., *Notas Históricas sobre as Missões Carmelitas no Extremo Norte do Brasil* (Recife 1941)217.

2. Cf. documentação em Lamego, *A Terra Goitacá*, III, 377-414.

3. O acto da Canonização de S. Estanislau Kostka fora a 31 de Dezembro de 1726. Este segundo sermão não se chegou a imprimir: "Grande conveniencia tinha em que V. R.ma quisesse honrar por meyo da Imprenta (sic), o Sermão que preguey no Collegio na Celebridade da Canonização de S. Stanislao, em que juntamente fiz Pontifical; porem está tão borrado, e a minha occupação tem sido tanta, que me não deo lugar, para o pôr em limpo". Carta de D. Fr. Bartolomeu do Pilar ao P. Jacinto de Carvalho, em Lisboa, da cidade de Santa Maria de Belem do Gram Pará, 27 de Setembro de 1730. Com esta cláusula autógrafa: R.mo P.e Hiacinto de Carvalho. B. as m. de V. R.ma seu amantissimo venerador & servidor. B.eu B. do Gram Pará. (*Bras*. 26, 273-273v.) Sobre o Sermão do B. João Francisco de Régis, cf. B. Machado, *Bibl. Lus.*, I, 465.

do mesmo donatário[1]. Para concluir de uma vez a pendência tinha o P. José Vidigal, no seu Protesto de 1732, requerido ao Bispo que pusesse Párocos seus nas Aldeias. Não o fez o Bispo ou para não assumir a responsabilidade de um facto que ia contra o *Regimento das Missões* ou por ter falecido pouco depois. Ao vir agora em 1743 a nova ordem ao Bispo para visitar as Aldeias, este só intimou o decreto régio aos Padres na véspera da partida dos navios. O Vice-Provincial Caetano Ferreira incumbiu o P. João Ferreira de tratar do assunto, o que ele fez, com data de 30 de Novembro de 1743 ao Procurador em Lisboa[2]. Para se documentar e comparar a prática destas questões de direito canónico, o Procurador Bento da Fonseca perguntou ao P. Pedro Inácio Altamirano o que havia sobre a matéria de Missões nos Domínios de Espanha: "Nas de Quito não entraram os Bispos e Ordinários a visitá-las. Nas Filipinas pretenderam-no os Arcebispos e se opuseram os Religiosos, e até ao presente a coisa não está decidida. No Paraguai visitam os Ordinários as nossas Missões, mas não aos Missionários. Nos Cuxatos (de que fala a *Historia del Nuevo Reino*) visitam-se os paroquianos, e também o Pároco está sujeito ao Ordinário, *non in omnibus, sed solum in officio officiando*"[2].

O Procurador em Lisboa fez os devidos requerimentos, sem solução definitiva, até que a 15 de Setembro de 1748, manda El-Rei que se guarde a *Ordem Interina*, que se expediu para Goa em 1731. O Bispo daria jurisdição de Pároco aos que fossem nomeados. A nomeação seria feita pelo Ordinário mediante apresentação do Prelado Regular, com certidão jurada de que era idóneo em doutrina e na língua e tinha licença actual para confessar pessoas de ambos os sexos dada pelo Bispo; e o Bispo os visitaria como Párocos, e se

---

1. Cf. supra, *História*, III, 295-296.
2. Carta do P. João Ferreira ao P. Procurador Bento da Fonseca, Pará, 30 de Novembro de 1743, Bibl. de Évora, cód., CXV/2-4, n.º 20, f. 224-224v. Publ. sem indicação de fonte em Melo Morais, *Corografia*, IV, 202-204. — Nesta carta diz João Ferreira que escrevera os dois documentos seguintes, assinados pelo Vice-Provincial: "Resposta sobre a Visita do Bispo, e Supplica feita a El-Rey pelo Provincial da Companhia no Maranhão e Pará, o P. Caetano Ferreira", Collegio do Pará, 30 de Novembro de 1743, Bibl. de Évora, cód. CXV/2-16, f. 136.
3. Carta do P. Pedro Inácio Altamirano ao P. Bento da Fonseca, de Madrid, 13 de Março de 1744, Évora, cód., CXV/2-4, ao n.º 20 [p. 226]. É em espanhol e com a assinat. autógr. e resposta a uma carta do P. Fonseca, de 23 de Fevereiro de 1744. Publ. por Melo Moraes, sem indicação da fonte, *Corografia*, IV, 204-205.

achasse irregularidade os removeria. Os Prelados das Religiões não poderiam apresentar para outra igreja os Padres assim removidos, e apresentariam outros que estivessem nas condições requeridas. A remoção poderia fazê-la o Bispo, mesmo fora das visitas.

Tais são as ordens de El-Rei na Carta Régia ao Governador Mendonça Gorjão; e as mesmas ordens se transmitiram a todos os Prelados das Religiões [1].

4. — À data desta ordem Régia de 15 de Setembro de 1748 já estava nomeado Bispo do Pará, D. Fr. Miguel de Bulhões, de ingrata memória, como falso amigo, que se iria revelar ao sobrevir a perseguição e a destruição das missões religiosas. Com ele tratou o assunto o Procurador da Companhia em Lisboa [2], e antes de partir para a sua Diocese, o novo Bispo deu-lhe estas formais garantias:

"*Rev.ᵐᵒ Padre Bento da Fonseca:* Novamente protesto a V.ª Revm.ª a constância e firmeza da minha palavra a respeito da prática, que ontem tivemos, porque em todo o tempo será a veneração à sagrada Companhia de Jesus especialíssima empresa dos meus pensamentos; mas debaixo deste mesmo protesto, peço a V.ª Revm.ª se não canse em persuadir ao P. Fr. Francisco queira seguir o partido da união que se tinha ajustado, porque eu olhando para a contumácia destes Religiosos, estou evidentemente convencido que só uma determinação régia acabará de vencer a sua

---

1. Arq. P. do Pará, cód. 1087; Aviso, de 15 de Setembro, de 1748 do Secretário de Estado Marco António de Azevedo Coutinho ao Vice-Provincial da Companhia do Maranhão sobre a Resolução Interina de 1732 (Bibl. de Évora, cód. CXV/2-16, f. 178). Sobre esta matéria: "Requerimentos dos Jesuitas do Maranhão a El-Rey para mandar substar a Ordem interina de 6 de Abril de 1732 sobre as Visitas dos Bispos. Feitos em 1744" (Bibl. de Évora, cód. CXV/2-16, f. 145). É todo o resumo da questão das Visitas e a ordem da controvérsia, feito por Bento da Fonseca. — Pelo mesmo, há ainda o rascunho de uma Petição do Provincial da Companhia de Jesus da Província do Maranhão e Pará a El-Rei para suspender a Ordem Interina de 1732, sobre visitas do Bispo, enquanto não chegam as informações, Bibl. de Évora, CXV/2-13, f. 1.

2. "Conferencia e Colloquio que houve entre o Sr. Bispo D. Fr. Miguel de Bulhões, e o P. Procurador Bento da Fonseca", Bibl. de Évora, cód. CXV/2-14, n.º 6.

teima [1]. Assim o pratiquei hoje ao Revm.º P. José Moreira [2], ao qual certifiquei, e o mesmo faço a V. Revm.ª que de todas as ordens, se acaso as houver, ficará sempre isenta essa religiosíssima Companhia, e só eu me não eximirei de a venerar em todo o tempo e de obedecer sempre a V. Revm.ª, que Deus guarde muitos anos. S. Domingos [Lisboa], hoje sábado. De V. Revm.ª mais obrigado, fiel e profundo venerador, *Frei Miguel, Bispo do Pará*" [3].

As cartas de D. Fr. Miguel ao P. Bento da Fonseca multiplicam-se do Pará, onde o Bispo entrara em Fevereiro de 1749, agradecendo e pedindo favores: ora é uma carta que escreve para Roma, e espera que o P. Carbone, secretário particular de El-Rei, a remeta na sua correspondência diplomática [4]; ora dinheiro para o P. Bento da Fonseca colocar a juros para as obras da Sé, ora outros pedidos [5]. Nestas e demais cartas existentes no mesmo códice há sempre cumprimentos para o confessor de El-Rei, P. José Moreira, Jesuíta, a quem D. Fr. Miguel de Bulhões devia a transferência da longínqua Sé de Malaca (aonde não chegara a ir) para esta mais perto de Belém do Pará; e ainda na carta de 9 de Setembro de 1755, ao P. Bento da Fonseca, em que lhe comunica o desterro dos três Padres da Companhia com que se iniciou o exílio que iria ser geral [6], Fr. Miguel de Bulhões repete: "Não posso encarecer a V.ª Revm.ª o quanto vivo obrigado ao Revm.º P. José Moreira, nem serão nunca bastantes as minhas expressões para publi-

---

1. Supomos tratar-se do P. Fr. Francisco de S. Elias, sobrinho de D. Fr. Bartolomeu do Pilar, de quem foi secretário particular e Ecónomo do Palácio: ocupou também o cargo de Vice-Provincial dos Carmelitas, a favor do qual André Prat publica alguns atestados, *op. cit.*, 271-274; e que a referência do texto é à ordem régia de 1747, mandando que os Padres da Companhia se estabelecessem no Rio Solimões. (Cf. supra, *História*, III, 418-419). Do mesmo texto se infere que o sentimento dos Jesuítas era o "partido da união".
2. Confessor do Príncipe, depois Rei D. José; também foi confessor da Rainha.
3. Bibl. de Évora, cód. CXV/2-14, n.º 20. 'Publ. em Melo Morais, *Corografia*, 217.
4. Carta do Bispo do Pará ao P. Bento da Fonseca, 15 de Novembro de 1749, B. N. L., fg. 4529, doc. 33.
5. Carta do Bispo do Pará ao P. Bento da Fonseca, 2 de Janeiro de 1752, *ib.*, doc. 48. Nesta carta refere a sua jornada ao Rio Negro, a todas as Aldeias, Fortalezas e Igrejas.
6. Cf. Carta do Bispo do Pará ao P. Vice-Provincial Francisco de Toledo, 16 de Maio de 1755, em que lhe ordena da parte de El-Rei que embarque para o Reino os Padres Teodoro da Cruz, Antonio José e Roque Hundertpfundt, em

car parte do que lhe devo" [1]. Muito bem! Os factos se encarregaram com eloquência cruel de demonstrar o valor moral de todas estas promessas do Prelado agradecido e clarividente. Quando ele mais tarde se arrependeu, o mal estava consumado. E foi assim.

Na Junta de Missões de 10 de Fevereiro de 1757, o Bispo declarou que "sendo indubitável competir aos Prelados Diocesanos", na conformidade das Bulas Pontifícias e das Ordens Régias, "a jurisdição de confirmar os Párocos Regulares das Aldeias, sendo nomeados e eleitos pelos seus respectivos Prelados, de os remover dos referidos Ministérios, parecendo conveniente": portanto devia visitar os paroquianos e os Párocos e sujeitá-los à sua correcção, "no que pertence ao ministério paroquial". Perguntou aos Prelados se tinham alguma objecção e respondendo que não, continuou: As Aldeias mais populosas serão elevadas a vilas; para essas se nomearão Clérigos os quais se aposentarão "nas Casas ou Residências dos Padres Missionários"; e nas Aldeias menos populosas, que não seriam elevadas a Vilas, ele estimaria que ficassem os Missionários, sujeitos à jurisdição do Bispo na forma referida.

Responde o P. Visitador Francisco de Toledo que os Padres da Companhia não estavam habilitados a ser Párocos nas condições que se propunham, isto é, *por ofício*. Podiam ficar coadjuvando os Párocos, ou por outros termos, continuariam a ser o que sempre foram, Missionários [2]. O P. Superior dos Padres da Companhia de Jesus na Amazónia fez talvez o que os inimigos desejavam para a destruição das Missões, mas fez simplesmente, sem desafio nem

---

Lamego, A *Terra Goitacá*, III, 276-277; sobre os pretextos para estes desterros, cf. Domingos António, *Collecção*, Capitulo I, "Do que pertence aos Padres Theodoro da Cruz, Antonio Jozé, e Roque Hundertfund", 15-22.

1. Carta do Bispo do Pará ao P. Mestre Bento da Fonseca, Pará, 9 de Setembro de 1755, em Melo Morais, *Corografia*, IV, 217-218. Sobre a maneira como o Bispo foi transferido de Malaca para o Pará, e a parte que nisto tiveram os Padres Carbone e José Moreira, Cf. Caeiro, *De Exilio*, 315-325. Com estas e outras cartas, enquanto os Jesuítas estavam na Corte e sobretudo com os que mais poderiam influir com a Rainha D. Maria Ana, como o P. Malagrida, mostrava-se muito amigo. E por informação de Malagrida e outros, mandou-lhe o P. Geral a carta de confraternidade. Todavia não faltaram Padres mais perspicazes que se não deixavam ludibriar, pelos actos de um homem que pautava os seus critérios pelas dependências de quem podia lograr adiantamentos (*Ib.*).

2. Termo da Junta das Missões, no Pará, 10 de Fevereiro de 1757 em Domingos António, *Collecção*, 114.

arrogância, o que devia. E do mesmo modo se expressou o Reitor do Maranhão P. José da Rocha, com poderes de Vice-Provincial, na Junta de Missões de 13 de Abril de 1757: que segundo o Instituto da Companhia, "não podemos paroquiar, *por ofício*, e com obrigação de Párocos, sem especial mandato de quem aprovou o dito Instituto", a saber "a Santa Sé Apostólica" [1].

É evidente (evidente para quem trate destes assuntos, conhecendo o exercício da vida religiosa e da hierarquia dos cargos dentro dela) que os Superiores Religiosos não podiam permitir que os Missionários, contra as suas próprias Constituições, se transformassem em Párocos *por ofício*, sem conhecimento, mandato ou licença de Roma, que não existia, nem se lhes dava tempo de pedir. E o querer forçar os Missionários da Amazónia a um acto, que em consciência não deviam praticar, é já forma classificada de perseguição. O falso suposto dos perseguidores era que os Religiosos da Companhia não viviam em corporação e eram Padres simples, sem vínculos religiosos entre si. O intento de passar por cima do Prelado Regular, como se este não existisse, é visível nas Cartas do Governador do Pará a alguns Missionários: e quando lhe convinha, alcançava da Corte que o Padre tal estivesse em tal parte, o Padre qual noutra, mesmo contra a determinação e vontade do Superior; e dava ordens directas aos Missionários, como se se tivesse substituído àquele, e fosse ele, Governador, o próprio Superior Eclesiástico [2]. O facto é que os Religiosos da Companhia de Jesus constituíam uma corporação da Igreja de Deus, por ela aprovada e com leis, que lhe deu a mesma Igreja, e pelas quais se regiam todos os Jesuítas, desde o simples Irmão ao Superior mais alto; e, no caso das missões e paróquias, assunto não meramente laico, mas sobretudo eclesiástico, as determinações, que atingiam os parti-

---

1. Requerimento do P. José da Rocha ao Governador do Bispado do Maranhão, publ. sem nome do autor em Lamego, *A Terra Goitacá*, III, 366. Com o nome do autor em Domingos António, *Collecção*, 99-101, com a resposta, dada aí, ao espanto, sem lisura nem verdade, do Governador do Pará, por o Padre fazer um requerimento, colocado ainda no terreno jurídico. O fingido espanto era para acobertar a perseguição e o exílio dos Padres, que logo se seguiu, e que tinha ordem de promover.

2. Infra, nos Tomos VIII-IX (*Escritores — Suplemento Biobibliográfico*, I-II) ver-se-ão diversas cartas de Missionários da Amazónia, do tempo da perseguição, em resposta às do Governador.

culares, não podiam ter efeito sem conhecimento dos Superiores legais, a quem também competia, por dever de ofício, assegurar de ante-mão as condições morais e económicas indispensáveis ao exercício da vida missionária dos seus súbditos religiosos. Os ministérios com que ficariam nas suas Residências e Igrejas das Aldeias, como Coadjutores do Bispo, e propôs o Visitador, eram: "dizer missa, confessando e comungando aos Fiéis, quer no tempo das quaresmas (mas não tomando conta das desobrigas, que é ofício próprio de Párocos), quer fora delas, ajudando a bem morrer àqueles para que forem chamados, aconselhando *in foro poli* àqueles que para isso os buscarem, fazendo doutrina de manhã e de tarde na Igreja aos que quiserem ou *aliunde* se obrigarem a acudir, tendo Escolas públicas para os Meninos, que concorrem a elas, fazendo tudo o mais que for ministério próprio da Companhia, o que tudo estão prontos a exercitar sem se intrometerem no *ofício* de Párocos" [1].

Mas os Missionários não podiam ficar nas Aldeias, ocupados nestes ou em quaisquer ministérios, sem o Superior Regular saber de ante-mão as condições da sua vida económica. E aos Missionários se acabavam de suprimir os meios de subsistência e o serviço dos Índios, que segundo a legislação civil até então vigente, assegurava em cada Aldeia os misteres indispensáveis, cozinhar, caçar, pescar e arrumar e limpar a igreja, e remar a canoa quando fosse preciso administrar os sacramentos aos fiéis doentes e distantes. Nas cidades estes serviços podiam ser prestados por outros trabalhadores: nas Aldeias, não. (Nem ainda hoje, nos Rios da Amazónia). Para que os Padres continuassem nas Aldeias, mesmo como coadjutores ou auxiliares de Párocos, era indispensável este mínimo de garantia estável. O Vice-Provincial e Visitador Francisco de Toledo requereu-o e foi-lhe negado, com a resposta oficial de que isso pertencia a El-Rei e ao Bispo,— e com alguns termos injuriosos a mais na correspondência do Governador para a Corte [2].

Tendo assim dado estes prévios e sucessivos passos, como lhe cumpria e para se justificar diante do Superior Geral, o Visitador mandou retirar os Missionários, com o competente protesto ju-

---

1. Domingos António, *Collecção*, 124-125.
2. Cartas do Visitador ao Governador do Pará, de 13 e 26 de Fevereiro de 1757, e respostas do Governador ao Visitador, de 14 e 27 de Fevereiro de 1757, Domingos António, *Collecção*, 118-120, 126-129.

rídico, para salvaguarda dos direitos do seu Instituto Missionário, naquilo em que os tivesse e que no momento se embrulhavam. Um dos assuntos em que houve tecer e destecer foi o que se refere aos bens das Casas e Igrejas das Aldeias. Tinham dado ordens o Governador e o Bispo que os Missionários "saissem deixando tudo assim nas *Igrejas* como nas *Casas*, exceptos sòmente os seus livrinhos e as mais coisinhas do seu uso particular". Impugnados pouco depois os missionários de terem retirado não das suas *Casas*, mas das suas *Igrejas* alguns bens, o Visitador em carta a Mendonça Furtado, diz-lhe que o fizera nada menos que por indicação do próprio Governador Porque tendo executado aquela primeira ordem os Missionários de Mortigura e Sumaúma "que V.ªs Ex.ªs [o Governador e o Bispo] foram em pessoa criar em Vilas e em Igrejas Paroquiais, deixando tudo o que era das *Igrejas* e das *Casas*, não o aprovou o Governador, nos termos, que a ele Governador escreve o Visitador Geral: "E ainda que respective às mais Aldeias fiz a advertência do que deviam deixar pertencente às Casas, trazendo o mais para o Colégio, isso fiz por V.ª Ex.ª me dizer na volta de Mortigura e Sumaúma, onde os Missionários deixaram o que havia, que não era aquilo o que queria, senão sòmente o que conduzisse ao estabelecimento das Povoações, como oficinas de Ferraria e Carpintaria, e Tecelões, Balanças do Comércio, Ferros de Cova e Canoas" [1].

Não se embaraçava porém o Governador em dar ordens num sentido e proceder depois noutro, ou para achar pretextos de querela ou por insinuação do seu irmão ministro. Porque no Pará, o caso era assim: o Bispo sobordinava-se ao Governador e ambos à Secretaria de Estado. Mas os vínculos destas dependências confundiam-se de propósito. E é notável a candura e boa fé com que um Padre do Maranhão, escrevendo a outro do Pará, se refere ao General Governador do Pará, ignorando como ignorava (pois eram *secretas*) as instruções de 1751, que aboliam a ordem jurídica existente, e como se em 1757 já não estivessem mancomunados todos aqueles elementos (Secretário de Estado, Governador e Bispo) no mesmo espírito anti-missionário:

---

1. Carta do P. Visitador Francisco de Toledo ao Governador do Pará (Mendonça Furtado), Colégio do Maranhão, 20 de Outubro de 1757 (*Lus.87*, 4). Autógr. de Francisco de Toledo.

"*Rev. P. João Teixeira:* Neste Maranhão se admiram todos, assim nossos como externos de que o Sr. General consentisse que o Sr. Bispo metesse a foice na seara alheia, usurpando para si a jurisdição real que só El-Rei, como Padroeiro, Mestre e Governador do Mestrado da Ordem de Cristo nas Igrejas das Povoações e vilas dos Índios por Breves Pontifícios de Adriano, Alexandre VI, Nicolau V, na Bula "Romanus Pontifex" do ano 1454, § 5.º, e Gregório XIII com toda jurisdição espiritual independente dos Ordinários, e por isso não é indubitável, como disse o Sr. Bispo na Junta de 10 de Fevereiro que os Ordinários têm toda a jurisdição espiritual, etc., pois os Snrs. Reis de Portugal nunca cederam aos Ordinários esta sua especialíssima Regalia; como se tem visto em muitas contendas que têm havido entre a Coroa e os Ordinários, de que andam cheios os livros de Direito, assim canónico como civil, entre os quais Gabriel Pereira de Castro, *De manu regia.* E o Sr. Rei D. Pedro mandou uma repreensão ao Sr. Bispo Delgarte por ter posto no Icatu vigário sem a sua licença, do que lhe deu parte o Ouvidor Geral desta Capitania, conforme dizem os do Maranhão.

Não menor admiração nos tem causado largarem os Nossos e não defenderem *quantum in se est,* as Igrejas que S. Majestade nos tem entregado, sem expressa ordem sua, como Mestre e Governador da Ordem de Cristo, fazendo-nos responsáveis e ainda repreensíveis diante da Majestade e de seus Régios Ministros, que nunca hão-de consentir passe à jurisdição dos Bispos o que é das Regalias ou jurisdição Real: pois as Ordens Reais, que alega o Sr. Bispo, não devem ter vigor nesta parte, assim por não declararem, segundo as notícias que tem, que S. Majestade o manda como Mestre da Ordem de Cristo, por cujo Mestrado lhe compete a jurisdição espiritual, a qual ele nos não tira, mas no-la confirma no seu próximo Alvará de 7 de Junho de 1755, como nele se pode ver. E querer ir contra isto ou consentir, é injurioso à Majestade de Nosso Fidelíssimo Monarca, cujas reais isenções devemos defender até nos botarem fora por força de armas, como nos fizeram no Caeté e antigamente neste Estado e *Beati qui persecutionem patiuntur...*

E além disto estão as sobreditas Ordens Régias todas sopitadas e suspensas pelos recursos que a S. Majestade têm feito as Religiões e pela razão de dizerem os Reais Ministros da Corte (conforme as notícias) ao Sr. D. João V, cujas são, que S. Majestade não devia ceder das suas regalias Reais aos Ordinários, que sempre se querem apossar delas.

E também causa muita admiração, o termos largado e alienado aos Clérigos e ao Sr. Bispo as nossas Casas, Igrejas e mais bens da Religião, adquiridos com nossas despesas e indústrias, com faculdade Real e Pontifícia, pagando aos obreiros que nelas trabalharam, como aos que trabalharam nos Colégios e Casas das Cidades e Vilas, cujos são nossa propriedade e todos os mais bens que com nossas indústrias, trabalhos e agências, ou doações dos fiéis, adquirimos, conforme a Bula "*Licet debitum*", de Paulo III, no ano de 1549, e a ordem de El-Rei, como Mestre da Ordem de Cristo de 18 de Outubro de 1663. Não advertindo que nos está proibido, com graves censuras eclesiásticas no Direito Canónico e Extravagante "*Ambitiosæ cupiditati*", de Paulo III, alienar os bens da Religião, ficando excomungados *ipso facto*, tanto os alienadores como os que recebem as coisas alienadas.

Se o Sr. Bispo tem legítima licença para pôr paróquias nas vilas e lugares dos Índios, nunca a pode ter para nos tirar as nossas Igrejas, Casas de moradia e mais bens, porque S. Majestade nunca manda tirar o que é de seus vassalos, sem lhos satisfazer ou recompensar, o que se vê ainda nas terras que concede por sesmarias aos que não têm feito os merecimentos, que a Companhia tem feito à sua Real Coroa, como o mesmo Senhor testifica, com muitas Ordens e Cartas firmadas com a sua real mão.

E nestes termos pode o Sr. Bispo mandar erigir Igrejas paroquiais e casas para os Vigários nas vilas dos Índios, como em Tapuitapera, Vigia, etc. e não nos usurpar as nossas.

Nas Bulas da confirmação deste Sr. Bispo D. Fr. António de S. José lhe adverte S. Santidade Reinante, que as regalias e isenções do Fidelíssimo Sr. Rei D. José, concedidas pela Sé Apostólica, não estão até ao presente revogadas.

Faço esta para dar estas notícias a V. R.ª estimando a sua boa saude e pedindo a Santa Bênção. Maranhão, 21 de Abril de 1757. De V. R. Irmão em Cristo, *Simão Henriques*" [1].

O argumento desta carta já não se coloca no plano da *Administração temporal* das Aldeias pelos Missionários, como funcionários civis, legais, por determinação régia do *Regimento das Missões*,

---

1. Em Lamego, *A Terra Goitacá*, III, 298-301.

abolido no Pará a 5 de Fevereiro de 1757, dia em que se publicou o Alvará de 1755, até então também secreto. Coloca-se no terreno da *jurisdição espiritual* e das leis que regulavam o exercício dos Padres Missionários, segundo os seus Institutos, aprovados pelo Sumo Pontífice e até então reconhecidos e honrados pelos Reis de Portugal. O desenvolvimento da questão (com o exílio e encarceramento dos Missionários, a ruptura da Corte de Lisboa com a Santa Sé, o bloqueio de Roma pelas Cortes burbónicas — a mulher de El-Rei D. José também era uma Bourbon), mostra que eram os próprios poderes e prestígio do Santo Padre e da Igreja que se tratava de atingir, através agora de uma das Instituições Religiosas que mais se uniram sempre ao Vigário de Cristo [1].

5. — E assim foi como, na perseguição da segunda metade do século XVIII, tanto as Missões da Companhia de Jesus, como as outras desapareceram da Amazónia, com desproveito da Religião Cristã e da própria terra. A transformação de missões em paróquias diocesanas é facto não só legítimo, mas incluido no conceito mesmo de *missão* (que só existe onde há gente a converter ou a sustentar na perseverança da fé recentemente admitida) e significa estado precário e de duração limitada até ficar firme a fé e estabelecida a *igreja*. As Missões são a *Igreja em marcha* (Jorge Goyau). A parada ou fixação em paróquias estáveis tinha-se operado muitas vezes antes de 1757 e continua a fazer-se hoje no mundo, com harmonia e paz, sem violências nem crueldades, como as de que foram vítimas os Missionários da Amazónia; e opera-se geralmente quando o meio social e religioso da terra, já solidificado, o permite. Infelizmente, com a transformação prematura de 1757 e o exílio dos Missionários, tudo na Amazónia decaiu com rapidez. E caiu já de notável altura. Na sua visita às antigas Aldeias dos Jesuítas do Pará, D. Fr. João de S. José em 1763, achou igrejas grandes, com limpeza e culto, que contrapõe à miséria de outras não jesuítas,

---

1. "Les Superieurs des Ordres Religieux et les messagers de la foi reçurent des pouvoirs très étendus et les missions dépendirent en général directement des Ordres Religieux en tant que tels, précisément pour qu'elles fussent protegées contre l'influence inventuelle d'évêques trop soumis aux gouvernements, et que le Saint-Siège gardât le moyen d'exercer sur elles directement sa propre influence par les généraux d'Ordres". *Guide des Missions Catholiques.* Publié sous le haut patronage de la Sacrée Congregation de la Propagande, I (Paris 1937) 7.

atribuindo-o à vaidade dos Padres da Companhia de Jesus. Este Bispo declara-se abertamente jansenista e inimigo dos Padres [1]. A confissão útil não é a *interpretação*, mas o *facto* da dignidade e esplendor do culto nas Igrejas da Companhia, que já ia perturbando o novo regime laico do *Directório*, construido com largos alçapões, por onde se subvertesse a grandeza anterior. Só depois da morte de D. José (1777) houve liberdade para se verem as ruinas e começar a lenta reconstrução.

A vida religiosa (e também social e civil) no ano de 1783, em que o virtuoso Bispo D. Fr. Caetano Brandão chegou ao Pará, infere-se da que ele mesmo conta já com genuino espírito episcopal e apostólico. Entre outras deficiências, achou estas realmente vitais, certas e lamentáveis: Falta de Clero [2]; e parte dele com vida escandalosa [3];

---

1. Fr. João de S. José nos seus escritos, veicula as falsidades dos dois irmãos ministros (Carvalho e Mendonça) a quem cortejava. E aos contos ou calúnias da "Relação Abreviada" gostava de acrescentar o seu ponto, em linguagem indigna de Bispo Católico. É o caso da fundação da Aldeia do Javari, que elle narra assim: Tinham os Padres Carmelitas as suas Missões no Rio Solimões. Em vez de ganhar almas, degeneraram em ganhar patacas e oiro. Sabendo disso os Jesuítas do Pará "picados do estímulo da ambição, saltaram por cima dos outros até às últimas *cachoeiras*, fundando outra casa de missão, chamada S. José [sic] do Javari e se puseram tão egrégios no contrato das patacas e oiro, que foi a primeira missão do mundo neste género" (*Viagem e Visita do Sertão em o Bispado do Gram Pará em 1762 e 1763, Escripta pelo Bispo D. Fr. João de S. José, Monge benedictino*, na Rev. do Inst. Hist. e Geogr. Brasileiro, IX (1847)83. — A verdade deste conto é igual àquelas "*cachoeiras*" do Rio Solimões, de que fala e não existem. (Os transatlânticos navegam até Iquitos no Perú). A maneira como se fundou a Aldeia de S. Francisco Xavier do Javari, com relutância dos Padres da Companhia, mas imposição de El-Rei e do Governador do Pará, consta, supra, *História*, III, 418-420; e cf. infra, *História*, IX, no título de Santos (Manuel dos), pp. 114-115.

2. "Que hei-de fazer na triste necessidade em que me vejo de Sacerdotes?" — diz o Bispo. Cf. António Caetano do Amaral, *Memorias para a historia do veneravel Arcebispo de Braga D. Fr. Caetano Brandão*, I (Braga 1867)214. Nestas *Memórias* se transcrevem os próprios Relatórios do Bispo.

3. "Aqui achei alguns escândalos bem odiosos, que me feriram vivamente o coração pelas suas funestas consequências: eram pessoas que devendo, pelo seu carácter, edificar o povo com a ajustada conduta, lhe serviam de pedras de escândalo. Bem me afligi: e então ver-me obrigado a conservá-las no governo das almas por não ter outras que as possam substituir! Triste necessidade!" — Referem-se estes casos a Óbidos e Alemquer, *Memórias*, 290; outros ainda, e sempre concretos: Borba, 298, Arraiolos, 341, Gurupá, 346...

as fontes de bom Clero, estancadas[1]; muitas Igrejas arruinadas ou a caminho disso, e igualmente em ruínas muitos dos seus edifícios e obras [2]; a doutrina dos Meninos desamparada em diversos lugares [3]; os Brancos a entrarem nas povoações dos Índios, desaforadamente [4]; os Directores leigos, grande parte deles, indignos, devassos, a dar maus tratos aos Índios, e a servir-se deles para os seus interesses particulares [5]; aglomerados urbanos já despovoados ou a despovoarem-se com recuo evidente da civilização, pelo êxodo dos Índios para os matos, para fugirem aos odiosos trabalhos forçados a que os obrigavam o *Directório*, os Governadores, as expedições régias e as Portarias, passadas a particulares, pelas quais os Índios eram

---

1. "Esta Vila [da Vigia] foi muito considerável no tempo dos Padres Jesuítas: tinham aqui um Colégio, em que instruíam a mocidade e *formaram grande número de Ministros Eclesiásticos*, de que ainda restam alguns que servem na Catedral do Pará e em diversas Paróquias da Diocese. A Vila era então populosa, asseada e rica. Hoje está deserta, cheia de mato; e essas casas, exceptuando algumas poucas, além de se acharem mui desfiguradas, ameaçam evidentemente ruína", *Ib.*, 215-216.

2. *Ib.*, 211-213 (Curuçá), 147 (Vila do Conde), 208 (Sintra), 287 (Oeiras), 298 (Borba), 330 (Serpa)...

3. Na Vila de Portel "não apareciam meninos na doutrina, havendo tantos, que poucos anos atrás, disseram-me, costumavam concorrer àquele exercício, oitocentas fêmeas e quatrocentos machos...", *Ib.*, 347.

4. "Se vêm ao lugar alguns Brancos ou habitam entre ele, são de ordinário os piores, mais escandalosos e desaforados: metendo índias em suas casas e tratando com elas pùblicamente sem temor de Deus nem pejo do mundo, até chegarem a roubar as filhas das casas dos seus pais, como acabo de ver em uma Vila, que pròximamente visitei. Vindo-se-me queixar certo índio, que um fulano branco lhe roubara sua filha, e lá a tem consigo no mato, não lhe sendo possível arrancar-lha das unhas. Pois os que governam as Povoações! Não é preciso ir mais longe: agora deixo um, que estava sossegado com a concubina em casa e parida de fresco"... *Ib.*, 387.

5. *Ib.*, p. 344, 347, 360. "Muitos deles entrando nas Directorias em suma miséria, dentro de pouco tempo juntam grosso cabedal, enquanto as Povoações dos Índios se acham no maior desamparo, cobertas de mato; as casas parte arruinadas, parte sem forma, nem repartimento, nem sorte alguma de alinho; as Igrejas na última indecência; os Índios sem roças, nus, faltos de todos os recursos para a vida humana e, o que é mais, espezinhados e feitos jogo da violência, da fraude e ambição dos Directores. Não recrimino a todos; sei que há alguns, que conhecem e desempenham o seu dever. Mas são poucos; é preciso dizê-lo, sempre os primeiros fazem o maior número"... *Ib.*, 362.

obrigados a servi-los, sem poderem recusar o serviço, isto é, privados de liberdade [1].

Numa das suas visitas pastorais, de terra em terra, indo de Belém do Pará para a Costa-Mar, D. Fr. Caetano Brandão, escreve, referindo-se a Curuçá, então chamada Vila Nova de El-Rei:

"Esta vila com todas as mais, que tenho corrido depois que saí da Cidade, foi dos Padres Jesuítas: consta-me que no seu tempo floresciam muito, particularmente Vila Nova, onde eles tinham o grosso das manufacturas, pano de algodão, telha, cal e peixe, no que empregavam um grande número de Índios pertencentes ao seu serviço, que formavam a povoação, e povoação muito avultada: ainda hoje aparecem vestígios da sua grandeza; e da bela Olaria só resta o forno com algumas ruinas, e um pedaço de telhado, mas em que já se não trabalha, tudo por negligência dos Directores, que ocupados nos seus interesses pessoais desprezam os do comum; o mesmo é a respeito das casas da vila: deixando-as cair não cuidaram mais em levantá-las; e daqui procede achar-se a vila deserta, porque não tendo os pobres Índios aonde se recolher, fogem para o mato, e lá vivem nas suas rocinhas, sem aparecerem na Igreja senão muito raras vezes, e por isso muito ignorantes dos mistérios e dos preceitos da Religião e cheios de monstros de maldades... A Igreja foi boa e muito espaçosa: hoje está reduzida a metade e essa com assaz ruina, que a não se acudir com alguns espeques, em breve tempo cai por terra, como já caíu um pedaço junto à cimalha, ficando um desmarcado buraco do diâmetro de um portal, por onde entra a chuva, o vento e as aves: o que os Directores vêem todos os instantes sem lhes darem remédio" [2].

No ofício de Mendonça Furtado a Corte Real de 23 de Maio de 1757, a que já aludimos [3], sobre os assuntos económicos dos Jesuítas, o Governador do Pará só fala em receita, sem ter uma palavra para os extraordinários gastos que a grande obra missio-

---

1. *Ib.*, 208, 329, 347. Na Vila de Serpa (Itacoatiara) para fugir às expedições régias onde eram maltratados e onde tantos morriam sem mais voltar, "certificaram-me pessoas fidedignas que em menos de dois anos têm fugido mais de quatrocentas almas; e o que fere o íntimo do coração é que a maior parte delas se misturam com os gentios e ficam praticando as mesmas superstições, não obstante serem baptizados", *Ib.*, 331.

2. *Ib.*, 211-213.

3. Cf. supra, *História*, IV, 168-169.

nária exigia; e também fala das "grandes fábricas de olaria" dos Padres, que vendiam o tijolo e a telha e a louça por mais do dobrado que se costuma em Lisboa e pagavam pouco aos trabalhadores.

É a permanente calúnia da época, que ainda impressiona algum moderno incauto, lendo-a assim isolada. Na realidade os Missionários não pagavam *pouco* aos Índios, porque lhes pagavam *mais* do que os colonos, e davam-lhes o que lhes não davam os moradores leigos: assistência religiosa, moral e física, nas doenças, com medicamentos, que logo lhes faltaram com lhes faltarem os Padre. As vendas dos seus géneros e produtos industriais representavam vida local e utilidade pública. E se a Companhia do Comércio pusesse na Amazónia aqueles artefactos, nem pelo triplo se venderiam. Facto de experiência pessoal, de quem conheceu e viveu estes assuntos comerciais da vida paraense, antes de pensar que um dia lhe haveriam de servir, como agora ao escrever estas linhas, de rectificação histórica. E o mais grave era que a vinda desses objectos do Reino mataria a indústria local, que foi o que realmente sucedeu com a saída dos Padres e o nota o Bispo D. Fr. Caetano Brandão, assinalando a miséria que encontrou. Nem se diga que isto só sucedeu por não se ter seguido a política iniciada com a perseguição. Nessa política, falha de visão e de conhecimento da terra, longo e ponderado, está o erro e a responsabilidade. O descalabro operou-se ainda dentro do ciclo da destruição pombalina no vale amazónico, isto é, antes 1777; e continuou por muito tempo, como fruto natural de tão ruim árvore, apodrecida com o tempo e só a custo removida [1].

Com o testemunho autorizado do virtuoso e grande Bispo D. Frei Caetano Brandão, há outros, entre os quais o de um coevo seu, homem de toga, Dr. António José Pestana e Silva, Ouvidor e Intendente Geral dos Índios da Capitania do Rio Negro. O alto cargo de que se investia, colocava-o em posição particularmente apta para conhecer a vida amazónica, no ponto preciso da população indígena de que constavam as Missões. A sua famosa *Representação* à Rainha D. Maria I, por mão de El-Rei (D. Pedro III), é um quadro, a mais não ser desolador, provocado por este duplo

---

[1]. Sobre a legitimidade canónica de actividades industriais e necessidade delas nos países de missão para a própria vida e progresso da catequese, cf. supra, *História*, IV, 165-175.

facto ou dupla manifestação do mesmo espírito de ganância, que se sobrepôs um momento ao espírito de civilização cristã, que inclui os interesses materiais, buscados com afinco para a prosperidade pública, subordinados porém à condição de se proceder com equilíbrio, sem injustiças, nem maus tratos. Mas como se procedia? E aqui estão dois dos alçapões do *Directório*, por onde se escoava a liberdade dos Índios:

Os Directores leigos "não perdem de vista, à custa de toda a violência e tortura, de obrigarem os Índios a extrair as drogas do distante sertão, e isto por dois princípios inegáveis e simultâneos; 1.º o terem e lucrarem a sexta parte de todos os interesses daquela negociação"; 2.º de obedecerem às ordens dos Governadores, [...] para fornecerem géneros e especiarias para o negócio e interesse da Companhia de Comércio [1]. E tirando estes dois parágrafos do "empolado" Directório, bem cumpridos, o mais dele e da legislação de D. José I, por assentar no falso conhecimento da terra, foram pràticamente letra morta, e o explica e prova, com factos concretos, o Ouvidor e Intendente Geral. E conclui:

"Com este breve desenho bem claro fica que nada serviram as leis aos Índios para serem amparados na sua liberdade. Que maior pode ser a opressão e cativeiro destes miseráveis? Que amor podem ter à Nação Portuguesa? Que obrigações ao governo? Como se pode desta forma aliciar o Gentio dos matos para se unirem ao nosso império, se eles são informados de todas e das menores circunstâncias do seu destino? Como se há-de, por esta maneira, aumentar o número dos fiéis para o grémio da Igreja? Não é por este trilho que se hão-de satisfazer as ordens régias que têm dado os augustos monarcas fidelíssimos; enfim, segundo a frase do discreto P. Vieira, que teve a experiência de 14 anos daqueles países [2], me atrevo a dizer que por semelhante ditame são os Índios cativos nas pessoas, cativos nas acções, cativos nos bens e, por falta de doutrina e de pregação, até cativos na alma" [3].

---

1. São os §§ 34 e 36 do *Directorio dos Indios*, feito pelos perseguidores para substituir o *Regimento das Missões*.

2. 14 anos: 9 nas Aldeias do Maranhão e 5 nas da Baía.

3. *Representação do Dr. António José Pestana e Silva Ouvidor e Intendente Geral dos Índios na Capitania do Rio Negro, sobre os meios mais convenientes de dirigir o governo temporal dos Índios do Pará*. Publ. por Melo Morais,*Corografia*, IV, 140, 143. Toda a Representação ocupa as páginas 122-185. "Os directores,

A falta de liberdade dos Índios, e o estado, a que numa geração estava reduzida a terra, mostram o desasizado da medida violenta (e cruel com o exílio e encarceramento dos beneméritos Missionários), que foi a destruição das Missões, num país de vastidão incrível, com lugar para todos, sem se encontrarem os arados, e onde todos seriam poucos! [1].

Por isso, as Missões voltaram e lá existem hoje na fímbria das selvas como outrora. Mas os Missionários modernos estão isentos dos vexames e desgostos dos séculos XVII e XVIII, porque as novas Missões estabeleceram-se no regime equivalente ao que propunha Vieira em 1660, um regime de Prelazias, confiadas a diversos Institutos Religiosos, e a estes Prelados toca por direito a visita dos seus Missionários; e tratando-se de Missões avulsas, sob a autoridade de Bispos diocesanos, tudo está regulado e previsto [2].

---

privados de direitos coercitivos sobre os Índios, deixaram a estes entregues à sua reconhecida indolência e devassidão, conforme veio anos depois a provar, em uma luminosa e larga exposição repleta de notícias e de profundas considerações, o Dr. António José Pestana e Silva, pondo em contribuição a própria experiência que tivera como ouvidor e intendente geral dos Índios da Capitania do Rio Negro, subordinada à do Pará" (Varnhagen, *HG*, IV, 315).

A *Representação* de Pestana e Silva prova, ao contrário do que aqui se diz, a perpétua coerção dos Directores sobre os Índios; e também, numa série de casos de Índios, traz repetido este epifonema: "E quem dá tal resposta é imbecil, é rústico, *indolente* e ignorante?" Varnhagen lê os documentos, referentes aos Índios do Brasil, em geral contra os mesmos Índios. Parece que Pestana e Silva o pressentira, tratando doutro caso: "o Índio obteve felizmente [o que pretendia] por esta astuciosa demonstração da verdade, e advogou a sua causa melhor do que lha advogaria um jurisconsulto das Universidades da Alemanha"... (*Corografia*, IV, 153).

1. Sob o aspecto estritamente missionário (agora paroquial) é ainda elucidativo o testemunho de José Joaquim Oldemberg, que mostra se não tinha ainda conseguido sustar o desastre da supressão prematura do regime missionário, e que a decadência das Igrejas continuava: ora faltava o missal, ora a lâmpada ou âmbula do sacrário, ora a pedra de ara, o cális ou a patena, frontais, corporais, sanguíneos, rituais, sinos, umbelas, turíbulos, objectos de toda a sorte, ora aqui, ora além, e até quase todos, às vezes, numa só igreja. *Relação dos ornamentos e alfaias de que necessitão as Igrejas da Diocese do Pará*, assinada por José Joaquim Oldemberg (B. Públ. do Pará, cód. 897, Alvarás, Cartas e Decisões — Reinado de D. João VI, 1790-1797).

2. Sobre o regime moderno das Missões, cf. Victorius Bartoccetti, *Ius Constitutionale Missionum* (Turim 1947) *passim*.

A legislação missionária, indecisa do passado, colocada entre dois poderes, o pontifício e o régio, trouxe vantagens inegáveis mais de um século, enquanto entre ambos prevaleceu a preocupação da harmonia; mas quando se iniciaram as emulações entre os dois poderes, longe de constituir privilégio para os Missionários, foi trabalho e pesadelo a mais, além dos que já padeciam no exercício dos ministérios apostólicos com a própria dureza e inclemência da Amazónia, que em relação a outras regiões do todo geográfico brasileiro actual, se apresenta ainda com manifesta inferioridade económica e social. E também religiosa, que é o sentido especial deste capítulo. Basta dizer que nos dois Estados do Pará e Amazonas, com os grandes Territórios adjuntos, em toda essa imensidade de terras, não existe ainda hoje senão um Arcebispado.

LIVRO QUARTO

Perseguição e Sobrevivência

> Noticia do Antidoto, ou nova Triaga Brasilica, que se faz no Coll.º da Comp.ª de Jesus da B.ª
>
> Com as virtudes, e propried.ᵈᵉˢ della experimentadas há muitos annos em varias enfermidades.
>
> A Triaga Brasilica he hum Antidoto, ou Panacea composta á imitação da Triaga de Roma, e de Veneza; de varias plantas, raizes, ervas, e drogas do Brasil, q. a natureza dotou de tão excellentes virtudes, q. cada hũa por si só pode servir em lugar da Triaga de Europa, pois com algumas das Raizes, de q. se compoem este Antidoto, se curão nos Brazis de qualquer peçonha, e mordedura de animais venenosos, como tambem de outras mmas enfermid.ᵈᵉˢ
>
> Opp. n. 17

Triaga Brasílica

Entre todos os medicamentos dos Jesuítas do Brasil, este alcançou maior nomeada. Feito pelo Ir. André da Costa, do Colégio da Baía, natural de Lyon de França: "Pharmacopola et chimicus insignis", como se lê no Catálogo de 1683 (Bras. 5(2), 60). A "Triaga Brasílica" tem hoje apenas interesse histórico. Mas ainda hoje é útil a relação das numerosas raízes e ervas medicinais, que entravam na sua composição, e se descrevem, com os lugares donde procediam, muitas delas das Quintas dos Padres em diversas partes do Brasil.

(Da "Collecção de Varias Receitas". — Ver frontispício no Tômo IX)

CAPÍTULO ÚNICO

Perseguição e Sobrevivência

1 — A Europa religiosa e política em 1750; 2 — A situação portuguesa; 3 — Do início da perseguição (1751) à lei de 1759; 4 — Os Missionários da Amazónia os mais perseguidos do Mundo; 5 — Sadismo e crueldade; 6 — Os cárceres do Reino e a dispersão da Itália; 7 — Continuação ininterrupta e restauração oficial da Companhia de Jesus; 8 — A volta ao Brasil.

1. — Dentro do Brasil não houve verdadeira causa para a perseguição de que foram vítimas os Jesuítas, incluindo os do Pará; e tem de se buscar na Europa — e mais ainda fora de Portugal que dentro dele — a razão profunda do acto violento dos meados do século XVIII.

Quando sobreveio a perseguição geral, a Companhia de Jesus estava em plena vitalidade dentro da Igreja e talvez por isso atraindo mais a atenção e as iras dos inimigos dela. Nas Cortes, os Jesuítas eram confessores dos Reis; nos Colégios, mestres; em todos os Continentes, missionários; e por toda a parte promotores esclarecidos da vida espiritual. Funções que aliás se começaram a exercer em vida de S. Inácio. Em maior escala agora, como é natural em todas as instituições vivas, que se desenvolvem com o tempo. Também havia as suas controvérsias, como igualmente as houve no tempo do Santo fundador. Controvérsias contra os inimigos da Religião, controvérsias dentro dela, em pontos debatidos, doutrinários, científicos ou de missões, como os ritos do Oriente. Normal numa Corporação de Ensino e de Missionarismo activo. Os Jesuítas não teriam razão sempre, mas também a tinham muitas vezes. Estas controvérsias, algumas nos aparecem hoje inúteis, outras inevitáveis e proveitosas para a vida cristã que foge da estagnação. E de todas ficavam resíduos de más vontades e quiçá ódios latentes ou claros. Os ódios mais perduráveis foram os dos Jansenistas, inimigos perpétuos da Companhia de Jesus, que terminaram por se instalar em Roma, onde o partido contou com muitos e altos aderentes. E o diz o Papa Bento XIV em carta a Tencin de 27 de Dezembro de 1752: "Certains ecclésiastiques, même des premières dignités, qui pour faire les beaux esprits, disent et écrivent bien des pauvretés et se font gloire de haïr les Jésuites" [1]. O chefe do partido Jansenista em Roma o Cardeal Passionei, ainda em 1747 estava em relações com Voltaire, e se carteava com os jansenistas e incrédulos franceses, cujos louvores mendigava. Não era amado em Roma e lhes chamavam o Cardeal prussiano ou o Pachá de Fossombrone, sua cidade natal. Mas era rico, tinha grande livraria, insinuou-se no ânimo de Bento XIV e estava em Roma. Ele e os seus aderentes seriam o cavalo de Troia, dentro da Igreja, contra a Companhia de Jesus. Fora da Igreja, todos os inimigos do Catolicismo e até os do Cristianismo em geral, com os deistas e incrédulos de todos os matizes, à frente dos quais Voltaire metia o Cristianismo a ridículo e negava pràticamente a Deus, pois só o admitia como um freio às massas, enquanto Rousseau procurava construir uma ordem social sem Deus [2].

Não se trata de averiguar aqui as causas deste estado mental da Europa, lembrando apenas que alguns as atribuem à própria Companhia de Jesus com o seu sistema filosófico-teológico do livre-arbítrio, em que defende a liberdade, princípio revolucionário fecundo, sem dúvida, mas a que logo unia outro de carácter conservador: toda a autoridade vem de Deus, todavia quem a recebe directamente não são os Reis, senão o Povo, onde se conserva estável [3].

No momento histórico da perseguição, os Reis, com o regalismo e o cèsaropapismo triunfante, declaravam-se revestidos do poder, por direito divino, recebido imediatamente de Deus. Doutrina perigosa à sombra da qual os Príncipes da Cristandade cometeram os maiores excessos contra o Povo, a Igreja, e agora a Companhia de Jesus. A estes excessos respondeu-se com excessos

---

1. Pastor, *Storia dei Papi*, XVI-1, 282, nota 9.
2. Pastor, *ib.*, 274-275.
3. Claro está que também não é aqui o lugar de desenvolver tal assunto, sobre o qual continuam as discussões. Cf. Eustáquio Guerreiro, S. I., *Precisiones de Suárez sobre el primer sujeto del poder y sobre la legítima forma de su transmisión al Jefe del Estado*, em *Razón y Fe*. Número Comemorativo do Centenário de Suárez (Madrid Julio-Octubre 1948)443-477.

opostos, na Reacção, que se seguiu, em que os Reis sossobraram, e se chamou Revolução. Quando sobreveio a perseguição à Companhia já se tinha produzido a ruptura entre a liberdade e a autoridade. Sucumbindo a liberdade, a autoridade régia chamava-se Absolutismo, que em breve chegou ao seu auge e foi o Despotismo.

2. — Aparece nesta altura da História da Companhia de Jesus na Assistência de Portugal um ministro régio, que nela entra, como na história de César se fala de Bruto, que o feriu, e cuja celebridade se alimenta parasitàriamente da grandeza de César.

Sebastião José de Carvalho e Melo, feito depois Marquês de Pombal e mais conhecido com este nome, havia sido residente português em Londres, e enviado à corte de Viena de Áustria. Se até então amava a Igreja Católica aprendeu a desamá-la na corte de Inglaterra; e nela tomou nota de certos métodos positivos de comércio, bons sem dúvida para aquele país, e nas condições concretas dele, mas que transplantados poderiam ser úteis ou não, conforme a diferenciação de climas económicos e morais, e o modo de adaptação ao novo meio. A Viena de Áustria fora mandado por D. João V, com o favor do P. João Baptista Carbone, Jesuíta e secretário particular de El-Rei para assuntos eclesiásticos, que um destes era o que então se debatia entre a Corte de Viena e a Santa Sé, e de que Portugal se constituíra árbitro [1].

Em Viena de Áustria fez o enviado português a aprendizagem maquiavélica das lutas do poder temporal contra o poder espiritual. Tornou-se discípulo do médico holandês Van Swieten, católico de tipo jansenista, que passara de Bruxelas a Viena em

---

1. Em 1744, antes de ir para Viena, Sebastião José de Carvalho solicitara do P. João Baptista Carbone, da Companhia de Jesus, e conselheiro de D. João V, "tres ou quatro minutos de audiencia" (Carta de Sebastião José de Carvalho ao P. João Baptista Carbone, B. N. L., Col. Pomb. 661, 34. Neste mesmo Códice, várias cartas do P. Carbone, e também do P. Ritter, Confessor da Rainha, a Sebastião José). A sua boa correspondência com os Padres Jesuítas era então activa, e não a prestar favores, mas a pedi-los; e à volta de Viena, nos oito meses que mediaram entre a sua chegada e a morte de D. João V, visitou assìduamente o P. Carbone na doença de que também faleceu, atribuindo uns as visitas a amizade sincera, outros a cálculo de com isso adiantar na consideração da Corte e estima da Rainha D. Mariana. (Nalguns autógrafos aparece D. Maria Ana, e cremos que este segundo nome concorreu para se espalhar no Brasil daquele tempo a devoção a S. Ana).

1745, e aí ficou médico imperial, e tratara o enviado português numa doença. Van Swieten, inimigo da Companhia de Jesus, lançou com outros as bases do Josefismo austríaco, da supremacia do poder real [1].

Entretanto, fez-se a paz entre as duas cortes um pouco à margem da influência portuguesa; e não eram muito extraordinários os serviços com que o enviado português voltou a Lisboa. Mas na sua bagagem, além dalguns preconceitos a mais, regalistas e jansenistas, trouxe uma mulher da família Daun, com quem casara. O facto da Rainha de Portugal, D. Maria Ana, mulher de D. João V, ser também austríaca aproximou as duas mulheres e abriu o caminho do ministério ao pretendente, que esteve em risco de ser preterido pelo seu adversário Alexandre de Gusmão. Arguido mais tarde o P. José Moreira, Jesuíta e confessor de El-Rei D. José, de ter favorecido a subida do novo secretário de Estado, negou que se metesse em tais assuntos.

3. — O primeiro acto revelador da futura perseguição religiosa no Brasil está nas Instruções Públicas e Secretas de 31 de Maio de 1751, assinadas pelo secretário do Ultramar Diogo de Mendonça Corte Real. Não são contra a Companhia de Jesus em particular, ao menos na aparência. Porque esta é até excepcionalmente louvada na Instrução 22, determinando que os missionários da Companhia fossem preferidos nas Missões que se fundassem de novo, por serem "os que tratavam os Índios com mais caridade" [2]. Mas esta instrução pertence ao número das públicas; e, ainda que não seria sem o conhecimento de Sebastião José de Carvalho, ela representa os sentimentos de Diogo de Mendonça, que, por causa deles seria a seu tempo também perseguido. Junto com as instruções públicas foram outras *secretas*, duas das quais contra os Religiosos e Eclesiásticos em geral, e são as Instruções *secretas* 13 e 14. A primeira é sobre bens que supõe estar a maior parte "contra a forma da disposição da lei do Reino e poderei dispor das mesmas terras em execução da dita lei"; e dá poderes ao governador para as visitar, por si ou por outrem, "sem embargo de qualquer *Privilégio*, *Ordem* ou *Resolução* em contrário, que todas hei por derro-

---

1. Pastor, *Storia dei Papi*, XVI-1, 564; Sotto Mayor, *O Marquez*, 18; Fortunato de Almeida, *História de Portugal*, IV, 295.
2. Cf. supra, *História*, III, 420.

gadas, como se fizesse expressa menção de qualquer delas". Na segunda, sabendo "o excessivo poder que têm nesse Estado os Eclesiásticos principalmente no domínio temporal das Aldeias", ordena-se ao Governador que se informe e trate com o Bispo se não "será mais conveniente ficarem os Eclesiásticos sòmente com o domínio espiritual, dando-se-lhes côngruas por meio da minha real fazenda" [1].

Como se vê, na primeira instrução secreta abolia-se a *ordem jurídica* existente, na segunda dava-se um passo para a supressão do regime missionário (a abolição do *Regimento das Missões*), aliás já também proposta antes pelos Padres da Companhia. Mas como as ordens eram *secretas* e versavam sobre "Privilégios, Ordens e Resoluções Régias", ab-rogadas sem conhecimento daqueles precisamente a favor de quem tinham sido passadas, isto é, das Missões e dos que nelas superintendiam, os malentendidos e equívocos iam surgir inevitáveis. E as consequências, pelo que se refere a terras e dízimos, e à transformação de Religiosos em Párocos de direito comum (que podia não ser contra o Instituto de todas as organizações Missionárias da Amazónia, mas era com certeza contra o da Companhia de Jesus), iam recair em primeiro lugar sobre ela, com o peso da perseguição esboçada nas Instruções; as quais já eram, no seu próprio teor de derrogação *secreta*, de ordens e resoluções régias *vigentes* e *públicas*, uma violação da legalidade.

Os Padres fizeram as suas representações a El-Rei e à Rainha. Como desconheciam as pérfidas Instruções, não se queixavam nem do Rei, nem das Instruções: queixavam-se dos *actos* do governador, que de acordo com essas instruções *secretas*, ignoradas dos Missionários, se manifestava hostil às Missões e ao Direito *Público* que as regiam. Só mais tarde é que os Padres, procurando o fio da meada, verificaram que logo desde 1751, ao chegar à Missão, já o governador, conluiado com o irmão ministro, trazia a resolução de tirar dela o maior número possível de Religiosos, e que exceptuando 7 ou 8 para o Colégio do Pará e outros tantos para o Maranhão, dizia que todos os mais eram "supérfluos" [2].

Entretanto, veio a execução violenta do Tratado de Limites de 1750, entre Portugal e Espanha, incluindo a permuta da Colónia do Sacramento (de Portugal) com os 7 Povos das Missões

---

1. Cf. "Instruções", em Lúcio de Azevedo, *Os Jesuítas no Grão Pará*, 419, 420.
2. Domingos António, *Collecção*, 13.

(de Espanha), impondo a transmigração dolorosa dos Índios, o que ia provocar o levantamento deles. Os sucessos, que deram celebridade para todo o sempre a estas Missões (deram celebridade e matéria também de discussão permanente) não entram no quadro da história de Jesuítas *Portugueses do Brasil*, por serem Missões de Jesuítas *Espanhóis do Paraguai*; todavia para vincar a distinção e evitar confusões nacionais, fez-se no lugar competente a devida e sumária arrumação de conceitos [1].

Outro facto, que hoje se averigua certo ao tratar de Demarcações, é que os Jesuítas Portugueses e os Jesuítas Espanhóis não tinham ideias concordes. O P. Bento da Fonseca, antigo professor de Filosofia e Teologia no Maranhão, Missionário da Amazónia, e Procurador Geral em Lisboa, homem de saber e autoridade, era consultado nos diversos assuntos da Corte. Quando se elaborava o Tratado de Limites de 1750, coligia ele documentos para a *História* do Maranhão e Pará. Não a chegou a escrever, mas os seus papéis constituiram o fundo inicial da de José de Morais. Um Padre ou Frade, que possuia o manuscrito dos *Anais Históricos* de Berredo, emprestou-lho; e Bento da Fonseca ao devolvê-lo agradeceu a obsequiosa lembrança, completando, em carta, as notícias da Amazónia, que por serem ulteriores a Berredo, faltavam ao Livro X dos *Anais*: a comunicação do Rio Negro com o Orinoco (não foi preciso esperar por Humboldt); os descobrimentos feitos nos Rios Madeira, Tocantins, Tapajós e Arinos. Pelo que toca aos Padres Portugueses, diz que João de Sampaio, depois de fundar a Aldeia de S. António das Cachoeiras, subiu o Rio Madeira durante 16 dias. E conclui: "*Com estas notícias fica certa a demarcação do interior da nossa América, cortando pelo Rio Madeira ao Mato Grosso, e descendo deste até à nossa Colónia do Sacramento, ainda que parte deste Sertão, para cá do Rio da Prata, entre este e o Brasil, tem várias povoações e Aldeias de Índios castelhanos*" [2].

---

1. Cf. supra, *História*, VI, 551-560. — Quanto à *discussão* permanente, cf. C. Lugon, *La République Communiste Chrétienne des Guaranis 1610-1768*, Paris, 1949. Pelo episódio da destruição das Missões, o Autor, natural da Suiça (sem erros nem glórias na formação do Novo Mundo) condena em bloco a colonização hispano-portuguesa; posição inversa à dos que, para defender em bloco essa colonização, louvam aquela destruição.

2. Carta do P. Bento da Fonseca, do Colégio de S. Antão (Lisboa), 14 de Junho de 1749. Publicar-se-á em Apêndice, infra, Tômo IX.

Os Jesuítas da Coroa de Portugal metiam as 7 Aldeias (*Pueblos*) dos Jesuítas da Coroa de Castela na zona de expansão portuguesa, isto é, dentro dos limites do Brasil, sem se perder a Colónia do Sacramento.

Não apreciariam muito esta opinião os Espanhóis e Jesuítas da Coroa de Castela na América, que em caso de conflito nacional hispano-português, sempre se mostraram zelosos da sua Pátria. Naturalmente, nós teríamos todo o prazer em que os Espanhóis nos deixassem firmar o pé no Rio da Prata e nas praias do Pacífico, e é de crer que os Espanhóis sentiriam igual satisfação em que nós os Portugueses os deixássemos chegar a Santos ou à foz do Amazonas. Aspirações próprias de todas as vizinhanças, boas ou más, com Jesuítas e sem Jesuítas. O mais surpreendente, nestas questões de fronteiras, é haver quem não morra de amores pela Companhia de Jesus, e ninguém lhe quer mal por isso, e ao mesmo tempo exalte tanto o papel dos Jesuítas Castelhanos na expansão espanhola contra a portuguesa, que, sem o advertir, oferece aos Espanhóis bom argumento para proclamarem os Jesuítas seus compatriotas como os grandes pioneiros de Espanha na América. E eles não desgostarão disso. E talvez seja verdade.

O certo é que já não concedeu tanto a Portugal o Tratado de Limites (no Sul, de *Permuta*) de 1750, pois nos tirava a Colónia do Sacramento. Em compensação deixou a porta aberta a tais dificuldades práticas, sobretudo a da transmigração dos povos, que nelas sossobraram os Comissários do Sul, como é sabido.

O fracasso do Norte recebeu nova luz agora com a publicação dos documentos inéditos da Universidade de Coimbra. Tira-se deles que o Comissário português das demarcações, que se haviam de tratar no Rio Negro, e era o próprio Governador do Pará, sabia pouco do ofício, quando, sem "ter chegado o Comissário Espanhol, nem haver esperança próxima da sua vinda", partiu a 2 de Outubro de 1754, do Pará para o Rio Negro, com numerosa e fátua ostentação de gente e soldados para "impressionar" o Espanhol.

O Comissário espanhol devia chegar ao baixo Rio Negro pelo Orinoco, longo e difícil rodeio. Quem escreve estas linhas passou a juventude naquelas regiões, transpôs as cachoeiras do Rio Negro, de fato de brim e pé descalço para não escorregar nas ubás da terra, remadas e puxadas à espia por Índios, até às fronteiras da Venezuela; e diz, com conhecimento de causa, que pôr-se um homem do Pará a caminho do baixo Rio Negro, com grande comitiva, para se entrevistar com outro, que há-de vir pelo Orinoco, sem notícia certa de que ele já chegou ou se aproxima, naquelas distâncias e sertões, de caminhos encachoeirados e sem gente branca (ainda hoje é pouca), é acto de pessoa mal informada, falha de responsabilidade e bom senso. Passou-se um ano, e ainda houve alimentos, alcançados a duras penas dos Missionários e dos seus Índios, ainda chegou o dinheiro para pagar o soldo aos militares contratados em Lisboa, a quem se prometeram especiais regalias; passou-se outro ano, e escassearam os mantimentos, não houve dinheiro para pagar os soldados que queriam transformar em roceiros, sobrevieram os maus tratos, graves doenças e a miséria. A 2 de Março de 1757, os soldados levantaram-se e fugiram [1].

Durante tão dispendiosa, imprevidente, e, pelos resultados, inútil viagem (o Comissário espanhol não chegou a vir), o Comissário português, Mendonça Furtado, entendeu grosseiramente que podia obrigar os Missionários de Índios da Amazónia a serem feitores de escravos para alimentar uma empresa, realizada tão no ar como se viu. E se o Missionário lhe manifestava a incapacidade do Índio para trabalhos violentos de longa duração, recebia em troca baldões e ameaças. Foi neste período, a coincidir com as inépcias do então já gasto Gomes Freire nas Missões do Paraguai, que se iniciou o despistamento calunioso, com o "descarado engano" dos canhões do Rio Madeira, as "falsificações" da paz dos Amanajós, a "república" ou "império teocrático" do Paraguai, o "Imperador Nicolau I", com suas falsas moedas europeias, e outras invenções conhecidas, tudo para desviar a atenção e encobrir o desperdício dos dinheiros públicos em acções conduzidas sem a perspicácia nem a segurança que lhes garantissem o êxito, que deviam ter e não ti-

---

[1]. Carta de António José Landi ao P. Anselmo Eckart, do Arraial de Mariuá, 25 de Abril de 1757, em Domingos António, *Collecção*, 32-33. Antes de seguir para o Rio Negro, o famoso arquitecto trabalhou na Capela-mor da Igreja do Colégio do Pará (S. Alexandre): "Ecclesiæ nostræ Splendor non mediocre hoc anno incrementum sumpsit a substituto veteri, in capella aræ principis novo fornice parergis auro obductis prædivite, directore architecto italo Landio elaborato, qui meliorem lucem majoremque magestatem aræ communicat". Carta do P. Francisco Wolff, por comissão do P. Reitor Caetano Xavier, Pará, 7 de Novembro de 1756, *Bras.10(2)*, 492.

veram. Em suma, estava aberta pùblicamente a perseguição missionária, que do Paraguai, fazendo volta por Lisboa, onde bebeu ares de heresia jansenista, e se carregou de outras emulações e despeitos, chegara à Amazónia e a todo o Brasil.

Aberto o caminho da calúnia dirigida, todos os sucessos da época serviam para consumar e generalizar a perseguição religiosa: os Padres da Companhia de Jesus foram declarados participantes do Motim do Porto (do povo do Porto contra o monopólio dos vinhos) e do atentado contra D. José, ocorrido no dia 3 de Setembro de 1758. E para aumentar a sugestão da participação, a lei com que são exilados de Portugal e seus Domínios, fez-se datar do primeiro aniversário daquele facto, 3 de Setembro de 1759 E, como fundamentos dela, as aventadas participações são dadas como actos certos e provados, acrescidos, além disso, com a guerra dos 7 Povos do Paraguai, e as informações, que lá fóra corriam contra a "fama" real, obras todas elas, é claro, dos Padres da Companhia de Jesus. Por isso, eram declarados "notórios rebeldes, traidores, adversários e agressores", e expulsos de Portugal e dos seus Domínios; e nenhuma pessoa, excepto as que o fizessem por imediata ordem régia, poderia ter com eles correspondência verbal ou por escrito, sob pena de morte e confiscação de bens. E ao mesmo tempo que se dava aos Padres conhecimento duma lei, em que eram assim condenados sem ser ouvidos, ficavam eles presos e incomunicáveis, privados de todo o direito de defesa.

Nenhum dos motivos, expressos na Lei, pertence ao Brasil. O da Guerra dos 7 Povos do Paraguai foi com Espanhóis (Jesuítas e não Jesuítas), vassalos de Coroa que não era a Portuguesa; e pelo que toca à acusação do Motim do Porto e do atentado, todos os autores, que estudaram modernamente esse período, são unânimes em negar qualquer vestígio de participação de Jesuítas [1]. Os autores modernos, dizemos, porque dos daquele tempo não se podiam esperar palavras de justiça a favor dos perseguidos, para não incorrerem na pena de morte e de confisco, com que o Despotismo do momento os ameaçava. Este motivo de confisco, não confessado

---

1. Cf. Fortunato de Almeida, *História de Portugal*, IV (Coimbra 1926) 339, 358. O autor dá vasta bibliografia sobre estes sucessos de *Portugal*. Nem tratamos pormenorizadamente deles aqui, por já não ser História da Companhia de Jesus no *Brasil*.

pelos perseguidores, estava na sua mente talvez em plano preponderante. Quando 18 anos mais tarde morria D. José e se desmoronava a tirania, ao examinarem-se as contas do tesouro público a verba dos bens confiscados (aos Religiosos e a outros) era a maior de todas [1].

Por onde se vê, que para a perseguição se casou a Calúnia com o Sequestro e foi padrinho o Espírito do tempo. E assim com o título colorado de razão de Estado, à sombra da qual se têm cometido três quartas partes dos crimes que desonram a Humanidade, se cometeu mais este.

E com isto, esboçados os sintomas do ambiente geral, fixemo-nos no ponto concreto do Brasil, onde aliás pouco resta que dizer. Porque nos tomos precedentes se deslindou já o que pertence a cada Aldeia, Residência e Colégio, no acto comum da perseguição. Viu-se, que fora do quadro do funcionalismo público, que cumpria ordens da Corte, e já adrede preparado ou deputado para isso, e dum ou outro êmulo ou inimigo pessoal, rara foi a povoação, que não manifestou, com sentimento e muitas vezes com lágrimas, o pesar pelo exílio dos Padres da Companhia.

Finalmente, concentrados nos principais Colégios de cada região, os Padres e Irmãos, que se mantiveram firmes no meio da tormenta, operou-se o embarque deles nos respectivos portos, Rio de Janeiro, Baía, Recife, e Pará, no ano de 1760, movimento de exílio que seguiu a linha Sul-Norte:

No Rio de Janeiro, a 15 de Março, embarcaram 125 Padres e Irmãos [2]; na Baía, a 19 de Abril, em dois navios, 124 Religiosos [3]; no Recife, a 1 de Maio, 53 Jesuítas [4]; no Pará, a 12 de Setembro, 115 [5].

Convém saber que os Jesuítas do Brasil eram mais do que a soma destes números [6]. Mas os noviços já tinham sido forçados pelos perseguidores a deixar a Companhia, e já haviam sido

---

1. Havia 4 cofres com os bens existentes: no dos "confiscados" a verba superava, por si só, as outras três juntas; traz os números Lúcio de Azevedo, *O Marquez de Pombal e a sua Epocha* (Lisboa 1909) 421-422.
2. Caeiro, *De Exilio*, 283; *Apêndice ao Cat. Port.* de 1906.
3. Cf. supra, *História*, V, 149-150; cf. ib., 103-105.
4. Cf. supra, *História*, V, 436, 486; Caeiro, *De Exilio*, 166, 170.
5. Caeiro, *De Exilio*, 611, 613.
6. Cf. supra, p. 240.

atingidos pela proscrição, dentro da Província do Brasil, os Padres estrangeiros e um ou outro filho de Portugal ou do Brasil. Alguns poucos, por viverem mais afastados da costa, no Piauí e em Goiás, chegaram depois dos embarques, seguindo em breve o mesmo rumo que os mais Religiosos.

4. — O movimento das deportações começara no Pará, por se ter dado a circunstância de o governador ser irmão do ministro perseguidor, e terem ambos achado no Bispo local dócil e ambiciosa colaboração [1].

Salvou-se deste desdouro o Bispo do Maranhão, D. Fr. António de São José. Ainda mesmo depois de "ouvir a voz dos lobos", continuou a dar provas de afecto aos Padres; e o mesmo fez o povo do Maranhão. Irritavam o povo os atropelos, que desde 1758 se cometiam contra eles, e o aparato militar que se estadeava para aterrorizar a população; a qual clamava que o prejuízo não era para os Padres, mas para a terra, a quem, tirando os Padres Mestres, lhe arrebatavam as esperanças e a "Casa do seu refúgio", nome que dava ao Colégio do Maranhão. Manifestaram-se em particular, José de Areda e Manuel da Silva, e este acrescentava pùblicamente que enquanto lhe restasse alguma coisa dos seus haveres, não passariam fome os Padres da Companhia; e por isso, diz o Cronista da perseguição, os seus nomes serão lembrados [2], reeditando-se o caso das duas gloriosas heroinas paraenses, D. Antónia de Meneses, e a negra (tapanhuna) D. Mariana Pinto, do tempo do P. António Vieira [3].

Como no Maranhão, também no Pará se operou idêntico movimento a favor dos perseguidos, à proporção que as hostilidades se sucediam umas às outras. O Bispo, recebido o decreto que o investia de reformador, ("destruidor" lhe chamavam os Padres da Companhia, a ele e aos mais reformadores, e é força convir que os factos lhes deram razão), tirou todas as licenças aos Padres com detrimento das almas (*"Quam multi parvuli petebant panem et non erat qui frangeret eis!"*), e foi à Igreja do Colégio de S. Alexandre, rodeado de soldados e dos seus amigos especialmente convidados,

---

1. Cf. supra, 318-325.
2. Matias Rodrigues, *Hist. Pers. Maragn.*, 7 (*ms.*).
3. Cf. supra, *História*, IV, 58.

celebrou missa, e revestido de roxo, fez com os Padres da Companhia e os Seminaristas alunos dos mesmos Padres no Seminário recém-fundado, uma procissão fúnebre, com cantochão dos cantores da Sé, e os sinos a dobrar a finados, como a significar que a Companhia morrera [1]. Cerimónia que impressionou o povo, não contra os Jesuítas como o pretendiam os perseguidores, mas a favor deles. Também impressionou mal o povo a circunstância de o Governador Mendonça Furtado em vez de entregar logo o Governo a Manuel Bernardo de Melo e Castro, o dilatar muito tempo, para a seu salvo, calando ou interpretando sem escrúpulo licenças existentes, aparentar a legalidade do sequestro e repartir bens pelos seus amigos e contemplados [2]. Com os Jesuítas sempre havia o povo do Pará tido as suas questões por causa da liberdade e repartição dos Índios; em tudo o mais os respeitava e estimava; e disto sempre as Câmaras faziam ressalva explícita. Agora, ao experimentar que lhe tiravam os Índios para os colocar na nova escravidão dos Directores, transformados em agentes da Companhia de Comércio de Lisboa, ao ver o pequeno comércio local arruinado, e que as Câmaras Municipais se mandavam calar por ser crime de lesa-majestade, representar ou "dizer mal" das "sagradas e invioláveis leis de Sua Majestade", boas ou más, o povo começou a compreender que ao ferir-se a Companhia de Jesus se feria alguma coisa mais, que era a própria liberdade [3]. E na última festa de S. Inácio, celebrando-se as vésperas na Igreja de S. Alexandre, a 30 de Julho de 1760, vendo-se o povo, por ordens contraditórias do Bispo, posto fora da Igreja, fez os comentários que o caso merecia. Notando que os cantores entoavam o *Laudatio ejus manet in sæculum sæculi*, alguns paraenses mais destemidos apelidaram o Bispo de "advogado do Diabo" na causa dos Jesuítas, e que não contente com perseguir na terra os filhos de S. Inácio,

---

1. Matias Rodrigues, *ms. cit.* 2.
2. Sobre licenças, ou dos Governadores ou dos Reis, cuja existência negava o Governador Mendonça Furtado e existiam de facto, cf. supra, *História*, III, 286, 288; IV, 203-204.
3. Sebastião José de Carvalho desde 1755 que ensinara ao seu irmão do Pará esta máxima *liberal*, que calam cuidadosamente os homens *livres*, panegiristas dos dois "estadistas", a saber, que era "crime de lesa-majestade dizer mal das leis de El-Rei" (Carta de 4 de Agosto de 1755, B. N. de Lisboa, Col. Pomb., Cód. 626; Lúcio de Azevedo, *Os Jesuitas no Grão Pará*, 301).

ainda queria perseguir no céu o Pai. Mas fizessem o que fizessem todos os Bulhões do mundo, o louvor dos Jesuítas ficaria pelos séculos dos séculos, — que assim interpretaram aqueles paraenses o caso fortuito de se interromper a festa no versículo *Laudatio* ¹.

Ao dia seguinte celebrou-se já a festa do Santo Fundador da Companhia de Jesus, mas sem a assistência dos Religiosos dela, proibidos de exercer os seus ministérios e de descer à Igreja. Celebraram-na eles na Capela Interior; e os mais novos renovaram os votos para se fortalecer na fé contra as investidas dos tentadores, em que sobressaíam o Bispo e o Governador, já Manuel Bernardo de Melo e Castro, empenhados em abalar a constância dos Religiosos, com lhes prometer benesses e empregos públicos, ocupando o tempo nesta indigna tarefa de governantes. Caeiro conta diversos casos de constância heróica, entre os quais merece reter-se a de um, pelo nome simbólico que tinha, e por se mostrar digno, — também pela atitude — do primeiro Jesuíta do Brasil. O Governador Bernardo mandou tirar um jovem estudante, Manuel da Nóbrega, dentre os mais do Colégio perto da meia noite, do dia 11 de Agosto de 1760, e ele em pessoa durante dois dias investiu contra a sua vítima juvenil, entremeando afagos com ameaças. Sentou-o à sua mesa com alguns que tinham sucumbido à tentação; e vendo que recusava as iguarias e as promessas, o passou para o porão dos criados. Continuando firme o Religioso Estudante, o Governador com palavras de desprezo o restituiu no dia 14 à noite aos seus Irmãos do Colégio, que o abraçaram jubilosos ².

Era já nas vésperas do exílio geral, como remate de cinco anos de perseguição ostensiva, pois o exílio no Pará começara cedo, em 1755, com vários pretextos e correspondentes decretos³.

---

1. Matias Rodrigues, fonte de Caeiro, é um dos exilados do Maranhão e Pará, de 1760. A sua preciosa narrativa, datada de Centumcellis (Civitavecchia), 17 de Janeiro de 1761, é a primeira história orgânica e pormenorizada da perseguição, dirigida ao P. Geral, e com o carácter de carta colectiva: "Paternitatis vestræ filii amantissimi, qui venerunt ex magna tribulatione, omnium nomine, et jussu Patris Bernardo de Aguiar, *Mathias Rodrigues*". (*Ms. cit.*, 39). — Bernardo de Aguiar, aqui nomeado ainda com a autoridade de Superior, ocupava o cargo de Reitor do Colégio do Maranhão no momento do exílio. (Cf. supra, *História*, III, 133).

2. Caeiro, *De Exilio*, 604, 606.

3. Cf. supra, *História*, III, 363-364. A perseguição às missões não foi só contra as da Companhia de Jesus. O Autor do *Diário de 1756-1760*, narrando

Os pretextos destes primeiros desterros não eram geralmente indicados aos 21 Padres que os padeceram. Colhem-se de diversas Cartas do Governador e do Bispo e quase todos da "Relação Abreviada", que é a versão dos perseguidores, e foi durante muito tempo, a única fonte dos que trataram desse período até aos fins do século XIX, embora já desde o XVIII corresse impressa a versão dos perseguidos. Apésar de andar publicado há muito o *Diário* do P. Eckart e outros documentos, em que junto da acusação se coloca a defesa, ainda um ou outro publicista, talvez por falta de estudo e diligência, continua a escrever a história, aduzindo apenas as imputações dos perseguidores, como se a sequência dos factos não mostrasse que se tratava de perseguição a princípio dissimulada, mas positiva e classificada como tal. Sistema crítico defeituoso, como quem, vendo as pedradas dos perseguidores e julgando o edifício pelas telhas quebradas, e por alguma pedrada de ricochete caida sobre os próprios lapidadores, se dispensasse de olhar para o interior de dois séculos de benemerências de uma instituição respeitável (e respeitada de facto pela sua obra e por todos os grandes homens do Brasil), o que por si deve tornar prudente quem lê as acusações do tempo da perseguição [1].

---

os desterros do Pará em Março de 1759, além dos Jesuítas, diz que iam exilados: 18 Frades de S. José (os "Piedosos"), "da Conceição não sei bem quantos", de S. António dizem que 5, do Carmo 3.

1. A antologia dos grandes homens do Brasil, que demonstraram o seu respeito e reconhecimento para com a Companhia de Jesus no Brasil, é avultada e como argumento de autoridade por si mesmo destrói a dalguns dos publicistas que só fizeram história pela versão dos perseguidores. O Barão do Rio Branco conhecia as dificuldades que os Jesuítas da Coroa de *Espanha* puseram ao Tratado de Limites, quando no Sul se ocupavam dele os Comissários portugueses e espanhóis. E escreve: "En 1759, les Jésuites furent expulsés du Portugal et de toutes les possessions portugaises. Malgré les difficultés que dans les derniers temps ils avaient suscitées au gouvernement de Lisbonne, notamment lorsque les commissaires portugais et espagnols s'occupaient de l'exécution du traité de limites de 1750, on ne peut s'empêcher de reconnaître que ces Religieux ont rendu les plus grands services au Brésil. La conquête et la colonisation de l'Amérique portugaise au XVIº et au XVIIº siècles est en grande partie leur oeuvre. Comme missionnaires, ils ont réussi à gagner à la civilisation des milliers d'Indiens, et la race indigène devint, grâce à leur dévouement, un facteur considérable dans la formation du peuple brésilien. Ils ont été toujours les défenseurs de la liberté des Indiens et les éducateurs de la jeunesse brésilienne qui cherchait à s'instruire". (Barão do Rio Branco, *Obras*, VIII — *Estudos Históricos*

Do contrário, perdido o indispensável senso crítico, representam-se os sucessos da Amazónia como se tivessem nela toda a razão de ser, e o Governador e o Bispo procedessem por sua conta e risco, e os casos que narram ou em que intervieram significassem o que materialmente parecem, na infinita papelada das insignificâncias locais. Na realidade, tudo era movido por cordelinhos puxados do outro lado do mar; e bastava do outro lado do mar uma sacudidela em sentido inverso para terem outro rumo os sucessos da Amazónia, com mais utilidade, contínua e segura, para ela própria, e menos crueldades para com os beneméritos missionários, que padeceram a má ventura de o ser em tais tempos.

Além do pressuposto histórico, que esclarece o espírito geral da perseguição, e do que ficou relatado nos tômos III e IV, outros muitos e valiosos documentos, que se verão com a minúcia devida nos tômos VIII e IX, colocam em luz clara todo esse lamentável período de rumores, boatos, falsos testemunhos e insinuações ma-

---

(Rio 1948)77-78). Das Escolas dos Jesuítas sairam quase todos os grandes nomes literários do Brasil nos três primeiros séculos, diz aí mesmo o grande chanceler do Brasil e já o notamos noutro lugar. Influxo educativo que se manifestou até onde não se chegaram a abrir Colégios da Companhia:

"A primeira época das Minas, consumida no bruto afã de se amansar o sertão, educando-se os selvagens e lidando-se com colonos corrompidos, ou forasteiros ignóbeis, oferece-nos um lado que ameniza o aspecto geral e que indigita a estreita ponte entre abismos por onde se transportou felizmente o paládio da civilização. É que os paulistas, primeiros povoadores, pioneiros, que nem brenhas, nem serras, nem bárbaros, nem feras detiveram no avanço da conquista, foram estudantes, e nessa bagagem luminosa, enquanto se estabeleciam nos sertões guardavam o amor com que mandavam os filhos para onde pudessem receber instrução. Devemos este milagre aos Jesuítas. Onde quer que se estabeleceram, fundaram seus Colégios e Escolas de Artes, faróis primeiros do nosso destino. Esses Padres admiráveis, reconhecendo o mundo como feito para ser dominado pelo espírito e vencido pela doutrina implantaram na consciência dos pais o dever de educar os filhos". (Diogo A. P. de Vasconcelos, *História Média de Minas Gerais* (Rio 1948)128-129). E cf. Afrânio Peixoto, *Oblação à Companhia de Jesus* em *Poeira da Estrada* (S. Paulo 1944)224-257, onde, em vez de *oblação*, Afrânio poderia ter escrito, *Gratidão do Brasil*, tantas vezes ilumina o seu discurso a bela e nobre palavra. Naturalmente, nem por alto, se pode fazer aqui a Antologia da Gratidão Brasileira para com a Companhia de Jesus, nos seus modernos prosadores e poetas, desde Castro Alves a Joaquim Nabuco. Mas através das páginas desta *História*, fica já boa soma de elementos para ela se organizar. E basta lembrar alguns grandes nomes do Brasil que se lêem e ilustram a *Introdução bibliográfica* do Tômo I, p. XXV.

lévolas. Os perseguidores apresentavam os Padres da Companhia como murmuradores, comerciantes, cobiçosos, escravagistas, desencaminhadores e contrabandistas do oiro, rebeldes aos reis e aos Bispos, e mais tarde regicidas, instigadores de revoltas, afugentadores dos Índios, engenheiros disfarçados, professores sem capacidade, oficiais de artilharia, hereges, monstros e causadores de todos os males do tempo. Calúnias, que Lúcio de Azevedo, mesmo sem a plenitude dos documentos, já viu naqueles que teve ocasião de examinar e das quais escreve: "as duas imputações são igualmente caluniosas e a apologia dos acusados saiu cabal" [1]; e a outras imputações ora chama "aleive", ora "calúnia" ora "descarado engano" (com provas). Os falsos rumores, base da imputação oficial contra os primeiros 21 Jesuítas exilados, mas com a rectificação ao pé, os reuniu o P. Domingos António, Reitor do Colégio do Pará, cujo cargo o colocava na linha de choque da perseguição: "Collecção dos Crimes e Decretos pelos quais vinte e hum Jesuitas foram mandados sair do Estado do Gram Para, e Maranhaõ antes do extermínio geral de toda a Companhia de Jesus daquelle Estado. Com Declaração dos mesmos crimes e resposta a elles" [2].

Este documento abre com a declaração de que logo no início do seu governo, Mendonça Furtado se mostrou desafecto às Missões Religiosas, mas conteve as manifestações violentas enquanto viveu a Rainha Mãe, protectora das Missões, e protectora também da Senhora Daun, sua compatrícia, cunhada do Governador. Em todo o caso num governante palreiro tais sentimentos logo se revelaram aos que tratavam com ele e era com especial gosto que ouvia quantas novelas e sucessos extravagantes se contavam dos Missionários; e tornada pública a perseguição em 1755, não só ouvia, mas inquiria, e anotava num livro, e pedia certidão jurada do que tinham dito, "fosse ou não fosse rectamente averiguado, porque tudo lhe fazia conta para o fim que pretendia. De qualquer aparência de culpa, fazia um grande corpo de delito aos Padres da sua maior devoção, e entre eles aos de maior autoridade ou de maior préstimo na Religião, por julgar que na ruina destes envolvia a de todos os mais. Nem receava que naquele tempo fosse descoberta a

---

1. Lúcio de Azevedo, *Os Jesuitas no Grão Pará*, 313-314.
2. Ms n.º 570, da Biblioteca Geral da Universidade de Coimbra, publicado pelo Bibliotecário da Universidade, M. Lopes de Almeida, Coimbra, 1947, 134 pp.

falsidade ou insuficiente prova das acusações, que mandava para a Corte, por irem remetidas ao primeiro ministro seu irmão, que abusando do poder, que tinha, as fazia correr como verdadeiras; e castigava aos criminosos nela inclusos, como se na realidade o fossem, sem serem perguntados nem ouvidos" [1].

Com este mesmo espírito intencional de perseguição, ordenara o Ministro que, no Estado do Brasil, se tirassem devassas do procedimento dos Padres da Companhia. Devassas de bem diferente significação das que os Reis antigos mandavam tirar dos Governadores como meio de justificação e verdade. E como a intenção do Ministro era conhecida, assim como no grupo dos discípulos de Jesus Cristo, também nestas devassas apareceu algum Judas no Rio de Janeiro que se prestou a vender os irmãos da véspera. Excepção, aliás, como também Judas foi excepção no Colégio Apostólico. Mas o não se terem multiplicado os Judas irritou o Conde de Oeiras que o manifesta ao Conde de Bobadela: "As devassas, que se tiraram dos Padres da Companhia na Baía e Pernambuco, não podiam ser mais favoráveis se os quiséssemos canonizar, porque toda consta de virtudes especiais e exemplares procedimentos, cuja notícia seguro a V.ª Ex.ª que me perturbou e encheu de confusão, julgando-me a mim suspeito quando os crimino, à vista das evidentes provas das outras devassas que tanto os santificam, sendo as testemunhas que nelas juraram as pessoas mais principais daquelas cidades" [2].

Nas nossas longas pesquisas não se nos depararam nunca estas preciosas devassas em que a Baía e Pernambuco, pelas suas pessoas mais representativas, se manifestaram pelos Jesuítas, benfeitores do Brasil. Como não era o que o perseguidor queria, talvez as destruísse. O certo é que vendo fechado este caminho, recorreu às imputações falsas e directas, como entre outras as do atentado e Motim do Porto. E achou no Governador do Pará, o agente fraterno para a propaganda oficial da calúnia, suprimida antes, naturalmente, a liberdade da defesa. E assim, com estes processos e ausência de liberdade, foram exilados, Professores, Escritores, Mis-

---

1. Domingos António, *Collecção*, 13-14.
2. Cit. no *Discurso* de Pedro Vergara, pronunciado a 24 de Setembro de 1940, em *Anais do IV Centenário da Companhia de Jesus*. Serviço de Documentação do Ministério da Educação (Rio de Janeiro 1946) 38-39.

sionários, Pregadores, Reitores e o Superior de toda a Missão: Teodoro da Cruz, António José, Roque Hundertpfundt, Manuel Ribeiro, Aleixo António, Anselmo Eckart, António Meisterburg, Manuel Afonso, Lourenço Kaulen, Luiz Álvares, Joaquim de Carvalho, João Daniel, Joaquim de Barros, Luiz de Oliveira, Manuel dos Santos, António Moreira, David Fáy, José de Morais (cronista da Vice-Província), José da Rocha (Reitor do Maranhão), Domingos António (Reitor do Pará) e Francisco de Toledo, Vice-Provincial e Visitador Geral.

O pretexto para o exílio do Superior de todos os Padres da Vice-Província foi o de que tolerava e dissimulava o que o perseguidor chamava caluniosamente "desordens dos seus súbditos". Francisco de Toledo, que viera da Província do Brasil (a que pertencia), como Visitador em 1755, responde que da sua parte fez o que estava em seu poder para cumprir as ordens que se davam, despachando "correio por todos esses Rios sem reparar em dificuldades nem em despesas: onde está logo a minha omissão, tolerância e dissimulação nas desobediências e desordens dos meus súbditos em comum, de que V.ª Ex.ª os argui a eles, e a mim me põe de autorizador ? Aqui me lembra que lendo V.ª Ex.ª no meu semblante a aflição com que vivia ao tempo da execução do Alvará com força de lei, me fez a mercê de compadecer-se de mim e dizer-me mais de uma vez: *Padre, porque tendes tanta aflição, como se foras a causa das presentes disposições, estando elas determinadas quando ainda não sonháveis de vir para este Estado?*

Exm.º S.ᵒʳ Estamos todos prontos e imos todos os mandados por V.ª Ex.ª para o nosso desterro com muito gosto e conformidade, por termos mais isso que oferecer a Jesus Cristo, a quem ao menos eu tenho muito ofendido em minha vida; principalmente por nesta parte irmos todos, quanto eu entendo, inocentes. E pouco importa que neste mundo fiquemos pùblicamente infamados de ladrões, roubadores e profanadores de coisas sagradas, como se os Religiosos fossem alguns hereges, senão fora o padecer tão grande labéu a Vice-Província toda, chegando-se a lavrar na Secretaria deste Governo, para se espalharem por cópia pela Cidade, as culpas que lhes impõem, das quais deviam primeiro ser arguidos por seus legítimos Superiores, e ouvidos para dizer da sua justiça, e convencidos de que a não tinham, serem então castigados, como ensinam os Teólogos e Juristas sem discrepância".

Da Carta do Visitador [1], cheia de humildade religiosa, mas também de coragem e firmeza cristã, se infere a premeditação bem remota da perseguição, confessada pelo próprio agente dela no Pará. Quaisquer que fossem os actos dos Missionários eles seriam igualmente caluniados e receberiam o mesmo tratamento, que se parece estranhamente com o que recebeu Jesus Cristo nas vésperas do Calvário.

Quanto a se recolherem os objectos das suas Igrejas, o que se fez do modo mais oculto aos olheiros malévolos, o Visitador, noutro passo da carta já aduzido no seu lugar próprio [2], diz que lho insinuara o mesmo governador que agora lhe fazia disso um crime, negando ao mesmo tempo a legítima defesa contra a calúnia espalhada aos quatro ventos, com infâmia e injustas e cruéis consequências.

Dos primeiros 21 perseguidos do Pará, Roque Hundertpfundt deixou de padecer os cárceres, por se haver retirado para a sua pátria por ocasião do Terremoto de Lisboa; Luiz de Oliveira, desterrado em 1760 para a Itália, morreu lá; os outros 19 todos ficaram nos cárceres, donde só sairam 11 ao restaurarem-se as liberdades cívicas portuguesas em 1777. Tinham perdido a vida no desamparo de horríveis prisões subterrâneas, Teodoro da Cruz, Manuel Afonso, Luiz Álvares, Joaquim de Carvalho, António Moreira, David Fáy, José da Rocha e João Daniel, o do "Tesouro Descoberto no Máximo Rio Amazonas".

5. — Com o desenvolvimento da perseguição até ao Breve de Supressão de 1773, verificou-se que na Espanha houve exílios e não houve cárceres; nos outros países, nem cárceres nem exílios, continuando os Jesuítas livremente, como Sacerdotes, e alguns com cargos importantes. De toda a perseguição à Companhia nas diversas partes do mundo, em nenhuma foram os Padres tão maltratados como na Assistência de Portugal, e, dentro dela, nenhuns como os da que se considerava a mais ingrata missão da Cristandade, pelo baixo nível do seu meio social e económico, a difícil, trabalhosa, pobre, rude e heróica Vice-Província do Pará e Maranhão,

---

1. Carta do Visitador Francisco de Toledo ao Governador Mendonça Furtado, do Colégio do Maranhão, 20 de Outubro de 1757, *Lus. 87*, 4-4v.

2. Cf. supra, *História*, cap. precedente, p. 322.

no período verdadeiramente grande e decisivo em que se construiu a Amazónia [1].

Não está na lista dos exilados, mas pertencia à mesma Vice-Província, ainda outro Padre, Gabriel Malagrida, então em Lisboa, por intermédio do qual tinham os Missionários procurado que a Rainha Mãe, e se fosse possível El-Rei, se informasse dos primeiros passos da perseguição, de que os Padres isolados na Amazónia sentiam os efeitos sem chegarem a compreender de todo nem as origens nem o alcance. Contra o velho missionário se encarniçou de modo particular o primeiro ministro Sebastião José de Carvalho e Melo até à baixeza de o ir denunciar, embuçado, à Inquisição, cujo corpo gerente era constituido por criaturas suas, e a quem ele ditou a condenação de ser garrotado como herege, queimado e as suas cinzas dispersas ao vento. Não culpemos Portugal deste

---

[1]. Pode ver-se em *Anais da Biblioteca Nacional do R. J.*, 66-67 (1948) o vasto documentário, chamado *Livro Grosso do Maranhão*, da Bibl. de Évora, cód. CXV/2-18, utilizado nos tomos precedentes desta *História*, por manuscio directo dos próprios originais eborenses. Os documentos vão de 1647 a 1745; e os Índios e as Missões são o motivo, quase em cada página repetido, dessa legislação realmente gloriosa para Portugal e para os Evangelizadores da Selva. Qualquer sombra transitória, quer da Nação Colonizadora, quer dos Institutos Missionários, é a parte humana inevitável de todas as grandes obras. E a grande obra, aqui, foi a construção amazónica, tão forte e coesa já, à morte de D. João V, que a reacção anti-missionária e laicizante do reinado seguinte, embora empobrecesse e desvalorizasse a região, não atingiu os alicerces, anteriormente lançados, e foi possível, no ciclo mariano, a reconstrução sobre as ruinas amontoadas durante o período josefino.

Além dos documentos da mais alta significação do *Livro Grosso do Maranhão* entre os dois grandes ciclos joaninos (o de D. João IV e o de D. João V), há, relativo a esta matéria de missões construtivas, difíceis e duras, outro documento feito de experiência e beleza. É o "Sermão Amazónico" de Vieira ou seja o da Epifania, pregado na Capela Real de Lisboa, a 6 de Janeiro de 1662, pouco depois de ser forçado a deixar as Missões da Amazónia, e no qual, ele, com o seu génio literário, compara a estrela guiadora de Belém às estrelas missionárias, e o Herodes, perseguidor de Jesus recém-nado, aos Herodes, matadores e perseguidores de inocentes, que aparecem de vez em quando para suprimir da face da terra o nome de Jesus. Neste Sermão recorta-se a Amazónia, a sua vida e aspectos, os trabalhos e a obra missionária, com cores de valor permanente, tão admiráveis e vivas, que dir-se-iam registadas algumas delas na visão antecipada da perseguição de 1759, quando padeceu momentâneo colapso a política tradicional portuguesa (da "Fé e do Império"), que tinha feito a reputação de Portugal no mundo, e constitui ainda hoje o mais sólido elemento histórico do seu renome.

crime, que as nações não têm culpa dos desvarios de quem passageiramente abusa do poder, — já o dissemos e é o momento de o relembrar, reanimando a memória de mais de dois séculos de missionarismo activo e glorioso de Portugal, desde D. João III a D. João V. Mas a posteridade também lavra sentenças e ela condena o assassinato do antigo Missionário da América Portuguesa:

"Decorrido mais de um século, escreve Lúcio de Azevedo, excluída a suposição de impostura, as palavras de Voltaire, acerca da execução ficam como o definitivo julgamento da posteridade sobre quem a ordenou: *o excesso do ridículo e do absurdo juntou-se ao excesso de horror*" [1].

O testemunho de Voltaire vale por ser de um homem sobre outro homem com idênticos métodos de ataque, metendo na mesma frase e no mesmo tom de credibilidade, a verdade e a mentira. Mas com uma diferença a favor de Voltaire, que este não era hipócrita. Juntam-se ambos aqui em união com o princípio deste capítulo, a saber que sem os "filósofos" e os outros inimigos de Deus e de Cristo, na Europa de além Pirineus, não seria possível em Portugal o clima de perseguição que o assolou no terceiro quartel do século XVIII. Ficando firme, todavia, a respeito da Igreja Católica e até do Cristianismo em geral e da Companhia em particular, que o escritor francês é radicalmente mais responsável e odioso que o ridículo e cruel político português, carcereiro e matador de Missionários, que à sombra da gloriosa bandeira das Quinas, se ocupavam na catequese e civilização cristã do Mundo Português Ultramarino. E não só do Mundo Português, mas fora dele em zonas de influência, no Oriente, onde com a retirada dos Missionários da Assistência de Portugal, essa influência portuguesa se extinguiu para sempre.

Outros desastres se seguiram no império português. Ao ministro, ocupado nas lutas do fortalecimento do poder pessoal do Rei (e mais do seu próprio particular e do da sua família) não lhe ficou tempo para fazer obra duradoira dentro do sentido das realidades ultramarinas (que ele simulava conhecer e dirigir com cartas acacianas e empoladas). Na verdade, ao deixar o governo em 1777

---

1. Lúcio de Azevedo, *Os Jesuítas no Grão Pará*, 364. Cf. supra, *História*, IV, 149-150; infra, Tômo VIII, 340-350, suplemento biobibliográfico, onde se darão os escritos de Malagrida e a literatura que provocou a sua morte.

o balanço era este: No Estado do Pará e Maranhão, a Companhia de Comércio a caminho da falência, os pequenos negociantes arruinados, os Índios ou sob o cativeiro do *Directório* ou fugidos para as florestas bravias, as missões desmanteladas, a vida religiosa e moral decadente, a instrução anulada e a promessa de Colégios de Nobres, formulada e não cumprida; e o mesmo no Estado do Brasil, sob o ponto de vista da instrução, com a agravante, no Sul, de que a imprevidente política do governo perseguidor não só destruiu o Tratado de Limites de 1750, feito por D. João V, mas deixou ainda como herança, ao que lhe sucedeu, a Ilha de Santa Catarina ocupada pelos Espanhóis. Como até 1777 o ministro absoluto, pelo seu carácter e modo de proceder, não admitia partilhas, também a não admite a responsabilidade destes tristes resultados.

Claro está que durante o governo de 1751 a 1777 algumas coisas úteis se fizeram, pedidas pelas próprias circunstâncias e pela evolução dos negócios públicos, como sucede em todos os governos de longa duração. Seria ingénuo supor que outro governo, que então fosse, as não teria realizado, e talvez melhor, sem recorrer às crueldades inauditas desse período de suspeições e de cárceres, de terror e de sangue.

Assim parece ao simples bom senso, sem se carregarem as cores, que em todo o caso não seriam nunca tão vivas como as dos incêndios dos cadafalsos de Belém, do auto de fé do Missionário do Maranhão, e das palhoças em que se abrasaram os pobres pescadores da Trafaria, sem falar das forcas contra o povo do Porto. Outros escritores (e não Jesuítas) carregam bem mais as cores do despotismo reinante. Por nós, reportando-nos ao nosso ponto, que é a perseguição à Companhia de Jesus, formulamos a pergunta em que afinal se resolvem todas as apreciações humanas. A perseguição à Companhia foi um mal ou foi um bem ? Pergunta simples e fácil. Resposta também fácil para quem é sinceramente cristão e católico. Mas como nem todos o são no mesmo grau, ou mesmo em grau nenhum, a resposta poderá ser outra, quando se decidir se a sociedade há-de ter Religião, ou não ter Religião, se o Espiritual há-de prevalecer sobre o Temporal, ou, na lógica e última consequência desta matéria, se a sociedade há-de ser com Deus ou sem Deus. Mas ainda que por absurdo se decidisse que sem Deus; e se numa sociedade ímpia, indiferente ou materialista, fosse possível o sentimento do justo, ainda assim nos inclinamos a crer que o coração humano, pelo seu simples pendor natural, condena os exílios em massa e as crueldades de que foram testemunhas o Rossio de Lisboa com o assassínio legal de Malagrida e os cárceres perpétuos de S. Julião da Barra, onde padeceram injustamente, sem culpa nem julgamento, tantos seres humanos. Podia-se acrescentar que eram também beneméritos da Religião e da Pátria. Para o simples sentimento de justiça natural, não é preciso.

6. — Felizmente, nos caminhos da Providência, nunca a injustiça e o abuso do poder triunfam definitivamente. É da história em geral. E também desta nossa, como se vai ver, passando do Brasil à Europa.

Os Padres exilados do Pará (os primeiros que padeceram o exílio) começaram a sua Via-Sacra repartidos e confinados por diversas casas remotas do Reino, até 1759, em que deram entrada na Fortaleza de Almeida, donde em 1762, todos, menos o P. António Moreira, que aí ficou sepultado, passaram para os cárceres da Fortaleza de S. Julião à barra do Tejo, na margem direita, junto a Lisboa. Outros foram encerrados nos de Azeitão, na margem esquerda entre Almada e Setúbal, onde alguns faleceram, passando depois os restantes, uns a diversas prisões, e outros em maior número, para junto dos que padeciam em S. Julião. Excepto ainda um ou outro, que parece ter sido mandado para a África, todos os mais Religiosos da Companhia, menos maltratados que estes, foram exilados para fora do Reino, isto é, para os Estados Pontifícios, onde o Pai comum dos fiéis os acolheu com afecto.

A 27 de Julho de 1760 chegaram os primeiros Religiosos do Brasil a Civitavecchia. Hospedaram-se alguns no Celeiro do Papa, outros no Lazareto próximo. Como não havia camas, deitaram-se nos tijolos, com admiração dos que o viram [1].

Os Padres Dominicanos, reparando quanto puderam, o mau proceder do Bispo do Pará D. Frei Miguel de Bulhões, que deslustrara a sua gloriosa Ordem dos Pregadores, receberam os proscritos com a mais cordial hospitalidade e erigiram um monumento

---

1. Bibl. Vitt. Em., f. ges. 3492/1363, n.º 6.

na Igreja, como sinal de amizade e protesto contra a violência de que os Padres da Companhia tinham sido vítimas [1].

Escolheu-se o dia de Nossa Senhora, 15 de Agosto de 1760, para entrarem em Roma os primeiros Padres. Foram recebidos no Palácio Inglês (dos Católicos), e daí se hospedaram noutras Casas, enquanto se não preparava o Palácio de Sora, aplicado mais de propósito aos Padres do Brasil, e onde uma das salas se condecorou com o nome de "Sala do Grão Pará", como deixou anotado o P. Manuel Luiz, que a ela pertencia, o que supõe a existência de outras salas com denominações brasileiras. A Residência no Palácio de Sora manteve-se até 16 de Maio de 1769, passando os Padres, que ainda restavam, para o de Trastevere. Nessas Residências do Exílio, continuou a Província do Brasil a vida regular de comunidade: No Palácio de Sora ocuparam o ofício de Superior, os Padres Inácio Pestana (1760), António Nunes (1761), Inácio Teixeira (1765), Tomás da Costa (1768); e no Palácio Inglês, os Padres Vasco de Mendoça (1760), Bernardo Fialho (1760), Manuel da Fonseca (1763) e Tomás da Costa [2].

Entretanto os Irmãos Estudantes do Brasil continuaram a sua formação; e assim no Noviciado de S. André (Quirinal), estudavam, desde o dia 16 de Outubro de 1760, os Irmãos Teotónio Simeão, Inácio Mendonça, António Franco, Joaquim Coelho, José Teixeira e Mateus de Lima, este desde o dia 22 de Outubro. Seu Mestre era o P. Manuel Beça (Corógrafo) [3]. Os Padres, já formados, re-

---

1. Inscrição feita pelos Padres Dominicanos de Civitavecchia:
   D. O. M.
   Lusitanis Patribus Soc. Jesu
   ....
   Integritate, Patientia, Constantia,
   Probatissimis,
   In hac Sancti Dominici æde exceptis
   Fratres Predicatores
   ....
   Ipsique Societati Jesu
   Ex majorum suorum decretis
   Exemplisque devinctissimi
   Ponendum curarunt.
   (Charles Clair, *La Vie de Saint Ignace de Loyola* (Paris 1891)311).
2. Bibl. Vitt. Em., f. ges. 3492/1363, n.º 6.
3. Gesù, *Miscellanea*, 690, 1-5.

partiram-se por diversas casas e Colégios dos Estados Pontifícios entregues a ministérios próprios da Companhia, como ensinar, confessar, pregar e escrever. Organizou-se o Arquivo da Companhia de Jesus em ordem à história e também à defesa contra as calúnias da perseguição que os atingira, compondo livros, alguns dos quais então se imprimiram, conservando-se outros inéditos, com as preciosas informações dos próprios que tomaram parte nos sucessos do tempo.

7. — Como a causa, que provocou a perseguição à Companhia de Jesus em Portugal Católico, era de importação estrangeira, e de reacção contra a gloriosa tradição portuguesa, produzido o choque na nação fidelíssima, era facil de prever que idêntico abalo se operaria nas demais Cortes católicas da Europa, até ao cerco político-moral de Roma, que sucumbiu, enfim, com o Breve *Dominus ac Redemptor* de 21 de Julho de 1773, suprimindo a Companhia de Jesus. Havia uma nação católica, a Polónia, famosa nos anais da Cristandade, mas então desmembrada e abatida, mal de que a Providência ia tirar um bem. Varsóvia ficara sob o domínio russo, e, junto com a chamada Rússia Branca, era região onde existiam os Padres da Companhia com Colégios florescentes. Catarina, Imperatriz da Rússia, cuja Academia de S. Petersburgo devia excepcionais favores aos Jesuítas Portugueses Astrónomos na China [1], declarou que não podia prescindir deles para o ensino da juventude católica do seu império, e negou o *exequatur* ao Breve. Diante da perplexidade dos Jesuítas e do seu perpétuo acatamento às ordens do Santo Padre, respondeu ela que o caso se trataria directamente com o Núncio em Varsóvia e com a Corte de Roma. Indescritível foi a estupefacção das Cortes, que tinham procurado a supressão da Companhia e arrecadado os sequestros. Mostrou-se singularmente irritada a Corte de Espanha. O facto é que não se tinham passado 10 anos, e a 12 de Março de 1783, Pio VI aprovava de viva voz o Noviciado, que se tinha aberto na Polónia, em Polosk, a 2 de Fevereiro de 1780, e com o qual se assegurava a existência e permanência da Companhia no mundo. O Breve *Catholicae Fidei*,

---

1. Cf. Cartas dos Padres Domingos Pereira, Félix da Rocha e outros Jesuítas de Pequim, publ. por Francisco Rodrigues, *Jesuítas Portugueses Astronomos na China, 1583-1805* (Porto 1925)112-124.

de 7 de Março de 1801, reconhecia-a oficialmente na Rússia; outro Breve, *Per Alias*, de 30 de Julho de 1804, reconhecia-a no Reino das Duas Sicílias, e enfim o Breve *Sollicitudo Omnium*, de 7 de Agosto de 1814, restituía à Companhia de Jesus a personalidade canónica e jurídica em toda a Igreja, como antes da perseguição.

O modo, como a Companhia de Jesus continuou e enfim se reconstituiu na Europa, não faz parte já da História da Companhia de Jesus no Brasil da Assistência de Portugal [1]. Dão-se estas linhas esquemáticas para unir com ela os Jesuítas do Brasil que sobreviveram à perseguição. A qual, no Reino e Domínios Portugueses, terminou virtualmente com o falecimento de El-Rei D. José. Logo se restauraram as liberdades cívicas nacionais. Os que padeciam nos cárceres voltaram à luz do dia e um deles, o P. Anselmo Eckart, missionário da Amazónia, ia ser, daí a algum tempo, Mestre de Noviços, entre os quais se encontraria o jovem holandês, João Roothaan, futuro Geral da Companhia de Jesus, sob o governo do qual voltaram os Jesuítas ao Brasil em 1841.

Outros Padres e Irmãos do Brasil tiveram a consolação de ver rediviva a Companhia e de falecer nela, como se nada se tivesse passado, ficando no seu activo apenas os merecimentos de quem padece por amor da justiça e da sua vocação cristã e religiosa. Apuramos os nomes destes seis:

P. Bernardo Soares, falecido em Roma, a 18 de Fevereiro de 1815 [2].

P. Eusébio Henriques, falecido em Roma, a 25 de Março de 1815 [3].

P. André Ferreira, falecido em Roma, a 2 de Setembro de 1816 [4].

P. Francisco Gomes, falecido em Fano (Pésaro), a 11 de Junho de 1817 [5].

P. Joaquim Ferreira, falecido em Fano (Pésaro), a 17 de Novembro de 1817 [6].

---

1. Pode-se ver, nos seus pormenores, em Pastor, *Storia dei Papi*, vol. XVI-3, Cap. V — "Continuazione della Compagnia di Gesù in Prussia e Russia. Tentative di ricostituzione", pp. 140-256.
2. Vivier, *Nomina*, p. 2 (n.º 14).
3. Id., ib., *Pref.*, p. XVIII.
4. Id., ib. (n.º 64).
5. Id., ib. (n.º 123).
6. Id., ib. (n.º 146).

Ir. Coadj. José Valente, falecido em Roma, a 20 de Outubro de 1820 [1].

Além destes e de um ou outro que tinham voltado a Portugal e ao Brasil, sobreviviam na Itália por este tempo, nove antigos Religiosos da Companhia, já velhos, e alguns sem forças para dizer missa, 3 em Roma: P. Alexandre da Silva, Félix Henriques, P. João de Cetem, que era procurador de mais 6, que residiam fora de Roma: Padres João Peixoto, Félix da Costa, José de Novais, Agostinho Lopes, Sebastião de Lucena e Alexandre da Costa. Constam seus nomes de uma representação a D. João VI sobre o subsídio de 10 escudos por mês que se lhes mandou pagar, de 1 de Abril de 1808 a 1 de Agosto de 1816, e se lhes não pagara, morrendo alguns entretanto de "pura miséria" [2]. Estes subsídios tinham sido estabelecidos no tempo de D. Maria I, e procediam da concordata com a Santa Sé no momento da supressão, mas em que houve sempre dificuldades práticas. A representação dos 9 Padres não podia ser antes dos fins de 1816 e é talvez dalgum dos anos seguintes. Dois dos Padres que a subscreveram, Sebastião de Lucena e Alexandre da Costa, eram da Província do Brasil [3].

---

1. Id., ib. (n.º 265).
2. Arq. Nac. do Rio de Janeiro, Nunciatura Apostólica em Portugal.
3. Sobre o subsídio Régio, de 100.000 cruzados, mandado dar pela Rainha aos 522 antigos Jesuítas da Assistência de Portugal, que ainda viviam na Itália em Março de 1780, tratou com simpatia o Ministro de Portugal em Roma D. Henrique de Meneses, 3.º Marquês de Louriçal e 7.º Conde da Ericeira. Sob o título geral de *Negocios dos Ex-Jesuitas Portugueses, Abril de 1780*, elaborou uma série notável de relatórios e documentos: "Exame e Reparos sobre as contas dos gastos feitos com os Ex-Jesuitas pella Camara Apostolica; Novo Plano para a repartição dos cem mil cruzados. Explicação do novo Plano. Resumo do numero dos Ex-Jesuitas que vivem. Relação distinta delles dos lugares em que se acham e da despeza que fas cada hum dos individuos. Mapa da idade de todos elles. Documentos" (A. H. Col., *Reino*, Papéis Avulsos, 1780).

De Fevereiro de 1774 há dois Catálogos dos Jesuítas da Assistência de Portugal residentes em Itália (Gesù, 1477; Gesù, 690). Dão de cada Padre ou Irmão o nome, dia do nascimento, e lugar de residência. No segundo Catálogo (690) há diversas indicações, que se lhe foram acrescentando com o tempo: a cruz dos que iam morrendo (de 1774 a 1783), e dos que mudavam de residência ou saíam para Portugal, e em geral com a data da saída. Por este segundo Catálogo identificamos os três Padres que depois foram para a América Francesa. — O P. José de Campos, de Itu, que se ilustrou no Brasil, aparece nele com residência em Trastevere, e ainda sem a nota de ter saído da Itália em 1783.

8. — Um daqueles seis Padres falecidos na Companhia, André Ferreira, tem o seu quê de simbólico. Entrou na Companhia no Rio de Janeiro a 24 de Março de 1757. Era estudante ao sobrevir a perseguição, resistiu às solicitações do mau Bispo que então governava a Diocese, para que deixasse a Companhia, preferindo o exílio. Nele completou os estudos, ordenou-se de sacerdote, trabalhou com sumo zelo, e esperou. O Breve da Restauração da Companhia de Jesus em toda a Cristandade, foi a 7 de Agosto de 1814: a 29 de Setembro desse ano André Ferreira fazia no Gesù a profissão solene de 4 votos. Era dia de S. Miguel, o Arcanjo do bom combate e do triunfo. O novo professo era do Porto e deixou escrita, e se conserva, a vida do seu companheiro de exílio, o Ir. Estudante e depois Padre Joaquim Duarte, de S. Bartolomeu, Minas Gerais. O símil é completo: o jesuíta português escreveu a vida do seu irmão brasileiro como a significar que o Brasil, a cuja Província ambos pertenciam, ainda não era página voltada na história da Companhia de Jesus. De facto em 1841, de novo começaram a trabalhar os Jesuítas em terras de Santa Cruz [1]. Multiplicaram-se as Casas, erigiram-se Províncias, abriram-se Noviciados, florescem grandes Colégios, e já subiram, ao que desejaram e não conseguiram no século XVII, que é a Universidade. E também, não como outrora (nem já o podia ser no século XX, mas talvez precisamente porque foram forçados a sair no século XVIII), ainda acharam Índios selvagens, e com eles reataram as Missões antigas, na Prelazia de Diamantino (Mato Grosso). Outros tempos, não porém actividades diferentes, nem diferente zelo e merecimento. Professores, pregadores, missionários, escritores, directores de almas e de obras de apostolado religioso e social. E com os seus sábios e santos, no Brasil e em todas as partes do Mundo. E no Continente americano, com notável isenção, liberdade, prosperidade, estima, e satisfação pública.

Mas já é história contemporânea. A que nos incumbimos de escrever, foi esta, a antiga, da Companhia de Jesus no Brasil, desde a chegada de Nóbrega em 1549 até 1760. Mais de dois séculos de actividade donde não anda ausente a abnegação e o amor.

---

1. Rafael Pérez, *La Compañía de Jesús restaurada en la República Argentina y Chile el Uruguay y el Brasil* (Barcelona 1901)233-236; Aristides Greve, *Subsídios para a história da Restauração da Companhia de Jesus no Brasil* (S. Paulo 1942)11.

E para a sua glória, nem sequer lhe faltou o Calvário, noção de padecimento, que não é termo final, pois leva consigo, imediata, a ideia de Ressurreição, que realmente houve e é a glorificação da vida. Palavra com que concluímos, na tranquila e humilde persuasão de que estas páginas positivas e tantas vezes inéditas de história bissecular, variada e complexa, não são inúteis para a história geral da grande nação brasileira; e que delas se tira que a Companhia de Jesus da Assistência de Portugal, objecto preciso desta obra, se une indissolùvelmente à vida do Brasil infante e adolescente nos tempos heróicos da sua formação.

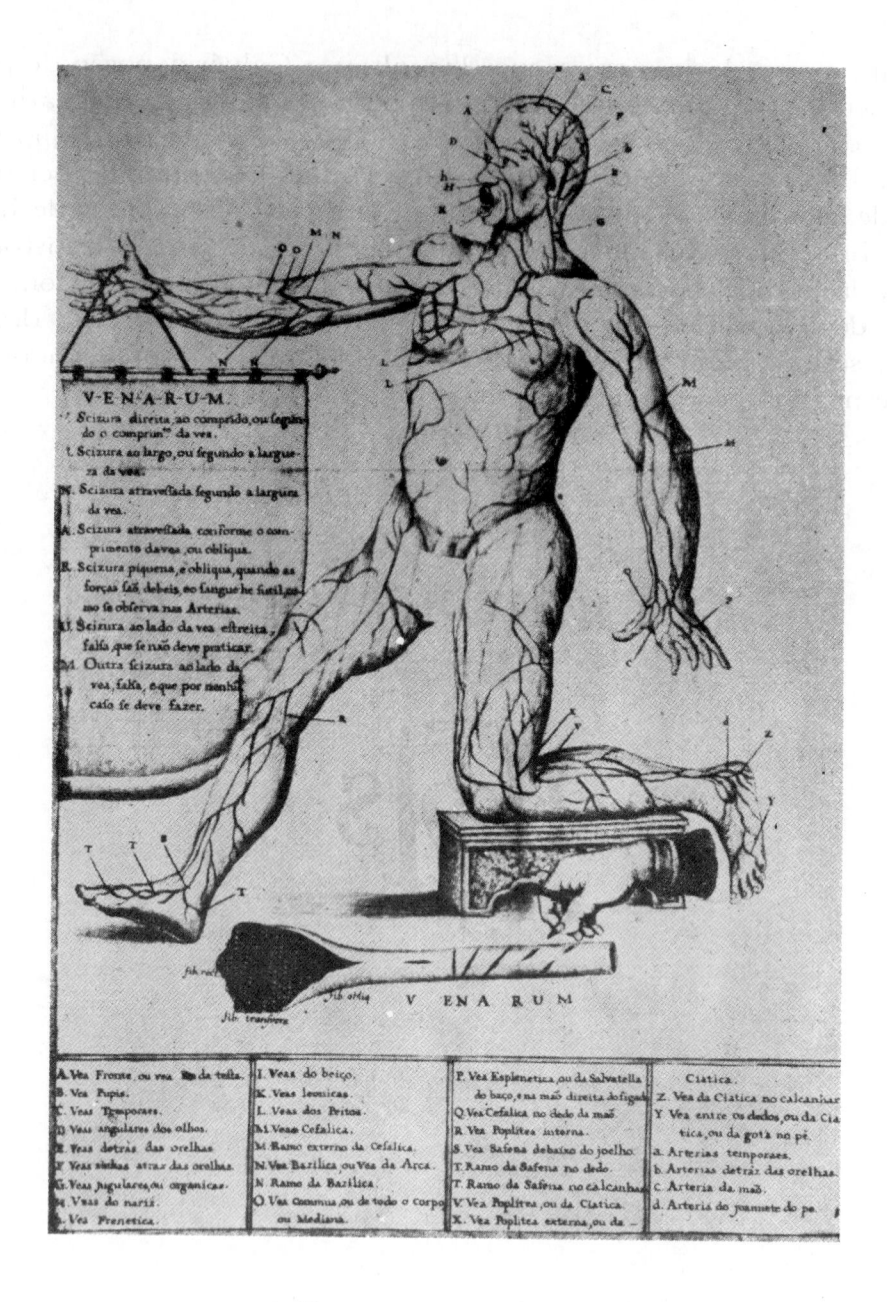

A Flebotomia dos Jesuítas

Do livro ms. Collecção de varias receitas... de Portugal, da India, de Macáo, e do Brazil" (1766).

(Ver frontispício no Tômo IX).

Apêndices

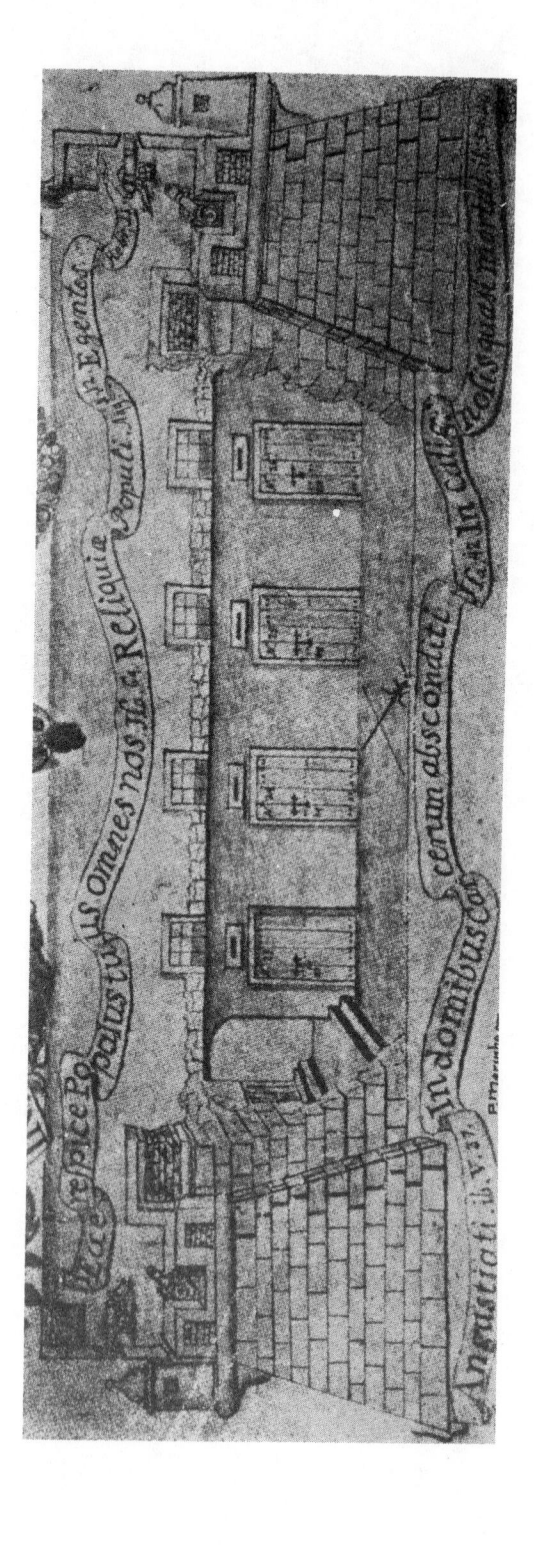

O CATIVEIRO DE S. JULIÃO DA BARRA

Demonstração interna dos cárceres desta fortaleza na barra do Tejo. Base de uma estampa maior com a imagem do mártir S. Julião e 36 caveiras de Religiosos da Companhia de Jesus que aqui faleceram desde 1760 a 1777, com este género de martírio.

É a estampa descrita, infra, *História*. VIII. 309 (n.º 9), feita pelos P. Lourenço Kaulen depois da libertação. Kaulen habitou o cárcere n.º 12. — Ver "Rudis ichnographia", outra gravura deste mesmo Tómo VII.

APÊNDICE A

A data da fundação de S. Paulo

A fundação de S. Paulo celebra-se a 25 de Janeiro, dia em que no ano de 1554, por ordem do Superior P. Manuel da Nóbrega, se abriu o Colégio de Piratininga. É a data certa e não pode ser outra. Nem obsta a estada do mesmo Padre em Piratininga a organizar cristãmente o povoado com o primeiro acto litúrgico dele a 29 de Agosto de 1553. Esta data requere todavia um esclarecimento, que é a razão de ser deste Apêndice, porque a festa dos 50 Catecúmenos celebrada pelo Primeiro Provincial do Brasil aparece, na sua já famosa carta, dali mesmo datada, ao "último de Agosto de 1553", como referida ao dia precedente: "ontem que foi dia da Degolação de S. João". Tendo Agosto 31 dias, este modo de falar arrasta para 30 a comemoração litúrgica da morte de S. João Baptista, que no Calendário Romano, cai no entanto a 29. Quer-nos parecer que Nóbrega começou a redigir a carta a 30, concluindo-a e datando-a no dia seguinte, último do mês de Agosto.

Depois da cerimónia dos Catecúmenos, acto solene e verdadeiramente precursor, como sugere o nome do Baptista, Nóbrega deixou na Casa de Piratininga dois Irmãos da Companhia, para a Catequese e instrução dos Catecúmenos admitidos no dia 29 de Agosto, enquanto não chegavam os Padres e Irmãos, que pedira de Portugal. Como Superior dos Jesuítas do Brasil, que labutavam nas diversas Capitanias, desde Pernambuco a S. Vicente, competia a Nóbrega toda a iniciativa e responsabilidade de governo, nomeações de Superiores locais, transferências e novas fundações, sem poder ele próprio ficar superior local em parte alguma, pois era Superior de todos.

Chegados a S. Vicente os Padres e Irmãos, que esperava, Nóbrega organizou o *status* da comunidade do Colégio que resolveu transferir de S. Vicente para Piratininga, e marcou a inauguração dele a 25 de Janeiro, festa da Conversão de S. Paulo, dia litúrgico importante, intencionalmente escolhido por Nóbrega entre os vários possíveis desse período, como símbolo e bom augúrio da Catequese do gentio.

E nomeou e constituiu assim a comunidade:

    Padre Manuel de Paiva, *Superior*
    Padre Afonso Brás, *Encarregado da Casa (Ministro)*
    Irmão (depois Padre) José de Anchieta, *Mestre de Latim*
    E outros Jesuítas.

Estes outros Jesuítas eram quer para estudar e ao mesmo tempo fazer a catequese do gentio, quer para assegurar o arranjo, serviços e sustento da comunidade. Não está averiguado com certeza absoluta o número exacto destes Jesuítas, que em todo o caso, hieràrquicamente ficavam abaixo dos que se nomeiam (cf. supra, *História*, I, 277).

Desta maneira simples, própria aliás das grandes coisas, se erigiu e fundou em Piratininga o Colégio, de tão alta expressão histórica. Prevalecendo depois não o nome indígena da terra, *Piratininga*, mas o do orago do Colégio, *S. Paulo*, o dia 25 de Janeiro, em que se celebra a festa do Apóstolo das Gentes, é, e não pode deixar de ser, a data comemorativa da fundação da grande e gloriosa cidade. E foi a que sempre celebraram os Padres Jesuítas e o povo de S. Paulo desde o século XVI.

APÊNDICE B

Carta do P. António Vieira Visitador Geral do Brasil ao Padre Geral da Companhia de Jesus

Baía, 4 de Agosto de 1688

Admodum Rev.^{do} in Chr̄o Pater — P. C. — Quae circa studia a P.^{te} V.^{a} praescripta sunt omnia Magistris ex scripto tradita, et Scholasticis nostris indicta; ut omnes maiori cura in posterum munus suum exequantur.

Humanistae et *Philosophi* in nostra *interiori* aula post acceptas à P.^{to} V.^{a} Litteras, soluta vinctaque oratione B.^{ti} Aloysii festum, et nostrorum quadraginta Martirum anniversarium diem exornarunt. Salutatus item est D.ª Archiepiscopus erudito, et Litterario apparatu, cum primô Collegium invisit: diesque B.^{to} Stanislao sacer simili exercitatione celebrabitur. In aula etiam Scholasticorum *externorum* unus ex Magistris *Poemate et Dialogo*, unâ cum discipulis silentium rupit, quod per quinquennium fuerat nimis desidiosè servatum, aliique ad declamationes aliquas identidem, si Deo placet, excitabuntur.

Philosophis indictum est examen, non remissè, et supervacaneè, sed seriò et diligenter faciendum, ut scirent ea tantum conditione se approbandos, si sui rationem redderent quam constitutiones exigunt ab examinatoribus non violandae. Nec examinatores externi à P.^{e} Alexandro de Gusmão celerius sanè quam par erat nominati, amoveri potuerunt, quia res jam integra non erat: sed illis justitia, et sedulitas commendabitur.

Idipsum *Theologis* denunciatum est; liberatique omninò sunt à concionibus in Urbe, aut extra illam habendis: sive potius injunctum illis, ne eas admittant; cum aliqui faciliores ad eas essent aliis de causis, quam ad domesticas, seque invitari curarent et postea sub examinis tempus occupatos se in concionibus dictitarent. In Templo autem nostro vel in Triclinio eas habebunt omnes quae ad eorundem exercitationem, et ad talentum pro informationibus cognoscendum in Societate ubique à Scholasticis exigi solent. Semel singulis hebdommadis disputationes, quas Sabatinas vocant, à Theologis fiunt, sub aliquo ex tribus Magistris sibi invicem succedentibus; nec quotidianae diebus adhortationi, et distribuendis sanctis destinatis cessabunt: nec ad annui examinis effugium disputationes super aliquo *Tractatu Speculativo* aut *Morali* deinceps pro examine computabuntur. Resecabitur etiam quam primum, ut spero, vel minuetur in examine Philosophorum *musica*, qua tempus de industria inter singula argumenta conteritur, et minus de enodandis difficultatibus cogitatur.

Bis etiam per hebdommadam *Lingua Brasilica* explicatur, constituto in Collegio, et in novitiatu pro Humanistis peculiari hujus artis Praeceptore; et de profectu statuto tempore examinabuntur.

Praeter communem *Theologiae Moralis* Magistrum in Aula docentem, alius Repetitor domesticus illis datus est, qui Theologiae speculativae non student, ut post biennium, juxta recentis Congr.is decretum, possint cum requisita scientia ad sacerdotium promoveri. Hoc etiam in Pernambuco fiet, et in Collegio Fluminis Januarii. Moniti quin etiam sunt omnes Coadjutores Spirituales in Pagis degentes, et in morali disciplina ut plurimum non leviter rudes, ut summam casuum conscientiae cum Socio legant; sciantque quam primum ad Collegia vocandos, et quemlibet eorum examinandum; ita jubente D.º Archiepiscopo, qui ut suos per se ipsum, vel per alios ad se vocatos examinavit; ita Religiosos à Praelatis, Magistrisque examinari voluit, ut certum deinde de requisita scientia ab eis testimonium referret, et de idoneitate domi. probata.

Idem Archiepiscopus cum primum Religiosos *Sacris Ordinibus* initiare constituit, omnes ad examen vocavit, praemissa ad P. Rectorem epistola, qua dicebat et si superfluum nostrorum examen duceret, tamen ad aliorum exemplum aequi bonique consuleret suos cum duobus examinatoribus mittere; quod et aliis Religiosis familiis de Tridentini Concilii decreto fuerat indictum. Nos qui Praesulem Juris Canonici non modicè peritum noveramus, in ea esse sententia judicavimus, paucorum quidem, sed tamen aliquorum, dicentium: posse etiam Jesuitas ad examen vocari et licet aliqui ex nostris in consultatione reclamarent, omnibusque id valde durum videretur, et mihi prae cunctis, eo quod ab aliis episcopis ad examen non vocaremur; Romaeque in Coll.º examinati, tantum in loco examinis se sisterent coram em.mo Vicario, ut idonei judicati, et à Societate comprobati promovendi ad ordines ita praesentarentur: Visum tamen tunc mihi est plurium sententiam sequi, cum posset idem post accessum ab eodem Praesule sperari; ne aliis Religiosis vocatis, dictoque audientibus; nos recusando inobedientes, non sine aliqua offensione, videremur; eo praesertim tempore, quò Romae privilegia nostra valdè in dubium vocantur, et erga episcopos contumaces hoc titulo judicamur, quod jus nostrum defendimus. Nec prudenter aliter faciendum judicavi; cum in Flumine Januario episcopus levissima opinione motus, à nimia erga nos familiaritate ad manifestam aversionem transierit; nostrisque propterea conferre ordines renuat. Ad Pernambucanam vero ecclesiam ejusdem Bahyensis Archiepiscopi consanguineus sit promotus, qui ab ejus sententia non discrepaturus praevidebatur. Cumque in Brasilia nulli alii essent episcopi; vel in Lusitaniam, aut ad Angolae Regnum mittendi erant ordinandi; vel tandem inviti, et cum dedecore examen subire cogeremur, gratiamque hujus Archiepiscopi, duos tantum supra quadraginta annos numerantis, et propter sanctitatis opinionem, zelumque Apostolico viro dignum, Regi valde probati, et Populo maxime venerabilis, sumpta hinc occasione amisissemus quod à S.to Fran.co Xaverio tria Pontificia diplomata nunquam premente, sed cum Legati Apostolici dignitate ad cujusvis Proepiscopi pedes se abjiciente, et tantum ex ejus voluntate, et obedientia sacrum faciente, concionante, et confessiones audiente, in his praesertim circumstantiis maximè improbaretur. Missi ergo ad examinis locum tredecim humanistae: ante omnes Religiosos statim admissi; brevique interrogatione, aut explicatione, nostris examinatoribus interrogantibus, approbati; et minoribus ordinibus die 25 Julii initiati. Exitus deinde consilium cum laude probavit. Misso namque sacerdote ad agendas pro collatis ordinibus gratias; allataque, et ostensa Gregorii XIII Bulla nos ab examine episcopali eximente, relataque Romana praxi, quae legis erat optima interpres; doluit vehementer hoc sibi peculiare Societatis jus non fuisse opportuno tempore ostensum: caeterum Pontifici se obtemperaturum promisit: Laudavit Patrum modestiam, et obedientiam; et pro Societatis jure tuendo, paratum se fore ex animo pronunciavit, quotiescunque ignoranti afferetur quod utique post hanc submissionem ab eo absque dubio faciendum speramus, et examen etiam pro audiendis confessionibus omninò evitandum.

Cum Congreg.º 8, decr.º 40, velit examen de peritia *Linguae Indicae* sufficienti ad Professionem esse juratum; nec ulla adhuc certa constituta sit formula, quemadmodum nuper data est pro juramento de talentis à Congr.º XIII: petimus aliquam, qua interim utamur. Rursus cum decretum 15, Congr. 6. dicat cum aliquibus dispensari posse, licet non communiter, ac facile, judicio R. P. N. Generalis, titulo linguae, ita tamen ut sint ex iis, *qui apud Indos utiliter laborantes eorum Linguis cum fructu addiscendis operam dederunt:* dubitatio oritur, an hoc decretum faveat illis, qui linguam optimè callent, nec tamen ei addiscendae operam dederunt, quia eam cum lacte duxerunt domi inter ipsos Indos educati: et an consultores teneantur sub juramento, vel absque eo affirmare, illos apud Indos utiliter laborasse. Hoc idem de *Angolanis* quaeritur *Linguam Aethiopum* inter servos domi addiscentibus. Benedictionem et Sacrificia P.^{tis} V.^{ao} obsequentissimus postulo. Bahyae 4. Augusti anni 1688.

P.^{tis} V.^{ao} Hum.^{mus} Servus et Filius indignus

Antonius Vieira

(*Bras.* 3, 262-263v.)

A CATEQUESE CRISTÃ DO BRASIL
(Símbolo)

Pia baptismal de uma antiga Aldeia dos Jesuítas (Reritiba).

APÊNDICE C

Seminário da Baía

Principais efemérides de 1550 a 1759

1550. Datam deste ano as primeiras tentativas dos Jesuítas para organizar internatos ou Seminários no Brasil. Iniciativa do P. Manuel da Nóbrega por ocasião da chegada dos Meninos Órfãos de Lisboa, a quem procurou agregar os meninos da terra, num movimento que repercutiu logo desde Pernambuco a S. Vicente. Há nesses primeiros Seminários a intenção de preservação moral, mas também com ela outra, a de auscultar as possibilidades da terra para a carreira eclesiástica e religiosa. Não tardou a verificar-se que as "Confrarias dos Meninos de Jesus", que proviam à sua subsistência, produziam a intromissão de seculares na vida interna dos Colégios-Seminários; ao passo que a experiência mostrou que fóra da disciplina regular, estrita, a terra sem raízes cristãs antigas e profundas, ainda não comportava iniciativas deste porte. Como as não admitiu depois de criada a Diocese do Brasil, a qual segundo o Concílio Tridentino deveria ter o seu Seminário próprio, como toda e qualquer Diocese.

1569, 12 de Fevereiro. Carta Régia (de El-Rei D. Sebastião) ordenando a fundação do Seminário da Baía, segundo o Concílio Tridentino, e o recomenda a D. Pedro Leitão, consignando 120$000 réis por ano, dos dízimos e rendas da Ordem de Cristo no Brasil. (B. N. do Rio de Janeiro, II-33, 18, 5, n.º 2, f. 46-47v. Cf. *Anais da B. N. R. J.*, 68 (1949) 8). A esta tentativa do tempo de D. Pedro Leitão se alude supra, *História*, V, 151.

1621, 10 de Março. Auto que manda fazer o Capitão Geral deste Estado Dom Luiz de Sousa sobre o Seminário desta Cidade do Salvador. Com desenhos anexos. (Itamarati, Livro 1.º do Governo do Brasil, s. p.). Trata-se de dificuldades financeiras; e deveriam de ser parte das que procurou inùtilmente resolver o Bispo D. Marcos Teixeira, e em que se tocou de passo, supra, *História*, V, 51 (nota 4), 152.

1686. Fundação do Seminário de Belém da Cachoeira, no Recôncavo da Baía. Na mente do seu fundador, P. Alexandre de Gusmão, era um Internato ou Seminário *Menor* (de preparatórios), não exclusivamente destinado à carreira eclesiástica, mas "a fim de sairem ao diante bons cristãos". Supriu contudo a falta de Seminários menores, e foi durante longo tempo o único internato do Brasil, donde sairam muitos jovens para a vida eclesiástica secular e regular. (Cf. supra, *História*, V, 167-198).

1743, 9 de Abril. Escritura de Compra da Roça ou Sítio de N.ª S.ª da Saúde, por 1.400$000 réis, dinheiro recebido do P. Gabriel Malagrida e proveniente de esmolas particulares. (Cf. supra, *História*, V, 152). Destinava-se a Seminário e era procurador desta operação o Capitão de Infantaria paga Jerónimo Velho de Araújo, irmão do P. João Honorato. Chamava-se da Saúde pela ermida que nele existia de N.ª S.ª desta invocação.

1744, 25 de Agosto. Informação do P. Reitor do Colégio da Baía, Simão Marques, ao Provedor da Fazenda Real Manuel António da Cunha Soto Maior, desfavorável à fundação então do Seminário como a projectava o P. Malagrida, à margem, dos Superiores da Companhia de Jesus no Brasil. (B. N. do Rio de Janeiro, II-33, 18, 5, n.º 2.º, p. 47v-49v. Cf., infra, *História*, VIII, 355).

1744, 26 de Outubro. Vistoria do Sítio da Roça (Saúde). (B. N. do Rio de Janeiro, cód. cit., f. 54).

1747. Em edifício, não bem identificado, já a esta data funcionava o Seminário da Baía, com carácter provisório. (Cf. supra, *História*, V, 152).

1749. O Provincial Simão Marques pede licença a El-Rei para o Seminário definitivo de estudos maiores (Filosofia e Teologia), agora sob a autoridade dos Padres da Baía, de acordo com o Prelado. Os alunos morariam no Seminário e iriam às Aulas Públicas do Colégio. Simão Marques expõe os motivos históricos do seu requerimento, consultado no Conselho Ultramarino a 5 de Setembro de 1749. (A. H. Col., *Baía*, Apensos, 5 de Setembro de 1749).

1750, 23 de Julho. Decreto de D. João V, dando faculdades ao P. Malagrida para fundar Seminários na América. (Supra, *História*, V, 153). Por intervenção directa da Rainha D. Maria Ana, mulher de D. João V, que apoiou sempre esta obra enquanto viveu.

1751, 2 de Março. Alvará de D. José I, sobre a fundação de Seminários na América, tocando ao da Baía o subsídio régio de 300$000 réis anuais. (*Ib.*, V, 151).

1751, 13 de Outubro. "Planta e fachada do Seminario de N. Snr.ª da Conceipção, q̃ os PP. da Companhia fundão no Citio de N. Sr.ª da Saude". Feita e assinada nesta data pelo Engenheiro José António Caldas. (Arq. Militar do Rio de Janeiro, *Baía*, Planta 49, Armário 2, registro 2265). Publ. por Robert C. Smith, *Jesuit Buildings in Brazil* em "The Art Bulletin", vol. XXX, n.º 3 (N., Y., Set. 1948) em frente à p. 187.

1752, 3 de Agosto. Data em que o Seminário começou a receber os 300$000 réis do subsídio régio previsto no Alvará de 1751. (Cf. supra, *História*, V, 153).

Em 1751, entre a data do Alvará, que subsidiava os Seminários (2 de Março) e a da planta do Seminário projectado no Sítio da Saúde (13 de Outubro), houve outra efeméride sem aparente ligação com estas, mas que já hoje se não podem desassociar. É a de 31 de Maio de 1751, com as Instruções *secretas* da Corte para o Estado do Pará e Maranhão, com que se iniciava *secretamente* a perseguição à Igreja, começando como sempre pelas Ordens Religiosas e em particular a Companhia de Jesus. A perseguição foi sustada nas suas manifestações públicas e ostensivas enquanto viveu a Rainha D. Maria Ana. Mas desde então, excepto o subsídio, de que ela fora patrona e pessoalmente apoiou, já os Padres da Baía, nem doutra qualquer parte, podiam contar com nenhuma ajuda eficaz da Corte para obras tão importantes como esta. O apostolado da Companhia ficou reduzido aos seus próprios meios e à boa vontade de um ou outro Ministro.

1753, 7 de Setembro. Breve de isenção dos Seminários da Companhia de Jesus no Brasil, alcançado em Roma pelo P. Procurador do Brasil, João Honorato: "Benedictus Papa XIV Ad perpetuam rei Memoriam. *Collegia et Seminaria.* Datum Romae apud Sanctam Mariam Majorem... die 7 Septembris 1753". (Sommervogel-Bliart, *Bibl.*, XI, 1343). Referendado em Lisboa pelo Ministro Pedro da Mota em 1754. (Cf. supra, *História*, V, 153).

1755 ? Começa a adaptação para Seminário, da Casa da "Rua do Maciel". (Supra, *História*, V, 155).

1756, Março. Transferem-se para este edifício os Seminaristas que viviam em casa provisória, desde uns 10 anos antes, e foi grande a satisfação do povo. Deste Seminário, onde estudavam, e tinham os seus exercícios escolares privativos, iam os alunos ouvir Filosofia e Teologia nas Escolas Públicas do Colégio. (Supra, *História*, V, 154).

1757. Concluem-se as obras do Seminário da "Rua do Maciel".

1759, 26 de Dezembro. Sem nenhum motivo local, mas como episódio da perseguição geral à Companhia de Jesus, é cercado o Seminário e os seus alunos expulsos. E assim como antes fora grande a satisfação, assim também agora foi profundo o desgosto do Arcebispo D. José Botelho de Matos e do povo da Baía pelo mal incalculável que causou à vida católica do Brasil. (*Ib.*, V, 155).

P. GABRIEL MALAGRIDA

(Missionário do Maranhão)

Vítima da perseguição do Século XVIII

(Pintura romana existente hoje no Colégio Anchieta de Nova Friburgo)

APÊNDICE D

Tesouro Sacro dos Jesuítas da Baía

Inventário de 1760

O *Inventário da Igreja do Colégio da Baía, e dos seus objectos pertencentes ao culto principiou a 25 de Janeiro de 1760; e o auto de entrega ao Cabido, sede vacante, é de 5 de Março de 1760. Ainda vivia o glorioso Arcebispo D. Manuel Botelho de Matos, já porém resignatário por não se prestar a colaborar na perseguição à Companhia de Jesus, benemérito Instituto da Igreja, a qual não havia autorizado tais excessos.*

O ouro pertencente ao culto divino foi avaliado pelo "contraste do ouro", da Baía, José de Brito e Freitas. E depois dos objectos de ouro, inventariaram-se os de prata, avaliados pelo "contraste da prata", Manuel Caetano da Rocha, e a seguir as imagens, paramentaria e mais alfaias, tudo com minuciosidade, excepto o que se refere à pintura. A atenção principal dos inventariantes recaía sobre os objectos móveis do culto, existentes na Igreja, Sacristia, e Capelas interiores. Pela localização dos objectos é precioso subsídio para a descrição e conhecimento interno do Colégio; e, pela serventia de alguns, ajuda a conhecer os costumes do tempo.

O documento abre e fecha com as fórmulas de direito, exaradas na torpe linguagem da perseguição; e está ordenado e dividido em 13 secções não numeradas. Em cada qual se põe aqui o número explícito para mais fácil distinção de todas; e deixam-se de transcrever as fórmulas burocráticas à margem do Inventário pròpriamente dito. Este, ou seja a relação pormenorizada dos objectos do culto, existentes em 1760, reproduz-se tal qual, na mesma ordem e com as suas mesmas palavras, e até incorrecções, como documento positivo que é. Para a história da Religião e da Arte no Brasil, o presente Inventário é contribuição de valia. E também a possui a antiguidade das peças artísticas, elemento importante num país novo. São objectos de toda a espécie, que a economia e devoção dos Jesuítas, o esplendor do culto católico, e a piedade e generosidade baiana tinham acumulado durante dois séculos, os mais decisivos na formação da nacionalidade brasileira. Exceptuando alguns objectos e ornamentos já então deteriorados, se se conservara íntegro, o tesouro da Igreja da Baía, que se vai ver, seria talvez hoje o mais precioso e expressivo da América do Sul. E representaria no Brasil o que em Portugal é o famoso Museu de Arte Sacra de S. Roque, em Lisboa, onde não só a Igreja dos Jesuítas, mas também as alfaias e ornamentos se preservaram do desgaste do tempo e da incúria dos homens.

1. OURO DA IGREJA DO COLÉGIO DA BAÍA

— Hum resplandor de ouro grande antigo de rayos torsidos, com sua guarnição a roda no meyo, lavrado de folhagem, com sua pedra encarnada, que pertence ao Senhor Crucificado, que está na Igreja no seo Altar, tem de peso seis marcos, trez oitavas, e meya, abatido o pezo da pedra — 6-"-3/8ᵃˢ e m.ᵃ

— Hum relicario com hũa reliquia dentro do Santo Xavier, a qual cobre hum vidro ovado, e terá de pezo com-o mesmo vidro, que se não pode tirar, trez onças, sette oitavas, e meya, o qual relicario tinha o ditto Santo Xavier ao pescoço — 3-"7/8ᵃˢ e m.ᵃ

— Trez fios de contas, com trez figas do pescoço de Nossa Senhora da Paz, tem de pezo oitava, e meya, e doze grãos — 1/8 e mᵃ e 12 grãos.

— Dous fios de contas mais grossas de Nossa Senhora da Conceição, pezão hũa oitava, e vinte e quatro grãos — 1/8ᵃ e 24 grãos.

— Treze engastes fingidos com seis pernas de fio torsido, que pertence as açucenas, que estão na palma, que tem na mão Santa Ursula, tem de pezo duas oitavas, e vinte e quatro grãos — 2/8ᵃˢ e 24 gr.ˢ

— Hum relicario de filigrana, digo relicario de filigrana com seo cordão, que hé de Nossa Senhora da Conceição da Igreja, a quem, se offertou, tem de pezo junto com o vidro, por se não poder desmanchar, sette oitavas, e meya, e seis grãos — 7/8ᵃˢ e mᵃ e 6 gr.ˢ

— Hũa corrente, com hũa veronica de São Bento, em que estão engastadas duas favas de Santo Ignacio, tem de pezo sem as dittas favas, hũa onça duas oitavas, e meya, e vinte e quatro grãos, que pertence a mesma Senhora da Conceição, por se lhe ter offertado — 1-2/8ᵃˢ e mᵃ e 24 gr.ˢ

— Hum resplandor pequeno de ouro lavrado obra moderna, com rayos a romana pertence a Imagem de Santo Xavier, que se poem na occasião da sua festa em a Igreja sobre a meza, tem de pezo seis oitavas, e meya, e doze grãos — 6/8ᵃˢ e mᵃ e 12 grãos.

— Hum coraçãozinho de filagrana com seo cordãozinho, pertencente ao mesmo Santo tem de pezo oitava, e meya, e seis grãos — 1/8ᵃ e m.ᵃ e 6 gr.ˢ

— Hũa bola de ambar, com seo varão de ouro, que peza o ouro meya oitava, e oito grãos, e foi achado em hum caixão do Padre Perfeito da Igreja — meya 8.ᵃ e 8 grãos.

— Hũa Custodia de oiro, com trez palmos de alto toda de chapa lavrada com seis campainhas, tão bem de ouro, obra antiga, com o ferro interior do pé de prata, peza o ouro doze marcos, cinco onças, e quatro oitavas, e meya — 12-5-4/8ᵃˢ e m.ᵃ

— Hum calix com sua patena, e colher obra moderna feita em Roma, com a vara, e o pé lavrado, e a copa liza com seo sobre posto de roda, tem de pezo quatro marcos, e sette oitavas, e meya — 4-"-7/8.ᵃˢ e m.ᵃ

— Hũa corôa grande com seo Imperial lavrado tudo de chapa, obra moderna com sua cruz em cima vazada, tem de pezo oito marcos, duas onças, e duas oitavas, que pertence a Nossa Senhora da Conceição, que se acha no seo altar na Igreja — 8-2-2/8.ᵃˢ

— Outra coroa mais pequena com Imperial de calado, e cruz vazada, pertence a Nossa Senhora da Paz, que se acha em-o seo altar na Igreja, tem de pezo cinco marcos, cinco onças, quatro oitavas — 5-5-4/8.ᵃˢ

— Hũa corôa sem Imperial obra moderna, pertence a Santa Ursula, que se acha no seo altar na Igreja, e tem de pezo trez marcos, hũa onça, e hũa oitava — 3-1-1/8.ª

— Hũa coroa pequena Imperial de filagrana, guarnecida com vinte e duas pedras brancas, sette azues, e sette encarnadas, e pertence ao Menino IESVS, que está em-o seo nicho na Capella Mor, tem de pezo com-as mesmas pedras, dous marcos, duas onças, e oitava e meya — 2-2-1/8ª e m.ª

— Hũa cruz de quatro palmos de comprido de chapa, lavrada, com seos rayos tão bem de chapa, que pertence ao mesmo Menino IESVS, que está na Capella Mor, tem de pezo hum marco, e seis oitavas — 1- e 6/8.ªˢ

— Hum resplandor grande de chapa lavrado, com seos rayos antigos todo aberto de callados, guarnecido com nove pedras encarnadas, e quatro azues, com seo pé de prata, que pertence a Santo Ignacio, que está no seo altar na Igreja, tem de pezo o ditto ouro com-as pedras, e sem o pé quatro marcos e quatro onças — 4-4.

— Hum resplandor de chapa lavrado com seus rayos antigos todo aberto de callados guarnecidos com cinco pedras encarnadas, e quatro azues com-seu pé de prata, que pertence a São Francisco Xavier, que está no seo altar na Igreja, tem de pezo o dito ouro, com-as pedras, e sem o pé, dous marcos, sette onças e seis oitavas, e meya — 2-7-6/8ªˢ e m.ª

— Hum Sol, com seos rayos, obra moderna, e de chapa com hum pé de prata, com trez açucenas da mesma, pertence a São Francisco Xavier, tem de pezo o ouro, hum marco, trez onças, trez oitavas, e meya — 1-3-3/8ªˢ e m.ª

— Sette Sementes, ou botoens de ouro, que estão dentro nas sobredittas açuçenas, tem de pezo, meya oitava, e quinze grãos — mª/8ª e 15 gr.ª

— Hũa Cruz de chapa de quatro faces lavrada, com seos rayos de chapa levantada, obra moderna, com hum canudo de prata dourada no pé pertence a Santo Ignacio, tem de pezo o ouro dous marcos, seis onças, e duas oitavas, e vinte e quatro grãos — 2-6-2/8ªˢ e 24 gr.ª

— Hum pendão de chapa lavrado, aberto de callados, com duas flores, e em cada hũa, hũa pedra branca no meyo, e hũa flor mais no remate do transelim, que sustenta o mesmo pendão, e tem a ditta flor hũa pedra branca no meyo, tem o ditto pendão mais trez borlas hũa em cada ponta, e outra no meyo, tem de pezo com as pedras dous marcos, e trez oitavas — -"2-3/8.ªˢ

— Hũa bola de ambar, que se achou no Sacrario encastoada em ouro de filagrana com hum pedacinho de corrente do mesmo ouro, o qual, se tornou a pôr no mesmo Sacrario, tem de pezo tudo duas onças — -"2-".

— Trez flores de chapa, e quatro palminhas, q̃ pertençe ao ramo de flores, e jasmins de prata, que hé de Santo Ignacio, tem de pezo hũa onça, e quatro oitavas, e seis grãos — 1-4-6 gr.ª

— Hũa Imagem do Santo Christo com hũa cruz redonda, e da outra parte a Senhora da Conceição, com trez palmos de cordão, pertencente a Nossa Senhora da Paz, tem de pezo digo de cordão, pertence a Nossa Senhora da Paz, tem de pezo hũa onça, duas oitavas, e vinte, e quatro grãos — -"1-2/8.ªˢ 24 gr.ª

— Hũas contas de cristal encastoadas em ouro com hum coração de filagrana na ponta da cruz, que pertence a Nossa Senhora da Paz, e poderão ter de ouro dez oitavas — "-10/8.ªˢ

Pessas de Ouro, que se acharão em hũa bocetinha, e caixinha na arca do Padre Perfeito, que foi da Igreja Iozé da Cunha.

— Hum broxe cravado com dezasètte diamantes rozas, e sette chapas, que tem de pezo seis oitavas, e vinte, e quatro grãos — 6/8as e 24 gr.^{s}

— Hum anel de circulo com nove diamantes no circulo, e trez de cada parte, que fazem todos quinze todos diamantes rozas, que pertence a São Francisco Xavier tem de pezo duas oitavas — 2/8.as

— Hum ditto de topazio amarelo com suas folhagens das bandas de prata, peza hũa oitava, e dezoito grãos pertence ao mesmo Santo Xavier — 1/8^a e 18 gr.^{s}

— Hum ditto com seo topazio amarelo no meyo feitio antigo, peza quatro oitavas, e seis grãos, e pertence ao mesmo Santo — 4/8as e 6 gr.^{s}

— Hum par de botoens de circulo cravados com nove diamantes rozas, cada botão, tem de pezo oitava, e meya, e trinta grãos, e pertence ao mesmo Santo — 1/8^a e m.^{a} e 30 gr.^{s}

— Oito botoens com hũa granada no meyo cada hum, e seo pé de chapa, que servião de abotoar a sobrepelliz do Santo Xavier, antes da nova, que se fez tem de pezo trez oitavas, e meya — -"3/8as e m.^{a}

Somão as sobreditas parcellas cincoenta, e dous marcos, sette oitavas, e meya, e onze grãos — 52-"7/8as e m^a e 11 gr.^{s}

2. PRATA DA IGREJA DO COLÉGIO DA BAÍA

Capella Mor

— Hũa Alampada grande de prata com seis quartelas Portuguezas, que declarou o dito contraste ter de pezo oitenta e nove marcos, hũa onça, e duas oitavas — 89-1-2/8.as

— Dous castiçaes grandes de triangulos antigos, e lavrados, que tem de pezo trinta, e oito marcos, e cinco onças — 38-5-

— Dous dittos mais pequenos tambem de triangulo, e com o mesmo lavôr que tem de pezo vinte marcos — 20.

— Dous dittos mais pequenos redondos, e de lavor tãobem antigo, que pezão vinte e dous marcos, e hũa onça — 22-1-".

— Dous castissaes pequenos de bojo lizos do nicho do menino IESVS, que pezão quatro marcos — 4-".

— Hum resplandor de prata, sobre dourado lavrado da moda antiga do menino IESVS, que peza vinte e oito oitavas — 28/8.as

— Hũa cruz liza do mesmo menino, que tem de pezo hum marco, hũa onça, e hũa oitava — 1-1, 1/8.^{a}

— Hum crucifixo de prata com cruz da mesma com trez pedras azues nos extremos tem de pezo, com abatimento das pedras, pouco mais, ou menos, hum marco, duas onças, e hũa oitava — 1-2-1/8.^{a}

— Hũa Sacra do mesmo Altar Mor lavrada, que peza pouco mais, ou menos cinco marcos, e sette onças.— 5-7"

— Dous Evangelhos lavrados, que pezão ambos trez marcos, hũa onça, e seis oitavas — 3-1-6/8.ᵃˢ

— Hũa stante do mesmo Altar chapeada de prata lavrada por dentro, e por fora, que por não estar em termos de desmanchar-se, disse o ditto contraste teria doze marcos de prata pouco mais, ou menos — 12-.

Soma toda a prata sobredita cento, noventa e sette marcos, e seis onças, e seis oitavas — 197-6-6/8.ᵃˢ

Do Altar de Nossa Senhora da Paz

— Hũa Alampada Portugueza com seis quartelas obra antiga, e já com algũas roturas, que tem de pezo cincoenta, e trez marcos, e seis onças — 53-6.

— Dous castissaes grandes lavrados da moda antiga, que tem de pezo quinze marcos, hũa onça, e quatro oitavas — 15-1-4/8.ᵃˢ

— Dous dittos mais pequenos, do mesmo feitio, com pezo de onze marcos, e seis onças — 11-6.

— Dous dittos mais pequenos moda antiga, e velhos, que pezão quinze marcos, e quatro onças — 15-4.

— Dous dittos do mesmo tamanho cada hum, com quatro esses soldados acima do pé, e pezão quatorze marcos, e hũa onça — 14-1.

— Quatro castissaes de bojo lizos, e irmãos, que pezão todos quinze marcos, trez onças, e seis oitavas — 15-3-6/8.ᵃˢ

Soma cento e vinte e cinco marcos, seis onças, e duas oitavas — 125-6-2/8.ᵃˢ

Do Altar de Santo Ignacio

— Hũa Alampada com seis quartelas Portugueza obra antiga, a qual pezada inteira tem de pezo cessenta marcos, e seis onças — 60-6.

— Dous castissaes grandes lavrados da moda antiga, e pezão dezanove marcos, e cinco onças — 19-5.

— Dous dittos mais pequenos tambem lavrados moda antiga, que pezão dezasette marcos, e cinco onças — 17-5.

— Hũa Sacra lavrada, e grande, e obra ainda moderna, e pezão ambos digo moderna com pezo de cinco marcos, duas onças, e seis oitavas — 5-2-6/8.ᵃˢ

— Dous Evangelhos lavrados de obra inda moderna, e pezão ambos trez marcos, seis onças, e quatro oitavas — 3-6-4/8.ᵃˢ

— Hũa cruz de altar da moda antiga liza, com quatro pedras, hũa grande vermelha no meyo, e trez mais pequenas azues nos extremos, e peza quatro marcos, seis onças, e quatro oitavas, abatidas as pedras, pouco mais, ou menos — 4-6-4/8.ᵃˢ

— Hum resplandor de Santo Ignacio lavrado e a romana, que peza dous marcos, seis onças, e seis oitavas — 2-6-6/8.ᵃˢ

— Hũa cruz lavrada a moda antiga, que serve na mão do Santo, e peza hum marco, seis onças, e sette oitavas — 1-6-7/8.ᵃˢ

Soma o pezo de todas as sobredittas pessas cento, e dezesseis marcos, cinco onças, e trez oitavas — 116-5-3/8.ᵃˢ

Do Altar de Santo André

— Hũa Alampada com seis quartelas Portugueza, antiga velha com roturas, que peza dezoito marcos — 18-.
— Quatro castissaes lavrados a moda antiga, já velhos, e com suas roturas pezão dezasete marcos e seis onças — 17-6-.
— Hũa Sacra lavrada a moderna, que peza seis marcos, duas onças, e sette oitavas — 6-2-7/8.as
— Hum Evangelho lavrado a moderna, que peza hum marco, sette onças, e trez oitavas — 1-7-3/8.as
— Hum resplandor lavrado a moderna, e grande de Santo André com pezo de trez marcos, quatro onças, e quatro oitavas — 3-4-4/8.as
— Outro resplandor pequeno lavrado com suas pedras, trez vermelhas, duas azues e duas verdes, que peza fora as pedras dezaseis oitavas, pouco mais ou menos — 16/8.as

Soma quarenta e sette marcos, seis onças, e seis oitavas — 47-6-6/8.as

Do Altar de São Ioseph

— Hũa Alampada com seis quartelas lavradas, moda antiga, já velha, e com roturas, e com seis parafusos menos, que tem de pezo trinta, e nove marcos, e duas onças — 39-2-.
— Hũa açucena de prata com-a sua Vara da mesma, que serve na mão de São Iozé, que peza dous marcos, e seis onças — 2-6.
— Hum resplandor do mesmo Santo lavrado moda antiga, que peza dous marcos e duas onças — 2-2.
— Hũa chapa de prata liza feitio de gola que estava junto ao Santo, e peza oito oitavas — 8/8.as
— Hum resplandor de Santa Luzia, que está no Altar da mesma Santa, lavrado a moderna com sua pedra vermelha no meyo, e peza trez onças, e seis oitavas, com-abatimento da pedra — 3-6/8.as
— Huns olhos de Santa Luzia, que tem de pezo oitava, e meya — 1/8a e m.a

E declaro, que a este altar pertencem dous castissaes grandes de prata, redondos, que se achavão na Capella mor, e vão discriptos na prata do mesmo altar.

Soma não entrando os dittos castissaes, a prata deste altar quarenta, e quatro marcos, seis onças, e sette oitavas, e meya — 44-6-7/8as e m.a

Do Altar de Santa Anna

— Hum resplandor de prata lavrado moda antiga de Santa Anna, que tem de pezo hum marco, cinco onças, e hũa oitava — 1-5-1/8.a
— Hũa corôa Imperial lavrada da moda antiga de Nossa Senhora, que tem de pezo hum marco, e quatro onças — 1-4.
— Outro resplandor mais pequeno lavrado da moda antiga de São Ioaquim, que está no mesmo altar, que tem de pezo seis onças, e duas oitavas — 6-2/8.as

— Hum resplandor do menino IESVS, que está em hum nicho no mesmo altar, e tem de pezo, abatida hũa pedra vermelha, que tem no meyo, quatorze oitavas, e meya — 14/8.ᵃˢ e m.ᵃ

Soma a prata deste altar quatro marcos hũa onça, e oitava e meia — 4-1-1/8ᵃ e m.ᵃ

Do Altar do Santo Christo

— Hũa Alampada com seis quartelas Portugueza, e moda antiga toda quebrada, e rota com quatro parafusos menos, que tem de pezo sessenta, e quatro marcos, e hũa onça — 64-1.

— Hũa Sacra lavrada a moderna, que peza cinco marcos, quatro onças, e duas oitavas — 5-4-2/8.ᵃˢ

— Dous Evangelhos lavrados a moderna, e pezão ambos trez marcos, cinco onças, e quatro oitavas — 3-5-4/8.ᵃˢ

— Hum pé de prata de hum resplandor de ouro do Santo Christo, e peza o ditto pé com sua corrente, e hũa tarracha, hum marco, quatro onças, e cinco oitavas — 1-4-5/8.ᵃˢ

— Hum resplandor pequeno lavrado a moderna de São João Nepomuceno, que está no mesmo altar, e peza com cinco estrellas na ponta tudo trez onças, e hũa oitava — 3-1/8.ᵃ

Soma toda a prata deste altar settenta e cinco marcos, duas onças, e quatro oitavas — 75-2-4/8.ᵃˢ

Do Altar de São Francisco Xavier

— Hũa Alampada com seis quartelas lavrada moda antiga, Portugueza, e com algũa rotura, que tem de pezo sessenta marcos, cinco onças, e quatro oitavas — 60-5-4/8.ᵃˢ

— Hum castissal de prata lavrada de triangulo, com pezo de dezaseis marcos, e duas onças — 16-2-.

— Outro ditto com dezaseis marcos, e trez onças — 16-3.

— Outro ditto com quinze marcos, e cinco onças — 15-5-.

— Outro ditto com dezasette marcos — 17-.".

— Hũa Sacra lavrada a moderna com pezo de cinco marcos, cinco onças, e quatro oitavas — 5-5-4/8.ᵃˢ

— Dous Evangelhos lavrados a moderna com pezo de trez marcos, seis onças, e quatro oitavas — 3-6-4/8ᵃˢ.

— Hum resplandor de prata grande lavrado a moderna, com hũa pedra vermelha no meyo, que peza, abatida a pedra, dous marcos, e sette onças — 2-7-.

— Hum Sol sobre dourado com seus rayos, e trez açucenas, sem serem douradas, e seu parafuso, que peza tudo hum marco, e hũa onça — 1-1.

— Hum aparelho de chapa lavrada a moda antiga com seos callados, com que está guarnecida hũa cruz com hum Santo Christo pequeno do mesmo altar, e peza a ditta prata seis onças, e trez oitavas — 6-3/8.ᵃˢ.

— Hum caranguejo de prata sobre hũa chapa da mesma, que peza tudo cinco marcos, trez onças, e duas oitavas — 5-3-2/8.ᵃˢ

Soma toda a prata do dito altar cento, e quarenta e cinco marcos, cinco onças, e hũa oitava — 145-5-1/8.ª

Do Altar de São Francisco de Borja

— Hũa Alampada com seis quartelas obra Portugueza antiga, com menos hum remate, e com algũas roturas, e tem de pezo quarenta, e quatro marcos, e quatro onças — 44- 4.

— Dous castissaes de triangulo com figuras, que tem de pezo trinta e hum marcos — 31-.

— Hũa Sacra lavrada a moderna, que tem de pezo seis marcos, duas onças, e quatro oitavas — 6-2-4/8.ªª

— Dous Evangelhos Lavrados a moderna, e ambos tem de pezo trez marcos, e cinco onças — 3-5-.

— Hum resplandor grande da moda com Lavrado a moderna, com hũa pedra vermelha grande no meio, e a roda oito mais pequenas, quatro vermelhas, e quatro verdes, que peza abatido o pezo das pedras cinco marcos duas onças, e duas oitavas — 5-2-2/8.ªª

— Hũa coroa Imperial, Lavrado moderno de caveira, que o Santo Borja tem na mão peza trez marcos, duas onças, e hũa oitava — 3-2-1/8.ª

— Hum crucifixo de prata em hũa cruz da mesma, que está na mão do mesmo Santo, com pezo de dous marcos, trez onças, e seis oitavas — 2-3-6/8.ªª

Soma toda a prata deste altar noventa, e seis marcos, trez onças, e cinco oitavas — 96-3-5/8.ªª

Do Altar de Nossa Senhora da Conceição

— Hũa Alampada com seis quartelas obra Portugueza, e tem de pezo sessenta e trez marcos, duas onças, e duas oitavas — 63-2-2/8.ªª

— Quatro castissaes irmanados de triangulo lavrados a moderna, e pezão todos trinta, e dous marcos — 32-.

— Dous aciprestes lavrados moda antiga, que tem de pezo, seis marcos, e trez onças — 6-3-.

— Hũa Sacra Lavrada a moderna, que peza seis marcos, cinco onças, e duas oitavas — 6-5-2/8.ªª

— Dous Evangelhos Lavrados a moderna com pezo ambos trez marcos, e trez onças — 3-3-.

— Hũa Cruz a Romana de altar, com seus rayos, e pé Lavrado a moderna, com pezo de trez marcos, hũa onça, e quatro oitavas — 3-1-4/8.ªª

Soma todas as pessas deste altar, o pezo de cento, e quatorze marcos, e sete onças — 114-7-.

Do Altar de Santa Ursula

— Hũa Alampada, com seis quartelas Lavrada e moda Portugueza, que peza sessenta e trez marcos, e cinco onças — 63-5-.

— Seis castissaes de triangulo Lavrados a moderna, pezão todos cincoenta e cinco marcos, e cinco onças — 55-5-.

— Hũa Sacra Lavrada a moderna, que peza cinco marcos, cinco onças, e quatro oitavas — 5-5-4/8.ªs

— Dous Evangelhos Lavrados a moderna, que pesão ambos dous marcos, seis onças e quatro oitavas — 2-6-4/8.ªs

— Hũa Corôa Lavrada de Santa Ursula de obra moderna, e sem Imperial, e tem de pezo dous marcos, e duas oitavas — 2-2/8.ªs

— Hũa palma Liza com trez açucenas de filigrana, que peza trez marcos, sette onças, e quatro oitavas, em que vai abatido a pezo dos botoensinhos de ouro das dittas açucenas — 3-7-4/8.ªs

— Hũa seta com duas pennas no remate, hũa coroa, e duas pennas mais pequenas dentro da corôa com sua tarracha, e peza tudo hum marco, e duas onças — 1-2-.

— Dez diademas Lizas, com sua estrella no meyo de cada hũa, que serve na cabeça das dez Virgens, que estão no mesmo altar de Santa Ursula, e peza cada hũa trez onças, e todas dez pezão trez marcos, e seis onças — 3-6-.

— Hum resplandor pequeno a romana, com sua pedra vermelha no meyo do Santo Christo, que está no mesmo altar, e o titulo da Cruz do mesmo Crucifixo e trez cravos, e duas tarrachas, que segurão o resplandor, tudo com pezo de dezasete oitavas, abatendo-se o pezo da pedra — 17/8.ªs

Soma cento, e trinta, e oito marcos, sette onças, e sette oitavas — 138-7-7/8.ªs

Do Altar de São Ioão Francisco Regis

— Hum resplandor grande do ditto Santo Lavrado a moda antiga, que peza dous marcos — 2".

Mais prata pertencente aos Altares

— Hũa Cruz grande, com seo Calvario tudo de prata Lavrada a moda antiga pertence ao altar de Nossa Senhora da Paz, e tem no meyo hũa pedra vermelha, que tem de pezo seis marcos, seis onças, e sette oitavas, abatida já a pedra — 6-6-7/8.ªs

— Hũa palma pequena de Santa Quiteria, que está no Altar de Santo André, e tem de pezo vinte, e duas oitavas — 22/8.ªs

— Hum missal com capa de veludo carmezim, pertencente ao Altar mor, guarnecido de prata, que terá de pezo pouco mais, ou menos, por se não poder pezar, seis marcos — 6-.

— Hum thuribulo de prata Lavrada a moderna, que tem de pezo cinco marcos, duas onças, e seis oitavas — 5-2-6/8.ªs

— Outro ditto do mesmo feitio, e tem de pezo cinco marcos, e duas onças — 5-2-.

— Hũa naveta Lavrada de feitio antigo com sua colher, tudo de prata, e peza tudo dous marcos, sette onças, e duas oitavas — 2-7-2/8.ªs

— Hũa mais ditta com sua colher tem de pezo dous marcos, seis onças, e quatro oitavas — 2-6-4/8.ªs

— Hum Vaso grande de comumgatorio lizo como pela Lavrado moda antiga, peza trez marcos, cinco onças, e cinco oitavas — 3-5-5/8.ªs

— Outro ditto mais pequeno todo lizo, peza dous marcos, duas onças, e seis oitavas — 2-2-6/8.⁸ˢ

— Hum gomil pequeno lizo com seu prato redondo tambem lizo, peza seis marcos — 6-".

— Hũa caldeira de agoabenta com seo hysópe, peza tudo cinco marcos, duas onças e quatro oitavas — 5-2-4/8.⁸ˢ

— Hum prato de galhetas Lavrado antigo, tem de pezo dous marcos, e duas onças — 2-2-.

— Hũa caixa de hostias liza com quatro quadrados, tem de pezo trez marcos, hũa onça, e seis oitavas — 3-1-6/8.⁸ˢ

— Hũa Cruz grande de manga, que serve nas procissoens Lavrada, moda antiga, e chata, que peza dezoito marcos e cinco onças — 18-5-.

— Hũa Lanterna com hũa Vara de seis canudos, moda antiga, tem de pezo dezasette marcos, e trez onças — 17-3-.

— Outra ditta do mesmo feitio, e com sua vara, que peza dezasette marcos, e duas onças — 17-2-.

— Hũa vara de paleo com dez canudos Lavrados da moda antiga, tem de pezo sette marcos, e trez onças — 7-3-.

— Outra ditta da mesma forma com dez canudos, e peza sette marcos, quatro onças, e quatro oitavas — 7-4-4/8.⁸ˢ

— Outra ditta da mesma forma com dez canudos, e peza sette marcos, quatro onças, e duas oitavas — 7-4-2/8.⁸ˢ

— Outra ditta da mesma forma com dez canudos, e peza sette marcos, e trez onças — 7-3.

— Outra ditta da mesma forma, com dez canudos, que peza sete marcos, e duas onças — 7-2-.

— Hũa Custodia grande de prata dourada Lavrada antiga, com seis campainhas, no remate em cima, e hũa sua cruz, com hum crucifixo, Nossa Senhora, e São Ioão, no pé da qual se achão dezaseis figuras, e Santo Ignacio, e Santo Xavier, junto ao circulo, em que se expoem o Santissimo, e por todo o Corpo tem vinte e cinco pedras de differentes cores, tem de pezo descontando-se o das ditas pedras, vinte e oito marcos, sette onças, e cinco oitavas — 28-7-5/8.⁸ˢ

— Hum relicario de prata lizo, com suas pontas soldadas, e abertas de Callado, com seo pé tão bem lizo moda antiga, e com dous vidros, que peza abatido o pezo dos dittos vidros, trez marcos, quatro onças, e sette oitavas — 3-4-7/8.⁸ˢ

Soma cento, e oitenta e quatro marcos e cinco onças — 184-5.

Prata pertencente a Capella interior, em que se acha a Imagem de Nossa Senhora da Conceição, Santo Ignacio, Sam Francisco Xavier, e São Francisco de Borja.

— Hũa Alampada com seis quartelas, Lavradas da moda Portugueza com algũas roturas, com dous remates menos, e tem de pezo desanove marcos, e hũa onça — 19-1.

— Hum castissal de triangulo antigo Lavrado, que peza onze marcos, e trez onças — 11-3.

— Outro ditto do mesmo feitio, e peza onze marcos — 11-.

— Outro ditto do mesmo feitio, e peza onze marcos, e quatro oitavas — 11-4/8.ªs

— Outro ditto do mesmo feitio, que peza dez marcos, e seis oitavas — 10-6/8.ªs

— Hum pratinho de galhetas comprido Lavrado antigo, tem de pezo hum marco seis onças, e seis oitavas — 1-6-6/8.ªs

— Hum purificador com seo pratinho pegado, e com sua tapadôra, obra liza, tem de pezo hum marco, trez onças, e cinco oitavas — 1-3-5/8.ªs

— Hũa Coroa grande Imperial Lavrada, e obra moderna, com oito pedras de differentes cores, tem de pezo cinco marcos, trez onças, e hũa oitava, abatido o pezo das pedras — 5-3-1/8.ª

— Hum resplandor grande redondo com sua pedra verde no meyo, obra moderna tem de pezo, abatendo-se o da dita pedra, trez marcos, e sette oitavas — 3-7/8.ªs

— Hum resplandor redondo obra moderna, com hũa pedra vermelha no meyo, tem de pezo, abatido o da ditta pedra, dous marcos, quatro onças, e duas oitavas — 2-4-2/8.ªs

— Outro dito mais de São Francisco de Borja da mesma qualidade, tem de pezo, abatido o da pedra, que tem no meyo, dous marcos, duas onças, e quatro oitavas — 2-2-4/8.ªs

— Hum crucifixo com sua cruz tudo de prata, que está sobre o Sacrario da mesma Capella, tem de pezo seis onças, e sette oitavas, e meya — 6-7/8ªs e m.ª

— Hum calix com sua patena, e colher sobre dourado, tem de pezo dous marcos, seis onças, e hũa oitava — 2-6-1/8.ª

— Hũa ambola dourada com algum uso, que peza hum marco, e sete onças — 1-7-.

— Hũa chave do Sacrario, peza seis oitavas, e meya — 6/8ªs e m.ª

Soma — 85-4-4/8.ªs

Da Capella dos Recolletos

— Hũa Alampada pequena com quatro quartelas, Lavrada antiga a Portugueza com hum remate, que não atarracha, amarrado, tem de pezo nove marcos, e quatro onças — 9-4-.

— Hum castissal redondo antigo Lavrado, que peza quatro marcos, seis onças, e quatro oitavas — 4-6-4/8.ªs

— Outro ditto do mesmo feitio, peza quatro marcos, e seis onças — 4-6-.

— Outro ditto de triangulo lavrado antigo, peza sete marcos — 7-.

— Outro ditto tambem de Triangulo, e do mesmo feitio, peza sette marcos — 7-.

— Hũa Corôa Imperial grande Lavrada de Nossa Senhora da Conceição, com seo espigão tãobem de prata, com que se prende, peza trez marcos, e trez onças — 3-3-.

— Hum resplandor redondo Lavrado de São Luiz Gonzaga, e tem de pezo sette onças, e trez oitavas — 7-3/8.ªs

— Hum ditto redondo, e Lavrado de Santo Estanislau, tem de pezo sette onças, quatro oitavas — 7-4/8.ªs

— Hum resplandor do menino IESVS, que tem nos braços o ditto Santo Estanislau, peza seis oitavas, e meya — 6/8ᵃˢ e m.ᵃ

— Hum resplandor pequeno, que tem o crucifixo, que está no altar, peza trez oitavas — 3/8.ᵃˢ

— Hum Calix com sua patena, e colherinha dourada peza dous marcos, duas onças, e quatro oitavas — 2-2-4/8.ᵃˢ

— Hũa ambula dourada nova tem de pezo hum marco, e sette oitavas — 1-7/8.ᵃˢ

— Hũa chavinha do Sacrario preza em hũa fita, tem de pezo seis oitavas e meya — 6/8ᵃˢ e m.ᵃ

Soma quarenta e hum marcos sette onças, e seis oitavas — 41-7-6/8.ᵃˢ

Vazos sagrados pertencentes a Igreja

— Hum Calix de prata dourado com sua patena, e colher, peza quatro marcos, e trez oitavas — 4-3/8.ᵃˢ

— Outro ditto tambem de prata dourado, com patena, e colher, peza quatro marcos — 4-".

— Hum dito tão bem de prata dourado com patena e colher, peza trez marcos, sette onças, e sette oitavas — 3-7-7/8.ᵃˢ

— Hum ditto tãobem de prata dourado com patena, e colher, peza trez marcos, cinco onças, e hũa oitava — 3-5-1/8.ᵃ

— Hum ditto tãobem de prata dourado com patena, e colher, peza trez marcos, cinco onças, e sette oitavas — 3-5-7/8.ᵃˢ

— Hum ditto, tãobem de prata dourado com patena, e colher, peza dous marcos, trez onças, e hũa oitava — 2-3-1/8.ᵃ

— Hum ditto, tãobem de prata dourado com patena, e colher, peza quatro marcos, hũa onça, e hũa oitava — 4-1-1/8.ᵃ

— Hum ditto, tãbem de prata dourado com patena, e colher peza trez marcos, e sette onças — 3-7-".

— Hum ditto, tambem de prata dourado com patena, e colher, peza trez marcos, e sette onças — 3-7-".

— Hum ditto com patena, e colher, porem sem ser a patena dourada, peza trez marcos, sette onças, e trez oitavas — 3-7-3/8.ᵃˢ

— Hum ditto com sua colher, e patena dourado maior, que as mais, e serve na Capella maior, que tem de pezo quatro marcos, duas onças, e hũa oitava, e meya — 4-2-1/8ᵃ e m.ᵃ

— Hum purificador com seo pratinho tudo de prata liza, e antigo, peza sette onças, e quatro oitavas — 7-4/8.ᵃˢ

— Hũa ambula grande de prata dourada, que serve no Sacrario da Capella maior, tem de pezo trez marcos, duas onças, cinco oitavas, e meya — 3-2-5/8ᵃˢ e m.ᵃ

— Hũa chave de prata do Sacrario com fita, peza sette oitavas, e meya — 7/8ᵃˢ e m.ᵃ

— Hũa ambula do mesmo Sacrario dourada, e lavrada, peza, cinco marcos, duas onças, e duas oitavas — 5-2-2/8.ᵃˢ

— Outra ditta grande, que serve no mesmo Sacrario, que peza oito marcos, e quatro oitavas — 8-"-4/8.ᵃˢ

— Hũa ditta de prata dourada, feita em Roma obra excellente, a qual trouxe da mesma Corte o Padre Ioão Honorato Provincial, que foi deste Collegio, tem de pezo quatro marcos, sette onças, e quatro oitavas — 4-7-4/8.as

— Hum ramosinho com quatro flores de prata, hũa dellas quebrada, sem ouro, e as trez com ouro no meyo, e com cinco jasmins, e cinco folhas, e seo pé tudo de prata, que peza sómente, a prata, trez onças, e trez oitavas, pertence a Santo Ignacio — -"-3-3/8.as

— Hum ramo com trez açucenas de prata, com seos botoensinhos de ouro, que hé da mão de Santo Xavier, pezão as dittas açucenas com a chapa, em que estão prezas, a qual sustenta hum Sól de ouro peza a ditta prata sette onças, e huma oitava — -"-7-1/8.a

— Hũa chapa de prata, que sustenta a resplandor de Santo Ignacio digo o resplandor de ouro de Santo Ignacio, peza sette onças, e huma oitava — -"-7-1/8.a

— Hũa ditta mais pequena, que substenta o resplandor de Santo Xavier, peza quatorze oitavas, e meya — -"-14/8as e m.a

— Hum canudo de prata dourada, que serve de pé da Cruz de ouro, que tem em a mão Santo Ignacio, peza vinte e duas oitavas, e meya — 22/8as e m.a

— Hum Calix de prata com sua patena, e colher, sem ser dourado moda antiga, e liza, que servia no altar do Carneiro, em que se sepultão os Religiosos, tem de pezo trez marcos, hũa onça, e seis oitavas — 3-1-6/8.as

— Hum calix pequeno antigo fabrica tosca, com hostia de prata soldada na bocca do mesmo, que serve para os enterros dos Religiosos, peza hum marco, cinco onças, e sette oitavas — 1-5-7/8.as

— Hum ditto de prata dourada com sua patena, e colher, que hé do uso do altar da enfermaria, tem de pezo dous marcos, trez onças, e hũa oitava — 2-3-1/8.a

— Hũa ambula pequena liza, e dourada, em que se leva o Sacramento aos enfermos, e se conservava na mesma enfermaria, tem de pezo hum marco, duas onças, hũa oitava, e meya — 1-2-1/8.a e m.a

— Hum pratinho comprido de prata, de galhetas com seo Lavor de gomos a roda do mesmo uzo da enfermaria, peza hum marco — 1-.

— Hũa Alampada pequena com quatro quartelas Lavrada moda antiga, pertence ao altar da portaria, tem de pezo des marcos, e huma onça — 10-1-.

— Hum calix pequeno lizo, com sua patena dourada, do uzo dos Religiosos, que hião em Missão, peza hum marco, duas onças, e oitava, e meya. — 1-2- e 1/8.a e m.a

— Hum resplandor de prata muito antigo, e muito velho de São Francisco Xavier da Capella dos enfermos, peza quatro onças, e cinco oitavas, e meya, aliás o resplandor de Santo Ignacio — -"-4-5/8.as e m.a

— Hũa coroazinha pequena lavrada, e Imperial de Nossa Senhora, que está no altar interior do refeitorio, tem de pezo trez onças, e sette oitavas — -"-3-7/8.as

— Hũa custodiazinha a filagrana de prata com hũa reliquia de Santo Xavier dentro em seo vidro, tem de pezo abatido o vidro, e dous mais pendentes, quatro onças, e trez oitavas — -"-4-3/8.as

— Hum resplandor de hum Senhor Crucificado, que se mostra ao povo nos sermoens de missão, tem de pezo, abatendo-se hũa pedra encarnada, que tem no meyo, dezasete oitavas — -17/8.as

— Trez cravos com suas tarrachas do mesmo crucifixo, que peza seis oitavas—6/8.ns

— Hum resplandor de hum crucifixo grande, que se acha na portaria, peza abatido o pezo da pedra encarnada, que tem no meyo, seis onças, e seis oitavas—"-6-6/8.ns

— Trez cravos de prata do mesmo Crucifixo, tem de pezo, trez onças, e meya oitava — -"-3- e m.ª/8.ª

— Hum titulo de prata lizo a Romana, com sua tarracha, tem de pezo trinta, e duas oitavas — -32/8.ns

— Hũa Cruz de guião Lavrado, e antigo, que serve nas procissoens de Nossa Senhora do Rozario, que fazem os pretos da quinta de São Christovão escravos do Collegio no mesmo sitio da ditta quinta, e tem de pezo trez marcos, sette onças, e quatro oitavas — 3-7-4/8.ns

— Hũa ditta de manga Liza, com algum Lavor, que serve nas procissoens das ditas festas dos pretos, peza abatendo o pezo de hum canudo de cobre, que tem, trez marcos, cinco onças, e duas oitavas — 3-5-2/8.ns

— Hũa Vara Lavrado antigo com seis canudos, que serve para o Iuiz das festas da mesma quinta levar nas procissoens, peza dous marcos, duas onças, e quatro oitavas — 2-2-4/8.ns

Soma esta prata cento, e hum marcos, seis onças, e cinco oitavas, e meya — 101-6-5/8.ns e m.ª

Prata, que se achou na Capella interior do Collegio, em que está a Senhora da Conceição, Santo Ignacio, São Francisco Xavier, e São Francisco de Borja, alem da que se descreveo do uzo da mesma Capella, a qual prata estava no Santuario da mesma Capella.

— Hũa Imagem de Santa Ursula de meyo corpo feito de prata, que tem de pezo com-a encarnação do rosto, dezaseis marcos, e quatro onças — 16-4-

— Pezão nove caixinhas, sem tampa, que parece tiverão algum dia reliquias, com as trez tarrachas, que segura o pé da mesma Santa, seis onças — -"-6.

— Hũa corôa da mesma Santa dourada, e Lavrada sem Imperial, peza sette onças, e oitava, e meya. — -"-7-1/8.ª e m.ª

— Hũa Imagem de Santa Aurea de Meyo corpo, feita de prata, com-a encarnação do rosto, com seis caixinhas de reliquias pegadas, duas já sem fundo, e as quatro com reliquias, peza tudo dezasette marcos, e trez onças — 17-3-.

— Hum resplandor da mesma Santa, tem de pezo quatro onças, seis oitavas, e meya — -"- 4-6/8.ns e m.ª

— Hũa Imagem de Santa Cordula de meyo corpo, feito de prata, tem de pezo com-a encarnação do rosto, com cinco caixinhas, e huma dellas, com seo relique, onze marcos, e sette onças — 11-7-.

— Hum resplandor da mesma Santa, peza trez onças, e sette oitavas -"- 3-7/8.ns

— Hũa Imagem de São Christovão de meyo corpo feito de prata com nove caixinhas de reliquias soldadas nos seos Lugares, e hũa caixa maior de prata, em que se acha hũa reliquia grande embrulhada em hum tafetá, tem de pezo vinte marcos, e cinco onças — 20-5-.

Declaro, que nos dittos trez meyos corpos de Santa Ursula, Santa Aurea, e Santa Cordula, se achão as Caveiras das mesmas Santas.

— Hum cofre de prata Lavrada antiga de quatro faces, e quatro colunas com seus remates, dentro na qual se achão trez embrulhos cozidos, com os nomes dos Santos, de quem são as Reliquias, que nelle se achão tem de pezo treze marcos e seis oitavas — 13-6/8.ᵃˢ

— Outro cofre de prata Lavrada antiga de quatro faces, com quatro colunas dourado em partes, com seus remates, na qual se achão sette embrulhos cozidos, com-os nomes dos Santos, de quem são as Reliquias, que nelle se achão, peza onze marcos, cinco onças, e duas oitavas — 11-5-2/8.ᵃˢ

— Hum caixãozinho de madeira chapeado de prata, Lavrado muito antigo, com seo vidro por diante, e varios embrulhos de reliquias dentro, que terá de pezo pouco mais ou menos dous marcos, e meyo de prata, o que se não declara ao certo, por se não poder despregar a ditta guarnição de prata — 2-4-.

— Hum ditto mais do mesmo tamanho, e forma, e com o ditto pezo pouco mais, ou menos — 2-4-.

— Hũa Cruz de prata chata de dous palmos, com seo Calvario, em que está hum pedaço de silicio, que foi de Santo Ignacio, tem de pezo, pouco mais, ou menos, dous marcos, quatro onças, e duas oitavas, abatendo-se o pao, que tem dentro, e se não declara o pezo certo, por se não poder desmanchar — 2-4-2/8.ᵃˢ

— Hũa Cruz de prata dourada de dous palmos de alto, antiga de feitio redondo com meyas canas e o pé de voltas Lavrado, como tambem os remates dos braços, com hũa reliquia no meyo dos braços, com dous vidros de hũa, e outra parte, que a guardão, tem de pezo, abatido o dos vidros, sette marcos, seis onças, e seis oitavas — 7-6-6/8.ᵃˢ

— Hũa nulheta dourada, que se achou dentro do Sacrario da Capella mayor, e pertence a Custodia grande, já discripta nestes autos, que se achará na mesma custodia, tem de pezo, duas onças, e trez oitavas — -"-2-3/8.ᵃˢ

— Hũa pessa feitio de Oratorio de quatro faces, com suas colunas, obra muito antiga, sobre hum pé de quatro voltas, tudo dourado, com varias reliquias dentro, que guardão quatro vidros, que tem nas dittas quatro faces, tem de pezo cinco marcos, cinco onças, e seis oitavas — 5-5-6/8.ᵃˢ

— Por hum relicario, feito pyramidal de prata dourada, e o pé de cobre tão bem dourado, com hũa reliquia de São Matheus dentro de hum vidro redondo, peza a ditta prata hum marco, huma onça, e duas oitavas — 1-1-2/8.ᵃˢ

— Hum Livro de prata Lavrada com-as Letras douradas, e partes, que reprezenta as folhas, que serve na mão de Santo Ignacio, peza trez marcos, e sette onças — 3-7-.

— Hũa estampa pequena com hũa Imagem de Nossa Senhora, com-o menino nos braços pequena, que serve de dar a paz, tem de pezo sette onças e seis oitavas — -"-7-6/8.ᵃˢ

— Hum ponteiro de prata liza com sua argola, tem de pezo seis onças, e quatro oitavas — -"-6-4/8.ᵃˢ

Soma cento, e trinta, e trez marcos, sette onças, e quatro oitavas — 133-7-4/8.ᵃˢ

Prata que se achou na Capella da enfermaria, alem do resplandor de Santo Ignacio já discripto.

— Hum resplandor de São Ioão moda antiga, com huma pedra vermelha no meyo, peza abatido o da ditta pedra, quatro onças, e duas oitavas, e meya — -"-4-2/8.ᵃˢ e m.ᵃ

— Hũa Caixa de prata liza, com trez frasquinhos dentro tambem lizos tudo de prata, que servem de guardar os Santos oleos, peza hum marco, quatro onças, e cinco oitavas — 1-4-5/8.ᵃˢ

Prata que se achou em hum caixão do Padre Perfeito, que foi da Igreja deste Collegio Iosé da Cunha

— Hum pratinho comprido com duas galhetas de bojo, tudo de prata, pertence a São Francisco Xavier da Igreja, por se lhe terem offertado, tem de pezo trez marcos, e sette onças — 3-7-.

— Duas Colheres, dous garfos, hũa de chapa, e outra vazada, hum par de fivellas, de çapatos, huma colher mais Velha de chapa, hum bocado de chapa, que servio de resplandor, que se desmanchou, e huma chave de prata velha, e quebrada, tem tudo de pezo, hum marco, e duas onças, que tudo se achou em hum embrulho de papel, em que se diz ser mercado pelo ditto Padre Perfeito, para ajuda de hũa obra, que pertendia fazer para a Igreja — 1-2-.

— Hum sinete de prata, que tem por armas IESVS, peza trez oitavas, e meya — -"-3/8.ᵃˢ e m.ᵃ

— Dous Anjos tambem de prata dourada dos quais hum tem em-a mão direita huma Corôa, e na esquerda hũa coluna, o outro tem na mão direita hũa Lança, e na outra dous cravos, os quais se achou pertencerem a custodia grande de prata dourada, e nella não estavão por terem as tarrachas quebradas, e se acharão dentro do vazo da mesma custodia, tem de pezo trez onças, e duas oitavas — -3-2/8.ᵃˢ

— Achou-se mais no ditto caixão trinta aljofares pequenos, que tem de pezo hũa oitava, que se acharão na arca, onde estão todas as peças de ouro.

— Hũa coroazinha de prata Imperial obra muito antiga, que pertence a Nossa Senhora da Conceição, que está na dispensa deste Collegio, tem de pezo cinco oitavas, e meya — 5/8ᵃˢ e m.ᵃ

Prata que se achou na caza da Livraria

— Hum resplandor redondo de rayos a moderna, que hé da Senhora Santa Anna, que está na mesma caza, tem de pezo sette onças, sette oitavas, e meya — -7-7/8ᵃˢ e m.ᵃ

— Hũa corôa pequena com seo Imperial pertencente a Nossa Senhora, que se acha junto a ditta Santa, tem de pezo duas onças, e cinco oitavas — -"-2-5/8.ᵃˢ

— Hũa chapa ovada liza de prata dourada por fora, que forra o pé da custodia de ouro, e se achará na mesma custodia, tem de pezo sette onças, e cinco oitavas — -"-7-5/8.ᵃˢ

Prata, que se achou em hũa gaveta da Sachristia, e se não sabe onde pertence

— Hũa penna, que se diz servir na procissão das Virgens, levando-a na mão hũa Santa, cuja invocação se ignora, e tem de pezo sette oitavas — 7/8.ᵃˢ

— Hum resplandorzinho de meya lua lavrado, que tãobem se ignora, a que Santo pertence, tem de pezo seis oitavas — 6/8.ᵃˢ

— Hum ditto mais pequeno lavrado, que pertence a São Francisco Xavier que no dia da sua festa se poem na Igreja sobre hũa meza, e se achará no mesmo Santo, tem de pezo duas oitavas — 2/8.ᵃˢ

— Hum funilzinho de prata, que serve de encher os frasquinhos, em que se guardão os Santos oleos tem de pezo oito oitavas, e meya — 8/8ᵃˢ e m.ᵃ

— Hũa Corôa de Lotão dourada com seo Imperial, e este quebrado, guarnecida de pedras de differentes cores, pertence a Imagem do Menino Iezus, que se acha na Capellinha dos enfermos, achou-se no caixão do Perfeito da Igreja.

— Hum relicario com dous palmos, e meyo de alto, com sua cruz no remate, feito a modo de custodia, em que está hũa reliquia de Santo Ignacio, que resguarda hum vidro, e a roda deste varias reliquias de differentes Santos, pertencente ao Santuario da Capella interior, e hé de cobre dourado, o material da ditta custodia.

— Hum resplandor mais de meya lua, e com dous rayos já quebrados, e a espiga, que se não sabe donde pertence, tem de pezo, onze oitavas, e meya — 11/8ᵃˢ e m.ᵃ

— Hũa Imagem de São Francisco Xavier de meyo corpo de prata lavrada em chapa, que se achou na caza onde se guardão as Imagens, que servem nos Passos, tem de pezo dez marcos, seis onças, e quatro oitavas — 10-6-4/8.ᵃˢ

— E tem de pezo a guarnição do assento em que está o ditto meyo corpo, quatro marcos, quatro onças, e cinco oitavas — 4-4-5/8.ᵃˢ

— Hum resplandor redondo feito antigo com seo espigão, que serve no mesmo Santo, tem de pezo hum marco, trez onças, e quatro oitavas — 1-3-4/8.ᵃˢ

Soma vinte e oito marcos, quatro onças, e duas oitavas — 28-4-2/8.ᵃˢ

— Hum bauzinho de jacarandá de dous palmos, e quatro de comprido, forrado de veludo azul, em que estão quatro ossos inteiros das canellas, dos braços, e pernas do Veneravel Padre Iozé de Anchieta, hum roupão de pano pardo, e hũa cazula, são as dobradissas, e duas fechaduras, que tem o ditto bau, e cada hũa com sua chave, tudo de prata, e tudo peza, exceptuando as chaves, hum marco, quatro onças, e seis oitavas — 1-4-6/8.ᵃˢ

— Pezão as duas chaves do ditto bau duas onças, duas oitavas, e meya — 2-2/8ᵃˢ e m.ᵃ

— Hũa coroazinha Imperial antiga, que por hora, se não sabe onde pertence, que tem de pezo trez onças — 3-.

— Hum resplandor pequeno antigo, que tãobem se não sabe adonde pertence tem de pezo hũa oitava, e meya — 1/8ᵃ e m.ᵃ

— Hum diadema com dez estrellinhas da Imagem de Nossa Senhora da Conceição, feita de jaspe, que está em hũa Caixa com seo vidro adiante posta na primeira banqueta do altar principal da Sachristia, cujo retabulo, e colunas delle, varas, e capitaes, hé de pedrarias de differentes cores, que peza quatro oitavas — 4/8.ᵃˢ

— Hum titulo de hũa cruz de prata, e resplandor do Senhor, e cravos do mesmo, que tem de pezo trez onças, e duas oitavas, pertence a hũa Imagem de Christo, que se achou em hum cobiculo particular — 3-2/8.ⁿˢ

— Hũa coroazinha Imperial de hũa Senhora da Conceição, que estava na classe, em que estava o painel de Nossa Senhora das Flores, que peza dez oitavas — 10/8.ⁿˢ

— Hũa caixa de prata comprida com cinco abertas de colunas, e arcos, onde está hum vidro redondo dentro com varias reliquias, tem a ditta caixa hum Senhor crucificado no remate tãobem de prata, e pertence ao Santuario da Capella interior, tem de pezo quatro onças, e quatro oitavas e meya — 4-4/8ⁿˢ e m.ᵃ

Soma trez marcos, trez onças, e seis oitavas, e meya — 3-3-6/8ⁿˢ e m.ᵃ

Prata pertencente a Irmandade de Nossa Senhora da Paz

— Hũa cruz grande de manga de canudos Lavrados, antiga com seo crucifixo de chumbo, e trez cravos de prata, com hum canudo no pé de cobre, que peza tudo menos o crucifixo dezasette marcos, sette onças, e quatro oitavas — 17-7-4/8.ⁿˢ

— Outra cruz mais pequena de guião de canudos Lavrados antiga, com hum canudo no pé de cobre, que peza tudo menos digo tudo oito marcos, e duas oitavas — 8-″-2/8.ⁿˢ

— Hũa Vara de Iuiz fina com sette canudos Lavrados antiga, hum ditto quebrado, tem de pezo hum marco, cinco onças, e quatro oitavas — 1-5-4/8.ⁿˢ

— Outra ditta do mesmo feitio com sette canudos Lavrados antiga, hum dos dittos com huma Imagem de Nossa Senhora da Paz, tambem de prata soldada, tem de pezo hum marco, quatro onças, e seis oitavas — 1-4-6/8.ⁿˢ

— Hũa escrivaninha, a saber hum prato de quinas com seos gomos, com trez pés, dous tinteiros, hum arieiro, hũa pessa donde se bota area, com seos furos, e hum canudo de pôr pennas, que peza tudo quatro marcos, e duas oitavas — 4-″-2/8.ⁿˢ

Soma trinta, e dous marcos, cinco onças, e duas oitavas — 32-5-2/8.ⁿˢ

Prata que pertence a Capella de São Christovão da quinta

— Hũa Alampada pequena Portugueza Lavrada antiga de quatro quartellas, que peza sette marcos, e seis oitavas — 7-″-6/8.ⁿˢ

— Hum calix com o pé Lavrado com sua patena, e colher, com o dourado já gasto, que peza dous marcos, e duas oitavas — 2 2/8.ⁿˢ

— Hum resplandor de meya lua de São Iozé, e já antigo com os rayos tremidos, que peza hũa onça, e seis oitavas, e meya — 1-6/8ⁿˢ e m.ᵃ

— Outro ditto mais pequeno do mesmo feitio, que hé do menino de São Iozé, que peza, quatro oitavas, e meya — 4/8ⁿˢ e m.ᵃ

— Outro ditto de meya lua antigo com os rayos tremidos de São Christovão, que tem de pezo huma onça, e seis oitavas, e meya — 1-6/8ⁿˢ e m.ᵃ

Soma nove marcos, cinco onças, e oitava, e meya — 9-5-1/8ᵃ e m.ᵃ

Prata, que pertence a Capella da Fazenda do Tanque

— Hũa Corôa grande Imperial lavrada guarnecida com dezaseis pedras azues, e vermelhas, que peza trez marcos, duas onças, e duas oitavas — 3-2-2/8.ªˢ

— Hum resplandor pequeno lavrado a moderna com hũa pedra vermelha no meyo do menino de Nossa Senhora, tem de pezo sem a ditta pedra, duas onças, e cinco oitavas, e meya — 2-5/8ªˢ e m.ª

— Hum resplandor Lavrado a moderna de Santo Ignacio, com hũa pedra vermelha no meyo, abatida a pedra, que tem, peza trez onças, e sette oitavas, e meya — 3-7/8ªˢ e m.ª

— Hum ditto do mesmo feitio do Santo Xavier, tambem com hũa pedra vermelha no meyo, abatendo a pedra, que tem, peza trez onças, e seis oitavas—3-6/8.ªˢ

— Hum resplandor de Santo Antonio de meya lua obra muito antiga, tem de pezo duas onças, e quatro oitavas, e meya — 2-4/8ªˢ e m.ª

— Hum ditto pequenino do Menino IESVS, que está nos braços do mesmo Santo antigo tem de pezo hũa oitava — 1/8.ª

— Hum ditto de São Benedicto de meya lua obra muito antiga, tem de pezo duas onças, cinco oitavas, e meya — 2-5/8ªˢ e m.ª

— Hum resplandor do Senhor Santo Christo pequeno antigo, hum titulo pequeno, dous cravos com suas tarrachas, seis preguinhos pequenos tem de pezo hũa onça, e hũa oitava, e meya — 1-1/8ª e m.ª

— Hum calix de prata dourado antigo com sua patena, e colher tem de pezo dous marcos, sette onças, e seis oitavas — 2-7-6/8.ªˢ

— Hũa caixa redonda com sua tapadôra com trez frasquinhos, que serve dos Santos Oleos, tem de pezo dous marcos, e seis oitavas — 2-6/8.ªˢ

— Hũa ambula de prata pequenina com sua tapadora, tem de pezo sette onças, e quatro oitavas — 7-4/8.ªˢ

— Hum pratinho comprido de galhetas lizo, tem de pezo cinco onças — -5-. Soma doze marcos, e oitava e meya — 12-1/8ª e m.ª

Prata, que pertence a Sachristia da Congregação de Nossa Senhora da Encarnação nos Pateos do Collegio, que foi achada em hum dos gavetoens da Sachristia do mesmo Collegio.

— Hum Senhor crucificado, com trez açucenas no pé tudo de prata, que serve na mão de São Luiz Gonzaga tem de pezo seis onças e sette oitavas, e meya — 6-7/8ªˢ e m.ª

— Hum resplandor de prata do mesmo Santo redondo obra moderna, com sua pedra azul no meyo, tem de pezo, abatida a ditta pedra, vinte, e quatro oitavas — 24/8.ªˢ

— Hum Calix com sua patena, e colher tudo dourado, e novo, tem de pezo dous marcos, hũa onça, e cinco oitavas — 2-1-5/8.ªˢ

— Hũa ambula pequena liza, e dourada nova tambem, tem de pezo hum marco, hũa onça, e trez oitavas — 1-1-3/8.ªˢ

— Hũa caixinha de hostias de prata liza obra grosseira tem de pezo trinta e hũa oitava — 31/8.ªˢ

Soma cinco marcos, e seis oitavas, e meya — 5-"-6/8.ªˢ e m.ª

3. ORNAMENTOS

— Onze cazulas, doze estollas, e doze manipulos tudo de tella branca com ramos de ouro, guarnecido tudo de gallão, e franja de ouro.

— Onze frontaes da mesma tela irmaã das cazulas, com gallão, e franja de ouro.

— Trez capas de asperges, e duas dialmaticas da mesma téla, com seos cabeçoens, e manipulos, com cordoens, e borlas de fio de ouro, galloens, e franjas de ouro.

— Onze patenas [palas], e onze bolsas de corporaes da mesma téla dos ornamentos, com seos gallones de ouro a roda.

— Hum véo de hombros de téla de ouro com ramos de matizes, guarnecido com hũa bordadura larga, com seo cordão, e borlas de fio de ouro.

— Hum véo de calix de seda branca bordado de ouro, com sua bolsa, e patena de corporal irmaã do ditto véo já uzado.

— Onze véos de calix de seda branca com ramos de ouro, e matizes, com gallão de ouro a roda, pertencente ao ditto ornamento, tudo em bom uzo.

— Quatro capas de cadeira de Veludo carmezim guarnecidas de gallão, e franja de ouro em bom uzo.

— Hũa cazulla de téla encarnada com ramos de ouro guarnecida de gallão do mesmo com estolla, e manipulo, hum frontal irmão com franja e gallão de ouro, hũa patena, e bolça de corporal da mesma seda, tambem guarnecida de gallão de ouro, e hum veo de calix de nobreza carmezim, com hũa rendinha de ouro a roda, tudo em bom uzo.

— Trez capas de asperges, e duas dialmaticas com seos cabeçoens, e manipulos, duas cazulas, trez estollas, quatro manipulos tudo de téla carmezim, com ramos de ouro, com espiguilha do mesmo a roda, e as estolas, e manipulos franjados de ouro, tudo uzado, e hum frontal da mesma qualidade.

— Oito cazulas de melania encarnada liza tecida de ouro, com oito estolas, e sette manipulos, e oito frontais, oito bolças de corporaes, oito patenas da mesma qualidade, cinco véos de calix de setim côr de ouro, trez dittas de tafetá carmezim, e hum de seda encarnada, todos guarnecidos de renda de ouro, e tudo velho.

— Oito cazulas de téla branca passada de fio de prata, e pelo meyo de téla encarnada, com ramos de ouro, guarnecidas de espiguilha de ouro, e retrós, oito estollas, oito manipulos, com franjas de ouro, irmãos da mesma tela, e trez frontaes irmãos, nove bolças de corporal, e nove patenas da mesma téla, nove véos de calis de damasquilho branco forrados de tafetá carmezim, guarnecidos de rendinha de ouro, tudo velho.

— Onze cazulas de damasco branco guarnecidas de gallão amarelo de seda, com onze estollas, onze manipulos, onze frontaes, onze bolsas de corporaes, onze patenas tudo da mesma seda, e guarnecidas do mesmo gallam, e onze véos de calix de tafetá branco, guarnecidos de rendinha de retróz cor de ouro, tudo novo.

— Hũa cazula de damasco carmezim guarnecida de espiguilha de ouro, com estola, e manipulo do mesmo com franja, e borla de ouro, com sua bolsa, e patena, com sua espiguilha de ouro a roda, e hum véo de calix de seda encarnada com flores de ouro, guarnecido de rendinha do mesmo, e hum frontal do mesmo.

— Dez cazulas de damasco carmezim, dez estolas, dez manipulos, dez frontaes, dez bolças de corporaes, dez patenas tudo do mesmo damasco, guarnecido de gallão de retróz côr de ouro, e dez véos de calix de tafetá carmezim em bom uso.

— Hũa cazula de damasco encarnado com sua estolla, e manipulo do mesmo damasco, tudo guarnecido de franginha de ouro já velho, e hum frontal do mesmo.

— Dez cazulas de damasco carmezim, dez frontaes, dez estollas, dez manipulos, onze bolsas de corporaes, onze patenas, tudo da mesma seda guarnecido com franginha de retroz côr de ouro, e onze véos de calix de Ló encarnado, tudo com bastante uzo.

— Onze cazulas, onze estolas, onze manipulos, onze frontaes, onze bolsas de corporal, onze patenas, tudo de damasco branco, e guarnecido de franginha de retróz amarelo, e onze véos de calix de Ló branco, tudo com muito uzo.

— Onze cazulas, onze estolas, onze manipulos, onze frontaes, onze bolsas de corporal, onze patenas tudo de damasco verde guarnecidos de franja de retrós verde, e côr de ouro, e onze véos de calix de Ló verde, tudo com bastante uzo.

— Onze cazulas, onze estollas, onze manipulos, onze frontaes, onze bolsas de corporaes, onze patenas, tudo de damasco roxo, guarnecido de franginha de retroz da mesma côr, e huma dellas com cor de ouro, e onze véos de calix de Ló roxo, tudo uzado, hũa capa de asperges de veludo roxo, guarnecida de espiguilha de ouro, e duas dialmaticas de damasco roxo, guarnecidas de franja de retroz da mesma cor.

— Huma capa de asperges, hũa cazula, hũa estolla, hum manipulo, hum pano de stante, hũa bolsa de corporal, hũa patena, tudo de melania preta com flores de ouro, guarnecido de franja, e gallam do mesmo ouro, e duas dialmaticas, e hum véo de calix de seda preta liza, guarnecidos de rendinha de ouro, tudo com uzo.

— Hũa capa de asperges, hũa cazula, hũa estolla, hum manipulo, huma bolas de corporal, e hũa patena tudo de primavera preta com galloens, e franja de prata, hum véo da mesma seda com sua renda de prata ao redor, e hum frontal de veludo preto com gallão, e franja de prata tudo em bom uzo, digo de Velludo roxo com gallão, e franja de ouro.

— Duas dialmaticas de damasco branco, e carmezim, guarnecidas de franja de retróz, cor de ouro, e dous manipulos da mesma forma.

— Hũa capa de asperges de damasco branco, com sua tella de carmezim, tecida de ouro, com sua franja do mesmo a roda, e outra ditta da mesma forma, com bastante uzo.

— Seis cazulas de damasco branco, guarnecidas de gallam de retróz côr de ouro, com quatro estollas, e cinco manipulos do mesmo, nove patenas, e nove bolsas de corporal, tudo velho bastantemente.

— Duas cazulas, duas dialmaticas, hũa capa de asperges, tudo de tella branca, bordadas de ouro, com trez estollas, e quatro manipulos, hum véo de hombros da mesma forma, bordado todo de ouro, e guarnecido de gallão do mesmo a roda, com duas bolsas de corporal, e duas patenas, hum veo de calix de seda de matizes com ramos de ouro, em chão branco, tudo com muito uzo.

— Dous pares de cortinas de nobreza encarnada velhas, com suas senefas, guarnecidas de retróz amarelo do altar da capella do Santo Christo da Igreja.

— Dous pares de cortinas de téla ambas irmaãs, guarnecidas de franja de ouro, com suas sanefas, cuja téla hé matizada, e muito velhas.

— Mais dous pares de cortinas, com suas sanefas hũas de damasco encarnado e outras branco, guarnecidas as sanefas com sua franja de prata muito velhas, e as cortinas guarnecidas tãobem de rendinha de prata do altar da Senhora Santa Anna.

— Mais dous pares de cortinas com suas sanefas, hũas brancas de tela, e outras carmezins da mesma, e ambas guarnecidas de espiguilha, e franja de ouro, do altar de Nossa Senhora da Conceição já velhas.

— Hum par de cortinas com sua sanefa de téla encarnada, e de matizes com franja, e espiguilha de ouro velhas do altar de São Francisco de Borja.

— Trez pares de cortinas, hũa de téla carmezim de matizes, outra de Ló encarnado, e outra encarnada, com matizes de ouro, com sua franja, e rendinha de ouro velha do altar de São Iosé.

— Dous pares de cortinas, hum delles de tela de ouro encarnada, com sua sanefa, e outra de Ló encarnado, sem sanefa muito velhas do altar de Santo André; declaro, que ambas tem sanefas.

— Hum par de cortinas, com sua sanefa de Ló encarnado muito velhas, com seo galãozinho mariado do altar de Nossa Senhora da Paz, e hum manto da mesma Senhora de téla branca, com ramos de ouro, guarnecido de renda do mesmo muito velho.

— Hum par de cortinas de téla branca, com ramos de prata, com sua sanefa, tudo guarnecido de franja de ouro velhas do altar de Santo Ignacio.

— Outro par de cortinas, com sua sanefa da mesma qualidade, guarnecida de galão velho do altar de São Francisco Xavier.

— Dous pares de cortinas de damasco com suas sanefas roxas, guarnecidas de franja de retrós da mesma côr, das portas dos pulpitos.

— Hum sitial de damasco roxo, com sua colxa do mesmo, guarnecidos com sua franja de retróz da mesma côr, uzado.

— Quatro panos de damasco carmezim, guarnecidos de galão, e franja de ouro, que servem para as grades, a communhão nos dias festivos.

— Quatro dittos de damasco roxo, guarnecidos de franja de retróz da mesma côr já velhos.

— Duas mangas de cruz, hũa de tela branca, com ramos de ouro muito velha, e rota, guarnecida de espiguilha, e franja de ouro, outra de damasco branco, guarnecida de tela encarnada, com sua franja de ouro, com muito uzo.

— Hũa ditta de veludo roxo, guarnecida de tela, e franja de ouro.

— Cinco panos de seda de matizes em chão branco, que servem nos cinco frontaes de tartaruga, que ficão das grades do cruzeiro para dentro.

— Hum véo de hombros de téla encarnada, com ramos de ouro, guarnecido de galam de prata, a roda, que serve para os exercicios da boa morte, em bom uzo.

— Duas cobertas de cadeira de encosto de damasco carmezim, com franjas de retróz, da mesma côr, duas dittas, de dous mochos.

— Hũa colxa de damasco carmezim com suas borlas digo carmezim, com sua franja de retroz muito velha, e sem forro.

— Dous cochins de damasco carmezim, com suas borlas de retroz da mesma côr, em bom uzo.

— Hũa capa de cadeira encosto de damasco roxo, guarnecida de franja de retroz côr de ouro, em bom uzo, e duas dittas para dous mochos, pertencem ao Altar mor.

— Hum pano de Essa de veludo roxo, guarnecido com espiguilha, e franja de ouro já velho.

— Hum cochim roxo de veludo, com renda de ouro, e prata usado.

— Huma guarnição do esquife de veludo rôxo, com espiguilha, e franja de ouro, com seos alamares do mesmo, e quatro almofadinhas de hombro, trez sintas da tumba, para meter debaixo dos defuntos, duas de damasco roxo, e hūa de seda preta, hum pano de stante de seda preta com barra de tafeta azul ao redor guarnecido de franja de retroz cor de ouro velho, e uzado.

— Hum pano de seda preta que serve de cobrir a cardença guarnecido de renda de prata falça, e já roto.

— A metade de hūa cazula de veludo roxo com estola, e manipulo do mesmo, que serve para os enterros.

— Hūa cortina de Sepulchro da Capella mor de damasco carmezim, com sua sanefa de volta redonda com sua franja de ouro.

— Dez cortinas de damasco carmezim das Tribunas da Igreja, com franja de retróz, côr de ouro muito velhas.

— Duas dittas dos pulpitos carmezins, guarnecidas com a mesma franja, em bom uso.

— Hūa cortina de galacé de prata de matizes, com franja, e galão de ouro do altar de São Francisco de Borja.

— Outra ditta de galacé de ouro com franja, e gallão do mesmo do altar de Nossa Senhora da Conceição.

— Hūa cortina de galacé de ouro com sanefa, guarnecida de galão, e franja de ouro velha da Capella de Santa Ursula.

— Outra ditta com sanefa de damasco carmezim guarnecida de galão de ouro, que está no altar de São Francisco Regis.

— Hūa cortina de galacé de ouro com sanefa guarnecida de galão, e franja de ouro velha do altar de Santo André.

— Outra cortina de galacé de ouro, com sanefa, guarnecida de galão, e franja de ouro velha, que está no altar do Senhor São Iozé.

— Outra dita de seda encarnada com ramos de ouro, com sanefa da mesma, guarnecida com franja, e galão de ouro em bom uzo, do altar da Senhora Santa Anna.

— Hūa ditta de seda branca, com ramos de ouro, com sua sanefa guarnecida de galão, e franja do mesmo velha do altar de Nossa Senhora da Paz.

— Hum manto de seda azul matizado com ramos de ouro, guarnecido de renda do mesmo ouro, em bom uzo, que hé da mesma Senhora da Paz.

— Dous cochins de damasco roxo, guarnecidos com franja de retróz, e bolotas da mesma côr.

— Duas portas de cortinas de damasco carmezim, com suas sanefas com franja e espiguilha de retróz côr de ouro, que servem nas portas, que vem da Igreja para a Sanchristia.

— Oito portas de cortinas de damasco carmezim com suas sanefas, guarnecidas de rendinha de ouro, já muito velhas, que não servem para nada.

— Dous pares de cortinas de brim, com franja, e espiguilha de retróz roxo, que servem de cobrir o altar de Nossa Senhora das Dores, e Santo Christo da Sanchristia na quaresma.

— Mais duas dittas de seda de matizes vermelha, já desmayadas por serem velhas, que servem de ornato aos mesmos dous altares.

— Outra ditta de damasco carmezim com franja, e espiguilha de retróz amarelo, que está no altar de Nossa Senhora da Conceição da Sachristia.

— Duas capas de cadeiras de encosto de damasco roxo, duas dittas de mocho, todas com franjas de retróz côr de ouro muito uzadas, mais duas capas de mocho de damasco amarelo, com franjas de fio de ouro muito velhas.

— Quatro panos mais de damasco carmezim com franjas, e espiguilha de galão de retróz côr de ouro, que servem para as grades da communhão.

— Dous cochins grandes, e hum pequeno de damasco roxo, hum delles guarnecido de espiguilha de ouro, e outro de galão do mesmo, e o pequeno de Ló da mesma côr.

— Oito panos de tafetá roxo com espiguilha de ouro falço, com argolinhas de lotão, com suas Varas de ferro, que tudo serve para cobrir os Passos da quaresma.

— Duas colxas de chita da India, forradas de ruão azul, com borlas, e franjas de retróz côr de ouro uzadas, que servem de cobrir as mezas da Sanchristia.

— Hum pano branco bordado de ouro, guarnecido com galão, e franja do mesmo ouro, que serve de cobrir o tumulo do Senhor, e mais hum pano de téla branco com ramos de ouro, forrado de nobreza roxa, guarnecido de galão, e franja de ouro, que serve para dentro do tumulo, e tudo em bom uzo.

— Hum paleo de téla branca liza guarnecido com galão, e franja de ouro em bom uzo.

— Outro paleo de seda branca de brocado de ouro, forrado de tafetá carmezim, guarnecida de galão, e franja de ouro em bom uzo.

— Dez pedaços de frontais velhos de varias cores de nenhũa serventia.

— Hum pano de tripe verde, que serve para os passos da quaresma.

— Hum pano de penhasco Lavrado branco, que serve de botar por cima de hum bofete.

— Humas cortinas grandes de ruam azul do altar mor, e onze panos de ruam azul hum do altar mor, e os mais das grades, que servem para a quaresma, já bastantemente uzados, e velhos.

— Treze cortinas de chita grossas da India, que servem de cobrir os caixoens da Sanchristia, e corpos delles.

— Hum pano de chamalote azul, com renda falça já velho, que serve de frontal no dia da alleluia.

— Cinco panos de Ló azul de prata, que servem para o Passo do Senhor ao orto, e mais hum pano de Ló de flores amarelo, com flores azues, e vermelhas, já rotos.

— Hum pano de tafetá roxo, que serve de tecto dos Passos da quaresma já velho, hũa bolsa de cruz de damasco roxo tambem velha.

— Duas estollas com franjas de retróz amarelo, que são de damasco branco.

— Hũa cazula com estola, e manipulo de seda branca, com ramos de cores com franjas de retróz verde, e amarelo, hũa bolsa de corporal, e patena da mesma seda, hũa stante de pau, com hum missal pequeno, dous castissaes pequenos de jacarandá, hũa pedra de ara, hũa toalha de altar de bertanha com renda, hum amicto de pano de linho, hum veo de calix da mesma seda, hũa campainha, hum par de galhetas de estanho, com seo pratinho, hum frontal de chita, que tudo se achou no armazem do guindaste dentro em huma caixinha, que mostra servir de altar de viagens.

Roupa branca do uzo da Igreja

— Oito Alvas de Cambraeta, e esguião, bordadas, e arrendadas em bom uzo.
— Treze dittas de bertanha fina, tambem bordadas, e arrendadas com uzo.
— Onze dittas de pano da India, arrendadas, com muito uzo.
— Trinta e duas Alvas de pano de Linho, com sua renda por baixo estreita, em bom uzo.
— Mais quatro dittas de procoló, duas com renda estreita, e duas sem ella.
— Quarenta e huma sobrepellizes de pano da India com bastante uzo.
— Vinte e seis toalhas de altar de bertanha e cambraeta, guarnecidas de renda em bom uzo, mais duas dittas de cambraeta bordadas, e guarnecidas de renda, em bom uzo.
— Mais nove toalhas de altar de bertanha, e pano de Linho, tambem guarnecidas de renda, e mais uzadas.
— Vinte e trez toalhas estreitas, que servem dos altares, com suas rendas, de bertanha uzadas.
— Cinco dittas de pano da India da mesma Largura, com suas rendas em bom uzo.
— Duas dittas de pano de Linho, tambem estreitas com renda, em bom uzo.
— Cento, e dezanove amitos de pano de Linho em bom uzo.
— Oito toalhas de pano de linho lizas de altar, em bom uzo.
— Cinco dittas de bertanha, em bom uzo.
— Mais onze dittas do mesmo pano de linho, em bom uzo, que se achão nos altares.
— Mais treze dittas de pano de Linho, com bastante uzo.
— Sette toalhas de bertanha arrendadas, que servem para a Meza da Sagrada Communhão, com bastante uzo.
— Duas dittas de procoló da India com renda, que servem para o mesmo effeito.
— Duas dittas grandes de pano de Linho, com renda do mesmo ministerio em bom uzo.
— Quatorze toalhas de pano de linho que servem para o Lavatorio, em bom uzo, mais quatro dittas do mesmo pano já velhas.
— Nove toalhas de Limpar as mãos de pano de Linho, mais huma ditta de bertalha arrendada.
— Dez toalhas de bertanha, arrendadas, com topes de fitas dos altares, para limpar mãos, já uzada.
— Seis amitos de cambraeta, arrendados, e bordados, dous dittos já arrendados, todos em bom uzo, e com suas fitinhas de verde, e vermelho.
— Dez guardas de corporaes de cambraeta, guarnecidas de rendas.
— Dezanove paninhos, que servem no altar de Limpar os Sacerdotes as mãos, e quatro dos ditos, com sua renda, e de bertanha, e os mais de pano de Linho, em bom uzo.
— Mais treze lensinhos de pano de linho de limparem os Padres o suor, estando dizendo Missa.
— Dez cordoens de algodão, para as alvas, trez dittos de retróz carmezim, e mais trez dittos de retróz branco, e carmezim.
— Mais hũa sobrepelliz de pano de linho velha.

— Cincoenta, e cinco corporaes de varias qualidades de pano.
— Oito cortinas do altar de Santo Ignacio, e de São Francisco Xavier, todas de ruão de cofre, em bom uzo.
— Mais treze cortinas de procaló da India, e mais vinte e quatro dittas, que se achão em seis capellas na Igreja.
— Trez amitos de pano de linho velhos.
— Vinte e quatro sanguinhos de bertanha, guarnecidos de rendinha a roda.
— Sessenta e nove dittos de pano de linho sem renda, e com muito uzo.
— Doze corporaes de bertanha, e cambraeta guarnecidos de renda, e trez dittos mais uzados, e lizos.
— Quatorze sobrepellizes de pano de India fino, a saber, treze com aberturas, e colarinhos arrendados, e hũa chaã, todas uzadas.
— Trez sobrepellizes de São Francisco Xavier, a saber duas de cassa bordadas, e arrendadas, e hũa de cambraya, tambem arrendada, todas com muito uzo.
— Duas toalhas de altar, huma de bertanha grossa, e outra fina, ambas arrendadas, e com uzo.
— Cinco toalhas de bertanha arrendadas já velhas, que servem para o Lavatorio do Altar mor.
— Duas toalhas de pano de linho em folha, com suas fitas de nastro branco que servem nos Lavatorios.
— Oito dittas mais pequenas de bertanha, arrendadas uzadas.
— Hum amito de cambraya transparente, bordado, e arrendado em bom uzo, hum ditto de pano de linho fino, tambem arrendado, outro ditto de pano da India guarnecido de renda já velho, nove mais dittos de bertanha, guarnecidos de renda uzados.
— Cincoenta e seis guardas de corporal de bertanha, guarnecidos de renda, e mais seis dittos de cambraeta, guarnecidos tambem de renda, e mais trez dittos de pano de linho, dous guarnecidos de rendas, e hum chão, e dous panos de cobrir a pianha de Nossa Senhora da boa morte, hum de linho, e outro de pano da India, guarnecido de renda, tudo com muito uzo.
— Doze corporaes de bertanha lizos, e nove dittos de bertanha, guarnecidos de renda, e dez dittos de cambraeta, oito guarnecidos de renda, e dous chãos, e mais hum ditto de pano de linho, com bastante uzo.
— Sessenta e sette sanguinhos, a saber vinte e oito de bertanha, guarnecidos de renda, e trinta, e nove da mesma bertanha, e pano de linho, sem renda, e com muito uzo, e mais dous dittos, achados em differente parte.
— Hũa camiza de cassa de listas, feita de lamoá, com seos punhos, e babados, que hé do Anjo, que serve nos Passos da quaresma, hũa tunica de tafetá roxa, guarnecida de galão de prata do uzo do mesmo Anjo.
— Dous panos brancos de procoló da India, que servem de cobrir as cardenças do Altar mor.
— Humas cortinas de téla branca guarnecidas digo branca de ouro, guarnecidas de franja do mesmo, com seo pavilhão de seda de matizes, e ouro, guarnecido de galão do mesmo, que serve dentro do Sacrario da Capella mor.
— Quatro pares de cortinas do mesmo Sacrario, que servem da parte de fora, a saber hum par de brocado de matizes guarnecidas de seda verde, bordada de prata, e pelo meyo, com renda, e galão tambem de prata, outra ditta de téla

branca de ouro, guarnecida de galão, e franja do mesmo ouro, já velha, dous pares mais dittos de damasco branco, guarnecido, hum de renda de ouro, e outro de galão tambem de ouro, ambas já velhas.

— Hum véo de tela de ouro, guarnecido de renda do mesmo forrado de tafetá branco novo, que serve de cobrir a custodia de ouro, outro ditto de seda carmezim, com matizes, e ramos de ouro, forrado de tafetá branco, já com bastante uzo que serve para cobrir a custodia grande de prata.

— Cinco estolas, a saber hũa de seda carmezim, com ramos de ouro, guarnecida de franja, e galão do mesmo cordão, e borla tecida com fio de ouro nova, outra ditta de tela branca de ouro, guarnecida de franja, e galão do mesmo, e cordão, e borla tecida de fio do mesmo ouro nova; outra ditta de damasco branco, guarnecida de franja, e galão de ouro, com cordão, e borla tambem tecida de fio de ouro, e nova; outra ditta de melania de ouro roxa guarnecida de galão de ouro com cordão, e borla, tambem de fio de ouro, e nova, huma ditta de seda branca, bordada de ouro, guarnecida da galão, e franja do mesmo já com muito uzo, e pertence a Imagem do Santo Xavier.

— Nove pares de panos de couro de marroquim novos, que servem de cobrir os altares, a saber o Altar mor, o do Santo Christo, o de Santo Ignacio, o de São Francisco Xavier, o de São Iozé, o de Nossa Senhora da Conceição, o de Santo André, o de Nossa Senhora da Paz, e o de Santo Borja.

— Hum chapeo de Sol de melania de prata, forrado de seda branca de ramos que serve nas occazioens, em que vem o Sacramento do throno do altar mor para o Sacrario delle.

— Dez caucelas de folha de flandes que serve das hostias, para as Missas, oito pintadas de vermelho, e duas de azul todas novas.

Roupa do Menino IESVS

— Huma tunica de Seda carmezim, bordada de ouro, outra ditta de melania verde, guarnecida de galão de ouro.

— Trez camizas do uzo do mesmo Menino IESVS, a saber duas de cassa, e huma de cambraya todas arrendadas, este Menino IESVS hé o que está por cima do altar mor.

— Trinta e cinco sanguinhos de pano de linho lizos, e novos, e hum ditto uzado da mesma qualidade, e forão achados na caza de huma preta costureira, a quem se tinhão dado a fazer.

— Dous amitos de pano de linho em bom uzo, que forão achados dentro em huma canastra.

— Hum missal de pasta de veludo carmezim, guarnecido todo de prata, de chapa, e broxas da mesma do Altar mor.

— Onze missaes novos, e vinte e dous dittos mais entre novos, e velhos.

— Onze quadernos, que servem para as Missas dos Santos, com capas de ruão vermelho e novos.

— Dezanove pedras d'ara, em que entrão as que estão nos altares.

— Onze stantes de madeira guarnecidas, e cobertas de tartaruga, nove mais dittas de jacarandá.

— Dezanove alcatifas entre grandes, e pequenas já uzadas.

— Dous panos grandes de estopa, que servem em a somana Santa nas portas da Igreja.
— Doze pares de galhetas de vidro branco, com seus pires de Louça branca.
— Quatro profumadores de lotão pertencente a Igreja.
— Seis tocheiros grandes de pau prateados, em bom uzo.
— Dezasette castissaes de metal, e quatro dittos de pau.
— Cento, e vinte e seis ramalhetes de pasta prateados, e em bom uzo.
— Onze campainhas dos altares.
— Trinta e trez Sacras de pau dos Altares da Igreja.
— Trinta e quatro jarras da India, a saber, dezoito atabacadas, e dezaseis azues, que se acharam de baixo do altar de Santo Ignacio, as quais servem para as occaziõens em que se arma o Sepulcro.
— Dezanove véos de calix de Ló verde, inda em pessa, e hum pano do mesmo Ló côr de ouro já velho, e roto, e mais dez véos de calix de Ló roxo tambem em pessa.
— Dous pares de cortinas, com suas sanefas de seda branca, com matizes de varias flores forradas de chamalote vermelho, e guarnecidas de galão de ouro, e as sanefas com franja do mesmo.
— Hum cordão de atar Alvas de linha branca, e mais dous dittos.
— Duas cazulas de tela carmezim de ouro já velhas.
— Huma capa de asperges de tela branca de ouro uzada, guarnecida de galão e franja do mesmo.
— Dous cabeçoens de dialmaticas de damasco branco, e carmezim com seos cordoens, e borlas de retroz amarelo.
— Hum par de cortinas com sua sanefa de setim carmezim, com flores de ouro, guarnecidas de galão do mesmo pequenas, e uzadas.
— Hum par de cortinas com sua sanefa de setim encarnado com matizes de ouro, e flores brancas, verdes, e azues, guarnecidas de rendinha de ouro em bom uso.
— Outra ditta com sua sanefa de téla branca muito uzadas, e forradas de tafetá carmezim.
— Outra ditta de seda encarnada forrada de tafetá carmezim com sua sanefa de tela branca já muito velhas.
— Huma toalha do altar de pano de linho, já velha e rota.
— Outra toalha do Lavatorio de pano de Linho, toda remendada, e velha.
— Huma ditta tambem velha, e remendada.
— Huma toalha de bertanha de renda de altar já velha.
— Trez amitos de pano de linho chãos, já velhos.
— Duas coroas de cobre ambas Imperiaes, hũa grande, e outra mais pequena douradas, e com suas pedras cravadas, que tem a grande sómente, e a pequena hé liza.

4. IGREJA E SEU RECHEIO

— Nove bancos pegados huns com outros, que se achão na Igreja por baixo do Côro de madeira branca.
— Nove dittos da mesma qualidade, que ficão fronteiros aos outros, tambem pegados huns aos outros.

— Dez estrados pequenos, que se achão na Igreja, e servem nos confissionarios todos de madeira branca.
— Dezasete bancos de madeira branca uzados.
— Mais vinte e nove bancos dittos, que se achão em a cazinha, que fica mistica a Capella Mor.
— Mais nove bancos de madeira, que se achão no côro de baixo, e trez dittos grandes de encosto no mesmo côro de baixo.
— Mais seis bancos dittos de madeira razos, que se achão no côro de cima.
— Cinco cadeiras de couro com pes de madeira, que se achão em alguns confissionarios da Igreja.
— Hum candieiro grande de jácarandá com seo pé, e mais aparelhos, que serve para o officio das Trevas, e Somana Santa.
— Tres cadeiras de encosto cobertas de linhagem com pés de madeira torneados.
— Mais quatro dittas razas, a saber duas forradas da mesma linhagem, e duas de couro já uzadas.
— Onze confissionarios todos de jacarandá novos, que se achão na Portaria, com seos remates, e estrados; e mais outro ditto pequeno de madeira branca, que se acha na mesma Portaria.
— Hum orgão velho, e destemperado, que não toca por se achar com os foles rotos, e algumas pessas delle quebradas.
— O Templo da Igreja, feita de pedra marmore, com onze capellas, quatro por banda, e duas collateraes, e hum Altar mor, e duas capellas de cruzeiro, todas com retabolos de madeira de talha sobre dourados, dous pulpitos de pedra marmore, dous córos e o tecto de talha pintada, e dourada de ouro, e branco, com suas janellas de tribunas sobre as capellas, com trez portas principais para o adro, que hé da mesma pedra marmore, e duas portas travessas com duas torres, e em hūa dellas quatro sinos entre grandes, e pequenos, e hum Relogio corrente, e moente, e a ditta Igreja the o cruzeiro Ladrilhada de pedra repartida em Sepulturas, e do Cruzeiro the a porta de tijôlo, e pedra da terra, que divide as sepulturas.
— Huma Sachristia, que hé da mesma Igreja, que fica por de traz da Capella mor, com o comprimento de toda a largura da Igreja com janellas rasgadas para o mar, forrada toda de madeira, apainelada, com molduras pintadas, e douradas, e Ladrilhada de pedra marmore que forma hum xadrêx de branco, preto, e vermelho.

5. IMAGENS DA IGREJA E SACRISTIA

— A Imagem do Menino IESVS, que se acha em a Capella mor, por cima do altar da mesma em hum nicho, vestido de brocado côr de fogo, com cabelleira, e resplandor, e tem na mão hum pendão, cuja vara hé de prata.
— Huma Imagem de vulto grande de São Salvador, que fica por cima do arco da capella mor em hum nicho de pedra, com resplandor de madeira dourada, e tem na mão hūa esfera.
— No altar de Santo Christo, huma Imagem grande do mesmo Senhor Crucificado, tem resplandor de ouro, no mesmo altar huma Imagem de São Ioão Nepo-

muceno em vulto, com seo resplandor de prata, e na mão huma cruz, com a Imagem de Christo crucificado.

— No altar de São Francisco Xavier a Imagem do mesmo Santo em vulto de estatura de hum homem ordinario, tem resplandor de prata, e na mão hum Sol de prata dourado, com varias açucenas no pé; acha-se mais no ditto altar huma Imagem de São Diogo de vulto, com resplandor de pau prateado: acha-se mais no mesmo altar huma Imagem de São Paulo tambem de vulto, com resplandor da mesma qualidade: assim mais se acha no mesmo altar hũa Imagem pequena de Christo Crucificado de marfim, com cruz guarnecida de prata, e lhe serve de Calvario hum caranguejo tambem de prata.

— No altar de São Francisco de Borja, que fica seguindo-se para o lado esquerdo da mesma Igreja, a Imagem do mesmo Santo em vulto, tem resplandor de prata cravado de varias pedras, e na mão direita tem hum Santo Christo de prata com cruz da mesma, e na esquerda huma caveira com huma corôa de prata em cima, e no mesmo Altar, se acha huma Imagem pequena de Christo crucificado em cruz de madeira.

— No altar, e capella, que se segue de Nossa Senhora da Conceição se acha a Imagem da mesma Senhora em vulto de estatura grande, tem huma corôa de cobre dourada, guarnecida de pedras de differentes cores, e na mesma capella se acha hũa Imagem pequena de Christo Crucificado em cruz de pau.

— Na Capella, que se segue de Santa Ursula, se acha a Imagem da mesma Santa em vulto grande, tem coroa de prata, e na mão direita huma setta, e na esquerda huma palma tudo de prata: acha-se mais no mesmo altar dez Imagens das Santas Virgens em meyos corpos, tem todas diademas de prata: tambem se acha na mesma capella a Imagem de São Salvador de meyo corpo, como tambem a Imagem de Christo crucificado pequena, tem resplandor, e titulo de prata, e cruz de madeira.

— Na Capella de São Francisco Regis a Imagem do mesmo Santo em vulto, estatura grande, tem resplandor de prata, e na mão hũa Imagem de Christo: achão-se mais na ditta Capella duas Imagens de dous Santos em vulto, ficando cada hum em hum dos lados della, tem resplandores de cobre dourado.

— Achão-se mais na mesma Capella quinze Imagens de meyos corpos de varios Santos, das quais oito tem resplandores dourados, e todos no peito suas reliquias.

— Na Capella de Nossa Senhora da Paz, a Imagem da mesma Senhora, com manto de seda azul, e ouro, com corôa de cobre dourada, e guarnecidas de pedras; na mesma capella se acha huma Imagem de Christo crucificado feita de marfim, cuja cruz hé de tartaruga.

— No altar de Santo Ignacio de Loyola, que faz frente ao de São Francisco Xavier se acha a Imagem do mesmo Santo em vulto, e de estatura de hum homem ordinario, tem resplandor de prata, e na mão huma cruz da mesma prata: acha-se mais no mesmo altar huma Imagem de São Luiz Gonzaga, tambem em vulto, com resplandor de madeira prateada, e na mão hũa Imagem de Christo, tambem se acha no mesmo altar huma Imagem de São Estanislao em vulto com resplandor de madeira prateado, e nos braços o Menino Jesus. Tambem no mesmo altar se acha huma Imagem pequena de Christo de marfim em cruz de madeira.

— Na primeira Capella, que por este lado se segue, e hé a de Santo André se acha a Imagem do mesmo Sancto, tem resplandor de prata, huma Imagem de

Santo Christo de madeira pequena, e Cruz da mesma; assim mais huma Imagem de Santa Quiteria de vulto tem resplandor de prata Cravado de pedras, e na mão huma palma de prata em chapa.

— Na Capella, que se segue a Imagem de São Iozé em vulto com resplandor de prata, e na mão huma vara tambem de prata; tambem se acha na mesma Capella huma Imagem de Santa Luzia de vulto, tem resplandor de prata, e dous olhos da mesma pendentes do pescoço em huma fita; tão bem se acha na mesma capella huma Imagem de Christo pequena feita de marfim, e em cruz de madeira.

— Na capella, que se segue a Imagem da Senhora Santa Anna, e de Nossa Senhora ambas de vulto, tem resplandor, e coroa de prata: acha-se mais na mesma Capella huma Imagem de São Ioaquim, tambem em vulto, com resplandor de prata, e hum menino IESVS, vestido de seda metido em hum nicho, com vidraça na frente.

— Na ultima Capella, que se segue, hum Senhor Crucificado, tem resplandor de cobre dourado na mesma Capella, se achão tambem a Imagem de Nossa Senhora, e a de São Ioão, ambas tem resplandores de madeira dourada: achão-se mais quinze Imagens de varios Santos com reliquias competentes no peito, e dellas oito tem resplandores de madeira dourada.

Sachristia

— Acha-se em-o altar principal, que fica no meyo da Sachristia digo no meyo da ditta Sachristia huma Imagem de Nossa Senhora da Conceição, em hum quadro, estatura avultada, e fica no fundo do retabulo do mesmo Altar, o qual hé feito de pedraria de varias cores, obra moderna: no mesmo altar se acha huma Imagem de Christo crucificado, feito de marfim, cuja cruz, e calvario hé de madeira da India, e se acha todo guarnecido de varias pessas, e folhagens de lotão dourado; assim mais se acha no mesmo altar hum nicho Portatil, em que está huma Senhora da Conceição, feita de jaspe, tem diadema de prata; acha-se mais no mesmo Altar huma Imagem de Christo Crucificado tem resplandor de prata com huma pedra encarnada no meyo, cuja cruz, e calvario hé de madeira.

— Em o Altar, que fica em-o lado direito da porta, por que se entra para a Sachristia huma Imagem da Senhora das Angustias de Estatura grande, tem diadema de lotão prateado, e o throno, em que se acha hé de madeira dourada.

— No altar, que faz frente a este se acha a Imagem de Christo Crucificado de estatura avultada tem resplandor de cobre.

Ornato da ditta Sachristia

— Em cada lado do altar, que está no meio da ditta Sachristia, os caixoens em que se guardão os ornamentos da mesma, e vazos sagrados da Igreja, e cada hum dos dittos corpos se compoem de gavetoens cubertas todas de tartaruga, e ferragens douradas, e nos corpos superiores se achão dezaseis laminas fixas nelles pintura de Roma com vidros, que as cobrem, e são os dittos corpos tãobem cobertos, e suas molduras da mesma tartaruga.

— Achão-se mais na mesma Sachristia dous Almarios grandes, que fazem frente hum ao outro, com varias gavetinhas de guardar os amitos, e varias couzas mais pertencentes a ditta Sachristia, e Igreja, hé a sua fabrica de madeira, coberta tambem de tartaruga, com ferragens douradas, hé goarnecida a ditta Sachristia em talhos digo Sachristia em quadros fixos em talha dourada.

— Acha-se na mesma Sachristia hum bofete de jacarandá de sette palmos, e meyo, com duas gavetas.

— Outro ditto de seis palmos obra liza, e de madeira de Vinhatico.

— Pertence à mesma Sachristia doze chicaras com seus pires de louça da India branca, e fina ramos de ouro, com suas tapadoras de jacarandá, que servem de purificadores nas Missas do Natal, acompanha as mesmas chicras dez paninhos de as cobrir.

— Pertencem a mesma Sachristia trez Imagens de Nosso Senhor, que servem dos Passos no tempo da quaresma, tem resplandores de cobre, e mais assim dezaseis jarrinhas de pau pintadas, e douradas com suas açucenas de cêra, que servem para os mesmos Passos.

— Pertence a mesma Sacristia huma Imagem de São Francisco Xavier de meyo corpo cuberto de chapa de prata com resplandor da mesma, e hé a que vay na procissão, que se faz ao ditto Santo.

— Pertence mais a ditta Sachristia huma Imagem pequena de São Francisco Xavier, tem resplandor de prata, e hé a que se poem na Igreja sobre huma meza nos dias da sua Novena.

6. CAPELA INTERIOR DE N.ª S.ª DA CONCEIÇÃO

Ornamentos

— Huma cazula de damasco carmezim, com estola, e manipulo do mesmo, tudo guarnecido de galão, e franja de ouro.

— Huma ditta mais de damasco branco, estolla, e manipulo guarnecido tudo de franja, e galão de retróz côr de ouro com muito uzo.

— Outra ditta de damasco roxo com estola, e manipulo, tudo guarnecido de espiguilha, e franja de ouro.

— Outra ditta de setim, cor de roza, tecida com fio de ouro, estóla, e manipulo, tudo guarnecido de renda, e espiguilha de ouro.

— Outra ditta de melania branca, com ramos de ouro, estola, e manipulo, tudo guarnecido de galão, e franja de ouro.

— Outra ditta de damasco carmezim estola, e manipulo, guarnecida de espiguilha de ouro já velha.

— Outra ditta de seda verde, com estola, e manipulo, guarnecido de franja de retróz amarelo, tudo já velho.

— Duas estolas huma de damasco carmezim, com franja de retróz da mesma côr, e outra de damasco branco com franja de retróz côr de ouro.

— Seis bolsas de corporaes, seis patenas de varias cores, com hum corporal dentro.

— Cinco véos de Calix de varias cores.

— Hum frontal de damasco roxo com franja, e espiguilha de ouro, outro ditto de galacé branca de ouro, com franja, e galão do mesmo, outro ditto de damasco carmezim com franja de retróz côr de ouro, outro ditto de seda verde com franja de retróz da mesma côr já velho, outro ditto, que está no altar, que hé de seda branca tecida com ouro muito velho, outro ditto de tartaruga com pano de seda encarnada, com ramos de ouro, em bom uzo.

— Huma Alva de pano de linho arrendada, hum amito do mesmo, dous cordoens brancos de apertar as Alvas, huma toalha de bertanha de altar arrendada, outra ditta de pano de linho liza, e velha, outra ditta de pano de linho de Lavatorio, hum pano de purificatorio, duas toalhas de procoló de cobrir as cardenças.

— Hum par de cortinas de galacé de ouro com galão, e franja do mesmo já uzadas, que servem de cobrir o Sacrario.

— Outra ditta de damasco branco com galaãozinho, e franja de ouro já velha.

— Hum par de cortinas com sua sanefa tudo de damasco carmezim, guarnecido de espiguilha,e franja de ouro bastantemente uzado.

— Humas cortinas com sua sanefa de tafetá roxo com franja de retróz da mesma côr já velha.

— Cinco cortinas pequenas tres de tafetá roxo, e duas de Ló pardo muito velhas, hum pedaço de Ló de ramos de ouro já velho.

— Humas cortinas com sua sanefa de seda encarnada, com ramos de ouro guarnecida de galão, e franja do mesmo ja uzado.

— Humas cortinas de damasquilho amarelo já uzadas, e velhas, que se achão na porta da mesma capella.

— Dous incerados de cobrir o altar e duas pelles de marroquim da mesma serventia.

— Trez toalhas de bertanha, duas com rendas, e huma sem ella.

— Seis ramalhetes de pasta prateados.

— Oito dittos do mesmo pequeninos, quatro de malacacheta, e quatro flores tudo muito velho.

— Dous tocheiros grandes de madeira lavrada, com toalha digo com talha dourada, e hum ditto mais pequeno.

— Hum pedaço de pano de seda verde, com ramos de ouro já velho.

— Hum missal dourado com capa de marroquim, outro ditto com capa de sola em bom uzo.

— Trez Sacras de pau com guarniçoens douradas, huma stante de madeira, charoada de preto, e ouro.

— Huma pedra d'ara, e hum quaderno de Santos novos.

— Duas mezas, que servem de cardenças, tudo de talha dourada.

— Hum tapete de papagayo forrado de liagem.

— Onze cortinas brancas de ruão de cofre, e hũa de riscado vermelho, que servem de separar os quadros da mesma capella.

Imagens

— Nossa Senhora da Conceição de vulto, tem corôa Imperial de prata, Santo Ignacio tem resplandor de prata, com huma pedra encarnada no meyo, São Francisco Xavier, com resplandor da mesma qualidade, São Francisco de Borja, com resplandôr igual.

— Huma Imagem de vulto do Senhor morto que se acha em-o vão do altar da mesma Capella; esta tem seo retabolo de talha dourada, e se guarnecem as paredes della de varios quadros fixos, em molduras de talha dourada.

7. CAPELA DOS ENFERMOS

Ornamentos

— Huma cazula de seda carmezim, com ramos de ouro, tecida do mesmo, estola, e manipulo, tudo guarnecido de espiguilha, e franja de ouro.

— Outra ditta de seda branca, e encarnada, estola e manipulo, guarnecido de galão de retróz côr de ouro já uzada.

— Outra ditta de seda verde de dados, estola, e manipulo, guarnecido tudo de franja de retróz da mesma côr já velha.

— Outra ditta de seda roxa com ramos brancos estola, e manipulo, tudo guarnecido de franja de retróz amarelo já velha.

— Outra ditta de damasco carmezim, e estola e manipulo, tudo guarnecido de franja de retróz da mesma côr.

— Outra ditta de galacé branco de ouro, estola, e manipulo, tudo guarnecido de galão, e franja de ouro já velha.

— Outra ditta de nobreza branca, e encarnada, estola, e manipulo, tudo guarnecido de retróz amarelo.

— Outra ditta de seda lavrada, côr de roza, com manipulo sómente, tudo guarnecido de renda falça de ouro larga, já muito velha.

— Outra ditta de damasco branco, e galacé vermelho, com manipulo sómente, guarnecido tudo de ouro, e retroz da mesma côr.

— Duas estolas de damasco carmezim, com franja de retroz da mesma côr, outra ditta de damasco carmezim, e amarelo, com franja de retroz carmezim, outra ditta de damasco roxo já velha.

— Huma bolça de corporal, com sua patena de damasco carmezim de ramos de ouro, guarnecido de espiguilha de retroz de ouro; outra ditta, e patena de galacé branco de ramos de ouro, outra ditta de seda verde, e patena com franja de retroz roxo, outra ditta com patena de chamalote carmezim, guarnecida de transelim de retróz amarelo, outra ditta, e patena de seda roxa, com ramos brancos, outra ditta, e patena de seda branca, guarnecida de renda de prata já muito velha, outra ditta, e patena cor de roza, guarnecida de renda de matizes, e fio de ouro falço, outra ditta de damasco branco, com cordão de retróz branco, e patena já velha, outra ditta de damasco carmezim, e amarelo, com patena tambem velha.

— Quatorze véos de calix, a saber, dous de seda branca, com renda de ouro, e hum delles, com ramos de ouro; trez de Ló branco com listas vermelhas, hum de ló verde com suas listras, outro ditto encarnado da mesma forma, hum de damasco carmezim, forrado de tafetá verde, guarnecido de renda de prata, outra ditto de tafetá verde, e lizo, hum de nobreza encarnada, com renda de ouro, trez de tafetá carmezim lizo, e hum mais ditto de seda roxa, e branca todos velhos.

— Dous panos de cobrir a cardença, hum de seda parda, e outro côr de roza, ambos muito velhos, quatro panos de couro de cobrir o Altar.

— Huma Alva de bertanha bordada, e arrendada, duas dittas mais de pano de linho, guarnecidas de renda estreita, com seos cordoens, de as prender, quatro amitos de pano de linho, e mais outro cordão de algodão de atar as Alvas.

— Cinco toalhas, que servem de purificadores, quatro de bertanha, e huma de pano de linho, arrendadas, e já velhas, huma toalha de altar estreita com sua renda.

— Quatro toalhas do Altar.
— Doze corporaes de bertanha, des com rendas e dous sem ella.
— Huma sobrepelliz de pano da India já velha.
— Hum frontal de duas faces, huma verde de seda, e outra de téla, com renda de ouro velho, outro ditto de duas faces, huma de risso de Laâ encarnado, com franja, e galão, que tem no meyo as armas da Companhia, feitas de fio de ouro, e da outra face de seda parda de flores, com franja, e galão, de retróz, outro ditto de duas faces de seda encarnada, com matizes de ouro, guarnecida de galão, e franja do mesmo, e da outra de galacé branco de ouro, com galão, e franja do mesmo.
— Outro ditto de damasco branco, e carmezim, com franja de retróz da mesma côr, e todos com bastante uzo.
— Hum missal, duas stantes, huma coberta de tartaruga e outra de madeira pretta.
— Huma alampada de lotão, e hum Lavatorio de folha de Flandes, e chumbo, hum tapete do Altar, dous castiçaes de pau, quatro dittos altos de Lotão prateados, huma campainha, e dous pares de galhetas de vidro, com hum prato grosso.

Imagens

— Huma Imagem de Santo Ignacio de vulto, com resplandor de prata, e reliquia no peito.
— Hum Menino IESVS vestido de brocado, tem na mão huma vara de lotão dourada que sustenta hum pendão.
— Huma Imagem de São Ioão de vulto, com hũa reliquia no peito.
— Huma Imagem de Christo crucificado com resplandor dourado.
— Quatro braços de madeira com suas reliquias, expostas nelles.

8. CAPELA DOS RECOLETOS

Ornamentos

— Huma cazula de damasco branco, com estola, e manipulo, guarnecido de galão, e franja de retróz côr de ouro.
— Huma ditta estolla, e manipulo de tela branca, com ramos de ouro, tudo guarnecido de galão, e franja de ouro.
— Outra ditta de damasco carmezim, estola, e manipulo, tudo guarnecido de galão de retróz amarelo.
— Outra ditta de damasco roxo, estola, e manipulo tudo guarnecido de franja de retroz amarelo.
— Huma coberta de Sacrario de damasco branco, forrada de tafetá carmezim, com franja, e galão de retróz amarelo.
— Huma bolça de corporal com patena, e véo de calix, tudo de tela branca, e guarnecida de espiguilha de ouro.
— Huma alva de pano da India fina, com renda larga por baixo.
— Huma alva de pano de linho, com seo cordão.

— Trez capas de corporaes, com suas patenas, tudo de damasco huma branca, outra carmezim, e outra roxa, e hum corporal, com sua capa.

— Huma toalha de renda de bertanha muito velha, outra liza tambem velha, e mais duas de pano de linho huma de renda, e outra sem ella.

— Huma sobrepelliz de pano da India velha.

— Humas cortinas do Sacrario de seda branca, com ramos de ouro, guarnecidas de galão, e franja do mesmo.

— Trez pares de cortinas de damasco carmezim, com duas sanefas, guarnecidas de galão, e franja de ouro, em bom uzo.

— Duas dittas de seda carmezim de matizes, e ramos de ouro, guarnecidas de galão do mesmo em bom uzo.

— Dous pares mais de cortinas de damasco carmezim, com suas sanefas, guarnecidas de franja de retróz cor de ouro.

— Hum frontal de tela branca de ouro, com galão, e franja do mesmo já velho.

— Outro ditto de damasco carmezim, franja, e galão de retros côr de ouro uzado.

— Outro ditto de damasco carmezim com galão de retróz côr de ouro já velho.

— Hum missal velho, com sua stante de madeira, trez sacras de pau, com suas molduras, hũa pedra d'ara grande, outra pequena, e dous panos de encerado verde de cobrir o Altar.

— Dous castissaes de lotão, quatro ramalhetes prateados, dous dittos pequenos, huma campainha hum copo de vidro grande lizo, que servia no commungatorio, e hum par de galhetas de vidro branco, com seo prato de Loussa, e huma pia de agoa benta da mesma loussa, e duas caixas de folha de Flandres de guardar as hostias.

— Duas cortinas brancas de procoló de retabolo da Capella.

Imagens

— Huma Imagem de Nossa Senhora da Conceição de vulto, tem corôa de prata.

— Huma Imagem de São Luiz Gonzaga tambem de vulto, tem resplandor de prata.

— Huma Imagem de Santo Estanislau com hum menino IESVS nos braços, tem, e o mesmo menino resplandor de prata.

— Huma Imagem de Christo Crucificado pequena tem resplandor de prata.

9. CARNEIRO [DEPÓSITO MORTUÁRIO DEBAIXO DA SACRISTIA]

Ornamentos

— Huma cazula de veludo roxo com estola, e manipulo guarnecido de galão, e fio de ouro uzado.

— Huma bolça, e huma patena de damasco roxo, e dentro hum corporal, e hum veo de calix de tafetá da mesma côr.

— Huma alva de pano de linho fino guarnecida de renda, e hum cordão branco de atar a alva.

— Huma toalha de bertanha guarnecida de renda, e huma guarda de corporal tambem de bertanha, que está no altar, e hum pano de lavatorio, que está no altar, e outro dentro do caixão.

— Quatro castissaes de madeira prateados, e dous ramalhetes pequenos de pasta prateados, tudo uzado.

— Hum missal, e huma stante de madeira, huma Sacra, huma Epistola, e hum Evangelho tudo de papel com molduras de pau douradas, já uzadas.

— Huma caldeirinha de estanho de agoa benta, com seo hysópe, hum par de galhetas de vidro, com seo prato de louça, hum tapete, e huma esteira de junco do Reyno do estrado do altar tudo velho.

— Duas cardenças de madeira, pintadas de preto, e douradas, com seos panos, que as cobrem.

Imagem

— Huma Imagem de Christo Crucificado com mais de palmo, e meyo de vulto, com o titulo, ponta da cruz, e cravos de prata, a Cruz, e Calvario de jacarandá, com sua cortina de damasco roxo, guarnecida de renda de prata, que está no Altar da mesma caza, e por fora della huma cortina de pano de algodão da India velha.

10. ALTARES DA PORTARIA

— Doze ramalhetes de pasta prateados seis milhores, que os outros; e onze dittos da mesma qualidade, mais pequenos novos, e quatro de papel, com quatro jarras de pau, pintadas de vermelho velhos.

— Seis castissaes de madeira prateados em bom uzo.

— Quatro castissaes de madeira pintados de vermelho, dous novos, e dous velhos, e duas jarrinhas de pau de pôr ramalhetes.

— Hum frontal de duas faces, huma de damasco carmezim, com espiguilha, e franja de ouro, com bom uzo, e a outra de seda parda lavrada, guarnecida de galão de prata já velha, outro ditto de Ló roxo com ramos de ouro já velhos, outro ditto de seda azul muito roto.

— Hum par de cortinas de damasco carmezim com sua sanefa guarnecida de galão, e franja de ouro já velha.

— Outro par de cortinas de melania branca de ouro, com sanefa guarnecida de galão, e franja de retroz cor de ouro novas.

— Outro par de cortinas de melania carmezim guarnecida de galão, e franja de retróz côr de ouro uzadas.

— Outro par de cortinas de damasco carmezim, sem sanefa guarnecidas de galão de retroz amarelo, em bom uzo.

— Outro par de cortinas de melania encarnada de ouro, sem sanefa guarnecida de renda de prata uzada.

— Dous panos de ruão azul, que servem de cobrir os dous Altares da Portaria.

— Hum pano de Ló azul riscado de amarelo, que pertence ao Altar do Santo Christo da Portaria.

— Cinco pedaços de couros velhos de cobrir por cima o Altar.

— Duas toalhas de pano de linho em bom uzo, arrendadas, e mais cinco dittas de renda, chamadas guardas, hum amito de bertanha bordado, e arrendado, com suas fitas de matizes, e trez toalhinhas de limpar os dedos no lavatório da Missa de bertanha arrendadas, e hũa delas, com sua fita de tela de prata em bom uzo.

— Huma alcatifa do pé do altar em bom uzo, e grande.
— Trez lassos de fita de matizes.
— Huma taboa com hum registo de Nossa Senhora no meyo, e huma medida de alparcatas do pé de Nossa Senhora.
— Duas esteiras de junco do Reyno, huma maior, que a outra, já velhas.

11. OBJECTOS QUE SE ARRECADAM POR DETRÁS DO ALTAR DE N.ª S.ª DA PAZ

— Quatro paineis, que servem, quando sahia a doutrina a rua.
— Hũa bandeira, ou guião de nobreza encarnada, guarnecida com sua franja de retróz côr de ouro com huma cruz de madeira prateada, com hum braço quebrado.
— Huma pianha de talha dourada com seo docel de damasco branco, com ramos de ouro, e com sua renda, e franja do mesmo já velha, que serve para o exercicio da boa morte.
— A armação de madeira dos Passos da quaresma, e dous estrados de madeira para a Essa dos defuntos, e huma stante de jacarandá.

12. OBJECTOS DA CONGREGAÇÃO DE N.ª S.ª DA ENCARNAÇÃO DA CLASSE DO ESTUDO

— Huma Imagem de São Luiz Gonzaga, de vulto, com seo resplandor de prata, com hũa pedra azul, e huma Imagem de Santo Christo com trez açucenas tudo de prata, pertencente a mão do ditto Santo.
— Huma Imagem de Santo Christo em madeira, com seo calvario da mesma, e cruz com remates de lotão, e cravos de prata.
— Huma lamina pequena de Nossa Senhora com seo Menino pintada em cobre com caixilho de madeira pintada.
— Dous pares de cortinas do Altar, hum de seda carmezim amatizado, e outro de seda cor de fogo com ramos de ouro, guarnecida com espiguilha de prata, e ambas muito velhas.
— Hum calix com sua patena, e colher tudo de prata dourada, e huma ambula pequena de capa dourada, com sua capa de téla uzada, e hũa caucela de prata de goardar hostias.
— Cinco cazulas, a saber, huma de tela branca, e vermelha, guarnecida de rendinha de ouro, outra ditta de chamalote roxo guarnecido de franja de retroz cor de ouro, outra ditta de damasco verde, guarnecida de galão, de retróz cor de ouro outra ditta de damasco branco, guarnecida de franja de retróz cor de ouro, e outra ditta de veludo carmezim, guarnecida de franja de retróz côr de ouro, todas com estolas, e manipulos bolsas de corporal, e patena, em bom uzo, e cinco véos de calix, trez de tafetá carmezim, rôxo, e verde, hum de seda branca, com galãozinho de ouro, e hum de sucinto riscado, e quatro cordoens de atar as Alvas, trez brancos, e hum de retróz carmezim, com fio de ouro nas borlas.
— Mais trez véos de calix, hum de cabaya de flores de varias cores, guarnecido de tela de prata, outro de ló verde de flores, e hum de tafetá roxo todos muito velhos, que não servem.

— Huma pedra d'ara, e hum pano de stante de missal de tela branca, e carmezim, guarnecida de renda, e franja de ouro velha.

— Trez frontaes hum de tela branca, com as guardas de damasco verde, com franja, e galão de retróz côr de ouro, outro ditto de damasco branco, e carmezim, com franja de retroz das mesmas côres, outro de chamalote roxo, guarnecido de seda amarela, com franja de retroz da mesma côr, todos em bom uzo.

— Hum missal, e huma stante pintada de azul em bom uzo, trez Sacras, huma do Evangelho, outra do lavabo, outra da consagração, com molduras douradas velhas.

— Quatro castissaes de pau pintados de vermelho já velhos.

— Hum tapete de cobrir o estrado do altar, e cinco jarrinhas de pôr ramalhetes de pau tudo velho.

— Trez alvas de bertanha, duas arrendadas, e hũa chãa todas velhas.

— Cinco toalhas do Altar todas de bertanha, quatro arrendadas, e hũa chãa velhas.

— Cinco guardas de corporaes de bertanha, quatro guarnecidos de renda, e hum chão, e trez corporaes de cambraeta, guarnecidos de renda tudo em bom uzo.

— Oito sanguinhos de cambraeta, bertanha, e pano de linho, sette chãos, e hum com renda.

— Dez amitos, a saber hum de cambraya bordado e arrendado, outro de cambraeta, tambem bordado, com renda, trez de bertanha, dous com renda, e hum chão, e cinco de pano de linha todos uzados.

— Cinco paninhos de limpar os dedos no lavatorio, trez de bertanha com renda, e dous de pano de linho chãos, e hum lasso de fita dos mesmos, tudo uzado, mais dous paninhos de cobrir as galhetas de bertanha, com renda.

— Hum prato, e hum jarro de estanho, uzado de agoa as mãos.

— Huma alampada de lotão pequena de quatro quartelas.

— Huma taboleta pequena da profissão.

— Cinco ramalhetes pequenos, dous de pasta prateados, dous de rozas de papel, e hum de pano todos velhos.

— Hum vazo de estanho pequeno de dar o Lavatorio.

— Huma opa de tafetá branco, velha.

— Hum livro de quarto intitulado Roza de Nazareth, com capa de pergaminho, outro de folio das eleiçoens, e profiçoens, com capa de olandilha, outro Livrinho de oitavo, com capa de pergaminho, intitulado, cathecismo Brasilico, outro Livro de folio, com capa de olandilha das entregas da Sachristia, e outro ditto muito velho da Congregação.

13. OBJECTOS DA CONGREGAÇÃO DAS FLORES
JUNTO DAS CLASSES DOS ESTUDOS

— Huma Imagem de Nossa Senhora da Conceição de vulto pequeno, com corôa de prata, e pianha de madeira com seo manto de seda.

— Huma Imagem de Christo crucificado pequena de chumbo, em cruz de madeira.

— Hum painel grande de Nossa Senhora das Flores, com molduras de madeira de talha dourada, e pintada de vermelho, com seo guarda pó de madeira pintado em bom uzo.

— Hum par de cortinas do ditto painel de chamalote carmezim, com sua sanefa já velha.

— Hum frontal de damasco branco, e carmezim, com franja de retroz da mesma côr, em bom uzo.

— Trez guardas de corporaes de bertanha com renda.

— Trez toalhas do altar arrendadas, velhas, e rotas.

— Hum tapete pequeno de papagayo velho, oito castissaes, seis de pau, e dous de estanho pequenos velhos, quatro jarrinhas de pau, e oito ramalhetes de rozas de papel.

— Duas pautas dos Congregados de Nossa Senhora das Flores, com molduras douradas, velhas.

[*Segue-se o auto de encerramento e de entrega à Comissão depositária, feito a 5 de Março de 1760*].

(A. H. Col., *Baía*, 4893, anexo a 4892).

APÊNDICE E

Planta da Igreja e Colégio da Baía em 1782

Publicam-se neste Tômo as plantas da Igreja e Colégio da Baía tal como existia ao deixarem-no os Padres da Companhia de Jesus em 1760. Foram tiradas pelo Engenheiro José António Caldas, e copiadas e reduzidas por Inácio José, em 1782, vinte e dois anos depois de o deixarem os Jesuítas, o tempo bastante para se arruinarem algumas dependências do Colégio e já haver nele o enxerto, que se verá, do Sr. Cónego Tesoureiro. Mas substancialmente é o mesmo Colégio de 1760, que as plantas reproduzem. Do mesmo benemérito Engenheiro deixamos já, supra, História, V, 98/99, a gravura do "Prospecto" do Colégio, visto do mar em 1758. Os "Estudos Gerais" aparecem aí, para o lado do mar, com seis grandes e rasgadas janelas em arco. Ainda para confronto podem-se aproximar estas plantas da dos "chãos" primitivos do Colégio, supra, História, I, 32/33.

As quatro figuras do Colégio e Igreja dos Jesuítas de 1782, levam cada qual a sua legenda e explicação, que as fotogravuras deste presente Tômo reproduzem, mas de difícil leitura. São as seguintes:

FIGURA 1.ª — ICHNOGRAFICA DO SUBTERRANEO DA IGREJA DO COLEGIO DE JESUS DA B.ª

Explicaçam

A. Grande jardim com arvoredo.
B. Cubiculos inferiores q̃. tem a entrada pelo corredor interior, e as janelas DD olhão p.ª o Mar.
C. Escadas de comonicação.
D. Varanda q̃. vai para o Recoletado.
E. Nora com seu poço.
F. Cazas novas q̃. fez o Conego Thesoureiro Mor p.ª sua acomodaçaõ [Feitas parte fora, parte dentro do amplo Refeitório, mutilando-o].
G. Refeitorio.
H. Cozinha.
I. Ministra.
L. Cloacas.
M. Lugar em q̃. ficava a despença, e por sima enfermaria.

N. Esguichos.
O. Cazas p.ª diversas serventias.
P. Carneiro com seu Altar.
Q. Porta de entrada p.ª o Carneiro.
R. Janelas q̃. daõ luz ao Carneiro.
S. Carpentaria por onde se comonicavaõ os Mestres p.ª os Claustros dos Estudos.
T. Subterraneo da Caza da Aula Theologia e Escola.
V. Poço em forma rectangular.
X. Lugares em q̃. residiaõ as pretas e mais escravas do Conv.to
Z. Quintal do Recoletado com seu posso.

FIGURA 2.ª — ORTOGRAFICA E PLANO NOBRE DA IGREJA DO COLEGIO Q̃. FOI DOS JESUITAS EDIFICADO NO TERREIRO DE JESUS DA CID° DA BAHIA.

Explicaçam

A. Adro com 3 degraos de Cantaria da Corte.
B. Frente da Igreja.
C. Portaria, e por sima salaõ.
D. Botica e por sima Caza de hospedagem dos Governadores.
E. Corpo da Igreja.
F. Capelas de hũ e outro lado.
G. Capelas do cruzeiro.
H. Capelas colateraes.
I. Capela Maior.
L. Corredores de comonicaçaõ da Sacristia para a Igreja.
M. Sacristia.
N. Altar onde se depozitavaõ os vazos sagrados.
O. Nichos onde tinhaõ Imagens.
P. Caixoens em q̃. se depozitavaõ os ornamentos com gavetas onde se guardava tudo bem acondicionado.
Q. Esguicho onde se fazia o lavatorio das maõs.
R. Capela interior ou Santuario.
S. Corredores com seus cubiculos e janelas conventuaes.
T. Caza de recreio e de agoa.
V. Grande pateo.
X. Capelinha de N. Snr.ª do Populo.
W. Caza do Recoletado com sua Capela, e mais oficinas que se achaõ arruinadas. [Na gravura, com traço grosso, debaixo da legenda maior].
Y. Enfermaria.
Z. Alegrete p.ª recreio.

A linha de pontinhos aabb, ccdd, eeff, mostra o lugar por donde se pode separar o Recoletado q̃. se vê na Planta na 1.ª e 2.ª figr.ª, ficando o Edificio principal do Colegio a fim de evitar maiores despezas no mesmo Edificio na multiplicaçaõ dos Operarios q̃. haõ de cuidar dele.

[*Legenda no ângulo oposto da mesma Figura 2.ª*]:

a. Entrada p.ª os Estudos Geraes
b. Clace de Philozofia.
c. Clace de primeira.
d. Clace de quarta.
e. Cazinha de Mastigophoro [Correcção escolar].
f. Clace de Gramatica.
g. Clace terceira de Gramatica.
h. Escola.

FIGURA 3.ª — ORTOGRAFICA DO PLANO SUPERIOR DA IGR.ª DO COLEGIO DE JESUS DA B.ª

Explicaçam

A. Frente superior da Igreja onde se vem dous Coros.
B. Tribunas.
C. Escadas de comonicaçaõ.
D. Livraria.
E. Escada q̃. sobe p.ª o Coro e Tribunas, e se comonica p.ª a Torre.
F. Cobiculos dos Padres graves.
G. Salaõ de recreio.
H. Quartos onde se hospedavaõ os Governadores.
I. Quartos do Padre bibliotecario.
L. Camarim onde se expunha o Sacram.ᵗᵒ
M. Enfermaria onde se curavaõ os doentes de Medicina, e fica por sima do Recoletado.
N. Cloaca da Enfermaria.

[*A Enfermaria de Medicina, marcada com a Letra M, era um andar por cima do Recoletado, (habitação dos Irmãos recoletos, juniores ou estudantes de Humanidades, e que hoje se diz "Recolhimento"), constava de 6 aposentos com as suas dependências. Não aparece na gravura da Figura 3.ª, porque tinha ligação com o resto do Colégio pelo andar nobre ou térreo (Figura 2.ª). Por ser também sobrado, a Enfermaria de Medicina aparece desligada num prolongamento lateral da Figura 3.ª (que é a planta do sobrado, visto do Terreiro de Jesus), por altura do Recoletado, que na figura 2.ª se reproduz na gravura com traço grosso. Por cima deste traço grosso era, pois, a Enfermaria de Medicina. O que basta para a situar no conjunto geral do Colégio*].

FIGURA 4.ª — ALSADO Q̃. FAZ O DITO EDIFICIO VISTO PELA PARTE DO TERREIRO DE JESUS

Explicaçam

A. Frente do sobredito edificio.
B. Alsado do Salam.

C. Janelas do Coro de baixo.
D. Janelas do Coro de sima com suas vidraças.
E. Porta da Igreja.
F. Torres com seu Timpano.
G. Lado do Salam, ou Alsado da hospedaria dos Govern.^{os}
H. Alsado da Portaria.
I. Alsado da Botica.
L. Entrada da Portaria.
M. Telhados do Salão, e hospedaria.

O ornamento de q̃. se compoem esta frente he de Ordem Dorica; como o ponto he pequeno naõ se podem assignar todas as suas partes.

[*Assim como a Figura 3.ª tem um prolongamento lateral, com o sobrado da Enfermaria de Medicina, e, num espaço em branco, a rosa dos ventos, assim a Figura 4.ª tem um prolongamento ou rectângulo, onde se lê uma Explicaçam, e nada mais contém do que ela: e é a seguinte*].

Explicaçam

Nesta figr.ª [4.ª] se vê o Alsado que faz o dito Edificio olhando para o Terreiro de JESUS nela se vê toda a sua frente que he de ornamento Dorico o Alsado da Portaria, e Salam que lhe fica por sima; e o Alsado q̃. faz o quarto em que se hospedavaõ em outro tempo os Excelentissimos Generaes, e por baixo a Botica, o que tudo se vê na explicaçaõ em frente.

O q̃. está lavado a amarelo mostra o plano e subterraneo q̃, em outro tempo foi Recoletado, hoje se acha tudo em bastante ruina e para se fazer o Seminario necessita de hum concerto, que ade passar de vinte mil cruzados pouco mais ou menos, e as mais cazas do Edificio do Colegio, que pode ficar separada ade custar dés mil cruzados pouco mais ou menos e poderá acomodar quarenta athé sincoenta Seminaristas q̃. com sinco mil cruzados q̃. poderá custar o concerto dos Estudos geraes vem tudo a emportar de trinta e sinco athé quarenta mil cruzados pouco mais ou menos, para ficarem os Edificios com a comodidade possivel para hum Seminario regular alem de outros concertos que ao descrever a mesma obra se acharem, e se naõ podem ver prezentemente.

A planta, e Alsado dos Estudos gerais vai em papel aparte onde se vê com bastante precizaõ tudo quanto neles avia, e pode aver pelo tempo adeante.

Esta Planta foi tirada pelo Sargento Mor Engenr.º Lente da Aula Militar Jozé Ant.º Caldas, copiada e reduzida p.ʳ Ign.io Jozé Academico na m.^{ma}

(Arquivo Militar do Rio de Janeiro, Bahia 56-2-2272. Duplicata dos planos, Bahia 57-2-2273. 23,5x18,5 polegadas. Cf. Robert C. Smith, *Jesuit Buildings in Brazil*, em "The Art Bulletin", XXX (N. Y., 1948) 194-196).

Destas plantas do Arquivo Militar existem os clichés fotográficos no Serviço do Patrimonio Histórico e Artístico Nacional, do Rio de Janeiro, donde os reproduzimos neste Tômo, assim como outras gravuras. Com os nossos agradecimentos.

APÊNDICE F

Catalogus 1.us Provinciae Brasiliensis Romam missus a P. Provinciali Ioanne Honorato anno 1757

PROFESSI QUATUOR VOTORUM

NOMEN	PATRIA	AETAS	INGRESSUS	PROFESSIO
P. Antonius de Moraes	Vimaranensis	16	7 Sept. 1698	15 Aug. 1716
P. Emanuel de Seqr.ª	Bahiensis	17	2 Jan. 1699	15 Aug. 1716
P. Emanuel de Abreo	Recifensis	15	20 Oct. 1698	31 Iul. 1718
P. Emanuel Maurus	Portuensis	16	14 Apr. 1696	15 Aug. 1718
P. Aloysius â Regibus	Portuensis	16	22 Aug. 1700	15 Aug. 1718
P. Simon Marques	Conimbricensis	17	13 Nov. 1701	15 Aug. 1718
P. Dominicus Gomes	Bracharensis	20	22 Aug. 1700	8 Sept. 1718
P. Antonius Paes	Recifensis	18	9 Fev. 1701	12 Mart. 1719
P. Emanuel Leo	Fluminensis	17	12 Nov. 1701	15 Aug. 1720
P. Iosephus de Mendoça	Recifensis	16	28 Oct. 1702	15 Aug. 1720
P. Aloysius de Albuquerq.	Olindensis	16	26 Oct. 1699	13 Apr. 1721
P. Valentinus Mendes	Bahiensis	14	27 Nov. 1703	24 Feb. 1722
P. Thomas Lynceus	Hybernus	24	21 Nov. 1709	15 Aug. 1722
P. Franciscus de Lyra	Insulanus	18	20 Oct. 1694	28 Oct. 1723
P. Felix Capelli	Ulyssipponensis	15	31 Oct. 1703	21 Nov. 1723
P. Joannes Honoratus	Bahiensis	14	14 Aug. 1704	2 Feb. 1724
P. Melchior Mendes	Ex Oppid. Spiüs Sti	16	23 Iun. 1707	2 Feb. 1727
P. Emanuel Arahusius	Recifensis	15	12 Nov. 1708	25 Mart. 1727
P. Emanuel â Regibus	Portuensis	15	24 Ian. 1708	1 Iun. 1727
P. Emanuel Ferraz	Fluminensis	17	24 Mart. 1711	1 Nov. 1729
P. Felix Xaverius	Recifensis	17	19 Jan. 1712	1 Nov. 1729
P. Franciscus de Toledo	Paulopolitanus	18	15 Sept. 1712	1 Nov. 1729
P. Dominicus de Mattos	Bahiensis	18	20 Iun. 1713	8 Sept. 1731
P. Josephus de Andrade	Ulyssiponensis	16	20 Iun. 1713	29 Sept. 1731

NOMEN	PATRIA	AETAS	INGRESSUS	PROFESSIO
P. Emanuel Carvalho	Portuensis	18	23 Oct. 1713	8 Dec. 1731
P. Franciscus do Lago	Bahiensis	14	20 Ian. 1713	15 Aug. 1732
P. Iosephus de Lima	Bahiensis	15	27 Oct. 1714	15 Aug. 1732
P. Emanuel de Almeida	Recifensis	19	28 Oct. 1712	8 Dec. 1732
P. Ignatius Correa	Recifensis	15	23 Oct. 1713	8 Dec. 1732
P. Julius de França	Parnaguaensis	15	15 Sept. 1712	15 Aug. 1733
P. Marcus de Tavora	Brigantinus	18	10 Apr. 1717	16 Ian. 1735
P. Christophorus Cordeiro	Ex Oppido Sanct.	14	17 Oct. 1716	15 Aug. 1737
P. Ioachim Ribeiro	Ex Oppido Fafe	14	16 Iun. 1717	15 Aug. 1737
P. Victorianus da Cunha	Bahiensis	17	30 Iul. 1718	15 Aug. 1737
P. Ignatius de Souza	Ulyssipponensis	15	17 Feb. 1719	15 Aug. 1737
P. Emanuel Pimentel	Portuensis	16	5 Apr. 1717	1 Nov. 1737
P. Ignatius Roiz	Ex Oppid. Sanctorum	15	20 Iun. 1716	2 Feb. 1738
P. Laurentius de Almeida	Bahiensis	14	9 Oct. 1718	2 Feb. 1738
P. Thomas da Costa	Ex Pontebarca	20	16 Oct. 1720	2 Feb. 1738
P. Cornelius Pacheco	Iguaruçuensis	16	17 Oct. 1716	15 Aug. 1738
P. Josephus da Cunha	Bahiensis	14	14 Aug. 1719	15 Aug. 1738
P. Nicolaus Roiz	Parnaguaensis	14	19 Apr. 1705	29 Sept. 1738
P. Ignatius Pestana	Bahiensis	15	23 Mai. 1720	10 Oct. 1738
P. Bernardus Fialho	Conimbricensis	19	24 Oct. 1720	21 Oct. 1738
P. Franciscus de Lima	Bahiensis	15	1 Feb. 1721	2 Feb. 1739
P. Ioachimus de Moraes	Conimbricensis	24	17 Nov. 1721	2 Feb. 1739
P. Franciscus de Almeida	Bahiensis	15	7 Dec. 1721	15 Aug. 1739
P. Franciscus Ferroz	Fluminensis	17	3 Iul. 1722	15 Aug. 1739
P. Vincentius Gomes	Recifensis	40	20 Nov. 1729	2 Feb. 1740
P. Dominicus Vianna	Bahiensis	16	1 Feb. 1721	12 Iun. 1740
P. Josephus Xaverius	Recifensis	16	17 Nov. 1721	15 Aug. 1740
P. Emanuel de Moura	Portuensis	17	30 Iul. 1718	10 Oct. 1740
P. Emanuel da Fonseca	Bracharensis	21	9 Iul. 1724	15 Aug. 1741
P. Franciscus de Faria	Guayanensis	15	19 Nov. 1723	8 Dec. 1741
P. Franciscus Buytrago	Bahiensis	16	23 Mai. 1724	8 Dec. 1741
P. Emanuel Martins	Portuensis	15	6 Mart. 1724	2 Feb. 1742
P. Antonius à Nivibus	Bahiensis	16	20 Dec. 1720	15 Aug. 1742
P. Franciscus Monteiro	Ex Oppid. Sanctorũ	15	9 Jul. 1724	15 Aug. 1742
P. Antonius de Lima	Bahiensis	15	23 Mai. 1724	15 Aug. 1742
P. Franciscus Cordeiro	Ex Oppid. Sanctorũ	15	9 Iul. 1724	15 Aug. 1742

NOMEN	PATRIA	AETAS	INGRESSUS	PROFESSIO
P. Laurentius Iustinianus...	Portuensis..........	18	27 Iun. 1725	15 Aug. 1742
P. Gaspar Ferreira.......	Courensis.......	22	15 Iul. 1725	15 Aug. 1742
P. Josephus Geraldes......	Lamecensis.........	34	23 Feb. 1732	15 Aug. 1742
P. Ignatius Texeira........	Bahiensis..........	18	6 Mart. 1724	2 Feb. 1743
P. Emanuel Pestana.......	Bahiensis..........	19	7 Dec. 1725	2 Feb. 1743
P. Franciscus de Macedo...	Ulyssipponensis......	15	16 Aug. 1725	15 Aug. 1743
P. Josephus de Castilho....	Paulopolitanus......	16	15 Jul. 1725	8 Sept. 1743
P. Ignatius Leo..........	Fluminensis........	16	15 Iul. 1725	2 Feb. 1743
P. Antonius Alvares.......	Bahiensis..........	17	6 Mart. 1724	21 Oct. 1743
P. Silverius Pinheiro......	Ulyssipponensis......	14	2 Feb. 1725	21 Oct. 1743
P. Antonius Nunes.........	Bahiensis..........	18	7 Dec. 1726	2 Feb. 1744
P. Franciscus de Sampayo..	Portuensis..........	18	23 Mai. 1727	15 Aug. 1745
P. Dominicus de Souza.....	Portuensis..........	18	9 Apr. 1728	15 Aug. 1745
P. Antonius Bautista.......	Ulyssipponensis......	17	22 Mai. 1728	15 Aug. 1745
P. Vittus Marianus........	Paulopolitanus.....	18	14 Jul. 1728	15 Aug. 1745
P. Caetanus Mendes.......	Fluminensis........	17	4 Jul. 1727	24 Oct. 1745
P. Benedictus Soares.......	Paulopolitanus......	16	15 Iul. 1726	31 Nov. 1745
P. Emanuel Gonzaga......	Conimbricensis......	18	19 Sept. 1728	2 Feb. 1746
P. Franciscus Ferreira.....	Bracharensis........	18	22 Sept. 1728	2 Feb. 1746
P. Josephus Nogueira......	Recifensis..........	17	9 Nov. 1727	20 Feb. 1746
P. Emanuel Xaverius.......	Recifensis..........	15	9 Nov. 1727	20 Feb. 1746
P. Antonius de Souza......	Ex Oppid. Muya....	17	4 Feb. 1729	15 Aug. 1746
P. Nicolaus Botelho.......	Palmellensis........	19	8 Feb. 1729	15 Aug. 1746
P. Emanuel Correa........	Scalabitanus........	18	20 Feb. 1729	15 Aug. 1746
P. Emanuel dos Santos.....	Insulanus..........	17	8 Iun. 1729	15 Aug. 1746
P. Andreas Victorianus.....	Bahiensis..........	19	23 Iun. 1731	15 Aug. 1746
P. Ioannes de Britto.......	Bahiensis..........	17	7 Dec. 1729	7 Feb. 1747
P. Emanuel Cardozo.......	Bahiensis..........	14	20 Apr. 1721	15 Aug. 1747
P. Ioannes da Matta.......	Fluminensis........	14	14 Iul. 1728	15 Aug. 1747
P. Antonius Coelho........	Bracharensis........	18	30 Iul. 1730	15 Aug. 1747
P. Stephanus de Crasto.....	Portuensis..........	17	30 Iul. 1730	15 Aug. 1747
P. Thomas de Campos......	Recifensis..........	17	8 Iul. 1730	8 Sept. 1747
P. Antonius Simões........	Ex Oppid. Godolim...	18	30 Iul. 1730	8 Sept. 1747
P. Rogerius Canisius.......	Coloniensis.........	20	17 Oct. 1731	2 Feb. 1748
P. Antonius da Cunha.....	Courensis..........	17	1 Feb. 1731	15 Aug. 1748
P. Antonius Pereira........	Bahiensis..........	15	24 Mart. 1731	15 Aug. 1748

NOMEN	PATRIA	AETAS	INGRESSUS	PROFESSIO
P. Emanuel Tavares	Fluminensis	19	15 Iul. 1731	15 Aug. 1748
P. Augustinus Mendes	Egiptanensis	17	18 Mart. 1729	2 Feb. 1750
P. Vicentius Ferreira	Ulyssipponensis	17	5 Jan. 1732	2 Feb. 1750
P. Emanuel Franco	Ulyssipponensis	17	25 Nov. 1732	2 Feb. 1750
P. Ignatius Ribeiro	Recifensis	14	13 Dec. 1730	19 Mart. 1750
P. Ignatius Antunes	Recifensis	14	13 Dec. 1730	25 Mart. 1750
P. Emanuel do Rego	Ulyssipponensis	15	22 Dec. 1730	3 Mai. 1750
P. Antonius dos Reis	Ex Oppid. Barqueiros	18	14 Iul. 1728	7 Mai. 1750
P. Ignatius Gomes	Ulyssipponensis	15	28 Iun. 1733	7 Mai. 1750
P. Philippus de Almeida	Conimbricensis	15	8 Feb. 1732	31 Iul. 1750
P. Lodovicus Alvares	Recifensis	14	17 Nov. 1731	15 Aug. 1750
P. Antonius Jorge	Ex Opp. Limãos	19	7 Sept. 1733	21 Oct. 1750
P. Josephus de Mattos	Aurifodinensis	16	5 Iul. 1731	18 Nov. 1750
P. Fabianus Gonsalves	Ex Opp. Limãos	21	7 Sept. 1733	2 Feb. 1751
P. Caetanus da Fonseca	Fluminensis	15	1 Feb. 1732	15 Aug. 1751
P. Franciscus Pereira	Taroucensis	16	14 Mart. 1734	15 Aug. 1751
P. Emanuel de Amaral	Ulyssipponensis	16	30 Mai. 1734	15 Aug. 1751
P. Gondisalus da Costa	Ex Opp. Spus. Sancti	17	11 Aug. 1734	15 Aug. 1751
P. Joannes Breuver	Coloniensis	19	21 Oct. 1737	15 Aug. 1751
P. Benedictus Nogueira	Portuensis	19	23 Mai. 1734	15 Aug. 1752
P. Joannes de Sampayo	Lumiarensis	16	9 Ian. 1735	15 Oct. 1752
P. Alexander de Carvalho	Recifensis	19	15 Nov. 1733	2 Feb. 1753
P. Franciscus da Silveira	Insulanus	17	8 Oct. 1735	2 Feb. 1753
P. Franciscus de Gouvea	Fluminensis	16	11 Aug. 1734	10 Jun. 1753
P. Joannes Barbosa	Bahiensis	16	30 Jul. 1731	15 Aug. 1754
P. Gondisalus Alexandrinus	Bahiensis	19	7 Sept. 1733	25 Mart. 1754
P. Antonius Correa	Aurifodinensis	15	16 Iul. 1734	16 Iul. 1754
P. Iosephus do Valle	Ulyssipponensis	15	5 Iul. 1735	25 Mart. 1754
P. Iosephus Martins	Ulyssipponensis	16	6 Ian. 1736	31 Mart. 1754
P. Antonius de Andrade	Bahiensis	21	7 Mai. 1737	15 Aug. 1754
P. Emanuel Monteiro	Portuensis	19	21 Iul. 1737	15 Aug. 1754
P. Ioannes Vellozo	Conimbricensis	16	21 Apr. 1731	21 Sept. 1754
P. Antonius de Couto	Vimaranensis	15	21 Iul. 1737	1 Oct. 1754
P. Ignatius Dias	Aurifodinensis	15	17 Dec. 1736	21 Oct. 1754
P. Antonius da Silva	Ulyssipponensis	16	10 Feb. 1737	1 Nov. 1754
P. Franciscus Bernardes	Recifensis	15	17 Dec. 1736	2 Feb. 1755

NOMEN	PATRIA	AETAS	INGRESSUS	PROFESSIO
P. Gaspar Gonsalves.......	Alagoensis..........	18	26 Dec. 1737	2 Feb. 1755
P. Josephus de Oliveira.....	Bahiensis...........	17	17 Dec. 1737	2 Feb. 1755
P. Josephus de Figueredo...	Conimbricensis......	18	26 Ian. 1738	2 Feb. 1755
P. Augustinus Laurentius...	Mouramortensis......	15	18 Oct. 1736	1 Apr. 1755
P. Ignatius de Passos.......	Bahiensis...........	15	28 Sept. 1737	2 Feb. 1756
P. Ignatius de Carvalho....	Bahiensis...........	16	18 Mart. 1739	15 Aug. 1756
P. Josephus Rodrigues......	Portuensis..........	16	9 Iul. 1739	15 Aug. 1756
P. Didacus Texeira.........	Villaregalensis........	14	9 Iun. 1737	15 Aug. 1756
P. Hieronimus Munis.......	Bahiensis...........	14	28 Sept. 1737	8 Sept. 1756
P. Ignatius Pereira.........	Fluminensis.........	16	9 Iul. 1739	15 Aug. 1757
P. Ioannes das Neves.......	Portuensis..........	17	7 Dec. 1739	2 Feb. 1757
P. Franciscus da Silva.....	Ulyssipponensis.......	16	7 Sept. 1737	24 Feb. 1757

PROFESSI TRIUM VOTORUM

P. Josephus da Rocha......	Recifensis..........	16	17 Oct. 1707	1 Nov. 1732
P. Emanuel das Neves......	Bahiensis...........	14	30 Iul. 1712	10 Aug. 1742
P. Emanuel de Mattos.....	Viannensis..........	16	30 Oct. 1708	29 Iun. 1745
P. Josephus de Amorim....	Ex Oppid. Spiritus Sancti...........	17	14 Iul. 1728	15 Aug. 1745
P. Christophurus da Costa..	Parnaguaensis.......	51	9 Oct. 1741	24 Iun. 1752
P. Stephanus de Oliveira....	Parnaguaensis.......	48	9 Oct. 1741	24 Iun. 1752
P. Josephus da Silva.......	Fluminensis.........	17	8 Nov. 1713	24 Aug. 1746
P. Petrus Fernandes........	Serpensis...........	21	18 Sept. 1732	31 Iul. 1756

COADJUTORES SPIRITUALES FORMATI

NOMEN	PATRIA	AETAS	INGRESSUS	FORMATURA
P. Antonius dos Reis.......	Ex Oppid. Sanctorum.	16	14 Apr. 1696	15 Aug. 1711
P. Heronimus Vellozo......	Recifensis..........	16	15 Nov. 1694	18 Dec. 1713
P. Ioannes Arahusius.......	Recifensis..........	17	20 Nov. 1697	27 Sept. 1714
P. Iosephus Viveiros.......	Bahiensis...........	16	7 Sept. 1693	15 Aug. 1716
P. Antonius de Figueiredo..	Bahiensis...........	16	7 Sept. 1693	15 Aug. 1716
P. Caetanus Alvares........	Portuensis..........	17	14 Mai. 1701	15 Aug. 1716
P. Petrus da Silva.........	Olindensis..........	14	3 Nov. 1700	29 Ian. 1719
P. Gualter Pereira.........	Portuensis..........	17	2 Ian. 1708	2 Feb. 1721

NOMEN	PATRIA	AETAS	INGRESSUS	FORMATURA
P. Dominicus Rebello	Bracharensis	19	27 Feb. 1704	1 Nov. 1721
P. Franciscus de Abreo	Pontelimensis	16	24 Ian. 1712	15 Aug. 1725
P. Raphael Gomes	Pontelimensis	15	1 Feb. 1713	15 Aug. 1727
P. Antonius Dantas	Bracharensis	22	1 Feb. 1713	15 Aug. 1727
P. Petrus dos Santos	Ulyssiponensis	20	5 Iun. 1717	25 Dec. 1731
P. Michael Lopes	Bracharensis	21	2 Iul. 1717	25 Mart. 1732
P. Dominicus de Araujo	Villaregalensis	20	10 Apr. 1717	14 Sept. 1732
P. Emanuel Pinheiro	Portuensis	19	12 Dec. 1714	1 Ian. 1734
P. Ioannes do Valle	Bahiensis	18	30 Iul. 1718	25 Mart. 1734
P. Antonius Barcellar	Ex Oppid. Basto	20	7 Dec. 1720	25 Mart. 1734
P. Iosephus Texeira	Olindensis	16	6 Nov. 1717	2 Feb. 1736
P. Emanuel de Lima	Bahiensis	14	25 Iul. 1720	15 Aug. 1737
P. Iosephus Ignatius	Bahiensis	15	12 Nov. 1722	21 Oct. 1737
P. Ignatius Xaverius	Ex Oppid. Sanctorum	14	6 Iul. 1721	25 Mai. 1738
P. Franciscus Barboza	Recifensis	16	11 Mai. 1712	21 Dec. 1738
P. Theodosius Borges	Portuensis	18	23 Iun. 1722	8 Feb. 1739
P. Antonius Galvão	Conimbricensis	19	23 Iun. 1722	2 Feb. 1740
P. Emanuel da Cruz	Portuensis	20	9 Iul. 1724	15 Aug. 1741
P. Thomas de Villanova	Ex Oppid. Sanctorum	17	6 Iul. 1721	15 Aug. 1741
P. Josephus Bautista	Bracharensis	19	22 Iul. 1723	22 Mai. 1743
P. Emanuel de Andrade	Ex Turribus Novis	16	8 Mart. 1732	2 Feb. 1746
P. Antonius Leo	Fluminensis	22	1 Feb. 1728	19 Mart. 1747
P. Caetanus Dias	Bahiensis	20	5 Iun. 1717	15 Apr. 1736
P. Antonius Vieira	Eborensis	17	2 Feb. 1731	15 Aug. 1747
P. Antonius Salgueiro	Recifensis	16	13 Dec. 1739	8 Sept. 1750
P. Josephus Leitão	Ex Oppid. Bornes	18	14 Iul. 1727	8 Nov. 1750
P. Ioannes Antunes	Ex Oppid. Muya	18	18 Oct. 1728	25 Mart. 1751
P. Petrus de Vasconcellos	Fluminensis	14	11 Aug. 1734	31 Iul. 1751
P. Ioannes de Sales	Paulopolitanus	16	25 Iul. 1732	8 Dec. 1752
P. Emanuel de Souza	Conimbricensis	15	2 Mai. 1738	15 Aug. 1754
P. Antonius Regis	Portuensis	16	7 Nov. 1737	8 Sept. 1754
P. Emanuel da Silva	Fluminensis	15	21 Iul. 1737	31 Iul. 1756
P. Iosephus de Anchieta	Parahibensis	16	7 Nov. 1737	21 Nov. 1756
P. Emanuel Velho	Portuensis	61	24 Mart. 1745	10 Apr. 1757
P. Iosephus dos Reys	Portuensis	16	6 Iul. 1740	19 Mai. 1757
P. Petrus Barreiros	Fluminensis	15	9 Iul. 1739	9 Iun. 1757

SACERDOTES, ET SCHOLASTICI SINE GRADU

NOMEN	PATRIA	AETAS	INGRESSUS	NATIVITAS
P. Andreas Frazão.........	Paulopolitanus. . . .	17	25 Iul. 1732	17 Dec. 1715
P. Ioannes Caetanus........	Olindensis...........	15	14 Nov. 1734	13 Apr. 1719
Franciscus de Araujo....	Portuensis...........	17	17 Feb. 1719	4 Aug. 1701
P. Emanuel de Anchieta....	Ulyssipponensis.......	20	8 Oct. 1735	1 Ian. 1715
Iosephus Gomes.........	Mirandensis..........	16	13 Apr. 1737	22 Ian. 1722
P. Felix Vianna...........	Bahiensis............	15	1 Feb. 1739	1 Oct. 1724
P. Ioannes de Menezes.....	Ulyssiponensis........	15	7 Feb. 1739	18 Nov. 1724
P. Ludovicus Gonzaga......	Bahiensis............	14	23 Mai. 1739	21 Oct. 1725
P. Iosephus Pereira........	Portuensis...........	17	9 Iul. 1739	13 Dec. 1722
P. Ioannes da Penha.......	Portuensis...........	20	24 Apr. 1740	13 Mart. 1720
P. Antonius Xaverius.......	Aurifodinensis........	18	21 Iul. 1737	18 Sept. 1719
P. Stephanus de Souza.....	Portuensis...........	18	9 Iul. 1739	8 Dec. 1720
P. Josephus Carnotto.......	Bahiensis............	17	14 Aug. 1740	11 Nov. 1722
P. Ioannes de Almeida......	Bahiensis............	19	1 Feb. 1741	8 Feb. 1722
P. Ignatius Garcia.........	Insulanus............	18	23 Mai. 1741	1 Apr. 1723
P. Bernardus Lopes........	Agridensis...........	18	16 Iul. 1741	26 Sept. 1723
P. Theodosius Pereira......	Fluminensis..........	16	16 Iul. 1741	18 Ian. 1725
P. Ioannes Pinheiro........	Ex Oppid. Sanctorum.	16	16 Iul. 1741	27 Feb. 1725
P. Ioannes da Rocha.......	Fluminensis..........	16	16 Iul. 1741	17 Iul. 1725
P. Iosephus da Motta......	Ex Oppi. Sanctorum..	15	16 Iul. 1741	5 Iun. 1726
P. Rupertus da Costa......	Ulyssipponensis.......	16	27 Aug. 1741	23 Iun. 1726
P. Ioannes de Azevedo.....	Portuensis...........	18	24 Apr. 1742	14 Dec. 1724
P. Franciscus de Pugas.....	Pontelimensis........	22	23 Iun. 1742	6 Apr. 1720
P. Ioannes Xaverius........	Paulopolitanus.......	19	23 Iun. 1742	25 Feb. 1723
P. Benedictus de Cepeda....	Paulopolitanus.......	17	23 Iun. 1742	17 Oct. 1725
P. Emanuel Josephus.......	Portuensis...........	16	23 Iun. 1742	29 Mart. 1726
P. Emanuel Maciel.........	Bahiensis............	15	12 Iun. 1743	3 Iun. 1728
P. Franciscus Emanuel......	Aurifodinensis........	18	15 Iul. 1743	8 Iul. 1725
P. Emanuel Moreira........	Aurifodinensis........	16	15 Iul. 1743	25 Mart. 1727
P. Thomas Xaverius........	Ex Villavitiosa.......	16	26 Sept. 1743	7 Mart. 1728
P. Franciscus Callado.......	Transmontanus.......	22	23 Nov. 1743	8 Sept. 1721
P. Josephus David.........	Bahiensis............	17	7 Dec. 1743	15 Sept. 1726
Franciscus de Aguiar....	Ulyssipponensis.......	16	26 Dec. 1743	7 Mart. 1728
P. Simon Alvares..........	Ulyssipponensis.......	15	26 Dec. 1743	17 Nov. 1727
P. Josephus Caetanus.......	Bahiensis............	20	1 Feb. 1744	15 Aug. 1724

NOMEN	PATRIA	AETAS	INGRESSUS	NATIVITAS
P. Franciscus Marinho	Bahiensis	15	1 Feb. 1744	2 Apr. 1729
P. Caetanus Pereira	Ex Turribusnovis	17	2 Feb. 1744	6 Apr. 1727
P. Ioannes Nogueira	Bahiensis	20	12 Apr. 1744	29 Ian. 1724
P. Josephus Machado	Lamecensis	17	23 Apr. 1744	30 Mart. 1727
P. Michael da Fonseca	Ex Opp. Spus. Sti.,	19	2 Iul. 1744	23 Mart. 1725
Emanuel de Oliveira	Talabrecensis	19	2 Iul. 1744	5 Nov. 1725
Franciscus Cordovil	Fluminensis	17	2 Iul. 1744	5 Oct. 1727
Athanasius Gomes	Viseuensis	16	3 Sept. 1744	2 Sept. 1728
Alexander dos Reys	Recifensis	17	2 Dec. 1744	2 Iun. 1728
Franciscus Ribeiro	Recifensis	16	2 Dec. 1744	15 Aug. 1728
P. Anastacius Dias	Aurifodinensis	20	22 Ian. 1745	10 Sept. 1725
Emanuel Roriz	Aurifodinensis	18	22 Ian. 1745	27 Iul. 1727
P. Josephus de Paiva	Bahiensis	16	12 Iun. 1745	1 Mai. 1729
Joannes Romeiro	Aurifodinensis	15	12 Iun. 1745	5 Feb. 1731
Iosephus Antonius	Aurifodinensis	15	6 Iul. 1745	19 Nov. 1729
P. Emanuel Ribeiro	Aurifodinensis	17	22 Ian. 1746	3 Mai. 1729
P. Ioannes Moreira	Bahiensis	17	22 Ian. 1746	5 Iul. 1729
P. Cyprianus Lobato	Bahiensis	16	28 Mai. 1746	26 Oct. 1730
Hyacintus Pereira	Bracharensis	27	7 Sept. 1746	2 Apr. 1719
Ignatius dos Santos	Bahiensis	16	7 Sept. 1746	17 Sept. 1730
Iosephus Correa	Ex Opp. Cruz de Souto	18	10 Nov. 1746	5 Oct. 1728
Patricius Monteiro	Recifensis	17	16 Nov. 1746	4 Apr. 1729
Dominicus Ferreira	Portuensis	17	16 Nov. 1746	4 Aug. 1729
Emanuel de Bessa	Arrifanensis	14	16 Nov. 1746	5 Mart. 1733
Emanuel Domingues	Modivensis	20	8 Ian. 1747	27 Mai. 1726
Ignatius Pinto	Fluminensis	18	8 Ian. 1747	16 Iul. 1728
Franciscus de Moura	Paulopolitanus	17	8 Ian. 1747	19 Feb. 1729
Matheus Texeira	Bahiensis	17	24 Mart. 1747	21 Sept. 1729
Gervasius Dias	Ribeira de Penna	22	20 Mai. 1747	4 Dec. 1724
P. Ioannes Ribeiro	Conimbricensis	16	15 Iun. 1747	26 Aug. 1731
Bernardus de Azevedo	Conimbricensis	15	24 Iun. 1747	15 Oct. 1732
Franciscus de Sales	Ulyssipponensis	17	16 Iul. 1747	12 Feb. 1730
Lodovicus de Mesquita	Ex Villafranca	18	22 Iul. 1747	7 Nov. 1729
Bernardus Vieira	Portuensis	16	22 Iul. 1747	4 Iun. 1731
Petrus Barbosa	Fluminensis	18	26 Iul. 1747	20 Iul. 1729
Franciscus Moreira	Portuensis	17	26 Iul. 1747	29 Oct. 1729

NOMEN	PATRIA	AETAS	INGRESSUS	NATIVITAS
Franciscus Gonsalves	Viannensis	15	26 Iul. 1747	4 Mart. 1732
P. Franciscus Josephus	Ulyssipponensis	17	21 Oct. 1747	4 Oct. 1730
Emanuel Leonardus	Bahiensis	16	1 Feb. 1748	6 Jan. 1732
Iosephus Carneiro	Iguarussuensis	16	27 Mart. 1748	17 Apr. 1732
P. Ioachimus da Costa	Palmeira de Leça	19	13 Sept. 1748	20 Apr. 1729
Thomas Honoratus	Anglus	19	12 Iun. 1749	21 Dec. 1728
Emanuel Pereira	Bahiensis	17	12 Iun. 1749	16 Mai. 1732
Damasus de Macedo	Ulyssipponensis	16	12 Iun. 1749	5 Ian. 1733
Emanuel Alvares	Bahiensis	18	15 Iul. 1749	13 Dec. 1730
Didacus de Araujo	Bracharensis	16	25 Iul. 1749	22 Nov. 1732
Faustinus Antunes	Lourensis	20	30 Iul. 1749	13 Mart. 1729
Gabriel de Campos	Paulopolitanus	19	30 Iul. 1749	4 Dec. 1729
Thimoteus Garces	Paulopolitanus	19	30 Iul. 1749	3 Mai. 1730
Emanuel do Valle	Bahiensis	14	1 Nov. 1749	5 Aug. 1735
Emanuel de Campos	Ulyssipponensis	14	1 Nov. 1749	1 Nov. 1735
Petrus de Araujo	Viannensis	17	20 Nov. 1749	7 Mart. 1732
Dominicus Vieira	Portuensis	18	20 Nov. 1749	22 Aug. 1732
Caetanus Coelho	Ex Opp. Serra del Rey	18	17 Ian. 1750	26 Aug. 1732
Emanuel Dias	Bahiensis	17	1 Feb. 1750	1 Feb. 1733
Custodius de Sa	Ex Opp. Moreira	15	19 Mai. 1750	29 Apr. 1735
Paschoal Bernardinus	Aurifodinensis	17	22 Iul. 1750	20 Mai. 1733
Iosephus de Campos	Paulopolitanus	17	22 Iul. 1750	21 Mai. 1733
Gaspar Ribeiro	Paulopolitanus	16	22 Iul. 1750	13 Ian. 1734
Bernardus Soares	Arneirensis	16	18 Sept. 1750	24 Ian. 1734
Franciscus Gomes	Eborensis	17	24 Oct. 1750	1 Mart. 1733
Franciscus Soares	Mainhensis	17	18 Nov. 1750	5 Iun. 1733
Iosephus de Siqueira	Ex Opp. S. Salvador de Folgosa	14	19 Nov. 1750	23 Iul. 1736
Theodorus de Carvalho	Conimbricensis	14	5 Dec. 1750	29 Mart. 1736
Emanuel da Rocha	Ex Opp. Alhadas	14	7 Dec. 1750	8 Iul. 1736
Carolus de Souza	Ex Opp. Penela	15	12 Dec. 1750	3 Dec. 1735
Bernardus Pereira	Ex Opp. Parada	15	13 Dec. 1750	8 Sept. 1735
Ioannes Tavares	Portuensis	14	19 Dec. 1750	16 Apr. 1736
Iosephus dos Suntos	Recifensis	18	18 Ian. 1751	18 Aug. 1732
Antonius Gonzaga	Recifensis	16	18 Ian. 1751	10 Nov. 1734
Silverius de Figueiredo	Ex Opp. Quiaios	14	24 Mart. 1751	24 Mart. 1737

NOMEN	PATRIA	AETAS	INGRESSUS	NATIVITAS
Antonius da Fonseca	Bahiensis	20	2 Mai. 1751	20 Oct. 1730
Iosephus de Carvalho	Bahiensis	16	2 Mai. 1751	9 Apr. 1735
Emanuel do Lago	Ex Opp. Palma	17	17 Jul. 1751	12 Oct. 1733
Joachimus de Souza	Aurifodinensis	15	17 Iul. 1751	13 Oct. 1736
Iosephus de Britto	Recifensis	17	13 Nov. 1751	14 Mart. 1733
Franciscus Aloysius	Recifensis	16	13 Nov. 1751	11 Aug. 1735
Franciscus Bulcão	Ex Opp. Sti. Francisci	18	8 Ian. 1752	21 Mai. 1733
Franciscus de Akins	Bombaiensis	18	1 Feb. 1752	26 Oct. 1733
Benedictus Lustoza	Ex Opp. Sanctorum	15	1 Feb. 1752	6 Mai. 1737
Dominicus de Lima	Bahiensis	15	1 Feb. 1752	6 Iun. 1737
Franciscus Geraldes	Ex Opp. Villar de Amargo	16	26 Mart. 1752	15 Ian. 1736
Iosephus Alvares	Recifensis	21	13 Iul. 1752	11 Oct. 1731
Emanuel Vieira	Aurifodinensis	16	13 Iul. 1752	22 Apr. 1736
Salvator Pires	Bahiensis	14	14 Aug. 1752	12 Mart. 1738
Emanuel Rodrigues	Ex Opp. Torre de Boure	16	9 Sept. 1752	2 Ian. 1736
Iosephus Monteiro	Ex Opp. Canavezes	18	15 Oct. 1752	25 Iul. 1734
Bernardus Simoens	Arrifanensis	17	15 Oct. 1752	30 Sept. 1735
Sebastianus de Macedo	Recifensis	17	18 Oct. 1752	14 Feb. 1735
Antonius de Britto	Ex Opp. Villar de Pinheiro	16	18 Oct. 1752	24 Mai. 1737
Lodovicus Borges	Ulyssipponensis	16	2 Dec. 1752	24 Sept. 1737
Emanuel de Crasto	Portuensis	15	17 Dec. 1752	2 Sept. 1737
Iosephus de Araujo	Ex Opp. S. Amaro	15	30 Apr. 1753	4 Sept. 1737
Emanuel Ignatius	Ex Opp. Caparrosa	16	22 Iul. 1753	1 Feb. 1738
Iosephus Ferreira	Sourensis	15	1 Sept. 1753	10 Ian. 1738
Ioannes Martins	Ex Opp. Vallazim	15	6 Sept. 1753	27 Nov. 1738
Antonius de Govea	Conimbricensis	16	7 Sept. 1753	19 Dec. 1737
Nicolaus dos Santos	Bahiensis	15	7 Sept. 1753	10 Sept. 1738
Ioannes Rodrigues	Tourensis	19	12 Dec. 1753	27 Iul. 1734
Michael de Campos	Paulopolitanus	20	17 Iul. 1754	21 Nov. 1734
Emanuel de Medeiros	Ex Opp. Villarinho Seco	20	17 Iul. 1754	11 Iun. 1734
Ioachimus de Sales	Paulopolitanus	18	17 Iul. 1754	12 Nov. 1736
Maximianus Ferreira	Aurifodinensis	16	17 Iul. 1754	22 Nov. 1738
Dominicus Barbosa	Ex Opp. Spüs Sti	15	17 Iul. 1754	14 Iun. 1738
Ioannes Leão	Fluminensis	15	17 Iul. 1754	22 Iun. 1739
Iosephus Ioachimus	Aurifodinensis	15	17 Iul. 1754	10 Sept. 1739

TÔMO VII — APÊNDICE F

NOMEN	PATRIA	AETAS	INGRESSUS	NATIVITAS
Iosephus de Souza	Ex Portu Securo	16	9 Oct. 1754	4 Oct. 1738
Bruno dos Santos	Fluminensis	16	9 Oct. 1754	12 Oct. 1738
Iosephus de Almeida	Paranambucensis	17	3 Nov. 1754	4 Feb. 1737
Didacus Xaverius	Eborensis	15	2 Dec. 1753	8 Mai. 1738
Vincentius Ferreira	Elvensis	15	29 Dec. 1753	10 Mai. 1738
Isidorus Pestana	Egiptanensis	15	16 Ian. 1754	8 Apr. 1739
Iosephus Vincentius	Elvensis	15	15 Iun. 1754	6 Aug. 1738
Theotonius Simeon	Bahiensis	17	7 Sept. 1755	6 Mart. 1738
Salvator da Fonseca	Bahiensis	16	7 Sept. 1755	18 Iul. 1739
Emanuel Anselmus	Bahiensis	14	7 Sept. 1755	6 Mai. 1741
Ioannes Pereira	Recifensis	22	23 Nov. 1755	26 Iul. 1734
Antonius Machado	Recifensis	16	23 Nov. 1755	8 Iul. 1739
Antonius Franco	Recifensis	16	23 Nov. 1755	4 Ian. 1740
Matheus de Lima	Bahiensis	15	2 Feb. 1756	21 Sept. 1740
Franciscus de Pratis	Lagunensis	23	12 Iun. 1755	25 Iun. 1732
Ioannes Gonzaga	Fluminensis	18	12 Iun. 1755	17 Nov. 1737
Emanuel Victorinus	Fluminensis	16	20 Iun. 1756	7 Iul. 1739
Ioachimus Batalha	Fluminensis	15	20 Iun. 1756	26 Mai. 1740
Henricus Mairine	Fluminensis	16	24 Mart. 1756	15 Iul. 1740
Iosephus de Souza	Aurifodinensis	17	4 Apr. 1756	16 Apr. 1739
Ignatius de Souza	Aurifodinensis	14	11 Sept. 1756	2 Apr. 1743
Franciscus Borges	Bahiensis	15	31 Dec. 1756	26 Apr. 1742
Iosephus Antonius	Bahiensis	15	31 Dec. 1756	26 Apr. 1741
Emanuel Coelho	Bahiensis	15	31 Dec. 1756	3 Mai. 1741
Thimoteus Texera	Bahiensis	14	31 Dec. 1756	15 Feb. 1741
Andreas Ferreira	Portuensis	21	24 Mart. 1757	8 Apr. 1736
Emanuel Mairingk	Fluminensis	15	24 Mart. 1757	15 Iul. 1742
Ioachimus Duarte	Aurifodinensis	23	24 Apr. 1757	25 Oct. 1734
Lodovicus Villares	Paulopolitanus	15	24 Apr. 1757	16 Sept. 1742
Caetanos Rodrigues	Fluminensis	16	2 Mai. 1757	2 Apr. 1741
Iosephus Basilius	Aurifodinensis	16	2 Mai. 1757	8 Apr. 1741
Ignatius de Mendoça	Aurifodinensis	17	1 Feb. 1757	7 Mai. 1740
Ioannes Teixeira	Coloniensis	16	1 Feb. 1757	18 Apr. 1741
Michael de Almeida	Bahiensis	16	1 Feb. 1757	7 Sept. 1741
P. Antonius de Medeiros	Insulanus	42	14 Aug. 1757	2 Mart. 1715
Felix de Miranda	Ulyssipponensis	22	9 Feb. 1696	11 Aug. 1711

COADJUTORES TEMPORALES FORMATI

NOMEN	PATRIA	AETAS	INGRESSUS	FORMATURA
Antonius Gonsalves	Ex Aquis Flavis	24	8 Dec. 1705	15 Aug. 1716
Emanuel da Cruz	Bracharensis	20	20 Oct. 1707	2 Feb. 1720
Ioannes da Silva	Portuensis	19	17 Nov. 1709	15 Aug. 1720
Iosephus de Rezende	Ex Opp. Ovar.	25	24 Ian. 1711	15 Aug. 1720
Ioannes de Oliveira	Viannensis	24	7 Sept. 1712	15 Sept. 1722
Emanuel Simoens	Ex Opp. Catanhede	24	10 Iul. 1715	15 Mart. 1725
Franciscus Pacheco	Ex Opp. Basto	28	20 Sept. 1714	8 Mart. 1725
Leander de Barros	Viannensis	22	7 Sept. 1713	15 Aug. 1725
Franciscus de Almeida	Ulyssipponensis	20	23 Feb. 1713	15 Aug. 1725
Franciscus da Silva	Ulyssipponensis	22	5 Iul. 1717	26 Mart. 1727
Petrus Viegas	Ex Opp. Passos	17	5 Iun. 1718	26 Iul. 1727
Laurentius de Souza	Ulyssipponensis	20	1 Feb. 1718	15 Oct. 1727
Gondisalus Monteiro	Ex Aquis Flavis	30	7 Dec. 1717	8 Dec. 1729
Franciscus Coelho	Portuensis	21	23 Feb. 1720	15 Aug. 1731
Emanuel Lopes	Viannensis	20	20 Apr. 1720	15 Aug. 1731
Ioannes Carneiro	Ulyssipponensis	38	15 Iul. 1723	3 Dec. 1733
Emanuel Pires	Portuensis	22	23 Mai. 1720	26 Iul. 1734
Ioannes Carvalho	Barcellensis	39	15 Iul. 1723	3 Aug. 1736
Benedictus Gomes	Vimaranensis	24	12 Nov. 1722	20 Mai. 1736
Ioannes Paulus	Ulyssipponensis	24	26 Dec. 1724	15 Aug. 1737
Emanuel da Cunha	Farnensis [sic]	34	20 Nov. 1724	15 Aug. 1737
Emanuel da Motta	Ex Turribus Novis	28	29 Nov. 1724	15 Aug. 1737
Antonius Nunes	Ulyssipponensis	24	2 Mai. 1725	15 Aug. 1737
Antonius de Siqueira	Fluminensis	24	17 Iun. 1725	15 Aug. 1737
Carolus Correa	Vicensis	35	25 Mai. 1726	15 Aug. 1737
Ioannes Fernandes	Ex Opp. Tentugal	28	25 Mai. 1726	15 Aug. 1737
Lodovicus de Oliveira	Vicensis	23	25 Mai. 1726	15 Aug. 1737
Antonius de Freitas	Maionensis	23	25 Mai. 1726	27 Dec. 1737
Emanuel Franciscus	Sobreirensis	25	4 Iul. 1727	15 Aug. 1738
Dominicus Pereira	Portuensis	26	12 Iun. 1728	10 Oct. 1738
Ioannes Esteves	Courensis	34	9 Nov. 1727	21 Oct. 1738
Emanuel Dinis	Bracharensis	17	24 Apr. 1729	29 Iun. 1742
Emanuel de Macedo	Ex Opp. Carragoza	33	14 Aug. 1730	29 Iun. 1742
Lodovicus da Silva	Ulyssipponensis	35	23 Feb. 1731	17 Aug. 1742
Dominicus de Britto	Portuensis	19	9 Iul. 1724	8 Sept. 1743

NOMEN	PATRIA	AETAS	INGRESSUS	FORMATURA
Antonius de Faria	Taurensis	26	1 Dec. 1734	27 Mai. 1745
Ignatius da Silva	Recifensis	22	15 Nov. 1732	31 Iul. 1745
Ledovicus Pereira	Conimbricensis	39	19 Iun. 1736	15 Aug. 1746
Ioannes Bautista	Ex Opp. Turquel	23	23 Oct. 1734	15 Aug. 1746
Ioannes Gonsalves	Barcelhensis	41	13 Iul. 1736	15 Aug. 1746
Guilhermus Lineeus	Londinensis	21	1 Dec. 1734	21 Oct. 1746
Iosephus Freire	Recifensis	25	17 Dec. 1734	19 Mart. 1748
Franciscus dos Santos	Bracharensis	30	1 Feb. 1737	19 Mart. 1748
Sebastianus Texeira	Montelegrensis	24	14 Aug. 1738	2 Feb. 1750
Laurentius de Chaves	Ulyssipponensis	48	9 Iul. 1739	24 Feb. 1750
Franciscus Rodrigues	Fluminensis	31	9 Iul. 1739	8 Sept. 1750
Hyacintus da Fonca	Ex Opp. Villanova	30	15 Nov. 1732	29 Sept. 1750
Iosephus Pereira	Insulanus	22	12 Apr. 1734	21 Oct. 1750
Emanuel Coelho	Povolidensis	20	9 Mai. 1738	19 Mart. 1751
Thomas Brailla	Neapolitanus	29	7 Dec. 1740	15 Aug. 1751
Emanuel Vas	Sobreirensis	25	4 Aug. 1741	8 Dec. 1752
Iosephus de Villanova	Ex Opp. Villanova	29	6 Iul. 1740	2 Feb. 1753
Ioachimus da Silva	Recifensis	20	23 Nov. 1742	2 Feb. 1753
Antonius de Oliveira	Portuensis	24	24 Mart. 1741	25 Feb. 1753
Ioannes Delgado	Bracharensis	31	7 Sept. 1732	2 Feb. 1753
Marcellinus da Silva	Ulyssipponensis	17	24 Aug. 1731	10 Iun. 1753
Emanuel de França	Portuensis	25	14 Aug. 1738	15 Aug. 1750
Emanuel Carvalho	Lamecensis	41	14 Mai. 1741	2 Feb. 1754
Honoratus Martins	Gallus	48	16 Iun. 1742	8 Iul. 1753
Marcellus Alvares	Chavensis	27	23 Nov. 1742	3 Mai. 1754
Clemens Martins	Ex Opp. Alfandega	40	12 Ian. 1743	15 Aug. 1754
Ioannes de Moraes	Bracharensis	24	12 Iun. 1743	10 Nov. 1754
Antonius de Nobrega	Ex Opp. Meyxide	35	15 Iul. 1743	15 Aug. 1753
Bernardus Iosephus	Rifanensis	22	15 Iul. 1743	15 Aug. 1753
Emanuel de Torres	Conimbricensis	18	26 Mart. 1744	10 Oct. 1754
Emanuel Freire	Insulanus	27	2 Iul. 1744	15 Aug. 1754
Hyacintus Fernandes	Bracharensis	48	19 Iul. 1744	22 Sept. 1754
Franciscus Xaverius	Scotus	34	23 Nov. 1745	2 Feb. 1756
Thomas da Silva	Recifensis	26	12 Iun. 1745	2 Feb. 1756
Ioannes Bautista	Pedemontanus	21	7 Dec. 1740	16 Apr. 1719
Iosephus Borges	Bracharensis	24	31 Dec. 1743	4 Oct. 1720

COADJUTORES TEMPORALES SINE GRADU

NOMEN	PATRIA	AETAS	INGRESSUS	NATIVITAS
Michael Ioannes	Ex Opp. Freixo	33	2 Iul. 1744	13 Feb. 1710
Emanuel da Costa	Barcellensis	21	2 Iul. 1744	4 Feb. 1719
Leopoldus Ignatius	Eborensis	21	4 Aug. 1744	15 Nov. 1724
Franciscus Vieira	Ulyssipponensis	44	21 Iul. 1748	4 Oct. 1705
Emanuel Ferreira	Ulyssipponensis	23	9 Mart. 1749	10 Ian. 1725
Emanuel Borges	Ex Opp. Travanca	31	2 Mai. 1749	2 Feb. 1718
Anselmus Tavares	Ex Opp. S. Maria	37	25 Iul. 1749	20 Iul. 1712
Franciscus do Rego	Ex Opp. Caminha	36	22 Iul. 1750	16 Apr. 1714
Thomas Lodovicus	Edemburgensis	26	22 Iul. 1750	7 Iun. 1725
Dominicus Suares	Ex Opp. S. Gens de Cavalos	34	7 Dec. 1751	18 Nov. 1717
Antonius de Azevedo	Portuensis	24	13 Iul. 1752	21 Oct. 1728
Ioannes Ferreira	Ex Opp. Colcesth	29	9 Oct. 1752	10 Aug. 1724
Antonius dos Santos	Aveirensis	20	19 Aug. 1753	23 Nov. 1733
Antonius Ferreira	Ulyssipponensis	31	20 Oct. 1753	8 Aug. 1722
Theodorus de Almeida	Portuensis	30	17 Iul. 1754	10 Aug. 1724
Mathias Piller	Moravus	28	28 Oct. 1748	1 Mart. 1719
Petrus Masi	Romanus	32	12 Apr. 1753	13 Nov. 1722
Ioannes Massi	Romanus	21	2 Iul. 1753	21 Sept. 1732
Ioannes Rubiatti	Mediolanensis	28	14 Oct. 1753	12 Dec. 1724
Iacomus Antonius Barca	Comensis	25	14 Oct. 1753	6 Mai. 1728
Iosephus Lopes	Leiriensis	24	21 Aug. 1754	5 Iul. 1731
Iosephus de Araujo	Bahiensis	56	7 Sept. 1755	3 Nov. 1699
Iosephus Acasius	Vivamarensis [sic]	23	20 Iun. 1755	4 Dec. 1729
Nicolaus da Fonseca	Paulopolitanus	25	8 Iun. 1756	2 Mai. 1729
Emanuel Fernandes	Bracharensis	28	17 Aug. 1756	29 Dec. 1728
Ioannes Correa	Visoniensis	19	17 Aug. 1756	4 Oct. 1736
Ioachimus Iosephus	Ulyssipponensis	37	11 Sept. 1756	2 Dec. 1721
Felicianus Franco	Ulyssipponensis	35	2 Dec. 1756	8 Aug. 1724
Iosephus Valente	Bracharensis	22	26 Sept. 1757	2 Sept. 1735

(*Bras. 6,* 408-414v)   (a) *Joannes Honoratus*

APÊNDICE G

Catalogus Brevis Provinciae Brasiliensis an. 1757

P. Joannes Honoratus, Provincialis, renuntiatus die 31 Decembris an. 1754.
P. Franciscus de Almeida, Socius, Admonitor et Consultor Provinciæ.
Fr. Franciscus Xaverius, Nauclerus Navis Provinciæ.
Fr. Michael Joannes, Dispensarius ejusdem Navis.

COLLEGIUM BAHIENSE

P. Antonius de Moraes, Rector renuntiatus die 7 Decembris an. 1756.
P. Antonius de Andrade, Minister Collegii.
P. Joannes da Penha, Procurator.
P. Emmanuel de Sequeira, Consultor Provinciæ, Director Exercitii Bonæ Mortis, Confessarius ad Crates, et Operarius.
P. Thomas Lynceus, Consultor Provinciæ, Confessarius ad Crates, et Operarius, Invisor Xenodochii.
P. Antonius de Figueiredo, Confessarius Nostrorum et ad Crates, Operarius.
P. Josephus de Viveiros, Confessarius Nostrorum et ad Crates, Revisor et Operarius.
P. Simon Marques, Admonitor, et Operarius.
P. Valentinus Mendes, Chronologus Provinciæ.
P. Josephus de Mendoça, Confessarius Nostrorum, et ad Crates, et por Junioribus separatis.
P. Ignatius Correa, Præfectus rerum spiritualium, et sanitatis, Consultor Collegii, Confessarius ad Crates, et Operarius.
P. Marcus de Tavora, Concionator in foro, et Operarius.
P. Emmanuel das Neves, Præfectus rerum spiritualium pro Junioribus separatis, Consultor Collegii, Magister sacrorum rituum in solemnitatibus nostræ Ecclesiæ, Confessarius ad Crates, et Operarius.
P. Josephus da Cunha, Præfectus Ecclesiæ, Procurator Missionum, et Capellæ Affonsinæ, Operarius.
P. Franciscus de Lima, Procurator ad Lites, et pias causas Proximorum, Præfectus Archivi, et Consultor Collegii.
P. Ignatius Rodrigues, Explanator Sacræ Scripturæ, et Operarius.

P. Antonius dos Reys, Operarius.
P. Franciscus da Silveira, Operarius.
P. Franciscus Monteiro, Operarius.
P. Petrus da Silva, Valetudinarius.
P. Caetanus Alvares, Mentecaptus.
P. Emmanuel dos Reys, Cæcus.
P. Josephus de Lima, Operarius.

MAGISTRI CLASSIUM SUPERIORUM

P. Josephus de Andrade, Præfectus Maximus Studiorum, Confessarius ad Crates, Postulator pro Processu Apostolico V. P. Josephi de Anchieta, et pro Processu Ordinario de P. Alexandro de Gusmão.
P. Franciscus de Faria, Primarius Theologiæ Professor, et Confessarius ad Crates.
P. Emmanuel Xaverius, Vesperarius, Theologiæ Professor, et Confessarius ad Crates.
P. Emmanuel Correa, Theologiæ Moralis Professor, Consultor Collegii, Director pro Congregatione Deiparæ à Floribus nuncupatæ, et Confessarius ad Crates.
P. Joannes Brever, Professor Mathematicæ facultatis.
P. Emmanuel dos Santos, Præfectus Classium inferiorum, et Bibliothecæ, Operarius.
P. Hyeronimus Munis, Magister Philosophiæ.
P. Rupertus da Costa, Substitutus Magistri Philosophiæ, et Operarius.

MAGISTRI CLASSIUM INFERIORUM

P. Joannes Nogueira, Magister Rhetoricæ, et Grammaticæ pro Junioribus separatis.
P. Josephus de Paiva, Magister 1.ⁿᵒ classis Grammaticæ, et Director Congregationis Scholasticorum.
Didacus de Arahujo, Magister 2.ⁿᵒ Classis Grammaticæ.
Faustinus Antunes, Magister 3.ⁿᵒ Classis Grammaticæ.
P. Antonius Regis, Magister Scholæ elementariæ Puerorum, et Director eorum Congregationis.

EXAMINATORES JURATI AD GRADUM

P. Josephus de Andrade   P. Emmanuel Xaverius
P. Franciscus de Faria   P. Emmanuel Correa

THEOLOGI

P. Emmanuel Moreira
P. Simon Alvares

Joannes Romeiro
Hyacinthus Pereira
Patricius Monteiro
Ignatius dos Santos

Dominicus Ferreira
Mathaeus Teixeira
Aloysius de Mesquita
Emmanuel Leonardo
Josephus Carneiro
Emmanuel Alvares
Gabriel de Campos

PHILOSOPHI

Josephus de Campos
Josephus Carvalho
Emmanuel do Lago
Joachimus de Souza
Josephus de Brito
Franciscus Aloysius
Franciscus Bulcão
Franciscus de Akins
Benedictus Lustoza
Dominicus de Lima
Franciscus Giraldes

Josephus Alvares
Emmanuel Vieira
Salvator Pires
Emmanuel Roiz
Josephus Monteiro
Bernardus Simoens
Sebastianus de Macedo
Antonius de Brito
Emmanuel de Crasto
Josephus Arahusius

JUNIORES SEPARATI

P. Simon Alvares, Eorum Minister
Joannes Roiz
Emmanuel de Medeiros
Michael de Campos
Joachimus de Sales
Maximianus Ferreira
Dominicus Barbosa
Joannes Leo

Josephus Joachimus
Josephus de Souza
Brunus dos Santos
Josephus de Almeida
Theotonius Simeon
Salvator da Fonseca
Emmanuel Anselmus

COADJUTORES TEMPORALES

Fr. Josephus de Villanova, Subminister.
Fr. Emmanuel Carvalho, Custos Vestium.
Fr. Emmanuel da Motta, Bibliothecarius.
Fr. Thomas Ludovicus, Nostrorum Infirmarius.
Fr. Joachimus da Silva, Aedituus.
Fr. Marcellinus da Sylva, Socius Procuratoris ad Lites.
Fr. Franciscus Roiz, Infirmarius Servorum.
Fr. Antonius dos Santos, Pharmacopola.
Fr. Josephus Pereira, Architriclinus.
Fr. Emmanuel Freire, Dispensarius.

Fr. Thomas da Silva, Socius Procuratoris.
Fr. Joannes Carneiro, Janitor.
Fr. Franciscus de Almeida, Socius Janitoris.
Fr. Theodorus de Almeida, Coquus.
Fr. Antonius Nunes, Faber Lignarius.
Fr. Anselmus Tavares, Faber Murarius.
Fr. Franciscus da Silva, Valetudinarius.
Fr. Joannes de Oliveira, Valetudinarius.
Fr. Emmanuel da Cunha, Valetudinarius.
Fr. Petrus Masi, Pictor.

RESIDENTIAE ET PAGI AD COLLEGIUM SPECTANTES

PRAEDIUM D. CHRISTOPHORI

P. Valentinus Mendes, Superior.
Fr. Thomas Brailla, Socius.

PRAEDIUM IPITANGUENSE

P. Emmanuel Monteiro, Superior.
Fr. Antonius de Oliveira, Socius.

PRAEDIUM COTEGIPENSE

P. Franciscus Butrago, Superior.
Fr. Carolus Correa, Socius.

PRAEDIUM TEJUPEBENSE

P. Ignatius Teixeira, Superior.
P. Franciscus Barbosa, Socius.
Fr. Honoratus Martins, Socius.
Fr. Mathias Piller, Socius.
P. Ignatius de Carvalho, Socius.

PRAEDIUM JABOATENSE

P. Emmanuel Gonzaga, Superior.
P. Joachimus da Costa, Socius.
Fr. Guillelmus Lynceus, Socius.

PRAEDIUM CAMAMUENSE

P. Dominicus de Arahujo, Superior.
Fr. Ludovicus de Oliveira, Socius.

DOMUS INSULANA

P. Antonius Pereira, Superior.
   Antonius de Gouvea, Socius.

PAGUS INSULANUS

P. Dominicus Vianna, Superior.
P. Josephus Caetanus, Socius.

DOMUS PORTUS SECURI

P. Aloysius Alvares, Superior.
P. Josephus de Anchieta, Socius.

PAGUS D. JOANNIS

P. Franciscus de Pugas, Superior.
   Nicolaus dos Santos, Socius.

PAGUS PATATIBENSIS

P. Gaspar Ferreira, Superior.
P. Gondisalus da Costa, Socius.

PAGUS MAIRAUENSIS

P. Vincentius Ferreira, Superior.
   Thomas Honoratus, Socius.

PAGUS SIRINHAENSIS

P. Stephanus de Oliveira, Superior.
Fr. Laurentius de Souza, Socius.

PAGUS SPIRITUS S^{ti}

P. Joannes do Vale, Superior.
P. Cyprianus Lobato, Socius.

PAGUS NATUBENSIS

P. Phillippus de Almeida, Superior.
P. Stephanus de Souza, Socius.

PAGUS SACCENSIS

P. Ignatius Xaverius, Superior.
   Emmanuel Pereira, Socius.

PAGUS CANABRABENSIS

P. Josephus Teixeira, Superior.
Damasus de Macedo, Socius.

PAGUS JURUENSIS

P. Dominicus de Mattos, Superior.
P. Emmanuel de Souza, Socius.

PRAEDIUM PIAGUENSE

P. Franciscus de Sampayo, Superior.
P. Emmanuel Cardoso, Socius.
P. Joannes de Sampayo, Socius.
P. Josephus de Figueiredo, Socius.
Fr. Hyacinthus Fernandes, Socius.

MISSIONARII PER TERRITORIUM BAHIENSE

P. Josephus de Oliveira, Superior.
P. Thomas Xaverius, Socius.
P. Augustinus Mendes, in nova Conversione Indorum occupatus.

DOMUS PROBATIONIS BAHIENSIS [*Jiquitaia*]

P. Emmanuel Ferras, Rector renuntiatus die 29 Julii An. 1755.
P. Ignatius de Passos, Minister, et Procurator.
P. Ludovicus dos Reys, Confessarius Nostrorum, et Operarius.
P. Ignatius Garcia, tertiam agens probationem.
P. Thomas Xaverius, tertiam agens probationem.
P. Joannes Pinheiro, tertiam agens probationem.
Fr. Gondisalus Monteiro, Subminister.
Fr. Jacomus Antonius Barca, Architectus.

NOVITII

Joannes Pereira
Antonius Machado
Antonius Franco
Matthaeus de Lima
Josephus de Arahujo
Ignatius de Souza
Franciscus Borges
Josephus Antonius
Emmanuel Coelho
Timotheus Teixeira
Emmanuel Fernandes, Coadjutor.

Joannes Correa, Coadjutor.
Joachimus Josephus, Coadjutor.
Felicianus Franco, Coadjutor.
Joannes Teixeira
Ignatius de Mendoça
Michael de Almeida
P. Antonius de Medeiros
Antonius da Costa
Antonius Aloysius
Josephus Valente, Coadjutor.

SEMINARIUM NOVUM BAHIENSE

P. Antonius Nunes, Vice Rector.
P. Joannes de Almeida, Minister.
P. Emmanuel Maciel, Præses Disputationum.
Fr. Joannes Mazi, Faber murarius.
Fr. Joannes Rubiati, Faber Lignarius.
Fr. Franciscus do Rego, Architectus.

SEMINARIUM BETHLEMICUM

P. Franciscus do Lago, Rector renuntiatus die 7 Decembris an. 1756.
P. Ignatius Pestana Consultor, Admonitor, Revisor, Confessarius Nostrorum, et ad Crates.
P. Joannes Barbosa, Consultor, Confessarius Nostrorum, et ad Crates, Operarius.
P. Felix Vianna, Consultor, Confessarius Nostrorum, Operarius, et Director Congregationis D. Josephi.
P. Josephus David, Magister 1.^{ae} Classis Grammaticæ, Consultor, Præfectus sanitatis, et Director Congregationis S.^{mae} Virginis.
Josephus de Gouvea, Magister 2.^{ae} Classis Grammaticæ, et Director Congregationis Pueri JESU.
Fr. Clemens Martins, Aedituus, Infirmarius, et Custos Vestium.
Fr. Antonius de Azevedo, Coquus, et Dispensarius.
P. Josephus Carnotto, Operarius.

COLLEGIUM FLUMINENSE

P. Felix Xaverius, Rector renuntiatus die 28 Decembris An. 1754.
P. Sylverius Pinheiro, Minister, et Procurator Missionum.
P. Antonius Leo, Procurator Collegii.
P. Josephus Giraldes, Consultor, et Confessarius ad Crates.
P. Aloysius de Albuquerque, Confessarius Nostrorum.
P. Julius de França, Præfectus rerum spiritualium, Confessarius ad Crates, et Operarius.
P. Emmanuel de Almeida, Revisor, Confessarius Nostrorum, et ad Crates, Operarius.
P. Andreas Victorianus, Magister Sacrorum Rituum in solemnitatibus nostræ Ecclesiæ, Procurator ad Lites, et pias causas Proximorum, Confessarius ad Crates.
P. Franciscus Ferreira, Explanator Sacræ Scripturæ, Confessarius ad Crates, Operarius.
P. Josephus Nogueira, Substitutus in explanatione Sacræ Scripturæ, et Operarius.
P. Ignatius Antunes, Præfectus Ecclesiæ, Director Congregationis Dominæ à Pace et Exercitii Bonæ Mortis, Operarius.
P. Emmanuel Martins, Concionator in foro, Præfectus sanitatis, Confessarius Nostrorum, et ad Crates, Operarius.

P. Josephus de Mattos, Invisor Xenodochii, et Operarius.
P. Antonius Bacellar, Confessarius Nostrorum, et Operarius.
P. Caetanus Dias, Operarius.
P. Andreas Frazão, Operarius.
P. Joannes Caetanus, Operarius.

MAGISTRI CLASSIUM SUPERIORUM

P. Christophorus Cordeiro, Præfectus Maximus Studiorum, Consultor, Admonitor, Confessarius ad Crates, et Postulator pro Processu Apostolico de V. P. Josepho de Anchieta.
P. Franciscus Cordeiro, Primarius Theologiæ Professor, Confessarius ad Crates, et Consultor.
P. Antonius Coelho, Vesperarius Theologiæ Professor, Confessarius ad Crates, et Consultor.
P. Ignatius Ribeiro, Theologiæ Moralis Professor, et Confessarius ad Crates.
P. Caetanus da Fonceca, Præfectus Classium Inferiorum.
P. Gaspar Gonsalves, Philosphiæ Professor.
P. Josephus da Motta, Substitutus Magistri Philosophiæ, et Operarius.

MAGISTRI CLASSIUM INFERIORUM

P. Josephus Antonius, Magister 1.ᵃᵉ Classis Grammaticæ, et Director Congregationis Scholasticorum.
Franciscus Ribeiro, Magister Rhetoricæ et Grammaticæ pro Junioribus Nostris separatis.
Franciscus Moreira, Magister 2.ᵃᵉ Classis Grammaticæ.
P. Josephus Leitão, Magister Scholæ elementariæ Puerorum et Director Eorum Congregationis.

EXAMINATORES JURATI AD GRADUM

P. Christophorus Cordeiro   P. Antonius Coelho
P. Franciscus Cordeiro   P. Franciscus Ferreira

THEOLOGI

P. Antonius Xaverius   Gervasius Dias
P. Theodosius Pereira   Bernardus de Azevedo
Franciscus de Aguiar   Bernardus Vieira
Emmanuel de Oliveira   Franciscus de Sales
Franciscus Cordovil   Petrus Barbosa
Alexander dos Reys   Franciscus Gonsalves
Emmanuel de Bessa   Josephus Gomes, Mentecaptus.
Emmanuel Domingues   Franciscus de Arahujo, Mentecaptus.
Ignatius Pinto   P. Franciscus Callado.
Josephus Correa

PHILOSOPHI

Emmanuel do Vale
Emmanuel de Campos
Dominicus Vieira
Caetanus Coelho
Emmanuel Dias
Custodius de Sâ
Paschalis Bernardinus
Gaspar Ribeiro
Franciscus Gomes
Franciscus Soares

Josephus de Sequeira
Theodorus de Carvalho
Emmanuel da Rocha
Carolus de Souza
Bernardus Pereira
Joannes Tavares
Josephus dos Santos
Antonius Gonzaga
Sylverius de Figueiredo

COADJUTORES TEMPORALES

Fr. Emmanuel de Torres, Subminister.
Fr. Joannes Baptista, Pharmocopola.
Fr. Emmanuel Pires, Aedituus.
Fr. Antonius Ferreira, Custos vestium.
Fr. Ludovicus da Silva, Ianitor.
Fr. Marcellus Alvares, Dispensarius.
Fr. Franciscus Pacheco, Socius Ianitoris.
Fr. Josephus Freire, Infirmarius Nostrorum.
Fr. Joannes Fernandes, Emptor.
Fr. Josephus Accacius, Novitius, Coquus.
Fr. Laurentius de Chaves, Infirmarius servorum.

DOMUS PROBATIONIS

P. Bernardus Fialho, Magister Novitiorum.
P. Joannes de Azevedo, Socius.
Fr. Emmanuel Lopes, Subminister.

NOVITII

Franciscus Prates
Joannes Gonzaga
Emmanuel Victorinus
Joachimus Batalha
Henricus Mairine
Josephus de Souza
Nicolaus da Fonceca, Coadjutor.

Josephus Accacius, Coadjutor.
Emmanuel Mairine
Andreas Ferreira
Josephus Basilius
Caetanus Rodrigues
Joachimus Duarte
Ludovicus de Villares

JUNIORES SEPARATI

Didacus Xaverius
Vincentius Ferreira

Isidorus Pestana
Josephus Vincentius

RESIDENTIAE ET PAGI AD COLLEGIUM SPECTANTES

PRAEDIUM GUAYTACASENSE

P. Michael Lopes, Superior.
P. Antonius Vieira, Socius.

PRAEDIUM CAMPORUM NOVORUM

P. Emmanuel de Andrade, Superior.
Fr. Emmanuel Franciscus, Socius.
P. Emmanuel da Silva, Socius.

PRAEDIUM MACAENSE

P. Josephus dos Reys, Superior.
P. Ignatius Leo, Socius.

PRAEDIUM PAPOCAYENSE

P. Franciscus Emmanuel, Superior.
P. Emmanuel Leo, Socius.
Fr. Dominicus Pereira, Socius.

NOVA OFFICINA SACCHAREA [Engenho Novo]

P. Benedictus Soares, Superior.
P. Emmanuel de Moura, Socius.

VETUS OFFICINA SACHAREA [Engenho Velho]

P. Petrus de Vasconcellos, Superior.
Fr. Joannes Carvalho, Socius.

PRAEDIUM D. CHRISTOPHORI

P. Melchior Mendes, Superior.
Fr. Antonius Gonsalves, Socius.

PRAEDIUM S.ᵃᵉ CRUCIS

P. Petrus Fernandes, Superior.
P. Raphael Gomes, Socius.
P. Gundisalus Alexandrinus, Socius.
Fr. Antonius de Sequeira, Socius.
Fr. Franciscus Coelho, Socius.
Fr. Josephus de Rezende, Valetudinarius.

PAGUS TAGUAYENSIS

P. Gualter Pereira, Superior.
P. Franciscus da Silva, Socius.

PAGUS D. LAURENTII

P. Emmanuel de Araujo, Superior.
Fr. Leander de Barros, Socius.

PAGUS D. BARNABAE

P. Felix Capelli, Superior.
Athanasius Gomes, Socius.

PAGUS PROMONTORII FRIGIDI

P. Vittus Mariannus, Superior.
P. Joannes Velloso, Socius.

PAGUS MAGNI FLUMINIS [do Sul]

P. Franciscus Bernardes, Superior.
P. Bernardus Lopes, Socius.

RESIDENTIA S.ᵃᵉ CATHARINAE

P. Antonius Simoens, Superior.
P. Didacus Teixeira, Socius.

RESIDENTIA NOVAE COLONIAE [Rio da Prata]

P. Antonius Galvão, Superior.
P. Petrus Barreiros, Socius.

RESIDENTIA MARIANENSIS

P. Emmanuel Tavares, Superior.
Ir. Joannes de Moraes, Socius.

COLLEGIUM PARNAGUENSE

P. Christophorus da Costa, Rector.
P. Antonius Correa, Operarius.
P. Josephus Rodrigues, Magister Grammaticæ et Operarius.
P. Petrus dos Santos, Operarius.
Fr. Emmanuel Borges, Curator Officinarum.

COLLEGIUM SPIRITUS SANCTI

P. Franciscus Ferrâs, Rector renuntiatus die 12 Julii Anni 1755, Minister, et Procurator Collegii.
P. Emmanuel Carvalho, Consultor, Præfectus Ecclesiae, et rerum spiritualium, Confessarius ad Crates, Operarius.
P. Antonius das Neves, Consultor, Admonitor, Revisor, Præfectus sanitatis, Confessarius Nostrorum, et ad Crates, Operarius.
P. Joachimus de Moraes, Consultor, Præses Collationum Moralium, Resolutor Casuum Conscientiæ, Confessarius Nostrorum, et ad Crates, Operarius.
P. Dominicus Rebello, Consultor, Procurator Missionum, et Operarius.
P. Caetanus Mendes, Director Exercitii Bonæ Mortis, Procurator ad Lites, et pias causas Proximorum, Confessarius Nostrorum.
P. Emmanuel Ribeiro, Operarius.
P. Michael da Fonseca, Magister Grammaticæ, et Director Congregationis Scholasticorum.
Fr. Joannes Delgado, Subminister, Ianitor, Infirmarius servorum, et Dispensarius.
Fr. Leopoldus Ignatius, Aedituus, Infirmarius Nostrorum, Architriclinus, et Custos Vestium.
Fr. Joannes Ferreira, Faber Murarius.

RESIDENTIA ET PAGI HUJUS COLLEGII

PRAEDIUM ARASATIBENSE

P. Thomas de Campos, Superior.
P. Antonius dos Reys, Socius.

PRAEDIUM MORIBECENSE

P. Antonius Georgius, Superior.
P. Emmanuel da Fonseca, Socius.

PRAEDIUM ITAPOCENSE

P. Emmanuel de Anchieta, Superior.
Fr. Ludovicus Pereira, Socius.

PAGUS IRERITIBENSIS

P. Franciscus de Abreo, Superior.
P. Antonius de Souza, Socius.

PAGUS REGUM MAGORUM

P. Emmanuel Pestana, Superior.
Ludovicus Borges, Socius.

COLLEGIUM PAULOPOLITANUM

P. Laurentius Justinianus, Rector renuntiatus die 25 Martii Anni 1757. Minister, et Procurator Collegii.
P. Josephus da Silva, Consultor, Admonitor, Præfectus Ecclesiæ, et rerum spiritualium, Confessarius Nostrorum, et ad Crates, Operarius.
P. Laurentius de Almeida, Consultor, Director Exercitii Bonæ Mortis, Procurator ad Lites, et pias Causas Proximorum, Confessarius Nostrorum, et ad Crates, Operarius.
P. Fabianus Gonsalves, Præfectus Studiorum, Magister Theologiæ Moralis, Resolutor Casuum Conscientiæ, Consultor, et Confessarius Nostrorum.
P. Ignatius Dias, Consultor, Postulator pro Processibus Ordinariis V. P. Josephi de Anchieta.
P. Emmanuel de Oliveira, Præfectus Laudis perennis Sanctissimi Sacramenti, et Operarius.
P. Joannes Xaverius, Magister Grammaticæ, et Director Congregationis Scholasticorum.
P. Emmanuel Velho, Magister Scholæ elementariæ Puerorum, et Director Eorum Congregationis, Præfectus sanitatis, Revisor, et Confessarius ad Crates.
Fr. Sebastianus Teixeira, Pharmacopola, et Ianitor.
Fr. Bernardus Josephus, Curator Seminarii.
Fr. Emmanuel da Costa, Dispensarius, Infirmarius, Coquus, et subminister.
Fr. Antonius de Freitas, Curator Prædii Cubatanensis.

RESIDENTIAE, PAGI, ET MISSIONES HUJUS COLLEGII

PRAEDIUM S. ANNAE

P. Emmanuel Pimentel, Superior.
Fr. Petrus Viegas, Socius.

PRAEDIUM ARASARIGUAMENSE

P. Josephus do Valle, Superior.
Fr. Felix de Miranda, Socius.

PAGUS ITAPICIRICENSIS

P. Franciscus de Macedo, Superior.
P. Anastasius Dias, Socius.

PAGUS MBOYENSIS

P. Thomas de Villanova, Superior.
Fr. Dominicus Soares, Socius.

PAGUS D. JOSEPHI

P. Benedictus Nogueira, Superior.
Fr. Josephus Borges, Socius.

PAGUS CARAPICUYENSIS

P. Josephus de Castilho, Superior.
Fr. Antonius de Nobrega, Socius.

PAGUS CAPELLAE

P. Josephus Martins, Superior.
P. Ignatius Pereira, Socius.

MISSIO S. ANNAE GOYACENSIS

P. Emmanuel da Crus, Superior.
P. Franciscus Josephus, Socius.

MISSIO CUYABENSIS

P. Stephanus de Crasto, Superior.
P. Augustinus Laurentius, Socius.

MISSIO DURENSIS

P. Josephus Vieira, Superior.
P. Josephus Baptista, Socius.

COLLEGIUM D. MICHAELIS IN OPPIDO SANCTORUM

P. Joannes da Matta, Rector renuntiatus die 7 Martii An. 1757, Minister, et Procurator Collegii.
P. Emmanuel Maurus, Consultor, Admonitor Præfectus rerum spiritualium, Revisor, et Confessarius ad Crates.
P. Joannes da Rocha, Consultor, Præfectus sanitatis, Director Exercitii Bonæ Mortis, Confessarius Nostrorum, et ad Crates, Operarius.
P. Emmanuel Josephus, Consultor, Præfectus studiorum, Resolutor Casuum Conscientiæ, Confessarius Nostrorum, et Operarius.
P. Josephus Machado, Procurator ad pias Causas Proximorum, et Operarius.
    Franciscus de Moura, Magister Grammaticæ, et Director Congregationis Scholasticorum.
    Emmanuel Roris, Magister Scholæ elementariæ Puerorum, et Director Eorum Congregationis.
Fr. Franciscus Vieira, Curator Officinarum et Subminister.
Fr. Benedictus Gomes, Pharmacopola, et Ianitor.

COLLEGIUM OLINDENSE

P. Ignatius de Souza, Rector renuntiatus die 8 Octobris Ann. 1755, Minister, et Procurator ejusdem Collegii.
P. Hieronimus Vellozo, Consultor, Admonitor, Confessarius Nostrorum, et ad Crates, Operarius.
P. Vincentius Gomes, Revisor, Confessarius Nostrorum, et ad Crates, Operarius, Præfectus rerum spiritualium.
P. Antonius de Lima, Consultor, Confessarius ad Crates, et Operarius.
P. Nicolaus Rodrigues, Præfectus sanitatis, Confessarius Nostrorum, et ad Crates, Operarius.
P. Josephus Pereira, Procurator Missionum, et ad pias Causas Proximorum, Operarius.
P. Joachimus Ribeiro, Consultor, Invisor Xenodochii, Confessarius Nostrorum, et ad Crates, Director Exercitii Bonæ Mortis, et Exercitiorum S. Ignatii apud Externos, Operarius.
P. Antonius de Couto, Consultor, Præfectus Ecclesiae, Resolutor Casuum Conscientiæ, et Operarius.
P. Joannes de Menezes, Magister Philosophiæ, et Præfectus studiorum.
P. Benedictus de Cepeda, Substitutus Magistri Philosophiæ, et Operarius.
Bernardus Suares, Magister Grammaticæ, et Director Congregationis Scholasticorum.
Josephus Ferreira, Magister Scholæ elementariæ Puerorum, et Director eorum Congregationis.
Fr. Joannes Esteves, Valetudinarius.
Fr. Joannes da Silva, Pharmocopola, Infirmarius Nostrorum, et servorum.
Fr. Ignatius da Silva, subminister, et Ianitor.
Fr. Antonius de Faria, Aedituus, et Faber Lignarius.

RESIDENTIAE, ET PAGI HUJUS COLLEGII

PRAEDIUM MONJOPENSE

P. Joannes das Neves, Superior.
Fr. Dominicus de Britto, Socius.

PAGUS GUARAIRENSIS

P. Emmanuel Pinheiro, Superior.
P. Ludovicus Gonzaga, Socius.

PAGUS GUAJURUENSIS

P. Antonius Alvares, Superior.
P. Joannes Moreira, Socius.

PAGUS PARANGABENSIS

P. Ignatius Gomes, Superior.
Fr. Emmanuel Vàs, Socius.

PAGUS PAUPINENSIS

P. Joannes de Sales, Superior.
P. Antonius Dantas, Socius.

PAGUS CAUCAENSIS

P. Josephus Ignatius, Superior.
Fr. Hyacinthus da Fonceca, Socius.

PAGUS PAYACUENSIS

P. Franciscus de Gouvea, Superior.
Fr. Emmanuel Simoens, Socius.
Fr. Emmanuel Ferreira, Socius.

PAGUS IBYAPABENSIS

P. Rogerius Canisius, Superior.
P. Joannes Antunes, Socius.
P. Franciscus Pereira, Socius.

REGIUM HOSPITIUM CEARAENSE [*Aquirás*]

P. Joannes de Britto, Superior.
P. Franciscus de Lyra, Præfectus rerum spiritualium, Confessarius Nostrorum, et ad Crates, Consultor, Operarius.
P. Josephus de Amorim, Operarius.
P. Emmanuel de Lima, Magister Grammaticæ, Præfectus Bibliothecæ, Confessarius Nostrorum, et ad Crates, Consultor.
P. Emmanuel Franco, Operarius.
Fr. Emmanuel de Macedo, Curator Officinarum.

COLLEGIUM RECIFENSE

P. Thomas da Costa, Rector renuntiatus die 2 Septembris anni 1755, Minister, et Procurator ejusdem Collegii.
P. Cornelius Pacheco, Admonitor, Confessarius Nostrorum, et ad Crates.
P. Emmanuel de Mattos, Consultor, Præfectus rerum spiritualium, Confessarius ad Crates, et Operarius.
P. Antonius da Silva, Professor Theologiæ Moralis, Præfectus Studiorum, Resolutor Casuum Conscientiæ, Consultor, Confessarius Nostrorum, et ad Crates.

P. Antonius da Cunha, Consultor, Invisor Xenodochii, Revisor, Præfectus Congregationis Dominæ à Purissima Conceptione, et Operarius.
P. Emmanuel de Amaral, Consultor, Præfectus sanitatis, Director Exercitii Bonæ Mortis, Procurator ad pias Causas Proximorum, et Operarius.
P. Emmanuel do Rego, Præfectus Ecclesiæ, Director Congregationis Dominæ à Pace, et S. Liborii, Operarius.
P. Caetanus Pereira, Operarius.
P. Joannes Ribeiro, Operarius.
P. Antonius Paes, Confessarius Nostrorum, et ad Crates.
P. Emmanuel de Abreo, Valetudinarius.
P. Joannes de Arahujo, Valetudinarius.
  Thimotheus Garcês, Magister 1.^{ae} Classis Grammaticæ, et Director Congregationis Scholasticorum.
  Petrus de Arahujo, Magister 2.^{ae} Classis Grammaticæ.
  Joannes Martins, Magister Scholæ elementariæ Puerorum, et Director eorum Congregationis.
Fr. Emmanuel Dinis, Pharmacopola, et Infirmarius Nostrorum.
Fr. Joannes Paulus, Ianitor, et Infirmarius servorum.
Fr. Joannes Gonsalves, Aedituus, Custos Vestium, et Curator Bibliothecæ.
Fr. Franciscus dos Santos, subminister, Coquus, Dispensarius, et Architriclinus.

RESIDENTIAE HUJUS COLLEGII

PRAEDIUM DOMINAE A LUCE

P. Antonius Salgueiro, Superior.
Fr. Emmanuel da Crus, Socius.

PRAEDIUM URUBUMIRENSE

P. Nicolaus Botelho, Superior.
Fr. Joannes Baptista, Socius.

COLLEGIUM ET SEMINARIUM PARAIBENSE

P. Josephus Xaverius, Rector, Minister, et Procurator.
P. Dominicus Gomes, Consultor, Admonitor, Præfectus rerum spiritualium, Director Exercitii Bonæ Mortis, Confessarius Nostrorum, et ad Crates.
P. Josephus da Rocha, Consultor, Procurator ad pias Causas Proximorum, Præfectus sanitatis, Revisor, et Operarius.
P. Alexander de Carvalho, Director Seminarii, Præfectus Studiorum, et Ecclesiæ, Consultor, et Operarius.
  Antonius da Fonceca, Magister Grammaticæ, et Director Congregationis Scholasticorum.
P. Theodosius Borges, Magister Scholæ elementariæ Puerorum, et Director eorum Congregationis.
Fr. Josephus Lopes, Pharmacopola et Curator Officinarum.

RESIDENTIAE IN TRACTU BAHIENSI

Ad Collegium D. Antonii Ulyssiponensis spectantes

OFFICINA SACCHAREA SERGIPENSIS

P. Emmanuel Carrilho, Superior.
Fr. Dominicus de Lemos, Socius.
Fr. Joannes Lopes, Socius.

OFFICINA SACCHAREA INSULANA

P. Emmanuel de Loussada, Superior.
Fr. Emmanuel Cardoso, Socius.

SOCII HUJUS PROVINCIAE ULYSSIPONE DEGENTES

P. Dominicus de Souza, Procurator.
P. Antonius Baptista, Procurator.
Fr. Emmanuel de França, Socius.
Fr. Emmanuel Coelho, Socius.

Numerantur in hac Provinciæ Socii 476

videlicet:

Sacerdotes 243
Scholastici 132
Coadjutores 101

Omnes Exercitia Spiritualia peragunt, paucis exceptis ob invaletudinem et Senium.

SACERDOTES HOC ANNO INICIATI

P. Caetanus Pereira   P. Joannes Ribeiro
P. Joannes Moreira   P. Alexander dos Reys

SCHOLASTICI IN MINORIBUS INITIATI

Salvator da Fonceca   Theotonius Simeon
Emmanuel Anselmus

SCHOLASTICI IN SOCIETATEM ADMISSI

Andreas Ferreira
Emmanuel Mayrinc
Joachimus Duarte
Ludovicus Villares
Caetanus Rodrigues
Josephus Basilius

Joannes Teixeira
Ignatius de Mendoça
Michael de Almeida
P. Antonius de Medeiros
Antonius da Costa
Antonius Aloysius

COADJUTOR TEMPORALIS

Josephus Valente.

DIMISSI E SOCIETATE

Emmanuel de Amorim, Conimbricensis, Scholasticus.
Josephus Laurentius, Braccharensis, Coadjutor.

DEFUNCTI

Martinus Dias, Bahiensis, Scholasticus sine gradu, obiit in Collegio Bahiensi 25 Martii 1757.
Joannes de Oliveira, Fluminensis, Scholasticus sine gradu, obiit in Collegio Bahiensi 4 Septembris 1757.
P. Emmanuel de Seixas, Rifanensis, Professus quatuor votorum, obiit in Collegio Olindensi 27 Martii anni 1757.
P. Antonius Pinto, ex Oppido Telhado [Famalicão], Coadjutor spiritualis formatus, obiit in Pago Guarairensi 16 Julii anni 1757.

(a) *Joannes Honoratus*

(*Bras.*6, 395-400v)

"RUDIS ICHNOGRAPHIA" DOS CÁRCERES DA FORTALEZA DE S. JULIÃO DA BARRA DO TEJO

a. Entradas dos subterrâneos.
c. Corredores.
d. Porta murada.
✝ Altares nos cárceres e na Igreja Paroquial.
✢ Janelas e respiradoiros no pavimento de cima para alumiar o corredor subterrâneo dos cárceres.
1-29. Numeração dos cárceres.

Rudis ichnographia S. Juliani ad ostia Tagi

Carcerum in arce S. Juliani ad ostia Tagi

Ecclesia parochialis cum 4 altaribus
✝ *Sacrarium*

APÊNDICE H

Provinciais, Vice-Provinciais e Visitadores Gerais do Brasil

[*Visitadores Gerais: grifo; Provinciais com patente de Roma: asterisco*]

1			Manuel da Nóbrega, Superior......................	1549–1553
			Manuel da Nóbrega, Vice-Provincial................	1553–1555
		*	Manuel da Nóbrega, Provincial.....................	1555–1559
2		*	Luiz da Grã.......................................	1559–1571
3			António Pires, V. Pr..............................	1565
	I		*Inácio de Azevedo*................................	1566–1568
4			António Pires, V. Pr..............................	1571–1572
5			Gregório Serrão, V. Pr............................	1572
6		*	Inácio Tolosa.....................................	1572–1577
7		*	José de Anchieta..................................	1577–1587
	II		*Cristóvão de Gouveia*.............................	1583–1589
8		*	Marçal Beliarte...................................	1587–1594
9		*	Pero Rodrigues....................................	1594–1603
10			Inácio Tolosa.....................................	1603–1604
11		*	Fernão Cardim.....................................	1604–1609
	III		*Manuel de Lima*...................................	1607–1610
12		*	Henrique Gomes....................................	1609–1615
13		*	Pero de Toledo....................................	1615–1618
14		*	Simão Pinheiro....................................	1618–1621
15		*	Domingos Coelho...................................	1621–1628
	IV		*Henrique Gomes*...................................	1622
16			Fernão Cardim, V. Pr..............................	1624–1625
17			Manuel Fernandes, V. Pr...........................	1625–1628
18		*	António de Matos..................................	1628–1632
19		*	Domingos Coelho (2.ª vez).........................	1632–1638
20		*	Manuel Fernandes..................................	1638–1645
	V	*	*Pedro de Moura*...................................	1639–1640
21		*	Francisco Carneiro................................	1645–1648
22		*	Belchior Pires....................................	1648–1652
23		*	Francisco Gonçalves...............................	1652–1655
24		*	Simão de Vasconcelos..............................	1655–1658

25		*	Baltasar de Sequeira	1658-1662
26		*	José da Costa	1662-1665
	VI		*Jacinto de Magistris*	1663
27			João de Paiva, V. Pr.	1665-1666
28		*	Gaspar Álvares	1666-1669
	VII		*Antão Gonçalves, Comissário*	1666-1668
29		*	Francisco de Avelar	1669-1672
30		*	José da Costa (2.ª vez)	1672-1675
31	VIII	*	*José de Seixas*	1675-1681
32		*	António de Oliveira	1681-1684
33		*	Alexandre de Gusmão	1684-1688
	IX		*António Vieira*	1688-1691
34		*	Diogo Machado	1688-1692
35		*	Manuel Correia	1692-1693
36			Alexandre de Gusmão, V. Pr.	1693-1694
		*	Alexandre de Gusmão (2.ª vez)	1694-1697
37		*	Francisco de Matos	1697-1702
38	X	*	*João Pereira*	1702-1705
39		*	João António Andreoni	1706-1709
40		*	Mateus de Moura	1709-1713
41		*	Estanislau de Campos	1713-1716
42	XI	*	*José de Almeida*, V. Pr.	1716-1719
43			Estêvão Gandolfi, V. Pr.	1719
44		*	Miguel Cardoso	1719-1721
45			José Bernardino, V. Pr.	1721-1722
46		*	Manuel Dias	1722-1725
47		*	Gaspar de Faria	1725-1730
48		*	Marcos Coelho	1730-1733
49	XII	*	*Miguel da Costa*, V. Pr.	1733-1737
50		*	João Pereira	1737-1740
51		*	Manuel de Sequeira	1740-1746
52		*	Simão Marques	1746-1750
53		*	Tomás Lynch	1750-1753
54		*	José Geraldes	1753-1754
55		*	João Honorato	1754-1758
56		*	Manuel de Sequeira (2.ª vez)	1758-1761

ÍNDICE DE NOMES

(Com asterísco : Jesuítas)

Abrantes: 121.
*Abrantes, Francisco: 483.
*Abreu, António de: 89, 108.
*Abreu, Francisco de: 426, 446.
Abreu, João Gomes de: 131.
Abreu, Leonor de: 131.
*Abreu, Manuel de: 421, 451.
*Abreu, Sebastião de: 168.
*Acácio, José: 434.
Accioli de Cerqueira e Silva, Inácio: p. XVI, 197, 204, 219.
Açores: 34, 61, 119, 242, 280.
*Acosta, José de: 171.
*Acuña, Cristóvão de: 171.
Adriano, Imperador: 276.
Afonseca, Afonso Soares de: 214.
Afonso VI, El-Rei D.: 53.
*Afonso, Manuel: 352, 353.
Afonso Maria de Ligório (S.): 156.
Afrânio Peixoto, J.: p. XVII, 349.
África: 81, 93, 125, 141, 144, 242, 245, 265, 270, 274, 357.
Ainão: 280.
Agostinho (S.): 169.
*Agostini, José: 182.
*Aguiar, Bernardo de: 347.
*Aguiar, Francisco de: 427, 442.
*Aguiar, Mateus de: 275.
*Aguiar, Pedro de: 256.
Alagoas: 13, 18, 22, 424.
Alarcão, D. José de Barros: 370.
Alberto o Grande, Rei: 169.

*Albuquerque, Diogo de: 281.
*Albuquerque, Luiz de: 421, 441.
Albuquerque, Matias de: 13, 18.
Aldeia do Apodi: 118, 165.
— Cabo Frio: 445.
— Cametá: 25.
— Canabrava: 440.
— Capela: 448.
— Carapicuíba: 448.
— Caucaia: 450.
— Cuiabá: 448.
— Duro: 448.
— Embu (Mboi): 447.
— Espírito Santo (Abrantes): 7, 14, 29, 434.
— Geru: 440.
— Guajuru: 449.
— Guaraíras: 256, 449, 453.
— Ibiapaba: 79, 247, 450.
— Icatu: 323.
— Ilhéus: 439.
— Itaguaí: 272, 445.
— Itapicirica: 447.
— Mairaú: 439.
— Mortigura: 76, 280, 322.
— Natuba: 439.
— Paiacus: 450.
— Paiaiases: 62.
— Parangaba: 450.
— Patatiba: 439.
— Paupina: 450.
— Pinaré: 76.

Aldeia de Reis Magos: 59, 68, 446.
— *Reritiba:* 24, 68, 145, 446.
— *Rio Grande do Sul:* 445.
— *Rio de S. Francisco:* 241.
— *Saco dos Morcegos:* 439.
— *S. Ana de Goiás:* 448.
— *S. António (da Baía):* 15.
— *S. António das Cachoeiras:* 340.
— *S. Barnabé:* 68, 445.
— *S. Francisco Xavier do Javari:* 326.
— *S. João (Mata):* 7, 14, 20.
— *S. João (Porto Seguro):* 439.
— *S. José (dos Campos da Paraíba):* 448.
— *S. Lourenço (Niterói):* 121, 445.
— *S. Pedro de Cabo Frio:* 10, 69.
— *Serinhaém:* 439.
— *Sumaúma:* 322.
Alemanha: p. XI, 103, 221.
Alencar Araripe, Tristão de: 123.
Alenquer (Brasil): 326.
Alenquer (Portugal): 254.
Alentejo: 34, 44, 115.
Alexandre VI: 182, 323.
Alexandrino, Amónio: 207.
*Alexandrino, Gonçalo: 153, 424, 444.
Alfândega da Fé: 433.
Algarve: 16, 68, 252, 255.
Alhadas: 429.
Aljustrel: 22.
Almada: 357.
Almeida: 357.
*Almeida, Filipe de: 154, 424, 439.
Almeida, Fortunato de: p. XVII, 286, 310, 338, 343.
*Almeida, Francisco de: 153, 422, 432, 435, 438.
Almeida, Inácio Pires de: 204.
*Almeida, João de (1): 237.
*Almeida, João de (2): 427, 441.
*Almeida, João Inácio de: 237.
*Almeida, José de (1): 123 (biografia), 262, 456.
*Almeida, José de (2): 431, 437.
*Almeida, Lourenço de: 422, 447.
*Almeida, Manuel de: 422, 441.
*Almeida, Miguel de: 431, 440, 453.

*Almeida, Pedro de: 157.
*Almeida, Teodoro de: 434, 438.
Almendra: 135.
Alpalhão: 16.
*Alsina, Vicente: 62.
*Altamirano, Pedro Inácio: 315.
Alvarenga Peixoto, Inácio José de: 173.
*Álvares, António: 153, 423, 444.
*Álvares, Caetano: 425, 436.
*Álvares, Francisco: 30, 275.
*Álvares, Gaspar: 32 (biografia), 40, 53, 456.
*Álvares, José: 430, 437.
*Álvares, Luiz (1): 352, 353.
*Álvares, Luiz (2): 137, 424, 439.
*Álvares, Manuel (1): 157-159, 172.
*Álvares, Manuel (2): 429, 437.
*Álvares, Marcelo: 433, 443.
*Álvares, Simão (1): 16.
*Álvares, Simão (2): 427, 437.
Alvito: 19.
Alvor, Conde de: 106.
Amaral, António Caetano do: p. XVI, 326.
*Amaral, Baltasar do: 221.
Amaral, Brás do: p. XVI, 197, 219.
Amaral, Filipe Cardoso do: 195.
*Amaral, Manuel do (1): 164.
*Amaral, Manuel do (2): 424, 451.
*Amaral, Prudêncio do: 152, 166.
*Amaro, Manuel: 421, 448.
Amazonas: p. XIII, 25, 332.
Amazónia: Condições materiais precárias, 295; as Missões, 331; o "Sermão Amazónico" de Vieira 354; o grande período construtivo, 354; 78, 95, 114, 243, 247, 297, 300, 319-321, 325, 339, 342, 343.
América: 64, 221, 233, 283, 340.
América Espanhola: 96, 226, 229.
América Francesa: 361.
América Portuguesa: 96, 101, 114, 263 348, 355.
Amesterdão: 12, 274.
*Amorim, José de: 425, 450.
*Amorim, Manuel de: 453.

Anacreonte: 157.
*Anchieta, José de (1): 3, 16, 27, 146, 247, 272, 275, 367, 436, 442, 447, 455.
*Anchieta, José de (2): 426, 439.
*Anchieta, Manuel de: 427, 446.
*Andrade, António de (1): 222, 223, 259.
*Andrade, António de (2): 424, 435.
Andrade, António de Sousa de: 49.
*Andrade, José de: 421, 436.
*Andrade, Manuel de: 426, 444.
*Andrade, Matias de: 188.
*Andreoni, João António: 65, 87, 92, 97, 98, 102-112, 113-114 (a "Cultura e Opulência"), 118-121 (biografia), 126, 171, 172, 185, 212, 247, 251, 456.
Andreoni, João Maria: 120.
Andreoni, Maria Clara: 120.
Angeja, Marquês de: 123.
Angola: 15, 26, 31, 50, 62, 124, 270-273 (Restauração), 274-278 (Angolanos Jesuítas do Brasil), 370.
Angra: 119, 280.
Anjos, D. Gregório dos: 306-309.
*Anselmo, Manuel: 431, 437, 452.
Antilhas: 246.
*Antonil, André João: Ver Andreoni, João António.
Antonino Pio: 276.
*António, Aleixo: 352.
*António, Domingos: p. XVII, 319-321, 339, 342, 350-352, 483.
*António, José: 431, 440.
*António [de Matos], José: 282, 428, 442.
*Antunes, Faustino: 429, 436.
*Antunes, Francisco: 153.
*Antunes, Inácio: 424, 441.
*Antunes, João: 426, 450.
*Antunes, Miguel: 483.
*Antunes Vieira: 272
*Aquaviva, Cláudio: 37, 175 (Normas sobre os estudos de Filosofia e Teologia), 177, 178, 220.
Aquino, S. Tomás de: 64, 177, 178, 219-221.
Aquirás: 246, 450.
Arabó: 12.
Aragão, Domingos Garcia de: 196.
Aragão de Meneses, António de: 126.
Aranha, João de Matos: 197.
Aranha, Osvaldo: 83.
*Araújo, António de: 13, 142.
*Araújo, Diogo de: 429, 436.
*Araújo, Domingos de (1): 126, 182.
*Araújo, Domingos de (2): 426, 438
Araújo, Francisca Soares de: 136.
*Araújo, Francisco de: 427, 442.
Araújo, Francisco Gil de: 72.
*Araújo, Gaspar de: 51.
Araújo, Jerónimo Velho de: 137.
*Araújo, João de (1): 274.
*Araújo, João de (2): 425, 451.
*Araújo, José de (1): 434, 440.
*Araújo, José de (2): 430, 437.
*Araújo, Manuel de: 421, 446.
*Araújo, Pedro de: 429, 451.
Araújo, Pedro de Góis de: 196.
Arcos: 280.
Arcos, Conde dos: 135.
Areda, José de: 345.
Argensola: 171.
Argentina: 242.
Aristóteles: 12, 166, 168, 212, 219, 220, 224, 227.
Arraiolos: 326.
*Arriaga, Rodrigo de: 222.
Arrifana: 428, 430, 433, 453.
Ásia: 93, 141.
*Astrain, António: p. XVII, 103, 178, 179, 220.
*Atkins, Francisco: 268, 430, 437.
Atouguia, Conde de: 134, 271.
Aurélio Víctor: 151.
Áustria: 247.
Aveiro: 11, 434.
Avelar, António de: 61.
*Avelar, Francisco de: 51, 61-63 (biografia), 67, 456.
Azeitão: 136, 253, 357.
*Azevedo, António de: 434, 441.
*Azevedo, Bernardo de: 428, 442.

Azevedo, Fernando de: 225.
*Azevedo, B. Inácio de: 3, 220, 455.
*Azevedo, João de: 427, 443.
*Azevedo Coutinho, António de: 135.
Azevedo Coutinho, Marco António de: 317.
Azpilcueta Navarro, Martim de: 180.
*Bacelar, António: 426, 442.
Baía: p. VII, 55 (tumultos), 61, 84 (catequese dos Negros), 104, 191-208 (tentativas para se criar a Universidade), 197 (a questão dos desembargadores da Relação), 210, 214, 216, 220, 223, 246, 247, 249, 250 (centro de construções navais), 251, 270-272, 274 (escala para África e Índia), 275-278, 280 (expedições missionárias para a Índia), 281, 344, 351, 369, 370 (estudos), 377-416 (tesouro Sacro dos Jesuítas), 417-420 (plantas do Colégio), 421-435 (Jesuítas filhos da Baía).
Bañez, Fr. Domingos: 178.
*Banha, Francisco: 270, 271.
*Baptista, António: 263, 423, 452.
*Baptista, João (1): 433, 443.
*Baptista, João (2): 433, 451.
*Baptista, José: 426, 448.
Baptista Caetano: p. XVII.
*Baptista Fragoso: 185.
Barbalho, Luiz: 62.
Barberino, Manuel Estêvão de Almeida Vasconcelos: 134, 135.
*Barbosa, António: 152.
*Barbosa, Domingos (1): 39, 51, 52, 58, 59, 72, 238.
*Barbosa, Domingos (2): 430, 437.
*Barbosa, Francisco: 426, 438.
*Barbosa, João: 154, 424, 441.
Barbosa, Manuel: 188.
Barbosa, Pedro (1): 185.
*Barbosa, Pedro (2): 428, 442.
Barbosa, Rui: 225.
Barbosa Calheiros, Domingos: 29.
Barbosa Machado, Diogo: p. XVII, 20, 21, 26, 116, 121, 125, 127, 128, 132, 136, 158, 160, 161.

*Barca, Jácomo António: 434, 440.
Barca de Alva: 135.
Barcelos: 280, 432-434.
Barqueiros: 424.
Barradas, Francisco: 49.
*Barreiros, Pedro: 426, 445.
Barreto, Francisco: 55-56.
*Barreto, Manuel: 23.
Barreto, Tomás Robi de Barros: 162.
*Barros, André de: p. XVII, 90, 105, 108, 119, 156, 222.
Barros, António Pedroso de: 122.
Barros, Fernando de Góis: 214.
Barros, Inês Pedroso de: 122.
Barros, João de: 160, 171.
*Barros, Joaquim de: 352.
*Barros, Leandro de: 432, 445.
*Barros, Luiz de: 170.
Bartoccetti, Vitório: 331.
Basílio (S.): 151.
*Basílio da Gama, José: 259, 431, 443, 453.
Basto: 426, 432.
*Batalha, Joaquim: 431, 443.
Bauhin, Gaspar: 227.
*Bayardi, Ventidio: 189.
*Beagel, João Baptista: 274.
*Beça, Manuel: 358, 428, 442.
Beira-Mar: 44.
Belém (de Lisboa): 356.
Belém da Cachoeira: 69, 70, 78, 125-127, 131, 136, 138, 143, 246, 280, 373, 441.
Bélgica: 60, 112, 239, 269.
*Beliarte, Marçal: 3, 9, 12, 258, 455.
*Belville, Carlos de: 247.
*Benci, Jorge: 87, 98, 109, 110, 112, 119, 179, 180, 184, 276, 277.
Bento XIV: 336, 375 (Breve de isenção dos Seminários da Companhia de Jesus no Brasil).
Bernardes, Manuel: 64, 65, 157, 172.
*Bernardino, José: 118, 125 (biografia), 132, 133, 456.
*Bernardino, Pascoal: 429, 443.
Berredo, Bernardo Pereira de: 340.
*Berthê, João Baptista: 98, 256.

Bertio, Pedro: 171.
*Bettendorff, João Filipe: p. XVII, 25, 40, 67, 74, 87, 95, 98, 99, 124, 241, 247, 280, 295, 308, 309 (oração fúnebre de D. Gregório dos Anjos).
*Bliart, Pedro: p. XVII, 181.
*Boero: 251.
Bom Jesus (Arraial do): 18.
Bombaim: 268, 430.
*Bonomi, João Ângelo: 98.
*Bonucci, António Maria: 88, 98, 109, 110, 162, 169, 179, 189.
Borba: 326, 327.
*Borba, Manuel de: 241.
*Borges, Francisco: 431, 440.
*Borges, Gaspar: 188.
*Borges, José: 433, 448.
*Borges, Luiz: 430, 446.
*Borges, Manuel: 434, 445.
*Borges, Teodósio: 426, 451.
Borges da Fonseca, António José Vitoriano: p. XVII, 26, 219.
*Borja, S. Francisco de: 384, 386, 390, 399, 406, 409.
Bornes: 426.
*Boscovich, Rogério: 167.
Bossuet: 169.
*Botelho, Nicolau: 423, 451.
*Bourel, Filipe: 98, 114, 165.
Boxer, C. R.: 77.
Braga: 15, 32, 63, 119, 156, 204, 251, 272, 276, 281, 421-423, 426, 428, 429, 432-434.
Bragança: 422.
Bragança, D. Pedro Henrique de:
— Ver Lafões, Duque de.
*Brailla, Tomás: 433, 438.
Brandão, Fr. António: 171.
Brandão, D. Fr. Caetano: p. XVI, 326-329 (testemunho sobre a destruição das Missões).
Brandão, Mário: 156, 195.
*Brandolini, António: 247.
*Brás, Afonso: 367.
Brasil: passim.
Bregenz: 483.
Bren, Henrique: 98.

Bretanha: 256.
*Brewer, João de: 162, 424, 436.
*Brito, António de: 430, 437.
*Brito, Domingos de: 432, 449.
*Brito, João de: 423, 450.
*Brito, S. João de: 279.
*Brito, José de: 430, 437.
*Brito, Laureano de: 279.
Brito Aranha: p. XVIII.
Brito Correia, Lourenço de: 41, 55, 56.
Brito Freire, Francisco de: 86.
Brito e Freitas, José de: 377.
Brito e Sousa, Lourenço de Abreu de: 49.
*Broglia, António Brandolini: 247.
Bruto: 337.
Bruxelas: 6, 337.
Bryskett, Luiz: 6.
Buenos Aires: 62, 97.
*Buitrago, Francisco: 422, 438.
*Bulcão, Francisco: 430, 437.
Bulhões, D. Fr. Miguel de: 317-325, 345, 347, 357.
Cabedo, Jorge: 185.
Cabo da Boa Esperança: 207.
Cabo Verde: 120, 121.
*Cabral, Luiz Gonzaga: p. XVII, 157.
Cachoeira: 280.
Cadaval, Duque de: 104, 105.
*Caeiro, José: p. XVII, 132, 135, 136, 138, 260, 268, 269, 319, 344, 347.
*Caetano, João: 427, 442.
*Caetano, José: 427, 439.
Caeté (Bragança): 315.
Caiena: 282.
*Calado, Francisco: 427, 442.
Calais: 6.
Calancha, António de la: 171.
Caldas, José António: p. XVII, 147, 155, 374, 417-420.
Calderón de la Barca: 157.
Calixto III: 285.
Calmon, João: 89.
*Calmon, Martinho: 188.
Calmon, Pedro: 42, 46, 55, 242.
Calvino: 228.
Camamu: 145, 250.

Câmara, D. Jaime de Barros: 491.
Câmara Coutinho, António Luiz Gonçalves da: 86, 87, 103, 106, 116, 219, 260.
*Camelo, Francisco: 188.
Camilo Castelo Branco: 160.
Caminha: 434.
Camões, Luiz de: 92, 158.
Campbell, Coulen: 267.
Campo (de Coimbra): 44.
*Campos, Estanislau de: 122 (biografia), 126, 456.
*Campos, Estanislau Cardoso de: 122.
Campos, Filipe de (1): 122.
Campos, Filipe de (2): 122.
*Campos, Gabriel de: 429, 437.
*Campos, José de: 361, 429, 437.
*Campos, Manuel de: 429, 443.
*Campos, Miguel de: 430, 437.
*Campos, Roberto de (1): 267.
*Campos, Roberto de (2): 266.
*Campos, Tomás de: 423, 446.
Canavezes: 430.
*Canísio, Rogério: 423, 450.
Cantanhede: 432.
Caparrosa: 430.
*Capassi, Domingos: 165, 226.
*Capelli, Félix: 421, 445.
Capistrano de Abreu: p. XVII.
*Caraffa, Vicente: 16.
Caravelas: 269.
*Carayon, Augusto: p. XVII, 136, 137, 253, 263, 268, 269.
*Carbone, João Baptista: 319, 337.
Carcavelos: 45.
*Cardim, António Francisco: 4.
*Cardim, Diogo: 4.
*Cardim, Fernão: p. XVII, 4-7 (biografia), 5 (prega o sermão oficial de S. Paulo em 1585), 6 (espoliado dos seus manuscritos pelos piratas), 10, 11, 14-18, 22, 29, 95, 270, 455.
Cardim, Inês: 4.
*Cardim, João: 4.
*Cardim, Lourenço: 4.
Cardim Fróis, Dr. Jorge: 4.
*Cardoso, António (1): 276.

*Cardoso, António (2): 215, 275.
Cardoso, Jerónimo: 160.
*Cardoso, Manuel (1): 423, 440.
*Cardoso, Manuel (2): 452.
*Cardoso, Miguel: 124, 125 (biografia), 132, 133 (procurador), 274, 456.
*Carneiro, Francisco: 19-22 (biografia), 455.
*Carneiro, João: 432, 438.
Carneiro, João de Couros: 200.
*Carneiro, José: 429, 434.
*Carneiro, Manuel: 39, 65.
*Carneiro, Paulo: 129.
*Carnotto, José: 427, 441.
Carregosa: 432.
*Carrez, Luiz: 103.
*Carrilho, Manuel: 452.
Carvalhais, Domingos Pereira de: 196.
*Carvalhais, Jacinto de: 38, 46, 48, 55, 59, 214, 288, 289.
*Carvalho, Alexandre de: 153, 154, 424, 451.
*Carvalho, Henrique de: 129.
*Carvalho, Inácio de: 425, 438.
*Carvalho, Jacinto de: 245, 311, 313, 314.
*Carvalho, João: 432, 444.
Carvalho, Joaquim de: 220.
*Carvalho, Joaquim de: 352, 353.
*Carvalho, José de: 430, 437.
*Carvalho, Luiz: 222, 223.
Carvalho, Luiz Teixeira de: 198.
*Carvalho, Manuel (1): 422, 446.
*Carvalho, Manuel (2): 433, 437.
Carvalho, Rui: 196.
*Carvalho, Teodoro de: 429, 443.
Carvalho e Melo, Sebastião José de: — Ver Pombal, Marquês de.
Cascais, Marquês de: 252.
*Cassali, Pedro Francisco: 98.
Cassão, Francisco Rodrigues: 228.
Castela: 10, 20, 21, 50, 64, 82, 93, 96, 100, 182, 246, 340.
Castelmoço, Domingos Soares: 125.
Castelo Melhor, Conde de: 53, 57.
*Castilho, José de: 423, 448.
*Castilho, Pero de: 30.

Castro, Aloísio de: p. X.
Castro, Gabriel Pereira de: 323.
Castro, José de: p. XVII.
Castro Alves: 349.
Catarina, Imperatriz da Rússia: 359.
Catarina de Bragança, Rainha D.: 113, 288.
Ceará: p. XIII, 29, 56, 79, 120, 162, 246, 279.
Cecil, Sir Robert (Conde de Salisbury): 6.
*Cepeda, Bento de: 427, 449.
Cerqueira, Francisco Sutil: 197.
Cervantes: 157.
César: 151, 152, 169, 337.
*Cetem, João de: 361.
Chang-Hai: 280.
Chaves: 432, 433.
*Chaves, Lourenço de: 433, 443.
Chile: 133.
China: 93, 94, 268, 359.
Cícero: 151, 152.
Civitavecchia: 347, 357, 358.
*Clair, Charles: 358.
Claudiano: 151.
*Clávio, Cristóvão: 166, 167.
Clemente, Gaspar: 4.
*Cocleo, Jacobo: 79, 98, 164, 247, 266.
*Coelho, António: 423, 442.
*Coelho, Caetano: 429, 443.
*Coelho, Domingos: 11-17 (biografia), 258, 455.
*Coelho, Filipe: 128.
*Coelho, Francisco (1): 244.
*Coelho, Francisco (2): 432, 444.
*Coelho, Joaquim Duarte: 358, 362, 431, 443, 453.
*Coelho, Manuel (1): 431, 440.
*Coelho, Manuel (2): 433, 452.
*Coelho, Marcos: 129, 215, 456.
Coimbra: 4, 8, 11, 15, 16, 32, 36, 64, 92, 115, 119, 132, 135, 150, 164, 167, 180, 192-196, 202, 207-210, 218, 256, 313, 421-426, 428, 429, 433.
Colaço, Manuel Simões: 26.
Colchester: 269, 434.
Colombo: p. XI.

Colónia: 165, 423, 424.
Colónia do Sacramento: 64, 111, 113, 149, 229, 253, 339, 340, 431, 445.
Como: 434.
Conani: 283.
Conde: 327.
Congo: 31.
*Consalvi, Pier Luigi: 77, 98, 124, 292, 308.
*Cordara, Júlio César: p. XVIII, 16.
*Cordeiro, Cristóvão: 422, 442.
*Cordeiro, Francisco: 422, 442.
*Cordovil, Francisco: 428, 442.
Corneille, Pedro: 157.
*Correia, Agostinho: 279, 280.
*Correia, António: 424, 445.
*Correia, Carlos: 432, 438.
*Correia, Inácio: 422, 435.
*Correia, João: 434, 440.
*Correia, José: 428, 442.
*Correia, Manuel (1): 69, 72, 99, 101, 103, 104, 115, 116, 236, 243, 244, 289, 456.
Correia, Manuel (2): 423, 436.
*Corte Real, Jerónimo: 270, 271.
*Costa, Alexandre da: 361.
*Costa, André da: 98.
*Costa, António da (1): 98.
*Costa, António da (2): 153.
*Costa, António da (3): 440, 453.
Costa, Cláudio Manuel da: 172, 219.
*Costa, Cristóvão da: 425, 445.
*Costa, Félix da: 361.
*Costa, Gonçalo da: 424, 439.
*Costa, João da (1): 279.
*Costa, João da (2): 153.
*Costa, Joaquim da: 429, 438.
*Costa, José da: 30-31 (biografia), 35-37, 43, 46, 47, 55, 59, 63, 77, 102, 214, 241, 247, 289, 456.
*Costa, Manuel da (1): 38, 39, 55.
*Costa, Manuel da (2): 434, 447.
*Costa, Miguel da: 130, 454.
*Costa, Paulo da: 55.
*Costa, Roberto da: 223, 427, 436.
Costa, D. Rodrigo da: 119, 278.
*Costa, Tomás da: 358, 422, 450.

Costa Barreto, Roque da: 86, 97, 106, 289.
Costa Freire, Cristóvão da: 296.
Coura: 423, 432.
*Couto, António do (1): 273.
*Couto, António do (2): 424, 449.
*Couto, José do: 62.
*Crasto, Estêvão de: 423, 448.
*Crasto, Manuel de: 430, 437.
*Craveiro, Lourenço: 65, 251.
Cremona: 31.
Crisóstomo, S. João: 151.
Cristina, Rainha da Suécia: 74.
Cristo, D. Rodrigo de: 309.
*Cruz, António da: 279.
Cruz, Fr. João da: 20.
*Cruz, Manuel da (1): 426, 448.
*Cruz, Manuel da (2): 432, 451.
Cruz, D. Manuel da: 309.
*Cruz, Teodoro da: 318, 352, 353.
Cruz de Souto: 428.
*Cunha, António da: 423, 451.
*Cunha, João da: 275.
Cunha, D. João da: 275.
*Cunha, José da: 380, 422, 435.
*Cunha, Manuel da: 432, 438.
Cunha, Matias da: 201, 202.
*Cunha, Vitoriano da: 153, 422.
Cúrcio, Quinto: 151, 152, 169.
Curuçá: 327.
Curvo Semedo: 228.
*Daniel, João: 166, 352, 353.
*Dantas, António: 426, 450.
Daujat, Jean: 225.
Daun (Família): 338, 350.
David (Davis?), Francisco: 256, 257, 269.
*David, José: 427, 441.
*Delgado, João: 433, 446.
Delgarte, D. José: 309, 323.
Demóstenes: 151.
Descartes, Renato: 157, 166-168, 228.
Diamantino: 362.
*Dias, Anastácio: 428, 447.
*Dias, Caetano: 426, 442.
*Dias, Domingos (1): 70.
*Dias, Domingos (2): 49.

*Dias, Francisco: 253, 254.
*Dias, Gervásio: 428, 442.
*Dias, Inácio: 182, 427, 447.
*Dias, Manuel (1): 90, 123, 124 (biografia), 127, 128, 133, 136, 188, 456.
*Dias, Manuel (2): 429, 443.
*Dias, Martinho: 453.
*Dias, Mateus: 272, 273.
*Dias, Pedro (1): 220.
*Dias, Pedro (2): 122, 144, 276.
Dias Pais, Fernão: 188.
Dinamarca: 266.
*Dinis, Manuel: 432, 451.
*Domingues, Manuel: 428, 442.
Dordrach: 15, 16.
Dourado, Feliciano: 289.
*Duarte, Baltasar: 127, 186, 243.
*Duarte, Joaquim: 362, 431, 443, 453.
*Duarte, José: 281.
Duclerc: 112.
Duguay-Trouin: 112, 113, 258.
Dundee: 266, 268.
*Durão, Paulo: 228.
Dutra, Maria de Andrade: 128.
Dutra, Sebastião de Andrade: 128.
*Eckart, Anselmo: 348, 352, 360.
Edimburgo: 269, 434.
Elvas: 119, 165, 282, 431.
Engenhos: – Ver *Fazendas.*
Entre Douro e Minho: 44.
Epicteto: 151.
Ericeira, Conde da: – Ver Meneses.
Escócia: 247, 266-269, 433.
Esopo: 151.
Espanha: p. XI, 62, 64, 82, 96, 101, 103, 111, 113, 221, 226, 229, 282, 304, 316, 339, 348, 359.
Espinosa, J. Manuel: 7.
Espírito Santo: 16, 23, 24, 30, 51, 68, 122, 131, 149, 165, 180, 270, 282, 421, 424, 425, 428, 430, 446.
Espírito Santo, Pedro do: 46.
Estados Pontifícios: 357.
Estados Unidos: 233.
*Estancel, Valentim: 98, 106, 112, 165, 189, 222, 226.
*Estanislau (S.): – Ver Kostka.

*Esteves, João: 432, 449.
Etiópia: 36.
Euclides: 166, 167.
Eurípedes: 151.
Europa: 93, 234, 355, 357.
Eutrópio: 151.
Évora: 4, 8, 9, 12, 16, 17, 22, 32, 40, 44, 63, 123, 178, 180, 182, 192, 194-197, 202, 207, 210, 426, 429, 431, 434.
Extremoz: 31, 115.
Fafe: 422.
*Faia, Inácio: 105, 108.
Falcão, Tomé Pereira: 197.
*Falleto, João Mateus: 98, 114, 189.
Famalicão: 453.
Fano: 360.
*Faria, António de: 433, 449.
*Faria, Francisco de: 210, 219, 422, 436.
*Faria, Gaspar de: 128-129 (biografia), 162, 456.
*Farrel, Allan P.: 152.
*Fay, David: 352, 353.
Fazenda de Araçariguama: 447.
— *Araçatiba (Engenho):* 446.
— *Camamu:* 438.
— *Campo dos Goitacases (Engenho):* 69, 444.
— *Campos Novos:* 444.
— *Cotegipe (Engenho):* 438.
— *Engenho Novo:* 256, 444.
— *Engenho Velho:* 444.
— *Ipitanga:* 38, 129, 438.
— *Itapoca:* 446.
— *Jaboatão:* 438.
— *Monjope (Engenho):* 449.
— *Macaé:* 444.
— *Muribeca:* 446.
— *Nossa Senhora da Luz (Engenho):* 451.
— *Papocaia:* 444.
— *Piauí:* 110, 440.
— *Santa Ana (S. Paulo):* 447.
— *Santa Ana (Ilhéus):* 274, 452.
— *Santa Cruz:* 165, 166, 444.
— *S. Cristóvão (Baía):* 438.

Fazenda de S. Cristóvão (Rio): 444.
— *S. João (Baía):* 184.
— *Sergipe do Conde (Engenho):* 23, 24, 35, 47, 54, 55, 77, 126, 194, 274, 287, 289, 290, 453.
— *Tejupeba:* 250, 251, 434.
— *Urubumiri:* 451.
Fedro: 151.
*Fernandes, André: 81, 82.
Fernandes, Catarina: 255.
Fernandes, Domingos: 68.
*Fernandes, Jacinto: 433, 440.
*Fernandes, João (1): 253, 254.
*Fernandes, João (2): 432, 443.
*Fernandes, Manuel (1): 14, 17-19 (biografia), 26, 61, 455.
*Fernandes, Manuel (2): 34.
*Fernandes, Manuel (3): 34.
*Fernandes, Manuel (4): 434, 440.
*Fernandes, Pedro: 425, 444.
Fernel: 227.
*Ferraz, António: 280.
*Ferraz, Francisco: 422, 446.
*Ferraz, Manuel: 421, 440.
Ferraz, Paulo de Cerqueira: 49.
*Ferraz, Tobias: 491.
*Ferreira, André: 360, 362, 431, 443, 453.
*Ferreira, António: 434, 443.
*Ferreira, Caetano: 315.
Ferreira, Carlos Alberto: 260.
*Ferreira, Domingos: 428, 437.
*Ferreira, Francisco (1): 280.
*Ferreira, Francisco (2): 423, 441, 442.
*Ferreira, Gaspar: 423, 439.
*Ferreira, Inácio: 293, 294, 296.
*Ferreira, João (1): 316, 483.
*Ferreira, João (2): 269, 434, 446.
*Ferreira, Joaquim: 360.
*Ferreira, José (1): 99, 100, 309.
*Ferreira, José (2): 430, 449.
*Ferreira, Julião: 70.
*Ferreira, Manuel: 434, 450.
*Ferreira, Maximiano: 430, 437.
*Ferreira, Vicente (1): 424, 439.
*Ferreira, Vicente (2):–Ver Xavier Ferreira, Vicente.

*Fialho, Bernardo: 263, 358, 422, 443.
*Fidgett, John: — Ver Ferreira, João (2).
*Figueira, Luiz: 4, 13, 16.
Figueira, Nicolau Álvares: 200.
*Figueiredo, António de: 425, 435.
*Figueiredo, José de: 425, 440.
*Figueiredo, Silvério de: 429, 443.
Figueiroa, Francisco Carneiro de: 196.
*Filds, Tomás: 269.
Filipe II, de Castela: 170.
Filipe III: 170.
Filipe IV: 170.
Filipe Guilherme, Príncipe: 117.
Filipinas: 246, 316.
Fiuza, Nicolau Lopes: 169.
Flandres: 6, 94, 95, 98, 103.
Floro: 151.
Folgosa (S. Salvador): 429.
*Fonseca, António da (1): 53.
*Fonseca, António da (2): 430, 451.
*Fonseca, Bento da: 209, 210, 316, 317, 340.
*Fonseca, Caetano da: 424, 442.
*Fonseca, Jacinto da: 433, 450.
*Fonseca, Manuel da: 63, 182, 358, 422, 446.
*Fonseca, Miguel da: 428, 446.
*Fonseca, Nicolau da: 434, 443.
*Fonseca, Pedro da: 178, 219, 220.
*Fonseca, Salvador da: 431, 437, 452.
*Fonseca, Tomás da: 280.
*Fontaine, Paulo: 103.
Formoselha: 127.
*Forte, António: 288.
Fossombrone: 336.
França: 84, 96, 98, 100-103, 111, 221, 239, 252, 258, 266, 433.
*França, Júlio de: 422, 441.
*França, Leonel: 167.
*França, Manuel de: 433, 452.
Francisca, Luisa: 132.
Francisca Josefa, Infanta de Portugal: 88.
*Francisco, Inácio: 281.
Francisco, José: 54.
Francisco, Manuel: 127.
*Francisco, Manuel: 432, 444.

Franclim, Benjamim: 168.
*Franco, António (1): p. XVIII, 4, 6, 8, 11, 16, 17, 19, 32, 34, 40, 115, 119, 123, 157, 158, 220, 274.
*Franco, António (2): 358, 431, 440.
*Franco, Feliciano: 434, 440.
*Franco, Filipe: 272, 273.
*Franco, Manuel: 424, 450.
*Frazão, André: 427, 442.
*Freire, José: 433, 443.
*Freire, Manuel: 433, 437.
Freire, Paulo Antunes: 196.
Freire, Rui Lobo: 49.
Freire de Andrade, Gomes (1): 106.
Freire de Andrade, Gomes (2): 268, 342, 351.
*Freitas, António de: 432, 446.
Freixo: 434.
*Fróis, Diogo: 4.
Funchal: 131.
Furtado, Alcibíades: 6.
*Furtado, Francisco: 137, 169.
Furtado de Mendonça, João: 277.
Galba, Sérgio: 66.
Galeno: 228.
*Galvão, António: 426, 445.
Galveias, Conde das: 268.
Galway: 133, 267.
Gandolfi, António: 124.
*Gandolfi, Estêvão: 98, 109, 124 (biografia), 456.
*Garcês, Timóteo: 429, 451.
*Garcia, Inácio: 427, 440.
Garcia, Pedro: 227.
Garcia, Rodolfo: p. XVII, 217, 218.
Gatehouse (Prisão de): 6.
Génova: 34, 124, 137, 255.
*Geraldes, Francisco: 430, 437.
*Geraldes, José: 135, 136 (biografia), 423, 441, 456.
*Gião, Mateus: 210.
Gilbert, John: 5, 6.
Gilbert, William: 225.
Gladstone: p. XII.
Goa: 31, 72, 279, 309.
Godefroy: 171.
Godinho, Carlos Cardoso: 289.

Goiana: 150, 281, 422.
Goiás: 132, 345.
*Góis, Gaspar de: 220.
*Góis, Manuel de: 220.
Góis de Mendonça, Inês: 71.
Gómara, Francisco Lopes de: 171.
*Gomes, António: 5.
*Gomes, Atanásio: 428, 445.
Gomes, Belchior: 63.
*Gomes, Bento: 432, 448.
*Gomes, Domingos: 421, 451.
*Gomes, Francisco: 360, 429, 443.
*Gomes, Henrique: 9 (biografia), 10, 12, 14, 17, 177, 220, 455.
*Gomes, Inácio: 424, 450.
*Gomes, José (1): 213.
*Gomes, José (2): 427, 442.
*Gomes, Manuel: 10.
*Gomes, Rafael: 426, 444.
*Gomes, Vicente: 422, 449.
Gomes de Brito: p. XVIII.
Gomes dos Reis, Baltasar: 200.
*Gonçalves, Antão: 31-32, 40, 42, 53, 54, 57, 60, 211, 456.
*Gonçalves, António (1): 99,
*Gonçalves, António (2): 432, 444.
*Gonçalves, Fabião: 424, 447.
*Gonçalves, Francisco (1): 16, 23-26 (biografia), 80, 94, 455.
*Gonçalves, Francisco (2): 429, 442.
*Gonçalves, Gaspar (1): 180.
*Gonçalves, Gaspar (2): 425, 442.
*Gonçalves, João: 433, 451.
*Gonçalves, Manuel: 251.
*Gonçalves, Matias: 51.
*Gonçalves, Simão: 484.
Gonçalves Viana: 159.
Gondolim: 423.
*Gonzaga, António: 429, 443.
*Gonzaga, João: 431, 443.
*Gonzaga, Luiz: 427, 449.
*Gonzaga, S. Luiz: 369, 387, 395, 406, 412.
*Gonzaga, Manuel: 423, 439.
Gonzaga, Tomás António: 173.
*González, Tirso: 73, 103, 107, 108, 178, 180, 309.

*Gorzoni, João Maria: 114, 247, 308.
Gouveia: 276.
*Gouveia, António de: 430, 439.
*Gouveia, Cristóvão de: 3-5, 8, 32, 455.
*Gouveia, Francisco de: 424, 450.
*Gouveia, José de: 441.
*Goyau, Jorge: 325.
*Grã, Luiz da: 3, 38, 249, 455.
Granada: 10.
*Grattam Flood, W. H.: 6.
Grécia: 98.
Greenwich: 268.
Gregório XIII: 20, 200, 243, 286, 323, 371.
*Greve, Aristides: 362.
Grobbendonck, Senhor de: 6.
Guarda: 424, 431.
*Guedes, João: 98, 215.
*Guerreiro, Eustáquio: 336.
Guiana: 283.
Guiana Francesa: 99, 101, 282.
*Guilhermy, Elesban de: p. XVIII, 276.
Guimarães: 421, 424, 432, 434.
Guiné: 207, 243.
*Guisenrode, António de: 129, 279.
Gurupá: 295, 296, 326.
*Gusmão, Alexandre de (1): 64, 66-71 (biografia), 78, 87, 102, 105, 115, 116 (biografia), 120, 136, 199, 201, 211, 238, 242, 369, 373, 436, 456.
Gusmão, Alexandre de (2): 338.
Hamburgo: 98, 266.
Harvey, Guilherme: 227, 228.
Henrique, El-Rei D.: 170.
*Henriques, Eusébio: 360.
*Henriques, Félix: 361.
*Henriques, Simão: 324.
Herodiano: 151.
Herrera, António de: 171.
Holanda: 12, 13, 15, 83, 84, 97, 98, 194, 253, 266, 288.
*Homem, Rodrigo: 161, 210.
Homero: 151.
Honorato, João (1): 136.
*Honorato, João (2): 136, 137 (biografia), 181, 262, 263, 274, 374,

389, 421, 434, 435, 453, 456.
*Honorato, Tomás: 269, 429, 439.
Horácio: 151, 152.
Humboldt: 225, 226, 340.
*Hundertpfundt, Roque: 318, 352, 353.
Ibiapaba: 7.
Iguaraçu: 150, 422, 429.
Ilha da Madeira: 131, 242, 253.
— *Príncipe:* 256, 269.
— *S. Ana (Rio de Janeiro):* 68.
— *Santa Maria:* 61.
— *Santo Amaro:* 6.
— *S. Miguel:* 23, 119.
— *S. Tomé:* 274.
Ilhéus: 10, 180, 439.
*Inácio, José: 426, 450.
*Inácio, Leopoldo: 434, 446.
*Inácio, Manuel: 430.
Índia: 31, 33, 40, 74, 94, 99, 123, 129, 206, 243, 245, 247, 278-281.
Índias Ocidentais: 206.
Índios Acarás: 79.
— Amanajós: 342.
— Carijós: 7, 9, 13, 16, 20.
— Cearenses: 79.
— Cuxatos: 316.
— Goitacases: 12, 14.
— Goromomis: 24.
— Guajajaras: 92.
— Janduins: 79.
— Maracases: 64.
— Paiaiases: 62, 64.
— Quiriris: 77, 79, 279.
— Tobajaras: 247.
Inglaterra: 6, 17, 84, 98, 246, 267, 337, 429.
*Ingram, Frederico: 114.
Inocêncio Francisco da Silva: p. XVIII, 26, 158-160.
Irlanda: 98, 133, 247, 267, 269, 421.
Isócrates: 151.
Itacoatiara: 328.
Itália: p. XI, 84, 98, 120, 135, 137, 221, 239, 269, 281-283, 361.
Itaparica: 273.
Jacobina: 27, 29, 60.
*Jácome, João: 256.

Japão: 34, 41, 93, 94, 142, 158, 280.
Jiquitaia: 110, 119, 127, 128, 131, 134, 136, 138, 440.
*João, Gonçalo: 273.
*João, Miguel: 434, 435.
João III, El-Rei D.: 170, 182, 355.
João IV, El-Rei D.: 18, 21, 94, 170, 273, 306, 354.
João V, El-Rei D.: 95, 129, 134, 167, 168, 226, 323, 354-356, 374.
João VI, El-Rei D.: 361.
*Joaquim, José: 430, 437.
*Jorge, António: 424, 446.
*Jorge, Bernardo: 145.
José, El-Rei D.: 318, 324, 326, 330, 338, 343, 344, 360, 374.
*José, António: 318, 352.
*José, Bernardo: 433, 447.
*José, Francisco: 429, 448.
José, Inácio: 417, 420.
*José, Joaquim: 434, 440.
*José, Manuel: 427, 448.
*Jouvancy, José de: 151.
Júlio III: 200.
*Justiniano, Lourenço: 423, 447.
Justino: 151.
*Justo Luca, João: 98.
Juvenal: 151.
Juzarte, D. Bernardo: 120, 274.
*Juzarte, Manuel: 53.
*Kaulen, Lourenço: 259, 352.
*Kircher, Atanásio: 166.
*König, João: 164.
*Kostka, S. Estanislau: 315, 369, 387, 389, 412.
La Condamine: 226, 282.
Lafões, Duque de (D. Pedro Henrique de Bragança): 159.
*Lago, Francisco do: 422, 441.
Lago, João Pereira do: 54.
*Lago, Manuel do: 430, 437.
Laguna: 13, 431.
*Laines, Francisco: 279.
Lamego: 19, 135, 423, 428, 433.
Lamego, Alberto: p. XVIII, 118, 219, 308, 311, 315, 319, 320, 324.
Landi, António José: 341.

Las Casas, Bartolomeu de: 171.
Leal, José Barbosa: 54.
*Leão, António: 426, 441.
*Leão, Inácio: 161, 423, 444.
*Leão, João: 430, 437.
*Leão, Manuel: 421, 444.
Leça de Palmeira: 429.
Leiria: 434.
*Leitão, João: 36.
*Leitão, José: 426, 442.
Leitão, D. Pedro: 181, 373.
*Leite, Serafim: p. XVII, XVIII, 18, 23, 28, 106, 184, 189, 225, 271, 275, 276, 279-281.
Leite da Silva, João: 187.
Leme, João: 217.
Lemos, António Pinheiro de: 218.
*Lemos, Domingos: 452.
Lencastro, D. João de: 83, 89, 92, 113, 266, 276, 277.
Lencastro, D. Rodrigo de: 89.
León, Fr. Luiz de: 178.
*Leonardo, Manuel: 429, 437.
Lião: 160.
*Lima, António de: 422, 449.
*Lima, Domingos de: 430, 437.
*Lima, Francisco de (1): 126, 274.
*Lima, Francisco de (2): 422, 435.
*Lima, João de: 153.
*Lima, José de: 422, 436.
*Lima, Manuel de (1): 8-9 (biografia), 32, 180, 192, 193, 455.
*Lima, Manuel de (2): 275.
*Lima, Manuel de (3): 426, 450.
*Lima, Mateus de: 358, 431, 440.
*Lima Júnior, Alexandre de: 269.
Limãos: 424.
Linhares, Condessa de: 60, 287.
*Lira, Francisco de: 421, 450.
Lisboa: p. XVI, 6-8, 15, 21, 24, 26, 30-31, 33-35, 41, 52, 53, 56, 57, 63, 66, 78, 92, 95, 97, 110, 112, 116, 119, 120, 124, 125, 132-138, 164, 172, 183, 186, 187, 198, 199, 201, 203, 204, 221, 243, 244, 247, 270, 271, 273, 274, 276, 279, 314, 342, 421, 422-434.

*Lobato, Cipriano: 428, 439.
*Lobato, João: 7.
Lobo, D. Manuel: 64.
*Loiola, S. Inácio de: 346-347 (última festa no Pará), 378 ("favas de S. Inácio"), 381 (altar na Baía), 386-391, 395, 409, 411.
Londres: 6, 167, 267-269, 337, 433.
Lope de Vega, Félix: 157.
*Lopes, Agostinho: 361.
*Lopes, Bernardo: 427, 445.
*Lopes, João: 452.
*Lopes, José: 434, 451.
*Lopes, Manuel: 432, 443.
*Lopes, Miguel: 426, 444.
Lopes de Almeida, M.: p. XVII, 350.
Lopes de Lavre, André: 291.
Loreto Couto, Domingos do: p. XVIII, 131, 161, 193.
Lorvão: 130.
*Lossada, Manuel: 452.
Lourenço, André: 227.
*Lourenço, Agostinho: 425, 448.
*Lourenço, José: 453.
Louro: 429.
Lovaina: 269.
Luanda: 124, 270, 271, 273, 275.
Luca: 120.
*Lucena, João de: 171.
*Lucena, Sebastião de: 361.
Luciano: 151, 152.
Lúcio de Azevedo, João: p. XVIII, XX, 82, 105, 108, 222, 296, 299, 309, 339, 344, 346, 350, 355.
*Lugo, Cardeal: 185.
Lugon, C.: 340.
Luisa, Maria: 127.
Luisa, Rainha D.: 35, 55.
Luiz XIV: 103.
*Luiz, Agostinho: 38.
*Luiz, António: 440, 453.
*Luiz, Francisco: 430, 437.
*Luiz, Manuel (1): 34, 36, 255.
*Luiz, Manuel (2): 358.
*Luiz, Tomás: 269, 434, 437.
Lumiar: 424.
*Lustosa, Bento: 430, 437.

*Luz, Manuel da: 279.
Lynch, Catarina: 133.
Lynch, Estêvão: 133.
*Lynch, Guilherme: 267, 433, 438.
*Lynch, Tomás: 133-135 (biografia), 247, 267, 421, 435, 456.
*Mac Erlean, John: 135.
Macaé: 68.
Maçangano: 272.
Macau: 280.
*Macedo, Dámaso de: 429, 440.
*Macedo, Francisco de: 423, 447.
*Macedo, Manuel de: 432, 450.
*Macedo, Sebastião de: 430, 437.
Machado, António (1): 71.
*Machado, António (2): 51.
*Machado, António (3): 431, 440.
*Machado, Diogo: 51, 66, 71-72 (biografia), 103, 456.
*Machado, José: 428, 448.
Maciel, João: 236-238.
*Maciel, Manuel: 223, 427, 441.
*Madeira, Francisco: 51.
*Madureira, João de: 5, 6, 8.
Madureira Feijó, João de Morais de: 157, 159.
*Maffei, João Pedro: 171.
*Magalhães, Sebastião de: 113.
*Magistris, Jacinto de: 23, 27, 30-44 (a sua Visita e deposição), 47-50, 52, 53, 56-58, 65, 72, 102, 186, 194, 236, 238, 241, 456.
Maia da Gama, João da: 127, 311, 314.
Mainha: 429.
Maio, Ninfa di: 124.
*Mairink, Henrique: 431, 443.
*Mairink, Manuel: 431, 443, 453.
Malabar: 33, 279.
Malaca: 319.
*Malagrida, Gabriel: 132, 137, 181, 319, 354-355 (morte), 357, 374.
Malheiro, Francisco: 289.
*Malowetz, Francisco Xavier: 114.
*Mamiani, Luiz Vincêncio: 98, 109, 110, 179, 180.
*Manuel, Francisco: 427, 444.

*Manuel, Luiz: 250, 251.
Marajó: 299.
Maranhão: p. IX, XV, XVII, 7, 10, 13, 24, 25, 40, 59, 67, 74, 84, 99, 102, 117, 124, 130, 164, 176, 182, 186, 193, 207, 209, 210, 242, 245, 247, 263, 279, 280, 286, 345, 352, 356.
Marcgrave: 171.
Marchant, Alexander: 184.
Marcial: 151.
*Maria, José: 269.
Maria I, Rainha D.: 283, 329, 361.
Maria Ana, Rainha D.: 95, 162, 247, 319, 337, 350, 375.
Mariana: 136, 281, 445.
Mariani, Clemente: p. I.
*Mariano, Vito: 423, 445.
*Marinho, Francisco: 428.
Marinho, Vasco: 49.
Mariuá: 342.
Mariz, Jerónima: 11.
Mariz, Pedro de: 171.
Marques, Manuel: 132.
*Marques, Simão: 132-133 (biografia), 181, 187, 215, 374, 421, 435, 456.
Martin, Catarina: 252.
Martin, Francisco: 252.
*Martins, Clemente: 433, 441.
*Martins, Honorato: 250, 252, 253, 433, 438.
*Martins, João: 431, 451.
*Martins, José: 424, 448.
*Martins, Manuel (1): 105.
*Martins, Manuel (2): 253-255.
*Martins, Manuel (3): 153, 422, 441.
*Martins, Manuel Narciso: p. XVII.
*Martins, Torquato: 154.
*Mascarenhas, Nuno: 16.
Mascarenhas Pacheco Coelho de Melo, José: 134, 135.
*Mata, João da: 423, 448.
Mato Grosso: p. XI, 132, 340, 362.
*Matos, António de: 11 (lente de Moral), 13-16 (biografia), 270 (visita de Angola), 455.
*Matos, Domingos: 421, 440.

*Matos, Eusébio de (1): 51.
*Matos, Eusébio de (2): 280.
*Matos, Francisco de: 14, 29, 46, 70, 85, 90, 104, 109-111, 115, 116 (biografia), 118, 176, 188, 193, 199, 213, 288-289 (procurador em Lisboa), 456.
Matos, Gregório de: 42.
Matos, João de Sepúlveda e: 203.
*Matos, José de: 424, 442.
*Matos, José António de: 282, 428, 442.
Matos, D. José Botelho de: p. X, 134, 135, 375.
Matos, José Monteiro de: 165.
*Matos, Manuel de: 425, 450.
Matos, Maria de: 116.
*Maurício, Domingos: 168, 221, 222, 228.
*Mazi, João: 434, 438, 441.
*Medeiros, António de: 431, 440, 453.
*Medeiros, Manuel de: 430, 437.
*Meisterburg, António: 352.
Meixide: 433.
Melgaço: 131.
Melo, António de Azevedo de: 214.
Melo, D. Francisco Manuel de: 157, 221.
*Melo, Manuel de: 145, 153.
Melo e Castro, Manuel Bernardo de: 346, 347.
Melo Morais, A. J. de: p. XVIII, 313, 316, 318, 319, 330.
*Mendes, Agostinho: 424, 440.
*Mendes, Belchior: 421, 444.
*Mendes, Caetano: 423, 446.
*Mendes, Cândido: 484.
*Mendes, Valentim: 421, 435, 438.
Mendes de Almeida, Cândido: p. XIX.
Mendes de Almeida, Manuel: 215.
*Mendoça, José de: 421, 435.
*Mendoça, Vasco de: 358.
*Mendonça, Francisco de: 157.
*Mendonça, Inácio: 358, 431, 440, 453.
Mendonça, Inês Góis de: 71.
Mendonça, Lourenço de: 20, 21.
Mendonça, Margarida Bicuda de: 122.

Mendonça Corte Real, Diogo de: 338.
Mendonça Furtado, Francisco Xavier: 326, 328, 340, 342, 346, 351, 353.
Mendonça Gorjão: 317.
Meneses, D. Antónia de: 345.
Meneses, Francisco de Sá de: 98.
Meneses, Francisco Xavier de (Conde da Ericeira): 90.
Meneses, D. Henrique de (Conde da Ericeira): 361.
*Meneses, João de: 427, 449.
Meneses, Luiz César de: 106.
Meneses, Rui Teles de: 203.
Meneses, D. Sebastião César de: 35, 36.
Merceana: 254.
*Mercuriano, Everardo: 37.
*Mesquita, Luiz de: 428, 437.
Metelo, Alexandre: 268.
Meyssoner: 227.
Milão: 251, 434.
*Milet, John: 268.
Milho: 11.
Mina: 274.
Minas, Marquês das: 106, 113.
Minas Gerais: 13, 113, 114, 123, 172, 218, 245, 281, 282, 363, 424, 427-431.
Minho: 131, 254.
Miranda: 427.
*Miranda, Félix de: 431, 447.
Miranda, João de Azevedo: 54.
Moçambique: 280.
Modivas: 428.
Molière: 157.
*Molina, Luiz de: 177, 178, 180, 185, 219.
*Moniz, Jerónimo: 123, 128, 223, 425, 436.
Montalvão, Marquês de: 164, 270.
Montano, Arias: 171.
Montebelo, Marquês de: 106.
*Monteiro, Francisco: 422, 436.
*Monteiro, Gonçalo: 432, 440.
*Monteiro, Inácio: 166, 168, 224.
*Monteiro, Jácome: 8, 9.

*Monteiro, José: 430, 437.
*Monteiro, Manuel (1): 280.
*Monteiro, Manuel (2): 424, 438.
*Monteiro, Patrício: 428, 437.
Monteiro de Noronha, José: 219.
Monteiro Paim, Roque: 79, 99, 113.
Monteiro da Vide, D. Sebastião: 113, 117, 181, 213.
*Montemayor, Prudêncio de: 178.
Monterroio, Francisco Monteiro: 214.
*Morais, António de: 421, 435.
*Morais, João de: 433, 445.
*Morais, Joaquim de: 422, 446.
*Morais, José de: p. XIX, 95, 168, 340, 352.
Morais, José de Góis de: 165.
*Morais, Manuel de: 16, 236.
Morais Silva, António de: 118.
*Morato, Francisco: 48, 51, 52.
Morávia: 434.
Moreira: 429.
*Moreira, António: 352, 353, 357.
*Moreira, Francisco: 428, 442.
*Moreira, João: 428, 449, 452.
*Moreira, José: 137, 318, 338.
*Moreira, Manuel: 427, 437.
Moreira de Azevedo, José: 49, 54, 198.
*Morim, Luiz de: 130.
Moronvillers: 266.
*Mota, José da: 427, 442.
*Mota, Manuel da: 432, 437.
*Mota, Pedro da (1): 275.
Mota, Pedro da (2): 181, 375.
*Moura, Francisco de: 428, 448.
Moura, Inês: 121.
*Moura, Manuel de: 422, 444.
*Moura, Mateus de: 66, 119, 121-122 (biografia), 138, 258, 456.
*Moura, Pedro de: 16, 17, 32, 455.
Moura-Morta: 425.
Muía: 423, 426.
Murr, Christoph Gottlieb von: p. XIX.
Nabuco, Joaquim: 225, 236, 349.
Nápoles: 433.
*Natalino, Pedro: 98.
Navarra: 20.

Neubúrgio, Princesa de: 95.
Neves, Álvaro: p. XVIII.
*Neves, António das: 422, 446.
*Neves, João das: 425, 449.
*Neves, Manuel das: 425, 435.
Newman, Cardeal: p. XII.
Newton: 166, 168.
*Nickel, Gosvino: 96.
Nicolau V: 323.
*Nieremberg, Eusébio: 171.
*Nóbrega, António da: 433, 448.
*Nóbrega, Manuel da (1): p. VII, 3, 182-184 (liberdade dos Índios), 249, 362, 367 (S. Paulo), 373 (sesmarias), 455.
*Nóbrega, Manuel da (2): 347.
*Noel, Estêvão: 167.
*Nogueira, Bento: 256, 424, 448.
*Nogueira, João: 428, 436.
*Nogueira, José: 153, 423, 441.
*Nogueira, Luiz: 38, 40, 43, 186.
Noronha, D. Marcos de: 135.
Noronha, Conde D. Pedro António de: 92.
Nossa Senhora do Monte: 128.
*Novais, José de: 361.
*Novais, Pedro de: 8.
*Noyelle, Carlos: 200.
Nunes, António (1): 215.
*Nunes, António (2): 358, 423, 441.
*Nunes, António (3): 432, 438.
*Nunes, Diogo: 10.
*Nunes, Domingos: 275.
*Nunes, Leonardo: 146, 149.
*Nunes, Manuel: 51.
Nunes, Pedro: 171.
*Nunes, Plácido: 255.
Nunes Freire, João: 157-159.
Nunes de Leão, Duarte: 171.
Óbidos: 326.
Óbidos, Conde de: 27, 34-36, 53-57, 83, 288.
Oeiras: 327.
Oldemberg, José Joaquim: 331.
Olinda: 10, 13, 22, 62, 65, 122, 126, 129, 134, 136, 156, 176, 193, 215, 218, 219, 421, 425-427, 449.

*Oliva, João de: 23, 26.
*Oliva, João Paulo: 33, 39 (condena a deposição de Jacinto de Magistris), 43, 50, 53, 199, 238.
*Oliva, José de: 98.
*Oliveira, António de (1): 51, 59, 65-67 (biografia), 121, 201, 251, 274, 308, 456.
*Oliveira, António de (2): 433, 438.
Oliveira, António de (3): 211.
*Oliveira, Bento de: 99.
Oliveira, Diogo Luiz de: 257.
*Oliveira, Estêvão de: 425, 439.
Oliveira, Fernão de: 160.
*Oliveira, João de (1): 432, 438.
*Oliveira, João de (2): 453.
*Oliveira, José de: 425, 440.
*Oliveira, Luiz de (1): 352, 353.
*Oliveira, Luiz de (2): 432, 438.
*Oliveira, Manuel de: 428, 432, 447.
Oliveira, Nicolau de: 171.
Oliveira, Oscar de: p. XIX, 285, 286, 290, 300.
*Oliveira, Salvador de: 182.
Oliveira Viana: 144.
Olmutz: 165.
*Orlandini, Nicolau: 171.
*Orlandino, João Carlos: 98.
Orósio, Paulo: 169.
Orta, Garcia da: 171.
Ortélio, Abraão: 171.
Osório, Jerónimo: 171.
*Ovalle, Alonso de: 171.
Ovar: 432.
Ovídio: 151, 152, 156.
Oviedo y Valdés, Gonçalo Hernández: 171.
*Pacheco, Cornélio: 153, 422, 450.
*Pacheco, Francisco: 432, 443.
*Pachtler, G. M.: 162.
*Pais, António: 421, 451.
*Pais, Francisco: 51.
*Paiva, João de: 31 (biografia), 39, 47-53, 58, 456.
*Paiva, José de: 428, 436.
*Paiva, Manuel de: 367.
Paiva Manso, Visconde de: 187.

Palermo: 30, 124.
Palma: 430.
Palmela: 423.
Pará: p. IX, XI, 84, 149, 165, 168, 176, 193, 194, 207-209, 218, 219, 226, 229, 280, 286, 291, 320, 322, 332, 339-341, 344, 345, 352.
Parada: 429.
Paraguai: 82, 83, 270, 316, 340, 342, 343.
Paraíba: 46, 66, 93, 102, 127, 130, 136, 161, 269, 426, 451.
Paranaguá: 279, 422, 424, 445.
Paris: 167.
Passionei, Cardeal: 336.
Passos: 432.
*Passos, António de: 274.
*Passos, Inácio de: 425, 440.
*Passos, João de: 51.
Pastor, Ludwig Freihern von: p. XIX, 166, 336, 338, 360.
Paulo III: 182, 286, 324.
Paulo V: 304.
*Paulo, João: 432, 451.
Pedro II, El-Rei D.: 34, 83, 95, 99, 113, 117, 186, 196, 204, 276, 291, 323.
Pedro III, El-Rei D.: 329.
*Pedrosa, Pero de: 64, 97, 171.
Pedroso (Carvalhos): 32.
Pegas, Manuel Álvares: 185, 188.
*Peixoto, João: 361.
Peixoto, Manuel de Almeida: 49.
Penela: 429.
*Penha, João da: 427, 435.
Penha de França, D. Fr. António da: 89.
Pequim: 359.
Peramato: 227.
*Pereira, André: 280.
*Pereira, António (1): 99, 241.
Pereira, António (2): 70.
*Pereira, António (3): 153, 423, 439.
Pereira, António (4): 119.
*Pereira, Bento: 157, 159, 160, 172.
*Pereira, Bernardo: 429, 443.
*Pereira, Caetano: 428, 451, 452.

Pereira, Caetano da Silva: 215.
Pereira, Catarina: 270.
*Pereira, Domingos (1): 359.
*Pereira, Domingos (2): 152.
*Pereira, Domingos (3): 432, 444.
*Pereira, Félix: 154.
*Pereira, Francisco: 424, 450.
*Pereira, Gualter: 425, 445.
*Pereira, Inácio: 425, 448.
*Pereira, Jacinto: 428, 437.
*Pereira, João (1): 34, 51, 55, 58.
*Pereira, João (2): 111, 119 (biografia), 251, 456.
*Pereira, João (3): 131 (biografia), 134, 135, 262, 456.
*Pereira, João (4): 431, 440.
Pereira, João (5): 116.
*Pereira, José (1): 433, 437.
*Pereira, José (2): 427, 449.
*Pereira, Luiz: 433, 446.
*Pereira, Manuel (1): 89.
*Pereira, Manuel (2): 429.
Pereira, Mariana: 125.
Pereira, Nicolau: 131.
*Pereira, Teodósio: 427, 442.
*Peres, Fernão: 180.
*Peres, Jódoco: 87, 99.
*Peres, Rafael: 362.
*Perier, Alexandre: 110.
Perla, Francisco: 227.
Pernambuco: 9-11, 13, 16, 18, 21, 22, 25, 29, 31, 46, 50, 51, 62, 84, 86, 102, 112, 113, 120-122, 126, 146, 149, 163, 176, 180, 215, 218, 219, 235, 246, 267, 271, 272, 274, 276, 277, 351, 370, 431.
Pérsio: 151.
Peru: 10.
Perúsia: 110, 120, 185.
Pésaro: 281, 282, 360.
*Pestana, Inácio: 358, 422, 441.
*Pestana, Isidoro: 431, 443.
*Pestana, Manuel: 423, 446.
Pestana e Silva, António José: p. XIX, 329-331.
*Petisco, José: 157.
*Pfeil, Aloísio Conrado: 68, 98-101, 165,

226, 239, 247.
*Pfister, Louis: 280.
Piauí: 110, 116, 287, 345, 440.
Piçarro: 287.
*Piccolomini, Francisco: 24.
Piemonte: 433.
Pilar, D. Fr. Bartolomeu do: 311, 315, 318.
*Piller, Matias: 434, 438.
*Pimenta, João: 28, 34, 36.
Pimentel, António da Silva: 180.
*Pimentel, Manuel: 422, 447.
Pinheiro, António: 11.
*Pinheiro, João: 427, 440.
*Pinheiro, Manuel: 426, 449.
Pinheiro, Rui de Carvalho: 195, 197.
*Pinheiro, Silvério: 423, 441.
*Pinheiro, Simão: 11-12 (biografia), 22, 270 (pede catequistas angolanos), 455.
Pinheiro de Ázere: 9.
Pinho, António de: 54.
*Pinto, António (1): 19.
*Pinto, António (2): 453.
*Pinto, Francisco: 7.
*Pinto, Inácio: 428, 442.
Pinto, D. Mariana: 345.
*Pinto, Pedro: 152.
Pio IV: 200, 286, 359.
Piratininga: 5. – Ver S. Paulo.
*Pires, António (1): 3, 455.
*Pires, António (2): 272.
*Pires, Belchior: 22-23 (biografia), 37-39, 42, 43, 241, 455.
*Pires, Custódio: 146.
Pires, João: 121.
Pires, Manuel (1): 255.
*Pires, Manuel (2): 255, 256, 259.
*Pires, Manuel (3): 432, 443.
*Pires, Salvador: 430, 437.
Pita, Francisco: 195.
Plemp, Fortunato: 227.
Plínio: 151.
Plutarco: 151.
Plymouth: 6.
Poflitz, Francisco: 98.
*Polanco, João Afonso: p. XIX, 152.

Polónia: 359.
Polosk: 359.
Pombal, Marquês de: 82, 134, 157, 225, 326, 346, 337-359.
Pompeu de Almeida, Dr. Guilherme: 219.
Ponta Delgada: 119.
Ponte da Barca: 422.
Ponte de Lima: 426, 427.
*Pontes, Belchior de: 63.
Portel: 327.
Portimão: 68, 255.
Porto: 26, 28, 31, 62, 115, 123, 158, 198, 255, 256, 267, 275, 280, 421, 422-432, 434.
Porto Seguro: 11, 13, 51, 271, 431, 439.
Porto Seguro, Visconde de (Francisco Adolfo Varnhagen): p. XIX, 331.
Portugal: passim.
*Possivino, António: 171.
Potosi: 20.
Povolide: 433.
Praga: 165, 222.
Prat, André: 315, 318.
*Prates, Francisco: 431, 443.
*Price, William: 267.
Prior do Crato, D. António: 5.
Proença: 279.
Prússia: 360.
Ptolomeu: 166.
*Pugas, Francisco de: 427, 439.
Purificação, Inácio da: 46.
Purificação, Fr. João da: 20.
Queirós Veloso: 169.
Quiaios: 429.
Quinta de S. Cristóvão (Baía): 394.
— Ver *Fazendas.*
Quinta do Tanque: 14, 73, 85, 106, 395, 484.
*Ramière, Henrique: 189.
*Ramos, Domingos: 105, 106, 179, 188, 222, 223, 236, 280.
*Rangel, António: 64, 73.
*Rebelo, Domingos: 426, 446.
*Rebelo, Fernão: 185.
Reboredo, Amaro de: 160.
Recife: 24, 67, 124, 125, 129, 131, 138, 193, 215, 235, 236, 275, 279, 281, 315, 344, 421-426, 428, 430, 431, 433, 450.
*Régis, António: 426, 436.
*Régis, S. João Francisco de: 315, 385, 399, 406.
*Rego, António do: 36, 103.
*Rego, Francisco do: 434, 441.
*Rego, Manuel do: 424, 451.
*Reis, Alexandre dos: 428, 442, 452.
*Reis, António dos (1): 424.
*Reis, António dos (2): 425.
Reis, Baltasar dos (Barrinha ?): 196.
*Reis, Francisco dos: 20, 21.
*Reis (König), João dos: 164.
*Reis, José dos: 426, 444.
*Reis, Luiz dos: 421, 440.
*Reis, Manuel dos: 421, 436.
Resende: 19.
Resende, Filipa de: 61.
*Resende, José de: 432, 444.
Resende, Valentim Gregório de: 203.
Ressurreição, João da: 46.
Ressurreição, D. Manuel da: 370-371.
Ribeira de Pena: 428.
*Ribeiro, António: 215.
*Ribeiro, Francisco (1): 51, 55.
*Ribeiro, Francisco (2): 428, 442.
*Ribeiro, Gaspar: 429, 443.
*Ribeiro, Inácio: 424, 442.
*Ribeiro, João: 428, 451, 452.
*Ribeiro, Joaquim: 422, 449.
*Ribeiro, Manuel (1): 352.
*Ribeiro, Manuel (2): 428, 446.
*Ribeiro, Manuel (3): — Ver Xavier Ribeiro, Manuel.
Rio Branco, Barão do: 5, 101, 173, 348.
Rio Amazonas: 84, 96, 97, 166, 207-209, 253, 296, 340.
— *Arinos:* 340.
— *Contas:* 27.
— *Cuanza:* 31.
— *Doce:* 13.
— *Eufrates:* 64.
Rio Grande do Norte: 9, 118, 120, 121, 165, 245, 256.

Rio Grande do Sul: p. XI, 7, 82, 83, 132, 445.
— *Guandu:* 166.
— *Guaré:* 165.
Rio de Janeiro: p. VII, XI, 5, 7, 10, 12, 13, 15, 16-21, 24-28, 30, 34, 45, 51, 58, 59, 62, 84, 109, 112, 113, 118, 121-125, 127-132, 134, 136-138, 146, 149, 157, 161, 163, 165, 171-173, 176, 180, 181, 193, 210, 215-219, 227, 240, 246, 249, 250, 268-278, 280, 281, 283, 344, 351, 370, 421-426, 428, 430-433, 441.
— *Madeira:* 114, 253; descobrimentos, 340, 342.
— *Negro:* 25, 318, 329, 340-342.
— *Orinoco:* 340.
— *Pardo:* 265.
Rio da Prata: p. III, 62, 64, 96, 97, 149, 242, 253, 265, 270, 340, 445.
— *S. Francisco:* 116, 126, 165.
— *Solimões:* 318, 326.
— *Tapajós:* 340.
— *Tejo:* 5, 116, 357.
— *Tocantins:* 340.
— *Xingu:* 16.
*Ritter, José: 162, 337.
Rivara, Joaquim Heliodoro da Cunha: p. XIX, 296, 309.
*Rivière, Ernest-M.: p. XIX, 120.
*Rocha, António Francisco da: 281.
*Rocha, Félix: 359.
*Rocha, João da (1): 279.
*Rocha, João da (2): 427, 448.
*Rocha, José da (1): 320, 352, 353.
*Rocha, José da (2): 425, 451.
*Rocha, Luiz da: 280.
Rocha, Manuel da (1): 197.
*Rocha, Manuel da (2): 429, 443.
Rocha, Manuel Caetano: 377.
*Rodrigues, Caetano: 431, 443, 453.
*Rodrigues, Diogo: 34.
*Rodrigues, Francisco (1): 433, 437.
*Rodrigues, Francisco (2): p. XIX, 32, 44, 108, 123, 135, 138, 158, 160, 164, 195, 271-273, 359.

*Rodrigues, Inácio: 189, 422, 435.
*Rodrigues, Jerónimo: 7.
*Rodrigues, João: 430, 437.
*Rodrigues [de Melo], José: 166, 425, 445.
*Rodrigues, Manuel: 430, 437.
*Rodrigues, Matias: 25, 345-347.
*Rodrigues, Nicolau: 422, *449.
*Rodrigues, Pero: 3, 11, 17, 109, 175, 188, 192, 216, 270, 455.
*Rodrigues, Vicente: 146.
Rodrigues Portela, Matias: 161.
*Roland, Jacobo: 87, 121, 274.
Roma: Acolhe os exilados da Assistência de Portugal, 358; e *passim*.
*Romão de Oliveira, Francisco: 137, 169.
*Romeiro, João: 428, 437.
*Roothaan, João: 360.
*Roriz, Manuel: 428, 448.
Roterdão: 274.
Rousseau: 336.
Röwer, Basílio: 46.
*Rubiati, João: 434, 441.
Rússia Branca: 359, 360.
*Sá, António de: 34, 51, 237.
*Sá, Custódio de: 429, 443.
Sá, Martim de: 7.
Sá e Benevides, Salvador Correia de: 18, 24, 273, 289.
Sá e Mendonça, José de: 162.
Sá de Meneses, Artur de: 106.
*Sacchini, Francisco: 171.
Sacramento, D. Timóteo do: 309.
Salamanca: 208.
Salcete: 309.
Saldanha, Bento Teixeira de: 203.
Salema, António: 287.
*Sales, Francisco de: 428, 442.
*Sales, João de: 426, 450.
*Sales, Joaquim de: 430, 437.
*Salgueiro, António: 426, 451.
Salisbury, Conde de (Sir Robert Cecil): 6.
Salústio: 151, 169.
Salvador da Baía: p. VII, 286 (criação do Bispado). — Ver *Baía*.

Salvaterra: 203.
*Sampaio, Francisco de: 423, 440.
*Sampaio, João de (1): Sobe o Rio Madeira, 340.
*Sampaio, João de (2): 424, 440.
Sampaio, José Pereira de (Bruno): 26.
Sande, António Pais de: 117, 118, 203.
Santa Catarina: 245, 356, 445.
Santa Cruz: 227.
Santa Maria: 434.
Santarém: 15, 119, 423.
Santiago, D. Francisco de: 309.
S. Amaro (Vila de): 430.
Santos: 6, 7, 24, 51, 67, 123, 125, 165, 273, 340, 422, 426, 427, 430, 448.
*Santos, António dos: 434, 437.
*Santos, Bruno dos: 431, 437.
*Santos, Francisco dos: 433, 451.
*Santos, Inácio dos: 428, 437.
*Santos, José dos: 429, 443.
*Santos, Manuel dos (1): 326, 352.
*Santos, Manuel dos (2): 423, 436.
*Santos, Nicolau dos: 430, 439.
*Santos, Pedro dos: 426, 445.
S. Bartolomeu: 362.
S. Bento, Fr. Inácio de: 46.
S. Bento, Fr. Leão de: 46.
S. Elias, Fr. Francisco de: 318.
São Francisco (Vila de): 430.
S. Gens de Cavalos: 434.
S. José, Fr. António de: 309, 324, 345.
S. José, D. Guilherme de: 315.
S. José, Fr. João de: 325, 326.
S. José, Fr. Manuel de: 70.
S. Julião da Barra: 137, 162, 168, 268, 269, 357.
S. Paulo: p. VII, 7, 24, 25, 27, 51, 63, 67, 68, 87, 104, 122-124, 149, 165, 171, 180, 187, 193, 218, 219, 246, 249, 270, 282, 283, 367 (data da fundação), 421, 423, 426-431, 434, 447.
S. Roque (Baixos de): 62.
S. Vicente: 24, 146, 149, 249.
*Saraiva, Manuel: 155.
Sardinha, D. Pedro Fernandes: 183.
*Sarmento, Francisco: 72.

Satow: 158.
Saúde (Sítio da): 137, 181, 374.
Schetz, Gaspar de: 6.
*Schinberg, André: 151, 167.
Scipião: 151.
Sebastião, El-Rei D.: 202, 373.
Seco de Macedo, Jorge: 49.
Seixas, Isabel de: 63.
*Seixas, José de: 63-65 (biografia), 67, 72, 192, 211, 456.
*Seixas, Manuel de: 453.
*Semperes, Gaspar de: 163.
Séneca: 151, 152, 156.
Sennert: 227.
*Sequeira, António: 432, 444.
*Sequeira, Baltasar de: 10, 28, 29, 37, 55, 237, 456.
*Sequeira, Inácio de: 16.
*Sequeira, José de: 429, 443.
*Sequeira, Manuel de: 131, 138 (biografia), 421, 435, 456.
Sergipe de El-Rei: 126, 250, 251, 279.
Serpa: 327, 328, 425.
Serra de El-Rei: 429.
Serra das Esmeraldas (Minas): 16.
*Serrão, Gregório: 455.
Sertão, Domingos Afonso: 110, 287, 290.
Servet, Miguel: 228.
Setúbal: 357.
Sicília: 124, 360.
*Silva, Alexandre da: 361.
*Silva, António da: 424, 450.
*Silva, Domingos da: 154.
*Silva, Francisco da (1): 425, 445.
*Silva, Francisco da (2): 432, 438.
*Silva, Inácio da: 433, 449.
*Silva, João da (1): 279.
*Silva, João da (2): 432, 449.
*Silva, Joaquim da: 433, 437.
*Silva, José da: 425, 447.
*Silva, Luiz da: 432, 443.
*Silva, Luiz G. da: 281.
Silva, Manuel da (1): 345.
*Silva, Manuel da (2): 210.
*Silva, Manuel da (3): 426, 444.
*Silva, Marcelino: 433, 437.

*Silva, Pedro da: 153, 180, 181, 425, 436.
Silva, D. Pedro da: 17, 23.
*Silva, Tomás da: 433, 438.
Silveira, Apolónia da: 119.
*Silveira, Francisco da: 424, 436, 484.
*Silveira, João da: 269.
*Simeão, Teotónio: 358, 431, 437, 452.
*Simões, António: 423, 445.
*Simões, Bernardo: 430, 437.
*Simões, Manuel: 432, 450.
Sintra: 327.
Siqueira, António Fernandes de: 270.
*Siqueira, Luiz de: 270, 271.
Smith, Robert C.: 374, 420.
*Soares, António: 92.
*Soares, Barnabé: 38, 51, 53-55, 57-59, 66, 68, 105, 484.
*Soares, Bernardo: 360, 429, 449.
*Soares, Bento: 423, 444.
*Soares, Cipriano: 152.
*Soares, Diogo: 165, 226.
*Soares, Domingos: 437, 447.
Soares, Feliciano de Araújo: 195.
*Soares, Francisco (1): 279.
*Soares, Francisco (2): 429, 443.
*Soares, José (1): 74, 89, 92, 97.
*Soares, José (2): 157-158.
Soares da Franca, João Álvares: 218.
Soares Lusitano, Francisco: 227, 228.
*Soares Portuense, Francisco: 180.
Sobreiro: 433.
Sofia Isabel, D. Maria (Rainha de Portugal): 117.
Sófocles: 151.
Sombra, S.: 86.
*Sommervogel: p. XVII, XIX, 26, 158, 162, 167, 251, 282.
Sora (Palácio de): 137, 257, 358.
Soto Maior, Francisco de: 272.
Soto Maior, Manuel António da Cunha: 374.
Sotomaior, Pedro Marinho: 54.
*Sotomaior, Simão de: 290.
Sotto-Mayor, Dom Miguel: p. XIX, 338.
Soure: 430.

*Sousa, António de: 423, 446.
*Sousa, Carlos de: 429, 443.
*Sousa, Domingos de: 154, 423, 452.
*Sousa, Estêvão de: 427, 439.
*Sousa, Francisco de (1): 131.
*Sousa, Francisco de (2): 280.
Sousa, D. Francisco de: 7.
Sousa, Gaspar de: 305.
*Sousa, Inácio de (1): 422, 449.
*Sousa, Inácio de (2): 431, 440.
*Sousa, Joaquim de: 430, 437.
*Sousa, José de (1): 431, 437.
*Sousa, José de (2): 431, 443.
*Sousa, José de (3): 298.
*Sousa, Lourenço de: 432, 439.
Sousa, D. Luiz de: 373.
*Sousa, Manuel de: 426, 440.
*Sousa, D. Manuel Caetano de: 90.
*Sousa, Tomás de: 276.
Sousa Freire, Alexandre de (1): 62.
Sousa Freire, Alexandre de (2): 314.
Sousa de Macedo, António de: 36, 56.
*Southwell, Natanael: 62.
Spenser, Edmundo: 6.
*Stafford, Inácio: 164, 270.
Stegmüller, Frederich: 6.
*Stein, J.: 225.
Studart, Barão de: p. XX.
*Suárez, Francisco: 177, 185, 219.
Suécia: 74.
Suetónio: 151, 169.
Swieten: 337, 338.
*Szentmartonyi, Inácio: 168.
Tácito: 151.
Tagasta (Bispo de): 133.
Talabrega: 428.
*Tamburini, Miguel Ângelo: 111, 114, 179, 244, 293, 296, 309.
Taques de Almeida, Pedro: 165.
Taques de Almeida Pais Leme, Pedro: 122, 219.
Tarouca: 424.
Tasso: 157, 171.
Taunay, Afonso de E.: 166.
*Tavares, Anselmo: 434, 438.
*Tavares, João (1): 279.
*Tavares, João (2): 429, 443.

*Tavares, Manuel: 424, 445.
*Tavares, Mateus: 270.
*Távora, Marcos: 213, 422, 435.
Teixeira, António José: p. XX, 192, 195, 211.
*Teixeira, Diogo: 425, 445.
*Teixeira, Inácio: 154, 358, 423, 438.
*Teixeira, João (1): 323.
*Teixeira, João (2): 431, 440, 453.
*Teixeira, José: 358, 426, 440.
Teixeira, D. Marcos: 181.
*Teixeira, Mateus: 428, 437.
Teixeira, Pedro: 101.
*Teixeira, Rui: 483.
*Teixeira, Sebastião: 433, 447.
*Teixeira, Timóteo: 431, 440.
*Teles, Baltasar: 36, 221, 222.
Teles da Silva, António: 22, 26, 83.
Telhado: 453.
Temudo, Manuel da Fonseca: 188.
*Tenreiro, Manuel: 216.
Tentúgal: 432.
Teofrasto: 151.
Thedaldi, Pedro Maria: 484.
Tito Lívio: 151, 169.
*Toledo, Francisco de: 318, 319, 321, 322, 352, 353, 421.
*Toledo, Pero de: 10 (biografia), 20, 247, 455.
*Tolosa, Inácio: 3, 4, 11, 180, 247, 455.
Torre (Casa da): 241.
Torre, Conde da: 62, 265.
Torre de Bouro: 430.
*Torres, José: 251.
*Torres, Manuel de: 433, 443.
Torres Novas: 279, 426, 428, 432.
Toulon: 252.
Touro: 430, 433.
Trafaria: 356.
Trás os Montes: 427.
Trastevere: 358, 361.
Travanca: 434.
Trepane: 30.
Turquel: 433.
*Tursellini, Horácio: 169.
Tutoia: 279.
Urbano VIII: 17, 21, 30.

Val de Reis, Conde de: 289.
Valadão, Haroldo: 185.
Valazim: 430.
*Vale, António: 217.
*Vale, João do: 153, 426, 439.
*Vale, José do: 424, 447.
*Vale, Manuel do: 429, 443.
*Valente, José: 361, 434, 440, 453.
Valério Máximo: 151.
Valleius Paterculus: 151.
Vareiro, Manuel André: 20.
Varejão, Pedro de Sequeira: 215, 218, 219.
Varnhagen, Francisco Adolfo: – Ver Porto Seguro, Visconde de.
Varsóvia: 359.
Vasconcelos, Diogo A. P. de: 349.
Vasconcelos, Inácio Rebelo de: 26.
Vasconcelos, João Mendes de: 195.
Vasconcelos, Paula de: 26.
Vasconcelos, Pedro de (1): 113.
*Vasconcelos, Pedro de (2): 426, 444.
*Vasconcelos, Simão de: 9, 17, 23, 26-28 (biografia), 30, 33, 34, 36-39, 43, 45, 47, 55, 59, 171, 237, 255, 272, 455.
*Vasques, Gabriel: 185.
*Vaz, António: 98.
*Vaz, Manuel: 433, 450.
*Vaz, Sebastião: 38, 39, 55.
*Vaz Serra, António: p. XVII.
Vega, Garcilazo de la: 171.
*Veiga, Francisco da: 280.
*Velho, Manuel: 426, 446.
*Veloso, João: 424, 445.
*Veloso, Jerónimo: 425, 449.
Venezuela: 340.
Vergara, Pedro: 351.
*Viana, Domingos: 422, 439.
*Viana, Félix: 427, 441.
Viana de Alvito: 4, 17.
Viana do Castelo: 254, 272, 524, 429, 432.
*Vicente, José: 431, 443.
Vidal, Pedro: 306.
Vidal de Negreiros, André: 62.
*Vidigal, José: 310, 314, 316.

*Viegas, António: 152.
*Viegas, Artur: 272.
Viegas, João Peixoto: 200.
*Viegas, Pedro: 432, 447.
*Vieira, António (1): p. IX, XVII, XX, 7, 14, 18, 25, 26, 28, 29, 36, 44, 45, 61, 64-66, 69-70 (as administrações particulares), 72-93 (biografia), 78 (campeão dos naturais do Brasil), 78-81 (defende os Índios e a catequese dos Negros), 85 (pontos da sua Visita), 85 (institui o cargo de Irmão comprador), 89 (o seu falecimento), 90 (a sua espiritualidade), 94-96, 98 (defesa do prestígio nacional), 102, 104, 105, 108-113, 117-120, 127, 142, 156-157 (em Pernambuco), 162, 170, 172, 177, 184, 188, 189, 201, 206-209, 211-212 (levanta os estudos), 222, 234, 238-239 (estranha a pouca selecção dos noviços), 241, 246, 261, 271, 277, 292-295 (reprova a ida aos géneros do sertão), 305 (as visitas dos Bispos às Aldeias), 330 (contra o cativeiro dos Índios), 331, 345, 354 (o "Sermão amazónico"), 369-372 (informação sobre os estudos), 370-371 (obediência aos Bispos), 456.
*Vieira, António (2): 222.
*Vieira, António (3): 222.
*Vieira, António (4): 426, 444.
*Vieira, Bernardo: 428, 442.
*Vieira, Domingos: 429, 443.
*Vieira, Francisco: 434, 448.
*Vieira, João: 268.
*Vieira, José: 448.
*Vieira, Luiz: 280.
*Vieira, Manuel: 430, 437.
Vieira Ravasco, Bernardo: 46.
Viena de Áustria: 337.
Vigia: 171, 327.
Vila Franca: 428.
Vila Nova de El-Rei: 328.
Vila Nova de Portimão: 255.
Vila Real: 425, 426.

Vila Rica: 123, 219, 282.
Vila Viçosa: 115, 427.
*Vilanova, José de: 433, 437.
*Vilanova, Tomás de: 426, 447.
Vilar de Amargo: 430.
Vilar de Pinheiro: 430.
*Vilares, Luiz: 431, 443, 453.
Vilarinho Seco: 430.
Vilas Boas, João de Aguiar: 195.
Vilhena, Luiz dos Santos: 210.
Vilhena de Morais, Eugénio: 278.
Virgílio: 151, 152, 157.
Viseu: 9, 164, 428, 432, 434.
*Vitelleschi, Múcio: p. XVIII, 37.
*Vitoriano, André: 423, 441.
*Vitorino, Manuel: 431, 443.
*Viveiros, José de: 279, 425, 435.
*Vivier, Alexandre: p. XX, 360.
Voltaire: 336, 355.
Wald: 227.
Weremale, Barão de: 6.
*Willheim, Hubert: 164.
*Wolff, Francisco: 194, 342.
*Xavier, António: 427, 442.
*Xavier, Caetano: 342, 483.
*Xavier, Diogo: 431, 443.
*Xavier, Félix: 421, 441.
*Xavier, Francisco: 256, 257, 269, 433, 435.
*Xavier, Inácio: 426, 439.
*Xavier, João: — Ver Xavier Padilha, João.
*Xavier, José: 281, 422, 451.
*Xavier, S. Francisco: 37, 370, 378 (relíquias na Baía), 383, 386, 389, 390, 393, 395, 406, 408 (busto chapeado de prata), 409.
*Xavier, Tomás: 427, 440.
Xavier de Burgos, Manuel: 281.
*Xavier Caturro, Vicente: 281.
*Xavier Ferreira, Vicente: 282, 431, 443.
*Xavier Ribeiro, Manuel: 182, 219, 423, 436.
Xisto IV: 285.

Zacuto Lusitano: 227.

Índice das Estampas

	PÁG.
S. João de Brito Padroeiro das Missões do Mundo Português	IV/V
Assinaturas autógrafas de Provinciais	60/61
Idem	76/77
Idem	108/109
Imagem da Capela de S. Bárbara	124/125
Lição de Aritmética	156/157
Antigo Observatório Astronómico do Rio de Janeiro	172/173
"Sedes Sapientiæ", da Livraria da Baía	188/189
Relógio de Sol da Fazenda de S. Francisco Xavier (Niterói)	204/205
"Conclusiones Metaphysicæ", do P. Francisco de Faria	220/221
Abertura da letra P, da "Collecção de Varias Receitas" (Panaceia Mercurial)	236/237
Interior da Igreja dos Jesuítas da Baía (hoje Catedral)	252/253
"Noticia do Antidoto ou nova Triaga Brasilica"	284/285
A Flebotomia dos Jesuítas	300/301
O Cativeiro de S. Julião da Barra	316/317
A Catequese Cristã do Brasil — Pia baptismal de uma antiga Aldeia dos Jesuítas (Reritiba)	332/333
P. Gabriel Malagrida	348/349
Trigrama da Companhia de Jesus inspirado num desenho da "Relação do Brasil" do P. Jácome Monteiro (1610). No texto	363
"Rudis Ichnographia" dos Cárceres de S. Julião da Barra	364/365
Planta do Colégio da Baía (1760-1782): Figura 1.ª	380/381
Idem: Figura 2.ª	396/397
Idem: Figuras 3.ª e 4.ª	412/413

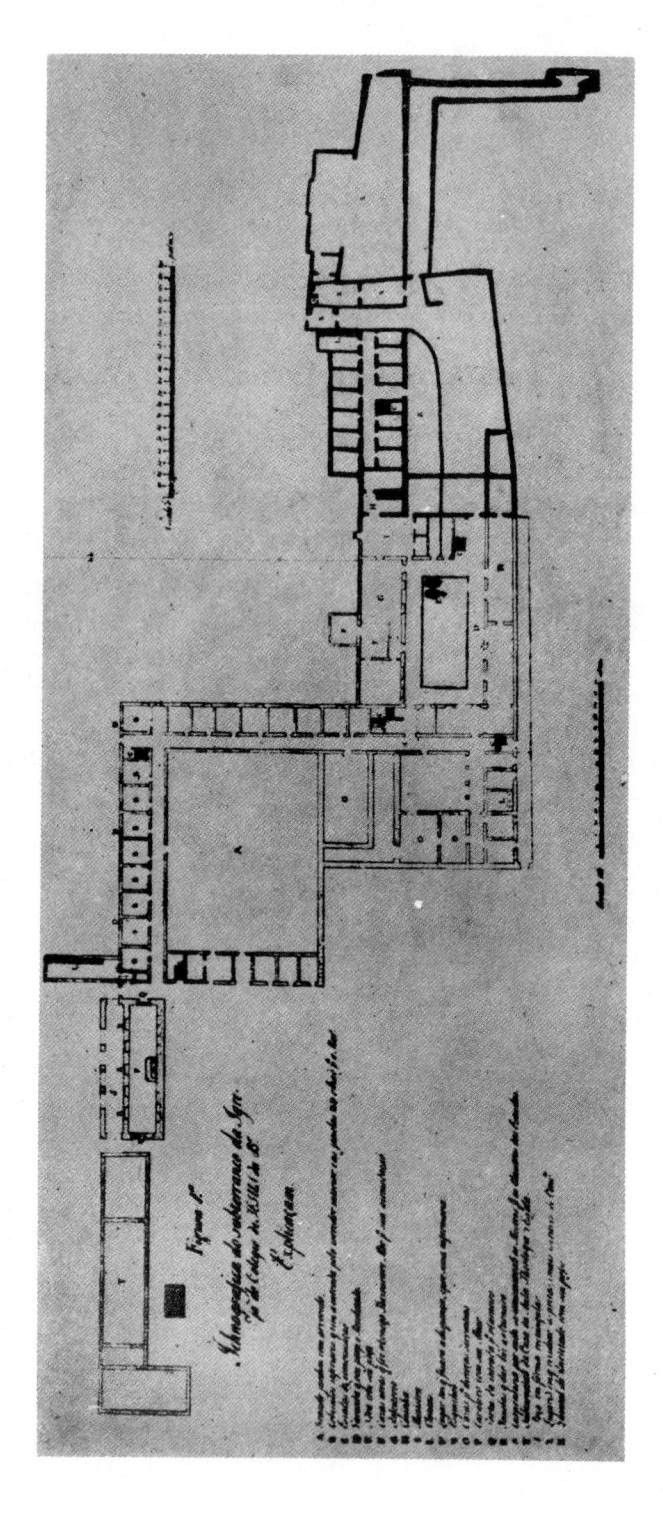

Colégio da Baía (1760-1782)

Figura 1.ª — Subterrâneos (debaixo do andar nobre), mas com saídas e vista para o lado do mar e pátios internos.

Lojas (T) das Classes de Filosofia, Teologia e Escola, corredor de passagem (por baixo da actual Sacristia junto ao Carneiro) para o grande pátio arborizado (A), donde se passava para o amplo Refeitório (G), mutilado pelo Cónego Tesoureiro (F), e para o Recoletado pela varanda (D). No extremo do Edifício (X), com saída apenas para o exterior, a habitação das pretas e mulheres de serviço (lavandaria e outros semelhantes).—Ver *Apêndice E*.

CORRIGENDA & ADDENDA [1]

TOMO I

Pág. 194, linha 28	leia-se	1557
» 380, » 32	»	1563

TOMO II

» 69, » 32	leia-se	Rui Teixeira
» 550, » 31	»	*Opp.*
» 583, » 7	»	Jararaca

TOMO III

» 124, » 19	leia-se	Abrantes
» 167, nota 5	suprima-se	o último período
» 262, linha 21	»	a ordenar-se
» 308, nota 3	leia-se	doc. 36

TOMO IV

» 236, » 1	leia-se	*Bras.* 26.
» 315, » 2	»	de 23, ... 98v.
» 320, linha 12	»	1672
» 343,	acrescente-se,	na Expedição 26 (1688), Miguel Antunes, de Lisboa
» 355, linha 2	leia-se	Alemão (Brigância = Bregenz)
» 363, 8.º nome (Dom. Ant.)	»	1710 [não 1740]
» 364, 2.º nome (João Ferr.)	»	30 Nov. [não 20]
» 364, 21.º nome Caetano Xavier	»	1724 não [1729[
» 396,	passem-se	as 2 primeiras linhas da página para o fim dela

---

1. Cf. supra, *História*, I, 605; II, 653; III, 445–449; V, 628–629; VI, 634.

TOMO V

Pág. 146, nota 4, linha penúltima, leia-se de gastos [não de factos]
» 162/3, na legenda da gravura suprimam-se as palavras "a do tempo do P. Vieira", referidas a uma escada da Quinta do Tanque, na Baía; e consigne-se que neste ano de 1949 deixou de ser leprosaria, transferindo-se os doentes para outro sítio fora da Cidade.
» 219, linha 3 suprima-se a palavra Beagel.
» 271, » 22/23 » nu-mero de
» 295, nota 1, linha 1 leia-se 15 de Abril
» 306, notas 2, 3 mude-se a numeração: 3,2
» 401, nota 2, linha última leia-se mercadores
» 418, linha 33 » 1687
» 457, » 29 » 17 de Dezembro
» 581, n.º 28 » 1 Aprilis

TOMO VI

» VII, linha 7 leia-se lepidopterologista [Cândido Mendes]
» », » 11 » 16
» 10, a seguir à linha 19 acrescente-se P. Barnabé Soares (1679)
» 93, linha 37 leia-se braças
» 145, nota 1 » 29 de Agosto
» 149, linha 32 » 1705 [não 1706]
» 160, nota 2 » 194v
» 208, linha 32 » dentro da casa escaparam à morte
» 211, nota 1, linha 2 » Pedro Maria Thedaldi
» 269, linha 5 » leva
» 270, » 18 suprima-se no Rio
» 279, » 20 leia-se ou medidas
» 279, » 29 » Mostra de
» 300, » 14 » espíritos irritados
» 308, » 32 » *as ordens*
» 369, nota 1 » 4 de Maio de 1716
» 390, » 1, linha 2 » Francisco da Silveira, dos Açores
» 404, linha 13 » 29 de Agosto
» 404, nota 1, linha 6 » Ir. Simão Gonçalves
» 413, linha 6 » Galrão
» 424, nota 1, linha 1 » 28 de Junho

Pág. 431, linha 33   suprima-se P. Francisco Pires 1720
»   436,   »   1   leia-se   Tomo I
»   446,   »   3   »   mais [em vez de não]
»   453,   »   4   »   1727
»   546, nota 1, linha 2 »   Setembro
»   548,   »   1, linha 2 »   fundação
›   551, linha 5   »   muitos Autores
»   593, nota 4 [aliás 1] »   Flandro-Belga
»   »   Na posição em que se encontram as notas desta pág. 593, correspondem às chamadas do texto, mas a numeração (só a numeração do pé de página) deve ordenar-se de 1 a 5. Assim: onde está 4 leia-se 1, onde está 5 leia-se 2, onde está 1 leia-se 3, onde está 2 leia-se 4, onde está 3 leia-se 5.

TOMO VII

»   65, linha 27   leia-se   exterritus.

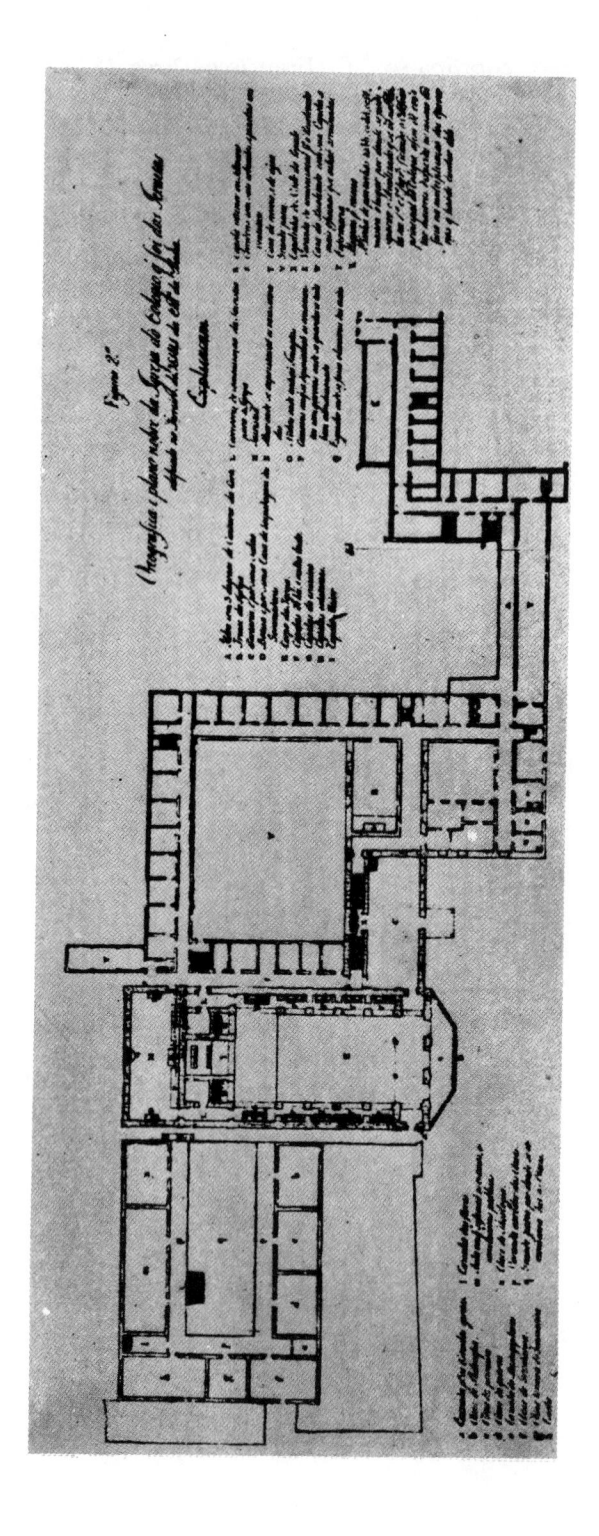

COLÉGIO DA BAÍA EM 1760

Figura 2.ª — Andar nobre ao nível do Terreiro de Jesus.

Os "Estudos Gerais" (letras minúsculas) frequentados por alunos externos, ficavam separados, pela Igreja, do grande pátio arborizado, onde se enfileiravam os cubículos ou aposentos dos Padres, e, no ângulo sobre o Terreiro, a Botica e Hospedaria dos Governadores Gerais do Brasil, e este conjunto separava-se, pela linha ponteada dd, do "Recoletado", habitação dos Irmãos Juniôres, que ainda não tinham concluído a carreira de estudos (na planta, com traço mais cheio).

Ver Apêndice E.

ÍNDICE GERAL

	PÁG:
Prefácio	IX
Conspecto geral e método	XIII
Introdução bibliográfica	XV

LIVRO PRIMEIRO

O GOVERNO DA PROVÍNCIA

Cap. I — **Primeiros Provinciais e Visitadores do Século XVII (1603-1663):** 1 — Fernão Cardim; 2 — Manuel de Lima; 3 — Henrique Gomes; 4 — Pero de Toledo; 5 — Simão Pinheiro; 6 — Domingos Coelho; 7 — António de Matos; 8 — Pedro de Moura; 9 — Manuel Fernandes; 10 — Francisco Carneiro; 11 — Belchior Pires; 12 — Francisco Gonçalves; 13 — Simão de Vasconcelos; 14 — Baltasar de Sequeira; 15 — José da Costa...................... 3

Cap. II — **Crise de Autoridade (1663-1668):** 1 — A Província do Brasil pede Visitador e o Geral nomeia o P. Jacinto de Magistris; 2 — A "Jacintada" ou a sua deposição na Baía; 3 — O Engenho de Sergipe do Conde e o espírito regionalista dos naturais do Brasil; 4 — Intervenção da Câmara da Baía e resposta do P. João de Paiva; 5 — O Comissário P. Antão Gonçalves e a conspiração frustrada sobre as terras dos Padres; 6 — Apaziguamento da Província e restabelecimento da autoridade.............. 33

Cap. III — **Provinciais até ao P. Vieira (1669-1688) :** 1 — Francisco de Avelar e José da Costa; 2 — José de Seixas; 3 — António de Oliveira; 4 — Alexandre de Gusmão; 5 — Diogo Machado..................... 61

Cap. IV — **António Vieira, Visitador Geral (1688-1691):** 1 — Ideias de Vieira sobre as Missões do Maranhão e Pará; 2 — Sobre as Missões do Brasil e a necessidade de Missionários portugueses; 3 — O governo de Vieira e os seus detractores; 4 — Ordens da Visita de Vieira, o predomínio dos Estrangeiros, administrações particulares dos Índios,

		PÁG.

    privação de voz activa e passiva, e justiça póstuma; 5 — A "Clavis Prophetarum", a última carta e a morte de Vieira   73

CAP. V — **Os cargos de governo e os Missionários Estrangeiros:** 1 — Necessidade e utilidade de Missionários Estrangeiros; 2 — O pensamento do P. António Vieira; 3 — Cautelas e limitações; 4 — Decretos Régios para que não fossem Superiores; 5 — Reacção contra o P. Vieira; 6 — Ordem do P. Geral para a dispersão dalguns Padres Estrangeiros do Colégio da Baía; 7 — O ano trágico de 1711 e a "Cultura e Opulência do Brasil por suas Drogas e Minas" 93

CAP. VI — **Provinciais e Visitadores do século XVIII (1697-1761):** 1 — Francisco de Matos; 2 — João Pereira; 3 — João António Andreoni; 4 — Mateus de Moura; 5 — Estanislau de Campos; 6 — José de Almeida e Estêvão Gandolfi; 7 — Miguel Cardoso; 8 — José Bernardino; 9 — Manuel Dias; 10 — Gaspar de Faria; 11 — Marcos Coelho; 12 — Miguel da Costa; 13 — João Pereira e Manuel de Sequeira; 14 — Simão Marques; 15 — Tomás Lynch; 16 — José Geraldes; 17 — João Honorato; 18 — Manuel de Sequeira, pela 2.ª vez, e último 115

LIVRO SEGUNDO

O MAGISTÉRIO DE DOIS SÉCULOS

CAP. I — **Instrução e Educação:** 1 — Instrução e Educação pública; 2 — Gratuita; 3 — Popular; 4 — A Escola de ler, escrever e contar ou de Gramática Portuguesa 141

CAP. II — **Ensino Secundário:** 1 — O Curso público de Humanidades; 2 — As Classes de Latim, distribuição e duração; 3 — Os tratadistas; 4 — O Grego e o Hebraico; 5 — Matemática e Física; 6 — História e Geografia; 7 — Língua Pátria 149

CAP. III — **Ciências Sacras:** 1 — Teologia Especulativa ou Dogmática; 2 — A questão "de Auxiliis"; 3 — A questão do Probabilismo; 4 — Teologia Moral; 5 — Direito Canónico e questões canónico-morais do Brasil; 6 — Patrística e Exegese da Sagrada Escritura 175

CAP. IV — **O Curso das Artes e tentativas para se criar a Universidade do Brasil:** 1 — Estatuto Universitário do Colégio das Artes da Baía; 2 — Petições do Brasil e parecer da Universidade de Coimbra; 3 — O grau de Teologia; 4 — Exclusão e readmissão dos Moços Pardos e solução final, não Universidade, mas graus públicos; 5 — Consolação e apelo de Vieira para os graus que se dão na

		PÁG.
	imensa Universidade de almas "da Amazónia e sertões e bosques das gentilidades"............................	191
CAP.	V — **O ensino da Filosofia no Brasil:** 1 — "Conclusiones Philosophicæ" impressas e manuscritas; 2 — Exames, Actos Públicos e Cartas de Bacharel, Licenciado e Mestre em Artes; 3 — Graduados eclesiásticos, civis e militares; 4 — S. Tomás, o "Curso Conimbricense" e outros livros de texto europeus e brasileiros; 5 — O ensino da Companhia de Jesus e a cultura colonial..................	209

LIVRO TERCEIRO

ASPECTOS PECULIARES DO BRASIL

		PÁG.
CAP.	I — **Naturalidade dos Jesuítas do Brasil:** 1 — Deficiência de vocações no Brasil e o estudo das suas causas; 2 — Quadro estatístico; 3 — Os Portugueses do Brasil e de fora dele; 4 — Dificuldades particulares do Maranhão e o Colégio de Coimbra; 5 — A percentagem estrangeira.	233
CAP.	II — **A Fragata do Provincial e a divisão da Província:** 1 — A extensão da costa do Brasil e o navio da Companhia; 2 — Os Irmãos construtores navais; 3 — Os Irmãos pilotos, companheiros do Provincial; 4 — O regime e serviços do navio provincial; 5 — A extensão do Brasil e a divisão da Província em duas, a da Baía e a do Rio de Janeiro..	249
CAP.	III — **Missões navais e missões externas:** 1 — O Apostolado do Mar; 2 — Conversões de marinheiros estrangeiros; 3 — Ingleses convertidos entrados na Companhia; 4 — Visita e Reconquista de Angola; 5 — A catequese dos Escravos e os "Línguas de Angola", à chegada dos navios de África; 6 — Jesuítas do Brasil missionários na Índia Oriental; 7 — Na Guiana Francesa.....................	265
CAP.	IV — **Dízimos a Deus e a El-Rei:** 1 — Os Dízimos e a Ordem de Cristo; 2 — A isenção dos Dízimos dos Padres da Companhia; 3 — A sua aplicação na Província do Brasil; 4 — Na Vice-Província do Maranhão e Pará; 5 — As "Instruções Secretas" de 1751 e a destruição da ordem jurídica, pródromo da perseguição geral................	285
CAP.	V — **A Visita dos Bispos às Aldeias ou Missões dos Índios:** 1 — Não se praticou nas Dioceses do Estado e Província do Brasil em dois séculos de harmonia; 2 — Debates e concórdia na Diocese do Maranhão; 3 — Controvérsia na Diocese do Pará; 4 — Destruição violenta das Missões amazónicas; 5 — Funestas consequências para a vida local...	301

LIVRO QUARTO

PÁG.

PERSEGUIÇÃO E SOBREVIVÊNCIA

Cap. Único — **Perseguição e Sobrevivência:** 1 — A Europa religiosa e política em 1750; 2 — A situação portuguesa; 3 — Do início da perseguição (1751) à lei de 1759; 4 — Os Missionários da Amazónia os mais perseguidos do Mundo; 5 — Sadismo e crueldade; 6 — Os cárceres do Reino e a dispersão da Itália; 7 — Continuação ininterrupta e restauração oficial da Companhia de Jesus; 8 — A volta ao Brasil 335

APÊNDICES

Apêndice A) — A data da fundação de S. Paulo..................... 367

» B) — Carta do P. António Vieira, Visitador Geral do Brasil, ao Padre Geral de Companhia de Jesus, Baía, 4 de Agosto de 1688.. 369

» C) — Seminário da Baía — Principais efemérides de 1550 a 1759... 373

» D) — Tesouro Sacro dos Jesuítas da Baía — Inventário de 1760... 377

» E) — Planta da Igreja e Colégio da Baía em 1782.......... 417

» F) — Catalogus 1.ᵘˢ Provinciæ Brasiliensis Romam missus a R. P. Provinciali Ioanne Honorato anno 1757....... 421

» G) — Catalogus Brevis Provinciæ Brasiliensis an. 1757...... 435

» H) — Provinciais, Vice-Provinciais e Visitadores Gerais do Brasil... 455

Índice de nomes.. 457
Índice de estampas.. 481
Corrigenda & Addenda... 483

Imprimi potest
Olisipone, 24 Decembris 1948
Tobias Ferraz S. I.
Praep. Prov. Lusit.

Pode imprimir-se
Rio de Janeiro, 7 de Março de 1949
† Jaime de Barros Câmara, *Cardeal Arcebispo*

ESTE SÉTIMO TOMO
DA HISTÓRIA DA COMPANHIA DE JESUS NO BRASIL
ACABOU DE IMPRIMIR-SE
DIA DE S. COSME E S. DAMIÃO
409.º ANIVERSÁRIO DA MESMA COMPANHIA
27 DE SETEMBRO DE 1949
NO
DEPART. DE IMPRENSA NACIONAL
RIO DE JANEIRO

SERAFIM LEITE S. I.

HISTÓRIA DA COMPANHIA DE JESUS NO BRASIL

TOMO VIII

(Escritores: de A a M. — SUPLEMENTO BIOBIBLIOGRÁFICO - I)

EDITORA ITATIAIA
Belo Horizonte

Como os precedentes, a começar do Tomo III, também este se publica pelo Instituto Nacional do Livro, do Ministério da Educação, de que é nobre e digno titular o Dr. Clemente Mariani.

Copia de vnas cartas em

biadas del Brasil/ por el padre Nobrega dela
compañia de Jesus: y otros padres que
estan debaxo de su obediéncia: al padre
maestre Simon preposito de la di‑
cha compañia en Portugal: y
a los padres y hermanos
de Jesus de Co‑
imbra.
Tresladadas de Portugues en Castellano
Recebidas el año de
M. D. LI.

CARTAS DO BRASIL

Enviadas por Nóbrega e outros Padres, recebidas em Portugal em 1551
(Três anos antes da fundação de S. Paulo)
Monumento bibliográfico (o mais antigo) dos
Jesuítas de toda a América

HISTÓRIA
DA
COMPANHIA DE JESUS
NO
BRASIL

P. JOÃO DE ALMEIDA
(John Made)
Na "Vida" pelo P. Simão de Vasconcelos (Lisboa 1658)

SERAFIM LEITE, S. I.

HISTÓRIA
DA
COMPANHIA DE JESUS
NO
BRASIL

TÔMO VIII

ESCRITORES: de A a M
(Suplemento Biobibliográfico - I)

1949

INSTITUTO NACIONAL DO LIVRO
RIO DE JANEIRO

LIVRARIA CIVILIZAÇÃO BRASILEIRA
Rua do Ouvidor — RIO

LIVRARIA PORTUGÁLIA
Rua do Carmo — LISBOA

Uma das duas páginas autógrafas da *Arte* de Anchieta, conservadas no Arquivo Geral da Companhia (letra do P. José de Anchieta). — Declaração de como foram recolhidas em 1730 por ordem da Congregação dos Ritos (letra do P. Manuel Dias).

COMEMORAÇÃO

*de três gloriosos CENTENÁRIOS conjuntos quando há quatro séculos
governava a Companhia S. INÁCIO e
reinava em Portugal D. JOÃO III*

A Instituição do Governo Geral do Brasil
A Chegada da Companhia de Jesus à América
A Fundação da Cidade do Salvador da Baía

1549 ● 1949

PUBLICAÇÕES DA ACADEMIA BRASILEIRA

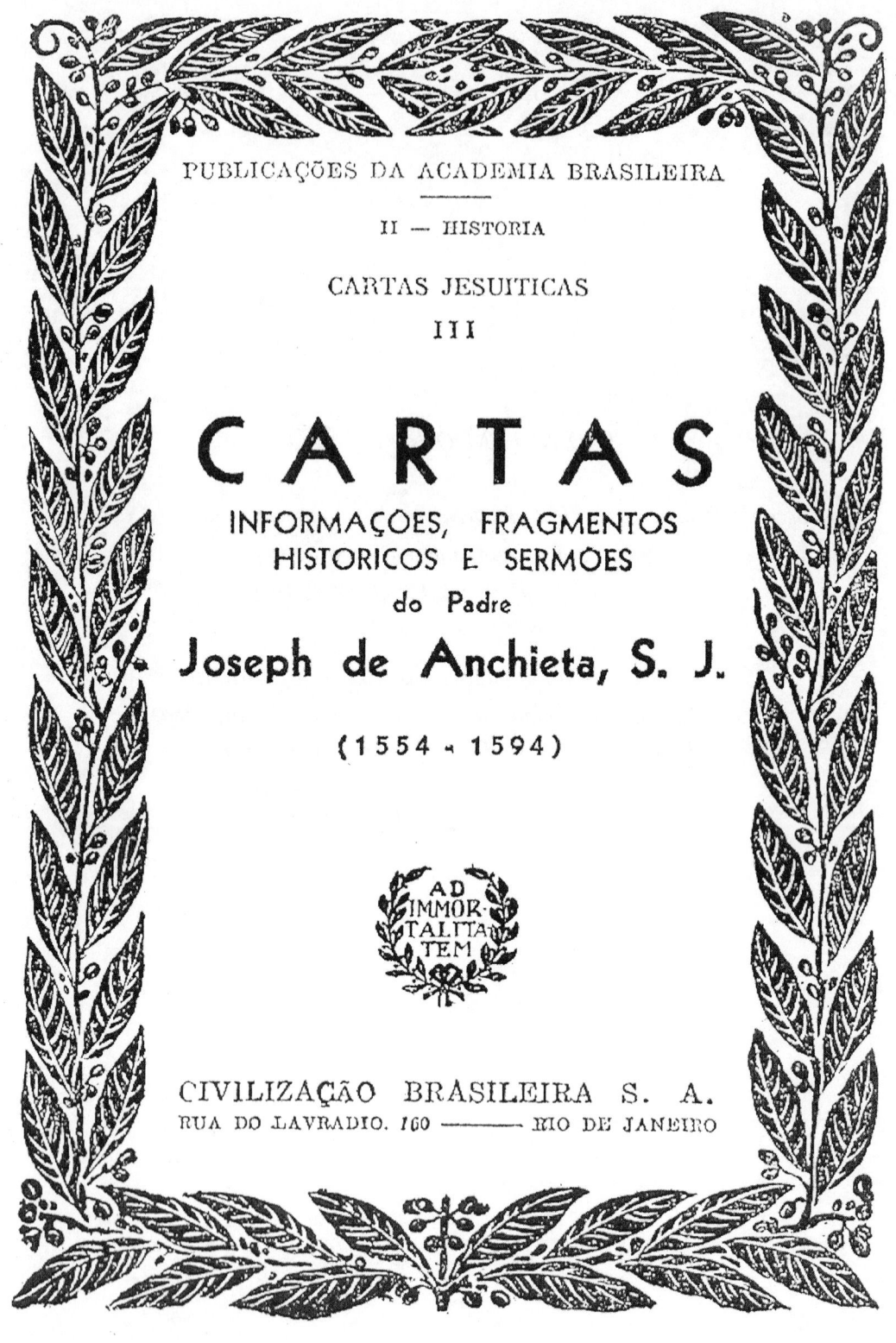

II — HISTORIA

CARTAS JESUITICAS

III

CARTAS

INFORMAÇÕES, FRAGMENTOS HISTORICOS E SERMÕES

do Padre

Joseph de Anchieta, S. J.

(1554 - 1594)

AD IMMORTALITATEM

CIVILIZAÇÃO BRASILEIRA S. A.
RUA DO LAVRADIO, 160 ——— RIO DE JANEIRO

Portada da edição de 1933, organizada por A. de Alcântara Machado.

NOTA LIMINAR

> Os Jesuítas do Brasil bateram-se, "do primeiro ao último dia, até serem expulsos, de 1549 a 1777, por esses três ideais que são o fundamento mesmo da nacionalidade, que nos desejaram e ajudaram a fundar, no que puderam: boa imigração europeia, liberdade dos naturais, identidade moral de todos... Por isso os documentos jesuíticos não são apenas história do Brasil: são essenciais à ética brasileira". — AFRÂNIO PEIXOTO, Introdução às *Cartas do Brasil*, de Nóbrega (Rio de Janeiro 1931) 8.

A Província do Brasil e a Vice-Província do Maranhão e Pará, da Companhia de Jesus, pertencentes à Assistência de Portugal, na América, correspondiam uma e outra aos antigos Estados do mesmo nome, e constituem hoje uma só unidade nacional, que é o Brasil. A Biobibliografia, que vai ser objecto dos Tomos VIII e IX desta História como seu suplemento adequado, trata dos Escritores Jesuítas do Brasil, da Assistência de Portugal na América, — e este é o seu âmbito e delimitação. Quer dizer: Abrange os Jesuítas daquela Província e daquela Vice-Província, ou porque nelas entraram ou porque nelas trabalharam, qualquer que fosse a nação em que nascessem ou entrassem. Todos os escritores Jesuítas delas, e só os delas. Não realizam a condição os que, nascidos no Brasil, não entraram no Brasil nem trabalharam nele, mas noutras Províncias, como, por exemplo, Goa; nem a realizam os que pertenceram à antiga Assistência de Espanha e missionaram territórios, que embora sejam brasileiros hoje, não o eram então. Esta segunda classe são Jesuítas da Índia, ou do Paraguai, ou do Maranhão Espanhol. Trata-se aqui dos Jesuítas da Província do Brasil, fundada por Manuel da *Nóbrega*, e da *Missão* e depois *Vice-Província do Maranhão e Pará*, fundada por *Luiz Figueira*, isto é, no período que vai desde 1549, em que chegaram, âté 1760, em que sairam, o âmbito da própria História da Companhia de Jesus no Brasil, *da antiga Assistência de Portugal*, Assistência que existiu oficialmente até 1773. Ampliar o quadro seria entrar em províncias alheias à competência do autor; não escrever esta Biobibliografia seria desperdiçar longos anos de contacto com escritos de que se faz agora o primeiro inventário em obra de conjunto.

Para as muitas deficiências que contém, e se não souberam ou não puderam corrigir, pede-se a indulgência dos leitores capazes de avaliar as canseiras, que supõe um trabalho desta ordem, e a sua utilidade para o homem culto nos diversos ramos das letras e do saber humano, quer como instrumento de informação, quer como índice de Literatura e Ciência comparada, quer ainda como sintoma de influências recíprocas entre o Brasil e Portugal e outros países do Mundo (e não apenas da Europa). Sabe-se, aliás, que em Bibliografia, a consciência profissional manifesta-se na recolha dos materiais e no escrúpulo com que se aproveitam, sem atingir nunca a plenitude; e a estimativa exerce-se comparativamente entre o que existia antes — se existia e na medida em que existia — e o que se completa ou constrói de novo.

Introdução bibliográfica

A) PROCESSO E FONTES

1. BIBLIOGRAFIA GERAL DA COMPANHIA DE JESUS:

Tal como existe hoje, a Bibliografia da Companhia é obra de Carlos Sommervogel (nove volumes), continuada por Ernesto-M. Rivière (um) e Pedro Bliart (outro): ao todo 11 grandes volumes in-f. Nela se utilizaram, para o mundo Luso-Brasileiro, Barbosa Machado e Inocêncio (com o seu continuador Brito Aranha até ao tomo XIV), e os Catálogos conhecidos dos Arquivos portugueses e estrangeiros até ao seu tempo. Sommervogel pôs em dia o longo e laborioso processo bibliográfico dos predecessores, Pedro de Ribadeneira (1602, 1608), André Schott (1613), Filipe Alegambe (1643), Natanael Southwell (1675), Diosdado Caballero (1814, 1816) e sobretudo Agostinho e Aloys de Backer (1853-1861), que deram o grande passo nesta bibliografia. A qual, refundida e ampliada por Sommervogel (1890-1909), é um monumento de saber e utilidade pública, a que estão reconhecidos todos os escritores do universo.

Como em bibliografia a renovação é perpétua com a impressão de inéditos e reedição de livros, continuou a obra benemérita Aug. Brou, e a continuam hoje outros bibliógrafos da Companhia, em particular Edm. Lamalle e J. Juambelz.

2. BIBLIOGRAFIA ESPECIAL DOS JESUÍTAS DO BRASIL:

O primeiro Catálogo sistemático manuscrito dos Escritores da Província do Brasil fê-lo em 1726 o P. Manuel Ribeiro, da mesma

Província. Serviu-se dele o P. João López de Arbizu da Província de Aragão, falecido em 1732: "Catalogus Librorum a Patribus Societatis Iesu factorum in Provincia Brasiliensi transactis annis" (18 autores); "Libri in Catalogo Scriptorum Societatis Jesu Provinciae Brasiliensis desiderati, addendi elencho librorum uniuscuiusque auctoris", — relações, que deixou manuscritas, e se encorporaram depois na *Bibliotheca* de Backer.

O Catálogo "Scriptores Provinciae Brasiliensis", de 1780, que se publicou, supra, *História*, I (1938) 533-537, compreende 46 autores. Nem abrange os da Vice-Província do Pará e Maranhão (como aliás se infere do título), nem alguns do Brasil já então impressos, entre os quais todos os nascidos fora de Portugal ou do Brasil, excepto Anchieta, por ser estudante de Coimbra e entrar na Companhia na Província Portuguesa, e ele próprio se considerar português. Lista também aproveitada por Sommervogel.

Bibliografia geral, autónoma, da Companhia de Jesus no Brasil, não se imprimiu nenhuma até aos nossos tempos.

3. Manuscritos :

As primeiras bibliografias gerais da Companhia mencionam já as obras inéditas então conhecidas; o pequeno núcleo, assim iniciado, enriqueceu-se em Sommervogel com as contribuições da Bibl. de Évora (Rivara) e de outros Arquivos, sobretudo o do Gesù. Todavia, são ainda mais de mil os que se dão de novo agora. Procedem do Arquivo Geral da Companhia (A. S. I. R.), do Gesù (Fondo Gesuitico), e dos Arquivos Portugueses; e também do Brasil, e dalguns depósitos estrangeiros. É possível que uma ou outra espécie estrangeira, por interessar aos estudiosos da Europa Central, tenha sido publicada sem a notícia chegar ao nosso conhecimento, e apareça aqui ainda inédita. Contingência inevitável neste género de estudos, compensada ainda assim com a notícia do manuscrito e do Arquivo onde se encontra.

4. Sumário das Cartas inéditas :

Faz-se um breve resumo da maior parte delas. Mas a função duma bibliografia não é publicar inéditos senão dizer que existem.

Qualquer elemento, que já se comunica do seu conteúdo, é de superrogação, com o fim de ajudar e não substituir o conhecimento cabal, que só a consulta directa pode oferecer na sua integridade. Para ampla e fácil utilização no mundo luso-brasileiro, a quem mais toca, dá-se em português o resumo e também quase sempre o título das Cartas inéditas com a indicação neste caso do idioma original em que cada qual está escrita (português, latim, alemão, espanhol, flamengo, francês, inglês e italiano).

5. CRÍTICA DE ATRIBUIÇÃO:

Quase todos os livros e documentos têm Autor expresso. Uma ou outra vez não, ainda que também uma ou outra vez existem referências que designam com mais força determinado nome.

Neste campo fértil em disputas, a justificação da autoria cai dentro destes lindes: verossimilhança, probabilidade, certeza. Em todo o caso, a manifestação dos indícios, que porventura tenham surgido no nosso longo caminho de pesquisas sobre a Companhia de Jesus no Brasil, parece-nos conhecimento útil e talvez fecundo. E neste sentido único se averbam e declaram.

6. INÉDITOS DE PARADEIRO DESCONHECIDO:

De algumas obras ou documentos nada mais consta senão que foram escritos pelo autor, sob cuja rubrica se colocam. Entre suprimí-los ou mencioná-los, a menção tem por si a vantagem de orientar os leitores e talvez a identificação futura, na hipótese de ainda existirem ignorados nalgum Arquivo.

7. CARTOGRAFIA:

Com o exemplo de grandes bibliógrafos, também se incluem aqui os Jesuítas do Brasil, que deixaram mapas ou consta que os fizeram.

8. Critério bibliográfico :

É supérfluo dizer que muitos livros ou traduções estrangeiras, de difícil consulta, se descrevem à fé de bibliógrafos precedentes. Nem esta Bibliografia é catálogo de livreiro, cuja técnica de organização se empenha sobretudo em marcar as minúcias tipográficas de cada espécie, com acentuada intenção mercantil, dirigida aos bibliófilos e grandes compradores de livros. Tais catálogos têm a sua esfera própria, digna de louvor, e muitos deles nos prestaram relevantes serviços. Nesta Bibliografia dos *Escritores Jesuítas do Brasil*, toma-se a palavra Escritores na acepção lata de homens que deixaram quaisquer escritos, e dão-se de cada qual os elementos essenciais, prescindindo da natureza deles. Neste sentido, de bibliografia geral, não se omite nenhuma espécie, chegada ao nosso conhecimento, publicada ou não. Que foi o grande erro de Inocêncio. Dando largos passos além Barbosa Machado, sob este aspecto lhe ficou inferior. Lêem-se na *Biblioteca Lusitana*, numerosos escritos impressos, que Inocêncio suprimiu, por se permitir juízos de valor ou mais pròpriamente de selecção eliminatória, descabida em bibliografia geral, onde o que parece inútil a uns não o é a outros.

9. Bibliografia histórica :

Mencionam-se quanto possível todos os escritos dos próprios autores; não é objecto directo desta obra mencionar todos os que os outros escreveram a respeito deles, ainda que se não omitiram, quando se ofereceu ocasião. Ver-se-á de modo particular em Inácio de Azevedo, José de Anchieta e António Vieira, sobre os quais é volumosa a bibliografia histórica: com os dois primeiros, por ter sido introduzida em Roma a sua causa de beatificação; com Vieira pelo singular relevo da sua vida e obra literária.

10. Biografia e datas individuais :

Num estudo de bibliografia, os dados referentes à vida do Escritor têm que se limitar ao essencial. Algumas biografias de Jesuítas do Brasil, ilustres por qualquer título, já se trataram com desenvolvimento nos lugares em que a narração da *História* o pedia. A uniformidade exige que se não omitam nestes tomos biobibliográficos, mas é natural que se resumam. Todavia algumas centenas de nomes entram pela primeira vez em bibliografias gerais; e as fontes biográficas de fundo são os Catálogos da Companhia. Observe-se no entanto que o manuseio quotidiano destes Catálogos ensina que também eles contêm equívocos; e que os secretários, que os redigiram, não reproduziram uma vez ou outra as datas dos Catálogos precedentes. Nalguns casos é possível determinar o momento da mudança. O que nem sempre se averigua, com clareza, é se a segunda data significa descuido ou correcção. Se outras fontes decidiram a dúvida, utiliza-se a data certa, sem mais explicações. Senão, nota-se a discrepância.

Importa aqui recordar o que se disse (supra, *História*, I, página XIX) sobre a idade dos Padres, porque os dados essenciais a qualquer biografia são sempre os do nascimento e morte. Nos Catálogos as datas da morte vêm habitualmente explícitas; as do nascimento, não. Durante longo período, os Catálogos diziam apenas a idade ao entrar na Companhia ou em determinado ano: F. entrou com 16 anos em 1630: materialmente nasceria em 1614. Fica a dúvida, se entrou com 16 anos, completos ou incompletos. Ou então, suponhamos o Catálogo de 1656: F. tem 56 anos de idade: materialmente nasceria em 600. Como só por excepção se declara o mês em que se redigiram os Catálogos há sempre margem à diferença de uma unidade, como na hipótese de 1656: se nasceu em Agosto e o Catálogo é de Abril teria 55 anos: se é de Outubro, 56. A fórmula *cerca de*, ou outra equivalente junto ao ano, parece a maneira científica de exprimir com exactidão o teor do documento.

11. Naturalidade e filiação:

A naturalidade, mais comum nos Catálogos, é a da Diocese. Já o notámos noutro lugar (*História*, IV, 333). Mas, de muitos, foi possível ir mais adiante: Cidade, Vila ou Freguesia, determinando-se neste caso a circunscrição local.

Quando se averiguaram os nomes dos pais, também se não omitiram. Repararam alguns que os mencionasse Barbosa Machado, e justifica-se ele com dizer que lhe pareceu necessário, para, se forem fidalgos, os enobrecer mais a sabedoria do filho; e se forem humildes, dessa mesma sabedoria adquirirem nobreza os pais. E traz um remoque às falsas genealogias, que então proliferavam, pretendendo alguns descender de Adão, mais como Monarca do Universo do que como Agricultor do campo damasceno... Deste prurido não adoeceram os Jesuítas; nem se dão aqui os pais (sem o poder por infelicidade notar de todos), senão como oportunidade de ministrar um elemento importante e de difícil averiguação ao comum dos leitores.

12. PROFISSÃO SOLENE :

Entende-se de 4 votos; quando é de 3 (muito rara), diz-se com palavras expressas. E declara-se este facto biográfico não tanto por si mesmo, quanto por sugestão bibliográfica, a saber, a existência do hológrafo respectivo no Arquivo Geral da Companhia (*Lus.*,...).

13. QUALIFICAÇÃO :

Dá-se, sem intuito exclusivo, a que pareceu mais característica de cada qual. E com frequência a de *Administrador*, fórmula breve, como convém a este género de estudos, mas aplicada a funções variadas, desde as de procurador e superior de Aldeia ou Residência às de Superior de Província ou conjunto de Missões, de acôrdo com a formação histórica do Brasil. Ficaria incompleto o sentido, se se escrevesse apenas "Superior". Na Europa, a palavra Superior tem, em si mesma, sentido completo, estritamente religioso. Na América, e em particular no Brasil, envolve significado mais amplo, por levar consigo habitualmente uma função civil de administração pública. Por outros termos, no Brasil, os Padres da Companhia não foram apenas Religiosos mas também Colonizadores, explicação de tantos debates e um dos títulos do seu renome. O Superior da Aldeia era, no que tocava aos Índios, o chefe civil dela, subordinado ao Reitor do Colégio da sua circunscrição, na dependência do *Provincial*, o qual declarava às vezes, como o P. Estanislau de Campos, nos documentos oficiais dirigidos aos Reis de Portugal: "Provincial da Companhia de Jesus da Província do Brasil e Administrador no Espiritual e Temporal das Missões e Índios desta *Província*". Designação que qualificava também os *Reitores* dos Colégios, como usava o do Rio de Janeiro, P. António Cardoso: "Administrador no Espiritual e Temporal das Missões e Índios desta *Capitania*". E não raro, os negócios próprios de semelhantes funções eram tratados por meio de Padres Procuradores. Categorias ou funções diversas, que só no texto é exequível indicar com precisão, dando-se o caso de muitos as ocuparem todas, sendo em diversos tempos, Procurador, Superior de Aldeia, Reitor de Colégio e Provincial. A qualificação de Administrador, resume–as concisamente. E é claro, seja qual for, esta ou outra — Missionário, Pregador, Professor, etc. — há sempre duas qualidades comuns a todos: a de Escritor, variável na escala literária desde o simples documento ao mais alto dela; e a da Jesuíta, fundamental e igual para todos, expressa, como a de Escritor, no próprio subtítulo destes dois Tomos VIII e IX.

14. DISPOSIÇÃO BIBLIOGRÁFICA :

Dentro de cada nome, indica-se com números (1, 2, 3, ...) a respectiva bibliografia *impressa;* com letras (A, B, C, ...) a *inédita.* (Inédita no momento da impressão desta Biobibliografia, que inclui já as espécies publicadas nesta *História,* I-VI. Não inclui todas as publicadas no VII por entrar no prelo junto com os dois seguintes).

15. BIBLIOGRAFIA NOMINAL :

Cada autor leva, no fim, a competente bibliografia, constituida ou só por fontes manuscritas, que em geral se referem a dados biográficos do nome estudado; ou também por fontes impressas, algumas das quais de carácter bibliográfico (Barbosa Machado, Sommervogel, etc.), que não raro se utilizam também como fonte biográfica. Interferência esta, que impossibilita a distinção rigorosa entre fontes biográficas e bibliográficas. Adoptou-se o alvitre natural de mencionar em primeiro lugar as manuscritas; e em segundo as impressas por ordem cronológica.

I) Arquivos

Archivum Societatis Iesu Romanum.........[A. S. I. R.]

    Brasilia.............................[*Bras.*]
    Congregationes......................[*Congreg.*]
    Epistolae Nostrorum.................[*Epp. NN.*]
    Historia Societatis..................[*Hist. Soc.*]
    Lusitania...........................[*Lus.*]
    Menologium.........................[*Menol.*]
    Opera Nostrorum.....................[*Opp. NN.*]
    Vitae..............................[*Vitæ*]

Arquivo Histórico Colonial, Lisboa..........[A. H. Col.]
Arquivo do Instituto Histórico e Geográfico
    Brasileiro, Rio de Janeiro................[Arq. do Inst. Hist.]
Arquivo do Ministério dos Estrangeiros, Lisboa.[Minist. dos Estrang.]
Arquivo Nacional da Torre do Tombo, Lisboa..[Torre do Tombo]
Arquivo da Província Portuguesa S. I., Lisboa..[Arq. Prov. Port.]
Biblioteca da Academia das Ciências, Lisboa....[Acad. das Ciências]
Biblioteca da Ajuda, Lisboa..................[Bibl. da Ajuda]
Biblioteca Geral da Universidade de Coimbra...[Bibl. da U. de Coimbra]
Biblioteca do Itamarati, Rio de Janeiro........[Bibl. do Itamarati]
Biblioteca Nacional de Lisboa.................[B. N. de Lisboa; BNL]
Biblioteca Nacional do Rio de Janeiro..........[B. N. do Rio de Janeiro; BNRJ]
Biblioteca Nazionale Vittorio Emanuele, Roma..[Bibl. Vitt. Em.]
Biblioteca Pública e Arquivo Distrital de Évora[Bibl. de Évora]
Biblioteca Pública Municipal do Porto.........[Bibl. Públ. do Porto]
Bibliothèque Royale de Bruxelles..............[Bibl. R. de Bruxelas]
Gesù — Fondo Gesuitico, Roma................[Gesù]

    Assistentiae........................[*Assist.*]
    Censura Librorum..................[*Cens. Libr.*]
    Collegia...........................[*Colleg.*]
    Indipetae..........................[*Indipetae*]
    Informationes......................[*Informat.*]
    Miscellanea........................[*Miscellanea*]
    Missiones..........................[*Missiones*]

Vaticano (Arquivo e Biblioteca)..............[Vaticano]

    — Outros depósitos de *mss.:* no texto, sem abreviatura.

Archivum S. I. Romanum e *Gesù*. São os mais ricos em documentos da Companhia e os de mais larga contribuição à parte inédita. O primeiro Arquivo mais do que o segundo. Está perfeitamente catalogado e o ser particular não obsta a que os papéis se coloquem à disposição dos eruditos de fora da Companhia devidamente credenciados; e se fez já no passado a dois historiadores brasileiros, de reconhecida idoneidade, Capistrano de Abreu e Barão de Studart.

Citamos A. S. I. R. (Archivum Societatis Iesu Romanum) e Gesù, formas usadas em 1938, ao publicarmos os primeiros tomos da *História da Companhia de Jesus no Brasil*. Hoje também se emprega A. R. S. I. (Archivum Romanum Societatis Iesu), e Fondo Gesuitico, simplesmente; conservamos, porém, como é justo dentro da própria obra, a uniformidade de citação.

Arquivo Histórico Colonial (Lisboa). Já estão parcialmente numerados os documentos relativos a duas antigas *Capitanias* do Brasil: *Baía* e *Rio de Janeiro*. (*Inventário*, 8 vols., publicados e incluidos nos *Anais da B. N. do Rio de Janeiro*, vols. XXXI e seguintes). Citam-se as Capitanias — *Baía* ou *Rio de Janeiro*, com o respectivo *número;* os outros documentos dessas duas Capitanias, ainda não numerados, levam a notação de *Apensos* e a data correspondente. Todas as mais Capitanias do Brasil antigo, ainda sem inventários impressos, citam-se com o nome de cada uma, a notação de *Avulsos*, e a data respectiva do documento ou da capilha onde se guardam.

Arquivo Nacional da Torre do Tombo (Lisboa). No *Cartório dos Jesuítas* deste Arquivo conservam-se quase todos os documentos administrativos dos Engenhos de S. Ana (Ilhéus) e Sergipe do Conde (Baía), da Igreja e Colégio de S. Antão de Lisboa, provenientes da herança de Mem de Sá e de sua filha a Condessa de Linhares. Os que se referem ao Engenho de Sergipe, "o rei dos Engenhos do Brasil", é o mais importante acervo de documentação açucareira existente, não só pela categoria do Engenho, como pelo período de dois séculos, que abrange, com valor monográfico fora de toda a comparação com qualquer outro antigo Engenho do Brasil. Infelizmente, o bicho tem feito, e continuava a fazer irremediáveis estragos, quando consultámos estes preciosos maços, cuja numeração, dependente apenas de uma folha solta, parece também precária; e um ou outro maço o vimos já sem numeração patente.

Arquivo da Província Portuguesa. Constituido por alguns originais e em grande parte por fotocópias do Arquivo particular do historiador brasileiro Dr. Alberto Lamego. Os originais destas fotocópias acham-se hoje, todos ou a maioria deles, ao alcance do público em S. Paulo, sem ser ainda possível indicar as respectivas cotas. Mas no próprio documento se dá individuação bastante para o identificar.

Bibl. Nac. de Lisboa. Já estão numerados os seus manuscritos e duma ou outra colecção possui catálogos impressos, organizados por funcionários seus, como o da Colecção Pombalina, aliás incompletos na destrinça de nomes e escritos de membros da Companhia de Jesus, neste período difamatório e de crueldades promovidas contra ela pelo mesmo de quem recebeu o nome a Colecção. Alguns dos códices deste Arquivo só têm paginação a lápis, isto é, provisória. À falta de outra, dá-se esta, como indicação útil e pelo menos aproximada, se porventura não coincidir com ela a paginação definitiva, que sem dúvida se fará mais ano menos ano.

II) Alguns manuscrito

a) *Cartas dos Padres da Companhia de Jesus sobre o Brasil desde o anno de 1549 até ao de 1568.* (B. N. do Rio de Janeiro, cota actual, I, 5, 2, 38. 26 x 15 e 226 fs. numeradas).

Não é o próprio livro de Registos, mas um códice, onde se copiaram, de procedência já impressa ou manuscrita, algumas cartas dignas de se conservarem, como documentação da Casa Professa de S. Roque, Lisboa, a cujo cartório pertencia o códice, e donde saiu na perseguição de 1759. Em vez de se encorporar aos bens do Estado, como rezava o decreto de sequestro, encorporou-o aos seus bens particulares o Ministro de Estado, que então era, e o deu ao Conselheiro Lara Ordonhez, que por sua vez o ofereceu à Biblioteca Real do Rio de Janeiro, onde hoje se encontra. Descreve-o Vale Cabral no *Catalogo da Exposição Permanente dos Cimelios da Bibliotheca Nacional*, publicado sob a direcção do Bibliotecário João de Saldanha da Gama (Rio de Janeiro 1885)491-501. Contém cartas de *Anchieta* (José de), *Azpilcueta Navarro* (João de), *Blasques* (António), *Brás* (Afonso), *Caxa* (Quirício), *Correia* (Pero), *Costa* (Pero da), *Fernandes* (Baltasar), *Gonçalves* (Amaro), *Gonçalves* (António), *Grã* (Luiz da), *Jácome* (Diogo), *Melo* (João de), *Nóbrega* (Manuel da), *Nunes* (Leonardo), *Pereira* (Rui), *Pina* (Sebastião de), *Pires* (António), *Pires* (Francisco), *Rodrigues* (Jorge), *Rodrigues* (Luiz), *Rodrigues* (Vicente), *Sá* (António de), *Vale* (Leonardo do), e mais uma ou outra carta, datada do Brasil, sem nome expresso. A penúltima é de Agostinho de Lacerda, da Ilha de S. Tomé, 18 de Fevereiro de 1560, e a última de António Mendes, ao voltar de Angola, de Lisboa, 9 de Maio de 1563. Estes dois não foram Jesuítas do Brasil. Vale Cabral dá as impressões das Cartas até 1885 que chegaram ao seu conhecimento, indicação utilizada nas *Avulsas;* e dá também as folhas do códice, que incluímos no verbete respectivo de cada carta. [*Cartas dos Padres*, cód. da B. N. do Rio de Janeiro, ...]

b) *Diário de Diversos acontecimentos do Maranhão e Pará de 1756 a 1760.* (Arq. Prov. Port. Cf. S. L., *História*, III, XXII). Autor provável: Ir. Manuel Fernandes. [*Diário de 1756-1760*, ...]

c) *Jesuítas da Assistência de Portugal sobreviventes na Itália em Março de 1780. Sua situação, idade, habitação e subsistência.* Relação de D. Henrique de Meneses [3.º Marquês de Louriçal e 7.º Conde da Ericeira], Roma, 27 de Abril de 1780. A. H. Col., *Reino*, Avulsos, 1780 [*Jesuítas Portugueses na Itália em 1780* (ms.)]

d) *Lembrança dos Defuntos que estam enterrados na Igreja nova de N. S. da Luz do Collegio da Companhia de Jesu no Maranhão.* B. N. de Lisboa, fg. 4518. [*Lembrança dos Def.*, f...]

e) *Livro dos Óbitos dos Religiosos da Companhia de Jesus pertencentes a este Collegio de Santo Alexandre* [Pará]. B. N. de Lisboa, Col. Pomb., 4. [*Livro dos Óbitos*, f...]

f) *Sexennium Litterarum Brasilicarum ab anno 1651 usque ad 1657* do P. António Pinto. (Bras.9, 13-25v). [*Sexennium Litterarum* de António Pinto ...]

g) *Spese per Sepoltura dei PP. GG. Portoghese* [1760-1767]. [Gesù, 690 (*Spese*)].

B) BIBLIOGRAFIA IMPRESSA

Constituida por obras de carácter bibliográfico, de fundo; obras, colectâneas ou revistas, onde se imprimiram documentos de Jesuítas do Brasil; obras subsidiárias, citadas com frequência nas notas individuais dos nomes estudados. — Não se incluem as obras, que interessam apenas a um ou a poucos, em cujos verbetes, portanto, constarão por extenso, tornando supérflua aqui a notação de abreviatura.

Anais da Biblioteca Nacional do Rio de Janeiro. 67 vols. 1876-1948. Em curso de publicação. [*Anais da B. N. do Rio de Janeiro*, I, ...]
Anais do Museu Paulista. Da Universidade de S. Paulo (Brasil). Em curso de publicação. [*Anais do Museu Paulista*, I, ...]
Apêndice ao Catálogo Português. "Patres ac Fratres ex Provinciis Ultramarinis antiquae Assistentiae Lusitanae Soc. Iesu, qui sub Pombalio, post dura quaeque perpessa, in exilium deportari maluerunt quam Societatem Iesu derelinquere". Organizado pelo P. António Vaz Serra. Lisboa, 1900-1909. [*Apênd. ao Cat. Português* de 1903]
Archivum Historicum Societatis Iesu. Periodicum Semestre ab Instituto Historico S. I. in Urbe editum. Romae, 1932ss. Em curso de publicação. [*A. H. S. I.*, I, ...]
AYROSA, Plínio. — *Apontamentos para a Bibliografia da Língua Tupi-Guarani.* São Paulo, 1943. [Ayrosa, *Apontamentos*, ...]
AZEVEDO, João Lúcio de. — *Os Jesuítas no Grão Pará — Suas Missões e a Colonização.* 2.ª ed., Coimbra, 1930. [Lúcio de Azevedo, *Os Jesuítas no Grão Pará*, ...]
— *História de António Vieira.* 2.ª ed., 2 vols. Lisboa, 1931. [Lúcio de Azevedo, *História de Vieira*, I, ...]
— Ver *Cartas do Padre António Vieira.*
AZEVEDO MARQUES, Manuel Eufrásio de. — *Apontamentos Historicos, Geographicos, Biographicos, Estatisticos e Noticiosos da Provincia de S. Paulo.* 2 vols. Rio de Janeiro, 1879. [Azevedo Marques, *Apontamentos*, I, ...]
BACKER, Augustin et Aloys de. — *Bibliothèque des Écrivains de la Compagnie de Jésus.* 3 vols. 2.ª ed. (Com a colaboração de Sommervogel). Liège — Lovaina, 1869-1876. [De Backer, I, ...]
BARBOSA MACHADO, Diogo.—*Biblioteca Lusitana.* 4 vols., 2.ª ed. Lisboa, 1930-1935. [B. Machado, I, ...]
BARROS, André de. — *Vida do Apostolico Padre Antonio Vieira da Companhia de Jesus chamado por antonomasia o Grande.* Lisboa, 1746. [Barros, *Vida do P. Vieira*, ...]
— *Vozes Saudosas ... do Padre Antonio Vieira.* Ver Vieira, no texto, infra, Tomo IX. [Barros, *Vozes Saudosas*, ...]
BETTENDORFF, João Filipe.—*Chronica da Missão dos Padres da Companhia de Jesus no Estado do Maranhão* na *Rev. do Inst. Hist. e Geogr. Bras.*, LXXII, 1.ª Parte (1910). [Bettendorff, *Crónica*, ...]

BLIART, Pedro. — *Bibliothèque de la Compagnie de Jésus*. (Continuação de Sommervogel). Tomo XI (Histoire). Paris 1932. [Sommervogel-Bliart, XI, ...]

BOERO, José. — *Menologio di pie memorie d'alcuni religiosi della Compagnia di Gesù che fiorirono in virtù e santità raccolte dal MDXXXIIII al MDCCXXVIII, per Giuseppe Antonio Patrignani e continuate fino ai di nostri per Giuseppe Boero della medesima Compagnia*. 2 vols. Roma, 1859. [Boero, *Menologio*, I, ...]

Boletim da Biblioteca da Universidade de Coimbra. 18 vols. 1914-1948. [*Boletim da U. de Coimbra*, I, ...]

BORGES DA FONSECA, António José Vitoriano. — *Nobiliarchia Pernambucana*. Nos Anais da B. N. do Rio de Janeiro. I (vol. XLVII); II (vol. XLVIII)1935. [Borges da Fonseca, I, II, ...]

Brasília. Publicação do Instituto de Estudos Brasileiros da Faculdade de Letras da Universidade de Coimbra. Coimbra, 1942ss. Em curso de publicação. [*Brasília*, I, ...]

Brotéria. Série I: "Ciências Naturais", 1902ss. Em curso de publicação; Série II: "Revista Contemporânea de Cultura". Lisboa, 1925ss., 48 vols. Em curso de publicação. Desta II Série se trata aqui. [*Brotéria*, I, ...]

CAEIRO, José. — *De Exilio Provinciarum Transmarinarum Assistentiae Lusitanae Societatis Iesu*. Com a tradução portuguesa de Manuel Narciso Martins. Introdução de Luiz Gonzaga Cabral e *Nota Preliminar* de Afrânio Peixoto. Baía, 1936. [Caeiro, ...]

CARAYON, Augusto. — *Documents inédits concernant la Compagnie de Jésus*. 23 vols. Poitiers, 1863-1886. [Carayon, I, ...]

CARDOSO, Jorge. — *Agiologio Lusitano dos Sanctos e Varões illustres em virtude do Reino de Portugal e suas conquistas*. 3 Tomos, Lisboa 1652-1666. Tomo IV, por D. António Caetano de Sousa, Lisboa, 1744. [Jorge Cardoso, *Agiologio Lusitano*, I, ...]

Cartas Avulsas, 1550-1568. (*Cartas Jesuíticas*, II). Com Nota Preliminar, Introduções e notas de Afrânio Peixoto. Publicações da Academia Brasileira de Letras. (Colecção Afrânio Peixoto). Rio de Janeiro, 1931. [*Cartas Avulsas*, ...]

Cartas do Padre António Vieira. Coordenadas e anotadas por J. Lúcio de Azevedo. 3 tomos, Coimbra, 1925-1928. [*Cartas de Vieira*, I, ...]

CASTRO, José de. — *Portugal em Roma*. 2 vols., Lisboa, 1939. [Castro, I, ...]

Catálogo da Exposição Bibliográfica da Restauração. Biblioteca Nacional. Lisboa, 1940. [*Catálogo da Restauração*, ...]

Catálogo de Manuscritos. Publicações da Biblioteca Geral da Universidade de Coimbra. Códices de 1 a 2625. Em curso de publicação. Coimbra, 1935ss. Os vols. não têm numeração, I, II, III ...: Prevalece a ordem numérica dos manuscritos dentro de cada códice. [*Cat. de Mss. da U. de Coimbra*, cód., ...]

CORDARA, Júlio Cesar. — *Historia Societatis Iesu Pars sexta complectens res gestas sub Mutio Vitelleschio*. Vol. VI: 1.º, Roma, 1750; 2.º, Roma, 1859. [Cordara, *Hist. Soc.*, VI, 1.º, ..., 2.º, ...]

Dicionário Histórico, Geográfico e Etnográfico do Brasil. 2 vols., Rio de Janeiro, 1922. [*Dic. Hist., Geogr. e Etnogr. do Brasil,* I, ...]

Dictionnaire d'Histoire et de Géographie Ecclésiastiques. Ed. Letouzey. Paris, 1912ss. Em curso de publicação. [*Dict. d'Hist. et de Géogr. Éccl.,* I, ...]

Documentos Históricos. Publ. da Bibl. Nac. do Rio de Janeiro. 1928ss. 82 vols. Em curso de publicação. [*Doc. Hist.,* I, ...]

Documentos interessantes para a história e costumes de S. Paulo. S. Paulo, 1895ss. [*Doc. Interes.,* I, ...]

Estudos Brasileiros. Publicação do Inst. de Estudos Brasileiros, Rio de Janeiro. Em curso de publicação. [*Estudos Brasileiros,* I, ...]

FARIA, Manuel Severim de. — *Historia Portugueza e de outras Provincias do Occidente desde o anno de 1610 até o de 1640.* Publicada e annotada pelo Barão de Studart. Fortaleza, 1903. [Faria, *Hist. Port.,* ...]

FERREIRA, Carlos Alberto. — *Inventário dos Manuscritos da Biblioteca da Ajuda Referentes à América do Sul.* Publ. do Inst. de Estudos Brasileiros da Faculdade de Letras da Universidade de Coimbra. Coimbra, 1946. [Ferreira, *Inventário,* ...]

FONSECA, Martinho da. — *Aditamentos ao Dicionário Bibliográfico Português de Inocêncio Francisco da Silva.* Coimbra. Imprensa da Universidade. 1927. [Fonseca, *Aditamentos,* ...]

FRANCO, António. — *Imagem da Virtude em o Noviciado da Companhia de Jesus do Real Collegio do Espirito Santo de Evora do Reyno de Portugal.* Lisboa, 1714. [Franco, *Imagem de Évora,* ...]

— *Imagem da Virtude em o Noviciado da Companhia de Jesus na côrte de Lisboa.* Coimbra, 1717. [Franco, *Imagem de Lisboa,* ...]

— *Imagem da Virtude em o Noviciado da Companhia de Jesus no Real Collegio de Coimbra.* I, Évora, 1719; II, Coimbra, 1719. [Franco, *Imagem de Coimbra,* I, ...]

— *Synopsis Annalium Societatis Iesu in Lusitania.* Augsburgo, 1726. [Franco, *Synopsis,* ...]

— *Ano Santo da Companhia de Jesus em Portugal.* Porto, 1931. [Franco, *Ano Santo,* ...]

GARRAUX, A. L. — *Bibliographie Brésilienne. Catalogue Des Ouvrages Français & Latins Relatifs au Brésil* (1500-1898). Paris, 1898. [Garraux, *Bibl. Br.,* ...]

GUERREIRO, Fernão. — *Relação das coisas que fizeram os Padres da Companhia de Jesus nas suas Missões do Japão, China, Cataio, Tidore, Ternate, Ambóino, Malaca, Pegu, Bengala, Bisnagá, Maduré, Costa da Pescaria, Manar, Ceilão, Travancor, Malabar, Sodomala, Goa, Salcete, Lahor, Dio, Etiópia a alta ou Preste-João, Monomotapa, Angola, Guiné, Serra Leoa, Cabo Verde e Brasil nos anos de 1600 a 1609 e do processo da conversão e cristandade daquelas partes, tirada das cartas que os missionários de lá escreveram.* Nova edição dirigida e prefaciada por Artur Viegas. Tomo I — 1600 a 1603. Coimbra, Imprensa da Universidade, 1930; Tomo II — 1604 a 1606, *ib.*, 1931; Tomo III — 1607 a 1609. Lisboa, Imprensa Nacional, 1942. In-f. [Fernão Guerreiro, *Relação Anual,* I, ...]

Guilhermy, Élesban de. — *Ménologe de la Compagnie de Jésus — Assistance de Portugal.* 2 vols. Poitiers, 1867-1868. [Guilhermy, *Ménologe de l'Assistance de Portugal,* ...]

Huonder, Anton. — *Deutsch Jesuitenmissionäre des 17. und 18. Jahrhunderts Ein Beitrag zur Missionsgeschichte und zur deutschen Biographie.* Freiburg im Breisgau, 1899. [Huonder, ...]

Inocêncio Francisco da Silva. — *Diccionario Bibliographico Portuguez.* Continuado por Brito Aranha, Gomes de Brito e Álvaro Neves. 22 vols., Lisboa, 1858-1923. (*Índice* de José Soares de Sousa, S. Paulo, 1938). [Inocêncio, I, ...]

Inventários e Testamentos. Do Arquivo do Estado de S. Paulo. 39 vols. S. Paulo, 1920-1937. [*Invent. e Testam.,* I, ...]

Lamego, Alberto. — *A Terra Goitacá.* 8 vols. Bruxelas-Niteroi, 1923-1947. [Lamego, I, II, ...]

Leite, Serafim. — *História da Companhia de Jesus no Brasil.* Por facilidade e clareza, neste Suplemento Biobibliográfico, cita-se: [S. L., *História,* I, ...]

— *Páginas de História do Brasil.* S. Paulo, 1937. [S. L., *Páginas,* ...]

— *Novas Cartas Jesuíticas — De Nóbrega a Vieira.* S. Paulo, 1940. [S. L., *Novas Cartas,* ...]

— *Luiz Figueira — A sua vida heróica e a sua obra literária.* Lisboa, 1940. [S. L., *Luiz Figueira,* ...]

— *Jesuítas do Brasil naturais de Angola.* Separata da "Brotéria", XXXI, Fasc. IV. Outubro de 1940. [S. L., *Jesuítas do Brasil naturais de Angola,* ...]

Lettere Annue d'Etiopia, Malabar, Brazil e Goa. Roma, 1627. [*Lettere Annue d'Etiopia,* ...]

Loreto Couto, Domingos do. — *Desagravos do Brasil e Glórias de Pernambuco.* Em "Anais da B. N. do Rio de Janeiro", I (vol. XXIV); II (vol. XX). [Loreto Couto, I, II, ...]

Marques, César. — *Diccionario historico-geographico da Provincia do Maranhão.* Maranhão, 1870. [César Marques, *Dic. do Maranhão,* ...]

Melo Morais, A. J. de. — *Corographia Historica, Chronographica, Genealogica, Nobiliaria e Politica do Imperio do Brasil.* 5 vols., Rio, 1859-1863. [Melo Morais, I, ...]

Memórias e Comunicações apresentadas ao Congresso Luso-Brasileiro de História. Em "Publicações do Congresso do Mundo Português". Lisboa, 1940. [*Memórias do Congresso,* IX, X, ...]

Monumenta Historica Societatis Iesu a Patribus ejusdem Societatis edita. Em curso de publicação. Ver S. L., *História,* I, p. XXX. [M. H. S. I., ...]

Morais, José de. — *Historia da Companhia de Jesus na Vice-Provincia do Maranhão e Pará.* Publicada por Mendes de Almeida (Cândido) em *Memorias para a Historia do Extincto Estado do Maranhão.* 2 vols. Rio de Janeiro, 1860. [José de Morais, *História,* ...]

Murr, Christoph Gottlieb von.—*Journal zur Kunstgeschichte und zur algemeinen Litteratur.* XVII vols. Nürnberg, 1775-1789. [Murr, *Journal,* I, ...]

OLIVEIRA LIMA. — *Relação dos manuscritos Portugueses e estrangeiros de interesse para o Brasil existentes no Museu Britânico de Londres*. Na Revista do Inst. Hist. e Geogr. Bras., LXV, 2.ª P. [Oliveira Lima, *Relação*, ... (p. da Revista)]

PAIVA, Tancredo de Barros. — *Achegas a um Diccionario de Pseudonymos, iniciais, abreviaturas e obras anonymas de auctores brasileiros e de estrangeiros, sobre o Brasil ou no mesmo impressas*. Rio de Janeiro, 1927. [Paiva, *Achegas*, ...]

PASTELLS, Pablo. — *Historia de la Compañia de Jesús en la Provincia del Paraguay (Argentina, Paraguay, Uruguay, Perú, Bolivia y Brasil) según los documentos originales del Archivo General de Indias*. 4 vols. Madrid, 1912-1923. [Pastells, *Paraguay*, I, ...]

REBELO, Amador. — *Compendio de Algūas Cartas qve este anno de 97. vierão dos Padres da Companhia de Iesv, que residem na India, & Corte do grão Mogor & nos Reinos da China, & Iapão, & no Brasil, em que se contem varias cousas*. Lisboa, 1598. [Amador Rebelo, *Compendio de Algūas Cartas*, ...]

Revista da Academia Brasileira de Letras. Rio de Janeiro, 1910ss. Em curso de publicação. [Rev. da Academia Brasileira de Letras, I, ...]

Revista do Arquivo Municipal de S. Paulo. Em curso de publicação. [Rev. do Arq. Municipal de S. Paulo, I, ...]

Revista do Instituto Arqueológico, Histórico e Geográfico Pernambucano. Recife. Em curso de publicação. [Rev. do Inst. Pernamb., I, ...]

Revista do Instituto do Ceará. Fortaleza. Em curso de publicação. [Rev. do Inst. do Ceará, I, ...]

Revista do Instituto Histórico e Geográfico Brasileiro. Rio de Janeiro, 194 vols., 1838-1947. Em curso de publicação. [Rev. do Inst. Hist. e Geogr. Bras., I, ...]

Revista do Instituto Histórico e Geográfico de S. Paulo. S. Paulo. Em curso de publicação. [Rev. do Inst. Hist. de S. Paulo, I, ...]

RIVARA, Joaquim Heliodoro da Cunha. — *Catalogo dos manuscritos da Biblioteca Eborense*. Lisboa, 4 vols. 1850-1871. [Rivara, I, ...]

RIVIÈRE, Ernest-M. — *Corrections et additions à la Bibliothèque de la Compagnie de Jésus*. — *Supplément au "de Backer-Sommervogel"*. Toulouse, 1911-1930. [Rivière, n.º ...]

RODRIGUES, Francisco. — *História da Companhia de Jesus na Assistência de Portugal*. Em curso de publicação. Tomos I-III, Porto, 1931-1944. Franc. Rodrigues, *História*, I, ...]

— *A Formação Intellectual do Jesuita*, Porto, 1917. [Franc. Rodrigues, *A Formação*, ...]

— *A Companhia de Jesus em Portugal e nas Missões*. 2.ª ed. Porto, 1935. [Franc. Rodrigues, *A Companhia*, ...]

RODRIGUES, J. C. — *Bibliotheca Brasiliense. Catalogo annotado dos livros sobre o Brasil*. Rio de Janeiro, 1907. [J. C. Rodrigues, *Bibliotheca Brasiliense*, ...]

SOARES, Ernesto. — *História da Gravura Artística em Portugal. Os artistas e as suas obras*. Subsidiada pelo Instituto para a Alta Cultura. 2 vols. Lisboa, 1940-1941. [Soares, *História da Gravura*, ...]

SOMMERVOGEL, Carlos. — *Bibliothèque de la Compagnie de Jésus*. Bruxelas, 9 vols. 1890-1909. [Sommervogel, I, ...]

SOUTHWELL, Natanael. — *Bibliotheca Scriptorum Societatis Iesu opus inchoatum a R. P. Petro Ribadaneira Ejusdem Societatis Theologo, anno salutis 1602 Continuatum a R. P. Philipo Alegambe Ex eadem Societate, usque ad annum 1642. Recognitum, et productum ad annum 1675, a Nathanael Sotvello Ejusdem Societatis Presbytero.* Romae, 1766. [Southwell, ...]

STREIT, Roberto.—*Bibliotheca Missionum.* (Contin. por Dindinger). 11 vols. Münster i. W., 1916ss. [Streit, I, ...]

STUDART, Barão de. — *Datas e factos para a Historia do Ceará, I. Ceará-Colonia.* Fortaleza, 1896. [Studart, *Datas e Factos*, ...]

— *Documentos para a historia do Brasil e especialmente a do Ceará.* 4 vols. Fortaleza, 1904-1921. [Studart, *Documentos*, I, ...]

TOVAR, Conde de. — *Catálogo dos Manuscritos Portugueses ou Relativos a Portugal existentes no Museu Britânico.* Lisboa, 1932. [Tovar, *Catálogo*, ...]

VALE CABRAL, Alfredo. — *Bibliographia das Obras tanto impressas como manuscritas relativas à Lingua Tupi ou Guarani, tambem chamada Lingua Geral do Brazil.* Em Anais da B. N. do Rio de Janeiro, VIII (1880-1881)142-214. [Vale Cabral, *Bibliographia*, ...]

VASCONCELOS, Simão de. — *Chronica da Companhia de Jesu do Estado do Brasil e do que obraram os seus filhos nesta parte do Novo Mundo.* Ed. de Inocêncio. 2 vols. Lisboa, 1865. [Vasconcelos, *Chronica*, ...]

VIÑAZA, Conde de la. — *Bibliografía española de lenguas indígenas de América.* Madrid, 1892. [Viñaza, *Bibliografía*, ...]

VIVIER, Alexandre. — *Nomina Patrum ac Fratrum qui Societatem Iesu ingressi in ea supremum diem obierunt 7 Augusti 1814 — 7 Augusti 1894.* Parisiis, 1894. [Vivier, *Nomina*, ...]

Abreviaturas

Alem.	— Alemão
Apênd.	— Apêndice
assin.	— assinatura; assinado
autógr.	— autógrafo
B.; Bibl.	— Biblioteca
BNL.	— Bibl. Nacional de Lisboa
Cat.	— Catálogo
cx.	— caixa
cit.	— citação; citado; citada
cód.	— códice
col.; cols.	— coluna; colunas
Dioc.	— Diocese
doc.; docs.	— documento; documentos
ed.	— edição
Esp.	— Espanhol
f.; ff.; fs.	— folha; folhas
fasc.	— fascículo
fg.	— fundo geral [da Bibl. Nac. de Lisboa]
f. ges.	— fondo gesuitico [da Bibl. Vitt. Em., Roma]
Flam.	— Flamengo
fol.	— fólio
Franc.	— Francês
front.	— frontispício
gr.	— grande
ib.; ibid.	— ibidem
id.	— idem
il.	— ilustrado, ilustrações
Impr.	— Imprensa; impresso; impressa
ind.	— indicação
Ingl.	— Inglês
inums.	— sem numeração
Ital.	— Italiano
Lat.	— Latim
ms.; mss.	— manuscrito; manuscritos
N.; Nac.	— Nacional
n.º	— número

nums.	— numerados; numeradas
P. ou P.ᵉ	— Padre
PP.	— Padres
p.; pp.	— página; páginas
peq.	— pequeno
Port.	— Português
prelims.	— preliminares
publ.	— publicação; publicado; publicada
s.	— sem (sine)
s. a.	— sem ano
s. l.	— sem lugar
s. a. n. l.	— sem ano nem lugar
ss.	— seguintes
t.	— tômo
Tip. ou Typ.	— Tipografia
trad.	— tradução, traduzido; traduzida
Trigrama da Companhia	— O emblema I H S, usado pelos Jesuítas.
v	— verso
vol.; vols.	— volume; volumes
...	— Pontos que substituem, numa 2.ª ou outra edição, o título ou palavras dele já enunciadas na edição precedente; ou substituem parte dum título, demasiado longo de obra subsidiária.

ESCRITORES

TÔMO PRIMEIRO

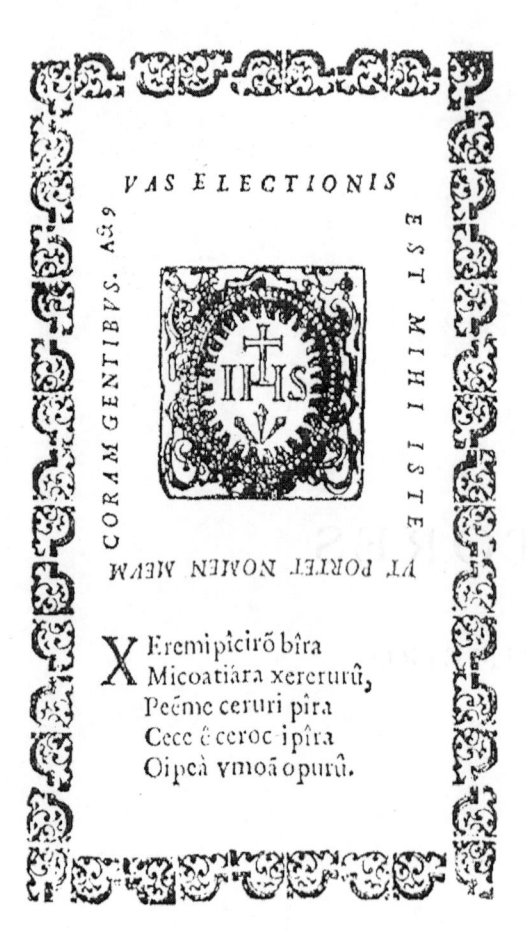

Rosto do "Catecismo na Lingoa Brasilica" do P. António de Araújo (1.ª ed., 1618). — Ver frontispício, supra, *História*, II, 360/361

VAS ELECTIONIS EST MIHI ISTE VT PORTET NOMEN MEVM CORAM GENTIBVS. Aã 9

Xeremipicirõ bîra
Micoatiára xererurû,
Peẽme ceruri pira
Cece ê ceroc ipîra
Oipeà ymoã opurû.

Frontispício da 1.ª edição do "Compendio" do P. João Filipe Bettendorff.

COMPENDIO
DA DOUTRINA
CHRISTA
Na lingua Portugueza, & Brasilica

Em que se comprehendem os principaes my de nossa Santa Fé Catholica, & meios de nossa salvação:

Ordenada à maneira de Dialogos accomodados ensino dos Indios, com duas breves Instruc õẽ para bautizar em caso de extrema necessidade, ainda são Pagaõs; & outra, para os ajudar morrer, em falta de quem saiba fazerlhe est ridade:

Pelo P. JOAM PHELIPPE BETTEND da Companhia de JESUS, Missionai da Missaõ do Estado do Maranhaõ

LISBOA. Na Officina de MIGUEL DESLAN Na Rua da Figueira. Anno 1678.
―――――――――――――――――――
Com todas as licenças necessarias.

ESCRITORES JESUÍTAS DO BRASIL

(ASSISTÊNCIA DE PORTUGAL)

1549 — 1773

A

ABREU, António de. *Pregador.* Nasceu cerca de 1667, no Recife. Entrou na Companhia de Jesus, com 18 anos de idade, no dia 4 de Dezembro de 1685. Discípulo e amigo do P. António Vieira, a quem ajudou e nos últimos tempos serviu de "mãos e olhos". Ardoroso partidário dos Olindenses na Guerra dos Mascates em 1711. Superior da Casa da Paraíba, cujo Capitão-mor João da Maia da Gama, depois Governador Geral do Maranhão e Grão Pará, se manifesta em 1724 ao P. Geral em louvor seu. Visitador de Olinda em 1729. Um dos célebres pregadores do Brasil na geração que seguiu a Vieira. Faleceu a 16 de Maio de 1741, na Baía.

A. *Carta ao P. Geral Tirso González, em que defende a memória do P. António Vieira contra os seus desafectos*, da Baía, 2 de Agosto de 1697. (*Bras. 4*, 35-35v). Lat.

Sobre a intervenção de António de Abreu na Guerra dos Mascates, cf. Dom Duarte Leopoldo, *História Religiosa* no *Dic. Hist., Geogr. e Etnogr. do Brasil*, I, 1258.

A. S. I. R., *Bras.4*, 35; — *Bras.6*, 37v; — *Bras.25*, 24v; — *Bras.10(2)*, 408; — S. L., *História*, V, 584.

ABREU, Manuel de. *Missionário.* Nasceu no Recife a 25 de Fevereiro de 1682. Entrou na Companhia, dia 20 de Outubro de 1698. Fez a profissão solene a 31 de Julho de 1718. Passou às missões do Maranhão, para nelas ficar 12 anos, com faculdade de voltar à Província do Brasil. Trabalhou sobretudo com os Índios. Não secundou as expedições contra eles, nem às pseudo-minas de oiro do Rio Pinaré, incorrendo nas iras dos que as promoviam. Tendo consentido em ficar no Maranhão mais tempo do que o estipulado, voltou enfim a Pernambuco e aí se ocupou em ministérios com o próximo, até falecer no Recife a 12 de Agosto de 1759.

A. *Carta ao R. P. Vice-Provincial do Maranhão*, da Aldeia de S. Francisco Xavier do Rio Pinaré, 13 de Novembro de 1728. (B. N. de Lisboa, fg. 4517, f. 137-147).

Narração circunstanciada sobre a "tropa do ouro".

Três cartas do P. Geral ao P. Manuel de Abreu. (*Bras.* 25, 19, 24v, 37).

A. S. I. R., *Bras.*6, 408; — *Bras.*27, 53; — Bibl. Vitt. Em., f. ges. 3492/1363, n.º 6; — S. L., *História*, III, 194; V, 585.

AGUIAR, Mateus de. *Missionário.* Nasceu cerca de 1575, na Cidade da Baía. Entrou na Companhia a 17 de Maio de 1592. Sabia a língua da terra e de Angola e passou a maior parte da vida pelas Aldeias e Residências. Faleceu a 19 de Setembro de 1656 no Rio de Janeiro.

1. *Relação da nova Residencia que se fes em Porto Seguro por ordem do Padre Provincial Domingos Coelho aos 25 de Dezembro de 1621 annos.* [De Porto Seguro], hoje, 6 de Fevereiro de 1622 annos. (*Bras.* 8, 317-319). Publ. por S. L., *História*, V, 229-236.

A. S. I. R., *Bras.*5, 67v, 124; — *Bras.*9, 60v.

AIRES, José. *Asceta e Pregador.* Nasceu por 1672 em Lisboa. Filho do Capitão António Fernandes Aires e Mariana Francisca. Entrou com 17 anos de idade na Companhia de Jesus, na Baía, a 12 de Fevereiro de 1689. Tendo-se indigitado o seu nome para Procurador do Brasil em Lisboa, em 1714, não houve efeito a nomeação, voltando à Baía, onde se aplicou à direcção espiritual, em particular do Exercício da Boa Morte, a que presidiu muitos anos. Professo de 3 votos em 1708, elevado à profissão solene de 4, em 1726. Reitor do Colégio do Recife. Pregador estimado. Faleceu a 18 de Junho de 1730 na Baía.

1. *Breve Direcçaõ para o Santo exercicio da Boa Morte, que se pratica nos Domingos do anno na Jgreja dos Padres da Companhia de Iesus do Collegio da Bahia. Instituido com authoridade Apostolica em honra de Christo Crucificado, e de Sua Santissima Mãy, ao pé da Cruz, para bem e utilidade dos Fieis. Dedicada aos mesmos Irmãos da Boa Morte Pelo Padre que actualmente tem a seu cargo este Santo Exercicio.* Lisboa occidental. Na Officina da Musica, MDCCXXVI. Com todas as licenças necessarias. 8.º, VIII-102 pp.

A dedicatória, datada da Baía, 17 de Janeiro de 1724, é assinada *Joseph Ayres.*

A. *Carta ao P. Geral Tamburini sobre o Exercício da Boa Morte; e que se imprima o livro que escreveu sobre esta matéria,* da Baía, 30 de Agosto de 1722. (*Bras.*4, 247). Lat.

B. *Certificado dos merecimentos e serviços do Capitão Manuel Marques, do Terço de Infantaria paga da Praça do Recife.* Colégio do Recife, 4 de Março de 1728. (A. H. Col., *Pernambuco*, Avulsos, Capilha de 30.X.730). *Port.*

<small>A. S. I. R., *Bras.10*(2), 324; — B. Machado, II, 753; — Backer, I, 351; — Sommervogel, I, 717; — S. L., *História*, V, 584.</small>

ALBUQUERQUE, Luiz de. *Administrador e Topógrafo.* Nasceu por 1683, em Olinda. Entrou na Companhia, com 16 anos, a 23 de Outubro de 1699. Fez a profissão solene, em S. Paulo, a 13 de Abril de 1721, recebendo-a Manuel Álvares. Pregador, administrador e topógrafo de reputação. Estava no Rio em 1760, quando na perseguição geral foi deportado para Lisboa, e daí para Roma, onde faleceu a 14 de Fevereiro de 1761.

1. *Certificado de 27 de Abril de 1720, no Rio de S. Francisco [do Sul], a favor do Capitão-mor Francisco de Brito Peixoto, que achou em Laguna e tem prestado grandes serviços a Deus e a Sua Majestade.* (*Inventários e Testamentos* [de S. Paulo], XXVII, 429).

A. *Mapa da Costa que corre da Ilha de Santa Catarina até a boca do Rio da Prata feito pello Padre Luiz de Albuquerque da Companhia de Jesus.*

O Governador do Rio de Janeiro, Luiz Vaía Monteiro, enviou-o para Lisboa, a 12 de Agosto de 1727. (*Doc. Interess.*, L, 91-92. — Descrevem-se alguns pormenores do Mapa).

No A. H. Col., *Cat. dos Mapas*, 317, há um, *Demonstraçam...*, no qual ainda não aparece a Lagoa Mirim. — Nota que se deixa aqui não como identificação positiva com o Mapa de Luiz de Albuquerque, mas como aproximação útil aos especialistas de Cartografia.

B. *Requerimento a El-Rei sobre a Pescaria da Ponta dos Búzios da Aldeia de S. Pedro de Cabo Frio.* — Com várias informações favoráveis, uma das quais do Governador Luiz Vaía Monteiro, e a ordem régia de 16 de Dezembro de 1727, mandando conservar a Pescaria na posse da Aldeia e dos seus Índios. (A. H. Col., *Rio de Janeiro*, Apensos, 16.XII.1727). *Port.*

C. *Requerimento do P. Luiz de Albuquerque, Procurador das Missões e Índios da Aldeia de S. Lourenço da Capitania do Rio de Janeiro, em que pede a demarcação das terras pertencentes aos Índios da mesma Aldeia* [1730]. (A.H.Col., *Rio de Janeiro*, 6631). *Port.*

<small>A. S. I. R., *Lus.14*, 166; — Caeiro, 294; — *Apênd. ao Cat. Port.*, de 1903; — S. L., *História*, V, 586.</small>

ALMEIDA, André de. *Missionário.* Nasceu em Santos em 1572. Entrou na Companhia no Rio de Janeiro em 1589. Estudou alguma Lógica e Casos de Consciência, quanto bastou para se ordenar de Sacerdote. Fez os últimos votos em 1605. Quase toda a vida se ocupou com Índios, sobretudo nas Capitanias do Espírito Santo e Rio de Janeiro, trazendo da primeira o núcleo de Índios com que se fundou a Aldeia de S. Pedro de Cabo Frio (2.ª década do século XVII). O seu retrato ficou no Colégio do Rio, e inscreveu-se o seu nome no "Menológio" do Brasil. Homem de virtude sólida e "Pai dos Índios". Faleceu no Rio de Janeiro a 22 de Janeiro de 1649.

A. *Relação dalgũas cousas da Aldea do Cabo Frio pera o S^{or}. G^{or}. Geral Dom Luis de Sousa do Padre André dalmeida Sup^{or}. della,* 4 de Agosto de 1620. (Rio, Bibl. do Itamarati, Livro 1.º do Governo do Brasil, s. p.). — Trata da primeira conversão dos Aitacazes; dos primeiros baptismos e nomes deles; estes Aitacazes, perseguidos pelos "Aitacazes Guaçus" acolheram-se aos Portugueses; esperanças de conversão dos "Aitacazes Guaçus" e doutros Índios "Gequiritos" ou "Gequirtos" (ambas as grafias); e sobre as 3 ou 4 léguas de terra pedidas para a Aldeia. *Port.*

Vita Patris Andreae de Almeida. (*Lus. 58(2), 396-399v*). Lê-se nesta *Vita* que é filho de Domingos Casado e Joana de Almeida. Em A. Pompeu, *Os Paulistas e a Igreja* (S. Paulo 1929) 111, diz-se que é filho de António Rodrigues de Almeida e Maria Castanha. Caso a deslindar pelos genealogistas locais.

Todos os Catálogos do Brasil dão o P. André de Almeida natural de S. Vicente, e com idade que faria recair o nascimento em 1570: todavia, o seu primeiro biógrafo, António Pinto (1657), concretiza em Santos a naturalidade, e a data do nascimento em 1572.

A. S. I. R., *Bras.5*, 37, 71; — *Sexennium Litterarum* do P. Ant. Pinto, 19v-20v; — *Bras.13*, ("Menologium") 13; — Vasconcelos, *Vida do P. João de Almeida*, 37-38; — Guilhermy, 22 Janvier.

ALMEIDA, Francisco de. *Poeta e Pregador.* Nasceu por 1706 em Belém da Cachoeira (Baía). Filho do Capitão-mor Amaro Ferreira de Almeida e Bárbara de Sousa de Almeida. Entrou na Companhia de Jesus com 15 anos, na Baía, a 7 de Dezembro de 1721. Professor de Filosofia na Baía em 1745. Secretário e Consultor da Província. Era Visitador do Colégio do Rio ao sobrevir a perseguição geral. Exilado para Lisboa, em 1760, e daí para Roma, faleceu, no Palácio Inglês, a 13 de Novembro de 1761.

1. *Orpheus Brasilicus, sive eximius Elementaris mundi Harmostes: nempe V. P. Josephus de Anchieta Novi Orbis Thaumaturgus, et Brasiliae Apostolus.* Olyssipone apud Antonium de Souza da Sylva, 1737. 4.º — Poema em verso heróico.

2. *Sermão de São Francisco Xavier Protector da Cidade da Bahia, na Solemnidade anniversaria com que o festeja o nobilissimo Senado da Camara pelo beneficio que fez a todo o Estado do Brasil livrando-o da peste chamada vulgarmente a bicha.* Lisboa, Oficina dos herdeiros de António Pedroso Galrão, 1743, 4.º

3. *Oração Ethica, e Politica da Terceira Quarta Feira da Quaresma na Misericordia da Bahia, em o anno de 1742.* Lisboa na mesma Oficina, 1743, 4.º

Sommervogel acrescenta como *impressos* alguns versos em português, sobre *S. Francisco Xavier* e *Festa da Comemoração dos Mortos*, sem lugar de impressão, nem ano. Não dispomos de elementos para deslindar se são composições autónomas ou referência imperfeita às peças oratórias sob o n.º 2 e 3.

A. *Litterae Annuae Brasiliae Anni 1738.* Ex Collegio Bahyensi, 17 Decembris anni 1738. (*Bras.10*, 386-390). *Lat.*

A. S. I. R., *Bras.6*, 270, 371v; — Gesù, 690 (Spese per sepoltura); — B. Machado, II 92; — Sommervogel, I, 194; — S. L., *História*, I, 536.

ALMEIDA, Gaspar de. *O "S. Afonso Rodrigues da Baía".* Nasceu cerca de 1582 em Vilarouco (S. João da Pesqueira, Diocese de Lamego). Entrou na Companhia na Baía em 1604. Irmão Coadjutor, que passou a vida por diversas Residências e foi durante muitos anos dispenseiro do Colégio da Baía. Homem de notável modéstia, penitência e santidade, atestada por todos. Faleceu a 26 de Setembro de 1654, na Baía.

A. [*Regulamento da Vida Espiritual*]. Em 10 capítulos, um dos quais sobre estas palavras: 1.º pura e santa intenção nas acções, pensamentos e palavras; 2.º cuidado em andar na presença de Deus; 3.º constância nos trabalhos; 4.º mortificação em todas as coisas; 5.º guarda de todos os sentidos; 6.º devoção à Virgem Mãe de Deus; 7.º conselho de confessor prudente; 8.º frequência dos Sacramentos; 9.º alegria interior e exterior no serviço de Deus.

António Pinto, primeira e desenvolvida fonte, diz que este livrinho se encontrou entre os papéis do Irmão, sem título. A descrição e conteúdo dele constitui-o "Regulamento da Vida Espiritual", no campo da Ascese ou Mística.

Vida do Ir. Gaspar de Almeida, pelo P. Alexandre de Gusmão : "O Ir. Gaspar de Almeida, não sòmente pôs na mão da Virgem todas as suas obras, mas fez disso escritura solene ou procuração bastante, que firmou com seu sangue, a qual escritura tive em meu poder, que o P. Provincial me havia dado em prémio de lhe escrever a Vida". (P. Alexandre de Gusmão, *Rosa de Nazaret* (1715) 125).

A. S. I. R., *Bras.5*, 130v, 218; — *Sexennium Litterarum* de António Pinto, 15-16; — Vasconcelos, *Vida de Anchieta*, 378; — Guilhermy (26 Sept.), que cita outros (Nadasi, Drews, Patrignani).

ALMEIDA, João de. *Missionário e Sertanista.* Nasceu por 1572 em Londres. O seu nome de família era Made ou Meade. Passou a Portugal na adolescência, recebido por um comerciante de Viana do Castelo, amigo de seu pai, que o educou e aplicou à mesma profissão; e depois o enviou ao Brasil, ainda com o mesmo fim. João de Almeida conheceu os Jesuítas de Pernambuco e entrou na Companhia de Jesus a 1 de Novembro de 1592. Não tendo talento para estudos, aprendeu quanto bastou para se ordenar de Sacerdote e aplicar a ministérios com os Índios, em que se empregou pelas Aldeias e entradas ao sertão. Nos últimos anos da vida deu mostras de exímia virtude; e quando faleceu em veneranda velhice, no Colégio do Rio de Janeiro, o povo exclamava "morreu o Santo", e alguns o apelidaram de 2.º Taumaturgo do Brasil. A auréola reflectiu-se sobre a vida anterior, que a esta luz, ao sabor da época, se esmaltou de milagres e profecias. Faleceu a 24 de Setembro de 1653, no Rio de Janeiro.

A. *Missão dos Carijós.* Inserta na Ânua de 1609-1610. (*Bras.8*, 110-113). Autor provável o P. João de Almeida, que nela tomou parte. Resumo em S. L., *História*, VI, 476.

B. *Relação dalgumas cousas da Missão que se fez aos Carijós e mais lugares vizinhos dos Patos a petição de Salvador Correia de Sá por ordem e mandado do Padre Provincial Pero de Toledo e do Padre Reitor deste Colegio do Rio de Janeiro, Antonio de Matos, principiada em Novembro do ano de 617, acabada em Março de 619.* Do Rio de Janeiro, 23 de Março de 1619. (*Bras.8*, 261-263v). Excerptos em S. L., *História*, VI, 477-480. *Port.*

C. *Lembranças Espirituais.* — Livrinho, cujo paradeiro actual se ignora, escrito em 1651, dois anos antes de falecer, os "Aranzéis", de que fala Simão de Vasconcelos, que transcreve duas meditações feitas pelo método de S. Inácio, e algumas reflexões de carácter pessoal. Vasconcelos, *Vida*, pp. 85–89, 95-101, 274-276, 303-304, etc.

Vida do P. Joam d'Almeida da Companhia de Iesv na Provincia do Brazil, composta pello Padre Simam de Vasconcellos. Lisboa, 1658.— Ver *Vasconcelos* (Simão de).

De Vita Et moribus Ioannis de Almeida Societatis Iesv Presbyteri. Antonio de Macedo Lusitano Conimbricensi Eiusdem Societatis Authore. Venetiis, Apud Nicolaum Pezzana. M.DC.LXIX. 12.º, 202 pp. Com dedicatória ao P. Geral Oliva; — Secvnda editio Auctior, et correctior. Romae. Apud Franciscum Tizonum, MDCLXXI, 12.º, 274 pp.

Diz o P. Macedo que a sua obra é quase tradução da *Vida* do P. Simão de Vasconcelos. (Sommervogel, V, 243).

Vie du Père Jean d'Almeida Apôtre du Brésil, par Charles Sainte-Foi. Paris et Tournai, chez Castermann, 1859, 12.º, XII-220 pp.

Escreve o Autor no "Prefácio" que é um resumo da vida latina do P. António de Marcedo (sic). Desta "histoire que M. Charles Sainte-Foi vient de tirer de la poussière des bibliothèques", deu notícia o "Univers", transcrita no *Bien Public*, de 21 de Junho de 1859.

Henry Folley, S. I., *Records of the English Province of the Society of Jesus*. Vol. VII (Londres 1883) 1321-1339. (Cf. Sommervogel, VIII, e vol. III, Apendix, p. IX-X).

Jean de Almeida, por E.-M. Rivière, no *Dict. d'Hist. et de Géogr. Ecclésiastiques*, II (Paris 1914) 643.

Retrato do P. João de Almeida, delin. por "Erasmus Quellinus', gravado por Richard Collin, do Luxemburgo. Na *Vida*, pelo P. Simão de Vasconcelos (Lisboa 1658).

A. S. I. R., *Sexennium Litterarum* de António Pinto, 18v-20; — e obras e lugares citados.

ALMEIDA, José de. *Professor e Administrador*. Nasceu a 23 (ou 28) de Outubro de 1657 em Lisboa. Entrou na Companhia a 19 de Março de 1673, e fez a profissão solene na Ilha de S. Miguel (Açores) a 15 de Maio de 1692. Ensinou Humanidades (5 anos), Filosofia (4), Teologia Moral (5). Foi Sócio do Provincial um ano, Reitor do Seminário de S. Patrício (Lisboa) e dos Colégios de Portalegre e do Porto, cargo que ocupava quando foi nomeado Visitador do Brasil, de que tomou posse na Baía a 30 de Abril de 1716; e pouco depois a 3 (ou 4) de Junho, assumiu o cargo de Vice-Provincial, funções que acumulou. Concluida com satisfação a comissão de governo no Brasil voltou a Lisboa em 1719, e depois de ser Reitor do Colégio de Coimbra, tomou posse a 13 de Junho de 1725 do cargo de Provincial de Portugal. Em 1734 vivia na Casa Professa de S. Roque, falecendo em Lisboa a 10 de Fevereiro de 1735.

1. *Licença para a impressão da "Arvore da Vida Jesus Crucificado" do P. Alexandre de Gusmão*, Baía, 20 de Agosto de 1718. Nos Preliminares deste livro.

A. *Carta do Visitador José de Almeida ao Conde de Unhão, Rodrigo Xavier Teles de Meneses*, da Baía, 23 de Agosto de 1717. (Bibl. de Évora, cód. CXX/2-3, f. 148). — Afectuosos cumprimentos; e envia um papagaio canindé, pelo P. José Ferreira, Procurador Geral da Província de Goa, de passagem na Baía. *Port*.

B. *Se a "Igreja" do Colégio de S. Antão há-de concorrer com o mesmo "Colégio" para o Subsídio Eclesiástico e a razão de duvidar-se.* Colégio de S. Antão, 18 de Agosto de 1719. (Torre do Tombo, Cartório dos Jesuítas, maço 80). *Port.*

C. *Judicium P. Josephi de Almeyda Provincialis contra divisionem Provinciae Brasiliae, et pro sua sententia rationes affert sat solidas.* Scalabi, 19 Aprilis 1726. (Bibl. Vitt. Em., f. ges. 1255, n.º 31). *Lat.*

<small>A. S. I. R., *Lus.11,* 233; — *Lus. 47,* 300; — *Lus.48,* 76; — *Bras.4,* 197; — *Bras.6,* 69, 100; — *Hist. Soc.52,* 148; — Franco, *Synopsis,* 454-455, 466.</small>

ALMEIDA, Lourenço de. *Professor.* Nasceu a 29 de Setembro de 1704, em Maragogipe (Baía). Entrou na Companhia a 9 de Outubro de 1718. Professor de Filosofia e Teologia, Pregador de talento e Superior de Paranaguá. Residia no Colégio de S. Paulo, exercitando os ministérios da Companhia, quando o surpreendeu a perseguição. Passou ao Rio de Janeiro e daí a Lisboa e a Roma em 1760, onde faleceu a 14 de Setembro de 1765.

A. *Annuæ Litteræ Provinciæ Brasiliæ Annorum 1733-1734.* Bahiae, pridie Kal. Januarii Anni MDCCXXXIV. (*Bras.10(2),* 353-356). — A data certa desta carta é 31 de Dezembro de 1734: refere-se à morte do P. Tomaz de Aquino em Novembro "hujus anni 1734". *Lat.*

<small>A. S. I. R., *Bras.6,* 270, 273v; — *Apênd. ao Cat. Port.* de 1903.</small>

ÁLVARES, Bento. *Missionário.* Nasceu cerca de 1627 na cidade do Porto. Entrou na Companhia na Baía, com 18 anos, a 21 de Junho de 1645. Já tinha 2 anos e meio de latim. Chegou ao Maranhão em 1653. Foi a Portugal em 1654 com o P. Vieira para se ordenar de Sacerdote; e com ele voltou no ano seguinte. Expulso pelo motim de 1661, de novo voltou de Lisboa à missão em 1663. Fez a profissão solene de 3 votos no Pará, a 15 de Agosto de 1671, recebendo-a o P. Salvador do Vale. Missionário das Aldeias e do Cacté e prestou bons serviços nas construções da Casa de Gurupi e do Colégio do Pará, de que foi Reitor. "Insignis in virtute". Faleceu a 23 de Janeiro de 1676 no Engenho de Ibirajuba (Pará).

A. *Hũa carta do P.ᵉ Bento Alves, de 25 de Julho de 1661, em que dá conta como os moradores do Maranhão expulsarão os Padres da Companhia das Missões que tinhão a seu cargo.* (A. H. Col., "Lista dos papeis de que por resolução de S. Magest.ᵉ de 17 de Dezembro de 1661, em consulta de 24 de Novembro, se dá vista ao P. Antonio Vieira por seu procurador o L.ᵈᵒ Heitor Mór Leitão", n.º 6). (Cf. Lúcio de Azevedo, *História de Vieira,* I, 400). *Port.*

<small>A. S. I. R. *Bras.5,* 169; — *Bras.26,* 17v; — *Lus.9,* 25; — Bettendorff, *Crónica,* 302; — S. L., *História,* III, 292.</small>

ÁLVARES, Gaspar (1). *Professor.* Nasceu por 1570 em Cabeço de Vide. Entrou na Companhia em Évora em 1586. Era mestre em Artes e ensinou Letras Humanas e Teologia Especulativa. Embarcou para o Brasil em 1601, caindo prisioneiro de piratas ingleses. Resgatado com o P. Fernão Cardim, embarcou de novo para o Brasil em 1604 com o mesmo Padre, que muito o estimava. O Catálogo de 1607 trá-lo na Baía, com o cargo de pregador e consultor do Colégio. Não consta do Catálogo seguinte de 1610.

A. *Annuæ Litteræ Provinciæ Brasiliæ Anni 1607*, da Baía, 2 de Agosto de 1608. (*Bras. 8*, 65-69). —Entre outros assuntos, trata também da missão dos Padres Francisco Pinto e Luiz Figueira à Serra de Ibiapaba. *Lat.*

Ver *Cardim* (Fernão): Carta a Sir Robert Cecil, de Londres, 8 de Outubro de 1602.

A. S. I. R., *Bras.5*, 67v.

ÁLVARES, Gaspar (2). *Professor e Administrador.* Nasceu em Braga. Foi Provincial do Brasil, de Janeiro de 1666 até 1669. Concluída a comissão de governo voltou à sua Província de Portugal; e nela ocupou os cargos de Professor de Filosofia e Teologia Moral, Reitor do Colégio de Coimbra (1678) e Mestre de Noviços. Também administrou a Residência de Pedroso (Carvalhos), durante 20 anos. Faleceu em Braga a 7 de Maio de 1684.

A. *Ordem do Provincial do Brasil Gaspar Álvares para que o P. António da Fonseca seu companheiro, confira as contas do P. Filipe Franco*, Baía, 15 de Junho de 1668. (Torre do Tombo, *Jesuítas*, Maço 17. Autógr.). *Port.*

Ainda estava na Baía a 7 de Setembro de 1669, data em que também assina a carta do P. Jacobo Rolando sobre a destruição de 3 Aldeias da Missão de Jacobina (*Bras.3(2)*, 89).

A. S. I. R., *Lus.46*, 3; — Franco, *Synopsis*, 378; S. L., *História*, VI, 597; — Franc. Rodrigues, *História*, III-2, 182.

ÁLVARES, José. *Professor.* Nasceu a 19 de Março de 1698 em Vila Real. Entrou na Companhia a 10 de Abril de 1717. Teve grande nome de Professor sobretudo de Teologia e de Filosofia. Faleceu, sendo Reitor, no Colégio do Espírito Santo, a 13 de Janeiro de 1749.

1. *Panegírico de S. Francisco de Assis.* Menção do Cat. *Scriptores Provinciæ Brasiliensis* em S. L., *História*, I, 535.

Única referência conhecida, onde também se lê a data da morte em 1743.

A. S. I. R., *Bras.6*, 121v; — *Bras.10(2)*, 429v.

ÁLVARES, B. Manuel. *Mártir do Brasil.* Nasceu em Extremoz. Roupeiro e comprador do Colégio de Évora. Irmão coadjutor, a quem o P. Geral mandou que aprendesse a ler e escrever. Ia para o Brasil com o B. Inácio de Azevedo, quando foi morto às mãos dos calvinistas franceses, que lançaram o B. Álvares ao mar, vivo, a 15 de Julho de 1570 no mar das Canárias. Um dos *Quarenta Mártires do Brasil.*

A. *Carta do Ir. Manuel Álvares ao P. Geral,* de Évora, 21 de Abril de 1566. (*Lus.62,* 32). — Pede a missão do Brasil. *Port.*

<small>S. L., *História,* II, 257.</small>

ÁLVARES, Manuel. *Professor e Pregador.* Nasceu cerca de 1676 em Viana. Entrou para a Companhia de Jesus a 7 de Setembro de 1694. Mestre de Letras Humanas, Filosofia e Teologia. Bom pregador. Secretário de quatro Provinciais, cujas vezes fez na visita dalguns Colégios. De admirável equanimidade. Faleceu a 5 de Junho de 1726, no Rio de Janeiro.

A. *Carta do P. Manuel Álvares ao P. Geral,* do Rio de Janeiro, 15 de Maio de 1721. (*Bras.4,* 211-211v). — Sobre o falecimento do Provincial Miguel Cardoso, que deixou nomeado Vice-Provincial o P. José Bernardino, e a ele, Manuel Álvares, Visitador dos Colégios do Sul : "Quid de jure ?" *Lat.*

<small>A. S. I. R., *Bras.4,* 335; — *Bras.10(2),* 293-293v; — *Hist. Soc.52,* 63.</small>

ÁLVARES, Simão. *Humanista.* Nasceu a 17 de Novembro de 1727 em Lisboa. Entrou na Companhia a 26 de Dezembro de 1743. Já era sacerdote quando o colheu a perseguição geral, passando da Baía a Lisboa em 1760 e daí a Roma, onde faleceu a 5 de Janeiro de 1763.

A. *Litteræ Annuæ Provinciæ Brasiliæ Anni 1755,* Bahiae, 30 Decembris Anni 1755. (*Bras.10,* 495-496v). *Lat.*

B. *Litteræ Annuæ Provinciæ Brasiliæ Anni 1756,* Bahiae, 30 Decembris Anni 1756. (*Bras.10,* 497-498v). Excerpto em S. L., *História,* V, 153. *Lat.*

<small>A. S. I. R., *Bras.6,* 411; — *Apênd. ao Cat. Port.* de 1903.</small>

AMARAL, Manuel do. *Professor e Missionário.* Nasceu por volta de 1660 na Diocese de Viseu ("Torrevisensis, Dioecesis Visensis"). Entrou na Companhia, com 15 anos de idade. Discípulo do P. João König (João dos Reis), suíço, a quem sucedeu na Cadeira de Matemática da Universidade de Coimbra (1686-1689), quando aquele foi incumbido por El-Rei de fazer o mapa de Portugal. Em 1690 (ou 1689) embarcou para as Missões do Maranhão e Pará; e nesta segunda cidade fez a profissão solene a 15 de Agosto de 1693, recebendo-a Bento de Oliveira. Trabalhou na Missão dos Tupinambás e ensinou Latim no Pará. Homem edificante, mortificado e escrupuloso. Com o impaludismo tropical os escrúpulos degeneraram em doudice, falecendo no Colégio do Pará a 9 de Abril de 1698.

A. *Carta ao P. Geral Tirso González a pedir a Missão do Maranhão*, de Coimbra, 26 de Dezembro de 1688. (Gesù, *Indipetæ, 757*).

<small>A. S. I. R., *Bras.27*, 7v, 11v; — *Lus.11*, 246; — *Livro dos Óbitos*, 4v; — *Hist. Soc.49*, 68v; — Bettendorff, *Crónica*, 667-668; — Franc. Rodrigues, *História*, III-1, 216.</small>

AMARAL, Prudêncio do. *Poeta.* Nasceu em 1675 no Rio de Janeiro. Filho de Gonçalo Gomes Dinis e Marta do Amaral. Entrou na Companhia a 30 de Julho de 1690. Fez a profissão solene na Baía, a 15 de Agôsto de 1709. Pregador e Professor de Humanidades na Baía e no Seminário de Belém da Cachoeira. Grande letrado nas Ciências sacras e humanas. Durante a prolongada doença, de que veio a falecer, edificou o mundo e cultivou a poesia, delicada e aprazível. Faleceu a 27 de Março de 1715 no Rio de Janeiro.

1. *Argumento gratulatorio do Arcebispo da Bahia, que em obsequio do seu dignissimo Prelado faz publico hum singular estimador das suas acçoens entre os muytos que tem neste Estado.* — À frente da *Vida Chronologica de Santo Ignacio de Loyola fundador da Companhia de Jesus*, do P. Francisco de Matos, Lisboa, por Pascoal da Sylva, Impressor de Sua Majestade, 1718, 8.º, 6 pp.

2. *Catalogo dos Bispos que teve o Brasil até o anno de 1676 em que a Cathedral da Cidade da Bahia foy elevada a Metropolitana, e dos Arcebispos que nella tem havido, com as noticias que de huns, e outros pôde descobrir o Illustrissimo, e Reverendissimo Senhor, D. Sebastião Monteiro da Vide V. Arcebispo da Bahia, e do Conselho de S. Magestade.* Impresso no fim das *Constituições primeiras do Arcebispado da Bahia*. Lisboa, por Pascoal da Sylva, 1719, fol., pp. 1-32; — Coimbra, no Real Collegio das Artes, 1720, fol.; — Baía, em 1937, incluido por Brás do Amaral nas *Memórias Históricas*, de Accioli, V, 286-301.

As palavras "pôde descobrir" do título ressalvam com elegância a autoria oculta do escritor, P. Prudêncio do Amaral, que a pedido do mesmo Prelado redigiu o *Catálogo*.

Cada biografia dos Bispos e Arcebispos da Baía conclui com um epitáfio latino (hexâmetro e pentâmetro). São 14 belos epitáfios, alguns dos quais imperfeitamente transcritos naquela 3.ª edição (da Baía, 1937). A edição das *Constituições*, feita em S. Paulo em 1853, suprimiu o *Catálogo* de Prudêncio do Amaral.

3. *Prudentii Amaralii Brasiliensis, de Sacchari Opificio Carmen.* Pisauri, M.CC.LXXX, ex tip.ª Amatina. 4.º peq., 27 pp. e 1 grav.

Edição feita pelo P. Jerónimo Moniz, baiano, de S. Francisco, que possuía o manuscrito e o "poliu, acrescentou e ilustrou com notas". Entre os acrescentamentos de Jerónimo Moniz deve-se incluir a referência no fim do canto às minas de "diamantes".

Josephi Rodrigues de Mello Lusitani Portuensis de Rusticis Brasiliæ Rebus Carminum Libri IV. Accedit Prudentii Amaralii Brasiliensis *De Sacchari Opificio Carmen.* Romae MDCCLXXXI, Ex Typographia Fratrum Puccinelliorum. Prope Templum S. Mariae in Vallicella. Publica auctoritate. — *O Canto do Açúcar* de Prudêncio do Amaral, pp. 171-206 (2.ª ed.); — Lisboa, 1798, por José Mariano da Conceição Veloso, junto com a obra de José Rodrigues de Melo (3.ª ed.); — Stuttgart, 1829, por Martius, que o transcreveu, da edição anterior, na *Flora Brasiliensis*, II, 577ss. Di-lo Martius, e que o inseriu no seu livro por ser "opus egregium et virgilianei calami foecundam imitationem inter nos ignotum", p. 573 (4.ª ed.); — Baía, por João Gualberto Ferreira dos Santos Reis, que traduziu o *Canto do Açúcar* e o publicou (texto e tradução na *Geórgica Brasileira*, que constitui o III Tomo das suas *Poesias*, Baía, 1830 (5.ª ed.); — Prudêncio do Amaral, e José Rodrigues de Melo, *Geórgicas Brasileiras (Cantos sobre Coisas Rústicas do Brasil,* 1781). Versão em linguagem de João Gualberto Ferreira dos Santos Reis. Biografias e notas de Regina Pirajá da Silva. Publicações da Academia Brasileira, Rio de Janeiro, 1941. Com *Nota Preliminar* de Afrânio Peixoto. Texto latino, pp. 99-122; tradução, com o nome de *Lavoura do Açúcar*, pp. 172-199 (6.ª ed.). — Ver, infra, *Rodrigues de Melo* (José).

A. *De Arte Amandi Deiparam.* Poema elegíaco em 7 *estímulos* ou *cantos*, já com mais de 6.000 versos, quando o autor faleceu sem o ter concluido. (*Bras.10*, 113v).

O mesmo que *De Arte amandi Mariam* ou *Stimulus amandi Deiparam*, menções com que também aparece este Poema, cujo paradeiro actual se ignora. Parece que ainda existia em 1780, quando se publicou o *De Sacchari Opificio Carmen*.

S. L., *Geórgicas Brasileiras*, em *Verbum*, III (Rio de Janeiro 1946) 31-43. Aqui se corrigem alguns dados, que se repetiam menos exactos da vida de Prudêncio do Amaral.

A. S. I. R., *Bras.6*, 39; — *Bras.10*, 113v; — *Lus.13*, 135; — B. Machado, III, 617; — Oudin, em Moreri, *Le grand dictionnaire historique*, I (Paris 1759) 435; — Inocêncio, VII, 28; — Sommervogel, I, 263-264; VIII, 1622; — Rivière, n.º 53; Id., no *Dict. d'H. et de Géogr. Ecclés.*, II (Paris 1914) 960-961; — S. L., *História*, I, 537.

AMARO, Manuel. *Administrador.* Nasceu cerca de 1679 no Porto. Entrou na Companhia com 17 anos a 14 de Abril de 1696. Fez a profissão solene em S. Paulo, a 15 de Agosto de 1718, recebendo-a Simão de Oliveira. Superior de Paranaguá, da Colónia do Sacramento e Reitor de Santos. Era já octogenário quando o colheu a perseguição geral. Deportado de Santos para o Rio e daqui para Lisboa, em 1760, ficou nos cárceres de Azeitão. Não vimos o ano da sua morte.

1. *Protesto jurídico do P. Manuel Amaro Superior da Casa de Paranaguá e Protector da Capela de Nossa Senhora das Mercês por o Ouvidor Rafael Pires Pardinho não aceitar o seu requerimento sobre os dízimos e terras da Casa e da Capela.* 14 de Agosto de 1721. Em Moisés Marcondes, *Documentos para a História do Paraná*, I, 142-143.

A. *Requerimento do P. Manuel Amaro Superior da Casa da Nova Colónia do Sacramento para se lhe fornecer, como de costume, farinha, cera e vinho para as Missas.* (A. H. Col., Rio de Janeiro, 5060). Port.

<small>A. S. I. R., *Bras.5(2)*, 158; — *Lus.14*, 60; — Caeiro, 294.</small>

AMODEI, Benedito. *Missionário do Maranhão.* Nasceu por 1583 em Bivona, Sicília. Entrou na Companhia em Palermo a 10 de Abril de 1598. Coadjutor Espiritual a 12 de Novembro de 1617. Em 1619 embarcou para o Brasil, passando para a Missão do Maranhão em 1622 com o P. Luiz Figueira. O seu nome aparece com diversas grafias — Amodei, Homodei, Amadeu. Prevalecia, na Missão, a de Amodei. Animou a restauração do Maranhão contra os Holandeses e foi missionário notável. Faleceu no Maranhão em 1647.

A. *Carta ao P. Geral Caraffa, do Maranhão,* 3 de Dezembro de 1646. (*Bras.3(1)*, 254-254v). — Pede operários que sejam de "virtude maciça". E que saibam a língua: ele é só "meia língua". Assina: *Benedetto Amadeu.* Extracto em S. L., *História*, III, 115-116. Port.

<small>S. L., *História*, III, 109-116.</small>

AMORIM, Luiz de. *Administrador.* Nasceu cerca de 1654 no Espírito Santo. Entrou na Companhia, com 17 anos de idade, a 22 de Junho de 1671. Amorim ou Morim, como assinava; e com estas duas formas o citamos na *História* em diversos tomos dela. Esteve oito anos na Colónia do Sacramento, foi Professor de Moral no Colégio do Rio de Janeiro, Visitador e Superior da Missão do Maranhão, Reitor do Colégio de Olinda e do Espírito Santo, sua terra natal, na qual faleceu a 10 de Outubro de 1730.

A. *Carta ao Padre Geral, sobre a sua estada na Colónia do Sacramento*, do Rio de Janeiro, 22 de Junho de 1704. (Bras.4, 103-103v). Lat.

B. *Licença concedendo uma índia de leite para amamentar uma menina*, do Colégio do Pará, 31 de Julho de 1716. (B. N. de Lisboa, fg. 4517, f. 10). Port.

C. *Licença para sairem de uma Aldeia da Repartição umas índias que se pedem*, do Colégio do Pará, 7 de Maio de 1718. (B. N. de Lisboa, fg. 4517, f. 4). Port.

D. *Carta ao P. Geral, como consultor, sobre o estado do Colégio da Baía*, da Baía, 6 de Abril de 1725. (Bras.4, 285-285v). Lat.

A. S. I. R., *Bras.5(2)*; — *Bras.10(2)*, 326v; — S. L., *História*, passim (Ver nos Índices: Morim e Amorim).

ANCHIETA, José de. *Apóstolo do Brasil.* Nasceu a 19 de Março de 1534 em Laguna (Canárias). Filho de João de Anchieta e Mencia Diaz de Clavijo y Llerena. Estudava em Coimbra o curso de Lógica, com 17 anos de idade, quando entrou na Companhia na mesma cidade, a 1 de Maio de 1551. Embarcou para o Brasil em 1553 na expedição chefiada pelo P. Luiz da Grã. Ensinou latim na nova escola de Piratininga, fundada pelo P. Manuel da Nóbrega, e inaugurada no dia da Conversão de S. Paulo, a 25 de Janeiro de 1554. Esteve com o mesmo Nóbrega refém em Iperoig. E não obstante não haver estudado o curso regular de Filosofia e Teologia, que fez em particular, admitiu-se à profissão solene em S. Vicente no dia 8 de Abril de 1577, pelo seu talento e dons naturais. Foi superior da Capitania de S. Vicente (das duas Casas de S. Vicente e S. Paulo), da do Espírito Santo, e Provincial. Foi dos primeiros a aprender a língua tupi e os seus escritos nela e em português, castelhano e latim, são o principal elemento do seu renome, dourado por uma afabilidade de trato e virtude sólida. Deram-se os primeiros passos para a introdução canónica da causa de beatificação em 1617, declarando-se heróicas as suas virtudes 119 anos mais tarde, em 1736. A causa retomou-se neste século XX, sem o êxito correspondente à expectativa. Entretanto, ao falecer tinha sido chamado o *Apóstolo do Brasil*, nome que ficou. E é uma das primeiras e grandes figuras da história e lenda do Brasil no século XVI. Faleceu em 9 de Junho de 1597 na Aldeia de Reritiba, hoje do seu nome Cidade Anchieta, no Espírito Santo.

1. *Arte de Grammatica da Lingoa mais vsada na costa do Brasil, Feyta pelo padre Ioseph de Anchieta da Cõpanhia de IESV.* [Trigrama da Companhia, desenho que ocupa todo o corpo central da portada]. Com licença do Ordinario & do Preposito geral da Companhia de IESV. Em Coimbra per Antonio de Mariz. 1595. 12.°, 4 pp. inums.-58 fs. nums.

Nos Prelims. a 3.ª e 4.ª p. com licenças, a 2.ª em branco; a 1.ª repete exactamente o título, mas qualifica o Autor : *"Feita pelo P. Ioseph de Anchieta Theologo Prouincial que foy da Companhia de IESV nas partes do Brasil";* e inicia o texto : Das letras. Cap. I.

Joseph de Anchieta, *Arte de Grammatica da lingua mais usada na costa do Brasil,* novamente dado à luz por Julio Platzmann, Lipsia. Na Officina Typographica de B. G. Teubner. 1874. 8.º, XII-82 pp. nums.

Arte de Grammatica da lingoa mais usada na costa do Brasil, feita pelo P. Joseph de Anchieta. Publicada por Julio Platzmann. Edição facsimilaria Stereotipa. Leipzig. B. G. Teubner. MDCCCLXXVI. Fac-simile da edição de 1595. No fim : imprimido na Officina e fundição de W. Drugulin em Leipzig. (Sommervogel traz ambas estas edições de Platzmann com o ano de 1874).

Arte de Gramática da Lingua mais usada na costa do Brasil feita pelo P. Joseph de Anchieta. Edição da Biblioteca Nacional do Rio de Janeiro. Rio de Janeiro. Imprensa Nacional, 1933.

Edição fac-similar feita pela de Júlio Platzmann, de 1876, cujas chapas oferecera à Bibl. Nac. do Rio. Antes do frontispício, 1 folha, com uma *Explicação,* datada do Rio, 2 de Julho de 1933.

Grammatik der Brasilianischen Sprache, mit zugrundelegung des Anchieta, herausgegeben von Julius Platzmann, Riter des Kaiserl. Brasilianischen Rosen Ordens. [Sentença de Orígenes]. Leipzig, Druck von B. G. Teubner, 1874. 8.º, XIV inums. – 178 pp. numers.

Breves excerptos : *De lingua Brasiliensium e Grammatica P. Josephi de Anchieta* em G. Margravius. *Historia Naturalis Brasiliæ* [1648] 274-275.

Reland (Hadr.) : *De lingua Brasilica ex Grammat. Anchietæ* em *Dissertationes Miscellaneæ,* III, 175.

Notæ ad Dissertationem Grotii De Origine Gentium Americanarum, de João de Laet (Amesterdão 1643) 219-223.

Rivière dá notícia de *"Arte de Grammatica da Lingoa...",* Leipzig, 1859, 8.º, incompleta.

"Quão praticada fosse a [língua] do Brasil nesta nossa Província bem o testifica a primeira *Arte* ou *Gramática* dela, de que foi autor e inventor o grande Anchieta, e com razão se pode estimar por um dos seus milagres". (António Vieira, *Exhortaçam I em vespora do Espirito Santo.* Na Capela interior do Colégio da Baía, 1688).

Como aditamento, junto ao exemplar da edição *princeps,* no Arquivo da Companhia (*Opp. NN. 21*), conservam-se, por letra de Anchieta, duas páginas (1 folha) do próprio original da "Arte".

2. *Chartas ineditas.* Com uma noticia por J. A. Teixeira de Melo, *Anais da B. N. do Rio de Janeiro,* I (1876) 44-75; II (1877) 79-127, 266-308; III (1877) 312-323.

3. *Informações e Fragmentos Historicos do Padre Joseph de Anchieta, S. J. (1585-1586).* Com introdução e notas de Capistrano de Abreu. Vol. I de "Materiaes e Achegas para a Historia e Geographia do Brasil", Rio de Janeiro, Imprensa Nacional, 1886, 8.º, 84 pp.

4. *Cartas ineditas.* Copiadas do Archivo da Companhia de Jesus. Traduzidas do Latim pelo Professor João Vieira de Almeida. Com um Prefacio Pelo Dr. Augusto Cesar de Miranda Azevedo. Instituto Historico e Geographico de São Paulo. São Paulo, 1900, 8.º, XII-72 pp.

5. *Cartas, Informações, Fragmentos historicos e Sermões do Padre Joseph de Anchieta, S. J. (1554-1594).* III volume de *Cartas Jesuíticas.* "Nota preliminar" e Introdução de Afrânio Peixoto, Nota e "Posfácio" de António de Alcântara Machado, e o artigo de Capistrano de Abreu, "A obra de Anchieta no Brasil", tirado d'*O Jornal* (Rio), de 31 de Agosto de 1927. "Colecção Afrânio Peixoto", da Academia Brasileira de Letras, Rio de Janeiro, 1933. Ilustrado, 8.º gr., 567 pp.

Contém todos os documentos de Anchieta, que o título mostra (*Cartas, Informações, Sermões*), conhecidos até 1933; e alguns escritos, que não são dele: Ver *Cardim* (Fernão) e *Fonseca* (Luiz da). Os de Anchieta neste volume são os seguintes (6-41):

6. *Carta ao P. Mestre Inácio de Loiola, prepósito geral da Companhia de Jesus.* Por comissão do Reverendo em Cristo Padre Manuel da Nóbrega, de Piratininga, Julho de 1554. (*Epp. NN.* 95, 105-105v). Em espanhol nos *Anais da B. N. do Rio de Janeiro,* XIX, 53-54. Em português, com algum erro de tradução, *Cartas de Anchieta* (Rio 1933) 67-69.

7. *Quadrimestre de Maio a Setembro de 1554,* de Piratininga, na Casa de S. Paulo, 1554. ("Cartas dos Padres", B. N. do Rio de Janeiro, cód. LXXVII, 6-22, f. 199). Lat. Publ. em *port.* por Teixeira de Melo, *Anais da B. N. do Rio de Janeiro,* I, 60-75; — *Diario Oficial,* Rio, 30 de Nov., 1 e 2 de Dez. de 1887; — *Cartas de Anchieta* (1933), 35-49.

Alguns trechos incorrectamente traduzidos (p. 43, linha 14, *altíssima:* no latim "arctissimo" = *estreitíssimo,* etc.).

8. *Aos Padres e Irmãos da Companhia de Jesus em Portugal,* de Piratininga, 1554-1555. Publ. em "Copia de diversas cartas de algunos Padres y Hermanos de la Compañia de Jesus recebidas el año de MDLV" (Barcelona 1556). 6.ª carta, sem data, nem cláusula; — *Anais da B. N. do Rio de Janeiro,* III, 316-322; — *Diario Oficial,* de 6 e 7 de Dez. de 1887; — *Cartas de Anchieta* (1933) 71-77.

Pelo contexto se infere que foi escrita parte em 1554, parte em 1555.

9. *Carta de S. Vicente,* a 15 de Março de 1555. Por comissão de nosso Padre Manuel da Nóbrega. Publ. em *Diversi Avisi Particolari* (Venetia 1559) 242-245v. Trad. do ital., *Diario Oficial,* 9 e 13 de Dez. de 1887; — *Cartas de Anchieta* (1933) 79-83.

10. *Cópia de outra, ou complemento de outra,* da mesma data. Esp. Publ. em *Anais da B. N. do Rio de Janeiro,* III, 1.º, 322-323; — Trad. port. em *Cartas de Anchieta* (1933) 85-86.

11. *Aos Irmãos Enfermos de Coimbra,* de S. Vicente, 20 de Março de 1555. (*Epp. NN.* 95, 87-88). Publ., sem data, por Simão de Vasconcelos, *Vida de Anchieta,* 52-54, mas incompleta; e assim anda no *Diario Oficial* de 5 de Dez. de 1887 e em *Cartas de Anchieta* (1933) 62-64, com a data de 1554 no título.

Cf. A. H. S. I., III, 162-163, onde demos o final completo desta carta, com a data certa.

12. *Litteræ Trimestres a Mayo ad Aug. 1566.* Ex India Brasilica. (1.ª via, *Bras.*95, 106-107). Lat. Publ. em *Anais da B. N. do Rio de Janeiro,* XIX, 54-57. Parcialmente em *Diversi Avisi particolari,* 248-249; — trad. port. do latim por João Vieira de Almeida, *Cartas Ineditas* (S. Paulo 1900) 51-56;— *Cartas de Anchieta* (1933) 87-91.

13. *Carta de Piratininga e Casa de S. Paulo da Companhia de Jesus,* em o fim de Dezembro de 1556. (B. N. do Rio de Janeiro, "Cartas dos Padres", fl. 32). Publ. nos *Anais da B. N. do Rio de Janeiro,* I, fasc. II, 266-269; — *Diario Oficial,* 5 de Dez. de 1887; — *Cartas de Anchieta* (1933) 92-95.

14. *Quadrimestre de Setembro até o fim de Dezembro de 1556,* de Piratininga, Abril de 1557. (B. N. do Rio de Janeiro, "Cartas dos Padres", f. 29v). Publ. nos *Anais da B. N. do Rio de Janeiro,* 270-274; — *Diario Oficial,* 17 de Dez. de 1887; — *Cartas de Anchieta* (1933) 97-102.

15. *Carta ao P. Geral*, de S. Vicente, ao último de Maio de 1560. (*Epp. NN. 95*, 89-92. Autógr. *lat.*; cópia na B. N. do Rio de Janeiro, "Cartas dos Padres", 85). Publ. em *ital.*, *Copia de alcvni capitoli della lettera del Brasille del mese di Maggio 1560, scritta da Ioseph, che tratta degli animali, & piante, & d'altre cose notabili dell'India*, em *Diversi Nuovi Avisi*, Parte 3.ª (Venetia 1565) 150-172; — *Epistola Quamplurimarum Rerum Naturalium Quæ S. Vincentii (nunc S. Pauli Provinciam) Incolunt Sistens Descriptionem, a Didaco De Toledo Lara Ordonhez Adjectis Annotationibus Edita; Jussuque Regiae Scientiarum Academiae Olisiponensis Ejus Memoriis Ad Historiam Transmarinarum Nationum Conscribendam Proficientibus Adjecta. Olisipone, Typis Academiae Anno 1799. Regio Permissu. 4.º*, 6-46 pp. Na *Colecção de Noticias para a Historia e Geographia das Nações Ultramarinas*, da Academia Real das Ciências, I (Lisboa 1812) 127-178; — trad. *port.* de Teixeira de Melo e Martinho Correia de Sá, *Anais da B. N. do Rio de Janeiro*, I, 2.º, 275-305; e corrigida, *Diario Oficial*, de 22, 24 e 26 de Dezembro de 1887, 2 e 7 de Janeiro de 1888; — *Carta fazendo a descripção das innumeras coisas naturaes que se encontram na provincia de S. Vicente hoje S. Paulo seguida de outras cartas ineditas escriptas da Bahia pelo Veneravel Padre José de Anchieta*, S. Paulo, 1900. Nova trad. *port.* do latim por João Vieira de Almeida, Prefácio de Miranda de Azevedo e as notas de Lara Ordonhez; — em *Cartas de Anchieta* (1933) 103-129, com notas — além das de Alcântara Machado e Lara Ordonhez — de Afrânio do Amaral, Olivério Mário de Oliveira Pinto e Pio Lourenço Correia.

16. *Carta ao P. Geral Diogo Laines*, do Colégio da Ilha de São Vicente, a 1 de Junho de 1560. (*Epp. NN. 95*, 93-96. Orig. *lat.*; cópias em *lat.* e *esp.*, 108-110, 112-116). Publ. em *Nuovi Avisi* (Venetia Tramezini 1562) 119-136. — *Cópia espanhola* na B. N. do Rio de Janeiro, "Cartas dos Padres", f. 79, publ. em *port.* por Baltasar da Silva Lisboa, *Anais do Rio de Janeiro*, VI, 113-139; — *Diario Oficial*, de 8, 17 e 24 de Janeiro de 1888, por Teixeira de Melo; — *Cartas de Anchieta* (1933) 144-160.

Teixeira de Melo suprimiu os textos mais realistas. Alcântara Machado publicou em *espanhol* um excerpto, pela cópia do Rio de Janeiro, *Anchieta na Capitania de S. Vicente* (Rio 1929) 83-86.

17. *Carta ao P. Geral Diogo Laines*, de S. Vicente, a 12 de Junho de 1561. (*Epp. NN. 95*, 97-100. Deste Collegio de Jhs̄ de S. V.ᵗᵉ a 30 de Julio de 1561 y es copia de otra de 12 de Junio del mismo año). *Nuovi Avisi Particolari*, 4.ª P. (Venetia 1565) 182; — Cópia em *esp.*, B. N. do Rio de Janeiro, "Cartas dos Padres", 125, trad. em *port.* por Baltasar da Silva Lisboa, *Anais do Rio de Janeiro*, VI, 46-63; — *Diario Oficial*, de 27 e 28 de Janeiro de 1888 (Teixeira de Melo); — *Cartas de Anchieta* (1933), 165-175.

18. *Carta ao P. Geral Diogo Laines*, de Piratininga, Março de 1562, recebida em Lisboa a 20 de Setembro do dito ano. (Cópia na B. N. do Rio de Janeiro, "Cartas dos Padres", f. 129v). Publ. em *ital.* nos *Nuovi Avisi*, 182-189; — em *esp.* nos *Anais da B. N. do Rio de Janeiro*, I, 305-308; — em *port.*, *Diario Oficial*, de 28 de Janeiro de 1888; — *Cartas de Anchieta* (1933) 177-180.

19. *Carta ao Geral Diogo Laines*, de São Vicente, a 16 de Abril de 1563. (*Epp. NN. 95*, 101-104). (Cópia *esp.* na B. N. do Rio de Janeiro, "Cartas dos Padres", f. 139v). Trad. e publ. por Januário de Cunha Barbosa, *Rev. do Inst. Hist. e Geogr. Bras.*, II, 538-552 (noutra ed.: 541-551); — *Diario Oficial*, de 29 de Janeiro, 3 e 6 de Fevereiro de 1888 (Teixeira de Melo); — *Cartas de Anchieta* (1933) 181-194.

20. *Carta ao Geral Diogo Laines*, de São Vicente, 8 de Janeiro de 1565. (Cópia em *esp.*, B. N. do Rio de Janeiro, "Cartas dos Padres", f. 167v). Publ. em *esp.*, *Anais da B. N. do Rio de Janeiro*, II, 79-123; — em *port.*, *Diario Oficial*, de 14, 15, 16, 17, 19, 27 de Fevereiro e 7 de Março de 1888 (Teixeira de Melo); — *Cartas de Anchieta* (1933) 196-240.

Nesta edição, suprimiu-se, p. 206, o exemplo da crueldade dum índio, que se lê em *Anais da B. N. do Rio de Janeiro*, II, 89.

21. *Carta ao P. Diogo Mirão*, da Baía, a 9 de Julho de 1565. (B. N. do Rio de Janeiro, "Cartas dos Padres", f. 190v). Publ. por Baltasar da Silva Lisboa, *Anais da Provincia do Rio de Janeiro*; — *Rev. do Inst. Hist. e Geogr. Bras.*, III, 248-258; e, rectificado o endereço, no *Diario Oficial* de 8 e 17 de Março de 1888 (Teixeira de Melo); — *Cartas de Anchieta* (1933) 245-254.

22. *Carta ao P. Geral Francisco de Borja,* de S. Vicente, 10 de Julho de 1570. (*Epp. NN. 95,* 117, hoje na Cúria Prov. do Brasil Central). Publ. em M. H. S. I., *Borgia,* V (Madrid 1911) 440-441; — *Anais do Museu Paulista,* III, 386-387. — Trad. do *esp.* em *port., Cartas de Anchieta* (1933) 257-258.

23. *Carta a um Sacerdote recém-ordenado todo de palavras da Sagrada Escritura.* Publ em *lat.* e *port.* por Simão de Vasconcelos (*Vida de Anchieta,* Liv. V, cap. III), sem indicar endereço, lugar nem tempo;— *Cartas de Anchieta* (1933) 261-264.

Alude a esta carta Quirício Caxa (*Breve Relação,* cap. 10), mas diz que foi escrita para "reduzir a um que tinha saído da Companhia".

24. *Carta a Gaspar Schet em Antuérpia,* da Baía de Todos os Santos, 7 de Julho de 1578. Em *Une sucrerie Anversoise au Brésil...* par le P. Kieckens S. J., Anvers, 1883, 8.º; — Fac-símile *esp.* no livro do *III Centenario do Veneravel Joseph de Anchieta* (Lisboa-Paris) 1900; — trad. e publ. em *port.* por A. de Alcântara Machado, *Cartas de Anchieta* (1933) 265-266.

25. *Carta ao Capitão Jerónimo Leitão,* de Piratininga, hoje, domingo, 15 de Novembro de 1579. Em *port.* No Museu Paulista. Comprada aos Livreiros Maggs, Bros. de Londres, que a estamparam em fac-símile no *Catálogo* n.º 429; — *Revista do Brasil,* XXIII (S. Paulo) 28-29; — *Terra Roxa e outras terras* (29 de Abril de 1926); — *Anais do Museu Paulista,* III, 1.ª P., 375-376; — *Cartas de Anchieta* (1933) 268-269 (com fac-símile).

26. *Carta ao P. Geral Cláudio Aquaviva,* deste Colégio da Baía de Todos os Santos, 8 de Agosto de 1584. (*Epp. NN.95,* 120-120v). *Esp.* — Trad. em *port.* por S. L., *Um autógrafo inédito de José de Anchieta,* na *Brotéria,* XVII (1933) 269-270; — id., *Revista da Academia Brasileira de Letras,* XLV (1934) 263; — id., *Páginas* (1937) 190-191.

27. *Informação do Brasil e de suas Capitanias.* (*Bras.15,* 352-362, com letra de Anchieta, sem assinatura). Publ. por Varnhagen na *Rev. do Inst. Hist. e Geogr. Bras.,* VI, 404-435, pelo exemplar de Évora, Cód. CXVI/1-33; — *Materiaes e Achegas para a Historia e Geographia do Brasil* (Rio 1886) 1-30; — *Cartas de Anchieta* (1933) 301-334 (com a ordem um pouco mudada da que se acha em *Bras.15*).

28. *Breve narrativa das coisas relativas aos Colégios e Residências da Companhia nesta Província Brasílica no ano de 1584.* (*Epp. NN.95*, 118-119v). Lat. (Assin. autógr.). Publ. em *lat., Anais da B. N. do Rio de Janeiro*, XIX, 58-64; trad. *port., Carta fazendo a descrição...* (1900) 56-59; — *Cartas de Anchieta* (1933) 395-405.

Tradução portuguesa frequentemente errónea.

29. *Carta ao Ir. António Ribeiro*, do Rio de Janeiro, e do mês de Junho, a 5, hoje Domingo do Espírito Santo, ano de 1587. Em Beretário, *Vita* (Lugduni 1617) 217-254; — Paternina, *Vida*, 380-385; —Vasconcelos, *Vida de Anchieta*, Livro V, Cap. I, § 6; — *Cartas de Anchieta* (1933) 272-273.

30. *Suma de outra ao Irmão António Ribeiro.* Publ. por Simão de Vasconcelos, *Vida de Anchieta*, Livro, V, Cap. I, § 7 (sem indicação de lugar nem data, senão que foi antes da precedente); — *Cartas de Anchieta* (1933) 271.

31. *Carta ao Ir. Francisco de Escalante*, da Casa do Espírito Santo, 9 de Dezembro de 1587. *Esp.* Beretário, *Vita*, 255-256; — Paternina, *Vida*, 385-386; — Vasconcelos, *Vida de Anchieta*, Livro V, Cap. II, § 4; — em *port., Cartas de Anchieta* (1933) 275-276.

32. *Carta ao Ir. Francisco de Escalante*, do Espírito Santo, 7 de Julho de 1591. Beretário, *Vita*, 258-260; — Paternina, *Vida*, 390-392; — Vasconcelos, *Vida de Anchieta*, Livro V, Cap. II, § 5; — em *port., Cartas de Anchieta* (1933) 277-278.

33. *Carta ao Ir. Francisco de Escalante*, do Espírito Santo (s.a.). Beretário, *Vita*, 257-258; — Paternina, *Vida*, 388-390; — em *port., Cartas de Anchieta* (1933) 279.

34. *Informação sobre o P. Gonçalo de Oliveira.* Publ. nos *Anais da B. N. do Rio de Janeiro*, XIX, 65-67; — *Cartas de Anchieta* (1933) 463-465.

35. *Carta ao Capitão Miguel de Azeredo*, da Baía, 1 de Dezembro de 1592. (*Epp. NN.95*, 123-126). *Port.* Publ. em *Anais da B. N. do Rio de Janeiro*, XIX, 67-70; — *Cartas de Anchieta* (1933) 280-284.

36. *Carta ao Geral Cláudio Aquaviva*, do Espírito Santo, 7 de Setembro de 1594. (*Epp. NN.95*, 127-127v). *Esp.* Publ. nos *Anais* da *B. N. do Rio de Janeiro*, XIX, 70-72. Em *port.*, *Cartas de Anchieta* (1933) 290-292.

37. *Carta ao Irmão Emanuel*, s.l.n.a. (*Epp. NN.95*, 129-130). Publ. nos *Anais da B. N. do Rio de Janeiro*, XIX, 72-74; — *Cartas de Anchieta* (1933) 294-297.

38. *Informação dos Casamentos dos Indios do Brasil*. Publ. por Varnhagen, pela cópia de Évora, cód. CXVI/1-33, 130v, na *Rev. do Inst. Hist e Geogr. Bras.*, VIII, 254-262; — *Cartas de Anchieta* (1933) 448-454 (com algumas notas de Rodolfo Garcia sobre termos tupis).

39. *Fragmentos Históricos*. Tirados de António Franco, *Imagem de Coimbra*, II, 183-192, 203-204, 212-219; — *Cartas de Anchieta* (1933) 469-492.

Justifica-se a atribuição pela citação de Franco, duns *Apontamentos* de Anchieta. São biografias de Manuel da Nóbrega, Diogo Jácome, Manuel de Paiva, Salvador Rodrigues, Francisco Pires e Gregório Serrão. Destes *Apontamentos* autógrafos ("Vidas de Religiosos mortos que acabaram na Companhia") também se serviu e os tinha em seu poder, Simão de Vasconcelos (*Vida de Anchieta*, 336), e é o que alguns autores indicam pela tradução latina do título em Southwell, *Brasilica Societatis Historia et Vitæ clarorum Patrum qui in Brasilia vixerunt*, (n.º 10), aduzido por Sommervogel, I, 312. Vasconcelos descreve os *Apontamentos* de Anchieta como um pequeno volume de "só quatro cadernos". (*Chronica*, I, n.º 7).

40. *Sermão da XX Dominga depois de Pentecostes*. Pregado em S. Vicente, no dia 26 de Outubro de 1567. (Autógrafo nos Archives Générales du Royaume, Arch. Jésuitiques — Province Flandro-Belge, 1431-1437). Em *Cartas de Anchieta* (1933) 469-516. — Transcreveu-se com um lapso original: Não começa: "*Há um pai*, ...; *se vê*..."; mas "*Hum pai*..., *se vê*..."

Oferecido pelo P. Agostinho Coelho em 1629 em reconhecimento da boa acolhida feita na Flandres aos Padres do Brasil cativos dos Holandeses. (Cf. S. L., *História*, VI, 592-593).

41. *Sermão da Conversão de S. Paulo*. Pregado em Piratininga no dia 25 de Janeiro de 1568. (Autógr., Colégio de "Notre Dame" de Antuérpia). Cópia fotográfica oferecida pelo Barão de Rio Branco ao Inst. Histórico, e publ. na *Rev. do Inst. Hist. e Geogr. Bras.*, LIV, 109-130; — *Cartas de Anchieta* (1933) 517-537.

Deve ter ido para a Bélgica por motivo idêntico ao do sermão precedente.

42. *De Beata Virgine Dei Matre Maria.* Poema elegíaco, em *lat.*, publ. pelo P. Simão de Vasconcelos na *Chronica* (Lisboa 1663) 481-520, em duas colunas; — pelo mesmo, *Vida do Veneravel Padre Joseph de Anchieta* (Lisboa 1672) 443-593; — na 2.ª edição da *Chronica*, feita por Inocêncio, II (Lisboa 1865) 139-278; — *Poema Marianum Auctore Venerabili Patri Josepho de Anchieta Lacunensi, Sacerdote Professo Societatis Iesu, Apostolo Brasiliensi nuncupato.* Anno MDCCCLXXXVII. Typis Vincentii à Bonnet. In Urbe Sanctae Crucis (Teneriffa), 8.º, pp. 176 e 1 fotogr.; — *De Beata Virgine Dei Matre Maria auctore Patre Josepho de Anchieta S.J. e manuscripto algortensi opus translatum.* "Nota Liminar" de E. Vilhena de Morais, poesia latina de A. C. sj., Decreto do Governo Brasileiro n.º 23941, de 1 de Março de 1934, "Introdução" e trad. port. e notas de Armando Cardoso S.J. Vol. XXXVII das *Publicações do Arquivo Nacional,* nas oficinas Gráficas do Arquivo Nacional, Rio de Janeiro, 1940. (Comissão Brasileira dos Centenários de Portugal: contribuição do Arquivo Nacional). 8.º gr., XLVI-442 pp. Ilustrado.

"O poema, incluindo a dedicatória final e as *Piae Petitiones,* que se costumam colocar entre uma e outra, conta 5.786 versos ou sejam 2.893 dísticos. Pero Rodrigues, que não inclui estas duas passagens, enumera 5.732 ou sejam 2.866 dísticos. Este último número saiu por lapso 2.086 na *Vida* de Beretário. Daí se originaram os erros dos biógrafos posteriores".

Simão de Vasconcelos traduziu em português a *Dedicatória* (*Chronica,* 35-36; *Vida de Anchieta,* 97-98), reproduzida em diversas revistas e jornais, assim como se reproduziu um ou outro breve excerpto, em *lat.* ou *port.*

Sobre a lenda de que o poema foi composto *todo* de cor em Iperoig e só depois trasladado para o papel, cf. S. L., *História,* II, 533-534.

Há notícia de três manuscritos do *De Beata Virgine Dei Matre Maria;* o de Algorta (Espanha), que serviu para a impressão e tradução de 1940; um que existia em Portugal, rubricado pelo P. Visitador do Brasil, Cristóvão de Gouveia, e teve em suas mãos o P. Jorge Cardoso; e ainda outro, de que fala Sommervogel: "*Vita Beatissimæ Virginis Mariæ a Josepho Anchieta Lusitano Societatis Jesu ex voto composita,* ms. du XVIIº S., 12.º, avec un approbation du P. J. Renaudin, *Catal. Boulard,* IVᵉ part., p. 131, n.º 26".

Horae Immaculatissimae Conceptionis Virginis Mariae. Horas em sáficos latinos (que andam adicionados ao Poema) traduzidos ao idioma euscaro, no mesmo metro pelo P. José Inácio Arana, na revista vascongada, *Euskal-erria*, VIII (San Sebastián, 1883) 415-418. (Cf. Sommervogel, VIII, 1678, onde o nome desta revista não aparece com grafia uniforme).

43. *Cantos de Anchieta.* "E porque lhe não ficasse coisa, com que pudesse aproveitar, compôs tambem *cantigas* devotas na língua pera que os moços cantassem". (Caxa, *Breve Relação*, em S. L., *Páginas*, 157). "Cantos de Anchieta" é a primeira e principal parte (pp. 23 — 201) do livro *Primeiras Letras*, publicação da Academia Brasileira de Letras, com Introdução de A. P. [Afrânio Peixoto], Rio de Janeiro 1923, 8.°, 266 pp.

É constituido, diz a Introdução, por diversas cópias, feitas no ano de 1863 em Roma, pelo Dr. João Franklin Massena e oferecidas ao Instituto Histórico (Rio de Janeiro), onde tem a cota: *ms.* 2105-2106. Algumas já tinham sido publicadas por Melo Morais Filho. Consta das seguintes composições:

"Ao Santissimo Sacramento", "Carta da Companhia de Jesus ao Serafico S. Francisco", "Ressurreição", "S. Mauricio", "S. Ursula", "Vila da Vitoria", "Poesia", "Cantos", "À chegada do Visitador Bartolomeu Simões Pereira", "Crisma", "Soberano principal", "O pelote domingueiro", "Recebimento que fizeram os Indios de Guaraparim ao P. Provincial Marçal Beliarte", "Dança de dez meninos", "Assunção", "Dia da Assunção quando levaram a sua imagem a Reritiba", "Seis selvagens que dançam os chatis", "Reritiba", "Cantiga a Nossa Senhora", "Outra cantiga a Nossa Senhora", "Cantiga do sem ventura", "Poesia ao Menino Jesus", "Meu Senhor Jesus", "Tupinambá", "Mistérios do Rosário", "Na festa de S. Lourenço", "Dança que se fez na procissão de S. Lourenço de 12 meninos", "Ao Menino Jesus".

Exceptuando uma ou outra, que no códice primitivo se encontra em português, a maioria é tradução do P. João da Cunha, ano de 1732.

Havia no Brasil em 1732 o P. João da Cunha, da Companhia de Jesus, que se ocupava no Rio de Janeiro, com o ensino dos meninos e com os angolanos, cuja língua sabia por ser natural de Angola, e que julgámos fosse o tradutor das poesias de Anchieta, pela coincidência do nome e do ano. Mas no Maranhão achámos também um P. João da Cunha, e este com o título de Dom, Padre D. João da Cunha, "professo em a Religião dos Agostinhos descalços e repudiado da mesma", que nesse mesmo ano de 1732 andava empenhado no descobrimento das minas de oiro do Rio Pindaré e os documentos deixaram com fama de trapaceiro. (Cf. S. L., *História*, III, 193-194). Que é o mesmo labéu de impostura com que classificou Baptista Caetano de Almeida Nogueira a tradução de D. João da Cunha das poesias de Anchieta. (Cf. *Rev. do Inst. Hist. e Geog. Bras.*, 84, pp. 561ss). Sommervogel (IX, 157) atribui a tradução a um terceiro P. João da Cunha, natural do Porto, que faleceu em Elvas em 1749, sem nunca ter estado no Brasil, cuja menção bibliográfica deve ser suprimida.

Além da tradução, há outras deficiências nos textos publicados, e às vezes até nos títulos, como no *Auto de S. Lourenço*, que copiaram *Jesus na festa de S. Lourenço*. A palavra *Jesus* não pertence à epígrafe: é o monograma do titular da Companhia (*Jhs* ou *Jesus*) com que muitos Jesuítas antigos e modernos encimam a primeira página das suas composições. — Sobre o *Auto de S. Lourenço*, cf. S. L., *Introdução do Teatro no Brasil*, em *História*, II, 609-610; e, infra, *Couto* (Manuel do).

A *"Cantiga por o sem ventura"* do P. José de Anchieta, por M. L. de Paula Martins. "Rev. do Arquivo Municipal", 72 (S. Paulo 1940) 201-214.

Poesias Tupis (Século XVI). Texto e trad. de M. L. de Paula Martins, n.º 6. S. Paulo, 1945, 106 pp. Com uma apresentação de Plínio Airosa em que diz tratar-se de poesias atribuidas a Anchieta.

Anchieta. Poesias. Por M. L. de Paula Martins. Editora Assunção. São Paulo, 1946. 93 pp.

Aparecem, de vez em quando, em jornais e revistas, transcrições de uma ou outra das poesias acima enumeradas.

44. *"Doutrina christaã, e Mysterios da Fé dispostos á modo de Dialogo, em beneficio dos indios cathecumenos. Pelo padre Josephe [sic] de Anchieta da Companhia de Jesu.* Com Licença do Ordinario, do Smo. [sic] Officio e do Preposito Geral da Companhia de Jesu. Em Lisboa, na Officina de Joam Gabram [sic] Anno de 1668. Segunda impressão. 8.º Duas pp. com prels. sem num. e a 3.ª com o n.º III; 79 pp. de texto. Encontramos estes informes na *Revista de la Biblioteca Pública* de Buenos Aires (tomo IV, 1882), consignados por Manuel Ricardo Trelles, em excelente monografia sobre *Catecismos en guarani*. Diz o A. que em documento autógrafo do Pe. Diaz Taño, pertencente a seu arquivo particular, há notícia da impressão em 1618 desta obra de Anchieta. Até então ninguém soubera da existência de tal trabalho e nenhum bibliógrafo a anotara. Logo após a divulgação de tão valioso informe, o ilustre argentino Sr. Dr. Andrés Lamas apresentou um exemplar da 2.ª ed. da obra referida, impressa em Lisboa em 1686".

Plínio Airosa, de quem é esta transcrição textual, acrescenta que convém consultar a nossa *História*, II, 545ss. e a bibliografia de Anchieta dada por Southwell.

Na "História demos a notícia da elaboração da Doutrina por diversos Padres e Irmãos desde Pedro Correia até António de Araújo, que enfim publicou o *Catecismo Brasílico*, precisamente em 1618, origem talvez da alusão ou confusão de Diaz Taño, supondo-o de Anchieta. A 1.ª ed. do Catecismo de Araújo traz a licença do próprio P. Geral Múcio Vitelleschi, e parece menos verossímil, pelos dizeres dela, que a desse para outra obra, do mesmo género, para o mesmo fim, com duplos gastos e no mesmo ano. Southwell, que deixou o cargo de Secretário Geral da Companhia de Jesus, também precisamente em 1668, para ser o bibliógrafo geral dela, enumera 10 obras de Anchieta entre as quais a Doutrina, e *todas inéditas*, menos uma, a "Arte de Grammatica" (in Lusitania typis excusa). E a data de sua bibliografia é de 1676.

Por essa época, davam-se falsas impressões dos *Sermões* de Vieira, e mais tarde, à "Arte de Furtar", publicada em Lisboa em 1744, se imprimiu no frontispício *Amsterdam* 1652 (ver Vieira); e ainda nos nossos dias na *Arte* de Luiz Figueira, ed. de 1878, houve bibliógrafo que suprimiu no título o nome do autor e a colocou sob a rubrica de Anchieta. (Ver *Figueira*, Luiz). Aproximações úteis, até cabal e final averiguação. O ms. da "*Doutrina do V. Padre Joseph de Anchieta*" está da sua letra, no Arquivo da Companhia, *Opp. NN.*23, em português, e constitui a 1.ª parte deste códice; a 2.ª são cópias de poesias. — Ver infra, letra D.

A. *Dialogo da doctrina Christãa.* (*Opp. NN.*22). Todo em língua brasílica, excepto os títulos das matérias, em port.

Além da parte doutrinal e sacramental, contém um *Confessionário Brasílico e Instruição p.ª in extremis*. — Anchieta compôs um livro de "Gramatica", e um de "Dialogos": são os livros de "Gramática e Diálogos" a que se refere a aprovação de 1594. (S. L., *História*, II, 559). — Não é da letra de Anchieta.

B. *De Gestis Mendi de Saa, praesidis in Brasilia.* Ms., que existia em Algorta (Espanha) na família Zuozola. Cf. S. L., *Páginas*, 157. Há fotocópia no Brasil (Prov. Central). Publicou alguns excerptos latinos com a respectiva tradução portuguesa, Armando Cardoso, *O humanismo de Anchieta no Poema de Mem de Sá*, na Revista *Verbum*, II (Rio 1945) 416-428; cf. id., *Um poema inédito de Anchieta*, em *Verbum*, I (1944) 289-298. — Não é da letra de Anchieta.

C. *Opusculi Poetici.* (*Opp. NN.*24). 208 ff. nums. Poesias em port., esp., lat. e tupi.

Diz o índice anexo (assinado J. F. G. [José da Frota Gentil], Roma, Outubro de 1929) que são autógrafas 4 composições: "Recebimento do Provincial Marçal Beliarte", português e tupi (ff. 21-23); "Na festa de S. Lourenço", o 2.º acto, tupi (ff. 60-74); "Guaixará", tupi (ff. 135-141); "Na Visitação a Santa Isabel", espanhol (ff. 200-205). Todas as mais são de letra alheia; e entre elas, a intitulada "A Santa Inez" ("Cordeirinha linda", ff. 16v-17), em português.

É a 1.ª colectânea das poesias avulsas de Anchieta ou a ele atribuidas. Deste códice existe cópia caligráfica na Cúria S. I., Arq. da Postulação, n.º 9.

D. *Cópia de poesias de Anchieta.* (*Opp. NN.23*). Constitui a 2.ª parte deste códice (a 1.ª é a *Doutrina*, ver supra, n.º 44 in fine). São poesias da letra do P. João António Andreoni, copiadas por ele "puesto que no todas ad litteram", como ele próprio diz.

Esta 2.ª Colectânea é já dos começos do século XVIII; a 1.ª, que consta do opúsculo descrito na letra C, poesias latinas "e poucas em português", fez-se também já tardiamente em 1643, pelo P. Simão de Vasconcelos. Tratava ele por sua devoção de "concertar e pôr em forma esta obra". E o Provincial Manuel Fernandes propôs ao Geral a sua publicação que daria um pequeno volume como o "Ratio Studiorum". (Carta de 12 de Dezembro de 1643, *Bras.* 3(1), 237).

Existe na Residência de Itu um vol. manuscrito (letra do século XVIII), com poesias e dramas latinos. Vimo-lo e parece-nos colectânea de peças que corriam entre os Padres do Brasil para modelo e utilidade dos professores de Humanidades, desde o primeiro século. Entre outras composições, de cuja autoria se requere acurada averiguação e confronto com obras similares da Europa, está uma *Ode ao Rio Mondego*, de Jorge Buchanan (e publicada nas suas *Obras*) do tempo em que, em Coimbra, Buchanan era mestre e Anchieta aluno.

Quanto às poesias em língua tupi, lê-se em Viñaza, *Bibliografía*, 243: "Poesias del Venerable P. Joseph de Anchieta, escritas en Lengua Tupy: — Tres códices originales existentes en la Biblioteca de la Compania de Jesús, de Roma". Os três códices originais de poesias tupis não chegam a ser *um* (parte de *Opp. NN.24*): supra, letra C.

E. *Pregação Universal.* "Modo de representação devota" em S. Vicente no dia 31 de Dezembro (entre 1567 e 1570), em português e alguns passos em tupi. Já se tinha representado antes em Piratininga. Juntou-se quase toda a gente da Capitania para assistir. Mandou-a fazer Nóbrega ao Ir. Anchieta e, por ser bilingue e a entenderem *todos*, chamou-lhe o mesmo Nóbrega por isso *Universal*. Representou-se em mais lugares da costa do Brasil: Desta *Pregação* nada se conhece senão a notícia (esta certa) de que a fez Anchieta e se levou à cena diversas vezes.

Sobre as peças representadas no Brasil no século XVI (de Anchieta e outros), cf. S. L., *Introdução do Teatro no Brasil*, em *História*, II, 605-613.

F. *Fórmula da profissão do P. Anchieta.* Recebida pelo P. Inácio Tolosa. Em S. Vicente, 8 de Abril de 1577 (*Lus.1*, 57). *Lat.*

Tinha 43 anos de idade e 26 de Companhia.

G. *Memorial do P. Provincial José de Anchieta*, que levou o P. António Gomes a Roma (*Lus.68*, 415v). *Port.*

H. *Gramática da Língua Miramomi do P. Manuel Viegas.* Com a colaboração de Anchieta. — Ver *Viegas* (Manuel).

I. *Annuae Litterae quae pertinent ad Collegia et Residentias. Datae in hoc sinu Salvatoris primo Januarij 1584* (*Bras.8*, 3-7v). São pedaços de duas Ânuas latinas truncadas e incompletas ambas. A 2.ª vai assinada por Anchieta (só a assinatura); a 1.ª também não é da sua letra e é mais desenvolvida que a 2.ª

O *Vocabulário na Língua Brasílica* do P. Leonardo do Vale andou algum tempo atribuído a Anchieta, antes de se conhecer o documento positivo que revelou o nome do autor. — Ver *Vale* (Leonardo do).

Encontram-se assinadas por Anchieta (Provincial), as *Annuae Litterae Provinciae Brasiliae anni 1581, datae Bayae, Kal. Jan. anni 1582.* (*Bras.15*, 324-329). Mas o conteúdo exclui o P. Anchieta, então Provincial, como autor dela. Narrando, logo na 1.ª página, as doenças do Colégio da Baía, lê-se: "primus omnium et qui vehementius a morbo oppugnatus parum abfuit quin expugnaretur fuit Pater Provincialis, cum nobis neci nuncio remisso convalesceret, bis denuo et gravius recidit, Deo tamen Op. M. nostris annuente votis, reditus sanitati pristinae est, eo quo nihil minus sperabamus tempore: ut suo nos exemplo qua via incedere, quibus insistere vestigiis deberemus, edoceret"... — Ânua escrita provàvelmente, *ex officio*, pelo P. Luiz da Fonseca, secretário da Província do Brasil.

Brasilien. seu Bahien. Beatificationis, et Canonizationis Ven. Servi Dei P. Josephi Anchietæ Sacerdotis Professi Societatis Jesu. — Summarium super dubio: An Sententia D. Vicarii Capitularis judicis delegati super non cultu, et paritione Decretis Fel. Rec. Urbani VIII. lata de anno 1664 sit confirmanda. In casu &c. Fol., 42 pp. — s. l., s. a. (a) Andreas Pierius subpromotor Fidei.

Memoriale super apertione Processus, 7 Sept. 1704. (Impresso, 3 fol., Gesù, n.º 496, f. 711-712).

Sacra Rituum Congregatione Eminentiss., et Reverendiss. D. Card. Gabriellio Brasilien., seu Bahyen. Beatificationis, et Canonizationis Ven. Servi Dei Josephi de Anchieta Sacerdotis professi Societatis Jesu. Memoriale super dubio An sententia Eminentiss. D. Card. Vicarii judicis a Sac. Rituum Congregatione delegati super non cultu, et paritione Decretis Fel. Rec. Urbani VIII. sit confirmanda, vel infirmanda in casu, &c. — Romae, Typis Reverendae Camerae Apostolicae 1705. Fol. 5 pp. (a) Andreas Pierius.

Sacra Rituum Congregatione Eminentiss., et Reverendiss. D. Card. Gabriellio Brasilien., seu Bahyen. Beatificationis, et Canonizationis Ven. Servi Dei P. Josephi de Anchieta Sacerdotis professi Societatis Jesu. Responsio ad animadversiones Reverendissimi Domini Fidei Promothoris. Super Dubio: An sententia D. Vicarii capitularis judicis delegati super non cultu, et paritione Decretis Fel. Rec. Urbani VIII. lata de anno de 1664 sit confirmanda, et successive an a dicto anno 1665 citra constet de paritione dictis Decretis in casu &c. Fol. 6 pp. — (a) Andreas Pierius subpromotor Fidei.

Sac. rituum congregatione Eminentiss. et Reverendiss. D. Card. Brasilien. seu Bahyen. Beatificationis, et Canonizationis Vener. Servi Dei Patris Josephi de Anchieta Sacerdotis Professi Soc. Jesu super dubio: An sententia D. Vicarii Capitularis Judicis Delegati super non cultu, et paritione Decretis Fel. Rec. Urbani VIII: lata de anno 1664 sit confirmanda, et successive an à dicto anno 1665 citrà constet de paritione dictis Decretis in casu, etc. Animadversiones Reverendiss. Fidei Promotoris. Fol. 2 ff. — s. l., s. a. (a) P. Bottinis.

Brasilien. seu Bahyen. Beatificationis Ven. Servi Dei P. Joseph de Anchieta Sacerdotis professi Societatis Jesu. Summarium super dubio: An constet de Virtutibus Theologalibus, Fide, Spe et Charitate erga Deum, et proximum; et Cardinalibus, Prudentia, Justitia, Fortitudine, et Temperantia, earumque annexis in gradu heroico, in casu, et ad effectum, etc. Fol. (a) Joannes Zuccherinius subpromotor Fidei.

Brasilien., seu Bahyen. Beatificationis, et Canonizationis Ven. Servi Dei P. Josephi de Anchieta Sacerdotis Professi Societatis Jesu. Summarium additionale super dubio: An constet de Virtutibus Theologalibus Fide, Spe, et Charitate erga Deum, et proximum; et de Cardinalibus, Prudentia, Justitia, Fortitudine, et Temperantia, earunque annexis in gradu heroico in casu, et ad effectum de quo agitur, etc. Fol. 5 pp. — s. l., s. a. (a) Joannes Prunettus subpromotor Fidei.

Brasilien., seu Bahyen. Beatificationis, et Canonizationis Ven. Servi Dei P. Josephi de Anchieta Sacerdotis Professi Societatis Jesu. Novae Animadversiones R. P. D. Fidei Promotoris super dubio validitatis processuum. Typis Zinghi et Monaldi, 1721. Fol. 7 pp. — s. l. (a) Joseph de Luna.

Sacrorum Rituum Congregatione Eminentissimo, et Reverendissimo D. Card. Imperiali Brasilien. seu Bahyen. Beatificationis, et Canonizationis Ven. Servi Dei P. Josephi de Anchieta Sacerdotis Professi Societatis Jesu. Positio super dubio: An constet de validitate processuum authoritate apostolica in genere, et in specie, et ordinaria respective fabricatorum; testes sint ritè, et rectè examinati; ac jura producta legitime compulsata in casu, et ad effectum de quo agitur. — Romae, Typis Reverendae Camerae Apostolicae, 1721. Fol. 22 pp. (a) Joannes Baptista Galleratus. — Revisa Joannes Zuccherinius subpromotor Fidei.

Sa. Rituum Congreg. Emo. et Rmo. Dño Cardinali Brasilien., seu Bahyen. Beatificationis, et Canonizationis V. Servi Dei P. Josephi de Anchieta Sacerdotis professi Societatis Jesu. Positio super dubio: An constet de validitate processuum in civitate Bahyae, S. Sebastiani Fluminis Januarii, et Olindae de anno 1708. Authoritate apostolica constructorum super novis miraculis per intercessionem dicti Servi Dei ab Altissimo patratis; ac testes sint ritè, et rectè examinati in casu, etc. — Romae, Typ. Rev. Cam. Apost., 1726. Fol. 10 pp. (a) Joseph Luna. — Revisa Joannes Zuccherinius subpromotor Fidei.

Sacra Rituum Congregatione Emo. & Rmo. D. Cardi. Imperiali Brasilien. seù Bahyen. Beatificationis & Canonizationis Ven. Servi Dei P. Iosephi de Anchieta Sacerdotis Professi Societatis Iesu. Positio svper dubio. An constet de Virtutibus Theologalibus, Fide, Spe, & Charitate erga Deum, & Proximum; Et de Cardinalibus, Prudentia, Iustitia, Fortitudine, et Temperantia, earumque annexis in gradu heroico, in casu, & ad effectum de quo agitur. Romae, Ex Typographia Reuerendae Camerae Apostolicae. 1733. Fol. 71 pp.

— Fac-símile do frontispício, em *Cartas de Anchieta* (Rio 1933) 558.

Sacra Rituum Congregatione Emo. et Rmo. Dno. Card. Imperiali Brasilien., seu Bahyen. Beatificationis, et Canonizationis Ven. Servi Dei P. Josephi de Anchieta Sacerdotis Professi Societatis Jesu. Responsiones facti, et juris ad novissimas animadversiones super dubio: An contest de Virtutibus Theologalibus Fide, Spe, et Charitate erga Deum, et Proximum; nec non de Cardinalibus Prudentia, Justitia, Fortitudine et Temperantia, earumque annexis in gradu heroico, in casu, et ad effectum de quo agitur. Romae, Typis Reverendae Camerae Apostolicae, 1736. Fol. 116 pp.

Neste vol. está o *Decretum*, declarando a *heroicidade* das virtudes do Servo de Deus, Ven. José de Anchieta, datado de 10 de Agosto de 1736. — Fac-símile em *Cartas de Anchieta* (1933) 559, onde menos correctamente se lhe chama *Decreto de Beatificação*.

Super novem assertis miraculis V. Anchietæ (Gesù, 683). Examinam-se, um por um, os nove casos, e nenhum realiza a condição do milagre. Lat.

Causa do V. Padre Joseph de Anchieta. No "Livro da Fazenda ou Noticia das Rendas e obrigações das Provincias da Assistencia de Portugal ordenado pello P.º Procurador Francisco da Fonseca da Companhia de Jesu, Anno 1730", p. 95-98 (Gesù, 627).

Carta de José Correia de Abreu a Fr. José Maria da Fonseca e Évora, em Roma, transmitindo a ordem de S. Majestade para que agradeça em seu nome a S. Santidade a especial atenção que teve à Causa do Ven. P. José de Anchieta, que o mesmo Senhor lhe tinha suplicado no ano de 1734, fazendo-a sentenciar com precedência a muitas outras mais antigas. Lisboa, 5 de Junho de 1736. Bibl. da Ajuda, 51-XI-1, f. 296.

Ver *Borges* (Martinho) e *Cruz* (António da): o primeiro, procurador em Lisboa, o segundo, angariador de subsídios no Brasil para a causa de Anchieta.

Tratado das canonizações pelas duvidas que se opuzeraõ à Beatificaçaõ do V. Padre Jozeph Anchieta da Companhia de Jesus, pelo P. Francisco da Fonseca. Ms., que se conservava em Roma em 1747. (B. Machado, II, 135).

Processo Apostólico na Causa de Beatificação e Canonização do Venerável P. José de Anchieta. Processo organizado em 1900-1901. Ms. na Cúria Arquiepiscopal de S. Paulo. (Avulso).

Brasilien. seu Bahien. — Beatificationis et Canonizationis Ven. Servi Dei Iosephi Anchieta Sacerdotis Professi e Societate Iesu. Romae, Typis Guerra et Mirri, 1910. — Dois vols., em 4.º, de 5 peças cada um:

I — 1. Proc. Apost. S. Pauli — Prov. Bras. anno 1627; 2. Olindae, 1708; 3. Bahyae, 1712; 4. Fluminis Ianuarii, 1716; 5. Bahyae, 1743. Trata do *milagre* dos Jesuítas não serem mordidos por cobras.

II — 1. Positio super miraculis (1-100). *Lat.*; 2. Summarium super dubio an et de quibus miraculis (1-212). *Ital.*; 3. Iudicium medicum-legale (1-68). *Ital.*; 4. Animadversiones R. P. Promotoris Fidei (1-48). *Lat.*; 5. Responsio ad animadversiones (1-127). *Lat.*

A primeira data deste Processo (neste 2.º vol.) é 28 de Abril de 1909; a última 30 de Setembro de 1910.

Do Processo de S. Paulo há impressos estes 4 documentos avulsos: *Brasilien. seu Bahien... Informatio*, 6 de Dezembro de 1902, 7 pp.; *Summarium*, 37 pp.; *Animadversiones*, 22 de Dezembro de 1902, 4 pp.; *Responsio ad Animadversiones*, 19 de Janeiro de 1903, 6 pp. — Sem indicação de tipografia (Roma).

Breve Relação da Vida e Morte do P. José de Anchieta, 5.º Provincial, que foi do Brasil, recolhida por o P. Quirício Caixa, por ordem do P. Provincial Pedro Roiz no ano de 98. Publ. por Serafim Leite, Brotéria, vol. XVIII (Março-Abril de 1934). Com Separata, 8.º, 32 pp. — Caixa ou *Caxa*. — Ver este nome.

Vida do Padre José de Anchieta pelo Padre Pedro Rodrigues. (Bibl. de Évora, cód. CX/1-17). Publ. por Eduardo Prado, Anais da B. N. do Rio de Janeiro, XIX (1897) 1-49; — *Vida do Padre Jose de Anchieta da Companhia de Jesv. Quinto Prouincial q. foy da mesma Companhia no Estado do Brazil. Escritta pello Padre Pero Roiz, natural da Cidade de Evora e setimo Prouincial da mesma Prouincia*. (B. N. de Lisboa, cód. Alcobacenses, n.º 306 (moderno) 1-59). Publ. com uma nota final, também de Eduardo Prado, Anais da B. N. do Rio de Janeiro, XXIX (1909) 183-287. Mais completa que a da Bibl. de Évora. — Ainda que só modernamente impressa, escreveu-se em 1606, e foi a base das seguintes. — Ver *Rodrigues* (Pero).

Josephi Anchietæ Societatis Jesv Sacerdotis in Brasilia defvncti Vita. Ex iis, quæ de eo Petrvs Roterigvs Societatis Iesv Praeses Prouincialis in Brasilia quatuor libris Lusitanico idiomate collegit, aliisque monumentis fide dignis. A Sebastiano Beretario ex eadem Societate descripta Prodit nvnc primvm. Lvgdvni, Sumptibus Horatij Cardon. M.DC.XVII. Cum Priuilegio Regis. 8.º, IV-277 pp.; — Prodit nunc primum in Germania. Coloniae Agrippinae, Apud Ioannem Kinchirem sub Monocerate. M.DC.XVII. 12.º, II-427-II pp. (Trad. francesa e italiana, infra).

Vida del Padre Ioseph De Anchieta De La Compañia De Iesvs, Y Provincial Del Brasil. Tradvzida De Latin En Castellano por el Padre Esteuan de Paternina de la misma Compañia, y natural de Logroño. Con Privilegio. En Salamanca, En la Emprenta de Antonia Ramirez Viuda, Año 1618. 8.º, VII-430-1 pp.; — Em Barcelona. Por Esteuan Liberòs, en la calle de Santo Domingo. Año 1622, 8.º, VIII-394-III pp. (Trad. italiana, infra).

La Vie Miracvlevse Du P. Joseph Ancheta de la Compagnie de Jesus: escrite en portugais par le P. Pierre Roderiges puis en latin, augmentée de beaucoup, par le P. Sebastian Beretaire, finalement traduite du latin en françois par un Religieux de la mesme Compagnie. A Douay, Imp. Marc Wyon, 1619. 12.º, XII-462-XIV pp. (Trad. do P. Pierre d'Outremann).

---

*Vita del Padre Giosefo Anchieta Religioso della Compagnia Di Giesv, Apostolo del Brasil. Composta in Latino dal Padre Sebastiano Beretario della medesima Compagnia, Et nel volgare Italiano ridotta da vn diuoto Religioso. Dedicata al M. Illu. & Reuer.*ᵐᵒ *Monsignor Ottavio Broglia Prevosto della Cathedrale di Torino:*

Abbate de' Santi Vittore, & Costanzo: Elemosiniero maggiore del Ser.ᵐᵒ Principe Mavritio Cardinale di Sauoia In Torino. Per gli HH. di Gio. Dom. Tarino. Con licenza de' Superiori MDCXXI. 12.º, VIII-205-3 pp.

Eloge du P. Joseph Anquieta... le quel mourut au Brésil... laissant un bruit universel de sa Sainteté. Traduit de l'italien imprimé à Naples. Paris, 1624. 8.º, 17 pp.; — Bovrdeavs, 1625, 8.º [Anquieta: errónea leitura de ch].

Elogio del P. Giuseppe Anchieta della Compagnia di Gesù il quale con generale opinione di Santità e di miracoli, mori nel Brasile il giorno 9 giugno dell'anno 1597, dopo aver ivi speso quasi 44 anni nel predicare la santa Fede. Napoli, pel Scoriggio, 1631. Fol. — Autor: P. Scipion Sgambata S. J. (Streit, III, 752; Sommervogel diz: "In Napoli ed in Firenze 1624", XI, 1575).

Vita del Padre Giuseppe Anchieta Tradotta dal Spagnuolo del P. Stefano Paternina. Messina, Per Pietro Brea, 1639, 8.º — Trad. pelo P. Luigi Flori S. J.

Três poesias a Anchieta. Em *Epigrammatum libri tres P. Adriani de Boulogne Tornacensis e Societate Jesu.* Liber Primus, Tornaci, Typis Adriani Quinquii, MDCXLII, 12.º, 169.

Cinco Poesias a Anchieta, por António Ghuyset, de Bruxelas, no livro *ms., Sacra Porticus.* (*Vitæ 143,* 42v-43v).

Vita del Padre Gioseffo Anchieta della Compagnia di Giesù, Scritta da un Religioso della medesima Compagnia. All'Illustrissimo et Eccellentiss. Sig. Gio Battista Gargiaria, consiglieri dell'Altezza Sereniss. di Parma, e Presidente della Camera Ducale. In Bologna, Per l'Herede del Benacci. 1643. Con Licenza de' Superiori. 12.º. 227 pp.; — In Bologna, per l'Herede del Benacci, 1651, 12.º, 227 pp.; — Ib., 1658, 12.º, 227 pp.; — Per li successori del Benacci, 1709, 24.º, 228 pp. (Esta 4.ª edição traz o nome expresso do Autor G. B. Astria S. J.); — Napoli, dalla Tipographia di Andrea Festa, 1852, 12.º, 178 pp.

Compendio Panegyrico do P. Jozé de Anchieta. Pelo P. Manuel Monteiro. Lisboa, por Henrique Valente de Oliveira, 1660, 16.º

Vida do Veneravel Padre Ioseph De Anchieta da Companhia de Iesv, Tavmaturgo do Nouo Mundo, na Prouincia do Brasil. Composta Pello P. Simam de Vasconcellos, da mesma Companhia, Lente de Prima na Sagrada Theologia, & Provincial que foi na mesma Prouincia, natural da Cidade do Porto. Dedicada Ao Coronel Francisco Gil D'Aravio. Em Lisboa. Na Officina de Ioam Da Costa. M.DC.LXXII. Com todas as licenças necessarias. Fol., XVI-594-1-95 pp. — 2.ª ed. do Instituto Nacional do Livro. Prefácio de Serafim Leite. 1943, Rio de Janeiro, Imprensa Nacional. 12.º, I vol., XV-219 pp.; II vol., 269 pp. — Sobre estas edições, ver: *Vasconcelos* (Simão de).

Compendio de la vida de el Apostol de el Brasil, Nuevo Thaumaturgo, y grande Obrador de maravillas, V. P. Joseph de Anchieta, de la Compañia de Jesus, Natural de la Civdad de la Laguna en la Isla de Tenerife, vna de las de Canarias. Ponese a el fin de el vna delineacion de los ascendientes, y descendientes de su linage en dicha Isla, que prueva su antigua patria, contra vna nueva, y Lusitanica conjetura. Dalo a la estampa don Baltasar de Anchieta, Cabrera y Samartin, su subrino[...] En Xerez de la Frontera por Juan Antonio Taraçona, ano 1677. 4.º, IV-65 pp. Com retrato e brasão.

Vita Del Venerabil Servo Di Dio P. Giuseppe Anchieta Della Compagnia di Gesù Detto L'Apostolo del Brasile Cavata Da' Processi Autentici formati per la sua Beatificazione Da un sacerdote della medesima Compagnia. [Longaro degli Oddi]. In Roma MDCCXXXVIII. Nella Stamperia Komaresca, al Corso. Con licenza de' Superiori, 8.º, VIII-307, retrato; — Roma MDCCLXX. Nella Stamperia di Arcangelo Casaletti, 18.º, 300 pp., retrato; — Torino, 1824, Presso Giacinto Marietti, 18.º, 313 pp.; — Monza, Padini, 1887, 2 vols., 16.º, 142 e 184 pp. O nome do Autor vem expresso, desde a 2.ª ed. (1770) em diante.

O Jesuita José d'Anchieta. Por Inácio Accioli de Cerqueira e Silva, *Rev. do Inst. Hist. e Geogr. Bras.* VII (1845) 551-557.

José d'Anchieta. Com retrato. (Sem nome de Autor). No *Ostensor Brazileiro* (Rio de Janeiro) n.º 44 (1845-1846) 345-349.

Vie du Vénérable Joseph Anchieta de la Compagnie de Jésus; précédée de la vie du P. Emmanuel de Nobrega, de la même Compagnie, par Charles Sainte-Foy. Paris et Tournay, H. Casterman, 1858. 8.º, XII-300 pp. (Trad. port., infra).

José de Anchieta. Por J. M. Pereira da Silva, "Os Varões illustres do Brasil" (Paris 1858) 45-102.

Le Ven. Jos. Anchieta et les panthères ses amies, etc., em "Les Animaux modèles à l'école des Saints", por Grimouard de Saint-Laurent, Poitiers, Oudin, 1861; 8.º, XL-283 pp.: p. 236-249.

The life of Father Joseph Anchieta Societatis Jesu. Na colecção: "The Saints and Servants of God". London, 1869. Segundo a *Vita* de Beretário.

Anchieta ou o Evangelho nas selvas. Poema de Luiz Nicolau Fagundes Varela, Rio, 1875; — *Obras Completas*, Rio, 1886.

Vida do Veneravel P. José Anchieta da Companhia de Jesus. Por Charles Sainte-Foy. Vertida em Portuguez e Dedicada pelo tradutor ao Exmo. Sr. D. Lino Deodato Rodrigues de Carvalho, Bispo da Diocese de S. Paulo. São Paulo, 1878. 12.º, XV-233; — Niterói, 1922.

O tradutor omitiu a *Vida de Nóbrega*, que se lê no original francês, de 1858.

J. F. Kieckens S. J. — *Une sucrerie Anversoise au Brésil, a la fin du XVIe siècle*. Le Venerable P. Joseph de Anchieta S. J. et Gaspar Schetz, seigneur de Grobbendoncq. Anvers, Imp. de Backer, 1883. 8.º, 10 pp. Do "Bulletin de la Société Royale de Géographie", Antuérpia.

Anchieta. Poesia em português de F. B., *Mensageiro do Coração de Jesus*. Vol. X, 471-472. Lisboa. Agosto de 1890.

A Missão de Anchieta. Pequeno Drama de Melo Morais Filho. *Arquivo do Distrito Federal*, I (1894) 1-11.

Lendas de Anchieta. Tiradas de Simão de Vasconcelos. *Arq. do Distrito Federal*, I (1894) 44-48.

José de Anchieta à luz da história pátria. Compilação Histórica. Por "Vox Veritatis". S. Paulo, 1896. 8.º, 24 pp. [O autor anónimo anti-católico labora no falso suposto da execução de Bolés, que não se deu. Cf. S. L., *História*, II, 387].

Vida do Admiravel Padre José de Anchieta, pelo P. António Franco, Rio de Janeiro, 1898. (Tirada da *Imagem de Coimbra*, II, 230-299).

III Centenario do Veneravel Padre Joseph de Anchieta. Conferencias preparatorias. Aillaud & C.ª, Paris-Lisboa, 1900. 8.º, 356 pp. com retratos, autógrafos e mapas. Contém :

a) *O Apostolado Catholico.* Pelo Arcediago Francisco de Paula Rodrigues (1-17).

b) *O Catholicismo, a Companhia de Jesus e a Colonização do Brazil.* Por Eduardo Prado (19-57).

c) *Anchieta — Narração da sua vida.* Por Brazilio Machado (59-101). [Tinha sido publ. antes: S. Paulo, 1896, C. Gerke, 8.º, 49 pp.; — e, depois, em Alcântara Machado, *Brasilio Machado (1848-1919).* Livraria José Olímpio (Rio 1937) 158-194].

d) *S. Paulo no tempo de Anchieta.* Por Teodoro Sampaio (103-139).

e) *Methodo de ensino e de catechese dos Indios, usado pelos Jesuitas e por Anchieta.* Pelo R. P. Américo de Novais S. J. (141-188).

f) *O Ven. Padre Anchieta e João Bolés.* Por A. N. (189-203).

g) *Anchieta na poesia e nas lendas brazileiras.* Por João Monteiro (205-246). [Nesta conferência transcrevem-se poesias, ou trechos de poesias, de Melo Morais Filho, Fagundes Varela, Santa Rita Durão, Sílvio Romero, Zalina Rolim, Gonçalves de Magalhães, Álvares de Azevedo, Machado de Assis e J. Zeferino de Sampaio, citando-se em cada qual as respectivas fontes].

h) *Anchieta e as raças e linguas indigenas do Brazil.* Por José Vieira Couto de Magalhães (247-282).

i) *A sublimidade moral de Anchieta: Analyse do processo de sua canonização.* Pelo R. Conego Manuel Vicente da Silva (28-319). [A p. 313-314 dão-se os nomes das personalidades que intervieram nos primeiros processos. Os procuradores da Companhia foram: Em *Olinda*, P. Luiz Figueira (1619); na *Baía*, P. Domingos Coelho (1619); no *Rio de Janeiro*, P. António de Matos (1619) e depois P. Francisco Carneiro; em *S. Paulo*, P. Francisco Pires; em *Évora*, P. Estêvão do Couto, chanceler da Universidade (1626). Entre os Juízes de Évora, Manuel Severim de Faria].

j) *José de Anchieta — A significação nacional do Centenario Anchietano.* Por Joaquim Nabuco (321-340). — Segue-se a bibliografia de Anchieta, tirada de Sommervogel.

Algumas conferências são de grandes nomes do Brasil. O serem "preparatórias" expressa o pensamento delas; e muitas vezes em lugar de *Anchieta* deve ler-se *Católico* ou *Jesuíta* em geral, segundo as derradeiras palavras da última conferência (Nabuco): "possa, por milagre póstumo, a coligação, a comunhão dos Nóbregas, Anchietas e Inácios de Azevedo, fazer reflorir na terra de Santa Cruz o emblema que eles plantaram. Possa o *amplius ! amplius !* de Francisco Xavier chegar outra vez até ela, porque aqui há de novo uma grande nação católica a criar", p. 340.

Les tourterelles du P. Anchieta. Pelo P. Pierre Lhande, *Le Messager du Coeur de Jésus*, t. 81 (Abril de 1906) 238-239; — reproduzido em *Eskualdum Ona*, Baiona, 26 de Abril de 1906.

A significação da obra de Anchieta. Conferência realizada a 25 de Janeiro de 1910 no Colégio Pio Latino Americano de Roma pelo Dr. Luiz Gastão d'Escragnolle Doria, *Rev. do Inst. Hist. e Geogr. Bras.*, 76, P. 1.ª (1913) 589-605.

Anchieta — A doença eucharistica do noviço José. Por Tristão de Alencar Araripe Junior, *Rev. do Inst. Hist. e Geogr. Bras.*, 75, 2.ª P. (1913) 53-67.

José de Anchieta. Por P. Richard, *Dict. d'Hist. et Géogr. Eccl.*, II (Paris 1914) 1514-1516.

José de Anchieta (Sua Vida e suas obras). Vol. 1.º da "Galeria dos Grandes Homens". 1.ª série, organizada sob a direcção do professor Álvaro Guerra. S. Paulo, 1922. (Cf. A. de Alcântara Machado, *Rev. do Inst. Hist. e Geogr. Bras.*, 159, 17).

O Veneravel P. Anchieta Apostolo do Brasil. Rio de Janeiro. *Mensageiro do S. C. de Jesus*, 12.º, 102 pp. Ilustrações de Mastroianni. [Autor: José da Frota Gentil S. J.]; — Segunda edição. Nova Friburgo, 1933. 12.º, 120 pp.

Anchieta na Capitania de S. Vicente, por A. de Alcântara Machado, *Rev. do Inst. Hist. e Geogr. Bras.*, 159 (1929) 5-94.

José de Anchieta — O Santo do Brasil. Por Pedro Calmon. Companhia Melhoramentos. S. Paulo, 1929. 8.º, 140 pp.

Anchieta. Por Celso Vieira, Rio de Janeiro, 1929; — 2.ª edição revista e ampliada. Pimenta de Melo & C.ª, Rio de Janeiro, 1930. 8.º, 346 pp. — Teve 3.ª ed.; e uma tradução em espanhol.

Juan de Anchieta et la Famille de Loyola. Par Adolphe Coster. Librairie C. Klincksieck. Paris, 1930. 8.º, XXIII-322.

— Juan de Anchieta não é o pai de José de Anchieta, cujo nome em vão se buscaria neste livro. Mas o livro conta as lutas da família Anchieta, em Guipúzcoa, com a de Oñaz-Loiola durante a mocidade de S. Inácio; e nessas lutas talvez resida a explicação da presença do pai de Anchieta nas Canárias, e um pouco a de Anchieta numa Universidade portuguesa (e não espanhola). Do livro se inferem também as ligações da família de Anchieta com as de Loiola, Araoz e Azpilcueta. E, com a estada em Coimbra do Professor Martim de Azpilcueta Navarro, é possível ter-se a razão completa da ida para Coimbra do jovem estudante e parente seu.

Anchieta e o Poema da Virgem. Ligeiras Apreciações. Por A. C. S. J. [Armando Cardoso S. J.]. *Mensageiro do Coração de Jesus.* Rio de Janeiro, 1933. 8.º, 19 pp.

Quando nasceu José de Anchieta? Certidão de Baptismo. Por Serafim Leite, na *Brotéria*, XVI(1933)43-44; — *Revista da Academia Brasileira de Letras*, XLV(1934)259-261; — *Páginas*, 185-187.

Anchieta a serviço de Deus e de El-Rei Nosso Senhor. Por Arlindo Vieira S. I. — Conferência em S. Paulo a 19 de Junho de 1933. Publ. no *Jornal do Commercio* (Rio) 2 de Julho de 1933.

Anchieta e a Pacificação dos Indios. Conferência comemorativa do quarto centenário do nascimento do venerável Padre Joseph de Anchieta, proferida na Cúria metropolitana de S. Paulo pelo Dr. José Torres de Oliveira, Presidente Perpétuo do Instituto Histórico e Geográfico de S. Paulo, em 19 de Agosto de 1933. S. Paulo, 1933.

Um Centenário Célebre 1534-1934. A primeira Biografia inédita de José de Anchieta Apóstolo do Brasil. Publ. e anotada por Serafim Leite. Lisboa. Edições Brotéria, 1934, 8.º, 32 pp. Separata da "Brotéria", vol. XVIII, Março de 1934; — *Páginas*, 147-183. — E' a *Breve Relação*, de Quirício Caxa.

José de Anchieta e Nossa Senhora. Por Serafim Leite, *Mensageiro de Maria*, XI (Braga, Abril de 1934)119-122.

Anchieta. Por Jorge de Lima. Civilização Brasileira. Rio de Janeiro, 1934, 8.º, 213 pp; — Editora ABC, Rio de Janeiro, 1938, 8.º, 210 pp.; — Stella Editora, Rio; — Editora Getúlio Costa, Rio de Janeiro [1944], 8.º, 213 pp.

Anchieta e a Medicina. Opúsculo da Casa Silva Araújo, Rio de Janeiro, 1934, 8.º, 47 pp. — Contém três artigos, de Joaquim Moreira da Fonseca, Luiz Felipe Vieira Souto e Jaime Poggi, recolhidos do "Jornal do Commercio", de 18. III. 1934.

Anchieta e a Medicina. Por Lopes Rodrigues. Belo Horizonte. Edições Apolo, 1934, 8.º gr., XX-362-VIII pp. Ilustrado. — Inclui, aplicado a Anchieta, algum escrito de Fernão Cardim.

Anchieta e o supplicio de Balleur. Por Vicente Temudo Lessa. Livraria Record. S. Paulo, 1934, 8.º, 115 pp.

Quinzena Anchietana. A acção Social Brasileira pela Voz do Brasil a Anchieta. Por Amélia de Rezende Martins. Rio de Janeiro, 1934. 8.º, 102 pp. Breves trechos de diversas pessoas, ditos ou lidos ao microfone.

O Centenario de Anchieta. Discurso de Jónatas Serrano; e *Anchieta — Símbolo*, por Afrânio Peixoto. Discurso, como o precedente, na inauguração do busto de Anchieta no Instituto de Educação do Rio de Janeiro (19 de Março de 1934). *Rev. da Academia Brasileira de Letras*, 50 (1934) 211-218; 218-226. Cf. A. H. S. I., V (1939) 336.

José de Anchieta (Su Cuarto Centenario en el Brasil), por Herman Benítez. *Estudios*, 50 (B. A. 1934) 362-368.

Ecos del Centenario anchietano en Rio de Janeiro (1534-1934). *Estudios*, 51 (1934) 76-78; 154-157.

L'"Apostolo del Brasile" Ven. P. Giuseppe Anchieta S. I., por F. Ogara. *Civiltà Cattolica* (1934), ano 85.º, I, 345-358.

Escritos e Apontamentos sobre a vida de José de Anchieta, por Aníbal Matos. Edições Apolo. Belo Horizonte, 1934, 8.º, 175 pp.; — *Joseph de Anchieta* (Seu IV Centenário em Minas Geraes). 2.ª ed. acrescentada. Edições Apolo, Belo Horizonte, 1935. — Além do trabalho do Autor, traz outros de D. António Cabral Arcebispo de Belo Horizonte, Lúcio José dos Santos, Alberto Deodato, Nelson de Sena, Martins de Oliveira, Sigefredo Marques Soares, Machado Sobrinho, Carlos Góis, Guilherme César e António Simões dos Reis.

Anchieta (Quarto Centenario do seu nascimento). Conferências lidas no Instituto Histórico e Geográfico Brasileiro, 1933-1934. Livraria do Globo, Porto Alegre, 8.º, 247 pp. — Contém conferências de Afonso Celso (Prólogo e Conclusão), Teodoro Sampaio, Max Fleiuss, Pedro Calmon, Wanderley Pinho, Jónatas Serrano, Augusto de Lima, Celso Vieira, Jorge de Lima, Virgílio Correia Filho, Maria Eugénia Celso e Padre Leonel Franca S. I.

O IV Centenario de Anchieta. Discurso de M. A. de Andrade Furtado. *Revista do Instituto do Ceará*, 49 (Fortaleza 1935) 71-83; — Editores Ramos & Pouchain, Ceará, Fortaleza, 8.º, 15 pp.

Sobre os últimos anos e o processo de Anchieta, por Afonso de E. Taunay, *Anais do Museu Paulista*, VII (S. Paulo 1936) 553-566.

José Anchieta, por István Karony. Em "Száz Jezsuita Arcél" [*Cem vidas de Jesuítas*] de András Gyénis, I (Budapest 1941) 213-240. 8.º; — na 1.ª ed. deste vol., com o título de *Jezsuita Arcélek* [*Biografias de Jesuítas*] (Bud. 1940), vem a pp. 101-121.

Literatura Tupi do Padre Anchieta. Por M. L. de P. Martins. "Rev. do Arquivo Municipal de São Paulo", VII(1941)281-285.

José de Anchieta: "Apostle of Brazil". Por J. Manuel Espinosa, *Mid-America*, vol. 25, new series, vol. 14 (Chicago, October 1943) 250-274; vol. 25 (15), January 1944, pp. 40-61.

Breve vida del V. P. José de Anchieta Jesuíta Apóstol del Brasil y Taumaturgo del Nuevo Mundo. Por Salvador López Herrera. Edición del Consejo Superior de Misiones. Madrid, 1947. Folheto de 23 pp.

El Padre José de Anchieta, Apóstol del Brasil. Conferência efectuada no Instituto de Estudos Brasileiros da Faculdade de Letras de Coimbra, no dia 15 de Abril de 1948, pelo Catedrático espanhol Dr. José María Viqueira Barreiro. *Brasília*, IV (Coimbra 1949) 243-280.

Leven van P. Josephus Anchieta Provincial der Societeyt Jesu in Brasilien (Biblioteca Real de Bruxelas, II, 2618; Cat. de V. den G. 4019, *ms*. de 82-II pp.).

Pro P. Josepho de Anchieta. Oratio. (Bibl. da U. de Coimbra, *Cat. de mss.*, cód. 2596, f. 131).

Vitæ quorundam patrum S. J.... Josephi Anchieta... (XVII sec.). *Catalogus Codicum Universitatis Pragensis*, 529.

Portaria do Marquês do Lavradio, de 11 de Março de 1760, ordenando ao Chanceler da Relação da Bahia que fizesse remetter para Lisboa, as reliquias do Padre Anchieta, que se encontravam no Collegio que fora dos Jesuitas. (A. H. Col., Baía, 4919).

Dos Padres do Brasil, que escreveram sobre Anchieta, como objecto directo, além de Quirício Caxa, Pero Rodrigues e Simão de Vasconcelos, ver: *Almeida* (Francisco de) e *Faria* (Francisco de).

A propósito das comemorações centenárias anchietanas (1897, 1934) e da Companhia (1940), sairam numerosas notícias nos jornais, que falam de Anchieta; e falam mais ou menos dele, como de Nóbrega, todos os autores que tratam com algum desenvolvimento do Brasil no século XVI.

Cardoso, *Agiologio Lusitano*, III, 608; — B. Machado, III, 310; — Inocêncio, IV, 234, 462; VI, 65; XII (Brito Aranha), 217-219; — Vale Cabral, *Bibliographia*, 145-146, 173-174; — Sommervogel, I, 310-312; V, 1864; VIII, 1631-1632; XI (Bliart) 1566 (n.º 5), 1575-1577; — Rivière, 63; — Streit, I, II, III, passim (ver índices de nomes); — Ayrosa, *Apontamentos*, 23-30; — Soares, *História da Gravura*, n.º 1067; — S. L., *História*, II, 480-489, 550; — Id., *Páginas*, 150; — Id. em A. H. S. I., III, 161-163; IV, 364-366.

ANCHIETA, José de (2). *Poeta.* Nasceu a 13 de Maio de 1732 em Tomar. José das *Neves* (este era seu apelido de família) entrou na Companhia em Lisboa a 26 de Maio de 1748, e embarcou quatro meses depois para o Maranhão e Pará. Concluídos os estudos e ordenado de Sacerdote, foi deportado do Maranhão para Lisboa e daí para a Itália, em 1760. Fez a profissão em Roma a 15 de Agosto de 1767, onde vivia em 1810 (Rivière). Há quem diga que partiu para Portugal em 1798 (Castro). Talvez se compaginem ambas as notícias; no segundo caso, voltaria a Roma.

1. *Considerazioni divote sopra i misterj principali della Beatissima Vergine, che posson servire per la Novena dell'istessa gran Signora sotto il titolo di Capo d'acqua, la di cui miracolosa immagine si venera in Città Reale.* In Roma, Nella Stamperia Salomoni, MDCCCV, 12.º, 180 pp. Ao fim: G. A. d. C. d. G.

A. As "*Metamorfoses*" *de Ovídio.* — Tradução portuguesa em que trabalhou nove anos.

B. *Dissertazione Critica nelle celebri lettere del Re Abgaro a Gesù Cristo, et di Gesù Cristo al Re Abgaro.* — Pretende provar, contra Noel Alexandre, a autenticidade das Cartas.

C. *Dissertatio, an Divus Johannes evangelista adhuc vivat, et cum Henoc et Elia sit venturus contra Antichristum.* Ital.

D. *Novena a S. Rogério, mártir.* Port.

E. *Epacta, Áureo Número e outros ciclos, que um Eclesiástico deve conhecer.* Port.

F. *Dissertatio, an Romana Lucretia castae titulo decorari mereatur.* — Responde que não.

<small>Sommervogel, I, 312-313; — Rivière, 920, citando a Caballero para os Inéditos; — Castro, II, 371; — S. L., *História*, IV, 357, 366.</small>

ANDRADE, António de (1). *Professor e Missionário.* Nasceu por 1660 no Rio de Janeiro. Também aparece com o nome de Andrada. Entrou na Companhia a 3 de Julho de 1677. Grande Professor de Filosofia e Teologia no Colégio da Baía. Procurador da Província do Brasil em Lisboa em 1715. Missionário da Aldeia de Natuba, no sertão da Baía, habitada por Índios Quiriris, cuja língua falava, e na qual faleceu em 1732, nos Idos de Janeiro (13), segundo os documentos originais, coevos, que anulam outros ulteriores com datas diferentes.

1. *Representação a El-Rei D. João V, sobre a demarcação das terras da Aldeia de Natuba,* em *Doc. Hist.*, LXIV, 62-65. Excerpto em S. L., *História*, V, 287-288. Cf. Consulta do Conselho Ultramarino, de 13 de Novembro de 1716, A. H. Col., *Baía*, Apensos, 13 de Novembro de 1716.

A. *Carta ao P. Geral*, da Baía, 15 de Agosto de 1700. (*Bras.4*, 81). — Manifesta-se contra a remoção do P. Jorge Bêncio do Colégio da Baía, e outros Padres estrangeiros. *Lat.*

B. *Cursus Philosophicus*. Ms., que deixou pronto para a imprensa. (Cf. S. L., *História*, I, 77, 535). *Lat.*

<small>A. S. I. R., *Bras.6*, 162v; *Bras.10(2)*, 340v; — *Hist. Soc.*, 52, 11.</small>

ANDRADE, António de (2). *Missionário*. Nasceu a 22 de Janeiro de 1716 em Lagarto (Sergipe). Entrou na Companhia a 7 de Maio de 1737. Professor de Humanidades e Ministro do Colégio da Baía. Superior de Porto Seguro, em 1760, quando foi exilado na perseguição geral. Vivia em Roma em 1774, e em Pésaro em 1788, onde faleceu quatro anos depois, a 8 de Fevereiro de 1792.

A. *De vita et martyrio Sanctae Ursulae*. — "Entre as muitas composições latinas que fez, bem dignas da imprensa, celebrou em versos latinos hexâmetros a *Vida e Martírio de S. Úrsula*. Obra bastante longa, não ainda impressa". (Sommervogel, I, 332, que se reporta ao Arquivo do Gesù).

<small>A. S. I. R., *Bras.6*, 273; — Caeiro, 124; — Castro, II, 373.</small>

ANDRADE, José de. *Professor*. Nasceu em Lisboa por 1698. Entrou na Companhia, com 15 anos, a 20 de Junho de 1713. Fez a profissão solene no Recife, a 29 de Setembro de 1731, recebendo-a Marcos Coelho. Foi professor de Teologia Moral, Prefeito Geral dos Estudos do Colégio da Baía, Postulador do Processo Apostólico do V. P. José de Anchieta, e do Processo Ordinário do P. Alexandre de Gusmão. Faleceu no Noviciado da Jiquitaia, já dentro da perseguição oficial, a 6 de Abril de 1760.

A. *Parecer do P. José de Andrade sobre a gerência do P. Luiz da Rocha no Engenho de Sergipe do Conde*, Baía, 12 de Outubro de 1746. (Torre do Tombo, *Jesuítas*, Maço 17).

<small>A. S. I. R., *Bras.6*, 80; *Lus.15*, 83; A. H. Col., *Baía*, 4958-4960.</small>

ANDRADE, Matias de. *Professor*. Nasceu por 1661 no Espírito Santo. Entrou na Companhia, com 16 anos, a 29 de Setembro de 1677. Fez a profissão solene no Rio de Janeiro a 2 de Fevereiro de 1696. Lente de Prima no Colégio e Examinador do Sínodo da Baía. E Mestre de Noviços no mesmo Colégio. Faleceu a 6 de Novembro de 1728, no Rio de Janeiro.

1. *Censura Patris Mathiae de Andrade ao livro "Dor sem lenitivos" do P. Francisco de Matos.* In Collegio Bahiensi, 14 Augusti anni 1702. Nos *Preliminares* do mesmo livro (Lisboa 1703). — Ver *Matos* (Francisco de).

A. S. I. R., *Hist Soc.52*, 194; — S. L., *História*, V, 582.

ANDREONI, João António. *Administrador e Economista.* Nasceu a 8 de Fevereiro de 1649 em Luca na Toscana, Itália. Filho de João Maria Andreoni e sua mulher Clara Maria. Estudou Direito Civil na Universidade de Perúsia (3 anos), e entrou na Companhia em Roma, a 20 de Maio de 1667. Professor de Humanidades e Repetidor de Retórica e Filosofia no Seminário Romano. Atraído para o Brasil pelo P. António Vieira, com ele embarcou em Lisboa em 1681. Fez a profissão solene na Baía, recebendo-a o P. Alexandre de Gusmão, a 15 de Agosto de 1683. Professor de Retórica na Baía, Director da Congregação dos Estudantes, secretário do P. Visitador Geral António Vieira e dalguns Provinciais durante muitos anos. Visitador local de Pernambuco, enviado pelo P. Vieira. Foi Pregador, Mestre de Noviços, Reitor do Colégio da Baía, duas vezes, e Provincial. Homem de talento e de Letras, escrevia latim com facilidade e elegância, tomou parte decisiva nas controvérsias do tempo em que prevalecia, se não sempre com perfeita equidade, quase sempre com vantagem. Manifestou-se contrário às ideias de Vieira, congregando à sua roda vários Padres Italianos, Alemães e um ou outro filho do Brasil, que movia contra os Portugueses. Vieira defendia os Índios e não os mamelucos escravizadores dos Índios; Andreoni defendia os mamelucos e não já no mesmo plano os Índios do Brasil, amortecendo a resistência inquebrantável dos Jesuítas à sua escravização. Vieira não atacava os Judeus; Andreoni traduziu contra eles a *Sinagoga desenganada*. Concentrou no Colégio da Baía os Padres italianos em cargos de governo ou de ensino, mandando o Padre Geral dispersá-los, o que fez que alguns preferissem antes voltar à Europa do que ficar nas Missões, para que tinham vindo. Tais foram as suas tendências fundamentais, de que derivam outras. Com isto, promoveu, sendo já Provincial, as missões entre os bárbaros, e deu mostras pessoais de bom religioso e administrador. E o seu livro *Opulência e Cultura do Brasil*, que escreveu em português e publicou com o pseudónimo (quase anagrama) de André João *Antonil*, é considerado hoje fonte do mais alto valor, sob o aspecto económico e social do Brasil, nos começos do século XVIII. Faleceu a 13 de Março de 1716, na Baía.

1. *Compendium Vitae pereximii Patris Antonii Vieira.* (Lus.58(2), 520-527 (autóg.); Ib. 515-519). Publ. com o título de *Carta do P. Reytor do Collegio da Bahia, em que dá conta ao Padre Geral da morte do P. Antonio Vieyra & refere as principais acçoens de sua vida.* Bahiae, 20 Julii an. 1697. Em *Sermoens*, de Vieira, XIV (Lisboa 1710) 293-303. Latim. — Em latim, com a trad. portuguesa, nos *Anais da B. N. do Rio de Janeiro*, XIX (1897) 145-160.

2. *Index Manuscriptorum P. Antonii Vieyrae, quae post mortem in ejus cubiculo inventa sunt, et quae ab aliis, post promulgatum P.*ⁱˢ *Vestrae praeceptum, sunt allata, et nunc in Arca duplici clave a Patre Provinciali et Rectore Bahiensi servantur.* Bahiae, 22 Julii 1697. [Assinados]: Francisco de Sousa Rector, Aloysius Vincencius Mamianus, Georgius Bencius, Joannes Antonius Andreonus. (Gesù, *Missiones,* 721, 1.ª via; *Bras.4,* 38-39, 2.ª via).

Sommervogel, VIII, 675-677, publica o *Rol dos Manuscritos,* não o trecho final desta Carta.

3. *Mors et elogium P. Joseph Soares.* (*Lus.58*(2), 529-530). Publ. com o título de *Relaçam de hum caso notavel, que succedeo antes da morte do Padre Joseph Soares, companheyro do P. Antonio Vieyra, authorizado com o testemunho do Padre Reytor, que então era do Collegio,* Bahiae, 17 Maij an. 1699. *Sermoens,* de Vieira, XIV, 304-305. Latim. — Tradução portuguesa nos *Anais da .B. N. do Rio de Janeiro,* XIX, 161-163.

4. *Breve Compendium laudabilis Vitae P. Petri Dias,* Bahiae, Kal. febr. anni 1700. (*Lus.58*(2), 554-557). Resumido no *Menologio* do P. Boero, I (Roma 1859) 473-475.

5. *Censura Patris Joannis Antonii Andreoni ao livro "Dor sem lenitivos" do P. Francisco de Matos.* In Collegio Bahiensi, 10 Augusti anni 1702. Nos Preliminares do mesmo livro (Lisboa 1703).

6. *Cultura e opulencia do Brasil por suas drogas, e minas com varias noticias curiosas do modo de fazer o Assucar; plantar, & beneficiar o Tabaco; tirar Ouro das Minas; & descubrir as da Prata; E dos grandes emolumentos que esta Conquista da America Meridional dá ao Reyno de Portugal, com estes, & outros generos, & Contratos Reaes. Obra de Andre João Antonil offerecida aos que desejaõ ver glorificado nos Altares ao Veneravel Padre Joseph de Anchieta, Sacerdote da Companhia de Jesu, Missionario Apostolico, & novo Thaumaturgo do Brasil.* [Gravura em madeira com a legenda *Semper honore meo*]. Lisboa, Na Officina Real Deslandesiana. Com as licenças necessarias. Anno de 1711. 8.º, 205 pp. Ante-rosto, título 2 fls; Aos Senhores de Engenho, 3 pp.; *Primeira Parte.* Proémio, 3 pp.; licenças 4 pp. A última página em branco; — Rio de Janeiro, 1837. Typographia Imp. e Constit. de J. de Villeneuve & C.ª, 8.º, VII-214; — Macau (China), 1898; — Belo

Horizonte, 1899, na *Revista do Arquivo Público*, IV, 397-557; — André João Antonil (João Antonio Andreoni S. J.), *Cultura e opulencia do Brazil por suas drogas e minas. Com um estudo bio-bibliographico por Affonso de E. Taunay*, S. Paulo [1923]. Companhia Melhoramentos. 8.º, 280 pp.

Coincidiu a primeira impressão deste livro com a Guerra dos Mascates em Pernambuco e com a tomada e saque do Rio de Janeiro pelos Franceses ávidos das riquezas do Brasil, nem estavam apagados os restos da Guerra dos Emboabas; e a Guerra de Sucessão da Espanha trazia perturbações nas fronteiras do Brasil. Verificando o governo que um livro, que fazia a propaganda das suas riquezas, acicatava o apetite dos estrangeiros, pondo em risco a paz e tranquilidade dos moradores do Brasil, mandou que se recolhesse. Os bibliógrafos da Companhia, apesar de o livro não trazer as licenças da Ordem, sabiam que o Autor era o P. Andreoni, em cujo nome o descreve Sommervogel com o título traduzido em latim e com a declaração de que saiu anónimo. Também o facto de o Autor assinar o Proémio, chamando-se a si mesmo "O Anonymo Toscano", o excluiu da *Bibl. Lusitana*, de Barbosa Machado, que só trata de filhos da nação portuguesa e seus Domínios, não de estrangeiros, ainda que escrevessem em português. Capistrano de Abreu, vendo o título português em Antonil e o mesmo título latino em Andreoni, divulgou no Brasil a identificação de um com outro.

Além das 5 edições do livro há excerptos em José Pedro Xavier da Veiga, *Ephemerides Mineiras*, I (Ouro Preto 1897)377-391, e em diversos Jornais e Revistas.

Entre as obras *impressas*, que menciona Sommervogel, lê-se "*De rebus Brasiliæ*". Não se trata de obra autónoma: é o título genérico e resumido, em latim, da "Cultura e Opulência do Brasil".

7. *Oratio Panegyrica sub effigie Illustrissimi, ac Reverendissimi D. Archiepiscopi Bahiensis D. Sebastiani Monterii a Vite describenda*. Nos Preliminares da *Vida Chronologica de S. Ignacio*... do P. Francisco de Matos (Lisboa 1718), 4.º, 6 pp.

8. *Synagoga desenganada: Obra do P. João Pedro Pinamonti, traduzida da lingua italiana na portugueza, por um religioso da Companhia de Jesus*. Lisboa, na Officina da Musica, 1720, 4.º, XX-379 pp.

"C'est, peut-être, sur cette traduction portugaise que le P. Adolphe Malboan fit celle qu'il publia en espagnol en 1733". (Sommervogel).

9. *Orationes duae latinae Protoparenti nostro Ignatio, altera D. Francisco Xaverio, cum iconibus*. Romae. (Sommervogel).

CULTURA
E OPULENCIA
DO BRASIL

POR SUAS DROGAS, E MINAS,
Com varias noticias curiosas do modo de fazer o Assucar; plantar,
& beneficiar o Tabaco; tirar Ouro das Minas; & descubrir as da Prata;

*E dos grandes emolumentos, que esta Conquista da America Meridional
dá ao Reyno de PORTUGAL com estes, & outros generos, & Contratos Reaes.*

OBRA
DE ANDRE JOAÕ ANTONIL

OFFERECIDA

Aos que desejaõ ver glorificado nos Altares ao Veneravel Padre JOSEPH DE ANCHIETA
Sacerdote da Companhia de JESU, Missionario Apostolico, & novo Thaumaturgo do Brasil.

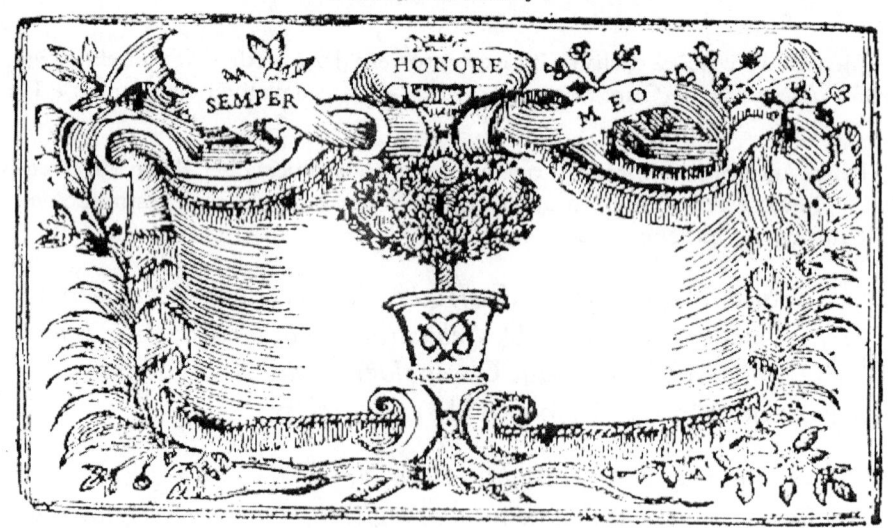

SEMPER HONORE MEO

LISBOA,
Na Officina Real DESLANDESIANA.
Com as licenças necessarias Anno de 1711.

Frontispício da 1.ª ed. da obra do P. João António Andreoni (Antonil)

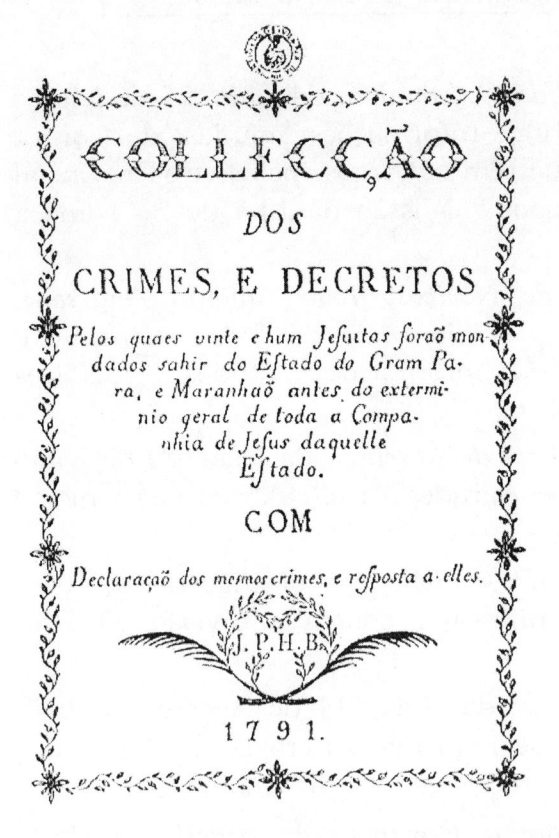

> **COLLECÇÃO**
> DOS
> **CRIMES, E DECRETOS**
> Pelos quaes vinte e hum Jesuitos foraõ mondados sahir do Estado do Gram Para, e Maranhaõ antes do exterminio geral de toda a Companhia de Jesus daquelle Estado.
> **COM**
> Declaração dos mesmos crimes, e resposta a elles.
> J.P.H.B.
> 1791.

Frontispício ms. da *Collecção* do P. Domingos António, existente na Bibl. Geral da Universidade de Coimbra, e por ela publicado em 1947. Ver p. 56.

O Diário do P. Eckart é a tradução portuguesa da *Historia Persecutionis Societatis Jesu in Lusitania*, publ. no *Journal* de Murr. Ver p. 205.

BIBLIOTHECA DE REGENERAÇÃO

GALERIA DE TYRANNOS

O DIARIO DO P. ECKART,
OU AS SUAS PRISÕES EM PORTUGAL,
DESDE 1755 A 1777

P. MARINHO

PORTO
COMP. E IMP. NA TYPOGRAPHIA FONSECA
72 RUA DA PICARIA 74
1917

A. *Carta ao P. Secretário da Companhia*, da Baía, 25 de Março de 1685. (Bras.3(2), 192-193v).—Informações miudas de coisas, pessoas e naturalidades dos que têm os cargos, inclusive o Provincial Alexandre de Gusmão, de Lisboa. Missão da Ilha de S. Tomé a que esteve destinado. *Ital.*

B. *Carta do P. Mestre de Noviços, João António Andreoni, ao P. Geral Noyelle*, da Baía, 27 de Maio de 1687. (Bras.3(2), 228-229v). — Carta consultória, informações, estudos, e defeitos do Provincial e do Reitor. *Lat.*

C. *Carta ao P. Vigário Geral de Marinis*, da Baía, 29 de Maio de 1687. (Bras.3(2), 232). — Agradece a circular sobre a morte do P. Geral Noyelle. *Lat.*

D. *Carta ao P. de Marinis*, da Baía, 4 de Agosto de 1687. (Bras.3(2), 244-245v). — Manifesta-se contra a divisão da Província em duas. *Lat.*

E. *Carta ao P. de Marinis*, da Baía, 14 de Agosto de 1687. (Bras.3(2), 243). — Para que se imprima o livro do P. Alexandre de Gusmão, "Meditações para todos os dias do ano". *Lat.*

F. *Notícias e reparos sobre a Província do Brasil*, da Baía, 1688. (Bras.3(2), 248-249v). — Lista dos Provinciais e Padres Mestres, admissão e naturalidade dos que se admitiram. Excerptos em S. L., *História*, II, 396-397. *Port.*

G. *Carta ao P. Geral*, 31 de Julho de 1688 (Bras.3(2), 250-251v). — Remete a tradução latina das "Notícias" precedentes. *Lat.*

H. *Carta ao P. José Fócio, Admonitor do P. Geral, e se não viver ao P. Cúrcio Sexti, Vice-Prepósito*, da Baía, 26 de Junho de 1690 (Bras.3(2), 282-284). — Contra o Visitador do Brasil P. António Vieira e amigos deste. *Ital.*

I. *Aprovação à obra do Marquês de Alegrete, Manuel Teles da Silva*, "De Rebus gestis Joannis II Lusitanorum Regis" (1689). — Escreveu-a a pedido do P. António Vieira, que a remete ao Marquês de Alegrete. (Carta de Vieira, da Baía, 15 de Julho de 1690, *Cartas de Vieira*, III, 598-599).

Parece ter sido escrita em latim. Na sua Carta, Vieira elogia a Andreoni como quem no Colégio Romano "mereceu a primeira láurea de retórica e língua latina".

J. *Carta ao P. Geral Tirso González*, da Baía, 16 de Julho de 1692. (*Bras.3(2)*, 309-312v). — É Mestre de Noviços e secretário do Provincial: manifesta-se contra os Padres Portugueses e trata de si mesmo, dos cargos a que fugiu, e das missões que pediu. *Lat.*

K. *Carta ao P. Geral Tirso González*, da Baía, 12 de Junho de 1693. (*Bras.3(2)*, 324-325v). — Sobre o decreto contra os estrangeiros e fala sobretudo dos Italianos. *Lat.*

L. *Carta ao P. Geral Tirso González*, da Baía, 15 de Julho de 1693. (*Bras.3(2)*, 331-332v). — Manifesta-se contra a Ordem Régia que não permite a estrangeiros terem cargos de governo no Brasil. Atribui-o a ciume dos Portugueses. *Lat.*

M. *Carta ao P. Geral Tirso González*, da Baía, 28 de Maio de 1695. (*Bras.3(2)*, 341-342v). — Contra o P. Vieira e o decreto sobre os estrangeiros. *Lat.*

N. *Carta ao P. Geral Tirso González*, da Baía, 19 de Julho de 1695. (*Bras.3(2)*, 345-346v). — É contra a impressão do livro do P. Estancel, *in Danielem*, se fosse aprovado, antes da *Clavis Prophetarum* do P. Vieira; contudo reprova o decreto régio para que ninguém dos que moram no Reino e Domínios Portugueses imprima livro algum, em qualquer parte do Mundo, sem antes ser aprovado em Lisboa. *Lat.*

O. *Ordem que passou o Sr. Dom João [de Lencastro] sinalando distrito a tres Aldeas do Acharâ, Rodella e Caruru no Zorobabê.* Feita em 22 de Mayo de mil seiscentos e nouenta e seis anos nesta cidade do Salvador Bahya de todos os Santos. — "Concorda com o original, Bahia aos 18 de Junho de 1696, João Antonio Andreoni da Companhia de Jesus secret°. da Prov^a. do Brasil". (A. H. Col., *Baía*, Apensos, 1697). *Port.*

P. *Carta ao P. Geral Tirso González*, da Baía, 23 de Julho de 1697. (*Bras.4*, 36-38). — A sua opinião sobre as obras, que o P. Vieira deixou inéditas, e como se hão-de concluir e publicar ou não publicar. *Lat.*

Q. *Annuae Litterae ex Provincia Brasilica ad Admodum Rev.^{dum} Patrem Nostrum datae Anno 1699.* Bahiae, 5 Aprilis anni 1699. (*Bras.9*, 440-444). *Lat.*

R. *Dúvida sobre o Jubileu das 40 Horas no Ano Santo*, Baía, 28 de Maio de 1700. (*Bras.4*, 74). — Não se fez a exposição do S.ᵐᵒ no Recife e em Olinda; fez-se na Baía, porque ainda que se não ganhasse o jubileu das 40 horas, era útil aos fiéis. *Lat.*

S. *Carta ao P. Geral Tirso González*, da Baía, 15 de Junho de 1700 (*Bras.4*, 78-79v). — Informa sobre o estado do Colégio; o Governador mostra-se amigo e confessa-se com ele. Missões e Aldeias dos Tapuias. Repreendeu-o o P. Geral de não ter urbana mansidão e igualdade para com todos, mostrando-se mais inclinado aos italianos: justifica-se que não tem aceitação de pessoas, e critica o modo de governar do Provincial, P. Francisco de Matos. *Lat.*

T. *Relação das Missões para o P. Geral*, escrita por mandado do P. Provincial, Baía, 10 de Agosto de 1700. (*Bras.9*, 445-448). *Lat.*

U. *Elogium Fr. Ludovici Emmanuelis*, Bayae, 18 Junii 1702. (*Lus.58(2)*, 534v-535). Assinado pelo Provincial João Pereira, mas letra e estilo de Andreoni. *Lat.*

<small>O Ir. Luiz Manuel foi famoso construtor naval.</small>

V. *De Dispensationibus in re matrimoniali; et de eius praxi. Controversia cum Arch. Bahiensi*. Bahiae, 1 Julii 1702. Com o parecer favorável dos Revisores do Colégio Romano, 3 de Abril de 1703. (*Gesù*, 496). *Lat.*

X. *De missionibus in Brasilia*, Bahiae, 31 Augusti 1703, ex Commissione P.ⁱˢ Provincialis. (*Bras.10*, 31-34). *Lat.*

Y. *De Missionibus in Brasilia*, Bahiae, 28 Novembris 1703 ex Commissione P.ⁱˢ Provincialis. (*Bras.10*, 38-41). Excerpto em S. L., *História*, V, 341. *Lat.*

Z. *De Missionibus Brasiliæ ad partem australem*, Bahiae, 23 Novembris Anni 1704. Mandato P. Provincialis. (*Bras.10*, 35-37). *Lat.*

AA. *De Missionibus Pernambucanis*, Bahiae, 25 Novembris Anni 1704. Mandato P. Provincialis. (*Bras.10*, 42-43). Excerpto, sobre os Índios do Rio Grande do Norte, em S. L., *História*, V, 543-547. *Lat.*

BB. *De Missione in Medetullio Bahiensi peracta a P. P. Em. de Lima et Fran.ᶜᵒ Fialho.* Bahiae, 12 Junii Anni 1705. Mandato P. Provincialis. (*Bras.10*, 44-45). *Lat.*

CC. *De Missione ab oppido Sanctorum ad oram Australem peracta a P. P. Antonio Roderico, et Sebastiano Aluares per quinque menses.* Bahiae, 30 Augusti Anni 1705. Mandato P. Provincialis. (*Bras.10*, 48-49). *Lat.*

DD. *Carta ao P. Geral,* da Baía, 2 de Julho de 1706. (*Bras.4*, 120-121v). — Sobre diversas fundações de casas feitas ou a fazer. *Lat.*

EE. *Carta ao P. Geral Tamburini,* da Baía, 15 de Julho de 1706. (*Bras.4*, 122-122v). — Envia o P. Miguel da Costa para o Maranhão com 5 irmãos estudantes. *Lat.*

FF. *Carta ao P. Tamburini,* da Baía, 3 de Agosto de 1706. (*Bras.4*, 102-102v). — Exéquias solenes por Tirso González. *Lat.*

GG. *Controvérsia entre o Colégio da Baía e a Residência da Aldeia do Espírito Santo.* (Gesù, I, n.º 496, no fim). — Remete ao P. Geral o parecer do P. Jorge Bêncio ao qual adere. — A sentença do P. Geral Tamburini, dirimindo a controvérsia, é datada de Roma, 6 de Setembro de 1706. *Lat.*

HH. *Carta ao P. Tamburini,* da Baía, 12 de Novembro de 1706. (*Bras.4*, 104-106v). — Dívidas do Colégio por causa das minas de oiro que encarecem a vida; Missões; Pessoas. Excerpto, sobre a sua visita às Aldeias do Rio Grande do Norte e Ceará. Cf. S. L., *História*, V, 547-548. *Lat.*

II. *Carta ao P. Geral Tamburini,* da Baía, 15 de Novembro de 1706. (*Bras.4*, 127-127v). — Da fundação do Noviciado e aprovação na Corte. *Lat.*

JJ. *Carta ao P. Geral Tamburini,* da Baía, 15 de Julho de 1707. (*Bras.10*, 50-53v). — Missões dadas por três Padres. *Lat.*

KK. *Carta ao P. Geral Tamburini,* da Baía, 2 de Novembro de 1707. (*Bras.10*, 54-57v). — Louva as missões do P. Ascenso Gago; Padres de passagem para a Índia; oração fúnebre do P. Domingos Ramos nas exéquias reais. *Lat.*

LL. *Carta ao P. Geral Tamburini*, da Baía, 15 de Dezembro de 1707. (*Bras.10*, 58-59v). — Missões nos Sertões da Baía. *Lat.*

MM. *Carta ao P. Geral Tamburini*, do Rio de Janeiro, 19 de Março de 1708. (*Bras.4*, 132-132v). — Em cumprimento das ordens do Geral, dá conta de como se faziam os Exercícios Espirituais em diversas Casas da Companhia. *Lat.*

NN. *Carta do Provincial João António Andreoni ao P. Geral Tamburini*, da Baía, 17 de Junho de 1708. (*Bras.4*, 134-135v). — Propõe diversas dúvidas, cuja solução pede; e comunica diversos actos que praticou em razão do seu ofício. *Lat.*

OO. *Carta ao P. Geral Tamburini*, da Baía, 18 de Junho de 1708. (*Bras.10*, 60-63v). — Missões dadas por 6 Padres a diversos lugares; a imagem do "Ecce-Homo", de Iguape; graças de Anchieta. — Excerpto, sobre a chegada da imagem de Anchieta à Aldeia de Reritiba, em S. L., *História*, VI, 146. *Lat.*

PP. *Carta ao P. Geral Tamburini*, da Baía, 2 de Julho de 1708. (*Bras.4*, 137). — Correspondência que mandou para Roma e temor dos inimigos que infestam o mar. *Lat.*

QQ. *Carta ao P. Geral Tamburini*, da Baía, 9 de Julho de 1708. (*Bras.4*, 138-138v). — Queixa-se do P. João Ribeiro, que em Lisboa se recusou a apresentar a El-Rei um requerimento seu sobre dispensas matrimoniais, nos graus proibidos de direito divino. *Lat.*

RR. *Carta ao P. Geral Tamburini*, da Baía, 2 de Agosto de 1708. (*Bras.4*, 142-142v). — Da arribada à Baía, do Bispo P. Francisco Laines com 28 companheiros da Índia, tendo morrido 15 no mar. Atenções do Vice-Rei. *Lat.*

SS. *Carta ao P. Geral Tamburini*, da Baía, 18 de Novembro de 1708. (*Bras.4*, 143-145v; dupl., 146-147). — Transmite e defende as razões dos Missionários italianos que iam para a Índia, que se queixavam de não serem bem tratados e de lhes proibirem tirar esmolas em terra. *Lat.*

TT. *Outra carta ao P. Geral Tamburini*, da Baía, 18 de Novembro de 1708. (*Bras.4*, 148-148v). — Missões que deram os Padres da Índia, em especial os Italianos, que encarece; o Bispo de Meliapor fez uma ordenação de 8 Irmãos teólogos do

Colégio da Baía. Os Missionários da Índia partiram a 15 de Novembro. *Lat.*

UU. *Carta ao P. Geral Tamburini,* da Baía, 19 de Novembro de 1708. (*Bras.4,* 149-150). — Desinteligência entre o P. Alexandre de Gusmão e Bento Maciel, que vivia no Seminário de Belém da Cachoeira: pazes. *Lat.*

VV. *Post-Scriptum à carta precedente sobre o falecimento de Bento Maciel,* Baía, 23 de Janeiro de 1709. (*Bras.4,* 150). *Lat.*

XX. *Memorial para o Senhor Núncio em Lisboa, sobre dispensas matrimoniais.* (*Bras.4,* 151-152v). *Port.*

YY. *Carta ao P. Geral Tamburini,* da Baía, 10 de Março de 1709. (*Bras.4,* 153-153v). — Fundação e lançamento da primeira pedra do Noviciado da Jiquitaia, planos do Ir. Carlos Belville, que veio da China e deseja ficar no Brasil. Falta a licença régia para a fundação na Ilha Grande (Rio). *Lat.*

ZZ. *Carta do Provincial João António Andreoni ao P. Geral Tamburini,* da Baía, 26 de Março de 1709. (Gesù, *Coll.,* 1373). — Sobre o que fez e deixou Bento Maciel para o Seminário de Belém da Cachoeira. *Lat.*

AAA. *Carta do Reitor João António Andreoni ao P. Geral Tamburini,* da Baía, 13 de Junho de 1709. (*Bras.4,* 154). — Passou o cargo de Provincial ao seu sucessor e ficou Reitor: assuntos pendentes. *Lat.*

BBB. *Carta ao P. Geral Tamburini,* da Baía, 13 de Agosto de 1709. (*Bras.4,* 156). — Pede indulgência para com o P. Amaro Rodrigues, caído em falta grave. *Lat.*

CCC. *Resposta ao Senhor Arcebispo da Bahia sobre o manifesto dos R.^{dos} P.^{es} do Oratorio de Pernambuco relativo a dispensas matrimoniais.* Baía, 1 de Setembro de 1709. (*Bras.4,* 158-160). *Port.*

DDD. *Exemplum Testamenti D. Domini Alfonsi ex Lusitana in Linguam Latinam versi.* Bahiae, 18 Junii 1711. (*Bras.11(1),* 168-179). *Lat.*

EEE. *Carta ao P. Geral Tamburini,* da Baía, 26 de Junho de 1711. (*Bras.4,* 163-164v). — Morte e legados de Domingos Afonso Sertão, fundador do Noviciado da Jiquitaia. Excerpto em S. L., *História,* 143-144. *Lat.*

FFF. *Carta ao P. Geral Tamburini*, da Baía, 15 de Setembro de 1711. (*Bras.4*, 165-166v). — Informação como consultor da Província sobre vários assuntos. *Lat.*

GGG. *Carta ao P. Geral Tamburini*, da Baía, 22 de Outubro de 1711. (*Bras.4*, 176-177v). — Ainda a questão dos estrangeiros, e que na Corte se estranhara que ele governasse tantos anos, contra os decretos de El-Rei. Outro decreto proibia irem estrangeiros às Minas e que portanto ele não poderia ser dos que para ali se destinavam. E que se entre os estrangeiros se incluem os Italianos, está disposto a deixar o Brasil e a navegar para a Europa. *Lat.*

HHH. *Carta ao P. Geral Tamburini*, da Baía, 15 de Junho de 1714. (*Bras.10*, 104-108v). — Motins no Ceará; missões noutras partes — O que se refere ao Ceará, traduzido em português e publicado por Studart, na *Rev. do Inst. do Ceará*, XXXVI (1922) 77-79. *Lat.*

III. *Carta ao P. Geral Tamburini*, da Baía, 24 de Dezembro de 1714. (*Bras.10*, 92-92v). — Missões de 1714. A parte referente ao Ceará, traduzida e publicada na *Rev. do Inst. do Ceará*, XXXVI (1922) 79-81). *Lat.*

JJJ. *Biografia do P. Jacobo Roland que morreu na Ilha de S. Tomé em 1684*, escrita para os Irmãos da Província Galo-Belga. (Cit. em *Bras.3(2)*, 181). *Lat.*

KKK. *Vida do P. Paulo Segneri*. Traduzida do italiano para português. (Cit. em *Bras.10*, 63v).

LLL. *Poesias*. "Multa pio metro manuscripta nobis reliquit". (Francisco de Matos, *Bras.4*, 193v).

Escreveu-lhe o *Necrológio* latino o P. Francisco de Matos, Baía, 20 de Julho de 1716. Narra os seus dotes naturais, talento, ocupações e virtudes notáveis; e conclui. "Hic ille noster justus Andreonus, qui et ego saepe saepius ad invicem conferentes, ea, quae ad observantiam necessaria arbitrabantur, diversimode discurrebamus. Iam modo, quia a nobis excessit, ille tacet, et non sine fletu, quia nos relicti, tacemus". (*Bras.4*, 193-193v).

A. S. I. R., *Bras.4*, 193; — *Bras.5(2)*, 94, 155; — *Bras.6*, 73v; — *Lus.10*, 181; — *Lus.58*, (*Necrol.*, I, 20v); — Sommervogel, I, 340; VIII, 675-677; — Rivière, n.º 222, p. 65; — J. C. Rodrigues, *Bibl. Brasiliensis*, 44-45; — Inocêncio, VIII, 62-63; — S. L., *História*, V, 259, 581.

ANTÓNIO, Aleixo. *Humanista e Professor.* Nasceu a 31 de Dezembro de 1711, na Vila de Águeda. (Há outras datas). Filho de Manuel Pinheiro Henriques e Águeda de Figueiredo. Entrou na Companhia em Coimbra a 7 de Março de 1726. Neste mesmo ano embarcou para a Vice-Província do Maranhão e Grão Pará, onde tomou o grau de Mestre em Artes. Fez a profissão solene no Maranhão, a 2 de Fevereiro de 1745. Professor de Humanidades, Filosofia e Teologia, e Vice-Reitor do Colégio e do Seminário do Pará. Durante o ensino de Humanidades, escreveu a tragi-comédia *Hercules Gallicus*, representada com aplauso dos espectadores. Bom pregador. Quando se inaugurou a Capela-mor da Sé do Pará, foram convidados três oradores das Ordens de S. Francisco, do Carmo e da Companhia de Jesus. Como representante desta pregou o P. Aleixo António. Usava de liberdade apostólica nas pregações e Exercícios Espirituais. O que lhe valeu ser uma das primeiras vítimas da perseguição geral nascente, e exilado para o Reino, embarcando no Pará a 26 de Novembro de 1756. Passou pelos cárceres de Almeida e S. Julião da Barra, donde saiu em 1777 com a restauração portuguesa das liberdades cívicas.

1. *Hercules Gallicus, Religionis Vindex. Plausus Theatralis D. Joanni Francisci Regis S. J.* Anno Domini, 1739, 4.º

2. *Oração funebre nas exequias do Augustissimo e Fidelissimo Senhor Rey D. João V, pregado na Igreja do Collegio da Companhia da Cidade de Belem do Grão Pará.* Lisboa por Miguel Manescal da Costa, 1754, 4.º

A. *Carta do Reitor do Pará, Aleixo António, ao P. Geral*, do Pará, 20 de Novembro de 1752. (*Lus.90*, 79). — Tudo bem, excepto o novo Governador [Mendonça Furtado], cuja atitude a respeito dos escravos, Índios e Missões dá que padecer. *Lat.*

B. *Carta ao P. Geral*, 1753. (*Lus.90*, 80-80v). — Tem procurado manter boas relações com o Governador, Bispo e Ministros régios. O Bispo [Bulhões] aceitou a carta de confraternidade da Companhia, e pregou de S. Inácio com honra da Companhia; e na nossa Igreja e Colégio celebrou a festa de S. Domingos; com os soldados doentes usa-se de caridade, com louvores até dos adversários. *Lat.*

C. *Carta ao P. Geral*, do Colégio do Pará, 25 de Agosto de 1755. (*Lus.90*, 84). — Ódio do Governador e Ministros régios; perseguições e exílios não faltam. Tudo dirá o Visitador. *Lat.*

A. S. I. R., *Bras.27*, 165v; — *Diário de 1756-1759;* — B. Machado, IV, 6; — Sommervogel, I, 441; — S. L., *História*, III, 222, 232.

ANTÓNIO, Domingos. *Missionário da Amazónia.* Nasceu a 10 de Julho de 1710 em Casas de Monforte, freguesia de Águas Frias, Chaves. Filho de António Fernandes Parada e Maria Álvares. Entrou na Companhia, em Évora, a 2 de Maio de 1729. Dois anos depois, em 1731, embarcou para a Vice-Província do Maranhão e Pará, onde foi missionário da Aldeia de S. José do Tapajós, Procurador das Missões e Reitor do Colégio do Pará, qualidade que o colocava na linha de choque da perseguição geral. Desterrado com outros Religiosos, Jesuítas e Franciscanos, na nau "Nossa Senhora da Atalaia", saída do Pará a 28 de Novembro de 1757, foi confinado a princípio no Mosteiro de Pedroso (Carvalhos), donde passou para os cárceres de Almeida, e S. Julião da Barra, até 1777, em que se restauraram as liberdades cívicas portuguesas. Ainda vivia em Lisboa em 1780, ocupado em "aumentar e emendar" o livro, *Relação de algumas cousas,* do P. Lourenço Kaulen. Tinha então 70 anos de idade.

1. *Suspeição do Reverendo Padre Reitor do Collegio aos Senhores Deputados da Junta das Missões do Pará,* 21 de Maio de 1757. Assinado: Domingos Antonio Reitor. Na *Collecção das provas que foram citadas na parte primeira e segunda da Dedução Chronologica e Analytica e nas duas petições de recurso do Doutor Joseph de Seabra da Sylva* (Lisboa 1768) 159.

2. *Carta ao Governador do Pará Francisco Xavier de Mendonça Furtado,* do Pará, 4 de Junho de 1757. Na *Collecção,* p. 62-64. (Ver infra, n.º 4).

3. *Rythmus oblatus Patribus Iaponensibus et Sinensibus in eorum adventu ad Carceres Iulianeos a R. P. Dom. Antonio Rect. Paraensi* [1764]. No livro ms. "Relação de algumas cousas" do P. Lourenço Kaulen, p. 250-251 (B. N. de Lisboa, fg. 7997). Publ. na *Nota Preliminar* à *Collecção dos Crimes e Decretos* (infra).

São 26 estrofes de 4 versos de 5 sílabas. Duas últimas estrofes: "Durate, valete,/ In poenis gaudete,/ Tormentis colludite,/ Coronis praeludite./ Pro nobis orate,/ Deo commendate,/ Cui preces nos mittimus/ Pro charis Hospitibus". Publicado, com 25 estrofes e alguma variante, em *Compendio Istorico dell'espulsione dei Gesuiti dai Regni di Portogallo, e da tutti i suoi Domini* (Nizza 1791)295-298; — *Lettres de Jersey,* II (1884)511. Rythmus feito a 19 de Outubro de 1764, dia da chegada e entrada nos cárceres de S. Julião da Barra, de 19 Missionários do Japão, China, Tonquim, Sião e Cochinchina.

4. *Collecção dos Crimes e Decretos Pelos quaes vinte e hum Jesuitas forão mandados sahir do Estado do Gram Para, e Maranhão antes do exterminio geral de toda a Companhia de Jesus daquelle Estado. Com Declaração dos mesmos crimes, e resposta a elles.*

(Bibl. da U. de Coimbra, cód. 570, ff. 1-72). Publ. por M. Lopes de Almeida, *Boletim da Bibl. da Universidade de Coimbra*, XVIII (1948) 163ss. Com *Nota Preliminar* de Serafim Leite. Fez-se Separata, logo que se compôs e imprimiu, um ano antes, Coimbra, 1947, 8.º gr., 134 pp. — Ver *Toledo* (Francisco de).

A. *Carta do P. Domingos Antonio, Reitor do Collegio do Pará, à Rainha dando-lhe conta das perseguições, que a Companhia tem soffrido naquelle Estado*, do Pará, 3 de Maio de 1757. Autógr. (Bibl. de Évora, cód. CXV/2-14, n.º 21, f. 244-245). Alude à lei de 7 de Junho de 1755; e sobre a situação da gente de serviço. *Port.*

B. *Copia da Carta do mesmo Reitor do Collegio do Pará, a El-Rei, sobre as perseguições que a Companhia tem sofrido no Pará*. Do mesmo lugar e data. (*Ib.*, f. 246-247). *Port.*

C. *Copia do ajuste feito das Fazendas de Cruçá e Mamaiacu, sem prejuizo dos Requerimentos que nesta parte tenho feito a Sua Majestade*. Colégio [do Pará], hoje, 2 de Agosto de 1757. (Papéis do antigo Ministério da Justiça, na Inspecção Geral dos Arquivos [Lisboa], Papéis Pombalinos, maço 27, macete 2). *Port.*

Carta de Fr. Miguel de Bulhões, Bispo do Pará, ao P. Reitor Domingos António, do Pará, 15 de Setembro de 1757. Publ. por Lamego, III, 295-296.

Cinco cartas do Governador Mendonça Furtado ao P. Reitor do Colégio do Pará Domingos António, do Pará, 27 de Abril, 2, 12, 22 de Julho e 20 de Setembro de 1757. (B. N. de Lisboa, Col. Pomb., 162, f. 28v, 56, 73-78, 80, 94). Na segunda, o Governador fala contra a Companhia, e como entende que ela deveria ser: linguagem charlatã do regalismo, a intrometer-se na vida interna religiosa, de envolta com palavras de má criação, impróprias de um homem revestido de autoridade pública como a de governador; a última carta é a ordem de exílio e traz anexos os treslados das ordens de desterro contra outros Padres, deportados com ele. A estas cartas responde o Reitor do Pará, quando recuperou e teve liberdade para o fazer, 20 anos depois, na *Collecção dos Crimes e Decretos*.

A viagem de desterro, do P. Domingos António e seus companheiros, do Pará a Portugal, em 1757, narra-a o P. Lourenço Kaulen. (Bibl. de Évora, cód. CXV/2-14, f. 5). — Ver *Kaulen*.

A. S. I. R., *Bras.*27, 92, 166; — *Diário de 1756-1759*; — Sommervogel, III 128; IX, 233; — S. L., *História*, III, 233, 366.

ANTÓNIO, José. *Professor.* Nasceu a 15 de Julho de 1709 em Condeixa. Entrou na Companhia em Coimbra a 9 de Março de 1726. (Há outras datas tanto para o nascimento, como para a entrada, com diferença apenas de dias). Embarcou pouco depois, para a Vice-Província do Maranhão e Grão Pará. Fez a profissão solene no Maranhão, a 15 de Agosto de 1743. Ensinou Humanidades, Filosofia e Teologia, e foi Regente do Seminário de N.ª Senhora das Missões do Pará. Exilado para Lisboa e Roma em 1760. Não vimos o ano da sua morte.

A. *Carta do P. José António ao Governador e Capitão General do Estado do Maranhão e Grão Pará,* do Colégio do Maranhão, 30 de Novembro de 1755. (B. N. de Lisboa, Col. Pomb., 622, f. 103). — Carta de recomendação a favor do seu irmão Pedro José da Costa e do seu afilhado antigo, António Ribeiro Maio. *Port.*

B. *Carta do mesmo ao mesmo,* do Colégio do Maranhão, 16 de Fevereiro de 1756. (*Ib.*, f. 140-140v). — Carta de agradecimento pela ajuda dada ao seu irmão Pedro José da Costa. *Port.*

S. L., *História*, IV, 364.

ANTÓNIO, Vito. *Pregador e Administrador.* Nasceu por 1669 em S. Paulo. Filho de Luiz Penedo e sua mulher D. Serafina de Morais. Entrou na Companhia a 10 de Julho de 1685. Ministro durante muito tempo do Colégio do Rio. Superior de Paranaguá e Reitor de S. Paulo e Santos. De trato espiritual, lhano e sincero. Faleceu a 12 de Setembro de 1751, em S. Paulo.

I. *Certificado do Reitor do Colégio de Santos em como Diogo Pinto do Rego, filho legítimo do Capitão André Cursino de Matos e neto de D. Maria de Brito, é o parente mais chegado por consanguinidade do Capitão-mor Francisco de Brito Peixoto, o da Laguna,* 14 de Abril de 1728. (*Inventários e Test.*, XXVII, 434).

A. *Certificado do P. Reitor do Colégio de S. Miguel de Santos, em como o L.^{do} Manuel Pais Cordeiro, cirurgião-mor do Presídio desta Vila, exerceu sempre o seu ofício com diligência, bom trato dos soldados, verdade e cortezania.* Colégio de Santos, 28 de Agosto de 1711. (A. H. Col., *Baía*, Apensos, capilha de 11 de Agosto de 1721). *Port.*

B. *Carta ao P. Geral Tamburini,* de Santos, 23 de Setembro de 1727. (*Bras.4*, 359). — Sobre o estado do Colégio: reparações necessárias. Poucas rendas. *Lat.*

A. S. I. R., *Bras.10(2)*, 439-439v; — S. L., *História*, VI, 467-468.

ANTUNES, Inácio. *Missionário.* Nasceu a 9 de Março de 1716, no Recife. Entrou na Companhia a 13 de Dezembro de 1730. Trabalhou em diversos Colégios, incluindo o da Colónia do Sacramento, no Rio da Prata, onde fez profissão solene a 25 de Março de 1750. Dez anos depois vivia no Colégio do Rio, quando, sobrevindo a perseguição, foi preso na Ilha das Cobras com duplo grilhão nos pés até à partida da nau do desterro em 1760. Faleceu a 24 de Fevereiro de 1761, em Roma.

1. *Memória da Origem e quando teve princípio a Casa da Missão da Vila de Paranaguá pelo Visitador da Casa*, em 25 de Maio de 1755. Excerptos em Benedito Calixto, *Capitania de Itanhaem* na *Rev. do Inst. Hist. de S. Paulo*, XX, 736, que diz estar na Tesouraria da Fazenda dos "Próprios Nacionais".

A. S. I. R., *Bras.*6, 272; — S. L., *História*, VI, 443.

ANTUNES, Miguel. *Missionário da Amazónia.* Nasceu a 24 de Setembro de 1664, em Lisboa. Entrou na Companhia a 24 de Setembro de 1679. Era estudante em Coimbra, quando pediu a Missão do Maranhão. Embarcou no ano seguinte, onde iria ser "famoso missionário" e decidido defensor dos interesses da sua Pátria, na Amazónia. Faleceu a 27 de Setembro de 1699.

A. *Carta ao P. Geral*, de Coimbra, 23 de Novembro de 1687. Gesù, *Indipetæ*, 757(27). — Pede a Missão do Maranhão. Está a concluir o Curso de Teologia. *Lat.*

B. *Relaçam sumaria das cousas do Maranham estes annos passados* (1696). (*Bras.*9, 426-431). — Excerptos em S. L., *História*, III, 265. *Port.*

A. S. I. R., *Bras.*27, 12; — *Livro dos Óbitos*, 6.

ARAGONÊS, Miguel. *Estudante e Mártir.* Nasceu em 1543. Baptizou-se em 18 de Junho deste ano em Guisona (Urgel), Catalunha. Entrou na Companhia em Valência, em Outubro de 1567. Pediu o Brasil por instâncias do B. Inácio de Azevedo em cuja companhia embarcou em Lisboa, ficando porém na Madeira, enquanto aquele ia às Canárias. Seguiu depois viagem, chegou a ver as costas do Brasil, e pelas tempestades foi arrojado para os Açores com o P. Pedro Dias, cuja sorte seguiu, derramando o sangue com ele, às mãos dos calvinistas franceses, entre os Açores e Canárias. Martirizado a 13 de Setembro de 1570, no mar.

1. *Carta escrita sobre a morte do P. Inácio de Azevedo Provincial do Brasil e seus companheiros*, da Ilha da Madeira, 19 de Agosto de 1570. *Informatio pro ven. servo Dei Ign. Azebedo S. J. ... a P. Jos. Fotio S. J.*, Roma, 1664, 4.º; — Bartolomeu Alcázar, *Chrono Historia... en la Provincia de Toledo*, II (Madrid 1710) 303-304; 310-311.

Juan Saderra, *Memorias históricas del siervo de Dios H. Miguel Aragonés S. J. martirizado en el Atlántico junto con otros 61 misioneros Jesuítas españoles y portugueses por corsarios herejes*, Barcelona, 1915, 35 pp.

Sommervogel, I, 495; — Rivière, 81; — S. L., *História*, II, 259.

ARANHA, António. *Missionário.* Nasceu por volta de 1674, no Espírito Santo. Filho de Pedro Aranha de Vasconcelos e sua mulher Bárbara da Costa. Entrou na Companhia a 23 de Maio de 1691. Reitor do Colégio de S. Paulo. Faleceu a 15 de Dezembro de 1743 em Campos Novos, Rio.

1. *Registo do parecer q̃ derão os P.^{es} do Col.º desta C.^{e} sobre o hir o Thezr.º dos defuntos e auz.^{tes} as Minas do Cuyaba.* Coll.º de São Paulo, 20 de Mayo de 1725. — Além do Reitor António Aranha assinaram Estanislau de Campos e Vito António. *Doc. Interess.*, XX (1896) 166-169.

A. *Carta a El-Rei sobre a casa do rendeiro que rematou o porto nas terras da Taquaquecetuba, Capela de N.ª S.ª da Ajuda*, do Colégio de S. Paulo, 7 de Outubro de 1722. (A. H. Col., *S. Paulo*, Avulsos, 7 de Outubro de 1722, no maço de 1720 a 1732). *Port.*

B. *Carta a El-Rei sobre os maus procedimentos do Ouvidor Geral Manuel de Melo Godinho Manso e bom governo do General da Capitania de S. Paulo, Rodrigo César de Meneses*, do Colégio de S. Paulo, 14 de Março de 1724. (A. H. Col., *S. Paulo*, Avulsos, 14 de Março de 1724, na Capilha de 30.X.724). *Port.*

C. *Carta ao P. Geral Tamburini*, de S. Paulo, 2 de Setembro de 1724. (*Bras.4*, 267). — Conclusão das obras do Colégio ao cabo de 33 anos. Cit. em S. L., *História*, VI, 395. *Lat.*

A. S. I. R., *Bras.6*, 39; — *Bras.10(2)*, 417.

ARAÚJO, António de. *Professor e Tupinólogo.* Nasceu em 1566, na Ilha de S. Miguel, Açores. Filho de Joaquim de Araújo e D. Ana Pacheco. Entrou na Companhia na Baía em 1582. Mestre em Artes. Fez a profissão solene na Baía, recebendo-a o Visitador Manuel de Lima, a 25 de Março de 1608. Ensinou Humanidades e Teologia e foi Procurador do Colégio da Baía. Pregador. A vivacidade do seu espírito criou-lhe êmulos. Consagrou-se então ao trabalho com os Índios, cuja língua sabia e de que foi mestre com o seu famoso *Catecismo*. Superior nas Aldeias dos Índios. Em 1607 era-o de S. Sebastião na Baía. Fez uma entrada à Serra do Orobó, sertão da Baía, outra no Sul aos Carijós dos Patos onde ficou alguns anos Superior da Missão, até 1628. Em 1631 residia no Colégio do Espírito Santo, e faleceu no ano seguinte, 1632, talvez no mesmo Colégio. Homem de talento e virtude.

1. *Catecismo na Lingoa Brasilica, no qval se contem a svmma da Doctrina Christã. Com tudo o que pertence aos Mysterios de nossa*

sancta Fe & bõs custumes. Composto a modo de Dialogos por Padres Doctos, & bons lingoas da Companhia de IESV. Agora nouamente concertado, ordenado, & acrescentado pello Padre Antonio d'Araujo Theologo, & lingoa da mesma Companhia. Com as licenças necessarias. Em Lisboa por Pedro Crasbeeck ãno 1618. A custa dos Padres do Brasil. 8.º, XVI-170 pp.

Os Preliminares, de 16 pp. inumeradas, contêm: Frontispício; uma página com cercadura artística, tendo na parte superior o trigrama da Companhia, com a legenda: *Vas electionis est mihi iste ut portet nomen mevm coram gentibus.* Act. 9; e na parte inferior uma quintilha em língua tupi; Licenças: do *S. Oficio* (Frei Tomaz de S. Domingos, em S. Domingos de Lisboa, 10 de Agosto de 1618, e o Bispo Inquisidor Geral), do *Ordinario* (Damião Viegas, 5 de Setembro de 1618), do *Paço* (Gama e L. Machado, 2 de Outubro de 1618), do Revedor (Fr. Tomaz de S. Domingos, 28 de Novembro de 1618), e "Taixa": "Taixão este liuro intitulado Cathecismo da Doutrina Christaã, na lingoa Brasilica, em oitenta reis em papel. A 28 de Novembro de 618, Moniz, Luis Machado"; da *Ordem*: "Mvcio Vitelleschi da Companhia de Iesu Proposito (sic) Geral. O Catecismo & summa da Doctrina Christã na lingoa Brasilica, a modo de Dialogos (feitos ha annos por Padres Doctos & bõs lingoas da Companhia de IESV, & agora nouamente concertados pello Padre Antonio d'Araujo Theologo, & lingoa da mesma Companhia, com o Confessionario, & Ceremonial dos Sacramentos, conforme ao Catecismo Romano, & com outras exhortações, & instruções necessarias pera a conuersão, & conseruação dos Indios do Brasil) foy visto, examinado, & aprouado por certos Padres Doctos, & lingoas, nomeados pello Padre Pero de Tolledo Prouincial da Companhia de IESV no estado do Brasil, como nos mostrou de seu testemunho pelo que dou licença para se imprimir. Mucio Vitelleschi". Seguem-se "Cantigas na lingoa, pera os mininos da Sancta Doctrina. Feitas pello Padre Christouão Valente Theologo, & mestre da lingoa" (8 pp.), "Prologo ao Leitor" (5 pp.), "Taboada" e texto. — Cf. supra, *História*, II, 560/561.

Catecismo Brasilico da Doutrina Cristãa, com o cerimonial dos Sacramentos & mais actos Parochiais. Composto por Padres Doutos da Companhia de Jesus, aperfeiçoado & dado à luz pelo P. Antonio de Araujo. Emendado nesta segunda impressão pelo P. Bertholameu de Leam da mesma Companhia. Lisboa. Na officina de Miguel Deslandes, M. DC. LXXXVI. 8.º, XIV-371 pp. nums. - 9 inums.

Na dedicatória aos Religiosos da Companhia de Jesus no Brasil: "Sae de novo a luz o Catecismo Brasilico que já no anno de 1618 a vio a primeira vez". Com as aprovações dos Padres Lourenço Cardoso e Simão de Oliveira e licença do Provincial Alexandre de Gusmão: "dou licença para que se torne a imprimir o Catecismo da Doutrina Christã na lingoa do Brasil composto primeiro pelo P. Antonio de Araujo da mesma Companhia de novo emendado pelo P. Bartholomeu de Leão da mesma Companhia, revisto e approvado por Padres doutos da mesma lingoa". As aprovações e licenças são todas do mesmo local e data:

Rio de Janeiro, 1 de Junho de 1685. E uma "Advertencia sobre a orthographia & pronunciação deste Catecismo": "Este Catecismo como produzido pelos Portuguezes he Portuguez na escritura que pode admitir a penna Portugueza. E assi se usa nelle de C com zeura em lugar de S cujo natural sibilo não consente a lingua brasilica". — Ver *Leão* (Bartolomeu).

1. *Catecismo Brasilico da Doutrina Christaã* publicado de novo por Julio Platzmann. Edição fac-similar. Leipzig, B. G. Teubner, 1898.

O Catecismo do P. António de Araújo, considerado obra prima no seu género, foi traduzido em muitas línguas americanas — diz Sommervogel, que cita Southwell: "ut nihil in genere catechistico perfectius uspiam extare censeatur. Translatus est deinde in alias linguas Americae quorum ingens est numerus". (*Bibl.*, I, 507).

"Catecismo tão exacto em todos os mistérios da fé, e tão singular entre quantos se têm escrito nas línguas políticas, que mais parece ordenado para fazer de cristãos teólogos que de gentios cristãos" (António Vieira, *Exhortaçam I na vespora do Espirito Santo*. Na Capela Interior do Colégio da Baía, 1688).

2. *Informação da entrada que se pode fazer da Vila de S. Paulo ao Grande Rio Pará, que é o verdadeiro Maranhão, chamado tambem Rio das Almazonas, cuja barra está na costa do mar de Pernambuco contra as Antilhas 340 leguas e da Bahia do Salvador 440. Dada por Pero Domingues um dos trinta Portugueses que da dita Vila o foram descobrir no ano de 1613. Conformam com ele os mais companheiros que hoje vivem.* (*Bras.8*, 152-153). Publ. em S. L., *Páginas de História do Brasil*, 103-110, com o título de *Uma grande bandeira paulista ignorada* e breve introdução.

3. *Relação dada pelo mesmo [Pero Domingues] sobre a viagem que de São Paulo fez ao Rio de S. Francisco, chamado também Pará.* (*Bras.8*, 153). Em S. L., *Páginas*, 113-116.

A. *Carta ao P. Geral*, [da Baía?], 20 de Setembro de 1592. (*Bras.15*, 399-402). — Informação sobre o P. António Dias e seus amigos incluindo Luiz da Fonseca. *Esp.*

B. *Carta ao P. Geral*, da Baía, 27 de Fevereiro de 1600. (*Bras.3(1)*, 187-188v). — Sobre a sua estada em Boipeba e volta para a Baía, etc. *Port.*

A. S. I. R., *Bras.5*, 85v, 133v; — *Lus.3*, 174; — *Hist. Soc.43*, 68; — Southwell, 65; — Sommervogel, I, 507; — B. Machado, I, 203, onde cita *Magn. Bibl. Ecclesiastica*, p. 539, col. 2; — Inocêncio, I, 87; VII, 80; — Vale Cabral, *Bibliographia*, 160-161; — P. Bernard, *Antonio de Araujo* (não *Aranjo*), *Dict. d'Hist. et de Géogr. Eccl.*, III (Paris 1924) 1429-1430; — S. L., *História*, II, 560; — Airosa, *Apontamentos*, 31-34.

ARAÚJO, Domingos de. *Professor e Cronista.* Nasceu a 22 de Abril de 1672 em Arcos de Valdevez. Entrou na Companhia a 16 de Abril de 1689 com 17 anos de idade. Embarcou para o Brasil em 1691, onde completou os estudos e pregou pelos sertões. Fez a profissão solene na Baía em 1708 e passou algum tempo depois ao Maranhão e Pará. Ensinou Humanidades, Filosofia e Teologia e foi Missionário nos Bocas e Mortigura e Consultor da Missão. Como Professor mereceu do Padre Geral o título de "benemérito". Tido pelos seus contemporâneos "por homem muito douto". Faleceu a 13 de Junho de 1734, no Pará.

A. *Chronica da Companhia de Jesus da Missão do Maranhão.* (Bibl. de Évora, cód. CXV/2-11, f. 209; são 69 ff.). Rivara (I,32-34) publica o índice dos Capítulos.

B. *Licença para que saia das Aldeias de Repartição uma ama de leite, que se pede.* Colégio de S. Alexandre do Pará, 2 de Abril de 1718. (B. N. de Lisboa, fg. 4517, f. 1). Autógrafo. *Port.*

C. *Conclusiones Theologicae pro Iust. et Iure in* $2.^m$ $2.^{ae}$ *D. Thomæ. Præside R. P. ac Sap. M. Dominico de Araujo Societ. Iesu. Propugnat: P. Salvator de Oliveira ei. Soc.* (Bibl. de Évora, Cód. CXVIII/1-1, f. 155-156v). *Lat.*

Conservam-se diversas respostas do P. Geral a cartas do P. Domingos de Araújo. (*Bras.25*). Mas as suas não constam dos códices brasileiros do A. S. I. R.

Em *Hist. Soc.52*, 60, dá-se a data da morte em 1733, que reproduzem Sommervogel e Streit; também o Cat. de 1732 (*Bras.27*, 62) traz o nascimento em 1682, reproduzido em S. L.

Livro dos Óbitos, 15; — Sommervogel, VIII, 1683; — Streit, III, 447; — S. L., *História*, IV, 320.

ARAÚJO, Lourenço de. *Poeta.* Nasceu a 10 de Maio de 1676, na Baía. Entrou na Companhia a 16 de Abril de 1690. Depois do Curso de Humanidades, ensinou esta disciplina em S. Paulo. E seguiu todos os estudos até o exame *ad gradum*, que fez com louvor; não se ordenou de Sacerdote por ter caido paralítico, à volta de S. Paulo, e assim ficou dezenas de anos até à morte. Era consultado por mestres e discípulos como grande letrado e poeta. Poeta e director de Poetas. Considerado o "Brasiliensium Musarum Restaurator", diz a Ânua de 15 de Abril de 1745. Ignoramos o paradeiro dos seus *manuscritos* em prosa e verso. Faleceu a 8 de Abril de 1745 na Baía.

1. *Carmen epicum in honorem S. Ignatii.* Ou seja: *In Vitam D. Ignatii de Loyola Societatis Jesu Conditoris, à R. P. Francisco de Mattos ex eadem Societate nuper elucubratam consecratamque Illustrissimo, ac Reverendissimo D. D. Sebastiano Monteyro à Vite, Metropolitanæ Sædis in Brasilia dignissimo Archipræsuli.*

O poema vem precedido de duas dedicatórias em prosa latina, uma ao P. Francisco de Matos, outra ao Arcebispo D. Sebastião Monteiro da Vide, e tudo a abrir a *Vida Chronologica de S. Ignacio de Loyola*, do P. Francisco de Matos (Lisboa 1718). O poema consta de 344 hexâmetros e nele, além de S. Inácio, se louvam aquelas personalidades. — Ver *Matos* (Francisco de).

2. *Carmen epicum in laudem Sebastiani Monteiro da Vide Archiepiscopi Bahiensis.*

Dá-se como distinto do anterior: "Edidit carmen epycum in honorem S. Ignatii Parentis N.; item aliud in laudem memorati supra Sebastiani Monteiro da Vide". (S. L.).

A. S. I. R., *Bras.*6, 271, 377; — *Bras.*10(2), 419 (Ânua de 1745); — S. L., *História*, I, 535.

ARAÚJO, Manuel de. *Missionário.* Nasceu em 1590 em Viana do Minho. Entrou na Companhia na Baía em 1608. Aprendeu a língua tupi, na Aldeia da Escada (Pernambuco), onde estava com o P. Luiz Figueira em 1619. Voltou à Baía, onde em 1621 era Mestre de Humanidades. E em 1631, à data da Invasão holandesa, residia, já Padre, no Colégio de Olinda. Deixou de pertencer à Companhia em 1639.

1. *Estratto di alcvne cose scritte dal Brasile nell anno MDCXXI.* Em *Lettere annue d'Etiopia, Brazil e Goa. Dall'anno 1620 fin'al 1624* (Roma 1627) 119-136; — em *Histoire de ce qui s'est passé en Ethiopie, Malabar, Brasil et les Indes Orientales, tirée des lettres escrites es années 1620 jusques à 1624* (Paris 1628) 149-170.

A Carta do Brasil é datada da Baía, último de Dezembro de 1621 por ordem do P. Reitor Fernão Cardim, e traz o nome de Miguel de Araújo (Michele Daraijo). Mas este Miguel de Araújo em vão se buscaria nos *Índices dos Nomes*, dos Tomos publicadas da *História da Companhia de Jesus no Brasil*, onde não aparece, nem consta de "Catálogos dos Padres e Irmãos deste Collegio da Bahia e suas residencias: anno de 1621". Lemos sim nele, como professor da 2.ª classe de Latim: "Ir. M.el d'Araujo, mestre, lingua, theologo" (*Bras.*5, 123v). Talvez o tradutor romano desdobrasse a abreviatura M.el em *Miguel* em vez de *Manuel*, que é realmente o nome do Mestre de Latim do Colégio da Baía, em 1621, com Fernão Cardim como Reitor. Barbosa Machado, e depois dele todos os mais bibliógrafos, têm o nome de Miguel de Araujo, de Lama Longa (Bispado de Miranda), entrado na Companhia em Coimbra em 1598, com notas individuantes e de naturalidade diferentes das de Manuel de Araújo. Supomos que ao organizar-se no século XVIII o Catálogo dos Escritores da Companhia, utilizado pela *Biblioteca Lusitana*, vendo-se a carta, traduzida em Roma, com o nome de Miguel de Araujo e existindo no Cartório de Coimbra esse nome, se ligou um ao outro, sem mais averiguações se teria estado ou não no Brasil. Tal a explicação, que nos parece óbvia, deste aliás pouco importante problema.

A. S. I. R., *Bras.*5, 147v; — S. L., *História*, V, 344, 385.

ARIZZI, Conrado. *Missionário.* Nasceu em 1595 em Modica (?). ("Modicanus", parece dizer um Catálogo da Sicília.) Entrou na Companhia a 20 de Fevereiro de 1615. Chegou ao Brasil em 1622. O primeiro Catálogo, do Brasil, depois desta data, é o de 1631, onde já não consta o seu nome.

A. *Breve relatione della festa che s'ha fatto in q.ª città della Bahya nella canonizatione de' nostri P.ᵢ Ignazio et Francesco Xavier all' 25 di Nobre dell'anno 1622.* Datada da Baía, 2 de Janeiro de 1623. (*Bras.8*, 321-324v). *Ital.*

B. *Relazione del Brasile.*

Dão-nos notícia desta obra e do seu conteúdo, árvores, frutos, aves, animais, costumes dos Índios, etc., quatro censuras dos Padres Mário Pace, António Fazari, Stefano Turtureli, e Demétrio. A de Fazari é datada de "Messina, 30 Aprile 1631". Todos põem algum embargo à sua publicação: e algum sugere que se publique anónima, e se melhore o estilo. (Gesù, 668, f.8-11). *Ital.*

Convém saber que há uma *Descrizone del Brasile*, feita pelos anos de "600 e tantos", que em 1877 existia na Bibl. de S. Martinho, Nápoles, e de que tratou a Comissão de Pesquisas do Instituto Histórico Brasileiro, na sessão de 14 de Setembro de 1877. O nome do Autor não se podia ler "por estarem as letras quasi totalmente apagadas". Cf. *Revista do Inst. Hist. e Geogr. Brasileiro*, XL, 2.ª P. (1877)486. — Notícia para utilidade dos pesquisadores, sem intuito de identificação.

A. S. I. R., *Sicula 61*, 148v; — S. L., *História*, VI, 592.

ARMÍNIO, Leonardo. *Professor e Administrador.* Nasceu em 1545 na diocese de Nápoles. Entrou na Companhia em 1567. Embarcou de Lisboa para o Brasil em 1575. Mestre em Artes. Professor de Humanidades e Teologia. Superior da Missão do Tucumã (hoje na Argentina) e Vice-Reitor do Colégio de Pernambuco um ano, antes de 1598, e do Rio de Janeiro. Faleceu a 24 de Julho de 1605, em Pernambuco.

A. *Parecer sobre os casamentos dos Índios do Brasil.* (Bibl. de Évora, cód. CXVI/1-33, f. 133). Cf. S. L., *História*, I, 77; II, 294. *Lat.*

B. *Carta do P. Leonardo Armínio ao P. Geral Aquaviva,* da Baía, 24 de Agosto de 1593. (*Lus.72*, 124-125). — Informações sobre canaviais, Paraguai e diversos Padres. *Esp.*

A. S. I. R., *Bras.5*, 39; — *Hist. Soc.,43*, 65v; — S. L., *História*, I, 347-349; VI, 8.

ARNOLFINI, Marcos António. *Missionário do Pará.* Nasceu a 14 de Janeiro de 1687 em Luca de. Toscana. Entrou na Companhia em 12 de Novembro de 1705. Embarcou de Lisboa para o Maranhão em 1718. Missionário nas Aldeias e Fazendas do Pará e do Rio Tocantins. Faleceu na de Curuçá (Pará) a 31 de Julho de 1745.

1. *Dialogo da Doutrina Cristan pela Lingua Brazilica composto pelo M. R. P. Marcos Antonio.* Ms. do Museu Britânico, a que se referem Figanière e Trübner. Publ. por Ernesto Ferreira França, *Chrestomathia da Lingua Brazilica* (Leipzig 1859) 188-197.

Ver *Vidigal* (José), com explanação que toca a ambos.

A. *Carta ao P. Geral,* do Maranhão, 6 de Julho — 15 de Agosto de 1725. (*Bras.* 26, 237-237v). — Agradece a profissão; epidemias; trabalhos. *Lat.*

Ver *Mota* (Manuel da).

A. S. I. R., *Bras.* 27, 40; — *Livro dos Óbitos,* 31; — Airosa, *Apontamentos.*

ATKINS, Francisco. *Estudante e Confessor da Fé.* Nasceu a 26 de Outubro de 1733 em Bombaim. Passou da Índia a Londres na adolescência, e estudou Artes Liberais na Academia de Greenwich. Esteve na Inglaterra 7 anos. Elegeram-no os Directores da Companhia Oriental da Índia, "onde o seu pai era governador", para ir ocupar na Índia um cargo dessa Companhia, como os ingleses costumam. A nau arribou à Baía, onde conheceu um compatriota, Religioso da Companhia de Jesus; e, movido do seu trato e práticas, conheceu também a Fé Católica e abjurou na Capela interior do Colégio da Baía, na presença da Comunidade, a 10 de Agosto de 1749. O Capitão de mar e guerra da nau inglesa fez diligências para o reaver às mãos, e pediu soldados ao Conde das Galveias, Vice-Rei do Brasil, que lhos deu. Sendo infrutuosas as pesquisas, a nau levantou ferro para a Índia, e Francisco Atkins ficou na Baía. Todos o festejaram e o Vice-Rei o convidou à sua mesa e lhe ofereceu bom emprego e o animou a perseverar na sua resolução. Atkins não só quis ser católico, mas religioso, e entrou na Companhia de Jesus a 1 de Fevereiro de 1752. Ao sobrevir a perseguição, era estudante de Filosofia. Abrangido no decreto, que proscrevia os Religiosos estrangeiros, alegou a conversão, dez anos antes, e a sua residência no Brasil, o que lhe dava direito de cidadania portuguesa. Deportado da Baía para o Reino a 4 de Fevereiro de 1759, ficou recluso no Colégio de S. Antão, passando depois para os cárceres de Azeitão, e em 1769 para os de S. Julião da Barra (cárcere n.º 3), donde saiu com vida em 1777 ao restaurarem-se as liberdades cívicas. Ainda viveu um ano. Assim como na Baía resistira às solicitações da sua família para deixar a Fé Católica, e ir tomar posse da sua casa e dos seus bens, assim em Lisboa, nas agruras da perseguição, resistiu às injunções de civis e eclesiásticos para deixar a sua Religião, preferindo os cárceres. Confessor da Fé. Faleceu em Lisboa em 1778.

A. *Representação ao Conselho Ultramarino sobre a sua posição pessoal em face do decreto que manda ir para o Reino os Religiosos da Companhia de Jesus, estrangeiros*. Consultada no Conselho da Baía, a 30 de Janeiro e 30 de Julho de 1759 com os pareceres. (A. H. Col., *Baía*, Apensos, datas respectivas). Contém: Notícia da sua vida e uma defesa da Conversão à Fé Católica.

Como aproximação e possível parentesco: John Atkins, cirurgião inglês nascido em 1685 e falecido em 1757, esteve no Brasil e na Índia; e publicou uma *Relation of a voyage to Guinea, Brazil and the West Indies*.

A. S. I. R., *Bras.*6, 412; — Caeiro, 56; — *Arcis Sancti Juliani Ichnographia*.

AVELAR, Francisco de. *Professor, Administrador e Capelão militar.* Nasceu em 1607, na Ilha de Santa Maria, Açôres. Filho de António de Avelar e sua mulher D. Filipa de Resende, que o trouxeram menino para o Brasil. Entrou na Companhia na Baía, a 27 de Outubro de 1622, um ano antes do P. António Vieira com quem manteve afectuosa correspondência. Mestre em Artes. Professor de Humanidades e Teologia. Fez a profissão solene na Baía, a 26 de Maio de 1644, recebendo-a Manuel Fernandes. Dotado de qualidades de prudência e governo, ocupou todos os altos cargos da Província, Reitor dos Colégios da Baía, Olinda e Rio de Janeiro, Vice-Provincial e Provincial. Prestou bons serviços à Baía, durante o cerco dos Holandeses em 1638 e tomou parte activa, diuturna e importante, na Restauração de Pernambuco. Sabia admiràvelmente a língua brasílica. Faleceu na Baía, a 13 de Julho de 1693 em alta e veneranda velhice.

A. *Carta ao P. Geral Paulo Oliva*, do Rio de Janeiro, 30 de Novembro de 1662. (*Bras.*3(2). 14-15). — Começa o Reitorado do Rio. Informações. Amizade e favor de André Vidal de Negreiros, com quem foi a Angola angariar donativos para a restauração da Igreja do Colégio de Olinda. *Port.*

B. *Resposta a uma consulta do Governador, Ouvidor Geral e Câmara do Rio de Janeiro sobre o pagamento do dote da Senhora Rainha da Grã Bretanha se obriga ou não as pessoas privilegiadas*. Colégio do Rio de Janeiro, 14 de Setembro de 1663. (A. H. Col., *Rio de Janeiro*, Apensos, 14 de Setembro de 1663). Com outras consultas sobre o mesmo assunto. *Port.*

C. *Carta ao P. Natanael Southwell (Bacon)*, da Baía, 27 de Janeiro de 1669. (*Bras.*3(2), 79). — Agradece, como Provincial, em nome de toda a Província do Brasil, os benefícios prestados à mesma Província pelo P. Southwell, Secretário da Companhia [dispensado do cargo, no ano anterior, para se consagrar à sua grande obra, *Bibliotheca Scriptorum Societatis Iesu*]. *Lat.*

D. *Carta ao P. Geral Oliva*, da Baía, 29 de Junho de 1669. (*Bras.3(2)*, 80). — Inconvenientes em irem para Portugal como pregadores régios os Padres António de Sá e Eusébio de Matos. *Lat.*

E. *Carta ao P. Geral Oliva*, da Baía, 5 de Julho de 1669. (*Bras.3 (2)*, 81). — Manda a Roma o P. António Vieira para tratar da causa dos 40 Mártires do Brasil. Cf. S. L., *História*, IV, 62. *Lat.*

F. *Carta ao P. Geral Oliva*, de Pernambuco, 22 de Agosto de 1669. (*Bras.3(2)*, 87). — Dá conta da sua viagem a Pernambuco (Olinda e Recife). *Lat.*

G. *Carta ao P. Geral Oliva*, da Baía, 5 de Novembro de 1669. (*Bras.3(2)*, 100). — Explica as razões porque mandou o P. António Vieira a Roma, a pedido do mesmo Vieira, para se defender da Inquisição. — Extracto em Franc. Rodrigues, *História*, III-1, 471-472. *Lat.*

H. *Carta ao P. Geral Oliva*, do Rio de Janeiro, 9 de Maio de 1671. (*Bras.3 (2)*, 112). — Dá conta da sua visita a S. Paulo e ao Rio. *Lat.*

I. *Exposição ao P. Geral, da controvérsia dos 25.000 cruzados entre o Colégio da Baía e o de S. Antão.* Colégio da Baía, 4 de Agosto de 1671. (*Bras.11(2)*, 309-311). — Além do Provincial Francisco de Avelar, assina o Secretário da Província P. Domingos Barbosa. *Lat.*

J. *Carta ao P. Geral Oliva*, da Baía, 13 de Dezembro de 1671. (*Bras.3(2)*, 119). — Agradece os obséquios recebidos. *Lat.*

Carta de desabafo espiritual e íntimo do P. António Vieira ao P. Francisco de Avelar, do Maranhão, 28 de Fevereiro de 1658. (*Cartas de Vieira*, III, 713).

A. S. I. R., *Bras.5(2)*, 152; — *Lus.6*, 78; — S. L., *História*, V, 393ss.

AVOGADRI, Aquiles Maria. *Missionário da Amazónia.* Nasceu a 8 de Setembro de 1694, em Novara. Entrou na Companhia a 1 de Outubro de 1711. No ano de 1726 embarcou em Lisboa para as Missões do Maranhão e Grão Pará. A sua folha de serviços em 1751 era: Professor de Humanidades, 5 anos; Missionário, 10; Examinador das tropas de resgate no sertão, 13. Andou sobretudo no Rio Negro; e também no Rio Branco. Missionário de Mortigura de 1752 a 1757; neste ano passou para o Colégio do Pará e daí para o do Maranhão, como operário e prefeito das coisas espirituais. Faleceu no Maranhão a 4 de Fevereiro de 1758.

1. *Registos de Índios do Rio Negro.* Neste Rio Negro, Arrayal de N.ª S.ª do Carmo e S. Ana, hoje 20 de Junho de 1738. Publ. por João Francisco Lisboa, *Obras,* II (Lisboa 1901) 608. *Port.*

A. *Carta ao P. Geral,* do Pará, 3 de Setembro de 1726. (*Bras.26,* 243). — Agradece ter-lhe concedido ir para a Missão, à qual acabava de chegar. *Ital.*

Matias Rodrigues, *Succinta relazione della vita del P. Achille Maria Avogadri.* Novara, presso Francesco Cavalli. Datada de Roma (Casa de Sora), 23 de Julho de 1762.

A. S. I. R., *Bras.27,* 164; — S. L., *História,* III, 380, 388.

AZEVEDO, B. Inácio de. *Visitador do Brasil e Mártir.* Nasceu cerca de 1527 nos arredores do Porto. Filho de D. Manuel de Azevedo (Azevedos de S. João de Rei) e D. Francisca de Abreu. Um irmão seu, D. João de Azevedo, foi Governador de Moçambique; outro, D. Jerónimo de Azevedo, Vice-Rei da Índia e conquistador de Ceilão. Inácio, pagem de Corte, entrou na Companhia a 28 de Dezembro de 1548. Reitor de Lisboa e Braga e Vice-Provincial de Portugal com outros cargos, que ele próprio enumera na sua *Nota autobiográfica,* redigida por volta de 1561. Nomeado Visitador do Brasil, chegou à Baía a 23 de Agosto de 1566. Assistiu à conquista do Rio de Janeiro e determinou que o Colégio de S. Vicente se mudasse para a nova cidade. Concluída a visita, em 1568 foi eleito Procurador a Roma. Voltava ao Brasil à frente de uma grande expedição de Missionários, professores, pintores e oficiais mecânicos, quando no dia 15 de Julho de 1570 os atacaram e mataram os corsários calvinistas franceses, no mar das Canárias, entre Terça Corte e Las Palmas. A primeira solenidade em honra dos Mártires realizou-se na Baía em 1574, dando-se-lhes pela primeira vez o título de *Padroeiros do Brasil.* O B. Inácio de Azevedo e Companheiros Mártires ou os *40 Mártires do Brasil,* como ficaram conhecidos, foram beatificados a 11 de Maio de 1854.

1. *Carta do P. Inácio de Azevedo ao P. Geral Inácio de Loiola,* de Lisboa, 8 de Maio de 1554. *Cartas de San Ignacio,* IV (Matriti 1887) 510-518.

2. *Carta a S. Inácio*, de Lisboa, 1 de Setembro de 1555. M. H. S. I., *Litteræ Quadrimestres*, III(Matriti 1896)608-612.

3. *Carta a S. Inácio*, de Lisboa, 31 de Dezembro de 1555. *Cartas de San Ignacio*, VI(Matriti 1889)552-559.

4. *Carta a S. Inácio*, de Lisboa, Maio de 1556. M. H. S. I., *Litteræ Quadrimestres*, IV(Matriti 1897)351-362.

5. *Carta ao P. Geral Diogo Laines*, de Lisboa, 29 de Setembro de 1558. M. H. S. I., *Laines*, III(Matriti 1913) 577-578.

6. *Carta a S. Francisco de Borja*, da Baía, 19 de Novembro de 1566. M. H. S. I., *Borgia*, IV(Matriti 1910)341-345.

7. *Carta a S. Francisco de Borja*, do Rio de Janeiro, 20 de Fevereiro de 1567. *Ib.*, IV, 411-413.

Datada do Rio de Janeiro, no próprio dia em que faleceu Estácio de Sá, o fundador da Cidade.

8. *Carta a S. Francisco de Borja*, de Porto Seguro, 15 de Março de 1568. *Ib.*, IV, 591-592.

9. *Carta a S. Francisco de Borja*, [de Lisboa ?, 1569]. *Ib.*, V, 27.

10. *Carta a S. Francisco de Borja*, [de Almeirim ?], 11 de Março de 1569. *Ib.*,V(Matriti 1911)30. Ver nota, *ib.*, p. 27.

11. *Carta a S. Francisco de Borja*, de Almeirim, 22 de Março de 1569. *Ib.*, V, 62.

12. *Carta a S. Francisco de Borja*, de Valência, 28 de Agosto de 1569. *Ib.*, V, 155-156.

13. *Carta ao P. Secretário Dionísio Vasques*, de Valência, 28 de Agosto de 1569. *Ib.*, V, 155n.

14. *Carta a S. Francisco de Borja*, de Almeirim, 3 de Outubro de 1569. *Ib.*, V, 187-189.

15. *Carta a S. Francisco de Borja*, de Coimbra, 7 de Outubro de 1569. *Ib.*, V, 191-192.

16. *Carta ao P. João Polanco*, de Coimbra, 8 de Outubro de 1569. M. H. S. I., *Polanco: Complem.*, II(Matriti 1917)64-66.

17. *Carta a S. Francisco de Borja*, de Coimbra, 8 de Outubro de 1569. M. H. S. I., *Borgia*, V, 194.

18. *Carta a S. Francisco de Borja*, do Porto, 8 de Novembro de 1569. *Ib.*, V, 236.

19. *Carta a S. Francisco de Borja*, de Évora, 16 de Março de 1570. *Ib.*, V, 319-322.

20. *Carta a S. Francisco de Borja*, de Belém (Lisboa, já a bordo), 2 de Junho de 1570 *Ib.*, V, 409-410; e em S. L., *História*, II, 252.

Todas estas cartas impressas são em espanhol.

21. *Catalogo dos que foram este año para o Brasil*, Anno 1570. Publ. por S. L., *História*, II, 256-257 (fotogravura).

A. *Fórmula dos votos simples:* "Olysipone In Oratorio Collegii Sancti Antonij quinto Non. Octob. anno 1553, *Dominus Ignatius*". (*Epp. NN.103*, f. 3). *Lat.* — A seguir: *promessa* de guardar as Constituições, de aceitar qualquer grau na Companhia, etc. (f. 4). *Port.*

B. *Carta q̃ o P.ᵉ Ignacio de Azevedo sendo Vice-provincial desta provincia escreveo de Lisboa ao P.ᵉ Jorge Rijo Vice Reitor deste Collegio de Coimbra*, a 21 de Março de 1558. (Bibl. de Évora, *Cartas da Europa*, tomo I, cód. CVIII/2-1, f. 346-347v). — Sobre a Missão de Angola, empresa a que se mostra favorável: "hum reino que se quer fazer christão que chamão Angola terra de pretos". *Port.*

C. *Cópia de uma ao P. Torres sobre a fundação do Colégio de S. Paulo de Braga*, Braga, 28 de Outubro de 1560. (*Epp. NN.103*, 118-118v). *Port.*

D. *Outra a Francisco Henriques*, de Braga, 7 de Novembro de 1560. (*Ib.*, 118v-119). *Port.*

Há duas cartas, de Braga, 1 de Janeiro e 1 de Maio de 1562, escritas por "Castro", por comissão de D. Inácio. (*Ib.*, 62-63, 64-65). *Esp.*

E. *Carta ao P. Nadal*, de Braga, 2 de Janeiro de 1562. (*Ib.*, 66-66v). *Esp.*

F. *Outra ao mesmo*, de Braga, 26 de Agosto de 1564. (*Ib.*, 71). *Esp.*

G. *Carta ao P. Diogo Mirão*, de Évora, 18 de Dezembro de 1569. (*Ib.*, 100-100v). Assuntos do Brasil, Inquisição, etc. *Esp.*

H. *Nota autobiográfica.* (*Epp. NN.103*, 2-2v). Excerptos em Franc. Rodrigues, *História*, I-1, 476-477; — S. L., *História*, II, 245-246. *Esp.*

I. *Primeira Visita do Brasil, do P. Inácio de Azevedo* [1566-1568] (*Bras.2*, 136v-138v). *Port.*

D. António de Macedo Costa, Bispo do Pará, atribuiu em 1870, ao P. Inácio de Azevedo, a famosa *Cartilha do Mestre Inácio,* "que les peuples qui parlent la langue portugaise dans les deux hémisphères connaissent", segundo a tradução do *Univers* (15 de Junho de 1870). Fundado nisto atribuiu-a Sommervogel a Inácio de *Azevedo,* mas na realidade é do P. Mestre Inácio *Martins,* como nota Rivière.

Informatio pro Venerabili Servo Dei Ignatio Azebedo Societatis Jesv, Et Socijs ejus in odium Fidei ab Hæreticis interfectis, Excerpta e varijs Auctoribus, qui de illorum nece scripserunt & Sacræ Rituum Congregationi Exhibita. A P. Josepho Fotio Soc. Jesu in Causa Canonizationis Procuratore. Romae, Ex Typographia Varesiana M DC LXIV. Svperiorvm Permissv. 4.°, 1-55-8-31-3 pp. *Appendix Avthorvm Qui de Nece Venerabilis Serui Dei Ignatij Azebedij, & Sociorum scripserunt.* Romae, Ex Typographia Varesij. M DC LXVIII. Svperiorvm Permissv (31-3).

Congregatione Sacrorum Rituum Sive Eminentissimo, ac Reverendissimo D. Card. Rospigliosio Brasilieñ. Canonizationis, seù declarationis Martyrii servorum Dei Ignatii Azevedo, Societatis Iesu, et Sociorum. Positio super dubio. An constet de validitate processuum in Urbe an. 1641 et 1666 peractorum, et testes in iis sint rite et rectè examinati, In casu, etc. — Romae, ex Typographia Reverendae Camerae Apostolicae, 1669. Fol., 13 pp.

Congregatione Sacrorum Rituum Sive Eminentissimo, ac Reverendissimo D. Card. Rospigliosio Brasilien. Beatificationis, et Canonizationis, seù declarationis Martyrii servorum Dei Ignatii de Azevedo, et Sociorum Societatis Jesu in odium fidei interemptorum. Positio super dubio. An constet de martyrio, et causa martyrii servorum Dei Ignatii de Azevedo, et quadraginta Sociorum e Societate Jesu in casu, et ad effectum de quo agitur, etc. Romae, Ex Typographia Reverendae Camerae Apostolicae 1670. Fol. 18 pp.

Brasilien. Canonizationis seu Declarationis martyrii Servorum Dei Ignatii Azevedi, et XXXIX Sociorum martyrum Societatis Jesu. Animadversiones Illustrissimi Domini Fidei promotoris super dubio. An constet de martyrio, et causa martyrii in casu, etc. Fol. 28 pp. — s. l., s. a. (Romae 1671). (a): Prosper de Lambertinis sacri consistorii advocatus, et Fidei promotor.

Novæ animadversiones R. P. Fidei Promotoris. Super dubio, An constet de martyrio et causa martyrii, nec non de signis, seù miraculis in casu, etc. Fl. 9 pp. s. l., s. a. (Romae 1671). (a): ut supra.

Brasilien. Canonizationis seu Declarationis martyrii Servorum Dei Ignatii Azevedi, et XXXIX Sociorum Martyrum Societatis Jesu. Summarium præsentis responsionis. Fol. 76 pp. s. l., s. a. (Romae 1671). (a): Virgilius Ceparius; Revisa Ioannes Prunettus Subpromotor Fidei.

Compendiaria Collectio summarii exhibit Sac. Congreg. Rituum anno 1670. In causa Venerabilis Dei Ignatii Azevedi, et triginta novem Sociorum e Societate Jesu. Ubi Factum, Probationes, Oppositiones, Responsiones, Miracula, et nomina Sociorum, habentur. A Claudio Bouillaud causae procuratore in lucem edita Romae, Ex Typographia Reverendae Camerae Apostolicae, 1671. Fol. 24 pp.

Brasilien. Canonizationis, seu Declarationis martyrii Servorum Dei Ignatii Azevedo, et triginta novem Societatis Jesu Summarium. Fol. 19-8 pp., s. l., s. a. (Romae 1671). (a): Claudius Bouillaud; Revisa Michael Angelus Lapius Subpromotor Fidei.

Brasilien. Canonizationis, seu Declarationis martyrii Ven. Servi Dei Ignatii Azevedi, et aliorum Sociorum è Societate Jesu. Responsio ad oppositiones R. P. D. Fidei Promotoris. Super Dubio. An constet de martyrio et causa martyrii servorum Dei Ignatii de Azevedo et Sociorum è Societate Jesu in casu, etc. Fol. 18 pp., s. l., s. a. (Romae 1691). (a): ut supra.

Congregatione Sacrorum Rituvm siue Eminentissimo, ac Reuerendissimo D. Card. Rospigliosio Brasilieñ. Canonizationis, siue Declarationis Martyrii Seruorum Dei Ignatij Azeuedi, & Triginta octo Sociorum è Societate Iesu & Alterius Adaucti. In odium Fidei interemptorum. Positio Svper Dvbio. An constet de Martyrio, & causa Martyrij, Et an, & de quibus Miraculis, seu Signis supernaturalibus In casu, & ad effectum de quo agitur. Romae, Ex Typographia Reuerendae Camerae Apostolicae. M.DC.LXXI. Svperiorvm Permissv. Fol.

Brasilien. Canonizationis, seu Declarationis Martyrii Servorum Dei Ignatii Azevedi, et triginta novem Sociorum Martyrum Societatis Jesu super dubio: An constet de martyrio, et causa martyrii in casu &c. Summarium decerptum in totum e duobus summariis impressis de anno 1670 et anno 1671 nunc coordinatum pro faciliori studio. Fol. 202 pp., 8 pp. s. l., s. a. (a): Joannes Zuccherinius, subpromotor Fidei.

Brasilien. Canonizationis, seù Declarationis Martyrii Servorum Dei Ignatii Azevedi, et triginta novem Sociorum Martyrum Societatis Jesu. Summarium additionale super eodem martyrio in casu, etc. Fol. 56. (a): ut supra.

Brasilien. Canonizationis, seù Declarationis Martyrii Servorum Dei Ignatii Azevedi et triginta novem Sociorum Martyrum Societatis Jesu. Summarium responsionum ad animadversiones R. P. D. Promotoris super Dubio: An constet de martyrio, et causa martyrii in casu, etc. Fol. 10 pp. (a): ut supra.

Brasilien. Canonizationis, seù Declarationis Martyrii Ven. Servorum Dei Ignatii Azevedi et XXXIX Sociorum Martyrum Societate Jesu. Responsio ad novas animadversiones R. P. Fidei Promotoris super dubio: An constet de martyrio, et causa martyrii in casu, et ad affectum, etc. Fol. 56 pp. (a): Joseph Luna; Joa. Prunettus subpromotor Fidei.

Brasilien. Beatificationis, et Canonizationis Ven. Servorum Dei Ignatii Azevedi et XXXIX Sociorum Martyrum Societatis Jesu. Responsio ad difficultatem ab uno Reverendissimo Consultore excitatam in causam martyrii prædictorum Ven. Servorum Dei Ignatii Azevedi et XXXIX. Sociorum. Fol. 19 pp. s. l., s. a. (a): Joseph Luna; Jo. Prunettus subpromotor Fidei.

Brasilien. Canonizationis, seù Declarationis martyrii Servorum Dei Ignatii Azevedi, et triginta novem sociorum Martyrum Societatis Iesu super dubio: An constet de martyrio, et causa martyrii in casu &c. Summarium Decerptum in totum è duobus summariis impressis de anno 1670 et anno 1671: nunc coordinatum pro faciliori studio. Fol. 198. s. l., s. a.

Sac. Rituum Congregatione Eminentiss., et Reverendiss. D. Card. Otthobono Brasilien. Canonizationis, seù Declarationis martyrii Servorum Dei Ignatii Azevedi, et XXXIX Sociorum Martyrum Societatis Jesu. Positio super dubio: An constet de martyrio, et causa martyrii in casu, et ad effectum, de quo agitur. Romæ, Typis Reverendæ Cameræ Apostolicæ. Fol. XII pp., 107 pp. (a): Thomas Montecatinius, Felix de Grandis; Io. Zuccherinius subpromotor Fidei.

Brasilien. Canonizationis, seù Declarationis Martyrii servorum Dei Ignatii Azevedi, et XXXIX Sociorum Martyrum Societatis Jesu responsiones facti et juris ad animadversiones Reverendissimi Fidei promotoris super dubio: An constet de martyrio, et causa martyrii. Fol. 85 pp.

Brasilien. Canonizationis seù Declarationis Martyrii Servorum Dei Ignatii de Azevedi, et quadraginta Sociorum è Societate Jesu. De fide historiarum. Fol. 16 pp. s. l., s. a. (Romæ).

Brasilien. Canonizationis seù Declarationis Martyrii Ven. Servorum Dei Ignatii Azevedij et 39 Sociorum Soc. Jesu. Responsio ad novas animadversiones R. P. Fidei Promotoris Super dubio: An constet de Martyrio, et causa Martyrii in casu et ad effectum. Romæ, ex Typographia Reverendæ Cameræ Apostolicæ, 1742. Fol.

Sacra Rituum Congregatione Emo. et Rmo. Dño Card. Alexandro Albano Brasilien. Canonizationis, seu Declarationis Martyrii Ven. Servorum Dei Ignatii, Azevedi et XXXIX. Sociorum Martyrum Societatis Jesu. Responsio ad novas animadversiones R. P. Fidei Promotoris. Super Dubio: An constet de martyrio, et causa martyrii in casu, et ad effectum. Romæ, Ex Typographia Reverendæ Camerae Apostolicae, 1742. Fol.

Decretum Benedicti Papæ XIV. Brasilien. Beatificationis, et Canonizationis seu Declarationis Martyrii Venerabilium Servorum Dei Ignatii de Azevedo, et aliorum triginta novem e Societate Jesu (Die 21 Sept. 1742). Romae, Ex Typographiae Camerae Apostolicae, 1742. Fol. 1 f. (a): F. J. A. Cardinalis Guadagni Pro-Praefectus.

Sacra Rituum Congregatione Emo ac Rmo Domino Card. Lambruschini relatore, Brasilien. redintegrationis cultus Ven. Servorum Dei Ignatii de Azevedo et XXXIX. Sociorum Martyrum e Societate Jesu. Positio de casu excepto. Instante R. P. Josepho Boero causae Postulatore. Romae, 1852, Ex Typographia Josephi Brancadoro. Fol. 38 pp.

Beati Ignatii Azebedi et sociorum martyrum cultus redintegratio. Romae, die 11 maii 1854; — *Institutum Societatis Iesu*, I (Florentiae 1892) 390-392.

Processos do Porto e Coimbra (1628). Originais em Roma, Arch. della Postulazione S. I., n.º 31.

Cartas do P. Procurador em Lisboa em que trata também da causa dos Mártires do Brasil de 1668 a 1669. Ver Pimenta (João).

In Causam Brasiliensi Quadraginta Martyrum. Gesù, n.º 496, f. 713-714. — Começa a exposição dos factos a datar de 1671. *Ital.*

Carta do P. Francisco de Villes ao P. Geral Oliva, de Lisboa, 3 de Outubro de 1672. (*Bras.*3(2), 121-122). — Cumpriu a comissão de entregar à Rainha a carta do P. Geral para ela patrocinar a causa dos 40 Mártires, o que ela aceitou com muito gosto. *Lat.*

Carta de D. Fr. Bartholomeu dos Martires ao P. Ignacio de Azevedo, Reitor de Braga, de 10 de Fevereiro de 1562. Em *O Instituto*, XLII (Coimbra 1895) 486-489.

Carta do Arcebispo Primaz D. Fr. Bartolomeu dos Mártires ao Papa Pio V, de Braga, 24 de Março de 1569, recomendando o P. Inácio de Azevedo. Em Simão de Vasconcelos, *Chronica*, IV, n.º 3, com a data de 4 de Março. No *Processo*, de Coimbra, n.º 31, f. 30v, com a de 24 de Março. (Cf. Manuel G. da Costa, *Inácio de Azevedo*, 338).

Carta de El-Rei D. Sebastião ao Papa Pio V, de Almeirim, 26 de Março de 1569, recomendando o P. Inácio de Azevedo. (Arch. Vaticano, Lettere dei Principi, n.º 31, f. 296). Publ. por S. L., *História*, II, 248-249.

Carta do P. Pedro Dias ao Provincial de Portugal, da Ilha da Madeira, 17 de Agosto de 1570. (*Bras.15*, 191-193v). Trad. e publ. em latim em *Nuovi Avisi* (Roma 1570) 42b-45a, e logo reeditada e retraduzida noutras línguas. (Tradução não rigorosa). Publicado o original pela 1.ª vez, na íntegra, com notas, por S. L., *Ditoso sucesso do Padre Inácio de Azevedo, Provincial do Brasil e dos que iam em sua companhia*. (Carta inédita do P. Pero Dias, da Ilha da Madeira, 17 de Agosto de 1570), na "Brotéria", XLIII (Lisboa 1946)193-200.
— É a primeira "Relação" do martírio. Para as edições e traduções que teve, cf. *Dias, Pedro* (1).

Carta do Ir. Miguel Aragonês sobre a morte do P. Inácio de Azevedo Provincial do Brasil e seus companheiros, da Ilha da Madeira, 19 de Agosto de 1570. — Ver supra, *Aragonês (Miguel)*.

Relaçam da gloriosa morte do P. Inacio de Azeuedo da Companhia de Jesu e seus companheyros que foram mortos polos hereges no Anno de 1570 indo pera o Brasil [pelo P. Maurício Serpe]. (Bibl. do Porto, ms. 554, "*Memorial de várias cartas e cousas de edificação dos da Companhia de Jesus*"). Códice publicado todo, com este mesmo título, e um prefácio por Joaquim Costa director da Biblioteca. Reconstituição do texto e nota preliminar de José Pinto, 1.º Bibliotecário, 1942, Emp. Ind. Gráfica do Porto Maranus. 8.º — A *Relaçam*, pp. 179-267.

Historia dos Padres e Irmãos que morrerão hindo pera o Brazil por mãos de Franceses hereges anno 1570. Aos 15 de Julho [por Maurício Serpe]. (Bibl. da Ajuda, cód. 49-VI-9, f. 130-152). Publ. por Eduardo Brasão, em *Brasilia*, II (Coimbra 1943)535-576.

A *Relaçam* consta de 41 Capítulos (narrativa completa); a *Historia* de 21: é a 2.ª parte da *Relaçam* (só o martírio). Destas relações há outras cópias, com variantes, em diversos Arquivos, de que demos notícia em *História*, II (1938)266; e também Franc. Rodrigues, *História*, II-2 (1938)488. Andam sem nome de Autor, e ainda sem ele foram publicadas. O Autor consta de Barbosa Machado, *Bibl. Lus.*, III, 448. E cita-o já Simão de Vasconcelos, *Chronica*, Livro IV, § 66 (Lisboa 1663), ao dar notícia dos historiadores que antes dele escreveram sobre Inácio de Azevedo: Ribadeneira, Orlandino, Sacchino, Luiz Gusmão, Pedro du Jarric, Fr. Luiz de Sousa, André Escoto, Francisco Bêncio, Nieremberg, Bartolomeu Guerreiro e Baltasar Teles. Conclui: "E o P. Mauricio [Serpe] da nossa Companhia, que por relação do Irmão Sanches, que escapou, e outras pessoas fidedignas, escreveo miudamente esta historia em hum livro manuscrito, fundamento principal, donde se tirou o que trazem os demais autores".

— A estes autores, que trataram de Azevedo em obras de conjunto, se deve acrescentar, depois, Franco, *Imagem de Coimbra*, e *Imagem de Évora*, donde se tiraram e reeditaram em 1890 a *Vida* e o *Compêndio*, que mais adiante se declaram; vida que o mesmo Autor resume no seu *Ano Santo*, dia 15 de Julho.

Testemunho do P. Inácio Martins sobre o P. Inácio de Azevedo. Franco, *Imagem de Coimbra*, II, 64-65.

Testemunho do P. Inácio Tolosa sobre o mesmo, ib., 69-70.

De Vita Et Morte P. Ignatii Azevedii Et Sociorum Eivs E Societate Jesv. Libri Qvatvor Autore Petro Possino Eiusdem Societatis. Romæ, Ex Typographia Varesij: M DC LXXIX. Superiorvm Permissv. 4.º, VI-611 pp.

Narrazione Della Vita Del Venerabile P. Ignazio D'Azzebedo, E della Morte del medesimo, e di Trentanove altri della Compagnia di Giesù, Uccisi da' Calvinisti mentre navigavano verso il Brasile. Data in Luce Dal P. Carlo Lucchesini Dell' istessa Compagnia. In Roma, Nella Stamperia, e Getteria di Giorgio Placho Intagliatore, e Gettatore di Caratteri alla Piazza della Chiesa di S. Marco M DCC II. Con Licenza De' Superiori. 8.º, X-232 pp.

Relazione Della Vita, e Martirio Del Venerabil Padre Ignazio De Azevedo Ucciso dagli Eretici con altri trentanove Della Compagnia Di Gesù, cavata da' Processi autentici formati per la loro Canonizzatione Dedicata Alla Sacra Real Maestà Di D. Giovanni V. Re Di Portogallo. In Roma, nella stamperia di Antonio de' Rossi. 1743. Con Licenza De' Superiori. 4.º, XIV-202 pp. A Dedicatória é assinada pelo P. António Cabral, Procurador em Roma; o autor porém é Júlio César Cordara, que já aparece com o nome expresso nas edições seguintes. Com uma estampa desdobrável do martírio, e esta subscrição: "Jacobus Cortese Burgundus Soc. Jesu invenit et pinxit. Antonius Birckhart delineavit et sculpsit. Romæ, Super. perm."; — in Roma ed Milano, 1743, Nella Stamperia di Pietro Francesco Malatesta, 12.º, X-128 pp.; — in Venezia, M DCC XLV. Presso Giovani Tavernin. All' Insegno della Providenza. Con Licenza de' Superiori. 8.º, IV-168 pp. — Roma Dalla Tipografia Di B. Morini. 1854. 8.º, 162 pp. Com uma estampa assinada: Roma pr.º Luigi Benzo incisore. (Editor: P. Boero); — Monza, Luigi Annoni, 1876, 16.º, 191 pp.

Relacion Del Martyrio De Los Cuarenta Martyres De La Compañia De Jesus. Vida Del Venerable Martyr P. Ignacio Acevedo, su Superior, martyrizado por los Hereges Calvinistas, en odio de la Santa Fé Catholica. Sacada de los processos originales hechos para su Beatificacion. Que diò a luz el P. Antonio Cabral en Idioma Italiano. Y nuevamente traducida por un Religioso de la misma Compañia. Con Licencia. En Madrid: En la Imprenta, y Libreria de Manuel Fernandez, en la Caba Baxa. Año de M. DCC. XLIV. 4.º, VI-247. — É a "Relazione" de Cordara.

La Vie Du Venerable Pere Ignace Azevedo. De La Compagnie De Jesus. L'Histoire de son martyr, & de celui de trente-neuf autres de la même Compagnie. Le tout tiré des Procés-verbaux dressés pour leur Canonisation Par le P. De Beauvais de la Compagnie de Jesus. Dédiée au Roi de Pologne. A Paris, Chez Hippolyte-Louis Guerin, rue S. Jacques, vis-à-vis les Mathurins, à S. Thomas d'Aquin. M.DCC.XLIV. Avec Approbation & Privilège du Roi. 12.º, XLVIII-300 pp.; — Bruxelles, L. de Wageneer, 1854, 12.º, XII-210 pp.

Breve Relacion de la vida y martyrio del V. P. Ignacio de Azevedo. Que murio à manos de los hereges con otros treinta, y nueve de la Compañia de Jesus. Sacada de varios Autores, particularmente de la que escriviò en lengua Toscana el Padre Julio César Cordara, de la misma Compañia. En Saçer, en la Emprenta de los RR. PP. Servitas, por Joseph Centolani, 1745. 8.º, V-138 pp.

Verhaal van de vertig martelaren uit de Societeit van Jesus, die op zee het Katholiek geloof met hun bloed bezegelden. Arnhem, Josué Witz, 1840, in-16.º

Della Vita e della Morte del B. Ignazio de Azevedo e di altri trentanove compagni Martiri della Compagnia di Gesù. Narrazione del P. Daniele Bartoli. Napoli, G. Nobile, 1854. 24.º, 71 pp. Tirado da *Historia de la Compagnia de Gesù.* Parte Prima (Roma 1653).

J. Boero S. I. — *Essai Historique sur les quarante Martyrs du Brésil de la Compagnie de Jésus par l'auteur des Notices sur les BB. P. P. Claver, J. de Britto et A. Bobola.* Avignon, Aubanel Frères, 1854. 12.º, 42 pp.

F. C. — *Martyre subi sur mer par 40 religieux de la Compagnie de Jésus* (Azevedo). Em *Précis Historique*, V (Bruxelles 1854) n.º 60, p. 349-358.

Les quarante martyrs de Palma S. J.: notice sur le B. Ignace d'Azevedo et ses trente-neuf compagnons, massacrés pour la foi le 15 juillet 1570. 1854, 32.º (Par Melle. de Guilhermy).

Kurze Lebensgeschichte der seligen Joh. de Britto, And. Bobola und Ignaz de Azevedo mit seinen neun und dreizig Gefärten, Martyrer, Strasbourg, 1854, 12.º

Felix Martin S. I. — *Les Quarante Martyrs de la Compagnie de Jésus, ou Notice sur le B. Ignace d'Azevedo et sur ses trente neuf compagnons.* Montréal, Louis Perrault. 1855, 8.º

Mathias Hochmayr S. I. — *Leben der seligen Martyrer Ignatius de Azevedo und seiner 39 Gefährten, aus der Gesellschaft Jesus. Nach dem Lateinischen des P. Possinus S. I.* Pressburg, 1855. Druck und Verlag von Aloys Schreiber. 12.º, 119 pp.

Der selige Ignaz von Azevedo und seine Gefährten, oder: Die vierzig Märtyrer aus der Gesellschaft Jesu. Nach dem Französischen des ehrwürdigen P. de Beauvais von A. Piscalar, Priester der selben Gesellschaft. Sigmaringen, Druck und Verlag von P. Liehnner. 1856. 8.º, IV-164 pp. No fim: Martyrertod des ehrw. P. Peter Diaz und seiner Gefährten. [p. 154-162].

Homélie prononcée [dans l'église du Jésus à Poitiers] dans la solennité de la béatification des B. B. Jean de Britto, André Bobola, Ignace Azevedo et ses compagnons, martyrs. Août 1854 — mai 1855. Oeuvres du Cardinal Pie, II, p. 255-265. Paris, Oudin, 1890. (Trois allocutions fondues en une).

Le B. Ignace d'Azevedo et ses Compagnons, Martyrs. Por Mgr. Paul Guérin, em "Les Petits Bollandistes. Vies des Saints", VIII (Paris s. a.) 345-349.

Vida e Martyrio do Beato Ignacio de Azevedo e seus bemaventurados Companheiros da Companhia de Jesus. Extrahida da "Imagem da Virtude em o Noviciado de Coimbra". Pelo P.e Antonio Franco da mesma Companhia. Com licença da Auctoridade ecclesiastica. Lisboa, Administração do "Novo Mensageiro", 1890. 12.º, VIII-144 pp.

No "Prologo do Editor" lê-se que além do que pertence ao II tomo da *Imagem da Virtude de Coimbra*, "nos valemos tambem, para a presente publicação, das noticias que vêm espalhadas pelos restantes volumes da mesma obra, em que o Author completa o que diz naquelle tomo".

Compendio da Vida e Martyrio do Beato Ignacio de Azevedo e de seus companheiros martyres, da Companhia de Jesus, extrahida da "Imagem da Virtude em o Noviciado de Evora", pelo P. Antonio Franco, da mesma Companhia. Lisboa, Administração do "Novo Mensageiro", 1890, 12.º, 48 pp.

Le Bienheureux Ignace d'Azevedo ou les Quarante Martyrs de Palma. Em *Les Saints de la Compagnie de Jésus.* Par Adolphe Archier. Nouvelle édition, revue et completée. Delhomme et Briguiet. Paris-Lyon. 1892. 8.º, 379 pp. — Inácio de Azevedo, de p. 147 a 165.

Os Bem - Aventurados quarenta mártires do Brasil. Em o *Ano Cristão* do P. Croiset. Na tradução e adaptação do P. Matos Soares, VII (Porto s. a.) 197-204.

Os 40 Martyres do Brasil e a "Obra das Vocações". S. Paulo, 1937, 12.º, 32 pp.

B. B. Ignacio de Azevedo y 39 Compañeros Mártires de Canarias. Em *Santos y Beatos de la Compañia de Jesús.* Biografías escritas en italiano por el P. Celestino Testore traducidas por el P. Antonio Fiorio. Madrid, 1943. 12.º, p. 97-112.

Inácio de Azevedo e a "Informação" de sua morte. Por Gonçalves da Costa, "Brotéria", XXXVIII(1944)169-171.

Inácio de Azevedo — O homem e o mártir da Civilização do Brasil (1526-1570). Por Manuel G. da Costa. Livraria Cruz, Braga, 1946. 8.º, 516 pp. Ilustrado.

Beatos Ignacio Acebedo y compañeros S. I. A pp. 35-74 de J. García Gutiérrez, *Hagiografía Americana. Santos y Beatos de América.* México (Buena Prensa) 1946, 8.º gr., 170 pp. Ilustr. Cf. A. I. S. I., XV. Jan.-Dez. 1946(ed. 1947)237.

La expedición misionera al Brasil martirizada em aguas de Canarias (1570). Por Antonio Roméu Armas. Em *Missionalia Hispánica*, Madrid, 1947, n.º 11.

Carta do P. João de Lucena para Coimbra, de Évora, 25 de Janeiro de 1570. (Bibl. de Évora, cód. CVIII/2-2, f. 265v).

Carta do P. João de Lucena para os mais da Província, do Colégio de Évora, 5 de Fevereiro de 1570. Por comissão do P. Maurício, Reitor. (Bibl. de Évora, CVIII/2-2, f. 267-268v). Cit. em S. L., *História*, II, 250, 263.

Acta del Cabildo de Las Palmas. (Las Palmas, Archivo de la Catedral. Actas del Cabildo. 15 de Julio de 1570).

— Na Acta de 31 de Julio, os mártires são 100: "todos sin dejar uno ni mas mataron y echaran vivos a la mar".

De los autos seguidos por el licenciado Ortis de Funes Inquisidor de estas Islas ante Juan de Vega secretario del Tribunal motivados por las correrías que hizo el Pirata francés Jacque Soria. (Archivo del Marqués de Acialcázar, Legajo 8 de suspensos 1570 n.º 5). Cf. S. L., *História*, II, 266.

Martyrio do Bemaventurado P.e Ignaçio de Azeuedo, e seus 40 comp.os martyrizados por Jacque Soria capitão herege de Arrochela porq̃ hiaõ publicar o Euangelho ao Brasil a 15 de Julho de 1570. Em "Noticia da Companhia" por António Leite. (Bibl. de Évora, Cód. CVII/2-9, p. 69ss).

Poema heroicum in quo celebratur Martyrium V. P. Ignatii de Azevedo et Sociorum. Pelo P. João de Madureira. (Sommervogel, V, 280).

Quiso Dios que diese vida. Poesia, que se lê nos cadernos de Anchieta, à memória do P. Inácio de Azevedo. (*Opp. NN.24*, f. 56v). Luiz Gonzaga Cabral diz por equívoco ser do punho de Anchieta, e transcreve uma estrofe em *Jesuitas no Brasil* (S. Paulo s. a.)172.

Historia de los Hermanos que murieron yendo para el Brasil el año de 1570. Unas 20 hojas in 4.º menor. (Madrid, Bibl. de la Acad. de Hist., *Jesuítas*, leg. 22, 11-10-3/22).

Vida do Venerável Mártir P. Inácio de Azevedo e seus companheiros. Pelo P. Inácio Pestana. (Cf. S. L., *História*, I, 535-536).

Breve rapporto della fortunata morte del P. Ignazio Azevedo, e trentanove compagni della Compagnia di Gesù sostenuta in odio alla catholica Romana fede da' corsari heretici Calvinisti nel viàggio al Brasil a 15 de luglio 1570 tratto da processi autentici formati per la loro canonizzazione, e da molti storici che hanno scritto. Ms. do séc. XVIII. (Bibl. Vitt. Em., f. ges., n.º 1459, ant. 3588).

Breve ragguaglio della Vita del P. Ignatio Azebedo della Compagnia di Giesu Provinciali del Brasil, e del martirio ch' egli et altri 51 suoi compagni della stessa Compagnia hebbero dagl'heretici caluinisti per la fede Cattolica e difesa della S.ta Romana Chiesa. Por Francisco Reinaldi († 1679). (Gesù, 683, 5).

Ignatius Azebedius cum sociis in itinere Brasiliensi occiditur. Poesia latina de Antonio Ghuyset (belga). (*Vitæ 143*, f. 46).

Carta de El-Rei D. Pedro II de Portugal a Sua Santidade pedindo para declarar por mártires ao Padre Inácio de Azevedo e seus companheiros que no ano de 1570 partiram para o Brasil a converter e doutrinar. Lisboa, 12 de Agosto de 1702. Começa: "O grande desejo que tenho"... (Bibl. da Ajuda, cód. 51-V-46, f. 47).

Carta do Senado da Câmara de Lisboa a Sua Santidade sobre o mesmo assunto. Lisboa, s. a. (*Ib.*, cód. 51-XII, 43, f. 67).

Razões que se devem alegar ao Papa para declarar por Mártires os 40 da Companhia de Jesus, mortos pelos calvinistas indo para o Brasil em 1570. (*Ib.*, cód. 52-XI-9, f. 164). — Letra do autor da *Biblioteca Lusitana*, P. Francisco da Cruz.

Relação nominal dos Mártires. (Bibl. da Ajuda, 52-X-10, f. 42). Mesma letra que a precedente, Ferreira, *Inventário*, n.ᵒˢ 17-18.

Carta de Manuel Pereira de Sampaio Ministro em Roma, ao P. João Baptista Carbone, mostrando fazer diligência nas causas de algumas beatificações, e dos Quarenta Mártires do Brasil. Roma, 30 de Setembro de 1747. (Bibl. da Ajuda, cód. 49-VII-35, f. 414v).

Sobre as Cartas dos Padres Gerais ao B. Inácio de Azevedo: ver M. H. S. I., onde há várias em diversos tomos.

Franco, *Ano Santo*, 376-382; — Sommervogel, I, 735; IV, 400; XI (Bliart), 1372-1374, 1403, 1413; — Rivière, n.º 66; — Garraux, *Bibl. Bras.*, 65, 198, 199; — Streit II, 758-763; III, 422, 424-426, 433-435, 571, 574, 577, 622, 656; — Soares, *História da Gravura*, n.º 2299; — S. L., *História*, II, 242-266; III, 445.

AZEVEDO, João de (1). *Missionário e Pregador.* Nasceu em 1660, na Baía. Entrou na Companhia, com 15 anos de idade, a 1 de Fevereiro de 1675. Ensinou algum tempo Humanidades e consagrou-se à pregação rural em que era excelente e apostólico. Depois de ser Coadjutor Espiritual fez a profissão solene de 3 votos, na Baía, a 15 de Agosto de 1702. Acompanhou o Arcebispo da Baía e o Bispo de Pernambuco nas visitas pastorais das suas dioceses. Faleceu a 1 de Novembro de 1717, na Baía.

A. *Carta relatoria do que se obrou na missão que fez hum subdito deste Coll.º da Baia acompanhando ao Ill.ᵐᵒ S.ᵒʳ Arcebispo do Estado do Brasil Dom João Franco de Oliveira por occasião da vizita que o dito Senhor fez no anno de 1698 entrando pello de 99. Para o P.ᵉ Francisco de Mattos da Companhia de JESU Provincial da Provincia do Brazil.* (*Bras.15*, f. 463-466v). — Excerptos em S. L., *História*, V, 204 e 218. *Port.*

A. S. I. R., *Bras.10*, 175; — *Lus.12*, 167; — S. L., *História*, V, 434.

AZEVEDO, João de (2). *Liturgista.* Nasceu a 14 de Dezembro de 1724 no Porto. Entrou na Companhia, com 18 anos de idade a 24 de Abril de 1742, e fez os seus estudos no Brasil. Estava em Santos quando o colheu a tormenta da perseguição. Exilado em 1760 para Lisboa, passou daí à Itália, e faleceu em Pésaro a 13 de Julho de 1772.

A. *Vita servi Dei P. Pauli Teixeira Societatis Jesu Provinciæ Brasiliensis.*

B. *Tractatus in Rubricas Missæ et Officii Divini.*

C. *Instructio operarii Societatis Jesu pro suis muneribus rite obeundis.*

_{A. S. I. R., *Bras.*6, 411; — *Apêndice ao Cat. Port.* de 1903; — Sommervogel, I, 734; VIII, 1718; — S. L., *História*, I, 536.}

AZPILCUETA NAVARRO, João de. *Missionário e Sertanista.* Natural de Navarra, filho de João de Azpilcueta e Maria Irriberi, parente de S. Inácio e S. Francisco Xavier. Entrou na Companhia em Coimbra a 22 de Dezembro de 1545. Um dos primeiros que chegaram ao Brasil, com o P. Manuel da Nóbrega, em 1549. Trabalhou nas Aldeias da Baía e de Porto Seguro, adaptando a catequese ao génio dos Índios. Aprendeu a língua tupi com os portugueses que achou na terra. Foi ao sertão de Minas Gerais, entrada da qual foi o próprio cronista, e da qual voltou com a saude combalida em 1555. Ainda durou dois anos. Faleceu na Baía, a 30 de Abril de 1557. Homem de extremado zelo e virtude.

1. *Extracto de uma carta* [aos Irmãos de Coimbra], da Índia do Brasil, a 28 de Março de 1550. Datada da Baía de Todos os Santos. *Nuovi Avisi* (Venezia 1562) 9v–12v;–*Cartas Avulsas,* 49–53.

2. *Carta* [aos Irmãos de Coimbra], da Cidade do Salvador, do ano de 1551. *Copia de unas cartas embiadas del Brasil por el P. Nobrega y otros Padres... Tresladadas de Portugues en Castellano. Recibidas el año de 1551.* 5.ª Carta, sem nome do autor (4 páginas e meia): Ver *Nóbrega* (Manuel da); — *Avisi Particolari* (Roma) 135-143; — *Diversi Avisi* (Roma 1558) 52-55; — *Id.* (Veneza 1565) 135-143; — "Cartas dos Padres", Cód. da B. N. do Rio de Janeiro, f. 16, em espanhol, traduzida e publicada em português nas *Cartas Avulsas,* 69-73.

_{Citando aquelas traduções espanholas, Streit dá como autor da carta o P. Francisco Pires: é de Azpilcueta Navarro, como se infere dos adjuntos e outras cartas.}

3. *Carta aos Irmãos de Coimbra*, de Porto Seguro, 19 de Setembro de 1553. (*Bras.3(1)*, 100-101). (a) "Johanes de Azpilcueta". Em espanhol. Trad. e publ. por S. L., *Novas Cartas Jesuíticas*, 154-159.

4. *Carta* [*aos Irmãos de Coimbra*], de Porto Seguro, dia de S. João de 1555. *Copia de vnas Cartas de Algunos Padres y Hermanos de la Compañia de Jesus, que escriuieron de la India, Iapon y Brasil a los Padres y hermanos de la misma Compañia en Portugal, tresladadas de portugués en castellano*. Fuerõ recibidas el año de mil y quinientos y cincoenta y cinco. Por Joao Alvarez [Lisboa] 1555. S/numeração: Carta n.º 9; — *Copia de diversas Cartas de Algunos Padres y Hermanos...* Barcelona, 1556: Carta 9; — Trad. da edição de 1555 e publ. em Porto Seguro, *Historia Geral do Brasil*, I (1.ª ed.) 460-462; — *Revista do Arquivo Público Mineiro* (Belo Horizonte, 1902); — *Cartas Avulsas*, 146-150.

As três cartas (1, 2, 4), publicadas nas *Avulsas*, têm notas de Afrânio Peixoto.

Tanto Sommervogel como o seu continuador Rivière estranham que a última carta, escrita no Brasil em 24 de Junho de 1555, fosse impressa em Lisboa no mesmo ano. Foi-o e houve tempo. A impressão acabou "a treze dias del mes de Deziember" (sic), como se lê no frontispício do precioso opúsculo de apenas 27 páginas. (Ex. da B. N. de Lisboa).

A. *Suma da Doutrina Cristã na língua tupi*. "Traduzi a creação do Mundo, e a Encarnação e os demais artigos da Fé e Mandamentos da Lei e ainda outras orações especialmente o Padre Nosso, as quais orações de continuo lhes ensino em sua lingua e na nossa", Carta de 28 de Março de 1550. (*Cartas Avulsas*, 50).

Sommervogel atribui-lhe uma carta escrita em Gandía (Espanha) em 1552, e o Conde de la Viñaza uma obra em língua *Otomi*. João de Azpilcueta Navarro estava no Brasil em 1552; e a língua Otomi era de Índios do México. Trata-se de outros, dos mesmos apelidos de Navarro ou Azpilcueta, que não foram Jesuítas da Assistência de Portugal.

Franco, *Imagem de Coimbra*, II, 199-203; — Viñaza, *Bibliografía*, 245; — Sommervogel, VIII, 1719; — Rivière, 936; — Streit, II, 335-336; — S. L., *História*, II, 173-175.

B

BAPTISTA, António. *Missionário do Pará.* Nasceu a 8 de Março de 1708, em Lameiras, Coimbra. Chamou-se antes António *Lourenço*. Em 1731 embarcou para o Maranhão e Pará. Concluídos os estudos, trabalhou nas Aldeias e Fazendas. Foi o último missionário Jesuíta de Maracanã. Estava em Gibrié quando foi preso e exilado para o Reino em 1760 e daí para Roma.

A. *Carta ao P. Mestre Procurador Geral Bento da Fonseca.* S. a. n. l. (B. N. de Lisboa, fg. 4529, doc. 61). — Informação sobre a Aldeia dos Pacajás nas cabeceiras do Rio Marapanim (Pará). *Port.*

S. L., *História*, III, 289; IV, 365, 368.

BARBOSA, Domingos. *Professor e Administrador.* Nasceu cerca de 1624, na Baía. Era já Mestre em Artes, quando entrou na Companhia a 27 de Outubro de 1645. Professor de Humanidades e de Teologia. Secretário do Comissário e do Provincial, Procurador a Roma, Mestre de Noviços, Reitor dos Colégios de Olinda e Rio de Janeiro. Fez a profissão solene na Baía, a 15 de Agosto de 1662, recebendo-a o P. José da Costa. Faleceu no Rio de Janeiro, a 23 (ou 22) de Novembro de 1685.

A. *Declaração sobre um donativo em açúcar feito pelo Colégio do Rio de Janeiro para os Monges de S. Bento da mesma Cidade que construíam a sua igreja.* Baía, 17 de Novembro de 1663. (Gesù, 721). *Lat.*

B. *Processo justificativo do P. Simão de Vasconcelos na questão de Magistris.* (Gesù, 721). *Lat.*

C. *Carta ao P. Geral Oliva*, da Baía, 12 de Abril de 1669. (*Bras.3(2)*, 108). — Fala de açúcar e bálsamo enviados a Roma. *Lat.*

D. *Carta ao P. Geral Noyelle*, da Baía, 20 de Julho de 1682. (*Bras.3(2)*, 160). — Informações sobre vários Padres para superiores. *Lat.*

E. *Carta ao P. Geral Noyelle*, do Rio de Janeiro, 1 de Maio de 1685. (*Bras.3(2)*, 194). — O P. Alexandre de Gusmão tomado dos piratas e resgatado por 2.750 escudos; assunto dos dízimos. *Lat.*

F. *De Passionis Domini Mysteriis*. Volume de elegias que deixou concluído. — O mesmo que *Passio Servatoris Nostri Jesu Christi*, da notação de Barbosa Machado, que diz competir nesta obra "a elegância do metro com a ternura do afecto". *Lat.*

<small>A. S. I. R., *Bras.5*, 79; — *Lus.8*, 42; — *Hist. Soc.49*, 57v; — B. Machado, I, 690; — Sommervogel, I, 888; — S. L., *História*, I, 533.</small>

BARBOSA, Teotónio. *Missionário da Amazónia.* Nasceu a 18 de Fevereiro de 1702 em Cossourado, Diocese de Braga. Entrou na Companhia em Lisboa a 7 de Julho de 1720. Gastou a vida nas Missões. O Catálogo de 1747 dá-o na de Abacaxis, onde redigiu a sua *Informação*, com a qual não pereceu de todo a sua memória. Em 1760 estava no Colégio do Pará, onde foi preso com os mais. Não os seguiu porém no exílio, saindo da Companhia. Tinha 58 anos de idade.

A. *Informação da Aldeia dos Abacaxis (e Rio Madeira), que manda o P. Missionario Theotonio Barbosa ao P. Provincial*, anno de 1749. Bibl. de Évora, cód. CXV/2-15, n.° 4. (12 f.). *Port.*

Rivara, I, 51, em vez de *Teotónio* traz *Teodoro*, equívoco que reproduz Sommervogel.

<small>A. S. I. R., *Bras.27*, 149, 166v; — Sommervogel, I, 888; — S. L., *História* III, 389.</small>

BARRETO, Luiz. *Professor e Procurador.* Nasceu a 19 de Fevereiro de 1720 em Murtede, diocese de Coimbra (o Catálogo de 1740 escreve "Mortecha"). Entrou na Companhia a 25 de Março de 1737 em que também chegou ao Brasil. Fez a profissão solene no Maranhão a 25 de Maio de 1755, recebendo-a Francisco de Toledo. Professor de Filosofia e Teologia e Procurador. Estava na Residência de Tutoia, quando foi preso na perseguição de 1760, exilado para o Reino e encarcerado primeiro em Azeitão e depois, em 1769, na Torre de S. Julião da Barra, donde saiu com vida em Março de 1777, na restauração geral das liberdades cívicas.

A. *Carta do P. Luiz Barreto Procurador do Colégio do Maranhão ao P. Procurador Geral Bento da Fonseca*, do Colégio do Maranhão, 18 de Setembro de 1753. (B. N. de Lisboa, fg. 4529, Doc. 50). — Remete dinheiro para saldar dívidas de géneros comprados; algum oiro para Fr. Manuel de S. Elias, procurador de Fr. Matias; pensão à religiosa de Sendelgas por ordem do Bispo; falta de palavra do contra-mestre João de Oliveira, etc. *Port.*

B. *Carta do mesmo ao mesmo*, do Colégio do Maranhão, 27 de Setembro de 1753. (*Ib.*, doc. 51). — Assuntos seus particulares; transferência de um Curso de Estudos do Maranhão para o Pará; Irmandade de N.ª S.ª da Boa Morte; conclusão da demanda com o Carmo. *Port.*

C. *Carta do mesmo ao mesmo*, do Maranhão, 7 de Fevereiro de 1754. (*Ib.*, doc. 62). — Contas do Colégio; pensão à Abadessa de Sendelgas; ferro e aço para o P. António Machado, missionário dos Gamelas. *Port.*

D. *Carta do mesmo ao mesmo*. S. a. n. l. (*Ib.*, doc. 118). — Vão cartas para Roma e quando vier a resposta que lha mande em carta sua; vai 2.ª via para Fr. António de Santa Helena, Capucho, que julga estar no convento de Moncorvo; fala em Fr. António do Espírito Santo. *Port.*

E. *Carta ao Reitor do Colégio de Badajoz*, do Cárcere de Azeitão, 23 de Abril de 1764. (*Lus.87*, no fim do códice). — Dá notícias desta prisão. Carta subscrita também por Manuel de Figueiredo, João Inácio, António Rodrigues, João Ferreira e Alexandre Botelho. Excepto as assinaturas autógrafas, tudo com letra do P. Luiz Barreto. *Port.*

F. *Carta ao Reitor e Ministro do Colégio de Badajoz*, de Azeitão, 24 de Abril de 1764. (*Lus.87*, no fim). — Além da carta comum precedente, dá e pede notícias. *Port.*

As duas últimas cartas estão escritas num pequeno rectângulo de seda, enviado secretamente por um portador seguro.

A S. I. R., *Bras.27*, 93; — *Lus.17*, 185; — S. L., *História*, IV, 364.

BARRETO, Manuel. *Administrador.* Nasceu por 1653, em Santos. Entrou na Companhia, com 15 anos de idade, a 1 de Maio de 1668. Superior da Fazenda de Santa Cruz e bom procurador no Rio e na Baía. Faleceu na Baía a 9 de Novembro de 1718.

A. *Litteræ Quinquennales ab anno 1665 ad 1670*, da Baía, 1 de Janeiro de 1671. (*Bras.9*, 204-217). — Excerpto sobre os Índios do Sertão da Baía, S. L., *História*, V, 281-282. *Lat.*

A. S. I. R., *Bras.6*, 38; — *Bras.10*, 210v.

BARROS, João de. *Apóstolo dos Quiriris.* Nasceu cerca de 1639 em Lisboa. Foi menino para a Baía e estudou no Colégio (já tinha 5 anos de latim) quando entrou na Companhia a 8 de Janeiro de 1654 (um Catálogo diz dia 30). Em 1659 vivia no Colégio de S. Paulo a aperfeiçoar o latim e a língua tupi-guarani. Foi mestre de elementar, Humanidades e Teologia Moral e Vice-Reitor de Pernambuco. Mas a grande actividade da sua vida foram os Índios Quiriris do Sertão da Baía e Rio de S. Francisco, fundando uma após outra diversas Aldeias de Quiriris, Oacases e Procases, cujas línguas aprendeu e reduziu à arte de gramática e de prosódia. Fez a profissão solene na Aldeia de Santa Teresa dos Quiriris, a 15 de Agosto de 1675. Faleceu a 15 de Abril de 1691.

A. *Carta ao P. Comissário Antão Gonçalves*, da Aldeia de S. Francisco Xavier de Jacobina, 11 de Setembro de 1667. (*Bras.3(2)*, 51-51v). — Ministérios neste sertão, frutos e esperanças. Excerpto em S. L., *História*, V, 282-283. *Port.*

B. *Carta ao P. Geral Oliva*, da Baía, 12 de Agosto de 1669. (*Bras.3(2)*, 85-85v). — Defende as Missões dos Tapuias, contra os que as não estimam. Estima-as o P. Simão de Vasconcelos. *Lat.*

C. *Carta ao P. Geral Oliva*, da Baía, 7 de Setembro de 1669. (*Bras.3(2)*, 90-90v). — Jura em como Garcia de Ávila destruiu três igrejas. *Lat.*

D. *Vocabulário na Língua Quiriri.*

E. *Catecismo na Língua Quiriri.*

"P. Joannes de Barros tenet linguam Brasilicam et deinde Quiririorum quorum *Vocabularium* et *Cathechismum* composuit". (*Bras.5(2)*, 43v. Catálogo de 1679). "A ele se deve referir tudo o que se fêz sobre a Língua dos Quiriris, Oacases e Procases". (*Bras.9*, 380-380v). Fêz "*Artes, Catecismo e Prosódias* para os vindouros". (*Bras.9, 375*).

Entre os "vindouros", que se aproveitaram destes estudos, está Luiz Vincêncio Mamiani, que não soube declará-lo, nominalmente, como seria mister, sem menoscabo da sua própria obra. E dá a entender no Prefácio "Ao leytor" do seu Catecismo Kiriri (1698), que não havia nenhum e "pareceo que já era tempo de se compor um catecismo tambem na lingua Kiriri".

Carta do P. Geral ao P. João de Barros, de 15 de Maio de 1684, em que acede ao seu pedido de se dispensar de todo e qualquer governo. (*Bras.1*, 8).

S. L., *João de Barros, lisboeta, apóstolo dos Quiriris e Acarases — Episódios da Conquista espiritual do sertão brasileiro no século XVII*, em *Congresso do Mundo Português*, IX (Lisboa 1940) 473-481; — no "Jornal do Commercio", Rio, 14 de Junho de 1942.

A. S. I. R., *Bras.5*, 199; — *Bras.9*, 380v; — S. L., *História*, V, 295-297.

BASÍLIO DA GAMA, José. *Poeta.* Nasceu a 8 de Abril de 1741, em Minas Gerais. Entrou na Companhia de Jesus no Rio de Janeiro a 2 de Maio de 1757 (*Bras.*6, 413, Catálogo de 1757, com o nome apenas de José Basílio). Iniciou a sua carreira religiosa com diligência e proveito e já tinha feito os votos perpétuos de Religião, quando o Colégio do Rio foi cercado a 3 de Novembro de 1759. Ao cair da noite de 18 de Fevereiro de 1760 é levado para o Seminário episcopal e induzido a deixar a Companhia. Arrependeu-se pouco depois e pediu para tornar a entrar, indo para esse efeito à Cidade Eterna. Os Jesuítas Portugueses e Brasileiros, exilados, recomendaram-no ao meio social e literário de Roma. "Conheceu o Jesuíta Francisco da Silveira, que além de o favorecer e socorrer muito em Roma lhe corrigia os versos, que eram dignos de emenda; e os que não chegavam a sê-lo, os substituía com outros que de novo fazia. Conheceu, falou e tratou ao Jesuíta José Rodrigues [de Melo], que além dos versos por ele dados à luz, lhe compôs outros muitos os quais como obras suas repetia na Arcádia para poder merecer com eles um lugar entre aqueles académicos". (L. Kaulen, *Reposta*, na *Rev. do Inst. Hist.*, LXVIII, 1.ª P. (Rio 1907) 164).

É notável a semelhança da cadência e forma de *O Uraguai* com a "Paráfrase" do seu Mestre e patrono Rodrigues de Melo nas *Geórgicas Brasileiras*. Em Roma deve ter nascido a primeira ideia do poema; e o seu primeiro pensamento não seria contra os Índios e os Padres, tradicionais protectores deles. Mas ao querer fixar-se em Portugal, vendo-se ameaçado, como antigo Jesuíta, de exílio para a África, uma crise de temor e de carácter modificou-lhe o plano e inçou-o de notas onde a detracção é permanente. Notas prosaicas que prejudicam literàriamente o poema. Porque este, em si, não é desprovido de interesse literário. Dão-no alguns como *americanista* e assim parece:

> Génio da inculta América, que inspiras
> A meu peito o furor, que me transporta,
> Tu me levanta nas seguras asas...

O seu "furor" não resistiu ao medo e a alguns cruzados de um emprego público. E exalta o "soçego da Europa" e o general, que *não é americano*.

> Aos pés do General as toscas armas
> Já tem deposto o rude Americano
> Que reconhece as ordens e se humilha...

Não tem o mesmo valor outro poema *Quitúbia*, escrito por José Basílio fora já inteiramente do ambiente de Roma e do bafo dos Padres, e que a posteridade esqueceu. Faleceu em Lisboa, dia de S. Inácio, 31 de Julho de 1795.

O Uraguai, na sua parte histórica, foi refutado pelo P. Lourenço Kaulen, "*Reposta Apologetica ao poema intitulado "O Uraguay" composto por José Basilio da Gama*, Lugano, 1786, in-8.º, reproduzida na *Revista do Instituto Histórico e*

Geogr. Brasileiro, LXVIII (1907)93-224, com o título: *Refutação das Calumnias contra os Jesuítas contidas no poema "Uruguay" de José Basilio da Gama*. A Resposta Apologetica é a base das notas do sábio Rodolfo Garcia à publicação da Academia Brasileira, "O Uraguay", edição comemorativa do Segundo Centenário anotado por Afrânio Peixoto, Rodolfo Garcia e Osvaldo Braga", Rio, 1941.

Não consideramos José Basílio da Gama, como escritor Jesuíta do Brasil, pois já não era membro da Companhia de Jesus, quando publicou o seu poema. O ter pertencido a ela, e dela recebido quanto literàriamente foi, é razão suficiente da inclusão aqui do seu nome, como explicação à própria obra de um autor cuja fisionomia literária e moral se condensa nestas palavras de Capistrano de Abreu, referindo-se à destruição das *Missões:* "um poeta, de mais talento que brio, cometeu a indignidade de arquitectar um poema épico sobre esta campanha deplorável". — Prefácio à *Historia Topographica e Belica da Nova Colonia do Sacramento do Rio da Prata*, de Simão Pereira de Sá (Rio 1900)XXXIII.

BAYARDI, Ventidio. *Professor e Asceta*. Nasceu por 1543 em Ascoli na "Marea Anconitana". Entrou na Companhia em 1575, e embarcou para o Brasil em 1577. Ensinou Humanidades nos Colégios da Baía e Rio de Janeiro. Excelente latinista. Não se adaptou à realidade brasileira, julgando-se fadado para a vida contemplativa, que não podia exercitar, isolado, na solidão das florestas do Novo Mundo. Ficou nisso. Em 1593 (tinha então 50 anos) pretendia passar a alguma Ordem Contemplativa. Já não está no Catálogo do Brasil de 1598.

A. *Annuæ Litteræ 1592 jussu Patris Provincialis Provinciae Brasiliae*, Bahyae, Kalendas Aprilis 1593. (Bras.15, 379-382). *Lat.*

B. *Carta ao P. Geral*, da Baía, 24 de Agosto de 1593. (Bras.15, 413). Sobre as suas aspirações e situação pessoal. *Ital.*

C. *De Castitate — De Casibus — Historiæ de Martyribus — Gynæceum de Martyribus — Gynæceum de sanctis foeminis religiosis — De Virginitate — Epistola satis prolixa ad Civitatem Interamnensem agri Præcutini — Sacræ Scripturæ duo Repertoria — Brevis historia regni Japonici.*

D. *Pedologio, nel quale si narrano le cose grandi e maravigliose, che Iddio hà operato, et opera nell'età tenera, la quale per pigliare, conseruare, e confessare la santa fede, et per uoler seguire il camino della virtù e perfettione euangelica hà sopportato con animo virile, heroico, et inuitto crudelissimi tormenti, grandissime persecutioni e* *molestie... Del Padre Ventidio Bayardi d'Ascoli della Marca*; da Companhia de Jesus, 4.º, 287 pp. (Bibl. dos Jesuítas de Lovaina, 1889).

Estes últimos manuscritos (C-D) foram inventariados por Backer e Sommervogel, o qual diz que estão em língua latina, italiana e espanhola. Todavia as palavras "da Companhia de Jesus", que se lêem no final do último, são portuguesas.

A. S. I. R., *Bras.5*, 23v; — Backer, 371; — Sommervogel, I, 786-787; — S. L., *História*, II, 447-448.

BEÇA, Manuel. *Geógrafo.* Nasceu a 5 de Março de 1733 em Arrifana, Diocese do Porto. Entrou na Companhia a 16 de Novembro de 1746. Estudante de Teologia no Colégio do Rio de Janeiro quando foi exilado para o Reino donde passou à Itália. Em 1780 vivia no Colégio de Rufinella, e em 1788, em Pésaro. Faleceu a 19 de Novembro de 1797.

A. *Cidades, terras e povoações do Brasil, descritas pelo P. António da Fonseca*, obra extractada em Roma pelo P. Manuel Beça. (Pastells, *Paraguay*, I, 32, que faz largas citações do manuscrito do P. Beça (*ib.*, 32-43), sem todavia indicar onde se conserva).

B. *Mapa de todo o Brasil*. "P. Emmanuel Bessa, Dioecesis Portuensis, vivit in convictu Ruffinellensi. Descripsit et summa diligentia adornavit *Mappam totius Brasiliæ*, quam adhuc servat ineditam". (S. L., *História*, I, 539).

A obra do P. António da Fonseca é uma *Corografia histórica do Brasil*, a do P. Manuel Beça pode entender-se um *Mapa do Brasil*; e também uma *Corografia do Brasil*, e, pelos termos da notícia coeva, não simples extracto, senão obra pessoal, sem alusão a qualquer dependência. O primeiro trabalho seria instrumento de estudo para o segundo. *Mapa*, no sentido de *Corografia*, tinha-o já empregado João Baptista de Castro no seu *Mapa de Portugal* (1745).

A. S. I. R., *Bras.,6*, 411v; — Castro, II, 375; — S. L., *História*, I, 539.

BELIARTE, Marçal. *Professor e Administrador.* Nasceu cerca de 1543 em Lisboa. Entrou na Companhia na mesma cidade com 19 anos, recebido nela pelo B. Inácio de Azevedo. Trabalhou nos Colégios de Lisboa e Coimbra, e foi professor do 3.º Curso de Filosofia da Universidade de Évora (1572-1575). Eleito Provincial do Brasil, aportou a Pernambuco em 1587. Pregador de "muita satisfação". O que mais caracterizou o seu governo foi o amor da cultura literária e científica e teria elevado o Colégio da Baía a Universidade, se não achasse circunstâncias adversas aos seus desejos. Cativo dos piratas na costa do Brasil e logo resgatado. Concluído o governo da Província, voltou a Portugal, onde já estava a 13 de Fevereiro de 1595 e onde ainda defendeu a liberdade dos Índios do Brasil. Faleceu em Évora a 17 (ou 26) de Julho de 1596.

1. *Capítolos que Gabriel Soares de Sousa deu ẽ Madrid ao S^{or}. Dom Christovão de Moura contra os Padres da Comp^a. de Jesu que residem no Brasil cõ húas breves repostas dos mesmos Padres q' delles forão avisados por hum seu parẽte a quẽ os elle mostrou.* Na Baya de todos os Sanctos, 13 de Setembro de 1592. Cláusula autógrafa e assinatura de Marçal Beliarte. E assinam com ele mais os seguintes Padres: Inácio Tolosa, Rodrigo de Freitas, Luiz da Fonseca, Quirício Caxa e Fernão Cardim. Faltam duas assinaturas que foram recortadas do original. (*Bras.15*, 383-389). Publ. com uma Introdução, por S. L. em *Ethnos*, Revista do Instituto Português de Arqueologia, História e Etnografia, II, Lisboa, 1941, de que se fez separata; — *Anais da Biblioteca Nacional do Rio de Janeiro*, LXII (Rio 1942) 337-381.

A. *Annotationes Annuæ Provinciæ Brasiliensis anni 1590*, Bahyae, Kal. Januarii 1591. (*Bras.15*, 364-367). *Lat.*

B. *Carta ao P. Geral*, da Baía, 4 de Janeiro de 1590. (*Bras.15*, 368-370). — Diversos assuntos de governo e dúvidas sobre a "Visita" do P. Cristóvão de Gouveia. *Esp.*

C. *Carta do P. Marçal Beliarte*, da Baía, 19 de Fevereiro de 1590. (Gesù, *Epistolæ Selectæ*, 644 ?). — Boas relações com o Bispo e assuntos diversos.

D. *Carta ao P. Geral Aquaviva*, de Pernambuco, 1 de Janeiro de 1591. (*Lus.71*, 1-4v). — Notícias do Brasil, pessoas, e negócios. *Esp.*

E. *Litteræ P. Provincialis Marçalis Belliarte*, Bahiae, datae 21 Sept. anni 1591. (*Bras.15*, 373-373v). *Lat.*

F. *Annotationes Annuæ Provinciæ Brasilicæ anni 1591.* (*Bras.15*, 375-377). *Lat.*

G. *Carta ao P. Geral Aquaviva*, da Baía, 9 de Agosto de 1592. (*Bras.15*, 409-410). *Esp.*

H. *Carta ao P. Geral Aquaviva*, da Baía, 20 de Setembro de 1592. (*Bras.15*, 395-395v). *Esp.*

I. *Outra ao mesmo*, na mesma data. (*Bras.15*, 397-398). *Esp.*

J. *Carta ao P. Geral Aquaviva*, de Pernambuco, 6 de Novembro de 1592. (*Bras.15*, 405-405v). — Pede para deixar o cargo de Provincial. *Esp.*

K. *Carta ao P. Geral Aquaviva,* de Pernambuco, 15 de Maio de 1593. (*Lus.*72, 94-94v). — Sobre Pernambuco, Paraíba, estudos, graus; ainda se não rezam as Ladainhas do Papa e só as de N.ª S.ª *Esp.*

L. *Demonstração do que o P. Marçal Beliarte recebeu e gastou durante o seu Provincialato.* No fim: "esta letra he do P. Marçal Belliarte: oje 9 de Dez.^{bro} de 94. *Pero Rodrigues*". (*Bras.*3(*1*), 358-359). *Port.*

M. *Parecer do P. Marçal Beliarte, que foi Provincial em o Brasil, para que se não cative o gentio daquele Estado.* (Bibl. da Ajuda, cód. 44-XVI-6, f. 185-188v).

No códice, o copista chama-lhe "Gaspar" Beliarte e "Visitador" em vez de Provincial. Seguem-se outros pareceres de Cosmo Rangel, Martim Leitão, António de Aguiar, que foi Ouvidor Geral no Brasil; e Relação do Bispo Presidente do Desembargo do Paço sobre os ditos pareceres. Lisboa, 14 de Julho de 1595, fs. 188v-197v. [Outros documentos sobre o mesmo assunto, *ib.*, f. 179].

S. L., *História*, II, 389, 493-495.

BELLAVIA, António. *Missionário e Capelão Militar.* Nasceu em 1593, em Caltanisetta, Sicília. Entrou na Companhia de Jesus em Palermo, no ano de 1610. Embarcou em Lisboa para o Brasil em 1622. Mestre de Humanidades, Superior de Aldeias de Índios, foi à Missão dos "Paranaubis" ou "Mares Verdes" (Minas Gerais), sabia a língua brasílica e era pregador. Estava nas Aldeias de Pernambuco ao dar-se a invasão holandesa. Ficou na campanha para assistir aos soldados. E numa acção comandada por Luiz Barbalho, "foi morto às cutiladas por confessar um ferido e lhe não morrer entre o inimigo sem confissão", diz o General Matias de Albuquerque. Morto a 4 de Agosto de 1633. Sepultou-se no Arraial do Bom Jesus, Pernambuco.

1. *Missão dos Mares Verdes que fez o Padre João Martins e por seu companheiro o Pãdre António Bellavia por ordem do Padre Domingos Coelho Provincial na era de 1624.* (*Bras.*8, 360-365v). Publ. quase na integra, por S. L., *História*, V. 167-176.

Não traz assinatura, por ser relação comum, em *português*, mas a ortografia e estilo denunciam pena *italiana*.

A. *Carta ao P. Geral,* da Aldeia de Reritiba, 3 de Dezembro de 1623. (*Bras.*8, 340-341v). — Narra a 2.ª missão aos Mares Verdes [*Paranaubis*] do P. João Martins, em que não foi Bellavia, porque "no fu possibile". *Ital.*

Fr. Pulci, *Il P. Antonio Bellavia, da Caltanissetta, ucciso in odio della santa fede nel Brasile. Cenni biografici.* Caltanisetta, 1889. 12.º, 70 pp.

S. L., *Morte e Triunfo do P. António Bellavia* [4 de Agosto de 1633], em *Fronteiras*, Recife, Ano VI, n.º 21 (Janeiro de 1937).

A. S. I. R., *Bras.5*, 136v; — S. L., *História*, V, 352.

BELLECI, Aloisius. *Professor e Asceta.* Nasceu a 15 de Fevereiro de 1704 em Friburgo de Brisgóvia. Entrou na Companhia na Província da Alemanha Superior, a 22 de Outubro de 1719 (Noviciado de Landsberg). Professor de Filosofia e Teologia e Instrutor dos que se destinavam às Missões da Índia. Em 1737 embarcou em Lisboa para o norte do Brasil, e foi professor de Teologia Moral no Colégio do Pará. Voltou para a Europa em 1739 (já estava em Lisboa a 18 de Dezembro). Retomou o ensino. Em 1750 era professor de Teologia na sua cidade natal, Prefeito dos Estudos Superiores e Director da Grande Congregação de N.ª Senhora. Em 1752, Instrutor do 3.º ano em Ebersperg; e em 1755 Ministro em Augsburgo, onde faleceu a 27 de Abril de 1757.

1. *Brief R. P. Aloysii Bellecii S. J., Missionarii aus der Oberteutschen Provinz, an R. P. Franc. Mossu, des Collegii zu München in Bayern Rectorn*; geschrieben zu Para, dem 29 Sept. 1738. Em *Weltbott* do P. Stöcklein-Keller, IV, 32 (Viena 1755) n.º 639, p. 121-127.

A. *Consulta sobre o gado do Marajó feita pelo P. José de Sousa*, Colégio de S. Alexandre, 12 de Dezembro de 1737. (Arq. Prov. Port., Pasta 176, n.º 25). — Além do P. Sousa assinam seis Padres entre os quais "Aloysius Belleci".

Belleci depois de voltar do Pará publicou na Alemanha 4 livros de Ascética: 1 — *A morte cristã ou meios de a assegurar*; 2 — *Um Retiro Espiritual de 3 dias*; 3 — *A sólida virtude ou tratado dos obstáculos à sólida virtude*; 4 — *Os Exercícios Espirituais de S. Inácio num Retiro de 8 dias*. Escritos em latim e traduzidos em alemão e noutras línguas: o último em inglês, espanhol, francês, italiano e polaco. Sommervogel dá os títulos das 4 obras nas respectivas línguas, edições e reedições que tiveram.

Embora se não adaptasse à Missão e voltasse ao cabo de 2 anos, nem estes livros se possam considerar como de Jesuítas do Brasil, mencionam-se aqui sumàriamente, como índice da categoria do Professor do Colégio do Pará em 1737.

A. S. I. R., *Bras. 25*, 85; — Sommervogel, I, 1260-1265; VIII, 1808-1809; — Streit, III, 118; — Huonder, 155; — E. Lamalle, *Aloys Bellecius*, no *Dic. d'Hist. et de Géogr. Ecclés.*, VII (Paris 1934) 836-837.

BENCI, Jorge. *Moralista.* Nasceu cerca de 1650, em Rimini. Entrou na Companhia de Jesus em Bolonha, com 15 anos, a 17 de Outubro de 1665. Embarcou em Lisboa em 1681. Fez a profissão solene no Rio de Janeiro a 15 de Agosto de 1683. Pregador e Procurador do Colégio da Baía. Professor de Humanidades e de Teologia, Visitador local e Secretário do Provincial. Nesta qualidade esteve em S. Paulo a tratar das administrações dos Índios. Em 1700 sentiu-se constrangido no Brasil e pediu para ir para a Ilha de S. Tomé ou voltar à Província de Veneza, a que pertencera. Não voltou a ela, mas a Lisboa, onde se ocupou dos assuntos da Província do Brasil, e onde faleceu a 10 de Julho de 1708.

1. *Sentimentos da Virgem Maria N. S. em sua Soledade. Sermão que pregou na Sé da Bahia o P. Jorge Benci da Companhia de Jesu.* Anno 1698. [Trigrama da Companhia]. Lisboa. Com as licenças necessarias. Na Officina de Bernardo da Costa. Anno 1699, 4.º, 27 pp.

2. *Sermão ao povo na Quinta-feira, in Coena Domini*, Lisboa, Bernardo da Costa Carvalho, 1701, 4.º

3. *Panegírico de S. Filipe de Néri no seu templo de Pernambuco.* Lisboa, António Pedroso Galrão, 1702, 4.º

Estes dois últimos sermões, menciona-os Sommervogel com título *latino* e a advertência de que são em *português*. Não tendo ocasião de ver os títulos exactos portugueses, traduzimos os latinos de Sommervogel.

4. *Economia Christaã Dos Senhores no Governo dos Escravos. Deduzida Das palavras do Capitulo trinta e tres do Ecclesiastico: Panis, & disciplina, & opus servo: Reduzida a quatro Discursos Morais Pelo Padre Jorge Benci de Arimino, Da Companhia de JESU, Missionario da Provincia do Brasil. E offerecida à Alteza Real do Sereniss. Granduque de Toscana pelo Padre Antonio Maria Bonucci Da mesma Companhia.* [Vinheta]. Em Roma, Na Officina de Antonio de Rossi na Praça de Ceri. 1705. Com licença dos Superiores. 24.º, XII-282 pp. A aprovação do Provincial Francisco de Matos é datada da Baía, 5 de Agosto de 1700; e a dedicatória [de Bonucci], de Roma, 3 de Dezembro de 1704.

O P. Benci tinha pedido ao P. Geral licença para imprimir um sermão sobre as *Obrigações dos Senhores para com os escravos*. Depois transformou o sermão em livro, e enviou para Roma, a 12 de Maio de 1700, o título, o mesmo que saiu impresso, excepto a dedicatória, mudada por Bonucci, e que era primitivamente: "oferecida ao Ill.mo e Rev.mo Senhor D. João Franco de Oliveira, Arcebispo da Bahya, e Metropolitano do Brasil do Conselho de Sua Magestade". Conserva-se esta dedicatória com o Índice dos Discursos e Parágrafos da obra, então remetidos para Roma. (*Bras.4*, 68-69v).

5. *De vera et falsa probabilitate opinionum moralium*. *Opus tripartitum Auctore Georgio Bencio Ariminensi Theologo Societatis Jesu, et in Provincia Brasiliæ Missionario. Pars Prima, de probabili intellectuali, sive per ordinem ad intellectum. Opus posthumum*. Romae, MDCCXIII, ex Typographia Pauli Komarek, 4.°, 356 pp. Dedicatória a António da Silva Pimentel, de 11 de Dezembro de 1705.

Pelo título se vê que a obra constaria de três partes.

A. *Carta ao P. Geral Noyelle*, do Rio de Janeiro, 11 de Julho de 1683. (*Bras.3(2), 167-167v*). — Dá conta das suas ocupações; louva o Provincial António de Oliveira; pede operários. *Lat.*

B. *Carta ao P. Geral Tirso González*, da Baía, 2 de Maio de 1700. (*Bras.4, 66-66v*). — Trata de assuntos pessoais e para sair do Brasil. *Lat.*

C. *Carta ao P. Geral Tirso González*, da Baía, 12 de Maio de 1700 (*Bras.4, 67*). — Estando a limar o seu sermão sobre as "Obrigações dos Senhores para com os Escravos", de que há grande quantidade no Brasil, achou que o devia ampliar e espera que será útil, porque não conhece nenhuma obra em português sobre o assunto. Envia o sumário e parágrafos do seu livro *Economia Christaã*. *Lat.*

D. *Carta ao P. Geral Tamburini*, de Lisboa, Junho de 1706. (*Bras.4, 118*). — Veio tratar de negócios. Depois escreverá. *Ital.*

E. *Carta ao P. Geral Tamburini*, de Lisboa, 22 de Agosto de 1706. (*Bras.4, 124-124v*). — Demanda do Colégio da Baía com o Sr. Domingos da Silva Morro. *Lat.*

A. S. I. R., *Bras.6*, 37; — *Lus.10*, 180; — *Hist. Soc.51*, 125; — Inocêncio-Brito Aranha, XII, 174; — Sommervogel, I, 1292; — Streit, I, 342; — S. L., *História*, VI, 342-344.

BERNARDINO, José. *Administrador e Pedagogo*. Nasceu por volta de 1663, em Lisboa (Bairro de S. José). Filho de Domingos Soares Castelmoço e Mariana Pereira. Passou com seu pai à Baía, em cujo Colégio estudou. Entrou na Companhia com 19 anos no dia 31 (ou 30) de Dezembro de 1682. Mestre de Humanidades, Missionário nos Sertões, Pregador fluente. Ocupou todos os altos cargos da Província, Mestre de Noviços, Director de Congregações, Reitor do Seminário de Belém da Cachoeira, Olinda, Recife e Baía, e Vice-Provincial. Tinha feito primeiro a profissão solene de 3 votos, elevado depois à de 4, pelo excepcional talento de governo e de harmonia, que o fazia estimado de todos. Faleceu a 2 de Julho de 1738, na Baía.

1. *Directorio dos Exercicios da Congregação da Virgem Senhora com as regras que devem guardar seus Congregados.* Lisboa, por Iosé Antonio da Silva, 1725, 12.º

2. *Directorio dos Exercicios do Glorioso S. Jozé,* Lisboa, por Iosé Antonio da Silva, 1725; — *Directorio dos Exercicios, que se costumaõ fazer na Congregaçaõ das Flores do gloriosissimo Patriarcha S. Joseph, fundada no Seminario de Belem, com as Regras, e Costumes, que devem guardar seus Congregados, ordenado pelo Padre Joseph Bernardino da Companhia de Jesus, da Provincia do Brasil.* Lisboa Occidental. Na offic. de Joseph Antonio da Sylva, Impressor da Academia Real, M.DCC.XXIX, com todas as licenças necessarias, 8.º, VIII-95 pp.

3. *Arte por onde devem estudar os Seminaristas do Seminario de Belem para poderem proceder Christã, e cortesmente, e sahirem aproveitados em letras, e virtude.* Lisboa, por Pedro Ferreira, 1740, 8.º

A. *Carta ao P. Provincial Francisco de Matos,* da Baía, 1 de Julho de 1702. (*Bras.10,* 19-21). — Missão aos sertões da Baía. *Port.*

B. *Certificado a favor de Pedro Barreto Freire, cirurgião do Colégio da Baía, muitos anos continuados, com satisfação do seu ofício,* Baía, 18 de Setembro de 1719. (A. H. Col., *Baía,* Apensos, 4 de Fevereiro de 1720). *Port.*

C. *Certificado do P. José Bernardino, Reitor do Colégio da Baía, em como está assente no Livro das Relíquias do Santuário do Colégio, fs. 18, que há nele as Sagradas Cabeças das Onze-Mil-Virgens, e que vieram de Lisboa no galeão S. Lucas em 1575, o seu recebimento e como foram tomadas como Padroeiras do Brasil; e de mais tarde o Bispo D. Constantino Barradas excluir alguns dias santos querendo também eliminar o das Padroeiras.* Baía, 18 de Dezembro de 1719 (Bibl. da Ajuda, 52-X-2, f. 76; Ferreira, *Inventário,* n.º 1827). *Port.*

D. *Carta ao P. Geral Tamburini,* da Baía, 11 de Fevereiro de 1720. (*Bras.4,* 209). — Trata, como Reitor da Baía, da herança do Sr. João Luiz Soeiro. *Lat.*

E. *Necrológio do P. Francisco de Matos*. Da Baía, ao P. Geral Tamburini, 25 de Setembro de 1720. (*Bras.10*, 216-217). Outro exemplar, datado da Baía, 22 de Maio de 1720. (*Lus.58(2)*, 546-547). *Lat.*

F. *Carta ao P. Geral Tamburini*, do Recife, 29 de Outubro de 1721. (*Bras.4*, 221-222v). — Para a venda dalgumas terras do Colégio de Olinda. *Lat.*

G. *Carta ao P. Geral Tamburini*, da Baía, 15 de Março de 1722. (*Bras.4*, 224). — O P. António de Macedo passou perigos do mar e pede para ficar no Brasil. *Port.*

H. *Carta ao P. Geral Tamburini*, da Baía, 15 de Março de 1722. (*Bras.4*, 225). — Aprovada a fundação do Hospício do Ceará. *Port.*

I. *Carta ao P. Geral Tamburini*, da Baía, 15 de Março de 1722. (*Bras.4*, 226). — O P. António da Cruz recolhe esmolas para a canonização de Anchieta. *Port.*

J. *Carta ao P. Geral Tamburini*, da Baía, 31 de Agosto de 1722. (*Bras.4*, 246). — Pede carta de Irmão para João de Sousa da Câmara, benfeitor. *Lat.*

A. S. I. R., *Bras.5(2)*, 81v; — *Bras.10(2)*, 388; — *Hist. Soc.52*, 164; — B. Machado, II, 763; — Sommervogel, I, 1351; — S. L., *História*, V, 472-473.

BETTENDORFF, João Filipe. *Administrador, Cronista e Linguista*. Nasceu a 25 de Agosto de 1625 no Luxemburgo; e a si mesmo se chama "alemão de nação". Graduou-se em Artes na Universidade de Tréveris em 1644, e estudou Direito Civil na Itália. Entrou na Companhia na Província Galo-Belga a 5 de Novembro de 1647. Sete anos depois, pediu a Missão do Japão, e enfim conseguiu ser enviado à do Maranhão, embarcando em Lisboa a 24 de Novembro de 1660, levado pelo prestígio do P. António Vieira. E constituiu-se, depois dele e do P. Luiz Figueira, a personalidade mais importante da Missão no século XVII. Iniciou a vida missionária nas Aldeias do Rio Amazonas, mas em breve começou a exercitar cargos de governo e foi Reitor do Colégio do Maranhão (3 vezes) e do Colégio do Pará, e Superior da Missão. As suas cartas a Roma traduziam-se e liam-se pelos Refeitórios de Itália. Homem extremamente culto, de compleição artística (era pintor), falando várias línguas vivas, de trato fidalgo com os de fora, alcançava deles, e de El-Rei D. Pedro II, que o tratava por amigo, o que julgava melhor para a Missão; ainda que no tocante à Liberdade dos Índios a sua actividade não se manteve na linha do P. António Vieira, e foi de compromisso, como na mesma época procedia o P. Alexandre de Gusmão, no Sul, influenciado por alguns Padres estrangeiros de idêntica formação mental. Bettendorff ocupou o último período da vida a escrever a *Cró-*

nica, notando nela ainda os sucessos do ano da própria morte, até "aos 25 de Maio deste ano de 1698", que é a última linha do seu livro. Faleceu a 5 de Agosto de 1698, no Colégio do Pará.

1. *Compendio da doutrina christam Na Lingua Portugueza, & Brasilica: Em que se comprehendem os principaes mysterios de nossa Santa Fe Catholica, & meios de nossa salvação: Ordenada à maneira de Dialogos accomodados para o ensino dos Indios, com duas breves Instrucções: hũa para bautizar em caso de extrema necessidade, os que ainda saõ Pagaõs; & outra, para os ajudar a bem morrer, em falta de quem saiba fazerlhe esta charidade:* Pelo P. Joam Phelippe Bettendorff da Companhia de JESUS, Missionario da Missaõ do Estado do Maranhaõ. [Trigrama da Companhia] Lisboa, Na Officina de Miguel Deslandes Na Rua da Figueira. Anno 1678 [sic]. Com todas as licenças necessarias, 8.°, com 10 f. de preliminares, 142 pp. mais uma em branco. A aprovação do P. Provincial de Portugal, Luiz Álvares, é de 4 de Julho de 1687, com outras licenças, a última das quais, de 27 de Agosto de 1687, que fixam o ano exacto da impressão, aliás corrigido em errata.

Nos preliminares há uma estampa, gravada em madeira, de N.ª S.ª da Luz, padroeira do Colégio do Maranhão, à qual é dedicado o *Compêndio* português e tupi.

Compendio da Doutrina Christãa na lingua portugueza e brasilica composto pelo P. João Filippe Betendorf Antigo Missionario do Brasil e reimpresso de ordem de S. Alteza Real o Principe Regente Nosso Senhor por Fr. José Mariano da Conceição Vellozo, Lisboa, M.DCCC. Na Offic. de Simão Thaddeo Ferreira, 12.°, VIII-131-2 pp. e 1 final em branco.

Ao chegar à Missão do Maranhão (1660), Bettendorff achou que, além do "Catecismo" *impresso*, de António de Araújo, corriam dois *manuscritos* — os feitos por António Vieira em 1653 (ver *Vieira*) — um Breve, outro "Brevissimo", distinguindo-se o primeiro destes manuscritos, por contraposição ao segundo, também com o nome de *Catecismo Maior*. Indo a Lisboa em 1684, durante a sua estada na Corte, Bettendorff tratou da publicação de três obras na Língua Brasílica: o *Catecismo* de Araújo (1686); — a *Arte*, de Luiz Figueira (1687); e o *Compendio*, que traz o seu nome (1687). A estas impressões se refere ele próprio em dois escritos seus: Na *Crónica*, p. 483, diz que tendo achado diversidade no modo de ensinar a doutrina, "para reduzir todos à uniformidade, prescrevi e mandei publicar a *Doutrina*, que se usava em toda a Missão, desde os seus princípios, acrescentando-lhe sòmente umas perguntas mais necessárias sobre os Actos de Fé, Esperança e Caridade, da Confissão e Comunhão; e como ainda agora alguns a não têm, quis pô-la aqui, para que a todo o tempo se possa recorrer a ela, para uniformidade de doutrina em toda a Missão". Mas, reflectindo, escreveu: Capítulo IV — *"Doutrina que se fazia aos Índios, de que há Catecismo impresso e é escusada aqui"*. E passou logo ao Capítulo V. Este Catecismo "impresso", que ia inserir na *Crónica* e não inseriu, é o que o mesmo Bettendorff intitula "Catecismo maior", em carta de Lisboa, de 10 de Abril de 1687: "Até agora ocupei-me do *Catecismo* e da *Arte Brasílica*: agora vou tratar do *Catecismo maior* em língua brasílica e portuguesa". (*Bras.26*, 150). Frase confusa, em que aparecem dois catecismos, sem declaração de autores, em edições dirigidas ambas por Bettendorff. O estudo de conjunto da bibliografia jesuítica dá a cada livro o autor respectivo, conjugando as referências da carta e as datas das impressões que se lêem neles: o *"Catecismo"* é o de António de Araújo, cuja 2.ª edição, emendada pelo P. Bartolomeu de Leão, saiu em Lisboa na Oficina de Miguel Deslandes, em 1686 (a data mais antiga nesta série de impressões); a *"Arte Brasílica"* é a *"Arte"* de Luiz Figueira, também 2.ª edição, ainda impressa na mesma Oficina, 1687; o *"Catecismo maior"* é este *"Compendio"* de Bettendorff, saido nesta mesma oficina em 1687, isto é, um ano depois do *Catecismo* de Araújo. Ou seja: O "Compendio" de Bettendorff é o "maior" dos Catecismos breves manuscritos, que achou na Missão e ele imprimiu com os acrescentamentos que declara na *Crónica*.

E fica esclarecido o ponto que deixamos indeciso em *História*, IV, 314, a propósito do seguinte manuscrito: *Doutrina Christaã Em lingoa geral dos Indios do Estado do Brasil e Maranhão composta pelo P. Philippe Bettendorff, traduzida em lingua irregular e vulgar uzada nestes tempos.* (Bibl. da U. de Coimbra, cód. 1089, 123 fs.). Entre a palavra *lingua* e *irregular* tem um g riscado, como quem ia a escrever *geral*. A caligrafia, que não é de Bettendorff, mas também estrangeira, deve ser confrontada com a de um *Vocabulário da Língua Brasílica*, da B. N. de Lisboa, fg. 3143.

2. *Chronica da Missão dos Padres da Companhia de Jesus no Estado do Maranhão*. Ed. da "Revista do Instituto Histórico e Geográfico Brasileiro", Tomo 72, 1.ª Parte, Rio de Janeiro (1909), Imprensa Nacional, 1910. Ocupa todo o volume, com uma *Summaria Noticia*, não assinada, de LIII pp. Texto e índices: 697 pp.

Edição feita não sobre o original, cujo paradeiro se desconhece, mas sobre uma das cópias existentes nos Arquivos, e ressente-se de numerosos equívocos de leitura ou de copista. Lida com critério, é fonte importante de informações de diversa índole, miudas e variadas. Em muitos passos, tem o aspecto duma autobiografia.

3. *Poema latino, da parte da Missão do Maranhão, à Senhora Princesa de Portugal D. Isabel Maria Francisca por ter morto um javali em Salvaterra, indo à caça com El-Rei, Senhor seu pai*, 4 de Março de 1685. Na *Chronica*, 419-420.

Roma, Car. Grandi del. et sc.

V. P. José de Anchieta

(Da *Vita* do P. Longaro, 1738)

ASSINATURAS AUTÓGRAFAS

1. *António de Abreu.* Amigo e amanuense do P. António Vieira.
2. *José Aires.* Autor piedoso.
3. *Francisco de Almeida.* Autor do Poema "Orpheus Brasilicus".
4. *Prudêncio do Amaral.* Autor do "Poema do Açúcar".
5. *Aquiles Maria Avogadri.* Missionário do Rio Negro.
6. *Ventidio Bayardi.* Autor asceta.
7. *Domingos Barbosa.* Poeta da "Paixão do Senhor".
8. *João de Barros.* Apóstolo dos Quiriris e Mestre desta língua.
9. *Jorge Benci.* Autor de "Economia Christaã dos Senhores no Governo dos Escravos".
10. *António Maria Bonucci.* Amanuense do P. António Vieira e polígrafo.

A. *Tradução resumida em latim da "Arte Brasílica"* (1660). Enquanto esperava navio para a Missão, "e lingua Lusitana (cujus non adeo imperitus sum) verti in latinam linguam, totam *Artem Brasilicam*, eamque quia fusior erat in brevem sed clarum, nulla re praetermissa, compendium contraxi"; — "addito sub finem *Cathecismo* ejusdem idiomatis Brasilici". Enviou-a para a Província Galo-Belga para aprenderem os candidatos à Missão do Maranhão. (Cf. S. L., *História*, IV, 314; Bettendorff, *Chronica*, 157).

Desta *Arte Brasílica* de Luiz Figueira, fundador da Missão, a que pertencia Bettendorff, fez mais tarde o mesmo Bettendorff a 2.ª edição, como vimos no n.º 1, e lhe mudou o título de *Arte da Lingua Brasílica* para *Arte de Grammatica da Lingua Brasílica*. — Ver *Figueira* (Luiz).

B. *Catecismo na Língua dos Tapajós.*

C. *Catecismo na Língua dos Urucuçus.*

Compôs estes dois catecismos, com a ajuda do Alferes João Correia, grande língua, e de alguns índios (*Chronica*, 168).

D. *Lettre du Père Jean Philippe Bettendorf au R. P. Hubert Willheim, Provincial de la Gallo-Belgique*, Lisbonne, le 27 Mai 1660. (Arquivo da Província Belga S. J. e fotocópia no Arq. Prov. Portug., Pasta 94, 30. É tradução francesa do original latino, cf. S. L., *História*, IV, 314; original na Bibl. Real de Bruxelas, cód. 6828-9, p. 379). — Trata da sua doença; melhorou; o P. Jacques Cocle deve estudar na Baía; chegou o P. Gaspar Misch, com quem irá para o Maranhão; traduziu em latim a *Arte Brasílica*, de que se achou em Lisboa um exemplar e também o *Catecismo*; guerras na Europa; tomada de um navio, perto do Rio de Janeiro, com mil caixas de açúcar, onde vinham dois Padres, que foram desembarcados, etc. *Francês e Lat.*

E. *Carta ao P. Geral João Paulo Oliva*, do Maranhão, 11 de Agosto de 1665. (*Bras.26*, 12). — Estado geral da Missão, Casas, pessoas, etc. O Governador contrário. A Missão do Maranhão não convém à Companhia, nem no temporal nem no espiritual, porque a infama e torna odiosa. No entanto, ele está disposto a morrer nela. *Lat.*

F. *Carta ao P. Geral Oliva*, de Belém do Pará, 15 de Setembro de 1668. (*Bras.3(2)*, 68-69). — Informa como Superior, do estado da Missão. Diz que foi condiscípulo do Duque d'Enghien, parente da Rainha de Portugal: invocando este facto escreve à Rainha pedindo-lhe protecção e que favoreça a vinda de Missionários. *Lat.*

G. *Carta Exortativa aos Padres e Irmãos da Província Galo-Belga propondo-lhes o apostolado na Missão do Maranhão e Pará,* Bethlem Magni Pará, 5 de Feb. de 1671. (*Bras.9*, 279-283). — Excerptos em S. L., *História*, IV, 146-147. *Lat.*

H. *Carta ao P. Geral Oliva,* do Maranhão, 7 de Fevereiro de 1671. (*Bras.3(2)*, 111-111v). — Remete ao Geral a *Carta Exortativa,* de 5 de Fevereiro de 1671. E pede que envie Missionários próprios para esta Missão, porque há alguns que o não são. *Lat.*

I. *Litteræ Annuæ a P.ᵉ Ioanne Philippo Bettendorff, totius Missionis Status Maragnhonensis datæ Anno 1671º. Mense Augusto Ad R.ᵈᵐ Ad.ᵐ Patrem Nostrum P.ᵗᵐ Ioannem Paulum Oliva Præpositum Gn.ˡᵉᵐ Societatis IESV.* Datada de S. Luiz do Maranhão: 21 Julii Anno 1671. (*Bras.9*, 259-267). — Narrativa prolixa do estado da Missão, pessoas e acções. *Lat.*

J. *Carta ao P. Geral Oliva,* do Maranhão, 21 de Julho de 1671. (*Bras.26*, 25-27v). — Estado da Missão; e que não se detenham em Lisboa os destinados ao Maranhão. *Lat.*

K. *Litteræ Annuæ Missionis Maragnonii Anni 1671 a P.ᵉ Joanne Philippo Bettendorff totius Missionis Superiore, ad Rᵈᵐ Adᵐ Patrem Nostrum Joannem Paulum Oliva sub initium Anni 1672.* De S. Luiz, 15 de Janeiro de 1672. (*Bras.9*, 298-305). — Notícias da Missão, pessoas e acções. *Lat.*

L. *Carta ao P. Geral Oliva,* de S. Luiz do Maranhão, 28 de Agosto de 1672. (*Bras.9*, 284-291v). — Informação geral da Missão. *Lat.*

M. *Carta ao P. Geral Oliva,* do Pará, 20 de Julho de 1673. (*Bras.9*, 306-309). — Notícias da Missão. *Lat.*

N. *Annuæ ex Maranhonio, redactæ in compendio italice,* 1673. (*Bras.9*, 142-154). — Resumo da Carta de 28 de Agosto de 1672 e um caso de outra Carta: Descrição da terra, Colégio do Pará, Residências, etc. *Ital.*

O. *Carta ao P. Geral Oliva,* do Maranhão, 15 de Março de 1674. (*Bras.26*, 35-36v). — Perturbações causadas pelos saídos da Companhia e outros. *Lat.*

P. *Carta ao P. Geral Oliva*, do Pará, 20 de Julho de 1674. (*Bras.26*, 38). — Queixa-se do abandono das Missões, tanto pela Província de Portugal como pela do Brasil. *Lat.*

Q. *Carta ao P. Geral*, do Pará, 20 de Julho de 1674. (*Bras.26*, 39). — Ajuda da Corte de Lisboa às novas fundações. *Lat.*

R. *Carta ao P. Geral Oliva*, do Maranhão, 15 de Novembro de 1676. (*Bras.26*, 40). — Coisas e pessoas do Colégio de N.ª S.ª da Luz, de que é Reitor. *Lat.*

S. *Carta ao P. Geral Oliva*, do Maranhão, 10 de Setembro de 1677. (*Bras.26*, 43-44). — Estado do Colégio; falta de gente; introduz a cultura do cacau no Maranhão, trazendo-o do Pará. Excerpto em S. L., *História*, IV, 159. *Lat.*

T. *Carta ao P. Geral Oliva*, do Maranhão [1678]. (*Bras.26*, 45-46). — São precisos mais 12 Padres; Missões; Ceará; dificuldades criadas pelos moradores. *Lat.*

U. *Carta ao P. Geral Oliva*, do Maranhão, 7 de Maio de 1678. (*Bras.26*, 47-47v). — Negócios do Colégio e venda de terras. *Lat.*

V. *Carta ao P. Geral Oliva*, do Maranhão [1678]. (*Bras.26*, 48-49v). — Louva o novo Governador; plantações de cacau; Missões. *Lat.*

X. *Carta ao P. Geral Oliva*, do Maranhão, 1 de Novembro de 1679. (*Bras.26*, 62, 63). — Nova Igreja do Maranhão. Chegaram 5 Missionários, que substituem 5 que morreram, mas não bastam; não há subsídios para os que se hão-de formar, noviços e escolásticos. *Lat.*

Y. *Carta ao P. Geral Oliva*, do Maranhão, 1 de Novembro de 1679. (*Bras.26*, 64-65). — Manifesta-se contrário a ser a Missão visitada pela Província do Brasil e contra o Visitador enviado por ela, P. Pedro de Pedrosa. (*Bras.26*, 64-65). *Lat.*

Z. *Carta ao P. António Pereira, Reitor do Pará*, do Maranhão, 5 de Dezembro de 1680. (*Bras.9*, 314-314v). — O Visitador Pedro de Pedrosa mandou que ele Bettendorff fosse para uma Aldeia, mas duvida da jurisdição do Visitador, por ter falecido o Provincial do Brasil que o enviou. *Port.*

AA. *Carta ao P. Geral Oliva*, do Pará, 8 de Abril de 1681. (*Bras.3(2)*, 146-149). — Expõe o estado da Missão e vinte pontos para o P. Geral resolver, entre os quais o da jurisdição dos Bispos a respeito dos Padres da Companhia. *Lat.*

BB. *Carta ao P. Geral Oliva*, s. l., 12 de Abril de 1681. (*Bras.26*, 82-87). — O Bispo publicou uma pastoral suspendendo os Padres de confessar e pregar, embora dois meses antes tivesse dado por escrito todas as licenças; Bettendorff analisa as razões invocadas pelo Bispo e responde a elas; e pede remédio e os documentos pontifícios autênticos. *Lat.*

CC. *Carta ao P. Geral Carlos de Noyelle*, de Lisboa, 20 de Fevereiro de 1685. (*Bras.26*, 110v). — Trata do que se faz na Corte de Lisboa sobre a volta dos Padres às Missões do Maranhão e Pará. Em Roma acharam demasiado prolixa a correspondência do P. Bettendorff e apuseram a esta carta a seguinte observação: "Multis exponit illa quae P. Provincialis breviter exposuit de Missione Maragnonensi. Solum declarat conditiones sine quibus acceptare reditum non debemus". *Lat.*

DD. *Carta ao P. Geral Noyelle*, de Lisboa, 27 de Novembro de 1685. (*Bras.26*, 124-124v). — Chegou a notícia da restituição às Missões; mas é preciso que a administração se faça por vontade régia. Tratará dos documentos antes de partir. *Lat.*

EE. *Carta ao P. Geral Noyelle*, de Lisboa, 1 de Janeiro de 1686. (*Bras.26*, 129-130). — Mesmo assunto da carta anterior, de 27 de Novembro, mais desenvolvido. *Lat.*

FF. *Carta ao P. Geral Noyelle*, de Lisboa, 12 de Março de 1686. (*Bras.26*, 132-132v). — A sua entrevista com El-Rei. *Lat.*

GG. *Carta ao P. Geral Noyelle*, de Lisboa, 12 de Março de 1686. (*Bras.26*, 133-133v). — Entrevistas com outras pessoas da Corte. *Lat.*

HH. *Carta ao P. Geral Noyelle*, de Lisboa, 10 de Junho de 1686. (*Bras.26*, 134). — Consulta Régia sobre a Missão. Nada de pressas como quer o P. Jódoco Peres. *Lat.*

II. *Carta ao P. Geral Noyelle*, de Lisboa, 4 de Novembro de 1686. (*Bras.26*, 140). — Vai fazendo o que pode, mas tem que ir devagar. *Lat.*

JJ. *Carta ao P. Geral Noyelle*, de Lisboa, 22 (28 ?) de Dezembro de 1686. (*Bras.26*, 143-144). — Consulta Régia; dedicação do Ministro Roque Monteiro Paim; discorda da opinião do P. Jódoco Peres. *Lat.*

KK. *Carta ao P. Geral Noyelle,* de Lisboa, 4 de Janeiro de 1687. (*Bras.26,* 147-147v). — Pede 25 Missionários e envia um exemplar da carta de El-Rei, para o Arquivo da Companhia. [Carta Régia de 31 de Dezembro de 1686, ao P. Geral da Companhia, publicada em S. L., *História,* IV, 91-92]. *Lat.*

LL. *Carta ao P. Geral,* de Lisboa, 17 de Fevereiro de 1687. (*Bras.26,* 148-148v). — Bom êxito dos seus esforços; o P. Jódoco Peres partiu para o Maranhão com 5 companheiros. *Lat.*

MM. *Carta ao P. Vigário Geral de Marinis,* de Lisboa, 10 de Abril de 1687. (*Bras.26,* 149-150v). — Recorda o estado dos assuntos que o retinham na Corte: El-Rei, Monteiro Paim e a sua própria estada ali, durante 3 anos. Já imprimiu o *Catecismo* [do P. António de Araújo] e a *Arte* [do P. Luiz Figueira], e ia tratar de imprimir o *Catecismo Maior* [o seu], em português e língua brasílica. *Lat.* — Ver supra, n.º 1.

NN. *Carta ao P. Vigário Geral,* de Lisboa, 26 de Maio de 1687. (*Bras.26,* 152). — Agradece uma carta e o mesmo faz Roque Monteiro. Estado dos assuntos do Maranhão. *Lat.*

OO. *Carta ao P. Geral Tirso González,* de Lisboa, 18 de Agosto de 1687. (*Bras.26,* 156-157). — Pede Cartas de Irmandade para Gomes Freire de Andrade, Roque Monteiro Paim, D. Joana e D. Luisa de Meneses.

PP. *Carta ao P. Geral Tirso González,* de Lisboa, 15 de Setembro de 1687. (*Bras.26,* 158-159v). — Insiste nos pedidos da carta de 18 de Agosto. Necessidade de a Missão ser Vice-Província. Da Província do Brasil não espera nada, nem quanto a pessoas, nem quanto a espírito. *Lat.*

QQ. *Carta ao P. Geral Tirso González,* de Évora, 14 de Dezembro de 1687. (*Bras.26,* 161). — Agradece a carta de participação para Gomes Freire; a carta para a Sereníssima Rainha a entregará quando voltar a Lisboa. Esteve em Coimbra e agora em Évora, em procura de Missionários para a Missão do Maranhão e Pará. Notícias sobre os do Maranhão, que estão na Província do Brasil. *Lat.*

RR. *Carta ao P. Geral Tirso González,* de Évora, 20 de Dezembro de 1687. (*Bras.26,* 162). — Dá notícia das leis promulgadas e outros sucessos no Maranhão. Alcançou alguns Missionários para o Maranhão, uns já declarados pùblicamente, outros ainda sob reserva. *Lat.*

SS. *Carta ao P. Geral Tirso González,* de Évora, 26 de Dezembro de 1687. (*Bras.26*, 163). — Assuntos do Maranhão Amizade e intervenção eficaz do Presidente do Conselho de Estado Roque Monteiro Paim, que lhe disse não se poder o Estado do Maranhão conservar nem aumentar sem os Padres da Companhia. *Lat.*

TT. *Compromisso e Regras da Congregação de Nossa Senhora da Luz e do Terzo, no Collegio dos Padres da Companhia de JESU em S. Luis Cidade do Maranhão,* 12 de Setembro de 1670. (*Gesù, Colleg.*, 1465). — Assinado por Bettendorff, e diz ele próprio na Introdução, e na Carta de 21 de Julho de 1671. (*Bras.9*, 265v), que é seu autor. Cf. S. L., *História,* IV, 242, nota 3. *Port.*

Lettre au T. R. P. Paul Oliva, Général de la C. de Jésus. In-fol., 6 pp. — (Dans les *Mss.* de l'Ecole Ste Geneviève, S. J., à Paris, *Portugal,* 2). Mencionada por Sommervogel, I, 1266, verbum *Bellendosi,* "Superior do Maranhão, 1678", que o mesmo, nas erratas do tomo IX, 1817, corrige para Bettendorff. Talvez trad. francesa dalguma carta daquele ano de 1678.

Carta do P. João Filipe Bettendorff, Superior das Missões do Maranhão, ao P. João Oliva, Geral da Companhia de Jesus. (Bibl. de Évora, cód. CXV/2-13, 365-374v). Parece tradução portuguesa, livre e mais concentrada, dalguma das cartas mencionadas no ano de 1671.

Rivara, I, 43, traz a "Informação que deu a S. M. o P. J. Ph. Betendorf sobre o espulsarem e aos mais Padres do Maranhão, em Fevereiro de 1684"; e a inclui Sommervogel entre os manuscritos de Bettendorff. Foi escrita na Baía pelo P. António Vieira. A Bettendorff pertenceu a comissão de a entregar a El-Rei. (Cf. S. L., *História,* IV, 72-73).

Otto Quelle, *Das Deutschtum in brasilianischen Amazonasgebit in 17. und 18. Jahrhundert,* em *Ibero-Amerikanisches Archiv,* XII(1938)417-419.

J. B. Hafkemayer, *Wie Pater Johann Bettendorff S. J. vor 300 Jahren nach Brasilien kam und Indianermissionär in Maranhão wurde,* em *Sonntagsstimmen,* Porto Alegre, n.os 11-16 (Março-Abril de 1941).

Vale Cabral, *Bibliographia,* 162-163; — Inocêncio-Brito Aranha, X, 256-257; — Sommervogel, I, 1414; VIII, 1831; — Huonder, 155; — Streit, II, 766; — Ayrosa, *Apontamentos,* 68-69; — S. L., *História,* IV, 314-319.

BLASQUES, António. *Professor e Missionário.* Nasceu cerca de 1528 em Alcântara, Diocese de Placência, Espanha. Entrou na Companhia em Coimbra, no dia 19 de Setembro de 1548. Foi para o Brasil em 1553, com o Padre Luiz da Grã. Ficou na Baía; mestre de latim, e continuou depois essa ocupação e a de primeiras letras, entremeada porém com a da catequese e a de secretário para as cartas dos Superiores, que lhe cometiam esse encargo. Fez os votos de Coadjutor Espiritual, na Baía a 1 de Novembro de 1559, recebendo-os o P. Manuel da Nóbrega. A Baía foi o campo principal da sua actividade. Não temos indicação de ter estado nas Capitanias do Sul, quando se fundou S. Paulo, mas esteve depois, observação esta com que corrigimos ou completamos o que escrevemos em *História*, I, 86. Faleceu na Baía a 27 de Dezembro de 1606.

1. *Copia de uma do Irmão Antonio Blasques da Bahia a 4 de Agosto de 1556 para os Padres e Irmãos de S. Roque.* (*Cartas Avulsas*, 152-155).

2. *Summa de algumas cousas que iam na Náo que se perdeu do Bispo pera o Nosso Padre Ignacio de 10 de Junho de 1557.* (*Ib.*, 168-178).

3. *Carta que o Irmão Antonio Blasquez escreveu da Bahia do Salvador, das partes do Brasil, o anno de 1558 [30 de Abril] a Nosso Padre Geral.* (*Ib.*, 179-192).

4. *Copia de uma do Padre Antonio Blasquez que escreveu da Bahia do Salvador a 10 de Setembro de 1559 pera o Padre Geral.* (*Ib.*, 223-231).

5. *Carta que escreveu o Padre Antonio Blasquez ao Padre Geral Diogo Laines, da Bahia do Salvador a 10 de Setembro de 1559.* Em Italiano, *Nuovi Avisi* (Venetia 1562) 60v-61, a seguir a cartas do Ir. António Rodrigues e com o título: *Copia di quanto il medesimo scrive al P. Generale della Compagnia di Giesù.* Por isso B. Machado, I, 352, Sommervogel, VI, 1939, e Streit, II, 347, a aplicam a António Rodrigues. Mas este não estava então na cidade da Baía, e consta que é de António Blasques, em "Cartas dos Padres", cód. da B. N. do Rio de Janeiro, I, 5, 2, 38, f. 62, donde se transcreveu para *Cartas Avulsas*, 242-243.

6. *Carta do P. Antonio Blasquez, do Brasil, da Cidade do Salvador, Bahia de Todos os Santos, para o Padre Mestre Geral Diogo*

Laynez e aos mais Padres e Irmãos da Companhia, de 23 de Setembro de 1561. Recebida em Lisboa a 8 de Março de 1562. *Nuovi Avisi* (Venezia 1565) 161-180; — *Cartas Avulsas*, 298-322.

7. *Carta de Antonio Blasquez para o Padre Provincial de Portugal, da Bahia, de 31 de Maio de 1564*. (*Cartas Avulsas*, 404-416).

8. *Carta do P. Antonio Blasquez do Collegio da Bahia de Todos os Santos do Brasil para Portugal e escrita a 13 de Setembro de 1564*. (*Ib.*, 417-433).

9. *Carta do Padre Antonio Blasquez para o Padre Provincial de Portugal, de S. Vicente, a 23 de Junho de 1565*. (*Ib.*, 434-451).

Estas 9 cartas, na B. N. do Rio de Janeiro, *Cartas dos Padres*, cód. 1, 5, 2,38. Uma em português e oito em espanhol. Traduzidas e publicadas na *Revista do Inst. Hist. e Geog. Brasileiro*, V (1843) 214-223; XLIX, 1.ª P. (1886) 1-122. O tomo V (1843) insere apenas a carta de 10 de Junho de 1557, que se publicou de novo com as mais em 1886; e de todas nove se fez separata, conforme nota Afrânio Peixoto (*Cartas Avulsas*, 155): foram por Teixeira de Melo reunidas em volume à parte, restrita edição de 12 exemplares e um exemplar em papel especial para S. M. o Imperador com o seguinte título:

10. *Cartas do Padre Antonio Blazquez da Companhia de Jezus, escriptas do Brazil, 1556-65*, Rio de Janeiro, Laemmert & C.ª, 1886, 8.º, IV-122 pp.

A. *Carta do P. António Blasques ao P. João de Polanco da Companhia de Jesus em Roma*, da Baía, 10 de Setembro de 1559 anos. Por comissão do P. Manuel da Nóbrega. (*Bras.15*, 61). Diferente das duas da mesma data, impressas. — Nesta acusa o recebimento de cartas e o contentamento que produzem quando chegam. E pede Padres, porque há seis anos que não vem nenhum; morreram os Padres Navarro e João Gonçalves que sabiam a língua, e retirou-se para a Europa Ambrósio Pires, com que ficaram órfãos sem haver quem pregue na cidade, nem de fora nem da Companhia, a não ser alguma vez o P. Nóbrega. *Esp.*

A. S. I. R., *Lus.1*, 133; — Sommervogel, I, 1543; VIII, 1847; — Streit, II, 345; — S. L., *História*, I, 85-86.

BONOMI, João Ângelo. *Missionário.* Nasceu por 1656 em Roma. Entrou na Companhia cerca de 1672 (o catálogo de 1690 diz que tem 34 anos de idade e 18 de Companhia). Embarcou de Lisboa para o Brasil, chegando à Baía em Julho de 1684. Destinava-se às Missões do Maranhão e Pará para onde seguiu em 1688. Iniciou a sua carreira na Amazónia, em companhia do P. José Barreiros, com os Índios Irurises do Rio Madeira, de quem foram os primeiros missionários. Fez a profissão solene no Pará, recebendo-a Bento de Oliveira, a 15 de Agosto de 1695. Um irmão de António de Albuquerque mandou queimar a Igreja da sua Aldeia (não se diz qual nem o ano). Mais de 5.000 Índios católicos se meteram no mato. O Padre foi a Lisboa com documentos autênticos. Não teve remédio, "antes resultou mandarem ao Padre Missionário para Itália sua Pátria, de cujo desgosto morreu em Castela", segundo o testemunho de D. Fr. Timóteo do Sacramento. Faleceu antes de 1707 e depois de 1702.

A. *Carta do P. João Ângelo Bonomi ao P. Geral*, de Lisboa, 9 de Outubro de 1701. (*Lus.76*, 28-29). — Embarcou por ordem do Superior António Coelho; morte do P. Aloísio Conrado Pfeil, durante a viagem; as Missões do Maranhão não se compaginam com o nosso Instituto, porque as leis régias não se cumprem; e por isso ninguém vai de Portugal nem do Brasil, e quem lá está anseia por sair. *Lat.*

B. *Carta do P. João Ângelo Bonomi ao P. Geral Tirso González*, de Lisboa, 11 de Abril de 1702. (*Bras.26*, 191-192). — Veio ver se dava remédio às coisas da Missão. No Maranhão houve mudança de governadores: ficou Manuel Rolim de Moura. Pouca esperança de melhoria. *Lat.*

Na "Breve Notícia da Aldeia dos Bócas" (B. N. de Lisboa, fg. 4529, doc. 119) lê-se que o P. Bonomi, não achando remédio em Lisboa, falou com o Núncio e foi mandado para Vila-Viçosa a esperar resposta do Geral. Recebida esta, pôs-se a caminho, falecendo em Castela.

Carta do Núncio em Portugal ao P. Geral, pera que o P. Bonomi vá a Roma, Lisboa, 4 de Abril de 1702. (*Lus.76*, 33).

Carta de D. Fr. Timóteo do Sacramento ao Papa, de 20 de Agosto de 1707. (Vaticano, *Vescovi 106*, f. 133). — Com referências ao P. Bonomi.

A. S. I. R., *Bras.27*, 11v; — *Lus.11*, 327; — S. L., *História*, VI, 599.

BONUCCI, António Maria. *Missionário e Pregador.* Nasceu a 20 (ou 17) de Janeiro de 1651 em Arezzo. Estudou Direito Canónico e Civil quase três anos e Filosofia 2 anos. Entrou na Companhia em Roma a 13 de Abril de 1670 (Sommervogel diz 1671). Embarcou em Lisboa para o Brasil em 1681. Da Baía passou em breve ao Colégio de Olinda e aí e no Recife trabalhou nas Congregações Marianas assim como no Exercício da Boa Morte, que instituiu no Colégio do Recife e dirigiu quase durante um decénio. Ensinou Humanidades e foi pregador discorrente na Diocese de Olinda. Fez no Recife a profissão solene, recebendo-a António Cardoso, a 2 de Fevereiro de 1686. Em 1696 passou à Baía, a tempo de ajudar o P. António Vieira na *Clavis Prophetarum*, que o louva; e depois na recolha e ordenação das cartas do mesmo Vieira. Tendo chegado ordem do P. Geral em 1699 que se não concentrassem os Padres Italianos no Colégio da Baía, Bonucci foi para a Aldeia de Natuba no sertão baiano. Em 1703 já estava em Roma, onde se aplicou à pregação e aos seus numerosos livros. Faleceu a 29 de Março de 1729.

1. *Escola de bem morrer*, Lisboa, Galrão, 1695, in 8.º (Rivière); — Lisboa 1701, in-12. (Sommervogel, que dá para a 1.ª edição o impressor Miguel Deslandes). — O P. João da Rocha, procurador em Lisboa, descreve esta obra: *Eschola de bem morrer aberta a todos os christãos e particularmente aos moradores da Bahia nos exercicios de piedade que se praticam nas tardes de todos os Domingos pellos Irmãos da Confraria da Boa Morte instituida com authoridade Apostolica na Igreja do Collegio da Companhia de Jesu. Dedicada ao Capitão Bento Pereira Ferraz.* (Carta de Lisboa, 27 de Outubro de 1698, *Bras.4*, 53).

2. *Graças da Madre de Deus para os seus.* Lisboa, Pedro Galrão, 1696. (Rivière, n.º 3724).

3. *Vida de S. Rosalia Virgem Palermitana advogada contra a peste, recopilada de varios e veridicos Authores pelo P. Antonio Maria Bonucci da Companhia de Jesus, Missionario do Brasil, e dedicada á Senhora Marquesa de Montebello.* Lisboa na Officina de Manoel Lopes Fernandes, M. D. C. C. I, 8.º, 102 pp.

4. *Legado fiel aos oradores christãos traduzido do Latim em Portuguez, e ampliado em tres congressos.* Roma, na Officina de Antonio de Rossi, 1705, 12.º, 155 pp.

É tradução do *Legatus fidelis ad oratores christianos* do P. Guilh. Hesius S. J. (1657). (Sommervogel, I, 1766).

5. *Epitome Chrononologico, Genealogico & Historico dividido em quatro livros, e composto pelo Padre Antonio Maria Bonucci da Companhia de Jesu, Missionario na Provincia do Brasil.* [Vinheta]. Lisboa, Na Officina de Antonio Pedrozo Galram. Com todas as licenças necessarias. M.DCCVI., 8.º, XVI-555 pp. e 1 final em branco.

Nos preliminares, não numerados: dedicatória *Ao Senhor Nicolao Lopes Fiuza*, da Baía, 23 de Junho de 1701; *Licença da Religião*, pelo Provincial de Portugal Miguel Dias, "dada em Lisboa na Casa Professa de S. Roque aos 9 de Março de 1703". Entre outras licenças, *A Approvaçam do Paço*, pelo Doutor Francisco de São Bernardo, Lisboa, 26 de Setembro de 1705. Consta de 4 livros, cada qual com uma breve introdução *Ao Leitor:* Na do 1.º diz que o livro fora escrito para seu uso havia já 10 anos (portanto em 1691), e que os amigos que o leram o animaram à publicação para evitar tantos erros que corriam até nos Púlpitos. E' um breve compêndio de História Universal, com preponderância de história eclesiástica, segundo as ideias do tempo sem merecimento hoje, mas útil na época para os leitores que não soubessem senão português. O interregno filipino resume-o nesta frase que dá o espírito do livro e lembra a sua convivência com Vieira: "Depois da morte do Rey Cardeal entrarão a governar Portugal naquelle meyo tempo os tres Filippes de Castella, o Segundo, o Terceiro, & o Quarto: até que IESU Christo lembrado do seu Imperio, que com seu sangue, & Chagas promettèra estabelecer em Portugal, espertou o animo sempre invencivel dos Portugueses, para que acclamassem por seu legitimo, & verdadeiro Rey a Dom João Duque de Bragança. E foy com tão prospero sucesso, que, como escreve hum grave Historiador Francez, naõ custou esta nomeaçaõ muyto sangue a seus vassallos, como se hereditariamente se dera o Reyno, & naõ se cõquistara com violencia: & o mesmo fora Dom João Quarto, que Dom João Terceiro". (pp. 521-522).

Nicolau Lopes Fiuza deve ter sido o Mecenas deste livro, cuja presença se assinala na pequena mas escolhida livraria de João Lopes Fiuza, senhor do Engenho de Baixo da Boca do Rio de Paramirim (Baía), falecido em 1741. (Cf. Wanderley Pinho, *História de um Engenho do Recôncavo, 1552-1944* (Rio 1947) 325).

6. *Ephemerides Eucharisticæ veritatem atque cultum sacrosancti Fidei nostræ mysterii luculentis Sanctorum Pontificum, Cardinalium, Antistitum, necnon Imperatorum, Regum, Ducum, Principum, ac Religiosorum, qui ad singulos anni dies in sacris tabulis veluti sibi natalitios accedunt monumentis consignantes: sacræ Paginæ oraculis, conciliorum sanctionibus, Patrum testimoniis, ac ethicis observationibus, illustratæ. Opera et studio Antonii Maria Bonucci Societatis Iesu. Pars Hyemalis seu Trimestre primum.* Romae, ex typographia Antonii de Rubeis, anno Jubilaei MDCC. in-f., 532 pp., dedicada ao P. Geral Tirso González. — *Ephemerides ... Principum ac*

Ascetarum, qui ... Pars verna seu Trimestre secundum. Romae, MDCCXV, ex typogr. Komarek, 4.º, 770 pp. — *Pars aestiva seu Trimestre tertium ...* MDCCXVI, 4.º, 624 pp. — *Pars autumnalis, seu Trimestre quartum ...* MDCCXVIII, 4.º

7. *Anatome Cordis Christi lancea perfossi duobus Libris comprehensa. Regiæ Celsitudini Serenissimi Magni Etruriæ Ducis Cosmæ III inscripta. Auctore Antonio Maria Bonucci Societatis Iesu Sacerdote.* Romae, Typis Bernabò, 1703. Superiorum licentia. 4.º, 424 pp. Traduzido em francês pelo Bispo Mgr. Luquet.

8. *Epistola ad Patrem Franciscum de Mattos*, Bahiae, 15 Augusti 1702. Nos Preliminares do livro *Dor sem lenitivos* do mesmo P. Matos (Lisboa 1703).

9. *Manuductio ad Rhetoricen, e severiori veterum Oratorum disciplina, et præsertim e sacris utriusque linguæ Patribus, qui mascula eloquentia floruerunt, breviter deprompta. Autore Antonio Maria Bonucci Societatis Jesu.* Romae, Typis Bernabò, 1703. Superiorum permissu, 12.º, XXIV-271 pp. Dedicado a José de Sá e Mendoça.

10. *Vindiciæ æquissimi Decreti Alexandri VIII. P. M. adversus Propositiones XXXI in eo damnatas, divinis utriusque Testamenti oraculis, sacerrimis Conciliorum sanctionibus, veterum Patrum chirographis, castigatioris Theologiæ calculis, ac eruditionis humanæ monumentis obsignatæ. Opera et studio Antonii Mariæ Bonucci Societatis Iesu.* Romae, ex typographia Bernabò, MDCCIV, 4.º, 208 pp. (*Acta Eruditor.*, 1706, p. 178-181; — *Journal des Sav.*, 1706, p. 488-493).

Todas estas obras, excepto parte das *Ephemerides Eucharisticas* foram escritas no Brasil.

11. *Orazione da Antonio Maria Bonucci della Compagnia di Gesu nelle solenni esequie della Maestà del Re di Portogallo, scritta in italiano e in portoghese e detta nel primo linguaggio dal medesimo nella Chiesa nazionale di S. Antonio in Roma.* In Roma, Nella Stamperia di Antonio de'Rossi alla Piazza di Ceri, 1707, 8.º, 61 pp.

12. *Quatro sermões das Aflições de Nossa Senhora.* Roma, 1704. Em português.

Sommervogel não viu estes sermões e diz que, a ser exacta a informação seriam a transposição portuguesa da obra seguinte:

13. *La corona caduta, ovvero Gesù nel Sepolcro, oggetto di puro cordoglio alla solitudine di Maria Vergine, e stimolo di vera compunzione alle anime Cristiane rappresentato in quatro discorsi morali su le parole di Geremia: Defecit gaudium cordis nostri, cecidit corona capitis nostri, Thren. 5, 16. da Antonio Maria Bonucci della Compagnia di Gesù.* In Roma, nella stamperia del Bernabò, 1704, 8.º, 141 pp. Dedicado a Clemente XI com 1 gravura e o retrato do Papa.

14. *Il Saverio addormentato ed il Saverio vegliante, discorsi polemici ed ascetici del Padre Antonio Vieyra della Compagnia di Giesù, Predicatore che fù di tre Re di Portogallo, tradotti dal idioma portoghese nell' italiano dal P. Anton Maria Bonucci della medesima Compagnia e dedicati all' illustriss. e reverendiss. Monsignor Francesco Frosini Conte del sagro Romano Imperio, Arcivescovo di Pisa, Primate di Corsica e di Sardegna, ed in esse Legato nato.* Venezia, M.DCCXII, presso Paolo Baglioni, 8.º, 532 pp.

15. *Scuola di Betlemme aperta da Giesù Bambino nel presepio, descritta in lingua portoghese dal P. Alessandro di Gusmano, e tradotta nell' Italiana dal P. Antonmaria Bonnucci, amendue della Compagnia di Giesù, e dedicata al R.^{mo} Padre e Padrone Col.^{mo} il P. Antonio della Cloche Maestro Generale del Sagro Ordine de' Predicatori.* In Roma, per il Bernabò, l'anno MDCCXIV, 8.º, 320 pp.

16. *L'idea della carità, ovvero S. Giovanni di Dio, fondatore del sagro Ordine dell' Ospitalità, descritto in un breve ragguaglio della sua ammirabil Vita, implorato in una Novena di meditazioni, ed offerto al Reverendissimo Padre e Padrone Colendissimo il Padre F. Tomasso Bonelli Prior generale dell' istess' Ordine, da Antonio Bonucci della Compagnia di Giesù.* In Roma, Nella Stamperia di Antonio de' Rossi alla Piazza di Ceri, 1705, 8.º, 147 pp.

17. *L'infermo di Santo amore divenuto Medico di molti Infermi. Panegirico in onore di S. Giovanni di Dio Patriarca del Sagro Ordine dell' Ospitalità, detto in Roma, l'anno MDCCVIII, nel giorno della sua Festa da Antonio Maria Bonucci della Compagnia di Giesù, e dedicato all Illustriss. e Reverendiss. Monsignor Francesco di Vico.* In Roma, per Antonio di Rossi, 1708, 8.º, 56 pp.

18. *L'Eroe portoghese S. Antonio di Padova, che predica a suoi divoti, cogli esempj della vita e colle parole della[...] ne' giorni istituiti in ossequio del suo Nome, esposto all' augusta Maestà di Maria Anna Reina di Portogallo da Antonio...* In Roma, nella stamperia del Bernabò, MDCCIX, 8.º, 258 pp.

19. *Istoria della Vita, ed Eroiche Azioni Di Don Alfonso Enriches primo e piissimo Re di Portogallo, Scritta in tre libri da Anton Maria ...* Venezia, MDCCXIX, nella stamperia Baglioni, 8.º, 252 pp. Dedicada ao Marquês de Bade (Licença de 25 de Setembro de 1714).

Estas 19 obras têm relação com a sua qualidade de Jesuíta do Brasil da Assistência de Portugal: ou foram escritas no Brasil, ou em português, ou tradução de livros de Jesuítas do Brasil, ou são vidas de Santos e heróis Portugueses. Durante os 25 anos que viveu na Itália, depois que deixou de ser da Província do Brasil, escreveu e imprimiu ainda outros livros, que descreve Sommervogel, e sobre os quais dá mais alguma indicação bibliográfica Rivière. A título de ilustração as indicamos aqui, limitando-nos ao enunciado do título:

"Anagogia coelestis, sive sublimiores cordis Deum quaerentis affectus, ex aerario divinae paginae ac Sanctorum Patrum inter meditandum deprompti, sanctissimae ac individuae Trinitati sacri". — "Istoria, e considerazioni sù la vita del nobile Pisano, e più nobile confessore di Cristo San Ranieri, arricchite con sentenze didotte dalla Sacra Scrittura, da' Santi Padri, e dagli antichi Filosofi". — "Sentimenti di cristiana pietà, cavati dalla divina Scrittura, e distribuiti per tutti i giorni dell' anno, a benefizio dell' anime divote". — "Vita della B. Michelina da Pesaro del terz' ordine di San Francesco". — "Vita ammirabile dell' insigne Cavaliere Romano S. Giovanni Calibita". — "Vita del Beato Palingotto da Urbino coll'aggiunta di altri nove beati Tutti Alunni del Sagro Ordine di S. Francesco". — "Le sacre Metamorfosi rappresantate nelle Vite di dieci santissime Donne che sotto l'abito di diverso sesso giunsero ad un alto grado di perfezione Evangelica". — "S. Gertrude Vergine la Magna". — "Istoria del Martirio di S. Giuliano Alessandrino, Avvocato de' Podagrosi". — "Istoria di S. Trofimo Arcivescovo di Arles, Primate in Francia, ed avvocato de' Podagrosi". — "Istoria del Pontefice Ottimo Massimo il B. Gregorio X" (*belas gravuras*). — "Istoria di S. Apollonia Vergine e Martire Alessandrina, avvocata contro i dolori de' denti". — "Compendio delle grazie e favori conferiti dalla somma beneficenza dell' ottimo e massimo Pontefice San Pio quinto agli Ordini Religiosi, e specialmente alla compagnia di Gesù". — "Istoria della Vita e preziosa morte del Ven. Servo di Dio il P. Pascasio Broet della Compagnia di Giesù". — Uma "Ode". — "Vita della Ven. Serva di Dio Veronica Laparelli, Monaca Cisterciense sotto la Regola del Patriarca S. Benedetto nel Monistero della SS.^{ma} Trinità di Cortona". — "Antidotum caeleste adversus mortem improvisam". — "Istoria della Vita di Bianca Teresa Massei Buonvisi". — "Istoria della Vita, e Miracoli del B. Pietro Gambacorti, Fondatore della Congregazione de' Romiti di S. Girolamo" (ilustrada). — "Istoria della Vita, Martirio, e Miracoli di San Gregorio, Arcivescovo e Primate dell' Armenia". — "Istoria del ammirabil Vita della B. Chiara degli Agolanti, Monaca del P. S. Francesco, e Fondatrice del Monistero di S. Maria degli Angioli in Rimini". — "Il Salomone descritto in cento lezioni su la divina Scrittura, dette nel Giesù di Roma". — "Istoria de S. Anastasia Vergine e Martire Romana, Figliuola di Pretestato, e Discipola di S. Grisogono, uccisa per Cristo sotto Diocleziano Imperadore" (dedicada ao Príncipe e Senhor Cardeal Nuno da Cunha de Ataíde Inquisidor Mor de Portugal e suas Conquistas). — "Fiamme di celeste dottrina raccolte dalle infocate Lettere di S. Francesco Saverio". — "Scelta di alcune considerazioni su la mirabil vita, virtù e dottrina della serafica vergine ed eletta sposa di Cristo Santa Caterina da Siena". — "Glorioso ternario delle vite di tre Beati Servi di Dio sepolti nelle Città di Pesaro descritte dal Cornegio e da Wadingo in lingua spagnuola e latina e tradotte nella nostra italiana" (são o B. Franc. de Pésaro e as BB. Felícia de Suécia e Serafina Colona). — "Istoria della Vita, Virtù e Miracoli del B. Andrea Conti". — "Vita ammirabile della B. Michelina da Pesaro Vedova Terziaria del P. S. Francesco scritta in lingua Spagnuola da Damiano Cornegio". — "Sermoni sagri detti in Roma. Parte Prima". — "Regole, e consuetudine della Congregazione eretta da' Padri Missionanti della Comp. di Giesù, sotto il titolo della Beatiss. Vergine, e sotto la protezione di S. Ignazio e S. Franc. Xaverio".

A. *Carta do P. António Maria Bonucci ao P. Geral Noyelle*, do Recife, 3 de Agosto de 1686. (*Bras.3(2)*, 225-226v). — Causa e estragos da peste [da "bicha"], caridade dos Padres da Companhia e diversas notícias. Excerpto em S. L., *História*, V, 444. *Ital*.

B. *Carta ao P. de Marinis*, do Recife, 20 de Agosto de 1687. (*Bras.3(2)*, 246-246v). — Exéquias de Noyelle; nova igreja; reitor; esmolas; Congregação. *Lat.*

C. *Carta ao P. Geral Tirso González*, do Recife, 4 de Janeiro de 1689. (*Bras.3(2)*, 266). — Recebeu ordem do Visitador P. António Vieira e do Provincial Diogo Machado para ir em missão com o Sr. Bispo de Pernambuco. Tem licença para introduzir na sua Congregação os exercícios que se costumam na de S. Francisco Xavier do Colégio Romano. *Ital.*

D. *Carta ao P. Geral*, do Recife, 19 de Julho de 1690. (*Bras.3(2)*, 291-292v). — Congregação; Missão pelos Engenhos com o Ir. António Cardoso; o benfeitor António Fernandes de Matos; governador do Forte de S. Pedro; a revisão dos seus livros. *Lat.*

E. *Carta ao P. Geral*, do Recife, 19 de Maio de 1695. (*Bras.3(2)*, 340). — Sobre o seu livro *Ephemerides Eucharisticæ*. *Lat.*

F. *Relazione della Missione, che feci quest'anno di 1696 nel Brasile, tornando per terra da Pernambuco alla Bahya*. "Nel Coll.º della Bahya, hoggi 30 di Giugno di 1696". (*Bras.9*, 432-434). *Ital.*

G. *Carta ao P. Geral*, da Baía, 7 de Julho de 1697. (*Bras.4*, 29-29v). — Agradece o ter aceitado a dedicatória da primeira parte das *Ephemerides Eucharisticæ*; a segunda será dedicada ao Arcebispo da Baía; irá o livro no ano seguinte porque o P. António Vieira, quase cego, escolheu-o para com ele acabar a grande obra da *Clavis Prophetarum*; o *Anatomen Cordis Christi Domini lancea perfossi* será dedicado ao Duque de Etrúria; e para Portugal segue a *Vida de S. Rosalia Virgem Palermitana, Advogada contra a peste*; agradece ser nomeado Mestre de Noviços, que se não executa por ser contra o decreto de El-Rei. Excerpto sobre a *Clavis Prophetarum* em Serafim Leite, *O P. António Vieira e as Ciências Sacras no Brasil — A famosa "Clavis Prophetarum" e os seus satélites*, em *Verbum*, I (Rio de Janeiro 1944) 258-259. *Lat.*

H. *Carta ao P. Geral*, da Baía, 9 de Julho de 1698. (*Bras.4*, 48). — Agradece ao P. Geral a incumbência de passar a limpo a *Clavis Prophetarum*, do P. António Vieira, "desiderabilis semper sanctaeque memoriae". Espera o Provincial ausente para deitar mãos à obra. Entretanto vai recolhendo as cartas do P. Vieira e já tem 300 e manda a cópia fiel de uma para o P. Geral ver e conceder licença que se imprimam. O P. Francisco Botelho, Professor de Teologia no Colégio da Baía e Pregador, seu confessor, leva para Portugal o *Anatomen Cordis Christi Domini* afim de ser enviado a Roma e dedicado ao Duque de Etrúria conforme carta dele recebida; também vai para Lisboa o seu opúsculo *Escola de bem morrer* para se publicar pelos Irmãos da Confraria da Boa Morte, e trata de dar a última demão à 1.ª Parte das *Ephemerides Eucharisticæ*. *Lat.*

I. *Carta ao P. Geral*, da Baía, 10 de Julho de 1699. (*Bras.4*, 60). — Acabou de passar a limpo a *Clavis Prophetarum*, feita com ingente trabalho do P. António Vieira, de grande e boa memória, a quem a morte não deixou dar a última demão, ficando incompleto sobretudo o quarto livro, a qual agora segue para Roma; entretanto colige as Cartas do mesmo P. Vieira como é vontade do P. Geral; e fala a seguir dos seus próprios livros para que se imprimam; e declara-se partidário do P. Geral na controvérsia do probabilismo. *Lat.*

J. *Carta ao P. Geral Tirso González*, da Baía, 24 de Junho de 1700. (*Bras.4*, 80). — Há nove meses que foi para a Aldeia de Natuba pela ordem que veio de dispersar os Padres italianos. Acostumado 20 anos à vida dos Colégios sente a diferença do tratamento na Aldeia em que o alimento é "vilíssimo". Entretanto continua as *Ephemerides Eucharisticæ* e este ano enviará para Lisboa outro livro, *Vindiciæ æquissimi Decreti Alexandris VIII. Pont. Max.*[i] *adversus Propositiones Baio-Jansenianas*, para que em Portugal se reveja e publique. Só sente não poder ordenar os manuscritos de Vieira como o P. Geral lhe dissera. De Vieira havia já 300 cartas, de fácil preparação, e 6 tomos da *Sylva Concionatoria*, que se se publicasse ajudaria a desendividar o Colégio da Baía, mas em Natuba faltam-lhe os elementos necessários, em particular a Biblioteca para conferir certas alegações e falta-lhe a assistência do outro amanuense ocupado também com as obras de Vieira, sem o qual nada pode fazer. *Lat.*

K. "Philosophia Christiana ab animalibus ad homines informandos traducta". — "Vida do B. Aleixo Falconiere" — "Vida da B. Juliana Falconiere", ambas em italiano; estas três obras estavam prontas para a imprensa, quando faleceu, diz Rivière.

O mesmo Rivière acrescenta: "Il aurait écrit une vie du P. Antonio Vieira au dire du P. André Barros". (*Supplément*, n.º 3724, letra E). O P. André de Barros, *Vida do Apostolico P. Antonio Vieyra*, na "Noticia Previa", diz efectivamente que o "eruditissimo Padre Antonio Maria Bonucci", e outros dois Padres estiveram encarregados de escrever essa Vida, um na língua portuguesa, outro na latina, outro na italiana, mas dos dizeres do mesmo André de Barros se infere que nenhum dos três, tirando alguma breve referência, a escreveu, para dar preferência a outro.

A. S. I. R., *Bras.*6, 5; — *Lus.*11, 11; — Inocêncio, VIII, 242-243; — Sommervogel, I, 1764-1771; — Rivière, n.ᵒˢ 1110 e 3724; — Mazzuchelli, *Gli scrittori d'Italia*, II, 3.ª P., pp. 1696-1697; — Al. De Bil, no *Dict. d'H. et de Géogr. Eccl.*, IX (Paris 1937)1124-1125; — S. L., *História*, V, 581.

BORGES, Martinho. *Administrador.* Nasceu cerca de 1677, na Cidade de Lisboa. Filho de João Ribeiro da Fonseca e sua mulher Luzia (ou Lúcia) Carneiro de Ataíde. Entrou na Companhia, com 16 anos, a 22 de Novembro de 1693 e embarcou no ano seguinte para o Brasil. Entre as ocupações que teve foi uma a de Reitor do Colégio de Santos (1724), outra a de Procurador Geral da Província do Brasil em Lisboa, cargo que ocupou durante muitos anos, ficando depois no Noviciado da Cotovia (Lisboa), onde faleceu em Novembro de 1755.

1. *Requerimento do Procurador Martinho Borges, a El-Rei, para que se nomeie juíz das causas do Camamu ao Ouvidor Geral do Cível da Cidade da Baía.* (*Doc. Hist.*, LXIV(1944) 58-59).

Este e outros documentos do Conselho Ultramarino em A. H. Col., *Baía*, Apensos, 25 de Julho de 1731. Sobre o assunto, cf. carta do Vice-Rei Vasco Fernandes César de Meneses, a El-Rei, da Baía, 30 de Março de 1724. (A. H. Col., *Baía*, Apensos, 30 de Março de 1724).

2. *Prologo aos que lerem.* Na "Arvore da Vida" do Padre Alexandre de Gusmão, Lisboa, 1734.

Breve notícia (4 pp.) da vida e obra do P. Gusmão. Não vem assinada, mas lê-se no frontispício: "Dada à estampa pelo P. Martinho Borges, da mesma Companhia. Procurador Geral da Província do Brasil".

A. *Carta do P. Martinho Borges ao P. Geral Tamburini*, do Colégio de Santos, 24 de Abril de 1725. (*Bras.*4, 285a-286a). — Estado do Colégio, mau, financeiramente. *Lat.*

B. *Carta do P. Martinho Borges, Procurador Geral, ao P. Geral Tamburini*, de Lisboa, 28 de Outubro de 1726. (*Bras.4*, 344-344v). — O que fez no Colégio de Santos, para diminuir as dívidas. *Lat.*

C. *Certificado do P. Proc. Martinho Borges em como a Procuratura da Província do Brasil tem 1.050$938 réis e se obriga a pagar 3% ao ano, dinheiro de esmolas para os gastos da Beatificação do V. P. José de Anchieta.* "Lx.ª Occ.ⁿˡ No Coll.º de S. Antão, 27 de Settembro de 1730". (*Bras.11(1)*, 403). *Port.*

D. *Requerimento a El-Rei atinente ao novo tributo da Camara de Pernambuco sobre a carne, pedindo o treslado da lei de 1729 que isenta os Padres da Companhia de Jesus na Bahia cabeça do Estado do Brasil.* Com o despacho, de 31 de Outubro de 1733, e o treslado da lei. (A. H. Col., *Pernambuco, Avulsos*, 31.X.1733). *Port.*

E. *Requerimento a El-Rei que se não defira à queixa do Bispo de Pernambuco D. Fr. José Fialho contra o Colégio do Recife por ter acolhido o P. Simão dos Santos que ia preso à ordem dele.* O despacho (que se ouça o suplicante) é de 8 de Junho de 1736. (A. H. Col., *ib.*, 24.V.736). A prisão foi no dia 17.XII.1735; ver, *ib.*, 18.II.1737, Representação a El-Rei do P. Simão dos Santos e Meneses Abreu, com a exposição do caso e consultas sobre ele. *Port.*

A. S. I. R., *Bras.6*, 39; — *Bras.10(2)*, 498; — S. L., *História*, V, 584 (n.º 185).

BORJA, Filipe de. *Missionário e Administrador.* Nasceu a 1 de Maio de 1694 em Castro Verde (Alentejo). Entrou na Companhia a 1 de Fevereiro de 1710, com seu irmão Inácio, ano em que já aparece no Catálogo do Maranhão. Fez a profissão solene. Ministro do Colégio do Maranhão, Procurador do Pará, Missionário de Caeté (Bragança) e dos Arapiuns (Rio Tapajoz), em cuja Aldeia de Cumaru faleceu a 24 de Novembro de 1731.

A. *Petição do P. Filipe de Borja ao Governador do Pará para que a canoa do Colégio do Maranhão, de recolha de cacau no Solimões, não seja molestada, nem se tirem dela os Índios.* 31 de Outubro de 1732. (Arq. Prov. Port., *Pasta 176*, 38). *Port.*

Três cartas do P. Geral ao P. Filipe de Borja (1731, 1732, 1733), *Bras.25*, 51, 56, 57.

Ver *Xavier* (Inácio), seu irmão, com alguma nota comum a ambos.

A. S. I. R., *Bras.27*, 28v; — *Livro dos Óbitos*, 15.

BOTELHO, Francisco. *Professor e Confessor Régio.* Nasceu cerca de 1649 em Linhares (Bispado de Coimbra). Entrou na Companhia em Coimbra a 9 de Janeiro de 1667, com 18 anos de idade. Fez a profissão solene no Porto a 15 de Agosto de 1685. Ensinou Humanidades, Retórica e Filosofia na Universidade de Évora. Embarcou para a Baía em 1692. Foi durante 6 anos Mestre de Teologia Moral e pregador. Voltou a Portugal em 1698 e continuou o mesmo ensino em S. Roque ("resolvedor dos casos"), cadeira de Controvérsia no Seminário de Lisboa, e depois Lente de Prima de S. Antão de que foi Reitor. Homem de Deus. No Brasil foi confessor do P. António Vieira, a cuja morte assistiu, e em Portugal, do Príncipe D. João. Quando este subiu ao Trono (D. João V) não quis continuar o ofício, anexo ao de confessor, do provimento das Igrejas do Ducado de Bragança; e começando a dar-lhe desgostos o régio confessado, o Padre teve repugnância do cargo e caiu tuberculoso. Retirou-se para Coimbra em busca de melhoras, que não obteve, falecendo a 8 de Agosto de 1707. Acompanhou-o até à sepultura, quanto Coimbra tinha de ilustre; e o Bispo com a sua tocha na mão.

A. *Carta do P. Francisco Botelho ao P. Geral*, da Baía, 21 de Julho de 1679. (*Bras.4*, 34). — Sobre uma restituição de que se tinha encarregado o P. António Vieira, de quem o P. Botelho era confessor. *Lat.*

B. *Cópia de uma Carta do P. Francisco Botelho ao Bispo de Coimbra*, de Lisboa, 2 de Novembro de 1698. (Bibl. da Ajuda, cód. 51-X-4, f. 140). — Sobre um Bispo grego, que se dizia Arcebispo de Samos, e na Baía ordenara de Sacerdotes muitos clérigos e religiosos, com reverendas falsas. *Port.*

C. *Carta ao P. Geral*, de Lisboa, 1 de Abril de 1706. (*Lus.76*, 53). — Comunica ter sido eleito confessor do Príncipe. *Lat.*

D. *Carta ao P. Geral*, de Lisboa, 5 de Abril de 1707. (*Lus.76*, 65). — Agradece ter sido aliviado do ofício de Reitor do Colégio de S. Antão; poderá dar-se mais ao cargo de confessor de El-Rei. *Lat.*

E. *Parecer sobre não ser obrigada a "Igreja" de S. Antão a pagar ao "Colégio" de S. Antão a porção do seu Procurador que no seu ministério se incapacitou para o serviço da Religião.* (Torre do Tombo, Cartório dos Jesuítas, maço 80). *Port.*

A. S. I. R., *Lus. 10*, 258; — *Bras. 3(2)*, 301; — *Bras.4*, 14-15v, 52; — Franco, *Imagem de Coimbra*, II, 682-684; — Id., *Ano Santo*, 439-440.

BOTELHO, Nicolau. *Missionário.* Nasceu cerca de 1587, na Cidade do Porto. Entrou na Companhia em Évora em 1610. Ministro dos Colégios do Porto e Bragança. Embarcou para o Brasil em 1618. Ministro do Colégio do Rio de Janeiro, Superior de Porto Seguro e Reitor do Colégio de S. Paulo. Faleceu a 19 de Agosto de 1647, no Rio de Janeiro.

1. *Procuração do Reitor de S. Paulo, P. Nicolau Botelho, ao P. Manuel Nunes, Vigário de S. Paulo, para tomar conta das coisas do Colégio, durante a ausência dos Padres, violentados a deixar a Vila de S. Paulo, por causa da liberdade dos Índios.* S. Paulo, 12 de Julho de 1640. Em S. L., *História*, VI, 254-255.

<small>A. S. I. R., *Bras.5*, 153; — Bibl. Vitt. Em., f. ges. 3492/1363, n.º 6.</small>

BOUREL, Filipe. *Missionário.* Nasceu a 27 (ou 28) de Agosto de 1659 em Colónia, Alemanha. Filho do Conselheiro Gabriel Bourel. Entrou na Companhia de Jesus, em Tréveris, com 17 anos, a 19 (ou 16) de Maio de 1676. Concluídos os estudos pediu a Missão do Brasil, e ao passar em Lisboa rogou o Provincial de Portugal ao do Brasil, em 1692, que o deixasse um ano "ad legendam Mathematicam in Universitate Conimbricensi". Fez a profissão solene em Coimbra no dia 2 de Fevereiro de 1693, e não tardou a embarcar, chegando à Baía a 19 de Maio do mesmo ano. No Brasil revelou-se Missionário decidido e pronto. A sua primeira missão foi de 200 léguas para pregar aos vaqueiros do Rio de S. Fráncisco e Piauí. Fundou a Missão de Podi, hoje Apodi, no Rio Grande do Norte, onde faleceu a 15 de Maio de 1709.

1. *Relação da maneira com que se botarão os PP.^{es} da Companhia de Jesus fora das suas missões no Rio de S. Francisco*, Bahya, 20 de Outubro de 1696. Publ. por S. L., *História*, V, 300-303. *Port.*

A. *Carta ao P. Geral Tirso González*, da Baía, 28 de Julho de 1697 (*Bras.4*, 41-41v). — Depois de expulso das missões de Rodela do Rio de S. Francisco, ficou adjunto do Mestre de Noviços. *Lat.*

B. *Certificado dos PP.^{es} Philippe Bourel e João Guincel em como os tres assinados acima, Capitão Theodosio da Rocha, Capitão Gonçalo de Castro Rocha, e Alferes Pascoal Gomes de Lima, se assinarão à sua vista.* Campanha do Assu, 29 de Outubro de 1699. (a) Philippe Bourel, Joam Guincel. (A. H. Col., *Baía*, Apensos, 7 de Janeiro de 1700, data de outros documentos). Com letra do P. Bourel. *Port.*

C. *Carta ao P. Tirso González*, de Podi, 10 de Abril de 1700. (*Bras.4*, 64-65v). — Pede para ser readmitido na Companhia Alexandre Nunes, saído com um ano de Juniorado, e agora seu companheiro na fundação da Missão de Podi. Resumo em S. L., *História*, V, 539. *Lat.*

D. *Certificado a favor de um cabo de guerra, que tinha ido numa bandeira.* Neste Assu, nos annos de 1703 aos 13 de Fevereiro. — Falta o princípio deste papel deteriorado pela humidade. (A. H. Col., *Pernambuco, Avulsos*, 13.II.1703). Port.

De Vita et obitu P. Philippi Bourel Coloniensis et in Provincia Brasilica Missionarii. (*Vitæ51*, 85-86).

A. S. I. R., *Lus.11*, 266; — *Hist. Soc.51*, 289; — Huonder, 155; — S. L., *História*, V, 539.

BRÁS, Afonso. *Missionário e Arquitecto.* Nasceu por volta de 1524 em S. Paio de Arcos, Anadia (antigo termo da vila de Avelãs de Cima). Entrou na Companhia em Coimbra a 22 de Abril de 1546 (outros dizem 1548). Chegou ao Brasil em 1550. Fundou o Colégio do Espírito Santo em 1551 e é um dos fundadores de S. Paulo, onde dirigiu a construção das primeiras casas. O P. Afonso Brás trabalhou noutras partes nomeadamente no Rio de Janeiro. Caracterizou a sua longa vida a qualidade de carpinteiro e mestre de obras ou arquitecto. Faleceu a 30 de Maio de 1610, no Rio de Janeiro.

1. *Carta de Affonso Braz mandada do porto de Espirito Santo no anno de 1551.* Em *Copia de unas cartas embiadas del Brasil por el Padre Nobrega de la Companhia de Jesus y otros Padres ... Tresladadas de Portugues en Castellano. Recebidas el año de 1551:* (Ver título completo em *Nóbrega, Manuel da*). É a 4.ª carta impressa, sem nome de autor; — *Avisi Particolari* (Roma 1552), 131-134; — *Diversi Avisi* (Venezia 1559) 50-52; — *Diversi Avisi* (Venezia 1565) 50-52. Transcrita de "Cartas dos Padres", cód. da B. N. do Rio de Janeiro, I, 5, 2, 38, f. 11, e publicada na *Rev. do Inst. Hist. e Geogr. Bras.*, VI (Rio 1884) 441-442; — *Cartas Avulsas* (Rio 1931) 87-89, com notas de Afrânio Peixoto.

Algumas transcrições transformaram indevidamente Afonso *Brás* (castelhano *Blas*) em Afonso *Dias*. (Cf. Streit, II, 335, 336, 346, 350).

S. L., *História*, I, 215; VI, 136.

BREWER, João de. *Professor e Missionário.* Nasceu a 25 de Junho de 1718 em Colónia, Alemanha. Entrou na Companhia a 21 de Outubro de 1737. Não vimos a data certa da sua chegada ao Brasil, nem consta do Catálogo de 1744. Em 1745 já residia na Aldeia dos Paiacus, Ceará. Fez a profissão solene na de Ibiapaba, a 15 de Agosto de 1751, recebendo-a o Superior P. Manuel de Matos. Em 1757 era Professor da Faculdade de Matemática no Colégio da Baía, onde estava ao sobrevir a perseguição geral. Deportado para o Reino em fins de Janeiro de 1759, passou em 1760 do Colégio de S. Antão em Lisboa para os cárceres de Azeitão, donde o levaram em 1769 para os de S. Julião da Barra. Saiu deles com vida em 1777, na restauração também geral das liberdades cívicas portuguesas. Voltou à sua cidade natal, onde faleceu a 13 de Agosto de 1789.

1. *Nove cartas do P. João de Brewer*, datadas do Rio de Janeiro, Olinda, Ibiapaba, Baía, de 9 de Março de 1744 a 10 de Maio de 1757. Publ. em *Neue-Welt-Bott* do P. Stöcklein, XL, 22-52.

2. *Atestado do P. João de Brewer*, Visitador da Aldeia de Ibiapaba, acerca do número de Índios da Aldeia, 13 de Fevereiro de 1756. (A. H. Col., *Ceará*, 13 de Fevereiro de 1756). Em S. L., *História*, III, 65.

3. *R. P. I. B. Varia de Vita P. Gabrielis Malagrida*. Murr, *Journal*, XVI, 41-54 [R. P. Ioannis Breweri].

4. *Dom. Iohannis Breweri Adnotationes ad librum a me editum: "Reisen einiger Missionarien der Gesellschaft Iesu in America"*. Murr, *Journal*, XVII (não XVIII) 260-286.

O autor do *livro*, citado e *editado* por Murr, é o P. Fr. Xavier Veigl.

A. *Carta à Rainha de Portugal D. Maria Ana*, de Ibiapaba, 8 de Novembro de 1750. Alem.

B. *Carta à Rainha de Portugal D. Maria Ana*, de Ibiapaba, 15 de Outubro de 1750. Alem.

São duas cartas pertencentes à Colecção do Dr. Alberto Lamego, e de que o Arq. da Prov. Port. possui fotocópias (Pasta 80, n.os 13 e 14, com a tradução portuguesa do P. Afonso Luisier). Não averiguámos se estão incluídas entre as nove publicadas por Stöcklein.

C. *Lexicon græco-latinum constans vocabulis quæ in S. Bibliis Novi Testamenti in libello Thomæ Kempensis ... reperiuntur Collecta studio P. Joannis Brewer e S. J. In Carceribus Arcis S. Juliani ad Ostia Tagi anno sal. hum. 1773.* Em poder dos Jesuítas de Presburgo.

D. *Annotatio rerum quarundam quæ religiosis Societatis Jesu contigerunt in Brasilia et Lusitania ab anno 1758 ad annum 1777, prout illas vel ipse expertus fui, vel ab iis narrari audivi, qui interfuerunt.* 4.°, 150 pp. Datada de Colónia, 26 de Agosto de 1777. (Arch. Prov. Germ. (bis), Série VII, fasc. A4 e C18).

Entre as obras impressas de João de Brewer, inclui-se uma referência à *Apologia*, entregue pelo Conde de S. Lourenço a D. Pedro III, para este apresentar à Rainha D. Maria I. Não é deste Padre. — Ver *Fonseca* (Bento da).

A. S. I. R., *Bras.6*, 375v; — *Lus.17*, 40; — Sommervogel, II, 148; VIII, 1927; — Huonder, 156; — S. L., *História*, V, 73.

BRITO, Laureano de. *Missionário do Brasil e da Índia.* Nasceu por 1670, no Recife. Entrou na Companhia na Baía a 26 de Setembro de 1686 com 16 anos de idade. Era presidente de Filosofia na Baía em 1698, mandando o P. Geral que fosse substituído por outro. Saindo da Companhia em 1700, foi readmitido nela 3 anos depois, e exercitava-se já em 1704, como pregador de grande aceitação. No ano seguinte pediu a Missão da Índia Oriental. O Catálogo de Goa, de 1706, dá-o na 3.ª Provação, destinado ao Malabar. Deixou fama de grande missionário e confessor da fé, com cárceres e afrontas. Não vimos a data da sua morte.

A. *Carta ao P. Vigário Geral, Miguel Ângelo Tamburini*, da Baía, 30 de Setembro de 1705. (*Bras.4*, 111). — Pede a Missão do Malabar. Tendo morrido o P. Fernando Calini, concedeu-lhe o Provincial que o fôsse substituir. Mas dependendo do Geral, roga-lhe instantemente queira mandar-lhe a licença em carta patente. *Lat.*

A. S. J. R., *Bras.4*, 50; — *Bras.5(2)*, 156v; — Goa, Cat. de 1706 (Gesù, 627); — Loreto Couto, I, 273-277.

BRITO, Manuel de. *Missionário e Administrador.* Nasceu a 2 de Fevereiro de 1673 em Ourentã, termo de Cantanhede. Aluno da Universidade de Coimbra quando entrou na Companhia na mesma cidade a 8 de Junho de 1691. Ensinou Humanidades em Bragança e sendo estudante de Teologia em Évora pediu a Missão do Maranhão e Pará, para onde embarcou em 1703. Missionário e Procurador das Missões no Colégio do Pará. Reitor do mesmo Colégio e do Maranhão, Superior da Missão; e vinha para ele a patente de 1.º Vice-Provincial da Vice-Província nova, mas quando chegou já havia falecido no Colégio do Pará a 6 de Junho de 1727. Estimado de todos; e o Governador João da Maia da Gama escreveu ao Geral, dando-lhe as condolências pela morte do P. Brito. (Carta reproduzida em fac-símile, em S. L., *História*, IV, 214/215).

1. *Brevis Notitia laborum, qui pro animarum salute a Patribus Collegii Maragnonensis suscepti sunt ab anno 1722 ad 1725.* Ex Collegio Maranoniensi, 21 Junii 1723. (a) Emmanuel de Britto, Rector. (*Bras.26*, 231-232v). Publ. por S. L., *História*, IV, 395-397. *Lat.*

A. *Duas licenças para se tirarem das Aldeias, uma índia de leite, e algumas índias farinheiras, com os seus salários costumados.* Pará, 7 de Junho e 10 de Julho de 1720. (B. N. de Lisboa, fg. 4517, f. 9). *Port.*

B. *Carta ao P. Geral Tamburini*, do Pará, 8 de Julho de 1720. (*Bras.26*, 221). — Pede para levar consigo alguns objectos que depois aplicará ao Colégio ou Casa. *Lat.*

C. *Carta ao P. Geral*, do Maranhão, 20 de Junho de 1723. (*Bras.26*, 230-230v). — Informação do talento dos Irmãos filósofos. *Lat.*

D. *Carta ao P. Geral*, do Maranhão, 21 de Junho de 1723. (*Bras.26*, 233-233v). — Informação sumária do Colégio ao deixar o cargo de Reitor do Maranhão. *Lat.*

E. *Carta ao P. Geral*, do Pará, 10 de Setembro de 1726. (*Bras.26*, 244-244v). — Não havendo Bispo, nem esperanças dele, pede faculdade como Superior da Missão, para alguns Padres administrarem o Sacramento da Confirmação nas regiões distantes. *Lat.*

F. *Carta ao P. Geral*, do Pará, 10 de Setembro de 1726. (*Bras.26*, 245-246). — Diário da sua visita às Missões do Rio Amazonas. *Lat.*

G. *Carta do P. Visitador Manuel de Brito ao P. Geral*, do Pará, 13 de Setembro de 1726. (*Bras.26*, 249). — Um velho porteiro secular quer morrer com a roupeta da Companhia: que o P. Geral o conceda; e conceda também Carta de Irmandade para o Capitão Hilário de Morais Bittancor (sic), benfeitor insigne. *Lat.*

Livro dos Óbitos, 11v-12.

BUCHERELLI, Luiz Maria. *Missionário e Professor.* Nasceu a 15 de Julho de 1684 em Florença (Empoli ?). Era conhecido na Missão mais com a grafia de *Bucarelli*. Irmão do P. Francisco Maria Bucherelli, mártir do Tonquim. Luiz Maria entrou na Companhia em S. André de Roma, a 1 de Fevereiro de 1703; e em 1718 embarcou de Lisboa para o Maranhão. Professor de Humanidades, Filosofia e Teologia. Missionário em diversas paragens sobretudo em Sumauma e Mortigura, cuja igreja construiu, mandando buscar cacau no sertão, zelo que lhe valeu a má vontade dalguns inimigos da Companhia. Mestre de Noviços. Faleceu a 6 de Junho de 1749, no Maranhão.

1. *Catecismo na língua brasílica.* "Compôs um catecismo na língua dos mesmos Índios". E foi mandado adoptar pelo P. Geral por sua clareza, de preferência a todos os mais. (*Lembrança dos Defuntos*, 13).

Consideramo-lo com probabilidade um dos Diálogos existentes no Museu Britânico, e impressos na *Chrestomathia*, de Ferreira França. — Ver *Vidigal* (José).

A. *Carta ao P. Geral Tamburini*, do Maranhão, 18 de Junho de 1720. (*Bras.26*, 220-220v). — Louva o P. Visitador Manuel de Seixas, o P. José Vidigal, etc. *Lat.*

B. *Carta ao P. Geral Tamburini*, do Pará, 8 de Agosto de 1721 (*Bras.10*, 241-244). — Missão feita por ele-próprio. *Ital.*

C. *Carta ao P. Geral Tamburini*, do Pará, 11 de Setembro de 1726. (*Bras.26*, 247). — Pede licença para um noviço coadjutor passar a estudante, sobrinho de um Padre de S. Francisco. Não diz o nome. *Lat.*

D. *Petição feita ao Governador do Pará pelo P. Luiz Maria Bucarelli para que as canoas que vão ao Rio Solimões na colheita do cacau não sejam incomodadas tirando-se delas os Índios*. Data de deferimento, 31 de Outubro de 1732. (Arq. Prov. Port., *Pasta 176*, ad 38). *Port.*

Tratava-se da Canoa da Missão de Mortigura, e era para a construção da igreja nova. (Cf. S. L., *História*, III, 300).

E. *Carta ao P. Secretário Geral da Companhia*, do Pará, 21 de Setembro de 1738. (*Bras.26*, 295-295v). — Agradece a relíquia da Santa Cruz que lhe mandaram de Roma. Todas as cartas de seu irmão, da Província do Japão, mártir, as enviou para Roma. Fala doutros Padres, Belleci, Heckel, Wolff, etc. *Lat.*

A. S. I. R., *Bras.27*, 39v; — *Lembrança dos Defuntos*, 13.

C

CAMELO, Francisco. *Professor e Pregador.* Nasceu cerca de 1651 em Lisboa. Entrou na Companhia, com 17 anos, a 7 de Junho de 1668 e nesse mesmo ano embarcou para o Brasil. Fez a profissão solene em Olinda, a 15 de Agosto de 1687, recebendo-a o P. Pedro Dias. Substituiu o P. Bonucci na direcção da Congregação do Recife. Pregador de renome. Lente de véspera, Examinador do Sínodo da Baía (1707) e Reitor de Olinda, em cujo cargo faleceu rodeado da estima geral, a 17 (não 27) de Dezembro de 1713.

1. *Sermão nas Exéquias da Rainha D. Maria Sofia Isabel, pregado na Santa Casa da Misericórdia da Baía em 1700.* — Tema e resumo ou análise deste sermão em Francisco de Matos, *Dor sem lenitivos* (Lisboa 1703) 125-131.

A. S. I. R., *Bras.10*, 94v-95; — *Lus.11*, 61; — S. L., *História*, V, 431, 457, 458.

CAMPOS, Estanislau de. *Professor e Administrador.* Nasceu pelo ano de 1649, em S. Paulo. Filho de Filipe de Campos, português, e de sua mulher Margarida Bicuda de Mendonça. Entrou na Companhia a 1 de Abril de 1667, com 17 anos de idade. Professor de Humanidades e de Filosofia. Fez a profissão solene em Olinda a 2 de Fevereiro de 1687, recebendo-a Pedro Dias. Reitor dos Colégios do Espírito Santo, Olinda e Baía, Provincial, e Visitador dos Colégios de Santos e S. Paulo. Faleceu em veneranda velhice na sua cidade natal, a 12 de Junho de 1734.

A. *Declaração sobre um papel de Domingos da Silva Morro relativo às terras da Pitanga (Passé e Marco Mamô).* Baía, 30 de Novembro de 1705. Com outra declaração idêntica do P. Andreoni. (Torre do Tombo, *Jesuítas*, maço 88).

B. *Carta do P. Provincial Estanislau de Campos ao P. Geral Miguel Ângelo Tamburini*, da Baía, 13 de Julho de 1713. (*Bras.4*, 179-181v). — É Provincial desde 3 de Junho; falecimento do P. Manuel Fernandes; Irmãos Coadjutores, etc.; o Rio de Janeiro, tomado pelos Franceses; tumulto em S. Paulo; Paranaguá, Santos, Espírito

Santo. — Excerptos sobre a invasão francesa de 1711, em S. L., *História*, VI, 52-53, e sobre a questão do Ouvidor Geral em S. Paulo, *ib.*, 410. *Lat.*

C. *Carta do mesmo ao mesmo,* da Baía, 20 de Julho de 1714. (*Bras.4*, 186-187v). — Como vão as coisas espirituais. *Lat.*

D. *Carta do mesmo ao mesmo,* da Baía, 24 de Julho de 1714. (*Bras.4*, 190-191v). — Recomenda os Padres António de Matos e Manuel Martins; que se mude o Procurador em Lisboa; Belém da Cachoeira. *Lat.*

E. *Requerimento a El-Rei do P. Estanislau de Campos Provincial do Brasil e Administrador dos Índios da dita Província no Espiritual e no Temporal por Provisão do Sereníssimo Senhor Rei de Portugal D. Pedro.* Pede o treslado da mesma Provisão registada no Livro 2 dos Registos da Secretaria deste Estado a f. 124v, em 10 de Abril do ano de 1681. — O despacho é de 1714. (A. H. Col., *Pernambuco*, Avulsos, Capilha de 16.XII.1721).

Jerónimo Moniz, *Vita Patris Stanislai de Campos e Societate Jesu in Brasiliensi Provincia Sacerdos*, Rio de Janeiro, 1889.

A. S. I. R., *Bras.4*, 261v; — *Bras.5(2)*, 79v; — *Lus.11*, 82; — *Invent. e Testamentos*, XXI, 247.

CAMPOS (FIELD?), Roberto de. *Professor e Administrador.* Nasceu cerca de 1692 em Dundee, Escócia. Convertido no Brasil do Calvinismo ao Catolicismo, entrou com 22 anos na Companhia de Jesus, no dia 15 de Julho de 1714. Fez a profissão solene a 29 de Setembro de 1731 no Recife. Entre os diversos cargos que ocupou foi Secretário do Provincial, Professor de Prima de Teologia no Colégio da Baía e Reitor do Colégio do Rio de Janeiro, onde faleceu a 20 de Dezembro de 1753.

1. *Carta do P. Roberto de Campos ao Dr. Manuel Tavares de Sequeira Secretário da Academia dos Selectos,* Colégio do Rio de Janeiro, 24 de Janeiro de 1752. Publ. pelo Secretário com o título de "Carta do M. R. P. Reitor do Collegio da Companhia, que acompanha as Obras que nelle se fizeraõ, e foraõ as mais em numero, e as mais *omnibus numeris* absolutas, e perfeitas, como forjadas na Real Officina de Apollo, e Minerva", em *Jubilos da America* (Lisboa 1754) 13-14.

"Ao M. R. Padre Mestre Roberto de Campos da Companhia de Jesus, Reytor do Collegio, enviando para a Academia um justo volume de Poesias as mais numerosas". Soneto de Manuel Tavares de Sequeira, *Júbilos da América*, 122.

Como Reitor do Colégio, o P. Roberto de Campos cometeu aos Irmãos Estudantes (e talvez também Mestres) o encargo de fazerem as suas composições em louvor do homenageado. O Secretário da Academia dos Selectos (realizada a 30 de Janeiro de 1752) pedira colaboração às Casas Religiosas do Rio, Jesuítas, Beneditinos, Carmelitas e Franciscanos. E todas se publicam naquela colectânea de elogio ao Governador Gomes Freire de Andrade. Os versos dos Jesuítas (o grupo de facto mais numeroso) está em *Júbilos da América*, 133-173, com o título de *Musa Jesuítica*. São Epigramas latinos, Sonetos, etc., celebrando alguma benemerência de Gomes Freire (a fundação do Convento de S. Teresa e outras). De um soneto do compilador de *Júbilos*, Dr. Manuel Tavares de Sequeira e Sá, se infere que os autores da *Musa Jesuítica*, eram do Rio de Janeiro e Minas, residentes então no Colégio. Mas sem individuação de nomes. — Ver *Faria* (Francisco de).

A. *Carta ao P. Geral Miguel Ângelo Tamburini*, do Rio de Janeiro, 15 de Agosto de 1727. (*Bras.4*, 353-353v). — Conta a sua conversão do Calvinismo 14 anos antes pelo P. Tomás Lynch, os seus estudos na Baía e no Rio, e como por não haver Bispo se foi ordenar a Buenos Aires. Trata agora da conversão de outro calvinista, mas costumam os Ingleses e Escoceses levar livros das suas "*histórias*" e importa que os leia, senão eles dizem que não se informa suficientemente. Com a chegada do livro de Cláudio La Croix pôs-se em dúvida se o Provincial tem poderes para conceder essa licença, e é o que ele pede ao Geral: ler e conservar quaisquer livros proibidos, mesmo heréticos. *Lat.*

B. *Correcções à Ânua de 1743-1744*, 21 de Maio de 1745. (*Bras.10*, 420). *Lat.*

C. *Carta de Roberto de Campos a certo prelado*, do Colégio do Rio de Janeiro, 28 de Maio de 1751. (Bibl. de Évora, cód. CX/2-15, n.º 92. Duas vias, originais). — Envia algumas caixas com objectos a pedido do Conde de Lavradio. — Com os documentos e contas minuciosas de objectos e referências a pessoas nobres. *Port.*

A. S. I. R., *Bras.6*, 269v; — *Lus.15*, 90; — Bibl. Vitt. Em., f. ges. 3492/1363, n.º 6.

CANÍSIO (HUNDT), Rogério. *Missionário.* Nasceu a 21 de Novembro de 1711, em Olpe, Alemanha. Entrou na Companhia a 23 de Outubro de 1731. Embarcou para o Brasil em 1742. Os Catálogos do Brasil dão-lhe a naturalidade de "Coloniense", com a entrada a 17 de Outubro de 1731 e só o trazem em 1745 no Real Hospício do Ceará (Aquiraz). Em 1757 era Superior da Missão de Ibiapaba, onde o atingiu a proscrição geral dos Padres estrangeiros, dando entrada nos cárceres de S. Julião da Barra a 14 de Novembro de 1759, onde ficou preso até à morte, a 6 (ou 16) de Abril de 1773.

1. *Carta à Rainha D. Maria Ana de Portugal,* do Real Hospício do Ceará, 22 de Abril de 1747. Trad. em português e publ. por Lamego, III (1925) 436-440. Cit. em S. L., *História,* III, 225.

2. *Cartas ao P. Jos. Ritter S. J.,* do Ceará e Ibiapaba, de 1746 e 1752. *Weltbott,* de Stöcklein, XL, n.º 797.

A. *Carta ao Capitão-mor e Governador Francisco Xavier de Miranda Henriques,* de Ibiapaba, 3 de Outubro de 1755. (A. H. Col., *Ceará,* na capilha de 3 de Abril de 1757). — Envia-lhe 30 índios que lhe requisitara. Cit. em S. L., *História,* III, 31. Port.

Rutger Hundt S. J. auch Rogerio Canisio oder Canisius Germanus gennant em *Saurländisches Familienarchiv,* Paderborn, n.º 4 (1905) pp. 92-98.

A. S. I. R., *Bras.*6, 375v, 409; — Sommervogel, IV, 524; — Huonder, 158; — S. L., *História,* III, 70-71.

CAPASSI, Domingos. *Astrónomo e Cartógrafo.* Nasceu a 29 de Agosto de 1694 em Nápoles. Entrou na Companhia a 6 de Março de 1710. Ensinou Gramática e Humanidades. Dedicou-se às Matemáticas e atraído pelo protector das Letras e Ciências, El-Rei D. João V, chegou a Lisboa, com o P. João Baptista Carbone. Trabalharam juntos em Lisboa, dividindo-se depois as actividades: Carbone ficou na Côrte, com o título de "matemático régio", e Capassi seguiu para o Brasil em fins de 1729, com o P. Diogo Soares, ambos com o mesmo título de "matemáticos régios". Além da Comarca do Rio de Janeiro, esteve na Colónia do Sacramento e no Rio Grande do Sul e ia a caminho de Minas Gerais, quando adoeceu de febres malignas, que duraram dois meses, falecendo em S. Paulo, a 14 de Fevereiro de 1736, com 42 anos apenas. Nos 6 que viveu no Brasil, quer com a sua actividade pessoal, quer em colaboração com o P. Diogo Soares, deixou obra de verdadeiro sábio e homem de virtude, sério e afável. Últimas palavras suas: "Manus Domini tetigit me".

1. *Observatio lunaris eclipsis habita Ulyssipone in Palatio Regio die 1 Novembris 1724 à P. Joh. Bapt. Carbone et Dominico Capasso S. J.;* — nas *Acta Erudit. Lips.,* 1725, pp. 74-78.

2. *Observationes habitæ Ulyssipone circa primum Jovis Satellitem:* Auctore Dominico Capasso, Neapol. Soc. Jesu, Anno 1725; — *ib.*, 1726, p. 365.

3. *Observationes Astronomicæ ad Elevationem Poli Ulyssipone inquirendam*, eodem Auctore, *ib.*, 1726, pp. 365-369.

4. *Nova Litteratura e Lusitania*, *ib.*, 1726, pp. 375-376.

5. *Tabuada das Latitudes feita pelos Padres Matemáticos régios Diogo Soares e Domingos Capassi*. Com a distinção das Comarcas do Brasil e terras respectivas. Na *Rev. do Inst. Hist. e Geogr. Bras.*, XLV (1882) 125ss.

A. *Lusitania Astronomica Illustrata Jussu ac Munificentia Potentissimi Regis Ioannis V operâ & Studio Dominici Capassi Neapolitani Soc. Iesu.* (Torre do Tombo, *Cartório dos Jesuítas*, Maço 17a).

[Este maço estava no lugar do maço 17, pedido pelo Autor; mas não é o maço 17, que também examinou. Estando ilegível o número daquele primeiro maço, e sendo necessário um número fixo para o citar, tomou-se o alvitre de o classificar 17a. O *ms.* do P. Capassi está num *pacote* com outros manuscritos de Matemática e entre os quais algumas cartas dirigidas ao P. Carbone. Para mais fácil identificação deste *maço* 17a convém saber que ele consta apenas de 3 *pacotes*: este de *Matemática*, outro sobre *Évora*, e outro sobre a *Quinta de Caniços*].

O Necrológio do P. Capassi diz que deixou inédito um livro em latim elegante. Será este?

B. *Mapa Topografico do Porto do Rio de Janeiro*, feito por Domingos Capassi da Comp.ª de Iezu no Anno de 1730. Cópia de 1776. Aquarela. (Instituto Histórico do Rio de Janeiro).

C. *Carta da Costa do Brasil ao Meridiano do Rio de Janeiro desde a Barra de Marambaya athé Cabo Frio, pelos P. P. Diogo Soares e Domingos Capacy S. I. G. R. no Estado do Brazil.* (A. H. Col., *Catálago dos Mapas*, 311).

D. *A Nova Colonia do Sacramento No Grande Rio da Prata, na America Austral e Portugueza.* "Estilo do P.ᵉ Capassi". Original? Aquarela. 0,ᵐ459×0,616. (*Ensaio de Chartographia Brazileira* (Rio de Janeiro 1883) n.º 1981).

Inclui-se aqui pela citação do P. Capassi e como elemento de estudo.

Francisco Xavier da Silva, *Elogio Junebre e Historico do muito Alto, poderoso, Pio, e Fidelissimo Rey de Portugal o Senhor D. João V*, Lisboa, 1750, recordando as benemerências de D. João V relativas às Ciências, Letras e Artes, recorda a actividade dos Padres Diogo Soares e Capassi, e diz: "Dividido o trabalho entre os dois, coube ao P. Capassi fazer as observações astronómicas, de que mandou exactíssimas notas, que depois se participaram às Academias de França e Inglaterra; e quanto à Geografia fez uma carta muito pontual da Capitania do Rio de Janeiro, que mandou à côrte, não acabando a que principiara desde aquela Capitania até às Minas Gerais, por lhe sobrevir a morte em S. Paulo".

Sommervogel enumera entre as obras do P. Capassi a *Historiæ Philosophiæ Synopsis*, Neapolis, 1728, 4.º, que é do seu irmão, João Baptista Capassi, "Phil. et Med. Doct. Neapolitanus", que a dedica a D. João V (com belo retrato), por ter nomeado "matemático régio" ao seu irmão Domingos.
Ver *Soares* (Diogo).

A. S. I. R., *Bras*.6, 197; — *Bras* 10(2), 378 (Necrológio); — Sommervogel, II, 696; VIII, 1984; — Rivière, 989 (n.º 3883); — S. L., *História*, IV, 286-287

CARANDINI, Francisco. *Missionário*. Nasceu cerca de 1630 em Módena. Entrou na Companhia na Província de Veneza pelo ano de 1646. Embarcou de Lisboa para o Brasil em 1663 e neste mesmo ano, a 15 de Agosto, fez a profissão solene de 3 votos, recebendo-a Jacinto de Magistris. Em 1667 era Superior do Engenho da Pitanga. Voltou à Europa e chegou a Lisboa em Janeiro de 1669.

A. *Duo epigrammata latina in laudem P. Valentini Stancel, Phoenix Mathematicorum nostri Sæculi*. Nos prelims. do *Tiphys Lusitano*, do P. Estancel. (B. N. de Lisboa, fg. 2264, f. 4).

A. S. I. R., *Bras*.3(2), 54, 71; — *Bras*.5(2), 9v, 31; — *Lus*.8, 75-76; — S. L., *História*, VI, 596-597.

CARDIM, Fernão. *Administrador, Historiador e Etnógrafo*. Nasceu cerca de 1549 em Viana do Alentejo. Filho de Gaspar Clemente e de Inês Cardim. Estudava em Évora quando entrou na Companhia, nesta mesma cidade, a 9 de Fevereiro de 1566. (Um catálogo diz 8 de Fevereiro de 1567). Concluídas as Humanidades, Artes Liberais e Teologia, foi Ministro do Colégio de Évora, e adjunto do Mestre de Noviços em Évora e Coimbra. Embarcou para o Brasil em 1583 como Secretário do Visitador Cristóvão de Gouveia. Fez a Profissão solene na Baía a 1 de Janeiro de 1588 e pregava com fruto e agrado dos ouvintes. Voltando o Visitador para Portugal, ele ficou no Brasil, e foi Reitor do Colégio da Baía e do Rio de Janeiro e em 1598 eleito procurador a Roma. À volta, em 1601, caiu em poder de piratas ingleses, que o levaram para Londres. Enfim, libertado, passou pela Flandres e Portugal, e voltou ao Brasil em 1604, com o governo da Província até 1609. Depois ainda tornou a ser Reitor dos Colégios do Rio de Janeiro e da Baía, e ocupava este ofício ao dar-se a invasão da Baía pelos Holandeses em 1624, assumindo, pelo cativeiro do Provincial Domingos Coelho, o cargo de Vice-Provincial. Faleceu nos subúrbios da mesma cidade da Baía, a 27 de Janeiro de 1625. É uma das grandes figuras da Companhia de Jesus no Brasil, e como escritor revelou vasta cultura e estilo ameno.

1. *Informação da Missão do Padre Cristóvão de Gouveia às partes do Brasil no ano de 83.* (Ms. da Bibl. de Évora, Rivara, I, 19). Publicada por Varnhagen com o título de *Narrativa epistolar de uma viagem e missão jesuitica pela Bahia, Ilheos, Porto Seguro, Espirito Santo, Rio de Janeiro, São Vicente (São Paulo), etc., desde o anno de 1583 ao de 1590, indo por visitador o Padre Christovão de Gouvea. Escripta em duas cartas ao P. Provincial em Portugal, pelo Padre Fernão Cardim, Ministro do Colegio da Companhia em Evora, etc., etc.* Lisboa, Imprensa Nacional, 1847, 12.º, 123 pp.; — com o título de *Missões do P. Fernão Cardim* em Melo Morais, IV (1860) 417-457, que corresponde à *História dos Jesuítas* do mesmo autor, tomo II (Rio 1872); — *Narrativa epistolar de uma viagem e missão jesuitica* na Rev. do Inst. Hist. e Geogr. Brasileiro, Tomo 65, P. 1.ª (1902)5-70.

Há reproduções parciais da *Narrativa* em diversas publicações (Rio, Pernambuco, e Baía) e todas dependem da 1.ª edição feita por Varnhagen de uma cópia defeituosa, que continha, "além de numerosos erros, muitas outras omissões, que em diversos passos alteraram ou deixaram suspenso e incompreensível o sentido da narração", observa Rodolfo Garcia na *Introdução* aos *Tratados da terra e gente do Brasil*, de Fernão Cardim (Rio 1925)279-372, onde se reproduz a *Narrativa Epistolar* por uma cópia, mais exacta, de Paulo Prado.

2. *Treatise of Brazil written by a Portugall which had long lived there.* Na Colecção *Pvrchas his Pilgrimage*, IV (Londres 1625) 1289-1329. (Correspondente ao 16.º da reimpressão moderna). — Samuel Purchas, *Hakluytus Posthumus*, or *Purchas His Pilgrimes*, 20 volumes, Glasgow, 1905-1907, XVI, 417-503. Tradução inglesa dos dois Tratados, que se descrevem a seguir nos n.ºˢ 3 e 4.

Purchas, vendo no fim do livro umas receitas subscritas com o nome do "Ir. Manoel Tristaon Emfermeiro do Colegio da Baya", atribuiu-lhe a autoria destes Tratados. Capistrano de Abreu apurou que o autor é o P. Fernão Cardim, cotejando-os com a *Narrativa Epistolar*: "A identidade de forma e fundo aparece a cada instante: "o *Treatise* foi escrito em 1584 e Cardim estava no Brasil desde Maio de 1583; o manuscrito do *Treatise* foi tomado por um pirata inglês em 1601 a um Jesuíta que aprisionaram; neste mesmo ano de 1601, Fernão Cardim foi aprisionado e levado para a Inglaterra" (*Tratados*, 427-428). Cremos todavia sumamente útil a indicação do nome de Manuel Tristão, enfermeiro de grande habilidade e talento, como provável fonte de Cardim e outros, dada a cópia de propriedades e aplicações medicinais de diversos elementos da flora e fauna do Brasil, que encerram os seus escritos. — Ver *Tristão* (Manuel).

Além destes dois *Tratados*, com o original português conhecido, está no mesmo volume de *Purchas His Pilgrimes* (XVI, 503-517): *Articles touching on the duties of the Kings Majestic our Lord, and to the common good of all the estate of Brasill*, atribuido ao mesmo autor dos dois primeiros. Não está traduzido em português nem ainda se averiguou se porventura existe o original português correspondente. Assunto que fica em aberto até cotejo directo entre a tradução inglesa e os numerosos escritos do século XVI, que progressivamente se vão descobrindo e estudando.

3. *Do Clima e Terra do Brasil e de algumas cousas notaveis que se achão assi na Terra como no Mar*. (Bibl. de Évora, cód. CXVI/1-33). Traduzido por Purchas em 1625, com algumas variantes, que anota Capistrano de Abreu. Publicado parcialmente pelo Dr. Fernando Mendes de Almeida, em 1881, na *Revista Mensal da Secção da Sociedade de Geografia de Lisboa no Rio de Janeiro*, Tomo I, n.ºs 1-2; — e por intervenção de Capistrano de Abreu, que identificara o Autor, na mesma *Revista*, integralmente, Tomo III, Rio, 1885.

4. *Do Princípio e Origem dos Índios do Brasil e de seus costumes, adoração e cerimónias*. (Bibl. de Évora, cód. CXVI/1-33, f. 1-12v). Traduzido por Purchas em 1625. Publ. por Capistrano de Abreu, com notas de Baptista Caetano de Almeida Nogueira. Rio. Typographia da "Gazeta de Noticias", 1881, 8.º, 121 pp.; — Na *Revista do Inst. Hist. e Geogr. Bras.*, 57, 1.ª P. (1894) 183-212, sem referência à publicação de 1881.

5. Fernão Cardim, *Tratados da Terra e Gente do Brasil*. Introduções e notas de Baptista Caetano, Capistrano de Abreu e Rodolpho Garcia. Editores J. Leite & Cia., Rio, 1925, 8.º, 435 pp.

Contém:

Nota preliminar de Afrânio Peixoto, que propõe e justifica o título de conjunto dado agora aos *Tratados* de Fernão Cardim (p. 8-10).

Introdução de Rodolfo Garcia (biobibliográfica) (p. 7-32).

1 — *Do Clima e Terra do Brasil e de Algumas cousas notaveis que se achão assi na Terra como no mar* (33-109). Notas de Rodolfo Garcia (111-146): filológicas (tupi), de ciências naturais e históricas.

II — *Do Principio e origem dos Indios do Brasil e de seus costumes, adoração e cerimonias* (147-206). Notas de Baptista Caetano (207-276): de filologia e etnografia indígena.

III — *Informação da Missão do P. Christovão de Gouvêa ás partes do Brasil anno de 83, ou Narrativa Epistolar de uma viagem e Missão Jesuitica pela Bahia, Ilheos, Porto Seguro, Pernambuco, Espirito Santo, Rio de Janeiro, S. Vicente (S. Paulo), etc. desde o anno de 1583 ao de 1590, indo por visitador o P. Christovão de Gouvêa. Escripta em duas cartas ao P. Provincial de Portugal* (279-372). Notas de Rodolfo Garcia (373-415): de Etnografia e História. *Apenso:* Estudo bio-bibliográfico de Capistrano de Abreu publicado no 3.º Centenário da Morte de Fernão Cardim, 27 de Janeiro de 1925 (417-434).

Sobre esta edição dos *Tratados* de Cardim, cf. Tristão de Ataíde, *Estudos*, 1.ª série (Rio de Janeiro 1929) 205-212.

6. *Informação da Província do Brasil para Nosso Padre*, da Baía, último de Dezembro de 1583. (*Bras.15*, 333-339). Com a assinatura autógrafa do Visitador Cristóvão de Gouveia. Escrita em castelhano.

Uma cópia existente em Évora, sem assinatura, tem suscitado dúvidas à autoria desta carta, e anda incluída nas obras de Anchieta, reconhecendo todos aliás que o estilo é de Fernão Cardim, Secretário do Visitador. A assinatura do Visitador dá a este a autoria material e tambem lhe daria a formal, se o estilo não fôsse o do seu secretário, que sabia e escrevia o castelhano, como também o sabia e escrevia o próprio Visitador e consta de outras cartas suas. Na cópia de Évora, há uma ligeira interpolação ulterior à data de 1583. Facto comum quando se recopiavam algum tempo depois cartas informativas. E se verifica na *Carta Ânua*, do P. António Vieira, de 1626. No original português, Vieira acrescentou algum elemento que se não lê no original latino, primitivo. (Cf. S. L., *História*, V, 59).

7. *Carta de Fernão Cardim ao Reitor do Colégio de Antuérpia*, de Plymouth, 3 de Dezembro de 1601. Está cativo e trata do seu resgate em troca dum cavaleiro inglês, prisioneiro na Flandres. ("Hatfield Papers". Publ. em *Historical Manuscripts Commission Reports*. Cit. por W. H. Grattan Flood, *Portuguese Jesuits in England in penal times*, em *The Month*, 143 (Londres 1924) 157-159).

8. *Carta de Fernão Cardim a Sir Roberto Cecil [Conde de Salisbury]*, de Londres. Prisão de Gatehouse, 4 de Fevereiro de 1602. (*Loc. cit.*). — Caiu prisioneiro de Sir John Gilbert; ele e os seus companheiros, como homens religiosos, nada têm que ver

com as diferenças entre os seus povos; e que sempre os Ingleses em Portugal foram tratados bem; entre os objectos, que lhe tiraram, vestuário, instrumentos músicos, uma cruz e outros vasos de prata, e muitos livros, estão tambem, que é o que mais sente, "os seus próprios manuscritos em português e latim, sermões, vidas de Cristo e comentários teológicos: tudo agora nas mãos de Sir John Gilbert". Chama à sua prisão: "Gatus".

9. *Carta a Sir Robert Cecil*, de Londres (Gatehouse), 7(?) de Fevereiro de 1602. (*Loc. cit.*). — O cavaleiro, que tratava de resgatar na Flandres em seu lugar, era Ludowich Bryskett.

10. *Carta a Sir Robert Cecil*, de Londres (Gatehouse), 24 de Setembro de 1602. (*Loc. cit.*). — Escreveu a Flandres para a libertação de Bryskett. O Conde de Mansfelt interessa-se pela troca de prisioneiros

11. *Carta a Sir Robert Cecil*, de Londres (Gatehouse), 8 de Outubro de 1602. (*Loc. cit.*). —Trata-se de libertar dois prisioneiros ingleses em troca dele Cardim e do P. Gaspar Álvares, que ficou na prisão de Plymouth.

12. *Carta a Sir Robert Cecil*, de Londres (Gatehouse), 20 de Outubro de 1602. (*Loc. cit.*). — "Notwithstanding the efforts of Father Cardim, which had resulted in the liberation of Bryskett, Cecil sent a messenger to the Jesuit urging him to write to Flanders to secure the liberation of Richard Hawkins, a prisoner in Spain. This was on October 20th; and Father Cardim promised to do his best with the King of Spain, with the desired result".

Esta última frase parece indicar que é resposta de Cardim, e portanto carta sua.

13. *Carta a Sir Robert Cecil*, de Londres (Gatehouse), 7 de Janeiro de 1603. (*Loc. cit.*). — Sobre a sua própria libertação e as de Ricardo Hawkins e Hortênsio Spínola, pela qual também se interessava.

14. *Carta do P. Provincial Fernão Cardim para o nosso Reverendo Padre Geral Cláudio Aquaviva*, da Baía, 8 de Maio de 1606. — Remete a Vida do P. José de Anchieta, escrita a seu pedido pelo P. Pero Rodrigues, e se acha à frente da mesma *Vida*, nos *Anais da B. N. do Rio de Janeiro*, XXIX, 183-184.

A. *Carta do P. Provincial Fernão Cardim ao P. Geral Aquaviva,* da Baía, 1 de Setembro de 1604. (*Bras.5,* 55-56). — Informação sobre diversos Padres; o Engenho do Camamu; Reitores e consultores. Observância Religiosa. Vai mandar um visitador a Angola a pedido de Portugal. *Port.*

B. *Annotationes Annuæ Brasiliæ anni 1604* (ao P. Assistente de Portugal em Roma). Baía, 12 de Janeiro de 1606. (*Bras.8,* 49-50v). *Lat.*

C. *Annuæ Litteræ Brasilicæ Provinciæ, annorum 1605 et 1606* (ao P. Assistente de Portugal em Roma), Baía, 11 de Abril de 1607. (*Bras.8,* 59-64). Cit. em S. L., *História,* V, 507. *Lat.*

D. *Carta ao P. Antonio Collaço, Procurador Geral da Companhia de Jesus em Madrid, sobre a fabricação de galeões no Brasil,* da Baía, 1 de Outubro de 1618. (Madrid, Bibl. de la Academia de la História, *Jesuítas,* t. 186, f. 7). — Diz que se os galeões se fabricarem no Brasil, custarão o dobro do que no Porto, na Biscaia ou na Alemanha. Excerpto em S. L., *História,* IV, 163. *Port.*

E. *Carta do Reitor Fernão Cardim* (ao P. Geral ou Assistente), da Baía, 13 de Agosto de 1621. (*Bras. 8,* 339-339v). — Louva os Padres Francisco Álvares e António Dias; para este, que defendeu Conclusões Públicas, pede a profissão. *Port.*

J. Manuel Espinosa, *Fernão Cardim: Jesuit Humanist of Colonial Brazil* em *Mid-America* — "An Historical Review", vol. 24, New Series XIII, n.º 4 (Chicago Oct. 1942) 252-271.

S. L., *Fernão Cardim, autor da Informação da Província do Brasil para Nosso Padre,* de 31 de Dezembro de 1583, no "Jornal do Commercio" Rio de Janeiro, 30 de Dezembro de 1945.

Ver Sebastião de Abreu, *Vida e Virtudes do Admiravel P. João Cardim da Companhia de Jesus,* Universidade de Évora, 1659.

Ver Barão do Rio Branco, *Efemérides Brasileiras,* dia 27 de Janeiro de 1625

A. S. I. R., *Bras.5,* 67; — *Bras.8,* 63; — *Lus.2,* 51; — *Lus.43,* 333v; — *Lus.68,* 414; — *Cartas de Vieira,* I, 5-6; — Franco, *Imagem de Coimbra,* I, 724-728; II, 407; — Id., *Ano Santo,* 88; 492; — Inocêncio, II, 281; IX, 220; —Sommervogel, II, 741 (e cita a *Biogr.* de Didot); VIII, 1992, — S. L., *História,* I, 571-572.

CARDOSO, António. *Catequista dos Negros e Administrador.* Nasceu pelo ano de 1669 em Luanda. Filho de João Cardoso e sua mulher Violante Ferreira. Entrou na Companhia, na Baía, com 15 anos de idade, a 20 de Novembro de 1684. Perito na língua angolana e catequista dos escravos, em cujo serviço percorreu os Engenhos de Pernambuco em 1689, mesmo enquanto era estudante. Fez a profissão solene a 15 de Agosto de 1702, em Olinda. Bom pregador, benquisto dos de casa, e com talento para tratar também com seculares. Defendeu os interesses do Rio, na tomada da Cidade por Duguay-Trouin, com quem serviu de intermediário. Reitor do Colégio de Belém da Cachoeira e do Rio de Janeiro (duas vezes: a primeira Reitor, a segunda Vice-Reitor), e Procurador em Lisboa. Estimado dos homens do govêrno, voltou ao Brasil em 1727, com os documentos e ordens régias indispensáveis ao tombamento geral dos bens dos Colégios. Tem o nome gravado no Peão das Terras do Saco de S. Francisco Xavier (Niterói). Faleceu a 15 de Setembro de 1750 no Rio de Janeiro.

1. *Informação do Procurador da Província do Brasil em Lisboa, António Cardoso, a El-Rei, sobre as terras de Cabo Frio.* Publ. por Lamego, III, 237-279. Lamego chama-lhe *Provincial*, mas era *Procurador*.

2. *Carta de Bacharel em Filosofia de António Nunes*, passada pelo Reitor do Colégio do Rio de Janeiro, António Cardoso. Rio, 1 de Julho de 1730. (A. H. Col., *Rio de Janeiro, 7275*). Publ. por S. L. em *O Curso de Filosofia*, na Rev. *Verbum*, V (Rio, Junho de 1948) 129-130.

3. *Carta do P. António Cardoso, Reitor do Colégio do Rio a El-Rei D. João V sobre as terras da Aldeia de S. Pedro de Cabo Frio*, do Rio de Janeiro, 30 de Agosto de 1730. Publ. por Lamego, III, 255-261.

A. *Requerimento a El-Rei pedindo cópia de vários documentos, incluindo a carta de D. João IV ao Provincial do Brasil, de 27 de Julho de 1644.* — O despacho é de 1719. Com a carta pedida. (A. H. Col., *Pernambuco, Avulsos*, Capilha de 16.XII.1721). *Port.*

B. *Carta do P. António Cardoso*, de Lisboa, 17 de Abril de 1724. (*Bras.11*, 465-466). — Envia as contas do Colégio do Espírito Santo dos anos de 1707 a 1724. *Port.*

C. *Requerimento a El-Rei do P. António Cardoso sobre uns terrenos do Colégio do Rio de Janeiro, que tinham servido para a ampliação da Alfândega, 1724.* (A. H. Col., *Rio de Janeiro*, 4505-4506). *Port.*

D. *Carta ao P. Geral Tamburini*, de Lisboa, 14 de Agosto de 1725. (*Bras.4*, 295-295v). — Sobre noviços candidatos para a Província do Brasil. *Lat.*

E. *Requerimento a El-Rei do P. António Cardoso, Procurador da Província do Brasil em Lisboa para que se lhe passe certidão da Provisão Régia de 26 de Janeiro de 1721 sobre a Aldeia de Natuba (a favor de um Requerimento do P. António de Andrade Superior desta Aldeia).* (A. H. Col., Baía, Apensos, 8 de Novembro de 1725). *Port.*

F. *Carta ao P. Geral Tamburini,* do Rio de Janeiro, 13 de Agosto de 1727 (*Bras.4,* 352-352v). — Para dar a liberdade a um escravo que ajudou o Padre Procurador durante 22 anos. *Lat.*

G. *Carta do P. Reitor António Cardoso, ao P. Geral Tamburini,* do Rio de Janeiro, 16 de Agosto de 1727. (*Bras.4,* 355-356v). — Sobre o mau estado financeiro do Colégio e que trouxe de Lisboa quanto era mister para restabelecer e assegurar tudo. *Lat.*

Trouxe as Provisões Régias de 27 e 28 de Abril de 1727, *Doc. Hist.,* LXXIV (1946) 251-257.

H. *Nomeação do P. Luiz de Albuquerque, Procurador das Missões e Índios da Capitania do Rio de Janeiro,* Rio de Janeiro, 18 de Agosto de 1727 (A. H. Col., *Rio de Janeiro,* Apensos, na Capilha do P. Luiz de Albuquerque, 16.XI.1727). — A procuração é passada pelo P. Reitor António Cardoso, como "Administrador que sou no Espiritual e Temporal das Missoens e Indios desta Capitania". *Port.*

I. *Panegyris Eminentiss.^mo ac Reverendissimo Domino Domino Ioanni S. R. E. Cardinali da Motta ob Vaticanam Purpuram Incredibili Omnium Ordinum Applausv Meritissimo nuper delatam, Dicta In Collegio Fluminensi Soc. Iesv in Brasilia Jussu Antonii Cardoso Ejusdem Rectoris Anno Domini MDCCXXVIII.* — A *Epistola Nuncupatoria* assinada "Antonio Cardozo" tem: In Collegio Fluminensi, Idibus Augusti, an. 1728, 4.°, 23 pp. (Bibl. da Ajuda, 49-IV-6). *Lat.*

J. *Carta ao Conde de Unhão, Rodrigo Xavier Teles de Meneses,* do Colégio do Rio de Janeiro, 30 de Agosto de 1739. (Bibl. de Évora, cód. CXX/2-3, f. 33). — Cumprimentos e sugestões sobre as conveniências e meios de subsistência do Conde no Brasil. *Port.*

K. *Carta ao Conde de Unhão,* do Rio de Janeiro, 16 de Abril de 1740. (*Ib.*, f. 34). — Pêsames pela morte da Marquesa, mãe do Conde; e alude à carta precedente. *Port.*

L. *Carta ao Conde de Unhão*, do Rio de Janeiro, 8 de Outubro de 1746. (*Ib.*, f. 35-35v). — Doenças; pássaros cardeais, que remete ao Conde; Brigadeiro José da Silva Pais, etc. *Port.*

M. *Carta ao Conde de Unhão*, do Rio de Janeiro, 10 de Outubro de 1747. (*Ib.*, f. 37). Alegra-se que tenham chegado os dois pássaros cardeais; agradece os presentes; e manda um papagaio, "que fala muito e bem", etc. *Port.*

Sommervogel e alguns documentos romanos dão o ano de 1749 para a sua morte. Mas lê-se na própria *Ânua:* "e vivis discessit die 15 Septembris anni 1750". (*Bras.10(2)*, 431).

Sommervogel, II, 742; VIII, 1992; — S. L., *Jesuítas do Brasil naturais de Angola*, 8; — Id., *História*, VI, 111.

CARDOSO, Francisco. *Missionário.* Nasceu a 4 de Outubro de 1688 em Parada, Viseu. Entrou na Companhia a 24 de Março de 1708. Ensinou Gramática um ano, Superior da Casa da Vigia, Secretário do Vice-Provincial e Missionário. Foi ao Xingu numa tropa de resgates, levando como cabo dela a Miguel Teixeira. Sabia admiràvelmente bem a língua brasílica. Faleceu a 23 de Agosto (ou Setembro) de 1747, na Aldeia de Sumaúma, Pará.

A. *Carta do Secretário do Vice-Provincial P. Francisco Cardoso ao P. Geral*, do Pará, 15 de Setembro de 1732. (*Bras.26*, 276-276v). — Informa sobre Padres e coisas da Vice-Província. *Lat.*

B. *Carta ao P. Geral*, do Pará, 10 de Setembro de 1734. (*Bras.26*, 285-285v). — Breve informação do Colégio. *Lat.*

A. S. I. R., *Bras.27*, 110v, 149v; — *Livro dos Óbitos*, 33v.

CARDOSO, Lourenço. *Professor e Pregador.* Nasceu cerca de 1625 na Baía. Entrou na Companhia, com 15 anos, a 9 de Fevereiro de 1640. Professor de Humanidades no Rio em 1657. Como Reitor de S. Paulo (1667-1671) ergueu a nova Igreja do Colégio, "orgulho dos Paulistas". Mestre da língua tupi. Faleceu a 21 de Setembro de 1693, na Baía.

1. *Aprovaçam do Catecismo Brasílico da Doutrina Cristã*, do Padre António de Araújo. Datada do Rio de Janeiro, 1 de Junho de 1685 (2.ª ed., Lisboa 1686).

2. *Aprovaçam da 2.ª edição da Arte da Lingua Brasílica* de Luiz Figueira. Datada do Rio de Janeiro, Junho de 1686 (Lisboa, 1687, p. V). Cf. S. L., *Luiz Figueira*, 79-80.

A. S. I. R., *Bras.5(2)*, 79, 152; — S. L., *História*, VI, 408.

CARDOSO, Manuel. *Professor.* Nasceu cerca de 1575 na Vila de S. Vicente. Entrou na Baía em 1592. Mestre em Artes. Professor e Pregador. Em 1613, com 38 anos, era Superior de S. Paulo de Piratininga. Em 1621 residia no Colégio de Pernambuco (o Reitor era Luiz Figueira) com as funções de "pregador, confessor, Prefeito dos Estudos, e Mestre dos Casos, Língua". Homem de ciência e virtude. Faleceu, indo de uma casa para outra, *in itinere*, a 28 de Outubro de 1628.

1. *Aprovaçam* da *Arte da Lingua Brasilica*, de Luiz Figueira. Datada de "Olinda & Dezembro de 1620". Excerpto em S. L., *Luiz Figueira, 77-78.*

A. S. I. R., *Bras.5*, 102; — *Bras.8*, 381v; — *Hist. Soc.43*, 68.

CARDOSO, Miguel. *Catequista dos Negros e Administrador.* Nasceu pelo ano de 1659 em Luanda. Entrou na Companhia na Baía, com 16 anos, a 30 (ou 31) de Julho de 1674. O Catálogo de 1694 dá-lhe 35 anos e acrescenta que fez os estudos de Filosofia e Teologia na Baía; e tem a seu cuidado os escravos de Angola, cuja língua sabe muito bem. Visita os engenhos e os navios que chegam de África; e é procurador das missões. Reitor do Colégio do Recife (desde 1 de Novembro de 1702); eleito Procurador a Roma (1706); Procurador em Lisboa alguns anos; Reitor do Colégio do Rio de Janeiro (desde 13 de Junho de 1716) e Provincial em 1719, cargo em cujo exercício faleceu, em Santos, quando visitava o Colégio, a 11 de Março de 1721. Homem de grande consideração, cuja fisionomia moral resume o seu Necrológio: afável e caridoso com os de casa; e de bom trato com os de fora, o que o fazia estimado de governantes e Prelados.

A. *Carta do P. Miguel Cardoso, Procurador a Roma, ao P. Geral Tamburini*, de Lisboa, 20 de Agosto de 1706. (*Bras.4*, 123-123v). — Diz que foi eleito Procurador a Roma e alude às dívidas do Brasil. *Lat.*

B. *Carta do P. Miguel Cardoso, Procurador em Lisboa, ao P. Geral*, de Lisboa, 16 de Novembro de 1711. (*Bras.4*, 178-178v). —Naufrágio, ordenações, medicamentos para D. Maria, religiosa de Chelas. *Lat.*

C. *Carta do Provincial Miguel Cardoso ao P. Geral Tamburini*, da Baía, 2 de Dezembro de 1720. (*Bras.4*, 207). — Recomenda o P. Alberto Rodrigo de Mascarenhas, de 40 anos, natural do Rio de Janeiro, que quer entrar na Companhia, e o Sr. Manuel da Silva de Araújo, que custeia a solenidade das 40 Horas no Colégio do Recife e quer ser enterrado com o hábito da Companhia. *Lat.*

D. *Carta ao P. Geral*, da Baía, 12 de Dezembro de 1720. (*Bras.4*, 208). — Sobre a herança do Sr. João Luiz Soeiro, e que trate deste assunto o P. José Bernardino, Reitor do Colégio da Baía. *Lat.*

E. *Carta ao P. Geral*, do Rio de Janeiro, 12 de Fevereiro de 1721. (*Bras.11*, 433). — Remete uma proposta do Reitor Manuel Dias, sobre venda de terras [Campos de Maecaxá (légua e meia) a dois dias de distância de Campos Novos]. *Lat.*

A. S. I. R., *Bras.4*, 221; — *Bras.5(2)*, 80, 97; — *Bras.10(2)*, 252; — S. L., *Jesuítas do Brasil naturais de Angola*, 11-12.

CAREU (CAREW), Ricardo. *Professor e Missionário*. Nasceu em Waterford, Irlanda. Entrou na Companhia em Lisboa em 1639. Professor de Teologia Moral no Colégio de Angra, Açôres, quando pediu a Missão do Maranhão, onde efectivamente chegou em 1657. Em 1658 fez uma entrada ao Rio Tocantins com o P. Tomé Ribeiro; e era Superior do Colégio do Maranhão, por ocasião do motim de 1661, que expulsou os Padres, um dos quais foi ele. Não voltou à Missão, passando em 1668 de Portugal à sua terra de origem, onde faleceu em 1698. Homem douto e virtuoso.

A. *Carta do P. Ricardo Careu ao P. Geral*, do Colégio de Angra, nos Açôres, 15 de Outubro de 1654. (Gesù, *Indipetæ*, 757). — Diz que é Professor de Teologia Moral no Colégio de Angra, e pede a Missão do Maranhão, assunto sobre o qual já se entendeu com o P. António Vieira, Superior dela. *Lat.*

B. *Hũa carta do P. Ricardo Careu, de 26 de Julho de 661, em que dá conta como forão expulsos os Religiosos da Companhia por respeito das Missões que aly administravão*. No A. H. Col., "Lista dos papeis de que por resolução de S. Mag.^{e} de 17 de Dezembro de 1661, em consulta de 24 de Novembro, se dá vista ao P. António Vieira por seu procurador L.^{do} Heitor Mór Leitão". (Cf. Lúcio de Azevedo, *Hist. de A. V.*, 401). *Port.*

C. *Dois recibos de Ricardo Careu, procurador dos viáticos dos Colegiais do Seminário Irlandês, de câmbios do dinheiro que tem o Colégio de S. Antão por conta dos mesmos viáticos*, Lisboa, 11 de Janeiro e 1 de Março de 1663. (Torre do Tombo, *Cartório dos Jesuítas*, maço 52). *Port.*

J. Mc Erlean, *Irish Jesuits in Foreign Missions from 1574 to 1773*, em *The Irish Jesuit Directory and year book for 1930*, 128.

S. L., *Novas Cartas Jesuíticas*, 283-284; — Id., *História*, IV, 338.

CARNEIRO, Francisco. *Professor, Pregador e Administrador.* Nasceu cerca de 1580 em Resende (Lamego). Aos 11 anos passou ao Brasil e era estudante do Colégio da Baía, quando entrou na Companhia a 17 de Novembro de 1596. Completou os estudos e tirou o grau de Mestre em Artes. Fez a profissão na Baía, a 1 de Janeiro de 1617. Professor de Letras Humanas, Filosofia e Teologia. Ministro, Adjunto e Mestre de Noviços. Reitor do Colégio do Rio, 10 anos (por duas vezes), Vice-Reitor do Colégio da Baía, Secretário do Vice-Provincial e Provincial (1645-1648), em cujo cargo estimulou e favoreceu o levante de Pernambuco contra os holandeses. Mais de meio século de Companhia no Brasil, e bons serviços, em particular na defesa dos Índios, e honra da Companhia agravada, nos motins de 1640 por causa da liberdade dos mesmos Índios, e pelo Administrador Eclesiástico do Rio de Janeiro, Dr. Lourenço de Mendonça (1637), que depois da Restauração de Portugal se revelou traidor à Pátria, bandeando-se com o inimigo. Francisco Carneiro aprendeu na adolescência a língua brasílica e trabalhou também nas Aldeias dos Índios. Apóstolo da alegria interior e exterior, de que dava exemplo no bom humor com que tratava a todos. Vida cheia. Faleceu com 56 anos de Companhia, 61 de Brasil, e 72 de idade, na Baía, a 15 de Maio de 1652.

1. *Resposta a uns Capítulos ou libelo infamatório, que Manuel Jerónimo, procurador do Conselho na Cidade do Rio de Janeiro com alguns apaniguados seus fez contra os Padres da Companhia de Jesus da Província do Brasil e os publicou em juízo e fora dele em Junho de 640.* Em S. L., *História*, VI, 572-588; cf. ib., 41.

A. *Atestado do P. Francisco Carneiro, Reitor do Colégio do Rio de Janeiro, sobre os serviços de Belchior Rodrigues, sogro de Gregório de Barros.* (A. H. Col., Rio de Janeiro, 154). Port.

B. *Acta Consultationis Provincialis in Brasilia habitæ 8.º Iulii anni 1623 in Collegio Bahiensi;* — e *Postulado sobre a Herança de Mem de Sá e interesses da Santa Casa da Misericórdia.* (Congreg. 58, 238, 241-242). Lat.

C. *Carta do P. Francisco Carneiro, Reitor do Colégio do Rio ao P. Provincial António de Matos sobre a Missão dos Carijós,* do Rio de Janeiro, 9 de Outubro de 1628. (Bras.8, 388-395v). — Excerptos em S. L., *História*, VI, 234-236; 483-491. Port. — A mesma relação em latim, Bras.8, 396-409.

D. *Atestado do P. Francisco Carneiro da Companhia de Jesus Reitor do Colégio do Rio de Janeiro sobre os serviços e bom governo do Capitão-mor e Governador do Rio de Janeiro Rodrigo de Miranda Henriques,* de 24 de Abril de 1638. Port.

Documento autêntico em poder do Sr. Jorge de Moser, de Lisboa (Estoril), que nos ofereceu graciosamente cópia literal. (Arq. Prov. Port., Avulso).

E. *Carta ao P. Geral Caraffa*, da Baía, 23 de Setembro de 1646. (*Bras.3(1)*, 250bis-250bisv). — Sobre as perturbações e calúnias que os Padres padecem nas Aldeias do Rio de Janeiro. E que ele e os Consultores tomaram a resolução de propor a El-Rei, que ou os defenda ou os desobrigue da Administração das Aldeias. Cit. em S. L., *História*, VI, 99. *Port*.

F. *Carta ao P. Geral Caraffo*, da Baía, 24 de Setembro de 1646. (*Bras.3(1)*, 251-251v). — Excerptos em S. L., *História*, VI, 187 (sobre o descobrimento das Esmeraldas); V, 399 (sobre o levante de Pernambuco). *Port*.

G. *Carta do P. Provincial Francisco Carneiro ao P. Geral Caraffa*, da Baía, 4 de Janeiro de 1648. (*Bras.3(1)*, 258). — Acusa a recepção de 4 cartas, com ordens comuns a toda a Companhia; a primeira era do Jubileu do Santo Padre, que se ganhou com fervor e recolhimento na Baía, no tríduo de renovação antecedente ao Dia de Jesus (1 de Janeiro de 1648). *Port*.

H. *Outra carta do mesmo, ao mesmo, no mesmo dia.* (*Bras.3(1)*, 259-260). — Responde a perguntas do Geral sobre a fama que corria, e resultou ser falsa, de que o Ir. Domingos Barbosa (e outro seu irmão) tinha raça hebreia; sobre a prudência e piedade em tratar os escravos das fazendas, que nas da Companhia são bem tratados; sobre o P. Mateus de Aguiar que pretendia passar aos Carmelitas; sobre a missão dos Carijós que pretendiam o Capitão António Amaro Leitão, e os Padres João de Almeida e Francisco de Morais, e que ninguém mais do que ele a desejava, mas que aldeiar lá os Índios neste momento era o mesmo que juntá-los para os irem cativar os moradores das "Capitanias de S. Paulo e Santos". *Port*.

I. *Carta ao P. Geral Caraffa*, do Rio de Janeiro, 10 de Maio de 1648. (*Bras.3(1)*, 264-264v). — Sobre a descida dos Índios do Sertão do Rio [Gesseraçus] pelo P. Francisco de Morais, e que se assentaram na Aldeia de Cabo Frio; as Aldeias do Rio governadas por capitães; e a desinteligência entre os oficiais da Câmara e o General Salvador Correia. *Port*.

A. S. I. R., *Bras.5*, 68, 149; — *Bras.9*, 13v; — *Lus.4*, 62.

CARNEIRO, Manuel. *Professor e Pregador*.   Nasceu por 1630 em Mesão Frio (Diocese do Porto).   Filho de Jorge Carneiro e Ângela Nunes.   Passou menino ao Brasil e era aluno dos Jesuítas quando entrou na Companhia na Baía, com 17 anos, a 24 de Março de 1647.   Ao concluir os estudos, viu-se envolvido na questão do Visitador Jacinto de Magistris, cuja causa seguiu, padecendo por isso dos seus adversários, que o prenderam no Colégio e o condenaram a sair da Companhia, facto que se não realizou.   Na visita de Antão Gonçalves foi plenamente justificado e honrado e fez a profissão solene em 1668.   O Catálogo de 1683 diz dele, Vice-Reitor então do Colégio do Recife: "ensinou Letras Humanas, 3 anos; Filosofia, 3; Teologia, 7; foi prefeito dos estudos na Baía.   Pregador insigne".   Também sabia admiràvelmente a língua brasílica.   Quando esteve no Rio em 1667 era benquisto dos homens importantes da terra e o Governador D. Pedro de Mascarenhas o tomou para confessor.   Acabou a vida em Olinda, onde se consagrou ao serviço dos feridos do "mal da bicha" (febre amarela), de que que foi atingido, na semana do *Pastor Bonus*, 6 de Maio de 1686. A sua morte foi grandemente sentida "de dentro e de fora", porque em tudo "era homem grande, homem de préstimo para a Companhia e para os próximos", diz o P. Pedro Dias.

1. *Sermam que pregou o Padre Mestre Manuel Carneiro da Companhia de IHS no Collegio do Rio de Janeiro em o segundo dia das Quarenta Horas, no anno de 1667.*   Na officina da Universidade de Evora, 1668, 4.º, 24 pp.   Dedicado a D. Pedro de Mascarenhas Governador do Rio de Janeiro.

A. *Carta ao P. Geral Noyelle*, do Recife, 26 de Agosto de 1684. (*Bras.26*, 105-106). — Sobre o estado espiritual e temporal do Colégio do Recife.   *Lat.*

B. *Carta ao P. Geral Noyelle*, de Olinda, 4 de Abril de 1685. (*Bras.3(2)*, 214). — Sobre um legado do médico francês Júlio Mário, seu amigo e que acabava de falecer, deixado por ele ao Colégio do Recife; e sobre a velha emulação contra ele do P. António de Oliveira [vinda do tempo do Visitador de Magistris].   *Lat.*

A. S. I. R., *Bras.3(2)*, 48; — *Bras.5(2)*, 65v, 79; — B. Machado, III, 211; — Sommervogel, II, 757; VIII, 1994; — S. L., *História*, V, 448.

CARNEIRO, Paulo.   *Administrador*.   Nasceu cerca de 1638, na Casa do Brum, freguesia da Várzea, Pernambuco, filho de Paulo Carneiro de Mesquita, homem nobre de Portugal e sua mulher D. Úrsula Carneiro de Mesquita.   Entrou na Companhia com 16 anos a 14 de Agosto de 1654.   Professo de 3 votos.   Superior de Ilhéus, Reitor dos Colégios do Recife e de Olinda e Procurador Geral tanto no Brasil como em Lisboa em 1695.   Loreto Couto tece grandes elogios à sua capacidade, prudência e virtudes.   Faleceu em Olinda, a 19 de Janeiro de 1716.

A. *Carta do P. Paulo Carneiro, Procurador do Brasil em Lisboa, ao P. Tirso González,* de Lisboa, 19 de Outubro de 1695. *(Bras.3(2), 352-352v).* — Sobre as dívidas do Colégio do Rio de Janeiro. *Lat.*

B. *Carta ao P. Geral,* de Lisboa, 6 de Fevereiro de 1696. *(Bras.4, 4-4v).* — Que o P. Baltasar Duarte se encarregou na Côrte do assunto dos dízimos. *Lat.*

<small>A. S. I. R., *Bras. 5(2),* 79; — *Bras. 10.* 114v; — Loreto Couto, I, 279; — Borges da Fonseca, II, 238.</small>

CARNOTO, José. *Missionário.* Nasceu na Baía a 30 de Outubro (ou 11 de Novembro) de 1722. Entrou na Companhia a 14 de Agosto de 1740. Fez a profissão solene no Seminário de Belém da Cachoeira a 2 de Fevereiro de 1758, recebendo-a Francisco do Lago. Deportado da Baía para a Itália em 1760. Residia em Pésaro em 1774. Faleceu a 28 de Outubro de 1792.

A. *Addenda ad Brasiliensium Jesuitarum reformationis ac expulsionis Historiã.* No fim de *Provinciæ Brasiliensis persecutio sive Brevis Narratio,* do P. Francisco da Silveira. (Univ. Greg., cód. 138, 261-285v). *Lat.*

No pé da 1.ª página de *Addenda* lê-se: *Scribebat P. Carnoto;* e depois: *Patris Emmanuelis Leonardi Rollini.* Supomos que o P. Rolim, que sobreviveu ao P. Carnoto, seria o possuidor do ms.

<small>A. S. I. R., *Bras.6,* 346, 411; — *Lus.17,* 322; — Gesù, 690; — Castro, II, 379.</small>

CARVALHAIS, Jacinto de. *Administrador e Pregador.* Nasceu cerca de 1599 em Guimarães. Entrou na Companhia em 1617. Fez a profissão solene no Rio de Janeiro a 6 de Janeiro de 1646. Mestre em Artes, Superior de Santos, Mestre de Noviços no Rio de Janeiro, Secretário de três Provinciais e Reitor da Baía. Era secretário do Provincial José da Costa (italiano), a quem acompanhou na querela com o Visitador Jacinto de Magistris (italiano), incorrendo nas censuras respectivas, de que foi absolvido em 1667. Pelos seus dotes de govêrno e ser muito estimado na Província do Brasil, ainda ocupou diversos cargos entre os quais o de Reitor da Baía (2.ª vez) e do Rio de Janeiro. Faleceu na Baía a 25 de Abril de 1678.

1. *Copia de hũa carta do P.ᵉ Jacynto de Carvalhais da Companhia de JESV superior da Casa de Sanctos escritta ao P.ᵉ Pero de Moura visitador Geral do Brasil em 13 de Mayo de 1640.* (Gesù, Colleg. 20, Brasile). Publ. por S L., *História,* VI, 416-418.

2. *Copia de outra do mesmo P.ᵉ Superior para o mesmo P.ᵉ Visitador,* de Santos, 16 de Maio de 1640. (Gesù, *ib.*). Publ. por S. L., *ib.,* VI, 419-420.

3. *Copia de outra do P.ᵉ Jacyntho de Carvalhaes para o mesmo P.ᵉ Visitador,* de 17 de Maio de 1640 (Gesù, *ib.*). Publ. por S. L., *ib,* VI, 421.

4. *Certidam sobre a expulsam dos Padres da Companhia de JESV da Capitania de Sam Vicente por cauza da publicaçam da Bulla que passou Sua San.^{de} acerca da liberdade dos Indios Orientaes e Occidentaes.* Neste Colégio da Cidade da Baía de Todos os Santos, hoje, onze de Setembro de mil seiscentos e quarenta (Gesù, *ib.*); Publ. por S. L., *ib.*, VI, 255-263.

Não obstante o título da *certidam*, o Breve de Urbano VIII, trata das "Indias Occidentais e Meridionais".

Nos distúrbios causados pela publicação deste Breve, os Padres de Santos e os de S. Paulo foram defendidos, quanto esteve em seu poder, pelo Capitão Manuel Afonso da Gaia, santista. Cf. Pedro Taques, *Nobiliarchia Paulistana*, II (S. Paulo 1941)413.

5. *Aprovação à "Chronica da Companhia de Jesu do Estado do Brasil" do P. Simão de Vasconcelos.* Baía, 20 de Maio de 1661. Nos preliminares da mesma obra, Lisboa, 1663; — Lisboa, 1865. (Original no Gesù, *Cens. Libr. 670*, 42-44).

6. *Petição do P. Reitor do Colégio da Companhia de Jesus desta Cidade, P. Jacinto de Carvalhais, ao Vice-Rei, Conde de Óbidos, e ordem que no despacho dele tem, para serem isentos da contribuição imposta nos açúcares e tabaco do dito Colégio que embarcar.* O despacho, declarando que são livres e isentos de contribuição, é datado da Baía, 9 de Junho de 1664. *Doc. Hist.*, VII (1929) 159-160.

7. *Carta de Mestre em Artes pelo Colégio da Baía de Fernando de Góis Barros*, datada de 22 de Julho de 1664, e assinada: Hyacinthus de Carvalhais. (A. H. Col., *Baía*, Apensos, Ano 1666). Publ. por S. L., *O Curso de Filosofia*, em *Verbum*, V (Rio 1948) 129.

A. *Carta ao P. Geral Caraffa*, do Rio de Janeiro, 25 de Junho de 1646. (*Bras.3(1)*, 244). — Escreve como consultor sobre diversos assuntos do Colégio e governo da Província do Brasil pelos membros dela, sem ser preciso vir de fora; e sobre a nova expulsão dos Padres de Santos pelos de S. Paulo, instigados pelos frades daquela Capitania. *Port.*

B. *Carta ao P. Geral Oliva*, da Baía, 15 de Novembro de 1662. (*Bras.3(2)*, 17). — Visita o Sul e diz que a Província do Brasil deseja que seja Visitador Geral o P. Simão de Vasconcelos. *Port.*

C. *Carta ao P. Geral Oliva*, da Baía, 20 de Agosto de 1667. (*Bras.3(2)*, 45). — Agradece o perdão da penitência que lhe fôra imposta pela sua atitude contra o Visitador Jacinto de Magistris. Veio do Rio para a Baía com o Comissário Antão Gonçalves. *Lat.*

D. *Carta ao P. Natanael Southwell*, secretário da Companhia, da Baía, 20 de Agosto de 1667. (*Bras.3(2)*, 46). — O mesmo agradecimento da carta precedente, do mesmo dia. *Lat.*

E. *Carta ao P. Geral Oliva*, da Baía, 23 de Agosto de 1667. (*Bras.3(2)*, 50). — Sobre o Engenho de Sergipe do Conde. Defende o P. Comissário Antão Gonçalves. *Lat.*

F. *Carta ao P. Geral Oliva*, da Baía, 13 de Maio de 1671. (*Bras.3(2)*, 113-114v). — Escreve como consultor do Colégio da Baía. *Port.*

G. *Contra o Abbade de Sam Bento por querer excomungar o Reitor da Companhia*. Brasil, 1673. (*Bras.11(1)*, 391-402). — O P. Jacinto de Carvalhais, Reitor do Colégio da Baía, recolheu no Colégio os Padres Fr. Leão e Fr. Inácio, Religiosos de S. Bento, que traziam um Breve do Papa sobre jurisdições no seio da sua Ordem, em desinteligência com o P. Fr. Pedro do Espírito Santo "chamado Provincial de Sam Bento"; este intimou o P. Reitor e o Provincial José da Costa a entregarem os dois Beneditinos no praso de três dias sob pena de excomunhão: Carvalhais (com o Provincial) protesta que dados os privilégios do Colégio não podiam incorrer nessa pena, e para mor cautela recorrem jurìdicamente à Santa Sé. Baía, 19 de Junho de 1673 (data da certidão). *Port.*

H. *Carta ao P. Geral Oliva*, da Baía, 26 de Abril de 1674. (*Bras.3(2)*, 128). — Vai a Lisboa o P. Francisco de Matos tratar da questão dos dízimos, que os contratadores exigem. Elogia o Provincial P. José da Costa e outros. *Port.*

Carta do Sr. Domingos Pereira de Carvalhais ao P. Geral Oliva, da Baía, 20 de Agosto de 1667 (*Bras.3(2)*, 47). — Agradece o perdão concedido ao seu irmão P. Jacinto de Carvalhais.

O nome de Jacinto de Carvalhais não está incluído no "Catalogus eorum qui hoc anno 1618 mense Decembri mittuntur in Brasiliam", como se lê em S. L., *História*, VI, 591. Lapso que ora se corrige. Mas persiste alguma obscuridade nos primeiros passos de sua vida religiosa, por o Catálogo de 1631 dizer que entrou na *Baía* em 1617, e ainda não constar dos Catálogos de 1617 nem 1619. Já consta do de 1621.

A. S. I. R., *Bras.5*, 125, 132; — *Bras.9*, 244; — *Lus.6*, 120.

CARVALHO, Cristóvão de. *Missionário.* Nasceu a 31 de Maio de 1709 em Lisboa. Entrou na Companhia na mesma cidade a 2 de Março de 1726, embarcando pouco depois para as Missões do Maranhão e Pará. Fez a profissão solene no Maranhão, a 31 de Julho de 1744, recebendo-a Caetano Ferreira, Missionário e Vice-Reitor do Seminário do Pará. Desterrado em 1760, acabou os seus dias nos cárceres de Azeitão, a 29 de Maio de 1766.

A. *Carta do P. Cristóvão de Carvalho ao P. Mestre Procurador Geral Bento da Fonseca*, da Aldeia do Caaby [Cabu, Pará], 20 de Novembro de 1753. (B. N. de Lisboa, fg. 4529, docs. 57 e 58, 2 exemplares). — Acusa o recebimento de um sino, frontal e ornamento, encomendado pelo seu antecessor P. José de Morais, e das contas da Missão (Deve e Haver). E faz o histórico da Aldeia, desde os seus princípios, parte tirado do Livro da Missão, parte recolhido de informações dos Índios; e com a lista dos Padres que estiveram no Cabu. *Port.*

Referência ao P. Cristóvão de Carvalho: na Carta do P. Manuel de Figueiredo ao P. Geral, dos Cárceres de Azeitão, 30 de Agosto de 1766. (*Lus.87*, 358).

A. S. I. R., *Bras.27*, 130v; — *Lus.16*, 142; — S. L., *História*, IV, 364.

CARVALHO, Inácio de. *Missionário.* Nasceu a 25 de Novembro de 1722 na Baía. Entrou na Companhia a 18 de Março de 1739. Homem de capacidade. Fez a profissão solene na Baía, a 15 de Agosto de 1756, recebendo-a Tomás Lynch. E consagrou-se às Missões do sertão baiano. Faleceu em Março de 1759 na Aldeia de Canabrava.

A. *Annuæ Litteræ Provinciæ Brasilicæ annorum MDCCLI et LII.* Bahyae ex Collegio Bahyensi die XX Decembris anni MDCCLII. Ex mandato R. P. Thomae Lyncei Moderatoris Provinciae. — *Ignatius de Carvalho.* (*Bras.10*(2), 439-444). *Lat.*

A. S. I. R., *Bras.6*, 392; — *Lus.17*, 238; — Bibl. Vitt. Em., f. ges. 3492/1363, n.º 6.

CARVALHO, Jacinto de. *Missionário, Administrador e Cronista.* Nasceu a 29 de Maio de 1677, em Pereira (Diocese de Coimbra). Entrou na Companhia a 24 de Novembro de 1691. Seguiu para as Missões do Maranhão e Grão Pará em 1695; concluiu os estudos e fez a profissão solene no Pará a 15 de Agosto de 1712, recebida por José Vidigal. Trabalhou nas missões do Rio Amazonas durante 13 anos. Com a saúde abalada, pensou em clima menos duro na Província do Brasil. Em vez disso, voltou para os ares pátrios de Coimbra para despertar vocações entre os estudantes. Manifestando-se a necessidade de a Missão ter procurador próprio em Lisboa, diferente do da Província do Brasil, como até então se fazia, foi ele nomeado. João da Maia da Gama, novo Governador do Estado do Maranhão, quis levá-lo como confessor.

O Geral acedeu, com a condição de Jacinto de Carvalho o aceitar; e, já na Missão, o constituiu em 1723 Visitador Geral, incumbindo-o de promover a união e caridade fraterna e o prestígio das Missões. A sua acção missionária e colonial foi louvada e agradecida por El-Rei, em Carta de 6 de Fevereiro de 1726. Concluido o mandato do Governador quis Maia da Gama levá-lo consigo outra vez para Portugal em 1728. Jacinto de Carvalho achou mais útil ficar; e também o Governador Alexandre de Sousa Freire o tomou como confessor, não com igual felicidade. Porque o novo governador logo se revelou inimigo do precedente e começou a derruir a sua obra e a proteger os inimigos dele e das Missões. Não era possível a colaboração, antes era necessário defender contra ele e outros a catequese dos Índios. Jacinto de Carvalho voltou a Lisboa e reassumiu o antigo cargo de Procurador, tomando parte activa nas controvérsias do tempo, até 1739, em que o substituiu no ofício o P. Bento da Fonseca. Faleceu a 27 (ou 29) de Maio de 1744 em Coimbra.

1. *Illustre morte que padeceo o veneravel P. João de Villar da Companhia, depois de sua religiosa e santa vida no Estado do Maranhão.* Publ. sem indicação de fonte (e com erros de leitura) por Melo Morais, IV, 372-395. (Original português, autógrafo, do P. Jacinto de Carvalho, Bibl. de Évora, cód. CXV/2-13, f. 313-323v; em latim: *ib.*, f. 392ss; *Bras.10*, 229-232). Nesta cópia latina do A. S. I. R., também com a cláusula final, autógrafa, do P. Jacinto de Carvalho: "R.^{dae} adm. P. V.^{ae} offert, et humiliter consecrat Missio Maragnonensis".

2. *Regimento, & Leys sobre as Missoens do Estado do Maranhaõ & Pará, & sobre a Liberdade dos Indios.* Impresso por ordem de El-Rey nosso Senhor. Lisboa Occidental, Na officina de Antonio Manescal, Impressor do Santo Officio, & Livreyro de Sua Magestade. Anno de M.DCCXXIV. f.º, IV pp. inums.-82 nums.

A pp. 53 e 63, dois requerimentos do P. Jacinto de Carvalho pedindo em forma legal os documentos, que aqui se imprimem (junto com os requerimentos) e constituem as *Leys;* e o todo foi preparado e organizado para a impressão pelo mesmo Padre Procurador das Missões do Maranhão e Pará.

3. *Cópia da Representação que se fez a S. Majestade sobre a isenção do Ordinário no tocante às visitas dos Missionários em 1727.* (Bibl. de Évora, cód. CXV/2-16, 44; *ib.*, f. 52, outra idêntica, diz Rivara, I, 46). Publ., sem indicação da fonte, em Melo Morais, IV, 376-400.

A 2.ª parte do documento impresso trata das faculdades de confessar e administrar os Sacramentos, por onde deve ser confrontada com o *Parecer*, infra, letra F; e cf. também letra J.

4. *Parecer do Padre Jacintho de Carvalho, Visitador Geral das Missões da Companhia de Jesus, sobre a forma que se deve observar no descimento dos Indios para fornecimento das Aldeias, e para o serviço dos moradores nas suas fazendas conforme as cartas de S. Majestade em 1718, e. deste presente ano de 1728.* Em Melo Morais, IV, 341-343.

5. *Papel que o Padre Jacinto de Carvalho, Visitador Geral das Missões do Maranhão, apresentou a El-Rei para se juntar aos dous requerimentos do Procurador das Câmaras do Maranhão e Pará.* Datada do Collegio de Santo Antão, Lisboa, 16 de Dezembro de 1729. Id., IV, 305-306 (com a data de 19 de Dezembro).

6. *Resposta do P. Jacinto de Carvalho ao Primeiro requerimento do Procurador das Câmaras do Maranhão e Pará.* Id., IV, 306-325.

7. *Resposta do P. Jacinto de Carvalho ao 2.º Requerimento do Procurador das Câmaras do Maranhão e Pará.* Id., IV, 325-330.

8. *Representação do Padre Jacintho de Carvalho, contra as medidas adoptadas por Alexandre de Sousa Freire, àcerca dos descimentos.* Id., IV, 338-340.

Estes cinco documentos (4-8), impressos sem indicação de fonte, são da Bibl. de Évora, cód. CXV/2-12.

A. *Carta do P. Jacintho de Carvalho ao R. P. Visitador Manoel de Seixas,* de Coimbra, 8 de Fevereiro de 1717. (Arq. Prov. Port., *Pasta 176,* n.º 32). — Sobre a dificuldade de achar candidatos para o Maranhão; e sobre a necessidade de haver em Lisboa Procurador geral da Missão, diferente do da Província do Brasil. *Port.*

B. *Relação das Missões do Estado do Maranhão.* Ao P. Geral. De Lisboa, 21 de Março de 1719. (*Bras.10,* 180-208v). Tradução ital. Cf. S. L., *História,* IV, 305.

C. *Conversion des Nheengaibas.* Lisbonne, 21 Mars 1719. Tradução franc. Bibl. de l'Ecole de Ste. Geneviève S. J., Paris (*Portugal 2*).

D. *Lettre sur les Missions du Maragnon,* 1719, 4.º, 9 pp. (*ib.*).

E. *Carta ao P. Manuel de Seixas Superior da Missão do Maranhão,* de Lisboa, 18 de Março de 1720. 7 pp. (Arq. da Prov. Port., Pasta 177, n.º 22). — Perda de naus na viagem do Pará;

boa ajuda da Côrte, e desajuda do Governador; e outros assuntos. Excerpto em S. L., *História*, III, 224. *Port*.

F. *Parecer do P. Jacinto de Carvalho sobre as visitas dos Bispos do Maranhão e Pará ás Parochias dos Missionarios e sobre a jurisdição dos ditos Missionarios na administração dos Sacramentos.* Do Colégio do Maranhão, a 10 de Maio de 1728 (Id., 46). — Tem anexo os pareceres dos Doutores de Coimbra que secundam o do P. Jacinto de Carvalho (Dezembro de 1729 — Janeiro de 1730). *Port*.

G. *Carta do P. Jacinto de Carvalho em que dá razão da sua vinda a Portugal por causa da questão de Alexandre de Sousa contra os Missionários.* (B. N. de Lisboa, fg. 4517, f. 270-275). Carta a um Padre de Lisboa e escreve já das Ilhas; falta o final. *Port*.

H. *Resposta do Proc. Jacinto de Carvalho à carta de Alexandre de Sousa Freire sobre Tutoia,* de 12 de Julho de 1729. Colégio de S. Antão, Janeiro de 1730 (dia em branco). (*Ib.*, f. 367-368). *Port*.

I. *Representação do P. Procurador do Maranhão a Sua Majestade em que responde às informações do Capitão General do Estado do Maranhão Alexandre de Sousa Freire contra os missionários.* Do Colégio de S. Antão, 15 de Fevereiro de 1730. *Ib.*, f. 177-182. *Port*.

J. *Papel ao Conselho Ultramarino com os pareceres sobre as visitas dos Bispos.* Do Colégio de S. Antão (Lisboa), 12 de Março de 1730. (Bibl. de Évora, cod., CXV/2-16, f. 90). *Port*.

K. *Carta ao P. Geral,* de Lisboa, 21 de Maio de 1731. (*Bras.26,* 271-272v). — A pedido do Geral expõe-lhe o estado da controvérsia sobre as visitas dos Bispos do Pará às Aldeias e a questiúncula dos repiques de sinos. *Port*.

L. *Carta a El-Rei sobre os procedimentos do Governador Alexandre de Sousa Freire a respeito dos Índios.* Colégio de S. Antão, 4 de Maio de 1731. (B. N. de Lisboa, fg. 4517, f. 187-189). *Port*.

M. *Requerimento ao Desembargador, Procurador da Coroa, contra o Governador do Maranhão e sobre Índios ilegalmente cativos por Belchior Mendes de Morais.* (*Ib.*, f. 192). *Port*.

N. *Borrão da resposta do P. Jacinto de Carvalho sobre os requerimentos dos Povoz do Maranhão que pertendem cabos portugueses* nas *Aldeias e descer Indios por força para as suas fazendas.* (*Ib.*, 222-237). *Port.*

O. *Carta sobre a visita do Ordinário às Aldeias*, de Lisboa, 8 de Abril de 1732. Cit. por Lúcio de Azevedo, *Os Jesuítas no Grão Pará*, 255. *Port.*

P. *Carta a El-Rei sobre as missões dos Barbados, Caícaíses e Tremembés*, do Colégio de S. Antão, 18 de Fevereiro de 1737. (B. N. de Lisboa, fg. 4517, f. 330-332). *Port.*

Q. *Conclusão de uma Representação a El-Rei sobre as Aldeias dos Índios e inconvenientes do governo das Câmaras.* Colégio de S. Antão, 23 de Fevereiro de 1737. (*Ib.*, f. 267). *Port.*

R. *Carta ao P. Geral*, de Lisboa, 19 de Outubro de 1737. (*Bras.26*, 295-295v). — Vai remeter para as Missões do Maranhão pias baptismais melhores e mais dignas. *Lat.*

S. *Carta ao P. Bento da Fonseca*, de Lisboa, 12 de Abril de 1738. (B. N. de Lisboa, fg. 4517, f. 391-392). — Assuntos gerais de procuratura e notícias de vários Padres. *Port.*

T. *Princípios do Maranhão, feitos pelo P. Jacinto de Carvalho.* (Bibl. de Évora, cód. CXV/2-11, f. 346-363, in-f.). É o título que consta do próprio manuscrito. Rivara, I, 34, dá-lhe o de *Fragmento de uma chronica da Companhia de Jesus no Maranhão*, e publica o sumário dos seus 8 capítulos. *Port.*

Carta Régia, de 6 de Fevereiro de 1726, ao P. Visitador Jacinto de Carvalho, louvando-o a ele e a actividade dos Padres Francisco Cardoso, João de Sampaio, José da Gama e José de Sousa, nos Rios Xingu, Tapajós, Magués e Negro. *Anais da B. N. R. J.*, 67(1948)213-214.

Trinta cartas dos Padres Gerais ao P. Jacinto de Carvalho (1715-1740), *Bras.25.*

Carta de Eustache Lebrun ao P. Jacinto de Carvalho recomendando o Sr. Goguer, da Martinica, 29 de Agosto de 1731. (B. N. de Lisboa, fg. 4517, f. 398). *Lat.*

A. S. I. R., *Bras.27*, 25v; — *Lus.13*, 208; — Sommervogel, II, 789; VIII, 1999; — Streit, III, 448-449; — S. L., *História*, IV, 320.

CARVALHO, Joaquim de. *Missionário e Pregador.* Nasceu a 12 de Fevereiro de 1715 em Lisboa. Baptizado na freguesia de S. José. Filho do Cirurgião António de Carvalho e Maria da Conceição. Entrou na Companhia na sua cidade natal a 21 de Janeiro de 1731. [Cat. de 1732: com o tempo os Catálogos transformaram 12 em 2, e 21 em 31, e assim o dá o último de Manuel Luiz, 1760]. Fez a profissão solene no Pará a 15 de Agosto de 1749, recebendo-a Carlos Pereira. Ensinou Humanidades 5 anos e foi missionário do Rio Tapajós. Era missionário de S. Inácio (Boim), quando por defender os haveres da sua missão, foi desterrado para o Reino em 1757, confinado em Gouveia e depois transferido para os cárceres de Almeida e S. Julião da Barra, onde faleceu a 3 de Setembro de 1767.

1. *VII Dísticos latinos na varanda da Aldeia de Tapajós (Santarém).* Em S. L., *História*, IV, 292-293, com tradução portuguesa.

É o autor da varanda: resta averiguar se também o é dos dísticos ou se estes são de autores clássicos no todo ou em parte, pesquisa que não fizemos.

2. *Soneto à saudosa memoria do V. P. Luis Fay.* Escrito nos cárceres de S. Julião da Barra, onde o P. Fay faleceu a 12 de Janeiro de 1767. *Anais da B. N. do Rio de Janeiro,* LXIV (1944) 243-244.

David Fay acometido de grave doença em 1766 recorreu a S. Luiz Gonzaga, sarou, e começou a chamar-se *Luiz* em honra do Santo.

A. S. I. R., *Bras.27,* 67v; — *Lus.16,* 370; — S. L., *História,* IV, 363.

CARVALHO, Luiz. *Professor.* Nasceu pelo ano de 1673, no Porto. Filho de Luiz Carvalho e Maria da Luz. Entrou na Companhia na Baía, com 15 anos de idade, em 20 de Outubro de 1688. Professor de Filosofia e Teologia na Baía com grande louvor. Sabia admiràvelmente as Letras Humanas e a História Eclesiástica e profana. Quando voltava de Roma, aonde fora como Procurador do Brasil, foi eleito em Lisboa em 1721, membro da Real Academia Portuguesa da História, procurando escusar-se com a alegação de que estava encarregado de escrever a História da Companhia de Jesus no Brasil. De volta ao Brasil começou a governar o Colégio do Rio, como Reitor, a 18 de Julho de 1722, onde desenvolveu extraordinária actividade. Depois foi Prefeito Geral dos Estudos, na Baía, onde faleceu a 24 de Junho de 1732. De génio e trato suavíssimo, alheio a qualquer espírito de vingança.

1. *Sermão do Mandato pregado no Seminário de Belém [da Cachoeira].* Coimbra, por José António da Silva, 1709, 4.º

2. *A' imagem do illustrissimo Senhor D. Sebastiam Monteyro da Vide, Arcebispo Metropolitano do Brasil. Elogio sobre as que Sua Illustrissima mandou fazer de seus veneraveis antecessores.* Nos Preliminares da *Vida Chronologica de S. Ignacio,* do P. Francisco de Matos. Lisboa, 1718. 4.º, 3 pp.

3. *Censura do M. R. P. Luiz Carvalho à "Vida Chronologica de S. Ignacio"*, datada do "Collegio da Bahia 26 de Mayo de 1716". *Ib.* (Lisboa 1718). 4.º, 1 p.

4. *Approbatio do Livro "Historia da Vida e Morte da Madre Soror Victoria da Encarnação, Religiosa Professa no Convento de Santa Clara do Desterro da Cidade da Bahia"*, Roma, 1720. A *Approbatio* do P. Luiz Carvalho, datada de Roma, 13 Martii ann. Dñi 1720.

O livro traz a indicação "Com licença dos Superiores", facto que dá margem à hipótese de se dar com este livro o que se deu com o *Catálogo dos Bispos e Arcebispos da Baía*, saído em nome do Arcebispo D. Sebastião Monteiro da Vide, e escrito pelo P. Prudêncio do Amaral. Mera hipótese, porque o *Catálogo* foi logo atribuído ao P. Amaral, desde o século XVIII, e este não, nem agora o fazemos. Mas alguma intervenção do P. Luiz Carvalho não é inverossímil, pelas próprias circunstâncias da publicação do livro em Roma por ele e "com licença dos Superiores".

A. *Epigrammaton liber in laudem Beatissimæ Virginis Mariæ*, 8.º — Deixou-o já perfeitíssimo e diz o seu *Necrológio* (1732) que era de esperar se publicasse em breve. (*Bras.10(2)*, 341).

B. *Quaestiones selectiores de Philosophia problemathice expositæ.*

C. *Carta ao P. Geral Tamburini*, do Colégio de S. Antão (Lisboa), 25 de Fevereiro de 1721. (*Bras.4*, 210). — Diz que El-Rei fundou uma Academia com grandes privilégios. Elegeu vários da Companhia de Jesus, e dois representantes dos Domínios, o P. Manuel de Sá (Patriarca eleito da Etiópia) para a Índia, e ele Luiz Carvalho para o Brasil. Representou ao Presidente da Academia que era melhor não entrar, porque estava encarregado de escrever a História da Companhia de Jesus no Brasil, por ordem do P. Geral. Respondeu o Presidente que não havia incompatibilidade e que ambas as coisas podia fazer. Pede ao Geral lhe dê por escrito a ordem de redigir a História da Companhia, porque ao navio, que trazia a que lhe deu, não foi permitida a entrada em Lisboa nem em Espanha. *Lat.*

D. *Carta do Reitor do Colégio do Rio, P. Luiz Carvalho, ao P. Geral Tamburini*, do Rio de Janeiro, 18 de Outubro de 1724. (*Bras.4*, 278-279v). — Bom estado espiritual do Colégio e também financeiro. Fazem-se missões nos subúrbios. As moedas de oiro, do açúcar vendido, têm melhor câmbio. Vendeu-se a uma grande armada francesa, vinda do Peru, muita quantidade de gado da Fazenda de Santa Cruz. Sanearam-se os Campos Novos, esvaziando-se lagoas; e fez-se um grande hospital para os escravos em vez do velho, que mais parecia masmorra de mouros; e oxalá sirva de exemplo aos moradores que pela maior parte no Brasil tratam desumanamente aos seus escravos. *Lat.*

E. *Carta ao P. Geral Tamburini,* do Rio de Janeiro, 1 de Maio de 1725. (*Bras.4,* 287-288v). — Vários assuntos, entre os quais o das terras do Rio Comprido. *Lat.*

F. *Carta ao P. Geral Tamburini,* do Rio de Janeiro, 15 de Junho de 1726. (*Bras.4,* 319-321v). — Exercícios Espirituais ao Clero; construção de casas, etc. *Lat.*

G. *Carta ao P. Geral Tamburini,* do Rio de Janeiro, 2 de Julho de 1726. (*Bras.4,* 328-329v). — Diversos assuntos. Em particular, obras em frente da Igreja para facilitar o acesso e evitar as águas do Morro [do Castelo]. *Lat.*

A. S. I. R., *Bras.5(2),* 157; — *Bras.10(2),* 341; — B. Machado, III, 212 (chama-lhe por equívoco *Manoel*); — Sommervogel, II, 788; — S. L., *História,* I, 535; VI, 11.

CARVALHO, Paulo de. *Professor e Missionário.* Nasceu por 1576 em Évora. Filho de António de Carvalho e Maria de Morais. Entrou na Companhia na sua cidade natal, com 15 anos de idade, a 7 de Maio de 1591. Colaborou 6 anos nas obras de Cristóvão Gil. Doutorou-se em Évora a 11 de Janeiro de 1615, e ensinou na mesma Universidade. Emitindo uma opinião, de que discordou o P. Francisco Suárez Granatense, mandou aos seus discípulos que a riscassem das postilas e abandonou a cátedra, preferindo ir converter tapuias no Brasil. E aplicou-se tão de veras à aprendizagem da língua tupi, que daria toda a sua ciência para a saber, e ajudar a salvar uma alma. Homem de incrível humildade. Faleceu a 15 de Maio de 1621, na Baía.

A. *Vida do P. Cristóvão Gil da Companhia de Jesus* (falecido em 1608).

B. *De Trinitate — De Prædestinatione — De Sacramentis in Genere — De Bonitate morali humanorum actionum — De Baptismo, Circumcisione et Confirmatione — De Pænitentia, Eucharistia, et Sacrificio Missæ.*

Todos estes tratados se conservavam no Colégio de Évora, segundo B. Machado.

C. *Necrológio dos Irs. Diogo Metela e Lourenço da Costa.* (*Lus.58(1)*, 141-142v).

Na B. N. de Lisboa, fg. 4288, p. 244: "Relaçam da Vida e Morte do P. Paulo de Carvalho, tirada da Annua da Provincia do Brasil do anno de 1621". (Cf. Franc. Rodrigues, *História*, III-2, 179).

A. S. I. R., *Lus.44*, 316v; — *Lettere Annue d'Ethiopia, Malabar, Brazil e Goa* (1620-1624) (Roma 1627)119-124; — Franco, *Imagem de Évora*, 403; — id., *Ano Santo*, 257; — Guilhermy, 15 de Maio; — B. Machado, III, 510; — Sommervogel, II, 791; — S. L., *História*, II, 564.

CARVALHOSA, Paulo de. *Catequista.* Nasceu em Lisboa por 1667. Entrou na Companhia a 30 de Agosto de 1684, com 17 anos de idade. Residia no Rio de Janeiro em 1704 e sabia a língua de Angola. Deixou de pertencer à Companhia no ano seguinte.

A. *Carta do P. Paulo de Carvalhosa ao P. Geral Tirso González, da Baía, 29 de Junho de 1696* (*Bras.4*, 19). — Depois de feitos os votos do biénio, teve em Lisboa a herança paterna, cerca de 20.000 cruzados. Os parentes exigem a presença dele, e como o Provincial a não pode conceder, pede-a ao Geral e assegura que logo voltará para a sua Província do Brasil. *Lat.*

A. S. I. R., *Bras.4*, 100v; — *Bras.5(2)*, 81v; — *Bras.6*, 68.

CASTILHO, Pero de. *Missionário.* Nasceu cerca de 1572 no Espírito Santo (Capitania). Entrou na Companhia na Baía em 1587. Estudou 4 anos Gramática e Casos de consciência, para se ordenar de sacerdote e já o era em 1598, com apenas 26 anos de idade. Sabia admiràvelmente bem a língua brasílica. Consagrou toda a vida ao serviço dos Índios. Residiu nas Aldeias ora como súbdito, ora como superior, fez duas grandes entradas ao sertão, a primeira aos Amoipiras (1598), a segunda a outro sertão da Baía (1621). Trabalhou longamente nas Aldeias de Pernambuco e era Superior em 1614 da de S. João Baptista de Itaimbé. O último Catálogo do Brasil que traz o seu nome é o de 1631, no Colégio de Pernambuco, onde o viera surpreender a invasão holandesa. Padeceu a prisão e duro cativeiro, suspirando por achar-se entre os seus irmãos para entre eles acabar, o que conseguiu finalmente. Faleceu em Lisboa, no Colégio de S. Antão, a 1 ou 2 de Novembro de 1642 (a segunda data é de Franco, o qual na cota marginal da *Synopsis* escreve *Simão* e no texto *Pero* de Castilho).

1. *Nomes das partes do corpo humano pella lingua do Brasil, cõ primeiras, segundas & terceiras pessoas & mais differenças q̃ nellas ha; muyto necessarios aos confessores que se occupão no ministerios de ouuir confissões, & ajudar aos Indios onde de contino seruẽ. Junto por ordem alphabetica pera mais facilmente se acharẽ, & saberẽ; pello*

Padre Pero de Castilho da Companhia de Iesu. Anno 1613. Publ. por Plínio Ayrosa, com Prefácio e notas e o título: *"Nomes das partes do corpo humano pella lingua do Brasil"* de Pero de Castilho. *Texto tupi-português e português-tupi.* Vol. XIV da Colecção do Departamento de Cultura. S. Paulo, 1937, 8.º, 131 pp. O texto de Castilho ocorre pp. 27-54.

Este ms. do P. Pero de Castilho anda em caderno anexo ao *Vocabulário na Língua Brasílica*, circunstância que fez lhe fosse também atribuido este por Sommervogel e originou diversas hipóteses e estudos entre os quais os de Felix Pacheco (Rio), a quem pertencia o *ms.*, hoje em S. Paulo, e os de Plínio Ayrosa que publicou o *ms.* Depois disto averiguou-se que o primeiro *Vocabulário na Língua Brasílica*, o deixou pronto e perfeito, em 1591, o P. Leonardo do Vale. — Ver este nome.

2. *Relação da Missão do Rio Grande: 1613-1614* — Carta ao P. Provincial Henrique Gomes. Do Colégio de Nossa Senhora da Graça de Pernambuco, 10 de Maio de 1614. (*Bras.8*, 181-185v). Publ. por S. L., *História*, V, 510-521.

É uma das primeiras relações escritas por filhos do Brasil.

A. S. I. R., *Bras.5*, 38v, 135v; — Bibl. Vitt. Em., f. ges. 3492/1363, n.º 6; — Franco, *Synopsis*, 282; — Sommervogel, II, 846; IX, 7; — S. L., *História*, II, 555; V, 384.

CAXA, Quirício. *Professor e Pregador.* Nasceu por volta de 1538 em Cuenca, Espanha. Entrou na Companhia, sendo de 21 anos, em 1559. Embarcou de Lisboa para o Brasil em 1563. Mestre em Artes. Fez a profissão solene na Baía no dia 1 de Janeiro de 1574. Pregava com aceitação e foi Professor, principal ocupação da sua vida. Ensinou latim (3 anos), Casos de Consciência (8), Teologia Especulativa (11). Governou algum tempo o Colégio da Baía, onde faleceu a 18 de Fevereiro de 1599. Homem de Letras e virtude. [Também aparece escrito Caixa].

1. *Carta do Padre Quirício Caxa, da Bahia, de 13 de Julho de 1565 (falla tambem do Rio de Janeiro) que escreveu ao Padre Doutor Diogo Mirão, Provincial da Companhia de Jesus.* Transcr. de "Cartas dos Padres", cód. da B. N. do Rio de Janeiro, I, 5, 2, 38, f. 188, e publ. nos *Anais da B. N. do Rio de Janeiro*, XXVII (1905) 259-265; — *Cartas Avulsas* (Rio 1931) 452-465.

2. *Se o Pai pode vender a seu filho e se um se pode vender a si mesmo. Opinião do P. Quirício Caxa.* (Bibl. de Évora, cód. CXVI/1-33, f. 145). Publ. por S. L., *Novas Cartas Jesuíticas*, 113-114.

3. *Sendtbrieff H. Quiritij Caxa, der Societat Jesu Priesters, auss dem Collegio auss jener seydt dess Meers, in Brasilien gelegen, an seinen Ehrwürdigen Herren Prouincialem im Jahr 1575, zu Latein*

aussgangen. Darinnen begriffen die fürnembste Geschichten, den Christlichen Glauben daselbst neuw angekommen, belangende. Jetzundt aber in die gemeine teutsch Spraach verdolmetschet, vnd erstlich im Truck aussgangen. Em *Warhafftiger Bericht* (Freyburg 1586) 323-393.

Sommervogel diz que o original está na Biblioteca Ambrosiana de Milão. — Ver infra, letra C.

4. *Breve Relação da vida e morte do P. José de Anchieta, 5.º Provincial que foi do Brasil, recolhida por o P. Quirício Caxa, por ordem do P. Provincial Pero Roiz no ano de 98.* (Bras.15, 447-453; Bibl. do Porto, ms. 554, f. 61v-68; Bibl. de Ajuda, *Jesuítas na Ásia*, 49-VI-9, f. 113v-122v). Publ. a primeira vez por S. L., *A primeira biografia inédita de José de Anchieta Apóstolo do Brasil*, na "Brotéria", XVIII, Março e Abril de 1934, de que se fez separata, com nova paginação (29 pp.); — Id., *Páginas de História do Brasil*, 152-182; — *José de Anchieta por* Quirício Caxa (Ministério da Educação) Rio, 1946; — *José de Anchieta* por Quirício Caxa em *Autores e Livros*, de Múcio Leão, IX, n.º 9 (Rio, 26.9.1948) 102 ss. O ms. do Porto saiu também em *Memorial de Várias Cartas e Cousas de Edificação dos da Companhia de Jesus.* Publicação da Bibl. Públ. do Porto (Porto 1942) 125-147.

[5]. *Informação do Brasil e do discurso das Aldeias.* — Ver *Fonseca* (Luiz da).

A. *Litteræ Annuæ Provinciæ Brasiliæ. Ex Brasilia ab hoc Collegio Iesv, Urbe Salvatoris Sinu Sanctorum omnium. 17 Kal. Januarii anno 1574. Ex Præscripto Patris Provincialis Ignatii Tholosa.* (Bras.15, 251-263v). Lat.

B. *Copia de hũa de Quiricio Chaxa ao P. Geral Mercuriano,* do Collegio do Salvador. Da Baja de todos os Santos. (B. N. de Lisboa, fg. 4532, f. 39-43v; cf. S. L., *História*, I, p. XXVII). Port.

C. *Litteræ Annuæ Provinciæ Brasiliæ. Ex hoc Collegio Civitatis Salvatoris Sinuque omnium Sanctorum 11 cal. Januarii 1575. Ex Commissione P. Provincialis.* (Bras.15, 273-278). Tem a nota: "Pro Prov. Aquitaniae anni 1575". — Talvez traduzida em alemão e publicada em 1586, supra, n.º 3. Lat.

A. S. I. R., *Bras.5*, 10; — Sommervogel, II, 931-932; IX, 16; — Streit, II, 355, 357, 358 — S. L., *História*, I, 65-66.

CICERI, Alexandre. *Bispo de Nanquim (China).* Nasceu em Como em 1637. Entrou na Companhia em 1655. Pediu as Missões do Japão. Embarcou de Lisboa para a China e chegou a Macau em 1674. Enviado à Europa por causa dos ritos chineses, esteve na Baía em 1685 e dois anos em Roma. Chegou de novo à China em 1691. Em 1696 foi nomeado Bispo de Nanquim, e faleceu em 1704.

A. *Carta do P. Alexandre Ciceri ao P. Geral*, da Baía, 10 de Maio de 1685. (*Bras.3(2)*, 200-201). — Chegou da Índia e fala das Missões do Oriente. *Lat.*

Apesar de não ser da Província do Brasil, a excepcional qualidade da pessoa e a existência desta carta, datada da Baía, e não conhecida de Sommervogel, explicam a sua menção aqui.

Sommervogel, II, 1174-1175.

CIFARELO, Agostinho. *Missionário.* Nasceu em Nápoles. Fez votos de Irmão Coadjutor em Nápoles, no dia 27 de Maio de 1584. Recebeu-os Luiz Macela. A particularidade desta fórmula é que está escrita em português. Embarcou para o Brasil em 1587. Faleceu em Pernambuco a 29 de Maio de 1593.

A. *Carta ao P. Geral*, de Lisboa, 28 de Maio de 1586. (*Lus.69*, 235). Agradece o tê-lo enviado ao Brasil e não à Índia, por ter sido o Brasil a sua primeira vocação. *Ital.* — Assina *Agustino Sifarello*; na fórmula dos últimos votos, *Augustin Cifarelo*.

A. S. I. R., *Lus.25*, 23; — S. L., *História*, I, 569.

COCLEO, Jacobo. *Missionário e Cartógrafo.* Nasceu a 23 de Novembro de 1628 em Moronvillers, perto de Reims, França. Filho de Jacques Cocle e de sua mulher Ana Le Febure. Entrou na Companhia, com 20 anos de idade, em Tournay, Província Galo-Belga, a 5 de Março de 1649 (Catálogo do Brasil) ou a 30 de Setembro de 1649 (*Album Noviciorum de Tournay*). Embarcou de Lisboa em 1660 com destino à *Missão do Maranhão*, mas ficou na *Província do Brasil*. Tinha estudado elementos de Matemática, ensinado Latim e era Mestre em Artes. Trabalhou nas missões dos Quiriris e do Ceará, de que foi Superior e em uma de cujas Aldeias, a de Parangaba, fez a profissão solene a 2 de Fevereiro de 1665. No Brasil aportuguesou o nome (*Jacques Cocle*) e era conhecido por *Jacobo Cocleo* (Cocleus e Coclæus). Falava as línguas tupi e quiriri; e, além da latina e grega, a portuguesa, francesa, flamenga, espanhola e suficientemente a inglesa, ampliando assim o seu apostolado com os marinheiros de várias nações que chegavam ao Brasil, hamburgueses, dinamarqueses, holandeses e ingleses, convertendo-os, e pelo qual o louvou El-Rei D. Pedro II em 1698. Reitor do Colégio do Rio de Janeiro. Pregador. E utilizou os seus conhecimentos de matemática em trabalhos de Cartografia. Amigo do P. António Vieira, que o defende contra as informações dalguns êmulos. Homem de piedade notável, diz o Necrológio. Faleceu na Baía, a 17 de Abril de 1710.

A. *Carta ao P. Hubert Willheim*, de Lisboa, 27 de Maio de 1660 sobre a sua ida para o Brasil. (Arq. da Prov. Belga: Fotocópias do original latino no Arq. Prov. Port., *Pasta 158*, 4, e da tradução francesa, no Arq. Prov. Port., *Pasta 94*, 11). — Diz que foi convidado pelo Provincial a ficar em Portugal para concluir os estudos de Matemática e depois a ensinar. Cit. em S. L., *História*, VI, 595. *Lat.*

B. *Carta ao P. Geral Oliva*, do Ceará, 12 de Setembro de 1665. (*Bras.26*, 4). — Paz em Ibiapaba. Dificuldades da Missão. (a) Jacobus *Cocleus. Lat.*

C. *Carta ao P. Geral Oliva*, do Ceará, 1 de Agosto de 1668. (*Bras.3(2)*, 64-65). — Trabalhos da Missão. Queixa-se dos soldados da Fortaleza. *Lat.*

D. *Carta ao P. Geral Oliva*, do Ceará, 21 de Setembro de 1669. (*Bras.3(2)*, 95-95v). — O Vice-Rei deu todas as facilidades, recomendações e sustento para quatro missionários se estabelecerem no Ceará. O comandante da Fortaleza, favorável. O Provincial proibiu aos Padres de tratarem com os Índios perturbadores de Ibiapaba. — Cit. em S. L., *História*, III, 86. *Lat.*

E. *Carta ao P. Geral Oliva*, de Pernambuco, 30 de Maio de 1671. (*Bras.3(2)*, 117-118v). — Dificuldades no Ceará. Morte do P. Luiz Machado, etc. Cit. em S. L., *História*, III, 87. *Lat.*

F. *Carta ao P. Geral Oliva*, da Aldeia de Santa Teresa dos Quiriris, 20 de Novembro de 1673. (*Bras.26*, 33-33v). — Estranhou-lhe o Geral que estivesse entre os Quiriris do sertão da Baía, quando devia ter voltado para o Maranhão. Dá explicações; e que aprendera a língua quiriri e duas particulares. E descreve os usos e costumes destes Índios. Cit. em S. L., *História*, V, 311. *Lat.*

G. *Carta ao P. Geral Oliva*, da Baía, 16 de Janeiro de 1675. (*Bras.26*, 34-34v). — Diz que veio à Baía tratar da sua Missão dos Quiriris de que dá notícias. (a) Jacobus *Coclaeus. Lat.*

H. *Carta a Sua Alteza sobre as cartas de sucessão do Governo, e ida dos Padres da Companhia à Colónia do Sacramento e vontade de ir ele próprio.* "Colégio de V. A. do Rio de Janeiro, 6 de Agosto de 1682". (A. H. Col., *Rio de Janeiro*, Apensos, 6.VIII.1682). *Port.*

I. *Carta a Sua Alteza sobre a fundação dum convento para as filhas da terra, por não haver senão para os filhos da terra,* do Colégio do Rio de Janeiro, 8 de Julho de 1683. (A. H. Col., *Rio de Janeiro,* Apensos, na Capilha de 5 de Agosto de 1678). Port.

J. *Carta ao P. Geral Tirso González,* da Baía, 30 de Junho de 1689. (*Bras.3* (2), 269-269v). — Defende o seu governo do Colégio do Rio de Janeiro; novas Missões com os Quiriris; o P. João de Barros, etc. — Cit. em S. L., *História,* V, 294. Lat.

K. *Descrição das Capitanias do Estado do Brasil.* — O P. Jacobo Cocleo da Companhia de Jesus "fez com grande estudo e trabalho descripção de todas as Capitanias desse Estado". Cf. Carta de El-Rei D. Pedro II ao Governador Geral do Brasil D. Rodrigo da Costa, de 26 de Janeiro de 1704, *Doc. Hist.*, XXXIV (1936) 256; Carta do Governador ao P. Cocleo, de 23 de Junho de 1704; *ib.*, XL (1938) 137-138.

L. *Carta da Costa do Brasil.* — O P. Jacobo Cocleo "levantou a Carta da Costa do Brasil". (Cf. S. L., *História,* IV, 286). O Governador D. João de Lencastro "tem o mapa desta Capitania e da maior parte do mesmo Estado feito pelo dito Padre Jacobo Cocleo". (Carta do Governador D. Rodrigo da Costa a El-Rei, da Baía, 29 de Julho de 1704, *Doc. Hist.*, XXXIV, 257).

Os documentos (da letra L e da letra K), falam da *Descrição do Brasil* e da *Carta* ou *Mapa do Brasil,* como obras diferentes.

Carta do Conde de Óbidos ao R. P. Jacobo Cocleo, da Baía, 28 de Fevereiro de 1664, sobre a conversão dos Índios do Ceará. (*Doc. Hist.* IX(1929)151-152; — *Rev. do Inst. do Ceará,* L(1936)192-193).

Carta do Conde de Óbidos ao R. P. Jacobo Cocleo pedindo-lhe garfos da planta do cacau, da Baía, 12 de Dezembro de 1664. (*Ib.*, L, 193; S. L., *História,* IV, 160).

Carta do Governador Rio de Mendonça ao P. Jacobo Cocleo, de 28 de Fevereiro de 1673, sobre a entrada que se ia fazer aos Índios da nação dos Maracases. (*Doc. Hist.*, VIII(1929)352).

Brevis vitae mortisque narratio P Iacobi Coclei ex Provincia Gallo-Belgica in Brasilica Missionarii, 1710. (Bras.10, 72-75). Sem assinatura. Algumas datas menos correctas. Traz com algum desenvolvimento as suas devoções, em particular a do *Laus Perenne,* para cuja propaganda distribuía, a milhares de pessoas, instruções *impressas.*

A. S. I. R., *Bras.6,* 37; — *Bras.9.* 412, 436; — *Lus.8,* 137; — S. L., *História,* V. 581.

COELHO, Agostinho. *Professor.* Nasceu cerca de 1596 em Vila Nova do Porto. Entrou na Companhia na Baía em 1614. Dez anos depois, já concluído o Curso das Artes, foi cativo dos Holandeses e levado para a Holanda, com o Provincial Domingos Coelho e outros. Voltou ao Brasil em 1628. Trabalhou nas Aldeias e ensinou Letras Humanas. Faleceu em 1632.

A. *Litteræ R.^(do) in Christo Patri Antonio Delebecque Societatis Iesu in Provincia Gallo-Belgica*, da Baía, 7 de Janeiro de 1629. (Archives Générales du Royaume, Bruxelas, Archives Jésuitiques. Province Flandro-Belgique, n.º 1431-1437). — Oferece-lhe manuscritos de Anchieta "ut singula singulis distribuantur". *Lat.*

Conserva-se junto a esta Carta o *ms.* da Anchieta.

A. S. I. R., *Bras.5*, 127v; — *Hist. Soc.43*, 68v; — S. L., *História*, V, 33.

COELHO, António (1). *Professor.* Nasceu cerca de 1613 na Cidade de Coimbra. Entrou na Baía em 1628. Ensinou Letras Humanas durante cinco anos. Em 1646, com 33, estava no Espírito Santo como Pregador. Não perseverou na Companhia, saindo dela entre 1650-1654.

A. *Litteræ Provinciæ Brasilianæ ab anno Domini millesimo, sexcentesimo, trigesimo octavo ad quadragesimum primum.* — Bahyae anno Domini 1640 ex commissione Patris Provincialis Emmanuelis Ferdinandi — *Antonius Coelho* (*Bras.8*, 516-524). O ano de 1640 vê-se emendado: antes estava 1641. Autógr. *Lat.*

B. *Annua da Província do Brasil de 1641 até o anno de 1644.* (*Bras.8*, 526-539). — Não vem assinada, mas é a mesma letra da Trienal precedente. — Excerptos em S. L., *História*, V, 207-212 (1.ª Igreja de S. Francisco Xavier no Morro do Galeão, Cairu); 318-320 (Campos do Rio Real). *Port.*

A. S. I. R., *Bras.5*, 173v.

COELHO, António (2). *Administrador.* Nasceu no ano de 1651 em S. Gião, Lamego. Entrou na Companhia a 2 de Abril de 1670. Estudou em Portugal e era tido pelo Padre mais edificante do Colégio de Coimbra quando embarcou para o Missão do Maranhão e Pará em 1687. Foi Reitor do Colégio do Maranhão, Mestre de Noviços e Superior de toda a Missão, primeira e segunda vez, e nesse cargo faleceu, no Colégio do Pará, a 3 (ou 6) de Março de 1709. Tratando-se das obrigações do seu ofício nenhum caso fazia da própria vida. Deixou fama de santo.

A. *Carta a El-Rei sobre as sem-razões, que se praticam neste Estado de S. Luiz do Maranhão*, 3 de Maio de 1701. (B. N. de Lisboa, fg. 4517, 73-74). *Port.*

B. *Representação ao Governador e Capitão Geral do Estado do Maranhão*, Colégio do Pará, 9 de Junho de 1701. (B. N. de Lisboa, fg. 4517, f. 49-50). — Sobre ordens régias relativas às Aldeias. *Port.*

C. *Carta ao P. Procurador Geral em Lisboa*, do Colégio do Pará, 6 de Julho de 1701. (B. N. de Lisboa, fg. 4517, f. 47-49v). —Assuntos das Aldeias e Missões (7 pontos). *Port.*

D. *Carta do P. Superior António Coelho ao P. Geral*, do Maranhão, 26 de Maio de 1702. (Bras.26, 193). — Para que se alcance do Papa a faculdade de dispensar no 1.º grau de afinidade em linha transversal. *Lat.*

E. *Carta do mesmo ao mesmo*, do mesmo lugar e data. (Bras.26, 194-195v). — Trata das Missões, Padres e negócios. *Lat.*

Carta de Tamburini ao P. Superior da Missão António Coelho, de Roma, 8 de Janeiro de 1701. (Inst. Hist. do Rio de Janeiro, Livro 417, ms. 19.682). Publ. por Lúcio de Azevedo, *Os Jesuítas no Grão Pará*, 390-393.

A. S. I. R., *Bras.27, 7*; — Franco, *Imagem de Coimbra*, II, 681-682; — Id., *Ano Santo*, 122-123; — S. L., *História*, IV, 228.

COELHO, Domingos (I). *Professor e Administrador.* Nasceu cerca de 1564 na Cidade de Évora, onde entrou na Companhia em 1578. Embarcou para o Brasil em 1587. Mestre em Artes. Ordenou-se em 1592 e logo assumiu a cátedra de Teologia, pois foi um dos pedidos do Brasil para o cargo de Professor. Também o foi de Filosofia em cujas faculdades, "como é costume na Província do Brasil, explicou na Filosofia, Aristóteles; e na Teologia, o Doutor Angélico". Ocupou diversos cargos de governo, Secretário do Provincial, Reitor do Rio de Janeiro e da Baía, e Provincial. Em 1624 foi cativo dos Holandeses, levado e preso na Holanda durante 2 anos e meio. Deste episódio resta uma gravura em que o P. Domingos Coelho aparece de corpo inteiro. Enfim, libertado, foi a Roma e embarcou de novo em Lisboa para o Brasil em 1628. Tornou a ser Reitor da Baía, e era Provincial pela 2.ª vez durante o cerco da Baía em 1638 pelos Holandeses, pondo-se a si com os mais Padres e o próprio Colégio à disposição da defesa da Cidade. Dotado de admiráveis dotes de governo, no consenso de todos. Faleceu na Baía a 8 de Agosto de 1639.

1. *Carta do P. Provincial Domingos Coelho ao P. Geral sobre a tomada da Baía pelos Holandeses, o seu cativeiro e desterro de Holanda.* Do Cárcere de Amesterdão, 24 de Outubro de 1624. (Bras.8, 352-355v). Publ. por S. L., *História*, V, 34-48, com gravura. *Port.*

2. *Petição do Provincial Domingos Coelho para que se bote em folha e pague o adjutório da Visita de Provincial que manda dar S. Majestade; e Réplica do mesmo Provincial sobre se ter perdido a*

Provisão Régia na tomada da Cidade da Baía. O primeiro despacho do Governador Diogo Luiz de Oliveira (favorável) é de 16 de Novembro de 1632. Todo o processo em *Doc. Hist.*, XVI (1931) 101-103; e cf. novo Alvará Régio (1633), *ib.*, 158-161.

A. *Algumas advertencias para a Provincia do Brasil*. (Bibl. Vitt. Em., fondo gesuitico, 1255, n.º 38). Documento em duas partes, não assinado. A primeira, escrita à volta de 1610, parece ser do P. Jácome Monteiro, secretário do Visitador Geral Manuel de Lima; a segunda parece ser do P. Domingos Coelho, que consta (*Bras.8*, 100v) ter enviado a Roma, na mesma ocasião, uma *Informação sobre os Engenhos do Camamu e Passé*, de que realmente trata a 2.ª parte de *Algumas Advertencias*. Cf. S. L., *História*, V, p. XXII. *Port.*

B. *Carta Ânua de 1612, ao P. Aquaviva*, da Baía, 14 de Agosto de 1613. (*Bras.8*, 136-139v). — Excerpto traduzido em português, sobre o baptismo do Camarão Grande, em S. L., *História*, V, 507-508. *Lat.*

C. *Carta do P. Provincial Domingos Coelho ao P. Nuno Mascarenhas, Assistente em Roma*, da Baía, 14 de Janeiro de 1623. (*Bras.8*, 325). — Envia a *Relação* das festas da Canonização de S. Inácio e S. Francisco Xavier, realizadas na Baía em 25 de Novembro de 1622; anuncia a chegada do Bispo do Brasil e pede para ser aliviado do cargo de Provincial, por já não prestar para mais senão para tratar de si. — Excerpto sobre a chegada do Bispo D. Marcos Teixeira, em S. L., *História*, V, 53. *Port.*

D. *Carta do Provincial Domingos Coelho ao General Matias de Albuquerque sobre a situação dos Religiosos da Companhia em Pernambuco*, da Baía, 14 de Maio de 1635. (*Bras.8*, 477-480v). — Excerptos em S. L., *História*, V, 365, 371-373, 375. *Port.*

E. *Carta ao P. Geral*, da Baía, 28 de Agosto de 1635. (*Bras.8*, 476-476v). — Trata da situação de Pernambuco, a infâmia do P. Manuel de Morais, e a heróica actividade de P. Francisco de Vilhena. Excerpto em S. L., *História*, V, 374. *Port.*

F. *Carta do P. Domingos Coelho ao P. Geral Múcio Vitelleschi, dando conta da vitória contra os Holandeses*, da Baía, 30 de Maio de 1638. (Bibl. de la Historia de Madrid, *Jesuítas*, t. 119, f. 246, — 2 f.).

A. S. I. R., *Bras.5*, 79, 147v; — *Bras.8*, 517; — *Hist. Soc.46*, 13.

COELHO, Domingos (2). *Missionário.* Nasceu cerca de 1645 em Castelo Rodrigo. [Consideravam-no Alentejano, mas o nome de Castelo Rodrigo, expresso em 1694 concretiza melhor a sua naturalidade]. Entrou na Companhia em Lisboa, a 1 de Fevereiro de 1675. Chegou ao Maranhão em 1679. Expulso no *Motim do Estanco* para o Brasil, ficou nesta Província. Em 1692 estava na Aldeia de S. José dos Campos. Era Ir. Coadjutor e diz o seu necrológio que conhecia bem a arte cirúrgica, e farmacêutica, dirigiu o forno de cal, e viveu 24 anos em S. Paulo e suas Residências. Homem de virtude notável. Faleceu em S. Paulo a 4 de Maio de 1716.

A. *Carta do Ir. Domingos Coelho ao P. Geral Tirso González*, de S. Paulo, 30 de Outubro de 1696. (*Bras.4*, 22-22v). — Diz que era missionário do Maranhão e pede que alcance do Papa a indulgência plenária aplicável aos Índios à hora da morte. *Port.*

A. S. I. R., *Bras.5(2)*, 112v;—*Bras.10*, 130v;—*Hist. Soc.51*, 78;—S.L., *História*, 368-369.

COELHO, Filipe. *Professor e Administrador.* Nasceu cerca de 1650, na Baía. Entrou na Companhia, com 15 anos, a 28 de Fevereiro de 1665. Fez a profissão solene no Rio de Janeiro a 2 de Fevereiro de 1684. Professor de Filosofia e Teologia. Procurador da herança de Domingos Afonso Sertão. Reitor dos Colégios de Olinda (1694), Rio de Janeiro (1706) e Baía (1713). Homem de bom conselho. Faleceu na Baía a 8 de Abril de 1732. Tinha 82 anos de idade e 66 de Companhia [e não 87 e 72, respectivamente, como dá o Catálogo de 1732, *Bras.6*, 163].

A. *Litteræ Annuæ ab anno 1670 ad annum 1679*, da Baía, 15 de Julho de 1679. (*Bras.9*, 237-249). — Excerpto, sobre o Descobrimento das Esmeraldas, em S. L., *História*, VI, 189; sobre S. Paulo, *ib.*, 308. *Lat.*

A. S. I. R., *Bras.5(2)*, 79v; — *Bras.6*, 37, 163; — *Lus.10*, 236; — S. L., *História*, V, 85.

COELHO, José. *Missionário e Administrador.* Nasceu cerca de 1652 em Olinda. Filho de Francisco Coelho Negramonte e Brásia Monteiro. Segundo Loreto Couto teria ocupado na mocidade alguns cargos da república, entre verduras da mocidade, sem deixar nunca de ser bem inclinado. Entrou na Companhia com 21 anos a 20 de Setembro de 1673. Missionário dos Quiriris durante 19 anos, cuja língua sabia. Tendo feito a profissão solene de três votos (1689), foi elevado mais tarde (1716) à de quatro, pela sua virtude e capacidade. Além dos cargos próprios das Aldeias de Índios, ocupou os de Reitor ou Vice-Reitor do Seminário de Belém da Cachoeira (1696), Superior da Cidade de Paraíba, Superior de Ilhéus (1705), Mestre de Noviços na Baía (1715), Vice-Reitor do Seminário de Belém, segunda vez (1717) e Reitor do Colégio do Recife (1719), Colégio este onde faleceu a 22 de Junho de 1729.

A. *Aprovação*, datada do Seminário de Belém, 8 de Junho de 1697, à *Arte de Grammatica da Lingua Brasilica da naçam Kiriri*, do P. Luiz Vincêncio Mamiani (Lisboa 1699)8.

A. S. I. R., *Bras.6*, 38;—*Hist. Soc.52*, 131;—Borges da Fonseca, I, 123;—Loreto Couto,I, 280.

COELHO, Marcos. *Professor e Administrador.* Nasceu por 1676 em Pitanga (Baía). Entrou na Companhia, na Baía, com 17 anos, a 2 de Julho de 1693. Professor de Letras Humanas, Filosofia e Teologia e Prefeito Geral dos Estudos do Colégio da Baía. Fez a profissão solene em Olinda, a 8 de Dezembro de 1711, recebendo-a Paulo Carneiro. Reitor do Recife (1722), da Baía (1728), Provincial (1730), Vice-Reitor do Colégio da Baía (1733). Faleceu sendo Reitor do Colégio do Rio de Janeiro, a 24 de Setembro de 1736, com extraordinárias manifestações de pesar de toda a cidade. Acompanharam os funerais o Governador do Rio de Janeiro, o Cabido e Famílias religiosas, pedindo para levar o féretro à sepultura quatro Provinciais de diversas Ordens.

A. *Carta de Licenciado e Mestre em Artes pelo Colégio de N.ª S.ª do Ó do Recife a Caetano da Silva Pereira.* 26 de Setembro de 1723. (A. H. Col., *Pernambuco*, Avulsos, Capilha de 11 de Janeiro de 1726). *Lat.*

B. *Carta do P. Marcos Coelho, Reitor do Recife ao P. João Guedes*, Recife, 11 de Abril de 1725. (A. H. Col., *Ceará*, Avulsos, Capilha de 31 de Maio de 1725). — Trata de diversos assuntos da ocasião, relativos sobretudo ao Ceará e a um "célebre Pestana", inimigo dos Padres João Guedes e Francisco Lira e do Capitão-mor do Ceará. *Port.*

C. *Carta do P. Reitor Marcos Coelho ao Governador do Rio de Janeiro José da Silva Pais sobre o que se costuma praticar ao entrar a Procissão das Ladainhas de Maio na Igreja do Colégio, e de uma infundada queixa da Câmara a El-Rei sobre essa matéria*, do Colégio do Rio de Janeiro, 30 de Março de 1735. (A. H. Col., *Rio de Janeiro*, Apensos, Capilha de 22.IX.1733, data da queixa). — Com as consultas do Conselho Ultramarino, cuja resposta foi: "Deve-se responder aos officiaes da Camara não ter fundamento a sua queixa e o que os Relligiosos do Collegio da Companhia praticarão com elles he urbano estyllo que se deve observar". *Port.*

D. *Manuscripta Litteraria, Philosophica et Theologica.* "In amoenioribus litteris, in Philosophia et Theologia primas detulit, adeo ut earundem statutis temporibus tum alibi, Bahiae praesertim nunquam satis laudatus extiterit Professor, cujus *manuscripta* litteratis a viris observantur". (*Bras.10(2)*, 378v).

Dados os seus cargos, deve ter escrito muitas cartas, cujo paradeiro se ignora, se porventura existem.

A. S. I. R., *Bras.6*, 39; — *Bras.10(2)*, 378v; — *Lus.13*, 184.

COLAÇO, Cristóvão. *Administrador.* Nasceu por volta de 1626 em Garajal ou Gragajal de Lamego (Granjal ?). Entrou na Companhia, com 14 anos, a 21 de Novembro de 1640. Fez a profissão solene a 2 de Fevereiro de 1662. Embarcou de Lisboa para o Brasil em 1663. Professor de Humanidades, Procurador de Engenho, Secretário da Província, Vice-Reitor de Olinda e Reitor do Colégio da Baía duas vezes. Homem de grande exemplo de vida, diz o seu Necrológio. Faleceu na Baía a 13 de Outubro de 1698.

A. *Informação da proposta que o Capitam Antonio de Gouueia fes ao P.ᵉ Manuel da Costa Vizitador do Collegio de Pernambuco, e aos mais P. P. abaixo assinados sobre a fundaçaõ da Caza do Recife em Collegio para o P.ᵉ Provincial ver e enviar a N. R. P. Geral.* Collégio da Bahya, hoje 10 de Fevereiro de 1675. (aa) Joseph da Costa, Christovaõ Collasso, Manuel da Costa, João Luis, Jacinto de Carvalhais. (*Bras.3(2)*, 130-130v). No fim, cláusula autógrafa: "Eu o P.ᵉ Christovaõ Collasso como actual companheiro do P.ᵉ Provincial e Secretario desta Provincia do Brasil". *Port.*

B. *Certidão dos serviços do Mestre de Campo António Guedes de Brito, um dos tres governadores que foi do Brasil, feita pelo P. Cristóvão Colaço Reitor do Colégio.* Baía, 8 de Maio de 1678. (A. H. Col., *Baía*, Apensos, 1699).

C. *Carta ao P. Geral Oliva*, da Baía, 18 de Julho de 1682. (*Bras.9*, 319-319v). Informação para Superiores. *Lat.*

D. *Carta ao P. Geral Tirso González*, da Baía, 10 de Julho de 1690. — (*Bras.3(2)*, 289-289v). — Para que seja admitido António Navarro no Seminário dos Ibérnios em Lisboa. Trata-se do sobrinho do Desembargador João de Sousa, benfeitor da Companhia. [Ao mesmo tempo, e para o mesmo fim, enviou outra carta de recomendação o P. Antonio Vieira]. *Port.*

E. *Petição a El-Rei sobre as depradações e violencias dalguns moradores contra as terras e Religiosos assistentes no Engenho da Pitanga.* — Examinada no Conselho Ultramarino e com despacho de El-Rei D. Pedro II, de 8 de Novembro de 1690, mandando que o governador da Baía se informe, e, se for verdade, proceda contra os agressores. (A. H. Col., *Baía*, Apensos, 20 de Outubro de 1690, data da consulta). *Port.*

A. S. I. R., *Bras 5(2)*, 79; — S. L. *História*, V, 84.

CONSALVI, Pedro Luiz. *Missionário e Administrador.* Nasceu por 1629 em Montefano. Entrou na Companhia em Roma, a 3 de Abril de 1644, com 15 anos. Embarcou em Lisboa para as missões do Maranhão e Pará em 1661. Foi proposto para a profissão solene em 1665 e a fez algum tempo depois. Missionário das Aldeias do Maranhão (Rio Pindaré) e do Pará (Ilha do Sol e Xingu) e do Amazonas até aos Tupinambaranas. Fez duas entradas, uma ao Rio Mearim outra ao Parauaçu (Parnaíba). Superior da Casa de S. Luiz do Maranhão (duas vezes) e de toda a Missão. "Vir virtute et genere clarus". Faleceu no Pará em 1683 ou em 1684. Presidiu aos seus funerais o Bispo D. Gregório dos Anjos, cantando o ofício as Religiões e Clérigos e assistiu o Governador Francisco de Sá, a Câmara e a melhor parte da nobreza e povo. [O seu nome exacto era Pier Luigi Consalvi; na Missão era conhecido por Pero Luiz Gonçale, Pero Luiz Gonçalves ou simplesmente Pero Luiz e alguma vez Pedro Luiz].

1. *Capitulo de uma carta do P. Pero Luiz Gonçalle*, transcrito noutra de Vieira. (*Bras.9*, 69-70). Publ. por S. L., *Novas Cartas Jesuíticas*, 317-319.

A. *Carta ao P. Vigário Geral João Paulo Oliva*, de Cabo Verde, 26 de Setembro de 1661. (*Bras.3(2)*, 1-2v). — Envia uma carta do Arcediago da Sé pedindo a volta dos Padres da Companhia, desejo que secunda com insistência. Assina: "Pier Luigi Consalvi". *Ital.*

B. *Carta ao P. Oliva*, do Maranhão, 20 de Julho de 663. (*Bras.3(2)*, 37-38v). — Estado miserável da Missão depois dos distúrbios e expulsão dos Padres. *Ital.*

C. *Carta ao P. Geral Oliva*, do Rio Pindaré, 3 de Abril de 1677 (*Bras.26*, 41-42). — Carta afectuosa ao P. Geral, seu antigo Mestre de noviços, toda dirigida a encarecer a necessidade de virem missionários. *Ital.*

D. *Carta ao P. Geral Oliva*, do Maranhão, 2 de Agosto de 1678. (*Bras.26*, 52-55v). — Estado geral da Missão: catálogo 1.º e 2.º; P. Vieira, etc. *Lat.* Desta carta há uma parte traduzida em *ital.*, *Bras.9*, 310-312v; e em *franc.*, na Bibl. de l'Ecole Ste. Geneviève S. J. (Paris), *Portugal,2.*

E. *Carta ao P. Geral Oliva*, do Maranhão, 14 de Agosto de 1678. (*Bras.26*, 56-57). — O Provincial do Brasil José de Seixas envia missionários: elogia-o, etc. *Lat.*

F. *Carta ao P. Geral Oliva*, do Maranhão, 18 de Abril de 1679. (*Bras.26*, 66-67). — Sobre a nova igreja do Colégio do Maranhão e diferença de critérios entre os planos de Vieira e de Bettendorff. *Lat.*

G. *Carta ao P. Geral Oliva*, do Maranhão, 20 de Setembro de 1679. (*Bras.26*, 71-76). — Vai com o Ir. Manuel Rodrigues às cabeceiras do Rio Pindaré numa expedição, cujos pormenores descreve, contra os índios selvagens e agressores; Governador, etc. Excerptos em S. L., *História*, III, 165. *Lat.*

H. *Carta ao P. Geral Oliva*, do Maranhão, 5 de Novembro de 1679. (*Bras.26*, 78). — O Governador não quer admitir o novo Bispo; Bettendorff desagrada aos súbditos, etc. *Lat.*

I. *Carta ao P. Geral Oliva*, do Maranhão, Novembro de 1679. (*Bras.26*, 81-81v). — Sobre o Visitador Pedro de Pedrosa, enviado pelo Brasil: não o aceitou, fundado em que uma carta do Geral isentava a Missão do Maranhão da Província do Brasil e a submetia à de Portugal; Noviços. *Lat.*

J. *Requerimento ao Prelado da Diocese, D. Frei Gregório dos Anjos, a pedir as mesmas faculdades que tinham dado os demais Bispos da Índia e do Brasil, para exercitarem o ofício de Párocos dos Índios, com a mesma isenção com que Sua Alteza os nomeia e eles costumam aceitar tais ofícios.* Belém [do Pará], 21 de Outubro de 1681. (Arq. Prov. Port., *Pasta 176*, n.º 33).

Entre as cartas do Cardeal Pallavicini, há uma para o P. Pier Luigi Consalvi, *Lettere*, III (1848)130.

A. S. I. R., *Rom.173*, 65v; — Bettendorff, *Chronica*, 348-353; — Sommervogel, II, 1373.

CORDEIRO, Francisco. *Professor.* Nasceu a 23 de Junho de 1709 em Santos. Entrou na Companhia com 15 anos, a 9 de Julho de 1724. Professor de Humanidades, Filosofia e Teologia, da qual era em 1757 no Rio de Janeiro Lente de Prima. Deportado do Rio para Lisboa em 1760 e dali para Roma. Faleceu no Palácio de Sora, a 17 de Dezembro de 1764.

A. *Testemunho sobre as virtudes do P. Gaspar de Faria*, ("p. 19-21 d'une notice ms. sur ce jésuite mort en 1739. — Papiers du P. de Guilhermy, à Paris". Sommervogel, II, 1433).

A. S. I. R., *Bras.6*, 271v.

CORREIA, Agostinho. *Missionário.* Nasceu cerca de 1663 em Braga. "Entrou com 20 anos, a 14 de Janeiro de 1685". Como "Missionário da Aldeia de Kurumambá" do Rio de S. Francisco, entre os Quiriris, assina a Relação do P. Filipe Bourel, da Missão da Rodela em 1696. Trabalhou em missões rurais e nas Aldeias do Ceará e na de Ibiapaba largos anos. Sabia bem a língua quiriri. Faleceu no Ceará a 27 de Junho de 1728.

1. *Epistola ad Patrem Generalem*, Bahiae, 30 Maii 1687. (*Bras.3(2)*, 233). Pede a Missão do Malabar, levado pelo exemplo do P. João de Brito, de passagem na Baía. Publ. por Serafim Leite, *S. João de Brito na Baía e o movimento missionário do Brasil para a Índia (1687-1748)*, na Revista *Verbum*, IV(1947)38.

A. *Noticia certa da extensaõ das Ilhas do Rio de S. Francisco e calidade das Terras que se sinalão na ordem do Sr. Governador a cada huma das tres Aldeas do Acharâ, Rodella, e Zorobabê. Enviada pello P.ᵉ Agost.º Correa que lâ assiste por Missionario da Companhia de Jesu ao P.ᵉ Provincial e confirmada pello P.ᵉ Jacobo Cocleo no seo mappa Geographico por informações seguras que teve contra o que affirmão os Procuradores das Donnas da Terra queixando-se com S.ª Mag.ᵈᵉ* — Na ausência do P. Agostinho Correia, que relata a extensão das ditas terras, e da qual se tirou a presente, que "ficou em minha mão", assinam, Bahia, aos 18 de Junho de 1696, João Antonio Andreoni, secretario da Provincia do Brasil da Companhia de Jesu; Jacobo Cocleo; Ant.º Barr.ᵃ (A. H. Col., *Baía*, Apensos, 1697). *Port.*

O Catálogo de 1701 traz "Junii" em vez de "Januarii" para o mês da entrada na Companhia; mas "Janeiro" lê-se noutros Catálogos, antes e depois.

A. S. I. R., *Bras.6*, 38v; — *Hist. Soc.52*, 6; — S. L., *História*, V, 303.

CORREIA, Frutuoso. *Professor e Administrador.* Nasceu em 1655 em Braga. Entrou na Companhia em Portugal a 6 de Outubro de 1671. Já tinha ensinado Humanidades, Retórica, Filosofia e Teologia em Évora, quando embarcou para o Maranhão em 1696, como Professor de Teologia. Concluido o Curso, voltou a Portugal, por ser esta a condição da ida. Exerceu ainda diferentes cargos em Portugal entre os quais o de Mestre de Noviços, Reitor dos Colégios de Setúbal, Santarém e Universidade de Évora. Faleceu em Coimbra a 25 de Julho de 1735.

1. *Judicium Sacræ Facultatis Theologicæ Academiæ Eborensis circa Constitutionem dogmaticam Unigenitus Dei Filius, etc. a*

S. D. N. D. Clemente Divina Providentia Papa XI. Datam Romæ Idus Septemb. Anno 1713. Eboræ, cum facultate Superiorum ex Typographia Academica Anno Domini 1720. 4.º, 32 f. A carta ao Pontífice está assinada: "Fructuosus Correa Societatis Jesu, Eborensis Academiae Rector". É a adesão dos Professores à Bula *Unigenitus*.

Idus (sic) lê-se em Sommervogel. Mas a data da Constituição *Unigenitus* é de 8 de Setembro de 1713.

2. *Relação da Viagem que fez o P. Fructuozo Correa mandado por ordem de N. R.*^{do} *P. Geral Tyrso Gonzalez a ler Theologia ao Maranhão "ad tempus", e de algũas couzas notaveis que vio em Cabo Verde, e na Cidade de S. Luiz do Maranhão, levando p.*^{a} *aquella Missão o Irmão Miguel da Sylva e dous pertendentes da Comp.*^{a} *de JESV. Para os Padres do Collegio de Evora.* "De S. Luiz do Maranhão, hoje vespera do Espirito Santo, 1696. De VV. R. R.^{as} menor servo e Irmão em Christo, Fructuoso Correa". (*Bras.9*, 416-419v). Publ. infra, *História*, IX, 386-392.

A data de 1655 (nascimento) é do *Cat.*, *Bras.27*; Sommervogel tem 6 de Março de 1653.

A. S. I. R., *Bras.27*, 11; — Franco, *Synopsis*, 398; — Sommervogel, II, 1480; IX, 124.

CORREIA, Inácio. *Professor e Administrador*. Nasceu a 1 de Fevereiro de 1698 no Recife. Entrou na Companhia, com 15 anos, a 23 de Outubro de 1713. Fez a profissão solene no Rio de Janeiro no dia 8 de Dezembro de 1732. Professor, Missionário das Aldeias, Reitor do Colégio de S. Paulo (1746), Vice-Reitor de Santos (1750) e Reitor do Seminário de Belém da Cachoeira (1753). "Filho do Coronel Miguel Correia Gomes, fidalgo da Casa de Sua Majestade, cavaleiro na Ordem de Cristo, escrivão proprietário da fazenda, e da sua mulher D. Catarina Gomes de Figueiredo; depois de ensinar Filosofia e Teologia tem sido Reitor de vários Colégios, e o está sendo do Colégio do Seminário de Belém da Companhia" (Loreto Couto). Em 1757 era Prefeito Espiritual do Colégio da Baía. Deportado para Lisboa em 1760 e daí para a Itália, faleceu em Castel Gandolfo, a 6 de Novembro de 1770. Teve um irmão na Companhia, o P. Vicente Gomes [Vicente Correia Gomes].

1. *Súplica do Reitor Inácio Correia a El-Rei, secundando a da Câmara, para que não castigue S. Paulo, que tantos trabalhos e perigos padeceu nos descobrimentos de novas minas de ouro, diamantes e outras, tirando-lhe o seu General.* Colégio da Companhia de Jesus

da Cidade de S. Paulo, 30 de Dezembro de 1748. (A. H. Col., S. Paulo, Avulsos, 30 de Dezembro de 1748). Publ., infra, *História*, IX, 394.

A. *Annuæ Litteræ Anni 1728.* Da Baía, 20 de Setembro de 1728. (*Bras.10*, 304-309v). Cit. em S. L., *História*, VI, 459-460. *Lat.*

<small>A. S. I. R., *Bras.6*, 98; — *Lus.15*, 106; — *Apênd. ao Cat. Português*, de 1903; — Loreto Couto, II, 57.</small>

CORREIA, Lourenço. *Missionário.* Nasceu cerca de 1624 no Porto. Entrou na Companhia na Baía, com 21 anos, a 21 de Junho de 1645. Mestre de Latim algum tempo, ministro e procurador. Trabalhou nas Aldeias. Faleceu a 13 de Agosto de 1688, no Rio de Janeiro.

1. *Carta do P. Superior Lourenço Correia ao Capitão-mor de Cabo Frio sobre o serviço dos Índios aos Brancos.* Aldeia de S. Pedro, 8 de Maio de 1683. Em Lamego, III, 233. — Lamego dá-lhe a data de 18, mas o original tem 8 de Maio. (A. H. Col., *Rio de Janeiro*, Apensos, Capilha de 26 de Julho de 1683).

<small>A. S. I. R., *Bras.5(2)*, 79; — Bibl. Vitt. Em., f. ges. 3492/1363, n.º 6.</small>

CORREIA, Manuel (I). *Professor e Administrador.* Nasceu cerca de 1633 em Extremoz. Entrou na Companhia com 17 anos de idade. Mestre em Artes. Professor de Humanidades e Teologia Moral. Foi Prepósito de Vila-Viçosa e era Reitor do Colégio do Porto, quando passou ao Brasil em 1692 com o cargo de Provincial. Faleceu no ano seguinte, a 7 de Julho de 1693, na Baía, vítima do "mal da bicha" (febre amarela).

A. *Carta do Provincial Manuel Correia, ao P. Geral Tirso González*, de Lisboa, 14 de Janeiro de 1692. (*Bras.26*, 171-172). — Assuntos do Maranhão, e em particular a obrigação de o Colégio de Coimbra dar missionários. *Lat.*

B. *Carta ao P. Geral*, de Lisboa, 20 de Fevereiro de 1692. (*Bras.3(2)*, 300-301v). Sobre a obrigação de a Província de Portugal mandar missionários ao Brasil, que ele quer levar. *Lat.*

C. *Carta ao P. Geral*, de Lisboa, 23 de Fevereiro de 1692. (*Bras.3(2)*, 302-303v). — Quer levar dez jovens estudantes portugueses para o Brasil, porque El-Rei não permite que vão estrangeiros. *Lat.*

D. *Carta ao P. Alexandre de Gusmão, Reitor do Seminário de Belém da Cachoeira,* 7 de Junho de 1692, s. l. (*Bras.3(2)*, 322-323v). — Sobre o Seminário. Com notas à margem do P. Gusmão. *Port.*

E. *Carta ao P. Geral Tirso González,* de Olinda, 18 de Agosto de 1692. (*Bras.3(2)*, 320-321v). — Estado temporal do Colégio e meios de o melhorar. *Lat.*

F. *"Visita" do Engenho da Pitanga (Baía),* 18 de Janeiro de 1693. 11 pontos. (*Bras.11(1)*, 135). *Lat.*

G. *Annuæ Litteræ ex Brasilia, 1691-1693,* da Baía, 1 de Junho de 1693. (*Bras.9*, 379-386). — Letra do P. Andreoni, Secretário da Província e seu verdadeiro autor, mas assinada pelo Provincial P. Manuel Correia. Excerptos em S. L., *História,* V, 277-278 (sobre os Índios Moritizes); 298-299 (sobre a festa de *Varakidran* do Sertão da Baía). *Lat.*

H. *Carta ao P. Geral,* da Baía, 3 de Junho de 1693. (Gesù, Colleg. 20). Sobre o benfeitor do Colégio do Recife António Fernandes de Matos. *Lat.*

I. *Carta do Provincial Manuel Correia ao P. Geral Tirso González,* da Baía, 13 de Junho de 1693. (*Bras.3(2)*, 326-327v). — Trata do Regulamento do Seminário de Belém da Cachoeira. — Excerpto em S. L., *História,* V, 190-191. *Lat.*

A. S. I. R., *Lus.46* (Cat. de 1678, n.º 511); — *Bras.3(2)*, 333; — Franco, *Synopsis,* 389.

CORREIA, Manuel (2). *Missionário e Administrador.* Nasceu cerca de 1645 em Lisboa. Entrou na Companhia na Baía, com 17 anos, a 12 de Abril de 1662. Diz o Catálogo de 1694 que ensinou Gramática dois anos, foi Reitor do Colégio de S. Paulo por oito anos, Superior da Casa da Paraíba um ano, Vice-Reitor do Colégio de Olinda quase três anos. Conhecia a língua brasílica e pregava com facilidade. Faleceu na Baía a 9 de Fevereiro de 1704.

1. *Carta do P. Reitor Manuel Correia ao P. Geral Noyelle sobre a resolução de não se deixar S. Paulo,* de S. Paulo, 15 de Março de 1685. (*Bras.3(2)*, 191-191v). Em S. L., *História,* VI, 318-319. *Port.*

A. S. I. R., *Bras.5(2)*, 79v, 93v; — *Hist. Soc.51*, 84.

CORREIA, Pero. *Mártir dos Carijós.* Português abastado e antigo na terra do Brasil, chegado em 1533 ou 1534, e que os Jesuítas encontraram em S. Vicente. Foi o primeiro que nesta Capitania entrou na Companhia de Jesus em 1550, admitido pelo P. Leonardo Nunes. Grande sertanista, "virtuoso e sábio e o melhor língua do Brasil", diz Nóbrega, que pensava em o ordenar de Sacerdote; quando, indo Pero Correia com o Irmão João de Sousa aos Carijós do Sul, a caminho do Paraguai, foram ambos mortos em dia, não bem averiguado, fins de 1554.

1. *Cópia de uma carta de Pero Correia, pessoa que esteve muito tempo no Brasil e um dos primeiros da terra: serve a Deus com grande fervor na Companhia de Jesus* [1551]. Transcrito de "Cartas dos Padres", cód. da B. N. do Rio de Janeiro, I, 5, 2, 38, f. 18, em *Cartas Avulsas*, 94-95 (Variante, 95-96). O título é tradução literal da publ. em *Diversi Avisi* (Veneza 1559) 140v-141.

2. *De outra do mesmo para os Irmãos que estavam em África*, de S. Vicente, do anno de 1551. *Diversi Avisi* (Veneza 1559) 141-143; — *ib.*, (Veneza 1565) 140-143 com o título de *Copia d'un altra del medesimo per li fratelli, che stanno in Africa.* — Transcrita de "Cartas dos Padres", cód. da B. N. do Rio de Janeiro, f. 18 e publ. em *Cartas Avulsas*, 97-99.

3. *Cópia de uma do Irmão Pero Correia, o qual foi morto dos Brasis, a oito de Junho de 1551, para o Padre Belchior Nunes em Coimbra.* Transcrita de "Cartas dos Padres", f. 194v, e publ. em *Cartas Avulsas*, 90-92. Traz no título o ano de 1554 e nas cabeças o de 1551, que é o certo.

4. *Copia de una del Hermano Pero Correa, del Brasil, a 10 de Março de 1553.* (*Bras.3(1)*, 84-87). Cota do Arquivo, que acrescenta, com outra letra, ter sido enviada esta carta de S. Vicente. — Dirige-se a um Padre de Portugal para tratar com El-Rei dos males do Brasil, que elle conhece bem, como participante que foi deles; e diz que está no Brasil "ha 19 anos", etc. Trad. do espanhol e publ. por S. L., infra, *História*, IX, 377-383.

5. *Carta do Irmão Pero Correia que escreveu a um Padre do Brasil*, de S. Vicente a 18 de Julho de 1554. (*Bras.3(1)*, 112-114). Em espanhol. Traduzida e publ. por S. L., *Novas Cartas Jesuíticas*, 170-176. Tinha sido publicada, menos completa, em *Diversi Avisi* (Venezia 1559) 239-242, com o título: *Copia d'una lettera di Pietro Correa della Compagnia di IESV, che dopo per la predicatione*

dell'Evangelio fu ammazzato dall' infideli, scritta ad altri della medesima Compagnia, nell' India del Brasil. Conclui: "Di S. Vicentio, 8 de Iugno 1554. Pouerissimo di uirtu Pietro Correa". — Em português, *Cartas Avulsas*, (1931) 137-139 com a nota: "Publ. em trad. ital. nos *Diversi Avisi Particolari*, 239-242. Ahi vem datada de 8 de Junho".

Confrontámos os três textos: o do original é o mais completo; o italiano tem passos suprimidos ou resumidos, e o das *Avulsas* suprimiu ainda outros passos da italiana e mudou alguns, como o seguinte: "Este lugar de Índios convertidos em que estamos se chama Piratininga", frase que não se encontra nem no texto original, nem na tradução italiana de *Diversi Avisi Particolari*, não obstante a declaração das *Avulsas*.

A. *Suma da Doutrina Cristã.* Cf. S. L., *História*, II, 556.

Vita dei Fratelli Pietro Correa e Giovanni di Sousa primieri Martiri del Brasile. (Lus.58, 37-42).

Petrus Correa et Ioannes Sosa saggitis transfiguntur. Poesia de António Ghuyset em *Sacra Porticus.* (Vitæ 143, 45v).

Sommervogel, II, 1482; — Streit, II, 335, 338, 339, 342-344, 346, 350, 351; — S. L., *História*, II, 236-242.

COSTA, António da. *Professor e Pregador.* Nasceu a 22 de Novembro de 1709 em Cabo Frio. Entrou na Companhia com 14 anos de idade a 24 de Novembro de 1723. Professor de Humanidades, Filosofia e Teologia. Pregador de facilidade e talento. Em 1745, em Olinda, além de Professor de Filosofia, era consultor e Prefeito dos Estudos. Faleceu a 18 de Abril de 1755, na Baía.

1. *Sermão nas sumptuosas exequias do Serenissimo Senhor D. João V. Rey Fidelissimo, celebradas na Igreja da Misericordia da Cidade da Bahia a 22 de Dezembro de 1750.* Lisboa, na Regia Officina Silviana, e da Academia Real, 1753, fol. Saiu a pág. 249 da *Relação Panegyrica das Honras funeraes feitas ao mesmo Monarca na Cidade da Bahia.*

A. *Litteræ Annuæ Provinciæ Brasiliensis*, Ex Collegio Bahiensi die 29 Decembris an. 1739. De mandato R. P. Joannis Pereyra Brasiliae Provincialis — *Antonius da Costa.* (Bras.10(2), 391-392). Lat.

A. S. I. R., Bras.6, 258v, 375; — Bras.10(2), 495v; — B. Machado, IV, 30; — Sommervogel, II, 1503; — S. L., *História*, V, 435.

COSTA, Cristóvão da. *Missionário.* Nasceu a 5 de Junho de 1690 em Paranaguá. Entrou na Companhia, já Sacerdote, com 51 anos, a 9 de Outubro de 1741. Fez a profissão solene de 3 votos em Ilhéus, a 24 de Junho de 1752, sendo nomeado ainda nesse ano Vice-Reitor do Colégio da sua terra natal, donde com os mais foi levado preso para o Rio e dali deportado para Lisboa e Itália. Faleceu em Roma a 13 de Setembro de 1760.

1. *Relação sobre a aparição da imagem do Senhor Bom Jesus de Iguape.* Transcrita pelo P. Manuel da Fonseca, *Vida do P. Belchior de Pontes,* 2.ª ed. (S. Paulo s. a.) 189-191. Segundo Fonseca foi escrita pelo "R. P. Cristóvão da Costa de Oliveira, sendo Visitador daquelas Igrejas no ano de 1730".

Supomos que é o nome completo do P. Cristóvão da Costa, que a esse tempo era ainda Padre secular e Visitador das Igrejas do Sul, por parte do *Bispo,* não por parte da *Companhia,* como se lê em Sommervogel, II, 1508. — Também o objecto da brevíssima *Relação* é este. (Não *N.ª S.ª das Neves*).

A. S. I. R., *Bras.6,* 346v; — *Lus.17,* 58; — *Apênd. ao Cat. Português,* de 1903.

COSTA, Eusébio da. *Missionário.* Nasceu a 12 de Março de 1712 em Condeixa (Coimbra). Entrou na Companhia a 15 de Dezembro de 1730. Embarcou para as Missões do Maranhão e Grão Pará em 1731. Chamava-se antes Heitor José e era irmão do P. José António. Fez a profissão solene em 1748. Ensinou algum tempo Gramática. Superior da Vigia e ocupou-se durante largos anos nas Aldeias. Não consta o seu nome no Catálogo de 1760.

A. *Carta do P. Eusébio da Costa ao Governador e Capitão General do Maranhão e Grão Pará,* da Vigia, 11 de Fevereiro de 1756. (B. N. de Lisboa, Col. Pomb. 622, f. 138). — Agradece a ajuda dada a seu irmão Pedro José da Costa. *Port.*

A. S. I. R., *Bras.27,* 92, 99; — S. L., *História,* IV, 353.

COSTA, José da. *Missionário e Administrador.* Nasceu cerca de 1590 em Trepane, Sicília. Entrou na Companhia em Palermo no ano de 1611. Embarcou de Lisboa para o Brasil em 1620. Mestre em Artes. Pregador. Fez a profissão solene no Espírito Santo, a 3 de Maio de 1636. Ensinou Humanidades 4 anos e Teologia 2. Fez uma entrada ao Sertão e teve larga carreira administrativa: Ministro da Baía, Superior do Espírito Santo, Reitor do Colégio do Rio de Janeiro, Reitor da Baía, e Vice-Reitor do mesmo Colégio, e Provincial. Nesta qualidade interveio e presidiu à deposição do Visitador Geral Jacinto de Magistris (1663), no que foi desaprovado pelo P. Geral Oliva, sendo privado durante alguns anos de voz activa e passiva. Mais tarde foi perdoado, voltou a ser Provincial, e morreu em alta velhice, na Baía, a 12 de Março de 1681.

A. *Carta ao P. Geral Nickel,* da Baía, 6 de Março de 1655. (*Bras.3(1),* 283). — Manifesta-se contra o plano da nova igreja da Baía proposto pelo P. Provincial Simão de Vasconcelos. *Ital.*

B. *Carta ao P. Geral Nickel*, da Baía, 18 de Outubro de 1655. (*Bras.3(1)*, 295). — Repete o assunto da carta precedente. *Ital.*

C. *Carta ao P. Geral Nickel*, da Baía, 30 de Novembro de 1655. (*Bras.3(1)*, 297). — Ainda sobre a nova igreja, e os grandes gastos que acarretará ao Colégio. *Ital.*

D. *Carta ao P. Geral Nickel*, da Baía, 22 de Julho de 1657. (*Bras.3(1)*, 310). — Constando-lhe que o propuseram para Provincial pede ao Geral que o não faça. Além da falta de dotes, já tem 67 anos e custa-lhe andar no mar para visitar as casas. *Ital.*

E. *Carta do Provincial José da Costa ao P. Geral Oliva*, da Baía, 10 de Novembro de 1662. (*Bras.3(2)*, 10). — Pede para receber mais noviços por falta de gente. *Ital.*

F. *Carta ao P. Geral Oliva*, da Baía, 10 de Novembro de 1662. (*Bras.3(2)*, 11). — Informações sobre os estudos de Teologia dos Padres Inácio Faia, António Pinto e Diogo Machado. *Ital.*

G. *Carta ao P. Geral Oliva*, da Baía, 10 de Novembro de 1662. (*Bras.3(2)*, 14). — Sobre o Colégio de Pernambuco e a nova Residência do Recife. *Ital.*

H. *Carta ao P. Geral Oliva*, da Baía, 15 de Novembro de 1663. (*Bras.3(2)*, 41). — Louva o Administrador Eclesiástico do Rio de Janeiro. *Ital.*

I. *Carta ao P. Geral Oliva*, da Baía, 8 de Dezembro de 1663. (*Bras.3(2)*, 42). — Esmola de 250 escudos anuais ao Colégio Romano, durante um triénio. *Ital.*

J. *Processos feitos por ocasião da deposição do Visitador da Província do Brasil, P. Jacinto de Magistris, ano de 1663: 1.º, Contra o Visitador; 2.º, contra o P. Belchior Pires; 3.º, a favor do P. Simão de Vasconcelos.* (Gesù, Missiones, 721). Contêm depoimentos e testemunhos de muitas pessoas de dentro e de fora da Companhia. Serviu de notário o P. Domingos Barbosa. *Lat.*

Ver *Magistris* (Jacinto de), o seu Contra-Processo, onde informa sobre os principais Padres e Irmãos que, ou tomaram parte activa na sua deposição, ou depuseram naqueles Processos.

K. *Carta do Provincial José da Costa ao P. Geral Oliva*, da Baía, 3 de Maio de 1673. (*Bras.3(2)*, 123). — Controvérsia dos dízimos: urgem os oficiais de El-Rei. *Lat.*

L. *Carta ao P. Geral Oliva*, da Baía, 20 de Maio de 1673. (*Bras.3*(2), 125). — Sobre o seu secretário e a controvérsia dos dízimos. *Lat.*

M. *Carta ao P. Geral Oliva*, da Baía, 9 de Agosto de 1673. (*Bras.3*(2), 126). — Sobre a ida frequente dos Padres às missões do Recôncavo. *Port.*

N. *Carta ao P. Geral Oliva*, da Baía, 4 de Novembro de 1674. (*Bras.3*(2), 130). — Remete a proposta do Capitão António de Gouveia, para a fundação do Colégio do Recife. A proposta, ou 2.ª via dela, é de 10 de Fevereiro de 1675. — Ver *Colaço* (Cristóvão). *Port.*

<small>A. S. I. R., *Lus.5*, 184; — *Hist. Soc.49*, 128v.</small>

COSTA, Manuel da. *Coadjutor*. Nasceu cerca de 1630 em Alcobaça. Entrou na Companhia com 21 anos de idade. O Catálogo da Província de Portugal, a que pertencia, trá-lo no Brasil em 1678.

A. *Declaração do Ir. Manuel da Costa sobre o açúcar do Engenho de Sergipe do Conde, cuja moenda parou em 1655, no dia 29 de Abril.* Lisboa, 6 de Novembro de 1681. (*Lus.77*, 112-112v). Autógr. em *port.*, e trad. *lat.*, reconhecida pelo P. Francisco de Matos.

B. *Complemento à declaração anterior.* Lisboa, 26 de Maio de 1682. (*Lus.77*, 116-116v). Autógr. em *port.*, e trad. *lat.*

<small>A. S. I. R., *Lus.46*, 21v.</small>

COSTA, Marcos da. *Professor e Administrador*. Nasceu em Barbeita (Arquidiocese de Braga) por 1560. Entrou na Companhia em Coimbra em 1576. Embarcou para o Brasil em 1587. Fez a Profissão solene no Espírito Santo, a 12 de Novembro de 1595, recebendo-a Fernão Cardim. Mestre em Artes e bom pregador. Professor de Letras Humanas e Teologia Moral, Secretário do Provincial Fernão Cardim (1604), Mestre de Noviços, Superior de Espírito Santo e Reitor dos Colégios do Rio de Janeiro e Pernambuco. Como Procurador do Brasil tomou parte na 6.ª Congregação Geral, reunida em Roma em 1608, na qual foi eleito para a 3.ª Comissão: "De Concionatoribus, Confessariisque et Missionibus". Faleceu na Baía em 1626.

A. *Parecer sobre se o Administrador pode dar a outro a sua jurisdição por sua morte.* No Colégio [de Olinda], 23 de Maio de 1620. Além do P. Marcos da Costa, assinam Francisco Fernandes, Salvador Coelho e Domingos Ferreira. (Rio, Bibl. do Itamarati, *Livro 1.º do Governo do Brasil*, s. p.). *Port.*

<small>A. S. I. R., *Bras 5*, 36, 82v; — *Bras.8*, 380v; — *Lus.2*, 126-127; — *Congr.1*, 134v, 137; — *Hist. Soc.43*, 68; — Cordara, *Hist. Soc.*, VI-2.ª, 249; — S. L., *História*, 1, 569; II, 397.</small>

COSTA, Miguel da. *Administrador e Pregador.* Nasceu a 2 de Fevereiro de 1676, em Lorvão (Diocese de Coimbra). Entrou na Companhia em Coimbra, com 16 anos, a 13 de Junho de 1693. Já depois de ter sido Ministro do Colégio de Coimbra, passou ao Brasil e daí ao Maranhão, onde fez a profissão solene a 21 de Novembro de 1713 na Cidade de S. Luiz. Por motivos, que alegou, deixou a Missão e passou para o Brasil. Bom talento para governar e pregar; e sabia a língua brasílica. Foi superior da Casa da Cidade da Paraíba (1718), Visitador dos Colégios do Brasil, por ordem do Provincial (1725), outra vez Superior da Paraíba (1726), Reitor do Colégio de Olinda (1727), Reitor do Colégio da Baía (1731), Vice-Provincial e Visitador Geral do Brasil (1733-1737). Faleceu a 16 de Maio de 1748 no Funchal.

A. *Carta do P. Reitor Miguel da Costa ao P. Geral Tamburini,* de Olinda, 24 de Março de 1728. (*Bras.4*, 379-379v). — Estado do Colégio e negócios. *Lat.*

B. *Carta ao P. Francisco de Lira,* de Olinda, 20 de Outubro de 1730. (*Bras.26*, 270). — Notícias do Brasil e da Europa. *Port.*

C. *Representação a El-Rei sobre as descortesias do Cabido da Baía com o Colégio entre as quais a de se ter recusado contra as ordens de S. Majestade, a acompanhar a Procissão de S. Francisco Xavier, Padroeiro da mesma cidade.* Colégio da Baía, 6 de Dezembro de 1731. (A. H. Col. *Baía,* Apensos, 22-IV-1733). Com outros anexos do Conselho Ultramarino, sobre esta matéria. *Port.*

D. *Carta ao P. Geral Retz,* da Baía, 28 de Julho de 1733. (*Bras.4*, 390-392v). — Informação sobre o P. Manuel Cobbs, inepto para os ministérios da Companhia. Assinam também os Padres Marcos Coelho, Rafael Machado, Manuel Dias e Luiz dos Reis. *Lat.*

E. *Carta ao P. Geral Retz,* da Baía, 20 de Novembro de 1733. (*Bras.4*, 396). — Decretos; proposições proibidas; e que o nome do P. Alexandre de Gusmão se inclua no Menológio. *Lat.*

F. *Requerimento do Provincial para El-Rei construir nova Igreja e Casa da Companhia na Colónia do Sacramento.* Com o despacho real de 9 de Abril de 1734, mandando informar o Governador da Colónia, António Pedro de Vasconcelos, o qual a 23 de Dezembro do mesmo ano informa e elogia o Superior da Colónia, P. José de Mendoça, "verdadeiro varão apostólico na virtude e na sementeira da palavra do Evangelho". (A. H. Col., *Rio de Janeiro,* 9429-9430). *Port.*

G. *Catalogus Qualitatum ex Triennalibus Provinciæ Brasilicæ a P. Visitatore et V. Provinciali Michaele à Costa solum confectus.* Bahyae, 1.ª Septembris anni 1736. (*Bras.*6, 215-229). Autógr. *Lat.*

A. S. I. R., *Bras.*6, 119v; — *Bras.*27, 28; — *Lus.*13, 276; — *Hist. Soc.*53, 211.

COSTA, Paulo da. *Professor e Administrador.* Nasceu pelo ano de 1594 em Alenquer, Arcebispado de Lisboa. Entrou na Companhia na Baía, em 1612, com 18 anos de idade, e já tinha estudado dois anos Gramática. Esta idade e naturalidade constam do Catálogo de 1613. Os Catálogos seguintes (1614, 1616, 1617, 1619), vão dando os passos dos seus estudos até 1621, em que andava no terceiro ano do Curso de Artes. Não há Catálogos até 1631 (depois da tomada e recuperação da Baía em 1624-1625); e nele Paulo da Costa, Mestre em Artes, já aparece Sacerdote, e Professor de Filosofia no Colégio da Baía, Pregador e conhecedor da língua brasílica e com indicação de ser natural do *Rio de Janeiro.* Entre os discípulos, que teve neste Curso de Filosofia, lemos os nomes de Francisco de Avelar e António Vieira. Em 1646 diz-se que o P. Paulo da Costa tem 50 anos, entrou em *1617*, ensinou Letras Humanas, Filosofia e Teologia, e é Pregador e Procurador em Portugal. E com a mesma indicação de ser do Rio de Janeiro. Mas o ano de 1617, em vez de 1612, é lapso de cópia. Quanto à naturalidade, ou é realmente o Rio e se daria a princípio a naturalidade dos pais para facilitar a entrada na Companhia como filho do Reino; ou se é Alenquer, ocorre-nos que na tomada da Baía pelos Holandeses, se perdesse o livro das entradas no Noviciado, e ele, interrogado, dissesse que era do Rio, onde se tivesse criado desde tenra idade, ou o organizador do Catálogo assim o julgasse. Certo é que se trata de uma e a mesma pessoa. [Não confundir com outro P. Paulo da Costa, do Rio de Janeiro, mas entrado na Companhia em *1636*, e que também foi Professor de Filosofia e Teologia, Mestre de Noviços e Procurador em Lisboa desde 1659, em cujo cargo faleceu no ano de *1663*. Nomes e ocupações tão iguais, que por isso se faz aqui a dupla menção. Nos Catálogos distinguem-se com a notação de *Senior* e *Junior*]. O P. Paulo de Costa, Senior, este de que aqui se trata, entrado na Companhia em 1612, era procurador do Brasil em Lisboa ao dar-se a Restauração de Portugal e foi na primeira embaixada que D. João IV enviou ao Principado da Catalunha em 1641, composta dos Padres Inácio Mascarenhas e ele. Embaixada cheia de perigos e coroada de êxito. Faleceu em Lisboa, *antes* de 30 de Dezembro de 1649.

A. *Requerimento do P. Paulo da Costa, Procurador Geral da Província do Brasil em Lisboa, a El-Rei, para que lhe mande dar o treslado autêntico das provisões que Sua Majestade mandou passar em 30 de Setembro de 1633 ao Bispo do Brasil e cabido da Sé da Baía.* (A. H. Col., *Baía, Avulsos, 12 de Junho de 1642*). *Port.*

B. *Papel sobre o Compromisso entre o Colégio de S. Antão e o da Baía relativo ao Engenho de Sergipe do Conde.* Lisboa, 12 de Novembro de 1643. (*Bras.*3(*1*), 239-240). *Port.*

C. *Memorial do P. Paulo da Costa para se ler em consulta da Província de Portugal.* Lisboa, 12 de Novembro de 1645. (*Lus.77*, 155-156). — Também sobre Sergipe do Conde. *Port.*

D. *Parecer sobre o orçamento do dinheiro que a Província do Brasil está devendo à de Portugal.* Lisboa, 7 de Agosto de 1645. (Torre do Tombo, *Cartório dos Jesuítas*, maço 53). — *Outro parecer sobre a diferença de contas entre as duas Províncias.* Lisboa, 18 de Setembro de 1646. (*Ib.*, no Caderno "Exame e recensam das contas entre as Provincias de Portugal e do Brasil"). *Port.*

Relaçam do successo que o Padre Mestre Ignacio Mascarenhas da Companhia de Iesv teue na Jornada, que fez a Catalunha, por mãdado de S. M. el Rey Dom Ioam o IV nosso Senhor aos 7 de Janeiro de 1641 (Lisboa 1641), reproduzida por Edgar Prestage em *O Instituto*, vol. 73 (Coimbra 1926)590-603.

A. S. I. R., *Bras.5*, 98, 127v-128, 166v; — S. L., *História*, IV, 19-20; V, 391.

COSTA, Pedro da. *Missionário.* Nasceu cerca de 1529 na Portela de Tamel, Diocese de Braga. Entrou na Companhia no Brasil em 1556. Gastou a longa vida pelas Aldeias a catequizar Índios, cuja língua falava admiràvelmente. Em 1598 era Superior de Boipeba. Morreu, venerado de todos, e com fama de santo, a 26 de Maio de 1616, na Baía.

1. *Carta que escreveu o Padre Pedro da Costa, do Espírito Santo, aos Padres e Irmãos da Casa de S. Roque, de Lisboa, Ano de 1565.* Transcrita de *Cartas dos Padres*, cód. da B. N. do Rio de Janeiro, I, 5, 2, 38, f. 149v. e publ. em *Cartas Avulsas* (Rio 1931) 456-463. Datada da Aldeia ou "Casa de S. João, hoje 27 de Julho de 1565 anos".

A. S. I. R., *Bras.5*, 38; — Cardoso, *Agiologio Lusitano*, III, 413, 416; — S. L., *História*, I, 240.

COSTA, Tomás da. *Administrador.* Nasceu a 7 de Março de 1700 na freguesia de S. João Baptista (Ponte da Barca). Filho de Manuel da Costa Ribeiro e Inácia Rodrigues. Entrou na Companhia a 16 de Outubro de 1720. Fez a profissão solene no Recife a 2 de Fevereiro de 1738. Superior da Casa da Paraíba e Reitor do Recife. Deportado do Recife para Lisboa e daí para a Itália. Em Roma foi Superior do Palácio Inglês (1767) e do Palácio de Sora(1768).

A. *Elogio do P. Malagrida.* (*Vitæ 141*, 350-353). *Port.* Com trad. lat.: "In Palacio Sorano die 9 Nov. 1761. A Lusitano idiomate in Latinum traductum recognosco et subscribo. Thomaz da Costa". (*Ib.* f. 332-336).

A. S. I. R., *Bras 6*, 122; — *Lus.15*, 358; — Bibl. Vit. Em., f. ges. 3492/1363, n.º 6.

COUTO, Manuel do. *Pregador.* Nasceu em 1561 em Ervedal (Alentejo). Entrou na Companhia na Baía em 1579. Em 1584 já tinha feito o Curso de Humanidades, e andava no segundo ano do de Artes. Em 1586 residia na Aldeia de S. Lourenço (Niterói) a praticar a língua brasílica. Graduou-se de Mestre em Artes e ordenou-se de Sacerdote em 1598, ficando logo Professor de Teologia Moral e Pregador. Fez duas grandes entradas ao sertão e foi Superior do Espírito Santo, Procurador da Igreja de S. Antão (Engenho de Sergipe), e Reitor de Pernambuco. Era um dos famosos pregadores do seu tempo. "Na cidade da Baía, cabeça do Brasil, se fizeram as exéquias de El-Rei a 9 de Julho de 1621, com grande majestade e pregou nelas o Padre Manuel do Couto da Companhia". E dois anos depois, a 11 de Março de 1623, foi, ouvindo um sermão seu, que o jovem escolar do Colégio da Baía António Vieira, se decidiu a ser religioso da Companhia, escreve o mesmo Vieira. A *Ânua*, que refere a morte do P. Manuel do Couto, alude à sua piedade e fervor e à formosa maneira da sua pregação: "pulchram enim habuit contionandi gratiam". Faleceu a 9 de Agosto de 1639, na Baía. [Não confundir com outro P. Manuel do Couto mais velho do que ele (senior); e constam, ambos, no Catálogo de 1600].

1. *Auto de S. Lourenço.* Representado na Aldeia de S. Lourenço a 10 de Agosto de 1586.

Simão de Vasconcelos (*Anchieta*, 267) diz que Manuel do Couto preparou na Aldeia de *S. Lourenço* (Niterói) uma comédia para celebrar o dia do santo, a que veio todo o povo. Não menciona a data, mas a festa de *S. Lourenço* é a 10 de Agosto, e em 1586, segundo o Catálogo deste ano, o Ir. estudante Manuel do Couto, já com o Curso de Artes, estava na Aldeia de *S. Lourenço* (*Bras.5*, 29). Parte do *Auto de S. Lourenço* foi-nos conservada nos cadernos de Anchieta, e por isso tem-lhe sido atribuido. Dada a menção positiva de Simão de Vasconcellos, não se pode já hoje separar deste *Auto* o nome de Manuel do Couto.

O *Auto* é trilingue, tupi, castelhano e português. O tupi andava então a praticá-lo Manuel do Couto (e este foi bom exercício) e consta que o soube bem (*Bras.5*, 79v); o castelhano falavam-no então todos os portugueses cultos. Basta lembrar Camões, e no Brasil, neste mesmo ano de 1586, Cristóvão de Gouveia e Fernão Cardim. A parte narrativa é em tupi; a parte menos simpática (a confabulação dos tiranos Décio e Valeriano entre si e de Ambiré e Saravaia com eles) em castelhano; a parte mais bela, em português, como a fala do *Anjo* com o *Amor* e *Temor* de Deus, que reproduzimos em *História*, II, 610, com a bibliografia correspondente a este *Auto* e aos excerptos dele, que andam publicados.

Anda também atribuida a Anchieta a Poesia "A Santa Inês" na vinda da sua imagem (transcrita em vários autores e em S. L., *História*, II, 604) É de um português tão puro e há nela uma alusão quase familiar ("não é de *Alentejo* este vosso trigo"), que recorda o nome do Alentejano Manuel do Couto, em cujo *Auto de S. Lourenço* se leem poesias de ritmo semelhante. Desta não há o mesmo documento explícito que existe para o *Auto*, referindo-o a Manuel do Couto. Mas o processo como se compilaram já tarde, e sem garantia bastante, as poesias atribuidas a Anchieta, é de molde a fortalecer este pensamento; e no caderno chamado de Anchieta (*Opp.NN.24*, f. 16v) está com letra alheia.

Parece-nos útil levantar as dúvidas que constam deste verbete, abrindo caminho a pesquisas talvez fecundas, sobre um período literário ainda não bem estudado em toda a extensão das suas fontes. Nele se constitui Anchieta, a figura central, que o processo de canonização colocou depois em maior relevo, concentrando no seu nome todas as atenções e simpatias aliás merecidas. O nosso pensamento, que nesta matéria procede de Capistrano de Abreu, é que, sob o ponto de vista literário e bibliográfico, em se tratando do século XVI, o olhar do pesquisador tem de ser atento, amplo, perspicaz e equânime, para um possível exercício de justiça distributiva entre diversos Padres da Companhia mergulhados muito tempo na obscuridade. Haja vista o que sucedeu com Fernão Cardim, coevo de Anchieta, que embora deixasse obra importante, e hoje tão louvada, permaneceu bibliogràficamente ignorado durante quase três séculos.

A. *Lembranças para a Senhora Condessa de Linhares sobre as fazendas de Sergipe*, s. l., 20 de Agosto de 1617. (Torre do Tombo, *Cartório dos Jesuítas*, maço 13. 2.ª via). Cláusula e assin. autógrafas. *Port.*

A. S. I. R., *Bras.5*, 29; — *Bras.8*, 517; — *Lus.44*, 303v; — *Hist. Soc.46*, 13; — Faria, *História Portuguesa*, 23; — S. L., *História*, I, 578-579; IV, 4.

COUTO, Tomás do. *Professor e Missionário.* Nasceu a 29 de Dezembro de 1668 no Rio de Janeiro. Entrou na Companhia a 28 (ou 18) de Junho de 1683. Em 1688 passou da Baía para o Maranhão. Exercitava os seus discípulos "a recitar poemas, declamar orações, representar admiràvelmente comédias com que surpreendia toda a cidade" do Maranhão. Fez a profissão solene no Pará, a 31 de Julho de 1702. Mestre de Humanidades, Missionário e Vice-Reitor do Colégio do Pará, onde faleceu a 1 de Abril de 1715.

A. *Carta ao Procurador Geral em Lisboa Miguel Cardoso*, do Colégio do Pará, 6 e 7 de Agosto de 1713. (B. N. de Lisboa, fg. 4517, 54-55; 422-423). — Assuntos económicos do Colégio; embarques de géneros, quais e em que navios; dívidas. *Port.*

A. S. I. R., *Bras.5(2)*, 81v; — *Lus.12*, 201; — S. L., *História*, IV, 299-300.

CRAVEIRO, Lourenço. *Pregador e Administrador.* Nasceu por 1622 no lugar das Lapas, termo de Torres Novas. Filho de Estêvão Martins e Maria Craveiro. Era já sacerdote, vigário e pregador, quando entrou na Companhia de Jesus em Lisboa, a 17 de Abril de 1663, com 41 anos. Entrou já com destino ao Brasil, para onde embarcou dois dias depois. No Brasil continuou o ofício de pregador e alguns anos depois o de Reitor. Diz o Catálogo de 1683, que tinha 60 anos, fraca saúde, e fôra, antes de entrar na Companhia, Pároco muitos anos; e que estudou Filosofia 4 e outros tantos Teologia: "Reitor dos Colégios de Recife, Santos e S. Paulo. Mestre de Noviços, um ano. Professo de 4 votos e pregador egrégio". Faleceu a 27 de Maio de 1687, na Baía.

1. *Merenda Eucharistica. Sermão no Collegio da Bahia no terceiro dia das Quarenta Horas a tarde em 16 de Fevereiro de 1665.* Lisboa por Domingos Carneiro, 1677, 4.º, 28 pp.

O sermão, para justificar o título e a hora da pregação e o tempo do *Carnaval*, às partes em que se divide chama *pratos:* 1.º *de galinha para os enfermos;* 2.º *de codorniz para os convalescentes;* 3.º *de cordeiro e cabrito para os mimosos;* 4.º *de vitela para os sãos;* 5.º *de cervo e veado para os esforçados;* 6.º *de águia para os entendidos.* Inocêncio escandaliza-se com tal modo de anunciar o Evangelho, em Portugal e seus Domínios, quando em Paris pregava Bourdaloue e Bossuet. Mostra gostar mais dos pratos estrangeiros do que dos nacionais, porque se esquece do P. António Vieira, que então honrava os púlpitos de Portugal e do Brasil. As opiniões dos Padres da Companhia não estavam acordes sobre o modo de pregar do antigo pároco. O povo, esse, gostava de o ouvir, e ouvia-o "com fruto" das suas almas, talvez por outros dotes oratórios, que os discursos impressos geralmente não manifestam.

2. *Academia Marial. Sermão no Collegio da Bahia em 25 de Março, festa que fazem os Estudantes à Virgem N. S. da Incarnação, anno de 1665.* Lisboa por Domingos Carneiro, 1677, 4.º

3. *Svmma do Apostolado, e Sermam do Apostolo S. Bartholomeu. Que pregov o Padre Lourenço Craveiro da Companhia de Iesus da Provincia do Brazil, no Collegio da Bahia, em 24 de Agosto de 1664. Deu-o a estampa o P. Fr. Antonio Craveiro Pregador e Religioso Capucho da Ordem de nosso Serafico Padre S. Francisco da Provincia de Granada.* Em Lisboa. Com todas as licenças necessarias. Na Officina de Domingos Carneiro Anno de 1677, 4.º, 23 pp.; — Em Coimbra, com todas as licenças necessarias. Na Officina de Joam Antunes. Anno M.DC.XCII, 4.º, 23 pp.

Sommervogel traz esta nota: "Après avoir cité ces trois discours, le P. Lopez de Arbizu ajoute: *suppressæ sunt omnes*".

O P. Lourenço Craveiro, que no Catálogo de 1683 tem a classificação de "pregador egrégio", preparou um ano antes de morrer um volume de Sermões para a Imprensa. Conservam-se duas censuras deste livro: uma do P. Inácio Faia, da Baía, 16 de Julho de 1686; outra do P. Estêvão Gandolfi. A 1.ª é favorável, a 2.ª desfavorável; alega que estando a publicar-se os Sermões do P. Vieira, o livro do P. Craveiro não se devia imprimir por ser de estilo vulgar e antiquado. O P. Faia não dá o motivo da aprovação. Alexandre de Gusmão envia para Roma os dois pareceres e adere ao do P. Gandolfi, em Carta de 29 de Julho de 1686 (Gesù, V,672, f. 148, 155, 156). Talvez seja a razão da advertência do P. Lopes de Arbizu.

4. *Notas à Sesmaria de Pero de Gois, sobre localidades.* Em Eugénio de Castro, *Diário da Navegação de Pero Lopes de Sousa*, 2.ª ed. (Rio 1940) 13-17.

A. *Sermão do nascimento do grande Baptista, em a igreja de S. João na Quinta do Sr. João de Saldanha, pelo Padre Lourenço Craveiro Coelho, natural das Lappas. Anno de 1648.* (Bibl. de Évora, D — Est. 2. C. 3. Vol. 20; cf. Rivara, IV, 50). *Port.*

B. *Carta do 1.º Reitor do Recife P. Lourenço Craveiro ao P. Geral Oliva*, do Recife, 15 de Agosto de 1679. (Bras.3(2), 141). *Lat.*

C. *Carta ao P. Geral Noyelle*, da Baía, 10 de Maio de 1685. (Bras.3(2), 195-199v). — Sobre o governo do P. António de Oliveira, de quem discorda. *Lat.*

<small>A. S. I. R., *Bras.5(2)*, 25v, 57v, 79v; — *Hist. Soc.*49, 174v; — B. Machado, III, 27; — Inocêncio, V, 196; — Sommervogel, II, 1648; — Rivière, 1026.</small>

CRUZ, António da. *Apóstolo do Paraná.* Nasceu cerca de 1667 em Torres Novas. Entrou na Companhia, com 20 anos, na Baía, a 24 de Maio de 1687. Reitor dos Colégios de Santos e do Espírito Santo. Missionário discorrente e colector de donativos para a causa de Anchieta, percorrendo com este fim diversas Capitanias até Minas Gerais. O campo da sua actividade apostólica foi porém o actual Estado do Paraná, pelas vilas e fazendas, e governou a Casa de Paranaguá mais de uma vez. E com tanta solicitude, que ao morrer nessa Casa, a 29 de Novembro de 1755, lhe deram o título de "Apóstolo dos Paranaguenses", que vem a ser na equivalência moderna "Apóstolo do Paraná".

A. *Carta ao P. Geral Tamburini*, do Rio de Janeiro, 30 de Janeiro de 1706. (*Bras.4*, 115). — Pede a Missão do Malabar, a convite do P. Francisco Laines, daquela missão, que passara pelo Brasil. *Lat.*

B. *Carta do Reitor de Santos, P. António da Cruz, ao P. Geral Tamburini*, de Santos, 12 de Março de 1717. (*Bras.4*, 195-195v). — Sobre os bens do Colégio de Santos e gado nos Campos de Curitiba. Cit. em S. L., *História*, VI, 428. *Lat.*

C. *Carta ao P. Geral Tamburini*, do Espírito Santo, 7 de Junho de 1720. (*Bras.4*, 203-203v). — Informa sobre o estado do Colégio e alvitres para melhorar a situação. *Lat.*

D. *Carta ao P. Geral Tamburini*, do Rio de Janeiro, 25 de Novembro de 1722. (*Bras.4*, 250-250v). — Envia 3.000 cruzados e já tem promessa de mais 2.000 para a causa de Anchieta. *Lat.*

E. *Carta ao P. Geral Tamburini*, do Rio de Janeiro, 2 de Julho de 1726. (*Bras.4*, 326-327). — Colecta para a causa de Anchieta (8.000 cruzados). Missão de Paranaguá. *Lat.*

A. S. I. R., *Bras.5*(2), 106v; — *Bras.6*, 269; — *Bras.10*(2), 497; — S. L., *História*, VI, 456.

CRUZ, Domingos da. *Missionário da Amazônia.* Nasceu a 15 de Março de 1666 em Valbom (Pinhel). Já tinha 6 anos de Direito Canónico ao entrar na Companhia a 24 de Janeiro de 1690. Embarcou no mesmo ano de Lisboa para o Maranhão. Fez a profissão solene antes de 1710. Foi Ministro do Colégio do Maranhão e grande missionário durante 22 anos, 5 dos quais em Tupinambaranas e 11 em Maracanã. Morreu a 9 de Agosto de 1722, sendo Reitor do Colégio do Pará: "morte da serafino e corrispondente al suo santo zelo, pazienzzia, disprezzo di se stesso" — diz Malagrida.

A. *Carta ao Procurador Jacinto de Carvalho*, do Pará, 28 de Julho de 1718. (B. N. de Lisboa, fg. 4517, f. 26-27). "Cheguei a Tupinambaranas em o 1.º de Outubro de 1715"; e dá muitas notícias de Índios, etc. *Port.*

B. *Licença para o Alferes de Infantaria Roque de Almeida levar três índias farinheiras para desfazer uma roça*, 1 de Outubro de 1720. (B. N. de Lisboa, fg. 4517, f. 7). *Port.*

A. S. I. R., *Bras.27*, 39; — *Bras.26*, 224; — *Livro dos Óbitos*, 9v.

CRUZ, Manuel da. *Coadjutor.* Nasceu por 1664 em Cantanhede. Entrou na Companhia, com 21 anos de idade, em Lisboa, a 24 de Setembro de 1685, e embarcou para o Brasil em 1694, depois de ter sido subministro, porteiro e dispenseiro em diversas casas de Lisboa. Fez os últimos votos em 1696 e saiu da Companhia em Olinda em 1704. Tornou a entrar na Companhia, na velhice, a 1 de Fevereiro de 1731. Faleceu em Olinda a 26 de Outubro de 1751.

A. *Carta de Manuel da Cruz Pilouro ao P. Geral Tamburini*, de Pernambuco, 5 de Setembro de 1725. (*Bras.4*, 300-301). — Agradece a licença para tornar a entrar na Companhia e trata das dificuldades que há. Queria ser Coadjutor espiritual, ou Irmão Coadjutor temporal, mas "de barrete redondo". *Port.*

A. S. I. R., *Bras.5*(2), 116v; — *Bras.6*, 274; — *Bras.10*(2), 441.

CRUZ, Teodoro da. *Missionário e Administrador.* Nasceu a 12 de Maio de 1711 em Lisboa. Filho de Félix da Cruz Farnésio e Brígida Maria e baptizado na Igreja de S. Justa. Entrou na Companhia em Lisboa a 14 de Agosto de 1729. Passou ao Maranhão e Grão Pará em 1731, completou os estudos, foi professo de 4 votos e gastou a vida nas Missões. Numa delas teve uma discussão com o Ouvidor João da Cruz Diniz Pinheiro, por este dispor dos *índios* duma sua Aldeia sem portaria do Governador; e das *índias*, sem faculdade do Vice-Provincial, como para um e outro caso mandava a lei. E logo que se inaugurou a perseguição e se deu ordem de desonrar os Padres sob todos os pretextos, a este coube a de se dizer que matara um Padre secular com peçonha. Aproveitava-se a circunstância de ter passado esse homem pela Aldeia do Caeté, recebendo-o o P. Cruz e tratando-o com toda a caridade; e depois de se despedir do Missionário, apareceu morto passados dois dias, de qualquer acidente comum. Sobre o P. Teodoro da Cruz, escreve Lúcio de Azevedo, "pesava o aleive de ter ministrado peçonha a um clérigo; e escrevendo ele ao Bispo que desejava uma satisfação pública de tamanha injúria, fôra a reclamação tomada por ofensa". Uma ordem de 14 de Março de 1755 mandou desterrar o zeloso missionário para o Reino, negando-se-lhe o direito de defesa contra a calúnia. Depois de estar em Évora até 1759 foi encarcerado no forte de Almeida, donde passou em 1762 para S. Julião da Barra, onde morreu a 26 de Julho de 1776. À sua qualidade de Missionário aliava prendas de literato e poeta.

1. *Décima ao ilustre P. David Fay falecido no oitavário dos S. S. Reys.* Escrita nos cárceres de S. Julião da Barra, onde o P. Fay morreu a 12 de Janeiro de 1767. Nos *Anais da B. N. do Rio de Janeiro*, LXIV (1944) 243.

A. *Carta do Ir. Estudante Teodoro da Cruz ao P. Geral*, do Maranhão, 7 de Julho de 1735 (*Bras.26*, 288-288v). — Pede licença para se representar na Igreja do Colégio, uma peça teatral do P. Gabriel Malagrida sobre a Vida e Conversão de S. Inácio. *Lat.*

B. *Carta do P. Teodoro da Cruz, Missionário de Itacuruçá, no Xingu, 1742.* — Parte que se refere ao P. Heckel, Missionário desta Aldeia, falecido no ano anterior, copiada no *Livro dos Óbitos do Colégio de S. Alexandre*. (B. N. de Lisboa, fg. 4518, 30). *Port.*

A. S. I. R., *Bras.27*, 154; — *Colecção*, de Domingos António, 15-18; — Carayon, IX, 3, 239; — Lúcio de Azevedo, *Os Jesuítas no Grão Pará*, 313.

CUNHA, António da. *Missionário e Administrador.* Nasceu em 1651 em Ponte da Barca. Entrou na Companhia a 9 de Fevereiro de 1676. Embarcou de Lisboa para as Missões do Maranhão e Pará em 1680. Fez a profissão solene de 3 votos. Deu provas de exímia caridade na epidemia de varíola, que grassou em todo o Estado em 1696. Foi ao Rio Jari, donde trouxe os Guiapises e Mocuras inclinados aos Franceses. Reitor do Colégio do Pará durante 8 anos, diz o Catálogo de 1708. Não vimos a data do seu falecimento.

A. *Carta do P. António da Cunha ao P. João Ângelo* [*Bonomi*], do Colégio do Pará, 8 de Julho de 1702. (B. N. de Lisboa, fg. 4517, 45). — Falecimentos; entradas ao sertão; "O Ouvidor Geral tem feito das suas"; pessoas; vida local. *Port.*

Carta Régia de 10 de Abril de 1709 ao Governador Cristóvão da Costa Freire, louvando os Padres da Companhia e a expedição ao Rio Jari, em que foi o P. António da Cunha. (Bibl. de Évora, cód. CXV/1-12, 134). Publ. (do cód. CXV/2-18) em *Anais da B. N. R. J.*, 67 (1948) 40; sobre o mesmo assunto, outra Carta Régia de 2 de Julho de 1710, *ib.*, 70.

A. S. I. R., *Bras.27*, 11v, 24v.

D

DANIEL, João. *Missionário, Historiador e Fisiógrafo.* Nasceu a 24 de Julho de 1722 em Travaçós, Diocese de Viseu. Filho de Manuel Francisco Canário e sua mulher Maria [Daniel?]. Entrou na Companhia em Lisboa, a 17 de Dezembro de 1739. Embarcou para o Maranhão e Pará em 1741. Concluiu os estudos, entre os quais os de Física, foi missionário do Cumarú e fez a profissão solene na Fazenda de Ibirajuba, a 20 de Novembro de 1757. Destinava-se a Cronista da sua Vice-Província. Mas oito dias depois da profissão, a 28 de Novembro, saiu do Pará desterrado para o Reino, por ter dito, alguns meses antes, na Sexta-feira Santa, o Evangelho do dia: que "Anás e Caifás faziam a sua vontade e os Apóstolos de Cristo dormiam". À falta de outro pretexto serviu o Evangelho, para os perseguidores de mãos dadas (o Governador e o Bispo) se darem por aludidos; e por este "horroroso" crime foi desterrado em 1757 e confinado em Cárquere e dois anos depois sepultado vivo nos cárceres de Almeida e de S. Julião da Barra, onde faleceu a 19 de Janeiro de 1776. Na prisão para lhe servir "de honesto divertimento em tanta miséria", diz ele próprio, escreveu o livro, que ilustra o seu nome.

1. *Tesouro descoberto no Maximo Rio Amazonas.* Em 6 Partes. Estão publicadas três, a 2.ª, 5.ª e 6.ª; e em primeiro lugar a 5.ª:

Quinta Parte do Thesouro Descoberto no Rio Maximo Amazonas. Rio de Janeiro. Na Impressão Regia. M.DCCC.XX. 8.º, 151 pp.

Parte Segunda do Tesouro Descoberto no Rio Amazonas. Com uma nota preliminar de F. A. Varnhagen, com o título de *Thesouro Descoberto no Maximo Rio Amazonas*, e o *Indice Geral* de todas as seis Partes, na Rev. do Inst. Hist. e Geogr. Brasileiro, II (1840), e que na 2.ª edição deste tomo II (1856) ocupa as páginas: 321-364, 447-500; III, 39-52, 158-183, 282-299, 422-441.

Parte Sexta do Thesouro descuberto no Rio Maximo Amazonas, na Revista do Inst. Hist. e Geogr. Bras., XLI, 1.ª P. (1878) 33-142. Com uma nota preliminar de Estêvão Xavier da Cunha, datada de Évora, 1 de Maio de 1841.

É um tratado completo, em português, cujas seis partes são:

1.ª — *Descrição geográfico-histórica do Rio Amazonas:* Descobrimento e navegação, rios, pororoca, clima, ilhas, lagos, pescaria, caça, cobras, antídotos, etc.

2.ª — *Notícia geral dos Índios seus naturais e de algumas nações em particular:* fé, vida, costumes, rusticidade, antropofagia, tropas de resgate, guerras, leis, fecundidade, etc. *Publ.*

3.ª — *Notícia da muita riqueza das suas minas, dos seus muitos e preciosos haveres e da muita fertilidade das suas margens:* minas, cereais, madeiras, palmeiras, géneros, etc.

4.ª — *Da praxe da agricultura e usos dos naturais índios:* No Rio Solimões, na Província de Mainas, Engenhos de Açúcar, embarcações, missões, viagens ao sertão, pastoreio do gado, mercados, cerâmica, etc.

5.ª — *Novo e fácil método da sua Agricultura; o meio mais útil para extrair suas riquezas e o modo mais breve para desfrutar os seus haveres; para mais breve e mais fàcilmente se efectuar a sua povoação e comércio.* Providências gerais, diferença das terras incultas do Amazonas e as já cultivadas no mundo, as matas, má e boa agricultura; maniba, grão, milho, arroz, escravos ultramares, navegação e serventia do Amazonas, especiarias e riquezas das matas; factura de canoas, pesca do Amazonas. [Com esta nota no *Índice Geral* desenvolvido: "Aqui termina a doutrina da quinta parte publicada bastante diversamente"]. Das Missões do Amazonas e seus Estados. Especial método de aumentar o Estado do Amazonas. De algumas mecânicas e indústrias necessárias aos habitantes do Amazonas; do modo de livrar do gorgulho e conservar os milhos, cacau e mais géneros; da preservação das plantas da praga da formiga e gafanhotos. [O último capítulo desta 5.ª parte, que não chegou a ser escrito ou copiado, vem enunciado assim: da preparação do chá, café, algodão e chitas]. *Publ.*

6.ª — *Inventos de mecânica e hidráulica.* Relativos à navegação em todos os ventos e nas calmarias, às marés represadas, às moendas, aos Engenhos de Açúcar, serração de madeiras, etc. Notícia de algumas bombas e aqueductos para o Rio Amazonas. (Com a indicação de 25 estampas, de que apenas estão desenhadas três, reproduzidas do original de Évora na Impressão feita desta 6.ª Parte. *Publ.*

O Ms. do *Tesouro descoberto no Máximo Rio Amazonas* está na Biblioteca Nacional do Rio de Janeiro, 1-2, 1, 21 (as 5 primeiras partes), e na Bibl. de Évora (a 6.ª parte). Desta 6.ª parte existia uma cópia na Livraria do Extinto Convento de Jesus em Lisboa. Anexo à 6.ª Parte, conservada em Évora (cód. CXVI/1-35), oferecido por Cenáculo, anda copiado um bilhete do Bispo D. José Joaquim de Azeredo Coutinho, datado de 1818, quando se tratava das pesquisas preliminares para a reintegração da obra completa de João Daniel. Interessa à história não só do ms., mas também da família do autor dele:

"Existe na Real Biblioteca de El-Rei N. S., no Rio de Janeiro, um manuscrito intitulado — *Thesouro Descoberto no Rio Amazonas*. Sabe-se com toda a certeza pelo bibliotecário Fr. Gregório, religioso da Ordem Terceira, que o seu autor é o célebre Jesuíta o Padre *João Daniel*, que residiu como missionário dezoito anos sobre a região Amazona: e que dali fora transportado com alguns outros para o cárcere de S. Julião em Lisboa, onde escrevera o referido manuscrito, e donde enviara a sexta parte, composta inteiramente de inventos e máquinas, a seu irmão, pai do referido Fr. Gregório. A referida sexta parte foi dada por Fr. Gregório a seu mestre o Exmo. e Revmo. Sr. Cenáculo, digníssimo Arcebispo de Évora. Deseja-se saber, sendo possível, se entre os seus manuscritos ou em outra qualquer parte, existe a referida sexta parte, porquanto assim interessa à glória e crédito da Nação Portuguesa". (Informação de Rivara a Varnhagen e por este publicada em nota preliminar à *Segunda Parte do Tesouro Descoberto no Rio Amazonas*, na *Rev. do Inst. Hist. e Geogr. Bras.*, II, 322).

Observações ou notas illustrativas dos primeiros tres capitulos da Parte Segunda do Thesouro Descoberto no Rio Amasonas. (Escritas e offerecidas ao Instituto pelo seu sócio o Sr. tenente-coronel Antonio Ladisláo Monteiro Baena). Na *Rev. do Inst. Hist. e Geogr. Brasileiro*, V (2.ª ed., 1863)253-287.

S. L., *João Daniel, autor do "Tesouro Descoberto no Máximo Rio Amazonas — à luz de documentos inéditos*, na *Rev. da Academia Brasileira de Letras*, vol. 63(1942)79-87.

— Ver Domingos António, *Collecção*, 48-50.

Inocêncio, III, 359-360; — Sommervogel, II, 1815-1816; — S. L., *História*, IV, 325-327.

DELGADO, Mateus. *Missionário.* Nasceu cerca de 1614 em Gorda, diocese de Leiria (outros Catálogos dizem Óbidos, e podem-se compaginar ambas as referências, como lugar e termo). Foi soldado e já tinha 6 anos de latim, quando entrou na Companhia na Baía, a 8 de Junho de 1641. Do Brasil embarcou para o Maranhão, via Lisboa, em 1652, mudando no Tejo da nau, em que chegava, para a caravela do P. António Vieira, que se refere ao grande desprendimento e caridade do P. Delgado. Trabalhou nas Aldeias do Maranhão e do Pará, onde erigiu muitas igrejas, e foi pregador e Superior da Casa de S. Luiz e de toda a Missão. Faleceu em 1661 na Aldeia de Sirigipe, Maranhão.

I. *Certificado do P. Mateus Delgado da sua visita às Aldeias com o P. Manuel de Sousa.* Em José de Morais, *História*, 430-432.

A. S. I. R., *Bras.5*, 182, 187; — *Cartas de Vieira*, I, 289, 320; — Bettendorff, *Chronica*, 227; — S. L., *História*, 201, 279.

DIAS, Domingos. *Pregador e Administrador.* Nasceu em 1638 em Famalicão. Entrou na Baía, com 17 anos, a 21 de Setembro de 1655. Reitor dos Colégios de Santos, S. Paulo e Recife, Superior da Colónia do Sacramento e Pregador. Os escravos negros estimavam-no e consideravam-no o "seu Padre" e pelas suas virtudes foi julgado digno de se inscrever o seu nome no *Menológio* do Brasil. Faleceu a 7 de Julho de 1715 no Colégio do Rio de Janeiro.

1. *Informação ou Elogio de Fernão Dias Pais* [o Governador das Esmeraldas]. S. Paulo, 18 de Novembro de 1681. Em Carvalho Franco, *Bandeiras e Bandeirantes Paulistas* (S. Paulo 1940) 145-150. — Excerpto em S. L., *História*, VI, 280-281.

A. S. I. R., *Bras.5(2)*, 79; — *Bras.10*, 114; — S. L., *História*, VI, 408-409.

DIAS, Inácio. *Professor.* Nasceu a 20 de Fevereiro de 1721 em Casa Branca (Minas Gerais). Entrou na Companhia, com 15 anos, a 17 de Dezembro de 1736 (*Bras.6*, 273). Fez bons estudos e pregava com facilidade. Em 1745 vivia no Colégio de S. Paulo, como Professor de Gramática e Director da Congregação dos Estudantes, no mesmo Colégio fez a profissão solene em 1754 e ainda em 1757 era consultor e promotor da Causa do P. Anchieta. Levado de S. Paulo para o Rio, foi deportado para Lisboa, e para a Itália em 1760. Não vimos o ano da sua morte. Vivia em Pésaro em 1780, quando se organizou o breve Catálogo *Scriptores Provinciæ Brasiliensis* com as seguintes obras suas:

A. *Vita Patris Emmanuelis Olyveira, S. J. in Brasilia.*

B. *Vita P. Gasparis Faria, S. J. in Brasilia.*

C. *Vita Emmanuelis Vieira, Scholastici S. J. in Brasilia.*

D. *Vita Francisci Peregrini, Tertii Ordinis Carmelitarum.*

Títulos latinos do Catálogo, redigido na mesma língua, que não declara se as *Vidas* são em latim ou em português.

E. Tradução portuguesa das três obras italianas do P. Paulo Segneri: *O Confessor Instruido, O Penitente Instruido, O Pároco Instruido.*

F. *Compendium Theologiæ Moralis a Josepho Augustino S. J. compositum, P. Ignatius Dias correxit opportunisque notis et additionibus illustravit.*

A. S. I. R., *Bras.6*, 273; — Sommervogel, III, 38-39; — S. L. *História*, I, 537 (n.º 43).

DIAS, Manuel. *Administrador e Jurisconsulto.* Nasceu por 1664 em Formoselha (Coimbra). Foi para o Brasil e entrou na Companhia na Baía com 17 anos de idade, a 5 de Abril de 1681. Professor de Filosofia no Rio de Janeiro e de Teologia na Baía. "Entre as ciências severas se aplicou à Jurisprudência, em que saiu eminente, não sòmente adicionando aos célebres jurisconsultos Manuel Barbosa, Manuel Álvares Pegas e Manuel da Fonseca Temudo, mas compondo" (Barbosa Machado). Foi Secretário de dois Provinciais, Reitor do Colégio do Rio de Janeiro (1720), Visitador da Baía e Provincial. De grande suavidade no trato e muito estimado no confessionário. Chegou a alta e veneranda velhice, falecendo na Baía a 2 de Fevereiro de 1752. Os Padres chamavam-lhe "Pai da Província", e os Estudantes "Avô da Província".

1. *Carta do P. Manuel Dias aos Srs. Officiais da Camara de Cabo Frio*, do Collegio do Rio de Janeiro, 6 de Julho de 1721. Em Lamego, III, 240-241.

2. *Carta do P. Manuel Dias sobre as terras de Cabo Frio*, do Rio de Janeiro, 3 de Novembro de 1722. *Id.*, III, 246-247.

3. *Carta do P. Provincial Manuel Dias aos "muito nobres Senhores do Senado da Camara de Parnaguá" em resposta a outra deles sobre a fundação do Colégio da Companhia na mesma Vila*, do Rio de Janeiro, 7 de Novembro de 1722. Em S. L., *História*, VI, 450-451.

4. *Promptuarium Iuris*, 2 Tom. in-f. "Cuja obra tanto estimava que dizia ser o seu morgado" (Barbosa Machado).

A. *Carta do P. Manuel Dias ao P. Geral Tamburini*, da Paraíba, 20 de Setembro de 1717. (*Bras.4*, 200). Elogia o Governador João da Maia da Gama para quem pede a Carta de Irmandade. *Lat.*

B. *Carta do P. Reitor Manuel Dias ao Provincial Miguel Cardoso*, do Rio de Janeiro, 10 de Fevereiro de 1721. (*Bras.11(1)*, 434). — Proposta para venda de terras de Maecaxá, a dois dias de caminho de Campos Novos. Descrevem-se as terras, junto do Rio Tapirema até ao antigo caminho de Paratagii. Com o Reitor assinam os Consultores: Simão de Oliveira, Miguel de Andrade, António Rodrigues e Manuel de Miranda. *Lat.*

C. *Carta do P. Manuel Dias ao P. Geral Tamburini*, do Rio de Janeiro, 21 de Setembro de 1721. (*Bras.4*, 216-218v). — Trata do estado do Colégio, aumento e dívidas, falecimento do Bispo e do Provincial Miguel Cardoso. *Lat.*

D. *Carta ao P. Geral Tamburini*, do Rio de Janeiro, 22 de Setembro de 1721. (*Bras.4*, 219-219v). — Aumento e ornato da Biblioteca. Excerpto traduzido em S. L., *História*, VI, 26. *Lat.*

E. *Carta ao P. Geral Tamburini*, do Rio de Janeiro, 23 de Setembro de 1721. (*Bras.4*, 220). — O P. João Crisóstomo oferece-se para substituir o P. António do Vale, nomeado Reitor de Belém da Cachoeira. *Lat.*

F. *Carta ao P. Assistente em Roma, sobre a controvérsia do presente do Imperador da China ao Rei de Portugal*, do Rio de Janeiro, 7 de Agosto de 1722. (*Bras.4*, 228-229). *Port.*

G. *Carta a El-Rei sobre a controvérsia entre o Patriarca de Alexandria e legado Apóstolico Ambrósio Mezzabarba e o P. Antonio de Magalhães enviado do Imperador da China a Sua Majestade, acerca do presente que este trazia a El-Rei*, do Rio de Janeiro, 7 de Agosto de 1722, 2 vias. (*Bras.4*, 230-231, 232-233). *Port.*

H. *Representação a Sua Santidade o Papa sobre a controvérsia do presente do Imperador da China a El-Rei de Portugal*, do Rio de Janeiro, 6 de Agosto de 1722. Em 3 vias. (*Bras.4*, 234-239). *Lat.*

I. *Carta ao P. Geral Tamburini sobre a controvérsia do presente do Imperador da China a El-Rei*, do Rio de Janeiro, 14 de Agosto de 1722. (*Bras.4*, 243-243v). *Lat.*

J. *Carta do Provincial Manuel Dias ao P. Geral Tamburini*, do Rio de Janeiro, 24 de Maio de 1724. (*Bras.4*, 261-261v). — Sobre os Visitadores dos Colégios e a morte do P. Alexandre de Gusmão. *Lat.*

K. *Carta ao P. Geral Tamburini*, do Rio de Janeiro, 20 de Setembro de 1724. (*Bras.4*, 268-269). — Desinteligência entre o Reitor e o Governador e satisfação dada. *Lat.*

L. *Carta ao P. Geral Tamburini*, do Rio de Janeiro, 20 de Setembro de 1724. (*Bras.4*, 270-270v). — Notícias diversas: aumento da Biblioteca do Rio; Utinga; Nova Colónia do Sacramento; P. João Crisóstomo, etc. *Lat.*

M. *Carta ao P. Geral Tamburini*, do Rio de Janeiro, 20 de Setembro de 1724. (*Bras.4*, 271-271v). — Mostra que é sem fundamento a queixa do Governador de Minas contra o P. José de Mascarenhas e como prova remete uma carta amiga de D. Rodrigo

César de Meneses ao mesmo P. Mascarenhas. (*Bras.4*, 271-271v, publ. por S. L., *História*, VI, 197). *Lat.*

N. *Carta ao P. Geral Tamburini*, do Rio de Janeiro, 22 de Setembro de 1724. (*Bras.4*, 272-273v). — Notícias diversas: Reitor da Baía, livro do P. Lynch, Olinda, Noviciado. *Lat.*

O. *Carta ao P. Geral Tamburini*, do Rio de Janeiro, 22 de Setembro de 1724. (*Bras.4*, 274-274v). — Trata de pessoas e do projecto da divisão da Província do Brasil em duas e dos votos que houve neste assunto, etc. *Lat.*

P. *Carta ao P. Geral Tamburini*, do Rio de Janeiro, 24 de Setembro de 1724. (*Bras.4*, 275-276v). — Diferença entre Procuradores sobre as contas do Colégio do Espírito Santo. *Lat.*

Q. *Carta ao P. Geral Tamburini*, do Rio de Janeiro, 25 de Setembro de 1724. (*Bras.4*, 277-277v). — Sobre a Biblioteca dos Escriptores da Companhia, etc. *Lat.*

R. *Carta ao P. Geral Tamburini*, do Colégio do Espírito Santo, 5 de Junho de 1725. (*Bras.11*, 471-472v). — Que se termine a diferença das contas deste Colégio e transcreve o parecer do P. João Mateus Faletto. *Lat. e Port.*

S. *Carta ao P. Geral Tamburini*, da Baía, 8 de Julho de 1725, 2 vias. (*Bras.4*, 289-289v; 290-290v). — Sobre as visitas dos Colégios; missões; e que alcançou enfim a vitória, há muito sem êxito tentada, "de exterminanda turpi Hispanicarum dictionum pronuntiatione a publica mensa". *Lat.*

T. *Provinciæ Brasilicæ Suffragia Deo Oblata ad intentionem nostri admodum R. Patris P. Michaelis Angeli Tamburini*, Ex Collegio Bahiensi, 14 Julii 1725. (*Bras.4*, 283). *Lat.*

U. *Lista dos Teólogos que se ordenaram este ano de 1725.* Baía, 22 de Julho de 1725. (*Bras.4*, 282). *Lat.*

V. *Professi Brasiliæ approbantes et reprobantes divisionem Provinciæ. Adhaereo approbantibus divisionem.* Baía, 22 de Julho de 1725. (Bibl. Vitt. Em., f. ges. 1255, n.º 8).

X. *Carta do P. Provincial Manuel Dias e seus Consultores ao P. Geral Tamburini*, da Baía, 5 de Agosto de 1725. (*Bras.4*, 294-294v). — Propõe que as missas por alma do fundador do Noviciado Domingos Afonso Sertão se digam pelos Padres do Colégio ou do Noviciado. *Lat.*

Y. *Carta ao P. Geral Tamburini*, da Baía, 15 de Dezembro de 1725. (*Bras.4*, 303-304; outra via, 305-306). — Sobre os estudos de Teologia e Filosofia na Baía e no Rio de Janeiro. *Lat.*

Z. *Carta ao P. Geral Tamburini*, da Baía, 15 de Dezembro de 1725. (*Bras.4*, 307-308v; outra via, 309-310v). — Da visita aos Colégios pelo P. Miguel da Costa. *Lat.*

AA. *Carta ao P. Geral Tamburini*, da Baía, 16 de Dezembro de 1725. (*Bras.4*, 311). — Divisão das Humanidades em dois cursos. *Lat.*

BB. *Carta ao P. Geral Tamburini*, da Baía, 18 de Dezembro de 1725. (*Bras.4*, 312). — Parecer unânime dos Consultores para que os Padres da Companhia se retirem de Capivara. *Lat.*

A. S. I. R., *Bras.5*(2), 81; — *Bras.10*(2), 439; — B. Machado, III, 244; — Sommervogel, III, 38.

DIAS, Pedro (I). *Mártir.* Nasceu em 1517 em Arruda (Diocese de Lisboa). Entrou na Companhia em Coimbra a 28 de Março de 1548. Esteve em Roma, S. Fins e Lisboa. Procurador e Lente afamado de Teologia Moral em Coimbra. Embarcou para o Brasil em 1570 com o B. Inácio de Azevedo, ficando na Madeira enquanto Azevedo foi às Canárias, onde padeceu o martírio. Pedro Dias, constituido Superior dos restantes expedicionários, seguiu viagem no ano seguinte, e chegou às costas do Brasil, mas os temporais não o deixaram dobrar o Cabo de S. Agostinho e o obrigaram a arribar aos Açores. Enfim, retomou a viagem com o Governador do Brasil, Luiz de Vasconcelos, quando atacada a nau pelos calvinistas franceses foram mortos, ele e os seus companheiros, a 13 de Setembro de 1571, no Oceano Atlântico.

1. *Epistola Patri Ignatio de Loyola, ex commissione Patris Leonis Enriquez*, Conimbricae, 26 Aprilis 1553. *Mon. Hist. S. I.: Litteræ Quadrimestres*, II, 223-227.

2. *Carta do P. Pero Dias ao Provincial de Portugal Leão Henriques*, da Ilha da Madeira, a 17 de Agosto de 1570. (*Bras.15*, 191-193v). Autógrafo. *Port.* Publ. por Serafim Leite, *Ditoso sucesso do Padre Inácio de Azevedo Provincial do Brasil e dos que iam em sua companhia (Carta inédita do P. Pero Dias, da Ilha da Madeira, 17 de Agosto de 1570)* na "Brotéria", XLIII (Lisboa 1946) 193-200. O título são palavras da própria carta. Anda em Barbosa Machado, III, 565, com o de *Relaçaõ do Martyrio do V. Padre Ignacio de Azevedo, e seus companheiros remetida ao Padre Leão Henriques Provincial da Companhia em Portugal, escrita da Ilha da Madeira a 18 de Agosto de 1570* (A data do dia no manuscrito é 17).

Traduzida em italiano, francês, alemão, e latim, com algumas divergências do original:

Nuovi Avisi (Roma 1570) 42b-45a; — *id.* (Bréscia 1571) 43-46; — *id.* (Bréscia 1579); — *Recueil des plus fraiches lettres* (Paris 1571) 124-131: — *Wahrhafftiger Bericht* (Freyburg 1586) 285-297; — *Wahrhaffter Bericht* (Diligen 1594) 27-38; — Maffei, *Rerum a Soc. Iesu in Oriente gestarum* (Neapoli 1573) 229; — Maffei, *Epistolæ selectæ ex India*(Venetiis 1588) 120; — *id.* (Florentiae 1588) 469-471; — Maffei, *Historicarum Indicarum* (Coloniae Agr. 1593) 448-450; — Costa, Em. da, *Rerum a Societate Jesu in Oriente gestarum* (Coloniae 1574) 458-462; — Jarric, *Thesaurus Rerum Indicarum*, II (Coloniae Agr. 1615) Lib. I, cap. 25; — *De Rebus Japonicis* (Parisiis 1572) 243-246); — *Lettere dell'India Orientale* (Vinezia 1580) 145-150; — *Epistolæ duæ de LII Jesuitis interfectis in Brasilia* (Antuerpiae 1605).

A. Carta do P. Pero Dias ao P. Geral, de Coimbra, 28 de Junho de 1561 (*Bras.15*, 101). — Sobre o P. Francisco de Borja. Várias assinaturas entre as quais a de Pero Dias. *Esp.*

Carta do Collegio de Santo Antam de Lisboa pera o Nosso padre geral da morte do Padre Pero Dias, e seus companheiros (Bibl. Púb. do Porto, ms. 554). Publ. em *Memorial de Varias Cartas e Cousas de edificação dos da Companhia de Jesus* (Porto 1942)269-283. A seguir à *Relaçam* em que se narra o martírio do P. Inácio de Azevedo. (Ver este nome, com as indicações completas do *Memorial*). A Carta não traz assinatura e é dirigida ao P. Geral: "Muito Reverendo em Christo Padre. Pax Christi. — O anno passado escrevemos a Vossa Paternidade"... Não traz data, mas no texto diz: "deste anno de 1571". É mais pormenorizada e difere da seguinte de Francisco Henriques.

Epistola P. Francisci Henrici Præpositi Domus Olisiponensis ad Socios, Romam. Olysipone, V Idus Decembris MDLXXI. Em Maffei, *Historicarum Indicarum* (Coloniæ Agripinæ 1593)450-453, vem a seguir à carta de Pedro Dias sobre Inácio de Azevedo, e ambas com o título: *De Quinqvaginta dvobvs e Societate Iesv, dvm in Brasiliam navigant, pro Catholica Fide interfectis Epistolæ Duæ.* Vem já nos *Nuovi Avisi* (Bréscia 1579), f. 50-59, e outras vezes, a seguir à carta de Pedro Dias (cf. Streit, II, 354). Parece que foi publicada a 1.ª vez em 1572, Neapoli, Apud Josephum Cacchium, 1572, 8.º, 22 pp., da qual diz Streit, *ib.*: "Enthält den Bericht des P. Henriques". O dia V Idus é 9 de Dezembro, que também aparece mudado em 5 de Dezembro e em 9 de Setembro.

Vida e Martírio do V. P. Pedro Dias e seus companheiros, pelo P. Manuel Xavier Ribeiro. — Ver este nome.

Sommervogel, III, 40; — Streit, II, 352; — S L., *História*, I, 536; II, 256, 266.

DIAS, Pedro (2). *Apóstolo dos Negros.* Nasceu em 1622 na Vila de Gouveia. Entrou na Companhia de Jesus, no Rio de Janeiro, com 19 anos de idade, a 13 de Julho de 1641. Fez primeiro a profissão solene de 3 votos em 1660 e depois a de 4 votos, no Rio de Janeiro, a 2 de Fevereiro de 1679 (*Lus*.9, 283). Superior de Porto Seguro (4 anos), Reitor de Santos (3 anos), Procurador nos Engenhos de Açúcar (alguns anos) e Reitor de Olinda (6 anos), onde estava por ocasião da terrível epidemia do "mal da bicha" (febre amarela). Versado *non mediocriter* em Direito Civil e Canónico e em Medicina. Assinalou-se na extremosa caridade para com os pobres e pretos da África, a cujo serviço colocava os seus conhecimentos médicos e os curava com amor por suas próprias mãos e com remédios por ele mesmo manipulados. Para mais fàcilmente os tratar, aprendeu a língua de Angola (não se diz quando, mas já a sabia em 1663) e escreveu uma *Gramática* para que outros também a aprendessem. Quando faleceu na Baía, a 25 de Janeiro de 1700, os negros correram em multidão à igreja do Colégio, pedindo a honra de o conduzir à sepultura o Governador Geral do Brasil, D. João de Lencastro, e seu filho D. Rodrigo de Lencastro com outros. O nome do P. Pedro Dias inscreveu-se no *Menológio*, como o "S. Pedro Claver do Brasil".

1. *Arte da Lingva de Angola oeferecida a Virgem Senhora N. do Rosario, Mãy, & Senhora dos mesmos Pretos*, Pelo P. Pedro Dias Da Companhia de JESU. [*Trigrama da Companhia*]. Lisboa, Na Officina de Miguel Deslandes, Impressor de Sua Magestade. Com todas as licenças necessarias. Anno 1697. 12.º, VIII—48 pp.

O erro do título explica-se tratando-se de maiúsculas: OEFERECIDA. As licenças da Ordem são subscritas por António Cardoso, 13 de Junho de 1696; Francisco de Lima, 24 de Junho de 1696; e a do Provincial Alexandre de Gusmão, 7 de Junho de 1696; e todas da Baía. No breve Cat. *Scriptores Provinciæ Brasiliensis* (S. L., *História*, I, 534) lê-se que a *Arte* foi escrita para uso dos Padres da Companhia no Brasil, que se ocupam na conversão dos pretos trazidos de Angola. Cf. infra (letra G), Carta de 3 de Agosto de 1694.

2. *Carta do P. Pedro Dias, Reitor de Olinda, ao P. António do Rego, Assistente de Portugal em Roma, sobre as Missões de Pernambuco e o "mal da bicha"*, de Olinda, 30 de Julho de 1689. (*Bras.*9, 351-356). Em S. L., *História*, V, 438-449, 530-532. *Port.*

A. *Carta ao P. Geral*, de Olinda, 9 de Julho de 1684. (*Bras.*26, 103-103v). — Diversos assuntos: coisas e pessoas. *Port.*

B. *Treslado da Petição dos Prellados das Religiões aos Senhores Officiaes da Camera para que continuem as obras do abastecimento das aguas a Olinda* [1684]. O Reitor do Collegio de Olinda Pedro Dias. Assinam a seguir: O Dom Abade de S. Bento, o Prior do Carmo, e o Superior de S. Francisco. (A. H. Col., *Pernambuco*, Avulsos, Capilha de 11 de Janeiro de 1692). *Port.*

C. *Carta ao P. Vigário Geral de Marinis*, de Olinda, 20 de Agosto de 1687. (*Bras.3(2)*, 240). — Muito trabalho e poucos Padres: venham Padres. *Lat.*

D. *Carta ao P. de Marinis*, de Olinda, 20 de Agosto de 1687. (*Bras.3(2)*, 247). — Pede os votos da hora da morte para o Benfeitor Fernando Pessoa. *Port.*

E. *Carta ao P. Geral Tirso González*, de Olinda, 30 de Julho de 1689. (*Bras.3(2)*, 276). — Estado do Colégio. *Port.*

F. *Carta ao P. Geral Tirso González*, de Olinda, 9 de Junho de 1690. (*Bras.3(2)*, 287). — O Prelado da Diocese quer ter consigo ao P. António Maria Bonucci. *Port.*

G. *Carta ao P. Tirso González*, da Baía, 3 de Agosto de 1694. (*Bras.3(2)*, 337). — Sobre a *Arte da Língua de Angola*, que concluiu movido pela necessidade espiritual em que jazem os angolanos. Compô-la segundo as regras da *Gramática* e foi revista e aprovada pelo P. Miguel Cardoso, natural de Angola, muito versado nessa língua, e a manda agora o P. Provincial para se imprimir, mediante a aprovação que se pede. Estão à espera dela muitos novos e até velhos que trabalham com estes miserabilíssimos e ignorantíssimos homens, e não se acha nenhuma *Gramática* desta língua no Brasil nem no Reino de Angola. Tinha também começado um *Vocabulário Português-Angolano* e logo que o concluir vai compor o *Vocabulário Angolano-Português*. Assim se acabará a dificuldade em aprender esta língua. *Lat.*

H. *Vocabulário Português-Angolano*. Pedro Dias redigia-o em 1694, segundo a Carta precedente. (*Bras.3(2)*, 337).

Breve compendium laudabilis vitæ Petri Dias, por João António Andreoni. (*Lus.58(2)*, 554-557); resumido por Boero, *Menologio* (Roma 1859) 473-475.

S. L., *Padre Pedro Dias Autor da "Arte da Língua de Angola", Apóstolo dos Negros no Brasil* (Nota biobibliográfica), na Revista *Portugal em África*, 2.ª série, ano IV, n.º 19 (Coimbra 1947)9-11 com o fac-símile do front. da "Arte".

A. S. I. R., *Bras.5(2)*, 64v, 79; — *Bras.4*, 303v; — *Lus.9*, 283; — *Lus.58*, 20; — Sommervogel, I, 340; III, 41; — B. Machado, III, 575; — Inocêncio, VI, 402.

DUARTE, Baltasar. *Administrador e Pregador.* Nasceu cerca de 1646 em Lisboa, onde entrou na Companhia, com 17 anos, a 2 de Fevereiro de 1663. Embarcou para o Brasil em 1665. Concluiu os estudos e fez a profissão solene, recebida pelo P. José de Seixas, na Baía, a 15 de Agosto de 1680. O Catálogo de 1683 tem que havia sido professor de Humanidades dez anos. E era, neste de 1683, Pregador e Confessor do Arcebispo da Baía. Ele e o P. António Vieira eram amigos e tinham os mesmos pontos de vista, o que acarretou ao P. Duarte emulações nem sempre contidas dentro dos justos limites. Vieira, Visitador do Brasil, nomeou-o em 1689, Procurador Geral da Província em Lisboa, e recomendou-o aos Ministros da Côrte, como homem de grande capacidade e com muitos ofícios que depois se repartiram por outros. Possuía talento e dom de tratar com personalidades de representação e govêrno. Era amigo pessoal de três Governadores Gerais do Brasil (Marquês das Minas, Conde do Prado e Matias da Cunha), e do Conde de Alvor. Em Lisboa conciliou a estima de El-Rei e da Rainha, promoveu a ida de missionários para o Brasil. Passando o cargo ao seu sucessor em 1695, ficou ainda na Côrte, encarregado por D. Pedro II de fazer o *Bulário do Padroado*. Em 1698 foi nomeado Reitor do Colégio do Rio de Janeiro até 1701. Voltou à Côrte com assuntos do Brasil e faleceu em Lisboa a 10 de Maio de 1705.

1. *Dedicatoria de "Xavier Dormindo. Xavier Acordado" do P. António Vieira: "Dedicada á Rainha Nossa Senhora pelo Padre Balthesar Duarte da Companhia de Iesu, Procurador Gèral em Corte pela Provincia do Brasil".* Assinado: Balthesar Duarte. Nos Preliminares, de pp. III a XIII. Lisboa, 1694, Miguel Deslandes, 4.º, 12 pp., parte numeradas, parte não.

2. *Bullarum Collectio, quibus, Serenissimus Lusitaniæ, Algarbiorumque Regibus Terrarum omnium, atque Insularum ultra mare transcurrentium, sive jam acquisitæ sint, sive in posterum acquirentur, Jus Patronatus a Summis Pontificibus liberaliter conceditur. Præfatis Bullis aliæ insuper gratiarum, & privilegiorum diversi generis interseruntur. Omnes ex Regali Archivo deductæ & in hoc volumen redactæ. Typis committuntur jussu Serenissimi Petri Secvndi Lusitaniæ Regis.* Ulysipone, in Typographia Regia Valentini A' Costa Deslandes. Cum facultate Superiorum. Anno 1707. 8.º, 270-48 pp. (Appendix). Saiu anónima.

Joaquim dos Santos Abranches diz que é do "Jesuita Padre Francisco Barreto" (*Summa do Bullario Portuguez* (Coimbra 1895)XXIV). Não cita a fonte, nem consta de Barbosa Machado, Inocêncio, Sommervogel, nem Paiva Manso, que utiliza a *Bullarum Collectio*, como fonte orgânica do *Bullarium Patronatus* (Lisboa 1868) e a ela se refere no *Prefácio*, sem nomear autor. E é possível que

Francisco Barreto, falecido em Goa em 1673 (Machado, *Bibl. Lus.*, II, 107), tivesse também reunido documentos para um *Bulário*. Mas em 1695 Baltasar Duarte foi encarregado por El-Rei do "cuidado do *Padroado Real e seus privilégios*, ordenando-me faça um *Bulário Geral de todas as graças concedidas pela Sé Apostólica aos Senhores Reis deste Reino*", Cf. infra, n.º 4.

O título principal do livro impresso em 1707 é a transcrição latina quase literal do livro que o P. Baltasar Duarte se encarregara de escrever, e por isso nos pareceu mencioná-lo aqui.

Os documentos da *Bullarum Collectio* levam notas marginais; e alguns, antes ou depois, uma breve exposição e interpretação no sentido geral da defesa do Padroado Português. A p. 138, o trigrama da Companhia de Jesus.

3. *Lista dos Missionários, 65 Padres e Irmãos, que o P. Baltasar Duarte enviou ao Brasil enquanto foi Procurador em Lisboa (1691-1695).* (*Bras.3(2)*, 350-350v). Em S. L., *História*, IV, 345-346; VI, 599-601.

4. *Carta ao P. Geral Tirso González*, de Lisboa, 15 de Novembro de 1695. (*Bras.3(2)*, 353). Diz que está encarregado do Bulário do Padroado. Em S. L., *História*, VII, 186. Cf. supra, n.º 2.

A. *Carta do P. Baltasar Duarte ao P. Geral Noyelle*, da Baía, 26 de Julho de 1686. (*Bras.3(2)*, 224-224v). — Sobre a morte do Arcebispo. Pregou nas exéquias o P. Alexandre de Gusmão e vai-se imprimir o elogio fúnebre. *Lat.*

B. *Carta ao P. Tirso González*, de Lisboa, 24 de Agosto de 1695. (*Bras.3(2)*, 347-349v). — Entrega a Procuratura em Lisboa ao seu sucessor, P. Paulo Carneiro. Conferiu e aprovou as contas o P. Domingos Ramos. Inclui o mapa geral das mesmas contas. *Ital. e Port.*

C. *Parecer dirigido ao Conselho Ultramarino defendendo o pedido dos moradores do Rio de Janeiro para se fundar um Convento de Freiras na ermida de N.ª S.ª da Ajuda* 1705. (A. H. Col., *Rio de Janeiro*, 2862). *Port.*

A licença da Rainha D. Catarina, Regente do Reino, para se fundar o Convento de N.ª S.ª da Ajuda, de Religiosas Capuchas, no Rio de Janeiro, a pedido do P. Baltasar Duarte, em nome dos Oficiais e Bispo da Capitania do Rio de Janeiro, é datada de 19 de

Fevereiro de 1705. Conserva-se a própria licença autêntica em *Bras.11*, 459-460. Cit. em S. L., *História*, VI, 11.

Carta de Roque Monteiro Paim ao P. Baltasar Duarte, de Lisboa, 23 de Novembro de 1694. (*Bras.3*, 338-338v). Autógrafa. O Secretário de Estado e Presidente de Junta das Missões remete vários papéis e dá instruções como o Padre Duarte há-de cotar e numerar as Cartas, e pede o ajude "para termos tempo de expedir as ordens que hão de hir nas frotas".

A. S. I. R., *Bras.3*(2), 274; — *Bras.5*(2), 79v; — *Lus.10*, 28 — *Hist. Soc.50*, f. 65v; — Bibl. Vitt. Em., f. ges. 3492/1363, n.º 6; — *Cartas de Vieira*, III, 578, 582, 613.

E

ECKART, Anselmo. *Missionário.* Nasceu a 4 de Agosto de 1721 no Eleitorado de Mogúncia (provàvelmente em Bingen). Filho de Francisco Pedro Eckart, conselheiro do eleitor de Mogúncia, e de Maria Adelaide. Entrou na Companhia a 12 de Julho de 1740. Chegou de Génova a Lisboa em 1752; e embarcou para as missões do Pará e Maranhão, em 1753, onde aportou a 16 de Julho. Fez a profissão solene na Aldeia de Abacaxis (Amazonas) a 10 de Outubro de 1755, recebendo-a António de Meisterburg. Missionário de Trocano (1755) e de Caeté (1756). Deportado para o Reino em Novembro de 1757 foi confinado na Residência de S. Fins (Minho). Preso em 1759 nos cárceres de Almeida, passou em 1762 para os de S. Julião da Barra, donde saiu com vida em Março de 1777, na restauração portuguesa das liberdades cívicas. Em Julho deste mesmo ano partiu — via Génova — para a sua Pátria. Depois seguiu a juntar-se com os Padres da Companhia na Rússia Branca. Foi Mestre de Noviços e Superior de Dunaburgo. Entre os seus noviços (1804) estava um jovem holandês João Roothaan, futuro Geral da Companhia de Jesus. E em venerável velhice e grande exemplo de vida faleceu em Polosk, a 29 de Junho de 1809.

1. *Des Herrn P. Anselm Eckart, ehemalingen Glaubens predigers der Gesellschaft Jesu in der Capitania von Pará in Brasilien, Zusätze zu Pedro Cudena's Beschreibung de Länder von Brasilien und Herrn Rectors Christian Leiste Anmerkungen im sechsten Lessingischen Beytrage zur Geschichte und Litteratur, aus den Schätzen der Herzoglichen Bibliothek zu Wolfenbüttel.* Braunschweig, 1781, gr. 8.º; — *Reisen einiger Missionarien der Gesellschaft Jesu in Amerika, Aus ihrer eigenen Aufsätzen herausgegeben von Christoph Gottlieb von Murr. Mit. einer Landkart und Kupfern.* Nürnberg, bey Joham Eberhard Zoh, 1785, 8.º; — P. Francisco Xavier Veigl, *Grundliche Nachrichten* (Nürnberg 1798).

Pedro Cadena (não Cudena) de Vilhasanti deixou também uma *Relação Diária do Cerco da Baía de 1638*, publicada em 1941, Lisboa, com Prefácio de Serafim Leite e notas de Manuel Múrias.

Da controvérsia de Eckart com Lessing e Leiste ocupou-se Ernesto Feder, *Uma viagem desconhecida pelo Brasil — Lessing, Pedro Cadena e os Jesuítas*, em *Cultura Política*, Ano V, n.º 49 (Rio de Janeiro, Fevereiro de 1945)113-128.

2. *Des Herrn Marquis Joham von Alorna Beschreibung der Gefängnisse von Junqueira in Portugal; mit Nachrichten von dasigen Staatsgefangenen bis 1777. Aus dem Portugiesischen von Herrn Abbé Anselm von Eckart. Herausgegeben von C. G. Von Murr.* Nürnberg, in der Monath und Kusslerischen Buchhandlung, 1803, 8.º, 80 pp.

3. R. P. A. E. [R. P. Anselmi Eckart] *Historia Persecutionis Societatis Jesu in Lusitania*, Murr, *Journal*, VII, 293-320; VIII, 81-288; IX, 113-254, 344-352. [Algumas notas finais não parecem do P. Eckart, porque diz "in nostra Provincia Lusitana", e ele não pertencia à Província de Portugal, mas à Vice-Província do Maranhão]; — *Les Prisons du Marquis de Pombal ministre de S. M. le Roi du Portugal (1759-1777)*. Em Carayon, IX (Poitiers 1865) I-XXXII, 1-312. [Carayon explica "L'Auteur anonyme de la traduction, dont nous sommes l'éditeur, s'est borné à reproduire la partie historico-religieuse, laissant de côté les distractions littéraires du prisonnier [...]. Comme compensation, le traducteur complète le récit du P. Eckart par des emprunts faits aux relations des Jésuites portugais, publiées en Italie, et par des notes nécessaires à l'intelligence du texte. Une de ces notes contient la longue relation inédite du P. Louis du Gad, Jésuite français". [Luiz du Gad, jesuíta da China, passou na Baía e dele há documentos no A. H. Col. (Lisboa)].

O tradutor não se limitou, como diz Carayon, a omitir as "distractions littéraires": suprimiu numerosíssimas notícias objectivas de pessoas e acontecimentos, que se lêem em Murr.

O Diario do P. Eckart ou as suas prisões em Portugal desde 1755 a 1777. Traduzido por Mgr. Manuel Marinho no livro *Galeria de Tiranos*, Porto, 1917. O título tem 1755, mas a narrativa começa em 1754.

Diz o tradutor português que o *Diário do P. Eckart* ou *As Prisões do P. Eckart*, estão em francês na colecção *Les Martyrs*, de Dom H. Leclercq, vol. X, 203-320. E acrescenta que seguiu a tradução de Carayon [aliás publicada em Carayon] "menos em alguma passagem em que preferimos recorrer ao original" (p. 9).

Da *Historia Persecutionis* há tradução manuscrita: "Historia de la Persecucion de la Compañia de Jesus em Portugal", traducida del latin al Español, como se contiene en el *Diario* de Murr, impresso en Norimberga año 1780, 4.º, 64 f. ms. (Cat. de Andrade, Leipzig, 1868, n. 1423, Sommervogel, III, 331). J. Eug. de Uriarte, *Catálogo Razonado*, IV, 242, diz que o autor da tradução é o P. José Gallardo, da Província de Castela.

4. *R. P. A. E. Notæ nonnullæ in Pombalii Vitam, Italice Scriptam, ac Germanice redditam, Lipsiæque editam tomulis quinque.* Em Murr, *Journal*, XII, 286-299.

Sommervogel julga tratar-se da vida de Pombal publicada por Francisco Gusta, S. I., em 1781.

5. *Joannis Kofler Cochinchinæ descriptio. In Epitomen redacta ab Anselmo Eckart.* Edente Christiphoro Theophilo de Murr. Norimbergae, apud Monath et Kussler, MDCCCIII, 8.º, 126 pp.

6. *Nachrichten von den Sprachen in Brasilien.* Em Murr, *Journal*, VI, 195-213; VII, 121-122; — Neu-und Sonderdruck: Specimen Linguae Brasilicae Vulgaris. Editionem separatam, alias immutatam curavit Julius Platzmann. Lipsiae, 1890, 8.º, 19 pp.

7. *Elogio Póstumo do P. David Aluísio Fáy da Companhia de Jesus, falecido em 12 de Janeiro de 1767 no cárcere do Forte São Julião, à foz do Tejo, com acréscimos de vários epitáfios pelos Padres José Kayling e Anselmo Eckart.* Traduzido em português do original latino da Bibl. de Kalocsa, Hungria, por Paulo Rónai e publ. nos *Anais da B. N. do Rio de Janeiro*, LXIV (1944) 199-244. Pertence ao P. Eckart o Prefácio (p. 199-200, 220-244). Sobre os "acréscimos" — as últimas 5 páginas — poesias portuguesas e um epitáfio, ver *Fáy* (David Luiz).

8. *Nove dísticos latinos ao P. Martinho Schwartz.* Nos cárceres de S. Julião, 1772. Carayon, IX, 116.

A. *Rol das coisas que devia levar consigo da Missão de Trocano por ordem de seu Superior e lho impediam por ordem do Governador*, Vila de Borba a Nova [Trocano], aos 10 de Junho de 1756. (B. N. de Lisboa, Col. Pomb., 642).

B. *Descriptio et famosi itineris ad propugnaculum Almeidäense et famosi ibidem carceris et pomposæ deportationis ad Arcem Julianæam.* (Arch. Prov. Germ., Ser. IV, fasc. C n.º 18 (em Apenso); Fotocópia em Arq. Prov. Port., Maço 3). Está com o nome expresso de Anselmo Eckart. Difere da carta publicada por Murr, *Journal*, VI, 214-223, datada de Lisboa, 28 de Agosto de 1777, que Sommervogel atribui ao P. Eckart e é de Lourenço Kaulen. *Lat.*

C. Traduziu em latim *La Croce allegeritta* do P. João Pedro Pinamonte. — Sommervogel, III, 331, diz não ter conhecimento de que se imprimisse.

Carta do Gov. Mendonça Furtado ao "R.^{do} P. Ancelmo Ekart", de Mariuá, 4 de Maio de 1756, sobre os bens da antiga Aldeia de Trocano (vila de Borba a Nova) B. N. de Lisboa, Col. Pomb., 161, 37-39. Chama ao Padre homem de "notórias virtudes". [As instruções, que o Governador dá, sem o declarar, tendiam a colocar os géneros da Missão à mercê da Companhia do Comércio em que estava interessado o seu irmão, secretário de Estado, a cuja mulher os financiadores da Companhia de Comércio tinham brindado com algumas apólices].

Carta de José António Landi ao P. Anselmo Eckart, de Maravá, 25 de Abril de 1757. Conta o levante e a fuga dos soldados do Maravá no Rio Negro: "A causa do levantamento foi certamente a mizeria e o retardo do pagamento, unido aos severos castigos, que recebiaõ do seu comendante". Na *Collecção* de Domingos António, 32-33.

Wilhelm Kratz, *Neue daten zum Leben des P. Anselm von Eckart*, em A. H. S. I., VII (Romæ 1938)97-104.

Ver Estanislau Zalenski, *I Gesuiti della Russia Bianca*, tr. ital. (Prato 1888)516.

Carayon, IX(1865) p. XXX; e vol. XX (*Missions des Jésuites en Russie, 1804-1824* [1869]4).

A. S. I. R., *Lus.*17, 186; — Sommervogel, III, 330-331; — Huonder, 156 (*Compendium Vitae P. Anselmi Eckart*, 1809); — Streit, III, 314, 344, 498, 499, 593; — Airosa, *Apontamentos*, 104; — S. L., *História*, IV, 358, 363; V, 64-65.

ESTANCEL, Valentim. *Matemático e Astrólogo.* Nasceu em 1621 em Olmutz, Morávia. Entrou na Companhia, com 16 anos, a 1 de Outubro de 1637 (os Catálogos do Brasil dão 1638). Estudou Filosofia, Física e Matemática. Fez a profissão solene a 30 de Setembro de 1655. Ensinou Matemáticas nas Universidades de Praga e Olmutz. Pediu as missões da Índia. Sobrevindo dificuldades, depois de ensinar Matemáticas em Elvas e na famosa Aula da Esfera do Colégio de S. Antão (Lisboa), embarcou para o Brasil em 1663. No Brasil chamou-se ao começo Valentim *de Castro*, do nome latino da sua cidade natal como o escreve em "Uranophilus". Foi algum tempo missionário, ministro do Colégio da Baía (menos de um ano); durante alguns ensinou Casos de Consciência, e ocupou o resto da vida no ministério de confessar e algumas vezes pregar. Não foi Reitor da Baía, como diz Sommervogel. Os livros constituíram a sua preocupação dominante. Os de Matemática dão provas de engenho notável; não assim os que, levado pelo seu temperamento atreito a imponderadas emulações, escreveu sobre Teologia escriturística, em que era menos competente e não superam a mediocridade. Os seus prognósticos astrológicos, embora enquadrados na mentalidade fantasiosa da época, eram acatados por médicos de renome. Faleceu na Baía, a 19 (ou 18) de Dezembro de 1705.

1. *Dioptra Geodesica. Pragæ*, typis Academicis, 1652 (ou 1654). 8.º

2. *Orbe Affonsino ou Horoscopio Universal. No qual pelo estremo da sombra inversa se conhece que hora seja em qualquer lugar de todo o mundo. O Circulo Meridional, o Oriente, & Poente do sol. A quantidade dos dias, a altura do Polo & Equador ou Linha. Pelo P. M. Valentim Estancel da Companhia de Jesu, Juliomontano, Lente que foi das Mathematicas em as Vniversidades de Praga, Olmuz & agora he em Eluas.* Euora, na Impressaõ da Vniversidade, 1658, 8.º, XII-80 pp. Com quatro estampas e um mapa dos signos.

Em latim: *Orbis Affonsinus siue Horoscopium Scieothericum Universale...* Auctore P. Valentino Estancel Soc. Jesu Juliomontano Mathematum Professore. (B. N. de Lisboa, fg. 2136).

3. *Legatus Uranicus ex Orbe novo in veterem, id est, observationes Americanæ Cometæ, qui A. 1664 in asterismo corvi Mundi illuxit observatus in Brasilia Bahiæ omnium Sanctorum, qui cum auctario observationum Europæarum a Mathesi Pragensi prodiit.* Pragae, 1683, 4.º

4. *Zodiacus Divini Doloris, sive Orationes XII, quibus coeli candidatus Christus Dei filius, Pontio Pilato Præside, in aula crudelitatis in regem Dolorum inauguratur. Autore P. Valentino Estancel*

è *Societate Jesu Provinciæ Brasiliensis.* Eborae, ex typographia Academica. Anno M.DC.LXXXV, 12.º, 23 ff., 144 pp. Dedicado a Pedro Cordeyro de Espinosa, e aos Jesuítas do Brasil.

5. *Uranophilus cælestis peregrinus sive mentis Uranicæ per mundum sidereum peregrinantis extases.* Autore Valentino Estancel, de Castro Julii, Moravo, e Societate Jesu, Olim in Universitate Pragensi, deinde in Regia Ulyssiponensi Matheseos Magistro, demum Theologiæ Moralis in Urbe S. Salvatoris, vulgo Bahia Omnium Sanctorum in Brasilia Professore. Gandavi, Apud Haeredes Maximiliana Graet. Prostant Antverpiae Apud Michaelem Knobbaert, M.DC.LXXXV, 5.º, 222 pp. a 2 colun. Dedicado a Bernardo Vieira Ravasco. Front. gravado por Gasp. Boutats (*Acta Eruditor.*, 1685, 235-237; *Journ. des Savants*, 1685, 309).

6. *Cursus Philosophicus*, Pragae, 8.º

7. *Discurso astronómico sobre o Cometa aparecido em Pernambuco no dia 6 de Dezembro de 1689.* Na *Rev. do Inst. Arq. Pernambucano*, XVI (1914) 63-72.

Não vem assinado. Incluimo-lo aqui, com alguma verossimilhança, até averiguação mais positiva. Os autores referem-se a prognósticos feitos pelo P. Estancel em Pernambuco nos eclipses da lua e do sol de 1685. (Accioli, *Memórias Históricas*, 2.ª ed., II (Baía 1925)138). E os médicos João Ferreira da Rosa e Domingos Pereira da Gama, a propósito do "mal da bicha" e outros contágios e da necessidade de se não abrirem as sepulturas das igrejas onde tenham sido enterrados os empestados, dizem: "e hũ mathematico que hoje ilustra o Brasil, o P. Estanser da Companhia de Ihs., tem feito pronostico de muitas doensas malignas, a quem se deue dar nesta materia asenso pela expiriensia que dele temos, no pronostico que fes do contagio que ha tantos annos sentimos". (Certificados dos médicos, formados pela Universidade de Coimbra, João Ferreira da Rosa, e Domingos Pereira da Gama, Recife, 29 de Abril de 1695. Publ. por Ernesto Enes, *As Guerras dos Palmares* (S. Paulo 1938)459).

8. *Dois capítulos inéditos do "Tiphys Lusitano" de Valentim Estancel acerca da variação da agulha e da arte de leste-oeste.* Publ. por Joaquim de Carvalho, *Galileu e a Cultura Portuguesa sua contemporânea.* Separata de "Biblos", XIX (Coimbra 1944) 49-79. Com os gráficos e quadros do original.

São os capítulos VI e VIII: "Capítulo VI Em que trato das variações da Agulha, que os Pilotos modernos, Portugueses, Ingreses, e Olandeses, e os P. P. missionarios da Camp.ª de JESV tem obseruado em varias alturas"; "Capítulo VIII Discurso curioso e util, sobre a Navegação de Leste e Oeste E dos varios modos, que os curiosos inventarõ nesta materia". — Ver infra, D.

A. *Mercurius Brasilicus, sive de Coeli et Soli Brasiliensis Oeconomia.* Livro entregue na Baía em Junho de 1664 ao P. João Baptista Visscher, que o enviou para se imprimir em Lovaina, e a ele se refere na sua Carta de Lisboa, 14 de Dezembro de 1664, com o nome de *Oeconomia Brasilica* (Bruxelas, Arq. Gén. du Royaume, Arch. Jés. Prov. Fl. – Belg., "Lettres des Missionnaires d'Amérique", n.º 872-915, f. 33-33v).

Diz Sommervogel: "je ne l'ai jamais rencontré ni vu citer". Rivière declara que não se imprimiu.

B. *Phænomena coelestia sive dissertatio astronomica de tribus cometis qui proximis annis in coelo apparuerunt,* 1668 ou 1665.

A mesma dúvida de Sommervogel e a mesma declaração de Rivière. Segundo Beorchia ambos se conservam inéditos nos Arquivos do Gesù.

C. *Declaração em como nem em Portugal, nem durante a viagem, nem na Baía teve indício de que o P. Simão de Vasconcelos conspirasse contra o Visitador Jacinto de Magistris.* Baía, 18 de Outubro de 1663. Assina *Valentim de Castro.* (Gesù, 721). Lat.

D. *Tiphys Lvsitano ov Regimento Navtico Novo o qval ensina tomar as alturas, descubrir os meridianos e demarcar as uariaçoens da agulha a qualquer hora do dia, e noite. Com hvm discurso practico sobre a nauegação de Leste a Oeste.* Composto pello Padre Valentim Estancel, da Companhia de Iesvs Lente qve foi das Mathematicas em uarias Vniversidades e ultimamente no real Collegio de Sancto Antão, em Lisboa. (B. N. de Lisboa, fg. 2264. In-f. 70 ff.). Com desenhos e tabelas. Sem ano expresso; mas escrito à roda de 1672 e antes certamente de 1679 (cf. f. 47v). Port.

Nos Preliminares: Dedicatória a Sua Alteza o Príncipe de Portugal; duas poesias *portuguesas*, uma do Padre André Rodrigues de Figueiredo (não S. I.) e um soneto assinado Manuel de Oliveira; e dois epigramas *latinos* do P. Francisco Carandini S. I. O soneto tem por título: "Ao astrolábio subtilmente inventado e fabricado misteriosamente pelo engenho do R. P. Mestre insigne astrólogo".

— Com a dedicatória um tanto modificada, o soneto acha-se em Manuel Botelho de Oliveira, *Musica do Parnasso,* ed. da Academia Brasileira (Rio 1929) 123-124.

"Ao Governador D. João de Alencastro, apresentando-lhe o Padre Valentim Estancel da Companhia de Jesus, insigne Mathematico, um novo Astrolabio para lho levar a El Rei D. Pedro 2.º dedicado ao Principe recem-nascido". Soneto de Gregório de Matos, *Obras de Gregorio de Matos*, ed. da Academia Brasileira, II (Rio 1923)91. Pelo teor desta dedicatória parece tratar-se de exemplar diferente do da B. N. de Lisboa (alguns anos mais *tarde*).

Do *Tiphys* publicaram-se modernamente dois Capítulos: ver supra, n.º 8.

E. *Vulcanus Mathematicus.* (1678). Com esta dedicatória: "Carolo II Dei Gratia et Catharinae Joannis IV Portugalliae Regis Filiae secundo genitae Invictissimis, Potentissimisque Angliae, Scotiae, Frãciae, et Hiberniae Regibus Felicitatem aeternam, et omne bonum a Deo Optimo Maximo". Junto com a dedicatória está, não o livro, mas a explanação dele. (*Bras.9*, 292-295v).

F. *Novum Phænomen Coeleste.* Dedicado ao Rei de Portugal. Mandado pelo P. Estancel ao P. Sebastião de Magalhães, confessor de D. Pedro II, recomendando-lhe a impressão. (*Bras.4*, 46).

G. *Tiphys Spiritualis.* Opúsculo ascético que pretendia dedicar ao P. Geral. Ver infra, letra L.

H. *Clavis Regia Triplici Paradisi nempe Terrestris, Allegorici et Coelestis.* — Entregue na Baía em 1697 a um oficial de El-Rei para ser remetido para a Bélgica e aí se imprimir. Mandado apreender e recolher a Roma pelo Padre Geral. Cf. S. L., *O P. António Vieira e as Ciências Sacras no Brasil — A famosa "Clavis Prophetarum" e seus satélites.* Na Rev. *Verbum*, I (Rio de Janeiro 1945) 260-263.

I. *Commentarium in Danielem.*

Não foi considerado digno de se publicar pelos revisores romanos: Frascati, 24 oct. 1701, Joan. Franc. Malatra, Josephus de Alfaro, Franciscus Leytam, Adamus Ehrentreich. (Cf. S. L., *op. cit.*, 262). — Já se tratava deste livro em 1695. (Ver supra, Andreoni, Carta de 19 de Julho de 1695).

J. *Carta ao P. Geral*, da Baía, 1 de Dezembro de 1663. (Gesù, no Processo do Provincial José da Costa contra o Visitador Jacinto de Magistris). — Manifesta-se contra o Visitador e o P. Belchior Pires, e diz que a Província do Brasil é mais observante que a de Portugal. *Lat.*

K. *Carta ao P. Geral*, da Baía, 12 de Novembro de 1669. (*Bras.3(2)*, 101-102v). — Defende o P. Jacobo Roland e as suas missões. E que na Província do Brasil arrefecera o zêlo das missões e que o que convinha era que viessem belgas, alemães e espanhóis. Ele, para entreter o tempo, escreve livros de matemática. *Lat.*

L. *Carta ao P. Geral Tirso González*, da Baía, 18 de Julho de 1692. (*Bras.3(2)*, 313-317). — Pede que aceite a dedicatória do seu opúsculo ascético "Tiphys Spiritualis", e que conceda licença para se imprimir ao Provincial do Brasil, sem ser preciso novo recurso a Sua Paternidade. Junta a dedicatória. *Lat.*

M. *Carta ao P. Geral Tirso González*, da Baía, 30 de Junho de 1696. (*Bras.4*, 21). — Acha que a Província já está cansada do P. Andreoni como Secretário do Provincial; e, como Professo mais antigo, propõe o P. Alexandre Perier; o P. Domingos Ramos leva dois livros seus, já aprovados na Província, para se imprimirem (não diz quais). *Lat.*

N. *Carta ao P. Geral Tirso González*, da Baía, 25 de Junho de 1698. (*Bras.4*, 58-58v). — Contra a *Clavis Prophetarum* do P. Vieira, que diz ser *præter vel contra mentem ipsorum Prophetarum*; e a sua *Clavis Triplicis Paradisi*, não. *Lat.*

Nota à margem, escrita em Roma: "Este Padre é muito desafecto ao P. Vieira como consta doutras cartas".

O. *Carta ao P. Geral Tirso González*, da Baía, 21 de Agosto de 1700. (*Bras.4*, 84-84v). — Dá explicações sobre os seus livros e que sempre fora amigo do P. Vieira, que em duas cartas o convidara a colaborar na *Clavis Prophetarum* e até a publicá-la em seu nome, se morresse antes e a deixasse inacabada; e que na Baía se atribuem ao P. António Maria Bonucci as más informações que deram em Roma contra ele; só não acedeu ao P. Vieira, porque estava ocupado em escrever o seu próprio livro. *Lat.*

André de Barros publicou parcialmente uma carta de Vieira a "um sabio Padre" sem mais endereço nem data (*Vida*, 633-634), e que Lúcio de Azevedo (guiado por Francisco Rodrigues, *O P. António Vieira — Contradições e Aplausos*) inclui em *Cartas de Vieira* (Coimbra 1928)678-679, sob a rubrica "Ao P. Valentim Estancel 1695 ?".

A. S. I. R., *Bras.5(2)*, 39; — Bibl. Vitt. Em., 1. ges. 3492, n.º 6; — Inocêncio, VII, 396; — Sommervogel, VII, 1482; — Rivière, n.º 5361; — Huonder, 160; — Franc. Rodrigues, *História*, III-1, 193-194; — S. L., *História*, V, 84, 581.

ESTANISLAU, Inácio. *Missionário.* Nasceu a 7 de Maio de 1708 em S. Miguel de Porreiras (Minho). Entrou na Companhia em Coimbra no dia 1 de Abril de 1728, embarcando nesse mesmo ano para as Missões do Maranhão e Pará. Fez a profissão solene no Pará, a 15 de Agosto de 1745. Gastou a vida na humildade das Aldeias, donde foi tirado para as agruras da perseguição geral. Quando o Visitador Francisco de Toledo saiu exilado em 1757, deixou-o Vice-Reitor do Colégio do Pará. Como deputado à Junta das Missões no Pará, assina "Ignacio Estanislao Alvares"; e foi a última vez que Padres da Companhia tomaram parte nela (13 de Maio de 1759). Exilado com os seus companheiros em 1760, acabou os dias, privado da liberdade, primeiro nos cárceres de Azeitão, depois nos de S. Julião da Barra (1769), onde faleceu a 1 de Fevereiro de 1777.

A. *Relação das cousas de mayor edificação que tem sucedido nesta Missão dos Boccas em Araticū, do fim do anno de 1747 até o anno de 1750. Por ordem do M. R. P. V. Provincial Joseph Lopes.* Boccas em Araticū, 31 de Agosto de 1751, Ignacio Estanislao. (Arq. da Prov. Port., *Pasta 177*, n.º 24). Cit. em S. L., *História*, III, 311. *Port.*

B. *Carta ao P. Bento da Fonseca,* de Bocas, 22 de Janeiro de 1753. (B. N. de Lisboa, fg. 4529, Doc. 112). — Esteve doente; pede paramentos para o culto; boatos de que não quer saber. *Port.*

C. *Breve notícia da Aldeia dos Bocas que pude alcançar de algumas pessoas mais antigas.* (B. N. de Lisboa, fg. 4529, Doc. 119). *Port.*

Carta de Fr. Miguel de Bulhões, Bispo do Pará, ao P. Inácio Estanislau Reitor do Colégio do Pará. Do Maranhão, 18 de Agosto de 1759. Publ. por Lamego, III, 297-298.

A. S. I. R., *Lus.16*, 197; — S. L., *História*. III, 233; IV, 352. 354.

F

FAIA, Inácio. *Professor e Pregador.* Nasceu cerca de 1630 em Lisboa. Entrou na Companhia com 17 anos, a 24 de Março de 1647. Mestre em Artes. Algum tempo Superior ou Vice-Superior da Casa de Nossa Senhora do Ó, do Recife (1662), antes de ser elevada a Colégio. Professor de Humanidades dois anos, de Teologia Especulativa oito anos. Prefeito Geral dos Estudos no Rio e na Baía. Pregador "cum laude". Passou o fim da vida amargurado por alguns êmulos, cujo proceder desautorizou depois o P. Geral. Faleceu a 24 de Dezembro de 1696, na Baía.

A. *Declaração contra o P. Belchior Pires por ocasião da deposição do Visitador Jacinto de Magistris,* 1663. (Gesù, *Missiones,* 721). Lat.

B. *Aprovação à "Suma" ou "Recopilaçam" da Vida de Anchieta por Simão de Vasconcelos.* Baía, 12 de Junho de 1668. (*Vitæ, 153, 457*).

C. *Carta do P. Inácio Faia ao P. Geral Oliva,* do Recife, 28 de Dezembro de 1674. (*Bras.3(2), 133-133v*). — Comunica o desejo do Capitão António de Gouveia de entrar na Companhia e de dar 16.000 cruzados para se elevar a *Colégio* a Casa de N.ª S.ª do Ó. Lat.

A. S. I. R., *Bras.5(2),* 6, 79, 92; — *Hist. Soc.49,* 158v; — Barros, *Vida de Vieira,* 481.

FALETTO, João Mateus. *Missionário e Escriturário.* Nasceu a 21 de Setembro de 1648 em Savigliano, no Piemonte. Filho de João Baptista Faletto. Perdeu a mãe em menino e era estudante quando entrou na Companhia a 18 de Outubro de 1666 em Chieri (Província de Milão). Ensinou Gramática, Humanidades e Retórica. Embarcou de Lisboa para o Brasil em 1681. Fez a profissão solene a 15 de Agosto de 1683 em N.ª S.ª da Conceição (Natuba), Aldeia dos Quiriris, com os quais trabalhou largos anos e cuja língua aprendeu. Bom e zeloso missionário, que se integrou bem no ambiente brasileiro e português da Província do Brasil. Faleceu a 20 de Abril de 1730, no Espírito Santo (Capitania).

1. *Aprovação à "Arte de Grammatica da lingua brasilica da naçam Kiriri"* do P. Luiz Vincêncio Mamiami. Datada da Aldeia de Nossa Senhora do Socorro (Gerù), 27 de Maio de 1697. Nos Preliminares da *Arte* (Lisboa 1699) 7.

2. *Præfatio ad lectorem* do livro *De Regno Christi in terris consummato*. Publ. por S. L. em *O P. António Vieira e as Ciências Sacras no Brasil — A famosa "Clavis Prophetarum" e seus satélites*, na Rev. *Verbum*, I (Rio de Janeiro 1944) 263-264.

A. *Carta ao P. Geral Oliva*, de N.ª S.ª da Conceição [de Natuba], 15 de Abril de 1682. (*Bras.3(2)*, 152). — Estado da sua missão. Louva os Portugueses. Cit. em S. L., *História*, V, 286-287. *Lat.*

B. *De Regno Christi in terris consummato Tractatus, in quo Regnum Christi Millenarium Millenariorum Hæresibus, PP. Chiliastarum erroribus Iudaizantium absurdis expurgatum Selectioribus testimoniis Veteris, et Novi Testamenti, In litteris et genuino sensu intellectis proponitur declaratur, statuitur sub auspiciis Deiparæ Virginis Auxiliatricis Regina coeli, et terræ Augustissimæ. Anno Domini M.DCC.* (Roma, Cúria Generalícia S. I., Arch. della Postulazione Generale, Sez. IV, *Varia*, n.º 28, scafalle D). 4.º — Texto, com 9 secções e 261 parágrafos, que se marcam no alto das páginas e servem como de paginação.

Faletto diz no Prefácio que escreveu o *De Regno* levado da fama da *Clavis Prophetarum*, do P. António Vieira, acabado de falecer, cujo livro não viu; mas três, que viram a grande obra de Vieira, lhe disseram que esta sua sustenta as mesmas opiniões. (Supra, n.º 2).

C. *Carta ao P. Geral Tamburini*, do Espírito Santo, 18 de Agosto de 1724. (*Bras.4*, 266). — Melhor estado do Colégio do Espírito Santo, mas há seca; o Reitor está melhor. *Lat.*

D. *Carta ao P. Geral Tamburini*, do Espírito Santo, 5 de Junho de 1725. (*Bras.11*, 471-471v). — Escreve como Consultor do Colégio sobre as contas dele e a questão que havia: que se termine já; e transcreve a sentença do P. Provincial Manuel Dias. *Lat.*

Nos documentos do Brasil o nome deste Padre aparece *Faleto, Falleto, Falletto*. Ele assina, em latim, *Joannes Mathæus Falettus*.

A. S. I. R., *Bras.5(2)*, 61, 93v; — *Bras.10(2)*, 323; — *Lus.10*, 178; — Sommervogel, IX, 312; — S. L., *op. cit.*, supra, n.º 2.

FARIA, Francisco de. *Professor.* Nasceu a 12 de Setembro de 1708 em Goiana (Pernambuco). Entrou na Companhia com 15 anos de idade, a 19 de Novembro de 1723. Diz Loreto Couto que o pai se chamava Pedro de Faria e a mãe Maria José de Queirós, e que o pai, depois de viuvo, se fizera Padre. Francisco de Faria, que algum tempo ocupou o cargo de Superior da nova Casa de S. Catarina (1748), sobressaiu mais no ensino; e pelo prestígio das suas letras foi eleito presidente da Academia dos Selectos, que se fez no Rio de Janeiro, a 30 de Janeiro de 1752 em louvor de Gomes Freire de Andrade. Ensinou Humanidades e Filosofia e era Professor de Prima de Teologia na Baía em 1757. Deportado em 1760 da Baía para Lisboa e Roma, passou a 1 de Julho de 1766 para a Ordem de S. João de Deus, em cujo Mosteiro de Velletri faleceu a 3 de Março de 1769.

1. *Conclusiones Metaphysicas de Ente Reali* Praeside R. P. M. Fra[n]cisco de Faria Societatis Jesu in Regio Fluminensi Collegio Artium Lectore defeendendas offert Franciscus Fraga ex praedicta Societate, die 25 hujus mensis Vespertinis Scholarum horis, Approbante R. P. M. Joanne Boregs [Borges] Studiorum Generalium Decano. Flumine Januarii. Et secunda Typographia Antonii Isidorii da Fonseca. Anuo Domini M.DCC.XLVII. Cum facultate Superiorum; — *Fac-simile das Conclusões Metaphysicas de Francisco Fraga*, em Félix Pacheco, *Duas Charadas Bibliographicas. Appendice. Facsimiles dos primeiros trabalhos impressos no Brasil* (Rio de Janeiro 1931).

Conclusões oferecidas a João Gonçalves Fraga, Comendador de S. Salvador de Lavra, com uma extensa dedicatória em que se contam as suas abastanças e benemerências nas Minas Gerais, entre as quais um hospital feito à sua custa; e em cada uma das três partes das *Conclusões*, se expõe e dá o sentido da doutrina que se defende, cuja redacção não é do aluno Francisco Fraga, mas do mestre, Francisco de Faria. — Impressão com erros tipográficos.

2. *Carta do M. R. P. M. Francisco de Faria da Companhia de Jesus, Presidente da Academia onde confirma a eleição do Secretario della.* Colégio [do Rio de Janeiro], 29 de Dezembro de 1751. Em *Jubilos da America,* 7.

3. *Carta do M. R. P. M. Presidente sobre o Extracto de assumptos, e o mais que contem respectivo a Academia particularmente sobre a approvação da Carta Circular, que o Secretario cometteo ao exame do dito Presidente.* Colégio, a 3 de Janeiro de 1752. Em *Jubilos da America,* 8.

Os títulos destas duas cartas são do Dr. Manuel Tavares de Sequeira e Sá, secretário da *Academia dos Selectos,* a quem foram dirigidas e é o autor ou organizador da Colectânea, onde se publicam.

4. *Oraçaõ. Panegyrico ao General Gomes Freire de Andrade.* Publ. em *Jubilos da America na gloriosa exaltaçaõ e promoçaõ do Illustrissimo e Excellentissimo Senhor Gomes Freire de Andrade* (Lisboa 1754) 59-88. — Ver *Campos* (Roberto de).

A. *Vita Venerabilis Patris Josephi de Anchieta.* Composto em latim por ordem do P. Geral para a Beatificação do Venerável Padre, que então se promovia.

B. *Cartas Ânuas*, 15 ff.

Desconhece-se o paradeiro dos dois manuscritos.

A. S. I. R., *Bras.6*, 138; — *Bras.28*, 87v; — Loreto Couto, II, 18; — S. L., *História*, I, 536.

FARIA, Gaspar de. *Professor e Administrador.* Nasceu em 1672 em N.ª S.ª do Monte (Baía). Filho de Sebastião de Andrade Dutra e sua mulher D. Maria. Entrou na Companhia, com 16 anos, a 31 de Dezembro de 1688. Fez a profissão solene no Rio de Janeiro, a 2 de Fevereiro de 1708, recebendo-a Filipe Coelho. Professor de Humanidades, Filosofia e Teologia, Mestre de Noviços, Reitor da Baía e do Noviciado da Jiquitaia, e Provincial. Homem amável, de grande respeito e virtude. Faleceu na Baía a 26 de Maio de 1739.

1. *Illustrissimo Domino D. Sebastiano Monteyro da Vide Archipresuli Bahiensi dignissimo, Regiæ Magestatis à Consiliis, etc. Cujus opera, et magnificum templum D. Petri exstructum est, adjuncto in gratiam ægrotantium præsertim egenorum perutili Xenodochio. Elogium.* (Em estilo lapidar). Nos Prelims. da *Vida Chronologica de S. Ignacio*, do P. Francisco de Matos (Lisboa 1718). Scribebat P. Gaspar de Faria è Societate Jesu, 3 pp., 4.º — Ver *Matos* (Francisco de).

2. *Censura do M. R. P. Gaspar de Faria à Vida Chronologica de S. Ignacio*, Collegio da Bahia, 29 de Mayo de 1716. 2 pp., 4.º *Ib.*, 1718.

A. *Carta do Provincial Gaspar de Faria ao P. Geral Tamburini*, da Baía, 12 de Janeiro de 1726. (*Bras.4*, 313-314v). — Elogia o Reitor da Baía. Repartição dos estudantes Juniores e Teólogos entre o Colégio da Baía e do Rio, para aliviar o da Baía, sobrecarregado de dívidas. *Lat.*

B. *Carta do P. Geral Tamburini*, do Rio de Janeiro, 25 de Maio de 1726 (*Bras.4*, 315-316v). — Ampliaram-se os estudos; e a Teologia no Rio, recebeu-se com aplauso. *Lat.*

C. *Carta ao P. Geral Tamburini*, da Baía, 5 de Agosto de 1726. (*Bras.4*, 333-334). — Vários assuntos entre os quais a Missão de Pindamonhangaba e as terras da Pitanga. Cit., referente a Pindamonhangaba, em S. L., *História*, VI, 378. *Lat.*

D. *Carta ao P. Geral Tamburini*, da Baía, 10 de Agosto de 1726. (*Bras.4*, 337-337v). — O Arcebispo não quer que os Padres da Companhia confessem freiras; e pretende que os Colégios da Companhia sejam casas de correcção para o Clero. *Lat.*

E. *Carta da Baía ao P. Geral Tamburini*, da Baía, 15 de Agosto de 1726. (*Bras.4*, 339-340). — Envia o quadro geral das Casas do Brasil para a divisão da Província em duas. Anexo o quadro. *Lat.*

F. *Carta ao P. Geral Tamburini*, de Olinda, 17 de Setembro de 1726. (*Bras.4*, 341-341v).— Louvor recebido de El-Rei a respeito da Colónia do Sacramento para cujo Governador, António Pedro de Vasconcelos, pede carta de confraternidade, e também que o Geral lhe escreva assim como ao Governador Geral do Brasil, Vasco Fernandes de Meneses e a seu irmão Rodrigo César de Meneses. Excerpto em S. L., *História*, VI, 545-546 (onde se deve mudar Dezembro para Setembro). *Lat.*

G. *Carta ao P. Geral Tamburini*, da Baía, 31 de Março de 1727. (*Bras.4*, 346-347). — Sobre três candidatos à Companhia, homens de idade: Pedro Gomes da Franca Corte Real, António Ferreira Lisboa e Coulen Campbel (escocês), e particularidades de cada um. *Lat.*

H. *Carta ao P. Geral Tamburini*, da Baía, 15 de Agosto de 1727. (*Bras.4*, 354-354v). — Para que se mudem os noviços do Colégio da Baía para o novo Noviciado da Jiquitaia. *Lat.*

I. *Carta ao P. Geral Tamburini*, da Baía, 12 de Outubro de 1728. (*Bras.4*, 380-381). — Envia a planta do novo Colégio do Rio de Janeiro e razões pro e contra a sua construção. — Só está a Lâmina 1.ª, publ. em S. L., *História*, VI, 8/9. *Lat.*

J. *Certificado do bom governo de Rodrigo César de Meneses em S. Paulo, que conheceu nas duas vezes que lá esteve no exercício do seu cargo de Provincial.* Baía, 5 de Junho de 1729. (A. H. Col., S. Paulo, Avulsos, Capilha de 1 de Maio de 1728). *Port.*

K. *Carta ao P. Geral Tamburini*, da Baía, 10 de Junho de 1729. (*Bras.4*, 384-385). — Conta a inauguração do Noviciado da Jiquitaia com a presença do Arcebispo. — Cit. em S. L., *História*, V, 146-147). *Lat.*

L. *Representação do Provincial e mais Padres da Companhia de Jesus no Brasil a El-Rei para que tome sob a sua protecção e funde em Colégio a Residencia de N.ª S.ª das Neves da Paraíba [do Norte]*. Com as consultas e cartas do Capitão-mor, etc. (A. H. Col., *Paraíba*, Avulsos, 1730). *Port.*

O P. Inácio Dias deixou ms. a *Vita Gasparis Faria S. J.*, e o P. Francisco Cordeiro, *Testemunho sobre as virtudes do P. Gaspar de Faria*, como consta da bibliografia destes Padres.

A. S. I. R., *Bras.6*, 37v, 255; — *Bras.10(2)*, 391; — Sommervogel, IX, 313; — S. L, *História*, I, 535.

FÁY, David Luiz. *Professor e Missionário*. Nasceu a 18 ou 28 de Fevereiro de 1722 em Fáy, na Hungria. Filho de pais nobres, Gabriel Fáy e Maria de Koos. Entrou na Companhia em Viena de Áustria, a 9 de Novembro de 1736. Ensinou Gramática, Humanidades, Retórica e Hebraico. Embarcou em Lisboa para o Maranhão em 1753, onde chegou a 16 de Julho. Fez a profissão solene no Maranhão a 13 de Abril de 1755. Missionário de Tapuitapera, S. José e dos Amanajós, cuja redução à paz, segundo o espírito do *Regimento das Missões*, foi o pretexto do seu desterro, perseguição geral que se iniciava, falsamente acusado de crime de lesa-majestade, por aquilo mesmo que fôra sempre a glória das missões portuguesas. Ainda ensinou Teologia no Colégio do Maranhão até ser deportado para o Reino em 1757. Confinado na Residência de Roriz no Minho, passou em 1759 para os cárceres de Almeida e dali em 1762 para os de S. Julião da Barra, onde faleceu, a 12 de Janeiro de 1767.

1. *Regia Seren. Archiducis Josephi indoles felicitatis futuræ prodroma*. Honoribus... neo baccalaureorum, cum... universitate Tyrnaviensi per R. P. Franciscum Xav. Halvax, S. J., ... prima AA. LL. et Philosophiae laurea donarentur. A poesi Tyrnavensi oblata. Tyrnaviae, 1745. Typis Academicis Soc. Jesu, 8.º, 41 pp.

2. *Carta do P. David Fáy a sua mãe*, de Lisboa, Abril de 1753. Tradução portuguesa nos *Anais da B. N. do Rio de Janeiro*, LXIV (1944) 251-256.

3. *Carta a sua mãe*, de Tapuitapera na América, 12 de Setembro de 1753. *Ib.*, 256-266.

4. *Carta a seu irmão Ladislau e mais parentes,* de Tapuitapera na América, 16 de Setembro de 1753. *Ib.,* 266-273.

Estas três cartas foram publicadas, no original húngaro, em *Fáy Dávid multszázadi hittéritö levelei Amerikából. Közli Foltin János.* [Cartas de América do missionário David Fáy, do século passado, publicadas por João Foltin]. 1890, Budapeste, Tipografia Hunyadi Mátyás. Traduzidas em português: *As Cartas do P. David Fáy e a sua biografia — Contribuição para a história das Missões Jesuíticas no Brasil no século XVIII,* por Paulo Rónai, nos *Anais da B. N. do Rio de Janeiro,* LXIV (1944) 191-273; com separata, ib., 1945, 87 pp.

A. *Convenção de paz entre os Índios Amanajós e os Índios Guajajaras do Rio Pindaré no Maranhão.*

Desta pacificação local entre Índios, governados pelo Missionário, feita conforme a lei portuguesa do *Regimento das Missões,* ainda então em vigor, transcreve a *Relação Abreviada* (Lisboa 1757)49-50, quatro artigos III, V, VIII e IX. Domingos António, que teve em sua mão toda a convenção, diz que o Autor da *Relação Abreviada* suprimiu os principais artigos entre os quais o 2.º que era se os Índios queriam reconhecer "por seu Senhor ao Serenissimo Rey de Portugal, servindo-lhe e obedecendo-lhe *como fieis servos?* Responderão que querem ser filhos d'ElRey: e este é o modo de falar delles". A *Relação* não só suprimiu este artigo — que é tudo — mas falsificou outros, introduzindo neles palavras que não constam do original. Cf. Domingos António em *Colleçam,* 83-91. O falsificador contava com a ignorância europeia dos termos tupis e traduziu a palavra Guajajaras (conhecidos Índios do Maranhão) por *Brancos,* como se aquela combinação local não fosse só de *Índios entre si,* para viverem em boa harmonia, uns com os outros, mas de Índios Amanajós *contra* os Brancos. Cf. S. L., *História,* III, (1943), 196, onde se transcrevem os artigos III e IX.

B. *Carta do P. David Fáy ao P. Visitador Francisco de Toledo,* do Maranhão, 26 de Junho de 1757. (*Lus.*87, 1). — Jura aos Santos Evangelhos em como é falsa a acusação do Governador Mendonça Furtado, de que fizera um tratado sedicioso dos Amanajós contra os Brancos. *Port.*

C. *Versão para latim da "Reposta Apologetica à Relação Abreviada",* escrita em português pelo P. Bento da Fonseca. Tradução feita na Residência de Roriz (Portugal) em 1758-1759. (Cf. *Diário do P. Eckart* (Porto 1917) 23, e *Elogio Póstumo* do P. David Fáy pelo mesmo P. Eckart, *Anais da B. N. do Rio de Janeiro,* LXIV, 224-225.

Lê-se em Sommervogel: "Il traduisit en latin la réfutation faite en portugais par le P. Benoit da Fonseca du pamphlet suivant: *Retrato dos Jesuítas*... Lisboa, 1761". Parece confusão entre este (que Bento da Fonseca não refutou, nem o podia fazer, incomunicável como estava, à data da sua publicação, e o panfleto *Relação Abreviada*, que Bento da Fonseca realmente refutou, logo que apareceu, quando ainda tinha liberdade para o fazer (1758-1759). À tradução desta primeira *Reposta* se refere Eckart no seu *Diário*.

Elogio Póstumo do P. David Aluísio Fáy da Companhia de Jesus, falecido em 12 de Janeiro de 1767 no cárcere do Forte São Julião à foz do Tejo com acréscimos de vários epitáfios. Pelos Padres José Kayling e Anselmo Eckart. Em latim. Trad. em português por Paulo Rónai, nos *Anais da B. N. do Rio de Janeiro*, loc. cit. (supra, n.º 4) 199-244.

Os "acréscimos" são 5 sonetos em português dos Padres Manuel Francisco (Prov. de Goa), João de Pina (Prov. de Portugal), Manuel Ribeiro (Vice-Província do Maranhão), Paulo Ferreira (Prov. de Portugal), Joaquim de Carvalho (Vice-Prov. do Maranhão); uma décima em português do P. Teodoro da Cruz (Vice-Prov. do Maranhão) e um epitáfio latino (trad. em port.) do P. Lourenço Kaulen (Vice-Prov. do Maranhão).

A trad. de Paulo Rónai mostra deficiente conhecimento de português, da terminologia própria das coisas da Companhia e dos nomes de terras de Portugal. Nem por isso deixa de ser útil publicação a destes documentos.

Kayling chama aos pais de David Fáy, Estêvão Fáy e Catarina Borsi. Corrige-o Foltin chamando-lhes Gabriel Fáy e Susana de Koos. O registo da sua entrada na Fortaleza de Almeida tem: "Gabriel Fay e Maria de Choos". Talvez Maria Susana de Koos. Também há diversidade nas datas do nascimento. Damos a dos Arquivos da Companhia. Numa grave doença nos cárceres de S. Julião, David Fáy adoptou, ou acrescentou ao seu nome, o de Luiz, em honra de S. Luiz Gonzaga: P. David "Luiz" (não Aluísio) Fáy.

A. S. I. R., *Lus.17*, 192; — Sommervogel, III, 573; IX, 316-317; — Rivière, 1058, n.º 4386; — Huonder, 157; — S. L., *História*, III, 195-196; IV, 358.

FERNANDES, António. *Missionário.* Nasceu a 5 de Junho de 1727 em Belide (Dioc. de Coimbra). Entrou na Companhia em Coimbra a 14 de Abril de 1743. Seguiu neste mesmo ano para as Missões do Maranhão e Pará. Estava na Residência de Tapuitapera, quando sobreveio a perseguição sendo exilado em 1760 para Lisboa e Roma.

A. *Litteræ Annuæ Collegii Paraensis latæ ad Patrem Visitatorem et Vice-Provincialem Franciscum de Toledo, Anno 1755.* In Paraensi Collegio, 21 Augusti an. 1755. Ex Commisione R. P. Rectoris Caetani Xaverii, — *Antonius Fernandes.* (Bras.10(2), 499-500). Lat.

A. S. I. R., *Bras.27*, 158v; — S. L., *História*, IV, 365.

FERNANDES, Baltasar. *Missionário.* Nasceu cerca de 1538, no Porto. Entrou na Companhia em 1558, e foi para o Brasil com o B. Inácio de Azevedo em 1566, com quem assistiu, e com Mem de Sá, à tomada do Rio de Janeiro. Depois foi para S. Paulo e mostrou-se infatigável em diversas casas e Aldeias, durante a sua longa e virtuosa vida. Sabia a língua tupi. Faleceu a 28 de Fevereiro de 1628, na Baía.

1. *Carta de Baltasar Fernandes*, do Brasil, da Capitania de S. Vicente de Piratininga, aos 5 de Dezembro de 1567. (*Cartas dos Padres*, cód. da B. N. do Rio de Janeiro, I, 5, 2, 38, f. 211). Publ. em *Cartas Avulsas* (Rio 1931) 481-487.

2. *Carta de Balthasar Fernandes*, do Brasil, da Capitania de S. Vicente, a 22 de Abril de 1568. (*Cartas dos Padres*, f. 213v). Publ. em *Cartas Avulsas*, 498-502. — Ambas com notas de Afrânio Peixoto.

<small>A. S. I. R., *Bras.8*, 381; — *Hist. Soc.43*, 68; — S. L., *História*, I, 563.</small>

FERNANDES, Francisco. *Pregador e Administrador.* Nasceu cerca de 1574 em Alpalhão, Diocese de Portalegre. O Cat. de 1607, dá-lhe 33 anos de idade. Entrou na Companhia em Évora, a 1 de Novembro de 1590. Prefeito dos Estudos no Rio de Janeiro (1614). Reitor de Pernambuco (1619), Reitor do Rio (1627). Estava em Reritiba, em 1631; e em 1641, no Colégio do Rio de Janeiro, quando se procedeu à aclamação de D. João IV, sendo mandado pelo Provincial Manuel Fernandes como embaixador com Salvador de Sá, a prestar homenagem ao Rei Restaurador em nome do Governador Salvador Correia de Sá e Benevides. Tinha então 66 ou 67 anos de idade. Já não consta no Catálogo seguinte, de 1646. Bom pregador.

A. *Litteræ Brasilicæ Provinciæ Anni MDCXI.* E Collegio Fluminis Januarii, 1.º die Maii anni 1615. Jussu Patris Provincialis Henrici Gomes, — *Pater Franciscus Fernandez.* (*Bras.8*, 120-126). — Excerpto sobre a nova Igreja de S. Paulo em S. L., *História*, VI, 394. Lat.

<small>A. S. I. R., *Bras.5*, 67v; — S. L., *História*, VI, 44.</small>

FERNANDES, Lourenço. *Missionário.* Nasceu a 6 de Agosto de 1702, em Marvão, Diocese de Portalegre. Entrou na Companhia em Lisboa a 17 de Janeiro de 1724. Embarcou neste mesmo ano para as Missões do Maranhão e Pará. Ensinou Letras Humanas 6 anos e trabalhou nas Fazendas e Aldeias dos Índios. Deportado em 1760 para Lisboa e Itália, faleceu em Roma no Palácio de Sora a 24 de Junho de 1765.

A. *Carta do P. Lourenço Fernandes ao Governador Francisco Xavier de Mendonça Furtado*, de Maracu, 13 de Outubro de 1751.

(B. N. de Lisboa, Col. Pomb. 625, f. 70). — Remete a boleta com os caranguejos; mandou fazer a diligência que pede ao Rio Pinaré pelo Urubutinga. *Port.*

A. S. I. R., *Bras.27*, 75; — Gesù, 690 (Spese); — S. L., *História*, V, 365.

FERNANDES, Manuel (1). *Administrador.* Nasceu cerca de 1552 em Ourém (Diocese de Leiria). Entrou na Companhia em Coimbra ao 1.º de Março de 1572, tendo 20 anos de idade. Embarcou para o Brasil no ano de 1587. O Catálogo de 1598 dá-o com 45 anos e diz que foi Ministro nos Colégios de Bragança, Porto e Baía durante 13 anos e que o continuava a ser no Colégio da Baía; Adjunto do Mestre de Noviços nos Colégios de Coimbra e Évora, e Superior da Residência de Porto Seguro. Em 1600 era Superior do Espírito Santo (Capitania) até que foi nomeado Procurador do Brasil em Lisboa, em cujo Colégio de S. Antão faleceu, a 27 de Outubro de 1607. Franco narra o seguinte, no qual vai a notícia e a crítica: "Ou fosse em verdade ou engano como é mais de crer se imaginou que quando morreu, os sinos do Colégio se dobraram por si. Tal era sua virtude, que se não tinha por incrível dar o céu dela tão evidente testemunho".

A. *Carta do P. Manuel Fernandes ao P. João Álvares Assistente de Portugal em Roma,* do Brasil, 28 de Julho de 1596. (*Bras.15,* 419). — Narra a morte do P. de Vicariis e do Ir. Bartolomeu Sanches na arribada da nau da Índia "S. Francisco". *Port.*

A. S. I. R., *Bras.5*, 36; — Franco, *Ano Santo*, 634.

FERNANDES, Manuel (2). *Professor e Administrador.* Nasceu pelo ano de 1577 em Viana do Alentejo. Entrou na Companhia em Évora, a 12 de Julho de 1593. Embarcou para o Brasil primeiro em 1601, com Fernão Cardim, e com ele e outros foi tomado dos corsários e levado à Inglaterra. Voltando a Portugal, embarcou de novo e chegou ao Brasil em 1604. Começou por ser Professor de Teologia, mas em 1607 já era Mestre de Noviços. Depois foi secretário do Provincial, Reitor da Baía (duas vezes), Visitador de Pernambuco, durante a ocupação holandesa, Vice-Provincial e Provincial. Fez a profissão solene na Baía, a 8 de Dezembro de 1611, recebendo-a Henrique Gomes. Era Mestre em Artes e bom Pregador; e além de Adjunto e Mestre de noviços 12 anos, ocupou cargos de governo perto de 20, diz ele em 1646, pedindo aos 69 de idade, que o aliviassem já de qualquer função governativa. Homem santo e de grande reserva. Não deixava transpirar indício algum de que conhecia as faltas dos súbditos; e, uma vez emendadas, era como se não existissem. Com isto se impunha à confiança de todos, tanto de casa como de fora. E teve papel preponderante na política do seu tempo no Brasil, quer no Arraial do Bom Jesus em Pernambuco, em que presidiu à retirada dos Índios para Alagoas em 1635, quer sobretudo na Restauração de 1641, em que, como Provincial, se incumbiu de ir da Baía ao Rio de Janeiro a preparar e dispor o ânimo do Governador Salvador Correia de Sá e Benevides para a aclamação de D. João IV. Faleceu na Baía, a 14 de Agosto de 1654.

1. *Carta ao P. Geral sobre a tomada da Baía pelos Holandeses*, da Aldeia de S. João, 25 de Julho de 1624 (*Bras.3(1)*, 205-206). Em S. L., *História*, V, 30-34. *Port.*

2. *Carta do Visitador de Pernambuco P. Manuel Fernandes, ao P. Geral Vitelleschi, sobre a morte do P. António Bellavia pelos Holandeses e vitória a seguir contra os mesmos Holandeses*, de Pernambuco, 5 de Outubro de 1633. (*Bras.8*, 425-462). Publ. por S. L., *Morte e Triunfo do Padre António Bellavia* [4 de Agosto de 1633] em *Fronteiras*, Ano VI, n.º 21, Recife, Janeiro de 1937. *Port.*

A. *Carta do P. Provincial Manuel Fernandes ao P. Geral Vitelleschi*, da Baía, 6 de Fevereiro de 1639. (*Bras.3(1)*, 209-209v). — Para que o P. Geral aprove o novo contrato que fez com a Província de Portugal para pagamento da dívida do Brasil. *Port.*

B. *Confirmação e ratificação do Compromisso sobre o Engenho de Sergipe, feito em Lisboa a 30 de Junho de 1642* (Simão de Vasconcelos, Antonio Barradas, António Martins). Baía, 4 de Setembro de 1642. (Torre do Tombo, *Jesuítas*, maço 88). *Port.*

C. *Carta ao P. Geral Vitelleschi*, do Rio de Janeiro, 20 de Junho de 1643. Em duas vias. (*Bras.3(1)*, 225-226). — Dá conta da sua visita às casas do Camamu, Ilhéus, Porto Seguro, Espírito Santo e Rio de Janeiro. *Port.*

D. *Carta ao P. Geral sobre Salvador Correia de Sá e Benevides e a sua resolução de fundar o Colégio de Santos*, do Rio de Janeiro, 28 de Junho de 1643. (*Bras.3(1)*, 229). *Port.*

E. *Carta ao P. Geral Vitelleschi*, da Baía, 12 de Dezembro de 1643. (*Bras.3(1)*, 237). — Pede licença para se imprimirem as "poesias latinas e poucas portuguesas" do P. José de Anchieta, que há na Província, e diz que o Vice-Reitor da Baía [Simão de Vasconcelos] "toma por sua devoção concertar e pôr em forma esta obra". "Todas estas poesias fazem hum volume pequeno, que virá a ser como um livro dos nossos que intitulamos Ratio Studiorum". *Port.*

F. *Carta ao P. Geral Caraffa*, da Baía, 20 de Março de 1646. (*Bras.3(1)*, 241). — Elogio do Governador do Brasil, António Teles da Silva, amigo da Companhia e defensor dela. Foi ele que levou para a Índia na sua capitaina o P. Francisco Marcelo Mastrilli, que depois foi mártir do Japão. Que o P. Geral mande agradecer não só pela Província do Brasil como pela de Portugal as grandes benemerências do Governador. *Port.*

G. *Carta ao P. Geral Caraffa*, da Baía, 1 de Agosto de 1646. (*Bras.3(1)*, 250). — Diz que tem 69 anos e que se se escusou de ser Mestre de Noviços foi devido a não poder, por motivos de saude; e que por falta de gente teve tantos anos de governo, mas agora o deviam aliviar disso. E deviam vir de Portugal 3 ou 4 Padres, com os estudos acabados para que, tomada experiência da terra, ajudassem no governo da Província. *Port.*

A. S. I. R., *Bras.3(1)*, 250; — *Bras.5*, 67v, 218; — *Lus.3*, 249; — Franco, *Ano Santo*, 461; — S. L., *História*, V, 359ss; VI, 41ss.

FERNANDES, Manuel (3). *Missionário.* Nasceu cerca de 1600 na Cidade da Baía. Entrou na Companhia, na sua terra natal, em 1617. Coadjutor espiritual formado (1636). Lançava sangue pela boca e passou quase toda a vida com os Índios, cuja língua falava admiràvelmente, e entre os quais faleceu, a 20 de Março de 1642, na Aldeia do Espírito Santo (Baía).

A. *Explicação de algumas matérias da Fé na Língua Brasílica*. Compôs na língua brasílica algumas cousas "hũas para melhor *explicação de algũas materias da nossa Fé*, que a rudeza daquelles Barbaros não podia até então perceber tão facilmente, e outras para os ajudar a morrer pia e christaãmente". (Ânua de 1641-1644, *Bras.8*, 526).

A. S. I. R., *Bras.5*, 182; — *Lus.22*, 13.

FERNANDES, Manuel (4). *Missionário.* Nasceu a 8 de Abril de 1699 em Albufeira, Algarve. Entrou na Companhia a 21 de Fevereiro de 1724, o próprio ano em que chegou às Missões do Maranhão e Pará. Trabalhou nas dos Arapiuns e S. António do Rio Madeira. Aprendeu a língua brasílica e foi missionário zeloso. Morreu tísico a 20 (ou 21) de Julho de 1747 na Fazenda de Ibirajuba (Pará).

A. *Certidão jurada do P. Manuel Fernandes Missionário da Aldeia de S. António das Cachoeiras do Rio Madeira sobre as devastações e mortes feitas pelos Índios Muras do mesmo Rio, 1738.* (Arq. Públ. do Pará, Junta de Missões, cód. 1086, 31-31v). Examinada na Junta de Missões do dia 6 de Setembro de 1738. Assentou-se que o Ouvidor Geral tomasse conhecimento judicial destes factos. *Port.*

Lugar do nascimento: Em Albufeira, diz o *Livro dos Óbitos*, B. N. L., fg. 4518, 32; em Alpedrinha, Diocese de Faro, dizem os Catálogos.

A. S. I. R., *Bras.27*, 65v, 149v; — S. L., *História*, III, 401-402.

FERNANDES, Manuel (5). *Encadernador.* Nasceu a 6 de Janeiro de 1715 em S. Martinho de Argoncilhe (Feira). Entrou na Companhia em Coimbra a 21 de Maio de 1733. Embarcou para as Missões do Maranhão e Pará em 1734. Irmão coadjutor que desempenhou os ofícios de encadernador, dispenseiro, administrador de fazendas e sub-ministro. Desterrado em 1760 do Pará para Lisboa e Roma. Vivia em 1774 na Casa de Rufinella e em 1780 na de Trastevere.

A. *Diário de diversos acontecimentos no Pará e Maranhão de 1756 a 1760.* 24 pp. *Ms.* autógrafo, pertencente ao Dr. Alberto Lamego (ms. hoje em S. Paulo?). Fotocópia no Arq. da Prov. Port., que utilizamos (cf. *História*, III, p. XXI; IV, p. XXI), ainda sem menção de autor, Padre ou Irmão. *Port.*

Atribuímo-lo agora ao Ir. Manuel Fernandes, não com certeza, mas com probabilidade, porque parece tratar-se de um Irmão Coadjutor, que em Março de 1757 anota: "Aos 25 do mês partiu para o Maranhão o P. Bernardo de Aguiar com 8 noviços. Um deles tinha o *meu nome* e se chama agora Manuel da Nóbrega" [depois Padre]. A tomada de novos apelidos (apelidos ilustres da Companhia: Inácio, Xavier, Nóbrega, Anchieta...) era comum, quando já havia alguém na mesma Província com o mesmo apelido. Permanecia o nome de baptismo. Com o de *Manuel*, na Vice-Província do Maranhão e Pará, havia então alguns Irmãos Coadjutores; mas uns são excluídos no texto do *Diário*; outros estavam ausentes do Pará; outros entraram na Companhia mais tarde do que seria compatível com a redacção e os dizeres dele. Satisfaz o Ir. Manuel Fernandes, com esta dupla verificação: que, além do Irmão, havia na Vice-Província três Padres Fernandes, razão habitual para quem entra de novo escolher apelido diferente; e que a actividade pessoal do autor, tal qual aparece no *Diário*, é congruente com a dos ofícios do Ir. Manuel Fernandes, e se descrevem no Catálogo de 1751.

Documento de difícil leitura, mas susceptível de ordenação; e útil para a história religiosa, social e artística do Pará, no seu tempo.

A. S. I. R., *Bras. 27*, 172v; — Gesù, 690.

FERNANDES LEÇA, Manuel. *Benfeitor.* Nasceu cerca de 1645 em Leça (Matozinhos). Veio para o Rio de Janeiro com 12 anos de idade. Estudou no Colégio e ordenou-se Padre secular. Teve cura de almas, em que se manifestou activo e caridoso tanto na administração dos Sacramentos, como na visita dos Enfermos. Era esmoler e mostrou-se sempre amigo da Companhia, legando-lhe os seus bens avaliados em 16.000 cruzados e de que se apuraram 13.000, constituindo-se seu insigne benfeitor. Entrou a 12 de Junho de 1701, com 66 anos de idade. Fez a profissão solene de 3 votos, no Rio de Janeiro, a 8 de Dezembro de 1703, recebendo-a Estêvão Gandolfi. Humilde, piedoso e de trato agradável. Faleceu no Rio de Janeiro a 1 de Setembro de 1711.

A. *Carta do P. Manuel Fernandes Leça ao P. Geral Tirso González*, do Rio de Janeiro, 13 de Junho de 1700. (*Bras.4, 75-75v*). — Pede para entrar na Companhia, de que é Irmão, mas quer ser filho. É Padre e tem 64 para 65 anos. E deseja ficar no Rio, pois já não pode navegar. *Port.*

<small>A. S. I. R., *Bras.4*, 179; — *Bras.6*, 38; — *Bras.10*, 86-86v, 96; — *Lus.12*, 221-221v.</small>

FERRAZ, Manuel. *Pregador e Administrador.* Nasceu a 1 de Março de 1694 no Rio de Janeiro. Entrou na Companhia, com 17 anos, a 24 de Março de 1711. Fez a profissão solene a 1 de Novembro de 1729. Reitor do Colégio do Recife, Noviciado da Jiquitaia e Colégio do Rio de Janeiro, cargo que ocupava quando surgiu a perseguição geral. Deportado para Lisboa em 1760, e daí para a Itália. Faleceu em Roma no Palácio de Sora a 1 de Agosto de 1764.

1. *Carta do P. Manuel Ferraz, Superior da Aldeia de Cabo Frio ao Ex.ᵐᵒ Rev.ᵐᵒ Sr. D. Fr. António de Guadalupe, Bispo do Rio de Janeiro, sobre a comissão de que o incumbira, relativa à aparição da imagem de N.ª S.ª da Conceição de Cabo Frio.* Hoje, 25 de Junho de 1726. Publ. por Alberto Lamego, *Verdadeira Noticia do Apparecimento da Milagrosa Imagem de N. S. da Conceição que se venera na Cidade de Cabo Frio* (Bruxelas 1919) 21-22.

O P. Manuel Ferraz nomeou escrivão deste inquérito ao P. Dionísio Teixeira, da Companhia de Jesus, de cujo Relatório publica Alberto Lamego vários excerptos e diz que os originais se encontram no Arquivo Ultramarino de Lisboa, sem indicar a cota.

A. *Certificado dos bons procedimentos de Caetano Rodrigues Ferreira soldado que foi de Infantaria desta Praça do Recife, e que exercita o ministério da Música em todos os Conventos e Igrejas desta Praça.* Colégio do Recife, 20 de Maio de 1747. (A. H. Col., *Pernambuco*, Avulsos, Capilha de 2 de Julho de 1748).

<small>A. S. I. R., *Bras.6*, 138v; — *Apênd. ao Cat. Português*, de 1903.</small>

FERREIRA, André. *Professor.* Nasceu a 8 de Abril de 1736, no Porto. Entrou na Companhia no Rio de Janeiro, com 21 anos, a 24 de Março de 1757. Era estudante ao sobrevir a perseguição geral e resistiu às solicitações do Bispo do Rio de Janeiro para deixar a Companhia. Seguiu o caminho do exílio do Rio para Lisboa e daí para Roma. Concluídos os estudos ordenou-se de Sacerdote. Trabalhou em Tívoli. Em 1779 vivia em Anagni, e em 1788 em Pésaro. Passada a tormenta, fez a profissão solene a 29 de Setembro de 1814, no Gesù, Roma, onde faleceu, cheio de merecimentos, a 2 de Setembro de 1816.

A. *Notizia della vita, e delle virtù del sacerdote Ex-Gesuita Gioachino Eduardo Coeglio, morto in Giove feudo dell Eccllm̃o Sig̃re Duca D. Guiseppe Mattei il 22 Novembre 1785.* (*Vitæ 155*, 102-111v).

A. S. I. R., *Bras.*6, 413; — Vivier, *Nomina*, p. 6, n.º 64; — S. L., *História*, VI, 198-199.

FERREIRA, António. *Professor e Pregador.* Nasceu cerca de 1550 na Ilha da Madeira. Entrou na Companhia em Évora em 1565, estudou Latim 6 anos, Artes Liberais 4, e Teologia 2. Embarcou para o Brasil em 1572, passando em breve ao Colégio do Rio de Janeiro, onde inaugurou em 1574 os estudos de Humanidades, como primeiro professor de Latim do Colégio. Pregador e Mestre de noviços. Os últimos anos da vida, adoentado, consagrou-os sobretudo aos actos de caridade com os humildes e escravos africanos. Faleceu a 25 de Julho de 1614 no Rio de Janeiro.

A. *Carta ao P. Geral Aquaviva,* de S. Vicente, 15 de Março de 1585. (*Lus.*69, 53-54). — Excerpto em S. L., *História*, II, 484-485, sobre as dificuldades da Província do Brasil e condescendência do P. José de Anchieta. *Port.*

A. S. I. R., *Bras.*5, 100; — S. L., *História*, I, 401.

FERREIRA, Caetano. — Ver **FERREIRA, João.**

FERREIRA, Francisco. *Pregador e Administrador.* Nasceu por volta de 1583 em Setúbal, segundo o Catálogo de 1631. Os primeiros trazem-no natural do Porto. Entrou na Companhia, em Évora, em 1600. Mestre em Artes. Sabia a língua brasílica. Fez a profissão solene na Baía, a 29 de Junho de 1621, recebendo-a o P. Simão Pinheiro. Ministro do Colégio de Pernambuco, e da Baía. Mestre de Noviços e Vice-Reitor dos Colégios de S. Paulo e de Pernambuco, este já disperso, na invasão holandesa. Preso pelos invasores e levado para a Holanda, voltava a Portugal e ao Brasil, quando faleceu em fins de 1636 ou começos de 1637 em Santander, Cantábria.

A. *La causa del Brasil estar en el triste estado em que está son las injusticias que en el se hazen contra los Indios, haziendo-los captivos, siendo ellos por merce de Dios y de su Majestad, personas libres.* — Exposição dirigida ao P. Assistente em Roma, Nuno Mascarenhas, pelo P. Francisco Ferreira. (Gesù, *Missiones*, 721).

No mesmo códice, sem nome do autor: *Relação certa do modo com que no Brasil se conquistão e captivão os Indios que por direito natural e leis del Rey são forros.* Escrita entre 1629 e 1636 como a anterior. São diferentes; e a de Francisco Ferreira, em espanhol, mais desenvolvida. Cf. S. L., *História*, VI, 239, 407.

B. *Carta ao P. Geral Vitelleschi*, de Pernambuco, 12 de Abril de 1635. (*Bras.8*, 474-475v). — Sobre a defecção e infâmia do P. Manuel de Morais. *Port.*

C. *Carta ao P. Geral Vitelleschi*, de Pernambuco, 10 de Junho de 1635. (*Bras.8*, 483-484). — Explica por miudo o caso do P. Manuel de Morais. *Port.*

D. *Carta ao P. Geral Vitelleschi*, de Pernambuco, 24 de Junho de 1635. (*Bras.8*, 485-486). — Repete a carta de 10 de Junho e acrescenta-lhe um longo post-scriptum: o P. Manuel de Morais vai para a Holanda. *Port.*

E. *Carta ao P. Geral Vitelleschi*, de Pernambuco, 13 de Julho de 1635. (*Bras.8*, 459). — Manifesta-se contra o P. Francisco de Vilhena. Excerpto em S. L., *História*, V, 373. *Port.*

F. *Carta ao P. Geral Vitelleschi*, de Antuérpia, 26 de Setembro de 1636. (*Lus.74*, 270-271). — Sobre o cativeiro seu e de seus companheiros. Excerpto em S. L., *História*, V, 377-379. *Port.*

A. S. I. R., *Bras.5*, 135; — *Lus.4*, 178; — S. L., *História*, V, 379.

FERREIRA, Inácio. *Professor e Administrador.* Nasceu a 12 de Fevereiro de 1664 em Lisboa. Entrou na Companhia a 24 de Março de 1680, embarcando logo para as missões do Maranhão e Pará. Expulso do Maranhão no *Motim do Estanco* (1684), estudou Filosofia em Coimbra, tornando ao norte do Brasil em 1688 onde iria ser bom Pregador e um dos mais ilustres Professores do seu tempo. Ensinou Humanidades (3 anos), Filosofia (3) e Teologia (7); e em 1710 sendo Reitor do Pará, voltou a ensinar Filosofia no Colégio de que era Reitor. Fez a profissão solene em S. Luiz a 25 de Maio de 1698, recebendo-a José Ferreira. A qualidade de Professor tornava-o muito consultado, desagradando ao Governador D. Manuel Rolim de Moura, que se queixou a El-Rei, o qual advertiu o P. Inácio Ferreira para se não intrometer em assuntos temporais do Estado. Mas o mesmo Rei o consultou depois e declara na sua Provisão de 9 de Março de 1718, sobre o descimento dos Índios, que seguiu nela o antigo parecer do P. Inácio Ferreira. Era Superior da Missão quando faleceu a 10 de Maio de 1712, no Pará, "com geral sentimento do povo".

A. *Carta do Ir. Inácio Ferreira ao P. Geral Noyelle*, de Coimbra, 19 de Março de 1685. (*Bras.26*, 115-116). — Sobre assuntos do Maranhão a seguir ao *Motim do Estanco*; e que se o P. Jódoco Peres não for a Lisboa, não se fará nada. *Lat.*

B. *Carta a Roque Monteiro Paim sobre as certidões falsas do Governador António de Carvalho*, do Maranhão, 16 de Abril de 1701. (B. N. de Lisboa, fg. 4517, f. 67-68). *Port.*

C. *Carta a Roque Monteiro Paim, sobre o desterro para o Maracu que lhe mereceram as certidões falsas do Governador*, do Maranhão, 18 de Abril de 1701. (*Ib.*, f. 63-64). Port.

D. *Carta ao P. Provincial de Portugal Miguel Dias sobre a questão com o Governador*, do Maranhão, 19 de Abril de 1701. (*Ib.*, 61-62). Port.

E. *Carta ao P. Miguel Dias, sobre o seu extermínio devido às falsas certidões*, do Maranhão, 23 de Junho de 1701. (*Ib.*, f. 66). Port.

F. *Carta ao P. Prepósito da Casa de S. Roque, Lisboa, sobre o seu caso e as falsas certidões*, do Maranhão, 19 de Julho de 1701. (*Ib.*, f. 65). Port.

G. *Carta do P. Inácio Ferreira ao P. Geral*, do Maranhão, 25 de Outubro de 1704. (*Bras.26*, 196). — Deseja voltar a Portugal ou ir para o Estado do Brasil: porque os ministérios e obras de caridade da Companhia são odiosas aos homens do Estado do Maranhão, e porque o Governador [Manuel Rolim de Moura] em vez de ajudar persegue a Companhia. Lat.

H. *Carta do Reitor do Pará, Inácio Ferreira, ao P. Geral*, do Pará, 19 de Março de 1709. (*Bras.26*, 211). — Tendo falecido dois Padres, pede outros, e envia cacau e cravo para o custeio das viagens. Lat.

Carta do P. Geral Tamburini ao P. Inácio Ferreira, Superior do Maranhão, Roma, 22 de Outubro de 1712. Original latino no Inst. Hist. do Rio de Janeiro, Livro 417, ms. 19682. Publ. por Azevedo, *Os Jesuitas no Grão Pará*, 396-397 (2.ª); cf. *Ordinationes*, Bibl. de Évora, cód. CXVI/2-2, f. 140-142.

A. S. I. R., Bras.27, 28; — Lus.12, 46; — Livro dos Óbitos, 7; — S. L., *História*, IV, 229, 343.

FERREIRA, João. *Professor e Missionário.* Nasceu a 30 de Novembro de 1706 em Coimbra, onde entrou na Companhia a 21 de Fevereiro de 1721. (Dia do nascimento 30, não 20, como saiu em S. L., *História*, IV, 364). Embarcou para as Missões do Maranhão e Pará em 1726. Fez a profissão solene no Pará a 2 de Fevereiro de 1740, recebendo-a João Xavier. Missionário nas Aldeias, Professor de Humanidades, Filosofia e Teologia, e Reitor dos Colégios do Maranhão e Pará. Durante o governo do Colégio do Pará hospedou fidalgamente em 1743, a La Condamine na Fazenda de Ibirajuba. Em 1752 era Prefeito dos Estudos no Colégio do Maranhão. Deportado para o Reino em 1760 ficou nos cárceres de Azeitão até fins de 1767. Cinco meses depois de terem sido desterrados para Angola 4 Irmãos (em Junho de 1767) também o tiraram a ele dos mesmos cárceres: e Lourenço Kaulen em 1784 ainda não sabia para onde nem qual teria sido o seu ulterior destino. Tinha, quando o levaram de Azeitão, 61 anos de idade.

1. *Carta do P. João Ferreira ao P. Bento da Fonseca*, do Colégio do Pará, 30 de Novembro de 1743. (Bibl. de Évora, cód. CXV/2-4, n.º 20, f. 224-224v). Original com uma cópia anexa. Publ. por Melo Morais, IV, 202-204.

2. *Lettre du R. P. J. Ferreyra, ci-devant Recteur du Collège des Jésuites du Para à M. de La Condamine.* Décembre 1744. Em *Mémoires de Trevoux*, Février, 1748, p. 381-382.

A. *Resposta sobre a visita do Bispo, e Supplica feita a El-Rey pelo Provincial da Companhia no Maranhão e Pará, o P. Caetano Ferreira.* Collegio do Pará, 30 de Novembro de 1743. (Bibl. de Évora, cód. CXV/2-16, f. 136; cf. Rivara, I, 50). *Port.*

São idênticas e ambas com a assinatura do Provincial [Vice-Provincial] Caetano Ferreira. Mas é seu autor o P. João Ferreira e consta da Carta deste a Bento da Fonseca, da mesma data (supra n.º 1): "e se me cometteu esta diligência [a de responder a El-Rei]: eu a fiz a toda a pressa, na forma que a V.ª R.ª com esta remeto, assinada pelo Provincial". (Melo Morais, IV, 202).

B. *Ordens do Geral dos Jesuitas que se devem guardar na Provincia do Maranhão (Ordinationes Generalium ordine alphabetico digestæ).* [Bibl. de Évora, cód. CXV/2-2. Todo o volume]. Na p. 130 está a indicação do seu codificador: "Opere et labore P. Joannis Ferreyra Maran. Collegii Rectoris. Anno 1745". (Cf. Rivara, I, 46).

C. *Carta do P. João Ferreira ao Reitor de Badajoz*, do Cárcere de Azeitão, 23 de Abril de 1764. (*Lus.87*, no fim). Escrita, com outras, num pedacinho de seda. *Lat.* — Ver *Barreto* (Luiz).

D. *Apologia in cui provava che le cose di cui venivano colà inolpati delle corte di Portogallo que' Gesuiti erano conformi agl'ordini Regj.*

Esta "Apologia", que lhe atribui Sommervogel, talvez seja doutro P. Ferreira, dos vários que deste apelido viviam na Itália, depois de 1760. Não é dele, com certeza, a carta de Conani (1778), que anda nas bibliografias em seu nome, atribuição também de Sommervogel, que reproduzimos em *História*, III, 232 e 266, e ora se corrige. — Ver *Ferreira* (Vicente Xavier).

Quatro Cartas do P. Geral Retz ao P. João Ferreira (1732-1741) em *Bras.25*, 56, 65, 68, 102.

A S. I. R., *Bras.27*, 97; — *Lus.15*, 427; — *Relação de Algumas cousas* (Kaulen), p. 280; — Carayon, IX, 279-281; — Sommervogel, III, 683; — Streit, I, 535, 576; — S. L., *História*, III, 232.

FERREIRA, Joaquim. *Professor.* Nasceu a 16 de Março de 1739, em Palmares, Diocese de Coimbra. Entrou na Companhia a 31 de Março de 1756. Estudante de Teologia no Colégio do Maranhão, ao ser exilado na perseguição de 1760 para Lisboa e daí para a Itália. Em 1798 foi declarado cidadão de Selano, com o seu companheiro Manuel Marques, em galardão dos serviços prestados por ambos àquela municipalidade. Faleceu em Fano (Pésaro) a 17 de Novembro de 1817.

1. *Vita del Gran Servo di Dio D. Emmanuelle Marques exgesuita Portughese Maestro di Scuola in Sellano, ed ivi morto alli 15 Marzo 686. Scritta da D. Gioacchino Ferreira, similmente ex gesuita Portoghese,* Senigallia 1807. Pel Lazzarini. Com Approv., 8.º, 86 pp.

Abre com uma dedicatória ao "Dilettissimo D. Emmanuele Marques", onde diz que foram companheiros durante "trinta e um anos bem cheios". Marques era natural de Paçô (Diocese de Lamego).

Sommervogel, III, 683-684; — Vivier, *Nomina*, p. 12, n.º 146; Franc. Rodrigues, *A Formação*, 427–428; — S. L., *História*, IV, 366.

FERREIRA, José (1). *Professor e Administrador.* Nasceu cerca de 1646 em Vila Real. Entrou na Companhia a 7 de Setembro de 1663: Prefeito dos Estudos em Coimbra quando embarcou em 1688 para Professor de Teologia no Maranhão. Em breve verificou o desnível da terra para tais estudos, e pediu que lhe permitissem ir exercitar os ministérios da Companhia na Ilha Terceira (Açores). Voltou em 1695 como Reitor do Colégio do Maranhão, em que deu mostras de extrema caridade na peste da varíola, branca e preta, que então grassou em todo o Estado. No ano seguinte de 1696 recebeu patente de Superior da Missão, e teve oportunidade de intervir no motim de 1698 entre o Bispo e as autoridades civis, que começaram a maltratar os Padres, por o Bispo se aconselhar com eles. Afim de tratar deste e doutros assuntos da Missão foi a Lisboa, donde voltou em 1699, e faleceu neste mesmo ano, a 27 de Dezembro, na Aldeia de Guaricuru dos Ingaíbas, hoje Melgaço, Pará, quando fazia o seu ofício, de Superior, visitando as Casas e Aldeias. Diz o Necrológio "que devia ser imortal".

1. *Cópia da resposta que deu o Padre Superior das Missões José Ferreira à carta dos da Junta da Coroa do Maranhão, que tinham preso e entaipado o Bispo D. Timóteo do Sacramento. Maio de 1698.* Em Bettendorff, *Crónica*, 679-680.

A. *Carta do P. José Ferreira ao P. Geral*, do Maranhão, 23 de Maio de 1690. (*Bras.26*, 168). — Tinha vindo por 2 anos a ensinar Teologia e verificou que a Missão ainda não era capaz. Pede para voltar não ao Reino, mas à Ilha Terceira, Açores, e dar-se a ministérios. *Lat.*

B. *Carta ao P. Geral*, de Lisboa, 6 de Fevereiro de 1699. (*Bras.26*, 187). — El-Rei e o Conselho Real dão razão aos Padres contra os acusadores do Maranhão. Confirmam-se os decretos. *Lat.*

A. S. I. R., *Bras.27*, 8v; — *Livro dos Óbitos*, 6; — Bettendorff, *Crónica*, 585; — S. L., *História*, IV, 227-228.

FERREIRA, José (2). *Professor e Pregador.* Nasceu a 16 de Junho de 1712 em Monçarros (Anadia). Entrou na Companhia em Coimbra a 1 de Outubro de 1726, embarcando para as Missões do Maranhão e Pará em 1728. Fez a profissão solene no Maranhão a 8 de Setembro de 1744. Ensinou Retórica, Filosofia e Teologia. Ocupou o cargo de Mestre de Noviços e foi Missionário discurrente. Homem piedoso e sumamente culto. Faleceu no Colégio do Pará a 15 de Agosto de 1760.

A. *Sermão pregado no Maranhão nas Exéquias de El-Rei D. João V* (†1750). O Bispo do Maranhão D. Fr. Francisco de Santiago, em carta de 15 de Novembro de 1751, ao Procurador em Lisboa P. Bento da Fonseca, remete-lhe este sermão do P. Mestre José Ferreira e pede-lhe que reveja no prelo a impressão dele. (B. N. de Lisboa, fg. 4529, doc. 43). Imprimiu-se?

A. S. I. R., *Bras.27*, 165v; — *Bras.28*, 8; — *Lus.16*, 170; — Caeiro, *De Exilio*, 606; — S. L., *História*, IV, 352, 367, 368.

FERREIRA, Manuel. *Missionário e Administrador.* Nasceu a 24 de Julho de 1703 na Anadia. Entrou na Companhia em Coimbra a 4 (ou 13) de Março de 1718. Embarcou em Lisboa para as missões do Pará e Maranhão em 1720. Fez a profissão solene no Pará, a 15 de Agosto de 1736, recebida por José Vidigal. Reitor do Colégio do Pará, Reitor do Seminário, Vice-Provincial e largos anos missionário das Aldeias, em particular do Rio Tapajoz, fundando nele a de Borari, hoje Alter do Chão. Faleceu, cheio de merecimentos e de paciência já dentro da perseguição, a 1 (die prima) de Agosto de 1760, no Colégio do Pará. Sepultou-se na Igreja, a portas fechadas, sem nenhuma cerimónia fúnebre, por disposição do Bispo do Pará (Bulhões), que perseguia os Padres ainda depois de mortos, diz Matias Rodrigues.

A. *Breve Noticia do Rio Tapajoz.* Tapajoz, 16 de Agosto de 1750. (Bibl. de Évora, cód. CXV/2-15, n.º 6). Autógr. — Trata só da parte do rio, mas com mais individuação que a seguinte.

B. *Breve Noticia do Rio Tapajoz, cujas cabeceiras ultimò se descobrirão no anno de 1742 por certanejos ou Mineiros do Matto Grosso, dos quaes era Cabo Leonardo de Oliveira, homem bem conhecido e dos mais experimentados nos certões das Minas.* Autógr. do P. Manuel Ferreira e remetido ao P. Bento da Fonseca em carta datada de Tapajoz, 14 de Agosto de 1751. Com esta nota: "Juntei a este papel uma folha em 4.º que falla de algumas acções do P. Luiz Alvares nos Tapajoz em 1735 e 1742". (Bibl. de Évora, cód. CXV/2-15, n.º 7). Excerptos em S. L., *História*, IV, 305; cf. *ib.*, III, 366.

C. *Mapa do Rio Tapajoz.* Anexo à Breve Notícia precedente (B).

D. *Carta ao P. Geral,* do Pará, 27 de Outubro de 1753 (*Lus.90,* 80). — Agradece o ter sido aliviado do governo da Vice-Prov ncia, porque o Governador é extremamente apegado ao próprio juizo e inimigo do bom nome da Companhia e tenta tudo para destruir o Regimento das Missões; para governar a Província nestes tempos requerem-se forças e qualidades quase sobrehumanas. *Lat.*

Data do falecimento: 1.º de Agosto (prima Augusti — Matias Rodrigues); 10 de Agosto (IV Id. Aug. — Caeiro). Rodrigues foi a fonte de Caeiro; mas a notação latina de ambos, diversa, parece indicar uma fonte portuguesa comum, com a fácil confusão entre 1.º e 10.

A. S. I. R., *Bras.27,* 41v; — *Bras.28,* 8; — José de Morais, *História,* 510; — Sommervogel, III, 682; IX, 332; — *Hist. Persec. Maragn.,* de Matias Rodrigues, 28; — Caeiro, 606; — S. L., *História,* IV, 367-368.

FERREIRA, Vicente Xavier. *Missionário.* Nasceu a 10 de Maio de 1738 em Elvas. Entrou na Companhia a 29 de Dezembro de 1753. Estudava na Casa de Formação do Rio de Janeiro em 1757; e residia no Colégio do Espírito Santo em 1759 ao sobrevir a perseguição. Deportado do Rio para Lisboa e dali para Roma em 1760. Concluiu os estudos e ordenou-se de Sacerdote. Residia em Pésaro em 1774, em cuja lista, antes de 1783, se escreveu esta nota: "partito per l'America Francese". Faleceu na Missão de Conani pelo mês de Março de 1778, comunicação feita pelo seu companheiro no Brasil e na Guiana, P. João Xavier Padilha.

1. *Lettre du P. Ferreira, Missionnaire Apostolique à Connany à Monsieur***.* A Connany, ce 22 Février 1778. Em *Lettres Édifiantes* (Mémoires d'Amérique) VIII (Toulouse 1810) 21-25. — Doenças suas e do seu companheiro P. Padilha; dificuldades em estabelecer as Missões; falecimento do P. Matos pouco antes em Caiena.

A. S. I. R., *Bras.6,* 412; — Caeiro, 296; — Gesù, 690.

FIGUEIRA, Luiz. *Filólogo e Mártir.* Nasceu cerca de 1575 em Almodóvar. Filho de Diogo Rodrigues e Mayor Revet. Entrou na Companhia com 17 anos de idade, a 22 de Janeiro de 1592. Embarcou em Lisboa para o Brasil em 1602. Fez a profissão solene em Olinda a 21 de Setembro de 1611, recebendo-a Henrique Gomes. Mestre de Gramática, e dos Noviços, Ministro da Baía e Reitor de Pernambuco, em cujo Reitorado (1612-1616) se fundou a Confraria dos Oficiais Mecânicos, de que ficou Director concluido o governo do Colégio. Pregador estimado, e mestre da língua tupi, cuja *Arte,* escrita em Pernambuco, é considerada a mais perfeita da língua tupi-guarani: "No meu pensar, o P. Luiz Figueira não conheceu tão profundamente a língua quanto o P. Montoya; contudo na gramática pròpriamente dita, isto é, na filosofia da língua, parece-me que lhe é superior". (Couto de Magalhães). Desenvolveu extraordinária actividade no norte do Brasil, na famosa viagem à Serra de Ibiapaba, e na fundação da Missão do Maranhão, que governou alguns anos. Fundou o Colégio de N.ª S.ª da Luz do Maranhão. E nas suas excursões ao norte chegou até o Rio Xingu. A característica do seu temperamento era a fortaleza de ânimo e a constância nas empresas difíceis. Tendo ido a Portugal, para estabelecer a Missão em bases seguras, superou os obstáculos que achou na Côrte. E voltava à frente de uma grande expedição missionária, quando naufragou pouco antes de chegar à Cidade de Belém do Pará; e, segundo averiguações feitas pelo P. António Vieira, foi morto pelos Índios Aruãs da Ilha de Marajó a 3 de Julho de 1643.

1. *Arte da lingva Brasilica, Composta pelo Padre Luis Figueira da Companhia de IESV, Theologo*. [Trigrama da Companhia]. Em Lisboa. [1621]. Com licença dos Superiores. Por Manoel da Silva. (95 × 145 mm.), 2 ff. inums. e 91 ff. nums. (182 pp). No fim, em folha solta, "Lavs Deo Virginique Matri" e no verso uma vinheta de Nossa Senhora.

Não traz o ano da Impressão, e demos-lhe o de 1621 pelo facto de a aprovação ser datada de "Olinda 8 Dezembro de 1620". Cf. S. L., *Luis Figueira*, 77, e 80/81, o fac-símile do frontispício desta 1.ª edição, exemplar que pertenceu ao Colégio do Pará, e existente hoje na B. N. de Lisboa. Reproduzido, supra, *História*, IV, 310/311. Não temos conhecimento doutro exemplar desta edição.

Arte de Grammatica da lingua brasilica do P. Luis Figueira, theologo da Companhia de Jesus. [Trigrama da Companhia]. Lisboa. Na Officina de Miguel Deslandes. Na Rua da Figueira. Anno de 1687. Com todas as licenças necessárias. 8.º (100 × 140 mm), 4 ff. inums. e 168 pp., nums.

Edição feita em Lisboa, por João Filipe Bettendorff, di-lo ele em carta, datada da mesma cidade, 10 de Abril de 1687. (*Bras.26*, 150). (2.ª ed.).

Arte de Grammatica da Lingua Do Brasil. "*Ib.*, 1754, in-8.º, pp. 108", segundo Sommervogel.

A perseguição nascente em 1754 contra a Companhia de Jesus, perseguição que atingia também a língua tupi, é razão suficiente para o desaparecimento dos exemplares, de que se não conhece nenhum. Mas a indicação de Sommervogel é positiva quanto ao essencial: lugar, ano, formato e paginação. Dando-se a seguinte como "quarta", esta deve considerar-se a *3.ª ed*.

Arte da grammatica da lingua do Brasil composta pelo P. Luiz Figueira, natural de Almodovar. Quarta impressão. [Vinheta]. Lisboa Na Officina Patriarchal. Anno M.DCC.XCV. Com licença de Sua Majestade. 4.º, 2 ff. inums. e 103 pp. numers.

Edição de Fr. José Mariano da Conceição Veloso, que dentro, na p. 1, a intitula *Arte da lingua geral Brasiliana*, feita com negligência e os inúmeros erros que Vale Cabral, por confronto com a edição de 1687, examina e condena. (4.ª ed.).

Grammatica da lingua geral dos indios do Brasil, reimpressa pela primeira vez neste continente depois de tão longo tempo de sua publicação em Lisboa, offerecida a S. M. Imperial, attenta a sua augusta vontade manifestada no Instituto Historico e Geográfico, em testemunho de respeito, gratidão e submissão por João Joaquim da Silva Guimarães, natural da Bahia. Bahia, Tipographia de Manoel Feliciano Sepulveda. 1851. 8.º gr., 6 ff. inums., VI-105-12 pp. nums., 2 ff. não nums. No fim traz: Bahia, Typ. de B. Sena Moreira 1852.

Edição começada numa tipografia (1851) e concluida noutra (1852). Feita pela anterior, com os mesmos erros e mais alguns. (5.ª ed.).

Grammatica da lingua do Brasil composta pelo P. Luiz Figueira novamente publicada por Julio Platzmann laureado da Sociedade Americana de França. Fac-simile da edição de 1687. Leipzig, B. C. Teubner, 1878, 8.º, 168 pp. No fim lê-se: "Imprimido na Officina e fundição de W. Drugulin em Leipzig".

Ainda que se diz fac-similar, o título não corresponde ao de 1687. (6.ª ed.).

J. Eug. de Uriarte, *Catálogo Razonado de obras anónimas y seudónimas de autores de la Compañia de Jesús pertenecientes á la antigua Asistencia Española*, IV (Madrid 1914)574, inclui esta obra entre as de Anchieta, que aliás não pertenceu à Assistência Espanhola, fundado numa notícia de Sommervogel, segundo a qual existia no Colégio de Palermo um manuscrito com o título de *Gramática de Anchieta*, e o subtítulo: *novamente acrecentada e reducida á ordem de gramatica latina.* Pello Padre Luiz Figueira da mesma Companhia. Anno de 1620.4.º, 108 pp. Trata-se de uma cópia da *Arte* de Figueira, com título e subtítulo falsos, da responsabilidade do copista, pois se não lêem na obra impressa. E as duas Gramáticas são diferentes e autónomas. A transcrição de Uriarte, da edição da *Arte* de Luiz Figueira, de 1878, é: "Grammatica da lingua do Brasil. Novamente publicado (sic) por Julio Platzmann. Fac-símile da edição de 1687. Leipsig, Teubner 1878. — Em 16.º, de XVI-168 pp. — El P. José de Anchieta". Transcrição mutilada do título, em que se suprime o nome do Autor e se substitui por outro, que é Autor de uma *Arte*, não porém desta.

Arte de grammatica da lingua brasilica do padre Luiz Figueira, theologo da Companhia de Jesus. Lisboa na Officina de Miguel Deslandes anno de 1687. Com todas as licenças necessarias. Nova edição dada à luz e annotada por Emilio Allain, Rio de Janeiro. Typographia e Lithographia a vapor de Lombaerts & C.ª, 1880. 8.º, 156 pp. nums. e 1 f. de *errata*. (7.ª ed.).

As anotações de Emílio Allain versam sobre as principais diferenças entre a *Arte* de Figueira e a de Anchieta.

Sommervogel, III, 721, depois de enunciar a 1.ª edição da *Arte*, Lisboa, 1621, 12.º, acrescenta: Ibid., 1681, 12.º Não a descreve como faz às últimas edições de Luiz Figueira, nem dá o número de páginas como a todas as mais edições da *Arte*. Deve tratar-se de informação de 2.ª ou 3.ª mão, fundada num lapso de leitura, 1687 por 168*1*, ou 1681 por 1621, talvez este caso, pois indica o mesmo formato da primeira edição. Se tivesse existido a de 1681 a ela se teria referido Bettendorff ao tratar da 2.ª de 1687, nem é crível que no brevíssimo lapso de tempo de 6 anos se fizessem duas edições dum livro desta qualidade. Seguiu-se deste lapso a incongruência, que se lê em Sommervogel, de apresentar duas *quartas* edições (a de 1754 e a de 1795). Em *Luiz Figueira*, suprimimos a menção da de 1681, de que nada se conhece, e dissemos que a edição de 1754, dada como quarta, deveria ser naturalmente "a terceira". A de 1795, que traz também a indicação de "quarta", deve corresponder à realidade que expressa.

Der Sprachstoff der Brasilianischen Grammatik des Luiz Figueira nach der Ausgabe von 1687, von Julius Platzmann. Leipzig Teubner, 1899. Referência, de *Bibliographical and historical description of the rarest books in the Oliveira Lima collection*, organizado por R. E. V. Holmes, Washington, 1927, p. 197. Cit. de Airosa, *Apontamentos*, p. 218.

A Grammar and Vocabulary of the Tupi Language. Partly collected and partly translated from the words of Anchieta and Figueira noted brazilian missionarys by John Luccock. Na *Rev. do Inst. Hist. e Geogr. Bras.*, XLIII, 1.ª P. (Rio 1880) 263-344; XLIV, 1.ª P. (1881)1-31. O ms., existente na Bibl. do Inst. Histórico Rio de Janeiro, 4.º, 236 ff., tem a data de 1818.

2. *Carta bienal da Província do Brasil dos anos de 1602 e 1603.* Por mandado do Padre Vice-Provincial Inácio Tolosa a 31 de Janeiro de 1604. Original em *Bras.8*, 40-44 (*Litteræ Annuæ Provinciæ Brasiliæ duorum annorum scilicet 1602 & 1603*). Traduzida e publ. por S. L., *Luiz Figueira*, 89-104.

3. *Relação da Missão do Maranhão, 1607-1608.* (*Bras.8*, 71-83). Publ. por Studart, *Commemorando o Tricentenario da vinda dos Portugueses ao Ceará*, 160-193 (Ceará 1903) 93-134; — *Documentos*, I, 1-42, e classifica-a o "mais antigo documento existente sobre a história do Ceará"; — Galanti, *História do Brasil*, 2.ª ed. (S. Paulo 1911) 436-463; — S. L., *Luiz Figueira*, 105-152. Com a data, "Oje 26 de Março de 1608". Mas a Relação inclui factos posteriores a Agosto de 1608. Por onde, ou não é exacto o mês de Março ou não é certo o ano de 1608.

4. *Dificuldades da Missão do Maranhão.* Neste Collegio da Bahia, oje 26 de Agosto de 609. (*Bras.8*, 95-95v). Publ. por

Studart, *Commemorando o Tricentenario*, 134-136; — *Documentos*, I, 42-44; — S. L., *Luiz Figueira*, 153-157.

5. *Informação ao N. P. Geral sobre a impossibilidade da Missão do Maranhão sem irem lá os Portugueses por mar com guerra a lançar os Franceses* [1609?]. (*Bras.8*, 511). Autógrafo publicado em similigravura por S. L., *Luiz Figueira*, 32/33.

6. *Relação da morte do Padre António Dias, Vigário Geral em Pernambuco e seu distrito, 1615.* (*Bras.8*, 179-180). Em S. L., *Luiz Figueira*, 159-164.

7. *Relaçam de varios svccessos acontecidos no Maranham e Gram Para assim de paz como de guerra, contra o rebelde Olandes Ingreses & Franceses, & outras nações*, 4 pp. No fim, as licenças, todas datadas de Abril de 1631 (vários dias entre 5 e 29). Conclui: Em Lisboa. Por Mathias Rodrigues. 1631. Saiu sem o nome do Autor.

Monumento bibliográfico, raríssimo, de que se conserva um bom exemplar em *Bras.8*, 423-424v, de que não tivemos conhecimento antes da publicação de *Luiz Figueira* (1940). Tinha saído com defeitos e alguns espanholismos nos *Anais da Bibl. Pública do Pará*, I (1902)15-25. Existe uma *Relação de alguas cousas tocantes ao Maranhão e Gram Para Escrita pello Padre Luis Figueira da Companhia de Jesus Superior da Residencia que os Padres tem no dito Maranhaõ* (B. N. de Lisboa, Col. Pomb., 475, f. 364-366), cópia também incorrecta, publicada por Studart, *Documentos*, I, 243-253, que é a mesma *Relaçam* de 1631, com alguns acrescentamentos. Saiu também defeituosa em Studart, como verificámos, confrontando o texto com o da B. N. de Lisboa.

Não satisfazendo nenhuma destas publicações, e não dispondo da edição de 1631, nem podendo omitir esta importante Relação em *Luiz Figueira*, decidimo-nos pelo que aí explicámos: publicar a edição mais completa de *Documentos*, actualizando a ortografia e corrigindo os espanholismos da edição dos *Anais*, dando-a como espécimen corrente da fórma literária de Luiz Figueira: *Relação de varios sucessos acontecidos no Maranhão e Grão Pará, assim de paz como de guerra, contra o rebelde holandês, ingleses e franceses e outras nações*. (S. L., *Luiz Figueira*, 167-177).

8. *Missão que fes o P. Luiz Figueira da Companhia de Jesu, superior da Rezidencia do Maranhão, indo ao Grã Pará, Camutâ e urupâ, capitanias do Rio das Almazonas no anno de 1636*. (*Bras.8*, 501-504). Em S. L., *Luiz Figueira*, 179-203.

Entre outras notícias interessantes contém uma das primeiras descrições conhecidas do famoso fenómeno da "Pororoca" amazónica.

9. *Memorial sobre as terras e gente do Maranhão & Grão Pará & Rio das Almazonas.* Com todas as licenças necessarias. Em Lisboa. Por Mathias Rodrigues. Anno 1637. Publicado sem nome de autor. São 3 páginas, não numeradas, de composição compacta, de 150×240 mm. O autor consta nos Arquivos da Companhia: *Cópia do Memorial que o P. Luiz Figueira apresentou sobre as terras do Maranhão* (Bras.8, 507-508); — *Rev. do Inst. Hist. e Geogr. Bras.,148* (1923) 429-432, com uma Introdução de Rodolfo Garcia; — S. L., *Luiz Figueira*, 205-211.

Sobre hũ *Memorial que fes Luiz Figueira Religioso da Companhia de Jesus sobre as cousas tocantes a Conquista do Maranhaõ*. Consultas do Conselho de Portugal, de 8 e 10 de Agosto de 1637, publ. por Studart em *Documentos*, III, 26-37; — *Rev. do Inst. do Ceará*, XX (1906) 324-338; — e na mesma *Revista*, XXIV (1910) 236-249.

10. *Documentos relativos aos pedidos do Padre Luiz Figueira para a ida de religiosos da Companhia de Jesus ao Maranhão, Pará e Amazonas, 1639*. Studart, *Documentos*, III, 61-80; — S. L., *Luiz Figueira*, 219-226. Entre os documentos: uma *Certidão* e uma *Petição* do P. Luiz Figueira. — Ver infra D e G.

A. *Carta do P. Luiz Figueira ao P. Provincial Fernão Cardim relatando os sucessos da sua viagem ao Maranhão com o P. Francisco Pinto morto na Serra de Ibiapaba*. "Desta Serra", 26 de Agosto de 1607. (Bras.8, 85-92v). — É a "Relação do Maranhão" um tanto diferente da que está datada de 26 de Março de 1608 (supra, 3). Mas são informações semelhantes. *Port.*

B. *Treslado de uma carta do P. Luiz Figueira sobre a Câmara do Maranhão ter deposto o Ouvidor, e lançado bando para a eleição de novo Ouvidor "por uma causa ridicula"*. 21 de Novembro de 1623. (A. H. Col., *Maranhão*, nesta data). *Port.*

C. *Información del caso sacada de la carta del P. Luiz Figuera de la Compañia de Jesu, superior da las capitanias del Marañón y Gran Pará de la compra y venta de los Indios*. (B. N. de Lisboa, Col. Pomb., 474, ff. 347-360). *Esp.*

Numa Junta realizada no Maranhão a 29 de Setembro de 1626 tinha-se estipulado "que os escravos que custassem *mais* de cinco machados ou o valor deles, que eram dez patacas, seriam cativos por toda a vida". Luiz Figueira teve dúvidas que enviou para a Côrte de Madrid. E com estes pontos de dúvida do P. Luiz Figueira abre a *Información del Caso*. Cf. S. L., *Luiz Figueira*, 55.

D. *Consulta sobre o P. Luiz Figueira e o seu pedido das coisas necessarias ao culto divino nas tres igrejas que se hão-de levantar nos sertões do gentio [Pará, Camutá e Gurupá].* Lisboa, 4 de Fevereiro de 1634. (Bibl. da Ajuda, 51-V-6, f. 212).

E. *Consulta sobre o P. Luiz Figueira, Superior da Casa do Maranhão e o seu pedido para que dos dízimos de dois engenhos se paguem os ordenados eclesiásticos.* Com os pareceres e despacho da Princesa Margarida. Lisboa, 12 de Julho de 1639. (Bibl. da Ajuda, 51-V-6, f. 246v; Ferreira, *Inventário*, n.ºs 839, 862). *Port.*

F. *Carta do P. Luiz Figueira, avisando que os missionários estão prontos para a viagem do Maranhão em companhia do Governador [Pedro de Albuquerque].* S. a. n. l. (Catálogo n.º 14, da Livraria Coelho (Lisboa 1930) p. 134, n.º 1084), onde se diz que alude aos seus trabalhos com os Índios e à sua *Arte*. *Port.*

Autógrafo, adquirido pelo Dr. Clado Ribeiro de Lessa, do Rio de Janeiro, que obsequiosamente nos informou do conteúdo principal desta carta, enunciado no título dela.

G. *Documentos relativos ao expediente e embarque dos Religiosos para o Maranhão.* Com alguns autógrafos de Luiz Figueira, diferentes do anterior e dos já publicados, supra n.º 10. (A. H. Col., Maranhão, Papéis Avulsos, 1639). Cf. *Anais da B. N. do Rio de Janeiro*, LXI (1941) 144-145; 162-163.

H. *Diálogo da Igreja nova do Maranhão*. Na inauguração da Igreja de N.ª S.ª da Luz (por 1626). — Ao lado do *Gentilismo*, pobre e miserável, apresentava-se o *Cristianismo*, cheio de esperanças; e, num trono alegórico, a *Igreja nova do Maranhão*. (Bras.8, 387; cf. S. L., *História*, IV, 296).

S. L., *Luiz Figueira — A sua vida heróica e a sua obra literária*. Agência Geral das Colónias. Lisboa, 1940, 8.º, 250 pp.

A. S. I. R., *Bras.5*, 118; — *Lus.3*, 227; — B. Machado, III, 92; — Vale Cabral, *Bibliographia*, 147-149, 207; — Inocêncio, V, 286; XVI (Brito Aranha) 19-20; — Dahlmann, *Die Sprachkunde* (Freiburg i. B. 1892)83; — General Couto de Magalhães, *O Selvagem*, 3.ª ed., (S. Paulo 1935)102; — Sommervogel, III, 720-721; IX, 337; — Streit, II, 750-752; — Ayrosa, *Apontamentos*, 110-116.

FIGUEIRA, Teotónio. *Professor.* Nasceu a 9 de Março de 1723 em Lisboa. Entrou na Companhia na sua cidade natal a 21 de Fevereiro de 1740. Embarcou para as Missões do Maranhão e Pará no ano seguinte. Fez os últimos votos no Pará em 1754. Ensinou Gramática na Vigia e no Pará. Não consta do Catálogo de 1760.

A. *Carta ao Governador e Capitão General do Estado do Maranhão e Grão Pará*, do Colégio do Pará, 16 de 1755 (não diz o mês). (B. N. de Lisboa, Col. Pomb., 622, f. 75). — Carta de cumprimentos. E escreve que está na "trabalhosa ocupação de Mestre da Classe deste Collegio". *Port.*

B. *Carta do mesmo ao mesmo*, do Colégio do Pará, 29 de Fevereiro de 1756. (*Ib*, f. 150). — Recomenda dois afilhados seus que vão para o Rio Negro. *Port.*

A. S. I. R., *Bras.27*, 169; — *Lus.29*, 264.

FILDS, Tomás. *Missionário do Brasil e do Paraguai.* Nasceu em 1549 na Diocese de Limerick, Irlanda. Filho do médico Guilherme Filds e Genet Creat. Entrou na Companhia em Roma a 6 de Outubro de 1574. Embarcou em Lisboa para o Brasil em 1578. Trabalhou nas Aldeias e estava em S. Paulo em 1584. Aprendeu a língua portuguesa e tupi-guarani, e foi um dos fundadores da Missão do Paraguai (1588). Homem de grande zelo e virtude. Faleceu em Assunção, em 1625.

1. *Carta ao P. Geral*, de Assunção, 27 de Janeiro de 1601. Insiste pela entrega da Missão do Paraguai à Província do Brasil; e alega a facilidade de comunicações, contraposta às difíceis e demoradas com o Peru. (Cf. S. L., *História*, I, 349, citando *Peruana Historia*, I, n.º 28, e Astrain, *Historia*, IV, 625).

S. L., *História*, I, 356-357 (com bibliografia *sobre* Filds).

FONSECA, António da (1). *Professor.* Nasceu cerca de 1628 em Formoselha. Entrou na Companhia, com 14 anos de idade. Professor de Humanidades e Filosofia na Universidade de Coimbra. Esteve no Brasil de 1665 a 1669 como Secretário do Provincial P. Gaspar Álvares, com quem voltou a Portugal. E veio a ser confessor de El-Rei D. Afonso VI durante a sua prisão no Palácio de Sintra, assistindo com dedicação e caridade ao infeliz monarca até ao último momento (1674-1683). Faleceu a 4 de Novembro de 1695.

A. *Compendium ad Logicam traditum a Patre Antonio da Fonseca Soc. Jesu. Scripsit Antonius de Brito Aranha. 1661 in Collegio Conimbricensi.* (Bibl. de Évora, cód. XXI/2-27d., 1 vol. in 4.º). — É Postila. (Rivara, IV, 254)

B. *Carta do P. António da Fonseca ao P. Geral*, da Baía, 15 de Outubro de 1669. (*Bras.3(2)*, 104). — Diz que volta para Portugal e fala sobre as Missões dos Tapuias na Jacobina e a composição entre o Colégio da Baía e o de S. Antão relativa ao Engenho de Sergipe. *Lat.*

C. *Epigramma in Scribam Serenissimæ Portugaliæ Reginæ nomen casu an fato exarantem?* (Bibl. de Évora, cód. CVII/1-26, f. 330).

D. *Outro epigrama latino ao mesmo assunto.* (*Ib.*, f. 362).

<small>Franc. Rodrigues, *História*, III-1, 526.</small>

FONSECA, António da (2). *Apóstolo dos Tupinambaranas*. Nasceu em Alvaiázere, em 1652. Entrou na Companhia em 1680. Embarcou de Lisboa para as Missões do Maranhão e Pará em 1687. Fez a profissão solene de 3 votos no Pará, a 2 de Fevereiro de 1693. Trabalhou nas Missões do Amazonas e chamam-lhe em 1696 "Apóstolo dos Tupinambaranas", cuja Aldeia de S. Inácio fundou. Trabalhou também com os Coriatós e Andirases da mesma região, onde contraiu grave doença. Faleceu no Colégio do Pará 4.ª feira de Cinza, ano de 1709.

A. *Carta do P. António da Fonseca ao Dr. António de Freitas Branco, agradecendo e respondendo a uma carta de 1698, e não o fez antes por estar muito mal de saude*, do Pará, 9 de Junho de 1699. (Bibl. da Ajuda, 49-X-32, f. 485). *Port.*

B. *Carta do mesmo ao mesmo comunicando ter chegado do sertão e aproveitar o navio para dar novas da saude*, do Pará, 7 de Julho de 1701. (*Ib.*, f. 497). *Port.*

C. *Carta a D. Isabel, esposa do Dr. António de Freitas Branco, no mesmo sentido.* (*Ib.*, f. 498). *Port.*

<small>A. S. I. R., *Bras.9*, 428; — *Bras.27*, 24v; — *Lus.11*, 253; — *Livro dos Óbitos*, f. 6-7; — Bettendorff, *Crónica*, 605-610; — José de Morais, *História*, 510; — S. L., *História*, III, 385-387.</small>

FONSECA, António da (3). *Corógrafo*. Nasceu a 20 de Outubro de 1730 em S. Amaro, Baía. Entrou na Companhia a 2 de Maio de 1751. Em 1757 era Mestre de Gramática e Director da Congregação dos Estudantes no Seminário e Colégio da Paraíba. Saiu da Baía, deportado para Lisboa em 1760 e daí para Roma. Ainda vivia em Pésaro em 1780 com o nome completo de P. António da Fonseca Castelo Branco. Teria falecido em Itália por volta de 1784.

A. *Corografia do Brasil.* "Ciudades, tierras y poblaciones del Brasil descritas por el P. Antonio da Fonseca, de la Compañia de Jesús, en un manuscrito que compuso y que fue extractado en

Roma por el P. Manuel Beza, a raiz de la expulsión de los Jesuítas de Portugal por el Marqués de Pombal". Pastells, *Paraguai*, I, 32 (nota). Pastells faz largas citações, entre as quais uma defesa da gente do Brasil pelo P. Fonseca, segundo o manuscrito do P. Beça. *Ib.*, 32-45. Não indica o paradeiro actual do manuscrito.

B. *Sobre as línguas do Brasil.* Ms. a que se refere Hervás y Panduro, *Idea dell'Universo*, t. XVII, 26.

A. S. I. R., *Bras.*6, 400; — Caeiro, 124; — *Jesuítas na Itália em 1780*(ms.); — Sommervogel, III, 832; IX, 350.

FONSECA, Bento da. *Professor, Administrador e Cronista.* Nasceu a 16 de Abril de 1702 em Anadia, perto de Aveiro. Filho do Boticário Manuel da Silva e de sua mulher Maria da Fonseca de Figueiredo. Entrou na Companhia de Jesus a 4 de Março de 1718 e dois anos depois embarcou para as Missões do Maranhão e Pará, onde estudou e foi Professor de Teologia e Filosofia em que se laureou. Fez a profissão solene no Maranhão, a 15 de Agosto de 1735, recebendo-a Inácio Xavier. Administrador da Residência da Madre de Deus no Maranhão. Homem superior e clarividente. Se dependesse de si teria largado as Aldeias em 1734, ainda que fosse "deixar as ovelhas entre os lobos". Considerou-se falta de zelo, e não o quis a Côrte. Colocou-se dentro do *statu quo*, com talento e prudência, sendo estimado por todos, mas o seu parecer a El-Rei (1746) era que se proibisse totalmente a escravidão dos Índios e se renovassem as leis de 1 de Abril de 1680 (de Vieira). Enquanto foi Procurador Geral em Lisboa prestou serviços a inúmeras pessoas, que a ele recorriam, incluindo muitas que depois se revelaram perseguidoras, entre outras o Prelado Bulhões, do Pará. Durante a estada na Côrte coligiu documentos e redigiu capítulos para a *História* da sua Vice-Província, papéis que colocou à disposição do P. José de Morais. Já estava em Lisboa em 1739, assumindo pouco depois o cargo de Procurador Geral das Missões do Maranhão e Pará; e ainda se encontrava no seu posto quando se deu a reviravolta na Côrte e a perseguição geral. Foi primeiro desterrado de Lisboa para Bragança; a seguir ao Terremoto de 1755 voltou a Lisboa, donde de novo o mandaram para o Canal (Mondego) e Paço de Sousa, até ser encerrado nos Cárceres de Almeida, donde passou em 1762 para os de S. Julião da Barra. Saiu deles com vida ao restaurarem-se em Portugal as liberdades cívicas. E foi para a Anadia, sua terra natal, onde faleceu a 27 (ou 21) de Maio de 1781.

1. *Orbis Terrarum peregrino præ charitate volatico, Xaverio Sanctissimo Mappam Philosophicam in quatuor veluti regiones Rationalem, Naturalem, Animasticam, & Transnaturalem, accuratissime delineatam, graphiceque per triennium distributam A R. P. ac S. M. Benedicto da Fonseca Societ. Jesu, de genu sistit Franciscus Xaverius ejusdem Societ.* In Suprema Collegii Maragnonensis Aula die... hujus percurreretur: utrum Xaverius Sanctissimus

orbem terrarum victoriis citius, an passibus peregrarit ? Conimbricae: Apud Benedictum Seco Ferreyra, Sancti Officij Typ. Anno Domini 1730 cum facultate Superiorum. [Grande e ornamental trigrama da Companhia]. 4.°, 16 pp.

Na última p. em branco: as licenças manuscritas e autógrafas: "Cohaerent suo originali. Conimbricæ. In Coll.º Societ. Jesv de 17 Martii 1730. *Mathæus Gião*. Podem-se defender, Coimbra em mesa 20 de M.ço de 1730. *Paes; Abreu*".

As mesmas licenças manuscritas nalgumas das teses seguintes.

2. *Scientiarum paradisi Cælesti Colono & Custodi Aloysio Sanctissimo Philosophicam Gurgitem in quatuor fluvios, Philosophiam scilicet Rationalem, Animasticam, Naturalem, & Transnaturalem abeuntem, Præcurrente R. P. ac Sap. M. Benedicto da Fonseca Societ. Jesu De genu sistit Josephus Martins ex eadem Societate.* In Collegio Maragnonensi solida die ... hujus mensis ventilabitur ... Conimbricae Apud Benedictum Seco Ferreyra, Sancti Officij Typ. Anno Domini 1730 Cum facultate Superiorum [Trigrama da Companhia, grande]. 4.°, 16 pp.

3. *Arcano et Tremendo Sanctissimæ Trinitatis Mysterio ... Certamen Philosophicum, Præside R. P. ac S. Mag. Benedicto da Fonseca Societ. Jesu D. D. D. Emmanuel Pedrozo,* In Collegio Maragnonẽsi ejusdẽ Societatis integra die ... hujus Propugnandum. 4.°, 4 pp.

4. *Deiparenti Sanctissimæ ... Rosarij ...* [7 dísticos latinos] ... *Flores Philosophicos Cultore R. P. ac S. Mag. Benedicto da Fonseca Societ. Jesu D. D. D. Josephus Telles Vidigal.* In Veridiario Philosophico Maragnonensi Societatis Jesu, solida die 27 hujus. Conimbricae: Ex Typ. in Regali Artium Collegio Societ. Jesu. Anno Domini 1730. Cum facultate Superiorum. 4.°, 4 pp. (última em branco).

Outra igual, excepto o nome: José Vivardo de Abreu.

Outra igual, com o nome manuscrito "P. Ignatius Vaz de Aravio", num papelinho colado em cima do nome de José Vivardo de Abreu.

Consta de 6 Flores ou divisões com 120 teses.

5. *Totius Sanctitatis Prodigio Totius Orbis Stupori Duci Invictissimo, D. Ignatio de Loyola Patriarchæ Sanctissimo.* [11 dísticos latinos]. *Theses Philosophicas ... Benedicto a Fonseca*

Societ. Jesu, æquo animo offert Ignatius de Faria Cerveira. In Collegio Maximo Maragnoniensi solida die ... hujus mensis. 4.º, 4 pp.

Outra igual, excepto o nome do defendente: Josephus de Andrade.

As mesmas 120 teses e a mesma impressão no Colégio das Artes de Coimbra, que o n.º 4.

6. *Mariæ Sanctissimæ a Monte Carmelo Conclusiones Philosophicas ... Preside ... Benedicto da Fonseca ... ante pedes sistit Emmanuel Josephus ejusd. Soc. ...* In Collegio Maragnonens. Societatis integra die ... hujus mensis. Conimbricae: ex Typi In Regali Artium Collegio Soc. Jesu Anno Dñi M.D.CC.XXX. Cum facultate Superiorum. 4.º, 4 pp.

7. *Intaminatæ Virgini sub singulari titulo à Conceptione,* ... [11 dísticos latinos] ... *Certamen Philosophicum .. Præside Benedicto da Fonseca, Soc. Jesu D. V. C. Joannes Vitalius de Almeyda* In Arce maximi Maragnonensis Collegii integra die ... hujus mensis Pugna fortior ... Conimbricae: Ex Typ. in Regali Artium Collegio Societ. Jesu Anno Domini 1730. 4.º, 4 pp.

8. *Conclusiones Philosophicas Stanislao Sanctissimo ... Benedicti à Fonseca D. V. & C. Emmanuel Morato ejusdem Soc.* In Collegio Maragnonensis ... Conimbricae Ex Typ. In Regali Artium Collegio Soc. Jesu. Anno Dñi M.D.CC.XXX. Cum facultate Superiorum. 4.º, 4 pp.

9. *Philosophorum quondam terrori, nunc tutelæ scilicet Catharinæ Sanctissimæ Virgini ac Martyri Conclusiones Physicas, et Animasticas, Præside ... Benedicto da Fonseca ... D. D. D. Antonius Aloysius ejusdem Societatis.* In Collegio Maragnoniensi ... Conimbricae: In Typ. in Regali Artium Collegio Soc. Jesu Anno Domini 1730, Cum facultate Superiorum. 4.º, 4 pp.

10. *Increatæ Sapientiæ ... Verbo Divino ... Theses e Quadripartita Philosophia ... Præside Benedicto á Fonseca ... de genu offert Theodorus Camello de Britto ...* [5 dísticos latinos] ... in Academia Maragnonensi solida luce ... Junij. Conimbricae, Ex Typ. in Regali Artium Collegio Soc. Jesu, Anno Domini 1730. Cum facultate Superiorum. 4.º, 4 pp.

11. *Præstantiore principum* ... *D. Francisco Borgiæ Conclusiones Philosophicas* ... *Præside Benedicto à Fonseca, D. V. & C. Franciscus Machado ejusdem Societatis*, in Collegio Maragnonensi ... Conimbricae; Ex Typ. in Regali Artium Collegio Soc. Jesu, Anno Dñi M.DCC.XXX. Cum facultate Superiorum. 4.º, 4 pp.

12. *Lucubrationes Logicales universam Aristotelis Logicam elucidantes Ignatio Sanctissimo Præside Reverendissimo P. ac Sapientissimo M. Benedicto da Fonseca Societatis Jesu D. O. & C. Joannes de Sousa ejusdem Societatis* In Collegio Maranoniensi ex eâdem Societate integra die 27 hujus mensis. Ulyssipone Occidentali, ex Typographia Musicae MDCC.XXX. Cum facultate Superiorum. 4.º, 10 pp.

13. *Conclusiones Philosophicas inexhausto mercedum fonti mari magno* ... *Virgini Sacratissimæ de Mercedibus* ... *Præside R. P. ac S. M. Benedicto da Fonseca* ... *D. V. & C. Michael Pereyra ejusdem Societatis.* In Collegio Maragnonensi Societatis ejusdem, integra die ... hujus mensis. Ulyssipone Occidentali. Ex Praelo Michaelis Rodrigues M.DCC.XXX. Cum facultate Superiorum. 4.º, 8 pp.

14. *Parecer do Jesuita Bento da Fonseca dado a S. Majestade a favor da liberdade dos Indios. e para se acabarem de uma vez as escravidões injustas no Maranhão.* Lisboa. Collegio de Santo Antão, 22 de Dezembro de 1746. Em Lourenço Kaulen, *Reposta Apologética ao Poema intitulado "O Uruguai"* na *Rev. do Inst. Hist. e Geogr. Bras.*, 68, 1.ª P., p. 108-109.

15. *Catálogo dos primeiros Religiosos da Companhia da Vice-Província do Maranhão com notícias históricas pelo Jesuíta Bento da Fonseca.* (Bibl. de Évora, cód. CXV/2-14, n.º 7). Publ. na *Rev. do Inst. Hist. e Geogr. Bras.*, 55, 1.ª P. (1893) 407-431, com a indicação "C. [copiado? conferido?] por A. Gonçalves Dias". (Cf. S. L., *História*, IV, 348). Publ. também em Melo Morais, III, 32-37. — Cf. outro catálogo na Bibl. de Évora, cód. CXV/2-15, 478-489.

16. *Noticia do Governo temporal dos Indios do Maranhão, e das Leys e Razões, porque os Senhores Reis o commetteram aos Missionarios; e em que consiste o dito governo, chamado temporal, que exercitão os Missionarios sobre os Indios.* Collegio de Santo Antão, 14 de Setembro de 1753, P. Bento da Fonseca, Procurador Geral do Maranhão. (Bibl. de Évora, cód. CXV/2-14, a n.º 3, f. 81-92). Publ. por Melo Morais, IV, 122-186, sem indicação da fonte, e com o ano de 1755.

17. *Maranhão conquistado a Jesus Cristo.* Cap. 6.º: *Descrevem-se as terras do Cabo do Norte, e a verdadeira divisão dos Domínios de Portugal e França na Colonia de Caena.* Em Melo Morais, II, 213-219. (Cf. S. L., *História*, III, 266).

Contém uma descrição desenvolvida do fenómeno da Pororoca. — Ver infra, letra O.

18. *Reposta Apologética à Relação Abreviada.* Publicada pouco depois da "Relação".

Narrando como a "Relação Abreviada" chegou ao Pará no próprio ano da sua publicação (1757) e causou repulsa nas pessoas honestas, e como o governo caluniador a espalhava a rodos, enquanto proibia, sob pena de lesa-majestade, a defesa e a refutação do panfleto, o P. Anselmo Eckart acrescenta: "O P. Fonseca desprezou a ordem e a ameaça e trabalhou corajosamente em vingar a honra da Companhia. Em breve publicou uma *Apologia* assaz documentada. O P. Fáy verteu-a de português para latim" (Carayon, *Doc. Inédits*, IX, 24; "Diario do P. Eckart" em *Galeria de Tyrannos* de Mons. Marinho (Porto 1917)23). Desta primeira *Reposta* conservam-se alguns parágrafos relativos às páginas impressas da *Relação Abreviada*, com letra do próprio Bento da Fonseca, na capa da *Relação das cousas notaveis da nossa viagem... no anno de 1757*, do P. Lourenço Kaulen. (Bibl. de Évora, cód. CXV/2-14, f. 121-121v). Mais tarde, o mesmo P. Kaulen, que ficara em Lisboa, depois da libertação geral de 1777, escrevendo a Crist. Murr, a 10 de Dezembro de 1781, diz que Bento da Fonseca compusera uma *nova* refutação da *Relação Abreviada:* "Multum ad hanc Refutationem me juvit alia Romæ facta a P. Iosepho Caeiro, et alia *nova* P. Benedicti Fonseca, et ita tres in unam coaluerunt. Est prima pars ex tribus, quas Reginæ per Regem obtulimus, complectens veram responsionem ad ea quæ Iesuitis objecta sunt in isto libello infamatorio: *Relação Abbreviada*, etc. Iesuitarum innocentiam et adversariorum falsitates ad oculum probat. Finii etiam *Refutationem* alterius libelli infamatorii, auctore quodam officiali Secretariae Regiae, qui ad hoc pervenit officium per Pombalium in libelli huius praemium, cui titulus: *Vruguay em cinco Cantos* do José Basilio da Gama" (Murr, *Journal*, P. 10.ª, 153). Nesta *Refutação* ou *Reposta Apologetica*, do P. Kaulen, publicada em Lugano em 1786, e reproduzida na *Rev. do Inst. Hist. e Geogr. Bras.*, 68, 1.ª P., ao tratar de uma questão do Rio Pardo, diz a p. 123: "Como se pode mais claramente ver na *Reposta Apologetica à Relação Abreviada*". Conjugando as referências, da mesma testemunha coeva e autorizada, como companheiro que o P. Kaulen era do P. Bento da Fonseca, se infere que Bento da Fonseca escreveu a *Reposta Apologetica à Relação Abreviada*, antes da prisão nos cárceres de Almeida, e que teria escrito outra nova, depois da libertação de 1777. Ou a primeira foi destruida na perseguição desencadeada, ou a segunda é remodelação da primeira. A Apologia, que está em Roma, e cuja cota demos em *História*, IV, p. XXI, tal como se encontra, é de José Caeiro. Mas talvez este se servisse, ao menos no que toca à secção "Respública do Maranhão" (fs. 59-112), da primeira *Reposta Apologetica* de Bento da Fonseca, com o conhecimento directo dos factos do Maranhão, que Caeiro não tinha. — Como aproximação útil, sem decidirmos a atribuição, mas que corresponde cronològicamente à que teria escrito Bento da Fonseca:

Anti-Respublica Jesuitica sive Documenta Apologetica adversa editum, Vllyssipone sub initium Decembris anni 1757 librum cui titulis "Relatio Abreviata" Reipublicæ Jesuitarum in Dominiis Americanis Regni Lusitani. In Lusitania, Duodecimo Kalendas Februarii Anno 1759. (*Lus.87*, f. 162-219v). Cópia de muitas caligrafias, para maior rapidez.

A opressão reinante não permitia que tais escritos saíssem com nome do autor, antes com referências pessoais que despistavam os perseguidores, o que dificulta hoje a respectiva atribuição e até a identificação das traduções como a feita pelo famoso escritor espanhol José Francisco de Isla, citado por Sommervogel: "*Plan de la Nueva república del Paraguay*, trad. del portugués por el P. Isla, 12.º (Cat. de l'ab. Texier, n.º 2084)", *Bibl.*, IV, 684; e esta, existente na Bibl. de la Academia de la Historia, Madrid, Jesuítas, Leg. 60, 11-11.2/60. *Respuesta Apologetica y legal a los que en el librito "Relacion Abreviada" afirman contra los Religiosos de la Comp.ª de Jesus de la V. Provincia del Marañon en el América Meridional*.

19. *Litteræ P. Benedicti de Fonseca, Soc. Iesu, Procuratoris quondam Generalis Prov. Maragnonensis, datæ 11 Aug. 1779 Annadiæ, ad R. P. Anselmum Eckart ejusdem Societatis, ac Provinciæ olim Missionarium, Lusitano e sermone in latinam [linguam] traductæ* — Argumentum epistolæ est Vitæ P. Gabrielis Malagridæ compendium, Murr, *Journal*, XVI, 54-75, com notas de Anselmo Eckart.

A. *Theses Logicales... Aloysio et Stanislao Sanctissimis... Præside R P. ac S. M. Benedicto da Fonseca Soc. Jesv dicat Antonius Diaz ejusdem Societatis in Collegio Maragnonensi ex eadem Soc. die hujus vespere...* (Bibl. de Évora, cód. CXVIII/1-1, f. 51-53v).

B. *Minori Maximo Antonio Sanctissimo Conclusiones Physiologicas Præside R. P. ac S. M. Benedicto da Fonseca... D. D. D. Antonius Aloysius ejusdem Societatis et Ignatius de Faria.* In Collegio Maragnonensi ex eadem Soc. die 17 hujus Mensis mane et vespere. (*Ib.*, f. 55-58v).

C. *Conclusiones Physicas In 8 libros Physicorum Intemeratæ Virgini sub singularissimo Tit.º Da LAPA Præside R. P. M. Bened. da Fonseca O. D. et Consecrat Caetanus Xaverius et Joañes de Sousa ejusd. Soc.* In aula publica Coll.º Maragnonensis, 10 Decẽbris. (*Ib.*, f. 59-62v).

D. *Theses Philosophicas pro Anima Intellectrice Intelligentiarum Principi scilicet Michaeli Sanctissimo, Præside R. P. ac S. M. Benedicto da Fonseca S. Iesu D. V. et C. Michael Pereira ejusdem Societatis et Josephus Vivardo de Abreu Pereira*. In Collegio Maximo Maragnonensi Societatis ejusdem die 15 Decēbris vespere. (*Ib.*, f. 73-75).

E. *Carta do P. Bento da Fonseca ao P. Geral*, do Maranhão, 13 de Agosto de 1734. (*Bras.26*, 284-284v). É de opinião que se larguem as Aldeias e Missões, ainda que seja deixar as ovelhas entre lobos e mostra de pouco zêlo. Mas deve fazer-se, para que a Companhia permaneça indemne. Trata a seguir da Residência suburbana da Madre de Deus. Cit. em S. L., *História*, IV, 206. *Lat.*

F. *Carta do P. Bento da Fonseca ao R. P. Carlos Pereira*, de Lisboa, 2 de Julho de 1748. (Arq. Prov. Port., *Pasta 177*, n.º 16d). Manda a conta corrente da Procuratura de Lisboa com a Procuratura da Vice-Província e da Casa da Vigia. *Port.*

G. *Carta do P. Bento da Fonseca a Francisco Xavier da Veiga Cabral, de parabens por ser nomeado Governador das Armas da Provincia do Minho*. S. a. n. l (Bibl. de Évora, cód. CXV/2-16, 16 [não 6]). *Port.*

H. *Carta do P. Bento da Fonseca sobre descobrimentos geográficos dos Rios do Amazonas a um Padre que estava ou esteve no Maranhão*, do Colégio de S. Antão, 14 de Junho de 1749. (Cópia em "Peculio ou Relação dos factos acontecidos no Brasil de 1500 a 1700", f. 257v-261, códice do Arq. N. do Rio de Janeiro, Most.º 2, Sala Cairu; outra cópia, sem destinatário nem lugar, nem data. Bibl. Públ. do Porto, cód. 464, f. 71-72).

O correspondente preenche um questionário de assuntos históricos pedidos pelo P. Bento da Fonseca e com ele remete também os *Anais Históricos do Maranhão*, ainda então inéditos de Berredo, que acabava de falecer. Bento da Fonseca agradece e, nesta carta, completa o que faltava aos *Anais Históricos*, no Livro 10, sobre descobrimentos e comunicações de Rios da Amazónia.

Esta carta sairá em Apêndice, infra, *História*, IX.

I. *Contas da Procuratura no Reino, sendo Procurador o P. Bento da Fonseca com a Procuratura das Missões do Maranhão, sendo Procurador delas o P. Luiz Barreto.* (B. N. de Lisboa, fg. 4529, doc. 63). *Port.*

J. *Notas marginais de Bento da Fonseca ao "Memorial de Alexandre Metello a El-Rey de Portugal em nome dos Christãos da China na grande afflicção em que se acham".* Feito por ordem de S. M. a Rainha, a 27 de Abril de 1750. (Bibl. de Évora, cód. CXVI/2-6, n.º 10, 2.ª série). Cf. Rivara, I, 411.

K. *Carta ao P. Geral*, de Lisboa, 8 de Fevereiro de 1752. (Lus.90, 79-79v). Sobre a gloriosa Missão dos Padres António Machado e Pedro Tedaldi no Rio Mearim, com os Gamelas e Acoroás; necessidade de mais missionários; se viessem italianos e alemães seria boa ajuda. *Lat.*

L. *Carta do P. Bento da Fonseca ao Bispo do Pará, D. Miguel de Bulhões*, de Lisboa, 17 de Novembro de 1754. (B. N. de Lisboa, fg. 4529, doc. 65). Informa-o do que se sabe em Lisboa. As partidas da Colónia para o Mato-Grosso, protegidas pelo General D. António Rolim, segundo os últimos avisos de Gomes Freire, na guerra do Uruguai contra os Índios, os comissários de Castela, D. Agostinho de Arriaga e Albermarle; El-Rei está caçando em Palma, regressará à Corte pelo Natal, e depois irá para Salvaterra; nada se sabe do casamento da princesa; o governo do Reino está nos secretários e no desembargador António da Costa Freire; fala no Confessor P. José Moreira; e não está ainda declarado bispo para o Maranhão. *Port.*

Neste códice, diversas cartas de D. Miguel de Bulhões ao P. Bento da Fonseca.

M. *Carta de Bento da Fonseca sobre os Índios do Maranhão.* (B. N. de Lisboa, Col. Pomb., 643). *Port.*

N. *Apontamentos para a Chronica da Missão da Companhia de Jesus no Estado do Maranhão.* (B. N. de Lisboa, fg. 4516).

Documento sem assinatura. Tem sido atribuído ora a Bento da Fonseca ora a José de Morais. A José de Morais, porque tem muitas páginas à letra: Nos *Apontamentos*, p. 172, diz-se que o P. Roque Hundertpfundt, a propósito do Rio Xingu, "me referio e deo a informação seguinte"; na *História* do P. José de Morais, lê-se que o P. Roque Hundertpfundt "me referio e deu a informação seguinte". O pronome "me" classifica o Autor e inclina a atribuição da autoria dos *Apontamentos* para José de Morais, pois Hundertpfundt foi missionário do

Xingu depois de Bento da Fonseca estar em Lisboa (Cf. S. L., *História*, IV, 323). Quanto a Bento da Fonseca, o que inclina para ele a autoria, são frases como esta dos *Apontamentos*, falando de Padres do Pará: "vindo à Côrte..." O P. Morais escreveu no Pará e teria dito, "indo à Côrte". (Cf. *ib.*, 323-324). Mas averiguamos que Hundertpfundt foi realmente à Côrte em 1749. Bento da Fonseca podia dizer em verdade: "me referio". E consta, pois o diz expressamente Bento da Fonseca no *Maranhão Conquistado*, que ele mandou os seus manuscritos a José de Morais para a composição da *História*. Tal é a posição respectiva de um e outro. — Ver *Morais* (José de).

O. *Maranhão Conquistado a Jesu Christo e á Coroa de Portugal pelos Religiosos da Companhia de Jesus.* (Bibl. de Évora, cód. CXV/2-14 a n.º 1, 25 fs.; a n.º 2, 38 fs.). No fim do Cap. 23 traz esta nota marginal, por letra do Autor, o P. Bento da Fonseca: "*Thé aqui mandei para o Maranhão ao P.ᵉ Joze de Moraes para a composição da sua Cronica*". (Cf. Rivara, I, 36; *Panorama*, III (1839) 234). Da obra do P. Bento da Fonseca faltam muitos Capítulos. O 6.º do Livro I, foi publicado por Melo Morais. (Cf. supra, n.º 17).

P. *Memorial a El Rei D. José sobre o Governo Temporal dos Indios do Maranhão.* Lisboa, Collegio de S. Antão, Novembro de 1753, Bento da Fonseca (Bibl. de Évora, cód. CXV/2-14, n.º 4). — Rivara, I, 53, traz o Sumário (7 § §), por onde se vê ser o "Memorial" mais desenvolvido que a "Noticia" (3 § §), já publicada. *Port*.

Q. *Razões sobre as Visitas dos Bispos nas Igrejas dos Missionarios.* (Bibl. de Évora, cód. CXV/2-16, f. 184). Letra do P. Bento da Fonseca. Cf. Rivara, I, 54. *Port*.

R. *Breve Noticia sobre a controversia das Visitas dos Bispos e Summario das razões que responderão os Padres do Brasil.* (*Ib.*, f. 186). Letra do P. Bento da Fonseca. *Port*.

S. *Resumo e ordem da controvérsia das Visitas dos Bispos nas Aldeias.* Feito pelo P. Bento da Fonseca. (Bibl. de Évora, cód. CXV/2-16, f. 144-145v). É o que em Rivara anda com o título de "Negocios da Vice-Provincia do Maranhão, vindos em 1744", *Cat.*, I, 50. *Port*.

T. *Papéis vários sobre o mesmo assunto.* (*Ib.*, 153-177 bis). São cópias e borrões de 1748. *Port*.

U. "*Colloquio que houve entre o Sr. Bispo D. Miguel de Bulhões e o P. Procurador Bento da Fonseca*". (Bibl. de Évora, cód. CXV/2-14, n.º 6). Autógrafo. *Port*.

V. *Descripção Geographica do Maranhão, e de alguns Rios, assim pertencentes à Capitania do Maranhão, como do celebre Rio das Amazonas; Rios que neste se mettem, e Nações de que são povoados.* — Informação dirigida a El-Rei. O princípio é da letra do P. Bento da Fonseca, informa Rivara, I, 27. (Bibl. de Évora, cód. CXV/2-13, f. 343, 15 folhas fol.). *Port.*

X. *Fragmentos de um Roteiro dos Rios do Maranhão*. Letra do P. Bento da Fonseca. (Bibl. de Évora, cód. CXV/1-15, n.º 15, 5 págs. fol.). *Port.*

Y. *Mais noticias dos mesmos Rios*. (*Ib.*, 332). "Parece a mesma letra". (Rivara, I, 30). *Port.*

Z. *Indice Alphabetico dos Papeis do Cartorio dos Jesuitas do Maranhão*. (Bibl. de Évora, cód. CXV/2-11, *in principio*; e cód. CXV/2-12, *in principio*). Letra do P. Bento da Fonseca. (Rivara, I, 55).

AA. *Indice dos Papeis do Cartorio dos Jesuitas do Maranhão por ordem dos maços*. (Bibl. de Évora, cód. CXV/2-12, a seguir ao anterior, com 55 folhas).

BB. *Breve Elogio do P. David Fáy falecido nos cárceres de S. Gião a 12 de Janeiro de 1767*. Excerpto na Biografia do P. Fáy escrita pelo P. Anselmo Eckart, *Anais da B. N. do Rio de Janeiro*, LXIV (1944) 239. *Port.*

Cinco Cartas do P. Geral ao P. Bento da Fonseca (1733-1741), *Bras.25.*

Melo Morais, IV (1860)202-218, publica as seguintes cartas dirigidas ao P. Procurador Bento da Fonseca: do P. João Ferreira (Pará, 30 de Nov. de 1743), P. Pedro Ignacio Altamirano (Madrid, 13 de Marzo de 1744), P. Francisco da Costa (Coimbra, 24 de Agosto de 1750), General Francisco Xavier de Mendonça Furtado (Belém do Pará, 15 de Outubro de 1752), P. Gabriel Malagrida (Maranhão, 13 de Maio de 1753), P. António Machado (Maranhão, 24 de Agosto de 1753), General Francisco Xavier de Mendonça Furtado (Arraial de Mariuá, 6 de Julho de 1755), Fr. Miguel, Bispo do Pará (S. Domingos [Lisboa] hoje sábado s. a.), Fr. Miguel, Bispo do Pará (Pará, 9 de Setembro de 1755). Não o diz Melo Morais, mas todas estas cartas são da Bibl. de Évora, cód. CXV/2-4, n.º 20. (Cf. Rivara, I, 53-54). E na B. N. de Lisboa, fg., cód. 4529, há dezenas delas, ao P. Bento da Fonseca, dirigidas do Maranhão e Pará, por pessoas de todas as categorias e sobre diversos assuntos.

A. S. I. R., *Bras.27*, 41v; — *Lus.15*, 199; — Murr, *Journal*, XVI, 55; — Sommervogel, III, 832; IX, 350; — Streit, III, 442; — S. L., *História* IV, 322-323.

FONSECA, Caetano da. *Professor.* Nasceu a 7 de Agosto de 1718 (não 1717), no Rio de Janeiro. Filho de Justo Fernandes e Teresa da Fonseca. Entrou na Companhia na Baía, com 14 anos, a 1 de Fevereiro de 1732. Fez a profissão solene no Rio de Janeiro a 15 de Agosto de 1751, recebendo-a Roberto de Campos. Pregador e Professor de talento. Ensinou Latinidade, Filosofia e Teologia. Atingido pela perseguição geral, deportado em 1760 do Rio para Lisboa, e depois, com os exilados de Goa em 1761, para a Itália. Ainda vivia em Pésaro em 1774. Já não em 1780.

A. *"Papéis em prosa e verso".* Achados na sua secretária, em poder de sua mãe, por ocasião do sequestro do Rio de Janeiro (1759). Cf. Lamego, III, 177. — Não se declara que papéis são, nem o autor deles.

B. *De jure novissimo.*

C. *Dissertationes canonicæ.*

D. *Dissertationes Theologicæ.*

Destes três escritos (B-D) fala Sommervogel e cita como fonte o Arquivo do Gesù. O seu nome, contudo, não está no Catálogo *Scriptores Provinciæ Brasiliensis* (S. L., História, I, Apêndice A); e na mesma página traz Sommervogel, outro P. Caetano da Fonseca, de Lisboa, também Professor de Filosofia, Teologia Moral e Especulativa na Universidade de Évora, igualmente do século XVIII, que deixou obras impressas, mencionadas em B. Machado, I, 544; IV, 76.

A. S. I. R., *Bras.*6, 173, 237, 421; — *Lus.*17, 17-17v; — Gesù, Colleg., 1477; — Caeiro, 302, 938; — Sommervogel, III, 835.

FONSECA, Diogo da. *Missionário e Administrador.* Nasceu em S. Paulo, por 1650. Entrou na Companhia no Rio de Janeiro, a 5 de Junho de 1667. Sabia a língua brasílica. Fez a profissão solene em Santos a 2 de Fevereiro de 1690, recebendo-a o P. Diogo Machado. Superior de Porto Seguro, Reitor dos Colégios de Santos (1692) e Recife (1698). Faleceu em S. Paulo a 23 de Maio de 1706.

A. *Certificado do Reitor Diogo da Fonseca em como os Religiosos Carmelitas Descalços do Convento de N.ª S.ª do Desterro da Cidade de Olinda servem neste Bispado com zelo, como os mais Religiosos.* Colégio do Recife, 18 de Maio de 1700. (A. H. Col., *Pernambuco, Avulsos,* Capilha de Dezembro de 1700). *Port.*

Nome completo: Diogo Bueno da Fonseca. Cf. Silva Leme, *Genealogia Paulistana,* I, 432.

A. S. I. R., *Bras.*5(2), 79v; — *Lus.*11, 156; — Bibl. Vitt. Em., f. ges. 3492/1363, n.º 6; — *Doc. Hist.,* XXXIII, 447.

FONSECA, Francisco da. *Missionário e Pregador.* Nasceu cerca de 1577 em Pernambuco. Entrou na Companhia em 1594. Superior de Santos e das Aldeias de Índios. E o era da de S. Miguel em Pernambuco ao dar-se a invasão holandesa em 1630, mantendo-se em campanha até 1635, em que, com o P. Manuel de Oliveira, presidiu à retirada dos Índios de Una para Alagoas. Sabia bem a língua brasílica. Faleceu no Rio de Janeiro a 12 de Outubro de 1645.

A. *Carta ao P. Visitador Pero de Moura, sobre o motim de Santos, por causa da liberdade dos Índios,* de Santos, 13 de Maio de 1640. (Gesù, *Colleg.* 20). — Narrativa paralela à do P. Jacinto de Carvalhais, Superior de Santos por ocasião destas perturbações. *Port.*

B. *Outra ao mesmo sobre o mesmo assunto,* de Santos, 16 de Maio de 1640 (*Ib.*). *Port.*

A. S. I. R., *Bras.5*, 182; — *Hist. Soc.47*, 24; — S. L., *História*, V, 359-388.

FONSECA, Luiz da. *Professor e Administrador.* Nasceu cerca de 1550 em Lisboa (Alvalade). Entrou na Companhia, com 18 anos, em 1568. Foi para o Brasil em 1569, e na Baía tirou o grau de Mestre em Artes. Fez a profissão solene, na mesma cidade, a 30 de Novembro de 1583, recebendo-a Cristóvão de Gouveia Professor de Gramática e de Teologia Moral, Mestre de Noviços e Secretário de dois Provinciais, José de Anchieta e Marçal Beliarte. Reitor do Colégio da Baía e Procurador à 5.ª Congregação Geral, reunida em Roma em 1593. Quando voltava ao Brasil, faleceu no caminho, em Madrid, em Junho de 1594.

1. *Annuæ Litteræ Provinciæ Brasilicæ,* Bahyae, 16 Kal. Januar. anni 1576 (*Bras.15*, 288-296). Original. *Latim.* Tradução italiana, *Annale del Brasil per la Prov.ª di Roma 1576,* com a data expressa de 17 de Dezembro de 1576 (*Lus.106*, 86-103). Publ. pelo Barão de Studart com o título de *Relazione inviata dal P. Ludovico Fonseca al R. P. Everardo Mercuriano Prep. Gen. della C. di G.* em *Documentos para a Historia do Brasil e especialmente a do Ceará,* II, 17-63, separata da *Revista do Instituto do Ceará,* Tomo 23 (1909) 17-63.

Cf. S. L., *História*, I, 431-432, sobre a diversidade destas datas; mas o texto latino é o *mesmo* que o da tradução italiana.

2. *Aucuns points tirez des lettres du Brasil, envoyees au R. P. General de la Compagnie de Jesus, par ceux de la mesme Compagnie 1577...* de Baya, cité de Sainct Sauveur, le dixseptiesme du moys de Decembre, de l'an de salut mil cinq cens septante sept. Par la Commission du R. P. Provincial Ignace Tholose. De V. R. Paternité le tres indigne fils de Notre Seigneur Louys Fonseca. *Lettres dv Jappon, Perv et Brasil* (Paris 1578)35-110; — *ib.,* 1580, p. 35-109.

Pelas datas, a carta é um ano mais tarde do que a do número precedente, *dia por dia*, cujo original latino temos à mão; não temos à mão a tradução francesa para deslindar se é erro de ano ou mera coincidência.

3. *Informação do Brasil e do discurso das Aldeias e mau tratamento que os Indios receberam sempre dos Portugueses e ordem de El-Rei sobre isso*. (1584). (*Bras.15*, 1-10v). Com esta nota, de outra letra: "Depois de o P.e Gabriel A.o ler este papel e se ajudar delle no que for necessario pera bem da conversão, se levara a Roma pera nosso P. Geral, o ver, e depois se podera dar ao P.e Mafeu pera ajuda da sua obra"; outro exemplar, no mesmo códice (*Bras.15*, 340-350), com a nota: "Para o P. Petro Mapheo da Comp.a de Jesu". É o mesmo que a *Breve Notícia histórica das Missões dos Jesuítas no Brasil*. (Bibl. de Évora, cód. CXVI/1-33, f. 56ss), publicada na *Rev. do Inst. Hist. Bras.* (LVII, P. 1.a, 213-247) com a denominação de *Trabalhos dos primeiros Jesuítas no Brasil*, e reproduzida por Capistrano, sob o título de *Informação dos primeiros Aldeamentos da Baía*, título com que anda nas *Cartas de Anchieta*, 349-382, em cujo nome também, é com o título de *Primeiros Aldeamentos na Baía*, se reimprimiu no Rio de Janeiro em 1946.

Tem sido atribuido a Anchieta (Alcântara Machado) e ao P. Luiz da Fonseca (Capistrano de Abreu e Rodolfo Garcia). Por nossa vez estivemos inclinados a atribuí-lo a Quirício Caxa, por causa de um exemplar que pareceu estar com letra sua. (Cf. S. L., *História*, I, XXVII). Mas a letra não é por si só argumento suficiente para a atribuição da autoria de um escrito, quando não vem assinado, como o não é qualquer indicação nele formulada pelos Superiores do momento (Visitador ou Provincial), dando-lhe um endereço na Europa. A *Informação do Brasil e do Discurso das Aldeias* pertence à série notável de escritos que promoveu o Visitador Cristóvão de Gouveia, o qual remeteu o exemplar para Lisboa a fim de ser utilizado, pelo Procurador Geral Gabriel Afonso, antes de o mandar para a Cúria Generalícia. Tratava-se de receber do Erário Público as dotações em atraso e de contrabalançar a malevolência do Governador Manuel Teles Barreto em luta aberta com o Reitor do Colégio da Baía, Luiz da Fonseca. O P. Gabriel Afonso fez a *Representação ao Cardeal Alberto, Arquiduque de Áustria*, 1584 (cf. S. L., *História*, II, 618), e o próprio Reitor da Baía Luiz da Fonseca a *Representação a El-Rei*. Por este motivo, ainda que a *Informação do Brasil e do Discurso das Aldeias* pudesse ser de outros Padres, parece mais provável de Luiz da Fonseca, que a completa com a *Representação a El-Rei*, como Reitor do Colégio de quem dependiam as Aldeias, cuja catequese se tratava de defender. E verificamos que dos dois exemplares da *Representação a El-Rei*, existentes no Arquivo, também um foi enviado para Lisboa, "para bem da conversão", e com a mesma incumbência de se remeter depois a Roma ao célebre historiador da Companhia, João Pedro Maffei.

4. *Representação de Luiz da Fonseca a El-Rei.* [Sobre os desmandos do Governador Manuel Teles Barreto]. 1585. (*Lus.69*, 13-14v). Publ. por S. L., *História*, II, 620-622.

A. *Annuæ Litteræ Brasilicæ Provinciæ anni 1578.* Datae in Civitate Sancti Salvatoris, 3.º Idus Decembris anni 1578. Ex commissione R.^{di} P. Provincialis Joseph Anchietae. (*Bras.15*, 302-304). *Lat.*

B. *Annuæ Litteræ Provinciæ Brasilicæ.* Datae Bayae, Kal. Jan. anni 1582. (*Bras.15*, 324-329). *Lat.*

Com a assinatura autógrafa do Provincial José de Anchieta, que a não leu, pois é elogiado na própria carta. Parece óbvia a atribuição ao Secretário, Luiz da Fonseca.

C. *Carta ao P. Geral Aquaviva*, da Baía, 18 de Agosto de 1584. (*Lus.68*, 398-399). Sobre a sucessão do Provincial José de Anchieta (nem devia ser Luiz da Grã, nem Inácio Tolosa); a questão de Ilhéus; o Governador Manuel Teles Barreto; assuntos do Colégio. *Port.*

D. *Carta ao P. Geral Aquaviva*, de Lisboa, 22 de Janeiro de 1593. (*Lus.72*, 31). — Saiu da Baía em Setembro de 1592. Uma tormenta o levou à Galiza e esteve para cair na mão dos corsários. Veio por terra até Lisboa, e entrou na Casa de S. Roque a 6 de Janeiro de 1593. *Esp.*

E. *Carta ao P. Geral*, de Veneza, 10 de Junho de 1593. (*Ital.161*, 168). — Chegou de Lisboa a Veneza muito doente dos joelhos e pés. Os marinheiros que o levaram do Brasil a Portugal para escapar aos piratas ingleses desviaram-se até à Terra Nova, onde os mares estavam cheios de gelo e a terra de neve. Era fins de Outubro e enregelou-os o frio, que todos sentiram em particular ele acostumado ao salubre e benigno céu do Brasil. Em Lisboa fez algum tratamento e os médicos mandam-no agora a Pádua. Voltará a Veneza e seguirá para Roma. *Lat.*

F. *Arrazoado a provar que os Provinciais do Brasil precisam mais de três anos para fazer bem o seu ofício; — o mesmo dos Reitores.* Roma, Março de 1594. Letra do P. Procurador Luiz da Fonseca. (*Hist. Soc. 86*, 39-39v). — Extractos em S. L., *História*, I, 148, 224-225, 459.

A. S. I. R., *Bras.5*, 20; — *Lus.2*, 10; — Sommervogel, III, 837; IX, 351; — Rivière, 154; — Streit, II, 223, 231, 356; — S. L., *História*, I, 66-68.

FONSECA, Manuel da. *Biógrafo e Moralista*. Nasceu a 20 de Maio de 1703 em Lordelo, Arquidiocese de Braga. Entrou na Companhia com 21 anos, a 9 de Julho de 1724. Em 1732 estudava o 2.º ano de Filosofia na Baía e aí começou também a Teologia ao menos até o 2.º ano (1735), indo-a completar no Rio de Janeiro, em cujo Colégio está em 1737 a cursar o 4.º ano desta Faculdade, já ordenado de Sacerdote. A sua actividade ministerial desenvolveu-se no Sul, entre o Espírito Santo e S. Paulo, onde começou como Superior da Aldeia de Itapecirica, logo em 1738 apenas concluída a formação. De S. Paulo seguiu para o Espírito Santo onde ficou 2 anos. Em 1741 voltou a S. Paulo e fez a profissão solene no dia 15 de Agosto, no Colégio, de que era consultor, ocupado também em ministérios com os de fora. Em 1742 iniciou a carreira de professor como auxiliar de Filosofia, passando em 1746 a Prefeito Geral dos Estudos. Professor de Teologia Moral e Padre Espiritual, cargos que ainda ocupava em S. Paulo em 1748. Neste período escreveu a vida do P. Belchior de Pontes, obra estimada e em estilo claro. Em 1751 assistiu na Baía à Congregação Provincial como Secretário dela. Foi Visitador local, e nesta qualidade em 1753 encarregou a Dom Domingos do Loreto Couto de fundar no Recife um Recolhimento de Ursulinas. E enfim passou para a Capitania do Espírito Santo, Fazenda de Muribeca e Colégio de Vitória, onde o veio surpreender a perseguição geral, sendo deportado para o Rio de Janeiro, Lisboa e Roma (1760). Em 1763 era Superior dos Jesuítas da Província do Brasil residentes no Palácio Inglês de Roma. Faleceu em Pésaro a 20 de Junho de 1772.

1. *Vida do Veneravel Padre Belchior de Pontes, da Companhia de Jesus da Provincia do Brasil composta pelo Padre Manoel da Fonseca, da mesma Companhia, e Provincia. Offerecida ao nobilissimo Senhor Manoel Mendes de Almeida, Capitaõ Mor da Cidade de S. Paulo &c.* Lisboa na Officina de Francisco da Silva. Anno de MDCCLII. Com todas as licenças necessarias. 4.º, 266 pp. e os Prelims.: *Dedicatoria, Prologo ao Leitor. Protestaçam do Author,* e as *Licenças* da *Ordem,* do *Santo Officio,* do *Ordinario* e do *Paço.* A da *Ordem* é dada pelo P. Manuel Pimentel, Provincial de Portugal, em Lisboa, aos 11 de Agosto de 1751.

Um edital da Mesa Censória de 10 de Junho de 1771 (tempo da perseguição) mandou recolher e suprimir este livro.

2.ª edição (*mesmo título*). Prefácio de Afonso de E. Taunay e notas gramaticais de Otoniel Mota, S. Paulo, s. a., 8.º, XXXII-280 pp. — A *Rev. do Inst. Hist. e Geogr. Bras.* tinha publicado o Capítulo 33 no seu III volume (2.ª ed. 1860) 202ss, sobre a *Guerra dos Emboabas.*

Vita del servo de Dio P. Melchiorre de Pontes della Compagnia di Gesù, dell'antica Provincia del Brasile, composta dal P. Emmanuele da Fonseca della medesima

Compagnia e Provincia e dall'originale portoghese tradotta in italiano dal P. Or-tensio M. Chiari della stessa Compagnia. Roma, Tipografia di Roma, 1880, 8.º, XX-284 pp.

2. *Expositio Bullæ Benedicti XIV "Sacramentum Pænitentiæ" et alterius ejusdem Pontificis "Apostolici Muneris" in iis quæ spectant ad absolutionem complicis, cum nonnullis quæstionibus miscellaneis. — De absolutione complicis juxta Constitutionem "Sacramentum Pænitentiæ" a SS. D. Benedicto XIV editam anno 1741.* Lisbonae, 1757, 4.º

A. *Acta Congregationis Abbreviatæ habitæ in Collegio Bahiensi anno 1751 Præside R. P. Thoma Lynceo Provinciæ Brasiliæ Provinciali.* "Thomas Lynch; Emmanuel da Fonseca Congregationis Secretarius". (*Congr.91*, 232-233).

B. *Parochus Servorum.* Opus morale.

C. *O Brasil Ilustrado.* Antologia de homens ilustres da Província do Brasil em 3 volumes. *Port.*

D. *Compêndio da Vida de S. Benedito Etíope. Port.* Trad. do italiano.

Sobre a Procuração do P. Manuel da Fonseca a Dom Domingos do Loreto Couto, ver *Lynch* (Tomás), letra K.

A. S. I. R., *Bras.*6, 139, 159v, 200, 246v, 380, 385; — Inocêncio, V, 434; — Sommervogel, III, 833; IX, 850; — S. L., *História*, I, 536, n.º 37.

FORTI, António. *Pregador e Administrador.* Nasceu cerca de 1595 em Caltanisetta, Sicília. Tinha cursado Direito Civil, antes de entrar na Companhia em Palermo em 1615. Embarcou de Lisboa para o Brasil em 1622. Mestre em Artes e Pregador. Missionário nas Aldeias, onde aprendeu a língua brasílica. Professor de Teologia. Visitador duas vezes do Colégio do Rio de Janeiro, de que também foi Reitor. Usava habitualmente aportuguesado o sobrenome, *Forte.* O último cargo que teve no Brasil foi o de Reitor do Colégio da Baía, onde procurou harmonizar as coisas com a Casa da Torre, depois do conflito das Aldeias dos Quiriris na Jacobina (1669), tendo por isso a oposição dalguns Padres. Em consequência destes sucessos depois de trabalhar nela quase meio século, e com evidente zêlo, deixou a Província do Brasil, passando à do Paraguai. Já estava no Colégio de Buenos Aires nos primeiros meses de 1671. Não vimos o ano em que faleceu.

1. *Carta do P. António Forte ao P. Geral Nickel sobre as terras de S. Cristóvão do Rio de Janeiro,* do Rio, 6 de Agosto de 1655. (*Bras.3(1)*, 285). Em S. L., *História*, VI, 70-71.

1. *Carta do P. António Forte Reitor do Colégio do Rio de Janeiro à Câmara, relativa às perturbações da Cidade.* Rio de Janeiro, 1 de Fevereiro de 1661 em S. L., *História*, VI, 9-10. Tinha sido puplicada antes, com incorrecções na *Rev. do Inst. Hist. Bras.*, III (1841) 23-24.

2. *Carta do Reitor do Colégio da Baía, P. António Forte, ao P. António Pereira da Casa da Torre, aceitando as desculpas pela destruição das Aldeias de Quiriris e desistindo de estrépitos judiciais.* [1669]. Carta incluída noutra do P. Jacob Rolando, da Baía, 7 de Setembro de 1669. (*Bras.3(2)*, 89). Em S. L., *História*, V, 284-285.

A. *Carta do P. António Forte ao P. Geral Vitelleschi*, do Rio de Janeiro, 2 de Janeiro de 1643. (*Bras.3(1)*, 216-217v). — Informação sobre o estado espiritual e temporal do Colégio, em particular no que se refere a terras e gados, e que se concentrassem os gados em menos terras, valorizando-as. *Port.*

B. *Carta do mesmo ao mesmo*, do Rio de Janeiro, 6 de Fevereiro de 1643. (*Bras.3(1)*, 218-218v). — O mesmo assunto da anterior, de que é, com algumas variantes, 2.ª via. *Port.*

C. *Certidão do P. Reitor António Forte enviada por Agostinho Barbalho Bezerra à Relação da Baía, sobre os sucessos do Rio de Janeiro.* Rio de Janeiro, 13 de Dezembro de 1660. (A. H. Col., Baía, Apensos, 15 de Janeiro de 1661). *Port.*

D. *Parecer sobre as Missões dos Tapuias da Jacobina.* Da Baía, hoje, sexta-feira, 19 de Agosto de 1669. (*Bras.3*, 94-94v). — Defende a composição amigável, com o P. António Pereira, da Casa da Torre, sobre a destruição das Aldeias sem recorrer a tribunais e conservadores. O P. Jacobo Rolando, de opinião contrária, enviou ao P. Geral este parecer, com o título de "Arrazoado do P.ᵉ Reitor Antonio Forte contra os Missionarios". Conserva-se com letra do P. Rolando e ao lado os seus comentários. *Port.*

E. *Parecer que o P. Antonio Forte Reitor deste Collegio da Bahia, sendo particular, fes em favor do Collegio de Sancto Antam de Lisboa sobre os assucares que embarcou o P. Philippe Franco do Engenho de Sergipe.* Com um atestado do P. Gaspar de Araújo, autenticando a fidelidade do treslado, Baía, 1 de Novembro de 1669. (Torre do Tombo, *Cartório dos Jesuítas*, maço 13). *Port.*

F. *Carta do P. Reitor do Colégio da Baía ao P. Geral Oliva*, da Baía, 20 de Dezembro de 1669. (*Bras.3(2)*, 107-107v). — Os Ministros régios exigem dízimos. Dificuldade na nomeação de Conservador: que se eleja um simples Clérigo. *Port.*

A. S. I. R., *Bras.5*, 134v; — S. L., *História*, V, 285.

FRANÇA, Júlio. *Pregador.* Nasceu a 8 de Abril de 1697 em Paranaguá. Entrou na Companhia, com 15 anos, a 15 de Setembro de 1712. Fez a profissão solene no Rio de Janeiro a 15 de Agosto de 1733. Pregador. Dado a ministérios com o próximo e nas Aldeias. Superior da de Reis Magos. Reitor do Colégio do Espírito Santo. Estava em 1759 na Casa de S. Cristóvão do Rio de Janeiro, quando na perseguição geral foi preso, levado para o Colégio, e deportado no ano seguinte para Lisboa. Ficou nos cárceres de Azeitão, e neles acabou a vida, a 15 de Novembro de 1765.

1. *Carta do P. Júlio França, Reitor do Colégio de Santiago, da Capitania do Espírito Santo, ao Conde das Galveias, sobre os distúrbios de Reritiba*, de Vitória, 13 de Fevereiro de 1744. Publ. por Lamego, III, 64-65.

A. S. I. R., *Bras.6*, 167v; — *Lus.15*, 148; — *Apênd. ao Cat. Português*, de 1903.

FRAZÃO, Francisco. *Missionário.* Nasceu por 1643 no Rio de Janeiro. Entrou na Companhia a 23 de Junho de 1660. Irmão do P. António de Alvarenga Mariz. Fez a profissão de 4 votos em Pernambuco, no dia 15 de Agosto de 1679, recebendo-a o P. João de Barros. Reitor dos Colégios de S. Paulo e Santos. Faleceu a 14 de Abril de 1712 no Rio de Janeiro.

1. *Carta ao P. Geral Tirso González, sobre os trabalhos dos Padres no Colégio de S. Paulo com os moradores e Índios*, de S. Paulo, 18 de Março de 1690. (*Bras.3(2)*, 277-277v). *Esp.* Trad. em port. e publ. por S. L., *História*, VI, 320-322.

A. *Carta ao P. Geral Oliva*, de Santos, 22 de Março de 1700. (*Bras.4*, 63-63v). — Colégio pobríssimo. Os moradores se são de "Santos", nem por isso se fazem "santos". Vão às minas e trazem ouro, mas gastam-no mais fàcilmente com meretrizes do que com boas obras. *Lat.*

A. S. I. R., *Bras.5(2)*, 79v; — *Lus.9*, 282; — *Hist. Soc.51*, 108.

FREIRE, Manuel. *Missionário.* Nasceu cerca de 1632, em Faro, no Algarve. Entrou na Companhia, com 19 anos, a 1 de Julho de 1651. Procurador dos Colégios e do Engenho, e em 1683 Superior de Porto Seguro. Faleceu no Espírito Santo a 6 de Junho de 1700.

A. *Carta ao P. Geral Oliva*, da Aldeia de S. André de Tapicirica [Itapicirica], Distrito de Guayana, 10 de Março de 1679. (*Bras.3*(2), 144). — Notícias da Missão. O Vigário Estêvão Ribeiro da Silveira, benfeitor. *Port.*

<small>A. S. I. R., *Bras.5*(2), 79; — *Bras.49*, 69.</small>

FREITAS, Rodrigo de. *Administrador*. Nasceu por volta de 1517 em Melgaço. Cavaleiro fidalgo, com o ofício de Tesoureiro das Rendas do Brasil, quando, já viuvo, foi admitido por Nóbrega na Companhia em 1560. Estudou Latim e Casos de Consciência, ordenou-se de Sacerdote, e a 3 de Maio de 1568 fez na Baía os últimos votos, recebidos pelo B. Inácio de Azevedo. Superior de Pernambuco, Visitador das Capitanias do Sul, Consultor dos Reitores e Procurador da Província, pela singular experiência que tinha de negócios a cujo serviço foi a Lisboa, voltando em 1583 com o Visitador Cristóvão de Gouveia. Faleceu na Baía, a 2 de Outubro de 1604, com grande exemplo de vida, e diz a Ânua, que com 95 anos de idade, a respeito da qual não estão de acordo os documentos. (Segundo os quais teria nascido em 1509, 1512 e 1517, última data que tem por si dois Catálogos, o de 1567 e o de 1584).

1. *Lembrança de Rodrigo de Freitas sobre os livros do Almazem da matricula* (1555 ?). (Torre do Tombo, *Cartas Missivas*, maço 2, n.º 60, na *História da Colonização Portuguesa no Brasil*, III (Porto 1924) 369-371).

Escrito antes de ser da Companhia, mas com elementos necessários à reconstituição da sua própria vida e do ambiente moral do Brasil daquela época.

<small>A. S. I. R., *Bras.8*, 49; — *Lus.1*, 148; — Bibl. Vitt. Em., f. ges., 3492/1363, n.º 6; — S. L., *História*, I, 460-461.</small>

FUSCO, Sebastião. *Missionário*. Nasceu a 23 de Maio de 1691 em Nápoles. Entrou na Companhia, já com o curso de Filosofia, a 24 de Março de 1711. Embarcou de Lisboa para o Maranhão em 1720. Fez a profissão solene no Pará a 15 de Agosto de 1725. Mostrou-se zeloso dos interesses da Missão, mas pelas cartas dos Gerais, que respondem a outras suas (e que se não conservam), infere-se que sabia ver, com mais facilidade, defeitos do que virtudes. Atingido pela perseguição geral e deportado em 1760 para o Reino, faleceu na travessia do mar, a 29 de Outubro de 1760.

A. *Carta ao P. Geral*, do Pará, 28 de Agosto de 1725 (*Bras.26*, 238). — Agradece a profissão. Controvérsia sobre ter o Santíssimo Sacramento na Missão do Guajará. *Lat.*

B. *Carta ao P. Geral,* da Aldeia de Caaby [Pará], 15 de Novembro de 1756. *(Lus.90,* 100v-101). — Aldeias, que se vão tirando aos Padres: o Bispo, o Governador e quase todos inimigos da Companhia, talvez diante de Deus, pela falta de caridade desta Vice-Província; 3 anos há já que o Governador pede que se ponham capitães nas Aldeias, tendo-o negado El-Rei a rogos do P. Gabriel Malagrida; talvez o alcance agora por meio do seu irmão, secretário de Estado. *Lat.*

Seis cartas do P. Geral ao P. Fusco (1726-1738), *Bras.25.*

A S. I. R., *Bras.27,* 40v; — *Bras.28,* 8; — *Lus.14,* 307; — *Apênd. ao Cat. Português* de 1903.

G

GAGO, Ascenso. *Missionário dos Tobajaras.* Nasceu cerca de 1664 em S. Paulo. Entrou na Companhia, com 16 anos, a 3 de Julho de 1680. Ordenou-se de Sacerdote em 1692 e fez a profissão solene a 24 (não 2) de Abril de 1706. (Cat. de 1707). Principal reorganizador da Missão de Ibiapaba, e o fundador da Aldeia no seu lugar definitivo. "Vir fuit si quis alius, Brasiliorum saluti studiosissimus". Faleceu, a 17 de Maio de 1717, no caminho de Ibiapaba à Baía.

1. *Carta Anua do que se tem obrado na Missão de Ibiapaba desde o ano de 93 até o prezente de noventa e 5 para o Padre Alexandre de Gusmão da Companhia de Jesus Provincial da Provincia do Brasil,* de Olinda, 10 de Outubro de 1695. Publ. por S. L., *História,* III, 38-57.

2. *Carta Anua do q̃ se tem obrado na Missão da Cerra de Ybiapaba desde o anno de 1695 athe o de 1697 em q̃ estamos, para o P.ᵉ Alexandre de Gusmão da Comp.ª de Jesu Provincial da Provincia do Brasil,* de 25 de Julho de 1697. (*Bras.15,* 459-461). Publ. por S. L., *História,* III, 57-63.

3. *Registo de petição de Sesmaria e data, do Padre Ascenso Gago Religioso da Companhia, na Serra de Ibiapaba 1708.* Em *Datas de sesmarias,* V (Fortaleza 1925) 184.

A. *Carta Annua do que se tem obrado na Cerra de Ibiapaba para o P.ᵉ Francisco de Mattos da Companhia de Jesu Provincial da Provincia do Brasil,* de 10 de Outubro de 1701. — Ascenso Gago acrescenta ao seu nome o do P. Manuel Pedroso. (*Bras.10,* 9-12v). Port.

A. S. J R. *Bras.5*(2), 81, 89; — *Bras.6,* 37v; — *Bras.10,* 175; — S. L., *História,* III, 69.

GALVÃO, António. *Missionário.* Nasceu cerca de 1703 em Coimbra. Entrou na Companhia, com 19 anos, a 23 de Junho de 1722. Fez os últimos votos na Colónia do Sacramento a 2 de Fevereiro de 1740. Superior da mesma Residência em 1758, ano em que se fechou, seguindo para o Rio de Janeiro e nesta cidade ficou em 1760.

1. *Certificado do P. António Galvão Ministro do Colégio do Rio de Janeiro em como leu à Comunidade o Breve de reforma de Bento XIV e a comissão do Cardeal Saldanha ao Bispo do Rio de Janeiro.* Rio de Janeiro, 4 de Janeiro de 1760. Publ. por Lamego, III, 191.

A. S. I. R., *Bras.*6, 410; — *Lus.*24, 190; — Caeiro, 280.

GAMA, Jerónimo da. *Missionário e Cronista.* Nasceu a 6 de Janeiro de 1682 em Miranda (Trás-os-Montes). Entrou na Companhia a 31 de Dezembro de 1699. Embarcou para o Maranhão e Pará em 1712. Professo solene. Professor, Pregador e Missionário das Aldeias e do Rio Tocantins, onde foi em 1721 com P. Manuel da Mota. A sua maneira de pregar a-respeito da liberdade dos Índios e dos abusos dos colonos e autoridades locais, diversamente apreciada, acarretou-lhe dissabores semelhantes aos que padeceu o P. António Vieira. Mas, com ser de talento, não possuia nem o génio nem o espírito religioso de Vieira; e era de difícil convivência. Em 1732 passou à Província do Brasil; e esteve também algum tempo na do Paraguai. Em 1745 trabalhava no Colégio do Rio de Janeiro; e em Abril de 1757, na Ilha da Madeira, já com 75 anos de idade.

A. *Epistola de rebus gestis per P. P. Societatis Iesu in Missione Maragnonensi ab anno 1614 usque ad annum 1649.* (*Bras.*8, 187-190v; Bibl. de Évora, cód. CXV/2-13, f. 411, 25 fs. peq.). Trata-se de uma *Relação* histórica do período enunciado no texto, mas escrita e dirigida, em 1723, *Ad Reverendum Patrem Michaelem Angelum Tamburinum Soc. Jesu Præpositum Generalem.* (Cf. S. L., *História*, IV, 319). Lat.

B. *Silentium Constans.* Tragédia latina e extracto em português.

"Em hũa Doutrina ponderey a força do sigillo e a confirmey com o exemplo do S. Nepomuceno, cuja especial devoção introduzi na Cidade de S. Luiz, fazendo-lhe hũa Tragedia com o titulo *Silentium Constans;* e foi a 2.ª que no metro tragico se reprezentou no Maranham. Fiz-lhe estrato em vulgar, que repartido no povo deo conhecimento do Santo, e se lhe fizeram muitas imagens". (*Lembrança*).

C. *Jornada pelos Tocantins.* Poema português em 8.ª rima.

"Em casa do defunto Hilario de Morais se achará talvez a Relação que eu fiz em 8.ª rima da Tropa dos Tocantins, a qual eu dei ao paulista F. Porrate vulgo Porrates, mineyro que foi no Brazil, e no Pará cazou com a viuva do dito Hilario de Morais; nesta Relação difusamente descrevo a *Jornada pelos Tocantins*". (*Lembrança*).

D. *Lembrança dos Superiores do Maranhão e Pará e dos descimentos de Índios, escrita para o Cronista da Vice-Província.* Do Funchal, 20 de Abril de 1757. (Bibl. de Évora, cód. CXV/2-14, n.º 23, f. 283-287v). Autógrafo. Notícias particulares e minuciosas de Padres e sucessos das missões do Maranhão e Pará, em particular dos que tiveram com ele próprio alguma relação. *Port.*

Quatro cartas dos Padres Gerais ao P. Jerónimo da Gama (1714-1727), *Bras.25*, 1v, 9, 17v, 36.

A. S. I. R., *Bras.27*, 39v; — *Bras.6*, 373; — Sommervogel, III, 1148; — S. L., *História*, IV, 319, 343.

GAMA, José da. *Missionário.* Nasceu a 26 de Outubro de 1690 em Pombal (Diocese de Coimbra). Entrou na Companhia em Coimbra no dia 17 de Dezembro de 1705. Embarcou para as Missões do Maranhão e Pará em 1715. Fez a profissão solene no "Tapajó" a 2 de Fevereiro de 1725, recebendo-a o P. Aníbal Mazzolani. Foi Missionário dos Arapiuns. Secretário do Vice-Provincial, um ano, e Reitor do Pará menos de dois (1731), cargos ambos de que o aliviou o P. Geral por não satisfazer. Levou-o a mal o Padre e começou a dar provas de juízo turbado, e afligiu o P. Geral, que o manda ora corrigir ora consolar. A este enfermo e descontente, escolheu o Governador Mendonça Furtado para seu confessor, e o apoiou contra as determinações legítimas da vida religiosa. Partiu para o Reino em 1759, recomendado pelo seu confessado à "altíssima protecção real". Em 1760 ficou recluso no Convento dos Arrábidos de S. José de Ribamar. (Algés).

A. *Carta do P. José da Gama ao Governador e Capitão General do Pará Francisco Xavier de Mendonça Furtado*, do Tapajós, 29 de Fevereiro de 1756. (B. N. de Lisboa, Col. Pomb., 622, f. 148). — "Foi-me preciso aqui não o despir-me, mas o depor a estola da cinceridade para ver se podia sondar bem algumas astucias mascaradas, emteligencias secrettas e de tam pessima condicam que nem eu sey". E promete que o informará de tudo. *Port.*

B. *Carta do mesmo ao mesmo*, de Tapuitapera, 22 de Maio de 1756. (B. N. de Lisboa, Col. Pomb., 622, f. 176). — Diz que o seu Superior P. Francisco de Toledo o mandou para ali; não sabe o que ele pretende; mas por si estará sempre às ordens do Governador em toda a parte. *Port.*

A. S. I. R., *Bras.27*, 163v; — *Lus.14*, 292; — S. L., *História*, IV, 363, 368.

GANDOLFI, Estêvão. *Administrador*. Nasceu pelo ano de 1643 em Palermo, na Sicília. Filho de António Gandolfi e sua mulher Ninfa di Maio. Entrou na Companhia, com 17 anos, a 18 de Outubro de 1660. Embarcou de Lisboa para o Maranhão em 1679, ficando Mestre de Noviços. Fez a profissão solene a 2 de Fevereiro de 1680, no Colégio do Maranhão, do qual era Vice-Reitor quando sobreveio o *Motim do Estanco* (1684), que o expulsou para o Brasil, donde não voltou à Missão. No Brasil foi Mestre de Noviços, Reitor dos Colégios do Recife e Rio de Janeiro, Visitador do Colégio de S. Paulo e Vice-Provincial. Faleceu no Rio de Janeiro em 1720, no dia 21 de Junho (XI Kal. Jul.).

A. *Carta ao P. Geral Oliva*, de Lisboa, 5 de Fevereiro de 1678. (*Bras.26*, 50). — Diz que chegou de Génova a Lisboa no dia anterior (4 de Fevereiro), com destino ao Maranhão. Conta a viagem por mar. Vieram com ele os Padres Orlandini, Pfeil e António de Almeida. *Ital.*

B. *Carta ao P. Geral Oliva*, do Maranhão, 20 de Julho de 1679. (*Bras.26*, 68). — Da viagem de Lisboa ao Maranhão; e o que começou a fazer. *Ital.*

C. *Carta ao P. Geral*, do Maranhão, 27 de Outubro de 1679. (*Bras.26*, 77). — Parecer contrário à validade da patente de Visitador do Maranhão do P. Pedro de Pedrosa, nomeado pela Província do Brasil. *Ital.*

Alguns Catálogos do Brasil trazem a profissão com um ano de diferença (1679); mas a sua fórmula autógrafa tem 1680.

A. S. I. R., *Bras.6*, 37; — *Lus.10*, 30; — *Bras.10(1)*, 251; — S. L., *História*, IV, 341; VI, 409.

GARCIA, Miguel. *Professor*. Nasceu por 1550 em Lagartera, Oropesa. Entrou na Companhia, com 19 anos, a 14 de Abril de 1569, já graduado em Artes. Ordenou-se em Lisboa, celebrando a 1.ª missa a 1 de Novembro de 1575. Embarcou para o Brasil em 1576, onde ficou sete anos e foi professor de Teologia. Voltou à sua Província de Toledo, e aplicou-se a ministérios. Fez a profissão a 27 de Janeiro de 1590. "Fue mui afligido de escrúpulos". Faleceu a 23 de Julho de 1614, no Colégio de Caravaca.

A. *Carta do P. Miguel Garcia ao P. Geral Aquaviva*, da Baía, 26 de Janeiro de 1583. (*Lus.68*, 335-336v). — Sobre graus e ressaibos de Universidade do Colégio da Baía; sobre a liberdade dos Índios, de que era defensor, tornando-se-lhe intoleráveis as confissões dos moradores. Refere-se à sua vida desde menino e pede ao Geral a profissão. Foi professor de Teologia. — Excerptos em S. L., *História*, I, 98; II, 227, 440. *Esp.*

Bartolomé Alcázar, *Chrono-Historia de la Compañia de Jesús en la Provincia de Toledo*, II (Madrid 1710) 244-245; — S. L., *História*, I, 463.

GERALDES, José. *Jurisconsulto e Administrador.* Nasceu a 19 de Março de 1697 em Almendra (Diocese de Lamego). Estudou Direito Civil e Canónico na Universidade de Coimbra e exerceu no Brasil a advocacia com grande crédito das suas letras jurídicas. Entrou na Companhia na Baía, já Padre, com 34 anos de idade, a 23 de Fevereiro de 1732. Fez a profissão solene a 15 de Agosto de 1742 na Baía, recebendo-a João Pereira. A sua preparação jurídica indicou-o para tratar das causas forenses da Província do Brasil, o que fez com brilho no Brasil e em Lisboa, onde foi Procurador alguns anos. Reitor do Noviciado da Jiquitaia em 1753 e ainda neste mesmo ano Provincial. Atingido pela perseguição geral, e deportado do Rio de Janeiro para Lisboa em 1760, morreu alguns meses depois, a 17 de Setembro do mesmo ano, nos cárceres de Azeitão.

A. *Carta do Provincial José Geraldes a El-Rei sobre o Seminário de Mariana nas Minas Gerais,* da Baía, 26 de Dezembro de 1753. (Torre do Tombo, *Jesuítas,* maço 88). — Em carta de 11 de Março de 1753 El-Rei mandou-o ouvir sobre o requerimento do Bispo de Mariana que desejava Mestres de Filosofia e Teologia Moral. É de parecer que o assunto é digno da atenção real e dos santos desejos do Prelado; e que a Companhia não duvidará encarregar-se do Seminário de Mariana, "sendo-lhe cometido e entregue por Sua Majestade com plena e livre administração", como a que tem nos Seminários de Belém da Cachoeira e da Paraíba. Sem esta inteira jurisdição não poderá, sem embaraço nem inconveniente, regular os mestres e as Classes. *Port.*

<small>A. S. I. R., *Bras.6,* 173, 356, 386v; — *Lus.16,* 75; — Caeiro, 294; — Carayon, IX, 243; — Franc. Rodrigues, *A Companhia,* 52-53.</small>

GIACCOPUZI, João Baptista. *Missionário.* Nasceu por 1539 em Spezia (Dioc. Saracenensis sive Lunensis). Entrou na Companhia em 1562. Tinha estudado Artes Liberais e dois anos de Medicina. Embarcou em Lisboa para o Brasil em 1575. Fez os últimos votos de Coadjutor Espiritual no Rio de Janeiro a 8 de Dezembro de 1586. De fraca saúde, mas dotado de paciência para tratar com o próximo. E trabalhou com zelo na conversão dos Índios, cuja língua aprendeu. Faleceu a 2 de Abril de 1590, no Colégio do Rio de Janeiro.

A. *Carta ao P. Geral,* de Lisboa, 20 de Outubro de 1574. (*Lus.66,* 271). — Dá conta dos seus preparativos para embarcar para o Brasil. *Ital.*

B. *Carta ao P. Geral,* da Aldeia de Santiago, Baía, 9 de Agosto de 1575. (*Bras.15,* 280-283). — Conta a viagem de Lisboa à Baía, e as primeiras impressões, boas e edificantes. E agradece ao Geral o tê-lo mandado ao Brasil. *Lat.*

<small>A S. I. R., *Bras.5,* 23; — *Lus.19,* 21; — *Lus.71,* 4; — S. L., *História,* I, 567.</small>

GOMES, António. *Administrador.* Nasceu cerca de 1549 em N.ª S.ª do Souto (Braga). Entrou na Companhia em 1570. Procurador do Colégio da Baía durante 7 anos e era também ministro quando foi eleito Procurador a Roma em 1583. Voltou em 1587 e faleceu a 5 de Janeiro de 1589, na Baía. Deixou boa opinião de si.

A. *Memorial do Procurador do Brasil* (1584). (*Lus.68*, 414-418v). — Inclui o da visita do P. Cristóvão de Gouveia. *Port.*

B. *Carta ao P. Geral*, de Lisboa, 20 de Junho de 1586. (*Lus.69*, 241-241v). — É de parecer que se largue um pedaço de terra, que um cidadão Garcia de Ávila doou e se arrependeu; Camamu; Congregações Marianas. *Esp.*

C. *Carta ao P. Geral*, de Lisboa, 13 de Fevereiro de 1587. (*Lus.70*, 60). — Trata da sua viagem e dos assuntos do Brasil com o Procurador Jerónimo Cardoso e o novo Provincial do Brasil. Marçal Beliarte. *Esp.*

S. L., *Páginas*, 192; — Id., *História*, II, 502.

GOMES, Francisco. *Sacerdote.* Nasceu em 1 de Março de 1733, em Évora. Entrou na Companhia com 17 anos, a 24 de Outubro de 1750. Tinha concluído os estudos de Filosofia e estava no Colégio do Rio de Janeiro, quando sobreveio a perseguição geral. Deportado em 1760 para Lisboa e daí para a Itália, recebeu ordens sacras e ainda vivia no Colégio de Pésaro em 1788. Faleceu em Fano (Pésaro) a 11 de Junho de 1817.

A. *Noticia das Linguas do Brasil.* Ms. de que se serviu Hervás, *Idea dell'Universo*, XVII (Cesena 1787) 26.

Sommervogel dá a morte em 1771, que é a de outro Padre, do mesmo nome, da Província de Portugal, nascido em Pera (Lamego) em 1705.

A. S. I. R., *Bras.6*, 412; — Sommervogel, III, 1554; — Castro, II, 374; — Vivier, *Nomina*, p. 11, n.º 123.

GOMES, Henrique. *Administrador.* Nasceu em 1555 em Pinheiro de Ázere (Comarca de Santa Comba Dão). Entrou na Companhia em Évora, com 16 anos, em 1571. Embarcou para o Brasil em 1587 com o Provincial Marçal Beliarte, que o propôs em 1591 para Reitor de Pernambuco. Fez a profissão solene em Pernambuco a 1 de Janeiro de 1593. Veio a ocupar depois os cargos de Provincial, Visitador Geral e Procurador a Roma (1617). Notàvelmente caridoso e de estilo e trato ameno. Promoveu as Missões. Faleceu na Baía a 18 de Agosto de 1622.

1. *Carta do P. Henrique Gomes ao P. Álvaro Lobo*, de Pernambuco, 7 de Setembro de 1604. Em Franco, *Imagem de Coimbra*, II, 227-229.

Álvaro Lobo compunha a História da Companhia de Jesus em Portugal, e a carta é um compêndio da vida do P. Luiz da Grã.

2. *Carta ao P. Geral Aquaviva*, da Baía, 5 de Julho de 1610. (*Bras.8*, 114-115). Sobre a Lei de 30 de Julho de 1609 e motim que provocou na Baía, e como se resolveu. Publ. por S. L., *História*, V, 5-8.

3. *Carta ao P. Assistente António de Mascarenhas*, da Baía 16 de Junho de 1614. (*Bras.8*, 169-174v). Em S. L., *História*, V, 9-24.

A. *Carta ao P. Procurador Jerónimo Cardoso*, escrita no mar, a 23 de Março de 1587. (*Lus.70*, 97). — Tomada de um navio francês. Boa viagem a caminho do Brasil. *Port*.

B. *Carta ao P. Assistente em Roma*, do Rio de Janeiro, 7 de Abril de 1611. (*Bras.8*, 128). — Visita as casas como Provincial; Aldeias; dificuldades; doença própria. *Port*.

C. *Carta ao P. Assistente*, da Baía, 1 de Agosto de 1611. (*Bras.8*, 129). — Sobre assuntos do seu governo; a "Vida" de Anchieta, que se pedia de Roma e de Portugal; defende o P. Domingos Coelho. *Port*.

D. *Carta ao P. Geral Aquaviva*, da Baía, 5 de Julho de 1612. (*Bras.8*, 134). — Envia a *Acta Consultationis Provinciæ*; e não vai Procurador a Roma. *Lat*.

E. *Carta do Provincial Henrique Gomes ao P. Geral Aquaviva*, da Baía, Julho de 1613. (*Bras.8*, 154). — Catálogo dos Padres que ainda não fizeram a 3.ª Provação, que eram 7. *Lat*.

F. *Carta ao P. Geral sobre algumas opiniões de S. Tomás em Filosofia e Teologia, se se hão-de seguir ou não*, da Baía, 20 de Outubro de 1614. (*Cens. libr. 660*, 57-57v). Treslado, sem nome de autor. Do texto se infere que é o Provincial do Brasil. *Port*.

A. S. I. R., *Bras.8*, 326-327v; — *Lus.2*, 86; — *Lus.43*, 471.

GOMES, João. *Missionário.* Nasceu a 7 de Novembro de 1685 em Viana. Entrou na Companhia, com 19 anos, a 28 de Dezembro de 1705. Trabalhou nas Capitanias do Sul, onde era estimado. Não vimos o ano da sua morte.

1. *Certificado do P. João Gomes Superior da Missão e Vila de Parnaguá e mais vilas a ela anexas, a favor do Capitão mor da Vila de Laguna Francisco de Brito Peixoto.* Laguna, 16 de Março de 1727. Em *Inventarios e Testamentos* (de S. Paulo), XXVII, 391. Cf. S. L., *História*, VI, 453.

    A. S. I. R., *Bras.6*, 97v.

GOMES, Manuel (1). *Missionário e Pregador.* Nasceu cerca de 1570 em Cano (Arcebispado de Évora). Entrou na Companhia em Évora em 1586. Embarcou para o Brasil em 1595. Fez a profissão solene em Olinda a 13 de Setembro de 1609. Trabalhou em Ilhéus e nas Aldeias. Pregador e "eloquente na língua brasílica". Primeiro Jesuíta que esteve em S. Luiz do Maranhão, a cuja conquista assistiu na Armada de Alexandre de Moura (1615). Saindo dela em 1618, arribou às Antilhas. Seguiu para Lisboa. E voltando ao Brasil, ocupou-se com os Índios. Faleceu a 15 de Outubro de 1648, no Rio de Janeiro.

1. *De hua carta de Manoel Gomez religioso da Companhia de Iesu pera hum Padre da mesma Companhia residente em Lisboa,* escrita na Baya a 27 de Setembro de 97. Em Amador Rebelo, *Compendio de Algũas Cartas* (Lisboa 1598) 237-240.

2. *Carta que o Padre Superior Manoel Gomes escreveu ao Padre Provincial do Brasil sobre a Conquista do Maranhão em 1615.* Em José de Morais, *História*, 78-83; — *Anais da B. N. do Rio de Janeiro*, XXVI, 329-334. Carta escrita do Maranhão, no decorrer de 1616, pois no fim da carta já fala da fundação de Belém do Pará por Francisco Caldeira, que pedia encarecidamente fossem lá os Padres da Companhia, "que nada nos faltará".

3. *Motivo porque pediu o atestado do capitão Alexandre de Moura de 20 de Outubro de 1620.* (*Bras.8*, 307). Em S. L., *História*, III, 102-103.

4. *Informação da Ilha de S. Domingos, Venezuela, Maranhão e Pará* (1621). Em S. L., *História*, III, 427-431. De uma carta do Padre Manuel Gomes ao P. Geral Vitelleschi, de Lisboa, 22 de Janeiro de 1621. (*Bras.8*, 334-338).

5. *Carta do P. Manuel Gomes,* de Lisboa, 2 de Julho de 1621. (B. N. de Lisboa, fg., caixa 29, n.º 33). Publ. por Studart, *Documentos para a História do Brasil*, I, 273-288. A carta não dá o

nome do Padre a quem é dirigida, o qual manifestara desejos de conhecer a Missão do Maranhão. Responde com um resumo dos seus trabalhos desde que saiu de Pernambuco até chegar a Lisboa.

A. *Carta do P. Manuel Gomes ao P. Geral Vitelleschi, sobre a sua arribada às Antilhas com o P. Diogo Nunes,* de "Santo Domingo", 10 de Fevereiro de 1619. (*Bras.8,* 259-260v). — Cit. em S. L., *História,* III, 100. *Port.*

Carta do P. Baltasar Mas Burgués ao P. Manuel Gomes, de Cartagena (Colômbia), de 21 de Setembro de 1618 (*Bras.8,* 256). — Responde a uma pergunta do P. Manuel Gomes, sobre o melhor caminho para a Europa. — Cit. em S. L., *História,* III, 101.

A. S. I. R., *Bras.5,* 137; — *Lus.3,* 200; — S. L., *História,* III, 100-103; V, 388.

GOMES, Manuel (2). *Administrador.* Nasceu a 6 de Janeiro de 1709, em S. Fins (Arquidiocese de Braga). Entrou na Companhia em Lisboa, a 5 de Janeiro de 1728. Últimos votos de *Irmão Coadjutor* a 8 de Setembro de 1738. Foi subministro e procurador nas Fazendas. Em 1760 não seguiu os seus Irmãos no exílio e ficou no Pará.

A. *Carta ao P. Procurador Geral Bento da Fonseca,* [de Curuçá], 16 de Novembro de 1753. (B. N. de Lisboa, fg. 4529, doc. 56). — Agradece os paramentos que mandou para a Igreja da sua Residência e pede um missal que ainda falta. *Port.*

A. S. I. R., *Bras.27,* 172v, 189.

GOMES, Sebastião. *Missionário.* Nasceu cerca de 1549 em Lisboa. Entrou na Companhia, na Baía em 1569. Fez os últimos votos em 21 de Setembro de 1594, em Vitória, Espírito Santo, recebendo-os Anchieta. Ocupou o cargo de Superior de S. Paulo, foi em missão aos Carijós e trabalhou nas Aldeias, durante a sua longa vida, da qual consagrou mais de meio século à catequese dos Índios. Sabia admiràvelmente o língua brasílica. Faleceu em S. Paulo a 14 de Maio de 1629.

1. *Carta de Sebastião Gomes ao P. Pero Rodrigues,* da Aldeia de S. João da Capitania do Espírito Santo, 6 de Outubro de 1596, incluída na de Pero Rodrigues, de 1 de Maio de 1597. Em Amador Rebelo, *Compendio de Algũas Cartas,* 232-236; — *Anais da B. N. do Rio de Janeiro,* XX, 263-264.

Enquanto foi Superior da Casa de S. Paulo, assinou uma ou outra quitação de Inventário. Cf. *Inventários e Testamentos,* II, 237.

A. S. I. R., *Bras.5,* 102; — *Lus.19,* 65; — Bibl. Vitt. Em., f. ges. 3492/1363, n.º 6.

GONÇALVES, Amaro. *Professor e Administrador.* Nasceu cerca de 1540 em Chaves. Entrou na Companhia, com 19 anos, em 1559. Fez o Curso de Artes. Embarcou para o Brasil com o B. Inácio de Azevedo em 1566; da Baía passou em 1668 para Pernambuco afim de estabilizar o Colégio, do qual foi o primeiro mestre e depois Reitor. Promoveu os estudos. Faleceu no Rio de Janeiro a 23 de Outubro de 1579.

1. *Anual do Brasil para a Província Toletana e Aragonesa, do Ano de 1567*, pelo Padre Amaro Gonçalves. Cidade do Salvador, 17 de Janeiro de 1568. Em *Cartas Avulsas* (Rio 1931). Copiada de "Cartas dos Padres" f. 208v (B. N. do Rio de Janeiro).

Traz a nota de que uns lêem *Diogo* (Vale Cabral), outros *Francisco* Gonçalves (*Avulsas*). Trata-se de uma tradução e cópia da Carta latina de Amaro Gonçalves, cujo final é: "In urbe Salvatoris 16 cal. Februarii 1568 ex commissione Patris Rectoris, T. R. P. [Tuæ Reverendæ Paternitatis] Servus Inutilis Maurus Glz". (*Bras.15*, 183-185). — A tradução, pelo destino dela, deveria ter sido em castelhano, e em partes segue o original à letra, noutras não. — A data latina corresponde a 17, não a 16, de Janeiro como vem na "Cartas dos Padres".

A. *Carta ao P. Geral*, de Olinda, 17 de Fevereiro de 1574. (*Bras.15*, 241). — Dá conta do que se passou no Colégio durante os seis meses anteriores, em geral boa observância. *Lat.*

S. L., *História*, I, 461.

GONÇALVES, Antão. *Professor e Administrador.* Nasceu cerca de 1600 em Extremoz. Entrou na Companhia em Évora, a 25 de Março de 1615. Professor de Filosofia e Teologia na Universidade de Évora. Passou ao Brasil em 1665, com o cargo de Visitador e Comissário Geral especialmente recomendado por El-Rei ao Conde de Óbidos. Concluída a visita, voltou a Portugal em 1668 onde também foi Provincial. Passou depois a Roma com o cargo de Assistente em 1673. Adoecendo, deixou o ofício, mas ficou na Cidade Eterna e aí faleceu a 1 de Agôsto de 1680. Homem de inteireza de carácter e grandes letras.

A. *Visita do P. Antam Gonçalves ao Collegio de Pernambuco*, Outubro de 1666. (Gesù, *Colleg.*, 114). *Port.*

B. *Visita do P. Antam Gonçalves ao Collegio do Espirito Santo*, Desembro de 1666. (*Bras.9*, 186-191v). *Port.*

C. *Carta ao P. Geral Oliva*, da Baía, 21 de Agosto de 1667. (*Bras.3(2)*, 48-49v). Sobre a Congregação Provincial; Maranhão; Governador; Padres. *Lat.*

D. *Carta ao P. Geral Oliva*, da Baía, 11 de Novembro de 1667. (*Bras.3(2)*, 54). — Pede Padres belgas para as missões dos

Tapuias do Sertão (Jacobina) e alguns Padres Portugueses para governar. *Lat.*

E. *Carta ao P. Geral Oliva, da Baía, 1667.* (*Bras.3*(2), 55-56v). — Sobre o tempo em que os estudantes hão-de ir aprender a língua brasílica ao sertão. *Lat.*

F. *Visita do Colégio da Baía.* Ano 1668. (*Bras.9*, 218-221v). *Port.*

G. *Visita em geral que fez o P. Antão Gonçalves para toda esta Província do Brasil como Visitador e Comissário Geral dela, 1668.* (*Bras.9*, 193-199). *Port.*

H. *Avisos do P. Antão Gonçalves Comissario Geral desta Provincia.* (*Bras.9*, 253, 253v, 255. S. a.). — Parte incompleta duma visita. *Port.*

I. *Lista das Orações que a pedido de Clemente IX se fizeram, na Província de Portugal, contra o Turco que invadiu a Polónia e a Ilha de Creta.* Lisboa, 30 de Abril de 1669. (Gesù, 681). *Lat.*

J. *Informação sobre o Rio de Janeiro, onde esteve, cidade capaz para "nela haver um Mosteiro de Freiras onde podem entrar muitas pessoas nobres", dela, e das vilas vizinhas e distantes, e será da glória de Deus.* Évora, 7 Setembro de 1670. (A. H. Col., *Rio de Janeiro*, 1116). *Port.*

K. *Carta ao P. Geral remetendo as proposições do P. M. João de Carvalho.* De Évora, Outubro de 1670. (Gesù, Cens. Libr. 671, *f. 51*). *Lat.*

Carta Régia ao Vice-Rei do Brasil, Conde de Óbidos, recomendando o Comissário P. Antão Gonçalves, de Lisboa, 10 de Novembro de 1665. *Doc. Hist.*, LXVI (1944)336.

Franco, *Synopsis*, 368; — Id., *Ano Santo*, 428.

GONÇALVES, António. *Missionário.* Nasceu por 1531 em N. S. da Serra (Arquidiocese de Lisboa). Entrou na Companhia em 1554. Embarcou para o Brasil em 1560. Fez os últimos votos no dia 8 de Abril de 1577 em S. Vicente. Aprendeu a língua brasílica. Trabalhou com os Índios das Aldeias em particular de Porto Seguro, S. Paulo e Rio de Janeiro, onde em 1579 lhe estavam confiados os Índios de Arariboia. Superior da Capitania do Espírito Santo em 1584. Benquisto. Faleceu em 1611 no Rio de Janeiro.

1. *Carta do Padre Antonio Gonçalves, da Casa de S. Pedro de Porto Seguro do Brasil, pera o Padre Diogo Mirão, Provincial de Portugal, escripta a 15 de Fevereiro de 1566.* (B. N. do Rio de Janeiro, "Cartas dos Padres", f. 162). Publ. em *Cartas Avulsas*, 471-480.

A. S. I. R., *Bras.8*, 122v; — *Lus.1*, 157; — S. L., *História*, I, 562.

GONÇALVES, Fabião. *Professor e Missionário* Fabião ou Fabiano, como também aparece, nasceu a 24 de Janeiro de 1712 em Limões, Comarca de Vila Pouca de Aguiar, Trás-os-Montes. Entrou na Companhia, com 21 anos, a 7 de Setembro de 1733. Fez a profissão solene na Baía a 2 de Fevereiro de 1751. Em 1757 era Prefeito dos Estudos do Colégio do Rio de Janeiro e Professor de Teologia Moral. A perseguição geral colheu-o em Itu em 1759, quando pregava; e conduzido a S. Paulo, foi deportado no ano seguinte para Lisboa e Roma. Ainda vivia em Pésaro em 1780, data da notícia do seguinte poema, que conservava inédito.

A. *Dolores et Gaudia B. M. Virginis.* Poema latino. (Cf. S. L., *História*, I, 537).

A. S. I. R., *Bras.6*, 243; — *Lus.17*, 25; — S. L., *História*, I, 537; VI. 380.

GONÇALVES, Francisco. *Administrador, Pacificador e Pioneiro.* Nasceu em 1597 na Ilha de S. Miguel, Açores. Entrou na Companhia no Rio de Janeiro em 1613. Fez a profissão solene na Baía a 3 de Maio de 1636. Enfermeiro 5 anos, sendo Ir. Estudante. Mestre de Noviços, Procurador a Roma, Provincial do Brasil e Visitador do Maranhão. Sendo Mestre de Noviços, colocou-se com eles ao serviço da Cidade da Baía, durante o cêrco dos Holandeses em 1638, carregando quartas de água às costas para os combatentes e defensores, "notável exemplo para todos", diz o Bispo do Brasil. Como Superior da Capitania do Espírito Santo, em 1640, congraçou os chefes locais desavindos, contra o invasor holandês, e transformou o Colégio em posto de abastecimentos e hospital de sangue. Em Roma, onde esteve em 1649, na 9.ª Congregação Geral, tratou da restauração da missão do Maranhão e do Colégio de S. Paulo. E sendo Provincial, estabeleceu com Salvador Correia de Sá e Benevides a fundação do Colégio de Santos, e pacificou S. Paulo em 1653. Concluído o Provincialato, foi para o Maranhão, como Visitador, e ali se mostrou missionário insigne, e fez a grande entrada ao Rio Negro em 1658, e subiu até onde não tinham ido outros Portugueses antes dele. Nesta entrada contraiu a doença de que veio a falecer em Camutá a 24 de Junho de 1660. Homem de oração, de conciliação, e de acção, que encheu na realidade uma grande vida.

A. *Relatione data al Molto R. P. N. Vincenzo Caraffa Generale della Compagnia di Giesu dal P. Francisco Gonzales Procuratore della Provincia del Brasil di alcune cose della stessa Provincia.* (*Bras.8*, 568-574v). — Por ocasião da sua ida a Roma como Procurador do Brasil. (1649-1650). *Ital.*

B. *Carta do Provincial P. Francisco Gonçalves ao P. Geral Gosvino Nickel*, do Rio de Janeiro, 29 de Agosto de 1655. (*Bras.3(1)*, 286). — Sobre terras do Colégio do Rio de Janeiro, que um vizinho tinha ocupado e feito nelas Engenho; e que fizera composição com ele, que aceitou as condições de enfiteuse, e pede ao Geral que a confirme. *Port.*

C. *Resposta a uma carta, datada de 16 de Junho de 1655, de Francisco Simões de Seisa sobre terras do Rio de Janeiro*. (*Bras.3(1)*, 289). — É a própria Carta de Seisa, e nela, ao lado, a resposta conciliatória do Provincial Francisco Gonçalves, sem data. *Port.*

D. *Carta do Provincial Francisco Gonçalves ao P. Geral*, da Baía, 3 de Dezembro de 1655. (*Bras.3(1)*, 298-299v). — Sobre a sentença dada pelo mesmo Padre Geral a-respeito do Engenho de Sergipe, e diz que nela não foram suficientemente acautelados os interesses da Província do Brasil. Do Provincial Francisco Gonçalves apenas a assinatura. *Lat.*

E. *Carta do Visitador do Maranhão P. Francisco Gonçalves ao P. Geral Gosvino Nickel*, do Pará, 5 de Dezembro de 1657. (*Bras.3(1)*, 312-315). — Diz que visitara as Residências da Missão, como Visitador enviado do Brasil, e acabava de lhe chegar a patente do Geral, de 7 de Agosto de 1655 (2.ª via: a 1.ª perdera-se). Dá conta do estado da Missão, das "asperezas" do P. António Vieira e dos poucos Padres que há, e pede que venham mais. A Província do Brasil não os tem, Portugal não os pode dar: recorre ao Geral, "que Itália é grande e o Norte vasto". *Port.*

F. *P. Franciscus Gonçalves Visitador Maranhonii proponit sequens dubium Brasiliæ 1659, de potestate delegata a Capitulo Bahiensi sede vacante circa Maranhonium, per manus P. P. Assist.* (Gesù, Colleg., Bahia, 1369). *Lat.*

Carta Régia (de D. João IV) ao Provincial do Brasil Francisco Gonçalves, remetendo-lhe outra para o Conde Governador, ordenando que vão seis Religiosos para o Maranhão por conta da fazenda real, de Alcântara [Lisboa], 6 de Maio de 1652. Publ. em José de Morais, *História*, 239-240.

Ver S. L., *A Companhia de Jesus no Brasil e a Restauração de Portugal* em *Anais da Academia Portuguesa da História*, VII (Lisboa 1942)136.

A. S. I R., *Bras.5*, 132; — *Lus.5*, 181; — Bettendorff. *Crónica*, 127-135; — S L., *História*, III, 372-373; VI, 139, 280-292.

GONÇALVES, Pedro Luiz: Ver **GONSALVI, Pier Luigi.**

GONÇALVES, Vicente. *Administrador.* Nasceu por 1552 em Valverde, Diocese de Viseu. Entrou na Companhia em 1570. Embarcou para o Brasil em 1577. Mestre de noviços, Vice-Reitor de Pernambuco e Reitor da Baía, onde faleceu a 3 de Dezembro de 1602.

A. *Carta do P. Vicente Gonçalves ao P. António de Araújo*, da Baía, 27 de Janeiro de 1600. (*Bras.3(1)*, 189). — Para que fique em Boipeba na alternativa de ir para o Rio de Janeiro. *Port.*

S. L., *História*, I, 68-69.

GONÇALVES MARANHÃO, António. *Missionário.* Nasceu em 1653 em Monsão (Minho). Entrou na Companhia a 28 de Agosto de 1677. Embarcou em Lisboa para o Maranhão onde chegou a 21 de Maio de 1680, e onde o colheu em 1684 o *Motim do Estanco*. Expulso nele com os mais para o Brasil, voltou à Missão em 1688; e fez a profissão solene no Pará (S. Alexandre) a 15 de Agosto de 1697, recebendo-a José Ferreira. Algum tempo depois passou à Província do Brasil, na qual trabalhou com zelo das almas por um quarto de século. Faleceu na Baía a 12 de Junho de 1723. Por haver outro Religioso do mesmo apelido, acrescentou ao seu o de *Maranhão*, primeiro campo do seu apostolado.

A. *Carta do P. António Gonçalves ao P. Geral*, do Maranhão, 25 de Maio de 1690. (*Bras.26*, 169-169v). — Pede com instância a Missão de Ibiapaba e diz que também quer ir o P. João de Vilar. *Port.*

A. S. I. R., *Bras.10(2)*, 263; — *Bras.27*, 7; — *Lus.12*, 3; — *Hist. Soc.51*, 35; — Bettendorff, *Crónica*, 329, 332, 370, 453, 649; — S. L., *História*, IV, 342.

GORZONI, João Maria. *Missionário da Amazónia.* Nasceu em 1627 em Sermide, Mântua. Entrou na Companhia em 1646. Embarcou em Lisboa para o Maranhão e Pará em 1659, onde iria viver mais de meio século, como diligente missionário na acepção estrita da palavra, sem superiorados maiores, para que não tinha jeito. Era de saúde robusta e sacrificado; e nas longas excursões, com a gaitinha, que tocava por solfa, e com a defesa e bens espirituais e materiais que proporcionava aos Índios era estimado por eles. Missionário nos rios Pinharé, Solimões, Negro, Madeira, Tapajoz e outros afluentes do Amazonas, sobretudo no Xingu, o grande campo da sua actividade. Professo, douto, e homem de virtude provada. Faleceu a 10 de Outubro de 1711 no Colégio do Pará.

A. *Carta ao P. Geral Oliva*, de Lisboa, 1 de Outubro de 1662. (*Bras.3(2)*, 7-9). — Sobre os motins e expulsão do Maranhão. Cit. em S. L., *História*, IV, 61. *Ital.*

B. *Carta ao P. Geral Oliva*, do Maranhão, 18 de Setembro de 1665. (*Bras.26*, 19-22v). — Mau estado da Missão. O que fez depois que voltou de Lisboa. *Lat.*

C. *Carta ao P. Geral Oliva*, do Maranhão, 3 de Novembro de 1674. (*Bras.26*, 37). — Ou que El-Rei dê 3 Aldeias ou que os Padres voltem todos para o Colégio. Visitador, etc. *Lat.*

D. *Cópia da Reposta do P. João Maria Gorzoni à carta do Sr. Bispo* (1681 ?). (Bibl. de Évora, cód. CXV/2-16, f. 26-27). — Sobre a controvérsia das jurisdições. *Port.*

E. *Carta ao P. Geral Oliva*, do Pará, 20 de Agosto de 1682. (*Bras.26*, 95-96; 2.ª via, 99-100). — Carta Consultória: pessoas, coisas, estudos, graus, etc. *Lat.*

F. *Carta ao P. Geral*, do Xingu, 18 de Novembro de 1685. (*Bras.26*, 118). — Perpétuas perturbações dos moradores que querem ser senhores absolutos do serviço dos Índios. Que El-Rei dê plena liberdade aos Padres para conservarem os Índios. *Lat.*

G. *Carta ao P. Geral*, do Pará, 7 de Agosto de 1686. (*Bras.26*, 138-139v). — Insiste no que disse na carta de 18 de Novembro de 1685. Dificuldades dos moradores. *Lat.*

H. *Carta ao P. Geral*, do Pará, 20 de Junho de 1687. (*Bras.26*, 151). — Grande elogio a Gomes Freire de Andrade. Pede Missionários. *Lat.*

I. *Carta ao P. Geral*, do Pará, Abril de 1695. (*Bras.26*, 173). — Pede a Missão do Xingu para lá ir morrer. *Lat.*

J. *Carta ao P. Geral*, do Pará, 28 de Julho de 1696. (*Bras.26*, 177). — Agradece ter-lhe concedido a Missão dos Tapuias. *Lat.*

K. *Carta ao P. Geral*, do Pará, 22 de Julho de 1697. (*Bras.26*, 184). — Agradece ter sido restituido à sua Missão do Xingu, com a esperança de baixar 15 Aldeias. Dificuldades dos moradores. Pede missionários sobretudo de Itália e da sua Província de Veneza. *Lat.*

L. *Carta ao P. Geral*, do Pará, 6 de Julho de 1701 (*Bras.26*, 188-190). — As eternas dificuldades dos moradores nas Aldeias. Vai a Lisboa o P. João Ângelo Bonomi para tratar com El-Rei. El-Rei mandou chamar o P. Pfeil para desenhar o mapa da separação das Guianas. *Lat.*

M. *Carta ao P. Geral*, do Maranhão, 15 de Agosto de 1705. (*Bras.26*, 198-199v). — Dois casos de impedimento *in matrimonio*, e pede solução. *Lat.*

N. *Carta ao P. Geral*, do Maranhão, 2 de Abril de 1708. (*Bras.26*, 207-208). — Controvérsia sobre a propriedade de uma relíquia de S. Bartolomeu com um Padre Capuchinho. *Port.*

O. *Carta ao P. Geral*, do Pará, 15 de Julho de 1708. (*Bras.26*, 209). — Documentação autêntica sobre a relíquia de S. Bartolomeu Apóstolo. *Port.*

P. *Carta ao P. Geral*, do Pará, 26 de Julho de 1708. (*Bras.26*, 210). — Ainda o mesmo assunto da relíquia. Elogia o P. Inácio Ferreira. Ele, Gorzoni, está agora no Pará onde se dá bem. Melhorou da vista. Celebro missa, diz, "posto que seja sòmente pelos defuntos, ando pelo Colégio e tal vez pela cidade com o meu bordão". *Port.*

<small>A. S. I. R., *Bras 47*, 24; — *Livro dos Óbitos*, 7; — S. L., *Novas Cartas Jesuíticas*, 295.</small>

GOUVEIA, André de. *Administrador.* Nasceu por 1583 em S. João de Mondim (S. João de Tarouca), Diocese de Lamego. Entrou na Companhia com 22 anos de idade. Em 1614 era Procurador no Colégio da Ilha Terceira, Açores. E de 1623 a 1630 esteve na Baía (Engenho de Sergipe do Conde) como Procurador da Igreja de S. Antão.

A. *Lembrança das terras de Cabeceiras que Baltasar da Mota vendeo em Março do ano de 1617.* Baía, 23 de Setembro de 1626. (Torre do Tombo, *Cartório dos Jesuítas*, maço 13). *Port.*

B. *Apelação cível ante o Ouvidor Geral do Brasil de que são partes o P. André de Gouveia contra P.º de Andrade reu.* 1627. (Torre do Tombo, *ib.*, maço 47). *Port.*

C. *Papeis tocantes a fazenda da Igreja de S. Antam Mandados do Brasil pello P. Andre de Gouvea procurador.* 1630. (2.ª via, *Bras.11(1)*, 376-377v); 4.ª via, com o título: *P. Andre de Gouvea, Baya, Emforma da receita e despeza dos Engenhos da Igreja de S. Antão.* (*Lus.77*, 404-405v). *Port.*

D. *Memoria dos papeis que tenho pedido ao P. Estevão de Castro e outras advertencias que lhe fis de que não tive resposta mais do que abaixo direi.* (*Lus.27*, 378-378v). *Port.*

E. *Treslado da escretura que fes Christovão Barroso, sendo feitor da Senhora Condessa que Deus tem, a Estevão de Brito Freire, das terras da Saubara, nullidade da venda, e divida de Estevão de Brito de mais de 20 mil cruzados.* (Lus.77, 384-384a). Port.

F. *Memoria das dividas que o P. Simão de Souto Maior achou devião os Lavradores de Ceregippe das terras que comprarão em tempo da Senhora Condessa que Deus tem e diz o mesmo Padre em hum asento de hum livro que achei da sua letra, o que se segue.* (Bras.11(1), 373-373v). Port.

G. *Memoria dos guastos que faz todos os annos ho Engenho de Seregippe mais 200 menos 200.* (Bras.11(1), 381-381v). Port.

H. *Rol das dividas que achei feitas e a que pessoas se devião.* (Bras.11(1), 382-382v). Port.

A. S. I. R., Lus.44, 326.

GOUVEIA, Cristóvão de. *Legislador.* Nasceu a 8 de Janeiro de 1542, na Cidade do Porto. Filho de Henrique Nunes e Beatriz de Madureira, em cuja casa se hospedou S. Francisco de Borja, quando esteve naquela cidade. Entrou na Companhia em Coimbra no dia 10 de Janeiro de 1556. Estudou em Coimbra e Évora. Mestre em Artes. Reitor do Colégio de Bragança, da Universidade de Évora, e do Colégio de S. Antão de Lisboa, Vice-Reitor de Coimbra, Mestre de Noviços e Visitador da Ilha da Madeira. Homem de notáveis dotes de governo, foi, como Visitador do Brasil (1583), um segundo Nóbrega, ou segundo fundador da Província: as ordenações da sua "Visita" ficaram o Código legislativo, em vigor sempre daí em diante, com leves variantes acomodadas ao desenvolvimento geral do Brasil. Um dos principais efeitos da Visita do P. Cristóvão de Gouveia foi o de promover intenso movimento de informações escritas, pelo seu secretário Fernão Cardim, e pelo P. Francisco Soares, José de Anchieta e outros que jazeram longo tempo nos Arquivos, donde se foram e vão tirando modernamente à luz da publicidade, e constituem fontes fidedignas e importantes da história do Brasil sob múltiplos aspectos. Ao voltar a Portugal em 1589 caiu prisioneiro de piratas franceses, que o trataram com a crueldade que se vê na *Narrativa Epistolar* de Fernão Cardim. Abandonado com os seus companheiros, P. Francisco Soares e Irmão Barnabé Telo, no Mar da Biscaia, conseguiram tomar porto em Santander donde passaram a Portugal, chegando Gouveia a Lisboa, no dia 1.º de Dezembro de 1589. Ocupou ainda os cargos de Prepósito da Casa de S. Roque e Provincial de Portugal, e chegou a ser preconizado Bispo do Japão, sem efeito, por adoecer. Faleceu em santa velhice na Casa Professa de S. Roque (Lisboa), a 13 de Fevereiro de 1622.

I. *Censura de Cristóvão de Gouveia à Vida de Santo Inácio pelo P. Ribadaneira.* Mon. Ignat., Series IV, Madrid, 1904-1918, I, 740-741.

2. *O que pareceu ao P. Cristóvão de Gouveia, Visitador da Província do Brasil, que se deve propor a Nosso Padre acerca das fundações do Colégio da Baía e Rio de Janeiro.* 1583. (*Bras.11*, 330-331). Em S. L., *História*, I, 119-125.

3. *Enformacion de la Provincia del Brasil para Nuestro Padre*, da Baía, 31 de Dezembro de 1583. (*Bras.15*, 333-339). Com a assinatura autógrafa do P. Cristóvão de Gouveia. Tem andado incluida nas obras de Anchieta, por uma cópia de Évora. A assinatura autógrafa dá-lhe autor expresso; o estilo, porém, revela que é de Fernão Cardim, secretário do Visitador, em cuja obra se inclui.

4. *Enformacion de las tierras del Macacu para N. P. General*, De la Baya, 11 de Setiembre de 85. (*Lus.69*, 152-153). Em S. L., *História*, I, 548-549.

5. *Carta ao P. Jerónimo Cardoso, Procurador em Lisboa* [1586] *sobre os sucessos de Sergipe de El-Rei.* Cópia sem assinatura, mas com a menção do *Visitador* do Brasil, Cristóvão de Gouveia. (*Lus.69*, 231-232). Não se exclui a hipótese de ter sido escrita pelo Secretário Fernão Cardim. Em S. L., *História*, II, 162-167.

A. *Carta ao P. Geral*, de Évora, 23 de Abril de 1570. (*Lus.64*, 45-45v). — Tem a seu cargo os noviços, que são agora 23, por muitos "de los mas provectos aver sido embiados a las Islas y Brasil". *Esp.*

B. *Carta ao P. Geral*, de Coimbra, 2 de Março de 1573. (*Lus.65*, 131-134v). — Carta Consultória. *Port.*

C. *Carta ao P. Geral*, de Coimbra, 3 de Março de 1573. (*Lus.65*, f. 138-139). — Sobre a formação dos noviços. Cit. em Franc. Rodrigues, *História*, II-1, 10-11. *Port.*

D. *Sobre a visita do P. Diogo Mirão.* 9 de Março de 1573. (*Lus.65*, 156-156v). *Esp.*

E. *Carta ao P. Geral*, de Coimbra, 31 de Dezembro de 1573. (*Lus.65*, 307-307v). — Sobre o Colégio de Coimbra "mucho mejor que los años passados". *Esp.*

F. *Carta ao P. Geral*, de Coimbra, 10 de Julho de 1574. (*Lus.66*, 198 e 199: 2 vias). — Sobre a criação dos noviços. *Esp.*

G. *Carta ao P. Geral*, de Coimbra, 30 de Dezembro de 1574. (*Lus.66*, 356). — Sobre a criação dos noviços, de que é mestre, e como se intrometem nela os oficiais com quem eles lidam nos seus ofícios. *Esp.*

H. *Carta ao P. Geral*, do Colégio de S. Antão, Lisboa, 12 de Fevereiro de 1579. (*Lus.68*, 87). — Começou o ofício de Reitor; traça do novo edifício do Colégio. *Esp.*

I. *Carta ao P. Geral*, de Lisboa, 31 de Março de 1579. (*Lus.68*, 116-117). — Notícias gerais. *Esp.*

J. *Carta ao P. Geral*, de Lisboa, 30 de Junho de 1579. (*Lus.68*, 170). — Cit. em Franc. Rodrigues, *História*, II-1, f. 170.

K. *Carta ao P. Geral*, de Lisboa, 31 de Julho de 1579. (*Lus.68*, 213). — O Ir. Pintor José Valeriano, italiano, está doente e pinta uma imagem para El-Rei. *Esp.*

L. *Carta do P. Cristóvão de Gouveia, Reitor do Colégio de S. Antão, ao P. Geral*, Lisboa, 30 de Abril de 1581. (*Lus.68*, 296). — Sobre a ajuda de custo dos Missionários para o Brasil. Cit. em S. L., *História*, II, 439, nota 3.

M. *Carta ao P. Geral Aquaviva*, de Lisboa, 30 de Junho de 1581. (*Lus.68*, 300-301v). *Esp.*

N. *Carta ao P. Geral Aquaviva*, da Baía, 25 de Julho de 1583. (*Lus.68*, 337-340v). *Esp.*

O. *Carta ao P. Geral Aquaviva*, da Baía, 31 de Dezembro de 1583. (*Lus.68*, 341-343v). *Esp.*

P. *Informacion de los Padres y Hermanos que ay de la Compañia de Jesus en el Brasil y sus ocupaciones* [1583]. (*Bras.5*, 18-19). *Esp.*

Q. *Carta ao P. Geral*, de Pernambuco, 5 de Setembro de 1584. (*Lus.68*, 400-401). *Esp.*

R. *Carta ao P. Geral*, de Pernambuco, 6 de Setembro de 1584. (*Lus.68*, 402-403v). *Esp.*

S. *Carta ao P. Geral*, da Baía, 1 de Novembro de 1584. (*Lus.68*, 407-409). *Esp.*

T. *Carta ao P. Geral*, da Baía, 1 de Novembro de 1584. (*Lus.68*, 410-413). — Informação de pessoas e coisas. Doença e incapacidade actual do P. José de Anchieta. A favor dos filhos do Brasil. Excerpto em S. L., *História*, II, 432-433. *Esp.*

U. *Carta ao P. Geral*, da Baía, 5 de Novembro de 1584. (*Lus.68*, 412-413). *Esp.*

V. *Carta ao P. Geral,* da Baía, 9 de Agosto de 1585. (*Lus.*69, 125). — Chegou a S. Vicente. Trouxe o P. Inácio Tolosa, como consultor. *Esp.*

X. *Carta ao P. Geral,* da Baía, 16 de Agosto de 1585. (*Lus.*69, 131-132). — Assuntos temporais; benevolência do Bispo; o Governador contrário; seminários. *Esp.*

Y. *Carta ao P. Geral,* da Baía, 19 de Agosto de 1585. (*Lus.*69, 133-134). — Informação da visita das casas do Sul; Anchieta melhorou mas não pode atender ao seu ofício. *Esp.*

Z. *Memorial da Visita do P. Cristóvão de Gouveia.* Incluido no Memorial do Procurador do Brasil, P. António Gomes. (*Lus.68,* 414-418v). *Port.*

AA. *Visita do P. Cristóvão de Gouveia: Confirmação que de Roma se enviou à Província do Brasil de algumas coisas que o P. Cristóvão de Gouveia Visitador do Brasil ordenou nela o ano de 1586.* Com os seguintes capítulos: Para o geral da Província; Para os Colégios; Para as Capitanias; Para as Aldeias; Para as Missões. (*Bras.*2, 139-149v). Cf. S. L., *História,* II, 491. *Esp.*

BB. *O que parece ao P. Visitador Cristóvão de Gouveia ordenar na Visita deste Collegio da Baya,* 1 de Janeiro de 89. *Português.* Ao lado, em *espanhol,* para o P. Geral, o motivo de cada uma destas ordenações. (Gesù, *Collegia 13,* Baya).

CC. *Carta do P. Cristóvão de Gouveia, Reitor da Universidade de Évora ao P. Geral,* Évora, 1 de Janeiro de 1592. (*Lus.71,* 10-13). — Informação geral. — Cit. em Franc. Rodrigues, *História,* II-1, 379.

DD. *Carta ao P. Geral,* de Lisboa, 15 de Maio de 1593. (*Lus.*72, 103). — Agradece o tê-lo aliviado do cargo e cuidado da Universidade de Évora. *Esp.*

EE. *Carta ao P. Geral Aquaviva,* de Lisboa, 15 de Agosto de 1593. (*Lus.*72, 121). — Sobre António Dias e os correctivos nas Aldeias dos Índios. — Cf. S. L., *História,* II, 81, nota 1. *Esp.*

FF. *Informação sobre o P. António de Mariz* [não do Brasil]. (*Lus.*72, 189-189v).

GG. *Visita do P. Provincial Cristóvão de Gouveia: Coisas Gerais para toda a Província* [*de Portugal*]. (B. N. de Madrid., ms. 8557, p. 25). Cit. em Franc. Rodrigues, *História,* II-1, 478.

HHI. *Informação para Superiores*, Lisboa, 12 de Fevereiro de 1596. (*Lus.73*, 97-98). *Esp.*

II. *Carta de Cristóvão de Gouveia*, Lisboa, 5 de Outubro de 1603. (Museu Britânico, *Adicionais*, 28.432, f. 65). Cf. Tovar, *Catálogo*, 213.

JJ. *Commentario das occupações que teve e do que nellas fez*. Ms. utilizado por António Franco na *Imagem de Évora*, Livro I, Cap. 31, § 7: "Vou metendo nesta narração algumas cousas, que parece as pudera escusar por serem noticias particulares que o mesmo P. Christovão de Gouvea deixou escritas em hum *Commentario, que por sua curiosidade foy fazendo das occupaçoens que teve e do que nellas fez*".

Além deste *Comentário*, traz Barbosa Machado mais estas duas obras:

a) *História do Brasil e costumes dos seus habitadores*, e alega Jorge Cardoso como quem a vira e se conservava no Colégio de Coimbra.

b) *Summario das Armadas:* e este "compôs quando era Visitador do Brasil da qual vimos uma cópia".

Está averiguado que o *Summario das Armadas* é do P. Simão Travaços. (Cf. S. L., *História*, I, 500). Aliás o próprio título completo diz "escrito e feito por mandado" do P. Visitador. Barbosa Machado deve-se ter fixado só na palavra *escrito* sem reparar nas outras *por mandado de*. E a não ser que aquela *História* seja a *Informação do Brasil para Nosso Padre*, acima indicada no n.º 3, parece-nos que se trata dalguma das diversas *Informações*, que então mandou fazer e os estudos modernos foram distribuindo pelos respectivos autores, Fernão Cardim, Francisco Soares, José de Anchieta, Simão Travaços e talvez outros.

Sommervogel transcreve Barbosa Machado e acrescenta duas cartas como escritas *ao* P. Fernão Cardim; e cita Rivara, I, 19. Foram escritas *pelo* P. Cardim (*Narrativa Epistolar*).

Datas: No exame do P. Nadal lê-se, no título do P. Cristóvão de Gouveia: "Fiz este Janeiro passado de 1556 aos oito dias 19 anos". Segundo esta fonte nasceria em 1537. Mas averiguámos que 1556 é lapso por 1561. Este lapso inicial foi causa em parte de outros. Aqui se declaram e corrigem: nascimento, 8 de Janeiro de 1542; entrada na Companhia, 10 de Janeiro de 1556.

J. Manuel Espinosa, *Gouveia: Jesuit Lawgiver in Brazil*, em *Mid-America* vol. 24 (N. Ser., XIII) n.º 1 (Chicago, Janeiro de 1942)27-60.

A. S. I. R., *Lus.44*, 302v; — *Mon. Nadal*, II, 545; — Franco, *Imagem de Évora*, 170-180; — Id., *Ano Santo*, 81; — B. Machado, I, 566-567; — Sommervogel, III, 1638; — S. L., *História*, II, 489-493.

GRÃ, Luiz da. *Administrador e Pregador.* Nasceu cerca de 1523 em Lisboa. Estudou em Coimbra Artes e Direito e entrou na Companhia na mesma Cidade a 20 de Junho de 1543. Reitor do Colégio de Coimbra e amigo do P. Simão Rodrigues na querela com os Padres estrangeiros. Embarcou para o Brasil em 1553, como "colateral" do P. Manuel da Nóbrega (colateral não era cargo de jurisdição, mas de admonição e conselho). Como sucessor de Nóbrega, assumiu o cargo de Provincial em 1559. Fez a profissão solene em S. Vicente, no dia 26 de Abril de 1556, recebendo-a Manuel da Nóbrega, e foi a primeira no Brasil. Promoveu o estudo da língua brasílica, a catequese e os aldeamentos sobretudo os da Baía e de Piratininga. Mas os cargos de governo ocuparam o melhor da sua vida. Além de governar o Colégio da Baía foi Superior de S. Vicente 4 anos, Reitor do Colégio de Pernambuco 13, e Provincial 11. Pendia para o ascetismo e pobreza. E era pregador incansável. Um dos grandes operários da primeira hora, que consagrou ao Brasil 56 anos de apostolado fecundo, os últimos dos quais no seu Colégio de Olinda, onde faleceu a 16 de Novembro de 1609.

1. *Carta do P. Luis da Grãa ao P. Martim de Sancta Cruz*, de Coimbra, oje 7 de Março de 1548. M. H. S. I., *Epistolæ Mixtæ*, I (Matriti 1898) 484-486.

2. *Carta do P. Luis da Graã ao P. Martim de Santa Cruz*, de Coimbra oje, 16 de Junho de 1548. M. H. S. I., *Epistolæ Mixtæ*, I, 536-539.

3. *Carta a S. Inácio*, da Baía, 27 de Dezembro de 1553. (*Bras.3(1)*, 140-143v). Em S. L., *Novas Cartas Jesuíticas*, 160-169.

É a primeira carta que escreve a S. Inácio. No original tem a data de 1555. Mas a 27 de Dezembro já estava no sul como se vê pela carta seguinte. Pareceu-nos lapso de 5 por 3. Publicámo-la com a data de 1553, fazendo esta advertência e também a de que 1554 já seria aceitável.

4. *Carta do P. Luiz da Grã*, do Espírito Santo, 24 de Abril de 1555. (*Bras.3(1)*, 137-137v). Em S. L., *Novas Cartas Jesuíticas*, 177-181.

Não se diz a quem a enviou. Na cópia portuguesa do Arquivo tem ao lado "p.ª mostrar al S.ᵒʳ enbax.ᵒʳ"

5. *Carta do P. Luiz da Grã a S. Inácio*, de Piratininga, 7 de Abril de 1557. (*Goa 8(1)*, 113-114). Em S. L., *Novas Cartas Jesuíticas*, 182-185.

6. *Alguns Capitulos de uma carta do Padre Luis da Grã pera o Padre Doutor Torres*, da Cidade do Salvador, 22 de Setembro de 1561. Em *Cartas Avulsas*, 291-293, copiada do cód. da B. N. do Rio de Janeiro, "Cartas dos Padres". Publ. em ital. nos *Nuovi Avisi*, 4.ª P. (Venezia 1565) 180-182.

A. *Resposta do P. Luiz da Grã ao P. João de S. Miguel, hoje primeiro domingo do Advento de 1552.* (B. N. de Lisboa, Col. Pomb., 490, f. 101-101v, sob o rótulo de *Treslado de hũa carta do P. Luis da Grã p.ª os Irmãos de Coimbra*). — Excerpto em S. L., *História*, II, 471-472. Port.

A carta do P. João de S. Miguel ao P. Luiz da Grã, em *Epistolæ Mixtæ*, V (Matriti 1901)768-771.

B. *Carta ao P. Geral*, de Piratininga, 8 de Junho de 1556. (*Bras.3(1)*, 147-149v). — Dúvidas e escrúpulos sobre assuntos de bens materiais. Esp.

C. *Carta do P. Luiz da Grã*, da Baía, 26 de Fevereiro de 1569. (Gesù, *Epp. Selectæ*, 5, n.º 303). — Sobre a situação dos que pretendiam a Cartucha; dificuldade em achar Mestre de Noviços; falta de professores. Esp.

D. *Carta ao P. Geral Francisco de Borja*, de S. Vicente, 30 de Julho de 1569. (*Bras.3(1)*, 163-164v). — Diz que saiu da Baía a 10 de Março para visitar a costa até S. Vicente, naufrágios, arribações, como se livraram de franceses, e que ia mandar para o Colégio do Rio algumas vacas para que se multipliquem e que partiria em breve para o Campo [Piratininga]. Esp.

E. *Carta ao P. Geral Francisco de Borja*, da Baía, 15 de Junho de 1570. (*Bras.15*, 200-200v). — Haverá 20 dias que chegou de S. Vicente. Lá ficou o P. José, que é muito doente mas da sua muita caridade tira forças para servir ao Senhor; visitam-se as Aldeias, mas a gente é pouca. Espera que o P. Inácio de Azevedo traga a resolução das dúvidas que se tinham proposto. Esp.

F. *Diálogo ou Suma da Fé*. Cf. S. L., *História*, II, 556.

J. Manuel Espinosa, *Luis da Grã, Mission Builder and Educator of Brazil*, em *Mid-America*, vol. 24 (Chicago 1942)188-216.

A. S. I. R., *Bras.5*, 71v; — Franco, *Imagem de Coimbra*, II, 220-230; — Id., *Ano Santo*, 241-242; — Sommervogel, III, 1666; IX, 428, 1731, 1734; — Rivière, 487; — Streit, II, 349-351; — S. L., *História*, II, 471-475.

GUEDES (GINZL), João. *Missionário e Administrador.* Nasceu a 8 de Outubro de 1660 em Komotau (Boémia). Filho de André Ginzl e de Regina Ginzlin. (O apelido aparece de diversas formas e na missão ora é Guinzel ou Guincel ora o aportuguesado Guedes, como ele próprio assina). Entrou na Companhia, com 16 anos, a 14 de Outubro de 1676, e fez a profissão solene a 28 de Fevereiro de 1694, ano em que embarcou de Lisboa para o Brasil, iniciando logo a carreira de Missionário nas Aldeias dos Índios (Cariris, Janduins e Paiacus). Trabalhou no Rio de S. Francisco, na Ribeira do Açu, em Ibiapaba. Reitor do Colégio de Olinda e fundador do Real Hospício do Ceará (Aquiraz), onde faleceu a 11 de Fevereiro de 1743.

1. *Carta do P. João Guinzol*, da Baía no Brasil, 5 de Junho de 1694. Stöcklein, *Welt-Bott*, II (Augsburg 1726) n.º 49, p. 60-62.

2. *Carta que o P.ᵉ Joam Guinzel da Companhia de Jesus Missionario nas Aldeias assentadas de novo na Capitania do Rio Grande escreveo ao Sr. Dom Joam de Lencastro*, Do Arraial do Açu, 29 de Outubro de 1699. (A. H. Col., *Baía*, Apensos, Capilha de 7 de Janeiro de 1700). Publ. na *Rev. do Inst. do Ceará*, XXXI, 195-198 (Colecção Studart); — ib., XXXVII (1923) 131-133.

3. *Brief P. Güntzel oder Guinzol S. J. an R. P. Holtzecker S. J., zu Lisbona*, den 7 Spt. 1720. Stöcklein, *Welt-Bott*, n.º 207, p. 31-32.

4. *Brief des P. Joh. Ginzl an den R. P. Rectorem des Collegium von Prag.* Ceará, in Brasilien, 21 Junii 1741. Stöcklein-Keller, XL, p. 21.

A. *Carta de Olinda ao P. Perier e remetida por este ao P. Geral Tamburini*, de Olinda, 9 de Setembro de 1717. (Bras.4, 199-199v). — Dá-se como vítima de uma conjura nacionalista contra os estrangeiros, cuja cabeça diz que é o P. Gaspar Borges. Pedia "para tornar à Europa fora de Portugal". Assina: "João Guedes ou Ghincel". *Port.*

B. *Certificado do P. Reitor João Guedes em como o Comissário Geral José Ribeiro Ribas procedeu com diligência à prisão dum sujeito por ordem dos Inquisidores de Lisboa.* Colégio de Olinda, 29 de Maio de 1719. (A. H. Col., *Pernambuco*, Avulsos, Capilha de 26.VI.1726). *Port.*

C. *Carta ao P. Geral Tamburini*, de Lisboa, 8 de Agosto de 1720. (Bras.4, 204). — Foi a Lisboa tratar da Missão de Ibiapaba. A Corte quer que a Companhia se ocupe dos Índios do Ceará. Dificuldades e esperanças. *Lat.*

D. *Carta ao P. Geral Tamburini*, de Lisboa, 6 de Setembro de 1720. (*Bras.4*, 205). — Mesmo assunto da precedente. *Lat.*

E. *Representação a El-Rei sobre se não desanexar da jurisdição do Ceará Grande para a do Maranhão a Serra de Ibiapaba*, 1720. — "Joam Guedes da Comp.ª de Jesus Missionario do Brasil". (Só assin. autógrafa). Arq. da Casa de Cadaval, cód. 1038, f. 34-37v (K-VII-26).

O Mestre de Campo do Piauí Bernardo Carvalho de Aguiar tinha proposto a anexação. João Guedes justifica o seu parecer com notícias de carácter histórico. E junto dela, antes e depois, no mesmo códice 1038, está a restante documentação sobre este assunto com outros pareceres, e o despacho autógrafo de D. João V e dos Conselheiros de Estado. (Cf. S. L., *História*, III, 74; e Consulta do Conselho Ultramarino de 16 de Outubro de 1720, A. H. Col., *Baía*, Apensos, Capilha de 24 de Maio de 1721.) *Port.*

F. *Carta ao P. Geral Tamburini*, de Lisboa, 14 de Julho de 1721. (*Bras.4*, 212). — Poucas rendas para o Hospício do Ceará; Ibiapaba não deve pertencer ao Estado do Maranhão. *Lat.*

G. *Carta ao P. Geral Tamburini*, de Lisboa, 22 de Julho de 1721. (*Bras.4*, 214). — El-Rei ainda não determinou nada sobre o Hospício do Ceará. *Lat.*

H. *Requerimento a El-Rei sobre a Administração das Aldeias de Guajuru e Guaraíras*, s. a. (A. H. Col., *Pernambuco*, Avulsos, Capilha de 16.XII.1721). *Port.*

I. *Representação a El-Rei sobre a Administração das Aldeias de Guajaru e Guaraíras*, s. a. (*Ib.*). Diferente da anterior. *Port.*

J. *Representação a El-Rei sobre os Capitães-mores se intrometerem no governo dos Índios e em excesso os do Rio Grande [do Norte]*, s. a. (*Ib.*). *Port.*

K. *Carta ao P. Geral Tamburini*, do Ceará, 31 de Janeiro de 1724. (*Bras.4*, 257-258v). — Objecções dalguns Padres à fundação do Hospício. *Lat.*

L. *Carta de recomendação a El-Rei para que nomeie Capitão-mor do Ceará o Coronel João de Barros Braga, e sobre uma Capitania no Presídio do Ceará*. Autógrafo, s. a. (A. H. Col., *Ceará*, Avulsos, 15 de Julho de 1724). *Port.*

M. *Queixas que tem o P. Joam Guedes da Comp.ª de Ihs do P. Joam de Mattos Monteyro Sacerdote Secular e Cura que foy da freguezia do Acaracu na Capitania do Seará Grande.* Documento do próprio P. João Guedes que fala na primeira pessoa. (A. H. Col., Ceará, Avulsos, 9 de Janeiro de 1725). *Port.*

N. *Treslado de huma justificação que fes o m.to R.do P.e Sup.or João Guedes da Comp.ª de Jesus perante o m.to R.do Vizitador o L.do Antonio de Andrada de Araujo estando em vizita nesta freguezia de N. S. da Conceição do Caracu Cap.nia do Seará*, 3 de Novembro de 1724. Documentos com a rubrica: *Sobre o procedimento do P.e João de Mattos Montr.º cura que foy do Acaracu.* (A. H. Col., Ceará, Avulsos, 9 de Janeiro de 1725). *Port.*

O. *Carta ao P. Geral Tamburini*, de Lisboa, 8 de Dezembro de 1725. (Bras.4, 302-302v). — Sobre assuntos do Ceará: tudo bem encaminhado. *Lat.*

P. *Carta ao P. Geral Tamburini*, de Lisboa, 10 de Abril de 1726. (Gesù, 721). Sobre o Hospício do Ceará e o que deu El-Rei. *Lat.*

Q. *Carta ao P. Geral Tamburini*, do Recife, 20 de Setembro de 1726. (Bras.4, 342). — A questão de Ibiapaba: são contrários o Governador do Maranhão e o Vigário Geral do Ceará; a favor o Vice-Rei do Brasil e o Cardeal da Cunha. *Lat.*

R. *Carta ao P. Geral Tamburini*, do Recife, 30 de Setembro de 1726. (Bras.4, 343). — Mesmo assunto que a precedente. *Lat.*

S. *Carta ao P. Geral Tamburini*, da Residência do Ceará, 17 de Outubro de 1727. (Bras.4, 377-378v). — Benfeitor, que dá terras para uma Residência e condições. *Lat.*

T. *Suplica de Joam Guedes Superior do Real Hospicio do Seará, a S. Magestade para que se digne de recomendar aos Ouvidores das Capitanias do Seará e Piauhy a pontual execução da Sua Real Ordem sobre a applicação de 3.000 cruzados à construção do edificio do Hospicio do Seará, que athe agora não sortio effeito algum.* Seará, de Junho 21 e de 1729 anos. (A. H. Col., Ceará, Avulsos, 1729, 21 de Junho). *Port.*

A. S. I. R., *Bras.5(2)*, 155v; — *Bras.10(2)*, 419v; — Loreto Couto, I, 351; — Sommervogel, III, 1422; — Huonder, 157; — Streit, I, 383, 386; II, 764; III, 38, 433; — S. L., *História*, III, 76; V, 582.

GUISENRODE, António de. *Administrador.* Nasceu por 1672 na Baía. Entrou na Companhia em 1686 e era estudante de Filosofia em 1694. Da Baía passou à Índia e foi Reitor do Colégio de Goa, e Procurador da Índia a Roma, passando na Baía, nessa qualidade em 1719, com o P. António Brandolini. Mais tarde voltou à Baía, de cujo Colégio foi Reitor, e onde faleceu um mês depois de ter concluido o reitorado, a 9 de Abril de 1737.

A. *Carta ao P. Geral*, da Baía, 29 de Junho de 1696. (*Bras.4, 17*). — Envia a Licença que lhe concedeu o Provincial do Brasil de passar ao Malabar; e pede confirmação em virtude das recomendações do mesmo Geral em carta ao Provincial, lida no Refeitório, de não contradizer os desejos dos que pedissem a Missão do Malabar. *Lat.*

B. *Carta ao P. Geral Retz*, da Baía, 10 de Dezembro de 1732. (*Bras.4*, 388-389v). — Viagem de Lisboa à Baía, com os noviços. Como foi bem recebido do Vice-Rei. Cit. em S. L., *História*, VI, 604. *Lat.*

C. *Carta ao P. Geral Retz*, da Baía, 1 de Julho de 1734. (*Bras.4*, 400; 2.ª via, 401). — Ministérios da Quaresma. Pede, para o Arcebispo da Baía, a carta de Irmandade. *Lat.*

Carta do P. Geral ao P. António de Guisenrode em Lisboa. De 13 de Abril de 1726 em que agradece o presente que este lhe enviou. (*Epp. NN.46*, 378).

— Consulta sôbre Henrique de Guisenrode. Pede Licença para levar na sua fragata ao Brasil alguns Estrangeiros por lhe faltarem Portugueses. (A. H. Col., Index das Consultas do Conselho da Fazenda de 1643 a 1656, cód. 45, f. 167v).
— Carta de Henrique de Guisenrode ao Visconde de Ponte de Lima, em que agradece os favores recebidos por intermédio do seu cunhado o dr. António de Aguiar da Silva. Baía, 21 de Junho de 1668. (Bibl. da Ajuda, 51-X-10, f. 319 e 324; Ferreira, *Inventário*, n.º 1092). — Indicações úteis sobre a família de António de Guisenrode. Também B. Machado, II, 619, fala de um Fr. João de Guizenroden, natural de Lisboa.

A. S. I. R., *Bras.5*(2), 106; — *Bras.6*, 105v, 202v; — *Bras.10*(2), 381; — S. L., *História*, V, 86.

GUSMÃO, Alexandre de. *Pedagogo, Administrador e Asceta.* Nasceu a 14 de Agosto de 1629 em Lisboa. Embarcou com a sua família para o Brasil em 1644 e era estudante do Colégio do Rio de Janeiro, quando nesta cidade entrou na Companhia a 27 de Outubro de 1646. E ainda na mesma Cidade, fez a profissão solene a 2 de Fevereiro de 1664, recebida pelo P. Reitor Francisco de Avelar. Mestre de Noviços, Reitor do Colégio do Espírito Santo, Reitor do Colégio da Baía, e Provincial duas vezes. Fundou o Seminário de Belém da Cachoeira de que também foi Reitor. Concordou em S. Paulo, com as administrações locais dos Índios, colocando-se em desacordo com o P. António Vieira. Dissentiu dele noutros pontos, com razão ou sem ela, deixando-se influenciar por alguns Padres, que não eram naturais nem de Portugal nem do Brasil. Promoveu as Missões do sertão, padeceu trabalhos e foi cativo dos piratas. Tinha habilidade manual para obras de entalhe e era dotado de piedade, que se revela nos seus livros, todos de assunto ascético, estimados pela pureza de dicção e menos afectação de estilo que alguns escritores do seu tempo. E com a *História do Predestinado Peregrino*, romance alegórico-moral, é considerado precursor do romance brasileiro, como primeira novela escrita no Brasil. A característica mais notável da sua carreira foi a de educador, com a primazia entre os educadores do Brasil nos tempos da sua formação colonial. No Seminário de Belém da Cachoeira, que fundara e onde estudaram tantos homens ilustres, viveu os últimos anos da vida; e nele, longe de debates, cujos ecos amorteceram os anos, acabou os dias em alta velhice, a 15 de Março de 1724, com fama de santo, e rodeado da veneração geral.

1. *Escola de Bethlem Jesvs nascido no prezepio. Pello P.^e Alexandre de Guzmão da Companhia de Jesvs da Provincia do Brazil. Dedicada ao Patriarcha S. Joseph.* Evora. Na Officina da Universidade, Anno 1678, 4.º, 322 pp., mais as preliminares; com uma delicada gravura de Richard Collin, do Luxemburgo, feita em Antuérpia, representando o presépio. — *Escola de Belem Jesus nascido no presepio. Dedicado ao Patriarcha S. Ioseph. Pelo P. Alexandre de Gusmão da Companhia de Jesu da Provincia do Brasil.* [Trigrama da Companhia]. Evora. Na Officina da Universidade. Anno M.DCC.XXXV. Com todas as licenças necessarias. 4.º, XIV-319 pp. "Licenças da Ordem", datadas de 1676 da Baía, de António Rangel (18 de Agosto), João de Paiva (20 de Agosto), Provincial Joseph de Seyxas (19 de Agosto).

Tradução italiana do P. Bonucci. — Ver *Bonucci* (António Maria).

2. *Historia do Predestinado Peregrino e seu Irmão Precito, em a qual debaixo de huma mysteriosa parabola se descreve o sucesso feliz do que se ha de salvar, e infeliz sorte do que se ha de condenar.* Lisboa, por Miguel Deslandes, 1682, 8.º, VIII-254 pp.; — *Historia ... e seu irmam Precito Em a qual ... misteriosa Parabola ... o sucesso felis do ... e infeliz ... condenar. Dedicado ao peregrino celestial S. Francisco Xavier, Apostolo do Oriente, composta pello P. Alexandre de Gusmam da Companhia de Jesu, da Provincia do Brazil.* Evora, na Officina da Universidade, Anno de 1685, 8.º peq. de 8-364-9 pp.; — Lisboa, na Off. de Filipe de Souza Vilela, 1724, 8.º; — *Ibid.*, Ofic. de Filipe de Sousa Vilela, A custa de Domingos Gonçalves mercador de Livros. Anno 1728. Com todas as licenças necessarias, 8.º 364 pp. mais os Prelims. e Índice final.

A edição de 1724 é dada por Barbosa Machado e repetida pelos mais bibliógrafos, mas nenhum dos subsequentes indicou a paginação. Como não dá a de 1728, resta averiguar se não será a mesma.

Historia del Predestinado Peregrino y su hermano Precito. En la cual, bajo una misteriosa parabola se describe el suceso feliz del que se ha de salvar, y la infeliz suerte del que se ha de condenar. Dedicada al peregrino celestial S. Francisco Javier, apostol del Oriente. Compuesto por el P. Alejandro de Guzman, de la Compañia de Jesus, de la Provincia del Brasil. Traducida de português en castellano para utilidad de las almas cristianas. Barcelona, 1696. Por Rafael Figuero, 4.º — *Historia del Predestinado Peregrino y su hermano Presito, en la qual, debaxo de una misteriosa Parabola, se describe... de condenar.* Compuesta en lengua Portuguesa por el Padre Alexandro de Gusman, de la Compañia de Jesus, y traducida de nuevo en lengua Española per otro de la misma Compañia Dedicado a S. Francisco Xavier, Apostol del Oriente. México: Reimpresa en la oficina de S. Alexandro Valdés, ano de 1815, 8.º, 352 pp.

Cf. Censuras deste livro de Mateus de Moura, Baía (12 de Julho de 1679) e António Rangel (17 de Junho de 1679), Gesù, *Cens. Libr.*, 671, f. 560, 562.

3. *Arte de crear bem os Filhos na idade da Puericia dedicada ao Minino de Belem I E S V Nazareno. Composta pelo P. Alexandre de Gvsmam da Companhia de IESV, da Provincia do Brazil.* [Trigrama da Companhia dentro dum desenho em forma de coração]. Lisboa. Na Officina de Miguel Deslandes. Na Rua da Figueira. Com todas as licenças necessarias. Anno de 1685. 8.º peq. XVI-387 pp.

O primeiro e grande monumento da Pedagogia Brasileira no seu aspecto específico de educação cristã. Pureza de linguagem e estilo simples, concreto e corrente, sem transições repentinas e forçadas, nem citações latinas. Entre os livros de Alexandre de Gusmão, parece o mais acessível ao gosto moderno.

4. *Sermaõ na Cathedral da Bahia de todos os Santos nas exequias do Illustrissimo Senhor D. Fr. Joaõ da Madre de Deos primeiro Arcebispo da Bahia, que faleceo do mal commum, que nella houve neste anno de 1686.* Lisboa, por Miguel Manescal Impressor do S. Officio, 1686, 4.º, IV-19 pp.

5. *Meditações para todos os dias da semana, pelo exercicio das tres potencias da alma, conforme ensina S.^{to} Ignacio Fundador da Companhia de Jesu:* Pelo Padre Alexandre de Gusmaõ, da mesma Companhia. Lisboa, Na Officina de Miguel Deslandes Impressor de Sua Magestade. Anno de 1689. Com todas as licenças necessarias. 8.º, XVI-272.

Nos Preliminares, normas para a meditação, adições etc.; 2.ª feira, 22 meditações; 3.ª feira, 18 meditações; 4.ª f., 19 meditações; 5.ª f., 18 meditações; 6.ªf., 18, com um modo breve de meditar a Paixão de Christo; sabado, 18 meditações; Domingo, 51 (são as meditações dos Evangelhos das Domingas). Seguem-se meditações para as festas do ano, algumas novas, outras com chamada às anteriores; e conclui com uma "Instrucçam para tomar os Exercicios".

Pareceres favoráveis de 1687: Andreoni (14 de Agosto), Diogo Machado (1 de Agosto) e António Rangel (30 de Julho), em *Bras.3(2)*, 241-243. Diz o P. Diogo Machado que o P. Gusmão escrevera este livro quando era Mestre de Noviços.

O exemplar da Bibl. do Colégio de S. Paulo descreve-se assim no Inventário de 1761, n.º 602: "Hum volume de Meditaçoens de Santo Ignacio Padre Gusman de quarto capa de pasta em bom uzo visto e avaliado por oitenta reis". (Arq. Nac. do Rio de Janeiro, Secção Histórica, c. 481).

6. *Meditationes digestæ per annum*. Ulyssipone, typis Michaelis Deslandes, 1682, 8.º Segundo o P. Lopez de Arbizu a impressão teria sido em 1695.

7. *Menino Christaõ*. Lisboa, por Miguel Deslandes, Impressor del Rey, 1695, 8.º

8. *Rosa de Nasareth nas montanhas de Hebron, Virgem Nossa Senhora na Companhia de Jesu*. Lisboa na Officina Real Deslandesiana, 1715, 4.º, XIV-438 pp. — "Licença da Ordem" do Provincial Mateus de Moura, Baía, 12 de Dezembro de 1709.

9. *Eleyçam Entre o bem, & mal eterno pelo Padre Alexandre de Gusmam Da companhia de Jesus*. [Vinheta]. Lisboa Occidental. Na Officina da Musica. Anno M.DCC.XX. Com todas as licenças necessarias. [Com esta portada ou anterrosto]: *Eleiçam Entre obem, e mal eterno Pello P. Alexandre de Gvsmaõ Da Companhia de Iesus*.

Ao centro da portada, a alegoria da cobra a morder a cauda, formando anel, no qual se cruzam a pluma e a espada, correspondendo à ponta da pena a palavra *Vitam* e aos copos da espada a palavra *mortem;* e acima da palavra *Vitam* está *Bonum* e acima de *mortem* está *et malum*. No alto, a palavra *Aeternitas*. E dois versículos da Sagrada Escritura.

Nos Preliminares: "Dedicatoria ao Minino de Belem JESUS Filho de Deos e da Virgem Maria Salvador, & Redēptor nosso nascido no Presepio por nosso amor morto na Cruz para nosso remedio"; "Prologo ao Leytor"; "Licenças"; "Indice". A licença da Ordem, do P. José de Almeida, Visitador Geral e Vice-Provincial, é datada da Baía aos 10 de Julho de 1717.

Livro escrito "nos últimos dias de minha vida" (tinha 88 anos de idade) em Belém da Cachoeira, "junto ao vosso Presépio", diz o Autor na dedicatória ao Menino Jesus.

10. *O Corvo, e a Pomba da Arca de Noé no sentido Allegorico e moral.* Lisboa, por Bernardo da Costa Impressor da Religiaõ de Malta, 1734. 8.º, XXIV-221 pp.

11. *Arvore da Vida, JESUS Crucificado Dedicada á Santissima Virgem Maria N. S.ra Dolorosa ao pé da Cruz. Pelo Padre Alexandre de Gusmaõ Da Companhia de Jesu. Obra posthuma dada á estampa pelo P. Martinho Borges, Da mesma Companhia, Procurador Geral da Provincia do Brasil.* [Trigrama da Companhia]. Lisboa Occidental, Na Officina de Bernardo da Costa de Carvalho, Impressor da Religiaõ de Malta. Ano M.DCCXXXIV. Com todas as licenças necessarias.

Dedicatoria à Santíssima Virgem. Prólogo aos que lerem. [Sem assinatura: do P. Martinho Borges? É sobre o P. Alex. de Gusmão]. *Proémio e Licenças.* A da Companhia é do Visitador Geral e Vice-Provincial da Província do Brasil, "Dada na Bahia aos 20 de Agosto de 1718. *Joseph de Almeida*". XVIII-295 pp.

12. *Compendium perfectionis religiosæ auctore P. Alexandro Gusmano S. J. Opus Posthumum. Praemittitur Vitae et Virtutum Auctoris Compendiaria Narratio.* Venetiis, MDCCLXXXIII. Excudebat Antonius Zatta. Superiorum permissu. 8.º, XI-132 pp. Publ. pelo P. Manuel de Azevedo. — *A Vida do P. Gusmão*, de p. 1 a 36. — Ver *Moniz* (Jerónimo), autor provável desta vida.

13. *Preces recitandæ statis temporibus ab alumnis Seminarii Bethlemici.* Aparece no Breve Catálogo de *Scriptores Provinciæ Brasiliensis* entre as obras impressas de Alexandre de Gusmão. (S. L., *História*, I, 534).

14. *Carta ao Senado da "Câmara da Cidade da Baía" sobre o Pátio novo, estudos e o grau de Teologia no Colégio*, do Colégio, 21 de Junho de 1686. (Arquivo Municipal da Baía, "Registro de Cartas do Senado ao Eclesiástico", 62-A, 127, f. 3). — Responde à carta da Câmara de 8 de Junho de 1686 sobre estudos e título de Universidade que se pretendia para o Colégio da Baía. Publ. por S. L., *O Curso de Filosofia e tentativas para se criar a Universidade do Brasil no século XVII*, em *Verbum*, V (Rio 1948) 116.

15. *Carta do P. Alexandre de Gusmão Provincial ao P. Geral Tirso González*, da Baía, 4 de Junho de 1687. (Bras.3(2), 234). Traduzida do Latim e publ. pelo P. Cândido Mendes, *O Seminário do P. Alexandre de Gusmão em Belém da Cachoeira (Baía).* Sua *importância na formação do Clero Nativo,* em "Memórias do Congresso do Mundo Português", IX (Lisboa 1940) 470-471.

16. *Regulamento do Seminario de Belem ou Ordens para o Seminario de Belem conforme ao que mandou Nosso Reverendo Padre em uma sua de 28 de Janeiro de 1696 e em outra antecedente de 16 de Janeiro de 1694 ao Padre Provincial.* (Gesù, *Colleg.,* 15). Publ. por S. L., *História,* V, 180-189.

17. *Certificado do P. Alexandre de Gusmão Reitor do Seminario de Belem em como Bertholameu Lourenço, Seminarista do dito Seminario, fez subir a agua de hum brejo do dito Seminario que fica sobre hum monte por hum cano de quatro centos e sessenta palmos de altura.* Seminario de Bellem aos 18 de Janeiro de 1706. Publ. por Taunay, *Bartolomeu de Gusmão e a sua prioridade aerostática* (S. Paulo 1938) 542; — S. L., *História,* V, 178-179.

A. *Annuæ Litteræ Provinciæ Brasiliensis Annorum 1657 et 1658. Jussu Patris Provincialis Balthasaris de Siqueira.* (*Bras.*9, 59-62v). Autógr. e assin. — S. a. n. l. *Lat.*

B. *Carta ao P. Geral Oliva,* da Baía, 13 de Maio de 1673. (*Bras.*3(2), 124-124v). — Pede licença para imprimir a "Escola de Belem". Um Padre secular fará os gastos. *Lat.*

C. *Carta ao P. Geral Noyelle,* da Baía, 21 de Junho de 1684. (*Bras.*3(2), 179-179v). — A causa da expulsão dos Padres do Maranhão é a liberdade dos Índios. Vai a Portugal o P. Bettendorff a informar El-Rei. *Lat.*

D. *Carta ao P. Geral,* da Baía, 27 de Julho de 1684. (*Bras.*3(2), 181-182v). — Sobre o Bispo, Governador, morte do P. Domingos Fernandes pelos piratas, Maranhão. *Lat.*

E. *Carta ao P. Geral,* do Rio de Janeiro, 17 de Maio de 1685. (*Bras.*3(2), 202). — Desgraças, sua e doutros, causadas pelos piratas. Não haverá Congregação Provincial nem irá Procurador a Roma. *Lat.*

F. *Outra carta ao P. Geral,* do Rio de Janeiro, 17 de Maio de 1685. (*Bras.*3(2), 203). — Festa da Santíssima Trindade no Colégio da Baía. *Lat.*

G. *Carta ao P. Geral,* do Rio de Janeiro, 18 de Maio de 1685. (*Bras.*3(2), 204-205v). — Razões sólidas para que se não deixe o Colégio de S. Paulo. Cit. em S. L., *História,* VI, 318. *Lat.*

H. *Carta ao P. Geral*, da Baía, 20 de Julho de 1686. (*Bras.26*, 135). — Louva o Governador Geral do Brasil Marquês das Minas; envia uma grande informação do P. António Vieira sobre o Maranhão, para o Geral e para El-Rei, etc. *Lat.*

I. *Carta ao P. Geral*, da Baía, 29 de Julho de 1686. (*Gesù*, V, 672, f. 148, 155, 156). — Remete as censuras do P. Inácio Faia e Estêvão Gandolfi sobre o volume de sermões do P. Lourenço Craveiro. Adere à opinião do segundo desfavorável á impressão. *Lat.*

J. *Carta ao P. Geral Tirso González*, da Baía, 10 de Agosto de 1688. (*Bras.3(2)*, 265). — Contra a cláusula do P. Geral: só 15 nascidos no Brasil e todos os Portugueses que se apresentarem para ser admitidos. *Lat.*

K. *Carta ao P. Geral*, da Baía, 2 de Julho de 1690. (*Bras.3(2)*, 280). — Contra o Visitador P. António Vieira: "violento e extravagante gobierno". *Esp.*

L. *Carta ao P. Geral*, de Belém da Cachoeira, 2 de Julho de 1690. (*Bras.3(2)*, 285). — Que se não limite o número de alunos do Seminário. Negócios. Vieira. *Lat.*

M. *Carta ao P. Geral*, da Baía, 2 de Dezembro de 1692. (*Bras.4*, 23-26v). — História da violência dos curraleiros do Rio de S. Francisco contra as Missões dos Índios Tapuias sem fazerem caso das ordens de El-Rei. *Lat.*

N. *Carta ao P. Geral*, de Belém da Cachoeira, 15 de Junho de 1693. (*Bras.3(2)*, 329). — Pede a carta de Irmão para Bento Maciel, benfeitor do Seminário. *Lat.*

O. *Carta ao P. Geral*, da Baía, 18 de Julho de 1693. (*Bras.3(2)*. 333). — Morte do Provincial Manuel Correia. Outras mortes, Doenças (mal da bicha). Negócios. *Lat.*

P. *Annuæ Litteræ ex Brasilia*, Bahiae, 30 Maii Anni 1694. (*Bras.9*, 395-400v). — Excerpto sobre as Administrações Paulistas em S. L., *História*, VI, 322-328. *Lat.*

Q. *Carta ao P. Geral*, da Baía, 13 de Junho de 1694. (*Bras.3(2)*, 334-335v). — Negócios. As dotações régias. *Lat.*

R. *Carta ao P. Geral*, de Olinda, 4 de Agosto de 1694. (*Bras.3(2)*, 336). — Sobre o livro do P. Bonucci, "Ephemerides Eucharisticae". *Lat.*

S. *Annuæ Litteræ ex Brasilia Anni 1695*. Bahyae, 8 Julii 1695. (*Bras.9*, 410-415). *Lat.*

T. *Carta ao P. Geral*, do Rio de Janeiro, 26 de Janeiro de 1696. (*Bras.4*, 2-3v). — Transacções económicas entre os Colégios da Baía e Rio de Janeiro. *Lat.*

U. *Carta ao P. Geral*, da Baía, 13 de Abril de 1696. (*Bras.4*, 5). — Sobre a viagem do P. Domingos Ramos a Roma, para a qual já tem licença do P. Geral e de El-Rei. *Lat.*

V. *Carta ao P. Geral*, da Baía, 5 de Maio de 1696. (*Bras.4*, 8-11v). — Missões. Ministérios. Informações. Excerpto em S. L., *História*, V, 299. *Lat.*

X. *Carta ao P. Geral*, da Baía, 27 de Maio de 1696. (*Bras.4*, 13, 17-17v). — Diz que concedeu licença ao P. António de Guisenrode de ir para o Malabar na Índia. *Lat.*

Y. *Resposta que da o P. Provincial da Companhia de Jesus ao papel que Catherina Fugassa e Leonor Pereira Marinho, possuidoras das Terras que chamão da Torre mandaraõ aos Padres da Companhia de Jesu do Coll.º da Bahya, em ocazião que se pedia distrito certo pera as tres Aldeias dos Indios Acharâ, Rodella e Caruru no Rio de S. Francisco que com sua ordem o S.ᵒʳ Governador sinalou*. (a) Alex.ᵉ de Gusmão Provincial da Comp.ª de Jesu. 6 pp. in-f. com 16 parágrafos. (A. H. Col., *Baía*, Apensos, 1697). Mas está junto à ordem do Governador D. João de Lencastro de 22 de Maio de 1696. *Port.*

Z. *Carta ao Sr. Roque Monteiro Paim*, da Baía, 18 de Junho de 1696. (a) Alex. de Gusmão. (A. H. Col., *Baía*, Apensos, 1697). — Sobre os atropelos de Catarina Fogaça e Leonor Pereira Marinho nas Aldeias do Rio de S. Francisco. *Port.*

AA. *Carta ao P. Geral*, da Baía, 25 de Junho de 1696. (*Bras.4*, 14-15v). — Informação sobre estudos e pessoas. *Lat.*

BB. *Carta ao P. Geral*, da Baía, 30 de Junho de 1696. (*Bras.4*, 20-20v). — Pede, para acabado o Provincialato, ficar com o governo e administração do Seminário de Belém da Cachoeira e que o Geral não determine nada sem primeiro o ouvir. *Lat.*

CC. *Carta ao Governador Geral D. João de Lencastro*, de Belém [da Cachoeira], 11 de Setembro de 1696. (A. H. Col., *Baía*, Apensos, 1697). — Sobre a destruição das Aldeias do Rio de S. Francisco. *Port.*

DD. *Carta ao Procurador Geral da Província do Brasil em Lisboa*, da Baía, 16 de Novembro de 1696. (A. H. Col., *Baía, Apensos*, 1697). — Sobre os distúrbios de Catarina Fogaça e Leonor Pereira, e males que causavam, e que o Procurador significasse na Corte que aos Padres não convinha continuar nas Aldeias do Rio de S. Francisco. *Port*.

EE. *Informação ao P. Geral sobre a venda da Fazenda de Iguape* (Cachoeira), Baía, 4 de Dezembro de 1696. (*Bras.11*, 368-369v). *Lat*.

FF. *Annuæ Literæ ex Brasilia*, Bahiae, 19 de Junho de 1697. (*Bras.6*, 435-438v). *Lat*.

GG. *Carta ao P. Geral Tirso González*, de Belém da Cachoeira, 15 de Dezembro de 1701. (*Bras.4*, 88-88v). — Concluiu-se a obra do Seminário e da Igreja do mesmo Seminário a mais bela de todo o Brasil excepto a do Colégio da Baía. Não se tornou a admitir o P. Laureano de Brito. *Lat*.

HH. *Carta ao P. Geral Tamburini*, da Baía, 20 de Setembro de 1720. (*Bras.4*, 206-206v). — Tem 92 anos. Pede que seja Reitor do Seminário de Belém da Cachoeira o P. António Aranha, que dá como apto para o ofício. *Lat*.

II. *Instrução do Noviço da Companhia de Jesus*. (S. L., *História*, I, 534).

JJ. *Vida do Ir. Gaspar de Almeida o "Afonso Rodrigues" da Baía*. (*Ib.*; e em Alex. de Gusmão, *Rosa de Nazareth*, 125).

KK. *Viaticum Spirituale*. "P. Rector noster Alexander de Gusman libellum cui titulus, "Viaticum Spirituale", lusitano olim idiomate conscripserat Ego quod mihi arriserat plurimum illum latinitate donavi quo omnibus inservire nationibus possit". (Carta do P. "Jacobus Rolandus", da Baía, 18 de Julho de 1682, ao P. Geral, e diz que o oferecera à sua Província Flandro-Belga, *Bras.3*, 159). A "Historia do Predestinado Peregrino" publicou-se neste ano de 1582, mas talvez se trate de outro livro do P. Gusmão, com título diferente

---

Oração Junebre nas Exequias do Veneravel Padre Alexandre de Gusmão da Companhia de Jesus. Fundador, e Rector do Seminario de Bethlem, que à sua custa fez, e pregou o Rev. P. Fr. Manoel de S. Joseph da Ordem de N. S. do Carmo, Discipulo, e Alumno do mesmo Veneravel Padre no ditto Seminario em acção de grassas no Anno de 1725. Com uma dedicatória ao P. Geral Miguel Ângelo Tamburini: "Senhor. A quem, senão a V. Reverendissima havia de offerecer as minhas lagrimas, pois sendo choradas na morte de hũ Pay universal desta America, que apenas se achará hum Religiozo nos Claustros ou hũ Presbitero no seculo, que não deva o ser à Companhia de Jesu", etc. A *Oração fúnebre* foi remetida a Roma por António de Aragão de Meneses, como título de merecimento para o P. Geral interceder a favor de Fr. Manuel de S. José, que pretendia alcançar patente de definidor perpétuo, confirmada pela Santa Sé. (*Bras.4*, 262-371). Cf. S. L., *História*, V. 175.

Transumptum Inquisitionis factæ de prodigiis a Servo Dei Patre Alexandro Gusmano Societatis Jesu patratis. De mandato Arch. Bahiensis Luiz Álvares de Figueiredo; Inquisitor, António Pereira, Vigario do Rosário da Cachoeira; Scriba, José Moreira da Silva. (*Lus.58(2)*, 581-594).

Vita P. Alexandri Gusmani. [Desenvolvida]. (*Lus.58(4)*, 566-573).
Compendium religiosæ vitæ, et felicissimi transitus Vener. P. Alexandri Gusmani in Prov. Brasilica. (*Lus.58(2)*, 575). (1 página).
De P. Alexandro Gusmano. (*Lus.58(2)*, 577). (1 página).
Elogium P. Alexandri Gusmani. (*Lus.58(2)*, 579). (1 página).

A *Vida do P. Alexandre de Gusmão* andava a redigir-se em 1733 e no "Prologo" da *Arvore da Vida*, impressa em 1734, se diz "que se pretende imprimir". No *Menológio* (título do P. Gusmão) lê-se: "ejus vita pene jam absoluta a Regiis ministris intercepta modo est" [1759].

Ver *Pestana* (Inácio), que deixou uma *Vida do P. Alexandre de Gusmão*, não concluida; e *Moniz* (Jerónimo), que escreveu um *Compêndio* dela.

O primeiro Necrológio do P. Alexandre de Gusmão está nas *Annuæ Litteræ 1723-1725*, do P. Manuel de Oliva (*Bras.10(2)*, 273-274), com as datas essenciais e minuciosas da sua vida e ofícios. Mas dá como entrada na Companhia o dia 28 de Outubro de 1646, que serviu para Barbosa Machado. Procedendo à verificação, achámos que os primeiros Catálogos só trazem a entrada, no Rio de Janeiro, em 1646. O de 1685 é mais explícito: entrou, com 17 anos, a 27 de Outubro de 1646. Daí em diante todos, invariàvelmente, dão os mesmos números excepto o de 1701, onde no original se lê para a idade 14, em vez de 17, que em S. L., *História*, V, 581, um lapso tipográfico permutou com o dia do mês; e é ainda 27 de Outubro de 1646 o dia que anda impresso no "Prologo" da *Arvore da Vida*, Lisboa, 1734.

Nas datas fundamentais do nascimento (14 de Agosto de 1629) e da morte (15 de Março de 1724) não há dúvida. E, ainda que para a morte dão alguns autores outros dias do mês, 14, 16 e 24 de Março, é certo o dia 15: Consta de *Bras.4*, 284; *Bras.10(2)*, 273v; *Bras.13*. (Menol.)39; da pedra tumular e dos retratos gravados à raiz da sua morte, com um dos quais abrimos o tomo V da *História*.

A. S. I. R., *Bras.5(2)*, 79; — *Lus.8*, 125; — B. Machado, I, 94-95; — Inocêncio, I, 32-33; VIII, 31; — Sommervogel, III, 1960-1962; IX, 450; — Fonseca, *Aditamentos*, 10; — S. L., *História*, I, 534; V, 167, 197; VI, 322-330.

H

HENRIQUE, Simão. *Missionário.* Nasceu a 25 de Janeiro de 1682 em Sabugosa, Diocese de Viseu. Entrou na Companhia a 27 de Janeiro de 1704 (Cat. de 1760: outros Catálogos dão outras datas). Embarcou em Lisboa para o Maranhão e Pará em 1722, para ficar lá 10 anos. Foi Secretário do Visitador Jacinto de Carvalho e acompanhou o Governador Maia da Gama na viagem de retorno. Voltou à Missão em 1731, onde o colheu a tormenta, sendo exilado em 1760 para Lisboa e Roma. E nesta cidade faleceu a 11 de Fevereiro de 1761.

1. *Carta do P. Simão Henriques ao P. João Teixeira,* do Maranhão, 21 de Abril de 1757. — Estranha o procedimento do Bispo do Pará, nomeando Párocos para as Aldeias dos Missionários, apoderando-se das suas Igrejas e Residências; e estranha que os Missionários cedessem dos seus direitos, e que não deviam sair sem ser por acto violento, isto é "por força de armas". Publ. por Lamego, III, 298-301.

S. L., *História,* IV, 365; V, 561; — *Apênd. ao Cat. Português,* de 1903.

HOFFMAYER, Henrique. *Missionário.* Pertencia à Província da Áustria. Embarcou de Lisboa para o Maranhão e Pará em 1753, quando a perseguição às Missões se avizinhava e já ele previa que os obstáculos, "tanto eclesiásticos como políticos", eram "superiores às forças humanas". Tal situação, com que se defrontou o seu zelo missionário na terra, por amor da qual deixara família e Pátria, atingiu-lhe a saúde e caiu mortalmente enfermo de doença, que "procedeu de endoudecer". Faleceu no Pará a 29 de Maio de 1757.

1. *Carta a D. Maria Ana, Rainha de Portugal, contando a sua viagem por mar de Lisboa ao Maranhão, e do Maranhão ao Pará por terra, e o que viu e pensa.* Do Pará, 23 de Outubro de 1753. Publ. por Lamego, III, 326-350. (Trad. port. do original alemão).

Diário de 1756-1759 (ms.).

HOMEM, Rodrigo. *Professor.* Nasceu a 1 de Agosto de 1685 em S. Pedro do Sul. Entrou na Companhia a 11 de Maio de 1702. Embarcou para o Maranhão em 1720 para ler o Curso de Filosofia, o que fez com louvor. Concluido o Curso, ensinou um ano Teologia no Pará, voltando em 1725 para Portugal.

1. *Telæ Philosophicæ non sericis, sed ex Rationalibus contextæ exordium... Rev.º et Illustrissimo Domino D. Fr. Josepho Delgarte... contexente R. P. ac S. M. Roderico Homem e Societate Jesu, sistunt, offerunt et sacrant Michael Ignatio et Benedictus da Fonseca ex eadem Societate.* In Maragnoniensi Missionum Collegij Aula die... hujus mensis vespere. Ulyssipone Occidentali apud Mathiam Pereyra da Sylva & Joannem Antunes Pedrozo. Cum facultate Superiorum Anno MDCCXXI. 4.º, 8 pp.

2. *Telæ Aureæ Philosophicæ... Divino Humani Generis Salvatori... Dirigente R. P. M. Roderico Homem e Societate Jesu. Reverenter sistit ac consecrat Salvator de Oliveira ex eadem Societate.* In Collegio Maragnonensi ejusdem Societatis die 14 hujus mensis. Ulyssipone Occidentali, apud Franciscum Xaverium de Andrade. M.DCC.XXII. Cum facultate Superiorum. 4.º, 8 pp.

3. *Acutioris Luminis Aquilæ... Deiparenti a Luce... Coronam Ex Philosophia Transnaturali affabre elaboratam Nobilioris Philosophiæ Telæ, hoc est, Metaphysicæ Punctis Aureis... Dirigente R. P. M. Roderico Homem e Societate Jesu D. V. et S. Emmanuel Ferreira et Emmanuel Gonçalves ex eadem Societate.* In Collegio Maragnonensi ejusdem Societatis integra die 14 Junij. Eborae, cum facultate Superiorum, ex Typographia Academiae Anno Domini 1723. 4.º, 8 pp.

A. *Carta ao P. Geral,* do Maranhão, 8 de Julho de 1721. (Bras.26, 222). — Pede a solução dumas dúvidas sobre a recitação do Breviário, e que seja revisto e se imprima o livro seguinte, de que é autor. *Lat.*

B. *Livro para mais facil inteligência de algumas regras de Gramática e Retórica.* (Bras.26, 222).

C. *Melioris Philosophiæ et Scientiarum Magistræ... Catharinæ Sanctissimæ... Auri Textilis sive Telæ Aureæ Philosophicæ... R. P. ac Sap. M. Roderico Homẽ e Societate Jesu, sistit Benedictus de Affonseca ex eadem Soc.* In Collegio Maragnonensi... (Bibl. de Évora, cód. CXVIII/1-1, f. 153-154).

D. *Augustissimæ Coeli ac Soli Imperatrice scilicet in sua Prodigiosa Assumptione...* R. P. ac S. M. Roderico Homem Societ. Jesu. V. D. et S. Emmanuel da Sylva ej. Soc. In Collegio Maragnonensi. (*Ib.*, 117-118v).

E. *Inexauribili Gratiarum Fonti... Prodigiosissimæ Virgini DA LAPA...* R. P. ac S. M. Roderico Homẽ e Societate Jesu... D. V. et S. Caetanus Ferreira ejusdem Soc. In Collegio Maragnonensi... (*Ib.*, 119-120).

F. *Auri Textilis sive Telæ Aureæ Philosophicæ Illustrationes... Mariæ Virgini a Conceptione... Præside R. P. ac Sap. M. Roderico Homem, D. V. et S. Antonius de Macedo ej. Soc.* In Collegio Maragnonensi... (*Ib.*, 129-130).

<small>A. S. I. R., *Bras.*27, 39v; — S. L., *História*, IV, 269, 274.</small>

HONORATO, João. *Professor, Administrador e Pregador.* Nasceu a 12 de Agosto de 1690, na Baía. Filho do Mestre de Campo João Honorato e sua mulher Francisca Soares. Entrou na Companhia, com 14 anos, a 14 de Agosto de 1704. Douto e bom pregador, Professor de Humanidades, Filosofia e Teologia; Vice-Reitor do Colégio de Olinda (1746), Reitor do Noviciado da Jiquitaia (1749), Procurador a Roma (1752-1754), Provincial (1754) e fundador (inaugurador) do Seminário da Conceição da Baía, de que também foi Reitor e do de S. Paulo. Atingido pela perseguição geral, navegou da Baía para Lisboa em 17 de Agosto de 1759. Passou mais de 7 anos nos Cárceres de S. Julião da Barra, donde saiu com outros em 1767. Foi para Roma e aí faleceu no Palácio de Sora, a 8 de Janeiro de 1768.

1. *Sermaõ da Immaculada Conceiçaõ da Mãy de Deos no dia do Apostolo S. Mathias.* Lisboa por Antonio de Souza da Sylva, 1735, 8.º

2. *Oraçaõ funebre nas exequias do Illustrissimo, e Reverendissimo D. Luiz Alvares de Figueiredo Arcebispo Metropolitano da Bahia celebradas na cathedral da mesma cidade ao primeiro de outubro de 1735.* Lisboa por António Isidoro da Fonseca, 1735, 4.º

3. *Dissertatio Theologica pro valida et licita abdicatione bonorum operum in subsidium animarum in Purgatorio degentium* (S. L., *História*, I, 536). Parece título descritivo, nem se diz em que língua está, latim ou português.

4. *Carta ao Governador José António Freire de Andrade sobre o Aldeamento dos Guaçuruçus,* do Rio de Janeiro, 20 de Junho de 1756. Em Lamego, *A Terra Goitacá*, III, 161. Excerpto em S. L., *História*, VI, 128.

5. *Carta do Provincial João Honorato ao Secretário do Ultramar sobre as Religiosas Ursulinas da Baía e faculdades aos Padres da Companhia relativas ao Crisma e isenção dos Seminaristas da Companhia, concedidas pela Santa Sé e dadas por correntes pelo Secretario Pedro da Mota*, da Baía, 13 de Setembro de 1757. (A. H. Col., Baía, 2871). Publ. nos *Anais da B. N. do Rio de Janeiro*, XXXI, 251-252.

Sommervogel traz entre os *impressos*: "Conciones poeticas (em português)". As fontes, que indica: Barbosa Machado, e Arquivo do Gesù (S. L., *História*, I, 536), não as mencionam. Talvez repetição confusa de "conciones" (sermões) dos n.ᵒˢ 1 e 2.

A. *Litteræ Annuæ Provinciæ Brasilicæ anni MDCCXIX R.^{do} admodum P. N. P. Michaeli Angelo Tamburino Societatis Jesu Præposito Generali*, Bahyae decima sexta Septembris anni MDCCXIX. (*Bras.10*, 210-214v). Lat.

B. *Carta ao P. Geral Retz*, de Belém da Cachoeira, 15 de Novembro de 1733. (*Bras.4*, 394-395v). Sobre o P. Gusmão e outros. Cit. em S. L., *História*, V, 197. Lat.

C. *Carta ao P. Geral*, do Rio de Janeiro, 10 de Outubro de 1724. (*Lus.59*, 226). — Morte do P. Alexandre de Gusmão; e que se inscreva o seu nome no Menológio do Brasil. Lat.

D. *Carta ao P. Secretário João Scotti*, 20 de Outubro de 1753. (*Congr.91*, 235-236v). — Manifesta-se contra a decisão do P. Geral de que os livros, para se imprimirem, depois de revistos no Brasil, se mandem ao Provincial de Portugal. Lat.

E. *Carta do P. João Honorato a uma personagem a quem trata de V. Il.^{ma} e a cujos pés irá significar a obrigação em que o puseram esses relicários*. Casa Professa de Jesus [Roma], 20 de Fevereiro de 1753. (Bibl. da Ajuda, cód. 51-XI-9, f. 89; cf. Ferreira, *Inventário*, 583-584). Port.

F. *Razões pellas quais se defende a prudente Rezolução, com que se conferio o governo temporal das Aldeias anexo ao espiritual aos Parocos regulares dos Indios do Brasil*. João Honorato Provincial da Companhia de Jesu do Brasil. (A. H. Col., *Baía*, Apensos,

15 de Março de 1721). — Esta data ou cota do Arquivo é a de um decreto régio citado pelo P. Honorato, Provincial de 1755 a 1758, quando escreveu as "Razões". *Port.*

G. *Carta ao Vice-Rei Conde dos Arcos em que responde ao ofício em que este lhe comunicava ficarem interrompidas as relações entre o Vice-Rei e todos os Padres da Companhia de Jesus no Brasil; e que não reconhecia a nova Província do Rio de Janeiro,* do Colégio [da Baía], 14 de Setembro de 1758. (A. H. Col., *Baía,* 3563). — Excerpto com a resposta sobre a divisão da Província, *Anais da B. N. do Rio de Janeiro,* XXXI, 302. *Port.*

<small>A. S. I. R., *Bras.*6, 40; — Bibl. Vitt. Em., f. ges. 3492/1363, n.º 6; — B. Machado, II, 620; — Inocêncio, III, 385; — Sommervogel, IV, 455; — S. L., *História,* I, 536.</small>

HUNDERTPFUNDT, Roque. *Missionário.* Nasceu a 17 de Abril de 1709 em Bregenz (Brigância) no Lago de Constança. Entrou na Companhia a 10 (ou 9) de Outubro de 1724. Embarcou de Lisboa para o Maranhão e Pará em 1739. Trabalhou nas Aldeias e Fazendas e em particular no Rio Xingu. Em 1749 foi a Lisboa a tratar de assuntos das Missões, voltando logo à actividade missionária em 1750, trazendo consigo 2 Padres alemães e 5 noviços. Foi dos primeiros atingidos pela perseguição nascente, quando se ocupava em pregar os Exercícios Espirituais, e exilado do Pará para Lisboa, em 1755. O motivo nunca lhe o disseram. Vendo cortada a vocação missionária, pediu e obteve de El-Rei por intermédio do P. Malagrida e do P. Moreira, confessor de D. José, licença para voltar à sua Província da Alemanha, saindo de Lisboa a 3 de Maio de 1756. Ocupou-se nos ministérios sacerdotais em Trento, Augsburgo e Feldkirch; e em 1770 era bibliotecário de Friburgo. Faleceu na sua terra natal (Bregenz) em Janeiro de 1777.

1. *Carta à Rainha de Portugal D. Maria Ana,* do Pará (Missão de Santa Cruz) 15 de Setembro de 1746. Publ. por Lamego, III, 277-278. Tradução portuguesa do original latino.

2. *Carta à Rainha de Portugal D. Maria Ana,* do Pará, 25 de Novembro de 1753. *Ib.,* 278-281.

3. *Carta ao P. Adão Koegl sobre o P. Malagrida,* de Feldkirch, 11 de Dezembro de 1761. Em latim, Murr, *Journal,* 4.ª P. (Nürnberg 1777) 298-305.

<small>A. S. I. R., *Bras.*27, 153; — Sommervogel, IV, 524; — Huonder, 158; — S. L., *História,* IV, 357, 363</small>

HUNDT, Rutgerus. Ver CANÍSIO, Rogério.

I

INÁCIO, Miguel. *Missionário e Administrador.* Nasceu a 29 de Setembro de 1696 em Lisboa. (Há outras datas para o dia, não para o ano). Embarcou para as Missões do Maranhão e Pará, entrando na Companhia, durante a viagem, a 5 de Fevereiro de 1715. Fez a profissão solene no Maranhão a 5 de Fevereiro de 1732, recebendo-a José Lopes. Ensinou Humanidades e foi Ministro e Procurador do Colégio do Maranhão, Superior de Tapuitapera, Mestre de Noviços e Regente do Seminário de Parnaíba. Deportado na perseguição geral de 1760 para Lisboa e daí para a Itália, faleceu em Roma a 9 de Junho de 1762.

A. *Copia de uma carta do P. Miguel Inácio ao R. P. Provincial, do Colégio do Maranhão, 21 de Julho de 1738.* (B. N. de Lisboa, fg. 4517, 15-15v). — Sobre a deposição ilegal do índio mameluco Matias, feita pelo Capitão-mor da Vila de Tapuitapera. *Port.*

A. S. I. R., *Bras.27*, 164v; — *Lus.15*, 116; — *Apênd. ao Cat. Português*, de 1903.

J

JÁCOME, Diogo. *Missionário e Torneiro.* Português. Entrou na Companhia, em Coimbra, no dia 12 de Novembro de 1548. No ano seguinte foi para o Brasil na primeira expedição de Jesuítas, que chegou à América. Era Irmão Coadjutor, e aprendeu por si a arte de torneiro, que ensinou aos Índios. Por ser bom catequista e ter aprendido a língua, ordenou-se de Sacerdote em 1562. Participou dos trabalhos da primeira catequese na Baía, em Porto Seguro, nos Ilhéus, em S. Vicente, em Piratininga e no Espírito Santo, onde faleceu, a 10 de Abril de 1565.

1. *Carta do Irmão Diogo Jácome para os Padres e Irmãos do Collegio de Coimbra.* 1552. Em *Cartas Avulsas,* 101-106, copiada de *Cartas dos Padres,* f. 196, B. N. do Rio de Janeiro. Publ. parcialmente em italiano, *Copia d'una di Diego Iacobo del medesimo loco [Brasil]* em *Diversi Avisi* (Veneza 1559) 143v-144v.

Franco, *Vida do Padre Diogo Jácome,* na *Imagem de Coimbra,* II, 203-204 (onde inclui uma notícia que dele deixou Anchieta); o mesmo Franco, *Ano Santo,* 207, coloca a data da sua morte no dia 15 de Abril de 1565, e a reproduz Barbosa Machado, I, 660.

Sommèrvogel, IV, 714, cita a carta dum P. Iacomo escrita no "Congo de Etiopia", local que por si mesmo a exclui de Diogo Jácome, do Brasil.

S. L., *História,* I, 237.

JOSÉ, António. *Missionário.* Nasceu a 2 de Fevereiro de 1715 em Souselas (ou Abrunheira), Bispado de Coimbra. Entrou na Companhia em Coimbra, a 29 de Setembro de 1733. Embarcou para as Missões do Maranhão e Pará em 1737. Concluiu os estudos, ocupou-se quase todo o tempo nas Aldeias dos Índios, numa das quais a de Santa Cruz (Rio Madeira, Tupinambaranas), fez a profissão solene a 30 de Novembro de 1751. Subiu duas vezes o Rio Negro até às suas cabeceiras a descer índios para a Aldeia de Trocano (Madeira). Foi um dos primeiros atingidos pela perseguição, e exilado para o Reino em 1755. Pretexto foi o ter enviado ao Governador do Pará, uma carta, vinda das missões de Mato Grosso, não por um homem da sua missão de Trocano, mas por um secular. O Padre mandou-a pelo secular, porque a canoa da missão estava então no Pará, e o Padre não quis demorar a carta para ser amável com o Governador. Para destruir as Missões servia qualquer pretexto, com as conhecidas consequências de tragédia e desumanidade. Depois de estar na Residência do Canal (Coimbra) até 1759, o P. António José foi encarcerado em Azeitão, donde passou em 1769 para S. Julião da Barra, de cujas celas subterrâneas só saiu na restauração das liberdades cívicas portuguesas em 1777. Esteve no cárcere n.º 9 com o P. Diogo Ayluard, nascido no Porto, de pais ingleses. Não vimos o ano da sua morte.

A. *Carta do P. José António ao Superior da Aldeia de Trocano*, do Colégio do Pará, 6 de Setembro de 1755. (Arq. Prov. Port., *Pasta 176*, n.º 29). — Previne-o contra as afirmações de João de Sousa de Azevedo acerca de um contrato de taboado para as Casas da Missão de Trocano (Rio Madeira), afirmações destituidas de verdade; e diz qual o ajuste que tinha com ele. *Port*.

A. S. I. R., *Lus.17*, 9; — Carayon, IX 4. 245; — S. L., *História*, IV, 363.

JUZARTE, Manuel. *Professor e Administrador*. Nasceu pelo ano de 1627 em Monforte do Alentejo. Entrou na Companhia com 16 anos. Ensinou Latim, Filosofia e Ciências Morais. Em 1665 embarcou para o Brasil como Secretário do P. Comissário Antão Gonçalves. Do Brasil seguiu como Visitador Geral para o Maranhão, onde chegou no dia de Natal de 1667. Concluida a visita, voltou para Portugal em 1668, onde morreu. O Marquês de Arronches, que assistiu aos funerais, deixou-nos o elogio da sua virtude e no-lo conservou António Franco. Faleceu a 18 de Dezembro de 1671 no Porto.

A. *Carta do Visitador Manuel Juzarte ao P. Geral Oliva*, do Maranhão, 23 de Maio de 1668. (*Bras.26*, 24). — Dá conta da sua chegada a 25 de Dezembro de 1667, e do que tem feito até então. Louva os Padres. *Lat*.

Assina "Emmanuel *Juzarte*". — Franco escreve *Zuzarte*.

B. *Carta ao P. Geral*, de Coimbra, 16 de Agosto de 1669. (*Bras.3(2)*, 106). — Sobre a Missão do Maranhão e Ceará e modo de sua sustentação. *Lat*.

No "Album Patrum Societatis Lusitanae in Provincia Extrematuriae seu Ulyssiponensi", publ. por Franc. Rodrigues, *História*, III-2, 380, vem como natural de Lisboa, fonte que utilizamos em *História*, VI, 597, mas prevalece o Catálogo de 1649.

A. S. I. R., *Lus.45*, 16 (Cat. de 1649); — Franco, *Synopsis*, 352; — S. L., *História*, IV, 225-226.

K

KAULEN, Lourenço. *Missionário da Amazónia, Cartógrafo e Apologeta.* Nasceu a 4 de Maio de 1716 em Colónia (Alemanha), filho de João Kaulen e Catarina Bruminckhausen. Mestre em Artes quando entrou na Companhia de Jesus, em Tréveris, a 20 de Outubro de 1738. Depois de concluir os estudos, entre os quais desenho, e ser professor de Humanidades durante 4 anos, embarcou a pedido da Côrte de Lisboa, para as Missões do Maranhão e Grão Pará em 1750. Aplicou-se às de Mortigura, Sumaúma e outras, em particular à de Piraviri, no Rio Xingu, que desenvolveu e na qual construiu um trapiche para utilidade pública. Padeceu dos Índios Muruãs e mais ainda dalguns brancos, que desautorizavam os missionários, na perseguição nascente. Deportado para Lisboa, em 1757, e confinado no Colégio de N.ª S.ª da Lapa, Beira, passou em 1759 para os cárceres de Almeida e dali em 1762 para os de S. Julião da Barra, cuja vida trágica descreve com vivos pormenores. Saiu dos cárceres com a restauração das liberdades cívicas portuguesas em 1777 e ficou em Lisboa em defesa permanente da Companhia de Jesus. Não podendo ir juntar-se a ela, sobrevivente na Rússia Branca, pediu ao P. Vigário Geral para renovar a profissão ao menos no leito de morte. Ainda vivia em Lisboa em 1797 indo já nos seus 82 anos de idade.

1. *Mappa Vice-Provinciæ Societatis Jesu Maragnonii anno M.D.C.CL.III concinnata.* (Bibl. de Évora, Pinac. IV/3). Publ. por Azevedo em *Jesuitas no Grão Pará*; e por nós, a parte longitudinal, central e principal, em *Luiz Figueira*, e no III Tomo da *História*, com a indicação de ser de autor anónimo. Averiguámos que é de Lourenço Kaulen: "Idem delineandi artis peritus, adhuc in Brasilia missionarii munere fungens, perbene varia delineavit, in primis Mappam geographicam Status Paraensis, quam P. Malagridae, anno 1753 Ulyssiponem abiturienti, tradiderat". Murr, *Journal*, IX, p. 109, nota. — Ver *Szlhua* (João Nepomuceno).

2. *Carta à Rainha D. Maria Ana de Áustria Rainha de Portugal*, do Pará, 16 de Novembro de 1753. Trad. portuguesa do autógrafo alemão, publ. por Lamego, III, 282-295. (Fotocópia do original alemão no Arq. Prov. Port., *Pasta 80*, n.º 19). Agradece à Rainha o benefício de se achar em tão vasta missão para a salvação das almas e refere os trabalhos e actividade própria até então nas Aldeias de Mortigura e Sumaúma (Pará).

3. *Carta ao P. Anselmo Eckart,* 1763. Em português. Murr, *Journal,* VIII, 219-220.

4. *Litteræ de miseriis captivorum Societatis Iesu in Lusitania.* In Carcere S. Juliani ad fluvium Tagum, die 12 Dec. 1766. Murr, *Journal,* IV (1777) 306-310; — em italiano, *Aneddoti del Ministero di Sebastiano Giuseppe...,* vol. II (Veneza 1787) 196-200; — em francês, *Anedoctes du ministère de Pombal,* 372-377; — *Histoire de la Compagnie de Jésus,* de Crétineau-Joly, 3.ª ed., V, 166-169; — Carayon, *Doc. Inédits,* IX, 154-159; — em espanhol, *Historia de las misiones de la Compañia de Jesús en el Marañon español,* de Chantre y Herrera (Madrid 1901) 712-715; — em português, *Galeria de Tyrannos,* do P. Manuel Marinho (Porto 1917) 97-100; — Lamego, *A Terra Goitacá,* III, 451-455; — em flamengo, *Kerk en Missie* (1936) 154-157 (*A. H. S. I.,* VII (1938) 344).

A carta espalhou-se logo por todas as Casas da Companhia. Em Roma transcreveu-a no seu caderno o P. Manuel Luiz: Exemplum literarum: P. *Kaulen ex carceribus S. Juliani ad Provincialem Rheni Inferioris Provinciæ.* Com esta nota no fim: "Acabada de copiar pello P. Manoel Luiz aos 30 de Junho de 1767, 3.ª fr.ª, pelas 20 horas, e immediatamente fui para o officio que se fez ao P. João Pinheiro Perfeito da Capella do Pallacio de Sora". (*Bras.28,* 45).

5. *Epitáfio para o túmulo do P. David Fáy.* Falecido em S. Julião da Barra a 12 de Janeiro de 1767. Assina *Laurus in te* (anagrama de *Laurentius*). Em *Anais da B. N. do Rio de Janeiro,* LXIV (1944) 243-244. Tradução port. de Paulo Rónai, da biografia latina da Fáy escrita pelo P. Eckart. Texto também latino em Kaulen, *Relação de algumas cousas,* p. 366. Ver infra, letra F.

6. *Epistola ex Carcere S. Juliani,* 10 Februarii 1775. Murr, *Journal,* XII, 177.

7. *Planta dos Carceres de Almeida em que estiverão 21 Iesuitas por dous annos.* ("L. Kaulen del".).

8. *Planta dos Carceres de S. Julião da Barra do Tejo, em que estiverão os Jesuitas por 18 annos.* "P. Laur. Kaulen, e S. J. delin. 1777. Ulysip." Em Murr, *Journal,* IX, 236; — Paul Mury, *Gabriel Malagrida,* Estraburgo, 1899, no fim.

9. *S. Julianus Martyr Munimenti Ulissiponensis ad Ostia Tagi Patronus. Cujus ad aras Jesuitarum 36 corpora in pace sepulta sunt et vivent nomina eorum in æternum.* Da obra do P. Kaulen, *Relação de algumas cousas,* ms. da B. N. de Lisboa, fg. 7997.

Esta gravura e as duas plantas de Almeida e S. Julião publ. no *Apêndice ao Cat. Português,* de 1904.

10. *Epistola data Ulyssipone, die 28 Augusti 1777.* Murr, *Journal,* VI, 214-223.

Não vem assinada, mas depreende-se dela, que foi escrita por um dos três Padres alemães transferidos de Almeida para S. Julião da Barra: "tres (nec plures eramus) germani". Destes três Padres — Anselmo Eckart, António Meisterburg e Lourenço Kaulen — o único ainda residente em Lisboa à data da carta, era Kaulen, que fala de si mesmo em terceira pessoa, com uma breve autobiografia e a narrativa dos sucessos da sua via dolorosa.

11. *Pars Epistolæ Junqueiræ, prope Ulyssiponem,* 6 Febr. 1779. Murr, *Journal,* XII, 189.

12. *Carta do P. Lourenço Kaulen ao P. José da Silva,* de Lisboa, 19 de Maio de 1780. (B. N. de Lisboa, Col. Pomb. 640, 385v). Em Franc. Rodrigues, *Reposta Apologetica,* 253. Pede informações sobre um antigo Jesuíta, José Basílio da Gama, que escreveu um livro infamatório, *Uraguay,* e, "pro pretio iniquitatis", alcançou um emprego público.

13. *Carta ao M. R. P. Bento da Fonseca,* de Lisboa, 20 de Maio de 1780. (B. N. de Lisboa, Col. Pomb. 640, 387). Em Franc. Rodrigues, *Reposta Apologetica,* 254. Congratula-se com o P. Fonseca por ter ainda "forças e ânimo para trabalhar para o crédito da Companhia Mây Nossa"; a sua obra [*Relação de algumas cousas*] "está na mão do P. Domingos António para elle a augmentar e emendar e depois a tornarei a copiar para correr"; e como o P. Fonseca não lhe mandou a *Refutação da Relação Abreviada,* está a escrever uma; recebeu de Itália a *Apologia* do P. José Caeiro e quer saber se condiz com a do P. Bento da Fonseca: e que este lhe mande as duas que tem: uma do próprio Bento da Fonseca e outra de Itália, a ver se de todas se faz uma completa.

14. *Carta ao P. Anselmo Eckart em Bingen na Alemanha,* de Lisboa, 15 de Julho de 1780. (B. N. de Lisboa, Col. Pomb. 640, 388-389v). — Diz que concluiu a refutação de *O Uraguay* e pergunta como se poderá publicar. Excerpto em Franc. Rodrigues, *Reposta Apologetica,* 255.

15. *Epistola ad Christ. Murr,* Ulyssipone 10 Dec. 1781. Murr, *Journal,* X, 153. Diz que escreveu uma *Refutação da Relação Abreviada:* muito o ajudou a *Apologia* de José Caeiro, feita em Roma, e a *Apologia* de Bento da Fonseca; e assim das três fez uma: é a 1.ª parte da que por meio de El-Rei se ofereceu à Rainha. Acabou a Refutação do Poema *O Uraguay.*

16. *Reposta Apologetica ao Poema intitulado "O Uraguay" composto por José Basilio da Gama* e dedicado a Francisco Xavier de Mendonça Furtado irmão de Sebastião José de Carvalho. Lugano [s. Tipogr.] 1786. 8.º, 300-1 pp.; — *Refutação das calumnias contra os Jesuitas contidas no Poema "Uruguai" de José Basilio da Gama.* Na *Rev. do Inst. Hist. e Geogr. Bras.,* 68, 1.ª P. (1907) 93-224. Com a nota da Redacção de que o *ms.* com este título, existente no Arquivo do Instituto Histórico, é a própria *Reposta Apologetica* (2.ª ed.).

Tem andado publicada sem nome de autor. Rivière, 1206, dá-a como de Francisco Romão de Oliveira, e assim se tem repetido. Mas Francisco Romão de Oliveira deportado para a Itália aí faleceu. (Cf. Sommervogel, VII, 37). E a *Reposta Apologetica* foi escrita em Lisboa, em 1780, como diz o seu próprio autor Lourenço Kaulen, supra, n.º 14. (Cf. Franc. Rodrigues, *Reposta Apologetica ao Poema "O Uraguay"* — *Sua Génese* — *Seu Autor,* na *Brotéria,* XXX (Março de 1940) 249-259). Não se exclui a hipótese de Romão de Oliveira na Itália preparar a edição e a emendar, como consta que fez o P. Domingos António com a "Relação de algumas cousas".

17. *Carta ao P. Vigário Geral da Companhia de Jesus na Rússia Branca, P. Stanislau Czerniewicz.* Lisboa, 15 de Julho de 1784. (*Lus.1(2)*, 5). Pede os votos ao menos no seu leito de morte. Situação portuguesa. O Rei de Espanha atou as mãos do Papa e da nossa rainha de Portugal, e gemem e não fazem nada. Enquanto viver o Rei de Espanha, e o confessor carmelita não sair do lado da rainha, nada se pode esperar. Temem a restauração da Companhia, sobretudo os que se apoderaram e retêm bens da mesma Companhia. *Latim.* Excerpto em J. Clavé, *Morts ou Vivants — Suppression et survivance de la Compagnie de Jésus* (Paris 1902) 176. — Ver infra, letra G.

A. *Litteræ Annuæ Missionis Piraquiri de anno 1755 in 56,* de Laurentius Kaulen, Missionarius Piraquiriensis. (*Bras.10(2)*, 481-484). — Cit. em S. L., *História,* III, 352. *Lat.*

B. *Karte der Missionen am Xingu und Topajos.* Cf. Murr, *Geschichte der Jesuiten,* II, p. 171 nota. Cit. por Streit, III, 440. (*Xingu,* como aqui escrevemos, não *Hingu,* como aí vem).

C. *Relação das cousas notaveis da nossa viagem do desterro do Pará para Lisboa, a qual fizemos dez Religiosos da Companhia: o P. Domingos Antonio, Reitor do Collegio do Pará; Luiz Alvares; Manoel Alphonso; Manoel dos Santos; Joakim de Carvalho; Antonio Meisterburg; Lourenço Kaulen; João Daniel; Joakim de Barros; Anselmus Eckart; e alguns mais Religiosos de S. Francisco, na nao chamada N. S. da Atalaia,* no anno de 1757. (Bibl. de Évora, cód. CXV/2-14, n.º 5, f. 122ss). Fol., 8 pp. Autógr. *Port.*

D. *Bilhete do P. Lourenço Kaulen para Manuel Coelho sobre assuntos particulares.* (B. N. de Lisboa, Col. Pomb., 640, 385). *Port.*

E. *Vida do P. Francisco Wolff.* "A vida do P. Wolff escreveo o P. Kaulen, que foi scu Companheiro nas Missões e nos carceres, e a fechou com este Epitaphio". Nota e transcrição do próprio Kaulen na *Relação de algumas cousas,* p. 373.

F. *Relação de algumas cousas que succederão aos Religiosos da Companhia de Jesus no Reyno de Portugal, nas suas Prizões, Desterros, e Carceres, em que estiverão por tempo de 18 annos, isto he do anno de 1759 athe o anno 1777 no Reinado del Rey D. José I sendo primeiro Ministro Sebastião José de Mendonça Carvalho Marquez de Pombal. Obra feita pelo Padre Lourenço Kaulen Allemão da Cidade de Colonia a borda do Rheno, e companheiro dos de que escreveo. Missionario que foi no Brasil na Provincia de Para nos Rios Tocantins, Amazonas, e Xingu.* 375 pp. (B. N. de Lisboa, fg. 7997). Original autógrafo. [1784]. *Port.*

Na p. 271 narra factos succedidos em 1760: "depois que mais de 24 annos" Livro feito com a colaboração do P. Domingos António, que já em 1780 se ocupava em o "aumentar e emendar". (Ver supra n.º 13).

Studart, *Notas para a História do Ceará* (Lisboa 1892)172-175, publica um excerpto desta obra sobre o modo com que se intimou aos Padres dos cárceres de S. Julião da Barra o Breve da Supressão em 1773, excerpto transcrito por Brás do Amaral, em Accioli, *Memórias* (1937)553-555.

O *ms.* de Kaulen, antes de vir para a B. N. de Lisboa, estava em Roma, onde o secretário da Legação de Portugal o comprou por 40 liras, diz Studart, *loc. cit.,* p. 171.

No *Archivo Pittoresco*, VI (Lisboa 1863)282-283, o autor de um artigo sobre a "Torre de S. Julião da Barra" transcreve, de manuscrito, que lhe parecia autógrafo e de que era possuidor, um excerpto com frases iguais algumas às do *ms.* da B. N. de Lisboa, mas em linguagem portuguesa muito mais apurada.

G. *Memoria Præcipuorum Successuum Vitæ Jesuitæ Anonymi* [Lisboa, 1797]. Torre do Tombo, *Manuscritos da Biblioteca,* n.º 147, 8.º, 88 pp. mais 3 de Índices.

O "Jesuíta anónimo" identifica-se com dizer de si mesmo que nasceu em Colónia, na Alemanha, a 4 de Maio de 1716, e que esteve nas Missões do Brasil e nos cárceres de Portugal. Escreveu a *Memoria* em 1797, com 82 anos, como se lê, p. 86. É uma autobiografia, em particular dos perigos em que esteve e das graças espirituais recebidas. No começo do *ms.* lê-se: "Para a Livraria dos Religiosos de S. Hyeronimo em Belém de Lisboa"; e a p. 74/75 insere uma carta latina do P. Estanislau Czerniewicz V. G. S. J., de Polocz, 12 de Abril de 1785, recebida em Lisboa a 1 de Julho do mesmo ano, na qual o Vigário Geral da Companhia de Jesus respondendo ao P. Kaulen, lhe comunica a situação legal e internacional da Companhia, e o admite nela quanto está em seu poder. — Ver supra, n.º 17. *Port.*

A. S. I. R., *Bras.27*, 168v; — Sommervogel, IV, 948-949 (e Appendix, XII); — Huonder, 158; — S. L., *História*, IV, 357-363.

KAYLING, José. *Missionário.* Nasceu em Schmnitz. Nos documentos do Brasil aparece Keyling e com a nacionalidade quer de "alemão", quer de "húngaro". Embarcou de Lisboa para o Maranhão em 1753 onde chegou a 16 de Julho. Destinado à missão dos Tremembés (Tutoia). Na vila de Alcântara, em 1757, entregou aos funcionários civis o rol das coisas referentes à Aldeia de S. João de Cortes. Fez a profissão solene em S. Luiz do Maranhão no dia 2 de Fevereiro de 1758. E vivia na Casa da Madre de Deus em 1760 quando sobreveio a perseguição contra a Companhia de Jesus. Deportado para o Reino, entrou nos Cárceres de S. Julião da Barra, a 3 de Dezembro do mesmo. Restauradas as liberdades cívicas em 1777, saiu deles com vida e seguiu de Lisboa para Génova com intenção de ir a Roma. Voltou a Schmnitz, onde foi Pároco.

1. *Elogio póstumo do P. David Aluisio Fáy da Companhia de Jesus, falecido em 12 de Janeiro de 1767 no cárcere do Forte de S. Julião à Foz do Tejo. Com acréscimo de vários epitáfios.* Pelos Padres José Kayling e Anselmo Eckart. *Latim.* Tradução portuguesa de Paulo Rónai, nos *Anais da B. N. do Rio Janeiro*, LXIV (1944) 199-244. A primeira parte (pp. 200-220) é assinada por *Josephus Kayling*. (Ms. original latino na Bibl. Arquiepiscopal de Kalocsa, Hungria).

A. S. I. R., *Lus.17*, 324; — Huonder, 159; — S. L., *História*, IV, 358.

L

LEÃO, Bartolomeu de. *Missionário e Professor.* Nasceu pelo ano de 1641 no Rio de Janeiro. Entrou na Companhia, com 17 anos, a 9 de Junho de 1658. Ensinou Letras Humanas em Santos no ano de 1663, e aí começou a ser Reitor em 1677, ano em que fez no mesmo Colégio, a 15 de Agosto, a profissão solene. Trabalhou com os Índios e sabia admiràvelmente a língua brasílica. Faleceu a 8 de Março de 1715 no Rio de Janeiro.

1. *Catecismo Brasilico da Doutrina Christãa, com o Ceremonial dos Sacramentos & mais actos Parochiaes. Composto por Padres Doutos da Companhia de Jesus; aperfeiçoado & dado à luz pelo P. Antonio de Araujo. Emendado nesta segunda impressão pelo P. Bertholameu de Leam da mesma Companhia.* Lisboa. Na Officina de Miguel Deslandes, M.DC.LXXXVI. 8.º, XIV-371-9 pp.

Nos Preliminares: *Poemas Brasilicos do Padre Christovaõ Valente, Theologo da Companhia de Jesus emendados para os mininos cantarem.* 4 ff.; o prefácio e a "Advertencia sobre a orthographia e pronunciação deste Catecismo", 4 ff. Aprovação. No fim. Taboada.

É a 2.ª edição do *Catecismo Brasilico* do P. António de Araújo emendado e actualizado. — Ver este nome.

A. S. I. R., *Bras.5(2)*, 79v; — *Bras.10*, 113; — Sommervogel, IV, 1617; — Ayrosa, *Apontamentos*, 32-33; — S. L., *História*, I, 534.

LEÃO DE SÁ, Inácio. *Missionário e Professor.* Nasceu a 8 de Agosto de 1709 no Macacu (Rio de Janeiro). Entrou na Companhia, com 16 anos, a 15 de Julho de 1725. Fez a profissão solene; ensinou Letras Humanas e trabalhou nos Colégios, Aldeias e Fazendas. Sabia a língua brasílica, aprendida de menino. Atingido pela perseguição geral e deportado em 1760 do Rio para Lisboa, e dali para a Itália, ainda vivia em Pésaro em 1780.

1. *Cartapacio de syllaba e figuras conforme a ordem dos mais cartapacios de grammatica ordenado para melhor commodidade dos es-*

tudantes desta faculdade nos pateos da Companhia de Jesus. Na of. de Antonio Pedro Galrão, Lisboa, 1738.

Obra do P. Inácio Leão publicada com nome alheio (S. L.). O nome alheio é Matias Rodrigues Portela, secular, discípulo do P. Inácio Leão.

A. *Elegiarum liber de Rosario B. M. V.*

B. *Cathechismus Brasilicus.* Traduzido para o latim.

C. *Diccionario Latino-Brasilico.*

Segundo a leitura do Cat. "Script. Prov. Brasiliensis" (S. L.), também se poderia entender *Português-Brasílico.* Mas como este já existia desde 1591 (Leonardo do Vale), é mais óbvio que se trate, também, como fez para o *Catecismo,* de tradução latina do "Vocabulário", como aliás se lê em Sommervogel e Streit: Diccionario *Latino-Brasilico.*

A. S. I. R., *Bras.6,* 271v; — Sommervogel, IV, 1618; — Streit, III, 450; — S. L., *História,* I, 536.

LEITE, Gonçalo. *Primeiro Professor de Filosofia no Brasil.* Nasceu cerca de 1546 em Bragança, em cujo Colégio estudou. Entrou na Companhia em Coimbra, a 26 de Dezembro de 1565. Mestre em Artes. Fez a profissão solene de três votos na Casa de S. Roque em Lisboa, no dia 18 de Janeiro de 1572, dez dias antes de embarcar para o Brasil. Ficou no Colégio da Baía, Prefeito dos Estudos e Professor de Filosofia, no primeiro Curso que houve desta Faculdade no Brasil. Concluido o Magistério de Artes foi Superior de Porto Seguro e de Ilhéus. Defensor acérrimo da liberdade dos Índios, de que provieram dificuldades para a sua permanência no Brasil. Em 1586 voltou para Portugal e ocupou-se nos ministérios de confessar e pregar. Assinalou-se no exercício da caridade, sobretudo numa grande peste de que foi atingido; e veio muito doente (envenenado, dizia-se) duma das missões rurais, doença de que nunca mais arribou. Faleceu a 19 de Abril de 1603 em S. Roque, Lisboa.

A. *Carta ao P. Geral contra os homicidas e roubadores da liberdade dos Índios do Brasil,* de Lisboa, 20 de Junho de 1586. (Lus.69, 243). — Excerpto em S. L., *História,* II, 229. Port.

Stegmüller, *Zur Literargeschichte der Philisophie und Theologie an der Universitäten Evora und Coimbra im XVI. Jahrhundert,* 413, 430 (ver título completo em *Lima,* Manuel) cita Gonçalo Leita, B. N. de Lisboa, fg. 6557. Não fosse caso tratar-se de Gonçalo Leite, verificámos a referência e achámos *Comentarij de ultimis voluntatibus a S. P. Gonçalo Leitão.* (B. N. de Lisboa, fg. 6557, f. 329-334v).

A. S. I. R., *Bras.5,* 20v; — *Lus.1,* 115; — Franco, *Ano Santo,* 210; — S. L., *História,* I, 76; II, 229.

LEMOS, Francisco de. *Missionário e Pregador.* Nasceu cerca de 1563 em Sintra. Era sobrinho do P. Gregório Serrão. Entrou na Companhia na Baía, a 1 de Fevereiro de 1578. Foi na Armada da Conquista do Rio Grande do Norte em que tomou parte activa (Natal de 1597). Voltou a Pernambuco e daí por terra à Baía, de cujo Colégio ficou procurador. Ensinou Gramática, língua brasílica, e trabalhou nas Aldeias dos Índios. Superior da de Barueri, quando faleceu em S. Paulo, a 28 de Fevereiro de 1628.

A. *Treslado de uma petição do P. Francisco de Lemos, procurador Geral dos Colegios da Companhia de Jesus desta Cidade da Bahia e do Rio de Janeiro, sobre os pagamentos da dotação real em redizimas, e, se não bastarem, em Açucares.* Primeiro despacho: Baía, 19 de Junho de 1601. Última data do reconhecimento final: Olinda, 28 de Novembro de 1601. — Contém as provisões dos magistrados do Brasil, o processo de pagamento e nomes dos senhores de Engenho de Pernambuco, escolhidos para esse efeito. Original. 30 pp. (Cód. 241 da Bibl. de Alberto Lamego (Brasil); Fotocópia no Arq. Prov. Port., *Pasta 188*, n.º 1). Cit. em S. L., *História*, I, 128. *Port.*

B. *Carta do P. Francisco de Lemos ao P. Geral Vitelleschi*, do Rio de Janeiro, 1 de Abril de 1619. (*Bras.8*, 211-211v). — Informa sobre a Missão dos Carijós e o Colégio do Rio. *Port.*

A. S. I R , *Bras.5*, 67v; — Bibl. Vitt. Em., f ges. 3492/1363, n.º 6; — S. L., *História*, VI, 233-234.

LIMA, António de. *Humanista.* Nasceu cerca de 1689, na Baía. Entrou na Companhia, com 14 anos, a 27 de Dezembro de 1703 (*Bras.6*, 40). Concluiu os estudos com louvor. Fez a profissão solene na Baía, a 15 de Agosto de 1722, recebendo-a José Bernardino. Mas começou a lançar sangue pela boca e faleceu a 20 de Maio (ou Março) de 1724 na Aldeia do Espírito Santo (Baía).

1. *Carmen in laudem Francisci a Sancto Hieronimo episcopi Fluminis Januarii.*

A. *Annuæ Litteræ ex Brasilia. Ex mandato P. Provincialis Michaelis Cardoso.* Bahyae, postridie Idus Jul. anno 1720. (*Bras.10*, 218-222).

B. *Discursos e poesias.* Um volume. *Lat.*

A. S. I. R., *Bras.6*, 40; — *Bras.10(2)*, 274; — *Hist. Soc.52*, 1; — Rivière, n.º 4829; — S. L., *História*, I, 534.

LIMA, Francisco de. *Missionário e Naturalista.* Nasceu a 3 de Dezembro de 1705 na Baía. Entrou na Companhia, com 15 anos, a 1 de Fevereiro de 1721. Fez a profissão solene na Baía a 2 de Fevereiro de 1739, recebendo-a o P. Plácido Nunes. Trabalhou nas Aldeias e nos Colégios. No da Baía em 1757 tinha estes ofícios: Procurador nos Tribunais das causas pias e processos de gente pobre, Director do Arquivo e Consultor do Colégio. Atingido pela perseguição e deportado da Baía para Lisboa em 1760, e daí para Roma. Faleceu a 13 de Agosto de 1772 em Castel Gandolfo.

A. *Annuæ Litteræ Anni 1735,* Bahyae, 20 Dec. 1735. (Bras.10, 361-364). Lat.

B. *Dioscorides Brasilicus seu de medicinalibus Brasiliæ Plantis.*

C. *De fructibus et rebus naturalibus Brasiliæ.*

D. *Descriptio Historica et Geographica Brasiliæ.*

A Ânua de 1735 é em latim. Não averiguamos a língua em que foram escritas estas três obras, duas das quais (B, C) constam de relação latina de 1780 (S. L.). O facto de ela não mencionar o *De fructibus et rebus naturalibus Brasiliæ* deve significar, dada a analogia dos assuntos, que se trata, no todo ou em parte, da obra volumosa *Dioscórides Brasílico.*

E. *La storia del Viaggio e della condotta dei tre Ministri Regj, che furono colá mandati da Portugallo per eseguire le sequestro de' beni del Collegio della Baia e di tutte le sue tenute, egli altri ordini regj.*

Sommervogel alude a uns epigramas latinos impressos à frente da *Historia do nascimento vida e martyrio do ven. P. João de Britto,* por seu irmão Fernão Pereyra de Britto (Coimbra 1722). Não são do P. Francisco de Lima, mas do P. Xavier de Lima, Professor de Retórica em Lisboa e Évora.

Tanto o *Apêndice ao Cat. Port.,* de 1903, como as *Lettere Edif. della Prov. Romana* (Roma 1909)388, e Sommervogel trazem o ano de 1706, para o nascimento, e nesta conformidade o demos também, *História,* VI, 149; e a sua entrada na Companhia "com 15 anos" em 1721 o parecia confirmar; no entanto, todos os Catálogos do Brasil trazem 1705.

A. S. I R., *Bras.*6, 122v; — *Lus.*15, 373; — Sommervogel, IV, 1836; — S. L., *História,* I, 536.

LIMA, Manuel de (1). *Professor e Administrador.* Nasceu por 1554 na Cidade de Lisboa. Entrou na Companhia em Évora, com 17 anos, a 8 de Abril de 1571. Mestre em Artes. Leu dois Cursos de Artes, um em Braga, outro em Évora. Mestre de Noviços em Coimbra (7 anos), Companheiro do Provincial, Reitor da Universidade de Évora, Visitador do Brasil (1607-1610), onde promoveu a observância religiosa e os estudos. Em 1610 voltou a Portugal, e ainda foi Vice-Prepósito da Casa de Vila-Viçosa e Reitor do Colégio das Artes de Coimbra. Faleceu no dia 22 de Fevereiro de 1620 em S. Roque (Lisboa).

A. *Opera Philosophica: Physica, de Coelo et Mundo, Meteor., Sphœra et Parva Naturalia*. Curso na Universidade de Évora (1588-1589). Cf. Fr. Stegmüller, *Zur Literargeschichte der Philosophie und Theologie an den Universitäten Evora und Coimbra, im XVI. Jahrhundert*, em "Spanische Forschungen der Görresgesellschaft herausgegeben von ihrem spanischen Kuratorium K. Beyerle, H. Finke, G. Schreiber. Reihe I. Gesammelte Aufsätze zur Kulturgeschichte Spaniens". 3. Band (Munster in Westfalen 1931) 417. Conservam-se na B. N. de Lisboa, fg. 2533. No fim do *ms*. lê-se: "Finis horum librorum fuit impositus 1.ª Julij die 1589. Emmanuel Coutinho". E abre com o seguinte frontispício, ao fundo do qual vem o nome de Jorge Dias, Carmelita: *Annotationes in Universam Aristotelis Philosophiam traditæ a Sapientissimo Præceptore meo Emmanuele a Lima Anno Domini 1588*.

B. *Poesia latina de Manuel de Lima*. Bibl. da U. de Coimbra, cód. 994, f. 470v. — Ver: *Rodrigues* (Pero), letra B.

C. *Terceira Visita do Padre Manuel de Lima Visitador Geral desta Provincia do Brasil*. [*1610*]. (Bibl. Vitt. Em., f. ges. 1255, n.º 14).

Começa com a patente do P. Cláudio Aquaviva, dada em Roma a 25 de Junho de 1607. Leu-a no Colégio de Pernambuco, no próprio dia em que ali chegou de Lisboa, abrindo a visita, a 3 de Dezembro de 1607. Gastou nela "pouco mais de dous annos". A "visita" não traz data, mas foi escrita no fim dela. Na última página, lê-se: *Manuel de Lyma*; e a nota autógrafa do P. Assistente: "Esta visita esta aprouada pello p.e Geral. Ant.º Mascarenhas".

É a "terceira", em relação às anteriores visitas, a "primeira", do B. Inácio de Azevedo, e a "segunda", de Cristóvão de Gouveia.

D. *Cartas do P. Manuel de Lima:* de 1 de Janeiro, 8 de Maio e 20 de Outubro de 1592 (*Lus.71*); e 23 de Janeiro de 1593 (*Lus.72*). — Não examinámos o conteúdo destas cartas, alheio ao Brasil.

A. S. I. R., *Lus.44*, 285. 309; — Franco, *Imagem de Évora*, 199-200; — Id., *Ano Santo*, 100.

LIMA, Manuel de (2). *Missionário da Índia e do Maranhão*. Nasceu cerca de 1609 em Lisboa. Entrou na Companhia em 1623. Embarcou para a Índia, padecendo maus tratos e ferimentos graves, pelos hereges. Foi Vice-Reitor de Chaul. Depois veio a Roma por terra, e de Roma trouxe para Lisboa e daí para o Maranhão os corpos dos mártires S. Alexandre (Pará) e S. Bonifácio (Maranhão). Chegou ao Maranhão com o P. António Vieira em 1652. Não se dando bem, voltou em 1654, e faleceu a 4 de Julho de 1657 em Évora.

1. *Relaçaõ de hum prodigioso milagre, que o glorioso S. Francisco Xavier, Apostolo do Oriente obrou na Cidade de Napoles no anno de 1634.* No Collegio de Rachol, 1636, 8.º

A. *Relação do martirio do P. Amarin. Moureira* (†1639).

B. *Relação da nossa viagem de Lisboa até o Maranhão na Carauella N.ª S.ª das Candeas, em 1652.* (Bibl., de Évora, cód. CXV/2-13, f. 324). *Port.*

Viagem em que também foram os Padres António Vieira, Mateus Delgado e Manuel de Sousa. A *Relação* não vem assinada, nem é de Vieira. Parece de Manuel de Lima: a certa altura, lê-se o nome de *Manuel de Lima*, riscado, e substituido por *eu*.

<small>A. S. I. R. *Lus.45* (Cat. de 1649), n.º 403; — Bettendorff, *Chronica*, 226; — Franco, *Synopsis an.* 319; — B. Machado III, 291; — Sommervogel, IV, 1836; — S. L., *História*, IV, 336.</small>

LIMA, Manuel (3). *Apóstolo dos Ardas (Negros).* Nasceu cerca de 1667 na Cidade de Luanda. Filho de Manuel de Lima e sua mulher Catarina Fonseca Saraiva. Era aluno do Colégio de Angola, onde ouviu o P. Gaspar da Costa, mais tarde missionário da China, falar do P. Anchieta. Entrou com 15 anos a 28 de Março de 1683. Fez primeiro a profissão solene de 3 votos em 1703 e depois a de 4 em 1711 pelo seu conhecimento da língua de Angola, e por ser bom pregador, grande confessor e mestre de escravos negros e homens rudes. Faleceu a 5 de Novembro de 1718 na Baía.

A. *Catecismo na língua dos Ardas.*

B. *Carta ao P. Geral Tamburini*, da Baía, 28 de Julho de 1708. (*Bras.4*, 140). Diz que é o único Padre que sabe a língua dos "Ardas" e fez dela um *Catecismo*. *Lat.*

<small>A. S. I. R., *Bras.10*, 210; — *Lus.12*, 220; — *Lus.13*, 167; — S. L., *Jesuítas do Brasil naturais de Angola*, 11; — *Processo de Anchieta*, 21-22 (Proc. da Baía, 1712)</small>

LOBATO, João. *Missionário e Sertanista.* Nasceu cerca de 1546 em Lisboa. Entrou na Companhia, em 1563. Fez os últimos votos a 8 de Dezembro de 1586 no Rio de Janeiro. Grande missionário e sertanista, trabalhou com os Carijós e Goitacases, e era tido por santo, ainda em vida. Faleceu no Rio de Janeiro a 20 de Janeiro de 1629. Inscreveu-se assim o seu nome no *Menológio Brasileiro*: "Aos 22 de Janeiro de 1629 no Colégio do Rio de Janeiro da Província do Brasil, foi o feliz trânsito do P. João Lobato, Português, Coadjutor Espiritual, perfeitíssimo em virtudes, cuidadoso e infatigável Missionário; porque sete vezes, pelo menos, penetrou aqueles sertões".

1. *Duas Cartas do P. João Lobato ao P. Provincial Simão Pinheiro, sobre a redução dos Goitacases,* do Rio dos Bagres, 7 e 8 de Março de 1619. Publ. por S. L., *História,* VI, 79-80.

Há diversidade de datas, tanto da entrada de Lobato na Companhia, como da morte. Mas o Cat. de 1567 diz: "com 21 anos: entrou ha 4" (*Bras.5*, 7v); e o dia da morte está na Trienal de 1629-1631, que narra desenvolvidamente a sua vida: "Anno 1629 tertio decimo Kalendas februarii" (20 de Janeiro). (*Bras.8*, 412).

A. S. I. R., *Bras.5*, 7v; — *Bras.8*, 412-415v; — *Bras.13* (Menol.) 13; — *Lus.19*, 20; — Vasconcelos, *Vida de João de Almeida*, 43, 64; — Cordara, *Hist. Soc.*, VI-2.º, 442, que por lapso lhe chama Francisco; — S. L., *História*, I, 330.

LOPES, José. *Missionário e Administrador.* Nasceu a 24 de Janeiro de 1682 em Sardoal (Diocese da Guarda). Entrou na Companhia a 13 de Dezembro de 1703. Esteve primeiro na Província do Brasil, donde passou ao Maranhão, via Lisboa. Tentara escusar-se da profissão selene, que fez a 31 de Julho de 1722, no Pará, recebendo-a José Vidigal. Professor de Humanidades, Missionário das Aldeias e Procurador do Colégio do Pará. Ocupou ainda outros cargos entre os quais, duas vezes, o de Vice-Provincial. Faleceu entre 1753 e 1760. (Ainda consta no Catálogo de 1753, não já no seguinte, de 1760).

A. *Representação e Protesto ao Governador do Estado Alexandre de Sousa Freire.* S. Maria de Belém do Pará, 16 de Setembro de 1729. (B. N. de Lisboa, fg. 4517, 160-160v). — Contra as licenças que o Governador dava de irem às Aldeias, os que queriam e lhe pediam, "com cabos de canoas, homens vis, criminosos, oficiais, escravos, insolentes, etc."; o que era a destruição das Aldeias contra as leis de S. Majestade. *Port.*

B. *Representação ao Governador do Estado sobre os procedimentos e delitos do cabo da Tropa de guerra Belchior Mendes de Morais.* S. Maria de Belém do Pará, 19 de Setembro de 1729. (*Ib.*, f. 163-167). *Port.*

C. *Declaração à Representação e Protesto de 16 de Setembro de 1729.* (*Ib.*, f. 161). — Diz que o Governador ouviu a representação, começou a castigar os culpados, "mas não sei se continuará". *Port.*

D. *Requerimento sobre uma sentença ilegal que se deu contra os Índios Maipenas,* Belém do Pará, 6 de Outubro de 1729. (*Ib.*, f. 156). *Port.*

E. *Requerimento do P. José Lopes Vice-Provincial da Companhia de Jesus à Junta das Missões para que se não ponham em cativeiro algum, ou repartição, os Tapuias enviados do Sertão por Belchior Mendes de Morais, tomados em guerra sem ter havido sentença contra eles.* Belém do Pará, 6 de Outubro de 1729. (*Ib.*, f. 156-156v). *Port.*

F. *Carta do Vice-Provincial José Lopes a El-Rei*, do Colégio de S. Alexandre, Pará, 8 de Outubro de 1729. (*Ib.*, f. 109-114). — Informação geral sobre os resgates, em razão do seu ofício: e pede remédio. *Port.*

G. *Carta ao P. Geral*, do Pará, 10 de Outubro de 1729. (*Bras.26*, 265). — Propõe que se ofereça a vela de fundador dos Colégios do Pará e Maranhão (que o não têm) a El-Rei D. João V e a da Casa de Tapuitapera ao Príncipe D. José. *Lat.*

H. *Carta ao Reitor do Colégio do Pará P. José de Sousa sobre descimentos de Índios Manaos*, do Colégio de S. Alexandre, Pará, 21 de Agosto de 1729. (B. N. de Lisboa, fg. 4517, f. 148). *Port.*

I. *Dois requerimentos de certidões, feitos pelo P. José Lopes, sobre descimentos e a tropa de guerra de Belchior Mendes de Morais.* (*Ib.*, f. 121 e 137). *Port.*

J. *Resposta e Requerimento do Vice-Provincial José Lopes a uma notificação do Governador Alexandre de Sousa Freire*, datada (esta) de 11 de Abril de 1730. (*Ib.*, f. 279-279v). — Sobre uma desordem na Aldeia de Xingu. *Port.*

K. *Carta ao P. Procurador Jacinto de Carvalho*, do Pará, 17 de Setembro de 1730. (*Ib.*, 288-311). — Sobre Alexandre de Sousa Freire e com esta cota: "Notícia larga do P. José Lopes sobre as desordens no Pará, 1730". *Port.*

L. *Carta ao P. Geral*, do Pará, 2 de Setembro de 1732. (*Bras.26*, 293-293v). — Tendo alguns Padres informado que ele fazia negócios, impôs-lhe o P. Geral sob preceito de obediência que se abstivesse. Responde aceitando o preceito, e que envia ao P. Assistente uma relação de tudo, em que mostra tratar-se de vendas e compras, lícitas e necessárias à vida da Missão, negócios só na aparência. (A relação ao Assistente não se conserva junto da carta). *Lat.*

M. *Carta ao Procurador Geral Jacinto de Carvalho*, do Pará, 8 de Setembro de 1733. (B. N. de Lisboa, fg. 4517, f. 377-378). — Dívidas de João da Maia da Gama; o Provedor Matias da Costa Sousa aumentou as rendas de El-Rei e elogia-o; assuntos da procuratura. *Port.*

N. *Carta ao Procurador Jacinto de Carvalho*, do Pará, 23 de Setembro de 1733. (*Ib.*, 385-387). — Assuntos da procuratura; notícias. *Port.*

O. *Carta ao Procurador Jacinto de Carvalho*, de 24 de Setembro de 1733. (*Ib.*, 379-383). — Carta de confiança: Notícias. Procuratura; Padres; Casa da Madre de Deus; Governadores; é partidário fervoroso, há 2 anos, de que se larguem as Missões. *Port.*

P. *Copia de huma carta escripta ao P. Achiles Maria [Avogradi] sendo Missionario da tropa de resgates de que hera cabo Lourenço Belfort*, do Colégio do Pará, 6 de Março de 1738. (B. N. de Lisboa, Col. Pomb. 631, f. 1). *Port.*

Q. *Carta ao Governador do Estado do Maranhão e Grão Pará sobre a Aldeia do Javari*, do Colégio de S. Alexandre, 3 de Janeiro de 1752. (Arq. Público do Pará, cód. 1096). — Cit. em S. L., *História*, III, 419. *Port.*

R. *Carta ao Governador do Estado do Maranhão e Grão Pará*, do Colégio de S. Alexandre, 17 de Janeiro de 1752. (Arq. do Pará, cód. 588). — Excerptos em S. L., *História*, III, 419. *Port.*

Nove cartas dos Padres Gerais ao P. José Lopes (1717-1741), *Bras.25*.

A. S. I. R., *Bras.4*, 122; — *Bras.27*, 95v; — *Lus.14*, 218.

LOPES, Luiz. *Professor e Administrador.* Nasceu em 1597 na Vidigueira, Arcebispado de Évora. Filho de Estêvão Jorge e de Maria Lopes. Entrou na Companhia em Évora a 24 de Dezembro de 1611, tendo 14 anos de idade. Ensinou Gramática e Filosofia em Évora. Mestre de Noviços, Reitor dos Colégios de S. Miguel (Açores), Coimbra, Évora e Noviciado de Lisboa, companheiro do Visitador do Brasil Pedro de Moura, Prepósito de Vila-Viçosa e Provincial. Faleceu em Évora, a 1 de Março de 1676.

A. *Vita P. Ludovici Alvarez veneno a Judaeis propinato interempti 25 Novembris 1590.* — Conservada outrora no Colégio de Évora e "em muito bom latim", segundo o testemunho de Franco, *Imagem de Coimbra*, I, 229.

B. *Relaçam da Viagem do socorro que o mestre de Campo Diogo Lobo levantou nas Ilhas dos Açores e levou em 16 navios à cidade da Bahia, e das cousas mais notaveis que neste caminho sucederam principalmente na nao N." S." de Guadalupe* [1639]. (Bibl. de Évora, cód. CXVI/1-14a, n.º 1. 8.º, 55 fs.; cf. Rivara, I, 21). *Port*.

Enquanto esteve no Brasil, como secretário do Visitador, autenticou, em 1640, algumas *Relações*, referentes aos sucessos originados pela publicação do Breve de Urbano VIII, de 22 de Abril de 1639, sobre a liberdade dos Índios da América: "concorda com o seu original".

Sommervogel distribui por dois de igual nome o que é de um só e mesmo Padre.

Franco, *Vida do Padre Luiz Lopes*, em *Imagem de Évora*, 180-198; — *Id., Ano Santo*, 118; — B. Machado, III, 108; — Sommervogel, IV, 1955; — S. L., *História*, V, 381-382; VI, 34, 36.

LOURENÇO, Agostinho. *Missionário do Guaporé*. Nasceu a 8 de Setembro de 1721 em Moura-Morta (Régua). Entrou na Companhia, com 15 anos, a 18 de Outubro de 1736. Trabalhou em diversas Casas do Brasil. Passou com o P. Estêvão de Crasto ao Mato Grosso e fundou a Missão do Guaporé, donde o arrancou a perseguição geral, deportando-o para Lisboa, em 1760. Esteve primeiro nos cárceres de Azeitão e dali foi levado em 1769 para os de S. Julião da Barra, dos quais saiu com vida em Março de 1777 na restauração das liberdades cívicas portuguesas. Faleceu em Lisboa, a 21 de Junho de 1786.

1. *Carta do P. Agostinho Lourenço ao P. Caetano Xavier sobre a perseguição que também chegou a Mato Grosso*, do Rio Guaporé, 2 de Março de 1759. Publicada por Alberto Lamego, *A Terra Goitacá*, III, 302-304; e de novo, pela fotocópia do original, em S. L., *História*, VI, 221-223.

A. *Carta do P. Agostinho Lourenço a D. António Rolim de Moura, Governador e Capitão General da Capitania de Mato Grosso*, [da Missão do Guaporé], 5 de Maio de 1756. (Papéis do antigo Arq. do Minist. da Justiça, na Inspecção Superior de Bibl. e Arq., Lisboa, Papéis Pombalinos, Maço 27). — Esteve ausente 3 meses e meio na Missão de S. Miguel; sobre o que se dizia da sua ida definitiva para ela; Casa Redonda; Cartas do Governador para o P. João Roiz, Superior das Missões de Castela. O P. Raimundo, dessas missões, entrou por distritos de Portugal por ordem dos seus superiores, que para isso receberam ordens do Vice-Rei de Lima.

Convenção e divisão dos campos de actividades. Ciumes da parte dos Castelhanos. Bandeira que se preparava ao descoberto. *Port*.

B. *Carta do P. Agostinho Lourenço a D. António Rolim de Moura*, da Aldeia de S. José do Rio Guaporé, 17 de Janeiro de 1757. (Bibl. Públ. do Porto, cód. 296, fs. 110-112v). — Estado da Missão. Notícias das missões castelhanas, dos colonos e dificuldades ambientes. Casa Redonda. Está com ele um P. Domingos Gomes, secular, que difama o P. Estêvão de Crasto e a Companhia de Jesus e o desautoriza perante as pessoas da Missão. Mas "a mim me disse V.ª Ex.ª que como Jesuíta e transmontano não devia desanimar". Não bastam feijão e milho, como dizia o P. Gomes. Porque há isto agora, e a miséria dos Índios continua. É preciso gado. As "bandeiras" não se devem fazer com armas de fogo, mas com velórios, facas, anzois, etc. *Port*.

C. *Apontamentos concernentes a esta Aldeia Nova no Cuiabá*. (Bibl. Públ. do Porto, cód., 296, fs. 113-117v). — Defende a Aldeia e a catequese dos Índios. Estado concreto da Missão. Obras da igreja e novas plantações. (Sem data, nem assinatura. Talvez do P. Estêvão de Crasto: de um dos dois). *Port*.

<small>A. S. I. R., *Bras*.6, 273; — *Notae Historicae* in *Vitam P. Em. Correae* (1789), 168; — Carayon, IX, 246; — S. L., *História*, VI, 218-224; — Id., *Os Jesuítas do Brasil na fundação da Capitania de Mato Grosso e seus escritos* (1749-1759) no "Jornal do Commercio" (Rio de Janeiro) 8 de Agosto de 1948.</small>

LOURENÇO, Brás. *Missionário e Administrador*. Nasceu por 1525 em Melo. Entrou na Companhia em Coimbra a 9 de Maio de 1549. Já era sacerdote. Embarcou para o Brasil na 3.ª expedição com o P. Luiz da Grã em 1553 e durante a viagem foi confessor do Governador D. Duarte da Costa. Da Baía passou como Superior ao Espírito Santo, Capitania que se tornou o mais notável campo da sua actividade, na renovação dos costumes dos moradores e na catequese dos Índios. Num ataque dos piratas franceses, ele próprio empenhou a bandeira de Santiago e animou a resistência, retirando-se o inimigo com perdas. O Catálogo de 1598 diz que já tinha sido Superior em diversas residências durante 25 anos, Espírito Santo, Porto Seguro, etc.; e, além disto, Reitor do Colégio do Rio de Janeiro, quase 4. Homem de governo e de prudência. E também de caridade, demonstrada por ocasião de graves epidemias. "Pai comum de todos". Faleceu a 15 de Julho de 1605 na Aldeia de Reritiba, Espírito Santo.

A. *Carta do P. Braz Lourenço aos Irmãos de Coimbra*, da Baía, 30 de Julho de 1553. (*Bras*.3(1), 89v-90). — Narra a viagem desde Lisboa; agora vai dizer missa a uma légua da Baía e prega na língua brasílica, por intérprete. Cópia em *Esp*.

B. *Carta aos Padres e Irmãos do Colégio de Coimbra*, do Espírito Santo, 26 de Março de 1554. (*Bras.3(1)*, 108-110). — Esteve para ser Reitor da Baía, mas ficou o P. Luiz da Grã, por ser pregador; em Porto Seguro, querendo o P. Leonardo Nunes levar o P. Ambrósio Pires, o povo escandalizou-se por ficar sem Padre: tirou-se à sorte e ficou o mesmo Ambrósio Pires; organizou a Confraria da Caridade; recebeu um irmão leigo e tem 9 meninos na Escola Ficou pregador e diz o que experimentou quando pregou a 1.ª vez. Cópia em *Esp*.

C. *Diálogo da Doutrina Cristã*. "O P. Brás Lourenço tambem se ocupa nas confissões e em ensinar a doutrina todos os dias aos meninos filhos e filhas dos Brancos e Mamalucos, a modo de *Diálogo*, o qual V. R. já lá veria, pera a qual obra ele tem especial graça e dom de N. Senhor". (Cf. *Cartas Avulsas* (1566), 472; S. L., *História*, II, 27). *Port*.

Nas *Cartas Avulsas* ((337-342) vem uma do Espírito Santo, a 10 de Junho de 1562 ao P. Doutor Torres "por comissão do P. Brás Lourenço". Não nos foi conservado o nome do autor desta carta, nem se infere dos seus termos, que fala com elogio de todas as pessoas citadas nela.

A. S. I. R., *Lus. 43*, 4; — *Bras.5*, 40v; — S. L., *História*, I, 404.

LOUSADO, Agostinho. *Administrador*. Nasceu cerca de 1630 em Peniche. Entrou na Companhia em 1645 ou 1646. Procurador nas Casas do Noviciado, S. Francisco Xavier de Alfama, e S. Roque, todas três em Lisboa; no Colégio de Coimbra; e em 1659 no Engenho de Sergipe do Conde (Baía). A 16 de Maio de 1660 fez os últimos votos de Coadjutor Espiritual, na Baía. Voltou a Lisboa e foi durante 10 anos Procurador da Província de Portugal. Vivia no Colégio de Alfama em 1690.

1. *Carta ao Provincial do Alentejo sobre a causa do Engenho de Sergipe do Conde*. Lisboa, 13 de Janeiro de 1659. No "Tombo das Terras pertencentes à Igreja de Santo Antão da Companhia de I. H. S. — Bahia, Livro V". — Publ. em *Doc. Hist.*, LXII (1943) 148-149.

A. *Certificado em como foi assistir no Engenho de Sergipe do Conde, na qualidade de Procurador do Colégio de S. Antão*. Lisboa, 26 de Janeiro de 1663. (Gesù, 720, I). *Port*.

B. *Carta do P. Agostinho Lousado ao P. Francisco de Almada Assistente de Portugal em Roma*, de Lisboa, 12 de Janeiro de 1683. (*Bras.9*, 252, 252v, 256). — Assuntos do seu ofício, relativos a Portugal. *Port*.

A S. I. R., *Bras.5(2)*, 221v; — *Lus.23*, 25; — *Lus. 46*, 216.

LUIZ, António. *Missionário.* Nasceu cerca de 1612 no Porto. Entrou na Companhia com 44 anos, a 25 de Janeiro de 1656. Reitor do Espírito Santo, em cujo Colégio fez a profissão solene em 1667 (recebendo-a Barnabé Soares), e Superior de Porto Seguro, onde faleceu a 24 de Março de 1692.

A. *Carta do P. Reitor António Luiz ao P. Geral Oliva,* do Espírito Santo, 25 de Fevereiro de 1668. (*Bras.* 3(2), 63). Louva o P. Barnabé Soares. *Port.*

A. S. I. R., *Bras.*5(2), 79v, 89.

LUIZ, João. *Missionário e Capelão Militar.* Nasceu cerca de 1597 na Cidade da Baía. Entrou na Companhia em 1618. Ensinou Gramática alguns anos; Superior de Porto Seguro, Professo, Pregador. Tomou parte activa nas guerras contra os holandeses, assistindo aos Índios do Camarão e negros de Henrique Dias, em diversas acções militares. Faleceu a 6 de Junho de 1685 na Baía.

1. *Parecer sobre a Lagoa de Jaguaribe do Rio de S. Francisco,* datado de 25 de Julho de 1666. (*Bras.*9, 192). Em S. L., *História,* V, 362.

A. S. I. R., *Bras.*5, 229; — S. L., *Novas Cartas Jesuíticas,* 324.

LUIZ, Manuel (1). *Piloto e Mestre-Escola.* Nasceu por 1608 em Vila Nova de Portimão (Algarve). Entrou na Companhia na Baía, com 21 anos de idade, em 1631, para o grau dos Irmãos Coadjutores. Era piloto e comandou a Fragata da Província muitos anos. E em 1657 foi enviado a Lisboa pelo P. Simão de Vasconcelos como procurador particular da nova Igreja do Colégio da Baía (Catedral). Em 1661 acompanhou a Roma o mesmo Padre e voltou com ele ao Brasil em 1663, sendo depois Mestre dos Meninos durante 16 anos. Faleceu no Rio de Janeiro a 8 de Janeiro de 1681.

A. *Declaração do Ir. Manuel Luiz a favor do P. Simão de Vasconcelos e das obras da igreja da Baía.* Baía, 16 de Setembro de 1663. (Gesù, *Missiones,* 721). — Diz que Simão de Vasconcelos o mandou a Portugal buscar mármores e marmoreiros peritos, que enviou à Baía; e dois púlpitos de pedra feitos em Génova à imitação dos da Casa Professa dessa cidade. *Port.*

A. S. I. R., *Bras.*5, 150, 168v, 188v; — *Bras.*5(2), 2, 47v; — *Hist. Soc.* 49, 64.

LUIZ, Manuel (2). *Pregador.* Nasceu a 26 de Maio de 1731 em Horta de Moncorvo, outrora pertencente ao Arcebispado de Braga. Entrou na Companhia em Lisboa a 15 de Março de 1750, embarcando para o Maranhão pouco depois. Dez anos mais tarde estava na Residência da Anindiba quando a perseguição geral o deportou para Lisboa e Itália. Fez a profissão solene no dia 8 de Setembro de 1767 em Roma no Palácio de Sora. No ano seguinte ainda morava no mesmo Palácio, na sala reservada aos antigos missionários da Vice-Província do Maranhão, e chamada por eles "Sala do Grão Pará". Esteve depois em Pésaro e voltou a Portugal em 1782.

1. *Inventário da Igreja do Maranhão,* 1760. Publ. por S. L., *História,* III, 433-435.

2. *Inventário da Casa da Madre de Deus,* 1760. Publ. por S. L., *História,* III, 437-438.

3. *Catálogo dos Religiosos que tinha a Vice-Província do Maranhão e Pará no ano de 1760.* Publ. por S. L., *História,* IV, 363-368.

4. *Catálogo da Livraria da Casa da Vigia (Pará)* 1760. Publ. por S. L., *Uma biblioteca portuguesa no Brasil nos tempos coloniais — Casa da Vigia, Pará.* Na Revista "Brasilia", I (Coimbra 1942) 257-267; — Id., *História,* IV, 399-410.

A. *Inventário do Maranhão.* (1760-1768). *Bras.28* (todo o códice).

Além dos inventários dos diversos Colégios e Casas do Maranhão e Pará e cópias de diversos documentos deste período, traz referências individuais quer do próprio P. Luiz, quer doutros Padres, até 1768. Caderno com o carácter de apontamentos de uso pessoal do P. Manuel Luiz, cerzido de coisas próprias e alheias. Os quatro documentos publicados são deste *Inventário do Maranhão.*

Ano de nascimento. A lista dos Residentes na Itália em 1774, traz o mesmo dia e mês, mas o ano de 1729.

<small>A. S. I. R., *Bras.27,* 173v; — Gesù, 690; — S. L., *História,* III, p. XXIII; IV, 366, 410.</small>

LUZ, Manuel da. *Enfermeiro.* Nasceu cerca de 1678 na Vila de Proença. Entrou na Companhia, no Brasil, com 24 anos, a 24 de Maio de 1702. Bom enfermeiro e com regulares conhecimentos de medicina. Em 1719 foi a Lisboa e Roma como companheiro do Procurador, P. Luiz Carvalho, cuja mãe se chamava Maria da Luz, indício talvez de parentesco entre ambos. Faleceu no Recife a 12 de Agosto de 1735.

A. *Carta do Ir. Manuel da Luz ao P. Geral Tamburini,* do Rio de Janeiro, 23 de Janeiro de 1706. (*Bras.4,* 114). — Pede a Missão do Malabar por o P. Francisco Laines ter dito que havia necessidade de um médico e ele ser enfermeiro e ter suficientes conhecimentos de medicina. *Port.*

<small>A. S. I. R., *Bras.6,* 41, 105v, 197.</small>

LYNCH, Tomás. *Pregador e Administrador.* Nasceu a 7 de Janeiro de 1685 em Galvay, Irlanda. Filho de Estêvão Lynch e Catarina Lynch, de velha cepa católica, estudou Humanidades na terra natal. Aos 18 anos de idade, em 1703, não podendo cursar nela Filosofia e Teologia, veio para o Seminário dos Irlandeses em Lisboa, para se ordenar e voltar à Irlanda a sustentar a Fé Romana "e servir de consolação aos católicos ali tão oprimidos". Não havia curso no Seminário esse ano: passou-o na Universidade de Évora, voltando a Lisboa, para o Seminário de S. Patrício, donde frequentou o Curso inteiro de Filosofia do Colégio de S. Antão. No 2.º ano de Teologia ordenou-se de sacerdote, e dispunha-se a voltar à Irlanda, quando a Província do Brasil o pediu por meio do seu procurador geral Miguel Cardoso. Decidiu-o o dizerem-lhe que iam muitos hereges ao Brasil e que lá os poderia converter. Entrou na Companhia no Noviciado da Cotovia em Lisboa, no dia 21 de Novembro de 1709, e nesse mesmo ano embarcou para o Brasil. Três anos depois era Ministro do Colégio da Baía; e o Provincial Manuel Dias informa que era "æque prudens et sanctus". Pregava com facilidade. Ocupou os cargos de Reitor do Noviciado (Jiquitaia) e dos Colégios de Olinda, Rio de Janeiro e Baía; e de Provincial. Converteu muitos luteranos à Fé Católica e era Visitador do hospital da Baía em 1757. Mandado exilar em 1758, como estrangeiro, permitiu-se-lhe ficar devido ao seu precário estado de saude. Saiu da Baía deportado para Lisboa em 1760 e daí para a Itália. Faleceu em Roma em 1761.

A. *Anglia et reliqua regna reformata, Romæ nunc reconciliata.* Ingl.

Impressa anónima ou com pseudónimo? Cf. infra, letras B. e C.

B. *Carta do P. Tomás Lynch ao P. Geral Tamburini*, da Baía, 20 de Agosto de 1722. (*Bras.4*, 244-245). Pede para se imprimir o seu livro em inglês. "Anglia et reliqua Regna reformata, Romae nunc reconciliata". *Lat.*

Um homem pio tinha dado 80 esc. romanos para a impressão do livro inglês do P. Tomas Lynch. O P. Manuel Dias recomenda para Lisboa em 1724 que se faça com diligência a impressão. (*Bras.4*, 272).

C. *Carta do P. Tomás Lynch ao P. Geral Tamburini*, da Baía, 17 de Julho de 1725. (*Bras.4*, 292-293v). — Agradece a licença recebida para se imprimir o seu livro, o que "em breve se fará"; e quer ficar 10 anos sem cargos de governo. *Lat.*

D. *Acta et Postulata Congr. abbreviatæ habitæ in Collegio Bahiensi anno 1739. Praeside R. P. Joanne Pereyra Provinciæ Brasiliæ Provinciali. Die 27 Augusti anni 1739.* (*Congr.89*, 297-299v). Letra de Lynch, Secret. *Lat.*

E. *Proponuntur rationes pro postulanda a R. adm. P. N. Provinciæ Brasilicæ divisione.* (*Congr.89*, 303-304v). *Lat.*

F. *Proponuntur rationes pro indivisione Provinciæ Brasiliensis.* (*Congr.89, 305-306*). Lat.

G. *Carta ao P. Geral*, da Baía, 30 de Setembro de 1739. (*Congr.89, 309*). — Manifesta-se a favor da divisão da Província do Brasil em duas, porque entre 21 votantes só 5 votaram contra; e porque as 320 léguas da costa não podem ser visitadas regularmente pelo Provincial, sobretudo com as novas casas que se fundaram. Lat.

H. *Requerimento do Reitor Tomás Linceo a El-Rei que se lhe passe ordem para que o contratador dos Dízimos dos açúcares pague a dotação régia do Colégio de Olinda, em açúcares, na forma do costume.* (A. H. Col., *Pernambuco. Avulsos*, 21.IV.1744). Port.

I. *Requerimento do Reitor de Olinda a El-Rei sobre o pagamento da dotação régia do Colégio, em açúcares.* Despacho de 8 de Julho de 1745. (A. H. Col., *Pernambuco, Avulsos*, Capilha de 1754). Ordem Régia, conforme ao requerimento, datada de 14 de Janeiro de 1747. (*Ib.*, Capilha de 16 de Abril de 1749). Port.

J. *Carta do Provincial Tomás Linceo a El-Rei D. José sobre o fruto que fizeram os Missionários da Província do Brasil nos anos de 1750 e 1751 nos Recôncavos da Cidade da Baía e seus sertões e nos lugares a que foram destinados por Sua Majestade*, da Baía, Agosto de 1751. Cópia anexa à Consulta do Conselho Ultramarino, sobre o mesmo assunto, de 19 de Agosto de 1752; e despacho de D. José, de 17 de Outubro de 1752, que manda louvar o Provincial. (A. H. Col., *Baía, Apensos*, Capilha de 19 de Agosto de 1752). Port.

K. *Requerimento do P. Tomás Linceo em comissão do P. Gabriel Malagrida, ao Bispo de Pernambuco, Dr. F. Luiz de S.ta Teresa, para a erecção de um Recolhimento de Ursulinas no Recife, no lugar da Boa Vista ou outro.* Despacho do Prelado, concedendo: Boa Vista, 28 de Setembro de 1753. Cópia no documento que tem por título: *Treslado da Escreptura de Auto de Posse que tomou o R.do P.e Dom Domingos de Loureto Coutto como Procurador do R.do P.e Vizitador da Companhia de Jesus Manuel da Fonseca em nome das Senhoras recolhidas e Religiosas Vrsulinas da Igreja da Soledade doada pello Ex.mo e R.mo Sr. Bispo D. Fr. Luis de S. Teresa com todas as suas pertenças.* (A. H. Col., *Pernambuco, Avulsos*, Capilha de 5 de Outubro de 1756). Port.

L. *Requerimento do Reitor do Colégio da Baía, em que pede a S. Mag.^de lhe mande passar certidão da ordem que o ano passado se fez para o Ouv.^or do Maranhão, Manuel Sarmento ir ao Piauí, e Jacobina, demarcar as terras, que os sesmeiros mencionados na dita ordem possuem naqueles distritos.* (Tem anexa a referida certidão). Despacho do Cons. Ultr. de 20 de Maio de 1754. (A. H. Col., *Piauí*, Avulsos, 20-5-1754). Port.

M. *Requerimento do Reitor da Baía a Sua Magestade sobre o Ouvidor da Mocha, que começou a medir e demarcar as terras no ano passado em desacordo com as ordens régias.* Despacho do Conselho Ultramarino de 17 de Julho de 1754. (A. H. Col., *Piauí*, Avulsos, 1754). Port.

N. *Requerimento do Reitor do Colégio da Baía, em que pede a S. Mag.^de mande ao Ouvidor da vila da Mocha, José Marques da Fonseca Castelo Branco, que suspenda a demarcação que tinha começado, até nova resolução de S. Mad.^de, visto o repentino e violento procedimento deste ministro.* Despacho do Conselho Ultramarino, de 3 de Julho de 1754. (A. H. Col., *Piauí*, Avulsos, 3 de Julho de 1754). Port.

O. *Carta do Reitor do Colégio da Baía Tomás Linceo participando ter cumprido todas as ordens que recebera acerca da guarda dos documentos relativos à sucessão do Governo, e que tendo partido nesse dia para o Reino o Vice-Rei Conde de Atouguia, tomara posse o Governo interino, composto segundo a Ordem de S. Majestade pelo Arcebispo D. José Botelho de Matos, Desembargador Chanceler da Relação Manuel António da Cunha Sotomaior e Coronel Lourenço Monteiro,* da Baía, 7 de Agosto de 1754. (A. H. Col., *Baía*, 1312-1313 (1.ª e 2.ª via). Port.

P. *Carta do Reitor Tomás Linceo a Diogo de Mendonça Corte Real sobre o desejo que El-Rei manifestara de que o cofre dos depósitos gerais do Estado ficasse sempre guardado no seu Colégio,* da Baía, 24 de Março de 1755. (A. H. Col., *Baía*, 1559). Port.

Q. *Carta do Reitor Tomás Linceo a Diogo de Mendonça Corte Real participando-lhe que na sua passagem pela Baía, se hospedara no Colégio o Bispo das Ilhas de S. Tomé e Príncipe D. António No-*

gueira, e que em poucos dias partiria para o Rio de Janeiro, da Baía, 17 de Novembro de 1755. (A. H. Col., *Baía,* 2034). *Port.*

R. *Representação ao Conselho Ultramarino sobre o decreto que manda ir para o Reino os Padres da Companhia de Jesus estrangeiros.* Examinada no Conselho Ultramarino da Baía, a 30 de Janeiro e 30 de Julho de 1759. (A. H. Col., *Baía,* Apensos, nestas datas). — Dá notícias sobre a sua posição pessoal, juventude, estudos, entrada na Companhia, ida e estada no Brasil. *Port.*

Ver John Mac Erlean, *Irish Jesuits in Foreign Missions,* em *The Irish Jesuits Directory,* 1930, f. 128-129.

A. S. I. R., *Bras.4,* 307; — *Bras.6,* 97v; — Cueiro, 56, 124; — S. L., *História,* VI, 602.

M

MACHADO, António. *Professor e Missionário.* Nasceu a 9 de Junho de 1717 em Lisboa. Entrou na Companhia a 29 de Maio de 1731, a bordo da galera, "Santa Rita e Almas", indo embarcado de Lisboa para as Missões do Maranhão e Grão Pará. Ensinou Gramática e Retórica e foi Presidente de Teologia. Fez a profissão solene em N.ª S.ª do Rosário do Rio Mearim, Missão dos Gamelas, no dia 17 de Outubro de 1751, recebendo-a o P. Pedro Maria Tedaldi. Era Reitor do Seminário do Maranhão, quando sobreveio a tormenta geral e deportação para o Reino em 1760. Por doença e desânimo, saiu da Companhia e entrou no Hospital de S. João de Deus, em Lisboa, onde faleceu três dias depois (1760).

1. *Carta do P. António Machado ao Governador do Pará Mendonça Furtado,* da Aldeia de Nossa Senhora da Piedade, no Rio Mearim, 22 de Setembro de 1751. (Arq. do Pará, cód. 588). Publ. em S. L., *História,* III, 171-173.

2. *Carta de António Machado ao P. Procurador Bento da Fonseca,* do Maranhão, 24 de Agosto de 1753. (Bibl. de Évora, cód. CXV/2-14 n.º 20). Publ. sem indicação de fonte, em Melo Morais, IV (1860) 212-215. Acompanhava-a a relação seguinte:

3. *Breve Relação do que tem sucedido na Missão dos Gamelas desde o anno de 1751 até 1753.* (Bibl. de Évora, cód. CXV/2-15, n.º 8). Publ. em Melo Morais, IV, 347-361, sem indicação de fonte, nem de Autor. Cf. excerptos em S. L., *História,* III (1943) 171-173, com identificação da fonte e do Autor, e a notícia de um desenho de um Índio Gamela e respectiva descrição. — Publ. de novo, do códice de Évora, com o desenho do Gamela e demonstração de gastos, ainda sem nome do autor, em *Documentos dos Arquivos Portugueses que importam ao Brasil,* n.º 7, Secção de Intercâmbio Luso-Brasileiro (Lisboa Maio de 1945) 12 pp.

A. *Cópia de uma carta do P. António Machado ao Provedor mor da Fazenda do Maranhão*, do Maranhão, 23 de Abril de 1752. (B. N. de Lisboa, Col. Pomb., 621, f. 4). — Sobre o gentio do Rio Mearim e a mudança do Forte. *Port.*

B. *Carta do P. António Machado Missionário dos Gamelas ao Governador do Pará*, da Aldeia de N.ª S.ª da Piedade, 11 de Dezembro de 1752. (*Ib.*, f. 426-427). — Um Índio esteve para o matar: requere que o Forte se coloque acima das Aldeias. No lugar em que está, abaixo delas, é inútil, e os soldados vadiam. *Port.*

C. *Carta ao Governador do Pará*, da Aldeia de N.ª S.ª da Piedade e S. Francisco, 29 de Maio de 1754. (B. N. de Lisboa, Col. Pomb., 625, 179-180v). — Já escreveu duas cartas, supõe que as não terá recebido e recopila nesta terceira o que dizia nelas: gastos e trabalhos incomportáveis da Missão dos Gamelas. *Port.*

D. *Carta do mesmo ao mesmo*, da Aldeia de N.ª S.ª da Piedade e S. Francisco, 15 de Setembro de 1754. (B. N. de Lisboa, Col. Pomb., 622, f. 18-18v). — Em carta anterior tinha dito o missionário que não era muito se dessem ao Missionário 5.000 cruzados quando se davam ao Governador do Maranhão para sustento da sua pessoa e família. Respondeu o Governador com aquilo do Evangelho: não queirais ter oiro nem duas túnicas, etc. Retorque o Missionário que bom seria, se não tivesse o Missionário a seu cargo índios cuja herdade é a preguiça e cujo voto o pedir, e não estivesse ele encarregado de estabelecer uma Aldeia, com os gastos de construir casa e Igreja, oferecer dádivas aos bárbaros, fazer pagamentos aos domésticos e promover descimentos, e não para um ano mas para três. *Port.*

E. *Carta do mesmo ao mesmo*, da Aldeia de N.ª S.ª da Piedade, 4 de Junho de 1755. (*Ib.*, f. 56). — Os Gamelas vão-se mantendo em paz; sucessos da missão, assuntos de administração e subsistência da Aldeia. *Port.*

F. *Carta do mesmo ao mesmo*, da Missão de N.ª S.ª da Piedade e S. Francisco, 6 de Abril de 1756. (*Ib.*, f. 164). — Os moradores do Rio Mearim espancam os Gamelas, que lhes destroem alguns pés de mandioca; os Índios respondem com alguma frechada. O missionário vê-se em aflições, por não existir força coercitiva eficaz contra uns e outros. E envia uma Representação de como deveria ser uma Aldeia, nas condições desta. *Port.*

G. *Representação do P. Antonio Machado, Missionário dos Gamelas, ao Governador do Pará, de como deveria ser uma Aldeia para a civilização e redução das gentilidades a um bom termo de Christandade.* 1756. *(Ib.,* f. 166-167v). *Port.*

Carta do Governador do Pará Mendonça Furtado ao P. António Machado, encarregando-o de fundar a Missão do Rio Mearim, de S. Luiz do Maranhão, 14 de Agosto de 1751. (Arq. do Pará, cód. 588). Cit. em S. L., *História*, III (1943) 170-171. Publ. por Artur C. F. Reis, *Estadistas Portugueses na Amazónia* (Rio 1948)187-189.

A. S. I. R., *Bras.27*, 168; — *Lus.17*, 11; — S. L., *História*, IV, 368.

MACHADO, Diogo. *Administrador e Pregador.* Nasceu em 1632 na Baía. Filho do Capitão António Machado Velho e sua mulher Inês de Gois de Mendoça. Entrou na Companhia, com 14 anos, a 8 de Junho de 1646 e fez a profissão solene a 2 de Fevereiro de 1665. Vice-Reitor de Olinda e Superior do Recife e Paraíba. Reitor dos Colégios do Espírito Santo (1677) e da Baía (1685), Provincial (1688) e Visitador de Pernambuco (1693). Defendido pelo P. António Vieira, por ocasião de informações exageradas contra ele, quando foi Reitor da Baía. Faleceu nesta cidade a 10 de Janeiro de 1713.

A. *Carta ao P. Geral Noyelle,* da Paraíba, 27 de Junho de 1683. *(Bras.3(2),* 169). — Sobre a Missão da Paraíba. *Lat.*

B. *Carta ao P. Geral Noyelle,* da Paraíba, 21 de Setembro de 1683. *(Bras.3(2),* 171). — Assuntos da Paraíba. *Lat.*

C. *Carta ao P. Geral Noyelle,* da Baía, 2 de Maio de 1686. *(Bras.3(2),* 221). — Informação do Colégio da Baía e ministérios. *Lat.*

D. *Carta ao P. Geral Noyelle,* da Baía, 8 de Julho de 1686. *(Bras.3(2),* 222-222v). — Grande epidemia (do "mal da bicha"). O Colégio, refúgio de todos: 4 mortos da Companhia. Excerpto em S. L., *História,* V, 89. *Lat.*

E. *Carta ao P. de Marinis,* da Baía, 1 de Agosto de 1687. *(Bras.3(2),* 241- 241v). — Parecer favorável ao livro do P. Alexandre de Gusmão "Meditações para todos os dias do ano". *Lat.*

F. *Carta ao P. Geral,* da Baía, 15 de Julho de 1689. *(Bras.3(2),* 270-271). — Visita das Casas e Missões do Sul. Excerpto sobre as Aldeias e Missões do Rio de Janeiro, em S. L., *História*, VI, 107-108. *Esp*.

G. *Carta do P. Provincial Diogo Machado ao P. Geral Tirso González, do Rio de Janeiro, 13 de Junho de 1690*. (*Bras.3(2)*, 281). — Pede sucessor e que o deixe ir acabar a vida nalguma das Missões do sertão. *Lat*.

H. *Carta a El-Rei, da Baía, 15 de Julho de 1691*. (*Bras.9*, 370). — Envia a Relação seguinte:

I. *Relação do que se obrou pelos Padres da Companhia de Jesus de 1690 até 1691*. (*Bras.9*, 371-376). *Port*.

A. S. I. R., *Hist. Soc.51*, 67; — S. L., *História*, V, 581.

MACHADO, Rafael. *Pregador e Administrador*. Nasceu cerca de 1671 em Lousal, Arquidiocese de Évora. Entrou na Companhia, em Lisboa, a 11 de Maio de 1686. Embarcou para o Brasil em 1691. Fez a profissão no Rio de Janeiro a 8 de Dezembro de 1703. A Ânua, que narra a sua morte, tem que era homem penitente, amante da observância religiosa, e ocupou os cargos de Reitor do Espírito Santo (1715), S. Paulo (1719) e Baía (1722), e Procurador da Capela Afonsina (instituída por Domingos Afonso Sertão). Gostavam dele os homens do Governo. O Conde Governador dizia que a sua falta era para a Província do Brasil de irreparável detrimento. Faleceu a 7 de Julho de 1747 na Baía.

A. *Carta do Reitor P. Rafael Machado ao P. Geral Tamburini, da Baía, 10 de Agosto de 1724*. (*Bras.4*, 263-264v). — Sobre o estado do Colégio; e que melhorou o espírito, depois da saída do P. Provincial com mais dois; o P. Salvador da Mata. *Lat*.

B. *Certificado do bom governo de Rodrigo César de Meneses em S. Paulo, quando foi lá Reitor*. Baía, 1 de Abril de 1729. (A. H. Col., *S. Paulo*, Avulsos, na Capilha de 1 de Maio de 1728). *Port*.

C. *Carta ao P. Geral Retz, da Baía, 6 de Outubro de 1736*. (*Bras.4*, 402-403v). — Sobre os procedimentos do P. Salvador da Mata. *Lat*.

D. *Censura do Menológio dos homens ilustres da Província do Brasil*. (Gesù, 680 [6]). — Está bem, mas no elogio de Vieira deve-se mencionar a estrela que apareceu sobre o Colégio da Baía, foi vista por muitos, cantada em prosa e verso, e dela se ocupou o P. Francisco Botelho, homem de ciência e virtude; e no elogio de Alexandre de Gusmão deve acrescentar-se que compôs muitos livros para a piedade e educação, e deve suprimir-se o que hiperbòlicamente se diz dos seus milagres, dom de profecias e a predição do dia da morte, porque nada disto está bem fundado. *Lat.*

E. *Discurso sobre a novidade dos Descobrimentos Portugueses.* 7.ª Conferência sobre este assunto, na Academia Brasílica dos Esquecidos. *Port.*

Tema: "Nihil sub sole novum". — As orações e discursos da Academia Brasílica dos Esquecidos são em geral de lugares comuns, destituidos de interesse para nós, hoje: "Forma porém felicíssima excepção o discurso recitado pelo P. Mestre Rafael Machado, Reitor do Colégio dos Jesuítas da Baía", J. C. Fernandes Pinheiro, *A Academia Brasílica dos Esquecidos*, na *Rev. do Inst. Hist. Bras.*, XXXI, 2.ª P. (1868)27-28, com trechos do discurso. — Cf. Brás do Amaral, em Accioli, *Memórias Históricas*, II, 374.

A. S. I. R., *Bras.*6, 387v; — *Bras.* 10(2), 425v; — *Lus.*12, 228.

MAGISTRIS, Jacinto de. *Missionário e Administrador.* Nasceu em 1605 na Diocese de Cremona. Entrou na Companhia em 1626 na Província de Veneza. Ensinou Humanidades durante sete anos e passou grande parte da vida nas missões do Malabar, de que foi zeloso Procurador. Fez a profissão solene em 10 de Abril de 1644 em Coulão. Vindo a Roma, foi mandado pelo P. João Paulo Oliva, Vigário Geral, em nome do P. Geral Gosvino Nickel, como Visitador do Maranhão e do Brasil, que há muito pedia Visitador, insinuando alguns que fosse o P. Simão de Vasconcelos, ido por Procurador a Roma e que voltava ao Brasil. A 2 de Junho de 1662 deu-lhe o P. Geral instruções severas, que deveria executar, em particular no que se refere à dívida da Província do Brasil, às Províncias de Portugal e do Japão. Antes de embarcar, lembrara o Conde de Óbidos a lei que proibia aos estrangeiros serem Superiores no Brasil, não obstante ocupar então o ofício de Provincial o P. José da Costa, natural da Sicília. Enfim, embarcou em Lisboa a 19 de Abril de 1663. Foi mal recebida a nomeação; e meteram-se nisso entidades e pessoas de fora da Companhia, complicando o caso com outro do número limitado de admissões à Companhia no Noviciado da Baía. Divididos os Padres, manifestou-se contra o Visitador de Magistris, o Provincial P. José da Costa, o qual com mais seis Padres Professos (excluindo da consulta dois que se opuseram), invocando o decreto 40 da IX Congregação, declarou deposto do seu cargo o Visitador a 22 de Setembro de 1663. Jacinto de Magistris, que nunca tinha sido Superior, não se mostrou à altura do cargo, e não teve o talento indispensável para ladear as dificuldades emergentes, sobretudo na continência da linguagem, como o primeiro bispo Pedro Fernandes Sardinha, que também passara da Índia ao Brasil. Organizaram-se processos de um e de outro lado, ambos com excessos e exageros não isentos de paixão. Examinados os Processos, o P. Assistente em Roma e o Padre Geral Oliva, declararam a deposição "sediciosa, precipitada, temerária, injusta, inválida, escandalosa e incoerente", dando a razão de cada uma destas classificações, e seguindo-se diversas sanções a diversos Padres entre os quais José da Costa

Simão de Vasconcelos e Jacinto de Carvalhais, que foram privados de voz activa e passiva, para cargos de governo, pena levantada em 1667. Ao P. Jacinto de Magistris, que voltou à Europa, a seguir à deposição, ordenou o Geral em 1665 que guardasse o título externo de Visitador até ser nomeado Comissário do Brasil ou voltar à Índia. Voltou à Índia; e faleceu em Goa, a 11 de Novembro de 1668.

1. *Relatione della Christianità di Madvré Fatta da' Padri Missionarij della Compagnia di Giesù della Prouincia del Malauàr. Scritta dal P. Giacinto de Magistris dell'istessa Compagnia Procuratore di quella Prouincia.* In Roma, Per Angelo Bernabò del Verme, 1661. Con Licenza de' Superiori, 8.°, 385 pp. Tradução francesa de Jacques Machault, *"Relation dernière de ce qui s'est passé dans les royaumes du Maduré...* Paris, 1663, 8.°, 453 pp.

A. *Carta ao P. Geral Oliva*, de Génova, 8 de Julho de 1662. (Bras.3(2), 5-6v). — Sobre a viagem do P. Simão de Vasconcelos, etc. *Lat.*

B. *Reposta do P. Hyacinto de Magistris Visitador ao P. Simão de Vasconcellos Procurador*. Lisboa, 12 de Novembro de 1662. (Bras.3(2), 12-13v). — Responde a uma da véspera, do P. Simão de Vasconcelos sobre assuntos do Brasil e de jurisdição entre ambos, e assume a direcção superior que lhe compete como Visitador Geral da Província do Brasil. *Port.*

C. *Carta ao P. Geral*, de Lisboa, 19 de Novembro de 1662. (Bras.3(2), 14-15v). — Trata dos Padres Simão de Vasconcelos, António Vieira, António de Sá e outros; e sobre o que lembra o Conde de Óbidos, que não poderiam ser lá Superiores os estrangeiros. Mas ele esperava resolver a dificuldade com os bons ofícios de pessoas afectas, sobretudo de Sebastião César. *Lat.*

D. *Carta ao P. Geral*, de Lisboa, 30 de Dezembro de 1662. (Bras.3(2), 20-21v). — Fala dos benfeitores do Maranhão; o P. João Pimenta, procurador do Brasil chegou a Lisboa; acha que devem ir para o Brasil quatro Padres de primeira classe para Superiores, cujos nomes aponta, mas parece não estarem dispostos, nem ser certo que os deixem ir. *Lat.*

E. *Carta ao P. Geral*, de Lisboa, 3 de Janeiro de 1663. (Bras.3(2), 22-22v). — Visita a Rainha D. Luiza, que se mostrou muito amiga da Companhia e lhe recomendou o P. Manuel Luiz [senior]. *Lat.*

F. *Sentença para que a Provincia do Brasil pague o que deve à Província de Portugal e à Provincia do Japão.* Lisboa, 18 de Janeiro de 1663. *Port.*

G. *Carta ao P. Geral,* de Lisboa, 28 de Janeiro de 1663. (*Bras.3(2)*, 24-24v). — Visitou o Vice-Rei do Brasil Conde de Óbidos, que se recusava a recebê-lo. Por intervenção de D. Sebastião César, Arcebispo eleito, receberam-no ele e a Condessa. O P. de Magistris pede ao Geral que escreva ao Conde. E regozija-se: "Reversus sum ad Collegium gaudens eo quod illusus fuerit Daemon, et ejus sequaces, cum solum contra me invaluerint latrando non autem mordendo". *Lat.*

H. *Carta ao P. Geral,* de Lisboa, 1663. (*Bras.3(2)*, 25-26v). — Recomenda D. Sebastião César. *Lat.*

I. *Ordens que o P. Jacinto de Magistris Visitador do Brasil, deixou nesta Procuratura de Lisboa.* Lisboa, 14 de Fevereiro de 1663. (Gesù, Colleg. 20). *Port.*

J. *Informatio super controversiis iurium et exactionum inter Provincias Lusitanas et Brasiliensem.* (*Lus.77*, 80-82v). *Lat.*

K. *Duas cartas ao P. Geral,* de Lisboa, 29 de Março de 1663. (*Bras.3(2)*, 31-32v). — Prepara-se para a viagem do Brasil. Manifesta-se contra os Padres da Província do Brasil assistentes em Portugal, António Vieira, Simão de Vasconcelos, João Pimenta, João Leitão, Manuel Luiz. Dá uma penitência ao P. João Pimenta, porque se recusara a comprar, por ordem sua, como Visitador, 12 Crónicas da Etiópia e duas de Portugal [do P. Baltasar Teles]. Censura de imprudente no Maranhão o P. António Vieira. [Ao lado, este comentário de outra letra: "Legum transgressoribus connivere prudentia non est. Si Baptista Herodi conniveret, decapitatus non esset. Ergo?"]. *Lat.*

L. *Carta ao P. Geral,* de Lisboa, 3 de Abril de 1663. (*Bras.3(2)*, 33-34v). — Nota que os Padres da Província do Brasil em Lisboa se demoram em voltar à sua Província; e que os Padres do Brasil tratam de receber da Europa o que há de melhor, "exceptis missionariis". *Lat.*

M. *Carta ao P. Geral,* de Lisboa, 4 de Abril de 1663. (Gesù, 703). — Sobre o "Paraiso na América" do P. Simão de Vasconcelos e o que fez sobre esta matéria por comissão do Geral; ainda que está impresso, é no fim dos preliminares; e fàcilmente se podem tirar e substituir essas páginas. *Lat.*

N. *Carta ao P. Geral,* da Baía, 10 de Julho de 1663. (*Bras.3(2)*, 35-36v). — Acha pouco satisfatória a criação dos Noviços e a actividade do P. Provincial José da Costa. *Lat.*

O. *Carta ao P. Geral,* da Baía, 18 de Outubro de 1663. (*Bras.9*, 172-175). — Relação das Missões pelos Engenhos e Recôncavo da Baía. *Lat.*

P. *Informatio super Residentiam Recifii*, 1664. (*Bras.11*, 489-490v). — Cit. em S. L., *História*, V, 461. *Lat.*

Q. *Abusus circa administrationem rerum temporalium in Collegio Bahiensi.* (*Bras.11(2)*, 74-74v). *Lat.*

R. *Informatio eorum, quæ ex sententia P. P. Seniorum videntur indigere remedio.* 18 pontos. (*Bras.11(2)*, 74-74v). *Lat.*

S. *Processo do P. Visitador Jacinto de Magistris em resposta ao Processo da sua deposição do cargo de Visitador, em 1663, feito pelo Provincial José da Costa.* 1664. (Gesù, *Missiones*, 721). *Lat.*

Trata dos capítulos, que se invocaram contra ele, e informa sobre os Padres e Irmãos que tomaram parte mais activa na deposição. Consta de peças, por letra alfabética (lista incompleta), e de peças numeradas (lista completa, menos uma). Estas são:

1. Exceptis necessariis sumptibus Visitator non expendit pecuniam.
2. Informatio super revelationem secreti ad sæculares et ad nostros.
3. Quod P. Visitator æque faverit Brasiliensibus ac Lusitanis.
4. Informatio super scandalum Nostrorum et exterorum in depositione.
5. Informatio animi Brasiliensium erga Lusitanos.
6. Informatio de observantia non admittendi singulis annis nisi 12 Novitios in Brasilia.
7. Informatio Provinciæ Brasiliæ circa observantiam trium votorum.
8. Informatio super aliquos defectus generales Provinciæ.
9. Informatio regiminis P. Joseph à Costa Provincialis Brasiliæ.
10. Informatio regiminis P. Joseph à Costa quoad Novitiatum.
11. Informatio regiminis P. Joseph à Costa quoad studia.
12. Errores in depositione P. Visitatoris.
13. Quae a P. Provinciali abolitae sunt deposito Visitatore a quo fuerunt ordinata.
14. Dictamina et facta contra depositionem Visitatoris.
15. Mostra-se a nulidade da deposição do P.e Visitador Jacinto de Magistris [assin.: Jacinto de Magistris, Belchior Pires, Sebastião Vaz, João de Paiva]. *Port.*

16. Informatio super P. Gaspar de Araujo.
17. » » P. Dominicum d'Abreu.
18. » » P. Hyacinthum de Carvalhaes.
19. » » P. Ioannem Luiz.
20. » » P. Augustinum Luiz.
21. » » P. Simonem de Vasconcellos.
22. [Falta: talvez Barnabé Soares. — Ver este nome].
23. Informatio super P. Emmanuelem à Costa Provinciæ Brasiliæ.
24. » » P. Ionannem à Costa Superiorem Residentiæ Ilheos.
25. » » P. Dominicum Barbosa.
26. » » P. Didacum Machado.
27. » » P. Ioannem de Paços.
28. » » P. Mathæum Pinto.
29. » » P. Andream Martins.
30. » » P. Ignatium Faya.
31. » » P. Antonium de Oliveira.
32. » » P. Ioannem Leitam.
33. » » Fr. Antonium Machado.
34. » » Fr. Emmanuelem Aloisium.
35. » » Fr. Emmanuelem Fernandes.
36. » » Fr. Antonium Rangel.
37. » » Fr. Ioannem Rodrigues.
38. » » Fr. Petrum Correa.
39. » » Fr. Ioannem Ignatium d'Almeida.
40. » » Fr. Ignatium de Moura.
41. » eorum qui petunt dimissionem è Societate.
— Ver: *Costa*, José da.

T. *Requerimento do P. Jacinto de Magistris, Visitador do Maranhão, a El-Rei*, de Lisboa, Maio de 1665. (*Bras.26*, 10). — Requere que se não inove nada sobre os Índios da Missão do Maranhão e se cumpram os decretos régios sobre a liberdade dos mesmos. *Port.*

U. *Carta ao P. Geral*, de Lisboa, 26 de Maio de 1665. (*Bras.26*, 11-11v). — Sobre a Missão do Maranhão e o que andava a agenciar contra ela um procurador secular, vindo do Maranhão. *Lat.*

V. *Cartas do P. Jacinto de Magistris* (*sobre assuntos alheios ao Brasil*) de 20 de Janeiro de 1649 (*Goa 9*); de 25 de Março de 1639, 26 de Outubro de 1644, 16 de Julho de 1658, 7 de Março de 1661 (*Goa 18*); de 18 de Setembro de 1665 (*Goa 21*); de 25 de Março de 1661 (*Goa 57*); de 8 de Outubro de 1655 (*Italia 164*).

Ver: Amat di S. Filipo, *Biografia dei Viaggiatori Italiani colla bibliografia delle loro opere* (Roma 1882)414-415.

A. S. I. R., *Bras*.3(2), 39; — *Bras*.9, 176, 180-185; — *Lus*.6, 95; — Sommervogel, V, 256, 313; — Franc. Rodrigues, *A Companhia*, 52.

MALAGRIDA, Gabriel. *Missionário e Pregador.* Nasceu a 5 de Dezembro de 1689 em Menaggio, Itália. Filho do Dr. Giacomo Malagrida (médico) e Ângela Rusca. Estudou em Como e Milão. Entrou na Companhia em Génova, a 23 de Outubro de 1711. Ensinou Humanidades nos Colégios de Itália (Nizza, Bastia e Vercelli) e concluiu em Génova a Teologia. Embarcou de Lisboa para as Missões do Maranhão e Pará em 1721. Fez a profissão solene no Maranhão a 26 de Dezembro de 1725, recebendo-a o Reitor José de Mendoça. Professor de Humanidades e de Teologia e Padre Espiritual nos Colégios, Missionário nas Aldeias, e Pregador popular nas vilas e cidades desde o Pará à Baía, fundador de Recolhimentos para mulheres, de Seminários para o Clero, e de Casas de Exercícios Espirituais. Deu prova de zelo ardente, misturado com o seu tanto de teatral, crédulo e singular. Quando em 1750 foi à Côrte, a fama do seu Apostolado no Maranhão tinha-o precedido, e D. João V mandou-lhe a lancha real para o trazer do navio à terra; e sob a sua direcção fez El-Rei os Exercícios Espirituais com que se preparou para a morte. Malagrida voltou de Lisboa à missão no ano seguinte; e com ele viajou também um irmão do novo Secretário de Estado, que ia como governador, e se declararia em breve inimigo das Missões; para tratar delas, e a chamado da Rainha Mãe, voltou a Lisboa, onde se deu à direcção espiritual quer com o povo quer com a nobreza. Por ocasião do terremoto de Lisboa (1755), escreveu um livrinho, onde desenvolveu à sua maneira o sentido da oração litúrgica, própria destes cataclismos, publicado com as licenças necessárias (civis e eclesiásticas). Proclamando a reforma dos erros e costumes, o Secretário de Estado deu-se por aludido, mandou suprimir o opúsculo e desterrou o autor para Setúbal, a 1 de Setembro de 1756. Em Setúbal continuou a dar os Exercícios Espirituais e ali acorria a nobreza da Côrte. Sobrevindo a chamada "Conjuração dos Fidalgos", e acusado de participar nela (o processo, hoje público, não dá nenhuma prova positiva de tal participação), Malagrida foi encerrado nas prisões da Junqueira, onde alquebrado pela reclusão doentia, cuidava ouvir "vozes" e escreveu as alucinações que "ouvia". Inimigo pessoal seu, desde 1753, em que o Missionário representara a El-Rei contra a política anti-missionária do Governador do Pará e do seu irmão, Secretário de Estado e futuro Marquês de Pombal, este denunciou-o à Inquisição, que, por ordem do mesmo indigno delator, em vez de mandar o velho e gasto missionário para qualquer Casa de Saúde onde se tratam os homens psìquicamente enfermos, condenou-o como herege, com grilhões nos pulsos e freio na boca, a ser estrangulado e queimado, em Lisboa, na praça do Rossio, hediondo espectáculo que começou na noite de 20 e se concluiu às 4 h. da manhã do dia 21 de Setembro de 1761.

1. *Schedula P. Gabrielis Malagrida ad Amicos suos in Italia.* Colleg.º di S. Antonio de Lisbona, 25 Giugno 1750. Murr, *Journal*, X, 195-196.

2. *Carta a D. Maria Ana, Rainha de Portugal* (1752 ?). Publ. por Lamego, III, 441-444.

3. *Carta ao Procurador em Lisboa*, P. Bento da Fonseca, do Maranhão, 19 de Maio de 1753 (Bibl. de Évora, cód. CXV/2-4,

n.º 20; Rivara, I, 54). Publ., com a data de 13 de Maio, em Melo Morais, IV, 210-212.

4. *Carta a D. Maria Ana, Rainha de Portugal* (1753). Publ. por Lamego, III, 444-446.

5. *Princípio de uma apologia da Companhia, dirigida a Clemente XIII, contra a acusação de que ela fazia comércio no Brasil.* Murr, *Journal*, VIII, 100-102.

6. *Carta ao P. João de Brewer*, de Setúbal, 13 de Outubro de 1757. Murr, *Journal*, XVI, 88-89 (português); 90-91 (tr. alemã): com o autógr. de Malagrida (princípio e cláusula da carta) entre as pp. 44 e 45.

7. *Juizo da verdadeira causa do Terremoto, que padeceo a corte de Lisboa, no primeiro de Novembro de 1755. Pelo Padre Gabriel Malagrida da Companhia de Jesus, Missionario Apostolico.* [Vinheta]. Lisboa: Na officina de Manuel Soares. M.DCCLVI. Com todas as licenças necessarias. 12.º, 31-1-4 pp. (estas últimas 4 com as Licenças do Santo Officio, do Ordinario e do Paço). — *Juizo da verdadeira causa do terremoto que padeceo a corte de Lisboa no principio de Novembro de 1755. Pelo Padre Gabriel Malagrida da Companhia de Jesus missionario Apostolico.* Impresso a primeira vez em Lisboa na Officina de Manoel Soares no anno de 1756. Com todas as licenças necessarias. Porto. Reimpressão na Typographia particular do Visconde de Azevedo. M.D.CCC.LXVI. 4.º, 14 pp. nums. e III inums., finais com as licenças da ed. primitiva. Tiragem limitadíssima só para brindes (*Catálogo da Livraria Azevedo-Samodães*, II (Porto 1922) 854); — Reproduzida no Prefácio à *História de Gabriel Malagrida*, de Paulo Mury, tradução de Camilo Castelo Branco (Lisboa 1875).

<small>O tradutor e prefaciador acompanha-a destas palavras: "É tempo de fazermos conhecido o documento que expulsou da corte o austero jesuita, accusado de fazer intervir a Providencia divina nas calamidades que affligem o genero humano. Sebastião de Carvalho, coração empedrado pelo atheismo do seu, ainda assim, mal comprehendido Voltaire, odiou naquele lance do terremoto e do incendio, o clero que acudia à desgraça com os confortos de religião e bálsamos da piedade". Voltaire, que Camilo dá como mestre de Pombal, quando soube da execução de Malagrida, ordenada pelo seu discipulo, classificou-a um acto em que "o excesso do ridículo e do absurdo se juntou ao excesso do horror!" (Cf. Lúcio de Azevedo, *Os Jesuitas no Grão Pará*, 2.ª ed. (Coimbra 1930)364).</small>

8. *Carta ao P. Anselmo Eckart*, do Colégio de Setúbal (1756). No *Diario do P. Eckart* (Porto 1917) 13-14.

9. *Dois brevíssimos excerptos de Cartas do P. Malagrida, de Setúbal, à Condessa de Atouguia, filha da Marquesa de Távora.* Em *A última condessa de Atouguia — Memorias autobiographicas*, publicadas por Valério A. Cordeiro (Pontevedra 1916), p. 42 e 60. (Teve 2.ª ed.).

Documento sobre a direcção espiritual do Padre Malagrida, e o seu modo de dar os Exercícios Espirituais de S. Inácio.

10. *Carta ao P. Ritter*, de Setúbal, 30 de Julho de 1757. Murr, *Journal*, IV, 294-297.

A. *Carta a seu irmão Cónego Miguel Malagrida*, de Génova, 1721. (*Vitæ 141, 357*). *Ital.*

B. *Carta ao P. Geral*, da Missão de Tapicuru, 6 de Julho de 1725. (*Bras.26*, 236, autógr.; cópia, *ib.*, 235-235v, com erro na indicação do local, Tapuitapera). — Estado da sua missão dos Caicaíses no Rio Itapicuru, Maranhão. Epidemias. Trabalhos. *Lat.*

C. *Carta ao P. Geral*, do sertão do Alto Mearim (ex hac solitudine supra Miariense flumen), 7 de Julho de 1726. (*Bras.26*, 241-242). — Missão dos Caicaíses e como foram atacados pelos Guanarés, que venceram; outras notícias da Missão e dificuldades dos Portugueses [moradores brancos], etc. *Lat.*

D. *Carta ao P. Geral*, do Maranhão, 4 de Agosto de 1727. (*Bras.26*, 252-255). — Missões com os Caicaíses, Guanarés e Barbados; viu-se em perigo de morrer entre estes; está destinado para os campos de Piauí e deseja ir até às minas próximas. Suas missões à moda italiana. *Lat.*

E. *Carta ao P. Geral*, do Maranhão, 30 de Agosto de 1727. (*Bras.26*, 265-267). — Fruto das suas missões à italiana; pede para voltar às missões e não ser professor de Teologia. *Lat.*

F. *Atestado de correio recebido.* Colégio do Maranhão, 25 de Junho de 1731. (*Vitæ 141, 368*). *Lat.*

G. *Carta ao P. Geral*, do Maranhão, Julho de 1734. (*Bras.26*, 282-282v). — Conta a utilidade dos Exercícios Espirituais, que tem pregado, e diz que até o Vice-Provincial lhe dá apenas licença limitada, da qual recorre para o Geral; agradece as faculdades recebidas do Penitencieiro-mor; mas de que servirão se lhe impedem as missões rurais ? Lat.

Em *História*, IV, 326-327, saíu a cláusula desta carta entre os autógrafos dos missionários do Norte. Confrontando agora, um por um, os originais de Malagrida, verificamos que este não é autógrafo.

H. *Carta ao P. Geral*, das margens do Rio S. Francisco (In ora magni Fluminis S.^{ti} Francisci), 29 de Julho de 1736. (*Bras.26*, 292-292v). — Frutos da sua missão neste rio. Lat.

I. *Requerimento ao Governador de Pernambuco para a fundação de um Recolhimento de Moças*. Despacho do Governador, a 30 de Agosto de 1742; e do Provedor, a 31 do mesmo mês. (A. H. Col., *Pernambuco*, Avulsos, Capilha de 14 de Setembro de 1746). Port.

Trata-se do Recolhimento do Coração de Jesus de Iguaraçu. Cf. S. L., *História*, V, 475.

J. *Carta ao P. Geral*, de Pernambuco, 2 de Maio de 1746. (*Vitæ 141*, 360). Lat.

K. *Requerimento e declaração de Gabriel Malagrida sobre a fundação do Seminário de Camutá, para executar a ordem e facilidades que lhe concedeu Sua Magestade*. Com o despacho das autoridades, pedindo informações: Pará, 26 e 28 de Outubro de 1751. (B. N. de Lisboa, Col. Pomb., 642, f. 166; cf. A. H. Col., *Brasil*, 1755). Port.

L. *Carta ao P. Geral*, de Lisboa, 2 de Julho de 1754. (*Vitæ 141*, 359). Lat.

M. *Carta a um Irmão*, de Setúbal, 16 de Janeiro de 1757. (*Vitæ 141*, 365). Port.

N. *Teatro*: compôs, para uso dos Colégios, três peças dramáticas: *A Fidelidade de Leontina*, *Santo Adrião*, e *Aman*.

Informação de Sommervogel, que as coloca entre os impressos sem mais indicações.

O. *Vida e Conversão de S. Inácio*. Peça escrita pelo P. Malagrida, que se tratava de representar na Igreja do Colégio do Maranhão em 1735. (*Bras.26*, 287-288). Cf. S. L., *História*, IV, 298.

P. *Carta de Gabriel Malagrida à Senhora Marquesa de Távora*. S. l. n. a. [1756?]. ("Processo dos Marqueses de Távora". Ver infra, GG.). — Não tem palavras para encarecer a vontade com que a Sr.ª Marquesa e a Sr.ª Condessa [de Atouguia], sua filha, se animam a seguir os seus fracos ensinamentos. Na morte da filha da Condessa, esta deu mostras de heróico procedimento em se submeter totalmente aos designíos de Deus. Alegra-se por ter tão boas discípulas; e as aceita como tais, com o pedido de serem companheiras e coapóstolas em trazerem outras da sua esfera a abrasar-se no serviço e amor de Deus. Porque não havemos de compadecer-nos das mais que se vão metendo em multiplicado inferno ? E não ha outro bem, nem honra verdadeira, que o amor de Deus. Logo lhes mandará a 2.ª instrução. "E roguem por este triste pecador". *Port.*

Q. *Carta à Marquesa de Távora*, de Setúbal, 7 de Janeiro de 1756. (*Ib.*). — Anima-a a ter paciência no desgosto que lhe deu um filho e estimula-a a ser santa. E conta o "estupendo prodigio" do poderoso e amoroso Senhor que transportou do Brasil ao Campo Grande (Lisboa), em Novembro passado, uma "Jesuitessa ou Ursulina do Brasil", a qual não só o viu a ele, mas ouviu toda a prática e as ladainhas que mandou cantar e "aponta até a hora e tudo". *Port.*

R. *Carta à Marquesa de Távora*, de Setúbal, 26 de Novembro de 1756. (*Ib.*). — Sobre o seu livro "Juizo do Terremoto", de que o arguiam e condenavam de infamar nele muita gente. Não o escreveu para agravar a ninguém, mas pela sua obrigação de Pregador e Missionário de Jesus Cristo, que é clamar contra os públicos vícios e escândalos. Sobre os Exercícios Espirituais a mulheres, de que a Marquesa poderia ser apóstola. *Port.*

S. *Carta à Marquesa de Távora*, de Setúbal, 6 de Fevereiro de 1757. (*Ib.*). — Dos contratempos infira a Sr.ª Marquesa que o nosso único bem é Deus, nosso Pai e Mãe e Senhor, e que fora dele tudo são aflições. Não tem resposta, mais vai escrevendo: prepara a 3.ª "bolada" de Exercícios, e projecta obras em Setúbal, apesar das dificuldades económicas, por a vila estar arruinada. Pede a Deus pela Marquesa e Filhos e manda lembranças para as Senhoras conhecidas entre as quais a Marquesa de Angeja e a Duquesa de Aveiro. *Port.*

T. *Carta à Marquesa de Távora*, de Setúbal, 6 de Março de 1757. (*Ib.*). — Agradece a esmola da Marquesa, do Marquês, Conde e

Condessa de Atouguia, para os Exercícios Espirituais. As obras da casa vão adiantadas. E tem esperança de surgir ali um "insigne Colégio ou Seminário de Jesuitessas, onde se crie tanta multidão de raparigas ainda nobres, e não só se lhes ensine a ler e escrever, mas latim, francês, italiano e arte, música e instrumentos". Deseja que o Sr. Conde melhore dos seus padecimentos e já rezou por ele três missas; acha que está no maior perigo; e exorta os senhores ricos a serem fundadores de Conventos, Recolhimentos, Seminários e Casas de Exercícios. *Port.*

U. *Carta à Marquesa de Távora*, de Setúbal, 17 de Março de 1757. (*Ib.*). — Não se encontrou com a Marquesa em Via Longa, porque não pode sair de Setúbal sem licença do Provincial. Mas espera que não parará alí mais de 4 meses, porque outras terras também têm necessidade destas fundações, e sente-se puxado para Évora ou Porto. Oxalá que os Prelados o ajudem. Já deu graças a N.ª S.ª pelas melhoras do Paulo da Ribeira Grande, e estima mais que tudo que tenha prometido fazer os Exercícios Espirituais para se preparar para a terrivel jornada da Eternidade. Cumprimenta o Sr. Marquês. Recebeu um criado do Conde de S. Lourenço. *Port.*

V. *Carta à Marquesa de Távora.* (*Ib.*) — Recomenda um Capitão, feito agora Sargento-Mor, que fez os Exercícios Espirituais; e que o Sr. Marquês não prejudique o seu adiantamento. O Conde de S. Lourenço tinha avisado que viria fazer os Exercícios Espirituais com D. Rodrigo Governador do Algarve; mas tudo se frustrou, porque caiu com febre tão maligna que esteve às portas da morte, de que o livraram Deus e N.ª S.ª das Missões. "Careço dos Exercícios do P. Salazar, por ter perdido o outro que tinha". *Port.*

X. *Carta à Marquesa de Távora*, de Setúbal, 22 de Abril de 1757. (*Ib.*). — Agradece, e ao Sr. Marquês, o adiantamento do soldado; acerca das respostas ao Sr. Patriarca não se canse mais; os que têm estes cargos têm graves cargos na consciência. Oxalá que houvesse uma Casa de Exercícios em cada canto e os fizessem "todos os Príncipes e Vassalos, nobres e mecânicos, seculares e eclesiásticos", uma vez cada ano. Estranha a demora em aprovar o Instituto das Ursulinas, que é o mesmo da Companhia de Jesus. Na Casa de Exercícios o seu gosto era que ficassem elas; mas sejam de que Instituto forem, S. Francisco, S. Teresa, Madre de Deus, ou Grilas, o que importa é que atendam à sua perfeição. Regozija-se por estar livre do perigo o Conde de S. Lourenço. Oxalá que todos os fidalgos fossem como a Sr.ª Marquesa e sua filha, o Conde da Ribeira e sua filha, a Condessa de Angeja e tantas outras. "Estou com a 6.ª bolada de Exercícios e dou muitas graças a Maria Santíssima". *Port.*

Y. *Carta à Marquesa de Távora*, de Setúbal, 8 de Maio de 1757. *(Ib.).* — Acabou ante-ontem os Exercícios a 30 mulheres no Recolhimento de N.ª S.ª das Missões, junto à formosíssima Capela de N.ª S.ª da Saúde desta Vila; e o seu gosto seria ver semelhantes casas por toda a parte. Alegra-se com ver a Sr.ª Marquesa animada a ajudá-lo. Espera ir a Santarém e desejaria saber que fidalgos têm lá casas para lhes pedir licença de dar nelas os Exercícios Espirituais. *Port.*

Z. *Carta à Marquesa de Távora*, do Colégio de Setúbal, 1 de Junho de 1757. *(Ib.).* — Com igual estima e veneração é a saudade e desejo de vê-la; e 5 meses lhe parecem 5 anos. Não pode ser, paciência; será diante da Majestade Divina. Agradece o ela ter procurado casa em Santarém. Beija as mãos da Sr.ª Marquesa e de toda a família, e da Condessa da Ribeira. Sente a recaída do Sr. Conde, e que será boa oportunidade para fazer os Exercícios Espirituais. *Port.*

AA. *Carta à Marquesa de Távora*, de Setúbal, 8 de Setembro de 1757. *(Ib.).* — Alegra-se com ela querer ser santa, seguindo o caminho verdadeiro e mais suave do P. Alonso Rodrigues; e não entende que grande crime de Estado seja ter os Exercícios Espirituais; e ela e os que sabem o que são, os deviam de defender e patrocinar, como coisa de Deus e da salvação de tantas almas. Não estranha a guerra que lhe faz o demónio, e ainda hão-de estar vivos e vivas os que viram as ameaças que ele pùblicamente lhe fez na Igreja de S. Julião. Tudo isto o conforta para o serviço de Deus, seu Amo e Senhor. Pediu para ir dar os Exercícios Espirituais em Almada com o fim de evitar às Senhoras a moléstia do caminho a Setúbal, e não lho concedeu o novo Provincial. "E não sei ainda nem quem, nem por quem sou preso. Abraço-me contudo com o meu Deus e Senhor, e lhe confesso, que se me visse bem carregado de ferros e injuriado e morto por seu amor, seria a maior mercê que pudesse pedir e esperar do seu amor". Vai haver outra bolada de Exercícios: porque lhe não manda ela o seu segundo génito ? E lhe não confia quem a impediu de ir a Setúbal ? Não é curiosidade, mas porque assim poderia saber quem o prende. Precisa de ter acesso a Sua Magestade, e se é ele que o bota de si, então não tem remédio senão abaixar a cabeça. O Sr. Cónego José Maria de Távora veio para esta bolada; e mais outros Senhores e um Monsenhor lhe tem escrito que viriam. Prouvera a Deus que todos fizessem este contrato, e ele tivesse mais um ano de vida. *Port.*

BB. *Carta à Marquesa de Távora*, de Setúbal, 12 de Setembro de 1757. (*Ib.*). — Como este roubo é santo, não se ha-de resgatar à força de direitos e braços, mas de abraços. E como o P. Diogo, seu companheiro, é mais perito, para ele remete o feito: o que assegura é que D. José Maria não sairá daqui sem a firme resolução de antes morrer do que pecar mortalmente. Deus N. S. abrase o coração da Sr.ª Marquesa; e como tanto se aproveita com o P. Alonso Rodrigues, leia nele o tratado da Caridade para se valer nesta tão renhida demanda. *Port.*

CC. *Carta à Marquesa de Távora*, de Setúbal, 16 de Fevereiro de 1758. (*Ib.*). — Parece que já agradeceu à Sr.ª Marquesa nas cartas da Sr.ª Condessa, sua filha, pois as considera para ambas; em todo o caso, de novo faz esta memória. Hoje começam os Santos Exercícios e neles espera que N.ª S.ª dê ao demónio uma taponada em paga da que ele lhe deu com a prevaricação do infeliz inglês, em recair depois de 6 meses de constância. Sente os ultrajes à Companhia, ferida de morte; e por ela daria todo o seu sangue; só queria poder reimprimir o Sermão do Padre Vieira no fim do 4.º tomo, pregado na Epifania, quando voltou preso do Maranhão. Nestes Exercícios rogará privada e pùblicamente pelos seus benfeitores. Pede em nome do P. Inácio de Carvalho, Mestre de Filosofia, uma esmola de remédios para um irmão deste Padre. *Port.*

DD. *Carta à Marquesa de Távora*, de Setúbal, 12 de Março de 1758. (*Ib.*). — É possivel que hei-de ter a consolação de ver a filha neste retiro da Arrábida, em tempo tão santo, e não hei-de ter a consolação de ver e falar à mãe, que tanto estimo e venero ? Em tudo nos havemos de mortificar e conformar com a vontade divina. O caso do infeliz inglês fá-lo apegar-se mais à *Summa*, nesta parte, para lhe não suceder outras semelhantes ou piores. N. S. pague à Sr.ª Marquesa e à sua Casa os benefícios recebidos, que ele não pode. Escreveu-lhe a Marquesa de Angeja, que o Marquês seu marido perguntara claramente a El-Rei e "lhe disse que ele nunca mandou que saisse da Corte"; e ele diz que quer vir. *Port.*

EE. *Carta à Marquesa de Távora*, de Setúbal, 4 de Abril de 1758. (*Ib.*). — Agradece os bons sucessos e benefícios de Deus a tão boas Senhoras. A Marquesa de Angeja vai também cheia de amor de N. S. e resolvida a unir-se para o bem com a Sr.ª Marquesa e sua filha. Ha tantas damas da Corte que sustentam o partido do demónio: não achará também as suas N. Senhora? A única desconsolação foi terem vindo um Monsenhor da Patriarcal com outros e desencontrarem-se. O Conde de S. Lourenço vem de domingo a 8 dias, o Marquês do Louriçal, Mon.ºʳ Sampaio, D. Martinho e outros. "Com que não é ainda reputado tão grande crime vir aos Exercícios". Assim viessem todos para "assegurar negócio de tanto preço que é a nossa eterna salvação". Inculque bem isto aos seus, e dê minhas lembranças à Marquesa de Lorna [Alorna], sua filha. *Port.*

FF. *Carta à Marquesa de Távora*, da Casa de Exercícios, 9 de Outubro de 1758. (*Ib.*). — Ao pegar da pena entram-lhe no cúbiculo o Sr. Conde de Sampaio, o Conde de Avintes e outros companheiros, que vêm a tomar os Exercícios Espirituais: "Bendito seja Deus, que nas maiores tempestades e combates do inferno sempre nos abre caminho para bolá-lo com estas boladas"! Como todo o meu desejo é amar a Deus, Exercícios e mais Exercícios! — "e venha todo o mundo em cima que bem pouco medo me faz; e porque sei que não há cousa de maior seu agrado, por isto tanto desejo de ver mourrerem por elles não só a minha Senhora Marquesa, mas toda a sua familia". Quanto à diferença entre o Sr. Marquês e seu irmão, não enumero razões, dou conselhos: sejam quais forem os motivos da diferença, que se proceda conforme a Jesus Cristo, com caridade e não rigor duma demanda. Dizia o Cardeal Belarmino que mais vale uma onça de caridade que cem carradas de razões. *Port.*

GG. *Carta à Marquesa de Távora*, da Casa de Exercícios, 20 de Outubro de 1758. (*Ib.*). — Ontem fui a Lumiar por causa do jubileu instituido. A Sr.ª Marquesa de Angeja encomendou-lhe dissesse à Sr.ª Marquesa de Távora que apressara os Exercícios para meter no bom caminho tão grande servo de Deus; e que se lembre do que lhe disse quando esteve no Lumiar: "O mesmo me diz a Sr.ª Monteira-Mór com sua filha a Sr.ª da Silveira". E suspiram por esta bela moda, e dizem que não são necessárias tantas senhoras, que 4 e 5 com as suas criadas bastam a fazer grande comunidade. A Sr.ª Marquesa de Távora já viu o Recolhimento? Já falou? Já ajustou? Já soltou as dificuldades que costumam ter as obras de Deus? Ou tudo já está de fogo morto? Maria Santíssima encaminha as suas obras e as suas Procuradoras. *Port.*

Estas 17 cartas autógrafas do P. Malagrida à nobre e piedosa Marquesa de Távora (Mãe), estão no fim do III vol. do Processo dos Marqueses de Távora, ff. 226-246. (Arq. Nac. do Rio de Janeiro). É III no conjunto dos Processos, mas I do *Processo de Reabilitação*, pedido pela Marquesa de Alorna; e as cartas do P. Malagrida à Marquesa de Távora, todas de direcção espiritual e de zelo pela obra dos Exercícios Espirituais, apresentaram-se nele como elemento de defesa contra a iniquidade das condenações. — Cartas com reminiscências de tratamento à italiana (não usado em português) no formulário epistolar: "minha amadíssima Marquesa", e outras. — E. Vilhena de Morais publicou o Sumário dos 6 vols. do *Processo dos Távoras* (de Condenação e Reabilitação) em *Arquivo Nacional. Elenco das publicações e documentos...* Imprensa Nacional (Rio de Janeiro 1941) 693-710.

HH. *Seis Cartas autógrafas de Malagrida.* Mencionadas no "Catálago da Livraria de José Nepomuceno" (Lisboa 1897), n.ᵒˢ 2428-2433.

II. *L'eroica e admiravel vida da gloriosa S. Anna mãy de Maria S.ᵐᵃ dittada da mesma Santa com assistencia, aprovação, e concurso da mesma Soberan.ᵐᵃ S.ʳᵃ e seo S.ᵐᵒ Filho.* Na Torre do Tombo, Inquisição de Lisboa. Processo do P. Gabriel Malagrida, maço 8064, I, 50-119; cópia, II, 71-183. Processo dividido em duas Partes, e o descreve Kratz.

JJ. *Tractatus de vita et Imperio Antichristi.* Ib., I, 120-154; cópia, II, 434-483.

Oito Cartas dos Padres Gerais (Tamburini e Retz) ao P. Malagrida. Em *Bras.25*, 19v, 45v, 50v, 60v, 61, 69v, 72v, 86 (1723-1738).

Escreveram a vida do P. Malagrida: Matias Rodrigues, seu companheiro de Missão (*Vitæ 64a*), J. C. Cordara (*Vitæ 141*), Bento da Fonseca (*Compendium*) e José Caeiro (cf. Júlio de Morais, *José Caeiro, grande escritor da época pombalina* (Braga 1939)16). Da *Vida* de Matias Rodrigues tirou Mury, com alguns acrescentamentos, a sua *História* (cf. supra, n.º 7).

A morte violenta de Malagrida originou vasta bibliografia (pro e contra), encorporada à história político-religiosa desse tempo: Ver Sommervogel, Bliart, Rivière, Streit e Kratz. E ainda:

Del P. Gabriele Malagrida della Comp. di Gesù. Pelo P. João de Mendonça, Castel Gandolfo, 10 de Novembro de 1761. (*Vitæ 141*, 302,304). *Ital.*

Carta do P. João de Mendonça sobre o P. Gabriel Malagrida, Castel Gandolfo, 10 de Novembro de 1761. (*Ib.,* 306). *Ital.*

Do mesmo sobre o P. Malagrida, Castel Gandolfo, 14 de Novembro de 1761. (*Ib.,* 307-307v). *Ital.*

Carta do P. João de Mendonça ao P. Inácio Borges sobre o P. Malagrida. Castel Gandolfo, 16 de Novembro de 1761. (*Ib.,* 305-305v). *Ital.*

Carta do P. Rogério Canísio [Hundt] à Rainha D. Mariana de Áustria, escrita 15 anos antes de estrangularem o P. Malagrida, do Hospício [não hospital] Real do Ceará, 22 de Abril de 1747. Publ. por Lamego, III, 436-440.

O Padre Gabriel Malagrida, por J. C. [P. José da Cruz] no *Novo Mensageiro do Coração de Jesus,* II (Lisboa 1882)75, 253, 276, 418, 528.

Nota bibliográfica sobre o Padre Malagrida. Por Joaquim de Araújo. Coimbra, Imprensa da Universidade, 1897. Separata de "O Instituto", XLIV.

Nota bibliográfica sobre o P. Malagrida, por Joaquim de Carvalho, *Boletim Bibliogr. da Univ. de Coimbra,* IX(1930)60-63.

Wilhelm Kratz, *Der Process Malagrida nach den Originallakten der Inquisition im Torre do Tombo in Lissabon,* no A. H. S. I., IV (Romæ 1935)1-43.

Padre Gabriel Malagrida. [Pelo P. Cândido Mendes)]. Colecção "Missionários Célebres do Brasil", n.º X, 1937. Escola Tipográfica Salesiana, Baía, 12.º, 48 pp. Com retrato ("O P. Gabriel Malagrida na prisão"). Publ. sem o nome do Autor.

A denúncia à Inquisição foi publicada por Jordão de Freitas, *O Marquês de Pombal e o S.to Officio da Inquisição* (Lisboa 1916)25-37. Original no Processo de Malagrida, Torre do Tombo, *Inquisição de Lisboa,* maço 8064, I, 1-6: "Denunciação de Sebastião José de Carvalho, conde de Oeyras, Secretario do Estado dos Negocios do Reino, Familiar do S.to Officio". A este acto do Marquês de Pombal alude António Baião e ao "papel tristemente feroz que havia assumido em 1760, quando rancorosamente denunciou o célebre jesuita Malagrida". (*Episódios Dramáticos da Inquisição Portuguesa,* III (Lisboa, "Seara Nova", 1938)9-10).

Os Catálogos do Maranhão trazem o *nascimento* de Malagrida, a 18 de Dezembro (os primeiros) e 18 de Setembro (os últimos). Mas 5 de Dezembro é do *Livro dos Baptizados* da sua terra natal (Kratz).

Os Catálogos de Milão dão a *entrada* na Companhia em 23 de Outubro; os do Maranhão a 28.

A. S. I. R., *Med.63,* 186; — *Lus.14;* 287; — Sommervogel, V, 394-395; IX, 631; XI (Bliart) 162 (n.º 1204), 176 (n.º 1261a), 178 (n.º 1267), 1023 (n.º 37), 1200 (n.º 109), 1795-1801 (n.os 1-47); — Rivière, 304 (n.º 845); — Streit, III (ver Índice, p. 1091); — S. L., *História,* IV, 350.

MAMIANI, Luiz Vincêncio. *Missionário e Linguista.* Nasceu a 20 de Janeiro de 1652 em Pésaro. (Mamiani della Rovere, apelido completo de família). Entrou na Companhia, com 16 anos, a 10 de Abril de 1668. Embarcou em Lisboa para a Baía em 1684. Destinava-se à Missão do Maranhão, que o reclamou, não chegando a ir, por entretanto ter aprendido a língua dos Quiriris, entre os quais viveu, sobretudo na Aldeia do Geru, cuja Igreja fundou. Utilizou-se dos escritos da língua Quiriri deixados pelo que primeiro a reduziu a *Arte* o P. João de Barros, e organizou-os e poliu-os para a imprensa, como correm hoje. Em 1700 era companheiro do Provincial. Não se adaptando inteiramente à vida brasileira, voltou para Lisboa em 1701, seguindo para a sua Pátria, onde ainda prestou serviços não só à Província do Brasil, mas a toda a Assistência de Portugal, de que era procurador em Roma em 1723, cargo em que perseverou ainda algum tempo, e no qual defendeu o Padroado Português do Oriente. Faleceu a 8 de Março de 1730 em Roma.

1. *Catecismo da doutrina Christãa Na Lingua Brasilica da Nação Kiriri composto pelo P. Luis Vincencio Mamiani, da Companhia de Jesus, Missionario da Provincia do Brasil.* [Trigrama da Companhia]. Lisboa Na Officina de Miguel Deslandes, Impressor de Sua Magestade. Com todas as licenças necessarias. Anno de 1698. 8.º, XVI-236 pp.

Nos Prelims.: "Ao Leytor"; "Cantigas na Lingua Kiriri para cantarem os Meninos da Doutrina com a versão em versos Castelhanos do mesmo metro" [3 cantigas]: "O Stabat Mater dolorosa" vertido na Língua Kiriri; "Solfa da primeira Cantiga". "Segunda". "Terceira". "Quarta". *Licenças da Ordem:* Na Canabrava, Aldea de Santa Theresa, 2 de Mayo de 1697, Antonio de Barros; Na Missão de Nossa Senhora do Socorro, 27 de Mayo de 1697, João Mattheus Falletto; Dada no Collegio da Bahia aos 27 de Junho de 1697, Alexandre de Gusmaõ; *Do Santo Officio; Do Ordinario. Do Paço.* Advertencias sobre a pronunciaçaõ de lingua Kiriri. Texto a duas colunas em Kiriri e português. — A solfa das 4 "Cantigas" não se imprimiu, ao menos no exemplar que vimos: nas quatro páginas respectivas ficou o seu lugar em branco.

Catecismo Kiriri pelo P. Luiz Vincencio Mamiani. Edição fac-similar. Da Biblioteca Nacional do Rio de Janeiro Imprensa Nacional do Rio de Janeiro, 1942. Com uma *Explicação*, de Rodolfo Garcia, director da mesma Biblioteca (XXIX pp. nums.).

Il catechismo del Padre L. V. Mamiani in lingua kiriri, de Raffaele Pettazzoni. Atti della Reale Accademia d'Italia, Rendiconti della Classe di scienze morali e storiche, serie VII, vol. II (1941)465-470. (Cf. A. H. S. I., XI(1942)196).

2. *Arte de Grammatica da Lingua Brasilica da Naçam Kiriri composta pelo P. Luiz Vincencio Mamiani da Companhia de Jesus, Missionario nas Aldeias da dita Naçam.* Lisboa, Na Officina de Miguel Deslandes, Impressor de Sua Mag. Anno de 1699. Com todas as licenças necessárias. 8.º, VIII-124 pp.

Nos Prelims. "Ao Leytor". Licenças: Da *Ordem:* Na Missão de Nossa Senhora do Socorro, 27 de Mayo de 1697, João Mattheus Faletto; Seminario de Belem, 8 de Junho de 1697, José Coelho; Dada no Collegio da Bahia aos 27 de Junho de 1697, Alexandre de Gusmão. Do *Santo Officio;* do *Ordinario;* do *Paço.*

Arte de grammatica da lingua brazilica da Nação Kiriri. Composta pelo P. Luiz Vincencio Mamiani. Rio de Janeiro. Typ. Central de Brown & Evaristo. 1877, in 8.º gr., LXII-XI-101 pp. Edição publ. pela Bibl. Nac. do Rio de Janeiro, pelo seu Director Franclim Ramiz Galvão de quem é a *nota preliminar*. E com um estudo linguístico de Baptista Caetano de Almeida Nogueira.

Grammatik der Kiriri-Sprache. Aus dem Portugiesischen des P. Mamiani übersetz. Von H. C. Von der Gabelentz. Leipzig, Brockhaus, 1852, 8.º, 62 pp.

3. *Prediche sopra gli Evangelii della quaresima del P. Antonio Vieyra... tradotte dal idioma Portoghese nell'italiano... dal P. Luigi Vincenzo Mamiani della Rovere...* — Ver *Vieira* (António) em "Traduções" (italiano); títulos, volumes, edições, e como fez a tradução.

4. *Concordia Doctrinæ Probabilistarum cum Doctrina Probabilioristarum. Tractatus Theologico-Moralis, in quo componitur sententia in licito usu opinionis minus tutæ et minus probabilis in concurso tutioris et simul probabilioris, cum sententia docente non esse licitam in praxi opinionem minus tutam, nisi apparent, opinanti attenta ratione et authoritate, manifeste et evidenter probabilior quam opposita tutior,* Auctore Aloisio Vincentio Mamiano de Ruvere Societatis Jesu. Romae, typis Georgii Plachi, 1706, 4.º, 488 pp. e uma dedicatória a Clemente XI. (*Mem. de Trevoux* (1709) 354ss).

5. *Osservazione Sopra la Risposta fatta dal Procuratore del Sig. Cardinal di Turnon à cinque Memoriali del P. Provana Procuratore de' Missionarj della Cina della Compagnia di Giesù,* 4.º, 32 pp. [1710]; — [outra ed.], 4.º, 34 pp.

6. *La Verità, e l'innocenza de' Missionarj della Compagnia di Giesù nella Cina Difesa contra un libello intitolato Apologia delle risposte Date dal' Procuratore dell' Eminentissimo Signor Cardinal di Turnon alli cinque Memoriali del Padre Provana contro le Osservationi di un Autore Anonimo.* S. l. n. a., 4.º, 172 pp.

Controvérsia entre os Padres das Missões Estrangeiras de Paris e os Padres da Companhia em terras do Padroado Português do Oriente. Originou muitos escritos: e a um deles — uma carta — se refere o seguinte.

7. *Risposta del Molto Rev. P. Luigi Vincenzo Mamiani alla lettera sopradotta*, di Roma, 27 diciembre 1723, p. 25-26 de *Summarium* (Sommervogel).

A. *Carta ao P. Geral Tirso González*, do Brasil, 29 de Junho de 1695. (*Bras.3*(2), 343-343v). Diz que compôs um *Catecismo* na língua brasílica que envia. *Lat.*

B. *Carta ao P. Geral Tirso González*, da Baía, 30 de Junho de 1696. (*Bras.4*, 18-18v). Pede a missão do Malabar para o P. Guisenrode. Ainda não enviou para se imprimir em Lisboa o *Catecismo* e o *Vocabulario* (sic) *dos Bárbaros*, por não lhe ter dado a última demão. *Lat.*

C. *Memorial sobre o Governo temporal do Collegio de S. Paulo offerecido ao P. Provincial Francisco de Mattos para se propor e examinar na Consulta da Provincia e para se representar ao N. R. P. Geral*. No fim com outra letra: "Luis Mamiani visitando o Col.º de S. Paulo". (Gesù, *Colleg.*, 1588). Cit. em S. L., *História*, VI, 350. *Port.*

D. *Postulata Brasiliæ proposita a P. Aloysio Vincencio Mamiani nomine Provinciæ Brasilicæ, 1705*. (*Congr.86*, 213-216). *Lat.*

E. *Vocabulario Kiriri*. Trabalhava nele em 1696. Cf. supra, letra B.

A. S. I. R., *Bras.3*(2), 181; — *Bras.6*, 376; — *Bras.25*, 19; — Vale Cabral, *Bibliographia* 151-152; — Inocêncio, V, 334; XVI (Brito Aranha) 80-81; — Sommervogel, V, 453-456; — Streit, II, 768; — S. L., *História*, V, 581.

MARIZ, João de. *Professor e Pregador.* Nasceu por 1667 no Recife (ou Olinda). Entrou na Companhia, com 14 anos, a 16 de Outubro de 1681. Fez a profissão solene na Baía, a 2 de Fevereiro de 1701. Trabalhou nas Aldeias e foi pregador, professor de Humanidades, Filosofia e Teologia, Visitador do Sul, Reitor do Seminário de Belém da Cachoeira (1718) e de S. Paulo (1729). Faleceu na Baía a 21 de Setembro de 1735.

A. *Requerimento do P. João de Mariz Superior da Aldeia do Mayraú, a El-Rei para obras e melhorias na sua Igreja*. Examinado no Conselho Ultramarino. (A. H. Col., *Baía*, Apensos, 8 de Novembro de 1725; e 19 de Julho de 1726, data do parecer, favorável). *Port.*

A. S. I. R., *Bras.6*, 197; — *Bras.10*(2), 361v; — *Lus.12*, 146; — Loreto Couto, I, 277; — S. L., *História*, V, 582; VI, 411.

MARQUES, Simão. *Jurista e Administrador.* Nasceu a 3 de Junho de 1684 em Coimbra. Filho de Manuel Marques e Luisa Francisca. Entrou na Companhia, com 17 anos, em Lisboa, a 13 de Novembro de 1701. Embarcou no ano seguinte para o Brasil, onde concluiu os estudos e fez a profissão solene no Rio de Janeiro no dia 15 de Agosto de 1718, recebendo-a o Reitor P. Miguel Cardoso. Bom pregador. Professor de Humanidades, de Filosofia e de Teologia no Colégio do Rio de Janeiro, onde foi também Prefeito Geral dos Estudos, Reitor e Examinador Sinodal da Diocese. Reitor do Colégio da Baía (2 vezes) e Provincial. Consultado e respeitado dos de casa e dos de fora pela sua virtude, talento e saber. Ao sobrevir a perseguição geral, deportado da Baía para Lisboa e daí para a Itália, faleceu em Roma a 5 de Janeiro de 1767.

1. *Sermaõ das Santas onze mil Virgens, pregado no Real Collegio da Companhia de Jesus da Cidade do Rio de Janeiro.* Lisboa por Miguel Rodrigues, 1733, 4.º

2. *Sermaõ do Patriarcha Santo Ignacio de Loyola, pregado no Collegio do Rio de Janeiro a 31 de Julho de 1734.* Lisboa, pelo mesmo Impressor, 1735, 4.º

3. *Sermão do Mandato, pregado no Real Collegio do Rio de Janeiro.* Lisboa, pelo dito Impressor, 1739, 4.º

4. *Sermão de S. Francisco Xavier pregado na Igreja do Collegio da Bahia,* Lisboa, por Antonio da Sylva, 1747, 4.º

5. *Brasilia Pontificia, sive speciales facultates pontificiæ quæ Brasiliæ Episcopis conceduntur et in singulis decenniis renovantur cum Notationibus evulgatæ, et in quatuor libros distributæ per R. P. Simonem Marques Conimbricensem Societatis Jesu in Provincia Brasilica Dioecesis Fluminensis examinatorem synodalem, olim in Collegio Januariensi Sacræ Theologiæ Primarium Professorem, postea vero in eodem Collegio Studiorum Generalium Decanum. Accessit Appendix pro casibus in Brasilia reservatis cum desiderata eorum expositione — Opus omnibus confessariis, Parochis, causidicis et judicibus Ultramarinis, præsertim Ecclesiasticis, in utraque India tam Orientali, quam Occidentali perquam utile, ac necessarium.* [Trigrama florido da Companhia]. Ulyssipone. Ex Typis Michaelis Rodrigues, Emminentissimi Domini Cardinalis Patriarchae Typogr. M.DCC.XLIX cum facultate Superiorum. — A Licença é do Provincial de Portugal, P. João de Seixas, de 3 de Novembro de 1746.

Tem vários casos e transcrições em português.

Brasilia Pontificia, Nova editio auctior et correctior. Ulissipone. Ex praelo Antonii Vincentii da Silva, Anno M.DCC.LVIII, fol., 559 pp.; — *America Pontificia o tratado completo de los privilegios que la Silla Apostolica ha concedido a los Catolicos de la America Latina i de las gracias que estos pueden obtener de sus respectivos Obispos en virtud de las facultades decenales. Traduccion libre de la Obra escrita en latin com el titulo de Brasilia Pontificia por el Reverendo Padre Simon Marques de la Compañia de Jesus; corregida e ilustrada con importantes notas i apendices por el R. P. M. J. Domingo Aracena de La Orden de Predicatores.* Santiago de Chile. Imprenta Nacional, 1868, 4.º, XVII-744 pp.

"O P. Simão Marques, Jesuíta, notou o diploma de Benedito 13 na sua obra singularíssima que intitulou *Brasilia Pontificia*." (Extracto das *Memórias* sobre o Rio de Janeiro por Monsenhor Pizarro", na *Rev. do Inst. Hist. e Geogr. Bras.*, V (1843) 475).

A. *Carta do P. Simão Marques, Reitor do Colégio da Baía, ao Desembargador e Provedor da Fazenda Real Manuel António da Cunha Soto Maior,* do Colégio da Baía, 25 de Agosto de 1744. (B. N. do Rio de Janeiro, II-33, 18, 5, n.º 2, p. 47v-49v). — Dá as informações que o Provedor pedia sobre a fundação do Seminário que segundo a orientação do P. Gabriel Malagrida se intentava erigir no Sítio da Saúde, já comprado com esmolas; faz um histórico dos Seminários no Brasil; mostra-se desfavorável no tempo presente a este do P. Malagrida, que na opinião de muitos era melhor se retirasse para a sua Província da Europa; o qual Seminário não corria por conta dos Superiores da Companhia de Jesus da Província do Brasil. — Com outros documentos sobre o mesmo assunto. *Port.*

B. *Requerimento a El-Rei para a fundação dum Seminário na Baía, donde os Estudantes vão prosseguir os seus estudos de Filosofia e Teologia nas aulas públicas do Colégio.* — Com o despacho do Conselho Ultramarino, mandando que informe o Vice-Rei com o parecer da Câmara por escrito. Lisboa, 5 de Setembro de 1749. (A. H. Col., *Baía*, Apensos, 5.IX.1749).

Sommervogel traz ainda, como *impressas:* "Canciones poeticas sobre varios argumentos". Lapso talvez de leitura: "canciones" em vez de "conciones" — os quatro sermões descritos.

A. S. I. R., *Bras.6,* 40; — *Lus.14,* 91; — B. Machado, III, 704; — Sommervogel, V, 598-599; — Streit, III, 436, 438, 604; — *Apênd. ao Cat. Português,* de 1903; — S. L., *História,* I, 536.

MARTINS, Honorato. *Construtor de navios.* Nasceu por 1696 em Toulon, França. Filho de Francisco Martin e Catarina Martin. A pedido do Marquês de Cascais, Embaixador de Portugal em França, o pai, construtor de barcos, veio para Portugal com mulher e filhos. Honorato tinha 7 para 8 anos. Esteve primeiro no Algarve, onde o pai construiu um galeote de 40 remos e dois barcos longos para afugentar os mouros da costa. Depois foram todos para a Baía. Aprendeu a arte do pai, e trabalharam ambos em sete naus reais, uma das quais, grandiosa, chamada "O Padre Eterno", que se fizera pelo risco e direcção de Honorato Martins, diz ele próprio, pois "então sabia muito bem as regras da Navifactoria; assim como também o famoso guindaste, que ainda hoje se via levantado na Ribeira com suma utilidade para a fábrica das naus, se fizera todo por ideia sua; o que tudo poderia constar dos livros e assentos da Ribeira, e, se for necessário, de testemunhas que tudo viram e sabiam". Entrou na Companhia a 16 de Janeiro de 1742. Fez os últimos votos de Irmão Coadjutor, a 8 de Julho de 1753. O Catálogo de 1748 dá-o na Baía, com o ofício de construtor de navios (*Faber Navium*). Sobrevindo a perseguição geral, atingido primeiro pela proscrição dos religiosos estrangeiros da Companhia, alegou que os seus pais morreram servidores e vassalos da Coroa Portuguesa, e que ele de francês não tinha mais que o nascimento e fôra toda a vida "vassalo e servidor dos senhores Reis de Portugal". Deportado para o Reino, em 1760, entrou nos cárceres de Azeitão, e aí morreu a 22 de Novembro de 1765.

A. *Representação do Ir. Honorato Martins ao Conselho Ultramarino sobre a sua posição pessoal em face do decreto que mandava ir para o Reino os Religiosos estrangeiros da Companhia de Jesus.* Examinada no Conselho da Baía, 30 de Julho de 1759. (A. H. Col., *Baía*, Apensos, nesta data). — Contém notícias da sua vida e ofício, e os pareceres dos conselheiros. *Port.*

A. S. I. R., *Bras.6*, 348; — Carayon, IX, 248.

MASCARENHAS, José. *Professor.* Nasceu cerca de 1679 no Rio de Janeiro. Entrou na Companhia, com 15 anos, a 2 de Maio de 1694. Fez a profissão solene em S. Paulo a 29 de Maio de 1712, recebendo-a Estanislau de Campos. Professor de Filosofia em S. Paulo, de Prima no Rio de Janeiro. Louvado em Carta Régia pela sua acção benéfica em Minas Gerais no período agitado em que lá esteve. Faleceu a 9 de Março de 1747 no Rio de Janeiro.

1. *Carta ao P. Geral Tamburini*, de Minas, 25 de Maio de 1720. (*Bras.4*, 202). *Lat.* Traduzida em port. por S. L., *História*, VI, 193.

2. *Carta ao P. Geral Tamburini*, de Minas, 2 de Setembro de 1721. (*Bras.4*, 215). *Lat.* Traduzida em port. por S. L., *História*, VI, 195.

A. *Interpretação que o P. José Mascarenhas deu às letras da inscripção achada na entrada de uma furna, na Comarca do Rio das Mortes*, f., 4 pp. Port.

B. *Atestado do P. José de Mascarenhas, Missionário na Ilha Grande de Angra dos Reis, em como nos anos que conheceu o P. Fr. Marcelino da Encarnação, Religioso de N. S. do Carmo, e agora Provincial do Rio de Janeiro, o achou sempre cumpridor dos seus deveres*. Ilha Grande dos Reis, 21 de Abril de 1726. (Bibl. da Ajuda, 52-X-2, f. 65). Port.

A. S. I. R., *Bras.6*, 39, 386v; — *Bras.10(2)*, 425v; — *Lus.13*, 218; — Inocêncio, X, 65; — Sommervogel, V, 664.

MATA, Salvador da. *Pregador.* Nasceu cerca de 1677 na Baía e chamou-se a princípio Salvador Fernandes. Entrou na Companhia, com 14 anos, a 9 de Outubro de 1691. Fez a profissão solene no Recife, a 13 de Junho de 1712, recebendo-a o P. Martinho Calmon. Em 1727 foi eleito procurador a Roma, não passando porém de Lisboa. Voltou ao Brasil e foi Reitor do Colégio do Rio de Janeiro (1731). Pregador de boa voz e porte elegante. Foi convidado pelo Vice-Rei Conde de Sabugosa para orar na Academia que instituiu no seu Palácio. Por este e outros assuntos da sua vida padeceu com razão ou sem ela. Faleceu a 26 de Abril de 1744 na Baía.

A. *Carta do P. Salvador da Mata Reitor do Colégio do Rio de Janeiro, sobre o rumo do caminho novo entre o Rio de Janeiro e S. Paulo, através da Fazenda de Santa Cruz e Rio Guandu*. Cf. Provisão Régia de 21 de Fevereiro de 1732, "permittindo que os Padres da Companhia continuassem um caminho, que haviam principiado pelo rumo das suas terras para o Rio Guandu e S. Paulo. (Em duas vias e com uma Carta do P. Salvador da Matta)". (Arq. Nacional do Rio de Janeiro, *Cartas Régias, Provisões, Alvarás, Avisos, Portarias, etc., de 1662 a 1821*, cód. 26, f. 309ss). Cf. Catálogo em *Publicações do Arquivo Nacional*, I (Rio 1922) 424. Port.

B. *Carta ao P. Geral Retz*, da Baía, 3 de Junho de 1737. (*Bras.4*, 404). Lat.

A. S. I. R., *Bras.6*, 39, 77v, 377; — *Lus.13*, 199; — S. L., *História*, V, 584.

MATOS, António de (1). *Professor e Administrador.* Nasceu no ano de 1561 em Santarém. Estudante do Colégio de S. Antão, quando entrou na Companhia, com 16 anos de idade, a 13 de Dezembro de 1577. Mestre em Artes. Ensinou Letras Humanas. Leu Filosofia no Colégio de Braga. Embarcou para o Brasil em 1598. Na Baía leu Teologia Moral e fez a profissão solene a 15 de Setembro de 1602, recebendo-a Pero Rodrigues. O Catálogo de 1604 traz António de Matos Visitador de Angola e o de 1606 já na Baía como Pregador, Consultor e Prefeito Espiritual. Há menção de que foi Reitor de Pernambuco, por espaço de quase dois anos, sem indicação do tempo, mas antes de 1610. No de 1614 estava no Rio com o mesmo ofício que tinha na Baía em 1606; e em breve assumiu o cargo de Reitor. Nomeado Provincial em 1624 seguia do Rio para a Baía quando o cativaram os Holandeses e levaram à Holanda em cujos cárceres ficou preso. Resgatado voltou ao Brasil em 1628 com o mesmo cargo de Provincial. Homem de grande reputação. Inscreveu-se-lhe o nome no *Menológio;* e o Provincial Francisco Gonçalves anunciou a sua morte com estas palavras: o "P. António de Matos, Português, era glória do nosso Brasil, ornamento da Companhia e exemplar de toda a religiosa perfeição". Faleceu a 25 de Outubro de 1645 no Colégio do Rio de Janeiro.

1. *Requerimento do P. Antonio de Matos, Reytor do Collegio do Rio de Janeiro ao Capitão de Cabo Frio Estevam Gomes, de uma sesmaria de duas leguas e meia por costa e tres para o sertam, dada a 31 de Maio de 1617.* Publ. por Lamego, III, 228-229.

2. *Informação das occupações dos Padres e Irmãos do Rio de Janeiro para o P. Assistente de Portugal em Roma no ano de 1619.* (*Bras.3(1),* 199-201). Em S. L., *História,* VI, 563-568.

A. *De prima Collegii Fluminis Januarii Institutione et quibus deinceps additamentis, excreverit.* (Gesù, *Colleg.,* 201, Rio de Janeiro). Cf. S. L., *História,* I, p. XXVII. *Lat.*

Bela e extensa narrativa.

B. *Carta ao P. Geral Vitelleschi,* do Rio de Janeiro, 9 de Janeiro de 1618. (*Bras.8,* 254-254a). — Utilidade da Missão em Cabo Frio. *Port.*

C. *Carta ao P. Assistente Nuno Mascarenhas,* do Cárcere de Dordrach (Países Baixos), 25 de Dezembro de 1624. (*Bras.3(1),* 207-208). — Narra o seu cativeiro e a perda dos seus papéis e como ele e alguns dos cativos ali estavam; outros foram com o Provincial Domingos Coelho. — Excerptos em S. L., *História,* V, 35, 48. *Port.*

D. *Annuæ Litteræ Brasilicæ Provinciæ Annorum 1626, 1627, 1628.* (*Bras.8,* 379-387). *Lat.*

E. *Carta ao P. Geral Vitelleschi,* do Rio de Janeiro, 5 de Março de 1643. (*Bras.3(1),* 221). — Manda uns cadernos, que escreveu na Holanda, e se poderiam imprimir. [Não fala do título, nem do conteúdo desses escritos]. *Lat.*

F. *Carta ao P. Geral Vitelleschi*, do Rio de Janeiro, 18 de Março de 1643. (*Bras.3(1)*, 222). — Dá o seu parecer sobre o pedido do Prelado Administrador do Rio de Janeiro Pedro Homem Albernás: de se enterrar na Igreja do Colégio e fazer os votos de Religião *in extremis*. Encarece os merecimentos do Prelado, mas vê perigos em se lhe conceder o que pede. *Port*.

G. *Comentários*. Roubados pelos piratas holandeses em 1624, e dos quais escreve: "Inter has iacturas magnam aestimo omnibus meis orbatum me esse commentariis". — Ver supra, letra C.

Notícia necrológica do P. António de Matos (1647), pelo P. Francisco Gonçalves: in "Relatione *ms*. data Præp. Generali". (*Lus.59*, 198-199; *Bras.8*, 573-574v).

A. S. I. R., *Bras.5*, 58v, 152; — *Bras.8*, 573-574v; — *Lus.3*, 38; — *Lus.43*, 520; — Franco, *Ano Santo*, 625.

MATOS, António de (2). *Administrador*. Nasceu cerca de 1668 em Moreira de Lima. Entrou na Companhia, com 15 anos, a 13 de Maio de 1683. Fez a profissão solene de 3 votos no Rio de Janeiro no dia 8 de Dezembro de 1703. Reitor dos Colégios de Santos (1708), S. Paulo (1711), Santos (1714), Recife (1715), e Olinda (1723), administração assinalada pelo acrescentamento dos meios de subsistência em particular de S. Paulo. (Cf. S. L., *História*, VI, 373). Faleceu no Recife a 1 de Fevereiro de 1735.

1. *Requerimento do Reitor do Colégio de Recife P. António de Matos, de uma sesmaria de duas léguas entre o sítio da Imbueira e a Serra da Tabainha no Ceará*. Concedida em 13 de Janeiro de 1717. *Datas e sesmarias do Ceará*, X (Fortaleza 1926) 79.

A. *Atestado do P. António de Matos, Reitor actual do Colégio de S. Inácio da Vila de S. Paulo, em como o L.*^{do} *Manuel Pais Cordeiro, cirurgião-mor do Presídio de Santos, exercitou com toda a exacta diligência e cuidado o seu ofício*. Colégio da Vila de Santos, aos 14 dias do mês de Agosto de 1711. (A. H. Col., *Baía*, Apensos, capilha de 11 de Agosto de 1721). *Port*.

B. *Carta ao P. Geral Tamburini*, de Olinda, 24 de Agosto de 1725. (*Bras.4*, 298-299v). — O P. João Guedes vai a Lisboa tratar do Real Hospício do Ceará. *Lat*.

A. S. I. R., *Bras.6*, 38, 197; — *Lus.12*, 219; — S. L., *História*, VI, 373.

MATOS, Eusébio de (1). *Pregador e Professor*. Nasceu em 1629 na Baía, onde entrou na Companhia aos 24 de Março de 1644. Ensinou Letras Humanas, Filosofia e Teologia. Fez a profissão solene no Rio de Janeiro a 15 de Agosto de 1664, recebendo-a o P. Reitor Francisco de Avelar. Dotado de temperamento artístico, notável, mas dispersivo: músico, pintor, aritmético, conversador e orador. Em 1669 quis El-Rei nomeá-lo seu pregador e chamou-o a Lisboa. Não acederam os Superiores do Brasil, dando, para o não desacreditar, duas razões públicas, a de fazer falta como Professor de Teologia e o tê-lo incumbido o pai, ao morrer, de um assunto, que só ele podia levar a cabo; mas ao P. Geral deram em particular uma terceira, a saber, que o P. Eusébio de Matos não possuía os requisitos morais indispensáveis para ocupar com dignidade tão alto emprego e honra. Frase e atitude que explicam, sem recurso a anedotas póstumas de autenticidade duvidosa, a sua posição dentro da Companhia e a sua vida, em que a virtude se não manteve à altura do talento. Deixou de pertencer à Companhia em 1677, depois de se ter formado nela, e nela vivido e trazido a roupeta durante 33 anos. O ano de 1677 é o da publicação das *Practicas*, livro que ainda traz no frontispício o nome do autor como da Companhia de Jesus, não já as licenças da Ordem. Entrou algum tempo depois na de N.ª S.ª do Carmo. Faleceu na Baía a 7 de Julho de 1692.

1. *Poema epicum latinum in laudem Ven. Patris Joannis Almeida.*

2. *Ecce Homo. Practicas pregadas no Collegio da Bahia as sextas feiras à noite, mostrandose em todas o "Ecce Homo": pello Padre Eusebio de Mattos, Religioso da Companhia de Jesus, Mestre de Prima na sagrada Theologia. Offerecidas ao Senhor Bento de Beia de Noronha, Inquisidor Apostolico do Sancto Officio da Inquisição de Lisboa, & Conego Prebendado na Sè desta Cidade, &c.* [Vinheta representando a Verónica]. Lisboa. Na Officina de Ioam da Costa. M.DC.LXXVII. Com todas as licenças necessárias. 4.º, IV-73-1 pp. Esta última é a das Licenças da Inquisição, do Ordinário e do Paço (Maio-Setembro de 1676), e faltam as da Ordem; — *Ecce Homo*. Reprodução no vol. XI da *Estante clássica da Revista de Língua Portuguesa*, dirigida por Laudelino Freire, Rio de Janeiro, 1925.

3. *Oração funebre nas exequias do ill.*^{mo} *e rev.*^{mo} *Sr. D. Estevam dos Sanctos bispo do Brasil, celebradas a 14 de Julho de 1672.* Lisboa, por Miguel Rodrigues, 1735, 4.º, 54 pp.

4. *Sermão da Soledade e Lagrimas de Maria Santissima N. S.ª pregado na Sé Da Bahia Metropoli do Brasil no anno de 1674.* Lisboa, Off. de Miguel Manescal, 1681, 4.º, 23 pp. (*Bibliografia Americana*. Catálogo da Livraria Coelho, n.º 13 (Lisboa 1927) 100).

Todos estes sermões foram pregados pelo P. Eusébio de Matos enquanto era da Companhia de Jesus. Depois de sua morte saiu: *Sermoens do Padre Mestre Fr. Eusebio de Mattos, Religioso de N. Senhora do Carmo da Provincia do Brasil. Primeira Parte*. [Trigrama da Companhia (sic)]. Lisboa por Miguel Deslandes, 1694, 4.º, XXIV-410 pp. A segunda parte não chegou a imprimir-se. São 15 sermões, dalguns dos quais se diz que foram pregados no Carmo; dos outros, não se diz onde, e nenhum deles traz data, por onde se dificulta a averiguação dos que pertencem ao período em que era da Companhia como consta que eram alguns: "post eius obitum vulgatum est iuxtum volumen Concionum quarum plurimæ in Soc. habitæ sunt" (S. L.; Sommervogel). Quanto à qualidade, diz o editor que alguns sermões foram tirados de "borrões" e "fragmentos"; e Varnhagen, que estudou uns e outros, acha os últimos um tanto pesados e faltos do "acabamento e beleza de estilo que se nota nas *Practicas*".

5. *Soneto em louvor do P. Simão de Vasconcelos*. Sem assinatura. (*Vitæ 153*, 68). — Por algumas frases idênticas às da Censura seguinte parece-nos de Eusébio de Matos. Publ. com o título de *Hvm Engenho ao Autor do Livro*, nos Prelims. da *Vida de Anchieta*.

A. *Censura da "Suma" ou "Recopilaçam" das Maravilhas do Ven. P. Joseph Anchieta, feita por Simão de Vasconcelos*. Baía, 12 de Junho de 1668. (*Vitæ 153*, 457). Autógr. *Port.*

No espólio do seu irmão, o poeta satírico, Gregório de Matos, existem de envolta com as deste, composições que alguns autores atribuem, com fundamento ou sem ele, a Eusébio; e em Varnhagen (*Florilegio da Poesia Brazileira*, I (Rio 1946)155-173) trazem o título de "litigiosas" entre os dois irmãos. Baste esta notícia, sem mais; porque ainda que se verificasse o fundamento, criar-se-ia outro problema: o de pertencerem ao período em que foi Jesuíta; se bem que uma, belíssima, "Ao Ecce Homo" (também em Ferdinand Wolff, *Le Brésil Littéraire*, II (Berlim 1863)1-3) pelo título, igual ao das *Practicas*, tem a seu favor esta mesma congruência.

A. S. I. R., *Bras.* 3 (2), 80; — *Lus.8*, 46; — B. Machado, I, 745; — Inocêncio, II, 247; — Sommervogel, V, 720; — Rivière, 1149; — S. L., *História*, I, 533; V, 123.

MATOS, Eusébio de (2). *Missionário*. Nasceu a 14 de Agosto de 1703, na Cachoeira (Baía). Entrou na Companhia a 16 de Junho de 1717. Foi servir na Índia, na Província de Goa. Exilado na perseguição geral de 1760 e encerrado nos cárceres de Azeitão, passou depois para os de S. Julião da Barra, onde morreu, a 11 de Fevereiro de 1772.

A. *Annuæ Litteræ Provinciæ Brasilicæ anni M.D.CCXXX*, Bahyae in Brasilia, Quinto Kal. Septemb. anni M.D.CCXXX. (*Bras.10*(2), 322-325v). Lat.

A. S. I. R., *Bras.6*, 138; — Guilhermy, 11 de Fevereiro; — *Apênd. ao Cat. Português*, de 1903, XXII.

MATOS, Francisco de. *Administrador e Asceta.* Nasceu em 1636 em Lisboa. Filho de João Pereira e Maria de Matos. Admitido na Companhia em Lisboa, embarcou logo para o Brasil, na idade de 16 anos, em que entrou no Noviciado da Baía, aos 8 de Março de 1652. A 2 de Fevereiro de 1670 fez a profissão solene na mesma cidade. Pregador e Professor de Filosofia e Teologia. Em 1674 foi a Lisboa a tratar dos assuntos do Brasil e aí ficou Procurador Geral durante 18 anos. Estimado dos homens da governança e do Paço. Quis fazê-lo Bispo a Rainha de Portugal, mas recusou com modéstia, e mais de uma vez, a honraria da mitra. De volta ao Brasil, foi Reitor dos Colégios do Rio de Janeiro e da Baía e Provincial (1697), Mestre de Noviços, Examinador do Sínodo da Baía, e por fim Padre Espiritual do Colégio. Na questão dos estrangeiros que então agitou a vida interna da Província do Brasil, pendia ora para um lado ora para outro, mantendo-se dentro de uma posição de equilíbrio, atento às ordens, que o P. Geral achava úteis, e ia dando, conducentes à harmonia de todos. Deu provas de caridade exímia quer na viagem de regresso em 1693, quer logo como Reitor do Rio, onde numa terrível epidemia, mandou distribuir remédios, e mereceu o apelido de "Pai dos Pobres". Homem penitente e austero para consigo e afável com os demais; predicados que com os seus livros de boa linguagem e ascese, deram notável prestígio ao seu nome e à Companhia. O Arcebispo da Baía, não obstante a idade, quis presidir pessoalmente aos seus funerais. Faleceu a 19 de Janeiro de 1720 na Baía, e sepultou-se no dia seguinte no mesmo túmulo em que jazera o P. António Vieira.

1. *Sermam que pregou o Padre Mestre Francisco de Mattos da Companhia de IHS* [em forma de vinheta] *da Provincia do Brasil na Festa de S. Gregorio Magno em Nossa Senhora da Ajuda da cidade da Bahia, Estando o Senhor exposto.* Evora. Com as licenças requisitas. Na officina da Universidade. Anno de 1675. 4.º, 11-18 pp. Cf. *Catálogo da Livraria Azevedo-Samodães,* II (Porto 1922) 856.

2. *Vida do Serenissimo Principe Eleitor D. Felippe Wilhelmo, Conde Palatino do Rheno Architesoureiro do Imperio Romano, Duque de Baveira, de Julia, de Clivia, e dos Montes: Conde de Weldencia, de Spanheimio, de Marquia, de Ravenspurgo e de Mersia, Senhor de Ravesntein etc. Pay da Rainha N. Senhora D. Maria Sofia Izabella, a quem a dedica por seus religiosos o Provincial de Portugal da Companhia de Jesus.* Lisboa, na officina de Miguel Deslandes, 1692, 4.º, 24-303 pp., com retrato.

Diz-se nos Preliminares que o P. Francisco de Matos traduziu esta vida, escrita em alemão pelo P. João Bodler. (Sobre este autor e as suas obras alemãs, cf. Sommervogel, I, n.º 8).

3. *Guia para tirar as almas do Caminho espaçoso da Perdição, e dirigillas pelo estreito da Salvação. Obra Composta em Francez*

Pelo P. Julião Hayneufe traduzida em Portuguez Pelo P. Francisco de Mattos, ambos da Companhia de Jesus. Lisboa, na officina de Domingos Carneiro, 1695, 8.º, 355 pp.

4. *Sermaõ do Grande Patriarcha S. Bento pregado no Convento do Rio de Janeiro no anno de 1696.* Lisboa, por Miguel Manescal, 1697, 4.º

5. *Sermaõ das Quarenta Horas pregado no collegio do Rio de Janeiro em o primeiro dia do anno de 1696.* Lisboa, por António Pedrozo Galraõ, 1698, 4.º

6. *Sermão do Grande Patriarcha Santo Elias.* Lisboa, por António Pedrozo Galraõ, 1699, 4.º

7. *Sermaõ do grande Patriarcha dos Pobres S. Francisco pregado no Convento de Santo Antonio dos Capuchos da Cidade do Rio de Janeiro no anno de 1697.* Lisboa, por Antonio Pedrozo Galraõ, 1699, 4.º

8. *Sermaõ do grande Patriarcha Santo Ignacio na Igreja do Collegio da Companhia do Rio de Janeiro no anno de 1697.* Lisboa, por Antonio Pedrozo Galraõ, 1699, 4.º

9. *Sermões varios que pregou o muito Reverendo Padre Mestre Francisco de Mattos da Companhia de Jesus.* Lisboa, na Officina de Antonio Pedrozo Galraõ, 1701, 4.º, 228 pp.

Este volume contém os 6 sermões anteriormente publicados avulsos.

10. *Catalogus Primus Provinciæ Brasilicæ Anni 1701.* Em S. L., *História*, V, 581-587; cf. *ib.*, VI, 634.

11. *Catalogus Rerum Temporalium Provinciæ Brasilicæ Anni 1701.* Em S. L., *História*, V, 588-596.

12. *Dor sem lenitivos dividida em seis discursos concionatorios, que por Exequias para honras funeraes da augustissima Rainha Senhora nossa D. Maria Sofia Isabel &c. offerece ao seu real tumulo o P. Francisco de Mattos da Companhia de Jesus, Reytor do Collegio da Bahia.* Lisboa, Na officina de Valentim da Costa Deslandes, Impressor de Sua Magestade. Com todas as licenças necessarias. Anno M.D.CCIII, 8.º, XVI-416 pp.

Nos Prelims.: Dedicatória à *Mvito alta, e mvito poderosa Rainha e senhora nossa; A quem ler; Licenças: Da ordem.* Censura do P. João António Andreoni (Colégio da Baía, 10 de Agosto de 1702), do P. Matias de Andrade, *ib.*; 14 de Agosto), do P. Jorge Benci (*ib.*, 15 de Agosto), Epístola do P. António Maria Bonucci (*ib.*, 15 de Agosto), e licença do Provincial João Pereira (*ib.*, 17 de Agosto de 1702). Todas em latim. Seguem-se as demais licenças.

Um dos interesses deste livro, de simples e óptima linguagem, é o resumo ou análise de várias orações fúnebres, pronunciadas em diversos lugares à morte da Rainha de Portugal.

13. *Palavra de Deos desatada em discursos concionatorios de doutrinas Evangelicas, Moraes e Politicas. Primeira Parte. Offerecida ao Glorioso Apostolo do Oriente S. Francisco Xavier por seu Author o P. Francisco de Mattos da Companhia de Jesus, Mestre dos Noviços no Collegio da Bahia.* Lisboa, por Valentim da Costa Deslandes. 1709. 4.º, LVI-696 pp. — *Segunda Parte.* Na officina Real Deslandesiana, 1712, 4.º, LXVII-462 pp. Nesta 2.ª parte, portada de delicado buril, de G. V. Gouwen, representando os 3 modos de difundir a palavra de Deus.

14. *Desejos de Job, discorridos em dez Livros, por serem outros tantos os seus desejos. Offerecidos, & Consagrados a Deos N. S. por seu Author o P. Francisco de Mattos, da Companhia de Jesus, Mestre dos Noviços no Collegio da Bahia.* [Vinheta]. Lisboa, Na Officina de Pascoal da Sylva, Impressor de Sua Magestade. M.DCCXVI. Com todas as licenças necessarias. 8.º, XVI-439 pp.

Nos Prelims.: *Argumento desta obra, Ao devoto leytor.* Licenças: As da ordem são de Gaspar Borges (Collegio da Bahia, 16 de Agosto de 1713), Luiz Carvalho (*ib.*, 23 de Agosto), João Nogueira (*ib.*, 11 de Setembro) e do Prov. Estanislau de Campos (*ib.*, 1713); a do Desembargo do Paço, do P. Francisco Gomes, Procurador Geral da Companhia, Collegio de Santo Antão, 4 de Julho de 1715.

15. *Manual de Meditaçoens para todos os dias do anno. Offerecido a Santissima Virgem Maria Nossa Senhora Concebida sem a macula da culpa original. Pelo P. Francisco de Mattos da Companhia de Jesus e Provincial do Brasil.* Evora, na Officina da Universidade, 1717, 16.º, 236 pp.

16. *Vida Chronologica de S. Ignacio de Loyola, Fundador da Companhia de JESVS, offerecida ao Illustrissimo Senhor Arcebispo da Bahia Dom Sebastiaõ Monteyro da Vide pelo Padre Francisco de Mattos, da mesma Companhia, & Provincia do Brasil.* (Grande vinheta com as armas reais). Lisboa Occidental, Na Officina de Pascoal da Sylva, Impressor de Sua Magestade. M.DCCXVIII. Com todas as licenças necessarias. 4.°, LXXII-588 pp. Com um retrato do Arcebispo, gravado por N. Oddi e seis magníficas estampas da vida de S. Inácio, assinadas umas pelo mesmo e outras por J. Freiy e desenhadas por Agostin Massucci.

Nos Preliminares:

a) *Reverendissimo, religiosissimo, ac sapientissimo P. Francisco de Mattos deditissimus ipsi ac devinctissimus cliens, S. P. D.* [do P. Lourenço de Araújo].

b) *Illustrissimo, ac Reverendissimo D. D. Sebastiano Monteyro á Vite Metropolitanæ sedis in Brasilia dignissimo Archipraesuli. Operis nuncupatio.* [Do P. Lourenço de Araújo].

c) *In vitam D. Ignatii de Loyola Societatis Jesv Conditoris, á R. P. Francisco de Mattos ex eadem Societate nuper elucubratam consecratamque Illustrissimo, ac Reverendissimo D. D. Sebastiano Monteyro à Vite, Metropolitanæ Sedis in Brasilia dignissimo Archipræsuli. Poema.* — Scribebat Laurentius Arausius ex Societate Jesu. — Ver: *Araújo*, Lourenço de.

d) *Illustrissimo Domino D. Sebastiano Monteyro da Vide ... Elogium.* Scribebat P. Gaspar de Faria è Societate Jesu. — Ver título completo em *Faria*, Gaspar de.

e) *Admodum Reverendo, et Illustrissimo D. D. Sebastiano Monteyro da Vide, Metropolitano Antistiti Brasiliensi, Panegyris. Sebastianus manifestus. Ode.* Decantabat Angelo dos Reys ex Societate Jesu. — Ver *Reis*, Ângelo dos.

f) *A' imagem do illustrissimo Senhor D. Sebastiam Monteyro da Vide ... Elogio sobre as que Sua Illustrissima mandou fazer de seus veneraveis antecessores.* Por Luis Carvalho. — Ver *Carvalho*, Luiz.

g) *Offerta ao Illustrissimo Senhor Arcebispo.* P. Francisco de Matos: "Esta he a vez primeyra, que a penna Portugueza escreve a vida do admiravel Patriarcha S. Ignacio".

h) *Argumento gratulatorio do Arcebispado da Bahia ...* Por Prudêncio do Amaral da Companhia de Jesus. — Ver *Amaral*, Prudêncio do.

i) *Oratio Panegyrica sub effigie ... D. Sebastiani Monterii a Vite describenda.* Scribebat P. Joannes Antonius Andreonius. — Ver *Andreoni*, João António.

j) *Advertencias para os que lerem.* Do Autor.

k) *Licenças. Da Religião.* Padres Luis Carvalho, Gaspar de Faria, Ângelo dos Reis e do Provincial Estanislau de Campos. Do *Santo officio*. P. Fr. José do Nascimento, da Ordem de S. Jerónimo, e P. Fr. Manuel Guilherme, da Ordem de S. Domingos. Do *Desembargo do Paço*: D. António Caetano de Sousa. D. António Caetano de Sousa coloca a vida de S. Inácio entre as 38 que conhece e diz: "Esta que escreveo o P. Francisco de Mattos tão diffusa, & elegantemente, he com estylo claro, & puro da lingua Portugueza, sem mendigar vozes estranhas, com que alguns cuidaõ enriquecem a sua lingua,

& assim a vem a empobrecer. A do Author naõ tem affectaçaõ, senaõ propriedade, sem mais enfeyte do que a verdade. A Historia chama Cicero luz da verdade, porque nella he a parte principal para se distinguir da Fabula, devendo tratarse os casos sem payxaõ, narrando os successos prosperos, & adversos com igual animo, sem exagerar huns, nem enfeytar outros. A esta parte da Historia satisfaz o Author com tal prudencia, que dà neste livro a luz da Historia, ou seja pelo objecto que inflamma os coraçoens, ou pelo estylo, & modo de escrever, que ilustra os entendimentos. Confesso ingenuamente que naõ cede no meu parecer aos que com summa estimaçaõ de estylo correm da Vida do mesmo Santo, sem exceptuar na Latina o P. Mafeo, na Italiana o P. Bartoli, na Franceza o P. Bohours, & a todas excede na copia de noticias".

l) *Indice das cousas mais notaveis.*

m) *Introducção desta Historia.*

No fim: "Breve descripçam da perspectiva da Capella de Santo Ignacio, na Igreja da Casa Professa da Companhia de Jesus em Roma... Anno 1697: (pp. 580-584); "Fvndaçam do Real Collegio de Loyola no nobilissimo solar, & antigo Palacio, onde Santo Ignacio nasceo" (pp. 585-588).

Francisco de Matos consagra três Capítulos do I Livro (X-XII) ao livro e método dos Exercícios Espirituais de S. Inácio, e um do II Livro (IX) às conversões operadas por meio deles.

17. *Coro Mystico de Sagrados Canticos entoados na armonia de assumptos moraes, politicos, e concionatorios, e asceticos.* Lisboa na officina de Pascoal da Sylva. 1724, fol.

"Ignoro a razão por que o collector do chamado *Catálogo* da Academia deixou de incluir as obras deste Padre, que por sua linguagem e estylo não são por certo inferiores às de outros seus contemporaneos, que lá figuram; e Antonio de Moraes Silva o menciona entre os auctores, de cujos escriptos se serviu na composição do seu Diccionario". (Inocêncio).

A. *Litterae Annuae Societatis Iesu ex Brasilia ad annos 1661-1662 et 1663.* Ex Collegio Bahiense anno 1664 Iunii 25. (*Bras.* 9, 157-168v). *Lat.*

B. *Carta ao P. Geral Oliva,* de Lisboa, 29 de Setembro de 1674. (*Bras.* 3(2), 129-129v). — Veio a Lisboa por causa da controvérsia dos dízimos e dos graus académicos, etc. *Lat.*

C. *Petição a El-Rei do Procurador Geral Francisco de Matos sobre o pagamento na Baía da côngrua dos Missionários do Maranhão.* — Despacho do Conselho, deferindo o pedido, de 11 de Outubro de 1676. — O do Príncipe D. Pedro é de 13 do mesmo mês. (A. H. Col., *Baía,* Apensos, 11 de Outubro de 1676). *Port.*

D. *Carta do Procurador Geral Francisco de Matos ao P. Geral Oliva*, de Lisboa, 15 de Janeiro de 1679. (*Bras.26*, 58-59). — Pede para o Maranhão estudos de Filosofia, Teologia e Moral, como único remédio à falta de Missionários. *Port.*

E. *Requerimento a El-Rei do P. Procurador Geral Francisco de Matos para se tirar devassa dos sucessos das Aldeias de S. Barnabé e S. Lourenço no Rio de Janeiro*. — Com os pareceres do Conselho Ultramarino, de 17 de Janeiro de 1679. (A. H. Col., *Rio de Janeiro*, 1365-1366). *Port.*

F. *Carta ao P. Geral*, de Lisboa, 14 de Fevereiro de 1679. (*Lus.75*, 202). — Os Missionários do Maranhão sairam *ontem* no Patacho "O Bom Jesus". Iam de vários ofícios, barbeiro, alfaiate, sapateiro. *Port.*

G. *Carta ao P. Geral*, de Lisboa, 9 de Setembro de 1681. (*Bras.3(2)*, 150-151v). — Sobre a controvérsia da Missão do Maranhão, a propósito do Visitador P. Pedro de Pedrosa, mandado pela Província do Brasil, e manifesta-se a favor da união da Missão ao Brasil em concordância com os Padres de Portugal. *Port.*

H. *Arrazoado do P. Francisco de Matos, Proc. Geral da Prov. do Brasil, sobre a parte de açúcar que toca ao Colégio da Baía "do ano" da composição amigável feita com o Colégio de S. Antão a 29 de Abril de 1655*. Lisboa, 12 e 26 de Outubro de 1681. (*Lus.77*, 107-111v). *Lat.*

I. *Pro Collegio Bahiensi satisfacit iterum P. Procurator Brasiliæ*. Ullyssipone, 25 Junii anni 1682. (*Lus.77*, 117-121). *Lat.*

J. *Ainda a controvérsia do açúcar do ano de 1655*. Lisboa, 9 de Dezembro de 1686. (*Lus.77*, 132-136v). — Inclui papéis de outros Padres. *Lat.*

K. *Papel do P. Francisco de Matos, Procurador da Província do Brasil, da Companhia de Jesus sobre as Missões, cativeiro e Aldeamento dos Índios*. [Lisboa, 1681 ?]. (Bibl. da Ajuda, cód. 50-V-37, f. 242-243v). *Port.*

L. *Directorio para a ultima entrega dos Bens de Vicente de Aristondo a seus herdeyros e legatarios*. Rio de Janeiro Anno 1693. (*Bras.11(1)*, 427-428). — Vicente de Aristondo, biscainho, há muito falecido, pedira ao Colégio do Rio se encarregasse de fazer chegar às mãos dos seus herdeiros e da Igreja matriz de Deba, também legatária, os bens que lhes deixara. O Colégio assim tem feito com regularidade, mas há ainda um resto, e o P. Francisco de Matos quer que o Assistente de Espanha intervenha e encarregue o Colégio, mais vizinho à vila de Deba, de ser depositário seguro, tomar informações e entregar a cada qual o que for justo. *Cópia em port.*

M. *Carta de Francisco de Matos, Reitor do Colégio do Rio de Janeiro, a El-Rei em que agradece a carta régia de louvor, e diz que os actos de caridade do Colégio era dívida da profissão dos filhos da Companhia; e aproveita para propor se funde um Recolhimento de moças nesta Cidade,* do Rio de Janeiro, 11 de Junho de 1694. (A. H. Col., *Rio de Janeiro,* Apensos, 11.VI.1694). Resumo na Consulta do Conselho Ultramarino de 16 de Outubro de 1694. (A. H. Col., *Rio de Janeiro,* 1942-1945). *Port.*

N. *Carta do Provincial Francisco de Matos ao P. Geral Tirso González,* da Baía, 12 de Julho de 1698. (*Bras.4,* 50-51v). — Trata da *Clavis Prophetarum* do P. António Vieira, que remeterá no ano seguinte; do movimento de Professores e Superiores; da Missão do Rio de S. Francisco; do Governador que quer levar para Portugal um Padre da Companhia para seu confessor durante a viagem, etc. *Lat.*

O. *Petição ao P. Geral para ser confirmada a licença de se venderem terras na Pitanga,* 1698. (*Bras.4,* 54-55v). — Assinam com ele os Padres Diogo Machado, Aloísio V. Mamiami, Manuel Nunes, Paulo Carneiro, Jorge Benci e João António Andreoni. *Lat.*

P. *Carta ao P. Geral,* do Colégio do Rio de Janeiro, 14 de Março de 1700. (*Bras.4,* 70-71v; 2.ª via, de 17 de Março, *ib.,* 72-73v). — Sobre assuntos gerais e em particular informa sobre os Padres italianos, como o P. Geral pedia, e sobre a ordem do mesmo para dispersão deles do Colégio da Baía, se fosse preciso. *Lat.*

Q. *Carta ao P. Geral,* da Baía, 1 de Março de 1701. (*Bras.9,* 449-450). — Trata de ministérios e missões. *Port.*

R. *Carta ao P. Geral,* da Baía, 4 de Agosto de 1701. (*Bras.9,* 451-452). — Sobre ministérios e missões (diferente da anterior). Excerpto em S. L., *História,* V, 540-542. *Port.*

S. *Carta ao P. Geral,* da Baía, 14 de Agosto de 1701. (*Bras.4,* 89-90v). — Envia o "Menologio dos varoens Illustres da Nossa

Companhia que temos no Brasil", e pede que se houver mais nomes além desses (trata-se de toda a Companhia) se transcrevam os dados respectivos e enviem ao Brasil à custa da Província. O "Menólogio" (só nomes e dias) em *port.*; a carta em *lat.*

T. *Visita do P. Provincial Francisco de Matos.* Datada do Colégio da Baía, 2 de Maio de 1701, e enviada a Roma pelo P. Andreoni "secretarius", a 14 de Setembro de 1703. São 19 pontos. (Bibl. Vitt. Em., f. ges., 1255, n.º 13). *Port.*

U. *Ordens para o Governo da Província do Brasil reformadas e coordenadas*, Baía, 22 de Agosto de 1701 (Gesù, Colleg.20). — Letra do P. Andreoni, cláusula e assinatura do P. Francisco de Matos. — Título português posto em Roma. *Lat.*

V. *Carta ao P. Geral*, da Baía, 20 de Julho de 1714. (*Bras.4*, 188). — Sobre o seu livro, a *Vida* de S. Inácio, com aprazimento do Sr. Arcebispo, e outros livros seus, *Desejos de Job* e *Meditações para todos os dias do ano*; e recomenda os Padres António de Matos e Manuel Martins. *Lat.*

X. *Carta ao P. Geral Tamburini*, da Baía, 20 de Julho de 1716. (*Bras.4*, 193-194v). — Necrológio do P. João Andreoni; já enviou para Lisboa, por duas vias, a *Vida Chronologica de S. Ignacio.* Corria com as despesas da impressão o Sr. Arcebispo da Baía. *Lat.*

Y. *Ode ao Conde de Óbidos Dom Vasco Mascarenhas Vice-Rei e Capitão General de todo o Estado do Brasil.* (Museu Britânico, ms. adicionais, n.º 25.353 f. 127-129v). Cf. Oliveira Lima, *Relação dos manuscritos*, 123.

Trata-se de um códice feito no Colégio de Coimbra, onde figuram vários poetas. Cf. Conde de Tovar, *Catálogo*, 189.

Durante a sua longa estada em Lisboa como Procurador do Brasil, o P. Francisco de Matos assinou muitas contas desta Procuratura com os Colégios do Brasil, algumas das quais andam pelos Arquivos. Ver duas em similigravura, S. L., *História*, IV, 182/183, 198/199, a 1.ª toda autógrafa, a 2.ª só com a assinatura.

Carta do Governador Francisco de Sá de Meneses ao P. Mestre Francisco de Matos da Companhia de Jesus, Procurador Geral do Brasil, de Belém [do Pará], 10 de Dezembro de 1684. (Bibl. da Ajuda, 51-IX-32, f. 203). Assuntos correntes. Recebeu o 3.º tomo dos *Sermoens* do P. António Vieira; entendia que o Governador da Baía António de Sousa de Meneses não se poderia dar bem com o P. Vieira para mal seu, porque começou por desgovernar-se com uma tão grande pessoa, pela qual deveria antes governar-se. *Port.*

Carta do Governador do Rio de Janeiro, Antonio Pais de Sande, a El-Rei, louvando a grande caridade com os doentes, do P. Francisco de Matos, durante a travessia do mar e no Rio, do Rio de Janeiro, 26 de Setembro de 1693. (A. H. Col., Rio de Janeiro, Apensos, 26.IX.1693). Tem anexa a Consulta do Cons. Ultramarino e o despacho de El-Rei mandando louvar o P. Francisco de Matos.— Cf. supra, letra M.

Elogium P. Francisci de Mattos a P. Josepho Bernardino, 1720. (Bras. 10, 216-217, 219).

Elogium P. Francisci de Matos. (Outro, s. nome de autor). Lus. 58 (2), 549-551.

B. Machado, II, 179; — Inocêncio, III. 7-8; — Sommervogel, V, 743; — Soares, *História da Gravura*, n.º 1166, 1414 ; — S. L., *História*, I, 534; V, 581; VI, 10, 15.

MATOS, José de. *Pregador e Missionário.* Nasceu a 13 de Janeiro de 1715, em Minas Gerais (Vila Rica). Entrou na Companhia com 16 anos a 5 de Julho de 1731. Fez a profissão solene no Rio de Janeiro a 8 de Novembro de 1750, recebendo-a Roberto de Campos. Um dos fundadores da Missão do Duro em Goiás. Em 1757 já estava no Rio como Visitador da Santa Casa e dado a ministérios com o próximo. Atingido pela perseguição geral, foi deportado em 1760 para Lisboa e Itália. Vivia em Poggio Mirteto, em 1780 e usava o nome de José Nieremberg de Matos ou só José Nieremberg, para se distinguir de outro P. José de Matos (José António de Matos) também da Companhia e igualmente natural de Minas Gerais. Nieremberg de Matos faleceu a 7 de Maio de 1791.

A. *Carta ao Capitão General de Goiás*, de Vila Boa, 25 de Setembro de 1755. (A. H. Col., *Goiás*, Papéis avulsos, nesta data). — Sobre a Aldeia do Duro; benzeu a capela; dificuldades; doenças. Port.

B. *Carta ao Capitão General de Goiás*, de Vila Boa, 11 de Outubro de 1755. (A. H. Col., *Goiás*, Papéis avulsos, neste data). — Informa sobre o estado em que achou a Missão da Natividade e os atropelos do tenente-coronel Venceslau Gomes da Silva. Port.

C. *Lista dos Indios Chacariabaz pertencentes a Aldeya do Duro que se reduzirão a paz No anno de 1751.* Vila Boa, 11 de Outubro de 1755. (A. H. Col., *Goiás*, Papéis avulsos, 11 de Outubro de 1755). Port.

A. S. I. R., *Bras*.6, 272v; — *Lus*.16, 411; — Gesù, Colleg., n.º 1474; — *Jesuitas Portugueses na Italia em 1780* (ms.); — José de Castro, II, 379 (que por lapso lhe chama João).

MATOS, Luiz de. *Administrador.* Nasceu por 1677 na Baía. Entrou na Companhia, com 16 anos, a 2 de Julho de 1693. Fez a profissão solene na Baía, a 15 de Agosto de 1711. Reitor do Colégio do Espírito Santo (1728) e Vice-Reitor do Colégio do Rio de Janeiro (1736). Trabalhou com os próximos e faleceu na Baía a 21 de Agosto de 1755.

A. *Carta ao P. Geral*, da Baía, 20 de Setembro de 1739. (*Congr.89*, 310). — Manifesta-se, como consultor, contra a divisão da Província do Brasil em duas; e que se encurtem os gastos com a vinda de estudantes novos da Europa; e para visitar a Província em vez dum navio grande faça-se um iate. *Lat.*

<small>A. S. I. R., *Bras. 5* (2), 157v;—*Bras. 10* (2), 495v; — *Lus. 13*, 148;—S. L., *História*, V, 584.</small>

MAZZOLANI, Aníbal. *Professor e Missionário.* Nasceu a 31 de Outubro de 1681 em Faença. Entrou na Companhia a 18 de Outubro de 1697. Embarcou de Lisboa para as Missões do Maranhão e Pará em 1718. Fez a profissão solene. Professor de Gramática e Humanidades. Prefeito dos Estudos e do Espírito nos Colégios do Maranhão e Pará. Mestre de Noviços no Maranhão e Missionário das Aldeias dos Índios durante 12 anos. Faleceu a 30 de Outubro de 1748 no Pará.

A. *Carta ao P. Geral*, de Lisboa, 15 de Abril de 1718. (*Bras.26*, 212-212v). — Tomará o navio e seguirá no dia seguinte com os companheiros para a sua missão do Maranhão. *Ital.*

B. *Carta ao P. Geral*, do Pará, 12 de Agosto de 1718. (*Bras.26*, 217-217v). — Narra a viagem e pede companheiro para a missão que lhe couber. Cit. em S. L., *História*, III, 217. *Ital.*

C. *Carta ao P. Geral*, do Maranhão, 10 de Setembro de 1729. (*Bras.26*, 265-267). — Dúvidas sobre os decretos reais; faculdades pontifícias; formula scribendi. *Lat.*

D. *Resoluções Politico-Moraes sobre o modo de se livrar a nossa Vice-Provincia das Inquietaçoens que prezentemente, mais que nunca, está padecendo nos Estados do Maranham, Pará e Rio das Amazonas, para que, livre de tais perturbaçoens, possa empregar-se com maior socego e maior fruto das almas nas Missoens proprias do seo louvavel Instituto.* (B. N. de Lisboa, fg. 4517, ff. 401-405). *Port.*

<small>Com o nome de *Trutina Politico Moralis circa regimen Parochiale et Temporale Indorum a P. Mazzolani composita*, pede-a o P. Geral, em carta de 9 de Julho de 1731, ao P. Proc. Jacinto de Carvalho. (*Bras. 25*, 53v).</small>

E. *Carta ao P. Geral*, do Rio Pinaré, 21 de Maio de 1733. (*Bras.26*, 278). — Nova Missão de Índios Guajajaras; agradece o opúsculo dos Privilégios, etc. *Lat.*

Onze cartas dos Padres Gerais ao P. Mazzolani (1722-1744). Em *Bras. 25*.

<small>A. S. I. R., *Bras. 27*, 95v, 185v.</small>

MEISTERBURG, António. *Missionário e Humanista.* Nasceu a 16 de Janeiro de 1719 em Bernkastel, na Arquidiocese de Tréveris. Filho de Frederico Meisterburg. Tinha já o curso de Filosofia quando entrou na Companhia em Tréveris no dia 21 de Outubro de 1737. Ensinou Humanidades 5 anos. Embarcou de Lisboa para as Missões do Maranhão e Pará em 1750. Fez a profissão solene no Pará, no dia 28 de Outubro de 1753, recebendo-a o P. Manuel Ferreira. Missionário das Aldeias de Aricará e Abacaxis. Atingido pela perseguição, foi deportado para Portugal em 1757 e confinado no Colégio da Lapa (Beira), donde passou em 1760 para os cárceres de Almeida e dali em 1762 para os de S. Julião da Barra. Saiu com vida em Março de 1777, na restauração das liberdades cívicas.

1. *Suspiria captivorum Patrum Societatis Jesu in arce S. Juliani ad ostia Tagi in Natali Beatæ Virginis Mariæ 1762.* Murr, *Journal*, XIII, 149-162. Consta de 178 dísticos. Parte já tinha saído na *Relatio* do P. Eckart, Murr, *Journal*, VIII, 214-216.

A. *Carta ao Governador Francisco Xavier de Mendonça Furtado*, de Abacaxis, 3 de Setembro de 1756. (B. N. de Lisboa, Col. Pomb., 622, 207-208). — Dá conta dos fugidos de Mariuá e como parte foi atacada e morta pelos Índios Muras e parte voltará, confiada no perdão. *Port.*

B. *Carta ao mesmo*, de Abacaxis, 29 de Outubro de 1756. (*Ib.*, 220-220v). — Congratula-se por não ter morrido ninguém da família do Governador no Terremoto de Lisboa. Vai mandar-lhe índios que nunca fugiram; se fugirem de Mariuá não se culpe a Companhia: "porem a padecer sem culpa, heu e mais a toda a Companhia estamos promptos". Farinha, etc *Port.*

C. *Procuração ao Sr. António da Cruz para cobrar uma dívida.* Hoje, Pará, 1 de Outubro de 1757. (Arq. Prov. Port., *Pasta 176*, 37b). *Port.*

Na B. N. de Lisboa, Col. Pomb., 161, há duas cartas para o P. Meisterburg, do Governador Mendonça Furtado, de Mariuá, 2 de Agosto de 1756 (f. 127v-128), e 20 de Outubro de 1756 (154v). Na 1.ª responde a perguntas feitas e dissipa o temor do Missionário; na 2.ª pede 10 índios e que sejam dos que não fogem, senão fará coisas que "não serão agradáveis nem a V. P. nem à sua Sagrada Religião"; e que mande farinha, que até agora não mandou nada. — A carta do P. Meisterburg, de 29 de Outubro, é resposta a esta.

As datas do nascimento e entrada são do Cat. de 1751, à raiz da sua chegada ao Maranhão. Há lapso nas do *Catálogo* de 1760.

A. S. I. R., *Bras.27*, 168v (Cat. de 1751); — *Lus.17*, 87; — Sommervogel, V, 872; — Huonder, 159; — S. L., *História*, IV, 357.

MELO, João de (1). *Missionário.* Nasceu cerca de 1525 em Monte-Redondo. Entrou na Companhia em Coimbra a 19 de Agosto de 1550. Embarcou para o Brasil em 1559. Fez os últimos votos na Baía, no dia 3 de Maio de 1568, recebendo-os o B. Inácio de Azevedo. Reitor da Baía (1562), Superior de Pernambuco (1563) e de Porto Seguro (1574). Homem de singular probidade. Faleceu na Baía em 1576.

1. *Carta que escreveu o Padre João de Melo para o Padre Gonçalo Vaz Preposito da Casa de S. Roque da Companhia de Jesus em Lisboa,* do Brasil, aos 13 de Setembro de 1560. (B. N. do Rio de Janeiro, "Cartas dos Padres", f. 98v). Em *Cartas Avulsas,* 250-253.

S. L., *História,* I, 62-63.

MELO, João de (2). *Poeta.* Nasceu a 24 de Novembro de 1685 no Recife. Filho de João Fernandes da Silva e Isabel Gomes de Figueiredo. Entrou na Companhia a 24 de Março de 1702. (B. Machado traz outra data). Fez a profissão solene na Baía, a 8 de Dezembro de 1735. Procurador das causas da Companhia e dos pobres. Faleceu na Baía a 3 de Julho de 1746.

1. *Glossa a Outava de Camoens,* da Ecloga 5.ª da 1.ª Parte das suas *Rimas,* que começa "A vós se dêm a quem junto se há dado". *Quatro décimas* e um *Romance* (joco-sério) ao mesmo assunto. Lisboa por Miguel Manescal da Costa, 1742, 4.º

Trata-se de um Aplauso ao Desembargador Inácio Dias Madeira, Ouvidor Geral da Baía.

A. S. I. R., *Bras.6,* 167v, 270, 382v; — *Bras.10(2),* 424; — *Lus.15,* 213; — B. Machado, II, 642; — Loreto Couto, II, 13; — Sommervogel, V, 878.

MENDES, Valentim. *Professor, Pregador e Cronista.* Nasceu a 21 de Fevereiro de 1689 no lugar de Pirguela (Cachoeira). Baía. Filho do Sargento mor António Mendes Falcão e Antónia da Silva. Estudou no Seminário de Belém da Cachoeira e entrou com 14 anos na Companhia de Jesus a 27 de Novembro de 1703. Fez a profissão solene no Rio de Janeiro a 24 de Fevereiro de 1722. Pregador e Professor de Letras Humanas, Filosofia e Teologia. O último Catálogo de 1757 menciona-o com o cargo único de "Chronologus Provinciæ". Faleceu na Baía a 16 de Setembro de 1759.

1. *Sermão na festividade das onze mil Virgens Padroeiras da America celebrada no Collegio dos Religiosos da Companhia de Jesus da Bahia metropoli do Brasil no dia 21 do mez de Outubro de 1732.* Lisboa, por Manuel Fernandes da Costa, 1734, 4.º

2. *Sermão do Principe dos Patriarcas Santo Elias, voltando a sua Imagem do Real Collegio da Companhia de Jesus da Cidade da*

Bahia, onde assistio oito mezes e treze dias por occasião de huma secca extraordinaria para o seu magnifico Convento do Carmello em publica Procissaõ, e pompa triunfal aos 18 de Julho de 1735. Offerecido ao Reverendissimo Padre Mestre Fr. Manoel Angelo de Almeida... Provincial do Carmo da Provincia da Bahia, e Pernambuco. Pregado na Igreja do Collegio da Companhia de Jesus pelo Muito Reverendo Padre Mestre Valentim Mendes, da mesma Companhia, Lente actual da Sagrada Theologia e Examinador Synodal do Arcebispado da Bahia. Dado ao prelo por um seu venerador. [Vinheta ornamental]. Lisboa Occidental, Na officina de Manoel Fernandes da Costa, Impressor do Santo Officio. Anno de M.DCCXXXV. Com todas as licenças necessarias. 4.º, VIII inums. e 28 nums. (Catálogo da Livraria Azevedo-Samodães (Porto 1922) 857).

3. *Sermaõ do Glorioso Patriarcha Santo Ignacio Fundador da Companhia de Jesus, pregado no Collegio da Bahia a 31 de Julho de 1735.* Lisboa, por Pedro Ferreira, 1737, 4.º

4. *Sermaõ de Nossa Senhora da Paz.* Lisboa, por Manoel Fernandes da Costa, 1738, 4.º

5. *Sermaõ de Nossa Senhora das Portas do Ceo, e todo o Bem, e collocação da sua Imagem na Igreja de S. Pedro da Bahia em 15 de Agosto de 1737.* Lisboa, por Manoel Fernandes da Costa, 1738, 4.º

6. *Sermaõ de Lagrimas na Triste Soledade da Mãy de Deos prégado na Igreja da Sé da Bahia a 4 de Abril de 1738.* Lisboa, por Manoel Fernandes da Costa, 1739, 4.º

7. *Sermaõ na festividade das onze mil Virgens Padroeiras da America, pregado no Real Collegio da Bahia em o anno de 1738.* Lisboa, por António Isidoro da Fonseca, 1740, 4.º

8. *Sermam do glorioso patriarca S.to Ignacio de Loyola, fundador da Companhia de Jesus; que pregou no Real Collegio da Bahia no anno de 1746 o M. R. P. M. Valentim Mendes, Lente actual da Cadeira de Prima na Sagrada Theologia, e Examinador Synodal neste Arcebispado. Cantando a sua primeira Missa nova José Pereira, formado em os Sagrados Canones na Universidade de Coimbra.* Dado à luz por hum affectuoso devoto da mesma Companhia. Lisboa, na off. de Antonio da Sylv.ª, M.DCC.XLVII, 4.º, X-30 pp.

9. *Dous sonetos em aplauso do Desembargador Ignacio Dias Madeira tomando posse de Ouvidor Geral do Crime em a Cidade da Bahia.* Lisboa, por Miguel Manescal da Costa. 1742, 4.º Numa colectânea de diversas composições sobre o mesmo assunto.

A. *Carta ao P. Geral Tamburini sobre a Missão que deram dois Padres da Companhia pelas terras do Rio de Janeiro, indo pela costa, até ao Rio Paraíba e Campos dos Goitacases.* 1721. (*Bras.10*, 233-234). — Cit. em S. L., *História*, VI, 90. *Lat.*

B. *Carta ao P. Geral*, do Rio de Janeiro, 21 de Outubro de 1724. (*Bras. 4*, 281-281v). — Há quatro anos que está no Rio. Ensinou Letras Humanas; designado para Professor de Filosofia, mas "amoeniora studia me rapit genium". Gostaria de escrever: Conciones, Parthenica, Poemata et Epigrammata, "De plantis, Fructibusque Brasiliae metrice conscribere", "de opificio sacchari, Tabaci, etc.". Pede licença para o fazer já, ou pelo menos depois de ensinar Filosofia. *Lat.*

C. *Carta a um Padre em Lisboa*, da Baía, 14 de Fevereiro de 1742. (Torre do Tombo, *Cartório dos Jesuítas*, maço 80). — Chegou de visitar a Costa do Sul; o seu irmão, há 20 anos nas Minas, teve patente de coronel; elogia o P. António Fernandes, do Engenho de S. Ana; e manifesta-se contrário ao P. Luiz da Rocha, do Engenho de Sergipe, ambos procuradores da Igreja de S. Antão de Lisboa. *Port.*

D. *Crónica da Província do Brasil.* "Chronicon Brasiliae diu intermissum diligenter prosequebatur, non tamen absolvit morte improvisa correptus". (S. L.).

Ignoramos o paradeiro desta *Crónica do Brasil*. Serviu-se dela Mirales, *Historia Militar do Brasil*, nos *Anais da B. N. do Rio de Janeiro*, XXII, 124, que a cita desta forma: "manuscrito do P. Valentim Mendes, § 10 e 11".

A. S. I. R., *Bras.6*, 97, 395; — *Lus.14*, 223; — B. Machado, III, 752; — Sommervogel, V, 883-884; — Fonseca, *Aditamentos*, 342; — S. L., *História*, I, 535.

MENDOÇA, José de. *Administrador*. Nasceu a 5 de Junho de 1686 no Recife. Entrou na Companhia, na Baía, a 28 de Outubro de 1702. Fez a profissão solene a 15 de Agosto de 1720. Ensinou Gramática 5 anos, mas passou a vida quase toda em cargos de governo. Reitor do Colégio do Maranhão e primeiro Vice-Provincial da nova Vice-Província (1727). Voltou à sua Província do Brasil, e foi Superior da Nova Colónia do Sacramento, onde prestou relevantes serviços, Reitor do Seminário de Belém da Cachoeira, e do Noviciado da Jiquitaia (2 vezes). Atingido pela perseguição geral e deportado em 1760 da Baía para Lisboa e Itália, faleceu em Roma neste mesmo ano, a 22 de Outubro.

A. *Carta ao P. Geral*, da Casa de Tapuitapera, 10 de Junho de 1723. (*Bras.26*, 229-229v). — Nomeado Reitor do Maranhão pede dispensa por falta de qualidades. *Lat.*

B. *Carta ao P. Procurador Geral do Brasil em Lisboa*, de Tapuitapera, 17 de Julho de 1724. (B. N. de Lisboa, fg. 4517, f. 82). — Várias notícias e encomendas. *Port.*

C. *Carta do Vice-Provincial do Maranhão, José de Mendoça ao P. Geral*, do Pará, 30 de Agosto de 1728. (*Bras.26*, 259-259v). — Pede licença para trocar dois lotes de terra para bem do Colégio e paz dos moradores. *Lat.*

D. *Certificado sobre a grave doença e bons procedimentos do Alferes João de Oliveira e Miranda, vindo de Pernambuco à frente duma companhia com todo o crédito e satisfação.* Colónia do Sacramento, 16 de Abril de 1738. (A. H. Col., *Pernambuco*, Avulsos, Capilha de 21 de Abril de 1750). *Port.*

Nos Catálogos aparece escrito Mendoça e Mendonça: elle assina Mendoça: ver S. L., *História*, IV, 230/231, autógrafo.

A. S. I. R., *Bras.27*, 39v; — *Apênd. ao Cat. Português*, de 1903.

MENDOÇA, Luiz de. *Administrador.* Nasceu a 7 de Novembro de 1684 no Recife. Entrou na Companhia na Baía a 20 de Novembro de 1700, a princípio com o nome de Luiz Fernandes. Fez a profissão solene no dia 15 de Agosto de 1720. Esteve algum tempo na Missão do Maranhão, onde foi Reitor do Colégio do Pará. Voltou à Província do Brasil, e nela ocupou o cargo de Superior da Paraíba e do Hospício de Aquiraz. Em 1745 era Padre Espiritual do Colégio do Recife e Prefeito da Congregação. Faleceu em Olinda a 14 (ou 13) de Julho de 1748.

A. *Carta do P. Luiz de Mendoça, Reitor do Colégio do Pará, ao P. Geral*, do Pará, 20 de Agosto de 1723. (*Bras.26*, 234-234v). O P. Geral prolongou-lhe o Reitorado: gostaria mais de obedecer do que mandar. Dá conta do Colégio: bom estado. *Lat.*

B. *Carta ao Procurador Geral em Lisboa*, do Maranhão, 7 de Setembro de 1724. (B. N. de Lisboa, fg. 4517, f. 393). — Assuntos de procuratura, encomendas, medicamentos, etc. *Port.*

C. *Carta ao P. Geral*, do Pará, 12 de Setembro de 1726. (*Bras.26*, 248). — Está doente e deseja passar a algum Colégio da Província do Brasil. *Lat.*

A. S. I. R., *Bras.10(2)*, 429; — *Bras.27*, 33v; — *Hist. Soc. 53*, 19.

MERCÚRIO, Leonardo. *Professor e Capelão Militar.* Nasceu cerca de 1587 em Siracusa, na Sicília. Entrou na Companhia em Messina e embarcou em Lisboa para o Brasil em 1620, onde fez a profissão solene a 1 de Janeiro de 1625, no Colégio de Olinda, recebendo-a o P. Reitor Manuel do Couto. Professor de Humanidades e de Teologia e Mestre de Noviços. Era Vice-Reitor do Colégio de Olinda ao dar-se a invasão holandesa de 1630, durante a qual se portou com heroísmo. Cativo no Arraial do Bom Jesus em 1635 e desterrado para Cartagena de Índias (Colômbia), conseguiu ir a Lisboa para retomar o caminho do Brasil, como retomou, falecendo durante a viagem a 18 de Agosto de 1637.

1. *Carta ao P. Geral Vitelleschi sobre a tomada do Arraial do Bom Jesus de Pernambuco, e desterro seu e de seus companheiros para as Índias de Castela até chegarem a Espanha.* Sevilha, 24 de Novembro de 1636. (*Lus.74*, 273-274). Em S. L., *História*, V, 354-358. Port.

A. S. I. R., *Bras.5*, 135; — *Lus.4*, 233; — S. L., *História*, V, 358.

MESQUITA, Luiz de. *Asceta.* Nasceu cerca de 1547 em Valdigem, Bispado de Lamego. Entrou na Companhia, com 18 anos, em 1565. Embarcou para o Brasil em 1574. Ficou Mestre de Noviços, sucumbindo poucos meses depois a uma febre ética, que apanhou na travessia do mar. Faleceu na Baía a 1 de Novembro de 1574.

1. *Votos que acrescentou aos votos da Companhia,* 1 de Julho de 1571. Transcrevem-se em *Historia de la fund. del Collegio de la Baya,* nos *Anais da B. N. do Rio de Janeiro,* XIX, 107. Lat.

A. *Dialogo mui devoto em que o Anjo da Guarda ensina a um da Companhia a perfeição que ha de ter para ser verdadeiro filho dela.* Ib.

A. S. I. R., *Bras.5*, 10v; — S. L., *História,* II, 396, 605.

MISCH, Gaspar. *Missionário da Amazónia.* Nasceu em 27 de Setembro de 1626 na cidade de Luxemburgo, "de pais muito honrados e muito ricos". Estudou Filosofia parte em Colónia, parte em Mogúncia. Concluído o curso, entrou na Companhia em Tréveris, a 24 de Agosto de 1646. Pediu as missões da América e embarcou de Lisboa para o Maranhão em 1660. Humanista, "excelente poeta", professo e capaz de ensinar. Mas empregou os seus 37 anos de vida missionária com os Índios do Pará e Rio Amazonas, nas Aldeias e entradas diversas. Humilde, "probatæ virtutis" e estimado de todos. Faleceu em 24 de Abril de 1697 no Colégio do Pará.

A. *Litteræ P. Gasparis Misch,* ex Parã in America ad Flumen Amazonum, 28 Julii 1662. (Bibl. Real de Bruxelas, cód. 6828-69, p. 421-432). — Dá conta do seu embarque de Lisboa para a Missão em 1660, do que viu e passou, e dos primeiros passos no novo campo da sua actividade. Narrativa desenvolvida. Cit. em S. L., *História*, III, 358; IV, 339. *Lat.*

B. *Litteræ R.^{do} P. Godefrido Otterstedt, Societatis Jesu Prouinciæ Rheni inferioris Provinciali*, ex Parâ, 29 Julii 1665. (Bibl. R. de Bruxelas, cód. 6828-69, p. 441-444). — Estado da missão; expedição aos Aruaquises; outras notícias. Cit. em S. L., *História*, III, 382. *Lat.*

C. *Litteræ*, ex Parà, 31 Julii 1665. (Bibl. R. de Bruxelas, cód. 6828-69, p. 445-446). [Carta a um Padre ou Reitor dum Colégio, ao que parece, da sua terra. No fim: "Salutem toto Collegio et matri meae. Quid agit P. Joannes? Quid D. Nicolaus?"]. — Trata da sua correspondência epistolar, da deposição do Visitador Jacinto de Magistris na Baía; e da sua vida missionária. Cit. em S. L., *História*, IV, 153. *Lat.*

D. *Certidão do P. Gaspar Misch a favor do Capitão de Campo António da França*, na Aldeia do Paraguaú, 14 de Maio de 1673. (Bibl. da Ajuda, cód. 50-V-37, f. 407; Cf. *Ib.*, f. 408). — Diz que o Capitão não tem culpa no caso do Alferes reformado Rafael Pires, morto a facadas por Jacinto da Costa; e que numa grande briga que houve nesta Aldeia em que logo saíram feridas 7 a 8 pessoas, ele, missionário, com o capitão França, a acalmaram, evitando grande mortandade. Autógrafo. *Port.*

<small>Bett., *Crónica*, 640-643; — Huonder, 159; — S. L., *Novas Cartas*, 295.</small>

MOIO, Fábio. *Missionário*. Nasceu por 1591 em Nápoles. Entrou na Companhia em 1606. Em 1619 embarcou de Lisboa para o Brasil. Fez a profissão solene em 1624. Ensinou Letras Humanas 3 anos e outros tantos foi Superior de Ilhéus. Em 1631 residia em Vitória, no Espírito Santo. Passou depois ao Paraguai.

A. *Relatione d'una missione fatta nel Brasile dalli PP. Matteo d'Aguiar et Fabio Moio nella Capitania di Porto Sicuro per ordine del P. Provinciale Simone Pignero alli 15 del mese di Marzo del 1620*. (*Bras.8*, 302-305v). Sem assinatura, mas é do P. Moio, diz o Provincial Simão Pinheiro. (*Bras.8*, 312). — Cit. em S. L., *História*, V, 228. *Ital.*

<small>A. S. I. R., *Bras.5*, 133v; — Franco, *Synopsis*, 227.</small>

MONIZ, Jerónimo. *Professor, Biógrafo e Moralista.* Nasceu a 3 de Junho de 1723 na Vila de S. Francisco, Baía. Entrou na Companhia a 28 de Setembro de 1737. Dotado de grande talento para as letras, fez os estudos com louvor e ensinou Humanidades e Filosofia e era este o seu cargo na Baía em 1757. Fez a profissão solene na Baía a 8 de Setembro de 1756. Colhido pela perseguição geral de 1759, saiu deportado da Baía para Lisboa e dali para a Itália. Esteve em Roma e Tívoli e ainda vivia em Pésaro em 1780.

1. *Epithalamium in nuptiis Joannis Ricci, et Faustinæ Parraciani Nobilium Romanorum,* Romae, 1778, 4.º. Saiu sem o nome do autor.

2. *Carmen de Sachari opificio a P. Prudentio Amaral expolivit, auxit et notis illustravit.* São as notas que acompanham a edição conhecida e divulgada (1781): por isto, e por o ter limado e acrescentado, o seu nome fica de ora avante unido a este *Carmen*.

3. *Compendium Vitæ P. Alexandri Gusmani,* publicado sem nome do autor na introdução (p. 1-36) ao *Compendium Perfectionis,* do P. Alexandre de Gusmão, Veneza 1783. Dá-se esta indicação como provável, com o fundamento de que o *Compendium Vitæ P. Alexandri Gusmani* do P. Jerónimo Moniz já estava escrito 3 anos antes, em 1780.

4. *Vita Patris Stanislai de Campos e Societatis Iesu in Brasiliensi Provincia Sacerdos.* Publ. na *Rev. do Inst. Histórico e Geogr. Bras.* e em separata. Tipog. Laemmert e Cia., Rio de Janeiro, 1889, 4.º, 107 pp., sem nome do autor. Acompanhada da tradução portuguesa feita por Tristão de Alencar Araripe.

A reprodução latina tem alguns erros, que o leitor entendido poderá corrigir; a tradução, essa, é sumamente defeituosa e a cada passo infiel. O nome do autor, P. Jerónimo Moniz, vem expresso no Catálogo *Scriptores Provinciæ Brasiliensis,* feito em vida do autor. (S. L.).

A. *Neo-Confessarius.* Opus morale pro novi Confessarii examine.

A. S. I. R., *Bras.*6, 260v; — *Lus.* 17, 234; — Sommervogel, V, 1217; — Rivière, n.º 4956; — *Jesuítas Portugueses em Itália em 1780* (ms.); — S. L., *História,* I, 537, n.º 42.

MONTEIRO, Domingos. *Missionário.* Nasceu cerca de 1567, na Cidade de Lisboa. Entrou na Companhia na Baía em 1582. Fez a profissão solene em Pernambuco no dia 6 de Julho de 1608. Exceptuando alguns anos em que ensinou Humanidades, consagrou a vida aos Índios, cuja língua geral sabia; aprendeu também algum tanto a aimorética. Foi Superior de Ilhéus e Visitador do Espírito Santo (1619). Vivia na Aldeia da Assunção (Camamu) em 1631, data do último Catálogo em que vem o seu nome. Deve ter falecido antes de 1641, data do Catálogo seguinte em que já não consta.

1. *Carta ao R.ᵈᵒ P. Symaõ Pinheiro da Companhia de Jesu Provincial do Brasil. Em ausencia ao R.ᵈᵒ P. Manuel Fernandes no Collegio da Bahia.* Desta Aldeia de Santo Inácio e dos Reis Magos, 26 de Julho de 1619. — Sobre os Índios Aimorés. (*Bras.8*, 268-269v). Em S. L., *História*, VI, 161-166.

<small>A. S. I. R., *Bras.5*, 22v, 1303; — *Lus.3*, 176.</small>

MONTEIRO, Jácome. *Administrador.* Nasceu cerca de 1574 na Lousã, Bispado de Coimbra. Entrou na Companhia com 17 anos de idade. Mestre em Artes. Ensinou Latim 7 anos e foi Mestre de Noviços. Acompanhou ao Brasil o Visitador Geral P. Manuel de Lima em 1607. Fez a profissão solene na Baía a 29 de Junho de 1608, recebendo-a o mesmo Visitador. Concluida a visita, com ele voltou a Portugal e já ocupava o cargo de Reitor do Colégio de S. Antão, em Lisboa, em 1614. Excelente humanista, dotado de espírito crítico e observador.

1. *Relação da Província do Brasil.* 1610. (*Vitæ 153*, 54-66v). — Relação não assinada. O Autor escrevia na Baía, antes de Abril de 1610, mês em que tencionava regressar a Portugal; e, assistindo a uma cerimónia de Índios a si mesmo se identifica, nesta frase meio tupi, meio portuguesa: "O Paí Jacomi xerapí do Paí Guaçu" (f. 63). — Averiguada assim a identidade, publica-se a importante *Relação* no fim deste mesmo Tomo VIII, em *Apêndice*.

A. *Carta do P. Jácome Monteiro ao P. Assistente em Roma sobre assuntos da visita do Brasil.* Escrita, hoje, 28 de Setembro de 1610. (*Bras.8*, 99-101v). — Não indica o lugar, mas já em Portugal. Na data o 2 parece riscado. Nela diz: "A informação do Brasil enviei a V.ª R.ª". Port.

B. *Algumas advertencias para a Provincia do Brasil.* [1610]. *Primeira Parte.* (Bibl. Vitt. Em., f. ges. 1255, n.º 38). — Documento não assinado, em duas partes. Atribuimos a primeira ao P. Jácome Monteiro, Secretário do Visitador Manuel de Lima (este excluído como autor pelo contexto); a segunda ao P. Domingos Coelho. (Cf. S. L., *História*, V, p. XXII). Port.

<small>A. S. I. R., *Lus.4*, 120; — *Lus.44*, 306v (Cat. de 1614).</small>

MORAIS, António de. *Administrador.* Nasceu cerca de 1682 em Guimarães. Entrou na Companhia, com 16 anos, a 7 de Setembro de 1698. Fez a profissão solene na Baía, a 15 de Agosto de 1716, recebendo-a Mateus de Moura. Pregador regular e de notáveis dotes de governo. Superior de Porto

Seguro, da Paraíba, (1721), Reitor do Seminário de Belém da Cachoeira (1725), outra vez de Porto Seguro (1731), de S. Paulo, do Espírito Santo (1738), do Noviciado da Jiquitaia (1746) e do Colégio da Baía (1756), em cujo cargo o colheu a perseguição. Deportado para Lisboa em 1760 e de Lisboa para a Itália, foi um dos primeiros que faleceram no exílio, em Civitavecchia, a 13 de Agosto de 1760.

A. *Carta ao P. Geral Tamburini*, do Seminário de Belém [da Cachoeira], 8 de Agosto de 1726. (*Bras.4*, 336). — Informa sobre o estado da casa, professores, alunos (87), e falecimento do Ir. Pedro de Matos; doação de mil cruzados pelo Capitão do Rio de S. Francisco Atanásio de Cerqueira Brandão; e deseja que os mestres da 1.ª classe em vez de Irmãos Filósofos sejam Padres, para conciliarem mais o respeito dos alunos e coadjuvarem melhor o Reitor na obra da sua educação. *Lat.*

A. S. I. R., *Lus.13*, 388; — S. L., *História*, V, 87, 585.

MORAIS, Francisco de. *Missionário e Sertanista.* Nasceu cerca de 1601 em S. Paulo. Filho de Fernão Dias Pais e Catarina Camacho. Entrou na Companhia na Baía em 1621. Estudou quanto bastava para se ordenar de Sacerdote; e a 29 de Maio de 1639 fez os últimos votos no Rio de Janeiro, recebendo-os o P. Francisco Carneiro. Foi companheiro de estudos do P. António Vieira, que o desejou para o Maranhão e Pará por saber a língua tupi com perfeição e pelos grandes dotes de sertanista, que demonstrou com as suas entradas aos Patos ou Carijós do Sul e aos Gesseraçus do Rio Paraíba do Sul. Esteve na guerra de Pernambuco, trabalhou nas Aldeias e em 1662 foi Reitor do Colégio da sua terra natal, S. Paulo, onde faleceu em 1681.

1. *Certidão, por ordem do P. Reitor do Colégio de S. Paulo, Lourenço Craveiro sobre a natureza e proveniência dos Índios das Aldeias de S. Miguel e Itaquaquecetuba*, 25 de Junho de 1674. Em. M. E. de Azevedo Marques, *Apontamentos Historicos, Geographicos, Biographicos, Estatisticos e Noticiosos da Provincia de S. Paulo*, I (Rio de Janeiro 1879) 204.

A. *Carta ao P. Geral Caraffa*, 2 de Julho de 1646. (*Bras. 3 (1)*, 247). Sem indicação de lugar. (O Catálogo traz neste ano o P. Francisco de Morais, Superior da Aldeia de S. Barnabé, Rio de Janeiro). — Diz que já tinha ido três vezes à Missão dos Patos: com o P. Francisco Carneiro; com o P. Inácio de Sequeira; e levando como companheiro o P. Francisco Banha. O Capitão António Amaro Leitão vai povoar aquelas partes, pediu dois da Companhia, prometeram-lhos: que o P. Geral faça que o prometido se cumpra. *Port.*

B. *Proposta do P. Francisco de Moraes ao P. Simão de Vasconcellos Reitor do Collegio do Rio de Janeiro para os Missionarios largarem as Aldeias do Rio*, 25 de Julho de 1646. (*Bras.3(1)*, 256-257). — Resumo e excerptos em S. L., *História*, VI, 97-98. Port.

C. *Carta ao P. Geral Caraffa, sobre Santa Catarina e os Índios dos Patos e Gesseraçus* [*de Nhityroaybá*], 18 de Janeiro de 1649. (*Bras.3(1)*, 271-271v). — Cit. em S. L., *História*, VI, 126; excerpto, ib., 465-466. Port.

<small>A. S. I. R., *Bras.5*, 134v; — *Lus.21*, 50; — Bibl. Vitt. Em., f. ges. 3492/1363, n.º 6.</small>

MORAIS, José de. *Missionário e Historiador*. Nasceu a 1 de Dezembro de 1708 em Lisboa; e na mesma cidade entrou na Companhia a 19 de Março de 1727. Embarcou no ano seguinte para o Maranhão, em cujo Colégio se formou e onde fez a profissão solene no dia 8 de Setembro de 1744. Pregador teve a seu cargo a 10 de Outubro de 1757, no Pará, o sermão solene no pontifical de S. Francisco de Borja, recentemente declarado protector do Reino e seus Domínios; Missionário das Aldeias; Teólogo de El-Rei para examinar se os cativos de guerra o tinham sido legìtimamente ou não; e declarou que a escravidão dalguns só proveio da desgraça de os terem encontrado Paulistas no seu caminho. Nos pródromos da perseguição geral e sequestro das Aldeias e Fazendas, fez, ao tratar-se de Curuçá (Pará), as ressalvas que lhe facultava a Lei, pretexto para a deportação, que padeceu em Março de 1759. Era então Cronista da Vice-Província do Maranhão e Pará. Em Portugal passou por mais de uma casa, a última das quais, onde ficou recluso, foi um "*mosteiro perto de Belém*" (Lisboa). Ao restaurarem-se as liberdades cívicas portuguesas, em 1777, recuperou a própria. Usava já o nome completo de família, José Xavier de Morais da Fonseca Pinto. Tinha 69 anos de idade. Não vimos a data da sua morte.

1. *Historia da Companhia de Jesu da Provincia do Maranham e Pará, que ás Reaes Cinzas da Fidelissima Rainha e Senhora Nossa D. Marianna d'Austria, offerece seo Author o P. Joze de Moraes, filho da mesma Provincia, anno de 1759*. (Bibl. de Évora, cód. CXV/1-27, fol., 771 pp.). Foi publicada com o título de *Historia da Companhia de Jesus na extincta provincia do Maranhão e Pará pelo Padre José de Moraes da mesma Companhia*. 8.º, 554 pp. E constitui o *Tomo Primeiro de Memorias para o Extincto Estado do Maranhão cujo territorio compreende hoje as Provincias do Maranhão, Piauhy, Grão-Pará e Amazonas colligidas e annotadas por Candido Mendes de Almeida*. Rio de Janeiro. Typ. do Commercio, de Brito & Braga, Travessa do Ouvidor, n.º 17, 1860. Com uma introdução *Ao Publico*, do editor (XII pp.).

A dedicatória à falecida Rainha é datada "Do Collegio do Pará, Julho de 1759". Segue-se a oferta: *"Senhora"* (pp. 1-3) e o *"Prólogo* (pp. 5-9), e na pág. 11, o título *Historia da Vice-Provincia do Maranhão e Pará*, Livro I, Da Capitania do Maranhão.

Este livro destinava-se a comemorar a elevação da Vice-Província a Província, que se teria efectuado se não sobreviesse a perseguição. Por isso se datou de *Julho*, para o qual ainda faltavam quatro meses, quando o Autor foi exilado do Pará. Em nova edição deve-se restabelecer o título verdadeiro, expungindo dele a palavra *extincta*, inserta pelo editor no século XIX, mas sem sentido referida ao ano de 1759, em que foi datada a *História*.

José de Morais utilizou-se dos papéis destinados a outro Padre nomeado cronista antes dele, que não chegou a pôr mãos à obra (p. 7). Não declara quem fosse, mas pela circunstância de ter sido exilado do Pará para Portugal, e pelo que depois escreveu, parece tratar-se de João Daniel; e utilizou-se também dos manuscritos que para o mesmo efeito organizou o P. Bento da Fonseca, que no fim do Cap. 23 do seu *Maranhão Conquistado a Jesus Cristo e Coroa de Portugal*, escreveu: "The aqui mandei para o Maranhão ao P.e Joze de Moraes para a compozição da sua Chronica". (Ver *Fonseca*, Bento da). Também se serviu e transcreveu à letra muitas páginas dos *Apontamentos para a Chronica da Missão da Companhia de Jesus no Estado do Maranhão*, B. N. de Lisboa, fg. 4516, de que ficou notícia no verbete consagrado a Bento da Fonseca, ao qual o P. José de Morais, com correcção digna de ambos, presta esta homenagem, no fim da *História* (p. 548): "confessando ingenuamente devermos as notícias de todos estes rios [do Amazonas] ao grande cuidado e indagação do nosso sempre louvável P. Bento da Fonseca, Procurador Geral em Côrte da Vice-Provincia do Maranhão".

É a primeira edição. Não se pode considerar como tal (por desfigurada) a que A. J. de Melo Morais publicou e anda inserta na *Corografia*, III (Rio de Janeiro 1859); porque destruiu a organização da *História*, suprimiu a menção de livros e capítulos, e publicou parte no texto, como coisa própria, parte em nota, de mistura com outros autores, com mudanças de palavras e cortes, tudo sem o menor aviso.

A *História* do P. José de Morais é a *Primeira Parte*, di-lo ele; a *Segunda* foi impedida pela catástrofe, que o privou da liberdade. O que nos legou é livro bem ordenado, escrito no melhor estilo da época, e com muitas notícias que em vão se buscariam em escritores precedentes.

A. Carta do P. José de Morais ao P. Geral, do Pará, 22 de Novembro de 1756. (*Lus.90*, 101v-102). — Os Superiores tornam-se mais humanos para captar a benevolência do Bispo, Governador e outros ministros, nestes tempos em que é preciso beijar a mão que esbofeteia. Lat.

A. S. I. R., *Bras.27*, 165v; — Domingos António, *Collecção*, 104-105; — Inocêncio-Brito Aranha, XIII, 146-147; — Sommervogel, V, 1278; — Rivière, n.º 1748; — Streit, III, 587; — S. L., *História*, IV, 322-325, 363.

MOREIRA, António. *Professor e Missionário.* Nasceu a 28 de Maio de 1710 em Lisboa (freguesia de Santa Cruz do Castelo). Filho do Físico mor do Algarve Jerónimo Moreira de Carvalho e de Rosa Maria. Entrou na Companhia em 19 de Fevereiro de 1728. Embarcou de Lisboa para as Missões do Maranhão e do Pará no mesmo ano. Fez a profissão solene no Maranhão, a 15 de Agosto de 1745. Missionário do Rio Tapajós, Professor de Filosofia e de Prima de Teologia no mesmo Colégio. Envolvido numa intriga da perseguição nascente, foi desterrado do Pará para o Reino em 1757, confinado em Sanfins do Minho, e encerrado depois no Forte de Almeida, onde faleceu a 1 de Maio de 1761 (ou 1760).

1. *Syllabus Personarum V. Prov. Maragnonensis ab anno 1756.* Em António Ferrão, *O Marquês de Pombal e a Expulsão dos Jesuítas* (Coimbra 1932) 369-373.

2. *Rascunho de uma carta que não chegou a mandar ao Cardeal Saldanha.* De Braga, 4 de Novembro de 1759. (*Ib.*, 294-296). Nela refutava as calúnias de que era alvo e pedia as demissórias.

Carta escrita nalgum momento de depressão moral, logo se arrependeu dela; mas depois de preso em Almeida, foi-lhe tirado o rascunho pelo carcereiro: "O regular António Moreira trazia oculta uma carta fechada para o Emin.º Cardeal Patriarca que dando-se-lhe com ela na busca, fez as maiores instâncias e rogativas, para que se lha deixasse queimar ou rasgar, dizendo que já não queria usar dela, e que como era sua e estava em sua mão a não devia entregar; o que não obstante se lhe tirou e se me entregou fechada; eu a abri"... — comunica o abusivo oficial da guarda, de Almeida, 27 de Novembro de 1759 ao Secretário de Estado. (*Ib.*, 293).

A. *Carta ao P. Geral*, da Residência de S. Fins, 11 de Maio de 1758. (*Lus. 87*, 12-12v). — Do ódio contra a Companhia do Governador do Pará e do seu irmão secretário, e ainda mais do Bispo do Pará. Acusam-no a si de conspirar contra a lei que tirou o governo temporal das Aldeias, de que o não acusa a consciência; manda esta carta e as do Visitador Francisco de Toledo, por Espanha, por meio do Reitor do Colégio de Pontevedra. *Lat.*

B. *Risposta a capi della lettera pastorale promulgata in Lisbona il 15. Maggio 1758.* (*Lus. 87*, 221-230; outro exemplar, *Lus. 87*, 243-252, com o nome do Autor).

"O P. António Moreira, meu companheiro de cativeiro em S. Fins, testemunha que fôra deste suposto comércio na América, escreveu uma enérgica refutação, que mais tarde remeteu ao Papa Clemente XIII". (*Diário do P. Eckart*, 32).

A. S. I. R., *Lus.16*, 184; — Carayon, IX. 249; — Eckart, nos *Anais da B. N do Rio de Janeiro*, LXIV (1944) 224; — Domingos António, *Collecção*, 74-82; — S. L., *História*, IV, 363.

MOTA, Manuel da. *Missionário.* Nasceu a 28 de Setembro de 1685 em Cabril, Abragão (Penafiel). Entrou na Companhia na Baía a 27 de Outubro de 1703. Em 1706 foi para Coimbra estudar e aí se ordenou, passando para as missões do Maranhão e Pará em 1712. Fez a profissão solene e foi grande missionário por espaço de 15 anos durante os quais realizou uma entrada ao Rio Tocantins com o P. Jerónimo da Gama. Em 1726 residia em Abacaxis (Rio Madeira e Alto Amazonas). Ocupou o cargo de Superior da Casa de Tapuitapera (Alcântara) e faleceu em Curuçá (Pará) a 25 de Dezembro de 1747.

A. *Carta do P. Manuel da Mota ao M.^{to} R.^{do} P.^{e} Procurador Geral,* de Abacaxis, 24 de Janeiro de 1726. (B. N. de Lisboa, fg. 4518, f. 24-25). — Assuntos da missão. Está adoentado; carta alheia, mas a assinatura parece autógrafa. *Port.*

B. *Carta do P. Superior Manuel da Mota, ao P. Geral,* da Casa de Tapuitapera 14, de Agosto de 1729. (*Bras.26,* 262-262v). — Sobre o estado da Casa; P. Malagrida; favor público, que dantes não havia. *Lat.*

Breve relação da entrada, que o R. P. Manoel da Motta, da Companhia de Jesus, fez pelos rios Tocantins e Taquanhunes na era de 1721 para 1722, successos que teve, gentes que desceo, e deixou praticadas, as quais foram ao depois glorioso enprego dos trabalhos, que com essas padeceo o R. P. Missionario Marcos Antonio Arnolfini. (Bibl. de Évora, cód. CXV/2-11, f. 332-345). Relação, sem assinatura, datada de Abacaxis, 20 de Maio de 1727.

O autor dela, que pelo corte da letra e ortografia, é estrangeiro, diz que se serviu dos *Apontamentos* e informações verbais do P. Mota. (Rivara, I, 29). Nos Catálogos do Maranhão há salto de 1724 para 1730, por onde não nos foi dado averiguar quem fosse o Missionário dos Abacaxis em 1727. Arnolfini fica excluido pelo próprio título da "Breve Relação".

Cinco Cartas do P. Geral para o P. Manuel da Mota (1732-1739), *Bras.25,* 53v, 57, 71, 84v, 88v.

A. S. I. R., *Bras.27,* 39v; — *Livro dos Óbitos,* 34v; — Sommervogel, V, 1339, e *Apênd.* p. VIII; — S. L., *História,* III, 344.

MOURA, Mateus de. *Professor, Pregador e Administrador.* Nasceu por 1639 em Abrantes (em latim, *Tubuci*). Filho de João Pires e Inês de Moura. Entrou na Companhia em Évora, com 14 anos, no dia 23 de Fevereiro de 1653. Ensinou Letras Humanas e passou ao Brasil em 1664. Fez a profissão solene a 2 de Fevereiro de 1672. Pregador e Professor de Filosofia no Rio de Janeiro e de Teologia na Baía. Reitor dos Colégios do Rio de Janeiro (1688) e da Baía (1716), companheiro de dois Provinciais e Provincial (1709). Durante o Reitorado do Rio de Janeiro construiu a Capela da Enfermaria, que consagrou a Nossa Senhora; a esta devoção unia a do Senhor Morto, cujo culto promoveu no Colégio da Baía. Homem de piedade e penitência. Sendo Provincial promoveu por toda a parte as missões rurais e suburbanas. Faleceu na Baía, com 89 anos de idade, a 29 de Agosto de 1728.

1. *Exhortações Panegyricas e Moraes... offerecidas á Puríssima Conceiçaõ da Virgem Maria Senhora Nossa.* Lisboa Occidental, na offic. de Antonio Pedrozo Galram. Anno de 1719, 8.º, 428 pp. em duas colunas.

A. *Carta ao P. Geral*, da Baía, 12 de Julho de 1679. (Gesù, *Cens. Libr. 671*, f. 562). — Com o seu parecer favoravel à impressão do Livro de Alexandre de Gusmão, *Historia do Predestinado Peregrino e seu Irmam Precito.*

B. *Carta ao P. Geral Noyelle*, do Rio de Janeiro, 25 de Junho de 1684. (*Bras.3(2)*, 176-176v). — Informações sobre diversos Padres: Jacobo Roland, que vai para Ilha de S. Tomé; Barnabé Soares; e Jacobo Cocleo, Reitor que não satisfaz. *Lat.*

C. *Carta ao P. Geral*, do Rio de Janeiro, 15 de Julho de 1684. (*Bras.3(2)*, 177). — O Provincial António de Oliveira satisfaz. *Lat.*

D. *Carta do Reitor Mateus de Moura ao P. Geral*, do Colégio do Rio de Janeiro, 10 de Junho de 1690. (*Bras. 3 (2)*, 279). — Zelo do P. João de Araújo com os escravos negros; flutuações do Bispo; negócios. *Lat.*

E. *Carta do P. Mateus de Moura a El Rei sobre ter colocado na Aldeia de S. Lourenço os cinco Índios motores da Guerra do Rio Grande em Pernambuco, e lá estão com o salário e farda que S. Majestade lhes mandou dar*, do Colégio do Rio de Janeiro, 29 de Maio de 1691. (A. H. Col., *Rio de Janeiro*, Apensos, 29. V. 1691).

F. *Carta ao P. Geral Tirso González*, da Baía, 17 de Março de 1704. (*Bras.4*, 98). — Carta consultória: o que nota de bom e de menos bom na Província. *Lat.*

G. *Carta ao P. Geral*, da Baía, 20 de Janeiro de 1706. (*Bras.4*, 113-113v). — Consultória da Província: o que há de bom e menos bom nela; louva o P. João Pereira. *Lat.*

H. *Carta ao P. Geral*, da Baía, 16 de Agosto de 1709. (*Bras.10*, 66-71). — Missões deste ano. *Lat.*

I. *Carta do Provincial Mateus de Moura ao P. Geral Tamburini*, da Baía, 20 de Agosto de 1709. (*Bras. 4*, 157-157 v). — Manda uma relação das coisas da Província, boas, e menos boas. (A relação não está aqui). *Lat.*

J. *Carta ao P. Geral Tamburini,* da Baía, 20 de Setembro de 1711. (*Bras.4,* 167-167v). — Esperanças e dificuldades de várias fundações; Paranaguá, Ilha Grande, S. Paulo, Belém da Cachoeira e Noviciado da Jiquitaia. *Lat.*

K. *Carta ao P. Geral,* da Baía, 21 de Setembro de 1711. (*Bras.4,* 168). — Acabou a segunda visita dos Colégios do Sul, onde promoveu as missões; os Franceses e os Piratas impedem a visita; por meio do Assistente da França mandou pedir um salvo conduto para a fragata da Companhia, que não é mercante; se o Rei de França o negar, a visita far-se-á por meio de Visitadores locais, como no tempo dos Holandeses, para evitar insultos. *Lat.*

L. *Carta ao P. Geral,* da Baía, 21 de Setembro de 1711. (*Bras.4,* 169-169v). — Responde a cartas que recebeu do Geral de 1708 a 1710 ao todo 21, sobre assuntos correntes, profissões, ensino, missões; e que o Decano ou Prefeito Geral dos Estudos seguirá daí em diante os usos do Chanceler da Universidade de Évora, etc. *Lat.*

M. *Carta ao P. Geral,* da Baía, 21 de Setembro de 1711. (*Bras.4,* 171-172). — Informações das coisas espirituais nos diversos Colégios da Província. *Lat.*

N. *Carta ao P. Geral,* [da Baía, 22 de Setembro de 1711]. (*Bras.4,* 173-174). — Remete a relação do que doou Domingos Afonso Sertão e consequências emergentes para o Colégio e Noviciado. *Port.*

O. *Resposta a hum papel do P. Reytor sobre o novo Noviciado.* (*Lus.76,* 261-262). *Port.*

P. *Carta ao P. Geral sobre a doação de Domingos Afonso Sertão e que as dívidas deixadas por ele se devem pagar primeiro que os legados,* Baía, 22 de Setembro de 1711. (*Bras.4,* 175). — Além do Provincial Mateus de Moura, assinam quatro Mestres Teólogos: Gaspar Borges, Luiz Carvalho, Francisco Camelo e João de Mariz. *Lat.*

Q. *Carta ao P. Geral,* da Baía, 31 de Dezembro de 1711. (*Bras.10,* 76-80). — Trabalhos e Missões dos Padres do Brasil. — Excerpto sobre a "Guerra civil entre Olindenses e Recifenses" em S. L., *História,* V, 454; cit., *ib.,* 548, VI, 46. *Lat.*

R. *Carta ao P. Geral*, da Baía, Junho de 1712. (Gesù, Colleg. 1373). — Envia o "Treslado da Escritura da fundação e dote que faz o Coronel da Cavallaria Antonio de Aragaõ de Menezes, e sua molher Donna Maria de Menezes ao Seminario de Betlem de vinte mil cruzados". (Anexo à carta).

S. *Carta do Provincial Mateus de Moura ao P. Geral*, da Baía, 17 de Setembro de 1713. (Bras.4, 182v). — Trabalhos em Paranaguá, Maranhão, Ibiapaba, Apodi; com negros, etc. Excerpto sobre Paranaguá em S. L., *História*, VI, 444. Lat.

T. *Carta do P. Reitor ao P. Geral Tamburini*, da Baía, 20 de Agosto de 1717. (Bras.4, 196-196v). — Mau estado económico do Colégio da Baía; remédio: ou mandar estudantes para o Colégio do Rio de Janeiro ou que o do Rio ajude a pagar a formação deles no da Baía. Lat.

U. *Carta ao P. Geral*, s. l., 1717. (Bras.4, 197-198v). — Informação geral com notas particularizadas de diversas Casas e Colégios e sobre a ida do Procurador a Roma. Lat.

V. *Rationes pro non mittendo substituto Romam*. (Gesù, 721). Lat.

X. *Carta do Reitor da Baía Mateus de Moura ao P. Geral Tamburini*, da Baía, 26 de Setembro de 1719. (Bras.4, 201-201v). — Agradece o ter aprovado a liberdade que deu a uma escrava; doença do P. Estêvão Gandolfi, que não pode governar a Província e nomeou Visitador o P. Manuel Dias; foram hóspedes do Colégio dois procuradores do Oriente, o P. António de Guizenrode e o P. Brandolini; urge-se a prática dos Exercícios Espirituais com a gente de fora (clérigos e religiosas). Lat.

Consulta, de 10 de Outubro de 1691, do Conselho Ultramarino, sobre uma petição do P. Mateus de Moura, Reitor do Colégio do Rio de Janeiro, sobre uma assuada que fizeram Martim Correia Vasqueanes e José de Barcelos Machado nos campos de Aitacases. (A. H. Col., *Rio de Janeiro*, 1779). — Não está a petição do P. Mateus de Moura, mas foi reproduzida na Carta Régia de 28 de Outubro de 1692, publ. em Lamego, *A Terra Goitacá*, I (Bruxelas 1913) 168-169. Cf. S. L., *História*, VI, 86; Lamego, *Martim Correia Vasqueanes primeiro Governador de Campos* em *Brasil Açucareiro*, XXXII (Rio 1948) 365. Este Martim Correia Vasqueanes não se deve confundir com o seu primo Mestre de Campo Martim Correia Vasques.

A. S. I. R., *Bras.6*, 37; — *Bras.10(2)*, 307; — B. Machado, III, 442; — Inocêncio-Brito Aranha, XVII, 12-13; — Sommervogel, V, 1342; — S. L., *História*, I, 534; V, 581.

MOURA, Pedro de. *Professor e Administrador.* Nasceu cerca de 1585 em Alpalhão (Diocese de Portalegre). Entrou na Companhia com 22 anos de idade. Leu Latim 3 anos, um Curso de Artes, e Teologia 14 anos. Reitor do Colégio da Purificação, Chanceler e Reitor da Universidade de Évora, Visitador do Algarve, Admonitor em Évora e Coimbra, e Visitador do Brasil em 1639--1640, cargo em que o colheu a tormenta dos motins de 1640. Voltando a Portugal, ocupou o de Vice-Provincial da nova Província do Alentejo, de que fora um dos promotores. E desempenhou os seus numerosos ofícios — diz Franco — "egregie, sapiens æque ac religiosus". Faleceu em Évora a 27 de Dezembro de 1654.

1. *Carta do Visitador Pedro de Moura ao P. Geral Vitelleschi em que narra o motim do Rio de Janeiro com a publicação do Breve de Urbano VIII, de 22 Abril de 1639, sobre a liberdade dos Índios da América*, do Rio de Janeiro, 25 de Junho de 1640. (*Bras.3(1)*, 210-211v). Em S. L., *História*, VI, 32-39. *Port*.

A. *Copia de huã do P.ᵉ Pero de Moura aserca da morte do P.ᵉ Diogo Monteiro.* (*Lus.58(1)*, 155). *Port*.

B. *Consulta do Conselho da Fazenda, de 22 de Agosto de 1639, sobre a Petição do P. Pero de Moura, da Companhia de Jesus, para que lhe seja dado o subsídio que era costume dar-se aos Religiosos que iam para o Brasil, para si e para dois companheiros.* (A. H. Col., Cat. Impresso, VI, p. 21, doc. 187).

C. *Carta ao P. Geral Vitelleschi sobre a questão do Breve de Urbano VIII e a liberdade dos Índios e motins que provocou*, do Rio de Janeiro, 27 de Junho de 1640. (*Bras.3(1)*, 212-213v). *Port*.

D. *De malitia humanorum actuum*, 1 vol. in-f. (Bibl. de Évora, cód. CII/1-22). Cf. Rivara, IV, 32.

Dos seus cargos em Portugal, antes e depois da ida ao Brasil, há cartas de cujo inventário não fizemos pesquisas particulares. Francisco Rodrigues, *História*, III-1, cita uma de 17 de Fevereiro de 1643 (*Lus.81(2)*, 451v); e outra, de 30 de Julho de 1652 a El-Rei, na controvérsia então existente em Portugal sobre a criação da Província do Alentejo, *História*, III-2,38; B. N. de Lisboa, Col. Pomb., 476.

A. S. I. R., *Lus.44*, 541; — Franco *Synopsis*, 311.

Assinaturas Autógrafas

1. *Gabriel Malagrida.* Missionário dos Sertões e fundador de Seminários e Recolhimentos.
2. *Luiz Vincêncio Mamiani.* Autor do "Catecismo" e "Arte de Grammatica da Lingua Kiriri".
3. *José Mascarenhas.* Primeiro Professor de Filosofia de S. Paulo e Missionário de Minas Gerais.
4. *Valentim Mendes.* Pregador e Cronista.
5. *Jerónimo Moniz.* Biógrafo e Poeta.
6. *Domingos Monteiro.* Missionário dos Aimurés.
7. *Jácome Monteiro.* Autor da "Relação da Província do Brasil, 1610".
8. *Francisco de Morais.* Missionário sertanista de S. Paulo.
9. *José de Morais.* Autor da "Historia da Companhia de Jesus na Província do Maranhão e Pará".

APÊNDICE

VIDA CHRONOLOGICA
DE
S. IGNACIO DE LOYOLA,

Fundador da Companhia de JESUS,

OFFERECIDA

AO ILLUSTRISSIMO SENHOR ARCEBISPO DA BAHIA

DOM SEBASTIAÕ
MONTEYRO DA VIDE

PELO PADRE FRANCISCO DE MATTOS,
da mesma Companhia, & Provincia do Brasil.

LISBOA OCCIDENTAL,
Na Officina de PASCOAL DA SYLVA,
Impressor de Sua Magestade.

M. DCCXVIII.
Com todas as licenças necessarias.

Frontispício da "Vida Chronologica" do P. Francisco de Matos

A 1.ª vida do Fundador da Companhia de Jesus escrita em português. Edição cuidada com magníficas ilustrações.

Relação da Província do Brasil, 1610

(Do P. Jácome Monteiro)

Esta Relação, não assinada, mas escrita em 1610 pelo P. Jácome Monteiro, secretário do Visitador Manuel de Lima, completa relações precedentes, de assuntos semelhantes, como as de Fernão Cardim, igualmente secretário do Visitador Cristóvão de Gouveia. Redigiam-se quer ex officio, quer a rogos do Assistente em Roma ou dalgum Superior de Portugal.

Assinala-se esta pela preocupação das coisas concretas, buscando as razões delas e dos costumes dos Índios, com os quais, quando se lhe oferecia ocasião, se punha o P. Monteiro em contacto directo, como se observa nos ritos funerários dos Índios, a que assistiu. Com a particularidade, neste caso, de deixar aí os elementos positivos com que o identificamos como autor.

Dá-se à Relação a forma gráfica actual, por ser documento relativamente longo, e poupar ao leitor médio o embaraço de desdobrar abreviaturas antigas com que não está familiarizado e em que são fáceis os equívocos. Não tem faltado quem, vendo C.º, lesse Convento, quando tratando-se de Casas da Companhia se deve entender Colégio. E assim outros desdobramentos incorrectos, que entram a circular com prejuízo da exactidão. Como é da praxe, conserva-se o que toca à morfologia, pera, pola, etc.

O especialista de Etnografia sem esforço identificará os termos da sua competência. E o zoólogo ao achar entre os bugios, o nome de berequig, logo reconhecerá os macacos que, na linguagem moderna, se chamam burequins (Eriodes arachnoides e Eriodes hypoxanthus). Aparato crítico, útil, neste e noutros casos, mas com seu lugar marcado em monografias autónomas, não nesta secção documental.

Parte dos subtítulos são do P. Jácome Monteiro; parte abriram-se agora para apontar o itinerário da Relação, subindo do Sul para o Norte: estes vão entre cancelos.

É esta Província uma das maiores 4 partes do mundo. Está situada dous graus da parte do Sul e vai correndo 55 graus pera o Sudoeste até o Estreito de Magalhães; e assim parte dela cai debaixo da zona tórrida e parte da temperada. Com o Oceano se divide de Congo e Angola.

Pera a vida é este Brasil a melhor parte desta América, assim pola bondade dos mantimentos e ares como das águas. O ser tão sadia, como é, me parece nascer dos Nordestes, Lestes e Suestes, ventos mareiros, os quais cursam a mor parte do ano, cuja viração entra polas 10 horas, e continua até à meia noite em que de ordinário acalma, parece por respeito dos vapores que se levantam, gerados da espessura das árvores e vales apaulados; e estes comumente se resolvem em chuva e orvalho, e com a nascença do sol de improviso fica um céu mui claro e limpo. Está toda a terra coberta de um perpétuo arvoredo o qual nunca perde a folha, e posto que os naturais o achem gracioso, aos que nascemos no Reino serve mais de malenconia, por ser um verde mais escuro e espesso, que de prazer.

Tem muitas e mui grandes fontes das quais tomam princípio os rios mais caudelosos que vão regando esta costa, assim da parte do Norte como do Leste e Sueste até desembocarem no mar.

Entre estes Rios, o da Prata é mui famoso, que corre trinta e cinco graus da banda do Sul, e tem outras tantas léguas de boca. Principia-se em uma fermosa alagoa, rica de ouro, prata e pedraria. As ribeiras deste rio são povoadas de muitas cidades e vilas de gente Espanhola.

O 2.º é o de S. Francisco, que por uma boca não mais de meia légua do Norte pera o Sul, descarrega as águas no mar. Está talhado de muitas ilhas, é fundo sobre os mais, navega-se até 70 léguas, e daí por diante não, por respeito de uma cachoeira que terá de altura mais de 400 braças, da qual se lança com um medonho estrondo. Querem os naturais que tenha sua nascença na mesma lagoa donde rebenta o Rio da Prata.

50 léguas de distância, não menos famoso nas águas e corrente, está o Maranhão, o qual dentro de si recebe muitas ilhas, e na barra dizem ter uma, mui espaçosa e povoada de infinito gentio. Tem de boca 7 léguas, vai parar no oceano pera a banda do Norte, e por espaço de 50 léguas pelo Sertão acima recolhe a água salgada, e estas mesmas; é navegavel de quaisquer embarcações. Neste dizem se metem dous rios que vêm descendo do Sertão, por um dos quais entraram os Portugueses, quando foi do descobrimento, que fizeram o ano de 35 e navegaram por ele acima 250 léguas, e interromperam a navegação por ser o rio pouco fundo e incapaz das embarcações.

Há outro a que chamam o Rio das Almazonas, por elas o povoarem, como temos por certas relações. Terá 30 léguas de boca, talhado todo de várias ilhas frescas e aprazíveis. Tem seu nascimento na mesma alagoa que o Rio da Prata e S. Francisco. Por ele abaixo, do Peru, vieram navegando alguns Espanhóis 600 léguas, deixando outras tantas que ele fará em voltas, até virem cair no mar oceano.

Além destes tem outros sem conto com que se rega toda esta costa, aos quais se ajustam muitas e mui grandes baías, mui povoadas de pescado, e capazes de todo o género de embarcações. O comum das águas, assim dos rios como das fontes, é serem mui boas e mui sadias, e o mesmo é bebê-las que suá-las.

[Capitania de S. Paulo ou Piratininga]

Suposta esta generalidade, quero começar pola mais remontada parte deste Brasil, que é a Capitania de S. Paulo, ou *Piratininga*, por outro nome, que na linguagem brasílica, é o mesmo que peixe salgado.

Vizinha esta Capitania com o trópico de Capricórnio, por estar em 23 graus e meio. Nos ares, clima, águas, rios, fontes, campinas, me pareceu mui semelhante a Portugal. O sítio da povoação é sobre o teso de um pequeno monte, às raizes do qual se principiam grandes campos mui povoados de gado vacum e de cavalos e éguas, que vêm a ser tantas em número, que não têm preço; porque ao tempo que residimos naquelas partes se vendiam mui bons cavalos, cada qual por um chapeu ou meias calças, e as vacas andaram em almoeda, sem haver quem as quisesse aceitar, por três patacas, que era a dívida pela qual se rematavam.

Há também nestes campos muitas e mui gostosas perdizes, que querem arremedar as de Europa, na cor e cantar, mas diferem na grandeza e peito, que basta pera fartar qualquer bom comedor.

Dão as terras muito bom trigo quase sem nenhuma indústria, e há falta de moinhos que já se vão levando; e conforme aos rendimentos das searas daqui se pode prover de farinhas, a mor parte deste Estado, porque a terra é tão bem acondicionada que acode com cento por um.

Tem mais muitas e mui boas vinhas, com os outros fruitos do Reino, que só esta parte cria, por nela haver a mesma têmpera de ano que há em Europa, porque no Inverno se cobre de geada, neve, caramelo; e o Verão é bem temperado; as águas são muitas, assim de rios como de fontes sem conto, e as melhores que imaginar se podem.

Os moradores são pola maior parte Mamalucos e raros Portugueses; e mulheres há só uma, a que chamam Maria Castanha. São estes de terrível condição, o trajo seu, fora da povoação, é andarem como encartados, com gualteiras de rebuço, pés descalços, arcos e frechas, que são as suas armas ordinárias.

Nas serras desta povoação há as minas de ouro que descobriu Dom Francisco de Sousa que ora é Governador das partes do Sul, em que elas caem. As melhores e mais nomeadas se descobrem em uma alta serra, a que os Índios deram o nome, *Ibira Suiaba*, pau que chupa, e dela se tem tirado muito e mui fino ouro, por ser todo ele de 23 quilates e meio, e excelentíssimo pera dourar. Estas Minas, e ouro se tira junto às ribeiras de rios, outro nos mesmos rios e lagoas, outro na serra, a qual em partes é um monte de cristal, entre o qual se descobrem grandes grãos de ouro e algumas pedras de preço, que a natureza cria no meio do cristal. Também se acha ouro de beta, que ao modo de prata se tira por fundição, como outra espécie, que se acha nos ribeiros e regatos, miudo, como areia, a que chamam voador. E este é o do sumo rendimento, e que nunca pode faltar, como dizem os que entendem deste ministério.

Acham-se mais uns grãos dos quais vi algum de valia de 7 mil réis; e com estes me mostraram um prato grande cheio de outros mais miudos, o que tudo somaria três mil cruzados, que se tiraram, escolhendo-o dentre a terra que até o presente não usam de outra invenção para o colher. E o certo é que não há ribeiro que não leve suas areias de ouro; e serão estas minas de sumo rendimento se houver quem as saiba beneficiar.

Há mais nesta terra grandes minas de ferro, e montaram muito, por haver grande saca dele pera o Paraguai e mais partes do Peru.

É o Sertão desta Piratininga povoado de muitas e mui várias nações de gentio, dos quais são os *Moromomins*, e destes a menor parte se vieram à Igreja. No viver são mui semelhantes aos Aimurés, porque sua habitação não é certa, sustentam-se de caça, frutos do mato, não prantam mandioca, nem outro algum legume à guisa do mais gentio, dormem no chão sobre ramos ou ervas, falam com muita pressa, e na pronunciação vizinham muito com os Castelhanos e ainda nas feições. Têm muitos e mui vários jogos, os quais festejam em público terreiro, ganhando e perdendo arcos, frechas e qualquer outra cousa de que usam; e nisto são singulares, porque nenhum gentio põe preço a jogo algum. A linguagem de que usam é mui dificultosa: não há entendê-los. Valem-se os Nossos de intérpretes, e cedo Deus querendo o escusarão, porque temos um Padre por nome de Sebastião Gomes, que os vai entendendo com imenso trabalho e diligência que tem posto nesta empresa.

Além destes, temos notícia de outros a que chamam os *Bilreiros*, por trazerem nas mãos uns paus roliços a modo de bilros, com os quais guerreiam com tanta destreza, como com espingardas, e são tão certos no tiro que raramente erram, e com tal força despedem o pau que até os ossos moem com a pancada; usam mais em suas guerras de uns paus farpados, ao modo de arpão, e estes trazem presos por grandes cordeis, os quais arremessando-os aos contrários, os arpoam como peixes, e os trazem assim com tanta pressa, que o mesmo é arpoá-lo que levá-lo às costas pera comer; e naquela conjunção que estivemos em Piratininga tinha sucedido matarem eles uns poucos de brancos por esta arte.

Há outros a que chamam *Carijos*. Estes são mais domésticos e políticos, porque homens e mulheres trazem suas tipóias de algodão que são ao modo de aliarávia mourisca, têm suas casas em que vivem, prantam mandioca e legumes, têm boa aparência e graça exterior, e há entre eles alguns tão bem proporcionados como quaisquer dos Europeus. Alguns destes vieram para os Padres, e vêm descendo milhares deles, os quais foram buscar dous Padres, por ordem do P. Visitador.

Do mar a esta Vila haverá como 18 ou 20 léguas, a primeira das quais é por uma serra tanto a pique quanto o eu não sei escrever, e se não foram as raízes das árvores que servem de degraus aos caminhantes, não se puderam andar. Chama-se esta serra *Paranàpiacabá*, lugar donde se vê o mar; porque do alto dela se descobrem infinitos esteiros, talhados todos por entre mangues mui verdes, que são umas árvores que nelas nascem, multiplicam como silvas, os quais fazem uma vista mui aprazível e que mais parece artificial que natural.

[De Santos ao Rio de Janeiro]

Duas léguas ou 3 do pé desta serra, voltando pera o Norte, como irei em toda esta descrição, está a Capitania de Santos, povoação de até cem vizinhos, na qual temos uma Casa, em que de ordinário residem quatro e 6 dos Nossos. Foi esta Capitania mui florente, mas vai-se acabando, com também outra a ela vizinha, que chamam S. Vicente, na qual os Nossos tiveram uma Casa mui acomodada, que os Ingreses haverá 20 ou mais anos queimaram. Aqui determinou o P. Inácio de Azevedo, de santa memória, fundar um Colégio, por ser a terra de mui bons ares, águas, fresca, o qual não teve efeito por respeito do Rio de Janeiro, em que se fundou.

Nestas Capitanias não vi cousa notável, salvo a barra de Santos a que chamam Britioga, corrupto vocábulo, que o próprio é *Biritioca*, que na língua dos Brasis quer dizer Casa de Bugios. Está esta barra fechada com duas fortalezas, que a fazem mui defensável. Uma delas está já arruinada, e nesta estava situada uma ermida de Nossa Senhora, em a qual, estando o nosso santo Anchieta em oração de noite, se viu nela um grande resplendor e ouviu música de Anjos, como testemunharam pessoas que se acharam neste acontecimento.

Quatro léguas desta barra aparece a Ilha de S. Sebastião, junto à qual se faz uma larga enseada a que chamam Marambaia, a qual dentro em si, por espaço de 14 léguas, recolherá mais de 300 ilhas inhabitáveis, povoadas porém de muita caça, onças e outras alimárias bravas. Saindo desta Marambaia se levantam umas altas serranias de pedra viva, em as quais de rocha talhada se forma um passo, chamado *Caruçu*. Bota algum tanto pera o mar, pelo qual respeito fica tormentoso e dificultoso de passar. O P. Santo Joseph, quando queria explicar a dificuldade de algum negócio: "é mais trabalhoso de efectuar do que é o *Caruçu* de dobrar". Enfim é o Cabo de Boa Esperança deste Brasil. Nós o passamos em uma calada da manhã em uma canoa remada por 50 remeiros.

Nesta enseada de Marambaia esboca suas águas um rio mui fresco e fermoso, chamado na língua da terra, *Guandú açú*, o qual vem de muitas léguas do Sertão, abundante de pescaria, as ribeiras do qual andam cheias de muito gado vacum dos moradores do Rio de Janeiro. Não longe do *Caruçu* se vêem umas furnas cavadas do mar e em duras pedras, nas quais muitas pessoas viram as Nereidas ou homens marinhos, bem diferentes do que pintam os poetas, porque quem os viu mortos e mirrados, e alguns ainda palpitando nestas furnas fora de água, dizem não serem meios peixes, mas em tudo perfeitos homens, baços nas caras, e calvos, sem cabelo algum na cabeça, e as plantas dos pés largas ao modo de patos, mas com cinco dedos em cada um deles. Um temporal, que nos deu, nos tirou o vermos esta curiosidade, que, como cousa comua e de cada dia, não fazem preço dela os moradores destas partes.

Em uma ponta desta Marambaia pera a banda do Norte, se faz uma baía, de 6 ou 7 léguas, na qual se entra por uma barra chamada *Guaratiba*, que na língua da terra quer dizer lugar de pássaros vermelhos, dos quais há naquela paragem infinitos, de cores mais finas que toda a púrpura. A terra desta enseada que vizinha com o Mar, é valhacouto e povoação de onças, a que chamam *Jaguares*, cão verdadeiro.

Entre a barra de Guaratiba e o Rio de Janeiro fica um porto causado de um rio que desce do Sertão por nome *Pojuca*, navegável de embarcações pequenas, aprazível e fresco. Da banda do Sertão o cercam serranias, que vencem as nuvens, a que chamam a *Gávea*, e nós a chamamos a Serra de Guaratiba, a qual aos mareantes serve de baliza pera tomarem a barra do Rio de Janeiro. Vê-se ao mar, 10, 12 léguas. De fronte do *Pojuca* se faz uma alagoa de légua e meia de comprido, e pouco mais de meia de largo, farta de pescado; é nomeado por respeito de dous engenhos de açúcar a que ele dá o principal socorro e meneio.

[Rio de Janeiro]

Desta alagoa, olhando pera o Norte, se principia a barra do Rio de Janeiro, por natureza e sítio a mais forte de quantas se tem descoberto. Procede esta barra ao modo de uma ferradura, na boca tão estreita que não terá de fuga mais que um tiro de mosquete; e pera mor fortificação no meio dela arrebenta uma lagem, na qual andei de espaço, e achei ter de comprimento 120 pés, de largo

60 palmos. De uma e outra parte vão correndo serras de viva pedra e talhadas rochas, e pera mor segurança se fecha em 2 fortalezas, que fazem a entrada de todo impossível. Pera a banda do sul, fronteiro à lagem se levanta um penedo piramidal de estranha grandeza a quem as nuvens ficam polas raizes. Chama-se Pão de Açúcar pola semelhança. Esta barra se alarga tanto pola terra dentro, que vem a fazer 6 léguas de largo, e de comprido termina-se em 9 e 10, impedindo-lhe ir mais avante as serras em que vai parar. Da barra, uma légua pera a banda do Sul, fica a Cidade do Rio de Janeiro, da invocação de S. Sebastião, porque quando se conquistou dos Franceses e hereges, e Tamoio, gentio cruel, visìvelmente se viu ao glorioso Mártir ajudar aos Nossos, o qual milagre se prega todos os anos.

Está dividida a Cidade em duas partes, uma delas ocupa o alto de um grande monte, no qual os primeiros conquistadores, Mem de Sá e seu sobrinho Estácio de Sá, por ser lugar mui defensável a edificaram. Aqui está a Sé, Câmara, e o nosso Colégio, que não dá ventagem aos pequenos de Portugal. A afeição que os moradores têm à Companhia é extraordinária.

Ao sopé deste monte, se estende uma espaçosa várzea, na qual está a mor parte da Cidade por respeito do mar, com que vizinha. Terá a Cidade como 2 mil vizinhos e é rica, e sê-lo-á cada dia mais, se as minas laborarem; e quando estas faltarem basta o comércio que tem no Perú e Angola.

A baía desta povoação é mui fermosa e aprazível, a cujas ribeiras estão as Fazendas e Engenhos dos moradores, que são 14. Terá dentro em si como até 40 ilhas, muitas delas povoadas, outras pera ornato da natureza.

Vêm nela cair do Sertão muitos rios caudais. O mais famoso é o do Macucu, que dizem ser maior que o Tejo. Pelo Sertão dentro está povoado obra de 14 léguas, abundante de mantimentos da terra, arroz, farinha, da qual se carregam pera Angola todos os anos, a troco de peças, quarenta mil alqueires. Nas madeiras é famoso, por se acharem, junto às suas águas, paus que têm 40 e 50 palmos em roda, dos quais fazem embarcações cavadas nos troncos destas árvores, e inteiriças, de comprimento de 60 e mais palmos, e de largura que recebem pipas atravessadas, e meneiam-se com remeiros e vela. Em uma destas viemos de S. Vicente, remada por 50 e mais remeiros; e são tão ligeiras que furtam a vista os olhos com muito correr. E assim é muito pera ver cento e mais canoas esquipadas, arremedando uma batalha naval, correndo umas contra as outras, com os remeiros nus, que igualmente despedem a frecha e remam sem se enxergar falta em uma e outra ocupação; a isto se ajunta uma grita medonha que os Índios de quando em quando alevantam nesta escaramuça que mete notável horror. Nesta forma nos receberam em algumas partes, em que temos Aldeias vizinhas ao mar.

Mas, tornando à baía do Rio de Janeiro, pera a parte do Norte tem a nomeada Serra a que chamam dos Órgãos, por estar semeada de penedos mui agudos com tal correspondência entre si, abaixando uns e alevantando-se outros, que se assemelham a Órgãos. Nesta serra, nos meses de Janeiro e Fevereiro, em que o sol anda sobre ela, todas as tardes se levantam medonhas trovoadas com raios e coriscos, os quais caindo sobre ela, se vêem arder em vivas chamas os penedos como se fossem paus secos, e neste tempo de verão se ateia de tal sorte, que dura 8 e 10 dias contínuos.

É esta Serra dos Órgãos tão alta que estando mais de 20 léguas da barra e Cidade, aos que vêm de mar em fora parece estar sobre ela; está talhada com muitos rios, os quais em dias claros parecem alvos lançóis que entre aquela penedia se lançam a enxugar.

Dos Rios é o mais nomeado o Magé, pelos *piraìqués*, que nele se dão, e pera que se entenda que cousa seja piraìqué, há-se de advertir qual seja a forma e disposição do rio. Antes de entrar no salgado, espaço de uma légua é mui direito, largo e limpo. A largura chegará até 25, 30 braças; de altura não mais que 5, 6 palmos. No mês de Junho vêm desovar a este rio infinitos cardumes de tainhas e corimás. Nas águas vivas de lua nova tapam a boca deste rio com varas e esteiras; depois pisam muita quantidade de timbó, que em Portugal responde ao barbasco; na vazante da maré enchem o rio de sumo destes paus com o qual se embebeda o peixe, de sorte que nenhum escapa, e toma-se tanto que com passarem as embarcações que dele se enchem de 120, 140, ficam serras de peixe sem se aproveitar. Este *piraìqué* se chama real, porque se não pode dar sem ordem da Câmara, pera o qual se bota pregão 15, 20 dias antes. Disseram-me que se ajuntavam nele perto de duas mil almas. *Piraìqué*, na língua da terra, quer dizer entrada de peixe.

[Cabo Frio]

Desta barra até o Cabo Frio, tão nomeado dos mareantes, correndo pera o Norte, há 18 léguas sem porto algum, posto que se vejam muitas ilhas, mas em nenhuma delas há surgidouro pera embarcações. É o Cabo Frio um dos famosos do mundo como têm os cosmógrafos, que entre os três mais nomeados Guardafum, e o de Esperança, apontam este. A terra é montuosa, antiga morada dos Tamoios, a mais guerreira e belicosa gente, que houve neste Brasil; ao presente está despovoada.

Tem em si dous portos mui excelentes, o primeiro se fecha em duas altas serras de que se forma o Cabo: é fundo, circular, tem duas barras uma a Leste, outra a Lesnordeste. Nele ancoramos, por falta de tempo, e fizemos uma grossa pescaria, por haver ali infinito pescado, do qual se matou algum à frecha. Não tem água, salvo em uma pequena alagoa, que no verão seca de todo o ponto. Remedeia-se esta falta com cacimbas. Da terra firme pera o mar deitará três ou quatro léguas. Ao longe representa figura de uma sela que ao perto são três morros mui altos. Neste Cabo reinam de ordinário Nordestes e Nornordestes. Os ventos mareiros do Sul são raros, como disse Abrahamo Ortélio falando deste clima, que parece é milagre de natureza gozar de ordinário ventos contrários ao Sul com que vizinha.

Deste porto se forma uma baía, que se remata em parte em vários esteiros,

Daqui foram lançados pelos governadores António Salema, Cristóvão de Barros, Salvador Correia, os quais de tal sorte assolaram o gentio tamoio que não há já nome dele. Deste Cabo à Ilha de S. Ana são 12 léguas. É acomodada pera os navegantes, por ter bom surgidouro e água. Entre ele e o Cabo ficam as Ilhas da Âncora e dos Bugios, [despovoadas] por não terem sítio nem porto.

[Goitacases]

Da Ilha de S. Ana té à Paraíba, que podem ser 16 léguas ou 20, corre uma enseada povoada de um gentio, a que chamam *Goaitacases*, tão feros e bárbaros, que nunca se deixaram entrar nem conversar. É esta enseada mui perigosa, por chamarem muito as águas pera a praia, e assim têm dado nesta paragem algumas naus à costa. Os moradores não perdoam a cousa viva, tudo comem, habitam em umas choupanas, palhaças mal compostas. O sítio é alagadiço; e assim, quando os acometem, como já fizeram os nossos por vezes, e de novo pertende Dom Francisco meter nesta empresa toda a força, porque arrancando daquela paragem aquele infame padrasto, fica o caminho por terra livre do Rio até à Baía, e as embarcações navegarão mais junto à terra e mais seguras, metem-se pelos pauis e alagoas, e não podem ser entrados de gente de pé nem de cavalo. São tão grandes nadadores, que a nado tomam e alcançam os tubarões, metendo-lhe paus tostados pelos olhos, e a cosso tomam o peixe mais miúdo. Estão murados com dous rios, entre os quais habitam, sem nunca entrarem pelo Sertão, nem deixarem as ribeiras do mar, em cujas areias prantam alguns legumes e mandioca, pouca. Não têm de distrito mais que 20 léguas, nas quais dizem estar duas nações; andam em perpétua guerra, comem-se uns aos outros, mas tanto que sabem que os Portugueses lhe querem dar guerra unem-se em um corpo, e de cruéis inimigos se tornam infieis amigos.

[Reritiba e Guaraparim]

Dos Gaitacases à Capitania do Espírito Santo vão 30 léguas, no meio das quais está um rio chamado Reritibe, na língua da terra *Rio de Ostras*, por haver ali muitas e boas. Dele pera o Sul começa a Capitania de Pero de Góis, que foi a primeira povoação de Portugueses nesta paragem. Junto a este rio está uma Aldeia de gentio, que temos a nosso cargo, e terá perto de três mil almas, aonde nos fizeram mil festas por mar e por terra, já a seu modo, já à portuguesa, esperando-nos uma légua antes da Aldeia, a qual toda estava de uma e outra banda, cercada de palmeiras que pera o dia se trouxeram, aonde os Principais Morubuxabas, vestidos ao natural, com os giolhos em terra, nos davam as boas vindas, acompanhados de colomins, bem empenados, e mui bons dançantes e tangedores de frautas, violas, e com bandeiras, arcabuzaria, e mil outras invenções. No princípio da Aldeia saiu o *Morubuxaba o açú* com uma cruz fermosa e bem enramada na mão, acompanhado de dous filhos seus, ricamente empenados, e fazendo uma arenga ou prática da entrega de sua Aldeia, meteu ao P. Visitador a cruz na mão e os meninos se botaram por terra, largando os arcos e frechas. E com notável devação, entoando um *Te Deum laudamus*, nos fomos à Igreja, na qual se lhes fez uma prática por intérprete, que pera isso levávamos conosco.

Pus isto de passagem, porque o que nos fizeram de festas em todas as Aldeias não tem conto.

Neste Rio de Reritiba, 5 léguas ao Norte, está outro porto, chamado Guaraparim, que quer dizer *guará manco*. Aqui temos outra Aldeia.

[Espírito Santo]

Daqui 10 léguas está a Capitania do Espírito Santo, a qual antigamente foi mui rica, e hoje está quase desbaratada. Tem bom porto, estreito e dificultoso de tomar, havendo qualquer resistência. A Capitania está situada em uma ilha, cercada em contorno de grandes montanhas ou rochas de pedra viva. Foi povoada por Vasco Fernandes Coutinho, tem 8 Engenhos de açúcar, as terras são boas, mas os moradores de pouca indústria e pouco trabalhadores. É fértil de madeiras, pau Brasil, real, branco, amarelo; aqui se colhem os bálsamos tão prezados nessas partes, nesta forma: agolpeia-se a casca de umas árvores mui altas e grandes, semelhantes às quais não há nenhumas nesse Reino, mui grossas no tronco, e bem copadas; depois de bem feridas pelos golpes, vão metendo algodão no qual se embebe o suco, que sai como de golpe da vide, e de dous em 2 dias o espremem em cocos ou cabaços, tirando de cada uma das árvores quantidade de uma canada e mais. Nesta Capitania se fazem as contas de bálsamo, e é a melhor droga da terra, porque dela comem e vestem os moradores de ordinário.

Junto à barra desta Capitania está um monte, que pode competir com o Olimpo, o alto do qual se remata com um penedo, que terá de circuito 300 e mais braças, aonde está edificada uma ermida da invocação de N. S. da Penha, a melhor e de mais devação que há em todo o Brasil, e com os nomeados deste Reino pode entrar a contenda. É de abóbada a capela, o corpo da ermida de arcos abertos, por causa das tempestades; tem vista sobre o mar e terra até os olhos mais não alcançarem; ao pé do penedo tem umas casas mui boas pera se recolherem os romeiros. Aqui fizemos nossa romaria, com alguma devação e boa música, em favor da viagem, quando vínhamos do Rio pera a Baía.

8 léguas desta paragem está o Rio dos Reis Magos, junto ao qual têm os Nossos uma Aldeia, em que estive muitos dias, em a qual baptizámos e casámos a muitos, que pera memória tomaram nossos nomes, que nos casamentos tinham mais graça e eles que o sabiam festejar! É este rio mui grande, partido em dous braços, um corre ao Noroeste, outro ao Nornordeste; e farto de inumeráveis lagostins, que só se acham em suas ribeiras.

[Rio Doce]

10 léguas acima, se segue o Rio Doce, povoado de muitos Tapuias ou *Aimures*, gente salvagem, e que tinha posto em grande aperto a terra destas partes, por serem mui fortes e mui manhosos em armar ciladas. Nós os apaziguamos, e são tão domésticos agora, que na brandura levam ventagem a todo o mais gentio. Por este rio se vai às esmeraldas dos *Mares Verdes*, tão nomeados e nunca de todo descobertos. Havê-las é certo, e um sacerdote me disse, que a elas foi, haver naquela paragem muitas serras de cristal, dentro do qual se acham finas esmeraldas, das quais vendeu duas por bom preço; no que lhe podemos dar crédito,

porque eu tenho em meu poder um pedaço de cristal, dentro do qual se iam criando uns diamantes verdes e mui fermosos ao parecer em figura piramidal. De novo, por ordem de sua Majestade, tem lá mandado no fim do ano de 609 o Governador Dom Francisco de Sousa. Esperávamos cada dia resolução deste negócio por irem juntamente dous Padres nossos nesta ocasião buscar gentio àquelas partes.

[Os Abrolhos]

Do Rio das Caravelas à Vila do Porto Seguro vão 20 léguas, no meio das quais ficam os baixos dos Abrolhos, tão temidos dos Navegantes, e em especial dos que vão pera a Índia. Mas não sei com que fundamento, porque pera eles, sempre ouvi dizer, este é o mais perigoso passo de navegação e causa de arribarem muitas naus, tendo pera si que lançam ao mar mais de 60 léguas. Mas na verdade, quando mais lançarão 20, como me disse o Piloto do nosso navio, bem experimentado nesta carreira, e juntamente a experiência que mandou fazer Diogo Botelho, sendo Governador deste Estado, por dous pilotos; e nós andámos sobre eles 40 e tantas horas com tempestade, não mais da terra que 4 ou 5 léguas. São estes baixos de pedra mui mole, em muitas partes descobertos sobre a água, noutras fundos, e vão fazendo por antre estes arrecifes uns canais, por que passam embarcações pequenas. A pedra é tal que não resiste à embarcação, antes tocando-a se desfaz como pó. Da banda do mar se terminam estes baixos, em três ilhas pequenas, que eu vi escalvadas e postas em fileira com pouca distancia umas das outras; ao longo delas é o mar navegável a toda a embarcação. Começam estes baixos 8 léguas abaixo da Capitania do Porto Seguro pera o Sul, em um lugar, a que os Índios chamam *cherimbabo*, que quer dizer cousa medonha; da terra estão lançados ao Leste ou Nascente.

[De Porto Seguro à Baía]

A Capitania do Porto Seguro foi a primeira que os Portugueses povoaram neste Estado. Teve três vilas populosas, a primeira era da Santa Cruz, onde Pero Álvares Cabral tomou porto no descobrimento destas partes; a 2.ª, Vila de Porto Seguro, que está lançada junto a um rio, com bom surgidouro de navios; a 3.ª foi a Vila de S.to Amaro, agora, *jam seges est ubi Troya fuit*. Está a Capitania mui acabada por respeito dos *Aimurés*, que anos há a infestam. Agora ùltimamente, este ano de 609, alevantando-se os *Tupinaquins* e não há muitos anos eram doutrinados pelos nossos, deram na Vila e destruiram, matando muita gente portuguesa, fica em paz por meio de dous Padres nossos, que lá mandou o P. Visitador, que, enfim, o Brasil sem a Companhia montará pouco se o desempararmos. E contudo isto, não devem faltar murmuradores, que devem seguir mais a paixão que o bem comum.

De Porto Seguro aos Ilhéus há três léguas povoadas de muito bom pau do Brasil, e repartidas com quatro rios mui grandes. Foi esta Capitania mui florente por ser o melhor torrão de terra do Brasil. Despovoou-se quase em todo, por causa dos Aimurés. Está situada junto a um Rio chamado São Jorge, o qual, posto que na barra seja dificultoso, dentro faz bom surgidouro, pera naus grandes. Ao sair dele estivemos perdidos. Neste rio se vêm meter do Sertão três mui fermosos, e navegáveis de barcos e canoas, nos quais estão situados alguns Engenhos, e se podem fundar muitos, havendo posse, e serão de grande rendimento. Acima deste está o de Taípe, Rio das Pedras, que brota de uma alagoa, que terá de largo uma légua, e faz-se de muitos rios que da *Serra de Baìtaraca* ali se vem ajuntar. Tem no meio uma Ilheta de arvoredo mui fresco; o peixe não tem número.

6 léguas abaixo corre o Rio das Contas, que de muitas léguas do Sertão vem descarregar as águas no mar. Tem a barra mui dificultosa pola fúria com que corre. O nome tomou, como dizem os antigos, de um sucesso, e foi, que portando ali uma embarcação castelhana, vendo-se em perigo disseram: *aparelhemo-nos, hermanos, que oy tenemos de dar nuestras cuentas.*

Desta paragem ao grande Rio Camamú, há 6 léguas. Tem uma barra mui bem assombrada, posto que pera nós o não foi como desejávamos, porque choveu tanta água que nos houvera de alagar. Tem por baliza uma Ilha chamada *Quiepe;* dentro é capacíssimo, e se vai alargando em modo de baía, retalhado com muitas ilhas e esteiros, de infinito peixe e marisco. Toda esta baía participa da água do mar até 9 léguas, e vai parar ao pé de uma alta serra, da qual cai este rio em uma cachoeira espantosa, da qual se lança a água com tanta fúria que se ouve o estrondo muitas léguas.

Meia légua deste Rio corre Cerinhaém, cuja barra, ainda que não é tão capaz como a de Camamú, é bastante pera receber caravelas e navios pequenos. Navega-se até 6 léguas, faz porém com sua queda do Sertão uma das fermosas cachoeiras destas partes, dividida em 3 taboleiros de pedra, que mais parecem artificiosos que naturais, por cujo respeito lhe puseram o nome da *Trindade*. Terá de altura 300 palmos, e é tão grande o estrondo da água que de muito longe representa atambores de guerra. Junto a este *Rio Cerinhaém*, que na língua quer dizer *prato de caranguejos*, por nele haver muitos, correm grandes serranias de Norte a Sul, das quais serranias rebentam 10 ou 12 ribeiros que o fazem mor que o Tejo.

Três léguas da barra do Rio de Cerinhaém, está outro que começa do Morro de S. Paulo, deixando feita, pera a banda do Mar, uma ilha de comprimento de 6 léguas, chamada *Boipeba*, Cobra larga, a qual é capaz de todas as embarcações, maiormente da parte do Morro, onde faz um excelente porto, abrigo das naus, que vêm de mar em fora, em especial de estrangeiros imigos, que nesta paragem vêm fazer aguada em uma ribeira caudal, que aqui corre de muita e boa água. Deste Morro pera dentro fica um Rio chamado Tiranhém, povoado antigamente de muito gentio, agora de Portugueses.

[Baía, Cidade do Salvador]

Segue-se, 12 léguas desta paragem, a Baía, por outro nome, Cidade do Salvador, que é a Lisboa do Brasil.

Posto que por vezes se escrevesse o sítio desta Baía, eu falarei em breve, por não faltar na principal cousa do Brasil, a juízo de Indiáticos que aqui aportam, e lhe dão o primeiro lugar entre as partes de Ásia. Está em altura de 13 graus; os ares, clima, água, mantimentos, os melhores de toda a costa; tem 12 léguas de barra que tanto há da ponta e fortaleza de S. António ao Morro de S. Paulo, depois vem estreitar, de sorte que fica em três léguas, que é o espaço que há de

Taparica até o surgidouro dos navios, cujo porto é excelentíssimo, mui limpo de baixos, e fundo, capaz de todas as embarcações. A cidade está uma légua da fortaleza de S. António pera o Leste, situada em um alto, fermoso, e plano. Terá como mil e mais vizinhos, é abastada de todos os mantimentos, assim da terra como do Reino, e de muito negócio mercantil com que em breve engrossam os mercadores. Cada ano dá carga a perto de cem navios. Tem esta Baía muitas ilhas. A mor que lhe fica de fronte se chama *Taparica*, pedra torta, tem 6 léguas de comprido.

A cousa mais notável que tem esta Baía é contar em si 63 Engenhos, e mais de 600 ou 700 Fazendas grossas, todas à beira do mar. Daqui nasce haver nesta cidade perto de mil embarcações de serviço, em que entram barcos muito grandes de porte de cem caixas de açúcar. Nos Engenhos se farão mais de 300 mil arrobas, por em alguns se fazerem 10 e 12 mil.

É o material dos Engenhos uma casa: de ordinário terá 70 ou 80 palmos de largo, de comprido 120, 130; tem duas gangorras que respondem aos feixes de lagar, mas na grandeza não são comparáveis: este é o peso com que depois de moída a cana, se espreme o bagaço; a moenda da qual é uma roda como de azenha, que dentro se vem terminar em dous rodetes, cada um de grossura de uma pipa, guarnecidos em roda de verdugos de ferro de 6 palmos em comprido, que são os dentes que cortam a cana, e se movem com movimento quase imperceptível; depois de moída a cana a metem em umas caixas de pau, redondas, de três palmos em alto, aonde com o peso das gangorras, meneadas por bois, a espremem até ficarem bagaço.

Isto quanto aos Engenhos de água.

Outros há que chamam Trepiches, os quais moem com bois. São dificultosos e artificiosos, por causa de quatro rodas muito grandes com que se fabricam.

Têm estes engenhos duas casas.

A uma chamam a casa das caldeiras; nesta estão quatro, mui grandes, em que se bota o mosto das canas, umas chamam de cozer, outras de melar, pelas quais o mel foi passado até se lançar em quatro tachos nos quais o temperam, e põem em ponto, pera dali o lançarem nas formas; a esta máquina de caldeiras respondem suas fornalhas, consumidoras dos matos do Brasil, por gastarem infinita lenha.

A outra se chama casa de purgar. Tem de ordinário 50-60 palmos de largo, e mais de 100 de comprido; nestas estão feitas umas andainas, 3, 4 palmos de alto, de taboado aberto com círculos redondos, sobre os quais assentam as formas de açúcar, que levarão de ordinário mais de arroba, e em se purificar gastarão 50, 60 dias, o que se faz com certo barro que de preto o torna alvo como jaspe.

A gente, necessária para o meneio de um engenho, das portas a dentro são 50, 60 negros, e 30, 40 bois, tirando os trepiches que requerem cento e mais; isto além das barcas, que sempre são duas, três, etc.

Fará de gasto um Engenho cinco mil cruzados. Renderá 20, mas tem muitas quebras com a morte dos negros, que morrem muito à força do trabalho.

Dá-se nas ribeiras desta Baía muito e mui excelente gengibre, que bastara pera enriquecer, se não fora droga proibida. Tem muito algodão, pau Brasil, e grandes vacarias.

[De Sergipe a Pernambuco]

50 léguas desta Cidade está a Capitania de Seregipe del Rei, que na era de 1591 se ganhou aos Topinambos e Franceses, que dela tinham feito uma arrochela, com ajuda de 30 Aldeias que naquela paragem havia, em que se contavam 20 e cinco mil homens de peleja. Daqui levaram a França muito pau Brasil, pimenta, gengibre, etc.

Há nesta paragem 4 rios os mais famosos de toda América. O primeiro é o Rio Real. Com uma légua de largura, se mete no mar. 6 léguas dele está o de Vaza Barris assi chamado, por desastre de naus que neste rio deram à costa; é mui capaz, mas esparcelado e semeado de bancos de areia, por isso mais perigosos, porque não são estáveis. Logo três léguas se segue o de Seregipe; 12 depois o de S. Francisco, tão caudeloso, que mais de uma légua ao mar se bebe água doce. Terá de comprimento arriba de 600 léguas. Os Índios lhe chamam em sua linguagem *Pará gaçú*, Mar Grande. Há deste Rio a Pernambuco 50 léguas, talhadas todas com inumeráveis rios, povoados de muitos engenhos, a força dos quais é em Porto do Calvo e no Rio de Cirinhaém, que por outro nome se chama dos Albuquerques, por junto a ele terem uma Vila e quatro Engenhos. Segue-se o Rio de Pojuca, que é o melhor torrão de terra que se sabe pera a planta da cana. Depois vem o Cabo de S. Agostinho tão ruim de dobrar como experimentámos e esperamos experimentar este mês de Abril, que vem, porque de ordinário reinam ali Nordestes, que são por proa aos que navegam destas partes pera Portugal. Nesta paragem do Cabo, mora um homem chamado João Pais, senhor de 7 Engenhos de água, avaliados em 300, 400 mil cruzados.

A Vila de Olinda, chamada comumente *Pernambuco*, Mar Furado, está situada em um monte sobranceiro ao mar de boa casaria, ricos moradores e cavaleiros, que só no dia do recebimento de Dom Diogo de Meneses, Governador que ora é, tanto que ali chegamos, o receberam 400 homens de cavalo, mui bem concertados, e que podiam aparecer em qualquer parte de Europa. É esta terra mui fertil de açúcar, de que tem 120 Engenhos, e dele carrega, 130, 140 navios cada um ano. O pau de Brasil desta Capitania é o melhor de todo o Estado. Aqui temos um Colégio muito lindo, e a ele anexas 6 Aldeias, em que os Nossos residem, nas quais haverá 10 mil e mais almas.

[Itamaracá e o Norte]

Cinco léguas desta Vila começa a Capitania de *Itamaracá*, que quer dizer pedra metida em cousa que toa, e por este respeito dão o tal nome aos sinos e campainhas. Contém em si a povoação de Goiana e a cidade da Paraíba, da qual 40 léguas está a Capitania do Rio Grande, que conquistou os anos atrás Manuel Mascarenhas Homem, estando mui forte com Franceses e Petiguares; e foi a derradeira ladroeira, que de Franceses se lançou fora deste Brasil, ficando os moradores com isto em paz. Cinco léguas do Rio Grande vai virando esta a Loeste, entrando na grande província do Maranhão e das Almazonas, até entestar com as Antilhas de Castela. Todo este espaço está habitado de gentio fero e bárbaro, como se saberia por uma Relação, que daquelas partes se enviou a esse Reino, do P. Luis Figueira, que passou boa parte deste Sertão.

Relação do gentio do Brasil, e seus costumes

Conforme a variedade das terras, assim variam os gentios no nome, chamando-se os de Pernambuco Petigoares, os da Baía Tupinambos, Amopiras, os dos Ilhéus, Porto Seguro, Espírito Santo Tememinos, os do Rio de Janeiro Tamoios, os de S. Vicente Carijos, os pelo sertão mais adentro Arachãs, Tabajaras, e outros. Todos estes diferem pouco no modo de viver e mais ritos.

E há outros, que chamam Tapuias e mais comumente Aimurés, que estão neste espaço de 140 léguas, que há da Baía ao Espírito Santo. A informação que deles tenho é a seguinte:

Primeiramente, antes deste gentio estar em paz conosco, o mesmo era nomear Guaimuré a qualquer género de pessoa que ameaçá-la com todo o mal; e assim em qualquer parte que aportavam ficavam eles os senhores, porque em continente, lhe despejavam tudo. Chamam-lhe os bichos do mato; de nenhum género de gente, nem de armas têm medo, porque nunca pelejam em campo, senão de ciladas; vivem de caça, fruta, mel silvestre, trazem consigo de ordinário as mulheres, filhos, e o móvel, que são arco e frechas, as quais fazem com cunhas de pedra e dentes de porcos montezes. Dividem-se em várias castas como o gentio da terra, chamando-se Guerem Guerens, Patutús, Napurús, Craempee, Piíouriís, Conconhim, Brue Brue, Capajos, Cariris. Mas nenhum se nomeia pelo de Gaimuré, que quer dizer nome mau, ladrão, matador, prezando-se todos do nome de *Guerem Guerem*, posto que os Patutus, que vivem na Capitania dos Ilhéus, sejam mais esforçados e valentes. Entre si andam em perpétuos ódios, dos quais se esquecem quando hão-de fazer mal aos Portugueses, pera o que se confederam e fazem em um corpo, e quem chamam Crenton, gente de cabelo feio, em respeito do seu, que trazem mui comprido, excepto as mulheres que o cortam, deixando-o de comprimento de 4 dedos, e untam com almécega ou resina de árvores, ficando tudo uma pasta, sobre a qual por galantaria lançam soma de penugem de pássaros.

Nas orelhas, assi homens como mulheres, trazem umas pedras redondas, brancas, e quanto maiores tanto mais graves; os beiços furados e cheios de pedras, e estas brancas, como as das orelhas, porque das verdes, de que os mais Índios se prezam, não fazem conta; em nenhuma estima têm ouro, nem prata ou qualquer outro metal ou peça de preço; todo o seu está no comer como epicuros; não usam de vinhos nem de outras potagens. Pera eles se fizeram as fontes e os rios. As capelas dos olhos trazem tintas de vermelho, tomado de certo barro, ao qual os Índios chamam urucu, e dela fazem também, por bem parecer, dos giolhos até os artelhos, seus borzeguins mui bem lavrados.

São mui fáceis em dar libelo de repúdio às mulheres, largando umas e tomando outras, e o mesmo usam elas com os maridos; aos meninos, depois de nascidos os atam as mães aos pescoços, e como bugios os trazem nesta forma às costas um ano, porque acabado ele, ainda que lhe tirem as ataduras, não caem, tanto vale o costume, e nesta forma correm com eles por entre os matos como se nada trouxeram. As casas são de folha de altura de 8, 9 palmos; nelas não duram espaço mais que de um mês. Estão umas das outras apartadas de ordinário um tiro de mosquete, de sorte que dando algum contrário o salto nesta, com o urro que dão avisam os mais pera se porem em salvo e os acorrerem sem serem sentidos;

cercam-nas de espinhos ou as fazem entre eles ou junto de algum grande lamarão; não usam de redes para dormir. No chão fazem as camas de umas folhas largas, e todos se lançam em pinha com algum fogo a redor pera se aquentarem, nem têm principal a que hajam de obedecer. O que tem maior família, esse o é da sua. Ao mais esforçado e valente seguem na guerra, e nela não têm ordem alguma, porque seu pelejar é de assaltos e ciladas atreiçoadas; fàcilmente se escondem debaixo de pequenas folhas.

E pera fazerem a sua, são mui sofredores de trabalhado. Quando andam caminhando e fazem alguma jornada, tomam umas embiras, que são como estopas ásperas, e molham-nas no mel agreste, e, com as chuparem somente, se mantêm por muitos dias. São mui amigos de carne de bugios, aos quais fazem caçadas como cousa de mor recreação, que haja entre eles. Na destreza de atirar vencem a todas as nações, porque entre eles, é menoscabo lançar frecha sem se empregar. Há entre eles muito esquerdos, muitos cegos, os quais tratam com muita piedade, repartindo com eles de tudo que têm.

De maravilha se achará um entre eles que não seja cantor. Têm seus tiples, tenores, contrabaixos, cantraaltas, e tomam qualquer tom, que lhe dão. Usam de muitos jogos: o mais famoso é ajuntarem-se em rios 200, 300 de uma parte, e outros tantos da outra, dando-lhe a água pela cinta, e ali lutam os da Baía contra os do Porto Seguro, e Ilhéus, e até as mulheres saem a este desafio, que é alevantarem-se uns aos outros no ar, e dar com o contrário na água; e destas quedas se levantam tais ódios entre as partes, que as mais das vezes se pagam e acabam com mortes.

São mui bárbaros em alguns costumes, como quando morre a mulher, deixando criança de peito. Enterram-na juntamente com a mãe, dando por rezão: assi como assi hás-de morrer, seja logo com tua mãe. A isto ajuntam uma bárbara condição, inclinadíssima ao comer de carne humana, e assim a nenhum género de gente perdoam, salvo aos negros de Guiné, que por asco não comem. Todo este gentio está já de paz conosco, e é depois de domesticado mais brando que quantas nações há, meigo sobremaneira, não quebram por nenhum preço a lealdade, liberais sem cabo. Todo o mais gentio, nisto como em outras boas condições, pode viver com eles. São de estatura bem proporcionada, alguns de acatadura temerosa, outros tão bem engraçados como alemães; em especial algumas fêmeas não dão ventagem a qualquer nação na alvura.

Isto quanto aos Aimurés; daqui por diante relatarei todas as mais notáveis cousas, que pude descobrir do mais gentio desta costa, nas quais pola maior parte combinam.

Da notícia que tem o gentio desta costa do Brasil do Dilúvio

Não têm estas nações conhecimento de cousa alguma que Deus obrasse antes do Dilúvio, nem da criação do mundo, como nem do Criador dele. As almas têm pera si serem imortais, as quais dizem que morrendo se tornam diabos, de que têm extraordinario medo; têm certas paragens nos caminhos, em que põem suas ofertas a estas almas endiabradas, e se o não fazem cuidam que hão-de morrer, e vale tanto com eles esta imaginação, que assi lhe acontece a muitos, que dela fàcilmente se deixam levar; e posto que mo:ram de doença natural, os mais dizem que Foão morreu, por não oferecer presente aos diabos, ao qual comumente chamam *anhanga* ou *tangui pitanga, Macacheira*, etc. No que toca à imortalidade da alma têm pera si que despedindo-se do corpo vai parar em uns campos mui fermosos, talhados de rios, cobertos de arvoredo, e que ali se lhe ajuntam as de sua nação, pera viverem sempre alegres e cantando; dizem mais que as outras nações se sentam também ao longo do rio nesta campina, mais apartados deles, que vem a dizer com a opinião dos Poetas e seus Campos Elísios.

Têm clara notícia do Dilúvio e praticam entre si como o mundo se alagara com perda de todos os homens, excepto um irmão e uma irmã, que sobre duas árvores escaparam, e que por seu meio se tornou a povoar o mundo, e que destes procederam eles e as demais gentes. De haver Dilúvio dão esta causa; dizem que o Paí Tupã, que era o senhor do mundo, por certas rezões se anojou, e levou o Tamanduaré, filho seu, ao céu, aonde dizem está, e que levando juntamente com ele todo o seu móvel, de alto lhe caiu a enxada, e do golpe, que deu na terra, se fez uma cova e dela arrebantaram as águas, que alagaram o mundo. O mantimento com que os dous Irmãos, acabado o Dilúvio, se sustentavam chamam eles *camapu*, que é uma erva semelhante à que chamamos moura; e acrescentam que indo ambos buscar os *camapus* pera si e um seu menino, o Mairatupã vinha e dava de comer à criancinha, e que vendo os pais que quando tornavam, ele não queria comer por estar farto, espreitaram-no, e viram-no estar dando de comer ao menino; pegaram dele, ataram-no, e que pera que o soltassem lhe deu, em concerto, o milho e mais legumes que eles prantam, e que parece nesta confusão aludirem à prisão de Priapo e concerto das abelhas de Aristeu; e acrescentam que quando lhe deu o milho pera o prantar [o deu à mãe], donde nasceu serem elas e não os maridos as que prantam a mandioca, legumes, etc.

Contam mais que o *Tupam Mairá* é o senhor dos trovões, coriscos, relâmpagos. De Deus não têm conhecimento. Que há espírito si, ao qual chamam *Tupuxuara*, que igualmente quer dizer espírito, assim bom como mau. Dizem mais que este *Maira Tupã* dividiu entre eles as línguas pera que tivessem guerra com os Tapuias, mas não sabem dar a rezão delas. O comerem-se uns aos outros teve princípio de um irmão injuriar a sua irmã, o marido da qual não o sofrendo o matou e o comeu, e por isso se apartaram uns dos outros em diversas partes. O comer carne humana entre eles é mais por vingança que por gosto.

De quem lhe deu o fogo

Têm pera si que os primeiros povoadores do mundo não usaram do fogo, e que só por sua morte se descobriu. Sucedeu pois o caso desta maneira. Ajuntaram-se todos os pássaros, e se puseram sobre os defuntos; uns diziam que estavam vivos, outros que não; e pera resolverem a questão, se levantou o carcará e arranhou os rostos dos mortos até lhe arrancar os olhos, e vendo-o a *guaricuja*, que é outra ave de rapina, da qual contam não comer carne senão assada, tendo fome, foi buscar uns paus com os quais feriu fogo; e estando assando a carne destes primeiros homens, veio o filho a ver a sua mãe e tio, e vendo o fogo em que os assavam, arremeteu com eles, e lhe tomou o fogo, e deles aprendeu a o ferir, e juntamente o pera que servia. Sobre isto alevantam mil mentiras, e nelas não concordam. O pássaro *guaricuja*, senhor e autor do fogo, é entre os Índios priviligiado e tem-no em tanta estima, que antes morrerão de pura fome que comer ou matar um deles; e com outro, a quem chamam *urubatinga*, guardam a mesma lei por ser seu neto.

Deste lugar, onde se feria o fogo, dizem o levou Jacu pera as partes do mundo, e que por este respeito tem o pescoço vermelho.

Dos costumes que guardam nos casamentos e outras particularidades

É costume entre este gentio não casar nenhum sem primeiro nomear algum contrário, em cuja cabeça haja de tomar nome, e até o não matar não casa. Antes de receber a mulher, por espaço de dous anos lhe fazem grandes festas de vinhos, que todo este tempo se preparam, respeitando sempre a qualidade e solenidade: a qualidade da pessoa, porque sendo algum principal, duram os vinhos mais tempo. No dia do recebimento se ajuntam grande número de convidados, assim da parte da mulher como do marido. A primeira noite armam uma rede, que nunca serviu, na cumieira da casa, e o pai da moça dá alguns golpes com uma cunha no esteio que sustenta a rede, dizendo que lhe corta o rabo; e daqui vem nascerem as crianças sem ele.

Antes de casarem não bebem vinho, e havendo-o de beber nestas bodas, os velhos amoestam ao noivo embebedor que atente como o faz, e que depois de beber no falar seja honesto, e por aqui uma prática a este toque; ela acabada tomam uma cuia, que é a metade de um grande cabaço, e enchendo-o de vinho lho dão a beber; e se o estamago lho não sofre, e dá mostras de querer vomitar, acodem logo dous velhos, que padrinham este auto, e lhe têm fortemente mão na cabeça, e se não vomita tem pera si que o tal será mui valente, e que ficava aprovado pera se achar a todos os beberetes, e aos que bebendo a primeira vez vomitam reprovam, e ficam sem aução pera se acharem nas festas dos vinhos.

Com os que aprovam no beber, usam mais esta cerimónia que é furar-lhe o beiço de baixo com uma ponta de veado; no buraco lhe encaixam uma metara, que é uma pedra verde ou branca, ou um pedaço de bugio do mar, e isto além de o terem e trazerem por gentileza, as estimam como peças de preço, e quanto maiores tanto são sinal de mor nobreza; e daqui vem a serem algumas de grandeza de um palmo, e os que têm esta divisa, pelo mesmo caso ficam habilitados pera falar em toda a parte, e pera entrar em seus conselhos e juntas, e aos que querem sejam os mais estimados e autorizados, além da metara do beiço de baixo lhe põem duas no de cima; outros trazem todos os beiços cheios destas pedras, respeitando aos imigos que mataram, e, conforme ao número, as trazem e acrescentam.

De como os armam cavaleiros

Um dos mores apetites, que tem esta nação, é a matança dos imigos, pelo que fazem extremos, donde nasce meterem-se com facilidade em evidentes perigos de morte, à conta de serem havidos por esforçados, que entre eles é a suprema honra e felicidade, tomando novos nomes, conforme aos contrários que matam, dos quais chegam alguns a ter cento e mais apelidos, e em os relatar são mui miudos, porque em todos os vinhos, que é a suma festa deste gentio, assi recontam o modo com que os tais nomes alcançaram, como se aquela fora a primeira vez que a tal façanha acontecera; e daqui vem não haver criança que não saiba os nomes que cada um alcançou, matando os imigos, e isto é o que cantam e contam. Contudo os cavaleiros nunca fazem menção dos seus nomes, senão quando há festa de vinhos, na qual se ouve só a prática da guerra, como mataram, como entraram na cerca dos imigos, como lhe quebraram as cabeças. Assim que os vinhos são os memoriais e crónicas de suas façanhas.

As cerimónias que guardam, quando os armam cavaleiros, são as seguintes. Aqueles que na guerra a primeira vez mataram imigo, não entram logo na sua Aldeia, mas esperam em um tugipar, que é uma choupana que fazem pera o tal efeito, até se aprestarem os vinhos, no que se gastam 3, 4 dias; acabados eles, o vão buscar os velhos e mancebos, e o trazem com grande silêncio, mas contentes, sem bailarem nem tangerem; entrando pela Aldeia, saem-lhe as mulheres, casadas e moças, ao encontro, cantando cantigas, nas quais nomeiam muito a miúdo o nome que o vencedor tomou no morto, e nesta forma o levam até o seu lanço, que é a casa em que ele mora, na qual o vinho está a ponto em mui grandes potes; chegando o fazem estar em pé sem se assentar, e um dos principais, que é como seu padrinho, toma uma espada de pau mui galante, concertada de muita variedade de penas, e mete-lha na mão, o qual, movendo-a pera uma e outra parte, como quem esgrime, lha torna a tomar, e lha põem debaixo dos pés; depois lhe bota ao pescoço um grande colar de dentes de onças; tomam mais umas penas das asas das andorinhas e metem-lhas nas orelhas em lugar de arrecadas. Esta cerimónia acabada, vem uma sua irmã, e não-na havendo a parenta mais chegada, e dá-lhe uma façanhosa cuia de vinho, a qual bebe encostado sobre a espada, e acabado de a beber, dão todos juntos um medonho urro, e correm os vinhos por todos, e com isto dão fim à armação do cavaleiro, que daquela hora por diante, de todos é havido por tal.

As quais cerimónias têm as causas porque se usam; são as seguintes: Mandarem-no esperar e não entrar logo na Aldeia é quererem festejar seu triunfo; e acompanharem-no dizem que é pera exemplo e emulação dos que vêem o tal acompanhamento; e darem-lhe a espada é dizer que assim como matou aquele matará muitos mais, e o encostar-se sobre ela é que não terá medo das espadas dos imigos, e que os meterá debaixo dos pés, como fez àquela espada; o deitarem-lhe colar de dentes é que ao modo que as onças são valentes e temerosas, assi o será ele dali por diante a seus contrários; e pôrem-lhe as penas das andorinhas nas orelhas, é dizer que assim como elas voam muito e sem cansar, tal há ele de ser no seguimento do contrário, e pera fugir quando convém.

Do costume que têm quando matam os imigos em seus terreiros

Esta é a mor solenidade e de maior concurso de quantas tem esta gentilidade, a qual eles sobre as mais festejam concorrendo de muitas léguas, em especial quando o que hão-de matar é tapuia ou algum principal afamado, a cuja matança sem exceção concorre todo o género de gente, grandes, pequenos, etc. O modo que guardam, prendendo algum imigo é o seguinte. Antes de chegarem à Aldeia, fazem-no a saber aos moradores, pera se aperceberem; fazendo um tugipar fora dela, em que há-de descansar o Tapuia, o qual à porta dele é esperado de todo o mulherio que o recebem com paus nas mãos, com que lhe dão muita pancada e nele tomam seus nomes como os homens; e, pera que o não percam, não fica nenhuma sem lhe dar sua pancada. Acabada esta festa dos paus, ao dia seguinte lhe pintam o rosto com genipapo, que é uma fruta de uma árvore, mui semelhante na folha ao castanheiro, da qual se tira um negro muito fino, e aonde quer que toca dura 9 dias sem se poder tirar com algum remédio: a isto ajuntam cascas de ovos moídas, que assentam sobre alméçega, de que tem untado o rosto; este ofício é das velhas, que na pintura se esmeram. Acabada esta cerimónia, se põem em ordem pera se ir pera a Aldeia, botando-lhe um colar ao pescoço de algodão, de grossura de um braço, com três cordas, de comprimento de três, quatro braças; e na noite em que chegam, lhe dão por mulher uma filha daquele que o tomou, ou uma parenta das mais chegadas; e a causa é pola honra que daquele casamento lhe nasce, porque tendo filhos do Tapuia, neles hão de tomar os mesmos nomes, e com a mesma solenidade que no pai, porque cuidam estes bárbaros, que na criança não tem a mãe parte alguma, e que não concorre pera a geração, e assi dizem que não servem mais que de um saco; e por esta causa comem os filhos que foram gerados dos contrários, e este é o respeito porque lhe dão as filhas ou parentas mais chegadas; e cresce nestes tanto a brutalidade, que se três e mais tiverem todas lhas entregam pera o tal efeito, e dando-lhe seus caçadores, pescadores, que o mantêm como pato em carça, não lhe faltando cousa alguma, de modo que os tais de ordinário fendem de gordos. Deixando-o entregue à mulher ou mulheres, se despedem dele, dizendo-lhe como há de ser sua comida, esforçando-o que seja valente; e a isto lhe acrescentam tantas cordas ao colar de algodão, que no pescoço tem, que pesarão bem meia arroba; põem-lhe mais umas manilhas de fio mui grossas nas curvas dos pés, e outras nos artelhos, a qual cordoagem lhe põem pera que querendo fugir, empece nela, e não vá desembaraçado; põem-lhe por guarda a mãe ou tia daquele que o tomou, as quais nem por um momento se apartam dele, seguindo-o a toda a parte, e de ordinário vigiam toda a noite.

Feita esta cerimónia gastam dous anos em fazer roçarias de mantimento pera a festa, mudam a Aldeia, fazem casas de novo, as mulheres cozem muita louça na qual o hão-de cozinhar, e pera fazerem vinhos, e nisto gastam de ordinário um ano. Preparadas as cousas necessárias pera este auto, levam o contrário a um rio, no qual o lavam muito bem as mulheres, e um dos principais lhe faz uma fala em que lhe diz que se farte de ver o sol aquele dia, e que jamais o não verá, e que não é ele só o que morre, mas que já tem mortos muitos dos seus parentes, e que muitos mais hão de matar e comer. Acabado este arrezoamento o trazem, cantando, ao terreiro da Aldeia, no meio da qual lhe têm feito uma casa, tiram-lhe as cordas, que trazia, e põem-lhe outras mui compridas, e mui galantes no feitio, nas quais gastam dous e três anos; de comprimento têm 20, 30 braças, não nas vendem por nenhum preço. Preso com as tais cordas, metem ao que há-de morrer muitas fruitas nas mãos pera que com elas atire a quem quiser, o que se faz com grande festa, a qual concluida, o atam com muitas voltas das cordas pola barriga, e nesta forma o deixam ficar uma noite com boa vigia; e sucede fugirem muitos por estarem quase bebados e levados do sono e cansaço de bailar.

Depois tingem o que há-de ser matador de um barro branco, a que chamam *tabatinga*, a qual cerimónia dizem eles que fazem pera que a alma do que ele há de matar não entre na sua; metem-lhe após isto uma espada na mão mui galante e empenada, e com ela na mão corre todas as casas, acompanhado de todos os moradores, os quais juntos vão bailando, com um bater de pés, bocas, e com uns urros e bater de armas, que é um espectáculo medonho, porque não há ferro velho que este dia não saia ao bailo; e nesta forma se vão aonde está o que há-de morrer, e o matador lhe faz uma fala, dizendo amanhã te hei-de matar, e jámais não verás o sol, por isso sê valente e esforçado, não morras como mesquinho, e procura de deixar de ti memória; e com isto acrescenta um motim, que é o seu bailo guerreiro, o qual faz com grande eficácia, e como cousa que lhe vai sua honra à vista de tanta gente. O dia seguinte, em saindo o sol, levam ao contrário a um terreiro, que têm no meio de suas casas, e será como as grandes praças e recios das cidades de Portugal. Aqui tomam os mancebos as pontas das cordas por que está atado, no meio das quais ele fica, porque querendo arremeter pera uma banda, o puxem pera a contrária; aqui jogam com ele touro com grandes gritas e alaridos, até chegar o matador, que vem acompanhado dos mais esforçados da Aldeia, padrinhando-o alguns velhos, diante dos quais com a espada no ar vem bailando e saltando. Parando diante do que há de morrer, lhe fazem as cerimónias seguintes.

Toma um dos mais honrados a espada com ambas as mãos, e põem-na nos peitos do que há-de morrer, cruzada; e depois lha passa duas ou três vezes por baixo das pernas, e o mesmo fazem ao matador, o qual tomando-a nas mãos esgrime com ela sobre a cabeça do que há-de ser morto, e se o tal é animoso às vezes toma-lha, e dá-lhe com tanta ligeireza que o deixa morto, pera o qual efeito tem seus padrinhos, que em semelhantes sucessos lhe acodem; voltando, como disse, a espada, lhe dá com ela no toutiço, e dando com ele em terra lhe quebra a cabeça. Acham-se presentes as mães com os meninos, os quais se untam com os miolos e sangue do morto, e dizem como assim aquele matou o imigo, assim eles quando homens matarão outros. Feito isto, ajuntam-se todos, assim homens como mulheres e crianças, e cercando o morto alevantam um choro espantoso, que dura bom espaço; e isto fazem por memória e compaixão dos seus, que daquele modo foram mortos. Despois tomam o morto, e chamuscam-no como porco, e o repartem, pera a qual repartição têm um velho muito prático neste ofício, que entre eles é a suma dignidade, o qual dá a cada um seu quinhão, ao qual cada um faz particular festa de vinhos. O matador, no mesmo ponto que o mata, se lança em uma rede que lhe têm a ponto na qual está por espaço de um mês sem fazer cousa alguma em penitência, comendo só farinha sem beber nem se tosquiar. O mês acabado, tosquiam-no com grandes festas de vinhos. A qual tosquia se faz nesta forma. Têm no meio da casa uma pedra sobre a qual o assentam, e ali, uns bailando e outros cantando, outros bebendo, lhe fazem este ofício com muito tento e vagar, o qual acabado tingem-no todo de preto, e levam-no pelas casas e terreiros, e a cada passo bebem, e por fim o sarjam com bem de dores com as quais sarjaduras fica pintado, e medonho, porque nunca se lhe tiram, por lançarem nas feridas certos pós que tiram pera azul, os quais com o sangue fresco ficam eternos.

E desta maneira, se acaba a triste vida daqueles que lhe caem nas mãos, do qual caso não escaparam muitos portugueses. O assentarem-no sobre a pedra quando o tosquiam é dizer que assim como a pedra não morre, assi ele não há-de morrer às mãos de seus imigos. Isto guardam na morte dos contrários com outras superfluidades e miudezes infinitas.

O costume e vingança que tomam, quando em briga ou por qualquer desastre se mata algum, é nesta forma. Depois de enterrarem o morto, tomam o matador, ainda que seja o principal da Aldeia, e matam-no do mesmo modo que ele matou, no qual consentimento vem toda a Aldeia, e enterrado o choram por alguns dias, como se morresse de sua morte natural. E com isto ficam satisfeitos, e sem ódios entre si. Contudo, se os parentes do que matou o defendem e não no querem entregar, tomam neles toda a vingança que podem, e deste princípio nasceram algumas guerras entre este gentio que foram causa de se apartarem uns dos outros, ficando em perpétuas desavenças e inimizade, e se comem uns aos outros como se nenhum parentesco, e liança tiveram. E um Padre nosso viu a um índio, que enforcou a sua mãe por, andando bêbada, matar um índio, por escusar guerras e enfadamentos, que necessàriamente houvera de haver se ele não enforcara a mãe.

Dos agouros que têm nas doenças, guerras e outros sucessos de cada dia

A mor superstição deste gentio é a que tomam dos agravos, os quais são tão ridículos, que só pera este fim se pode gastar tempo em os relatar. Quando algum está doente ou ferido, todos os seus parentes se guardam de comer cousa que seja contra a ferida ou enfermidade do doente, o qual achando-se mal põe a culpa àqueles a que é mais chegado, e assi acontece emagrecerem os sãos sobremancira por não acertarem de comer cousa que possa ajudar a enfermidade e doença. As menzinhas mais provadas são uns cágados e outros animais, semelhantes a furões, que metidos debaixo das redes dizem têm virtude, na boca, pera sarar. Quando parem as mulheres, metem-lhe o dedo polegar na boca, porque isto faz com que os filhos que delas nascem sejam bons frecheiros, e não errem cousa alguma a que atirarem. Quando vão à caça metem uns paus debaixo do esterco porque com isto não foge. Não comem lagartos de água, porque quem os come não tem filhos; nem também os da terra, porque ao modo que estes fàcilmente perdem e não atinam com o buraco, assim eles quando fugirem aos contrários, se os comerem, não acertarão com suas casas. Não comem ventrechas de peixe nem de outros animais, pera que os imigos os não frechem polas barrigas, e quando vão dar guerra, se dermindo na rede cai algum dela, tornam-se do caminho e não vão por diante.

O seu dar guerra é de ordinário de madrugada, e se algum levado do sono tosconeja, tornam-se pera seus lugares por mais distantes que estejam; o mesmo fazem, quando tomam no caminho alguma caça, e cozendo-a, se vai a panela pelo fogo: cuidam que ao modo que aquela água se derrama pelo fogo, se derramará seu sangue pelos campos; o mesmo fazem, se a carne depois de cozida toma bichos, o que é mui fácil, por causa da muita quentura da terra, e dizem que assi como a carne toma bichos, assim seus contrários não os comerão, mas deixa-los-ão encher de bichos depois que os matarem, que é a mor desonra que há entre estes bárbaros; e se nos arraiais, que assentam, cai algum tugipar, que é o mesmo que casa, tornam-se, dizendo que assim como cai sobre eles aquela madeira, cairão também frechas que os matem; quando vão caminhando pera a guerra, tapam quantos buracos acham no caminho, e a causa é pera que não sejam sentidos, porque cuidam eles e dizem que por aqueles buracos vai o tom de suas pisadas, e que o tal som os descobre, e então os contrários, sabendo-o, lhe vêm armar ciladas, e se advertindo fica algum buraco por tapar tornam-se.

Os sinais de alcançarem vitória são os seguintes: Se quando aparelham os vinhos pera estas idas e vindas, ouvem cantar algum corvo, é sinal infalível de vitória, porque assim como aquela ave se não sustenta senão de cousas mortas, assi eles nos corpos dos seus imigos; se ouvem alguma coruja, têm a mesma certeza de vitória, e a este tom deixo outros infinitos.

Dos agouros das mulheres

Para fiarem com pressa, tomam as unhas do tatupeba, que são semelhantes às do gato, posto que maiores, e arranham as mãos com elas, e dizem que com isto ficam boas fiandeiras. Não comem lagartos de água, pera serem modestas e não andejas, porque como o lagarto está de ordinário em um lugar, tais hão elas de ficar, comendo-o. Arrastam os filhos por cima das palmas, com que cobrem suas casas, porque não sejam chorões, porque como a palma não diz nada quando a pisam, assi eles, etc. Também usam desta cerimónia pera que sejam grandes como a palma. Para não terem dores no parto, lavam-se em uma joeira. Pera não criarem piolhos na cabeça, arranham-na toda com uns dentes de peixe a que chamam taraíra; quando vão às roças por nenhuma via hão-de pelejar com cousa nascida, porque não nasce a roça de amuada. Em nascendo o menino, logo lhe fazem arco e frechas, e lhas dependuram nos punhos da rede, em que dorme com alguns molhos de diversas ervas, que são os contrários que há-de matar. Juntamente em nascendo o menino, metem-no em um pote, e tangem-lhe com uns cascavéis pera que seja cantor.

Do costume que têm em agasalhar os hóspedes

A maior honra que esta nação faz aos que hospeda, é agasalhá-los com choro e lágrimas, o qual é muito pera ouvir, e foi uma das grandes solenidades, com que éramos recebidos nas Aldeias, o sermos chorados por vezes de mais de 2000 almas juntas, com tanto sentimento e lágrimas que é cousa espantosa. Neste choro, com que recebem aos que bem querem, renovam muitas mágoas que passaram, como morte dos seus, guerras, infortúnios, que sucederam, depois que uns dos outros se apartaram; a isto acrescentam outras cousas, provocadoras todas elas de grã mágoa e dor. Entrando o hóspede na casa, lança-se em uma rede sem falar palavra alguma; as mulheres se assentam junto dele, pondo-lhe as mãos nos giolhos, braços, ou qualquer outra parte do corpo, com os cabelos derrubados sobre o rosto, o choram com vozes muito altas; o mesmo fazem os homens, mas acabam em breve. Acabado o choro que dura por bom espaço de tempo, o saudam com esta palavra, *ereiupe*, que quer dizer *vieste*. Ele responde *ajuroupá*, que quer dizer *sim*; e dizendo algumas cousas brevemente lhe trazem o comer. Acabado o comer e descanso, então contam ao que vêm, e dão seus recados a quem os trazem; e enquanto estão naquele lanço de casas são mui bem providos, e nunca enfadam por mais dias que estejam, porque se prezam e têm por suma glória serem tidos e havidos por liberais; e se o mensageiro traz mulher pera haver de estar de espaço, logo lhe dão sua roça, pera que coma livremente como morador e faça dela o que mais lhe vier à vontade, e quando se vai lhe dão a melhor peça que têm em sinal de benevolência e por memória.

Do costume que guardam em seus bailos e cantos

Não têm mudanças algumas no bailar. Todo o seu está em contínuo bater de pés no chão ao som de um cabaço cheio de umas fruitas pequenas e mui duras, de que eles fazem remais de contas mui galantes; e nunca bailam sem cantar; e com este canto e bater de chão vão em fileiras homens e mulheres, que estas de ordinário são tiples, e os dextros nesta arte são entre eles mui prezados, tanto que se têm em seu poder algum contrário, bom cantor e inventor de trovas, que entre eles são raros, como a insignes na arte lhe dão a vida e o têm em muita conta só pela música, que é o único remédio com que alguns se livram de morrer no terreiro. Com os braços e corpos fazem alguns mencios ou momos de várias maneiras, em particular com a boca, olhos, rosto, o que é mais particular das mulheres, quando bailam sós, cujo canto difere muito do dos homens, assim na toada como na letra. O seu cantar é de ordinário de noite, porque com a quietação dela dizem se ouve muito longe. Além de alguma consonância que nas vozes se enxerga, e põem toda a força em a lançar, são mui importunos nestas músicas, porque começam umas vezes pola manhã, e levam uma e duas noites, 3 e 4, sem dormir quase nada, com cantar e bailar sem cessar; e posto que os ouvi muitas vezes, o que sobretudo me pasmou foi ver 50 Índios remeiros, que nos traziam de S. Vicente, começarem a remar ao sol posto, e, juntamente a cantar e, sem interromperem do remo nem das vozes, levarem a noite toda em puro grito sem enrouquecer até às 9 horas do outro dia, em que aportamos em terra, que, se isto não fora, ainda agora me parece que cantaram; e a graça é que ordinàriamente repetem a mesma cantiga, levando sempre a mesma toada, as quais eles compõem de qualquer sucesso em que se acham.

Assi que a 2.ª bem-aventurança destes é serem cantores, pois a primeira é serem matadores.

Do costume que têm em chorar os mortos, e de como os enterram

Tanto que o doente se acha mal, mandam chamar toda a sua parentela, a qual não falta, por mais longe que a tenha e remontados no parentesco. Em o doente fazendo algum termo, logo se lançam sobre ele, de modo que lhe apressam a morte, e o começam a chorar tão alto, de modo que se vão às nuvens, e arremessam-se no chão com tão grande pancada, que é espanto não morrerem. Isto fazem os que não podem chegar ao defunto. Os mais se lançam na rede sobre o defunto, outros se põem em cócoras, elas descabeladas, e com tantos trejitos, que bem representam as pérficas dos antigos. Não vi eu neste gentio cousa mais medonha, porque levado do desejo de ver o com o se haviam nestes passos, me quis achar à morte de um índio; e se se há-de falar verdade, algum pavor natural me sobreveio deste espectáculo, que na verdade os urros de uns, os gatimanhos de outros, as quedas destas, os meneios feios daquelas, representam uma tragédia muito pouco aprazível. Adverti contudo que tanto que me viram junto a si, pararam súbito, mas logo tornaram a continuar com sua triste lamentação. Fica-lhe contudo a memória desta minha visita, porque em louvor do morto em qualquer ocasião a devem contar, e assim fica pera netos e bisnetos, quando contarem dos mortos o como o *Paí Jacomi xerapi do Paí Guaçú* esteve na morte de fulano; e isto tenho por brasão e honra daquela grande família.

Depois de chorado o defunto, levam-no e pintam-no com mil pinturas; acabado isto enovelam-no todo à roda com fio de algodão, de modo que lhe não parece parte alguma do corpo; cobrem-lhe o rosto com uma cuia, que é a metade de um cabaço; e posto em cócoras o metem em um grande pote, no qual lançam tudo quanto tinha e usava, porque vendo-as os seus não tenham matéria de mágoa: tapam mui bem a boca do pote, e metem-no debaixo da terra; sobre a sepultura lhe armam uma casa, aonde lhe levam todos os dias de comer; e em quanto estão anojados, os parentes e parentas o choram de dia e de noite, em turno, começando uns e acabando outros. No 2.º dia depois do enterramento, cortam as mulheres os cabelos muito rentes, que é o mor sentimento desta nação, que põem a fermosura nos cabelos, os quais têm negros como corvos, e há muitas que depois que perdem o primeiro marido nunca mais casam, guardando continência, e assi nunca mais entram nas festas dos vinhos nem em seus bailos e cantares. Tiram o dó, que é o mesmo que deixar de chorar, quando lhe parece, tosquiando-se os homens, e cingindo-se de preto, e bebendo fortemente por alguns dias.

Muitos outros costumes tem este gentio, de que me informei, mas por serem cousas de tão pouca sustância, como as que tenho escrito, as deixo, por não parecer curioso e demasiado. Mas não deixarei contudo de apontar algumas cousas notáveis dos animais, bichos, e aves, desta Província.

Dos veados e antas

São muitos, nas espécies e número, os veados deste Brasil. Aos maiores chamam *suaçupara*, quer dizer veado torto, o qual nome lhe deram, respeitando a armação muito grande, que tem, e cheia de galhos, porque em cada uma das pontas tem mais de 15. Há muitos desta casta. Não os comem os Índios. Rezão: porque têm pera si que comendo-os lhe nasçam semelhantes pontas. Dos nervos destes, e canela, fazem os Carijos cordas, nas quais atam umas bolas com que atiram aos pés da caça, e dos homens, e nenhum tiro arremessam em vão.

Há outros mais pequenos, aos que chamam *suaçupitanga*, veado pardo; são prezados dos Índios e comem-nos, porque não têm cornos. Há outros chamados *suaçuetem*, veado verdadeiro: tem umas pontas mui pequenas mas muito agudas; correm pouco, mas saltam sobremaneira, de modo que os cães os não tomam, mas perseguem-nos tanto que os fazem lançar ao mar, aonde estão os índios com suas jangadas, e os tomam, não lhe valendo nadarem melhor do que saltam e correm em terra.

Há também gamos, a que chamam *suaçutinga*, veado branco, não porque sejam brancos, mas por terem a barriga e rabo branco. Estes não os tomam com cães pelo muito correr. A armadilha é tomarem alguma cousa branca na mão, e acenarem-lhe com ela. A isto acodem e como vêm a tiro de frecha os matam. Também os tomam em redes de cipós, que armam quase em círculo, e os índios, tintos de branco, os vão metendo dentro como boí[z] de pássaros com perdizes, até que fecham de todo o círculo e os tomam às mãos. Nestes se acham algumas pedras de bazar, que querem competir na bondade com as bazares mais finas. Há mais, além dos que apontamos, cinco castas, uns maiores, outros menores.

Há muitas antas, a que chamam *tapira*. A carne difere pouco da nossa vaca, no sabor, posto que me pareceu de ventagem uma vez que dela no mato nos fizeram seu presente os *Aimurés*, trazendo-no-la já assada a seu modo, de moquém, que se faz nesta forma: fazem uma cova no chão; enchem-na de brasas; sobre elas botam uma camada de folhas de bananas, que são mais altas que um homem, e de largura de dous ou três palmos; e depois de a cobrirem com outra camada lhe lançam terra, de modo que tapam a cova. A carne se vai ali assando com tal têmpera, que leva ventagem a toda a mais invenção de assado, na limpeza e na tenrura e sabor.

Tem no focinho um palmo de tromba, que lhe serve de mão com que apanha o que come. Tem os olhos pequenos e encovados. Será de altura de um jumento, mas mui envolta em carnes. Tem as pernas grossas. Peleja com os dentes, que serão como de mula, mas leva tudo o que alcança. Nadam sobremaneira, e muito mais megulham, porque passam rios mui largos de banda a banda, e andando debaixo da água. Em pequenas são mui lindas e pintadas, depois crescem e aborrecem, mas fazem-se mui caseiras e mansas. Sustentam-se das fruitas dos matos. Criam nas entranhas pedras bazuares, que os Franceses resgatavam aos Índios em igual preço que o do ambre.

Dos porcos monteses

O comum mantimento deste gentio é a carne de porco montês, dos quais há sem conto, tanto que dizer entre eles traz carne do mato é o mesmo que trazer porco. São gostosos e mui sadios e vários nos nomes e grandeza. A uns chamam *taiaçuetem*, que quer dizer, porco verdadeiro, os quais em cousa nenhuma se diferenciam dos nossos, salvo em não terem rabo, e juntamente em terem um buraco no espinhaço por onde lançam um cheiro, que é o faro dos cães. Correm pouco, e matam-nos com facilidade. Servem-lhe os dentes a estes de cepilho e prainas, com que fazem lisos seus arcos e frechas; e com as sedas dos lombos pintam os Índios a louça com mil lavores.

Há outras, a que eles chamam *taiaçutirigua*, porco que bate os dentes. Estes matam os cães muitas vezes; não andam juntos, mas à volta dos verdadeiros, como homiziados. São mui pretos, e maiores, e boa carne. Há outra casta *taiaçupigtax*, que quer dizer porco que faz finca pé, ou que aguarda. São mui peçonhentos, de ordinário matam os cães e logo os comem; e os Índios, se não se sobem a árvores, correm o mesmo perigo. Há outros, a que chamam *taiaçetu* (é nome próprio), bravos sobremaneira, mas não ousados que acometam gente. São daninhos, e a roça em que dão lá vai em uma noite, porque, depois de fartos, arrancam sem cessar todo o mais mantimento e legumes.

Das cotias

São pouco maiores que um coelho. Têm nos pés e mãos três dedos com suas unhas, que mais parecem de cabra que de coelho; têm os cabelos compridos e mais amarelos, de modo que correndo inteiriçam o cabelo, e parece açafrão mui fino. É das boas carnes destas partes, e mui ordinária, por haver muitas. Seu mantimento são frutas, as quais, tomando nas mãos, se assentam e comem ao modo de bugio, e os sobejos escondem pera seu tempo. Recolhem-se em covas na terra ou tocas de pedra ou de árvores, aonde as tomam com facilidade. Criam estes Índios em suas casas muitas, que são mui lindas e mui domésticas, tanto que vão e vêm com os Índios à roça, à fonte, e ao mais serviço, como cachorrinhos.

Há outros a que chamam *acotimerim*. Este me parece é o mais fermoso e limpo animalejo, que vi nestas partes: é pardo sobre amarelo, o cabelo mui brando e mimoso, tem o rabo mui comprido e cabeludo; são do tamanho de uma doninha, os olhos grandes, comem frutas, andam de salto pelas árvores, e se delas as sacodem logo as tomam. Há poucas. No Cabo Frio vimos algumas. Domesticam-se fàcilmente, e são uma pérpetua recreação de uma casa. Mas morrem fàcilmente, por serem mui mimosas.

Das onças ou tigres

Há muita cópia destas feras nestes matos do Brasil. São várias nos nomes. A umas chamam *iaguareté*: estas são malhadas de pardo, preto, amarelo e branco, com tal proporção lançada, que parecem mais artificiais que naturais; têm o rabo mui comprido, mui grande à feição de gato, o peito largo, as mãos grandes e armadas com cruéis unhas. Serão da grandeza de um bezerro de ano. Destes animais têm os Índios extraordinário medo, porque depois que começam a gostar carne humana, ficam tão atrevidos que dentro das casas matam os Índios, e por este respeito aconteceu despovoarem-se Aldeias inteiras. Tem este animal tão grande força na bofetada, que dá com a mão, que da primeira pancada abre em muitos pedaços a cabeça de uma vaca ou qualquer outro animal. Cuida o gentio que estas onças, as quais são verdadeiros tigres, em outro tempo foram gente, e quando as encontram se põem à prática com elas; faz isto crente verem eles que escutam e esperam quando lhe falam. Tem só os três primeiros saltos, os quais, se dá em vão, fica tão cansada que com facilidade a matam. É o imigo desta fera o cão, do qual têm tão grande medo que só com o ouvirem ladrar se encostam às árvores, e as matam com facilidade, e eu vi peles de 9 ou 10, que em breve, ajudado de cães, matara um índio, em um curral, aonde nos achamos. São a peste do gado e dos mais animais e nem aos peixes perdoam, porque se assentam sobre os penedos ao longo do mar, e tanto que passa o peixe se arremessa do alto, e raro é o que lhe escapa. Nesta postura me mostrou um índio uma, vindo nós de S. Vicente, a qual folguei de ver, por não estar mui longe; mas ela não deu por brados, e continuou sua pesca com descanso. Com estes tigres têm acontecido mil cousas em que os Índios se mostram animosos. Contarei só um acontecimento, que sucedeu a um índio de S. Vicente, aonde elas são mui certas.

Indo à caça dos bugios, frechou um, o qual se pendurou pelo ramo de uma árvore, aonde morreu. Foi-o buscar o índio, e lançando-o no chão, acudiu a onça, e tomou-o. O índio de cima da árvore se pôs a pelejar com ela, porque lhe tomava a sua caça, e que fosse caçar se queria comer, e que não lhe levasse o que tanto lhe custara, e chamou-lhe muitos nomes, dizendo que era fraca e que não prestava pera nada, e que esperasse até ele descer, e que veria quão valente ele era. A onça pôs a caça, e parou às vozes do índio. Vendo ele que esperava, se desceu da árvore com muita pressa, toma arco e frechas, e começa-lhe a fazer o motim, que é o que eles fazem na guerra, saltando ligeiríssimamente de uma parte pera outra. Nisto arremessou-se a onça a ele, e ele a ela, e de tal sorte a tomou até que acudiram outros companheiros, que andavam pelo mato à caça, e amarraram-na e levaram-na pera casa, e a engordaram por algum tempo, e em terreiro lhe cortaram a cabeça, com toda a solenidade com que costumam matar a um contrário, e nela tomaram nomes. Este caso alcançaram alguns dos Nossos, e destes há muitos, porque um dos remédios que há pera escapar das onças é arcar com elas, e sugigá-las, que não possam jogar das mãos. Eu falei com um homem, o qual andou lutando com uma até que de cansados cairam; e se valeu de uma faca com que a matou, mas ele todo saiu arranhado e ferido da contenda.

Criam estas onças os filhos com caça viva pera os ensinarem a caçar. Há outras, que são todas pretas como azeviche, mui ligeiras e bravas. Há outras a que chamam, *suaçuarana*, quer dizer semelhante ao veado: são intrépidas, antes hão-de morrer que fugir, e assi faz rosto a todo o ajuntamento de gente. Chamam a estas os moradores leões formigueiros, mas em tudo são semelhantes a gatos. Há outras, a que chamam *jaguapitanga*, onça ruiva: são estas a destruição total das galinhas, e onde entrão tudo levam. Sós não são muito ousadas, mas de companhia acometem a todo o homem. São como bons rafeiros na grandeza.

Do tamanduá

É este animal do tamanho de um bom cão, tem o rabo mais comprido que o corpo, fornecido com sedas aventejadas na grossura às do porco: serve-lhe de casa, porque com ele se cobre todo e defende do sol e da chuva; tem a cabeça muito pequena, e o focinho mui comprido, a modo de um funil, a boca estreita, capaz só da grossura de um dedo, a língua comprida, 3 ou 4 palmos, redonda e delgada, as mãos e pés curtos, grossos, e fortes, e neles quatro unhas como dedos de homem, mas mui agudas, e tudo o que alcança entre os braços mata, seja tigre, onça, cães, ou homens, o que faz ensopando na presa mui amiudamente as unhas. E esta é a causa porque a ninguém teme, a todos espera. Alevanta-se nos pés, e sobre eles se sustenta muitas vezes como urso. O corpo é talhado de preto e branco. Seu mantimento são as formigas, as quais cavando-lhe os formigueiros, faz sair debaixo da terra e com a língua as apanha, e desta maneira passa a vida. Há outros mais pequenos, a que chamam *tamanduá merim*.

Não comem os Índios estes animais, porque não correm, e eles têm pera si que as naturezas e condições daquilo que comem se muda nelas.

Do tatu

A este animal chamam comumente cavalo armado, pola muita semelhança que tem com ele; são alguns como pequenos bezerrinhos; anda acobertado de lâminas, lançadas umas sobre as outras, e dobradiças, de tal dureza que as não passa frecha; também traz as mãos e pés acobertados de umas lâminas mais miudas, que as do corpo; nas orelhas, e fecinho parece cavalo. Têm quatro unhas do tamanho de grandes dentes de porcos javalis, com que cavam a terra; têm o rabo à feição de do lagarto, cheio de lâminas como as demais partes. É animal pouco nocivo, sustenta-se de minhocas e de outras savandijas semelhantes. A um Padre nosso, que estava em uma Aldeia, sucedeu virem-lhe dar recado que estava um destes cavando em certa parte. Pera o tomarem, mandou muitos índios, os quais começando a cavar, se via mover a terra com tanta velocidade, como se correra por partes desebaraçadas, e em lhe atalhar tiveram sumo trabalho. Querem dizer os Índios que faz a cova com tanta presssa que lhes leva ventagem ao correr.

Há outros, a que chamam *tatupeba*, cavalo largo; e a outro chamam *tatugaíxima*, tatú que lhe escorrega o rabo; a outros chamam *tatu opara*, tatu torto, o qual nome lhe deram porque sentindo alguém, enroscam-se como ouriços cacheiros, e não há forças que os quebrem; botam-nos em água, e nela se abre, e assi os matam. Há outros pequenos a que chamam *tatuig*. Querem os moradores destas partes que seja a melhor carne que cá se come; é alva e como titelas de galinhas, das quais não difere no gosto; e destes se faz bom manjar branco.

Do coandu guaçu

Este é o verdadeiro porco espinho, o qual não se cria nesta costa junto ao mar, mas pelo Sertão dentro, nas ribeiras do Rio S. Francisco, como os viram alguns Padres nossos naquelas partes, e de quem tomei esta relação. Tem uns espinhos em lugar de cabelo mais de palmo, grossos como penas de patos, mui agudos, talhados de preto sobre o branco. Estas são as suas armas com que se defendem, despedindo-os de si como setas. Há outros mais pequenos, *coandu mirim*; estes não despedem os espinhos posto que os tenham como os maiores. Há outros a que chamam *coanducoim*, do tamanho de gatos, os espinhos são amarelos e a ponta preta, pouco cabelo, mas comprido. Tem uma particularidade mui notável, e é que estes espinhos, tanto que pegam com a ponta em alguma cousa, como se tivessem vida, se vão metendo pola carne, até de todo se ensoparem nela. Com estes furam os Índios as orelhas com muita facilidade, e quase nenhuma dor. São noturnos, porque nunca se encontram de dia.

Do eirara

Há três castas destes animais. Seu mantimento comum é mel, e a isto tomam o nome de *eirara*, que quer dizer colhedor de mel, no que são estremados oficiais. Contam os Índios que guardam em o colher este modo, que é quando algum dá com alguma abelheira, ajunta os eiraras, e o maior é o que entra na toca ou concavidade, onde está o mel, e dela o desencova, dando-o por sua ordem aos que estão de fora, até que o tiram fora. Acabada a cresta ajuntam tudo, e o comem irmãmente.

Os grandes são pretos, excepto a cabeça, que é branca. Há outros, a que chamam *eiraramerim*, mais pequenos, e estes são todos pretos. Há outros, a que chamam *eiratinga*, que quer dizer branco, e são os mais pequeninos. Um Padre, que os viu, me disse que lhe parecia que estes eram de algália, e que tendo feito muita diligência nunca pudera haver um, por serem mui bravos e ligeiros. Estes, além do mel, são grandes caçadores de pássaros.

De várias castas de bugios

O maior entre os bugios se chama *aquaqui*. Será no corpo como um moço de 12 ou 14 anos, bem fornido; são mui louros; o não terem rabos ficaram índios nas feições. Entre as cousas mais notáveis, que neles se observam, é ajuntarem-se em certas horas do dia, e o maior deles se põe no meio de muitos e começa um canto ou fala, mui alta, que se ouve de longe, o que faz com tanta eficácia, que escuma pela boca. Logo acodem dous dos mais pequenos de uma e outra parte, que o alimpam. Acabada a prática, que dura por bom espaço, todos juntos em grito fazem grande aplauso e se vai cada um por sua parte buscar de comer. Quando querem passar de uma árvore a outra o maior serve de ponte, pela qual passam os pequenos e doentes. As fêmeas trazem os filhos de ordinário às costas, e lhe dão de mamar, ao modo que o faz uma mulher, tomando a criança nos braços, e amimando-a de mil modos. Os Índios, quando frecham alguns destes, se logo não cai, fogem quanto podem, porque arrancam a frecha e fazem tiro com ela como se a despedissem do arco, e já aconteceu acharem-se alguns mortos pelos bugios. Tem estes uma barba mui comprida e ponta aguda, que lhe dá muita graça.

Há outros, a que chamam *berequig*, são da mesma grandeza, que os *aquequis*, mas mais fermosos, e mais malenconizados. Há outros mais pequenos, mas mui astutos, não andam senão de noite, têm forte cenreira com os índios que caçam neste tempo, os quais trazem de espreita, e assi o seu é verem onde põem o que trazem para comer, e furtam-lho. E nisto se ocupam.

Há outros, do tamanho e pouco maiores que gatos, chamam-lhe *saaguí*. Estes são de várias castas uns pardos, outros amarelos, como leõezinhos, outros meios pretos e meios amarelos, e de uns e outros se acham alguns que cheiram excelentemente. E desta casta era um que cá me deram, de muita estima e de mui boas carinhas, que mandei a V.ª R.ª, mas parece que só chegou a pele como me escreveu o Ir. Diogo Martins.

Do miarataca

É do tamanho de um gato, na feição assemelha-se ao furão. Terá pelo fio do lombo três dedos em largo de cor preta, e desce, na mesma forma polas espáduas até às mãos, fazendo uma bem feita cruz, assentada sobre branco. Mantém-se de pássaros, ovos, é contínuo nas praias, em as quais espera o âmbar para o comer, e entupido a ninguém teme, e ele de todos é temido, defendendo-se com tão mau cheiro, que de si lança que nos paus, pedras, a que abrange, dura por muito tempo; com ele pelam os cães e morrem, e do mesmo morreram já alguns índios; é eterno no vestido em que deu. Na Serra do Rari se acham estes animais como nas mais partes do Brasil, mas não tão insofríveis no cheiro, porque os criam os Índios, e têm-nos em grande preço, porque têm pera si que enquanto os tiverem não hão-de morrer; e pera este efeito os buscam com notável diligência, e os põem debaixo das redes em que dormem pera que os defendam da morte.

Das cobras

A maior de todas se chama *giboioçú*. Engolem um veado inteiro, são manchadas de preto e pardo, com muita graça. Um Padre me disse vira uma de comprimento de 20 pés. Indo nós visitando as Aldeias de Pernambuco, vi uma de estranha grandeza e grossura. Fez-me pouco medo por estar morta. Mandei-a medir, tinha de comprimento mais de 20 palmos, de diâmetros mais de um palmo e meio. Mantém-se de caça, pera o que se põe em veredas por onde ela passa, e de salto se enrodilha nela e aperta de tal sorte, que lhe moi todos os ossos, e porque às vezes comem vacas, e não são tão fáceis de morrer, com o rabo por detrás lhe vai tirando todas as tripas, e assi a mata.

Há outras, a que chamam *guirá apiaguara*, que na língua brasil quer dizer comedeira dos ovos dos pássaros. São muito compridas e delgadas, vivem nas árvores, e por cima delas andam com tanta velocidade como se fossem pássaros. Têm dentes roliços e cruéis, mas sem peçonha.

Há outra, muito comprida e grossa, chama-se *carunana*. É verde e mui fermosa, mantém-se de aves, ovos, pintãos. Não é peçonhenta.

Há mais outra, chamada *boítim apoá*, quer dizer cobra que tem o focinho comprido. É mui feia, comprida, delgada. Mantém-se de rãs e bichinhos. Têm os Índios este agouro: quando a mulher é maninha, tomam esta cobra e açoutam-na com ela pelos lombos, então dizem que logo hão-de ter filhos. A estas, aonde quer que as acham, não as matam. Afora estas há muitas outras, assim grandes como pequenas, as quais não têm peçonha alguma.

De peçonhentas há sem conto, e de cujas mordeduras morre muita gente. A umas chamam *jararacas*. As mordeduras destas são mais venenosas à tarde que pola manhã, e são tão fecundas nos partos que parem até 64, de cada vez, como experimentaram os nossos Padres. São pardas, têm, pelo fio do lombo, uma cadeia preta mui galante. Há outras que chamam *jararacas soatinga*, que quer dizer jararaca que tem a ponta do rabo branco. Os mordidos desta raramente escapam. Há outras, não mais de um palmo de comprido, de cor de terra. Aos que mordem fazem arrebentar o sangue por todos os meatos do corpo, com dores extraordinárias, e nenhum escapa. Há outras a que chamam *surucucu*, mui grande, e peçonhenta. Têm dentes como de cão. Têm na ponta da cauda uma unha não muito dura e delgada, encostam-se aos troncos das árvores de modo que não há divisá-las, e de salto se arremessam à presa, à qual com a mordedura e com o rabo lhe desentranha tudo. Tem-lhe esta nação mui particular aborrecimento pelo ofício que tem de desentranhar com o rabo os animais, do que por sua peçonha que é tão fina que corrompe tudo aquilo em que dá, desfazendo-se pedaço em pedaço até os ossos. Há umas, que chamam *boiteninga*, cobra que soa, por terem no rabo uns cascavéis, os quais soam por bom espaço: são ao modo de tremoços ou favas de Alentejo, metidas nas bainhas. São irremediáveis suas mordeduras, pera o que a natureza lhe deu este sinal, que serve de aviso a quem no ouve; são mui mal inclinadas, e correm após aqueles, que querem morder, com tanta velocidade que parece que voam, e por isso lhe chamam os Índios *boigbebe*, cobra que voa. São amarelas, tiram alguma cousa pera pardo. O melhor remédio que há contra a mordedura destas, é cortar com muita pressa o membro, que elas mordem, e assi o curam os Índios. Há outra, a que chamam *ibigboboe*. Os Portugueses lhe chamam *cobra de coral*, e não se viu escapar nenhum em que mordessem, nem mordem senão depois de as assanharem ou pisarem. São repartidas de fino branco, preto, vermelho, que não há mais que ver. Disseram-me alguns Padres que as maiores seriam de quatro palmos; contudo em uma Quinta nossa ou Tanque, como cá lhe chamam, desta Baía, me achei junto a uma fonte, perto da qual em um terreiro andava uma que era sumo prazer de ver. Matamo-la. Mas tinha mais de cinco palmos de comprido. Quem não souber o que é aquilo, sem dúvida o toma na mão pela beleza de suas cores.

Desta savandija há infinitas castas, que deixo, e as mais delas vi eu cá. Acha-se esta mercadoria mui barata, tem-se notado nesta Província, com os nossos Padres andarem pelo Sertão e viverem em Aldeias aonde é a mor criação, pela bondade de Deus, depois que a Companhia está nestas partes, nunca Padre nosso, nem Irmão, foi mordido de bicho peçonhento, acontecendo cada dia mil desastres destes.

Da variedade de pássaros

Das araras

É a arara um género de papagaios mui grandes e mui fermosos, pela variedade de penas com que a natureza os vestiu. São vermelhos na cabeça, peitos e costas, as asas verdes, manchadas de azul mui fino, da mesma cor é o rabo, posto que salpicado de vermelho. Têm o corpo semeado de penas verdes e amarelas. São mui estimados deste gentio, porque das penas fazem mil galantarias, e de ordinário não nos tem senão algum Morubixaba. Falam mui bem e tudo o que lhe ensinam tomam com facilidade. São mui domésticos, fáceis de manter, porque tudo comem. Chamam-lhe os brancos *macaus*. Há outros, a que chamam *canindés*, das mesmas feições do corpo, que sempre serão do tamanho de um bom galo. Diferem nas penas. São amarelos; pelo peito, barriga e rabo e costas, é um azul finíssimo. Falam mui alto e claro, são tão mansos, que das casas se vão ao mato buscar de comer e se recolhem a elas à sua hora. De ordinário andam bricando com os meninos como cachorrinhos. Uns e outros não criam nesta costa do mar senão no Sertão, e dele vêm em arribações como tralhões no verão em Portugal. Há outros a que chamam *Anapurus*, tamanhos como os acima ditos. Estes não se acham senão nos Carijos, que é abaixo de S. Vicente, donde trouxemos uns dous. Estes são os mais fermosos pássaros que há nesta parte, e não sei se a natureza formou outros mais belos, porque todas as cores tem, e todas elas salpicadas com tanta graça, que é pasmo. São domésticos sobre os mais, porque como pombas criam em casa.

Por fim, são papagaios: há 20 e tantas castas, todas diferentes umas das outras.

Do ainambig

Há destes pássaros muitos e mui vários. São mui pequenos, mantêm-se do orvalho das flores, e o maior chamado *guueracicam*, que se não poderá igualar com uma firifolha nem carriça. É a pena deste passarinho a mais fina que há nesta Província: têm na cabeça um barrete ao qual se não pode dar própria cor, porque posto de uma parte, não há cetim mais vermelho, da outra fica finíssimo preto, e conforme a variação da postura, eles variam as cores, com mil graças; o papo padece a mesma variedade, representando-se já amarelo, já vermelho, já fino verde; o corpo é pardo todo sobre dourado, com uma cor vivíssima; têm o bico mui comprido e delgado. No voar e toar parecem besouros. Há outros, a que chamam *arataca*, todo coberto de um azul escuro, mas mui fino, manchado de verde mui aparazível; outros há verdes sobre dourados; outros do tamanho de um besouro, finíssimos, e nas cores são os próprios. Este género de pássaros tem uma particularidade mui notável e praticada entre os Índios, que a observaram: e é formarem-se muitos deles das borboletas, o que mostram no voar, o que me disseram os Padres não ter dúvida, por tomarem muitos meios pássaros e meios borboletas, e logo o mostram no voar. Também esta curiosidade pode servir, pera os mestres dos cursos, e ajuntá-la aos cães que se tornam peixes, de que cá também há notícia.

Do guiranheenguetá

É pássaro pequeno, do tamanho de um pintassilgo, preto pelas costas, e por baixo amarelo, com um barrete da mesma cor, que o faz mui gracioso. É o pássaro mais músico de quantos há nesta Província, porque arremeda a todos os mais, e por isso o chamaram *guiranheenguetá*, que quer dizer pássaro que fala todas as línguas de todos os mais pássaros. São mui prezados. Estes são os que de ordinário se conservam cá em gaiolas. Há outro do mesmo tamanho, chamado o *calcuriba*. É de várias cores, mas tira mais pera o azul que pera outra, as penas das asas são amarelas, os pés vermelhos. Destes há cá muitos e são mui prezados. Também tocam de cantores.

Do tangará

São estes pássaros do tamanho de um pardal, mas pretos e mui luzentes. Na cabeça têm um barrete de finíssimo laranjado. Nota-se neste pássaro uma cousa mui notavel, e é dizerem que tem acidentes como de gota coral, donde nasce não os comerem os Índios, porque lhe não pegue aquela doença. Observa-se neles um género de bailo gracioso, e é ajuntarem-se sobre as árvores quando algum deles lhe dá aquela dor, de que fica como morto, e tomando-o no meio de um perfeito círculo ou roda, que todos fazem, se mudam por ordem uns dos seus lugares pera os dos outros com grande estrondo e sobios, e desta ordem se saem de quando em quando, que vão picar no que está enfermo, até que o espertam, e dando um grande assobio se vão pera diversas partes; e às vezes andam tão enlevados nestas mudanças que os Índios os tomam às mãos. Tirando este seu bailo, posto que em si sejam galantes, são malenconizadíssimos. Cá me ofereciam alguns pera esse Colégio de V.ª R.ª Não nos aceitei por arrecear o clima.

Do guirá ponguá

Será este pássaro do tamanho de um picanço, branco como neve, parece um sino no gritar e repicar ou variar de voz, pelos matos se ouve mais de meia légua, andam sós, e respondem-se uns aos outros por compasso.

Há outros como petos. Estes trazem um capelo de vermelho finíssimo. Têm um bico mui rijo, e dá tão grandes pancadas com ele em os troncos das árvores que se assemelham a golpe de machado; e, gritador de ventagem, ouve-se uma légua e mais.

Do agnima

É do tamanho de um grou, de menos carne, é baço na cor; tem a cabeça mui grande, os olhos fermosos, o bico pouco maior que de um galo, mas sobre ele junto às ventas lhe nasce um corno de mais de um palmo, duro e dificultoso de quebrar; nos encontros das asas tem dous ferrões, feros, e de comprimento de um dedo, muito agudos nas pontas, e com eles pelejam e se defendem. Vivem de ordinário em lugares alagadiços e ao longo dos rios; comem erva como bois, e dela se mantêm. A ponta desta ave dizem os Índios que restitui a fala a quem a perde. A um Padre nosso sucedeu o seguinte caso. Estava uma índia havia 5 dias sem fala, e muito no cabo; rezou-lhe o Evangelho de S. Marcos, e juntamente lhe lançou ao pescoço a ponta desta ave, e logo súbito falou e sarou. Dêmos esta maravilha ao Santo Evangelho, contudo me dizem que é experiência de muitos anos, entre estes Índios, e que se acha ser aprovado.

Dos guarases

Este é o mais maravilhoso pássaro desta Província. Será do tamanho de um bom galo pernialto; o bico mui comprido e da feição da uma colher; em pequeno é preto, indo crescendo se faz pardo, e depois que voa se torna todo branco como neve, e desta cor se vai mudando em um vermelho não muito claro, até que vem a dar em uma púrpura ou escarlata finíssima. São infinitos. Vivem ao longo do mar aonde é pera ver as praias alcatifadas de vermelho. Vi as árvores vestidas da mesma cor. Não vi neste Brasil cousa mais pera notar nem pera desejar de se ver com toda a curiosidade. Andam em nuvens como zorzais, e o que sobretudo notei é que quando se vão recolher, sobre a tarde, se põem todos em fileiras uns de trás dos outros, com tanta ordem, como se ordenassem alguma procissão, e quando veam têm muita graça o vermelho com a reverberação do sol. E são mui domésticos, criam-se com facilidade. Pelas penas destas aves faz muito este gentio, porque lhe servem pera diademas da cabeça e pera galantearem as espadas e outros ministérios semelhantes.

Afora esta variedade de árvores, de aves, e animais, há outros sem conto que deixo, como sabem, as muitas fruitas, árvores e madeira destas partes, que são de estima.

[Vitae 153, 54–66v]

RELAÇÃO
DA PROVINCIA DO
Brazil
— 1610 —

Hé costumada sua cosmografos do mundo... fei situada do provís da parte do sul...
vaz correndo os graos pera o sulduefte, ate o estreito de Magalhães, e sempre fofta fe de terra
De domestouidos epurie da temporada com os ares se deixa de Cabo S. Augostinho pera o Norte
Este Brazil amostra parte desta America, assim pera comidade dos mantim...es, como das figras
Isso tem sitsia como se apparece naser do Nordeste Sueste. Suestes...
na o grao cuisa a ma parte do anno fe e irdizad entre junio e outub... Sa... ...
De nuhianoregma parte e respeito tasugros, f. se...rgrans da Egresia Desentins...

RELAÇÃO DA PROVINCIA DO BRAZIL — 1610. DO P. JÁCOME MONTEIRO — (Vitæ 153, 54). — Note-se o H inicial, com o coração encimado da Cruz e dentro as Quinas Portuguesas. — Relação inédita, que se publica neste Tômo em Apêndice.

Índice das Estampas

	PÁG.
Cartas do Brasil do P. Nóbrega e outros Padres... recebidas em Portugal em 1551	IV/V
P. João de Almeida (retrato)	8/9
Autógrafo da "Arte" do P. Anchieta	16/17
Autógrafo do P. Manuel Dias (Provincial e Jurista)	16/17
Portada das "Cartas, Informações, Fragmentos históricos e Sermões" de Anchieta	20/21
V. P. José de Anchieta (retrato)	36/37
10 Assinaturas autógrafas	40/41
"Cultura e Opulencia do Brasil", de Antonil (P. João António Andreioni)	48/49
"Collecção dos Crimes e Decretos" de Domingos António	56/57
"O Diario do P. Eckart"	56/57
"Catecismo na Lingoa Brasilica" do P. António de Araújo	64/65
"Compendio da Doutrina Christam Na Lingua Portugueza, & Brasilica" de João Filipe Bettendorff	64/65
Carta do B. Inácio de Azevedo, do Rio de Janeiro, 20 de Fevereiro de 1567, dia da morte de Estácio de Sá	68/69
B. Inácio de Azevedo e seus 39 companheiros, Mártires do Brasil	84/85
"Economia Christaã dos Senhores no Governo dos Escravos", do P. Jorge Benci (ms)	100/101
O mesmo livro, impresso	100/101
"Epitome Chronologico, Genealogico e Historico" do P. António Maria Bonucci	116/117
"Adnotationes" do P. João de Brewer	116/117
"Tratados da Terra e da Gente do Brasil" de Fernão Cardim	132/133
"Geórgicas Brasileiras" (ed. da Academia Brasileira) de Prudêncio do Amaral e José Rodrigues de Melo	132/133
"Cartas Avulsas" (ed. da Academia Brasileira)	148/149
10 Assinaturas autógrafas	168/169
Ir. Pero Correia (retrato)	176/177
Quinta Parte do "Thesouro Descoberto no Rio Maximo Amazonas" do P. João Daniel	180/181
"Arte da Lingua de Angola" de P. Pedro Dias	196/197

Pág.

"Arte de Grammatica da Lingua Brasilica da Naçam Kiriri", do
P. Luiz Vincêncio Mamiani............................... 196/197
"Catecismo da doutrina Christãa na Lingua Brasilica de Nação
Kiriri" do P. Luiz Vincêncio Mamiani..................... 196/197
"Relaçam de Varios Successos", do P. Luiz Figueira............ 228/229
"Luis Figueira — A sua vida heroica e a sua obra literária"...... 244/245
"Vida do veneravel Padre Belchior de Pontes", pelo P. Manuel da
Fonseca.. 260/261
10 Assinaturas autógrafas.................................... 276/277
"Escola de Belem", do P. Alexandre de Gusmão............... 292/293
"Arte de crear bem os Filhos na idade de Puericia", de Alexandre
de Gusmão... 292/293
"Historia do Predestinado Peregrino e seu Irmam Precito", de Ale-
xandre de Gusmão..................................... 296/297
"Meditações" de Alexandre de Gusmão....................... 304/305
"Eleiçam entre o bem e o mal eterno", de Alexandre de Gusmão.... 308/309
"Arvore da Vida. Jesus Crucificado", de Alexandre de Gusmão. 308/309
"Vera effigies" do P. Gabriel Malagrida....................... 324/325
"Juizo da verdadeira causa do terremoto que padeceo a corte de
Lisboa", do P. Gabriel Malagrida........................ 340/341
"Brasilia Pontificia" de Simão Marques........................ 356/357
Aprovações autógrafas à "Summa da Vida do P. José de Anchieta"
do P. Simão de Vasconcelos (de Inácio Faia, António de Oli-
veira, Eusébio de Matos e Gaspar Álvares)................ 360/361
"Ecce Homo. Praticas", de Eusébio de Matos................. 368/369
"Desejos de Job", de Francisco de Matos..................... 368/369
"Vida Chronologica de S. Ignacio de Loyola", de Francisco de
Matos... 372/373
9 Assinaturas autógrafas..................................... 388/389
"Vulcanus Mathematicus" do P. Valentim Estancel (Dedicatória). 404/405
"Historia da Companhia de Jesus na Provincia do Maranhão e
Pará", de José de Morais (Dedicatória)................... 404/405
"Relação da Provincia do Brasil. 1610", pelo P. Jácome Monteiro 420/421

ÍNDICE GERAL

	PÁG.
NOTA LIMINAR	IX
INTRODUÇÃO BIBLIOGRÁFICA	XI
ABREVIATURAS	XXVII

ESCRITORES JESUÍTAS DO BRASIL

TÔMO PRIMEIRO

	PÁG.
Abreu, António de (do Recife)	3
» , Manuel de (do Recife)	3
Aguiar, Mateus de (da Baía)	4
Aires, José (de Lisboa)	4
Albuquerque, Luiz de (de Olinda)	5
Almeida, André de (de Santos)	6
» , Francisco de (de Belém, Baía)	6
» , Gaspar de (de Vilarouco)	7
» , João de (de Londres)	8
» , José de (de Lisboa)	9
» , Lourenço de (de Maragogipe)	10
Álvares, Bento (do Porto)	10
» , Gaspar (de Cabeço de Vide)	11
» , Gaspar (de Braga)	11
» , José (de Vila Real)	11
» , B. Manuel (de Extremoz)	12
» , Manuel (de Viana)	12
» , Simão (de Lisboa)	12
Amaral, Manuel do (de Viseu)	12
» , Prudêncio do (do Rio de Janeiro)	13
Amaro, Manuel (do Porto)	15
Amodei, Benedito (de Bivona)	15
Amorim, Luiz de (do Espírito Santo)	15
Anchieta, José de (da Laguna)	16
» , José de (de Tomar)	43
Andrade, António de (do Rio de Janeiro)	43
» , António de (de Lagarto, Sergipe)	44
» , José (de Lisboa)	44
» , Matias de (do Espírito Santo)	44

Andreoni [*Antonil*], João António (de Luca)..... 45
António, Aleixo (de Águeda)..... 55
 » , Domingos (de Águas Frias)..... 56
 » , José (de Condeixa)..... 58
 » , Vito (de S. Paulo)..... 58
Antunes, Inácio (do Recife)..... 59
 » , Miguel (de Lisboa)..... 59
Aragonês, Miguel (de Guisona)..... 59
Aranha, António (do Espírito Santo)..... 60
Araújo, António de (dos Açores)..... 60
 » , Domingos de (de Arcos de Valdevez)..... 63
 » , Lourenço de (da Baía)..... 63
 » , Manuel de (de Viana do Minho)..... 64
Arizzi, Conrado (de Modica)..... 65
Armínio, Leonardo (de Nápoles)..... 65
Arnolfini, Marcos António (de Luca)..... 66
Atkins, Francisco (de Bombaim)..... 66
Avelar, Francisco de (dos Açores)..... 67
Avogadri, Aquiles Maria (de Novara)..... 69
Azevedo, B. Inácio de (do Porto)..... 69
 » , João de (da Baía)..... 82
 » , João de (do Porto)..... 83
Azpilcueta Navarro, João de (de Navarra)..... 83

Baptista, António (de Lameiras)..... 85
Barbosa, Domingos (da Baía)..... 85
 » , Teotónio (de Coussourado)..... 86
Barreto, Luiz (de Murtede)..... 86
 » , Manuel (de Santos)..... 87
Barros, João de (de Lisboa)..... 88
Basílio da Gama, José (de Minas)..... 89
Bayardi, Vintídio (de Ascoli)..... 90
Beça, Manuel (de Arrifana)..... 91
Beliarte, Marçal (de Lisboa)..... 91
Bellavia, António (de Caltanisetta)..... 93
Belleci, Aloisius (de Friburgo)..... 94
Benci, Jorge (de Rimini)..... 95
Bernardino, José (de Lisboa)..... 96
Bettendorff, João Filipe (do Luxemburgo)..... 98
Blasques, António (de Alcântara)..... 107
Bonomi, João Ângelo (de Roma)..... 109
Bonucci, António Maria (de Arezzo)..... 110
Borges, Martinho (de Lisboa)..... 118
Borja, Filipe de (de Castro Verde)..... 119
Botelho, Francisco (de Linhares)..... 120
 » , Nicolau (do Porto)..... 121
Bourel, Filipe (de Colónia)..... 121

Brás, Afonso (de S. Paio de Arcos)................................ 122
Brewer, João de (de Colónia)...................................... 122
Brito, Laureano de (do Recife).................................... 124
   »   , Manuel de (de Ourentã)..................................... 124
Bucherelli, Luiz Maria (de Florença).............................. 125

Camelo, Francisco (de Lisboa)..................................... 127
Campos, Estanislau de (de S. Paulo)............................... 127
Campos (*Field*?), Roberto de (de Dundee)......................... 128
Canísio (*Hundt*), Rogério (de Olpe).............................. 130
Capassi, Domingos (de Nápoles).................................... 131
Carandini, Francisco (de Módena).................................. 132
Cardim, Fernão (de Viana do Alentejo)............................. 132
Cardoso, António (de Luanda)...................................... 138
   »   , Francisco (de Parada)...................................... 140
   »   , Lourenço (da Baía)... 140
   »   , Manuel (de S. Vicente).................................... 141
   »   , Miguel (de Luanda)... 141
Careu (*Carew*), Ricardo (de Waterford)........................... 142
Carneiro, Francisco (de Resende).................................. 143
   »   , Manuel (de Mesão Frio)..................................... 145
   »   , Paulo (da Várzea).. 145
Carnoto, José (da Baía)... 146
Carvalhais, Jacinto de (de Guimarães)............................. 146
Carvalho, Cristóvão de (de Lisboa)................................ 149
   »   , Inácio de (da Baía).. 149
   »   , Jacinto de (de Pereira).................................... 149
   »   , Joaquim de (de Lisboa)..................................... 154
   »   , Luiz de (do Porto)... 154
   »   , Paulo de (de Évora).. 156
Carvalhosa, Paulo de (de Lisboa).................................. 157
Castilho, Pero de (do Espírito Santo)............................. 157
Caxa, Quirício (de Cuenca).. 158
Ciceri, Alexandre (de Como)....................................... 160
Cifarello, Agostinho (de Nápoles)................................. 160
Cocleo, Jacobo (de Moronvillers).................................. 160
Coelho, Agostinho (de Vila Nova).................................. 163
   »   , António (de Coimbra)....................................... 163
   »   , António (de S. Gião)....................................... 163
   »   , Domingos (de Évora).. 164
   »   , Domingos (de Castelo Rodrigo).............................. 166
   »   , Filipe (da Baía)... 166
   »   , José (de Olinda)... 166
   »   , Marcos (de Pitanga, Baía).................................. 167
Colaço, Cristóvão (de Lamego)..................................... 168
Consalvi, Pier Luigi (de Montefano)............................... 169
Cordeiro, Francisco (de Santos)................................... 170

Correia, Agostinho (de Braga).. 171
> , Frutuoso (de Braga)... 171
> , Inácio (do Recife)... 172
> , Lourenço (do Porto)... 173
> , Manuel (de Extremoz).. 173
> , Manuel (de Lisboa).. 174
> , Pero (de Portugal).. 175

Costa, António da (de Cabo Frio).. 176
> , Cristóvão da (de Paranaguá)... 177
> , Eusébio da (de Condeixa).. 177
> , José da (de Trepane).. 177
> , Manuel da (de Alcobaça)... 179
> , Marcos da (de Barbeita)... 179
> , Miguel da (de Lorvão)... 180
> , Paulo da (de Alenquer).. 181
> , Pedro da (de Portela de Tamel).. 182
> , Tomaz da (de Ponte da Barca).. 182

Couto, Manuel do (de Ervedal)... 183
> , Tomás do (do Rio de Janeiro).. 184

Craveiro, Lourenço (de Lapas, Torres Novas)................................... 185

Cruz, António da (de Torres Novas).. 186
> , Domingos da (de Valbom)... 187
> , Manuel da (de Cantanhede)... 187
> , Teodoro da (de Lisboa).. 188

Cunha, António da (de Ponte da Barca).. 188

Daniel, João (de Travaçós, Viseu)... 190
Delgado, Mateus (de Gorda, Óbidos).. 192
Dias, Domingos (de Famalicão)... 193
> , Inácio (de Minas Gerais).. 193
> , Manuel (de Formoselha).. 194
> , Pedro (de Arruda)... 197
> , Pedro (de Gouveia).. 199

Duarte, Baltasar (de Lisboa).. 201

Eckart, Anselmo (de Mogúncia)... 204
Estancel, Valentim (de Olmutz).. 208
Estanislau, Inácio (de S. Miguel de Porreiras)................................ 213

Faia, Inácio (de Lisboa).. 214
Faletto, João Mateus (de Savigliano).. 214
Faria, Francisco de (de Goiana, Pernambuco)................................... 216
> , Gaspar de (da Baía)... 217

Fay, David Luiz (de Fáy).. 219

Fernandes, António (de Belide)..... 221
> , Baltasar (do Porto)..... 222
> , Francisco (de Alpalhão)..... 222
> , Lourenço (de Marvão)..... 222
> , Manuel (de Ourém)..... 223
> , Manuel (de Viana do Alentejo)..... 223
> , Manuel (da Baía)..... 225
> , Manuel (de Albufeira, Algarve)..... 225
> , Manuel (de S. Martinho de Argoncilhe)..... 226
Fernandes Leça, Manuel (de Leça)..... 226
Ferraz, Manuel (do Rio de Janeiro)..... 227
Ferreira, André (do Porto)..... 227
> , António (da Ilha da Madeira)..... 228
> , Caetano (de S. André de Ferreira)..... 228
> , Francisco (de Setúbal)..... 228
> , Inácio (de Lisboa)..... 229
> , João (de Coimbra)..... 230
> , Joaquim (de Palmares)..... 232
> , José (de Vila Real)..... 232
> , José (de Monçarros, Anadia)..... 233
> , Manuel (de Anadia)..... 233
> , Vicente Xavier (de Elvas)..... 234
Figueira, Luiz (de Almodóvar)..... 234
> , Teotónio (de Lisboa)..... 241
Filds, Tomás (de Limerick)..... 241
Fonseca, António da (de Formoselha)..... 241
> , António da (de Alvaiázere)..... 241
> , António da (da Baía)..... 241
> , Bento da (de Anadia)..... 243
> , Caetano da (do Rio de Janeiro)..... 253
> , Diogo da (de S. Paulo)..... 253
> , Francisco da (de Pernambuco)..... 254
> , Luiz da (de Lisboa)..... 254
> , Manuel da (de Lordelo)..... 257
Forti, António (de Caltanisetta)..... 258
França, Júlio (de Paranaguá)..... 260
Frazão, Francisco (do Rio de Janeiro)..... 260
Freire, Manuel (de Faro)..... 260
Freitas, Rodrigo de (de Melgaço)..... 261
Fusco, Sebastião (de Nápoles)..... 261

Gago, Ascenso (de S. Paulo)..... 263
Galvão, António (de Coimbra)..... 263
Gama, Jerónimo da (de Miranda)..... 264
> , José da (de Pombal)..... 265
Gandolfi, Estêvão (de Palermo)..... 266
Garcia, Miguel (de Lagartera)..... 266

Geraldes, José (de Almendra)	267
Giaccopuzi, João Baptista (de Spezia)	267
Gomes, António (de Braga)	268
» , Francisco (de Évora)	268
» , Henriques (Pinheiro de Ázere)	268
» , João (de Viana)	270
» , Manuel (de Cano, Évora)	270
» , Manuel (de S. Fins)	271
» , Sebastião (de Lisboa)	271
Gonçalves, Amaro (de Chaves)	272
» , Antão (de Extremoz)	272
» , António (de N.ª S.ª da Serra, Lisboa)	273
» , Fabião (de Limões)	274
» , Francisco (dos Açores)	274
» , Pedro Luiz (de Montefano)	276
» , Vicente (de Valverde)	276
Gonçalves Maranhão, António (de Monsão)	276
Gorzoni, João Maria (de Sermide, Mântua)	276
Gouveia, André de (de Mondim, Tarouca)	278
» , Cristóvão de (do Porto)	279
Grã, Luiz da (de Lisboa)	284
Guedes (Ginzl), João (de Komotau)	286
Guisenrode, António de (da Baía)	289
Gusmão, Alexandre de (de Lisboa)	289
Henrique, Simão (de Sabugosa)	299
Hoffmayer, Henrique (da Áustria)	299
Homem, Rodrigo (de S. Pedro do Sul)	300
Honorato, João (da Baía)	301
Hundertpfundt, Roque (de Bregenz)	303
Hundt, Rutgerus (de Olpe)	303
Inácio, Miguel (de Lisboa)	304
Jácome, Diogo (de Portugal)	305
José, António (de Souselas, ou Abrunheira)	305
Juzarte, Manuel (de Monforte do Alentejo)	306
Kaulen, Lourenço (de Colónia)	307
Kayling, José (de Schmnitz)	312
Leão, Bartolomeu de (do Rio de Janeiro)	313
Leão de Sá, Inácio (de Macacu)	313
Leite, Gonçalo (de Bragança)	314
Lemos, Francisco de (de Sintra)	315
Lima, António de (da Baía)	315
» , Francisco de (da Baía)	316

Lima, Manuel de (de Lisboa).. 316
   » , Manuel de (de Lisboa).. 317
   » , Manuel de (de Luanda).. 318
Lobato, João (de Lisboa).. 318
Lopes, José (de Sardoal).. 319
   » , Luiz (da Vidigueira).. 321
Lourenço, Agostinho (de Moura Morta, Régua)....................... 322
   » , Brás (de Melo).. 323
Lousado, Agostinho (de Peniche)................................... 324
Luiz, António (do Porto).. 325
   » , João (da Baía).. 325
   » , Manuel (de Vila Nova de Portimão)............................. 325
   » , Manuel (de Horta de Moncorvo)................................. 325
Luz, Manuel da (de Proença)....................................... 326
Lynch, Tomás (de Galvay).. 327

Machado, António (de Lisboa)...................................... 331
   » , Diogo (da Baía).. 333
   » , Rafael (de Lousal)... 334
Magistris, Jacinto de (de Cremona)................................ 335
Malagrida, Gabriel (de Menaggio).................................. 340
Mamiani, Luiz Vincêncio (de Pésaro)............................... 351
Mariz, João de (de Pernambuco).................................... 353
Marques, Simão (de Coimbra)....................................... 354
Martins, Honorato (de Toulon)..................................... 356
Mascarenhas, José (do Rio de Janeiro)............................. 356
Mata, Salvador da (da Baía)....................................... 357
Matos, António de (de Santarém)................................... 357
   » , António de (de Moreira do Lima).............................. 359
   » , Eusébio de (da Baía)... 360
   » , Eusébio de (de Cachoeira).................................... 361
   » , Francisco de (de Lisboa)..................................... 362
   » , José de (de Vila Rica)....................................... 370
   » , Luiz de (da Baía).. 371
Mazzolani, Aníbal (de Faença)..................................... 371
Meisterburg, António (de Bernkastel).............................. 372
Melo, João de (de Monte Redondo).................................. 373
   » , João de (do Recife).. 373
Mendes, Valentim (de Pinguela).................................... 373
Mendoça, José de (do Recife)...................................... 375
   » , Luiz de (do Recife).. 376
Mercúrio, Leonardo (de Siracusa).................................. 377
Mesquita, Luiz de (de Valdigem)................................... 377
Misch, Gaspar (do Luxemburgo)..................................... 377
Moio, Fábio (de Nápoles).. 378
Moniz, Jerónimo (da Vila de S. Francisco, Baía)................... 379

Monteiro, Domingos (de Lisboa)... 379
    »   , Jácome (da Louzã).. 380
Morais, António de (de Guimarães)... 380
    »   , Francisco de (de S. Paulo)..................................... 381
    »   , José de (de Lisboa).. 382
Moreira, António (de Lisboa)... 384
Mota, Manuel da (de Cabril)... 385
Moura, Mateus de (de Abrantes)... 385
    »   , Pedro de (de Alpalhão).. 389

APÊNDICE — Relação da Província do Brasil,. 1610. Pelo Padre Jácome
Monteiro.. 391

ÍNDICE DAS ESTAMPAS... 427
ÍNDICE GERAL... 429

Imprimi potest
Olisipone, 24 Decembris 1948
Tobias Ferraz S. I.
Praep. Prov. Lusit.

Pode imprimir-se
Rio de Janeiro, 7 de Março de 1949
† JAIME DE BARROS CÂMARA, *Cardeal Arcebispo*

ESTE OITAVO TOMO
DA HISTÓRIA DA COMPANHIA DE JESUS NO BRASIL
ACABOU DE IMPRIMIR-SE
DIA DE N.ª S.ª DAS NEVES
5 DE AGOSTO DE 1949
NO
DEPART. DA IMPRENSA NACIONAL
RIO DE JANEIRO

A presente edição de HISTÓRIA DA COMPANHIA DE JESUS, de Serafim Leite S. L., é o volume nº 207 e 208 da Coleção Reconquista do Brasil (2ª série). Capa Cláudio Martins. Impresso na Líthera Maciel Editora e Gráfica Ltda., à rua Simão Antônio 1.070 - Contagem, para a Editora Itatiaia, à Rua São Geraldo, 67 - Belo Horizonte - MG. No catálogo geral leva o número 00841/0C. ISBN. 85-319-0133-2.